Aus Freude am Lesen

BUCH: Hanns-Josef Ortheil entwirft in seinem Roman »Schwerenöter« ein virtuos geschriebenes Porträt unser Nachkriegsgesellschaft. Der Autor zeichnet darin die Entwicklung jener Generation nach, die kurz nach dem Zweiten Weltkrieg geboren wurde, in den fünfziger Jahren aufwuchs, die Studentenbewegung von 1968 mitgetragen hat und sich in den Jahren danach in die verschiedensten Lager zerstreute. Ein ungleiches Zwillingsbrüderpaar tritt auf, das auf phantasievolle Weise zwei deutsche Arten, sich in der Welt zu bewegen, noch einmal wiederholt: ekstatisch der eine, melancholisch der andere ...

AUTOR: Hanns-Josef Ortheil wurde 1951 in Köln geboren. Er lebt als Schriftsteller in Stuttgart, Wissen an der Sieg und Rom und ist Professor für Kreatives Schreiben und Kulturjournalismus an der Universität Hildesheim. Seit vielen Jahren gehört er zu den bedeutendsten deutschen Autoren der Gegenwart. Sein Werk ist mit vielen Preisen ausgezeichnet worden, zuletzt mit dem Brandenburger Literaturpreis, dem Thomas-Mann-Preis, dem Georg-K.-Glaser Preis, dem Nicolas-Born-Preis und jüngst dem Elisabeth-Langgässer-Literaturpreis. Seine Romane wurden in über 20 Sprachen übersetzt.

HANNS-JOSEF ORTHEIL BEI BTB: Abschied von den Kriegsteilnehmern. Roman (73409) · Die Nacht des Don Juan. Roman (72478) · Faustinas Küsse. Roman (72476) · Die große Liebe. Roman (72799) · Im Licht der Lagune. Roman (72477) · Lo und Lu. Roman eines Vaters (72798) · Die geheimen Stunden der Nacht (73639)

Hanns-Josef Ortheil

Schwerenöter

Roman

btb

MIX
Papier aus verantwortungsvollen Quellen
FSC
www.fsc.org
FSC® C083411

Verlagsgruppe Random House FSC-DEU-0100
Das für dieses Buch verwendete
FSC®-zertifizierte Papier *MünchenSuper*
liefert Arctic Paper Mochenwangen GmbH.

2. Auflage
Genehmigte Taschenbuchausgabe Dezember 2009,
btb Verlag in der Verlagsgruppe Random House GmbH, München

»Schwerenöter« erschien zuerst 1987 im Piper Verlag, München
Umschlaggestaltung: semper smile
unter Verwendung eines Fotos © Rolf Frei / LOOK-foto (Motiv 151)
Satz: Uhl + Massopust, Aalen
Druck und Einband: CPI – Clausen & Bosse, Leck
KS · Herstellung: SK
Printed in Germany
ISBN 978-3-442-73815-1

www.btb-verlag.de

Meinen Brüdern

1

Adenauers Spätgeburt

Adenauer erwartete mich. Schon wenige Tage nach meiner Geburt hörte ich den altertümlich klingenden, mich sofort in den Bann schlagenden Namen. Einer der zahlreichen, auf mein Kommen hin angereisten Verwandten benutzte ihn, als er sich über das Bett beugte, in das man mich gelegt hatte. Deutlich bemerkte ich sein Erstaunen, den Tanz der Augenbrauen über den beinahe entsetzt sich weitenden Pupillen. Anfangs schien er dem Eindruck selbst nicht zu trauen, denn er runzelte die Stirn, ging langsam um das kleine Kinderbett herum und musterte mich von allen Seiten. Seufzend wandte er sich mit einem hilflosen Blick der gegenüberliegenden Wand zu, dann näherte er sich mir wieder und flüsterte mit einem wenig zurückhaltenden, nikotingesättigten Atem, als wolle er es nur mir sagen: »Der hat den Kopf des Alten, das ist Adenauers Dickschädel!«

Schon waren aber auch die anderen aufmerksam geworden, sie drängten herbei, standen um mich – den Schweigenden, Wahrnehmenden – herum, blickten mich mit aufgerissenen Augen ebenfalls überflüssig neugierig an und murmelten den merkwürdigen, mich beunruhigenden Namen nach. Einer nach dem andern sprach ihn aus, »ganz wie der Adenauer«, »wahrhaftig, ganz der Kopf des Alten«, so daß ich mich in meinem kleinen Bett unruhig hin- und herwälzte.

Wie alle Säuglinge wollte ich nicht erkannt und benannt sein. Haben Wiegenkinder in den ersten Wochen und Monaten nicht einen unbedingten Anspruch auf Stille und Pflege? Sie müssen sich von ihrem neunmonatigen, eingezwängten Mutterleibsdasein erholen; sie sollen das angenehme, tiefe und wärmende Dunkel gegen die störende Helligkeit des immer wiederkehrenden Morgens eintauschen. Es ist ein alter Irrtum, daß Kinder aus Mangel an Sprechfähigkeit, aus fehlendem Wissen oder aus Dummheit in den ersten Wochen des Lebens schweigen. Sie schweigen aus guten Gründen; gelten nicht diese ersten Wochen dem gründlichen Studium der Welt, dem Studium der prägenden Menschen, die fürs Spätere von größter Bedeutung sind? Dafür benötigen sie alle Kraft, allen Gedankenreichtum, jede Bewegung der Einbildungskraft.

So liegen die klügeren von ihnen beinahe unbeweglich in ihren engen Betten. Sie strampeln und schreien kaum, sie widmen sich einzig der Betrachtung der menschlichen Natur, der Familie, der sie umgebenden häßlichen und schönen Dinge. Nur gut, daß den Säuglingen erlaubt wird zu schweigen; kämen sie sprechend zur Welt, so fehlte es dieser an der notwendigen Erneuerung. Die Säuglinge aber schlafen, und im Schlaf erdenken sie sich insgeheim das Neue der Welt, sie vergleichen die lange im Mutterleib gehegten Spielbilder mit den Bildern des leibhaftigen Lebens; sie ahnen bereits, was zu ändern, was zu tun wäre. Einige Völker glauben mit Recht, daß das einzig Neue an einem Kind die Schale des Körpers sei, daß hingegen sein Geist und seine Seele etwas Uraltes, Vererbtes, Respektierenswürdiges darstellten, das in vielen verstorbenen Personen bereits gewohnt, von der Geschichte der Völker vorgebildet und bei der Geburt nur in veränderter Gestalt ins Leben gerufen worden sei.

Ich selbst sah es ähnlich, hatte ich doch in den zurückliegenden Monaten meiner allen Blicken entzogenen Entwicklung Erfahrungen genug gesammelt. Doch hatte die verfrühte Nennung des geheimnisvollen Namens Unruhe in meinem Inneren hervorgerufen. Anscheinend hatte sich niemand darüber Gedanken gemacht. Man unterschätzte mich, man hielt mich für ein unbeschriebenes Blatt, dem man bedenkenlos die fremdesten Urlaute aufprägen konnte.

Dabei hatte ich alles versucht, mich zu unterrichten. Schon im Mutterleib hatte ich den auf mich anstürmenden Traumbildern Erkenntnisse abgewonnen, um die mich so mancher beneidet hätte. Kaum hatten sich meine Sinne ausgebildet und verfeinert, hatten sie ihren Dienst bereits gründlich getan. Gekrümmten Leibes, noch kaum beweglich, war ich den Taten und Empfindungen meiner Mutter aufmerksam gefolgt. Zu allem entschlossen hatte ich meine ersten selbständigen Handgriffe eingeübt; auf den meist gleichmäßigen Schlag des mütterlichen Herzens hatte ich mit tiefem Durchatmen geantwortet. Ich hatte gelernt, den Hals allmählich freier zu bewegen, ihn zu drehen, zu wenden. Bald war es mir gelungen, die kleinen Hände zur trotzigen Faust zu ballen; bei stärkerem und eher bedrohlichem Klopfen und Pochen des nahen Mutterherzens hatte ich mitleidend die Stirn gerunzelt und erfolgreich grimassiert. Zwar hatte ich mit diesen sympathetischen Bewegungen keine besonders hilfreichen Dienste getan. Eingezwängt in die Höhle eines fremden Leibes, litt ich unter der eingeschränkten Bewegungs- und Denkfreiheit. Es wurde für mich gesorgt, alle Elemente der undurchschaubar zusammenarbeitenden Organismen griffen ineinander, um einen ordentlichen Menschen aus mir zu machen; andererseits war es mir doch unmöglich gewesen oder gar strikt verboten worden, in den Gang des Geschehens einzugreifen. Offensichtlich schlug sich meine Mutter mit feindlichen Mächten herum, sie setzte sich allen Widrigkeiten aus, während ich anscheinend nur dazu bestimmt war, zu ruhen, den Hals zu drehen und mit den Augen ins Dunkel zu schielen. Was ereignete sich draußen, was ging vor in diesen vielfach verworrenen Welten, aus denen so wenig zu mir hinüberdrang? Manchmal nahm ich ein plötzlich aufflammendes Licht wahr, dann wieder zuckte ich zusammen, wenn die Geräusche eindringlicher und markanter wurden. Doch konnte ich diese Außenlaute anfänglich nur wenig ordnen; was dort vor sich ging, blieb mir lange verschlossen.

So widmete ich mich den Träumen, die mir eine reichere und vielfältigere Wirklichkeit offenbarten. Es fiel mir nicht schwer, sie aus den Tiefen meiner Seele heraufzubeschwören. Gesammelt und angespannt erlebte ich die geheimen Planungen des Geistes mit, und auf dem dunklen Schirm, der mich sonst umgab, entstanden die ersten, quicklebendigen Schemen. Oft war ich verzaubert, denn unter ihrem Schutz wagte sich meine Seele, wie es mir schien, aus der Enge des gepreßten Körpers hinaus, sie machte ihre ersten Bekanntschaften mit der Welt und brachte so mit der Zeit in Erfahrung, in welchem Teil der Erde ich mich befand und mit welchen Stammeseigenheiten ich zu rechnen hatte.

Ohne Zweifel hielt ich mich in einer der prächtigsten und reichsten Städte des Kontinents auf, die würdig genug war, mich zu empfangen. Von Anfang an liebte ich ihre Schönheit, die so viele Geister in immer neuen Redensarten unermüdlich priesen. Betört, beinahe verhext lief ich durch ihre Gassen und Straßen, überquerte die weit sich öffnenden Plätze, besuchte die Märkte, die Lagerhallen am Fluß und suchte in den schmalen Laubengängen, die sich an die Wohnhäuser schmiegten, nach Schatten und Ruhe. Dort lauschte ich dem Gespräch der Philosophen, die sich beim Würfelspiel leise unterhielten; anscheinend machte es ihnen nichts aus, so lange an einem Platz zu verweilen. Sie liebten die Beständigkeit, sie verachteten die Hast, die uns in den Geschäften der Händler umgab, und sie spotteten über die Soldaten, deren Feldherr, Marcus Agrippa, mich schon bei einem meiner ersten Aufenthalte herzlich empfangen hatte. Den Spott der philosophischen Schule, hatte er ausgeführt, könne er leicht ertragen; unter den Soldaten nenne man sie die Eckensteher, die Wanzenbeschauer, die Neunmalklugen. Denen gehe nichts leicht von der Hand; sie lebten ihr Dasein auf Kosten der anderen, und nicht ihnen, sondern einzig den Soldaten, ihrem Ehrgeiz und ihrem Beharrungsvermögen habe die Stadt so viel zu verdanken. Wo finde man nördlich der Alpen etwas dergleichen an Pracht, Ordnung und Reichtum? Selbst in Italien spreche man von dieser Siedlung nur mit Respekt, was etwas heißen wolle, denn die Römer seien ein verwöhntes, anspruchsvolles Volk, das sich dem fernen Germanien nur mit großer Zurückhaltung genähert habe. Er selbst zweifle noch heute daran, ob es gut gewesen sei, die Truppen so weit in den Norden zu verlegen, um unter diesen finsteren, wenig zugänglichen Barbaren zu leben. Ein römischer Feldherr im Norden – das sei, um es deutlich zu sagen, eine wenig ansprechende Erscheinung, und an ihm selbst, seinen Zweifeln und Sorgen, könne ich leicht ermessen, was er von den Plänen des einzigen Cäsar halte, in diesen regendurchweichten, windgepeitschten Ebenen ein Leben zu führen, das sich den Ansprüchen einer höheren Kultur kaum fügen wolle. Wer habe schon freien Willens seine Heimat verlassen wollen, um dieses Germanien aufzusuchen, dessen Bewohner sich selbst ihrer Herkunft kaum gewiß seien, weil sie von geschichtlichem Leben nicht einmal etwas gehört, vielmehr alle Kraft darauf verwendet hätten, Eindringlinge durch die rauhen Töne und das dumpfe Dröhnen ihrer bardischen Gesänge in Schrecken und Angst zu versetzen? Tapferkeit habe man diesen Primitiven nicht absprechen können, wohl aber jedes Empfinden für Dauer und Schönheit. Der Krieg sei ihr Lebenselement gewesen, und außerhalb der Kriegszeiten hätten sie sich kaum zu betragen gewußt; gerade die Tapfersten seien in solchen Friedenszeiten ohne jede Beschäftigung gewesen, hätten die Glieder langgestreckt, Sorge und Arbeit den Frauen überlassen. So habe ihnen am ehesten eine ansteckende Trägheit entsprochen, eine offenbar kaum auszurottende Unlust, es mit der Welt aufzunehmen, während sie andererseits wiederum die Ruhe wenig genossen oder gar geliebt hätten. Herausgekommen sei dabei ein zwiespältig unentschlossenes Wesen, gezeichnet von einer anscheinend *schweren Not,* doch unergründlich in seinen tieferen Antrieben und Sehnsüchten, ein untätig lagerndes, träumendes, schwerfällig sich bewegendes Volk, das sich nicht einmal habe entschließen können, Städte zu bauen und feste Häuser zu bewohnen. Vielleicht habe ihre Schwermut derartige Planungen nicht erlaubt, vielleicht seien sie sicher gewesen, eines fernen Tages einmal in den Klüften und Spalten des von ihnen nur spärlich bebauten Bodens zu verschwinden, auf Nimmerwiedersehen, ungeliebt von den Nachbarn, zerbrochen eher an ihrer Schwermut, als an ihrer Tapferkeit, von der sie reichlich Zeugnis abgelegt hätten. Ihn, Marcus Agrippa, habe es immer gewundert, zu welchen Taten diese Wegelagerer und Hüttenbewohner fähig gewesen seien, denn was hätten sie schon zu verteidigen gehabt außer ihren düsteren Landstrichen und erdbestrichenen Häusern, in denen sie beinahe nackt, jedenfalls in tiefem Schmutz und Unrat aufgewachsen seien? So habe er inmitten dieses trostlosen Landes den Göttern einen Altar errichtet, er habe einer Legion seiner Soldaten einen festen Sitz gegeben und keine Mühen gescheut, den Blick der allmählich hier angesiedelten Ubier, die ein lernwilliges, den Römern freundlich gesinntes Volk seien, auf das Beständige und Nützliche wie auf das Schöne und Wertvolle zu lenken, eine Tat, die mehr Festigkeit und Kraft erfordere als die zynisch-nörgelnden Philosophen der Stadt es sich je zu träumen gewagt hätten.

Ich dachte nicht daran, ihm zu widersprechen; er machte Eindruck auf mich, und er ließ keine Gelegenheit ungenutzt, mir Beweise für seine Worte vorzuführen. Wahrhaftig boten Einwohner und Stadt ein überaus ansprechendes Bild. Größere Paläste wechselten mit einfacheren Wohnhäusern, Händler und Kaufleute hatten sich prächtige Villen gebaut und ließen sich während des Tages in Sänften durch die breiten Straßen zum Hafen schaukeln, um dort ihre Geschäfte zu regeln. Am späten Nachmittag zog man sich, vom Tagestreiben erschöpft, in die aufwendig gebauten Thermen zurück, man badete kalt und heiß, schwitzte, salbte den Körper und entfernte das Öl mit einem kleinen Schaber. All das vollzog sich unter dem Schutz der selten genug ins Bild tretenden Soldaten, und ohne die Gegenwart dieser rauhen Burschen wäre ein so üppiges und, wie mir schien, angenehmes Leben in der Stadt, die von ihren Einwohnern bald *Colonia,* bald einfacher *Ara* genannt wurde, kaum möglich gewesen.

Dennoch konnte ich mir selbst nicht verheimlichen, daß mich das Leben in den kleinen philosophischen Zirkeln erheblich mehr anzog. Dies war vor allem darin begründet, daß ich die Nacht liebte. Seit den Anfängen meiner Erinnerung hatte ich selbst im Dunkel gelebt, beschwerlich und wenig komfortabel. Als Kostgänger meiner Mutter war ich von ihren Bewegungen abhängig; sie bot mir, was ich brauchte, aber sie konnte nicht verhindern, daß ich meine Lage im Verlaufe der langen neunmonatigen Höhlenexistenz zu hassen begann. Warum dauerte es so lange, warum entwickelten sich meine Glieder unter so vielen Anstrengungen erst allmählich, während es in meinem Kopf schon viel weitschweifender und großartiger herging? Wie mühsam war es, dem Körper seine Lektionen aufzudrängen, ihn zu beschäftigen, ihm endlich die ersten Fertigkeiten beizubringen! Nach Wochen vollkommener Ruhe hatten sich endlich die Muskeln gelöst, um spontaneren Regungen zu gehorchen, meine Haut speicherte zarte Berührungen, empfand Warmes und Kaltes, mein Mund formte die ersten Laute, meine Ohren richteten sich nach den eindringenden Geräuschen, bis mir endlich auch meine Augen den Dienst nicht länger versagten.

Während all dieser Zeit hatten mein Denken und Sinnen die Oberhand über den zäh sich ausbildenden Körper gewonnen. Im Innern meines Kopfes tat sich Entscheidendes, die Weltgeschichte hatte mich als einen ihrer Bürger und künftigen Gestalter in Beschlag genommen und ohne Verzug damit begonnen, mich zu unterrichten. Sobald ich einschlief, rückten die Traumbilder nahe an mich heran; sie unterhielten und begeisterten mich, sie ließen mich leben, schauen und hoffen. Kaum erwacht, begann die jämmerlichere Seite meines Wachstums. Ich hatte mich zu ernähren, mußte meine inneren Organe anstrengen, um das Ernährte auszuscheiden, hatte den Daumen in den Mund zu stecken, um so anzuzeigen, daß ich für den ersehnten Weiterschlaf gerüstet war. Auf die Dauer ließen sich diese beiden Seiten meiner Existenz kaum noch miteinander vereinbaren: in den Schlafstunden verhandelte ich mit Marcus Agrippa, lauschte auf die Sätze meiner philosophischen Lehrer, in den Stunden des Wachseins, die ich auf ein möglichst beschränktes Maß zurückdrängen wollte, lernte ich, nach Luft zu schnappen und die Finger zu bewegen. Mit der Zeit verabscheute ich die Körperproben und wartete sehnsüchtig darauf, daß der Schlaf mich überfiel.

Im Dunkel zauberten die Traumereignisse mich in ein anderes Reich hinüber, Laternen und Fackeln erschienen, Öllämpchen flammten auf: rechtzeitig war ich zu einem der zu später Stunde stattfindenden Gelage im Haus eines römischen Kaufmanns erschienen, ich löste die Sandalen aus fein gegerbtem und schön gefärbtem Leder, ich stützte den Arm auf die weichen Kissen, man reichte mir eingelegte Fische, Schnecken, gefülltes Geflügel, Sklaven waren bereit, den Wein einzuschenken, und ich bat, ihn, meiner Jugend wegen, mit Wasser zu mischen.

In diesen Kreisen war ich ein aufmerksamer Zuhörer. Ich erlernte die Regeln des philosophischen Gesprächs, ich bemerkte, daß es darauf ankam, den Sprechenden, Denkenden ausreden zu lassen, ihm Zeit genug zuzugestehen, seine Gedanken abzurunden, sie mit gut gelungenen Sentenzen zu schmücken. Vor allem aber begeisterte mich das immer wiederkehrende Thema dieser Unterhaltungen, ein Thema, von dem ich mir selbst noch keine rechte Vorstellung machen konnte. Denn in all diesen Gesprächen ging es zuletzt doch nur um ein einziges, um etwas, das allen das Erhabenste und Bedeutsamste überhaupt zu sein schien: es ging um das, was meist als *Glückseligkeit*, als *Glück*, manchmal aber auch einfach nur als *Zufriedenheit* bezeichnet wurde. Offenbar handelte es sich um einen besonders schwer zu erreichenden Zustand, um ein Gefühl höchster Stimmung, das alle herbeisehnten und das doch nur die wenigsten zu finden wußten. Warum war es so schwierig, diese *Glückseligkeit* zu erwerben, und was konnte man tun, ihr näher zu kommen?

Jeder hatte eine andere Antwort auf diese entscheidende Frage. Einig war man sich anscheinend nur darin, daß die Wege, die zum *Glück* führten, äußerst verborgene waren. Mit den Tagesgeschäften hatten sie nichts gemein; diese wurden vielmehr mit großer Geringschätzung behandelt, mit einer Verachtung, die mich mit der Zeit von den Lockungen des Feldherrn Marcus Agrippa immer weiter entfernte. Militär und Verwaltung, Handel und Verkehr – das waren Angelegenheiten, die die *Glückseligkeit* nicht betrafen: man konnte sie ohne längere Betrachtung und Überlegung beiseite lassen. Die Pfade, die zum *Glück* führten, waren verschlungene, und sie bildeten ein Reich, das die meisten als *Reich der Seele* bezeichneten. Diesem Reich mußte man sich in vielerlei Übungen nähern, man mußte es sich erwerben und seine Geheimnisse in geduldiger Anspannung erforschen. Unüberwindliche Kraft, sagte man, wachse denen zu, die diesen Weg gewählt hätten; die *Glückseligen* seien gegen jederlei Zufall und Kummer gefeit, nur für sie gebe es so etwas wie Dauer und Heimat.

Schien die Erlangung des Glücks für viele meiner Freunde eine Angelegenheit von Geduld und Ausdauer zu sein, so lernte ich allmählich doch auch jene begreifen, die sich dafür aussprachen, die Sache des *Glücks* entschiedener, fordernder anzugehen. Sie bildeten zwar im Kreise unserer Unterhaltungen eine Minderheit, sie sonderten sich zuweilen ab, doch sie machten auf mich einen starken, nachhaltigen Eindruck. Von den anderen wurden sie mißtrauisch beobachtet; man nannte sie die *Orphiker*, und ich gab keine Ruhe, bis sie sich meiner annahmen und mich mit ihren geheimen Mysterien bekannt machten.

Die *Orphiker* versammelten sich in erlesenem, kleinem Kreis; ihre Gelage fanden stets nur in äußerster Abgeschiedenheit statt. Meist traf man sich in einer prachtvollen Villa, deren zentraler Saal einen überaus kostbaren Boden aus Mosaiksteinen besaß, die Szenen des *orphischen Lebens* vergegenwärtigten. Dabei kreiste alles um die Gestalt eines dem Wein ergebenen Wesens, das sich in auffälliger Zügellosigkeit seinen im Verlaufe der Nacht immer ausschweifender werdenden Gefühlen hingab. Weinbeseelt, ekstatisch bewegte es sich im Kreise der anderen und achtete nicht auf Kleidung und Sitte. Vielmehr zog es die Mitfeiernden durch seine heftige Lebensart immer stärker in seinen Bann. Traf man diese Gestalt zu Beginn des Gelages noch in der Hülle eines sorglos um die Lenden geschlungenen Pantherfelles an, so glitt diese Hülle doch mit zunehmendem Weingenuß immer häufiger von ihm ab, bis sie ihm lästig wurde. Die anderen taten es ihm nach; man trank, tanzte, feierte, man bekränzte sich, während man die Kleider längst abgelegt hatte, mit Weinlaub und Efeu, man musizierte und nährte sich ausschließlich von Früchten und Wein. Schließlich benahmen sich meine Freunde immer fremdartiger; sie bewegten den Körper in heftigen Zuckungen, sie sprachen schneller und wortreicher. So näherte man sich einem Zustand, den die meisten, den Namen ihres Anführers noch respektvoll verwendend, *dionysisch* nannten. Wie mir schien, hatte man in der *dionysischen Lebensart* eine besonders handgreifliche Form der *Glückseligkeit* direkt vor Augen. Denn mit der Zeit steigerten sich Tanz und Musik zu einer Ausgelassenheit, die in den Gesichtern der Beteiligten einen Freudenschimmer hinterließ, der mich selbst, der ich an diesen Festen anfangs nicht wie die anderen teilnehmen konnte, in dem Glauben bestärkte, im *orphischen Leben* habe *die Seele* erreicht, wovon meine gesitteteren philosophischen Freunde immer nur mit Worten handelten. So schloß ich mich diesen Kreisen an, ich wurde ein *Dionysiker,* ein *Orphiker,* dem die späten Stunden der Nacht die kostbarsten waren; ich lernte, den Rausch als den Zustand höchster Offenbarungen und tumultuöser Innenwelterlebnisse zu schätzen, und ich wußte, daß diese Erlebnisse mir den Zugang zu einer Welt erschlossen, die allen anderen für immer verborgen blieb. Als man auch mich zu den Eingeweihten zählte, ließ man mich an den festlichen Veranstaltungen teilhaben. Ich kostete den Wein, ich bewegte die Füße zum Tanz, und ich erfuhr in den letzten Stunden der Nacht, wie sich meinem Inneren Gesichter und Zeichen aufdrängten, die in der wirklichen Welt keinerlei Entsprechungen hatten.

So lebte ich früh *in mehreren Welten.* Als Mitglied eines geheimen Bundes wußte ich um die Mysterien, um die Künste, das Fernste und Verborgenste zu erfahren; als philosophischer Disputant schulte ich meine gedanklichen Fähigkeiten, um die Lehren des Diogenes von denen des Sokrates zu unterscheiden, und als Gefährte des Feldherrn Marcus Agrippa unterrichtete ich mich über die nun einmal lebensnotwendigen Geschäfte des Tages, über Schiffsbau und Heeresplanung, die auf mich freilich nicht mehr denselben Reiz ausübten wie früher.

Ich liebte die Nacht; ich liebte die Mysterien, ich liebte die Musik, ich liebte das philosophische Gespräch – waren das nicht Gründe genug, die Tagesereignisse geringzuschätzen und sich dadurch gleichzeitig einem Leben zu entziehen, das kaum andere Freuden für mich bereithielt als Übungen in der Kunst, den Körper in eine andere Lage zu bringen, mit den Händen aufzubegehren, den Daumen mit der Zunge zu umpinseln? Konnte man mir übelnehmen, daß ich keinerlei Anstalten machte, mich auf die bevorstehende Geburt vorzubereiten, daß ich alles der wirkenden Natur überließ, die mit meiner Mutter ein enges Bündnis geschlossen zu haben schien?

Noch immer kamen mir kaum Nachrichten von draußen zu, und obwohl ich den Bewegungen meiner Mutter nachrätselte und sie zu entschlüsseln suchte, konnte ich sie doch nicht verstehen. Warum zum Beispiel verbrachte sie so viele Stunden des Tages stehend und wartend? Unter diesen Wartezeiten schien sie zu leiden, sie seufzte, griff sich an die Hüfte … – und harrte doch anscheinend geduldig aus, bis sich wieder eine Gelegenheit gab, ein kleines Schrittchen zu tun. Wer hielt ihren Weg auf, wer ließ sie so lange warten und stöhnen, bis sie erhielt, was sie brauchte …? Oft überkam mich in solchen Stunden der Zorn, ich verfluchte heimlich die Widersacher, die ihr das Leben schwermachten; denn auch ich mußte darunter leiden. Ich trotzte, indem ich mich abwand, um erneut den Tiefschlaf zu suchen …

Einmal jedoch hatte sich in den regelmäßigen, schlafbefördernden Schlag des mütterlichen Herzens ein anderer, seltsamer Klang gemischt. Ich hätte das Tönen kaum zur Kenntnis genommen, wenn meine Mutter, eben noch im geschwinden Gang, nicht plötzlich haltgemacht hätte; ihr Herz begann rasender zu schlagen, es stürmte, preßte das Blut in Eilschüben durch den Körper, daß ich geschüttelt wurde, wie es mir noch nie geschehen war. Aus weiter Ferne vernahm ich ein immer mächtiger aufbrausendes Läuten, bald stärker, bald schwächer, ein *Ding-Dong, Dinge-dong,* dessen Lärm meine Mutter in die Knie zu zwingen schien. Denn wahrhaftig hatte sie sich nach kurzem Zögern entschlossen, hinzuknien, ihr Körper wurde heftig geschüttelt und rüttelte mich mit, sie führte die Hände zum Gesicht, ich hörte ihr Schluchzen, ohne begreifen zu können, was dort draußen vor sich ging. Der Klang hatte etwas Festliches, Triumphierendes, war aber andererseits anscheinend geeignet, die Menschen traurig oder nachdenklich zu stimmen. Hartnäckig ließ er mir keine Ruhe: so tat ich den ersten Schrei. Mein Körper krümmte sich zusammen, wurde gepackt, zitterte leicht, mein Mund wurde wie von einer höheren Gewalt aufgerissen, die Lippen wölbten sich nach außen: ich brüllte. Rasch schien meine Mutter begriffen zu haben, wie es um mich stand. Sie erhob sich …, tat wieder einige Schritte …, fuhr mit den Händen beruhigend an ihrem Bauch entlang und atmete tiefer durch; hatte ich ihr geholfen, das Leiden zu überstehen? Und zogen die mächtigen Laute sich nicht allmählich zurück, schwächer werdend …, ausklingend …, bis nichts davon übrig schien als ein mattes Gebimmel?

Mehr zu tun als zu schreien war mir offensichtlich nicht vergönnt. Ich ging sparsam mit dieser Notwehr um, sie diente mir nur in den Augenblicken höchster Gefahr als Mittel, auf meine besondere Lage aufmerksam zu machen. Ich hielt aus, ich wartete, bis die Tage im mütterlichen Leib gezählt waren. Mit der Zeit hatte ich gelernt, mich sicher zu bewegen; alle Glieder taten ihren Dienst, die Lungen pumpten kräftiger denn je, das Herz schlug lebensbereit.

Am Nachmittag eines dunstigen Novemberfreitags – ein wenig später in den Blick geratenes Kalenderblatt zeigte *den fünften November* an – war es soweit. In der Frühe, kurz nach halbzehn Uhr, hatte es begonnen. Ein Brausen und Ziehen hatte meinen ganzen Leib ergriffen, hatte ihn in Aufregung versetzt, keine Ruhe oder Abschweifung mehr gegönnt; einige Zeit hatte ich mich einer derartigen Gewalt noch zu entziehen gesucht. Ich hatte mich in einen kurzen Schlummer geflüchtet und versucht, mich an meine Traumwelten zu halten. Doch am späten Nachmittag hatte man mich mit allen Kräften ins Leben gezerrt; rasch, befriedigend schnell war es vor sich gegangen. Mein Leib hatte sich in plötzlichen, heftigen Zuckungen dem helleren Ausgang zubewegt, hatte gedrängt, gestoßen, war jedoch noch einige Zeit durch etwas Störendes, Lastendes an der erfolgreichen Geburt gehindert worden. Schließlich war es vollbracht; nur mein Kopf hatte sich länger widersetzt. In den langen Monaten des Eingesperrtseins hatte er beinahe meine ganze Unterhaltung bestritten. Konnte ich ihm verdenken, daß er sich lieber noch länger im Dunkel des Mutterleibes aufgehalten hätte, konnte ich ihm jetzt Vorwürfe machen, als er auf jene Tageshelligkeit traf, die ihm so sehr zuwider war? Schon wenige Minuten nach meiner Geburt war er der alleinige Gegenstand der Bewunderung.

Es war ein Kopf, der alles übertraf, was man von Köpfen gewohnt war, ein Turmschädel, ein *Globus,* ein *Ministerkopf.* Lange und erfolgreich hatte die Natur gebrütet, dieses Wunderwerk zu schaffen, das wie kein anderes Werkzeug der zweiseitig-symmetrischen Menschennatur zur Orientierung dient. Beherbergt er nicht die meisten Sinnesorgane, hatte man nicht die Geschichte der menschlichen Entwicklung als eine Geschichte des wachsenden Gehirnvolumens geschrieben, als Geschichte einer sich über die Jahrtausende hin vergrößernden Masse, die – vom *Schimpansen* über den *Australopithecus* und den *Homo erectus* – bis hinauf zum *Homo sapiens* führte? Zweifellos hatte die Natur in der Gestalt meines Kopfes dieser langen geschichtlichen Entwicklung die Krone aufgesetzt. Es war, wie ich schon früh ahnte und später bestätigt erhielt, der Kopf eines *Genies.*

Das Genie – schrieb der ebenfalls zu dieser bevorzugten Menschenklasse gehörende Immanuel Kant in einer kleinen Schrift (nicht ahnend, wie sehr sich seine Erkenntnisse einmal durch meine Kopfexistenz bewahrheiten würden) – *das Genie* gefalle sich in seinem kühnen Schwunge, es habe den Faden, woran die Vernunft sonst so griesgrämig hänge, abgestreift, es bezaubere durch seine Machtansprüche und durch große Erwartungen, es scheine sich selbst auf den Thron gesetzt zu haben, den die schwerfällige Vernunft so schlecht ziere, als Günstling der gütigen Natur sei es erleuchtet. Soweit – so richtig. Von Anfang an setzte ich ja alle Mühen daran, meinen Thron zu behaupten, meine Machtansprüche durchzusetzen, in mich gesetzte Erwartungen zu erfüllen.

Doch fügte mir meine Unfähigkeit, das Rätsel des fremden, in meiner Gegenwart schon wenige Tage nach meiner Geburt so gründlich und beinahe spöttisch wiederholten Namens (*Adenauer*) zu ergründen, den ersten heftigen Schmerz zu. Ich ahnte bereits, daß diese Unfähigkeit nicht allein meiner Natur zuzuschreiben war; vielmehr schien deren zielsicheres Wirken über jeden Zweifel erhaben. So begann ich bald, die Geheimnisse meiner Geburt noch aufmerksamer zu studieren, und die weiteren Beobachtungen führten mich auf eine fatale, befremdliche Spur. Erst als das Gezischel meiner Umgebung mich veranlaßt hatte, nach rechts und links zu äugen, erhielt ich größere Klarheit. Mein Innerstes wurde um und um gewühlt, ich traute meinen kleinen, seltsam verklebten Augen noch kaum, sah nur ein schwaches Schimmern, ein Zappeln und Prusten ganz in meiner Nähe: Ich war *nicht allein,* ein *anderer* teilte das Säuglingsgestell mit mir.

Schon bevor ich ausreichend Gelegenheit erhalten hatte, mich darauf einzustellen und mein auf die Probe gestelltes Selbstbewußtsein zu beweisen, quäkte *der Erstgeborene* neben mir, schrie diese unheimliche Vorgeburt, dieser *Frohsinnshans,* dieser Maulheld und Sittenverdreher. Wenige Minuten meiner Unachtsamkeit hatte er offensichtlich genutzt, sich vor mir in die Welt zu drängen; schlau und listig hatte er sich aus der günstigen Kopflage in den befreienden Spalt geschoben, während die Ärzte bei meiner Zutageförderung wesentlich schwerere Anstrengungen hatten unternehmen müssen. Niemand hatte mit *Zwillingen* gerechnet, ich selbst am wenigsten.

So äugte ich mißtrauisch, etwa eine halbe Stunde nach dem schmächtigeren Bruder zur Welt gekommen, zu ihm, dem Eiligeren, hinüber. Hätte ich von dem Unglück vorzeitiger geahnt, wäre ich früher aus meinen vielfältigen Träumen zur Besinnung gekommen, um zu erfassen, was meine Geburt so behinderte und verzögerte, hätte ich mich wohl kräftig zur Wehr gesetzt, hätte um mich geschlagen, den Weg ins Freie begehrt, hätte wie *Jakob* den früher entschlüpfenden *Esau* vielleicht noch an der Ferse zu packen bekommen, um ihn zu halten und zu strafen. Allein: mir war entgangen, daß ich schon so früh gezwungen war, den *Kampf ums Dasein* aufzunehmen. Ich hatte den rechten Zeitpunkt der Gegenwehr verträumt, hatte länger als der andere im Schlummer gelegen, mich in den fernsten Gedanken gewiegt, einen längeren Verbleib im Mutterleib dem hellen Tageslichtdasein vorgezogen.

Von solcher Feinheit waren meines Bruders Gedanken und Empfindungen nicht. Er hatte sich durchgesetzt, er hatte den ersten Kampf ganz zu seinen Gunsten entschieden; nun bemerkte auch ich es, denn er beschrie seine Erstgeburt aus Leibeskräften, er dröhnte, spuckte und röhrte, er ließ nicht zu, daß auch ich einmal zum Tönen kam und die ersten Laute in meiner Gurgel fand. Unfein, übertrieben, alle Aufmerksamkeit auf sich ziehend, bekiekste und begluckerte er seinen schmählichen Sieg; er lockte die Krankenschwestern, kaum daß sie sich von ihm abgewendet hatten, wieder heran, er ließ sich an den kleinen, in die Höhe gestreckten Beinchen fassen, nieste, wie es gefordert wurde, krümmte den krebsroten Kindsleib, dieses stinkende Ungeheuer, diese Frucht einer für mich noch unerklärlichen Zeugung. Was – fragte ich mich empört, auf den Anlaß meiner Beobachtungen zurückkommend – was hatte *Adenauer* mir angetan, indem er mich mit diesem Rauling verkoppelt hatte? Und wer war dieser ferne Magus, dem ich meine Benachteiligung vielleicht zu verdanken hatte?

Ich tat mich schwer. Denn von Anfang an hatte mein Bruder zu der Tageswelt ein gutes Verhältnis; er forderte von seiner Umgebung alle Beachtung, und man schenkte sie ihm reichlich. Man sprang um ihn herum, man tätschelte und koste ihn – und er wälzte den unappetitlich nährmoosigen Körper in unserem gemeinsam bewohnten Gestell hin und her. Er erbrach sich, er hielt das Schnupfen, Rülpsen und Aufbauern kunstvoll zurück, er gierte um Sympathie, er gluckerte wie ein Erbsenprinz plötzlich und unerwartet fröhlich. Was blieb mir da? Was hatte ich zu erwarten und was zu befürchten?

Ich strengte mich nicht an zu gefallen; ich verachtete die üblichen Neckereien, die die Erwachsenen ohne bessere Gründe mit Säuglingen treiben, ich zog mich ganz auf mein Inneres zurück. Angestrengt dachte ich nach, kombinierte, verknüpfte. Trieb mein Bruder es bunt genug, zerrte er durch sein Schreien, Brüllen und Prusten das laufende Volk der Pflegerinnen hinter seinen albernen Faxen her, so gab ich der Welt zum Erstaunen mein Bestes und vorläufig Einziges: diesen großen Kopf, diesen *Guckindiewelt* und sein altersweises, beinahe chinesisch gebändigtes Gesicht, ein Visionengesicht, umflort von auffälliger Undurchdringlichkeit. Doch gerade diese Einfachheit meines Ausdrucks wurde wenig geschätzt. Man deutete mißtrauisch auf mich, man blickte lächelnd hinüber zu dem Schreihals, der sich um so dreister betrug. In meiner Nähe tuschelte man leise und unverständlich, während man in Gegenwart meines Bruders kicherte und quietschte. Man zog die Stirn in Sorgenfalten und krittelte lange an mir herum, bis man sich entschloß, mich aus dem Bett zu zerren und mir eins von hinten zu geben. Man klopfte, erst vorsichtig, dann verhalten, schließlich kräftiger, man rüttelte an meinem jungen, gepflegten Körper, man wollte ihm mit allen Mitteln roher Gewalt einige Laute entlocken, etwas von diesem mir nur zu bekannten und verhaßten Geplärre, das ich um so entschlossener verweigerte. Ich blieb stumm, unbeteiligt, sollte man mich ruhig züchtigen und strafen. Manchmal mußte *das Genie* wohl auch zum Märtyrer werden, fest stand, daß es sich seinen Thron um keinen Preis nehmen ließ, es gab – so hatte es Immanuel, der ebenfalls Einsame, viel Bespöttelte festgehalten – der *Kunst die Regel,* nicht umgekehrt; jeglichem Nachahmungsgeist war das Genie gänzlich entgegengesetzt.

Endlich sah man sich genötigt, den Sieg meines triumphierenden, selbständigen Geistes anzuerkennen; man bettete mich erneut, deckte mich zu, und ich zeigte diesen Gewohnheitskreaturen und Allerweltskrämern, wie leicht es mir fiel, aus eigenen Kräften einzuschlafen.

Adenauer?! Selbst im Traum blieb ich bei *Adenauer.* Alle Visionen und Überlegungen führten mich zu diesem Namen zurück. Langsam trennte ich die ineinander verhakten Träume und Gesichte auseinander und begann, das ungeheure Innere meines Felsenschädels zu durchleuchten. Den ersten Wink verdankte ich Marcus Agrippa; er habe, teilte er mir bei einem Rundgang um die Festungsanlagen der Stadt mit, über *Adenauer* nichts in Erfahrung bringen können. Der Name deute überhaupt auf nichts Südliches, Römisches, eher auf eine Folge germanischer Urlaute, deren Sinn sich jedoch gerade ihm, dem allem Germanischen nicht gerade wohlgesonnenen Feldherrn, schlecht erschließe. Was andererseits mein Zwillingsdasein anbelange, so gebe es dafür mancherlei Erklärungen und keine könne beanspruchen, die einzig richtige zu sein. So hätten gebildete Völker wie etwa die griechischen – in der Doppelgeburt das Wirken eines hohen Gottes erkannt; nach ihrem Glauben habe *Zeus* mit *Leda* die springlebendigen strahlenden Brüder *Castor und Pollux* gezeugt. Primitivere Stämme dagegen hätten das verdoppelte Wesen ganz anders verstanden. Sie nämlich hätten die Schuld an diesem Unwesen der Natur der Untreue der gebärenden Mutter zugeschrieben und – wenig aufgeklärt – geargwöhnt, die Mutter habe es mit zwei verschiedenen, ungleichen Männern versucht, woraus dann *eine schöne* und *eine häßliche* Frucht hervorgegangen, wovon nur eine am Leben zu lassen sei. Was nun den germanischen Glauben betreffe, so treffe man dort auf die Erzählung von *Baldur* und *Hödur*; deren Geschichte freilich könne mich nicht gleichgültig lassen, sei doch der von der Natur verwöhnte *Baldur* von seinem hinterlistigen Bruder erschlagen worden.

Auch meine philosophischen Freunde konnten mich kaum beruhigen; im Lager der Zwillinge, hielten sie fest, gehe es um *das Gute* und *das Böse*. Zwei Elemente des Lebens ständen sich hier in kaum zu trennender und eben doch getrennter Einheit gegenüber. Nie wisse der eine, was er vom anderen zu erwarten habe, und ein Leben lang setze sich dieser Kampf fort, ein Kampf, der sich ebenso zur Freundschaft und liebenden Anhänglichkeit wie auch zur dauernden Feindschaft hin entwikkeln könne.

Am entschiedensten aber äußerten sich meine orphischen Bundesgenossen. Ohne lange zu zögern, erklärten sie den Silbenklang des Namens *Adenauer* für ein orphisch verschlüsseltes, wahrscheinlich aus dem Asiatischen kommendes Rätsel, dessen Lösung nur den Eingeweihten möglich sei. Sie versprachen, alles zu tun, was in ihren Kräften stand, und baten mich, Augen und Ohren offen zu halten, um mehr über diesen geheimnisvollen Namen in Erfahrung zu bringen.

So hielt ich die mir hilfreichen Traumbilder auf, so konzentrierte ich mich ganz darauf, was über Väter und Verwandte, was über göttliche Wesen und etwa beabsichtigte Kindstötungen zu ermitteln war. Mein Bruder jedoch schien den Ernst unserer Lage nicht zu begreifen. Er war der Visionen und Träume unkundig; siegessicher beschränkte *der Gnom* sich darauf, seine zappelnde Existenz unter Beweis zu stellen, als wäre damit schon alles getan. Nichts war getan, man mußte forschen, in den Mienen der verdutzten Betrachter lesen, die aufgeregt um uns herumeilenden Krankenschwestern belauschen, alles einbeziehen, was größere Klarheit bringen konnte.

Daher blieb ich bei *Adenauer.* Seinen Kopf also sollte ich, wie mein Onkel geflüstert hatte, geerbt haben, den Kopf des Alten; meine Vermutungen führten mich weit herum. Wenn von ihm als dem Kopf des Alten die Rede war, so konnte damit wohl eine etwas respektlose Redensart gemeint sein, die meinen Vater bezeichnete. War *Adenauer* also mein Vater? Aber warum zeigte dieser Erzeuger sich nicht, warum trat er nicht herbei und erfreute sich am Ebenkopfmaß seiner Zweitgeburt?

Andererseits erinnerte mich der Hinweis des Marcus Agrippa, daß die geistig helleren Völker der Geschichte die Geburt von Zwillingen auf die Einwirkung eines göttlichen Wesens zurückgeführt hatten, daran, daß Adenauer auch der Name eines solchen Gottes und Übervaters, eines fernen, in anderen Regionen und Bereichen thronenden Wesens sein konnte. Da man von ihm auch wahrhaftig wie von einem Gotte sprach, da man nirgends zu erkennen gab, er könne in diesem einfachen Krankenhaussaal auftauchen, um mich zu begrüßen und zu bestaunen, hielt ich lange an dieser Version fest.

Neue Nahrung erhielt diese Vermutung, als ich den Sätzen einer in hohem Alter stehenden mütterlichen Oberin entnahm, die Geburt so wohl geratener Zwillinge in diesen endlich wieder friedlichen Zeiten habe man einzig *Adenauer* zu verdanken;

sie selbst, die Schwester Oberin, habe ihn noch gut aus der Zeit in Erinnerung, als er der Oberbürgermeister der Stadt gewesen sei, wo er vieles wiederaufgerichtet, wo er den Notleidenden geholfen und die Kriegsarmut überwunden habe. Daher dachte ich nach diesen eindringlichen Worten, daß *Adenauer* ein Wesen sein müsse, das über den klein genug geratenen Köpfen der anderen *throne* und *herrsche,* ein Wesen, das nur in den höheren, göttlichen Kreisen verkehrte. Dieser Wertschätzung mochte die ehrfurchtsvolle Haltung entsprechen, in der die lobenswerte Schwester Oberin von ihm sprach, das Durchstemmen der Beine, das Zusammenfalten der ans Beten gewöhnten Hände, eine Frömmigkeit, die mir durchaus behagte, redete sie mir doch ein, der legitime Sohn und Erbe eines gewaltig wirkenden Gottes zu sein, den seine Untertanen als Herrscher anerkannten.

Weiteren Aufschluß über die komplizierten Hintergründe meiner Vermutungen erhielt ich, als sich zwei meiner Onkel in unserem Beisein am Kindsbett unterhielten. Einer der beiden mochte in den dunklen Bereichen seiner Empfindungen etwas von meinen ungewissen Erwägungen mitbekommen haben; vielleicht aus dem Gefühl heraus, mich belehren zu müssen, vielleicht aber auch durch einen leichtfertigen Hang zum Spielerischen angestachelt, hielt er mir lachend wie einen Spiegel das Titelblatt eines Magazins vor die Augen, schneuzte sich in sein Taschentuch und rief beinahe übermütig aus: »So siehst Du aus, wahrhaftig, *so siehste aus*!«

Was hatte ich davon zu halten? Deutlich genug erkannte ich das strenge, um die Augen etwas schwermütige Gesicht eines bereits älteren Herrn, dessen Kopf, durch einen Strohhut gegen die anfallenden Sonnenstrahlen geschützt, sich über mich beugte. So sah ich aus? Zugegeben – das Antlitz dieses Menschen strahlte eine fremde, beinahe orphisch-asiatische Heiterkeit aus; andererseits deuteten der offene Kragen des Hemdes, die leichte Bekleidung sowie der mir nicht aus den Augen geratende Hut eher auf einen bejahrten Gartenfreund als auf den Herrscher eines mir noch unbekannten fernen Reiches hin. Verworrener aber wurde die Lage noch, als meine Onkel sich über die Sprossen unseres Bettes hinweg zuriefen, was ihnen beim Anblick dieses Bildes selbst in Erinnerung zu kommen schien. Schon früher – führte der eine, mit schlechter Atemluft Gestrafte aus – habe man *Adenauer* den *heimlichen König der Gegenwart* genannt, und ähnlich wie damals habe er auch jetzt als *Präsident des Parlamentarischen Rates* die Geschicke auf geheime Weise so in der Hand, daß man sich nicht wundern dürfe, wenn er in zukünftigen Zeiten einmal die höchste Stelle im neu sich bildenden Staate, von dem man freilich noch nicht wisse, wie er aussehen werde, einnehme. Ihm, *Adenauer*, traue er alles zu; zwar komme er mit Rechen und Gießkanne noch bieder genug daher, doch verberge sich in seinem unergründlichen Lächeln bereits die Schlauheit des Fuchses, der besser als alle anderen wisse, wie man es anzugehen habe. Gerade jetzt sei der lange verschollen Geglaubte wieder auf den Plan getreten, gerade jetzt, wo es darauf ankomme, *den feindlichen Besatzern* die Stirn zu bieten, das politische Leben neu zu gestalten, die Führung des Landes in die Hand zu nehmen. Schon daß er es geschafft habe, sich so lange im Verborgenen zu halten, sei ein Meisterstück, das ihm keiner nachmache, habe er sich doch in einem Kloster versteckt, unter befreundeten Mönchen vielleicht die Kutte übergeworfen, um allen Nachstellungen zu entgehen. Rosen habe er jahrelang gepflanzt, seinen Garten gepflegt, ein Haus oberhalb des Rheins gebaut, von dem aus man einen weiten Blick auf die Rheinebene werfen könne. Da throne er nun wie ein Fürst, nein wie der *stolze Herzog* vergangener Zeiten; nicht umsonst hätten ihm die Kölner einmal diesen Beinamen verliehen.

An *Adenauers* diplomatisches Geschick – höhnte der andere Onkel – glaube er gern; andererseits handle es sich doch um einen Menschen mit durchaus beschränktem Gesichtskreis. Was habe der in den vergangenen Jahren denn anderes zu Gesicht bekommen als seine Blumen und den still fließenden Rhein unterhalb seines Hauses? Schon früher habe er gerade nach dem Westen geschielt, nichts anderes sei ihm in den Blick gekommen; so einer habe den anderen Teil längst abgeschrieben, so einer sei nicht auf *Wiedervereinigung* aus.

Die Wiedervereinigung – entgegnete rechthaberisch der starke Raucher und Verunreiniger unserer Kinderatemwege – werde in künftigen Zeiten kommen; man werde sehen: dann werde gerade Adenauer mit *den alliierten Hohen Kommissaren* über *die beiden Teile* verhandeln. So, wie es jetzt sei, könne es doch nicht bleiben: *der eine Teil* hier, westlich und friedliebend, *der andere* dort, östlich und wenig friedfertig. Wer wisse schon, was man von der anderen, in Drohgebärden sich zeigenden Seite zu befürchten habe? *Das Gute* und *das Böse* lägen jetzt dicht beieinander, stünden sich von Angesicht zu Angesicht gegenüber, man dürfe der angriffssüchtigen, scheinheiligen Seite nicht vertrauen …

Aufmerksam hatte ich diesem Disput gelauscht, jedes Wort abgewogen und zu verstehen versucht; doch verhinderte das Quäken meines Bruders alle weitere Unterrichtung. Der Dummdreiste setzte sich durch, irritiert zogen die Onkel sich von uns zurück und ließen mich mit meinen Visionen und Gedanken allein. Die Lage war verworren, anscheinend war sie noch nie so ernst gewesen. Auch Marcus Agrippa, bei dem ich mir Rat holte, wußte mich nicht zu belehren; offensichtlich – führte er aus – sei das Land von fremden Truppen besetzt. Er, Marcus Agrippa, habe bereits den Verdacht geäußert, daß es sich bei *Adenauer* um einen germanischen Stammesfürsten handle, der den Kampf seines unterjochten Volkes aus dem Untergrund heraus betreibe; andererseits habe er noch nie davon gehört, daß es Germanen gefalle, Rosen anzubauen und ihren Garten zu bestellen. Derartige Handlungen stünden eher den Römern zu, doch könne er versichern, daß an diesem Namen nichts Römisches zu entdecken sei. Fest stehe jedenfalls, daß das Land sich in einem ungewissen Zustand befinde; anscheinend fehle es doch an allen lebensnotwendigen Behörden, gehe es drunter und drüber, sei man sich nicht einmal einig, wen man an die Spitze wählen wolle, ja herrsche selbst Unfrieden darüber, wie die politische Führung einmal zu gestalten sei; er, Marcus Agrippa, habe Erfahrung genug, wie man solche Notlagen meistere; ob aber gerade *Adenauer,* dieser aus Klöstern und Gärten auf geheimnisvolle Weise ins öffentliche Licht Zurückgekehrte, darum wisse, könne man mit Fug und Recht bezweifeln. Beneiden könne man mich um meine Zukunft nicht, die weltgeschichtliche Lage zur Stunde meiner Geburt habe etwas geradezu Katastrophales, er müsse bis in die dunkelsten Stunden der römischen Geschichte, beinahe bis zu den Anfängen zurückdenken, um sich an Vergleichbares zu erinnern.

Diesen staatsmännischen Worten konnte ich wenig hinzufügen. Doch ließ mich das Gespräch meiner Onkel nicht los. Ohne Zweifel: sie hatten von mir und dem Bruder gesprochen. *Das Gute, das Böse; der eine, der andere Teil* – und über all diesen Kämpfen verhandelte, thronte und herrschte *der Alte.* Fremde Götter und Völker mochten sich vielleicht unerlaubt in unseren schwierigen Geburtsfall eingeschaltet haben. *Adenauer* würde unsere Freiheit, die ich vor allem als meine eigene Freiheit verstand, verteidigen. Denn soviel stand immerhin fest: Mit diesem aufdringlich schreienden, sich so unanständig vorlaut und kindsköpfisch betragenden Bruder wollte ich unter keinen Umständen wiedervereinigt werden. *Das Gute* sollte vom *Bösen* getrennt, der Thronerbe sollte erhalten bleiben. Mochte *Adenauer,* der Gott unserer Spaltung, die mir widerlich erscheinenden Drohgebärden an der mittleren Grenze unseres Kinderbettes nur zur Kenntnis nehmen! Mochte er die scheinheilig geführte Angriffsschlacht des Grobschlächtigen gegen die weise Zurückhaltung des Klügeren nur betrachten! Den Finger mochte er aus seinem göttlichen, hoch über den Rheinebenen gelegenen Terrain auf dieses Unwesen richten, damit man uns auch in Zukunft auseinanderhielt, den einen für immer vom anderen schied.

Ich war stolz. Im Himmel der göttlichen-fernen Verhandler wurde soeben über unser Schicksal entschieden. Adenauer hatte sich bereit erklärt, es in die Hand zu nehmen; er mochte mit mir, dem Kopflastigen, zufrieden sein. So beschäftigt war er, so ausgefüllt war seine Zeit, daß er mich nicht einmal besuchen konnte! Doch verzieh ich es ihm gern. Sorgte er sich nicht statt dessen ununterbrochen um mich, trachtete er nicht vor allem danach, mir den Weg zu ebnen und meinen ewigen Frieden zu sichern?

Ich kuschelte mich in meine Decken, ich schlummerte ein, und im naherückenden Traum sah ich sein durchfurchtes, altersentrücktes Gesicht, die breitgezogene Stirn, den ungeheuer gestreckten Hinterkopf. Nachdenklich durchstreifte er seinen hoch gelegenen Garten, lächelte vor sich hin, richtete die Pflanzen. Ich hatte eine zaghafte Verbindung zu ihm aufgenommen, träumend folgte ich seinen Schritten und Taten …

2

Das Kölner Ereignis

Nach Abzug der Verwandten, deren Unterhaltungen mir wenigstens Stoff für meine tastenden Gedanken geliefert hatten, begannen die gleichförmigen, kaum erträglichen Krankenhaustage, deren Geschehen mein Bruder, ohne auf mich Rücksicht zu nehmen, beinahe allein diktierte. In tiefster Nacht – ich selbst lag noch sinnend still und ging den Ereignissen des Tages nach – begann er zu schreien. Von einem Moment auf den anderen war er hellwach; er riß die Augen auf, warf den Kopf unwirsch zur Seite, polterte mit den Händen und verlangte nach Nahrung. Anfangs hatte ich dieses unwürdige Spektakel selbst mit einigem Interesse beobachtet, hoffte ich doch, in solchen Augenblicken einen längeren Blick auf die Mutter werfen zu können. Viel zu kurz hatte ich sie in den ersten Tagen nach meiner Geburt gesehen. Sie erschien entkräftet, ihre Augen glänzten fiebrig; abgespannt und schwach hatte sie uns eher mit sorgenvoller als mit freudiger Miene betrachtet. Ich verstand sie gut. Wahrscheinlich wäre es ihr lieber gewesen, wenn sie nur mit mir zu tun gehabt hätte. Sie stahl sich heimlich, nur für wenige Minuten in unser Zimmer, schaute sich ängstlich um und hatte in mir ihren ersten Halt. Denn *ich wachte.* Tagaus, tagein spannte ich mich auf diese kurzen Zeiten, in denen ich ihr Fühlen zu verstehen und zu erforschen suchte. Aufmerksam öffnete ich die Augen, zwinkerte ihr zu, versuchte, sie in erste Spiele zu ziehen. Freute sie sich? Erkannte sie, welche Mühe ich mir gab, ihr zu gefallen?

Ich hatte Grund, daran zu zweifeln. Ihr Blick war unsicher, nur wie ein Schemen tauchte sie auf; sie sprach kaum, flüsterte nur, rückte unsere Decken zurecht und verschwand, indem sie die Tür des Säuglingszimmers leise hinter sich zuzog.

So war sie auch in der Nacht nicht zu erreichen. Meinen Bruder schien das wenig zu beirren. Kaum erschienen die übermüdeten Pflegerinnen, verstärkte er das Gebrüll; aufwendig kreuzte er mit den Armen in der Luft, speichelte Mund und Nase ein, raffte die Flasche zu sich heran und saugte, als gelte es das Leben. Er schmatzte auf, fand die begehrte, leicht süßliche Öffnung wieder, fingerte einen Augenblick an ihr herum, schloß süchtig die Augen und kostete weiter von dem klebrigen Brei. Allmählich wurde er matter, der kleine Kopf nickte nach hinten, langsam schlief er ein.

Das Jenseits der Träume kannte andere Vergnügen. Köln, hieß es da, sei *als schönste Stadt bekannt, die es je gab im deutschen Land.* Ich glaubte es gern, hatte doch selbst Petrarca mir gegenüber die Schönheit der Stadt in prunkenden Worten gerühmt; *quanta civilitas in terra barbarica* hatte er ausgerufen, um mir meine übelsten Befürchtungen zu nehmen. Vor allem die Frauen der Stadt hatten Petrarcas Gefallen gefunden; er forderte, man müsse sie porträtieren, um solchen Anblick der Nachwelt zu erhalten. Nicht einmal in Italien finde man ein so schmuckes Benehmen, solche Grazie. *Dii boni!* – war es ihm entfahren, als er einer größeren Schar am Ufer des Rheins begegnet war; er mischte sich unter sie, begleitete sie ein wenig des Weges, fragte nach den Blumen, mit denen sie sich geschmückt, und stand am Ufer, als sie Hände und Arme im Strom wuschen. Hätte ich einem Mann mißtrauen sollen, den die Römer zu ihrem Ehrenbürger gemacht hatten, einem Poeten, der auf dem kapitolinischen Hügel den Lorbeer empfangen, der in Ferrara, Mantua, Parma, Mailand wie Venedig zu den herausragenden Geistern seiner Zeit gezählt hatte? Hätte ich Argwohn empfinden sollen, als er von meinen philosophischen Freunden mit offener Sympathie empfangen und – seiner scharf urteilenden *Gespräche über die Weltverachtung* wegen – laut und lange gelobt wurde, um später, als er von der verderblichen Unwissenheit der Menschen sprach, selbst unter den Orphikern Zustimmung und Beifall zu finden? Ich genoß die festlichen Tage in seiner Begleitung, wenn ich auch viele seiner Reden und manche seiner Gedichte nicht verstand. Es galt weniger zu lernen als zu schauen; die Träume eröffneten mir das Reich der Ahnen, in dem die Gesetze des irdisch-gegenwärtigen Lebens nicht galten. Hielt man sich dort an die Stunden des Grießbreis, teilte man nach Sekunden und Minuten aus, so galt die Zeit in der träumerischen Ferne des Jenseits, die mich mit reichen Eindrücken versorgte, nichts. Niemand wurde nach Stunde und Tag gefragt; jeder hatte in diesem Reich dasselbe Bürgerrecht.

Petrarca hatte sich nur für kurze Zeit in Köln aufgehalten, und auch jener einzige Piccolomini, den manche bereits als Papst Pius II. begrüßten, verschwand bald wieder aus meinen Blicken, nicht ohne mir nachgerufen zu haben, wo ich denn in ganz Europa eine prachtvollere Stadt finden wolle als das durch die Heiligen Drei Könige verschönerte Köln, mit seinen glänzenden Kirchen, Türmen und mit Blei gedeckten Häusern, seinen reichen Einwohnern, seinem schönen Strom und seinen fruchtbaren Gefilden? Mußte ich daher nicht glauben, künftiger Bürger einer Stadt zu sein, mit der es kaum eine andere aufnehmen konnte?

Diesem Glauben verfiel ich. Weckte man uns auch in der

Frühe – nicht einmal der erste Sonnenstrahl hatte das Zimmer durchstreift –, ich ließ es nach solchen Träumen meist willig geschehen. Ich fiel, wie ich es gerne nannte, aus allen Wolken, während mein erdenschwerer Bruder sich tapsig aus seinen Decken herauswühlte. Nichts ahnte der Kleine! Triefäugig sammelte er seine Kräfte, um sein kleines Flaschenglück erneut zu genießen! Wie ärmlich mochten seine Säuglingsträume aussehen, in denen sich Lavaströme von Grießbrei in unserem Zimmer türmten, bestäubt vielleicht von einer dünnen Schicht von Kinderpuder und weich getunktem Zwieback. Viermal am Tag verrichtete er seine Notdurft, stank durch und durch, daß es einen erbarmen konnte. Ich nahm zu mir, was ich brauchte, und was man an Überflüssigem in mich hineinstopfte, gab ich voller Zorn zurück. Konnte man meiner Gedanken und Stimmungen schon nicht habhaft werden, so sollte die Natur für mich Zeugnis ablegen und andeuten, wie es um mich stand.

Manchmal jedoch wurde die Tageszeit mir lang, und ich erinnerte mich der unbeschwerten Zeiten, die ich im Mutterleib zugebracht hatte. Kein Bruder hatte mich dort gestört, die primitiven Vorgänge der Nahrungsaufnahme und Nahrungsausscheidung hatten sich von selbst ergeben. Eine gewisse Sehnsucht ließ mich daher oft daran denken, ein nicht unbedeutender Teil meines Inneren sei in dieser mütterlichen Höhle verblieben, wo er, ganz den Träumen und ihren Gesetzen unterworfen, in Frieden lebe. Wie aber war ich überhaupt in diese Höhle gelangt? Hatte die Mutter allein es zustandegebracht? Aber wie? Woraus war ich geworden? Aus einem Stück Fleisch, das sie versehentlich verschluckt hatte? Aus einem Brei, von dem sie Berge gelöffelt? Und was hatte mein noch unsichtbarer Vater damit zu tun?

Daß sein Name und sein Aussehn noch immer nicht feststanden, beunruhigte mich. Doch hoffte ich Gewißheit zu erhalten, sobald wir das Säuglingszimmer verlassen hatten. Vorerst freute mich der Gedanke, in einer so prachtvollen und nach allen Zeugnissen wohl außergewöhnlichen Stadt geboren worden zu sein. So entwarf ich ihr Bild als das eines himmlischen Jerusalems, dessen goldbedachte Turmwarten in der Sonne glänzten. In der Nähe des Rheins drängten sich Gruppen von Händlern und Packträgern, ein großes Floß mit Hunderten von Ruderern trieb gerade vorbei; die Männer am Ufer trugen Jacken und Hosen aus feinem Baumwollsamt, die silbernen Schnallen der Schuhe blinkten, wenn sie zum Spiel ihre Taler warfen. Nicht weit davon kontrollierten Zollbeamte die Waren, während sich ein paar Fuhrleute um die nächste Ladung stritten. Etwas weiter entfernt hatten holländische Schiffe festgemacht, stattliche Fahrzeuge mit schlanken, hohen Masten und über Deck gebauten weiträumigen Kajüten. Fische, Käse und Spirituosen wurden ausgeladen. Durch mehr als dreißig Tore konnte man in das Innere der Stadt gelangen; Könige hatten auf diese Weise ihren Einzug gehalten, und ich wollte ihnen nicht nachstehen. Zwischen Hütten taten sich die Eingänge zu den Weingärten und Gemüsefeldern auf, ich ließ sie hinter mir und erreichte die in der Rheingasse gelegenen Edelhöfe der stolzen, jahrhundertealten Geschlechter, die Zunfthäuser, schließlich die kaum noch überschaubaren Kirchen, deren hochaufragende Bauten jeden Fremden für immer überraschten. Darunter der Dom. Dicht an seinen aufstrebenden Bau drängten sich die Hütten der Verkäufer, wo mit Rosenkränzen und Heiligenbildern gehandelt wurde; daneben die Wohnungen der Domherren und die des Bischofs selbst. Bettelfrauen umlagerten die Pforten der Häuser, vierspännige Equipagen rasselten über das Pflaster, Bänkelsänger drängten zum Markt, und englische Reiter in bunten Kostümen zogen an den kleinen Menagerie-Buden entlang. Eben läutete die Mittagsglocke, und in manchen Häusern betete man das Ave…, als die Tür unseres Säuglingszimmers sich öffnete und der diensttuende Oberarzt zur Visite eintrat.

Wir wurden aus den Betten gehoben und vorgezeigt. Mein Bruder schlief wie üblich; ich schaute ruhig vor mich hin, konnte ich doch vor dem Blick des weiß gekeideten, freundlichen Mannes gut bestehen. Man zeigte auf mich: einen wie mich habe man bisher noch nicht erlebt. Niemand begreife, was in diesem Kind vorgehe; kaum daß es dazu gebracht werden könne, eine Miene zu verziehen. Kein Schreien, kein Weinen, kein Brüllen. Auffällig, daß es so viele Stunden wach liege, daß es – anders als die anderen – mit seinen Blicken den Bewegungen der Schwestern folge; ungezählte Male habe es Anstalten gemacht, die Nahrung zu verweigern. Zwar nehme es zuletzt dann doch etwas zu sich, doch sei die Menge nicht der Rede wert. Ein Sonderfall.

Den gut gestimmten Arzt wunderte es nicht. Knapp ging er über die Klagelieder hinweg; am besten, man sorge dafür, daß die Mutter mit ihren zwei Sprößlingen möglichst bald das Krankenhaus verlasse. Dann werde man weiter sehen.

Gut gelaunt, quittierte ich seine klugen Worte mit einem Gähnen. Sollten sie sehen, wie mich diese Versorgungsanstalt langweilte, sollten sie nur zur Kenntnis nehmen, daß ich bereit war, das himmlische Jerusalem für mich zu erobern! Warum zögerte man? Wollte man warten, bis mein Bruder sich durch seinen Grießbreiberg hindurchgefressen hatte? Schonte man meine Mutter, die sich noch immer nur spärlich und beinahe verschämt zeigte?

Nach zwei weiteren Tagen kummervollen Wartens wurde ich von allen Überlegungen erlöst. Zum letzten Mal öffnete sich die Tür, die Mutter stand in einem dunklen Mantel vor uns. Wir wurden umgezogen, ein Kinderwagen stand bereit. Da jedoch der Platz nicht reichte, uns beide in diesem schmalen Gefährt unterzubringen, bettete man uns so, daß mein Kopf neben den zappelnden Füßen des Bruders zu liegen kam, während er, zum ersten Mal ein wenig aufmerksamer und gespannter, seinen flachen Schädel eng an meine Füße preßte, als habe er so ein geeignetes Ruhekissen gefunden. Wir wurden verabschiedet; begleitet von den guten Wünschen der Schwestern, verließen wir das Krankenhaus. Die ersten Wochen lagen hinter uns, erregt wartete ich auf den Einzug in die gelobte Stadt…

Ich traute meinen Augen nicht. Waren wir auf einem anderen Erdteil gelandet? Träumte ich noch? Schuttberge türmten sich zu beiden Seiten der sonst menschenleeren Straße; die Häuser waren in sich zusammengesackt, Steinhalden reichten bis an unseren Wagen heran. Üppiges Unkraut wucherte überall. Hier und da streckte ein Baum seine verdorrten, zersplitterten Äste in den grauen Himmel. Es war still, der Wind trieb kleine Staubwolken aus den Fassadengerippen der Ruinen. Einige Frauen waren damit beschäftigt, Steine aufeinanderzuschichten. Manchmal Birkenkreuze auf den Steinbergen; ein Kind blickte uns unbeweglich an, setzte sich. Zwei Frauen in Schwarz kamen sprachlos vorbei. Männer in abgetragenen Mänteln. Schwere Aktentaschen. Ein Fahrrad, dann und wann. Wieder Frauen in Schwarz. Zwei, drei Baracken zur Rechten, die Gardinen flatterten aus den Fensterlöchern. Immer neue Staubwolken. Aufgerissene Häuserfronten. Ein herabgeschmettertes Dachgestühl, Kinder, die barfuß die Straße überquerten. Mann mit Rucksack. Eine Bretterbude mit Schildern. *Fette flüssige Seife. Austernpaste, Eiweißpaste. Kunsthonig, Rübenkraut. Scheuersand, Lederfett.* Ein kleiner Stand mit Heißgetränken. Der erste Tisch mit zwei Gartenstühlen. Frau mit Schürze. Ein Ofenrohr, aus dem der Rauch abzog. *Interzonale Vermittlungen. Die Blitzanzeige in einem Tage.* Wäschestücke an leise klirrenden Drähten. Kind, unbeweglich vor einem kleinen Feuer. Alte Männer mit Schaufeln, im Schutt stochernd. Kopftücher. Ein Besen.

Ich ertrug es nicht länger, schloß die Augen, nahm die Tritte des Bruders wie eine willkommene Strafe hin. Wochenlang hatte ich mich in meinen Träumen gewiegt. Das himmlische Jerusalem! Die Wüste war, verglichen mit diesen Mauselöchern, Elendsquartieren und Trümmerbergen, heiliges Land: Ich war unter die Barbaren geraten!

Plötzlich erinnerte ich mich an die warnenden Worte des Feldherrn Marcus Agrippa. Die Germanen liebten es, in erdbestrichenen Hütten zu hausen; Kälte und Hunger hatten sie zu ertragen gelernt. Sie zählten nicht nach Tagen, sondern nach Nächten, in denen sie aus ihren Behausungen hervorquollen, um den Mond anzubeten. Was sie liebten, bebrüllten sie; was sie haßten, wurde beschwiegen. Wortarm und mundfaul liebten sie die Stille. Was sich ihnen entgegenstellte, fand keine Gnade und wurde in mehrere Teile gehauen. Alles Schöne war ihnen ein Greuel, Schmuck ertrugen sie nur an den Köpfen des Großviehs. Geld kannten sie nicht; sie tauschten und nahmen, was ihnen der karge Boden bot. Wußten sie nicht weiter, befragten sie die Stimmen der Vögel. Pferde galten ihnen am meisten, die schweren Waffen erprobten sie täglich. Stand ihnen eine Mauer im Wege, schlugen sie sie ein; gefielen ihnen die Häuser fremder Stämme nicht, steckten sie diese in Brand. Wenn ein Krieg längere Zeit ausblieb, suchten sie einen anzuzetteln. Untätigkeit ertrugen sie nicht. Was sie erwarben, erwarben sie durch Blut. Ihr dumpfer Blick liebte die Einöde. Ihren geringen Reichtum versteckten oder vergruben sie. Für den Handel waren sie zu faul; die Frauen kleideten sie beinahe wie die Männer. Die Kinder sahen sie gerne nackt und schmutzig; überhaupt galt ihnen Nacktheit als Abhärtung. Liebe kannten sie nicht; Familienfeindschaften verfolgten sie bis ins letzte Glied. Im Übermaß zu trinken war ihnen eine der wenigen Freuden; manche dehnten sie über Tage hin aus …

Stundenlang gab ich kein Lebenszeichen. Zum ersten Mal zog ich mich auch von den Traumbildern zurück. Trügerisch hatten sie mir ein falsches Bild der Welt vorgemalt; dies war nicht die Stadt, in der man mit Freunden über die *Glückseligkeit* disputieren konnte. Von aufwendigen Festen hatte man hier keinen Begriff. Die nüchternen Worte des Marcus Agrippa hatten den Zustand am ehesten getroffen; doch ich schämte mich, ihm seinen Triumph zu gönnen.

So regte ich mich erst, als der Lärm um mich herum zu aufdringlich wurde. Vorsichtig schlug ich die Augen auf. Theo hatte mich auf dem Arm und trug mich durchs Zimmer. »Na also«, rief er laut, »unser Prinz kommt zu sich.« Ich drehte den Kopf. Ich befand mich in einem kleinen, spärlich eingerichteten Zimmer. Meine Mutter saß fröstelnd auf einem Klappbett, und der große, eilige Mensch, den sie »Theo« nannte, tanzte vor ihr herum. Am Fenster saßen zwei, die das Schauspiel anscheinend mit Vergnügen verfolgten: eine Frau mit Schürze, Kartoffeln schälend, ein Mann, der einen Blick in die Wiege warf, in der mein quicklebendiger Bruder seine Sättigung erwartete. Theo aber tanzte weiter mit mir; singend durchquerte er den Raum, nahm einen Schluck aus einer Flasche, prostete den anderen zu. Sie feierten! Sie ließen sich gehen, sie verschwendeten ihre Zeit! So sah es also in ihren Hütten und Höhlen aus. Eine Glühbirne baumelte von der Decke; zwei kleine Hocker waren notdürfig geflickt. In einem Ofen brannte ein Feuer, ein paar Holzscheite waren bereit. Draußen lag die Welt in Schutt und Asche, doch hier lachten sie ausgelassen, als gebe es einen Grund dazu.

Theo sprach in großen Worten von einer Zeit, die nun endgültig der Vergangenheit angehöre. Das *Organisieren,* tönte er, habe ein Ende; wieviele Stunden seines Lebens sei er in den vergangenen Jahren wohl für ein paar Pfund Kartoffeln unterwegs gewesen? Im Vorgebirge habe er einige gute Quellen aufgetan, und die Bauern hätten Eier, Butter, Speck und Schinken herausgerückt, wenn er mit seinen nagelneuen Gummistiefeln auf die Höfe gekommen sei. *Gummistiefel,* erster Qualität! Die habe er *auf dem Schwarzmarkt* gegen einige Schachteln Zigaretten eingetauscht, und die wiederum habe er von den britischen Soldaten erhalten, die er in den Trümmern der Stadt fotografiert habe. Vor dem Dom, auf dem Markt, mit einem Hitlerbild als Kulisse, mit Mädchen im Arm, lachend, als seien sie auf Urlaubsreise. Mit denen habe er sich verstanden.

Häufig sei er als Dolmetscher unterwegs gewesen; einmal habe er sogar die Frau eines britischen Generals begleiten dürfen. Die sei *scharf auf Silber* gewesen, die habe diesen gierigen Silberblick gehabt und alles Blitzende eingesackt. *Bestecke, Kannen, Zuckerdosen!* Drei Stangen Zigaretten habe er an jenem Abend für seine Dienste bekommen, den ganzen Tag sei er mit der Frau auf den Schwarzmärkten unterwegs gewesen.

Und wie erfinderisch die Menschen gewesen seien! Der halbe Schwarzmarkt habe nur von *Erfindungen* gelebt, von Filzschuhen aus Wehrmachtsbeständen, von Gießkannen aus Gasmaskenbüchsen; der ganze Abfall des Dritten Reiches sei neu montiert und feilgeboten worden. Und was habe man am Ende damit anfangen können? Nicht einmal ein paar Briketts habe man auf direktem Wege dafür erhalten. Die habe er ebenso wie die Zuckerrüben von den Waggons *klauen* müssen, und dann habe er sie in seinem Rucksack hierher in die Wohnung geschleppt, wo sie *–piffpaff–* im Ofen verschwunden seien, ohne die Stube auch nur einmal ordentlich zu erwärmen.

Und neben der Kälte der Hunger! Nächtelang habe er wach gelegen, weil ihn der Hunger gequält habe, und wenn er gar nicht mehr weiter gewußt habe, sei er aufgestanden, um in einem Kochbuch zu blättern. *Sauerbraten, Eisbein, Rindergulasch!* Das Wasser sei ihm so im Munde zusammengelaufen, daß er ihn habe ausspülen müssen, immer wieder ausspülen, um sich dann schließlich mit *Muckefuck* zu trösten. Das habe für eine Weile geholfen, er habe sich wieder aufs Bett gelegt und in seinen Träumen seien all die schönen Gerichte wieder vor seinen

Augen erschienen, Würste, Pfannkuchen mit dicker Marmelade und Brot, von dessen Scheiben die flüssig gewordene Butter schwer heruntergetropft sei.

In der Frühe habe er sich wieder auf den Weg gemacht. Das Bügeleisen sei er gegen ein Kleid losgeworden, das Kleid habe er gegen ein paar gut genagelte Schuhe getauscht und für die wiederum habe er das Nötigste von den Bauern erhalten. Die Zugfahrten ins Vorgebirge, für die man so lange habe anstehen müssen, habe er in der Eiseskälte auf den Trittbrettern zurückgelegt, den Rucksack zwischen den Beinen. Und immer habe er die Kamera dabeigehabt. Er habe die Bahnhöfe fotografiert, die Warteschlangen vor den Schaltern, selbst den Handel auf den Schwarzmärkten; schließlich sei er auf den Gedanken gekommen, es bei der Zeitungsredaktion zu versuchen. Da habe er sich mit seinen Bildern bei einem Redakteur vorgestellt, und der habe nicht begreifen können, wie er an solche Aufnahmen gekommen sei. Noch am selben Tag sei er eingestellt worden, und nun habe er regelmäßig Aufträge von der Redaktion erhalten. Kleine Artikel habe er bald selbst geschrieben. Da sei die größte Not vorbei gewesen; mittags habe er in der Kantine etwas zu essen bekommen, und in den Redaktionsstuben sei es so warm gewesen, daß er dort oft den ganzen Tag verbracht habe. Doch diese Zeiten seien ja nun endlich vorüber, seit der *Währungsreform* gehe es wieder aufwärts. Von einem Tag auf den anderen habe es wieder die lange entbehrten Lebensmittel gegeben. Er habe schon immer geahnt, daß das Zeug irgendwo *gehortet* worden sei, und – wahrhaftig – plötzlich habe man wieder vor den Fensterauslagen gestanden und wie durch Zauberei …

Sie sprachen von nichts anderem. Sie rechneten sich die Preise der Lebensmittel vor und zählten auf, was wieder zu haben war. Wie die Kinder schlugen sie sich auf die Bäuche, wenn sie von süßen Torten und fetten Wurstwaren sprachen. Worte wie *Wildgemüse, Eicheltorte, Mehlsuppe* brachten sie zum Lachen. Sie überboten sich im Anpreisen von Rhabarbersaft und Kürbiskernen, von Bucheckern und Rhizinusöl. Man hörte sie bereits im ganzen Haus, denn laufend strömten Menschen ins Zimmer, warfen einen Blick auf den Bruder und mich, nannten uns »allerliebst« und bestaunten das Zwillingspaar, das gerade in so unruhigen Zeiten eine Seltenheit sei.

Anscheinend hatten sie es gerade geschafft, eine der niedrigsten Kulturstufen zu überwinden. Sie hatten den Tauschhandel für die Geldwirtschaft preisgegeben und waren glücklich darüber, für ihr Geld sogar jene Waren zu bekommen, die sie so lange entbehrt hatten. Nun machten sie sich über ihre Vergangenheit lustig, in der sie vielleicht wie die Bettler über Land gezogen waren, um von Eicheln und Bucheckern zu leben. Von Marcus Agrippa hätten sie lernen können! Der hatte den Tauschhandel schon früh unterbunden, der hatte dafür gesorgt, daß die Stadt vom umgebenden Land ausreichend versorgt wurde! Doch davon wußten sie nichts. Sie hatten sich um Kartoffeln und Eier geschlagen und ihr Leben mit der mühseligen Abwicklung von Tauschgeschäften verbracht. *Organisieren?!* Nichts war organisiert, nur die ganz Gerissenen hatten ihre Lager gefüllt.

Wenn sie in ihrem barbarischen Übermut die Stadt zerstört hatten, waren sie meiner Verachtung gewiß. Andererseits sprachen sie selbst davon, daß das Land *besetzt* sei, daß man es sich mit den *Besatzern* nicht verderben dürfe und daß auch diese Zeit einmal ein Ende nehmen werde. Sie *warteten* also, soviel war sicher. Sie hatten schon seit Jahren gewartet und sich durchs Leben geschlagen, und nun hatte sich einer ihrer dringendsten Wünsche erfüllt. Sie hielten Münzen in den Händen und konnten dafür erwerben, was sie brauchten.

Theo gefiel mir. Er rüttelte die anderen auf, er erzählte unermüdlich. Die Arbeit in der Redaktion schien ihm gut zu gefallen. Er war, wie meine Mutter treffend sagte, *immer auf dem laufenden,* das wollte in einer Gesellschaft von Stubenhockern und früheren Höhlenbewohnern viel heißen. Nun saßen sie auf dem Boden, längst war auf dem Klappbett kein Platz mehr, die Holzscheite waren in den Ofen gewandert, und Theo erzählte die sonderbarsten Geschichten, die von *Auftauchern* und *Aufsteigern* handelten.

»Davon geht die Welt nicht unter«, sang er laut, dem Alkohol zugeneigt. Zarah Leander sei *aufgetaucht*; sie habe ihr erstes Konzert in Deutschland gegeben. *Liebe Erinnerungen* habe sie ihr Programm überschrieben, und eine liebe Erinnerung sei auch sie gewesen, mit ihrem schwarzen Kleid und dem gepunkteten Schal. »Ich weiß, es wird einmal ein Wunder geschehen«, sang Theo unter den anfeuernden Rufen der anderen weiter, um fortzufahren, daß niemand so wie Zarah Leander *das n* zum Vibrieren bringen könne. Noch immer komme die ohne *das n* nicht aus, *das n* sei ihr Markenzeichen. Und die Wehmut. Und der Kummer. Und die verklärende Melancholie. Und das Ganze immer mit *n.* Die Besatzer hätten den Auftritt nicht gerne gesehen, denn *so ein n* erinnere die Menschen eben an früher, und in diesem Land solle niemand an früher erinnert werden. Höchstens an den Kummer. Höchstens an die Wehmut. Und gerade deshalb habe man auf *das n* doch nicht verzichtet. Wie lange habe man Zarah Leander entbehren müssen! Es habe schon geheißen, sie sei erschossen worden, habe Spionage getrieben, sei in einem U-Boot nach Südamerika geflüchtet. Doch nun sei sie eben wieder *aufgetaucht,* mit ihrem eigenen Frachter sei sie aus Schweden nach Deutschland gekommen, und in Schweden habe sie all die Jahre vom Fischfang gelebt. – Vom Fischfang? – Theo genoß es, mit seinen Kenntnissen zu prunken. Der Zarah Leander, fuhr er fort, habe eine große Fischfangflotte gehört. »Jetzt singt sie wieder für Deutschland«, sagte Theo, als erfülle es ihn mit Stolz.

War Zarah Leander eine *Auftaucherin,* indem sie mit ihrer Flotte an der deutschen Küste gelandet war, so galt Fritz Walter als *Aufsteiger.* Fritz Walter lief auf halblinks; er gab die besten Flanken und schoß die meisten Tore. Jetzt hatte er eine Italienerin geheiratet und saß in der Geschäftsstelle seines Vereins. Dort *organisierte* er. Die Radioantenne und die Lichtleitungen des Hauses hatte er selbst gelegt. Abends spielte er mit seiner Frau Rommé; er trank nicht, er rauchte nicht, er stürmte halblinks. Sonst kümmerte er sich um seine *Jungs;* auch denen war Rauchen und Trinken verboten. Tagsüber mußten sie hart arbeiten, zweimal in der Woche trainierte man. Dann lief Fritz Walter auf halblinks und die anderen um ihn herum. Fritz Walter lief auch für Deutschland halblinks. Niemand lief so wie er, niemand konnte so gefühlvoll mit dem Ball umgehen. Theo hatte Fritz Walter gerade im Müngersdorfer Stadion bewundert. *Vor 70 000 Zuschauern!* Vor 70 000 Zuschauern im Müngersdorfer Stadion hatte Fritz Walter mit seinen Jungs 1:2 verloren. »Davon geht die Welt nicht unter«, sang Theo, und die anderen stimmten ein.

So ging es in einem fort … War ein Gustav Gründgens ein *Auftaucher* oder ein *Aufsteiger?* Wo gab es die *schöngeformten* Schnapsgläser zu 5 Pfennig das Stück? Wer hatte schon einmal Buttercremetorte gegessen? Und wie kam man an russischen Schnaps? Mit *Reese-Backpulver* würde der Kuchen gelingen, und für die Zwillinge gab es *Grocona-Wundpuder.* Wenn man sich aufgeregt hatte, schluckte man *Traumetten-Dragees,* drei Stück täglich, für neunzig Pfennig die Packung. Im Kino wurde *Goldrausch* gegeben, und ein paar Häuser weiter spielte man *Theater im Zimmer.* Hans Moser war der alte geblieben (also offensichtlich wieder *aufgetaucht),* und Truman hatte die amerikanischen Wahlen gewonnen, um weiter *aufsteigen* zu können …

Während Theo zum Akkordeon griff, um zu dessen Klängen *das n* vibrieren zu lassen, überlegte ich, ob der Bruder und ich zu den *Auftauchern* oder den *Aufsteigern* zu rechnen seien. Ich hatte das weiß gekalkte Säuglingszimmer eines Krankenhauses gegen eine dunkle Bude eingetauscht, in der die Barbaren ihr Überleben feierten. Meine Träume hatte ich für ein paar dumpfe Allerweltsvisionen, die von guter Butter, fettem Speck und gut sitzenden Schuhen handelten, preisgeben müssen. Um meinen Bruder war es anders bestellt. Er hatte den Grießbreianteil der Schwarzmarktzeit gegen die vitaminreiche Kost guter Säuglingsnahrung eingetauscht; um seine Träume machte ich mir keine Sorge. Wer so zufrieden schlummernd und nichtsahnend in seiner Wiege lag, hatte nichts verloren, was ihm lieb und teuer gewesen wäre. Mein Bruder war ein *Aufsteiger.* Und *Adenauer*?! Als *Aufgetauchter* war er *aufgestiegen,* wer machte ihm das nach …?

3

Im Land der Seligen

Wie ich vermutet hatte, entpuppten sich die Versuche unserer Mitbewohner, ihren orphischen Geselligkeitsanfall unter dem Deckmantel der Harmonie zu gestalten, bald als ein böser Trug. Denn mit der Zeit lernte ich sie besser kennen und durchschauen. Die bei unserem Einzug noch so freundlichen und dienstbaren Menschen entwickelten sich zu kleinen Teufeln, die keine Gelegenheit ungenutzt ließen, es unserer armen und überforderten Mutter schwerzumachen. Die Streitereien entzündeten sich an der Enge der kleinen Wohnung, in der drei Parteien sich Bad und Küche teilen mußten.

Das Ehepaar Johann machte den Anfang. Hatte ich die ruhige Frau am Fenster als eine Person in Erinnerung, die beim Kartoffelschälen die Ausdauer nicht verloren hatte, so hatte diese Ausdauer ihre Grenzen, als sie das Schreien meines Bruders nicht mehr ertrug. Anfangs schickte sie ihren durch ein schweres Kriegsleiden gezeichneten Mann, der sich mit höflichen Worten bemühte, den Streit zu mildern; es gehe seiner Frau nicht gut, ließ er wissen, sie leide unter einer schweren Migräne, und das Schreien der Kinder lasse eine Linderung der Schmerzen nicht zu. Obwohl er übersehen hatte, daß *ich* zu diesem auch mir lästigen Gebrüll nichts beisteuerte, mußte ich ihm doch seine Verlegenheit zugute halten. Es war ihm peinlich, die Ansprüche seiner Frau so deutlich anmelden zu müssen. Doch beharrte Frau Johann auf ihrem Recht. *Die Kinder* – das war in ihrem Mund bald ein böses Schimpfwort. Mochte sie selbst darunter leiden, nicht mit solchen Geschöpfen gesegnet zu sein, mochten die weinerlichen Attitüden ihres Mannes sie reizen – sie hielt es oft nicht mehr mit uns aus. Heftig klopfte sie gegen die Tür unseres Zimmers, stampfte mit den Füßen, erbat sich Ruhe und steigerte dadurch nur noch die Ängste meines Bruders, der durch so unfreundliche Laute weiter beunruhigt wurde.

Er ertrug das neue Leben schlecht. Er wimmerte vor sich hin und blickte oft matt und glasig. Seine gefleckte Haut wurde zu einem warnenden Signal; runzlig und schlaff umspannte sie seinen Knochenbau nicht mehr mit der gewünschten Straffheit. Stundenlang trug ihn die Mutter durchs Zimmer, versuchte, ihn in den Schlaf zu wiegen, sprang in der Nacht auf, wenn er sich zu verschlucken schien; sie hielt ihn auf ihrem Schoß, sprach begütigend auf ihn ein, rieb ihm über den Rücken. Ängstlich schmiegte der Kleine sich an sie, er verkrampfte sich, wenn sie ihm den kleinen Finger hinhielt, er wollte die Schürze nicht loslassen, wenn er sie gerade gefunden hatte.

Anfangs hatte ich sein Treiben mit der mir eigenen ruhigen Gleichgültigkeit zur Kenntnis genommen. Doch allmählich zog er die Mutter ganz in seinen Bann; indem er sie beschäftigte, hielt er sie von mir ab, und indem er auf ihrer Nähe bestand, machte er es ihr beinahe unmöglich, sich auch meiner Unterhaltung zu widmen. Er wurde ihr gehätscheltes *Schoßkind.* Noch verzichtete ich darauf, mir meine Benachteiligung anmerken zu lassen; doch wußte ich, daß ich einen Plan entwerfen mußte, um die Weichen für die Zukunft günstiger zu stellen. Aus meinen Traumbildern hatte ich längst erfahren, daß Adenauer ebenfalls begonnen hatte, das Heft in die Hand zu nehmen. Hatte er nicht vorgeschlagen, Bonn zum künftigen Sitz des Bundesparlamentes zu machen? Und hatte er nicht die lange, dreimonatige Reparaturzeit seines Mercedes eingeklagt und sich jede Benachteiligung gegenüber einem gewissen Dr. Schumacher heftig verbeten?

Adenauer brauchte seinen Mercedes. In diesen Monaten fuhr er über Land; er machte den Ortsgruppen seiner Anhänger Mut, er sammelte Freunde und Weggefährten hinter seinem Rücken. Tausende von Kilometern legte er in seinem ungeheizten Wagen zurück; er reiste in Wolldecken gehüllt, er stärkte sich durch einen Schluck aus der Thermosflasche, er übernachtete in kalten und wenig heimeligen Quartieren. Wenn ich daran dachte, was er sich abforderte, verstummte mein Widerstand gegen die erdrückenden Wohnungsumstände. Auch wir litten unter Enge und Not; auch uns war kalt, daß es einen erbarmen konnte. Wie aber sollte ich Freunde an meine Seite bringen?

Nur Theo hatte mich in sein Herz geschlossen. Da Mutter mit dem quengelnden Bruder oft zu sehr beschäftigt war, kümmerte er sich mehr um mich. Er hatte mir eine kleine Rassel mitgebracht und diese am Dach meines Bettes befestigt. In Stunden äußerster Not machte ich von diesem Instrument kräftig Gebrauch. Mit seiner Hilfe erwiderte ich das Schreien des Bruders, und forderte augenblickliche Ruhe. Doch schienen diese Aktionen, mochte Theo sich auch an ihnen erfreuen, nicht die Gegenliebe meiner Mutter zu finden. Nach einigen Tagen rasselte ich nur noch in Theos Zimmer vor mich hin, um seine Gefährten hinter meinem noch schmächtigen Rücken zu versammeln. An manchen Abenden trafen sie sich in seinem Zimmer, um über Deutschlands Zukunft zu debattieren. Die Alliierten betrieben *Demontage*? Ich rasselte. Marshall hatte einen *Wirtschaftsplan* aufgestellt, um den Deutschen zu helfen? Ich schwieg. Die ersten Fabriken waren *wiederaufgebaut* worden? Ich tobte und war der Unterstützung meiner Freunde sicher.

Besonders hilfreich standen sie meiner Mutter zur Seite, als unsere Versorgung ins Stocken geriet. Da mein Bruder soviel Nervenkraft und Zeit beanspruchte, brach die Nahrungsbeschaffung in unserem kleinen Haushalt immer häufiger zusammen. Mutter weinte, verzweifelte an ihrem Ungeschick, versuchte mit allen Kräften, das Notwendigste zu beschaffen. Doch es gelang immer schlechter. Als Theo bemerkt hatte, wie es um uns stand, richtete er mit seinen Freunden *die Luftbrücke* ein. Wir wurden zum umzingelten Territorium erklärt. Der Feind stand in Gestalt kriegsverwundeter und migräneleidender Mitbewohner direkt vor unserer Tür. Theo organisierte die Versorgung. Beinahe täglich trafen nun die größeren und kleineren *Hilfspakete* ein. Die Freunde lieferten Seife und Kinderpuder, trieben Bananen und Möhren auf, schafften Milch, Butter und Eier herbei.

So erhielten wir die notwendigen Sendungen pünktlich an jedem Mittag. »Wir arbeiten bei Kälte und Regen, bei Sturm und Schnee«, sagte Theo. »Achtung Skymaster, ready?« Man hatte mich auf ein Sofa gesetzt, wo ich mühsam versuchte, mein Gleichgewicht zu halten. Theo kniete auf dem Boden und spielte mir vor, wie es ihm und seinen Freunden gelang, alle Engpässe zu überwinden und die Blockade zu brechen. »Nebellampen eingeschaltet«, brüllte Theo, und ich rasselte vergnügt. »Die Leuchtzeichen funktionieren!« Mit lautem Getöse verschwand Theo vor der Tür, kurvte durch den Flur, rannte ins Bad, ließ es krachen und donnern, kam mit einem kleinen Paket zurück und landete direkt vor meinen Füßen. »Fallen, mehr fallen!« schrie er aufgeregt. »Gas wegnehmen!« Ruhig kam die Maschine zum Stillstand. Theo nahm mich auf den Arm (»follow me«), und zusammen rollten wir langsam über die Landebahn ins Zimmer der Mutter, wo mein in derartigen Manövern nicht getesteter Bruder bei der Übernahme des Steuers stets versagte.

Allmählich verbesserte sich unsere Versorgungslage, die Mutter atmete auf. Doch ich wußte, daß es so nicht bleiben konnte. Uns fehlte der Vater. War er auf Reisen? Wo trieb er sich herum? Sosehr Theo sich mühte, ihn vergessen zu machen, es gelang doch nicht immer. An den Abenden weinte die Mutter manchmal, sie schien mit ihrem Geschick zu hadern, und es bereitete mir Kummer, daß ich niemanden auftreiben konnte, den ich ihr hätte an die Seite stellen können.

Die Lage verschlimmerte sich, als die Streitereien auf unserem Wohnungsterrain zunahmen. Denn neben dem keifenden Ehepaar Johann, das sich mit der Zeit in einen wahren Rausch von Beschimpfungen hineingeflucht hatte, wohnte am Ende des schmalen und langen Flures die Kriegerwitwe Hasselmann. Witwe Hasselmann war eine stolze Frau. Sie ging nicht aus, ohne den Hut aufzusetzen, die Handschuhe überzustreifen und den Gehstock zu benutzen. Wahrscheinlich brauchte sie ihn, um sich ihre Feinde vom Leib zu halten. Denn sie war eine streitbare Person. Paßte ihr etwas nicht, klopfte sie mit dem Stock auf den Boden oder schlug mit ihm gegen die Tür. Sie haßte jede Form von Unordnung, und da unsere Mutter mit Windeln und anderen Säuglingsgegenständen nicht immer zu ihrer Zufriedenheit umging, warf Witwe Hasselmann ihr die unerwünschten Gegenstände hinterher. Sie flogen auf den Flur, wurden mit dem Stock aufgespießt, herumgezeigt, verflucht und wie Siegestrophäen vor unsere Tür gestreut.

Das größte Ärgernis bereitete der Kinderwagen. Da in unserem Zimmer kein Platz für ihn war, wurde er manchmal im Flur abgestellt. Schon häufiger war es darüber zu Zank und Gepolter gekommen. Als Mutter uns an einem Mittag in den Wagen bettete, ließ Witwe Hasselmann sich nicht mehr beruhigen. Da ihr der Weg zur Wohnungstür versperrt war, schlug sie mit dem Stock auf unseren Wagen ein. Der Bruder schrie, ich rasselte, meine sonstige Zurückhaltung fallenlassend. »Aus dem Haus sollte man diese Denkzettel schmeißen«, rief das Ungeheuer, »eine Schande sind diese Niemandskinder sowieso.« Ich reckte mich vor und brüllte. *Niemandskinder* hatte sie uns genannt, *Denkzettel*... Wollte sie damit zu verstehen geben, daß unser Vater nicht aufzutreiben war, sollten wir für alle Zeit mit der Mutter allein bleiben? Wer sollte uns in Zukunft beschützen, wer sollte für unseren Unterhalt sorgen, da die *Aktion Luftbrücke* doch irgendwann einmal abgebrochen werden mußte?

Als ich mich beruhigt hatte, betrachtete ich die Lage nüchterner. Wenn sich der Vater aus welchen Gründen auch immer entzogen hatte, mußte ich mich der Sache annehmen. Ich würde mir einen Vater schaffen nach meinem Bilde und meinem Willen. Warum konnte man Väter nicht einfach ernennen?

Fürs erste würde Adenauer den Platz ausfüllen. Er war der Älteste. Daher sollte er in Zukunft am Kopf des Tisches Platz finden, um uns zu ermahnen und die provisorische Leitung des Haushalts zu übernehmen. War ein anderer in der Runde, der ihm vorerst diesen Platz hätte streitig machen können? Und bewunderte ich nicht seine Tatkraft, durch deren Einsatz er trotz seines Alters den Jüngeren nicht nachstand? Mutig und entschlossen würde er die Zeit bis zur Ernennung eines dauerhaften Vaters überbrücken. Seine Pläne schmiedete er im geheimen und setzte dann alles daran, sie durchzusetzen. Mit List und Ausdauer überzeugte er die weniger Entschlossenen von seinen Absichten. Der Vater, nach dem ich mich sehnte, sollte genau wissen, was er wollte. Er sollte mir ein Vorbild sein, aber ich erwartete von ihm auch Anforderungen, die meine eigenen Fähigkeiten auf die Probe stellten. Schon bald sollte ich, ohne es jetzt bereits zu ahnen, Gelegenheit erhalten, eine solche Probe meines Könnens zu liefern ...

Noch stand es nicht gut. Die feindlichen Wohnungsparteien hatten sich verbündet und brachten allmählich weitere Mitbewohner des Hauses hinter sich. Zeigten wir uns mit der Mutter auf offener Straße, rief man böse hinter uns her; hatten wir die rettende Insel unserer Stube erreicht, tobten die Beschimpfungen weiter. Mein Bruder versteifte sich auf dem Schoß meiner Mutter; er streckte Hände und Beine weit von sich und gab sich wie eine Puppe, deren Glieder man ganz nach Belieben biegen und knicken konnte. Wie ein Stein lag er in seinem Körbchen, sein Eifer, sich aufdringlich und vorlaut zu zeigen, ließ nach. Mutter sorgte sich so sehr um ihn, daß sie sich nicht mehr zu helfen wußte. Theo verständigte einen Arzt, und wir wurden gründlich untersucht.

Wie wunderte ich mich jedoch, als ich selbst das Interesse des Arztes fand. Der Fall meines Bruders schien kein langes Nachdenken zu erfordern, er hatte, wie der Arzt sagte, den Ortswechsel vom Krankenhaus in die Wohnstube noch nicht vollzogen, er klammerte sich an die Vergangenheit, wo es längst Zeit gewesen wäre, sich auf die neue Lage einzustellen. Anders jedoch stehe es mit mir; die Symptome seien bedenklich. – Bedenklich? – Es sei auffällig, daß das Kind keinerlei Anstrengungen mache, auf Gesten und Zeichen zu antworten. Unbeteiligt liege es in seinem Bett, rege sich kaum, blicke starr vor sich hin. Dieser nach innen gerichtete Blick! Der Säugling verhalte sich, als seien überhaupt keine Menschen im Raum! Anscheinend habe er sich in sich zurückgezogen, achte nur noch auf die eigenen Träume und Empfindungen. Ein schwieriger Fall! Bitte, das Kind halte sich an Gegenständen mit geradezu manischer Betriebsamkeit fest! Wie es die Rassel umklammere, wie es nicht lange genug damit herumhantieren könne! Nehme man die Rassel aber fort, sei es beunruhigt, wie es überhaupt auf jede kleine Veränderung im Raum mit anscheinend übertriebener Aufmerksamkeit reagiere. Der fixierte Blick! Das gesteigerte Entsetzen, wenn die Rassel für Augenblicke nicht an ihrem üblichen Platz hänge! Sehr bedenklich! – Sehr bedenklich? – Ja, denn das Kind finde an der Welt anscheinend kein Gefallen, es habe sich von ihr abgesperrt, sich in eine Art Muschelschale eingelötet. Selbst wenn man ihm die Hand hinhalte, reagiere es darauf nicht freundlich. Es nehme die Hand, wenn es denn überhaupt zugreife, wie ein Ding, ja es unterscheide nicht zwischen Menschen und Dingen. Jede Annäherung werde bereits als Störung empfunden, der Kopf wende sich ab, der Blick verweile, starr aufs Fenster gerichtet. Ein schlimmer Zustand! – Sehr schlimm? – Sehr schlimm. Das Kind sei sich selbst genug. Nichts in der Welt übe eine starke Anziehungskraft auf es aus; selbst wenn man es quäle, nehme es den Schmerz hin, um seine Unberührbarkeit zu beweisen. Alle Versuche, den festen Panzer, mit dem es sich umgeben habe, zu durchstoßen, verliefen ohne Ergebnis. – Eigensinn? Dickköpfigkeit? – Nicht nur; man müsse den Kopf des Knaben betrachten. Ein stolzer Kopf! Ein Prachtschädel! Aber ein Kopf, der etwas verberge, der nicht in sich hineinschauen lasse! – Also ein Krankheitsfall? – Ansätze zu einer schweren Erkrankung seien vorhanden. Die Kindermedizin habe den Fall bereits ausführlich beschrieben. Es handle sich, um es einmal medizinisch korrekt zu sagen, um einen besonders ausgeprägten Fall von *frühem Autismus.* – Autismus? – So laute die Fachbezeichnung. Das autistische Kind schlucke allen Kummer gleichsam in sich hinein, kapsle sich ab und sei mit der Zeit überhaupt nicht mehr an die Welt zu gewöhnen. Stumm, apathisch, in sich versunken lebe es vor sich hin. – Um Gottes willen! – Wenn man nichts unternehme, verschlimmere sich der Fall, solchen Kindern falle es später schwer, das Sprechen zu erlernen. Sie verweigerten geradezu das Sprechen! Schließlich blieben sie stark hinter den Gesunden zurück, tagaus, tagein wiederholten sie die wenigen Worte, die sich ihnen eingepräg hätten. Immer stärker klammerten sie sich an das

Unsichtbare und an die paar lieb gewordenen Dinge, die ihnen geblieben. Schließlich wolle das Kind sich nicht mehr verständlich machen. Es lebe fortan im Inselreich seiner eigenen Gefühle, und es gelinge niemandem mehr, es aus diesem Reich zu vertreiben – Und es gibt keine Rettung? – Vielleicht, vielleicht auch nicht; noch sei es nicht zu spät.

Es schmeichelte mir, daß sich der Arzt so lange mit mir befaßte. Die spärlichen Zeichen, die ich ihm hatte zukommen lassen, waren ihm nicht entgangen. Zwar konnte er nicht wissen, welch schwierige Verhandlungen über unsere Zukunft ich bereits führte und wie sehr mich unsere Lage beschäftigte, doch hatte er immerhin begriffen, daß sich etwas ändern mußte. Nichts sonst hatte ich erreichen wollen!

Die Kinder, schlug er vor, müßten heraus aus der Wohnung, heraus aus der Stadt. Ob Verwandte in der Nähe lebten? – Die Großeltern lebten im Siegerland. – Wie weit entfernt? – Etwa hundert Kilometer. – Und dort sei Platz? – Ausreichend! – Dann empfehle er, für einige Monate mit den Kindern aufs Land zu ziehen. Wenn auch das nicht helfe, müsse man andere Maßnahmen ergreifen.

Freiheit! Endlich heraus aus der Stadt, um die schlimmen Eindrücke einige Zeit zu vergessen! Die alten Völker hatten sich den wahren Arzt nie anders als einen vollendeten Philosophen denken können. Schon Hippokrates hatte seine Diagnosen nicht allein aus dem Zustand des erkrankten Körpers abgeleitet; er hatte sich umgesehen, die Lage einer Ortschaft in seine Überlegungen miteinbezogen, die Qualität des Trinkwassers geprüft und alle Lebensumstände berücksichtigt, die Einfluß auf den Menschen hatten. Wie gut, daß auch wir an einen seiner Jünger geraten waren, einen umsichtigen Geist, der mehr im Auge hatte als Knochenbau und Hautausschlag!

Beinahe hätte ich mich im ersten Freudentaumel verraten; doch ich sammelte mich, äugte weiter recht angestrengt zum hellen Fenster hinüber und ließ den guten Mann ungetröstet verschwinden. Unsere Lage sollte sich ändern!

Schon wenige Tage später machten wir uns auf den Weg ins Siegerland. Theo begleitete uns zur Bahn, und ich trat meine erste Reise an. Langsam verließ der Zug den Bahnhof, und ich empfand eine Erregung, die sich später auf all meinen Reisen wiederholte. Die schneebedeckte Landschaft glitt vorüber, die Mutter hatte mich eine Zeitlang auf dem Schoß, und ich schaute wie gewöhnlich andächtig aus dem Fenster. Nichts ließ ich mir entgehen! Silbergraue Bäche krümmten sich durch die Wiesen, Weiden dicht gedrängt, hochaufgeschossene Pappeln, Vogelscharen, unvermutet aus der Tiefe der Täler himmelwärts gondelnd; dann die ersten, kleineren Dörfer nahe der Bahnlinie, Menschen auf Rädern, ihren Besorgungen nachgehend. Am liebsten wäre ich überall ausgestiegen, hätte mich in den Schnee gewühlt, um auf allen vieren die dunklen Wälder zu erreichen, die Tannen, von denen die Schneekissen tropfend herunterrutschten, die hellen Birken, die sich im Wind leicht bewegten. Der Zug füllte sich, die Reisenden hatten Körbe und Rucksäcke dabei, sie sprachen lauter als in der Stadt und teilten sich den Reiseproviant. Bald wurde man auf uns aufmerksam. Man suchte Kontakt, schenkte uns Möhren und Äpfel, niemand litt unter Migräne, Kriegerwitwen schien es auf dem Lande nicht zu geben, und die Versorgungslage war so gut wie bisher noch nie. Ich hätte endlos reisen mögen, und während ich noch angestrengt nach draußen blickte, um jedes Bild zu erhaschen – Krähen, die über die Felder staksten, Hunde, die jaulend den Kopf in den Nacken warfen –, schlummerte ich allmählich ein. Einmal würde ich Wüsten und Steppen durchqueren, ich würde die Ozeane in großen Schiffen überwinden, mich in Flugzeuge schwingen und fremde Kontinente entdecken. Abenteuer erwarteten mich, und in fernen Ländern bereitete man mir einen festlichen Empfang …

Die Großeltern standen auf dem Bahnsteig, als wir eintrafen. Großmutter war gerührt, als sie ihre beiden Enkel sah, und Großvater nahm mich entschlossen auf den Arm, um mich nach Hause zu tragen. Der Ort war nicht groß. Eine breite Straße führte vom Bahnhof direkt zur Kirche; neben ihr befand sich das Haus der Großeltern. Eine Tante kam uns entgegen, umarmte Mutter, strich uns durchs Haar und führte uns die schmale Stiege hinauf in den ersten Stock.

Ich hatte mir längst abgewöhnt, viel zu erwarten; die Welt hatte mich schon so oft enttäuscht, daß ich es vorgezogen hatte, sie nicht an meinen Träumen zu messen. Diesmal jedoch wurde ich überrascht. Eine geräumige Küche, mit Blick in den Hof, angrenzend ein kleines Speisezimmer, dann zwei weitere Wohnräume, durch eine Schiebetür voneinander getrennt. Der Großvater schob sie zur Seite, und ich schaute in einen Raum, wie ich bisher keinen zweiten gesehen hatte. Ein Saal! Wieviele Menschen hätten in ihm Platz gefunden! Ein Stockwerk höher die Schlafzimmer, eine Kinderstube, zwei Bäder und ein winziger Eckraum mit Erker, der mir besonders gefiel. Niemand sonst hielt sich in den Zimmern auf, wir waren unter uns. Auf dem Tisch im Speisezimmer standen weiße Teller neben Weingläsern aus Kristall, die Räume waren gut geheizt. Zum ersten Mal aß ich mit Laune und Appetit, und es kam mir so vor, als ereigne sich hier meine *zweite Geburt*...

Nach dem Essen berieten die drei Frauen über unsere Unterbringung. Meine Mutter sprach von ihrem Kummer, und da man rasch für Besserung sorgen wollte, entschloß man sich, den Bruder und mich voneinander zu trennen. Wir sollten in verschiedenen Räumen übernachten, mein Bruder weiterhin bei der Mutter, ich aber im Zimmer der Tante. Nur während der Mittagszeiten brachte man uns, wenn die Sonne stärker schien, in den kleinen Innenhof, um uns frische Luft und den Anblick des wolkenbetupften Himmels zu gönnen. Diese Stunden liebte ich am meisten. Oben, im ersten Stock, standen die Fenster weit geöffnet. Aus dem Speisezimmer kam das Klirren der Teller, der Duft des Essens senkte sich schwer herab in den Hof und breitete sich wie ein feucht-warmes Tuch über unser Lager; manchmal bellten in der Nähe Hunde auf, die Kirchturmglokken schlugen pünktlich, und beinahe alle Viertelstunde beugte sich jemand aus dem Fenster, um einen Blick auf uns zu werfen.

Ich vertiefte mich in die Himmelsfarben; was geschah dort oben? An jedem Tag konnte ich ein neues Bild bewundern, nichts wiederholte sich außer dem zögernden Gang der Sonne, die zur Linken aufgeputzt hinter dem dunklen Dach aufstieg, um sich uns bald wieder zu entziehen. Mal drehte es die Wolken wie herbeigefegte Fetzen, die schnell die Ferne suchten, mal ruhten sie schwer und brütend über uns, dichte Watteballen, die die Sonne kaum durchließen. Dann taten sie sich zu großen Feldern zusammen, die an den Rändern allmählich in ein weiches Grau übergingen; der Horizont verfleckte sich, dunkelte ein, und bald würde man uns holen, bevor die ersten Regentropfen fielen.

Die Himmelsveränderungen ließen mich glauben, es könne dort oben nicht mit rechten Dingen zugehen. Sonne und Regen kämpften um die Macht, aber auch sie waren nur von stärkeren Mächten vorgeschoben, die sich unseren Blicken entzogen. So hielt ich mich für den stummen Zeugen eines ungeheuren Schauspiels, dessen Regie ich erst langsam durchschaute.

Nach dem Mittagessen zog der Großvater sich für eine Weile zurück. Ich hörte ihn die Stufen zum oberen Stockwerk hinaufgehen, wo er das kleine Erkerzimmer aufsuchte. Er hatte sich daran gewöhnt, gerade zu dieser Stunde die Violine vorzunehmen. Wenn er sie liebevoll hervorholte, bekam sein Blick etwas von jenem leicht beschwingten und doch ruhigen Ernst, den ich besonders mochte. Ich konnte mir gut vorstellen, wie er das matt glänzende dunkelbraune Instrument aus dem schwarzen Kasten nahm, der mit einem dunkelvioletten Samttuch ausgeschlagen war. Er hob es sacht in die Höhe, ließ es eine Pirouette drehen, schob es unter das Kinn und begann, die Saiten zu stimmen. Dann setzte er den Bogen an, und ich hörte die zarten Töne, auf die die Frauen ein Stockwerk tiefer nicht immer mit Zustimmung antworteten. »Karl, etwas leiser«, rief die Großmutter oft, da sie sich um unseren Schlaf sorgte, und wahrhaftig spielte der Großvater darauf verhaltener, als wage er es kaum, den Bogen auf die Saiten zu setzen. Trotzdem war im Hof jeder Ton gut zu hören.

Stand die Sonne am Himmel und flogen ihre Strahlen hastig und schnell die hohen Mauern entlang, so triumphierten die Töne; wirbelnd sprangen sie in den blauen Himmel, verteilten sich neben der Sonne und zupften sie näher zu uns heran. Zogen Wolken aus der Ferne auf, klang alles gedämpfter; eine langsam schreitende Melodie plagte sich hinauf in die Wolkenfelder, wo sie sich zwischen die Wolken schob, damit sie sich nicht vermengten. Drohte aber der Regen bald herunterzuprasseln, schlichen sich dunkle Klänge wie klagende Kobolde in die weit aufgeblähten Wolkenstreifen, um dort, anscheinend ermüdet, niederzusinken.

So ließ der Großvater die Wolken verschwinden und kommen; er beorderte die Sonne herbei, er ließ sie hinter dem hohen Kamin ihre Strahlen aushauchen, er lockte den Regen, damit er an den Scheiben der Fenster entlangfuhr, um uns zu ängstigen. Auf geheimnisvolle Weise war das Spiel des Großvaters mit dem Himmel verbunden. Seine Macht reichte so weit, daß er Einfluß auf die fernsten Dinge nehmen konnte. Daher hielt ich ihn bald für einen Zauberer, der in Verbindung mit jenen orphischen Mächten stand, die ich schon früh kennengelernt hatte. Seine Musik erinnerte mich an die dionysischen Gelage während meiner Höhlenexistenz; doch anders als damals diente sie nicht nur dem Vergnügen, sondern entlockte den fernen, unerklärlichen Dingen erst ihre Bewegung.

Himmel und Erde waren nicht länger voneinander geschieden. Durch das Spiel meines Großvaters schienen ihre Elemente einander zu berühren. Bald erhielt ich einen deutlichen Beweis für diese Vermutung. Denn einmal hatte uns Mutter nach einem kräftigen Gewittersturz in den Hof gebracht. Die dunklen Wolkengebirge hatten sich gerade zerstreut, die Sonne preßte ihre Strahlen wohltuend hervor – als ein bunter, leuchtender Bogen Erde und Himmel wie auf einen Schlag hin verknüpfte. Er verband das Dach unseres Hauses mit den höchsten Gefilden, und während ich noch heftig über dieses Wunder staunte, schmeichelten sich bereits die bekannten Klänge heran. Da beschloß ich, ihnen zu folgen; ich reckte mich auf und fühlte, wie die Töne mich fortzogen. Ich hatte auf der Schlange des Bogens Platz genommen, mit den Füßen klammerte ich mich um ihren Leib, mit den Händen zog ich mich vorwärts. Langsam kletterte ich so in die Höhe, ließ die tiefer segelnden Schwalben zurück, durchschoß, immer schneller werdend, die Wolken und fuhr schließlich, wie auf eilig galoppierenden Pferden, gerade in den Sonnenhafen ein. Begeistert dehnte ich den Leib, fühlte ich mich doch plötzlich stark, mit großen Kräften begabt, die es mir erlaubten, die Windeln wie Ketten zu sprengen. Als Bote der Götter kam ich zurück, Wundertaten würde ich vollbringen, die Dunkelheit besiegen. Ich allein brachte den Menschen das Glück, Ferne und Nähe verband ich mit einem Blick; war ich auch noch ein Einsamer unter den anderen, so war diese Einsamkeit nichts als ein erstes Zeichen meiner Erwählung. Anscheinend hatten die Götter mich in ihre Kreise aufgenommen, durch bedeutende Taten sollte ich ihnen nützlich sein …

Da ich nur wenig über ihr Dasein in Erfahrung bringen konnte, genügte mir bald ein Name, den mein Großvater nur wie den eines Wundertäters aussprach. Zweimal in der Woche nämlich fand sich am frühen Nachmittag der Pfarrer in unserem Haus ein; gerade wenn die Sonne sich den dunkelrot aufleuchtenden Dachziegeln schon bedenklich näherte, klingelte er heftig, um die Frauen aufzuschrecken, die noch mit dem Abwasch beschäftigt waren. »Wer kann das sein?«, hörte ich meine Tante rufen, obwohl sie doch genau wußte, wen sie bald vor sich haben würde. »Schau an, der Herr Pfarrer!«, rief sie noch, während sich im oberen Fenster mein Großvater meldete, um Bescheid zu geben, daß er sofort herunterkommen werde, um mit dem Herrn Pfarrer einen Spaziergang im Garten zu machen. Dies war das Zeichen für meine Mutter, unseren Kinderwagen ebenfalls den kleinen schmalen Weg hinüber in den Garten zu schieben, wo wir unter dem Blätterdach der mächtigen Buche abgestellt wurden, um die der Pfarrer und Großvater ihre weiten Kreise zogen. Sie gingen wie alte Freunde miteinander um und machten sich meist sofort auf den Weg, ihre wenigen, immer neu variierten Themen aufgreifend, vor denen meine Mutter oft spöttisch lachend ins Haus floh. Denn meist kreisten die Gespräche der beiden Spaziergänger nur um wenige Namen, die ein »na sowas«, ein »allerhand« entlockten, und doch gaben diese wenigen Namen Stoff für eine kaum noch zu überschauende Zahl von Geschichten, die jedesmal anders erzählt wurden, so daß sie sich in meinem Kopf verwirrten. Trotzdem versuchte ich, aufmerksam zu folgen, denn eine dieser Geschichten ließ mich nicht los, knüpfte sie anscheinend doch eng an meine eigenen sonderbaren Erfahrungen an.

Vor mehr als fünfzig Jahren mochten Armut und Not im Siegerland die himmlischen Götter gerührt haben. Da sie in die irdischen Geschäfte nicht direkt eingreifen konnten, spannten sie ihren Regenbogen aus und verliehen einem in Siegen geborenen, auf den Namen *Fritz Busch* hörenden Knaben die

Gabe des absoluten Gehörs. Das Gezwitscher der Vögel formte sich zu einem Lied, das Sprechen der Menschen zu einem Choral, das Pfeifen der Lokomotiven zu einem Dreiklang. So lernte Fritz Busch, die Welt durch die Musik zu begreifen. Sein Vater war ein Wandermusikant gewesen, der bei einer Hochzeit aufgespielt und bei dieser Gelegenheit seine spätere Frau kennengelernt hatte. Feurig und streng hatte der Mann dreingeschaut, manche hatten ihn gar für einen Zigeuner gehalten. Nach seiner Heirat hatte er neben einer Tischlerei auch den Geigenbau betrieben, und als sein Erstgeborener drei Jahre alt geworden war, hatte er ihm Geigen-, Klavier- und Flötenunterricht erteilt. Zur Freude des Vaters und unter dem Schutz der wohlmeinenden Götter hatte das Kind seine Fähigkeiten schnell entwickelt. Bald hatte es die schwierigsten Stücke so mühelos beherrscht, daß es sich hatte leisten können, in einem Buch zu lesen, während es mit Walzern, Polkas und Rheinländern zum Tanz aufspielte. Kaum ein Wochenende war vergangen, an dem es nicht, begleitet vom Vater oder vom jüngeren Bruder, der ebenfalls das Geigenspiel gelernt hatte, über Land gezogen war. So hatte *der Wunderknabe* das ganze Siegerland in seinen Bann gezogen …

Um ihm noch größere Macht über die Menschen zu verleihen, hatten die Götter dem Jungen, der inzwischen an der hohen Schule zu Köln unterrichtet wurde, einen Stock geschenkt, nicht länger als eine Hand, mit dem er vor den anderen den Takt schlagen und die schönsten Töne aus ihnen herauslocken konnte. Mit Hilfe dieses Stocks bildete sich der Junge zum Meister, der es nicht länger bei Tanzmusik bewenden ließ. Er eroberte auch die höheren Anstalten, begeisterte seine Lehrer, entzückte die Zuhörer und galt bald als einer der ersten Musiker, steil bergan führte der Weg dieses *Genies*, es wurde zum *fürstlichen Kapellmeister* ernannt, zum Musikdirektor, es übernahm eine *Hofoper*, um schließlich – wohl in Dresden – als *Generalmusikdirektor* gefeiert zu werden …

Trompetend und posaunend hatte mein Großvater in der Schülerkapelle des später so berühmt Gewordenen mitgespielt. Laut und gestenreich sprach er von dieser Zeit, von den rauchgefüllten Bauernkneipen, den weiten Fußmärschen durch die gebirgige Gegend, dem stundenlangen Spiel, das meist erst tief in der Nacht ein Ende gefunden hatte. Noch immer war er stolz, mit einem so auserwählten Menschen befreundet gewesen zu sein, doch grämte ihn die Tatsache, daß er über den Verbleib des Freundes so wenig in Erfahrung zu bringen wußte. Denn Fritz Busch gehörte anscheinend weder zu den *Auftauchern* noch zu den *Aufsteigern.* Er war verschwunden, hatte seiner Heimat für immer Lebewohl gesagt und sich von den stumpfen Greueltaten ihrer Bewohner verabschiedet. Einige berichteten, er lebe in Argentinien und leite dort ein großes Opernhaus; andere wußten zu erzählen, er gastiere in New York, in Chicago, ja an allen bedeutenderen Orten der Welt, nur eben nicht hier, in seiner Heimat, was einen Verlust bedeutete, den mein Großvater gar nicht laut genug zu beklagen wußte. »Zu Fuß würde ich nach Köln gehen«, sagte er, »um Fritz Busch dirigieren zu sehen …, und nachher würde ich ihn begrüßen und sagen: ›Dein erster Trompeter ist wieder zur Stelle.‹«

Durch solche Erzählungen erfuhr ich nicht nur, daß es Menschen gab, die nichts daran setzten, *aufzutauchen* oder *aufzusteigen;* sie deuteten mir auch an, welchen Weg ich in Zukunft einzuschlagen hatte, um meine musikalischen Gaben zu entwikkeln und zu vervollkommnen. Das Gehör mußte geschult werden, die Geräusche der Welt wollten in Musik verwandelt sein. Das kostete Mühe und Fleiß, an Ausdauer wollte ich es in den kommenden Wochen nicht fehlen lassen.

So erhielten die Spaziergänge, die Mutter mit uns in der Umgebung unternahm, für mich einen neuen Reiz. Ich betrachtete diese Umgebung jetzt genauer und ließ mir kaum einen Laut entgehen. Wenn wir die schmale Dorfstraße verließen, um abseits in die Wälder zu ziehen, verebbte das hohe Klingeln, mit dessen Hilfe die Fahrradfahrer sich den Weg freihielten; die Kirchenglocken tönten hier anders als sonst, dunkler und wärmer, und die menschlichen Stimmen, die sich im Dorf so aufdringlich bemerkbar machten, waren kaum noch zu hören. Das Rauschen des Windes erschien wie ein Tonkissen, das sich dicht auf das Gras legte, und das Knarren der Baumstämme grundierte den hohen Ton durch einen tiefen Orgelton. Von den Feldern kam das klatschende Flügelschlagen der Krähen, und an den Waldrändern schnatterten die Elstern auf, als sie uns bemerkten.

Mutter ging sehr weit mit uns, und in diesen Stunden schien sie ruhiger zu werden. Sie beugte sich oft über den Wagen, zog die Decken zurecht, und ich freute mich, als sie an einem Nachmittag wie aus einer Laune heraus zu singen begann. Nicht selten begleitete uns auch die Tante; dann fiel es mir schwer, meine Eindrücke zu ordnen. Die Tante war ausgelassen und fröhlich, sie hob einen von uns aus dem Wagen, wirbelte ihn im Kreis herum, trug ihn auf ihrem Rücken und ließ ihn auf einer Bank zurück, als brauche man sich nicht weiter um ihn zu kümmern. Mein Bruder mochte sie nicht. Noch immer ging ihm alles zu nahe; Spiel und Ernst konnte er nicht unterscheiden; oft fühlte er sich verlassen, dann greinte und blökte er, schüttelte sich und rüttelte unseren Wagen durch und durch. Erst mit der Zeit besserte sich sein Befinden. Er bekam dickere Backen, und seine breiten Lippen schlossen sich wollüstig um den Schnuller, den er fast den ganzen Tag im Mund behielt.

Anders stand es mit mir. Noch immer nannte man mich *das Sorgenkind.* Ich ließ mir kaum Anzeichen meines Befindens entlocken, obwohl ich den Großeltern und der Tante bereits dankbar für all das war, was sie für uns taten. Zwar wußte ich jetzt, daß die fernen Götter mich auserwählt hatten, Besonderes zu leisten (ein Gedanke, der mir schon sehr früh gekommen war), doch fehlte mir noch eine Vorstellung davon, wie ich ihre Winke zu verstehen und meinerseits zu erkennen zu geben hatte, daß ich ihnen folgen wollte. Erst zu gegebenem Zeitpunkt wollte ich auftrumpfen. Die Gelegenheit dazu sollte sich bald ergeben, doch hätte man wohl noch länger warten müssen, wenn nicht zwei Ereignisse mein Leben unerwartet verändert hätten.

Denn an einem der ersten milderen Frühlingsnachmittage tauchte ein Bruder der Mutter bei uns auf. Im Ort wurde er Joseph gerufen, die Großeltern nannten ihn Jupp. Jupp erschien, als unser Kinderwagen wieder einmal neben der großen Buche im Garten stand; ich lag gerade still, um dem Himmel seine Gesichter abzustarren, als sich sein schmaler Kopf mit den großen Augen über uns bewegte. Er betrachtete kurz den Bruder, dann sah er mich. Er hielt still, sein Blick ruhte auf mir, er schaute so lange, als müsse das Bild meiner Gestalt erst in seinem Kopf verschwinden, als müsse er mich schauend zusammensetzen, um mich besser zu erkennen. Denn er *verstand* mich, ich begriff es sofort. Jupp schaute anders als alle anderen Menschen; seine Augen ließen sich Zeit, entspannten sich, nahmen Einzelheiten zur Kenntnis. Sie wurden weder von Hast noch von Unruhe getrieben; doch lauerte Angst in diesem Blick. Ich wußte sofort, daß diese Angst auch in mir schlummerte und daß ich doch nicht fähig war, es mir einzugestehen. Hinter diesen großen Pupillen wachte ein Entsetzen, das sich mit jedem Blick beruhigen wollte. Jupp schaute, als müsse er laufend nachschauen, um sich zu vergewissern. Er mißtraute ersten Eindrücken, und doch hegte er ein anderes Mißtrauen als das, das ich etwa von Mutter her kannte. Weder Trauer noch Furcht waren mit diesem Mißtrauen verknüpft, eher schon eine tiefe Verwunderung, die gedämpft werden sollte …

Beinahe wäre ich rot geworden vor Aufregung: Es gab also Menschen, die mir ähnlich waren, die zu mir gehörten, mit denen ich auf freilich noch schwer zu begreifende Art verbunden war. Jupp hob mich aus dem Wagen, nahm mich auf den Arm und musterte weiter meinen Kopf. Er schien ihm zu gefallen, denn er betastete ihn vorsichtig, ließ ihn in der Handhöhle ausruhen, fuhr mit den Fingern die Stirn entlang, umkreiste die Ohren und zupfte an meiner Nase. Wir durchstreiften den Garten, er ging langsam mit mir die kleinen Pfade zwischen den Brombeerhecken entlang, wir besichtigten das eingezäunte Terrain der Hühner, das ich bisher noch nie gesehen hatte, und standen still vor zwei Schafen, die sich nicht um uns kümmerten, sondern betulich weiterfraßen. Dabei redete er jedoch nicht mit mir, sondern anscheinend mit den Tieren und den Dingen, auf die wir bei unserem Gang trafen. Es waren Laute, an die mein feines Gehör nicht gewöhnt war, denn sie unterschieden sich von allen, die ich bisher kannte. Machte er das Klappern der Kieselsteine nach, wenn sie im Bachgerinnsel aneinanderstießen? Klang seine Stimme nicht ähnlich wie das Schreien der Elstern, das in mir immer die Befürchtung geweckt hatte, sie seien beim Flug mit den Köpfen gegeneinandergestoßen? Manchmal kam Jupps Geraune diesen Stimmen nahe, aber es war doch ganz anders. Dabei benutzte er keinen der üblichen menschlichen Laute; er neckte mich nicht (»dudu«), er faselte nicht vor meinen Augen mit kindisch leerem Blick (»wo ist er denn«), er ließ mich horchen, als müßte ich ihn ohne weiteres verstehen. Wie häufig wir haltmachten! Wir standen still, als die Glocke einmal kurz aufschlug; wir hielten uns ruhig, bis sich das Scharren der aufgeregten Hühner gelegt hatte. Jupp wurde es nicht zuviel, und ich, der ich daran gewöhnt war, stillzuhalten, machte es ihm nach. Erst als wir plötzlich die erregte Stimme der Mutter hörten, die mich in meinem Wagen nicht wiederfand, kehrten wir zum Ausgangspunkt unseres Ausflugs zurück.

»Jupp«, schrie meine Mutter beinahe, »wo kommst Du her? Und was machst Du mit dem Jungen?« – »Ich erkläre dem Jungen die Bilder«, antwortete Jupp. – »Welche Bilder?« – »Huhn mit Ei, zwei wartende Schafe … und dann die kleineren Naturaltäre da hinten«, entgegnete Jupp. – »Welche Naturaltäre?« – »Brombeerhecken, die Obstbäume und das Efeuspalier!«

Für einige Tage hielt sich Jupp in unserer Gemeinschaft auf. Anscheinend erschien er nicht häufig in dem kleinen Ort; man begrüßte ihn eher wie einen Fremden, und er gab sich keine Mühe, sich anzupassen und einzufügen. Morgens war er als einer der ersten auf; er schaute zu, wenn wir gebadet wurden, er schob den Wagen in den Hof, er verschwand für Stunden, ohne sich um die gemeinsamen Mahlzeiten zu kümmern, und tauchte dann plötzlich vor meinen Augen auf, um die Erkundung der Welt mit mir fortzusetzen.

Ich erfuhr erst mehr über ihn, als der Pfarrer eingetroffen war und sich während des Spaziergangs bei meinem Großvater nach ihm erkundigte. Wo kam der Jupp her? – Aus Düsseldorf, und dort studierte er an der Kunstakademie. – Und was studierte er? – Er zeichnete, er notierte auf kleinen Papieren schwer zu entzifferndes Zeug. – Und weiter? – Er versuchte sich an Plastiken, eben war es ihm gelungen, Schüler eines großen Lehrers zu werden. Der habe gesagt, es komme nicht mehr darauf an, Kunstwerke zu machen. – Sondern? – Sondern *Fetische*! – Dann stelle der Jupp jetzt Fetische her? – Vielleicht. Jedenfalls habe er andere Vorstellungen von den Dingen als die meisten anderen Menschen, solche, die nicht umgestoßen oder abgewandelt werden könnten. – Und woher? – Aus der Kindheit. Schon als Kind sei der Jupp wie ein Hirte mit dem Stab umhergelaufen, um seine Herde um sich zu scharen. – Als Kind? – Da habe er Pflanzen gesammelt, da habe er Zelte aufgeschlagen, um seine Fundstücke und Objekte auszustellen. – Welche

Fundstücke? – Mäuse und Käfer, Ratten und Kaulquappen. Mit Freunden habe er Gräben in die Erde gebuddelt, um sich dort zu verstecken. Jupp habe sich in die Erde gewühlt. – Um was zu finden? – Um es den *Hasen* gleichzutun. – Den Hasen? – Jupp behaupte, der Hase lasse uns an die Wiedergeburt denken, indem er sich in die Erde eingrabe; dann erinnere er uns auch an die Gesetze der Bewegung, auch der Hase sei im Grunde ein *Nomade*. – *Hirsch* und *Hase*, *Elch* und *Schaf*... das seien Tiere, die Jupp fortwährend vor Augen habe, denn sie erinnerten ihn an seine Fliegerzeit. – An die Kriegszeit? – Jupp habe Kinderarzt werden wollen, vielleicht auch Zoologe oder Botaniker. Doch er sei einberufen worden und als Stuka-Flieger im Süden Rußlands zum Einsatz gekommen. Dort sei er abgeschossen worden und auf der Krim notgelandet. *Tataren* hätten ihn gefunden und tagelang gepflegt. – Und? – Die weite Steppe Sibiriens, die habe Jupp jetzt im Kopf, die gehe ihm nicht mehr aus dem Sinn. *Tataren, Elche, Steppenhunde, Schlitten* und *nomadische Völker*! Fünfmal sei Jupp schwer verwundet worden, und am Ende habe er das goldene Verwundetenabzeichen erhalten. Und Rußland habe der gesehen wie kein anderer, mit diesen Verwundetenaugen! Rußland und Polen, das Schwarze und das Faule Meer... Und nach dem Krieg habe er beschlossen, Bildhauer zu werden, um alles aus sich herauszuschlagen, was sich ihn ihm gespeichert... – War Jupp den Göttern allzu nahe gekommen, hatte er liegend den Regenbogen durchstoßen, war er gestraft worden in der Einsamkeit der Steppen, unter den Tataren, und war die Einsamkeit eine Götterspeise, die denen zuteil wurde, die sich nach großen *Flügen* sehnten? Hatte Jupp ein Geheimnis? Nun wollte auch ich ein Zeichen geben...

Während Mutter sich noch immer über meinen Zustand grämte und – meines hartnäckigen Schweigens wegen – dafür gute Gründe hatte, hörte Jupp nicht auf, diesem Schweigen, das er ein *heiliges Schweigen* nannte, eine besondere Bedeutung beizulegen. Jupp nämlich faßte ein *anhaltendes Schweigen* als eine Vorbereitung auf große Taten auf. *Kommt der Schweigende, so findet er den Brunnen,* heiße es in einem ägyptischen Hymnus. Buddha habe mit seiner auserwählten Schar tagelang geschwiegen, um in tiefer Ruhe und Gelassenheit sein Leben zu überdenken. Schweigen sei ein Sichverschließen, ein Ausharren. Wer vor innerer Not und Hilflosigkeit nicht weiter wisse – dem bleibe nichts als das Schweigen. Freilich könne ein solches Schweigen auch in ein *asketisches* Schweigen übergehen, wie es unter den Mönchen des Mittelalters verbreitet gewesen sei. Benedikt habe seinen Brüdern aufgetragen, zu bestimmten Stunden des Tages zu schweigen, er habe Regeln ersonnen, um die Stunden des Schweigens festzulegen und zu begrenzen. Denn das Schweigen könne auch im völligen Stillschweigen enden, was man dem Kind nicht wünschen wolle. Wahrscheinlich handle es sich auch eher um ein *ekstatisches Schweigen,* von dem die sibirischen Schamanen, die tanzenden Derwische und andere Mystiker Zeugnis abgelegt hätten …

Warum schwieg ich noch immer? Worauf bereitete ich mich vor? Was war Großes von mir zu erwarten? Harrte ich aus? Schwieg ich etwa ekstatisch?

Einmal mußte dem *heiligen Schweigen* ein Ende gemacht werden, damit nicht ein völliges Stillschweigen meinen Mund für immer verschloß. Noch harrte ich aus; noch wußte ich nicht, wie ich mich hätte offenbaren können. Da kamen mir ganz unvorhergesehene Ereignisse zu Hilfe.

In den letzten Wochen hatte ich nämlich die Entwicklung meines Bruders aufmerksam verfolgt. Der Kleine hatte seinen Schwächezustand längst überwunden; jetzt saß er sicher und ungehemmt auf dem Schoß der Mutter. Manchmal wagte er sich schon an den Rand, übte den Absturz und ließ sich unter

Geschrei und Kreischen abgleiten. Kaum auf dem Boden angekommen, begann er das Spiel von vorne. Er wurde stärker, bekam kräftigere Muskeln und erwarb sich mit der Zeit eine immer größere Selbständigkeit. Munter drängte er von der Mutter weg; er konnte seinen Körper bereits vom Bauch auf den Rükken und zurück wenden, er wälzte sich wie ein Tier, das sich im Schlamm suhlte, um mit den Händen die Gitterstäbe unseres Bettes zu greifen und an ihnen zu rütteln. Häufig krabbelte er auch ganz aus dem engeren Bereich der Mutter davon; zwar vergewisserte er sich, daß sie in der Nähe war, indem er sich keck umschaute und sie weiter im Auge behielt, um bald zu ihr zurückzufinden, doch zeigten mir all diese Possen, daß seine Entwicklung Fortschritte machte.

Er versteckte sich unter den hohen, bedrohlich im Wege stehenden Wohnzimmertischen; er richtete sich vorsichtig an den davonrutschenden Stühlen auf, er kroch auf allen vieren über sämtliche Türschwellen des Hauses, als gebe es nichts Schöneres als die Flucht nach vorn. Vielleicht hatte er vor, einen Helden aus sich zu machen, einen Herkules, und ich würde einmal herhalten müssen, ihm zu dienen, um all die Keulen, Schwerter und Äxte zu schleppen, die er in ungewisser Zukunft für seine glanzvollen Siege benötigen würde. Wie sollte ich mit den Künsten des *heiligen Schweigens* dauerhaft gegen ihn bestehen? Teppiche schmückten die Wege der Helden, während man den Schweigenden ärmliche Lager in der Wüste einrichtete, damit sie sich mit Löwen und Heuschrecken unterhalten konnten.

Teppiche?! Auf ihnen wälzte mein Bruder sich besonders gern. Er krallte sich an ihnen fest und hob sie schwer atmend an den Rändern in die Höhe, um festzustellen, daß sich nichts darunter befand. Unermüdlich kroch er die geschwungenen Ornamente des großen Wohnzimmerteppichs entlang, hielt in der Mitte ein, versuchte, den freien Stand zu gewinnen, und fiel zu meiner Erleichterung doch auf den Bauch, um Bekanntschaft mit der widerständigen Härte des Bodens zu machen, den er unter der weichen Oberfläche nicht vermutet hatte. In solchen Fällen weinte er erbärmlich, während ich selbst auf dieses Weinen wie auf ein Erlösungszeichen wartete. In meinen heimlichen Gedanken verfolgte ich seine nimmermüden Krabbeleien bis in jeden Winkel der Wohnung und atmete erst auf, wenn ich den dumpfen Schlag hörte, der ihm seine Grenzen deutlich machte.

Nachts blieb ich immer häufiger wach. Wie konnte auch ich bestehen? Bereits die Vorstellung, es vor den Augen des Bruders ebenfalls mit kleineren Krabbelübungen zu versuchen und in einen zähen Wettstreit mit ihm treten, ließ mich erschauern. Nicht vor seinen Augen, sondern heimlich, in der Stille der Nacht, hatte ich mit meinen Übungen zu beginnen. Ich mußte vorsichtig sein, wenn ich ihn nicht aufwecken wollte. So wartete ich nun jede Nacht, bis er in tiefem Schlummer lag. Dann erst reckte ich den Oberkörper empor, drehte mich zur Seite, zog die Beine an und ergriff mit beiden Händen entschlossen das Gitter, das unter so festem Zugriff leicht zu zittern begann. Bald gelang es mir, mich an den Stäben in die Höhe zu ziehen, um für Sekunden festen Stand zu erreichen. Schwankend hielt ich mich fest, erschöpft atmete ich durch. Langsam wurde mein Körper geschult, um für die von mir erwarteten Taten gerüstet zu sein.

Gerade in der Zeit meiner nächtlichen Übungsstunden bewarb Adenauer sich um das höchste Amt im Land. Anscheinend waren ihm starke Widersacher entgegengetreten, um ihm den Vorsitz streitig zu machen. So tauchte in den erhitzten Unterhaltungen, die der Herr Pfarrer mit meinem Großvater führte, immer häufiger der Name jenes Doktor Schumacher auf, den ich noch von früher in Erinnerung hatte. Angeblich waren ungeheuerliche Worte gefallen, die die beiden Spaziergänger zu empörten Erwiderungen anregten. Schumacher hatte Adenauer einen

Lügenauer genannt, er hatte seine Gefolgschaft als *franzosenhörig* abgestempelt, er hatte ihn als den letzten Repräsentanten des geistig verkommenen und bald absterbenden Bürgertums, das sich an die Rockschöße der Unternehmer hänge, bezeichnet. Sogar die Kirche hatte der Doktor Schumacher anzugreifen gewagt: auch vor ihrer Macht, habe er erklärt, werde man in Zukunft nicht kuschen, auch ihren Einfluß werde man mit allen Mitteln bekämpfen, in Fragen der Erziehung, in Fragen der Schulausbildung, ja sogar in denen der Ehe; die neue Zeit bedürfe anderer Formen des gemeinsamen Lebens von Mann und Frau; und diese könnten auch ohne den Segen der Kirche auskommen.

Damit hatte der Herr Pfarrer nun allerdings ein Thema angeschnitten, auf das mein Großvater nicht gern zu sprechen kam. Mutter war nicht verheiratet und durch die groben Worte einer Kriegerwitwe war mir gut in Erinnerung, was dies bedeutete. Schnell wechselte er, der in der kleinen Ortschaft ein nicht unbedeutendes Geschäft besaß, daher auf andere Themen über, Themen der Wirtschaft, bei deren Behandlung er mit allen Trümpfen seines Wissens aufwarten konnte. Anscheinend hatte Adenauer versprochen, die Kaufleute frei gewähren zu lassen, während die Gefolgschaft des Doktor Schumacher damit zu drohen schien, ihnen alles aus den Händen zu reißen.

So übertrafen sich die beiden Spaziergänger in ihrer Empörung. Hob der Herr Pfarrer drohend die Faust, als er verkündete, Doktor Schumacher habe die Kirche als *fünfte Besatzungsmacht* bezeichnet, so konnte mein Großvater sich nicht beruhigen, als er hörte, derselbe Schumacher habe die Freunde Adenauers als *Freunde des Mammons* verschrien.

Ich selbst war beruhigt, als ich erfuhr, daß Adenauer die Behebung der Wohnungsnot für vordringlich erklärt hatte. Vielleicht waren auch ihm unsere unwürdigen Wohnungsverhältnisse aufgestoßen, so daß er sich bemühte, uns mehr Raum zu verschaffen. Dies war schließlich auch ganz meine Sorge, und ich hatte schon oft darüber nachgedacht, wie uns geholfen werden könnte.

Am Wahltag hatten mein Großvater und der Herr Pfarrer vor dem kleinen Rundfunkgerät, das man ins Wohnzimmer gestellt hatte, gespannt auf die neuesten Meldungen gewartet.

Anerkennend hatten sie zur Kenntnis genommen, daß Adenauer schon in der Frühe, begleitet von seinem Sohn Paul, zum Gottesdienst gegangen war, daß er gegen neun Uhr gefrühstückt hatte, um kaum eine Stunde später mit der ganzen Familie zur Wahl ins Gasthaus »Zur Traube« aufzubrechen. Den weiteren Tag hatte er sehr ruhig verbracht; er hatte gelesen, mit den angereisten Journalisten geplaudert und war – zur allgemeinen Enttäuschung – bald nach Bekanntgabe der ersten Ergebnisse zu Bett gegangen. Es habe keinen Sinn, sich den Kopf über Dinge zu zerbrechen, die man erst später genauer wisse, hatte er noch Bescheid gegeben.

Bei uns war es viel lebhafter zugegangen. Schon am frühen Abend hatte Großvater die erste Flasche Wein entkorkt. Achtundzwanzigtausend Stimmen waren in Bonn für Adenauer abgegeben worden. Im Rheinland hatte man die Zeichen der Zeit verstanden. Die zweite Flasche hatte über Schumachers Mehrheit in Hannover hinweggetröstet, die dritte war geöffnet worden, um Gottes Beistand lautstark zu erflehen. Erst im Morgengrauen hatten die erschöpften Mitstreiter erfahren, daß Adenauer und seine Gefolgschaft die Wahl gewonnen hatten.

Bereits wenige Tage später lud er seine Freunde in jenes hoch über der Rheinebene gelegene Wohnhaus ein, von dem ich schon gehört hatte. Die Gäste wurden zum Frühstück empfangen. Adenauer ließ es an nichts fehlen. Als man gegen Mittag von der Gartenterrasse aus einen Blick ins Rheintal warf, standen neben dem reichgedeckten Buffet ausgesuchte Weine bereit. Allmählich ging es leicht orphisch zu, und beim späteren

Gespräch übernahm der um das Wohlergehen seiner Freunde besorgte Gastgeber, ohne zu zögern, den Vorsitz. Er stellte fest, daß eine Zusammenarbeit mit jenem Doktor Schumacher, der ihm in den letzten Wochen so übel mitgespielt habe, nicht in Frage komme, aufopferungsvoll gab er bekannt, daß er aber – nach der vor kurzem erfolgten Konsultation seines Hausarztes – trotz seines hohen Alters bereit sei, die Führung der neuen Regierung zu übernehmen. Wer wollte ihm noch widersprechen? Er hatte so entschlossen wie kein anderer gehandelt. Ihm, dem Ältesten der Runde, konnte keiner etwas verweigern. Auch ich war nun von seiner Tatkraft überzeugt. Endgültig wollte ich ihn in seiner Vaterrolle bestätigen. Doch was konnte ich tun, welches Zeichen konnte ich setzen, an meinen unwissenden Bruder gefesselt, Tag und Nacht betreut und gehätschelt?

Ich hätte noch lange nachgrübeln können, wenn ein Satz meines Großvaters mich wenig später nicht hätte aufhorchen lassen: Adenauer war *auf den Teppich getreten.* Großvater wußte die Tat nicht hoch genug zu würdigen. Immer wieder schilderte er allen, die es hören wollten, daß Adenauer es gewagt, ja daß er alles daran gesetzt habe, vor den Hohen Kommissaren der Besatzer *auf den Teppich zu treten.* Bei der Vorstellung seines Kabinettes auf dem Petersberg habe man den Teppich so ausgelegt, daß leicht zu erkennen gewesen sei, daß man nur die Anwesenheit der drei Hohen Kommissare auf dem Teppich wünsche, daß Adenauer sich fernzuhalten und daß er in dieser Ferne *schweigend* zu *harren* habe. Adenauer jedoch habe sich an diesen unausgesprochenen und dadurch um so deutlicher wirkenden Wink nicht gehalten. Ohne sich zu besinnen, habe er mutig den Teppich betreten, seine kleine Ansprache verlesen, so daß es den Hohen Kommissaren unmöglich gewesen sei, dagegen Einspruch zu erheben. Dadurch habe Adenauer zu verstehen gegeben, daß er sich die Zukunft des Landes nicht im fernen Winkel der Weltgeschichte, außerhalb des Teppichs, vorstellen könne.

Auch ich hatte dieses Zeichen verstanden. Mut, Entschlossenheit, Tapferkeit – sie bewiesen sich offenbar dadurch, daß es einem gelang, gegen starke Widerstände *den Teppich zu betreten.* Ich wußte nun, was ich zu tun hatte.

In der folgenden Nacht wartete ich, bis der Bruder eingeschlafen war. Gegen Mitternacht drehte ich mich auf den Bauch und stemmte mich langsam empor. Einen leichten Schwindelanfall überstand ich, indem ich mich am Gitter festhielt. Dann wagte ich es hinüberzuklettern. Unerwartet hart schlug ich auf den Boden. Es schmerzte, aber ich ertrug das unangenehme Empfinden, indem ich mir kurze Erholung gönnte. Dann krabbelte ich langsam voran, umrundete siegesgewiß eine hohe Blumenvase, zupfte, dreister geworden, an den heraushängenden Blüten, erwischte wahrhaftig eine, zog kräftiger an ihr, daß die Vase gefährlich ins Schwanken geriet, krabbelte weiter, den kahlen Blütenstiel in der Hand, überwand die rauhe Türschwelle, und erreichte das Wohnzimmer, wo ich auf dem großen Teppich haltmachte … Erschöpft schlummerte ich ein.

Als ich am frühen Morgen die ersten Geräusche hörte, machte ich mich bereit. Ich ergriff den Blumenstiel fest mit der Rechten, sammelte mich und stand mit einer ruckartigen Bewegung, die beim dritten Versuch vom Erfolg gekrönt war, auf. Ich *stand auf dem Teppich.*

Wenig später kam Mutter herein. Sie traute ihren Augen nicht, entsetzte sich beinahe und machte, laut rufend, kehrt. Unvorstellbarer Lärm erfüllte das Haus. Die Großeltern eilten herbei, Onkel Jupp polterte die Treppe herunter, um zu Hilfe zu kommen, auch die Tante stürzte aufgeregt ins Zimmer. Sie konnten es nicht fassen. Ohne zu wanken, ohne zu zittern hob ich den Taktstock, um ihre Stimmen zu dirigieren. Siegesbewußt drehte ich mich um die eigene Achse, damit man mich von allen Seiten bewundern konnte. Ich lachte, ja, ich hatte sie alle überlistet.

»Er hat sein Schweigen gebrochen«, freute sich Onkel Jupp und nahm mich auf den Arm. »Er singt, hört, wie er singt«, rief Großvater. »Wie ist ihm das nur gelungen?«, fragte die Tante.

Da reckte ich mich freudetrunken empor und, leise murmelnd, brach es aus mir heraus: »*Ade, ade …*«

Sie konnten mich nicht verstehen. Aber ich wußte, wer mich in diesem Augenblick verstand.

4

Der kalte Krieg

Seit meinem großen Auftritt, durch den ich die Hausbewohner von meinen besonderen Fähigkeiten überzeugt hatte, war ich ausgelassen wie nie zuvor. Ich legte mir keinen weiteren Zwang auf, sondern begann energisch, den guten Eindruck zu bestätigen, den ich gemacht hatte. Dabei kam mir zugute, daß sich beinahe jeder meiner Verwandten etwas darauf einbildete, meine Entwicklung entscheidend vorangetrieben zu haben. So übersah Großvater nicht, wie bereitwillig ich mich von nun an der Musik widmete; wenn er auf der Violine spielte, löste sich jedesmal meine Erstarrung. Ich bewegte den Kopf im Rhythmus mit, ich schlug mit den Händen auf den Boden, um zu beweisen, wie sehr mir alles gefiel. Begeistert trat Großvater dafür ein, mir, sobald es soweit sei, eine musikalische Ausbildung zu ermöglichen. Im Geiste sah er mich bereits auf dem Konzertpodium als wunderbaren Hexenmeister, der seine Zuhörer in den Bann schlug.

So lange wollte Onkel Jupp sich nicht gedulden; er bezeichnete mich als ein lange verkanntes *Genie,* dem man schon frühzeitig den Weg ebnen müsse. Daher drückte er mir bunte Stifte in die Hand, hockte sich neben mich auf den Boden, reichte mir seine Skizzenblätter und wartete darauf, daß ich mein Werk begann. Großzügig fuhr ich mit den Stiften über die freien Flächen; zwar konnten meine erbärmlich kleinen Finger solche Geräte noch kaum halten und greifen; Jupp jedoch genügte es bereits, wenn einige Striche und ein paar flüchtig hingeworfene Zeichen entstanden. Schon riß er das Blatt aus dem dikken Block, um es genauer zu betrachten. Er nannte meine Kunst *vielseitig* und gewann ihr immer neue Ansichten ab. Mal hatte mein Strich etwas von entschlossener Begeisterung, mal bewies er mein konzentriertes Innenleben, das noch bemüht sei, sich meiner sprunghaften Entwicklung anzupassen. Jupp behandelte meine ersten Kritzeleien mit großem Ernst wie Botschaften aus einer den anderen verborgenen Welt, in die Einblick zu nehmen nur ihm gestattet sei. Er sammelte sie und verglich sie mit seinen eigenen Arbeiten. *Hüterin des Schlafes* war ein kleines Blatt betitelt, das ich besonders liebte; es zeigte eine Frau mit gesenktem Kopf, deren Körper mit dem Erdboden zu verschmelzen schien. Im Garten entstanden weitere Entwürfe. *Innere Fjorde* zeigte nichts anderes als seltsam verworrene Linien, die mich an die Wolkenfasern am Himmel erinnerten. Auch die beiden Schafe wurden mehrmals gezeichnet, und ein kleines Aquarell sollte mich an die *Fabrik auf dem Berg* erinnern …

Allmählich ließ so das Interesse für meinen Bruder nach, und ich konnte mich überzeugen, daß mein Plan, ihn auf einmal zu übertreffen und wenigstens für einige Zeit ins zweite Glied zu verbannen, von einem durchschlagenden Erfolg gekrönt war. In den letzten Wochen unseres Landaufenthaltes war ich die vielbewunderte Gestalt, die vorgezeigt und in den Mittelpunkt gerückt wurde. Endlich hatte ich an jene ersten Tage nach meiner Geburt angeknüpft, an denen mein außerordentlicher Kopf der Gegenstand der Bewunderung gewesen war. Ich fühlte mich besser, von Tag zu Tag machte ich Fortschritte.

Die Tage auf dem Land gingen mit unserer Taufe zu Ende.

Schon lange Zeit hatte der Herr Pfarrer gedrängt, diese Zeremonie zu vollziehen. Erst mein gebesserter Zustand jedoch hatte Mutter veranlaßt, seinem Drängen nachzugeben. Sie wollte mich an einem so festlichen Tag bei vollen Kräften sehen, und nichts sollte an die Zeit erinnern, in der ich ihr einige Sorgen bereitet hatte. Man hielt die Taufe geheim; nur unsere kleine Hausgemeinschaft war anwesend, als wir in der kühlen Dorfkirche in die Gemeinschaft der Kirche aufgenommen wurden. Ich war erstaunt, denn während des feierlichen Aktes verwandelten sich die Menschen, die ich früher bei ihren täglichen Verrichtungen genau beobachtet hatte, in eine Schar ehrfürchtig schweigender und oft betreten dreinschauender Beter, die mich zu einem Becken trugen, einen Schwur ablegten, mich an der empfindlichen Gurgel mit Öl salbten und so um die Geheimnisse der Mysterien zu wissen schienen. Vergeblich wartete ich aber darauf, daß die Zeremonien sich jener festlichen Heiterkeit näherten, die ich von den dionysischen Gelagen her kannte. Statt dessen schienen meine Begleiter in der stillen Abgeschiedenheit des Kirchenhauses, in das sich kaum ein Sonnenstrahl eingeschlichen hatte, zu erfrieren. Sie standen, wie von einer schweren Last gebeugt, neben mir, und antworteten auf einige Fragen, die ihnen gestellt wurden, mit wehmutsvollen Blicken. So blieben mir ihre Mysterien verschlossen.

Lange hatte man über unsere Taufnamen nachgedacht. Nun taufte man den Bruder *Josef* mich aber *Johannes* – um unserem Zwillingsdasein gerecht zu werden, hatte man den Gleichklang der Anfangssilbe gewählt. *Jojo* rief uns von nun an die Mutter, wenn sie uns beide meinte. Ich war mit der Namensgebung zufrieden, denn schon kurz nach Verlassen der Kirche hatte der Onkel erklärt, daß gerade Johannes, der Täufer, jene Gestalt sei, die er von den Heiligen am meisten verehre. Ohne das Werk des Johannes sei die Geschichte der Kirche nicht denkbar. Johannes – das sei der, der verwandle, der hoffen mache, der Freundliche,

Lichtvolle. Mochte man meinen Bruder nur Josef nennen –, der eher matte Klang dieses Namens paßte zu ihm. *Johannes* dagegen –, das erschien mir lebendiger, frischer. Zustimmend geizte ich daher bei der anschließenden kleinen Feier nicht mit heftigen Bewegungen meines Taktstocks, die der Hausgemeinschaft, als einige Flaschen Wein geleert worden waren, sogar ein paar dionysische Gesänge entlockten. Es waren die Gesänge des vorläufigen Abschieds, denn nur zwei Tage später machten wir uns auf den Heimweg nach Köln. Diesmal sollte die Tante uns begleiten, um der Mutter in Zukunft zur Hand zu gehen.

In Köln setzte ich mit dem ersten Tag meine Eroberungszüge fort. Früh am Morgen krabbelte ich mich frei, verließ unser gemeinsames Gestell und machte mich auf den Weg. Ungeduldig näherte ich mich dem kleinen Klappbett, auf dem die Tante schlief. Ich zog mich an der herabhängenden Decke wie an einem Glockenseil in die Höhe, stand still und versuchte, meine Tante aus ihrem Schlummer zu wecken. Anfangs reagierte sie unwirsch auf derartige Versuche; als sie sich jedoch daran gewöhnt hatte, empfand sie meine Annäherung als ein Zeichen besonderer Zuneigung. Sie hob mich ins Bett, unterhielt sich mit mir, gemeinsam begannen wir den Tag. Doch ich wollte nicht laufend beaufsichtigt werden; statt mich an der Hand durchs Zimmer führen zu lassen, stieß ich die Tür auf, polterte auf den Flur und stürzte hinaus. Wieviel hier im Weg stand! Um einen vorläufigen Halt zu finden, griff ich nach dem Kinderwagen und schob ihn vor mir her. Ich streifte einen Schirmständer, schlug mit dem unhandlichen Wagen gegen eine Kommode, widmete mich ihren Fächern, zog Handschuhe, Mützen und Schals heraus und verstreute alles, um es denen zu überlassen, die nach Ordnung verlangten.

Zu ihnen gehörte vor allem das Ehepaar Johann, das ich in den langen Monaten meines Landaufenthaltes nicht aus dem

Gedächtnis verloren hatte. Noch immer war es keineswegs freundlich auf uns zu sprechen, und schon nach wenigen Tagen geriet ich mit ihm heftig aneinander. Denn ich kannte im Überschwang keinerlei Grenzen. Ich öffnete jeden Behälter, der sich mir in den Weg stellte, ich kippte den Inhalt aus, um ihn genauer zu betrachten, und ich schleppte die überall aufgelesenen Gegenstände oft hinter mir her, ohne darauf zu achten, wo ich sie wieder verlor. Der lange Flur unserer Wohnung war mir dabei das liebste Terrain. Man konnte sich vor dem hohen Spiegel aufrichten oder die nahestehende Blumenvase, deren gedrungener Leib ein Versteck besonderer Art bildete, vor sich herkollern; man konnte vor den meist verschlossenen Türen Rast machen oder das Rückwärtslaufen erproben. Niemand konnte mich aufhalten. Zog man mich ängstlich zurück ins Zimmer, schrie ich auf und begehrte wieder in den Flur gelassen zu werden. Nichts entging einem hier; jeder, der die Wohnung verließ, mußte an mir vorüber, und ich stellte mich fragend, lachend und gestikulierend vor ihn hin, um erste Antworten zu erhalten.

Doch die Stimmung verschlechterte sich. Närrisch vor Entrüstung schloß die Witwe Hasselmann die Tür ihres Zimmers hinter sich zu, wenn sie aus dem Haus wollte; fauchend schob sie mich gegen die Wand, preßte mich in eine Ecke, um mit schnellen Schritten ins Freie zu eilen. »Fort hier, du Balg«, schrie sie mir entgegen, wenn ich meine Arme ausbreitete, um sie aufzuhalten und genauer zu betasten. Warum ereiferte sie sich so? Weil ich sie nicht voreilig und ungerecht verurteilen wollte, versuchte ich, mich ihr heimlich zu nähern. Oft hörte man aus ihrem verschlossenen Zimmer leise Musik. Das zog mich an; ich folgte den Tönen, lehnte mich gegen die Tür, preßte mein Ohr dicht gegen das Holz. Saß sie dahinter still in ihrem großen Ohrensessel? Träumte sie vor sich hin?

Solche Gedanken belebten meine Phantasie. Denn ich konnte mir nicht vorstellen, daß Witwe Hasselmann auch hinter ihrer Tür weiter jene feixende, boshafte Frau war, die uns bei fast allen Begegnungen so heimtückisch entgegentrat. Vielleicht gab es zwei Witwen Hasselmann; die eine empfand unsere Nähe als Zumutung, die andere sperrte sich ein, um ihren eigenen Phantasien nachzugehen. Aber welchen?

Die Frage beunruhigte mich; da ich mir nicht erklären konnte, wie die Witwe Hasselmann lebte, peinigte mich neben dieser Unwissenheit vor allem die Angst, daß ein dauernder Friede in unserer Wohnung sich niemals herstellen lassen würde.

Denn jeder Gegenstand, den ich zu mir heranzog, durchrüttelte und überprüfte, war ein Gegenstand des Unfriedens oder des *kalten Krieges,* wie Theo es nannte. Ich ahnte, was er meinte: der *kalte Krieg* bestand aus den täglichen Schlachten im Flur, wenn ich mich unterhaltungsbedürftig an das Hosenbein von Herrn Johann klammerte, seiner Frau in den Schritt fiel oder die Witwe Hasselmann durch meine unvorhersehbaren Bewegungen aus dem Gleichgewicht brachte. *Kalt* war dieser Krieg, weil nie ein freundliches Wort gewechselt wurde. Man behandelte den Bruder und mich nicht wie Kinder, sondern wie bedrohliche, gefährliche Wesen, die immer im Wege waren, ja wie kleine Monster, die die herbeigesehnte Ruhe unangenehm störten. Nichts schienen diese Menschen mehr zu lieben als die sterile Stille ihrer Behausungen, in denen sie offenbar irgendein fremdes Geheimnis verbargen.

Vorerst ließ mir der *kalte Krieg* keine Gelegenheit, mich um diese Geheimnisse zu kümmern. Denn er trennte die verschiedenen Territorien unserer Wohnung in *warme* und *kalte* Zonen. *Warm* war die Mitte unseres Zimmers, die Gegend um den kleinen Eßtisch herum, über den am frühen Abend die Lampe ihr breites Licht warf; hier bügelte die Tante die Wäsche, hier wurde gestrickt, hier entlud Theo die kleinen Pakete, die er aus der

Stadt mitgebracht hatte. *Warm* waren auch die Schlafzonen, wo Mutter und Tante oft schon früh zu Bett gingen, um sich noch lange in der Dunkelheit der Nacht zu unterhalten, in die nur selten das Mondlicht geisterte. *Warm* waren schließlich die Ecken des Zimmers, die Bereiche neben und hinter den klapprigen Möbeln, unter denen man so manches verstecken konnte. Vor den kälteren Zonen jedoch warnten die heftigen Zurufe. »Halt!« hieß es, wenn ich mich der Tür näherte; »Laß das!«, wenn ich im Flur auf und ab lief. Ich sank an der großen Wohnungstür nieder, bettelte vor mich hin und wurde doch nicht ruhiger.

Deutlich empfand ich ein Gefühl der Ohnmacht, das sich noch verstärkte, als die Nachrichten, die Theo uns mitteilte, immer beängstigender wurden. Denn der große Georgier, dem man auch den Beinamen *Der Unbezwingliche* gegeben hatte, drohte, uns alle zu verschlingen. Offenbar verfügte der Mann aus Stahl, vor dem sich selbst seine eigenen Freunde fürchteten, über eine unbegrenzbare Macht. *Soso* (oder *Soselo*) hatte seine Mutter ihn noch zärtlich genannt; doch sie hatte sich – wie alle anderen – in ihm getäuscht. *Soso* hatte von Anfang an die Macht begehrt, und schließlich war er so mächtig geworden, daß alle Bewohner seines Landes seine Worte wiederholen mußten. Wer ihm widersprach, wurde gepackt und in die Verbannung geschickt. Längst hatte *Soso* sich aus Angst vor seinen zahllosen Feinden in seine Burg zurückgezogen, deren labyrinthartige Gänge ihm zahlreiche Verstecke boten. In ihrem Innern vergrub er sich in seine dunklen Gedanken, die alle nur dem einen Ziel galten, die Macht zu erweitern, neue Länder zu erobern und fremde Völker zu unterjochen. Seine Mahlzeiten wurden vorgekostet, da man immer damit rechnen mußte, daß einer versuchen würde, ihn zu vergiften; an den Nachmittagen döste er vor sich hin, und erst in den Nachtstunden legte sich für einige Zeit das Gefühl der Unsicherheit, das auch ihn nicht mehr losließ …

Als könne er der drohenden Gefahr mit einem Zauberwort begegnen, sprach Adenauer, von dem ich mir Hilfe versprochen hatte, nur von *Europa.* Auch Theos Augen leuchteten, wenn er dieses Wort aussprach. *Europa* – das mußte so etwas sein wie ein Gefühl der Siegeszuversicht, eine Art Hoffnung oder vielleicht nur ein angenehmer Traum. Ich selbst dachte es mir als jenes beschwingte Empfinden, in dem die Tante die Kleider wechselte und sich sorgfältig schminkte. Um mehr zu erfahren, beobachtete ich sie genauer.

Tagsüber half sie der Mutter, wo sie nur konnte. Sie kochte, kümmerte sich um unsere Wäsche, wischte auf, führte uns zu kleinen Spazierfahrten aus. Die Arbeit schien ihr nichts auszumachen, wenn nur Theo uns am Abend besuchte. Ich ahnte, daß sie ihn mochte. In unserem kleinen Kreis war er der einzige, der seine gute Laune nie zu verlieren schien. Die bedrohlichen Nachrichten klangen aus seinem Mund weniger furchterregend; so gelang es ihm oft, uns aufzumuntern. Denn noch immer konnte die Umgebung uns kaum ein Lachen entlocken. Wenn wir mit der Tante ausfuhren, blickten wir auf Ruinen und Schutthalden; hastig suchten wir einen kleinen Park in der Nähe auf, wo wir aus dem Wagen befreit wurden und losstolperten, beherzt, ohne einen weiteren Blick auf das Elend zu werfen.

Der Park erinnerte an die Zeit auf dem Land. Für Augenblicke hatte ich den Himmel wieder so vor Augen, wie ich ihn dort stundenlang angestarrt hatte, ein hochgelupftes, sich aufblähendes Tuch aus weißgetöntem Blau, das vom Violinspiel des Großvaters in Bewegung gehalten wurde. Mir fehlte die Musik, und niemand wollte meine geheime Sehnsucht begreifen, sooft ich mir auch einen Taktstock aus Stöcken und Ästen zurechtrupfte.

Um so ungestümer drängte ich an den frühen Abenden, wenn es allmählich dunkelte, vor Witwe Hasselmanns verschlossene Tür, hinter der jene Töne erklangen, die mich so entzückten. Ich wußte, daß durch das Türschloß ein Blick zu erhaschen war. Doch mußte ich erst einen kleinen Schemel über den ganzen Flur zerren, um einen bequemen Stand zu erreichen. Leicht schwankend, atemlos, gespannt schaute ich durch den Spalt. Die Witwe saß im Dunkel, nur eine Kerze brannte auf dem Tisch. Die Träumende hatte die Augen geschlossen, die gefalteten Hände lagen ruhig auf ihrem Schoß. Sie war nicht mehr unter uns, ein Teil dieses in ein schwarzes Kleid gehüllten Körpers hatte sich davonbegeben. Dieser erstarrte Leib, dieser rotgefärbte Mund – sie machten mir Angst, nahm ich doch zum ersten Male einen Menschen wahr, der in mehreren Welten zu Hause schien. Noch befremdlicher wirkte der Anblick einer grauen Uniform, die an der Schranktür baumelte. Jetzt lächelte die Witwe sogar. Träumte auch sie von *Europa?*

Und gehörten die schlaff herabhängenden Uniformkleider mit zu diesem mir fremden Traum? – *Europa*!... Nur Theo wußte mehr davon zu berichten. So erzählte er, daß in einem kleinen elsässischen Grenzort Deutsche und Franzosen die störenden Schranken gestürmt hätten, um einen Scheiterhaufen aus ihnen zu bilden; mit erhobener Rechten hätten sie sich geschworen, Grenzen nicht mehr anzuerkennen. Die westlichen Völker gehörten zusammen, nur gemeinsam würden sie den Angriffen des blindwütigen Georgiers standhalten! Nun verstand ich, warum sich die Begeisterung aller an diesem Wort entzündete.

Auch meine Tante schien europäisch zu träumen. Denn wenn Theo von *Europa* sprach, verhieß dies einen schwungvollen Beginn des Abends; eine verhaltene Zügellosigkeit knüpfte sich daran, eine Sehnsucht, das Weite zu suchen und in die Stadt aufzubrechen, von wo man erst spät fröhlich zurückkam. Immer häufiger lud Theo die Tante nach *Europa* ein; sie gingen ins Kino oder zum Tanzen; *Europa* wurde das Stichwort für die Überwindung störender Grenzen.

Dies sollte schließlich auch ich begreifen, denn als ich an einem frühen Morgen wie üblich den Weg zum Bett meiner Tante suchte, um sie aus ihren Träumen zu wecken, fand ich sie dort nicht vor. So öffnete ich die Tür, trat munter hinaus auf den Flur und erreichte die kalten Fliesen des Bades – auch hier war die Tante nicht; langsam, noch unentschlossen wandte ich mich Theos Zimmer zu, dessen Tür nie abgeschlossen war. Mit aller Kraft packte ich die Klinke, drückte sie herunter und schlüpfte durch den sich öffnenden Türspalt ins Zimmer. Endlich hatte auch ich *Europa* gefunden; meine Tante lag neben Theo im Bett.

Froh, das Geheimnis gelüftet zu haben, zog ich sie am Arm, irritiert zurückweichend, als ich an ihrem Aufschrei bemerkte, daß sie meine hohe Stimmung nicht teilte. »Was machst Du hier?« fragte sie noch barsch; noch nie hatte sie so mit mir geredet. Als sie mich hin- und herzerrte, ließ ich mich auf den Boden fallen und schrie. Schon eilte auch Mutter herbei, und erst durch die heftigen Vorhaltungen, die sie Theo und der Tante machte, erfuhr ich, daß *Europa* noch längst nicht die Zustimmung aller gefunden hatte.

Durch diesen Eroberungsgang war ich in den Augen der Tante plötzlich zu einem Verräter geworden, der sie dem Strafgericht der Mutter ausgeliefert hatte. Unsere Ausflüge wurden zu Schweigemärschen, das angenehme Bad am Abend zu einer hastig vollzogenen Pflichtübung. Von Tag zu Tag verschlimmerte sich meine Lage, ich galt als ein störrisches, flegelhaftes Wesen, das sich um Dinge kümmerte, die es nichts angingen. Man ließ mich stehen, wenn ich Hilfe und Zuwendung begehrte; einsam spazierte ich an Schaukeln und Wippen entlang. Man hielt mich für verstockt und eigensinnig, obwohl mir doch sehr daran gelegen war, den Zustand des *kalten Krieges* ein für allemal zu beenden.

Erst als mein Kummer beinahe unerträglich wurde, entschloß ich mich zum Angriff.

In einer der folgenden Nächte machte ich mich auf den Weg. Niemand bemerkte, daß ich unser Zimmer verließ und leise den Flur entlangschlich, um die Tür zu erreichen, hinter der sich Witwe Hasselmann im Schlaf befand. Ich zerrte vorsichtig an der Klinke; wahrhaftig öffnete sich die Tür, ohne daß ich größere Gewalt hätte anwenden müssen. Da … direkt vor meinen Augen, lagen all die geheimnisvollen Dinge, die aus der uns feindlich gesonnenen Frau eine unheimliche Erscheinung mit mehreren Leben machte … Die graue Uniform mit den beiden blinkenden Orden … Der Stahlhelm mit Kinngurt … Ein Koppel mit Totenkopf … Ich raffte die Sachen eilig zusammen, aber sie waren schwerer, als ich gedacht hatte. So schaffte ich sie nacheinander hinaus auf den Flur. Ungeduldig schob ich die Uniform vor mir her, um sie draußen aufzutürmen; ich schleppte das Lederkoppel hinaus und warf es auf den grauen Berg; den Stahlhelm klemmte ich unter den Arm. Ein Anfang war gemacht! Mit kleinen Erfolgen jedoch wollte ich mich nicht bescheiden.

Ohne zu zögern, suchte ich die Wohnung der Johanns auf; auch hier war die Tür nicht verschlossen. Bisher hatte ich noch keinen Blick in ihr Zimmer geworfen. Ich mußte mich schnell entschließen, um meine Eroberung mit einer Beute zu krönen. Unerwartet rasch fiel sie mir in die Hände. Denn als ich mich noch bemühte, zwischen den Beinen eines Tisches hindurchzukriechen, bemerkte ich, daß ein Bein zuviel vorhanden war. Man hatte es gegen die Tischkante gelehnt, wo es sich mir geradezu anbot. Ich packte es unter den Arm und zog damit auf den Flur, wo es mir als Steckenpferd diente, um meine Eroberungsritte zu krönen. Fest hielt ich den Holzstumpf zwischen den Beinen und trampelte immer schneller den Flur hinauf und hinab … *Europa* tat sich auf …! Ich kam Adenauer zu Hilfe …! Wir würden *Soso* besiegen … – –

Alle waren auf dem Flur erschienen. Mutter brach in Tränen aus, Witwe Hasselmann behauptete schreiend, ich hätte das Andenken ihres Mannes geschändet, und Herr Johann gab allen zu verstehen, er werde auf Schadenersatz klagen, da ich sein Holzbein beschädigt habe.

Ich wurde tagelang verflucht. Witwe Hasselmann ließ einen eisernen Türriegel anbringen, um sich, wie sie sagte, vor dem »Dieb« zu schützen, und das Ehepaar Johann erklärte, man werde von nun an keine Rücksicht mehr auf mich nehmen und selbst vor Schlägen nicht mehr zurückschrecken. Der *kalte Krieg* setzte sich fort …

5

Bruderkampf

Inzwischen hatte sich auch mein Bruder kräftiger entwickelt. Bald gehörten die Zeiten unserer unbeholfenen Versuche, die Welt zu erobern, der Vergangenheit an. Die Wohnung war uns zu klein geworden, und die wenigen Nachmittagsausflüge zu den Spielplätzen ersetzten nicht die großen Aufbrüche, nach denen wir uns sehnten. Im Haus kamen wir uns überall in die Quere; ich wollte mein Spielgerät nicht mit ihm teilen, und ich empfand die Neugierde, mit der er alles verfolgte, was ich mir einfallen ließ, als lästig. Häufig äffte er mich nach; er wußte nicht, was er tun sollte, türmte unlustig seine Bauklötze aufeinander und fand besonderen Gefallen daran, wenn der Turm plötzlich zusammenbrach. Eine geheime, mir unerklärliche Begierde trieb ihn an, immer wieder von vorne zu beginnen.

Offenbar liebte er die Wiederholung. Anfangs sahen wir darin noch ein kleines Übel; er mutete uns zu, ihm zur Hand zu gehen, wenn er sein Lieblingsspielzeug verlegt hatte, obwohl er genau wußte, wo sich das Gesuchte befand. Mit offenem Mund saß er in der Mitte des Zimmers, um alle nach seiner Pfeife tanzen zu lassen. Er greinte, wenn man auf seine Wünsche nicht einging und beruhigte sich erst, wenn Theo, Mutter oder die

Tante sich in Tierwesen verwandelten, die auf allen vieren über den Teppich krochen, um ein vermißtes Teil zu suchen. Selbst wenn sie Erfolg gehabt hatten, mußte das Spiel unverzüglich von vorne begonnen werden. Josef ergötzte sich an allem, indem er ohne Besinnung immer wieder *von vorne* begann. Ich konnte die Wendung, die er herrisch benutzte, bald nicht mehr ertragen. Führte man ihn etwa am Abend ins Bad, ohne die Tür des Badezimmers sofort zu schließen, beharrte er darauf, daß *von vorne* begonnen werden müsse. Hatte die Mutter ihn aufgefordert, sich die Zähne zu putzen, ohne ihm zuvor schon das Nachthemd übergestreift zu haben, weigerte er sich, ihr zu folgen, bevor sie das Nachthemd zur Hand hatte.

Am schlimmsten aber waren die Minuten vor dem Einschlafen. Kaum hatte man ihn ins Bett gelegt, musterte er mit ernstem Blick seine Umgebung. Ein Stuhl, der sonst in der Nähe des Bettes stand, befand sich an einem falschen Platz; die Gardinen standen noch einen Spalt offen, und die Deckenlampe war zu früh ausgeschaltet worden. Er hielt erst still, wenn die Dinge ihren gewohnten Platz gefunden hatten, um dann mit breitem Grinsen anzudeuten, daß er bereit war, jene Geschichten zu hören, die Mutter an jedem Abend vorlas. Endlich schwieg er …

Leidvoll aber wurden diese von mir so geschätzten Minuten, als er eine bestimmte Geschichte allen anderen vorzog. Sie trug den Titel *Zu viert in Wald und Feld,* und bald kannte ich sie so genau, daß ich sie aus dem Kopf hätte erzählen können. Fritz und Hanni machten sich gemeinsam mit Hund und Rabe auf den Weg, den Fuchs zu stellen, der in der Nacht die Hühner geholt hatte. Bei ihrem Ausmarsch trugen sie zwei schwere Knotenstöcke, der Hund hoppelte hinter ihnen her, der Rabe begleitete sie in der Luft. Zunächst kamen sie in einen kleinen Wald mit Hunderten von Saatkrähen; Hanni mußte sich die Ohren zuhalten, so laut krächzten und nörgelten die schwarzen Vögel. Kaum hatte man das Wäldchen hinter sich gelassen, kreuzten Schlangen und Eidechsen den Weg, Bienen summten bedrohlich heran … *Von vorne*! … *Von vorne*! … Es gab da einen Hund und einen Raben, die hatten zwei Freunde, die Hanni und den Fritz. Als der Fuchs wieder einmal unter den Hühnern zu Gast gewesen war, ohne die Gastfreundschaft einzuhalten, beschlossen die vier, sich auf den Weg zu machen, den Bösewicht zu stellen. Doch schon bald drohten ihnen die ersten Gefahren … Geduldig setzte Mutter erneut an … Nicht Fritz und Hanni, sondern Hanni und Fritz hatten eines Tages wahrhaftig beschlossen, den Fuchs zu stellen, der sich erdreistet hatte, die Hühner zu stehlen …

Ich konnte es nicht mehr ertragen. Jeden Abend machten wir nach den ersten Schritten von Hanni und Fritz im Krähenwald halt, um wenig später den Schlangen und Eidechsen zu begegnen. Wie sollte es weitergehen? Wie oft mochte der Fuchs inzwischen unter den Hühnern sein Unwesen getrieben haben, und wie leicht machte mein Bruder es ihm, die Zeit der Abwesenheit von Fritz und Hanni, die sich unabsehbar in die Länge zog, für seine Streifzüge zu nutzen. Ich beklagte mich laut, warf die Decke zur Seite und wollte die Geschichte auf meine Weise erzählen. Mutter beruhigte mich, doch mein Bruder hörte erst auf zu schreien …, als die vier, nämlich Hanni und Fritz, der Hund und der Rabe aufbrachen, den Fuchs zu stellen … »Falsch!«, rief ich entschlossen. Die Schlangen hatten den Hund gebissen, die Eidechse war zwischen die Hühner geraten, der Fuchs war durch ihr Geschrei in die Flucht geschlagen worden, der Rabe hatte die Saatkrähen vertrieben, und Fritz und Hanni lagen im tiefsten Schlummer … Winselnd streifte mein Bruder das Nachthemd über den Kopf; er wollte erneut ins Bad gebracht werden, um die Zähne noch einmal zu putzen, die Hände zu waschen, die Tür zu verriegeln … »Falsch!«, schrie ich ein zweites Mal, denn Hanni und Fritz hatten den Hund längst auf den Raben gehetzt, der sich zwischen den Saatkrähen verstecken wollte, was jedoch der Fuchs nicht zugelassen hatte, der gerade von den Schlangen gestellt worden war …

Mutter wurde es endlich zuviel. Ich wurde hinüber zu Theo getragen; dort schlug man mein Lager auf. Theo arbeitete noch an seinen Artikeln. Er sprach leise vor sich hin, tippte einige Seiten in die Maschine, riß eine Seite heraus. *Von vorne*! Ging denn nichts mehr voran? Machte *Europa* keine Fortschritte? Hatte man mit der Wiederbewaffnung begonnen? Theo hatte keine Zeit, sich um mich zu kümmern. So mußte ich mit den wenigen Andeutungen auskommen, die ich seinem Gemurmel entnahm …

Von meinem Bruder war Besserung nicht zu erwarten. Plötzlich hatte er sich in den Kopf gesetzt, bei Tisch einen Stuhl freizuhalten. Mittags und abends schleppte er einen kleinen Schemel heran, stellte ihn dicht neben sich und begann, den toten, abweisenden Gegenstand in unser Gespräch einzubeziehen. Wer nahm darauf Platz, wen redete er in seiner verschrobenen Art an, indem er aufgeregt den Finger hob, Weisungen erteilte, sich umständlich erklärte? Es war nicht zu erfahren. Paktierte er insgeheim mit fremden Mächten und konnten diese unserer Familiengemeinschaft nicht am Ende gefährlich werden?

Adenauer hatte, wie ich von Theo wußte, inzwischen neben dem Kanzleramt auch das Außenministerium übernommen. Daher beschloß ich, auch ihm einen unsichtbaren Platz in unserem Haushalt zu verschaffen. Nach dem Frühstück holte ich Theos Aktentasche herbei, warf ein Stück Brot hinein und stellte sie vor die Wohnungstür. Adenauer würde nicht zu hungern brauchen. Ich verabschiedete mich von ihm und wartete ungeduldig bis zum Abend, da ich ihm die Geheimpapiere vorlegen wollte, die ich während des Tages gesammelt hatte.

Ich legte sie auf den kleinen Schemel, damit Adenauer ihren Inhalt zur Kenntnis nehmen konnte. Mein Bruder schob sie fort. Ich legte sie geduldig zurück. Er zerriß ein Blatt, um die Papierfetzen über den Tisch zu verstreuen? Ich besorgte eilig ein neues. Zitternd vor Wut schüttete Josef den Inhalt seiner Tasse über dem Schemel aus, um alles zu vernichten. Der Bruderkampf tobte, und die Mahlzeiten wurden von nun an zu unbarmherzig geführten Schlachten, bis sich endlich einige erlösende Veränderungen ergaben …

Denn man war auf den rettenden Gedanken gekommen, uns in den Kindergarten zu schicken. Da es uns finanziell nicht gut ging, hatte Mutter sich entschlossen, Arbeit anzunehmen. Am Vormittag half sie nun in dem kleinen Lebensmittelladen aus, der von dem Ehepaar Witte im Erdgeschoß unseres Hauses betrieben wurde. Sie wußte uns im Kindergarten gut versorgt, und auch die Tante hatte so Zeit, mit kleinen Schneiderarbeiten, die sie zu Hause erledigte, etwas Geld hinzuzuverdienen.

Hatte ich zunächst darauf gehofft, daß wir uns im Kindergarten in einem Kreis von Gleichaltrigen wohlfühlen würden, so hatte ich doch die Penetranz jener Ordnungen unterschätzt, deren tägliche Befolgung den geheimen Wünschen meines Bruders sehr entgegenkam. Schon der morgendliche Begrüßungsreigen, den ich stumm über mich ergehen ließ, löste regelmäßig eine Folge von weitschweifigen Erzählungen aus, die mich in ihrer umständlichen Art an die überlieferungswürdige Geschichte von Hanni und Fritz erinnerten. Da führte uns der eine die Mütze vor, die ihm seine Mutter gekauft hatte, während ein anderer kleine Männchen aus Knetgummi aus der Tasche zog, die er begeistert herumreichte; ein dritter überbot das widerwärtige Geschnatter mit triumphierend herausgestoßenen Nachrichten über den Autokauf seines Vaters, ohne zu überlegen, wen solche nebensächliche Meldungen überhaupt beschäftigen sollten.

Erst das übliche Händewaschen, das den Begrüßungstaumel

wirksam unterbrach, ließ die aufgeregte Gesellschaft etwas ruhiger werden. Dann wechselten wir in das große Spielzimmer, wo uns jene munteren Tollereien in Trab hielten, die einigen die Luft wegnahmen, da sie sie viel zu ausgelassen betrieben. Bald sanken die ersten ermüdet auf den Boden, hantierten mit Bauklötzen herum, gaben sich als Schaffner, Lokomotivführer und Lastwagenfahrer aus und warteten lustlos, bis die Ankündigung, daß es nun belegte Brötchen geben werde, die ganze Sippe in eine gierige Meute hungriger Mäuler verwandelte.

Schon holten sie ihre kleinen Becher herbei, schon schlürften sie den überzuckerten Orangensaft, der Lippen und Finger verklebte, um nach der kleinen Mahlzeit still auf den Boden zu fallen. Sie wollten Geschichten hören, steckten den Daumen in den Mund…, und eine ahnungslose Kindergärtnerin erzählte in ruhigem Ton von Hanni und Fritz, die den Wald mit den Saatkrähen verlassen hatten, so daß sie auf die ersten Maulwurfshügel trafen. »Dort steckt der Maulwurf!«, rief – wie ich erwartet hatte – der kleine Hund, und die Zuhörer rissen ungläubig die Augen auf. Gleich würde das dumme Tier sich auf die Erdhügel werfen, ohne zu ahnen, daß sich der Maulwurf längst in die Erde verkrochen hatte! Ha! Nun kratzte er die Erde fort, die Hanni und Fritz ins Gesicht flog… In meiner Umgebung bog man sich vor Lachen, und selbst mein Bruder, dem die Geschichte vertraut genug war, fiel in das Gelächter ein, wälzte sich wie ein Narr auf dem Boden und verlangte mit den anderen im Chor, daß man alles *von vorne* erzählen möge…

Bald hatte er herausgefunden, daß seine beachtlichen Kräfte inzwischen ausreichten, sich zum wortgewaltigen und durchsetzungsfähigen Tyrannen aufzuschwingen. Dabei kam ihm zugute, daß er sich den Tagesablauf so gut wie kein anderer eingeprägt hatte. Außerdem kannte er bald die Eigenheiten seiner Freunde und wußte sie für seine kleinen Unternehmungen zu nutzen. Geschickt ging er auch mit den Kindergärtnerinnen um, die er durch seine oft übertriebene, aber ansteckende Fröhlichkeit auf seine Seite brachte. Bald glaubte er, seine Befehlsgewalt auch auf mich ausdehnen zu können. Ich sollte mich unterordnen und seinen undurchsichtigen Launen dienen wie die anderen. »Wir gehen nach draußen«, beschloß er, »wir wollen jetzt Eisenbahn spielen« …, und alle folgten ihm, ohne zu merken, wie leicht er ihnen seinen Willen aufgedrängt hatte. Daher galt er als beliebter Unterhalter. »Josef hat immer neue Ideen«, sagten selbst die Pflegerinnen, um seinen Einfällen willig nachzugeben. Wenn ein Streit geschlichtet werden sollte, wurde er herbeigerufen. Er legte den Kopf schräg, schaute die Kontrahenten ernst an und entschied. Niemand widersprach ihm. Bald galten seine Entscheidungen mehr als die der Kindergärtnerinnen. Er wußte, was zu tun, was zu lassen war, und er hatte allmählich soviel Macht über uns alle, daß ich mir Gedanken machen mußte, wie ich seiner bedrückenden Herrschaft entkommen konnte.

So rannte ich von nun an als erster ins Freie, sprang in den Sandkasten und teilte die bunten Förmchen aus. »Raus!«, schrie er mich an, als er für Augenblicke zu spät kam. »Raus!«, schrie er lauter, den Kopf wie ein Besessener hin- und herschüttelnd. Ich kniete mich in den Sand, ohne mich um ihn zu kümmern. Da fiel er über mich her; er versuchte, meinen Arm auf den Rücken zu biegen, er kratzte, er schlug. Außer mir vor Wut zog ich ihn an den Haaren, schlug kräftig zurück und packte ihn an den Ohren, bis sie dunkelrot anliefen. Wäre nicht eine Pflegerin herbeigeeilt, um uns auseinanderzuzerren, hätte ich ihn wenig später besiegt.

Ich galt als der Schuldige, drei Tage lang würdigte man mich keines Blickes. Am Nachmittag marschierte die plärrende Schar nach draußen, ein aufkreischendes Fähnlein Ungerechter, das von meinem Bruder angeführt wurde. Ich mußte mit einer Aufpasserin zurückbleiben. »Schade, daß Du heute nicht mitspielen kannst«, sagte sie; »so ergeht es Kindern, die nicht brav sein wollen.« Die bemitleidenswerte Person ahnte nicht, wie froh ich war, den kindischen Streitereien entkommen zu sein. Sollten sie sich nur balgen und zanken, wenn es darum ging, als erster an die Rutsche zu kommen oder am höchsten zu schaukeln!

Innerlich frohlockend setzte ich mich still in eine Ecke, blätterte in den Lesebüchern und erdachte mir neue Geschichten. Hanni und Fritz waren ausgezogen, den Fuchs zu stellen; der Hund fraß den Raben, die Schlangen bissen den Hund, Fritz wurde vom Maulwurf in ein Erdloch gezogen, und Hanni ertrank in einem See, als sie in der Dunkelheit den Rückweg nicht mehr fand. Endlich waren sie alle tot. Ich fühlte mich erlöst …

Da Mutter ein Einsehen hatte, machte sich Josef nun am Morgen allein auf den Weg in den Kindergarten, während ich sie in den Laden begleiten durfte. Hier verbrachte ich die Stunden in einem kleinen Zimmer hinter dem Ladenraum, das auch Mutter aufsuchte, wenn die Kunden ausblieben. Endlich war ich einmal mit ihr allein, ohne mich als verdoppelte Ausgabe eines anderen empfinden zu müssen.

Nun konnte sie mir all die Geschichten erzählen, die mein Bruder nie hatte hören wollen. Wenn Mutter sie vorlas, schloß ich die Augen; die Wände des Zimmers teilten sich, eine große Hand mit einer noch gewaltigeren Schere hatte sie aufgeschnitten …, und die drei ungleichen Brüder machten sich auf den weiten Weg in die Hauptstadt des Reiches, wo sie um die Hand der Königstochter anhalten wollten. Glaubten die beiden älteren, mit allerhand nutzlosem Wissen, das sie auswendig kannten, Eindruck zu machen, so brachte der Jüngste und lauthals Verlachte der Umworbenen, was er am Wegrand aufgelesen hatte: eine tote Krähe, einen alten Holzschuh, etwas Schlamm aus dem Straßengraben. Doch im Wettstreit siegte der *Tölpelhans* auf seinem Ziegenbock. »Taugt nichts, fort mit ihnen!«, befahl die Königstochter, als sie die stammelnden Brüder sah, die ihre Fragen nicht zu beantworten wußten. Ohnmächtig mußten die rechthaberischen Gesellen erleben, wie Tölpelhans bessere Auskunft erteilte und alle Welt mit seinen Einfällen verblüffte.

So siegte zuletzt der Schlaue, der sich vom Hochmut der Brüder nicht hatte anstecken lassen …

Bald gehörte das ganze Geschäft in meiner Phantasie mit zum fernen Reich der Erzählungen. In der hohen Kühlvitrine schwitzte der Käse, und die Wurst döste gelangweilt vor sich hin; die Waage baumelte kichernd hin und her, die schwere Kasse rappelte laut, und die Flaschen mit Selterswasser seufzten, weil sie den Druck der Kohlensäure nicht länger ertrugen. Dann verschwand der geröstete Kaffee in der elektrischen Mühle und fauchte seinen betäubenden Duft über die Kisten mit Rosinen und Zitronat. Ich verkroch mich unter den Ladentisch, stemmte die Füße fest gegen die Holzplatten und hörte Mutter zu, die sich mit den Kunden unterhielt. »Taugt nichts!«, flüsterte ich vor mich hin, wenn es zu langweilig wurde; »fort mit Euch!«, fluchte ich weiter, wenn ein Gespräch nicht enden wollte. Doch ich wagte nicht, laut aufzubegehren. Denn vielleicht vermißte Mutter ja noch mehr als ich einen Freund, der sie unterhalten und verwöhnt hätte. Ließ sich niemand finden, der ihr nah sein wollte? –

Aus meiner Hinterstube warf ich ab und zu einen prüfenden Blick auf die männlichen Kunden. Unbeholfen warteten sie vor dem Ladentisch, bis sie an der Reihe waren. Sie grüßten, nahmen den Hut ab und rückten nur zögernd mit ihren Wünschen heraus. Manche erschienen mir zu mürrisch, andere waren allzu vorsichtig und brachten kaum ein Wort heraus. Auch die dreisten, die sich die Waren selber griffen, um zu zeigen, wie sicher sie ihrer Sache waren, mochte ich nicht. Am liebsten wäre ich wie die Königstochter aus meinem Versteck hervorgetreten, um sie alle auf die Probe zu stellen. »Was haben Sie zu bieten?«

hätte ich streng gefragt, gespannt darauf, was ihnen eingefallen wäre. Doch es dauerte einige Zeit, bis ich einen ausgemacht hatte, der sich auf die Prüfung einzulassen schien. Er kam oft um die Mittagszeit, um sich mit Wein und Kaffee zu versorgen. Nie hatte er es eilig wie die anderen; er erkundigte sich nach Mutters Befinden und blieb meist viel länger im Laden als unbedingt nötig gewesen wäre. Auch Mutter schien sich zu freuen, wenn sie ihn sah.

An einem Regentag kam er später als sonst. Er verlangte das übliche und Mutter stellte es ihm hin, als er einen Blumenstrauß hinter dem Rücken hervorholte. In demselben Augenblick wußte ich, daß ich ihn haßte: In Zukunft würde er am Abend vorbeikommen, um Mutter von uns fortzulocken! Sie würde nicht mehr länger für uns da sein; allmählich würde er sich in unserem Kreis einnisten, ein Fremder, der Unfrieden ins Haus bringen und seine Beine unter unseren Tisch ausstrecken würde, einen üblen und aufdringlichen Geruch verströmend, so daß wir uns die Nase würden zuhalten müssen ... Ich stürmte aus meinem Versteck und postierte mich neben der Mutter. »Das brauchen wir nicht!«, rief ich trotzig. »Wir haben genug davon, Lastwagen voll! Die werden von lauter Zinnsoldaten bewacht, die die Tänzerinnen lieben, ohne ihnen schöne Augen zu machen. Gemeinsam verbrennen sie und werden zu schwarzen Klumpen ...«

Er lachte! »Wo kommt denn der lustige Kerl her?«, fragte er scheinheilig. »Ich bin auf dem Ziegenbock gekommen«, rief ich, »um meiner Mutter das Königreich anzutragen. Das alles gehört mir, der ganze Laden! Blumen brauchen wir nicht. Wenn wir die bösen Männer vertreiben wollen, rufen wir die Zinnsoldaten, die gerade segeln gegangen sind. Ich denke, es ist Zeit, daß Sie verschwinden!« – »Er denkt, es ist Zeit!«, erwiderte er einfallslos. Da wurde es mir zuviel. »Spüren Sie die Hitze?«, fragte ich, aber er wußte nicht, was ich meinte. »Das kommt, weil der König Hähnchen brät«, sagte ich, um ihm eine letzte Gelegenheit zu geben, mit einem gelungenen Einfall zu verblüffen. »Ah!«, sagte er nur. »Taugt nichts!«, brüllte ich. »Fort mit ihm!« Er gab meinem Drängen nach und machte einige Schritte rückwärts zur Tür. »Was wünscht *Du* Dir?«, fragte er hinterhältig. »Eine Mundharmonika«, sagte ich noch … und schob ihn hinaus. »Sie dürfen sie uns schicken.«

Er lachte noch immer, er schloß die Tür; brav setzte er seinen dunklen Hut auf. Den Blumenstrauß hielt er in der Rechten. Den ganzen Tag würde er ihn an die Stunde seiner Niederlage erinnern. Ich nahm Mutter an der Hand und führte sie in die hintere Stube. »Das war ein schrecklicher Kerl!«, sagte ich leise. »Nie wieder soll der unseren Laden betreten, und die Geschenke kann er mit der Post schicken!« Wir setzten uns an den Tisch. »Du zitterst ja«, sagte sie. – »Und überhaupt …«, antwortete ich, »wo hätte ich so schnell all die Soldaten auftreiben sollen?« – »Das wäre nicht leicht gewesen«, antwortete sie. – »Meinst Du auch, Adenauer hat einen Fehler gemacht?«, fragte ich weiter. Sie starrte mich an. Ich mußte es ihr sagen. »Die *Wiederbewaffnung* ist längst beschlossene Sache«, sagte ich leise … Ich kannte diesen Blick. Entsetzen und Mißtrauen lagen in ihm, und jene Spur von Verwunderung, die ich so liebte …

6

Siegfrieds Rache

Die streitbare Begegnung mit dem aufdringlichen Fremden, der sich nie wieder bei uns blicken ließ, war jedoch nur ein Vorläufer der Ereignisse, die unsere Lebensverhältnisse von Grund auf verändern sollten. Bisher hatte ich der Beziehung meiner Tante zu Theo nur wenig Aufmerksamkeit geschenkt; die Vergnügungen, zu denen die beiden häufig an den Abenden aufbrachen, blieben mir verborgen, und ich hatte mir keinerlei Gedanken über das Leben gemacht, das sie außerhalb unseres gemeinsamen Haushaltes führten. Zwar hatten sie in letzter Zeit oft von ihrer geplanten Heirat gesprochen, doch konnte ich mir darunter nichts Rechtes vorstellen. So hielt ich in meiner Ahnungslosigkeit die Heirat für eine Abwechslung in unserem sonst so gleichförmigen Leben, ohne darüber nachzudenken, was sie an diesem Leben verändern würde.

Das wurde anders, als wir erfuhren, daß unsere Mitbewohner, die Witwe Hasselmann und das Ehepaar Johann, sich beinahe gleichzeitig entschlossen hatten, die langjährige Wohngemeinschaft aufzukündigen. Herrn Johann war das Treppensteigen nicht mehr länger zuzumuten; schwitzend und nach Luft ringend trat er durch die Wohnungstür ein, machte hastig seine letzten Schritte auf dem Flur und verschwand schließlich im Zimmer, in dem ihn seine Frau mit Vorwürfen und Klagen empfing. Bald hielt sie ihm seine Langsamkeit vor, bald stachelte sie ihn zu immer weiteren Ausflügen in die Umgebung an, von denen er mit voll beladenen Taschen erschöpft zurückkam. Manchmal stellte ich mir das sorgfältig verriegelte Zimmer als einen Hort von Waren und Geschenken vor, die der arme Mann unermüdlich heranschaffen mußte, um vor den Augen seiner Frau zu bestehen. Uns allen war nicht klar, woher die beiden soviel Geld hatten. Immer neue Gerüchte waren im Umlauf. Mal deuteten Nachbarn an, Frau Johann habe als Tochter eines vermögenden Gutsbesitzers eine große Erbschaft gemacht; mal hörten wir von Theos Freunden, Herr Johann sei der Drahtzieher einer Schmugglerbande, die auf geheimen Wegen Kaffee und Spirituosen über die Grenzen schaffe. Fest stand nur, daß sie aufs Land ziehen wollten; die Stadtluft bekam der migräneleidenden Frau angeblich nicht, und die Kriegsleiden ihres Mannes dienten ihr als Vorwand, den Umzug mit allen Mitteln zu beschleunigen.

Anders verhielt es sich im Fall der Witwe Hasselmann. Obwohl sie seit den nun schon geraume Zeit zurückliegenden Vorfällen kein Wort mit uns wechselte, wußten wir genau über sie Bescheid. Sie ließ uns spüren, daß sie zu einigem Reichtum gekommen war; das schwarze Kostüm hatte sie längst abgelegt. Noch immer diktierte der Gehstock ihren schleppend-würdigen Gang, wenn sie zur Mittagszeit die Wohnung verließ, um in einem nahe gelegenen Lokal eine Mahlzeit einzunehmen. Wir hörten, daß sie die Stadt *besichtigte*; sie suchte die schönsten Wohngegenden auf, sie ließ sich Zimmer und Wohnungen zeigen. Makler klopften an, um sich später mit ausgesucht höflichen Wendungen zu empfehlen. All diese Auftritte hielt sie vor uns nicht geheim; sie schien zu genießen, daß man sich so um sie kümmerte. »Auf, gehen wir!« hörten wir sie befehlen, wenn sich ein Wohnungsvermieter bei ihr eingefunden hatte, um sie im Wagen in eines der helleren Viertel der Stadt zu kutschieren. Wie wir erfuhren, liebte sie *Neubauten*; Neubauten seien hell und modern; nur Neubauten könnten sie vergessen lassen, daß sie in all den vergangenen Jahren beinahe in einer Ruine habe hausen müssen, wo man ihr Tag und Nacht keine Ruhe gegönnt habe. »Welchen Komfort bieten Sie?«, schnarrte sie laut und triumphierend, wenn wieder ein Makler eintraf. »Keine Kinder im Haus? Müllschlucker? Eisschrank? Fernheizung?« Schließlich schien sie von der Idee besessen, ein *Appartement* finden zu müssen. »Wie groß ist es?«, brüllte sie nun bereits über den Flur, bevor sie die Wohnungstür hinter sich zuschlug. Nach einigen Wochen hatte sie das Gewünschte gefunden. Ein Möbelwagen erschien, die Witwe Hasselmann hatte uns für immer verlassen.

Als wenig später auch das Ehepaar Johann umzog, fanden wir uns in einer neuen, lange nicht für möglich gehaltenen Freiheit wieder. Wir hängten die Türen der eroberten Räume aus, öffneten die Fenster und durchstreiften übermütig das erkämpfte Terrain. Im Zimmer der Johanns hielt sich ein süßlicher Geruch, der mich an den Duft erinnerte, der von einer besonders bevorzugten Ecke des Ladens ausging, in dem man Schokolade, Pralinen, Nougat, Katzenzungen und Weinbrandbohnen aufbewahrte. Doch wurde das angenehme Aroma von einem untergründig scharfen, manchmal sogar beizenden Gestank begleitet, der von alkoholischen Getränken wie Rum oder Likör herzurühren schien. Anscheinend hatten die beiden ihre trüben Tage damit vertan, Berge von Schokolade und Trüffeln zu verzehren, um sich in den Nächten an flüssigen Stoffen zu berauschen, eine Vorstellung, die mich wehmütig stimmte, dachte ich doch daran, wie leicht es mir möglich gewesen wäre, an diesen geheim gehaltenen Hort kostbarer Vorräte zu gelangen.

Schließlich entdeckten wir in einer kleinen Vorratskammer

ein Lager, das von den beiden anscheinend vergessen worden war. Neben einigen verdreckten Putzlumpen und Staubwedeln fanden wir Pakete mit Kaffee, Kakao und Tee, die noch nicht einmal geöffnet worden waren. Außerdem stieß Theo auf zwei Flaschen Gin, eine Flasche Korn und eine besonders große Flasche Kognak. Wir beschlossen, all diese Vorräte zu beschlagnahmen, da wir vermuteten, Herr Johann habe diese Genußmittel auf Schleichwegen erworben. Wir dachten an große Lastwagen, die in der Nacht in dunklen Gegenden ausgeladen wurden, wir kamen in unserer ausschweifenden Phantasie darauf, es könne sich um Diebesgut handeln, und stellten empört fest, daß es eine Schande sei, diese verlockenden, aus dem Untergrund aufgefischten Waren verderben zu lassen. Theo wußte, was zu tun war. Er plante ein großes Fest, das den Beginn einer neuen Zeitrechnung einläuten sollte: Die Besatzer hatten das Feld geräumt, wir wollten unsere Befreiung triumphal begehen.

Insgeheim aber plante Theo weit über diesen Anlaß hinaus. Unermüdlich sprach er von der bevorstehenden *Heirat.* Er rief das magische Wort in den Flur, er neckte die Tante damit; *Heirat* war das Zauberwort, das den Verhältnissen einen ganz neuen Glanz verleihen sollte. An Mutters Mienenspiel konnte ich erkennen, daß auch ihr soviel Begeisterung nicht recht war; wenn Theo von seinen Plänen sprach, mußte es uns so vorkommen, als hätten wir bisher nur halb gelebt. Denn wenn alles im Leben auf die Heirat hinauslief, hatte Mutter einen bedeutsamen Einschnitt verpaßt. Theo machte sich darüber keine Gedanken; auf mich dagegen wirkte das fremde Wort nun bedrohlich, und ich dachte bereits darüber nach, ob man Theo weiter so unbekümmert gewähren lassen dürfe …

Meine trüben Gedanken wurden jedoch schon bald von meinem Bruder durchkreuzt. Er hatte sich im Kindergarten über Erwarten gut eingelebt; jeden Tag kam er besser gelaunt von seinen Spielstunden zurück. Hatte ich den Tag allein verbracht, so hatte er Freundschaften geschlossen und andere aufgekündigt. Er war noch kräftiger und schneller geworden. Ich hätte ihm kaum noch folgen können, und so ließ ich es lange Zeit nicht auf einen Wettstreit ankommen, obwohl er Gelegenheiten suchte, seine sportlichen Fähigkeiten mit mir zu messen. Da ich auf seine Angebote nicht einging und stets eine Entschuldigung für meine Unlust bereit hatte, spielte er allein in den beiden leeren Zimmern weiter, die er allmählich zu einem kleinen Trainingslager gemacht hatte. An einem Abend war er mit einem Ball nach Hause zurückgekommen, den ihm eine der Kindergärtnerinnen geschenkt hatte. Er ließ das Leder gegen die Wand springen, dribbelte mit ihm um einige bereitgestellte Hindernisse herum und hielt es so lange in der Luft, daß selbst Theo erstaunt war. In ihm hatte er bald einen Mitspieler gefunden. Die Wand des Hasselmannschen Zimmers diente als Tor, und ich hörte schon von weitem, wenn es dem Bruder gelungen war, Theo mit einem gekonnten Schuß zu überlisten. Stolz und verschwitzt erschien er wieder, grüßte erschöpft, als habe er Heldentaten vollbracht, ging freiwillig ins Bad, um sich zu waschen, und saß später mit vielsagendem, aber ausdruckslosem Gesicht über der warmen Suppe. Was ging ihm nur durch den Kopf? Konnte man während des Essens noch an Paraden und Flachschüsse, an Flanken und Eckbälle denken?

Ich hatte sein Treiben kaum beachtet, bis es immer größeren Raum in unseren Unterhaltungen einnahm. Denn Fritz Walter war weiter *aufgestiegen.* Zusammen mit seinen Kameraden hatte er das Lager von Spiez bezogen. Inzwischen war er schon vierunddreißig Jahre alt; Kenner des Sports hatten ihn als *müde* und *ausgebrannt* bezeichnet, um seine Aufstellung in der Mannschaft zu verhindern. Doch hatte sein Trainer, ein älterer, gutmütiger und gewitzter Mann, den alle nur *Sepp* nannten, noch immer ein Mittel gewußt, ihm wieder Mut zu machen.

Bald bemerkte ich, daß meines Bruders Bewunderung nicht nur Fritz Walter galt; über diesem Helden thronte vielmehr noch der *Sepp,* der alles wußte, durchschaute und lenkte. *Sepp* hatte nichts dem Zufall überlassen. Er hatte die Mannschaft so auf die Zimmer verteilt, daß in jedem zwei Mann wohnten, die sich gut miteinander verstanden. Noch in ihren Träumen sollten sie sich jene Querpässe zuspielen, die am Tage darauf vielleicht ein Spiel entscheiden würden.

Hinter der Zuneigung meines Bruders für den *Sepp* verbarg sich eine wichtige Entscheidung. Er hatte ihn an die Stelle eines Vaters gesetzt, und er machte deutlich, daß er die Rechte dieses Vaters gegen alle Anfeindungen von nun an verteidigen wollte. Die anderen hatten davon nichts gemerkt; sie hielten die Begeisterung meines Bruders für eine Laune, die bald wieder vorüber sein würde. Ich jedoch wurde unruhig. Der Vater-Thron war nun doppelt besetzt, und mein Bruder strengte sich an, seinem neuen Vorbild zu gefallen. Früh am Morgen sprang er aus dem Bett. Bevor die anderen erwacht waren, hatte er schon sein *Trainingslager* aufgesucht. Er lockerte die Muskeln, er machte Kniebeugen vor dem geöffneten Fenster, er ließ den Ball einige Male gegen die Wand tupfen, um allen zu zeigen, daß er gerüstet war.

Sollte ich seine Herausforderung annehmen? Konnte ich Adenauer zumuten, sich diesem Kampf zu stellen? Gerade in diesen Tagen bedachte er die *Wiederbewaffnung*; all seine Gedanken kreisten um die Idee, wie ein starker Schutzschild gegen die feindlichen, von Osten drohenden Truppen gebildet werden könne. Noch immer hatte ich Theos *Europa*-Rufe in guter Erinnerung, aber sie waren seltener geworden, um später ganz den kleineren Bündnisfragen der *Heirat* zu weichen. Dabei war doch die Lage im Osten immer unübersichtlicher geworden. Seit dem Tod des Georgiers bekämpften sich dort die verschiedensten Gruppen, um allein an die Macht zu kommen und das Erbe des Despoten anzutreten. Alles war in Bewegung geraten, und in dieser unübersichtlichen Situation mischte mein Bruder sich ein, indem er an Adenauers Thron rüttelte.

Im Lager von Spiez waren inzwischen die Vorbereitungen auf die ersten Spiele der Weltmeisterschaft weitergegangen; Fritz Walter und Helmut Rahn sprinteten auf dem kleinen Trainingsplatz um die Wette, die meisten Spieler waren nervös und gespannt, denn das erste Spiel gegen die Türken stand kurz bevor. Theo und mein Bruder berieten die Aufstellung der Mannschaft. Sicher würde *Turek* im Tor stehen, *Kohlmeyer* würde verteidigen, *Eckel* die Läuferrolle übernehmen. Würden die Türken sich zurückziehen und auf blitzschnelle Vorstöße setzen? *Rahn* oder *Klodt?* Wer würde die Ecken treten, wer die Freistöße, wer die Elfmeter? Die beiden Läufer sollten mit den zurückhängenden Halbstürmern ein *magisches Viereck* bilden, die *Außenflitzer* wurden mit weiten Flanken geschickt, um das Bollwerk der gegnerischen Abwehr aufzureißen und zu überrennen. Auch in Mutters Geschäft wurde bald von nichts anderem mehr gesprochen. Alle fragten sich, wieviel man den *Jungs* zutrauen könne. Mochte Adenauer seine Berater zu *Teegesprächen* versammeln, um mit ihnen die *deutsche Frage* durchzugehen, so war sie für Theo und meinen Bruder längst geklärt. Man mußte versuchen, früh ein Tor zu erzielen, die Mannschaft sollte unaufhörlich in Bewegung sein, um den Gegner zu verwirren. Schon kam es mir so vor, als finde das entscheidende Spiel nicht irgendwo in der Schweiz, sondern hier in den Köpfen der Menschen statt. Warum aber erfüllte ein kraftvoller Fußstoß gegen einen Ball alle mit so großer Befriedigung?

Ich grübelte darüber nach. Der Ball war eine Kugel, er lockte alle, seine schöne Form zu zertrümmern. Man stürzte sich auf ihn, man gönnte ihn dem Gegner nicht, fast hatte es den Anschein, als habe er eine magische Anziehungskraft. Wenn der *Sepp* seine *Jungs* bestrafen wollte, nahm er ihnen für einige Tage den Ball weg. Schon wußten sie nichts mit sich anzufangen; lustlos trampelten sie in ihren Tretbooten auf dem Thuner See herum. Sie vermißten den Ballkontakt; nachts krümmten sie sich vor Entbehrung. Ähnlich gierte auch mein Bruder danach, gegen den Ball treten zu dürfen.

Da mich die Sache beschäftigte, wollte ich nicht als Spielverderber dastehen. So ging ich an einem Abend in das Zimmer, in dem Theo und mein Bruder schwitzten, um ebenfalls mitzutun. Josef wunderte sich nicht einmal. »Du stürmst halbrechts«, sagte er knapp; doch das Leder wollte nicht so wie ich. Es rutschte mir vom Fuß und torkelte durch den Raum, wenn ich es nicht recht getroffen hatte, um sich schließlich in einer Ecke zu verstecken. »Flanke!«, schrie mein Bruder ungeduldig, »Steilpaß«, »Rückgabe« … das runde Ding tanzte mir nur vor den Augen, entzog sich meinen Annäherungen und stellte sich verstockt. Ich war nicht zu gebrauchen.

Rasch stellte mein Bruder mich auf eine neue Position. Ich wurde vors Tor beordert. Nun schlug er den Ball gekonnt in meine Nähe. Erwischte ich ihn aber einmal mit der Brust, tropfte er lustlos von mir ab, um Theo in die fangbereiten Hände zu rutschen. Besser ging es schon, wenn es mir gelang, ihn mit dem Kopf zu treffen. Ununterbrochen warf ich meinen Schädel ins Spiel, der für viel größere Aufgaben gemacht war. Mir schwindelte, ich hatte längst die Lust an diesen eintönigen Kämpfen verloren …

Während *Sepp* mit seiner Mannschaft in der Schweiz die ersten Siege feierte und alle Welt diese heldenhaften Taten erörterte, hörte ich in der Hinterstube des Lebensmittelladens von einem ganz anderen Helden. Mutter hatte mir von Siegfried erzählt. Vater- und mutterlos wuchs er im Wald auf; mit wilden Tieren maß er seine Kräfte, den Ziehvater, der ihm ein Schwert schmieden sollte, verlachte er! Ein Held wie er kam allein aus. Etwas Übermütiges, Stürmisches lag in seinem Wesen. Nie zweifelte ich daran, daß er von edler Herkunft war.

Von Drachentötern hatte ich schon gehört, große Schätze hatten sich auch andere erworben. Siegfried war ein Held, der nicht erst ein Held hatte *werden* müssen. Er erlegte die wilden Tiere, er durchschlug den Amboß mit einem einzigen Hieb – in der Gegenwart anderer Menschen kam er mir beinahe fehl am Platze vor; hilflos und unwissend geriet er in ihre Machenschaften.

Er ahnte nicht einmal, was ihn so mächtig vorantrieb; Lust und Gedankenlosigkeit gingen mit ihm durch, ließen ihn durch die Wildnis stürmen, um alles Fremde mit einem Streich zu erobern. Wer ihn sah, war von seiner Kraft bezaubert; so war er der Held, der alles erreichte, obwohl er es nicht einmal begehrte. Ihn lockten keine Reichtümer, für die anderen warf er sich in die Schlacht, um ihnen einen Gefallen zu tun. In ihren schweren Rüstungen wirkten sie lächerlich neben seiner jugendlichen Wendigkeit; Siegfried aber suchte den Kampf nur, weil er sich Luft verschaffen wollte.

Am besten hätte er den schützenden Wald nie verlassen. Außerhalb dieses Reiches verirrte er sich, weil er die Pläne seiner scheinbaren Freunde nicht durchschaute und ihren Nachstellungen hilflos ausgeliefert war. Unter ihnen war er ein Fremder; sie betrachteten ihn mißtrauisch, neidisch stellten sie ihm nach. So gefielen mir jene Geschichten am meisten, die von seiner Kindheit und Jugend handelten. In den Gruben, Höhlen und Verstecken des Waldes konnten ihm keine Feinde auflauern, die ihm hätten gefährlich werden können. Er fing die wilden Bären, um sie an die Leine zu legen, und er badete im Blut des Drachen, das ihn unverwundbar machte.

Was trieb ihn aber hinauf auf die felsige Höhe, wo er den Flammenwall durchbrach, hinter dem sich Brunhild verbarg? Zog es einen solchen Helden wahrhaftig zu einer Frau, die ihr halbes Leben im Schlaf verbracht hatte und die sich daher freuen konnte, von ihrem eintönigen Dasein erlöst zu werden?

Wäre ich an Siegfrieds Stelle gewesen, hätte ich auf ihre einschmeichelnden Worte wenig gegeben. So wunderte es mich auch nicht, daß die Verbindung nur von kurzer Dauer war. Einen wie Siegfried hielt es nicht auf einsamen Höhen, mochten ihn auch alle Brunhilden der Welt umgarnen. Wäre er nur zurück in seine Wälder gegangen, anstatt sich mit anderen gemein zu machen und für einen schwächlichen und ihm nicht ebenbürtigen König auf Brautwerbung zu gehen!

Daher fand ich an den furchtbaren Schilderungen vom Tod der Nibelungen doch auch ein gewisses Gefallen. Sie alle hatten Siegfried, den Glücklichen, Unschuldigen, verraten; neben ihm hatten sie, wie sie selbst wohl gespürt hatten, nicht bestehen können. Heimtückisch und meuchelmörderisch hatte Hagen ihn getötet, und die anderen hatten ihn nicht davon abgehalten. Nun kamen sie in Etzels Burg ums Leben, ein Meer von Flammen loderte hinauf zum Himmel, einer nach dem anderen fiel, zuletzt aber der, der Siegfried erschlagen hatte …

Ich lief beunruhigt aus dem Laden, streifte ziellos herum und ließ in meinen Vorstellungen alles noch einmal von vorne beginnen. Siegfried trat zum Kampf gegen den Drachen an, er sicherte sich den Schatz und lebte weiter in der Wildnis des Waldes. Jahre vergingen, und damit niemand in Versuchung kam, sein Leben für das Gold zu wagen, versenkte Siegfried es im Rhein. Denn anders als die anderen sehnte er sich nicht nach solchen Schätzen; sie waren ihm eine Last, und unter lautem Gelächter entledigte er sich all dessen, wonach die Schwachen unermüdlich begehrten.

Da diese Erzählungen in mir nachlebten, verstand ich die Heldenverehrung meines Bruders, der uns in diesen Wochen mit Nachrichten über ein Turnier versorgte, in dessen Verlauf sich zweiundzwanzig erwachsene Menschen um einen einzigen Ball stritten, um so weniger. Die Runde der letzten Acht war endlich erreicht. Die Mannschaft war in ein Schloß in der Nähe von Genf umgezogen. Fritz Walter begleitete den Chef bei einem Spaziergang im Park. Schwierige Fragen waren zu lösen. Wer sollte auf Rechtsaußen stürmen, wenn man sich gegen die Jugoslawen behaupten mußte? Als könne er in diese Entscheidungen eingreifen, rackerte mein Bruder sich in den leeren Zimmern ab, um beide Spieler einem wichtigen Test zu unterziehen. *»Alles klar?«*, rief er geistesabwesend, wenn er nach dem Ball griff, um sich zurückzuziehen. Theo las ihm die neuesten Meldungen aus den Zeitungen vor, gemeinsam stellten sie die Mannschaft für das vorentscheidende Spiel gegen Österreich auf. Schon planten sie für den Fall, daß die Truppe das Endspiel erreichen werde, ein großes Fest, das mit Hilfe des Getränkevorrats, den die Johanns uns hinterlassen hatten, besonders verschwenderisch ausfallen sollte. Wir erlebten das Österreich-Spiel am Radio. Es regnete in Basel, und mein Bruder deutete diesen Unwillen der Natur als gutes Zeichen. Seine Helden hatten sich auf einem rutschigen, nassen Rasen um die Gunst einer kleinen runden Kugel zu bewerben, deren wechselvolle Stimmungen selbst dem weitblickenden *Sepp* den zutreffenden Satz, daß das nächste Spiel immer das schwerste sei, entlockt hatten. Solche Sätze mochte man von Helden erwarten, die sich ihrer Kräfte nicht sicher waren; Siegfried gehörte gewiß nicht zu ihnen.

Bald hielt es Josef in der Nähe des Radios nicht mehr aus. Bleich und unruhig kauerte er sich in eine Ecke, starrte zum Fenster hinaus und lebte erst auf, als das erste Tor gefallen war. Zur Halbzeit atmeten alle auf. Mutter kochte Kaffee, und mein Bruder tobte eine Viertelstunde lang mit seinem Ball über den Flur. *»Jetzt nochmal!«*, brüllte er, als hinge das Spiel von seinen ärmlichen Künsten ab, *»nicht nachlassen«*, rief er begeistert, als das zweite Tor gefallen war. Die folgende halbe Stunde, in der er uns mit seinen Schreien ansteckte, war schwer zu überstehen.

Ein Tor nach dem anderen fiel, die Sache wollte kein Ende nehmen. Als das halbe Dutzend voll war, hüpfte mein Bruder durch das Treppenhaus, läutete an allen Türen, verkündete den Sieg und tobte, als genüge all das noch nicht, im Hof eine weitere Stunde mit dem Ball auf und ab, indem er die gerade so triumphal überstandene Schlacht noch einmal nachspielte.

An den folgenden Tagen ließ er mir keine Ruhe. Er weigerte sich, in den Kindergarten zu gehen, und begann schon am frühen Morgen mit dem Training. Der Appetit war ihm vergangen; erst als man ihm sagte, daß auch die Mannschaft in der Schweiz nicht auf Hähnchen und Schnitzel verzichtete, aß er ein wenig. Ich gab mir Mühe, ihn abzulenken, indem ich ihn ganz gegen meine sonstige Gewohnheit in den Hof begleitete, um in den dreckigen, feuchten Ecken dem Ball nachzustöbern. In den trainingsfreien Stunden zeichnete er. Auf den kleinen Blättern thronte der *Sepp* auf einem riesigen Stuhl in den Wolken; neben ihm lag ein Ball, so groß, daß kaum noch Platz für die Erdkugel darunter blieb, auf der sich einige bemitleidenswerte Zwerge nebeneinander aufgestellt hatten, um für das Endspiel gerüstet zu sein.

Nachts träumte er sehr lebhaft, schrie auf, redete davon, daß die Post ins Hotel am See gebracht werden müsse, telefonierte mit aller Welt, um seine Grüße auszurichten und gönnte mir wenig Schlaf. Allmählich wurde auch ich gereizt und nervös. Sehnsüchtig dachte ich an die Tage des alten Heldentums zurück. Hatte man je davon gehört, daß Siegfried es nötig gehabt hatte, sich auf einen Kampf vorzubereiten? Hatte ein Helfer seine Muskeln massiert, hatten Freunde ihm Geschenke zukommen lassen, um die bösen Geister zu bannen?

Inzwischen traf Theo die Vorbereitungen für die *Party.* Wie er erklärte, war eine solche *Party* etwas anderes als ein Fest. *Zwanglos* und *locker* sollte es zugehen. In solcher Stimmung nahm man einen *Drink*, der in einem *Shaker* zurechtgeschüttelt worden war. Mit einer kleinen Zange pickte man Eiswürfel aus einem Behälter, um sie in den *Drinks* zu versenken, die dadurch als *Cocktails* galten. Der Kognak wurde aus dickbauchigen Gläsern getrunken, in denen man mit der Nase steckenblieb, wenn man sie zu tief hineinsteckte. Theo hatte einen Kühlschrank ausgeliehen; wenn man die Tür für einen Augenblick öffnete, entließ er aus dem Innern seine eisige Atemluft, und die tiefgefrorenen, eingeschneiten Dinge zitterten, als schüttelten sie sich vor der ungewohnten Wärme.

Die ganze Wohnung wurde umgeräumt. Im Flur wurden Lampions aufhängt, Klappstühle wurden herbeigeschafft, und an den Wänden der leeren Zimmer wurden Kinoplakate befestigt. Theo klopfte und hämmerte; mit der Vertreibung unserer Mitbewohner hatten wir zugleich die Stille der letzten Jahre vertrieben. Nichts stand noch lange an seinem Platz. Theo gruppierte die Möbel immer neu um; die Couch wurde im Zimmer der Johanns aufgestellt, der Plattenspieler in dem der Witwe untergebracht. Hier sollte man sich unterhalten, dort konnte man tanzen. Langsam beschlich mich die Sorge, Theo werde unseren kleinen Haushalt in einen Strudel hineintreiben, dem wir niemals mehr entkommen würden.

Daher war ich froh, als der herbeigesehnte Tag endlich da war. Es regnete schon am Morgen, und mein Bruder erklärte, daß dies das Wetter sei, das Fritz Walter sich für seine Spiele wünsche. Die ersten Gäste trafen ein, viele hatte ich noch nie gesehen. Bald war unsere Wohnung so voll, daß selbst auf dem Flur kein Platz mehr war. Es wurde eng, im Zimmer der Witwe Hasselmann krümmten sich die Paare zu einer absonderlichen Musik, die mit der Violinmusik, die ich von meinem Großvater her kannte, nichts mehr gemein hatte. Unter den herumeilenden, bald in die Küche, bald ins Bad hastenden Menschen fühlte ich mich fehl am Platz. Nach draußen durfte ich nicht; der Regen war immer stärker geworden, alles Leben hatte sich in die Häuser zurückgezogen, wo ein ganzes Volk darauf wartete, die Taten seiner neuen Helden zu verfolgen.

Mir gefiel die lüsterne Begeisterung, die sich breitgemacht hatte, nicht. Um so beruhigter war ich, als die Ungarn bereits nach sechs Minuten das erste Tor schossen. Schweigend und verdrossen lauschte man dem Kommentar des Reporters. Seine vibrierende, mitgehende Stimme malte das ganze Elend der schrecklichen Minuten aus, in denen die mir unbekannten *Ballzauberer* Fritz Walter und seinen Kameraden endlich ihre Grenzen zeigten. Nach acht Minuten stand es 2:0. Einige Gäste winkten bereits ab und zogen sich ins andere Zimmer zurück, um an ihren Cocktailgläsern zu nippen. Bleich vor Entsetzen wankte mein Bruder durch den Flur, er trug seinen roten Ball unter dem Arm und wagte es nicht, ihn herzugeben. Als die Katastrophe ihren Lauf zu nehmen schien, mußte er sich übergeben. All seine rührenden Hoffnungen wurden in Windeseile weggewischt, die Ungarn gerieten in Spiellaune, ich saß schweigend in der Nähe des Radios, um den verzweifelten Tiraden des aufstöhnenden, alle Greuel der Welt an die Wand malenden Reporters zu lauschen. Ungarn mußte ein herrliches Land sein. Über die weiten Ebenen des Donautieflandes war König Etzel mit seinen Hunnen geritten, um selbst die Römer zu schrecken. Niemand hatte seiner wütenden Angriffslust widerstanden, bis zum Rhein war er vorgedrungen, erst in Frankreich war ihm Einhalt geboten worden. Nicht viel hätte gefehlt, dann hätte er auch Rom unterworfen, der Papst mußte ihm bittend und bettelnd entgegenziehen, um ihn von seinen grausamen Plänen abzubringen. Wild und unberechenbar wie die Hunnen stürmten die Ungarn über den Platz, sie trieben den Ball voran, wie sie früher ihre kleinen, unermüdlichen Pferde bis zur Erschöpfung … Max Morlock hatte das Leder mit der großen Zehe erwischt. Es stand 2:1.

Als wenig später sogar der Ausgleich fiel, wurde die Unruhe so stark, daß ich mich ihr kaum zu entziehen wußte. Die meisten Gäste hockten nun auf dem Boden, schauten angespannt drein und begleiteten die Kommentare des Sprechers mit lauten Zurufen. Zog Gefahr herauf, schlossen einige schon die Augen, als könnten sie so das nächste Tor abwenden. Eine träumerische Ekstase hatte alle befallen; je länger das Spiel dauerte, um so stärker bemächtigte sie sich der Köpfe, schwenkte sie hin und her und lenkte alle körperlichen Regungen auf den Nachvollzug von Ereignissen, die für mich selbst nicht vorstellbar waren, da ich die gehetzten, knappen Hinweise des Reporters kaum verstand. Ich fühlte mich ausgeschlossen. Die fremden Beschwörungen erreichten mich nicht, und ich stöhnte nicht auf, als gemeldet wurde, daß *Toni Turek* einen scharf geschossenen Ball eben noch über die Latte gelenkt hatte. Daher schlich ich mich heimlich aus dem Zimmer. Niemand bemerkte mich.

Im Zimmer nebenan war es ruhiger. Auf dem Tisch stand eine Galerie gefüllter Flaschen, vorsichtig öffnete ich eine nach der andern und sog die verschiedenen Düfte tief in mich hinein. Sie erinnerten mich an die vertraute Umgebung des Lebensmittelladens; es roch nach Anis und Branntwein, nach Essig und süßen Früchten. Ich nahm mir ein Glas und schenkte aus jeder Flasche etwas ein. Jedesmal verfärbte sich die Flüssigkeit, ging von einem hellgelben Ton in ein teebraunes Dunkel über, durchsetzte das Dunkel mit Schleiern von Rot, so daß sich bald ein mattes Gold auf der Oberfläche zu einem dünnen Film zusammenzog, in den ich meine Zunge streckte. Es schmeckte fremd, und doch glaubte ich, einen Geschmack von geriebenen Nüssen wahrzunehmen, durchsetzt von der scharfkalten Bitterkeit ausgepreßter Orangen.

Mir schwindelte, langsam trank ich das Glas aus, um mich an einer neuen Variation zu versuchen. Diesmal füllte ich das Glas bis zum Rand und achtete gewissenhaft darauf, daß ich keine der bereitstehenden Flaschen ausließ. Ich hatte einen Teufelstrank gemischt, der den hunnischen Kriegern wohl gemundet hätte. Als ich daran nippte, mußte ich mir die Nase zuhalten; ein leiser Ekel durchfuhr meinen Körper, doch ich trank das Glas bis zur Neige leer. Niemand sollte behaupten können, ich sei den hunnischen Trinksitten nicht gewachsen gewesen.

Als ich mich noch von meinem hastigen Trinken erholte und beunruhigt bemerkte, daß die Wände zu taumeln begannen und der Boden mir langsam unter den Füßen weggezogen wurde, war Halbzeit. Die Gesellschaft verteilte sich in der Wohnung, man nahm einen *Drink*, während ich mich standhaft an einer Stuhlkante festhielt, um nicht hinzustürzen. Die Menschen flogen auf mich zu, sie schwebten wie Geister durch den Raum, und ihre Gespräche vermischten sich zu einem tosenden Brausen. Niemand beachtete mich. Sie sprachen von *Tureks* Paraden, *Rahns* Gewaltschuß und der deutschen Abwehr, die allen weiteren Angriffen getrotzt habe. Schwerfällig glitt ich zu Boden, entsetzt feststellend, daß mein Glas sich verdreifacht hatte. Ich hielt mich still und war erleichtert, als alle sich wieder zurückzogen, um den Fortgang des Spieles zu verfolgen. Warum war mir plötzlich so heiß? Gewiß tobte der letzte Kampf in König Etzels Burg, die Nibelungen sollten zugrunde gehen, schon hatte man Feuer an allen vier Ecken des Saales gelegt, ich hörte die gellenden Schreie aus dem Hintergrund, Kriemhild stachelte die Hunnen an, keinen aus der brennenden Halle zu lassen, und drinnen kämpften die Helden gegen den Hagel der Pfeile, den dichten Rauch und die unerträgliche Hitze.

Tapfer hielt ich stand. Denn Siegfrieds Tod wurde gerächt. Schon stürzte der Dachstuhl, das Gebälk donnerte krachend auf den Boden, und die Flammen züngelten an den Wänden empor. Lebte Hagen noch? Wie erging es den Nibelungen? Ich glaubte ihre Zurufe zu hören, sie feuerten sich an, ließen nicht nach, kämpften gegen den Brand und schlugen die ersten hunnischen Späher, die sich näher herangewagt hatten, schnell in die Flucht. *»3:2«,* brüllten sie triumphierend und schlugen mit den Schwertern auf die Schilde, *»nur sechs Minuten noch«,* dröhnten sie durch den Saal, *»bis zum Umfallen!«* Hatte ich Blut getrunken? Ich rang nach Luft, stolperte aus dem Zimmer, schlug gegen den Türpfosten, die Flammen verfolgten mich, die Mauern fielen zusammen … *»Aus, aus, aus«* – das Spiel war aus; kurz bevor ich ohnmächtig wurde, hörte ich, daß Deutschland *Weltmeister* geworden war.

Ich verschlief den Triumph. Die lange Schlacht hatte meine Kräfte überfordert. Der eilig herbeigerufene Arzt hatte nur eine Alkoholvergiftung feststellen können. Anstatt mich jedoch für meinen selbstlosen Einsatz zu loben, machte man mir heftige Vorwürfe. Nur Mutter war besorgt und kam zuweilen in mein Zimmer, um nach mir zu sehen und den kleinen Putzeimer zu leeren, den ich mit jenem ausgespuckten Titanenblut füllte, das von meiner standhaften Gegenwehr Zeugnis ablegte. Die anderen aber hatten nur Beschimpfungen für mich übrig. Ich hörte ihre törichten Reden, die von nichts anderem als dem *großen Sieg* handelten, den sie in ihrer Verblendung als ihren eigenen ansahen. Die Stimmung wurde ausgelassen; nebenan mischte Theo seine erbärmlichen Cocktails, die wilde Horde tanzte bereits auf dem Flur. Ich stöhnte, und sie erfreuten sich an *Kuschel-Schiebern*; ich hatte die eigenartigen Tanzbewegungen bei einem kurzen Ausflug ins Bad verfolgt. Mit blödem Blick hielten sich die Tänzer umschlungen; dabei traten sie kaum auf der Stelle und bogen die Körper nur langsam hin und her, als könnten sie so zusammenwachsen. Als ich wieder im Bett lag, steckte ich meinen Kopf zwischen die Kissen, doch noch immer hörte ich die überdehnten Schluchzer eines Saxophons; ein Klavier ließ flattrige Akkorde hören, und die gepreßten Töne einer Klarinette wanden sich in niedrigen Lagen. Ich ballte die

Fäuste und verfluchte die Nacht. Doch während die Gäste sich lärmend austobten und in Gruppen durch den Flur hopsten, tat ich den Schwur, die wahre Musik nie zu verraten. Warum hatte man mir nicht längst die Instrumente gegeben, die ich brauchte, um meine musikalischen Anlagen zu schulen? Große Erfolge würde ich erringen, wenn man mich gewähren ließ; von mir sollte man ganz andere Töne hören, zum Himmel aufstrebende, die das Herz der Zuhörer rührten, Töne, die jene noch um vieles übertrafen, die ich durch das Spiel meines Großvaters kennengelernt hatte. Niemand würde sich diesen Tönen entziehen können, alle würden mir zu Füßen liegen und darum bitten, nicht länger von Klarinetten und Trompeten belästigt zu werden, die ihnen die richtigen Klänge vorenthielten.

Draußen ahnte niemand von meinem Schwur; nur kurz ließ sich Mutter noch einmal sehen, um mir mit einem nassen Lappen durch das Gesicht zu fahren. Dann kam auch Josef herein; »Verräter!« zischte er mich an. »Ihr habt gewonnen?«, fragte ich geduldig, um ihn milde zu stimmen. »3:2«, antwortete er. »Und wer hat die Schlacht entschieden?«, fragte ich nach. *»Der Boss«,* sagte er stolz, »sechs Minuten vor Schluß.« »Ah«, erwiderte ich leise, kurz bevor der Schlummer mich endgültig entführte, »dann vertrieb er die Hunnen, als sie uns ausräuchern wollten …« – Geschlagen verließ mein Bruder das Zimmer; mir war, als hätte ich ihm seinen Sieg geraubt.

Die *Party* war jedoch nicht das Ende, sondern der Anfang von Veränderungen, die viel Streit und einen Geist unseliger Entzweiung mit sich brachten.

Schnell blühte die Tante unter Theos liebäugelnden Blikken zu einem verwöhnten Modegeschöpf auf. Dabei hielt sie sich in Kleidung und Aussehen an eine Filmschauspielerin namens Audrey Hepburn, die ihren Bewunderern und Liebhabern durch ihre knabenhafte Anmut gefiel. Audrey gab sich lässig, fröhlich und eigenwillig; Theo bezeichnete sie als *elfisch.* Um diesem Ideal nahezukommen, legte die Tante ihre weiten Kleider ab und trug zu engen Hosen, die weit über dem Knöchel endeten, Ringelpullover und Kopftücher, die sie selbst bei der Hausarbeit anbehielt. Sie sang vor sich hin, pfiff, während sie das Staubtuch ausschüttelte, eine muntere, jedoch falsch intonierte Melodie, und ließ sich ihre Haare so kurz schneiden, daß die kleinen Wirbel der Strähnen kaum noch bis zu den Ohren reichten. Dazu knotete sie sich einen Schal um den Hals, der ihr kesses Aussehen unauffällig betonen sollte.

Theo gefiel es; immer häufiger ließen die beiden vor unseren Augen ihre frühere Zurückhaltung fallen. Sie küßten sich und tanzten über den Flur. Schon zweimal hatten sie Audrey in *Ein Herz und eine Krone* gesehen; in diesem Film spielte das lebenslustige Wesen eine königliche Prinzessin, die heimlich einen Tag an der Seite eines Reporters verbrachte, um den Zwängen der öffentlichen Empfänge zu entgehen. Meine Tante strich die Anspielung gern heraus; der Reporter an ihrer Seite war in Theo zur Stelle, und die bevorstehende Heirat würde ihr jene Krone verschaffen, die zum großen Glück noch fehlte.

Theo hatte ihren *Charme* entdeckt. Wer *Charme* besaß, nahm das Leben leicht und meisterte es ohne Anstrengung; gerade deshalb mußte meiner Mutter, die jeden Tag in der Enge des Lebensmittelladens um unser Auskommen kämpfte, die Ausgelassenheit der Tante mißfallen. So hielt sie mit ihrer Meinung auch nicht zurück; sie nannte Audrey ein *freches Ding,* das vom Leben wenig wisse und den Männern nur den Kopf verdrehen wolle.

Zum Ausbruch kam der lange schwelende Streit, als Theo sich an einem Morgen anschickte, die beiden freien Zimmer unter uns aufzuteilen. Das Zimmer der Witwe Hasselmann lag neben unserem; es war sonniger als das der Johanns, und da es auch etwas größer war, beanspruchte er es ohne alle Überlegung für sich und die Tante. Mutter hatte zuerst nicht zu widersprechen gewagt; als die Tante jedoch nach Theos Aufbruch in die Redaktion in der Tür des sonnigen Reichs stand, um, vor sich hin pfeifend, die Aufstellung der neuen Möbel zu bedenken, trat ihr Mutter entgegen. »Das wird das Kinderzimmer«, sagte sie tapfer, »solange ihr keine Kinder habt, könnt ihr Euch mit dem kleineren Zimmer begnügen.« Die Tante lachte gereizt, stieß meine Mutter zurück, ließ sie den Raum nicht betreten und verkündete, daß alles längst entschieden sei, weil Theo in dieser Wohnung *das Sagen* habe. »Theo?«, rief Mutter, »wer ist denn dein Theo? Ein Nichts, ein Schreiberling, ein Zeitungsbote, ein kleiner Angestellter, der es zu nichts gebracht hat!« Da war es um den Charme meiner Tante geschehen. »Theo«, schrie sie viel zu laut, »ist der wichtigste Mann in der Zeitung. Niemand weiß so gut Bescheid wie er.«

Ich stand neben dem Bruder, als die beiden sich gegenseitig von der Tür des Hasselmannschen Zimmers wegzustoßen suchten. Sie zerrten einander an den Kleidern, hielten sich an den Armen fest und zogen einander kreischend durch den Flur. Der Kampf endete erst, als Mutter abließ, in die Küche ging und sich weinend an den Tisch setzte. »Du eifersüchtige Schluchze«, rief meine Tante ihr nach, »geh zu Deiner Maria Schell, daß Ihr Euch gemeinsam die Augen ausheulen könnt.«

Da verstand ich, wie unbarmherzig *Charme* sein konnte. Denn schon lange galt Maria Schell in unserem Kreis als bedauernswerte Gestalt. Sie wurde von jeder Situation überwältigt und hielt mit ihren Tränen nie zurück, mußte sie doch ihr Leben an der Seite eines Mannes verbringen, den Theo als den *falschen Charmeur* bezeichnet hatte. Wir alle nannten ihn den *Oweh,* und schon oft war er der Anlaß für allen Spott gewesen, den Theo hatte aufbieten können. *Oweh* war in Theos Augen kein ganzer Mann; er war ein sich hilflos gebender Bub, der Maria Schell laufend Tränen entlockte, ohne sich um ihre schwankenden Empfindungen zu kümmern. Dabei war er ganz auf sie angewiesen. Wenn sie nicht in seiner Nähe war, irrte er unbeholfen durch die Welt, fand seine Socken nicht, schikanierte seine Freunde und kam schließlich an der üblen Laune um, die weniger ein Ergebnis seiner Trauer als seiner Ungeschicklichkeit war. Indem die Tante Mutter in die Nähe von Maria Schell gerückt hatte, hatte sie ihr die größte Schmach angetan. Daher befürchtete ich, daß die Zeit des gemeinsamen Friedens bald für immer vorbei sei.

Auch um dem entgegenzuwirken, hatte ich mir eine Mundharmonika gewünscht. Da Mutter der Tante zeigen wollte, was sie an uns hatte, wurde dieser Wunsch erfüllt. So versuchte ich bald, all jene Melodien nachzuspielen, die ich irgendwo aufgeschnappt hatte. Dabei störte es mich nicht, daß ich weder nach Anleitung noch nach Noten spielte; schon fiel es mir leicht, den Ruf der Vögel zu imitieren, schon hatte ich einige jener Schlager, die Mutter vor sich hin sang, im Kopf. Sie unterstützte meine Bemühungen, sie freute sich, wenn ich vor den Augen meiner Tante immer größere Erfolge vorweisen konnte. Vollends hingerissen war sie jedoch, als ich ihr an einem Abend die ersten Takte eines kleinen Konzertstücks vorspielte, das wie kein anderes mein musikalisches Empfinden erregt hatte. Ununterbrochen hatte ich es tagelang gehört, schon sein heiterer Anfang hatte mich an all die ekstatischen Erlebnisse erinnert, die ich mit Musik seit jeher verbunden hatte. Jedesmal, wenn ich die Schallplatte auflegte, um *Eine kleine Nachtmusik* zu hören, verließ mich meine sonstige Schwerfälligkeit; ich konnte nicht einmal mehr ruhig sitzen, wenn die so freundlich daherkommenden Klänge mich entführten. Auf Zehenspitzen tanzte ich durch den Raum; ich verbeugte mich vor meiner Mittänzerin, führte sie an der Hand durch das Zimmer, achtete darauf, daß sie nicht strauchelte und führte sie galant wieder an ihren Platz zurück.

Alle wunderten sich, daß ich so schnell Fortschritte machte; selbst Theo, der mich in den letzten Wochen kaum beachtet hatte, glaubte inzwischen, daß man es bei mir mit einem seltenen Talent zu tun habe, das von der Natur mit der Gabe des *absoluten Gehörs* ausgestattet worden sei. Endlich nahm man etwas von jenen genialen Anlagen wahr, die ich schon immer in mir vermutet hatte. Auch Großvater hatte man von meinen erstaunlichen Fähigkeiten erzählt; er sagte sein Kommen für den Hochzeitstag der Tante zu und versprach, eine ältere Freundin mitzubringen, die in musikalischen Angelegenheiten als große Autorität galt. Man wollte mich also auf die Probe stellen; um so gespannter lauschte ich an den Vormittagen allen Geräuschen, die mich erreichten; ich öffnete das Fenster, setzte mich auf das Fensterbrett, hörte mich in die Klänge der Welt hinein und verknüpfte sie zu kleinen Melodien. Der Tag der Bewährung rückte näher …

Theo und die Tante jedoch waren in dieser Zeit ganz mit der neuen Einrichtung der Zimmer beschäftigt, und da sie in großem Stil planten und sich sogar nicht scheuten, Schulden zu machen, brach eine hektische Betriebsamkeit aus. Kataloge wurden gewälzt, Vorhänge ausgesucht, Teppiche verlegt; die alten Möbel, die die Großeltern zur Verfügung gestellt hatten, waren plötzlich nicht mehr gut genug. Sie wurden durch Modelle ersetzt, die, wie Theo uns vorführte, mehrfach verwendbar waren. Der kleine Teetisch diente zugleich als Bücherständer und konnte leicht verstellt werden, ein Sitzsofa ließ sich mit nur einer Hand zum Schlafsofa umgestalten. Die großen, weit ausladenden Schaumstoffsessel auf den kurzen, seitwärts abstehenden Holzfüßen erlaubten einen angenehm weichen Sitz. Die dunklen Tapeten wurden von den Wänden gelöst und durch bunte, hellere ersetzt, deren vielfach verschlungene Muster die Augen nicht zur Ruhe kommen ließen. Im Flur wurde ein Garderobenständer aufgestellt, in der Küche wurden ein vollautomatischer Kühlschrank und ein neuer elektrischer Herd installiert. Voller Stolz zeigte uns Theo, daß die meisten Gegenstände *abwaschbar* waren; Stühle und Tische waren mit Plastik bezogen und ließen sich rasch säubern. Störende Flecken und Ränder erinnerten an eine Zeit, in der man sich noch *beholfen* hatte; statt sich zu *behelfen,* genoß man jetzt angeblich die praktische Schönheit der Dinge, die der Wohnung eine *abstrakte* Note geben sollten. Theo liebte alles *Abstrakte,* das er auf Teppichen, Tapeten, ja selbst auf Vorhängen wiederfand; nirgends durfte noch ein überflüssiger Schnörkel stören. Auch er selbst hatte sich ganz in den Dienst der *abwaschbaren* Dinge gestellt; seine Hemden brauchten nicht mehr gebügelt zu werden, und seit er seine Haare mit Brillantine in eine wetterfeste Form gebracht hatte, kämmte er sie nur noch alle zwei Tage. Das *Abstrakte* trat seine Herrschaft an; es löschte die Erinnerungen an die Zeiten aus, in denen man sich für alles hatte plagen müssen; nun aber waren die Spuren der Arbeit so geschickt fortzuwischen, daß sie nirgendwo mehr zu erkennen waren.

Uns aber behagte Theos Kaufgier keineswegs; er versuchte, uns mit kleinen Geschenken versöhnlich zu stimmen, doch ich lehnte es – anders als Josef – stets ab, dankend und freudestrahlend Präsente entgegenzunehmen, die unsere ärmlichere Lage nur noch stärker herauskehrten. Dagegen hatte sich meine Tante einen hohen Freudenschrei angewöhnt, der uns oft, schon bevor wir die gerade angelieferten Dinge näher hätten betrachten können, anzeigte, daß es Theo wieder einmal gelungen war, sie zu überraschen. Es war ein unangenehm schrilles Aufjauchzen, das uns noch nie so auf die Nerven gegangen war wie an einem Abend, als die spitzen Töne wohl einen besonderen Triumph ankündigen sollten. Aufkreischend zog die Tante Theo hinter sich her, drang in unser Zimmer ein und ließ sehen, was ihre Verzückung ausgelöst hatte. In einem kleinen Etui glänzten zwei goldene Ringe, die sich nur in ihrer Größe unterschieden. Es waren die Eheringe, die in dem fein ausstaffierten Gehäuse wie gutgehütete Kostbarkeiten eines großen Schatzes schimmerten, von dem bald noch schönere Prunkstücke zu erwarten waren.

Mit diesem Kauf hatte Theo alle anderen Anschaffungen noch einmal übertroffen. Seinem erregten und doch müden Blick war anzumerken, daß er mehr nicht zu leisten vermochte. Die Tante hatte sich auf seinen Schoß gesetzt und bedachte ihn mit allen nur möglichen Kosenamen. Mußte sie uns so deutlich zeigen, wie sehr sie diesen Triumph genoß? Mußte sie Mutter auffordern, auch einmal eines der teuren Ringlein überzustreifen, um sich beleidigt zurückzuziehen, als diese das ablehnte? Niedergeschlagen und bedrückt saß sie später an ihrem kleinen Tisch, sie war mit uns beiden allein, und niemand kam auf den Gedanken, auch sie mit Geschenken so zu verwöhnen.

Am Vorabend des Hochzeitstages reisten die Verwandten an. Im früheren Zimmer der Witwe Hasselmann war eine große Tafel gedeckt worden. Noch bevor alle Platz nahmen, hatte Großvater mich mit Augusta bekannt gemacht. Augusta war eine Jugendfreundin, eine würdige, freundliche Dame, deren Alter ich nicht hätte schätzen können. Sie sprach laut und deutlich, artikulierte die Endsilben gründlicher als wir es gewohnt waren, rückte ihre prallgefüllte Handtasche auf ihrem Schoß zurecht und betrachtete mich aufmerksam. Großvater freute sich, mich wiederzusehen; er nannte mich seine *große Entdeckung* und tat so, als habe er schon früh geahnt, daß man von mir viel zu erwarten habe. »Der ist kein *Talent,* Augusta, sondern ein *Genie*«, sagte er, noch bevor ich meine kleinen Kunststücke vorgeführt hatte. »Du weißt nicht, was Du sagst«, erwiderte sie; »Du verwirrst den Kleinen nur. Es braucht viel Zeit, um zu erkennen, ob einer *Talent* hat, und es braucht manchmal Jahrzehnte, um zu sehen, ob einer ein *Genie* ist.« *Talente,* sagte sie weiter, seien an einer bestimmten Eigenart oder an überraschenden Erfindungen nach einer gewissen Zeit zu erkennen. Selbst große und von vielen Musikern geschätzte Komponisten halte sie lediglich für *Talente,* so etwa Schumann oder Chopin, deren Werke zwar etwas Eigentümliches, Unverkennbares, jedoch nichts *Geniales* aufzuweisen hätten. In gewissem Sinne habe das Werk eines *Talentes* etwas äußerst Anziehendes; es schmeichle sich leicht in das Ohr des Zuhörers ein, es betöre meist außerordentlich durch leicht erkennbare und durchaus unwiederholbare Nuancen. Andererseits aber finde das *Talent* über diesen Ton selten hinaus; es habe die Musik um einen Stil bereichert, aber es habe sie nicht von Grund auf erneuert. Diese Erneuerung sei das Werk des *Genies,* das sich nicht mit einem einmal gefundenen, unendlich variierten Stil zufriedengebe. Das Genie aber komme erst nach gründlichem Reifen zu sich. So habe es etwa lange gedauert, bis Bach, den sie immer als *Genie,* nie aber als *Talent* bezeichnen werde, seine großen Werke geschrieben habe, während es unter seinen frühen viele mittelmäßige gebe. Gerade daran aber, daß lange jede Originalität fehle, daß man nur ein umständliches und oft verbissenes Lernen wahrnehme, erkenne man oft das *Genie.* Plötzlich, unerwartet trete es mit Werken hervor, die alles überträfen, was man bis dahin gehört habe.

Großvater schüttelte mehrmals seinen Kopf und tat empört, als er hinnehmen sollte, daß Schumann nur zu den *Talenten* zu zählen sei. Auch ich ahnte nichts Gutes, als der Großvater mich aufforderte, die Mundharmonika zu holen. Das kleine Instrument kam mir mit einem Male zu unbedeutend vor. Wie sollte es mir gelingen, eine so strenge Richterin für mich zu gewinnen, die doch selbst den großen Schumann kaum hatte bestehen lassen? Ich begann mit einfachen Liedern, von denen ich recht viele beherrschte, fügte dann und wann einen Schlager ein, arbeitete mich allmählich zu schwierigeren Stücken vor, um am Ende mit dem ersten Satz der *Kleinen Nachtmusik* aufzutrumpfen. Augusta betrachtete mich erstaunt, aber abweisend. Manches schien ihr zu gefallen, anderes verärgerte sie jedoch anscheinend sehr. Einmal zuckte sie angewidert zusammen, um wenig später meinem Spiel mit herabgezogenen Mundwinkeln mißtrauisch zu lauschen.

Für den Schluß hatte ich mir eine eigene Komposition ausgedacht, in der ich die Geräusche unserer Umgebung auf dem Instrument nachahmen wollte. So lockte ich Vögeltöne hervor, ließ Lokomotiven heranbrausen, fegte wie der Sturm heulend ums Haus, ahmte die Sirenen der Feuerwehr nach und krönte meine Einfälle durch jene hohen Triumphtöne, die ich der Tante in ihren Freudenmomenten abgelauscht hatte. Immer heftiger blies ich in das Instrument, schnappte kaum noch nach Luft, biß mich fest und saugte, bis das Innere meines Schädels zu bersten schien und ein leichter Schwindel mich überfiel …

Feixend standen alle um mich herum; man strich mir mitleidig durchs Haar, man lobte mich, aber ich wußte, daß man meine Künste verlachte. Nie hatte ich mit einer solchen Schmach gerechnet. Selbst Augusta konnte sich vor Lachen kaum halten, während Theo mit dick aufgeblähten Backen mein Spiel imitierte. Noch mit Tränen in den Augen nannte mich Augusta eine *genialische Natur.* Ich wußte, was das bedeutete. Ich war in ihren Augen kein *Talent,* kein *Genie,* sondern eine unbeholfene Kreatur, die sich an viel zu hohen Aufgaben vergangen hatte. *Genialisch* waren die Übereifrigen, die durch ihre ernsthaften Bemühungen zum Gespött der anderen wurden. Ich ertrug es nicht länger. Wäre ich nur mit meinen Fähigkeiten im Verborgenen geblieben, anstatt um die Anerkennung dieser Meute zu buhlen, die sich jetzt an die große Tafel zurückziehen würde, den stinkenden Braten genießend, sich den Mund wischend, gierig schlürfend und trinkend, berauscht von all den *abstrakten* und *abwaschbaren* Dingen, hingerissen von jenem Goldschatz, den Theo nach dem gemeinsamen Abendessen präsentieren wollte …

Da lief ich, ohne daß man mich halten konnte, aus dem Zimmer. Ich wußte, was ich zu suchen hatte. Das kleine, schwarze Etui lag auf einer Kommode in Theos Zimmer. Dort schlummerten die goldenen Ringlein in ihrem samtweichen Bett. Ich nahm sie heraus und steckte sie in meine Tasche. »Wohin willst Du?«, rief meine Mutter mir nach, als ich hinausdrängte; »schnell, lauft ihm nach, haltet ihn zurück!«

Ich sprang die Treppenhausstufen hinab, mein Bruder folgte mir, auch Theo eilte mir nach. Doch ich war nicht zu halten. Im Hof öffnete ich eine Mülltonne und kletterte hinein. Mein Bruder stürmte in eine andere Richtung, auch Theo entdeckte mich nicht. Ich hielt still und wagte kaum zu atmen. Endlich war ich sicher, daß niemand mir auflauerte. Es stürmte, als ich den Hof verließ. Hastig begann ich zu laufen. *Der Rhein! Der Rhein!* Die ersten Regentropfen prasselten herab, dunkle Wolken am Himmel, nichts konnte mich schrecken! *Zurück in die Wälder!* Jauchzend sauste ich durch die Straßen, überquerte die Kreuzungen. Was hatte *Brunhild* neben *Siegfried* zu suchen? Was ließ Helden an Hochzeiten denken und was erlaubte es Theo, uns mit seinen *halbstarken* Taten frech zu überrumpeln? Siegfried warf den Speer höher als alle anderen, er sprang weiter als sie, den schwachen Gunther schleifte er am Gurt durch die Luft! Dort … der Rhein! Die blaugrauen Fluten! Das wogende Auf und Ab! Reckten die Wellen sich nicht empor, mich zu begrüßen? Es regnete in Strömen, ich merkte es kaum. Weit warf ich die beiden Ringe hinaus, sie drehten sich noch, die Wellen verschlangen sie gierig. Ich hatte Siegfrieds Tod gerächt …

Langsamer lief ich nach Hause zurück. Theo irrte noch immer im Regen umher, mein Bruder stand zitternd im Eingang. Man führte mich hinauf. »Wo warst Du?«, rief die Tante aufgeregt, mit einem Badetuch herbeieilend. »Ich habe den Schatz im

Rhein versenkt«, antwortete ich. Sie begriffen mich nicht. Da führte ich sie in Theos Zimmer. Ich öffnete das Etui und zeigte es herum. Sie standen starr vor Entsetzen, während ich den Geruch des angeschmorten und wahrscheinlich längst verkohlten Fleisches tief in mich einsog …

7

Im Osten

Man sperrte mich ein. Den ganzen Hochzeitstag verbrachte ich in unserem Zimmer, selbst ein Blick auf das Hochzeitspaar wurde mir nicht gestattet. Meine Tat hatte alle vor mir zurückschrecken lassen, und so galt ich als eine Mißgeburt, die Kummer und schwere Not über die Menschen brachte. Auch Mutter machte man Vorwürfe. Großvater meinte, sie habe es an erzieherischer Sorgfalt fehlen lassen, das Kind habe kein Empfinden für Recht und Unrecht, seine Anlagen seien in grobem Maße verwildert und, wie das Harmonikaspiel vollends bewiesen habe, nie in ordentliche Bahnen gelenkt worden. Noch härter drückte sich Theo aus; er beharrte darauf, daß Mutter die Ausgaben für die beiden Ringe zurückerstatte; sonst werde er ihr das Geld in monatlichen Raten von ihren Einkünften abziehen. Offenbar wollte er uns ruinieren oder aus der Wohnung vertreiben, um sie mit der Tante allein nutzen zu können. Mir wäre ein Abschied von den wenig einladenden Zimmern, in denen wir inmitten einiger zusammengesuchter Möbel hausen mußten, nicht schwergefallen. Aber ich wußte, daß Mutter sich einen Umzug oder eine andere Wohnung nie hätte leisten können.

Sie war die einzige, die mich nicht heftig tadelte; mittags brachte sie mir ein wenig zu essen. Mehrmals fragte sie, warum ich das alles getan hätte, und mehrmals gab ich eine ausweichende Antwort, weil ich nicht hoffte, daß sie mich verstehen würde. Am schlimmsten zeigte mir Josef seine Verachtung. Er kam ins Zimmer, beachtete mich nicht, suchte übertrieben lange seinen Ball und ließ ihn später über den Flur hüpfen, um als braves Kind zu gelten.

Seit diesem Tag war ich aus den Kreisen seiner wendigen Freunde, mit denen er seine wilden Spiele plante, endgültig ausgeschlossen. Er dagegen schwang sich zu ihrem nimmermüden, umsichtigen Anführer auf. »*Eins nach dem andern*«, rief er, um allen zu zeigen, daß er noch einen Überblick über das verworrene Geschehen der Versteck- und Indianerspiele hatte.

Auch im Haushalt hatte er inzwischen kleine Tätigkeiten übernommen, von denen er als den *Ämtern* sprach, die er zu *erledigen* habe. Er räumte in den Zimmern auf und fegte mit einem Besen herum. Gierig nach Lob wollte er stets im Mittelpunkt stehen, und obwohl ich ihm diesen billigen Platz nie streitig machte, meldete er schon am frühen Morgen seine Rechte an. »Dann stehen wir wieder mal als erster auf«, murmelte er vor sich hin, als wäre mir daran gelegen gewesen, ihm zuvorzukommen. Er war der *erste* am Tisch, hatte als *erster* sein Frühstück eingenommen und war der *schnellste,* wenn wir den Regenmantel überstreifen sollten. Da die Tante ihn einmal *meinen Sonnenschein* genannt hatte, glaubte er, oft auch ohne erkennbaren Grund grinsen und lachen zu müssen. Widerwillig betrachtete ich seine verzerrten Gesichtszüge, mit denen er sich selbst bei Fremden anbiederte. Abends jedoch wälzte er sich manchmal in seinem Bett und konnte seine Angst kaum noch unterdrücken. Er rief nach der Mutter, klagte, die Fremden lägen bereits unter seinem Bett, brach in Tränen aus, wenn ich wegen dieses Unsinns lachen mußte, und drohte, er werde am nächsten Morgen die ganze Wohnung zertrümmern.

Überhaupt fürchtete er sich vor der Dunkelheit, erst als es wieder hell wurde, ließ er seine Hemmungen fallen und äußerte einen so seltsamen Wunsch wie den nach *hohen Stiefeln,* die ihm wohl ein weltmännisches Aussehen unter den Freunden sichern sollten.

Mit der Zeit wurde er immer übergriffiger; er nahm meine Bücher in die Hand und warf sie ungeduldig zur Seite, er wollte nicht, daß man uns weiter daraus vorlas, und wenn ich im Bett lag, um zur Ruhe zu kommen, bastelte er noch lange an seinen Klötzen, Drähten und Schnüren herum. Unter den Erwachsenen galt er als zuverlässig und zielstrebig; kaum einem fiel auf, daß er all seine Tätigkeiten nur dann mit besonderer Laune anpackte, wenn er beobachtet oder von anderen unterstützt wurde. Ließ man ihn länger allein, kam er aus dem Schwung, nörgelte herum oder verfiel in einen jener gefürchteten Tobsuchtsanfälle, mit denen er seinen Willen meist durchzusetzen wußte.

Im Schatten dieses *Sonnenscheins* führte ich ein verborgenes Leben. Manchmal sehnte ich mich danach, von ihm getrennt zu werden und ihn nie mehr wiedersehen zu müssen; oft verfluchte ich ihn insgeheim und mußte mich beherrschen, mich nicht mit ihm zu schlagen. Siegfried kämpfte nicht um einen Ball, ein Buch oder darum, als der Stärkere zu gelten. In vielen Dingen fühlte ich mich Josef sowieso überlegen. So hatte er als aufblühender *Sonnenschein,* der sich in der freien Wildnis tummelte und mit seinen Kameraden stets neue Spiele ausheckte, bei denen er sie gängeln durfte, kein Ohr mehr für jene Geschichten, denen ich nachträumte. Der hintere Raum des Lebensmittelladens war für mich Burg und Gefängnis zugleich geworden; außerhalb dieses Raumes bewegte ich mich unbeholfen. Manchmal freilich hatte ich deswegen selbst ein schlechtes Gewissen, und auch Mutter wurde es dann mit mir zuviel. »Spiel auch einmal mit den anderen«, mußte ich dann von ihr hören; doch mein Bruder hätte in diesem Fall nur *eins nach dem andern* gesagt, um mich in die hinterste Reihe seiner Mitspieler zu verdammen, wo die Ungeschickten sich darauf freuen sollten, auch einmal gegen den Ball treten zu dürfen.

So hätte ich noch lange in meiner selbstverordneten Einsamkeit ausharren müssen, wenn nicht kurze Zeit später Augusta, die sich noch immer in Köln aufhielt, ein zweites Mal erschienen wäre. Sie kam am frühen Abend in mein Zimmer, nahm sich einen Stuhl und setzte sich an mein Bett. Mein Spiel, sagte sie, habe ihr gut gefallen. – So. –Ja, es habe sie beeindruckt. – So. – Ein Anfang sei gemacht, aber es sei nicht gut, wenn ich mich noch länger mit dem kleinen Instrument herumquäle. Wenn es mir ernst sei mit der Musik, müsse ich mein Talent an größeren Aufgaben erproben. – Das Talent? – Ja, ein Talent, das der Entwicklung bedürfe. – Wie Schumann? – Ähnlich wie Schumann. –

Augusta lachte, sie schaute mich wieder so aufmerksam an, daß ich das Empfinden hatte, sie unterhalte sich nicht mehr mit dem kleinen, mißratenen Kind, das die anderen so verachteten, sondern mit einem ihr ebenbürtigen Erwachsenen, der fähig war, seine Wünsche zu äußern. Was führte sie zu mir? Wollte sie mich aufmuntern, weil sie meinen kummervollen Blick nicht ertragen konnte?

Sie machte es sich auf dem Stuhl bequem, öffnete ihre kleine Tasche, fragte mich, ob sie rauchen dürfe, und zündete sich eine Zigarette an. Sie schlug ein Bein über das andere und lehnte sich zurück. Augusta *erzählte,* und schon nach ihren ersten Worten schloß ich die Augen. Die Gegenwart galt nichts mehr, plötzlich hörte ich Nachrichten von jenen Welten, nach denen ich mich immer gesehnt hatte. Sie waren fremd, abenteuerlich und fern.

Ein tiefes Wohlbefinden machte sich in mir breit, die Zeiten meiner frühesten Erlebnisse, in denen ich von stattlichen Herrschern und mir freundlich zuredenden Philosophen umgeben gewesen war, zogen vor meinem inneren Auge wieder herauf Es waren kostbare Stunden, in denen mich wieder die Ahnung von einem *anderen Leben* befiel, das man mir in der Vergangenheit vorenthalten hatte. Wenige wußten um dieses Leben; mein Großvater hatte es auf der Violine beschworen, Onkel Joseph hatte es mir nähergebracht, doch all die, mit denen ich täglich zu tun hatte, kannten seine Geheimnisse nicht …

Nachdem die russischen Herrscher die von Osten drohenden feindlichen Tataren und Mongolen endgültig in die Flucht geschlagen hatten, hatten sie westlichen Kaufleuten, Handwerkern und Gelehrten Angebote gemacht, sich in ihrem Land niederzulassen. So waren bereits in der Zeit Iwans des Schrecklichen deutsche Einwanderer nach Rußland gekommen, um sich teils in den großen Städten, teils auf dem weiten Land anzusiedeln, in der Hoffnung, dort in Freiheit ein eigenes Leben führen zu können. Das Land im Osten mit seinen unübersehbaren Landstrichen hatte auch einige angezogen, die dem Militärdienst entkommen wollten. So waren aus vielen deutschen Ländern, vor allem aber aus den südlichen, aus den Rheinlanden, Württemberg und Baden Familien nach Rußland aufgebrochen, im Vertrauen auf das besondere Wohlwollen der Zaren, die den Fleiß und die Tüchtigkeit der Einwanderer zu schätzen wußten und ihnen erlaubten, eigene Schulen und Kirchen zu bauen, sich in ihrer Heimatsprache zu unterhalten und aus ihren Gemeinden Stätten einer teils bewunderten, teils argwöhnisch betrachteten Kultur zu machen.

Eines der größten Zentren der Einwanderer war *Petersburg* geworden. Dort hatten die Deutschen ihre ersten Kirchen aus Holz gebaut, dort hatten sie Schulen gegründet, in die sogar die Kinder vornehmer russischer Familien geschickt worden waren, um die westliche Lebensweise kennenzulernen. In Petersburg war Augusta geboren worden. Sie hatte eine der berühmten Schulen besucht, ihr Vater, ein angesehener und vermögender Arzt, hatte sie im Klavierspiel unterrichten lassen, und so war sie noch in jungen Jahren auf das berühmte *Konservatorium* der Stadt geschickt worden, um dort von den großen Meistern zu lernen. Augusta erzählte von ihnen, als müßten sie mir längst bekannt sein. So hörte ich vom Unterricht *Rimskij-Korsakows* und von den Samstagskonzerten der *Musikalischen Gesellschaft,* wo sie den jungen *Prokofjew* kennengelernt hatte, der damals in Schülerkreisen bereits für ein *Wunderkind* gehalten worden war.

Sogar *Rimskij-Korsakow* hatte seine Kompositionen gelobt, und die anderen hatten berichtet, *Prokofjew* habe sich bei der Einstellungsprüfung bereits mit einem ausführlichen und korrekt angelegten Werkverzeichnis vorgestellt. Für seine Mitschüler hatte er anfangs nur hochnäsige Abneigung übrig gehabt, oft war er an der Hand der Mutter im *Konservatorium* erschienen, eine kleine Mappe mit eigenen Arbeiten unter dem Arm; Augusta hatte ihn auch einmal in der Oper gesehen, wo der große Sänger *Schaljapin* den *Boris Godunow* gesungen hatte. *Prokofjew* hatte neben dem Russischen ohne Mühe Deutsch und Französisch gesprochen, wie man überhaupt auf dem *Konservatorium* großen Wert auf die Allgemeinbildung der Schüler gelegt und auch ihre Kenntnisse in anderen Fächern regelmäßig geprüft hatte.

Augusta war fünfzehn Jahre alt gewesen, als es 1905 in Petersburg zu Unruhen gekommen war. Vor dem *Winterpalast* hatte sich eine große Menschenmenge versammelt, um dem Zaren ihre Not zu klagen. Doch die Gardesoldaten hatten ohne Ankündigung mitten in die Menge geschossen. Wer hatte den Befehl für solche Greuel gegeben? War der Zar mit diesen Grausamkeiten einverstanden gewesen oder hatten die Militärs sich gegen seinen Willen durchgesetzt? Eine große Unruhe war in der Stadt ausgebrochen. Überall im Land war es zu Aufständen und Schießereien gekommen, und in Odessa hatte die Besatzung des Panzerkreuzers *Potemkin* revoltiert. Es war gefährlich geworden, an den Abenden auszugehen, Plünderungen in den teureren Läden waren an der Tagesordnung gewesen, selbst die Zeitungen waren nicht mehr regelmäßig erschienen. Auch im *Konservatorium* hatten einige Schüler gestreikt und waren deshalb von jenen Lehrern und Mitschülern, die sich nur mit der Musik befassen wollten, beschimpft worden. Doch hatte der Aufstand immer mehr Gefolgsleute gefunden, und manchmal war das *Konservatorium* für Tage geschlossen worden. Im Frühjahr dieses Jahres war der große *Rimskij-Korsakow* aus seinem Lehramt entlassen worden, und später waren auch seine Werke verboten worden, da man befüchtet hatte, sie wiegelten die revolutionär gesinnten Schüler weiter auf. Damals hatten sich bereits einige Familien aufs Land abgesetzt, um den Unruhen zu entgehen. Auch in Augustas Familie waren Überlegungen laut geworden, für einige Zeit aus Petersburg fortzuziehen; man hatte befürchtet, daß die lange Zeit deutschfreundliche Haltung der russischen Bevölkerung umschlagen und in Feindseligkeit ausarten könne. Da die sich ausbreitenden Streiks das Leben in der Stadt immer unerträglicher gemacht hatten, hatte man schließlich Petersburg ganz verlassen. Der junge *Prokofjew* war der letzte Schüler des Konservatoriums gewesen, den Augusta vor dem Abschied noch einmal getroffen hatte. Er hatte ihr erzählt, daß im Frühjahr keinerlei Prüfungen mehr abgenommen würden und daß er mit seiner Mutter aufs Land gehen werde, wo ihn vorerst sein Vater unterrichten werde. Augusta hatte ihn nie wieder gesehen. Noch im Mai war die Familie nach Deutschland gezogen, wo man sich, unterstützt von Verwandten, in der Gegend von Köln niedergelassen hatte. Der Vater hatte dort eine Praxis eröffnet, und Augusta war in Köln weiter zur Schule gegangen.

Später hatte sie dort den Großvater kennengelernt; sie hatten oft miteinander musiziert, waren gemeinsam in die Oper gegangen und hatten die Konzerte *Fritz Buschs* in Stuttgart besucht. Nun aber lebte Augusta schon seit über zwanzig Jahren in Wuppertal. Sie erteilte Schülern Klavierunterricht und hatte einen Kreis von Musikern um sich versammelt, der sich bei ihr – wie zu *Petersburger Zeiten* – jeden Samstag gegen neun Uhr einfand. Meinen Großvater besuchte sie einmal im Jahr für eine ganze Woche. Sie plauderten zusammen, sie spielten miteinander Stücke russischer Komponisten und bildeten gemeinsam mit dem Herrn Pfarrer ein unzertrennliches Trio, das an den Abenden den wenigen Plattenaufnahmen *Fritz Buschs* lauschte, die man hatte erwerben können …

»Du hast mich verstanden?«, beendete Augusta ihre Erzählung. – »Ist Petersburg sehr weit weg?«, fragte ich. – »Unendlich weit«, antwortete sie. – »Und Onkel Josef? War er bei Rimskij …?« Sie lachte. »Onkel Josef war bei den Tataren und nicht in Petersburg.« – »Aber was ist aus Rimskij geworden?« – »Merke Dir seinen Namen. *Nikolaj Andrejewitsch Rimskij-Korsakow.* Ich werde Dir noch von ihm erzählen. Als junger Mann hat er auf einem Schiff der russischen Flotte die Welt umsegelt. Er war ein großer Lehrer.« – »War er ein Genie?« – »Er war weder ein Talent noch ein Genie.« – »Was dann?« – »Ein sehr guter Lehrer, und die sind manchmal wichtiger als alle Talente und Genies.« – »Warum?« – »Weil sie den Talenten helfen und die Genies hervorzaubern.« – »Gab es in Petersburg auch Genies?« – »In Rußland gab es viele Genies. Aber zu meiner Zeit nur ein einziges.« – »Wen?« – »*Skrjabin. Alexander Nikolajewitsch Skrjabin.* Auch von ihm werde ich Dir erzählen.« – »Hast Du ihn getroffen?« – »Nein. Skrjabin lebte in Moskau. Er war ein großer Pianist und reiste durch ganz Europa.« – »Und Proko ...« – »Du meinst Prokofjew. Von ihm habe ich Dir erzählt, weil er schon als Junge mit dem Komponieren begann. Gerade wie Du.« – »Und er ...« – »Nein, er war wohl nur ein Talent, aber ein sehr großes.« – »Wann erzählst Du mir mehr von ihnen?«, fragte ich noch. Da stand Augusta auf. »Wenn Du willst, wirst Du *alles* erfahren. Ich werde Dir von Rußland erzählen, von seinen Menschen und Städten, von seinen Musikern, und ich werde Dir nach und nach die schönen Stücke vorspielen, die ich kenne.« – »Aber wann?« – Augusta stand noch immer dicht an meinem Bett. Sie beugte sich zu mir. »Du wirst hier nichts lernen«, sagte sie. »Dein Talent wird verkümmern. Aber wir dürfen nichts übereilen. Wenn Du Lust hast, darfst Du mit mir einige Tage nach Wuppertal kommen. Dann werden wir weitersehen.« Ich sprang auf. Eine unabsehbar schöne Zeit lag vor mir, wo ich im Haushalt Augustas die Rolle des musikalischen Prinzen zu übernehmen hatte, der die Weisheiten ganz Rußlands in sein Inneres ... Da durchfuhr mich ein schmerzhafter Gedanke. »Es geht nicht«, antwortete ich. – »Du willst also nicht«, sagte Augusta ruhig. »Doch, *ich will*«, erwiderte ich, »aber Adenauer wird dagegen sein.« – »Wer?« – »Adenauer. Er mag die Russen nicht. Er gibt ihnen nicht einmal die Hand. Sie sind gefährlich, und von Rimskij weiß er nichts.« Augusta lachte laut auf. »Woher weißt Du das?« – »Er hat es mir erzählt.« – »Dann sprichst Du häufig mit ihm?« – »Beinahe jeden Tag. Morgens verläßt er uns, um die Welt zu regieren und für uns zu sorgen, und am Abend kommt er müde zurück, weil ihm die Russen keine ruhige Minute lassen.« – »Und wo sind die Russen?« – »Adenauer sagt, sie sind überall. Manchmal verstecken sie sich am Abend in unserem Zimmer, aber ich rühre mich nicht. Josef hat Angst vor ihnen, wenn sie unter seinem Bett poltern und sich hinter den Gardinen verstecken, und Mutter fürchtet sich, daß sie uns einmal überrennen.« – »Du könntest Adenauer bitten, mit ihnen verhandeln zu dürfen. Niemand wird sie bald besser kennen als Du. Ich sage Dir, Adenauer kennt die Russen gar nicht. Er hat Angst vor ihnen, aber er hat noch nie lange mit ihnen gesprochen. Du wärest der Richtige.« – »Aber ich will nicht nach Petersburg.« – »Du mußt nicht nach Petersburg. Ich werde sie Dir in Wuppertal vorstellen.« – »Leben sie dort?« – »In Wuppertal wurde *Engels* geboren.« – »Ist das ein Führer der Russen?« – »Er war ein wichtiger Lehrer.« – »Ein Genie?« – »Nein, ein Lehrer. Sein Freund war ein Genie.« – »Und wie hieß der?« – »*Karl Marx.*« – »Kennt Adenauer ihn?« – »Weißt Du«, antwortete Augusta, »Adenauer kennt nicht alle wichtigen Menschen. Karl Marx – von dem wird er etwas gehört haben, aber Du wirst ihn besser kennenlernen. Du mußt viel von ihm wissen, sonst kannst Du nicht verhandeln.« – »Aber wird Adenauer es erlauben?« – »Bestimmt. Er hat niemanden, der genug von Rußland weiß.« – »Dann komme ich mit«, sagte ich entschlossen.

Augusta nickte befriedigt, nahm ihre Tasche und ging hinaus, ich aber kletterte sofort aus meinem Bett und suchte meine Kinderbücher zusammen. Ich zerrte den kleinen Koffer aus dem Schrank und packte sie hinein. Viele Jahre hatte ich nun schon in Köln verbracht. Jetzt würde sich die Welt für mich öffnen. Ich würde mich mit *Karl Marx* unterhalten und mit Adenauer über *Skrjabin* sprechen. Er sollte alles über die Russen erfahren, und wenn es mir gelänge, die Zuneigung der Russen zu erhalten, würde ich ihnen berichten, wie es um Adenauer stand. Er grübelte und machte sich seine Gedanken – aber er kannte sie gar nicht! Um wieviel leichter würde er regieren können, wenn ich ihm diese Last abgenommen hätte! Eifersüchtig würde mein Bruder mich nach meiner Rückkehr begrüßen. Hinab müßte er, mir die Füße zu küssen, weil ich die Russen besänftigt hatte, so daß sie sich nicht mehr unter seinem Bett einfanden, um ihm die Nächte zu verleiden. Ja, es war für uns alle das Beste, wenn ich Augusta nach Wuppertal begleitete. Nirgends sonst würde ich so schnell Fortschritte machen! Schon nach kurzer Zeit würde man von meinen Heldentaten hören, davon, daß ich mit *Skrjabin* um die Wette gespielt, davon, daß ich das Talent *Prokoff* in der Komposition übertroffen, davon, daß ich ein großer Schüler des gelehrten *Rimskij* geworden war, so daß auch ich zur Weltumseglung aufbrach, um auf dem Schiff meine Sinfonien und Opern zu schreiben, geniale Werke, die von anderen Taten als denen der Fußballjugend berichteten, vom fernen Rußland, von Adenauers Kämpfen und von Onkel Josephs Einsamkeit unter den Tataren ...

Schon einige Tage später brach ich mit Augusta nach Wuppertal auf. Vor allem Großvater hatte sich für diese Veränderung eingesetzt. Er vertraute auf Augustas erzieherisches Geschick, nannte sie eine *große Lehrerin*, und überzeugte schließlich auch Mutter, der es schwergefallen war, mich fortzulassen. Sogar mein Bruder stand weinend auf dem Bahnhof, ein Häufchen Elend, das meine Hand nicht loslassen wollte und mich immer wieder beschwor, bei ihm zu bleiben. Seine Gefühle übermannten ihn; wäre ich wirklich zu Hause geblieben, hätte er mich wenig später seine Gleichgültigkeit um so deutlicher spüren lassen. Er wollte nur, daß alles so blieb, wie es immer gewesen war.

Als der Zug abfuhr, beugte ich mich noch einmal aus dem Fenster. Da standen sie alle auf dem Bahnsteig und schienen meine Untaten vergessen zu haben. Selbst die Tante, die mir sonst alle Verfehlungen vorhielt, blickte so wehmütig, als seien diese Verfehlungen längst entschuldigt.

Ich aber empfand keinerlei Trennungsschmerz, und Augusta hätte so wehleidige Gefühle wohl kaum zugelassen. Sie schloß das Fenster, bat mich, Platz zu nehmen und äußerte ihren Unmut über den *theatralischen Abschied* dadurch, daß sie erklärte, zwischen Köln und Wuppertal liege kein Weltmeer, sondern lediglich eine knappe halbe Stunde Zugfahrt. Sie hätte mich damit nicht zu trösten brauchen. Gespannt saß ich am Fenster, sah, wie die Stadt unseren Blicken entglitt, und dachte an *Petersburg...*

Schon der Name der fernen Stadt ließ mich erschauern; ich stellte mir sie als von hohen Türmen und Zinnen eingekreistes Terrain vor, in dem die Menschen sich ruhelos durch die breiten Straßen zum Ziel ihrer Aufmärsche wälzten, von den Pferden der Militärs in die Enge getrieben, niederstürzend in den kleineren, schmalen Gassen, durch die die Peitschenhiebe der Tyrannen knallten. Irgendwo thronte der Zar auf einem mächtigen Thron; er trug die Gewänder uralten Herrschertums, seine schöne, aus Deutschland stammende Frau ahnte längst von den kommenden Gefahren und beschwor ihn, die Flucht zu ergreifen. Aber Zar *Nickie,* wie Augusta ihn einmal genannt hatte, legte die Briefe des mit ihm befreundeten deutschen Kaisers nicht aus der Hand. *Willie* schrieb ihm zahllose, umständliche und herzliche Briefe; auf geheimnisvolle Art lebte in ihnen etwas von der Zuneigung weiter, die Russen und Deutsche füreinander empfunden hatten, eine gegenseitige Achtung, die oft genug in starken Haß umgeschlagen war. Noch wußte ich zu wenig davon. Was hatte etwa der despotische Georgier mit dem Zaren zu tun? Hatte er ihn von seinem Stuhl verdrängt? Sein einsames Leben, von ebensoviel Haß wie Furcht diktiert, deutete darauf. Und wie hatte sich die Geschichte von *Nickie* und *Willie* weiter entwickelt? All diese Fragen wollte ich Augusta später einmal stellen. Als *Gesandter* mußte ich darum wissen. Sie bemerkte meine innere Unruhe nicht. Ich saß ruhig auf meinem Sitz und betrachtete grübelnd die vorüberfliegende Landschaft. Die Aufgabe, die ich zu bewältigen hatte, war nach Augustas Worten eine *diplomatische,* und wenn ich auch noch nicht genau wußte, was damit gemeint war, so hatte Augusta mir doch schon mit auf den Weg gegeben, daß ein wahrer *Diplomat* nichts besser zu verbergen wisse als sein Innenleben …

In Wuppertal angekommen, stiegen wir in eine Straßenbahn, um nach wenigen Minuten Fahrt, die immerzu steil bergan führte, auf einer Anhöhe weit über der Stadt, die den vertrauenerweckenden Namen *Friedenshain* trug, auszusteigen. Die schönen, meist älteren Häuser mit ihren großen, parkartigen Anlagen beeindruckten mich; ähnlich hatte ich mir das *diplomatische Viertel* in meinen Träumen vorgestellt. Als wir aber ein breites, schmiedeeisernes Tor öffneten, um über einen schmalen Pfad einen Seiteneingang eines derartigen Hauses zu erreichen, folgte ich Augusta nur zögernd. »Was trödelst Du?«, fragte sie sofort, so daß ich schneller ging, um mir meine Verlegenheit nicht anmerken zu lassen.

Sie schloß die Tür auf, und wir traten ein. Die hohen Räume, die mich in nichts an die kleine Wohnung erinnerten, in der ich die ersten Jahre meines Lebens zugebracht hatte, überwältigten mich. Wir standen in einer Art Vorhalle, von der aus sich riesige Eichentüren nach vielen Seiten hin öffneten. Bereits die Küche war so groß wie zwei unserer früheren Zimmer zusammen. Ich mußte meinen Koffer in der Halle abstellen, wurde ins Bad geschickt und hatte mich in der Küche einzufinden, wo Augusta, die bereits in allen anderen Zimmern nach dem Rechten gesehen zu haben schien, einen Tee für uns kochte. »Das ist ein Willkommenstrunk«, sagte sie und schob mir eine Tasse zu. Ich nippte an der heißen Flüssigkeit. Ein starker, beizender Nebengeschmack erinnerte mich an böse Erfahrungen, die ich vor nicht langer Zeit gemacht hatte. »Das ist *Wodka*«, sagte Augusta, als ich die große Flasche mit der klaren, wasserähnlichen Flüssigkeit, die neben der Teekanne stand, länger anstarrte, »ein Schuß kann dir nicht schaden«. Sie hatte recht, denn mein Befinden besserte sich von Minute zu Minute. Mit einem Mal fühlte ich mich heiter, entspannt und sorglos, so daß meine anfänglichen Hemmungen bald vergessen waren. »Wir wollen uns gut vertragen«, sagte Augusta, worauf ich ihr – wohl etwas dümmlich – zunickte; »sag mir, wenn es Dir nicht gut geht. Ich kann nicht den ganzen Tag hinter Dir herlaufen, und auch Du wirst keinen Wert darauf legen, laufend beobachtet zu werden. Aber wir wollen uns nichts verschweigen, denn viele Übel entstehen nur durch das Verschweigen.« – »Der Georgier«, antwortete ich, »der hat wohl alles verschwiegen?« – »Wen meinst Du?« – »*Stalin!*« – »Rede nicht über Stalin, ohne daß Du nach ihm gefragt wirst. In diesem Hause verkehren Russen, die ich seit langer Zeit kenne. Hier wird der Name Stalins nicht erwähnt. Es gibt Namen, die man nie aussprechen darf.« – »Warum nicht?« – »Stalin ist tot, und wenn man seinen Namen zu oft nennt, könnte er wieder lebendig werden.« – »Wäre das schlimm?« – »Du wirst noch verstehen, wie schlimm es wäre.« –

An die neuen Lebensumstände mußte ich mich erst gewöhnen. Augusta stand am Morgen erst recht spät auf, und auch während des Tages verbrachte sie gern einige Stunden in ihrem Bett. Sie nannte es das *Paradebett,* und wahrhaftig machte der große Kasten, auf dem sich eine unübersichtliche Zahl von Decken und Kissen türmte, den Eindruck eines herrschaftlichen Lagers, das man einer Fürstin aufgeschlagen hatte, damit sie die Dienste ihrer Zofen besser in Anspruch nehmen konnte. Erst Augusta zeigte mir, wieviel sich im Bett erledigen ließ. An dunklen Tagen konnte man in ihm das Früstück einnehmen; man konnte sich mit Hilfe der steil aufragenden und übereinandergelegten Kissen eine bequeme Lesehaltung verschaffen; vor allem konnte man im Bett aber unvergleichlich viel besser Musik hören als anderswo. So nahm der zierliche Nachttisch die Notenberge, aus deren Stapeln Augusta manchmal ein Heft herauszog, um es mir zuzuwerfen, nicht mehr auf. Im ganzen Zimmer waren

Stöße von Mappen und Kladden verstreut, in die Augusta wohl nie eine Ordnung brachte, weil sie stets genau wußte, wo ein bestimmtes Notenbündel gesucht werden mußte.

Noch nie war ich bisher einem Menschen begegnet, der so genau zwischen Ordnung und Unordnung zu unterscheiden wußte. In den großen Zimmern, in denen sie ihre Schüler und die zahlreichen Besucher, die sich beinahe jeden Tag unangemeldet einstellten, empfing, stand jedes Ding an seinem Platz. In den übrigen Räumen, zu denen die Gäste keinerlei Zutritt hatten, herrschte dagegen eine Unordnung, über die nur sie selbst noch einen Überblick hatte; mir gegenüber hatte sie diese Unordnung einmal eine *improvisierte* genannt.

Sie liebte das *Improvisierte. Improvisiert* waren die Treffen mit den Freunden, *improvisiert* war aber vor allem der Genuß des Wodkas, der dadurch zu einem gewöhnlichen Getränk erklärt wurde, das nicht nur am Abend, sondern zu fast jeder Gelegenheit ausgeschenkt werden konnte. Wer *improvisierte,* hielt sich nicht an die üblichen Tageszeiten; alle Bewegungen verlangsamten sich und wurden zeitlos. So harrte auch ich manchmal stundenlang auf dem Teppich in Augustas Nähe aus, ein geduldiges Kind, das alle Lügen strafte, die in ihm einen bösartigen Gesetzesbrecher vermutet hatten.

Dieses Betragen hatte mich zu einem besonderen Liebling von Augustas Freunden gemacht. Unter ihren russischen Zechbrüdern und *Improvisateuren* wurde ich nur *der Knabe* genannt. Mein großer Kopf hatte sie alle in Entzücken versetzt, und dank meiner manchmal merkwürdigen und für mein Alter fortgeschrittenen Redensarten erregte ich oft große Heiterkeit. In solchen Fällen galt *der Knabe* als *weise,* so daß man ihn mitten im Gespräch um seine Meinung fragte, damit er einen Streit schlichtete oder Recht sprach, wenn man sich nicht einigen konnte. Es freute mich, daß man so hohe Anforderungen an mich stellte, aber ich wußte auch, daß meine Kenntnisse oft nicht ausreichten, um auf Fragen eine befriedigende oder verblüffende Antwort zu geben. So versuchte ich, mir diese Kenntnisse zu verschaffen; dafür hatte ich mir einen ruhigen Ort ausgewählt, der mir besonders gefiel.

Es war der Wintergarten, ein kleiner Vorbau aus Glas, der neben Augustas großer Bibliothek zahllose Grünpflanzen beherbergte, denen die *improvisierte* Pflege anscheinend gut bekommen war. Jedenfalls wucherten sie aus den kleinen Töpfen heraus, schlangen sich um die Regale oder baumelten als lange Lianen von den Fensterbrettern herab. In einer Ecke stand ein einladender Sessel. In ihm machte ich es mir in den frühen Morgenstunden bequem, wenn Augusta noch schlief. Ich schleppte die großformatigen Bilderbücher heran, breitete sie auf meinem Schoß aus und träumte von Rußland, der weiten Ferne, um die sich alle Gespräche in unserem Kreis drehten, als stehe der Tag bevor, an dem man dorthin aufbrechen werde.

Unbeweglich starrte ich auf die tiefverschneiten Holzhäuser hinter den vom Wind gekrümmten Staketenzäunen, auf die Eishöhen der kaukasischen Berge; ich liebte die weiten Ausblicke von den hohen Plateaus *Armeniens,* die die Aussicht auf den breit und mächtig in der Ferne lagernden *Ararat* freigaben, einen Berg von geheimnisvoller Schönheit, dessen Kuppe von einem feinen Gespinst von Schneestreifen eingehüllt war wie der schwere Kopf eines träumenden Propheten, der sich in der Tiefe versteckte, und ich zitterte, wenn ich die vom sibirischen Wind geschüttelten Wäschestücke sah, die nahe den geduckten Häusern hinter den unübersehbar weiten Eiswüsten auftauchten. Am meisten aber gefielen mir die Flüsse, deren Namen bereits eine besondere Verzauberung auslösten. Die *Wolga* drängte sich wie ein breites Meer durch die Landschaft, die *Düna* verbarg sich in den schmalen Schluchten zwischen den bewaldeten Ufern, und der *Don* schimmerte in den dunklen Ebenen wie ein breites, silbernes Band, das niemand anketten konnte. Von den

Städten mochte ich *Petersburg* am meisten; anders als *Moskau* erschien es mir freundlich und hell. Ich betrachtete den *Winterpalast* und die *Eremitage,* und ich erkannte die Lindenalleen des Sommergartens und den Hafen, wo die mächtigen Schiffe vor Anker lagen…

So träumte ich mich lange in die Weiten Rußlands hinein, bis ich aus Augustas Schlafzimmer Musik hörte. Ich nahm mir ein Buch und wanderte zu ihr hinüber. Morgens hatte sie noch Zeit für mich und erkärte mir geduldig jedes Bild, auf das ich mit dem Finger stieß. Am liebsten wäre es mir gewesen, sie hätte sich mir den ganzen Tag widmen können. Doch kurz nach Mittag deutete ein Klingelzeichen die Ankunft eines jener scheuen, den Blick auf den Boden senkenden Wesen an, die sie zu meinem Leidwesen von mir entfernten. Bald haßte ich die kleinen, schmächtigen Gestalten, die in das Unterrichtszimmer geführt wurden, wo der große, schwarze Flügel auf sie wartete. Meist kauerte ich, ohne daß Augusta es ahnte, in der unterkühlten Halle, um an der Tür zu lauschen, was im Inneren des geheimnisvollen Raumes geschah. Wie schwer mußte es sein, seine Finger richtig zu bewegen! »Locker bleiben!«, hörte ich Augusta oft genug rufen, doch nichts schien schwerer zu gelingen als das. Schon dröhnten ihre Zurufe bis in die Halle, und die bleichen, lustlosen Geschöpfe verhedderten sich immer mehr. Warum ließ man mich nicht an ihre Stelle? Gebrochen verließen sie später den Raum und schüttelten Augusta noch einmal ergeben die Hand; erst auf der kleinen Treppe vor der Haustür schienen sich ihre steifen Glieder wieder zu lösen. Auch Augusta war mit diesen Stunden nicht zufrieden. Anstatt mir jedoch weiteren Zutritt in das Reich der Musik zu verschaffen, ließ sie es bei Schallplattenaufnahmen bewenden, die wir uns oft gemeinsam anhörten. So glaubte sie, mich mit den mir bald unerträglich werdenden Stücken des ehrgeizigen Prokoff zufriedenzustellen, dessen musikalisches Märchen *Peter und der Wolf* mir allen Glauben an sein Talent genommen hatte. Längst kannte ich das kleine Stück, das mir nach unseren sonntäglichen Besuchen im Wuppertaler Zoo die gerade erlebte Tierparade noch einmal ausmalen sollte, auswendig. Mehrmals schon hatte ich gähnend und abwesend dem kindischen Spektakel gelauscht, an dem Augustas Schüler sicher ihre helle Freude gehabt hätten, als ich an einem Nachmittag auf die Idee kam, meinen Verdruß durch eine pantomimische Darbietung auszudrücken. Ich kroch wie der schreckliche Wolf über den Boden, ich ahmte Peters alberne Launen nach, bis auch Augusta laut auflachte. »Gefällt es Dir nicht mehr?«, fragte sie. – »Überhaupt nicht«, antwortete ich ehrlich. – »Und warum nicht?« – »Weil alles doppelt da ist.« – »Doppelt?« – »Man bekommt alles gesagt, und dann wiederholt die Musik es noch einmal.«

Augusta war verblüfft. Bei der nächsten Begegnung mit ihren Freunden stellte sie mich als Prokoffs entschiedenen Gegner vor. »Er ist der Ansicht, bei Prokofjew komme alles doppelt vor«, erklärte sie, worauf ich von einigen Mitgliedern des Kreises gefeiert wurde. Man tadelte Augustas Versuche, mich mit so bescheidenen Kompositionen abzuspeisen, und einer ihrer Freunde verlangte, es sei höchste Zeit, mich in Skrjabins Künste einzuweihen. Um dieser Forderung Nachdruck zu verleihen, gab ich mir Mühe, das Märchen so eintönig und gelangweilt herzusagen, daß der bald einsetzende Beifall Einhalt gebot und uns allen wie eine Erlösung erschien. Ich hatte Prokoff vorerst aus unserem Leben verbannt. »Was machen wir mit ihm?«, fragte man mich. – »Wir schicken ihn ins ewige Eis«, antwortete ich, und das allgemeine Gelächter belohnte mich dafür.

Trotz dieses Erfolges änderte Augusta ihre Ansicht nicht. Ich blieb vorerst vom Unterricht ausgeschlossen und mußte mir meine Kenntnisse über Rußland und die Musik selbst erwerben. Kannte ich die entlegensten Winkel des Landes bereits aus zahllosen Bilderbüchern, so war mir doch jene geheimnisvolle Gestalt, die von Augustas Freunden nur *der russische Mensch* genannt wurde, nirgends begegnet. Ich hatte die Landkarte gründlich studiert, doch ich wußte zu meiner Schande nichts von den Menschen, die das unermeßliche Land bevölkerten und anscheinend von so besonderer Art waren, daß man sie nicht mit anderen vergleichen konnte. Offenbar verbarg sich *der russische Mensch;* vielleicht träumte er in den verschneiten Häusern Sibiriens vor sich hin, oder er versteckte sich wie der Georgier in den abgeschiedenen Gemächern von Palästen, um dem hellem Tageslicht fernzubleiben. Vielleicht lebte er auch nicht mehr, oder er war noch gar nicht geboren und wartete darauf, alle mit seinem Erscheinen zu überraschen. Da ich meine Unkenntnis nicht eingestehen wollte, mußte ich mit dem wenigen auskommen, was mir genaueren Aufschluß verschaffen konnte: Ich entdeckte die Oper.

Unter den großen Werken dieser Gattung gab es eines, von dem Augusta beinahe täglich zumindest einen Ausschnitt hörte. Es handelte von dem Zaren *Boris Godunow,* ein gewisser *Mussorgskij* hatte es komponiert, auch *Rimskij* hatte seine Finger im Spiel gehabt. Angeblich hatte er einige Schroffheiten gemildert, hier und da geglättet, dabei aber die genialischen Streiche Mussorgskijs weniger verbessert als unkenntlich gemacht. Augusta hatte mir die Handlung der Oper schon mehrmals erklärt; wie außergewöhnlich die Musik war, hörte ich selbst, dröhnte sie nun doch oft noch des Nachts in meinen Ohren und belebte all die bildlichen Vorstellungen, die ich mir von dem fernen Land gemacht hatte, so stark, daß ich bald nicht mehr in meine Bücher schauen konnte, ohne auch das schwere Läuten der Kremlglocken zu hören.

So erschauerte ich jedesmal, wenn ich die wild aufbrausenden Klänge hörte, atemlos lauschte ich den dumpfen Bittgesängen des Volkes, das sich auf die Knie warf und den Knutenhieben eines rasenden Antreibers nicht entkam, der es zwang, nach dem neuen Zaren zu rufen, nach Boris Godunow, der sich nicht entschließen konnte, die Krone anzunehmen. Ich begriff nicht, warum er so lange zögerte; anscheinend hatte er alle Mächte der Erde in Bewegung gesetzt, die Zarenkrone zu erobern, nun aber konnte er sich aus unerfindlichen Gründen nicht entschließen, den letzten, entscheidenden Schritt zu tun. Er war müde und schwermütig; vielleicht hatte er in den Kämpfen um die Macht seine Kräfte verbraucht, vielleicht war sie ihm aber auch nach all diesen Bemühungen längst gleichgültig geworden. Warum trug man einem so schwermütigen Menschen dann aber die Krone an, wo es doch besser gewesen wäre, einen Jüngeren auf den Thron zu setzen, der den Anforderungen des hohen Amtes besser gewachsen gewesen wäre?

Daher wunderte es mich nicht, daß solch ein jüngerer Aufwiegler die Gunst der Stunde nutzte und in den Grenzbezirken des Reiches für Unruhe sorgte. Boris hatte den Thronfolger umbringen lassen, in den Ahnungen des hin und her gerissenen Volkes lebte er jedoch noch weiter. Daher zog der junge Aufrührer durch das Land, um sich von den jederzeit leicht zu betörenden Menschen als der totgeglaubte, jedoch durch Gottes richtende Hand vor dem Tod bewahrte Zarensohn feiern zu lassen. So versammelte der dreiste Emporkömmling die Scharen hinter sich und setzte seinen unaufhaltsamen Siegeszug fort. Boris wehrte sich nicht einmal; er zerbrach an seiner inneren Schwäche, an seinen Gewissensqualen und an seinen schwermütigen Gedanken, die ihm keine Ruhe ließen und seine Seele zernagten …

Obwohl ich seine Geschichte bis in alle Einzelheiten kannte und jede Gestalt prüfend in Erwägung gezogen hatte, bot sich doch keine an, die ganz in das zwiespältige Bild gepaßt hätte, das Augustas Freunde vom *russischen Menschen* entworfen hatten.

Einige behaupteten nämlich, er sei grenzenlos in seinen Gefühlen, da die unendliche Weite des Landes in seiner Seele ein Vorstellung von Maßlosigkeit hinterlassen habe. In sich versunken, könne er keinerlei Tatkraft aufbringen, sein weiches Herz hindere ihn daran, sich zu wehren, er ergebe sich leidmütig in sein Schicksal und sei derart träge und willenlos, daß er sich bereitwillig unterordne. Diese Unterwürfigkeit wurzle aber in einer tiefen Frömmigkeit, die ihn den unergründlichen Gott suchen lasse, so daß er sich am Ende ganz in seinen Visionen verliere, ohne Ruhe zu finden.

Andere widersprachen dem. Sie hielten *den russischen Menschen* für maßlos in seinem Stolz; vermessen mache er sich daran, fremde Völker unter seine Gewalt zu bringen. Dabei treibe ihn eine fanatische Heftigkeit und Zügellosigkeit, so daß er seinen aufbrausenden Gefühlen allzu gern freien Lauf lasse, soviel esse und trinke, wie er nur wolle, und keine Grenzen kenne, sich zu verausgaben.

War also am Ende Boris selbst *der russische Mensch*? Grausam hatte er den Thronfolger ermorden lassen, um seine Tat schon wenig später zu bereuen und in ein tiefes Grübeln zu verfallen. Mich verwirrte, daß Augustas Freunde ihm jedoch nicht die größte Aufmerksamkeit unter allen Gestalten der Oper schenkten. Vielmehr galt ihr Interesse einer Gestalt, die im letzten Aufzug des Werkes nur einen kurzen Auftritt hatte und von mir nie besonders beachtet worden war. Es handelte sich um den Bojaren *Chruschtschow,* der von den aufständischen Bauern gefangengenommen war, weil er sie auf Befehl des Zaren gegen den falschen Thronfolger einnehmen und aufwiegeln wollte. Das Volk verprügelte ihn und ließ seine Launen an ihm aus. Um so mehr wunderte ich mich, daß er in den Berichten, die unter den Freunden über ihn kursierten, als ein mächtiger Despot galt, der sich anschickte, die Herrschaft im Kreml zu übernehmen. Da ich mir seinen Aufstieg in die höchsten Sphären der Macht nicht erklären konnte, befragte ich Augusta nach ihm.

Ich erfuhr, daß er als Sohn einer armen Bauernfamilie auf dem Land geboren worden war; mit fünfzehn Jahren hatte er eine Schlosserlehre begonnen, um sich – nach seinem Eintritt in die Partei – als Grubenleiter eines Bergwerks emporzuarbeiten. Da er dem tyrannischen Georgier besonders treu ergeben gewesen war, hatte man ihm die Spitze der Moskauer Parteiorganisation anvertraut. Auf dem *Roten Platz* hatte er eine Rede gehalten, um die Machenschaften des Gewaltherrschers zu rechtfertigen, und schon bald nach dessen Tod war es ihm gelungen, sich gegen alle Widersacher zu behaupten und die höchste Stelle im Land einzunehmen. Noch immer war er stolz auf seine bäuerliche, einfache Herkunft; er galt als unruhiger, nie zufriedenzustellender Mensch, der sich leicht erhitzte. Trotz seiner Härte und Unnachgiebigkeit konnte er im persönlichen Gespräch von einnehmender Freundlichkeit sein. Er trank gern und viel von allem *Improvisierten* und konnte sich oft nicht beherrschen, wenn er mit seinen Verdiensten prahlte und sich auftrumpfend in Szene setzte. Viele fürchteten ihn; manche hielten ihn für einfältig, doch nur die wenigsten unterschätzten ihn noch wie früher, weil sie nicht vergaßen, wie zielstrebig er seinen Weg gegangen war …

Augustas Erzählung hatte auch mir die Augen geöffnet. Ich würde nicht mehr den Fehler begehen, *Chruschtschow* zu unterschätzen. Listig hatte er sich lange genug im Hintergrund des Geschehens verborgen gehalten. Nun aber wußte ich, mit welch gespaltenem Wesen ich es zu tun hatte: *Chruschtschow* war *der russische Mensch*!

Meine Aufregung über diese Entdeckung steigerte sich jedoch noch, als ich erfuhr, daß Adenauer mit den Russen in Moskau verhandeln wollte. Endlich hatte er sich ebenfalls entschlossen, seine langgehegten Vorbehalte zu überwinden, um an Ort und Stelle zu erfahren, was es mit dem *russischen Menschen* auf sich hatte. Konnte ich annehmen, diesen Entschluß durch meine diplomatischen Erkundungen gefördert zu haben, so gefiel es mir doch ganz und gar nicht, daß mein Bruder es wagte, seine eigenen Interessen anzumelden. Denn ich hatte erfahren, daß Adenauer in Moskau die leidige Frage der *Wiedervereinigung* zur Sprache bringen wollte. Ich dachte nicht daran, nach Köln zurückzukehren. Josef aber tat alles, um das Gespenst dieser *Wiedervereinigung* an die Wand zu malen. Aus Köln war zu erfahren, daß es ihm angeblich nicht gutging; es hieß, er sehne sich nach mir, selbst das Essen schmeckte ihm nicht mehr, seit er ohne meine Gesellschaft sei. Was erwartete er? Sollte ich nach Köln kommen, um ihm die Hand zu halten, sollte ich meine diplomatische Mission frühzeitig beenden, um mich – wiedervereinigt – unter seine Fußballhelden einzureihen?

So konnte ich nur hoffen, daß es Adenauer gelingen werde, normale Beziehungen zum *russischen Menschen* aufzunehmen, ohne sich an den Gedanken der Wiedervereinigung zu klammern. Auch Augustas Freunde unterhielten sich über nichts anderes als die bevorstehende Mission, so daß ich laufend mit allen Nachrichten versorgt wurde, die ich zur Einschätzung der Lage benötigte …

Bei Adenauers Ankunft auf dem Moskauer Flughafen ließ sich Chruschtschow nicht sehen. Wo trieb er sich herum? Durchzog er etwa die Wälder, um aufständischen Bauern ihre Meinung über die kommenden Ereignisse abzulauschen? Nach einer kurzen Aussprache fuhr Adenauer mit seiner Begleitung in ein Hotel, um russischen Kaviar zu kosten. Alle *improvisierten* Getränke ließ er vorläufig noch unbeachtet stehen und machte sich noch am späten Abend auf den Weg zu dem auf dem Bahnhof bereitgestellten Sonderzug, um den Anschein zu erwecken, er habe mit den angereisten Journalisten Bedeutendes zu beraten. Obwohl es zu diesem Zeitpunkt noch keinen Grund gab, die Köpfe zusammenzustecken, befriedigten derart geheime Beratungen doch die russische Vorliebe für jede Art von Versteckspiel. Man stieß auf die Heimat an und ließ den Hasenfüßen im begleitenden Troß, die sich bereits von einer Räuberbande umzingelt wähnten, keine Gelegenheit, ihre Furcht einzugestehen.

Als am nächsten Morgen die Verhandlungen beginnen sollten, war Chruschtschow zur Stelle. Von diesem Augenblick an wußte ich, was Adenauer bevorstand. *Der russische Mensch* erschien unvorhergesehen, zornig ballte er seine Fäuste, er drohte, schimpfte und fluchte; sein kleiner runder Schädel bewegte sich hastig, erregt blitzten die Augen. Doch Adenauer ließ es an lautstarker Gegenrede nicht fehlen. Während des folgenden ausgedehnten Frühstücks gab er sich munter und zuversichtlich; erneut verzichtete er aufs *Improvisierte,* war aber durchaus geneigt, Krimsekt und grusinischen Wein zu trinken, da er sich durch die Einnahme eines Eßlöffels Olivenöl schon am Morgen für die zu erwartenden Gelage gewappnet hatte. Denn *der russische Mensch* sehnte sich nach großen Auftritten und Unterhaltung; hielt er sich am Morgen noch an die Regeln gehässigen Palavers, so bedrückte ihn am Mittag bereits die Aussicht darauf, es werde den ganzen Tag so streng weitergehen. Wer sich mit ihm verständigen wollte, mußte seine beiden Seiten zu rühren wissen, und oft bewirkten ein überraschendes Händeschütteln, eine nachmittägliche Einladung zu *Schwarzwälder Kirschwasser* und der Genuß vieler Gläser von *Improvisiertem* mehr als aller Verhandlungsernst. Froh darüber, Adenauer mit so wichtigen Hinweisen unterstützen zu können, konnte mir doch nicht entgehen, wie schwierig sich die Verhandlungen gestalteten. Forderte er den *russischen Menschen* auf, jene zehntausend Kriegsgefangenen freizugeben, die noch immer inhaftiert waren, so ließ dieser verlauten, in Rußland gebe es überhaupt keine Kriegsgefangenen mehr, sondern nur noch ein Heer von Verbrechern, das seiner gerechten Bestrafung entgegensehe.

Als die Verhandlungen keine Fortschritte machten, die Stimmung sich immer mehr verdüsterte und die unnachgiebige Härte des *russischen Menschen* sich endgültig durchzusetzen schien, traf Adenauer erste Anordnungen für den vorzeitigen Aufbruch. Geschickt ließ er den Russen die Nachricht zuspielen, er werde bereits einen Tag früher zurückreisen. Als man am letzten Abend im großen Saal des Kreml-Schlosses in gemeinsamer Runde saß, legte er noch einmal ein Wort für die Rückkehr der Kriegsgefangenen ein. Unerwartet stimmten die Verhandlungsführer der anderen Seite zu. Sie gaben ihr Ehrenwort, die Soldaten in ihre Heimat zu entlassen, doch sie weigerten sich, dieses Ehrenwort schriftlich festzuhalten. Eilig rief Adenauer seine Begleiter zusammen, um sich mit ihnen zu beraten. Hoffte ich bereits darauf, daß unsere diplomatische Mission doch noch gut ausgehen werde, so wußten diese Neunmalklugen in so schwerer Stunde von nichts anderem zu reden als von der *Wiedervereinigung.* Warum kamen sie uns immer damit?

Adenauer ließ sich nicht mehr beirren. Triumphierend stellte ich fest, daß er zu mir hielt. Die Freilassung der Gefangenen wurde mündlich zugesichert, der Austausch von Botschaftern war vereinbart worden. Glücklich fand ich mich unter Augustas Freunden ein. Sie waren sich noch unschlüssig, wie sie die Nachrichten beurteilen sollten, sie berieten, machten Einwände und verstanden meinen leichten Freudenanfall nicht. »Er hat ein Glas Wodka getrunken«, entschuldigte Augusta mich. »Es waren schwierige Tage«, sagte ich stolz, »aber es hat sich gelohnt.« – »Was hat sich gelohnt?« – »Die Gefangenen sind frei, der *russische Mensch* hat nachgegeben, und die Weichen für die Zukunft sind gestellt.« – »Welche Weichen?« – »Ich werde in Wuppertal zur Schule gehen. Augusta wird mich anmelden.« –

»Du willst nicht nach Köln zurück?« – »Jetzt nicht. Die *Wiedervereinigung* heben wir uns für später auf.«

Sie staunten. Ich aber konnte meine innere Erregung kaum beherrschen. Das Volk stimmte jubelnde Chöre an, und die schweren Glocken des Kreml dröhnten immer lauter …

8

Der Zauberer

Erst nach vielen Überredungsversuchen hatte Mutter zugestimmt, mich weiter in Augustas Obhut zu lassen. Das neue Schuljahr hatte bereits begonnen, und da Josef, um nicht hinter mir zurückzustehen, keine Ruhe gegeben hatte, waren wir – beide zugleich, aber, wie ich erhofft hatte, in getrennten Städten – mit der Verspätung von ein paar Wochen in die erste Klasse aufgenommen worden. So mußte ich nun in aller Frühe aufstehen, um den Schulweg oft noch in der tiefsten Dunkelheit zurückzulegen. Im Klassenzimmer saß ich allein in der letzten Reihe, die zappelnde, aufgeregte Meute der anderen Schüler vor mir, die sich längst zu kleinen Gruppen zusammengeschlossen hatten. Beflissen liefen sie durch den Raum, drängten sich der ohnmächtigen Lehrerin auf und zeigten die Gegenstände vor, die sie von zu Hause mitgebracht hatten. Ich kümmerte mich nicht um ihr Palaver. Ruhig und unbeachtet saß ich hinter meinem Pult, blätterte in den Büchern und wartete geduldig darauf, daß sich der überschäumende Elan der aufgeregten Wichtigtuer brach. So verging an jedem Morgen fast eine ganze Stunde, bis man mit dem Lernen begann.

Von den Lektionen, die Augusta mir erteilte, war ich ganz

anderes gewohnt. Ich hatte viel nachzuholen, doch mit ihrer Hilfe kam ich zügig voran; wir legten ein gutes und dennoch nicht überhastetes Tempo vor und hatten schon nach wenigen Tagen dem spitzen *i* die gesetzteren Buchstaben *u* und *m* hinzugefügt, so daß es mir nicht schwerfiel, mit einigen *mimis* und *mumus* die ersten Hürden zu nehmen. Ich verweilte nicht gern; auf den großen, mit allerhand überflüssigen Zeichnungen gefüllten Seiten der *Fibel* verloren sich meist nur wenige Buchstaben. Ich malte sie einige Male nach und behielt sie dann in der Erinnerung. Meinen Mitschülern fiel das nicht leicht. Mochte man ihnen auch zehnmal das hoch aufragende *l* an die Tafel malen, damit sie es mit dem geduckten *a* verbanden, so gaben die meisten schon nach wenigen Minuten lustlos auf, um ans Fenster zu eilen, einen dringenden Gang zu verrichten oder durch Bemerkungen zu stören, die ganz und gar nicht angemessen waren. Unaufhörlich spitzten sie ihre Bleistifte und trugen die abfallenden Späne mit bedeutsamer Miene zum Papierkorb. Angestrengt kauten sie an allem, was sie zwischen die Zähne schieben konnten; war es ihnen endlich einmal gelungen, zwei der soeben erlernten Buchstaben zusammenzufügen, so trauten sie ihren eigenen Leistungen so lange nicht, bis die Lehrerin einen Blick darauf geworfen hatte. Süchtig nach Lob und Anerkennung verloren sie jedes Zeitempfinden. Sie schmierten ihre Hefte voll, radierten wild in den Kolonnen herum, führten ihre Köpfe dicht an das Buch, als müßten die Buchstaben ihnen in die Augen springen, und wanderten mit ihren Fingern die Zeilen entlang.

Längst war ich der Klasse um einige Lektionen voraus. Ich durchflog die kleine Fibel, ohne daß mein Lesehunger zu bremsen gewesen wäre. Malten die anderen noch immer ihr *mumu, lala, soso* in ihre zerfledderten Hefte, so begann ich bereits mit einem vielsagenden *o so faul, alle so faul.* »Was schreibst du denn da?«, wurde ich gefragt. »Die Wahrheit«, erwiderte ich, ohne von meinem Heft aufzuschauen. »Was macht er Böses?«, rief einer durch den Raum, um mich mit einem vernichtenden Blick zu strafen. »Er ärgert die Lehrerin«, fügte ein anderer hinzu. Ich wurde ein Opfer ihrer Mißgunst, und sie ließen keine Gelegenheit aus, mich zu verhöhnen. »Nun rasch heim« schrieb ich bereits in mein Heft, oft den Tränen nahe. Doch hielt ich tapfer aus, bis Augusta aufgefordert wurde, in die Schule zu kommen. Nachdem sie mit der Lehrerin gesprochen hatte, wurde ich hinzugerufen. »Man sagt, Du störst den Unterricht«, begann Augusta. – »Das ist gelogen«, antwortete ich wahrheitsgemäß. – »Johannes!«, fuhr die sonst so ruhige Lehrerin mich an, »Sag nicht so etwas! Du fügst Dich nicht in die Klasse ein.« – »Das ist etwas anderes«, gab ich zu bedenken. – »Kommst Du mit Deinen Mitschülern nicht zurecht?«, fragte Augusta, viel höflicher. – »Nein.« – »Und warum nicht?« – »Weil sie nichts wissen …« – »Und Du weißt mehr?« zischte die Lehrerin. – »In Rußland gehen die Uhren anders«, antwortete ich, bereits ahnend, daß ich mir damit ihren Zorn zuziehen würde.

Von da an behielt sie mich besonders im Auge. Nun entging es ihr nicht mehr, daß ich nicht wie die anderen mit erhitztem Kopf und feuchten Fingern meinen Kampf mit dem neuen Wissen führte. Immer häufiger ließ sie sich zu bösartigen Bemerkungen hinreißen, die von der Klassengemeinschaft begierig aufgegriffen wurden. »Johannes gähnt, er weiß schon alles«, rief sie, und die Mitschüler drehten sich nach mir um, um mir die Zunge herauszustrecken. Ich hatte mir ihren kleinlichen Haß zugezogen. Von Zeit zu Zeit blätterte sie meine ordentlich geführten Hefte durch und versah sie an den Rändern mit bissigen Bemerkungen. *»Schöner schreiben!«* mußte ich lesen, *»Fehler verbessern!«* wurde mir in Druckbuchstaben beschieden, wenn mir einmal eine kleine Unachtsamkeit unterlaufen war. An allem hatte sie etwas auszusetzen; mal hatte ich vergessen, das Pult aufzuräumen, mal hatte ich eine Aufgabe nicht vollständig gelöst.

So veränderte sich bald das Bild, das ich mir von der früher so zurückhaltenden Person gemacht hatte. Ich beobachtete sie heimlich, ich machte mich über ihre einfältig herausgeputzte Kleidung lustig, und ich wünschte ihr von Herzen, sie möge noch lange das Leben einer, wie Augusta es genannt hatte, *alleinstehenden Motte* führen, die zwar die Herzen der Kleinen, nicht jedoch das eines gestandenen Mannes erregte. Wenn sie sich von mir abgewandt hatte, zischte ich ihr leise meine drohenden Flüche hinterher; ich beschimpfte sie, nannte sie *Kinderverderberin, Halstuchschachtel, kreidefressendes Ungeheuer.*

Die anderen Schüler jedoch standen ganz auf ihrer Seite. Kaum ein Tag verging, ohne daß ich ihre Püffe und Stöße ertragen mußte; jeder Schlag, den ich zurückerteilte, wurde mir doppelt vergolten; bereits am frühen Morgen lief ich durch ein Spalier von aufgekratzten Bösewichtern, die der Lehrerin mit schrillen Schreien meine Missetaten aufzählten, um sich an ihrer dankbaren Miene zu ergötzen. Protestierte ich auch heftig, bestand ich darauf, den Mülleimer nicht umgeworfen, meinen Vordermann nicht getreten und einen herabgefallenen Ast nicht als Knüppel verwendet zu haben, so fanden meine Einwände kaum noch Beachtung. Ich hegte bald keinerlei Hoffnungen mehr, die in meinen Augen auf die Stufe einer despotischen Aufpasserin herabgesunkene Lehrperson überzeugen zu können; statt dessen überlegte ich nun, wie ich die anscheinend so leicht beeinflußbare Meute meiner Mitschüler mehr für mich einnehmen konnte. Zwar erschien es mir unmöglich, sie zum offenen Widerstand gegen die von ihnen geachtete und umschwärmte Lehrerin antreiben zu können; doch rief ich mir in Erinnerung, daß selbst Lenin noch wenige Monate vor dem Ausbruch der Revolution nicht damit gerechnet hatte, an einem solchen Ereignis zu Lebzeiten teilnehmen zu dürfen.

Daher richtete sich mein ganzes Augenmerk auf jene erstaunliche zeitweilige Übereinstimmung ihrer Äußerungen und Gefühle, die ich mir nie ganz hatte erklären können. Wenn sie am frühen Morgen noch ein wenig verträumt mit langsamen, verzögerten Bewegungen auf dem Schulhof eintrafen, boten sie noch das Bild einer unentschlossenen Menge. Sie trödelten, standen verfroren herum, brachten kaum ein Wort heraus und wachten aus ihrem Stumpfsinn erst auf, als sich die älteren Schüler lauter vordrängten. Jetzt konnte es schon vorkommen, daß sie Jagd aufeinander machten, um sich an den Kleidern zu zerren; die Anwesenheit der anderen Schüler regte sie an, sie wurden unruhig und rannten immer schneller, bis sie von der Glocke zum Stillstand gezwungen und ermahnt wurden, sich hintereinander aufzustellen. Dies waren die Augenblicke, in denen ich es am schwersten hatte. Noch immer hielt ihre Eregung an, sie konnten Hände und Füße nicht stillhalten, unaufhörlich suchten sie nach Widerständen, sie klammerten sich an die Ranzen ihrer Vorderleute und teilten unterhalb versteckte Tritte aus, sie schwatzten ununterbrochen, obwohl sie sich kaum zuhörten. Wenn wir uns in Reihe und Glied dem Klassenraum näherten, schwappten ihre kleinen Ekstasen über. Unweigerlich hätten sie Türen und Fenster zerschlagen, wäre die Lehrerin ihnen nicht mit ihren prüfenden Blicken entgegengetreten. Ich merkte, wie sie sich insgeheim duckten und zügelten. Einige zischten ihr *psst* sogar so laut durch den Flur, daß eine gespannte, geladene Stimmung eintrat, ein versunkenes Schlendern, ein absichtsloses Stolpern, das durch das Ausziehen der Mäntel beendet wurde. Eilig hasteten sie in das Klassenzimmer, als warte dort eine Belohnung auf sie. Schnell brachte die Lehrerin sie mit wenigen Worten dazu, vom gestrigen Tag zu erzählen. In diesen kurzen Berichten fanden sie ihr Glück; hier wurden sie dafür entschädigt, daß sie ihren morgendlichen Elan und ihre aufgestaute Wut besiegt hatten. Niemand von ihnen liebte die Schule, niemand fand es angenehm, die gerade wach gewordenen Kräfte so erbärmlich zu bändigen, doch alle sehnten sich danach, in dieser ersten Stunde das Herz ausschütten zu dürfen. Hatten sie aber ihren Spruch aufgesagt, hatten sie uns die hörenswerten Neuigkeiten über das gestrige Großreinemachen der Mutter oder die Ungezogenheiten ihrer Geschwister endlich mitgeteilt, versackten sie sofort wieder in ihren Sitzen wie ausgepumpte Heuschrecken, die viel zu weite Sprünge gemacht hatten. Allmählich wurde es ruhiger, und als die letzten endlich zu Wort gekommen waren, ließen sie sich willenlos führen. Zwei- oder dreimal war auch ich bei diesen morgendlichen Erzählungen zu Wort gekommen. Um mich nicht in Kleinigkeiten zu verlieren, hatte ich von Adenauers schwerer Erkrankung berichtet, einer Lungenentzündung, die mit hohem Fieber verbunden gewesen war und die mir gerade in diesen Tagen zusätzliche Sorgen gemacht hatte. Doch war die Lehrerin diesen Schilderungen nur verständnislos begegnet; streng erteilte sie mir einen Verweis, forderte mich auf, von zu Hause zu erzählen und duldete es nicht, daß ich Adenauers ernsthafte gesundheitliche Gefährdung höher bewertete als die Sandkastenbuddeleien meiner Mitschüler. Zu meinem Erstaunen legten jedoch auch diese keinerlei Wert darauf, von Adenauer mehr zu erfahren. Ich war gut unterrichtet, niemand kannte sich, was Adenauer betraf, besser aus als ich. Doch zeigten mir ihre törichten, nichtsahnenden Blicke nur, daß sie nicht einmal begriffen, von wem ich sprach. Als sich einer von ihnen sogar zu der Frage hinreißen ließ, wer Adenauer sei, und die Lehrerin ihn mit der Erklärung zu beschwichtigen suchte, Adenauers Erkrankung gehe uns nichts an, war es mir zuviel geworden. »Wenn er stirbt, sind wir alle verloren«, hatte ich noch gerufen, ohne jedoch mit diesen warnenden Worten mehr zu erreichen als Kopfschütteln und Naserümpfen …

So wußte ich vorläufig keinen Rat, wie meine ausweglose Lage zu ändern gewesen wäre. Augusta erkundigte sich zwar seit dem Gespräch mit der Lehrerin häufiger nach der Schule, doch wollte ich ihr nicht durch lange Schilderungen meines Elends lästig fallen. Ich verschwieg, wie es mir erging, und nahm mir vor, das Angebot des Onkels, sich in den Ferien um mich zu kümmern, anzunehmen. Daher machte ich mich bei der ersten Gelegenheit auf den Weg; wenigstens einige Ferientage lang wollte ich nicht an die Schule erinnert werden.

Zu dieser Zeit lebte Onkel Joseph auf dem Land in der Nähe von Kleve. Wie ich bereits von Augusta erfahren hatte, ging es ihm nicht gut. Er hatte sich in den vergangenen Jahren übernommen und mit seinen ersten größeren Arbeiten nicht die Anerkennung gefunden, die er erhofft hatte. Von seinen vielfältigen Tätigkeiten erschöpft, arbeitete er schon seit ein paar Monaten auf dem Hof einer befreundeten Familie. Er half bei der Feldarbeit aus, ging seine zeichnerischen Entwürfe durch, las viel und hatte an den Nachmittagsstunden genügend Zeit für mich, so daß wir auf zwei Fahrrädern zu zahlreichen Ausflügen in die Umgebung aufbrachen, von denen wir, erst als es dunkelte, wieder auf den Hof zurückkehrten. Wenn wir bei diesen Ausflügen langsam nebeneinander herfuhren, redete er unentwegt auf mich ein. Er nannte das Vorhaben, an dem er mich beteiligen wollte, *die Durchsuchung der Welt.* Die Welt, erklärte er mir, sei für die meisten Menschen ein toter Bezirk, eine verlassene und versteppte Einöde. Da es ihnen nicht gelinge, die Stummheit der lebendigen Zeichen zu deuten, fehle ihnen allmählich auch der Sinn für sich selbst. *Geist* und *Materie* ständen sich daher feindlich gegenüber, und es sei die Aufgabe der Seele, zwischen beiden Bereichen zu vermitteln. Alle Materie dränge dahin, eine bestimmte Form anzunehmen; dieses Verlangen sei eine Art des Sterbens, wie sie in kristallinen Palästen, in glasartigen Gebilden, in Mineralien und Salzen anzutreffen sei. Die Welt drohe zu *versalzen,* alles Leben nähere sich unaufhörlich diesem Tod, ja selbst der Geist empfange, einmal von der Kraft der Materie angezogen, Impulse des Sterbens, er trockne aus, ohne sich aus sich selbst zu erneuern.

Verseele der Geist, dann nehme er etwas von den betrachteten und begriffenen Formen in sich auf, um sie zu *verwandeln;* drohe ihm aber die *Versalzung,* so erstarre er ähnlich wie die Kristalle, indem er in seinen eigenen Figuren ersticke. Daher *durchsuche* er die Welt auf ihre Zeichen hin, er nähere sich den Steinen, den Pflanzen, den Tieren auf seine Art, indem er versuche, das wissenschaftlich Erforschte mit dem Gesehenen zu einer höheren Erfahrung zu verbinden. Schon ein einfacher Blick auf ein fließendes Gewässer offenbare die Grundform des *Plastischen,* die Spirale, den Strudel, eine Form, die auf Verwandlung hindränge. An diese grundlegenden Formen des *Plastischen* habe er sich auch bei seinen Zeichnungen gehalten …

Mir schwindelte, wenn ich den Onkel so sprechen hörte. Mit der Zeit entnahm ich seinen Ausführungen, daß man zwischen dem *vordergründigen* und dem *hintergründigen* Wissen unterscheiden mußte. *Vordergründig* war das Schulwissen, wie es mir in den vergangenen Monaten beigebracht worden war. Buchstaben und Zahlen wurden einem so vorgesetzt, daß man sich bald in dem Spiel ihrer Zusammensetzung verlor. Das *hintergründige* Wissen war jedoch eines, in das nur wenige Einblick hatten; mit diesem Wissen fand man gleichsam Gefallen an allen Erscheinungen der Welt. Man legte sie sich zurecht, man konnte ohne Mühe das eine aus dem anderen herleiten, und die Erklärungen dafür, wie diese Erscheinungen zustande gekommen waren, leuchteten jedem ein. Ich selbst konnte deutlich verfolgen, wie sich der Onkel den Dingen näherte; wenn wir die flachen, sich in die Weite verlierenden Rheinufer entlangfuhren, hielten wir oft unter den Pappeln und Weiden ein. Hier streckte sich der Fluß breit in das Gelände; Deiche und Steinbuhnen schienen ihn zu halten, aber an einigen Stellen war er den Hindernissen entkommen, hatte mächtige Stromschlingen entworfen und sich weit in das ebene Land verzweigt. In diesen ruhigen Augenblicken fühlte ich mich dem Onkel nahe, vielleicht verstand ich ihn sogar besser als die anderen, denn sie hielten ihn für einen ihrer Gemeinschaft immer etwas entrückten *Zauberer* und nannten ihn einen *Schamanen.* Ein *Schamane* war, wie ich bald erfuhr, eine Person, die sich zu einem besonderen, von den anderen nicht geteilten Leben berufen fühlte. Wahrhaftig konnte ich beobachten, daß der Onkel seltene Fähigkeiten besaß; er zog die anderen in seinen Bann und wußte sie oft zu beeindrucken. Doch hatte seine Zauberei für mich nichts Geheimnisvolles; sie beruhte einzig auf Geduld und Neugierde. Zudem war mir das Gebaren eines mit »seherischen« Gaben ausgestatteten Visionärs schon bekannt; meine orphischen Freunde hatten mich damit zu gewinnen gesucht. Als ich den Onkel darauf ansprach, griff er sofort das Thema auf. *Orpheus,* erklärte er, sei dem Wortsinn nach *der Einsame,* ein Gott, der die Fessel der Natur nicht mehr ertragen, sondern sich aus ihr durch seinen Gesang und das Spiel seiner Leier befreit habe; in seiner Nachfolge seien die Orphiker jedoch einigen Fehlern erlegen. Anders als ihr Gott hätten sie ihre Seele, dieses Erbe früheren titanischen Lebens, mal durch Fasten und strenge Enthaltsamkeit, mal durch ausschweifende Trinkgelage zu retten versucht; in Wahrheit sei ihnen jedoch die Seele dadurch entflohen, dem starren Leib der Büßer unterworfen oder dem schwankenden Körper der Trinker entglitten. Beiderlei Ekstasen seien vom Weg abgekommen, die Erkenntnis vollziehe sich dagegen in der Mitte zwischen den beiden äußersten Wegen, zwischen Wurzel und Blüte, zwischen Kälte und Wärme. In dieser Mitte zwischen den beiden Polen der Anziehung und der Abstoßung verwirkliche sich *die Plastik* …

Die Plastik! Wie oft hatte ich dieses Wort aus seinem Mund gehört! Allmählich erst hatte ich verstanden, daß er damit etwas ganz anderes meinte als die anderen. Für ihn war *die Plastik* etwas meist Unerreichtes, Drittes, ein aus den sonst entgegengesetzten Kräften zusammengeschweißter Körper des Gleichgewichts, der durch jede unbedachte Veränderung wieder zerstört werden konnte. Wenn man die Welt wie mein Onkel betrachtete, zerfiel alles in diese sich ausschließenden Gegensätze, die nur durch *die Plastik* gerettet werden konnten. So gab ich mir bald selbst die größte Mühe, alles von diesen zwei Seiten her zu sehen, unaufhörlich damit beschäftigt, die Spannungen einzukreisen und festzuhalten. Im warmen Zustand zerflossen viele Gebilde zu ungefügem Brei; in der Kälte dagegen erstarrten sie, wurden hart, deuteten Formen an. Die Bienen bildeten das nachgiebige Wachs zu sechseckigen Zellen, das Fett konnte auf einem Stuhl festgehalten oder in einer Ecke gebunden werden, um als Energiespeicher in Erscheinung zu treten. Wollte man *einen plastischen Ort* bezeichnen, so deutete man mit der Form des Kreuzes an, daß zwei gleichwertige Kraftquellen zum Stillstand gebracht worden waren. Einen solchen Ort zu finden, meinte, ihn einzunehmen und ihn durch das Kreuz zu kennzeichnen: *Hier waren wir, hier werden wir wieder sein …*

Beim Abschied hatte der Onkel mir ein solches Kreuz, das er auch gern unter seinem Namen anzubringen pflegte, auf die Handfläche gemalt.

Noch ganz unter dem Eindruck der vergangenen Tage traf ich in Wuppertal ein. Augusta freute sich, mich wiederzusehen. Um mir ein besonderes Vergnügen zu machen, hatte sie für den Nachmittag zwei Kinokarten besorgt, damit wir uns gemeinsam einen Musikfilm über das Leben Beethovens anschauen konnten. Während wir in einem Lokal zu Mittag aßen, erzählte ich ihr, daß man das *versalzene* und erstarrte Wuppertal erwärmen müsse. Warum, fragte ich sie, sei die Wupper so zwischen die viel höher liegenden Uferstraßen eingesperrt, daß kein Mensch sie erreichen könne? Warum habe man der dahinfliegenden Schwebebahn noch keinen Gegenpol im Wasser gegeben, so daß sie endlich zu jener *Plastik* werde, deren Form sie verdiene? Auch gebe es Treppen genug in der Stadt, um zwischen Tiefe und Höhe zu vermitteln; niemand sei aber auf den Gedanken gekommen, diese Treppen in ihrer Mitte so zu *bekreuzigen*, daß aus dem gekennzeichneten Ort eine Stelle der Betrachtung werde. Augusta aber lachte nur und schloß sich durch ihre Bemerkung, ich hätte mich zu lange *im Hause des Schamanen* aufgehalten, jenen Zweiflern an, die den Onkel verdächtigten, im Besitz besonderer Kräfte zu stehen. Stumm, in meiner weiterleitenden Energie gebremst, aß ich mein Essen auf.

Ich war noch ins Grübeln versunken, als wir im Kino Platz nahmen. Doch nahm mich das Spektakel sofort gefangen. Mächtig brauste die Musik auf, als wolle sie das Erscheinen von heldischen Regimentern ankündigen; in der dunklen, von Gewitterblitzen durchzuckten Landschaft, auf die ein gewaltiger Regen niederprasselte, erkannte man nichts anderes als einen einsamen Menschen, der inmitten der Sturmböen auf einer hohen Erhebung stand, die nassen Bündel der Notenblätter in der Hand, heftig mit dem Stift skizzierend, den großen Kopf wie ein überhitztes Tier hin- und herwerfend. So wie er dastand, ein Herrscher über das flache Land, machte er ganz den Eindruck eines Naturungeheuers, dem Blitz und Donner nichts anhaben konnten. Vielmehr summte er ununterbrochen die bald auch von einem fernen Orchester aufgegriffenen Melodien vor sich hin, besserte die Noten aus, und stolperte wie geistesabwesend den Berg hinab, während sich die ganze Natur um ihn herum aufzubäumen schien, um seinen Schritten zu entgehen. Ein kräftiger Windstoß schlug ihm den Hut vom Kopf, er merkte es kaum; Äste brachen herab, der Regen fuhr ihm durchs Gesicht, krachender Donner schien an seinem Kopf zu rütteln, und er eilte dem Hut nach, der immer weiter in der Ferne verschwand. Mit seinem großen Kopf und der wild vom Sturm geschüttelten Haarmähne, mit seinen kurzen, stämmigen Beinen bewegte der einsame Mensch sich nicht mehr wie andere Menschen auf der Erde. Ich wußte es gleich: diese nicht gebändigte, anscheinend von höheren Mächten gelenkte Gestalt war kein Mensch, sondern *eine Plastik.* Wo sie stand und ging, da blitzte und stürmte es, da entluden sich die Energien, daß selbst die Flüsse zu reißenden Strudeln wurden und der Himmel zu einem einzigen wundgeschlagenen Loch, aus dem sich die Orkane befreiten. Musik war das Element dieser Spannung; die Erde war kalt, ein feuchtes Verließ, eine chimärische Verdunklung, der Himmel ein erhitztes Becken – dazwischen aber hüpfte dieses Menschen Seele auf und nieder, berührte die Wolken, kratzte Regenblut aus ihnen herab, das sich an seinem Schädel entzündete, funkenschlagend, die sich in seinem Hirn sofort in Noten verwandelten, eine sintflutartig marschierende Kette kleiner Krebse, die ihre Zangen ausstreckten, bissen und tobten. Immer schneller eilte der Mensch, immer kürzere Pausen legte er ein; das Gewitter zog weiter, er kam seinem vorausfliegenden Hut näher, raffte die Notenbündel unter den Arm, schlug den Mantel zurück, fuhr sich durchs Haar und erreichte einen Marktplatz, wo er, noch verstört, unbeteiligt, kaum von den Furien entlassen, den Hut endlich in der Hand, von einem Polizisten angehalten wurde. Wie er heiße, wer er sei? – *Beethoven!* – Gewiß nicht! Ein Lump sei er! – Er wurde arrestiert; mit stumpfem, erschöpftem Blick saß er auf seinem Lager, seine Papiere überfliegend. Noch immer brummte er vor sich hin, ein Gefangener, den erst ein eilends herbeigerufener Musikant aus dem lächerlichen Quartier befreite, indem er bestätigte, ja, es handle sich um den *Komponisten Beethoven …*

Kaum mit der Kutsche nach Hause geschafft, widmete er sich dem Klavier. Er schloß sich ein, er traktierte es unaufhörlich, stieß das bereitgestellte Essen beiseite, warf die klagende Magd hinaus, schrie nach dem unerzogenen Neffen und stürzte sich erneut auf die Tasten, als wolle er die Saiten zersprengen. Wahrhaftig rissen bei den Konzerten, die er mit widerwilliger Miene in den großen Konzertsälen des Landes gab, immer wieder die Saiten, es kümmerte ihn nicht, er schob den Flügel ächzend zur Seite, damit man einen anderen hereinrollte, schon warf er sich erneut auf die schwarz-weiße Tastatur. Nach seinen Auftritten stürzte er vom Podium, vergrub sich in seinem Umkleideraum, die Damen der Gesellschaft trauten sich kaum in seine Nähe, zwei- dreimal dienerte er, tat höflich, wischte sich dann aber den Mund, als habe er fehlerhaft gesprochen. Auch die Freunde, die sich noch um ihn bemühten, hielten ihn für überspannt, für einen Sonderling, der nur an seinen besten Tagen freundlicher aufgelegt war, unruhig vor sich hin schauend, Arm in Arm mit einer Bekannten die Felder durchstreifend, um mit den Blikken am Flug der Vögel hängenzubleiben. Er liebte heftig, rasch sammelten sich die empfindlichen Gefühle in ihm, schon ein Brief, ein zweiter, noch in der gleichen Nacht geschrieben, an eine ferne, für immer unbekannte Geliebte, vielleicht auch an keinen erreichbaren Menschen, denn in seiner Nähe knickten all diese Gräfinnen, Hofdamen, Schülerinnen ein, als wären sie weich in den Knien geworden, blaß um ihre spitzen Nasen, kummervoll seinen Weg verfolgend, von dem alle wußten, daß er nahe am Tod verlief.

Selbstmordgedanken ließen ihn nicht los, er schrieb ein Testament, beklagte seine Taubheit, schrie nach den Geldgebern, rannte dem Neffen hinterdrein, der ihn ausnutzte und zum Hohn vor seinem Fenster urinierte. Hilflos wie ein Kind durchbrach er immer wieder die Grenzen zwischen sich und den anderen; er trommelte nur noch einsam auf den Instrumenten herum und schlug Angebote für öffentliche Auftritte aus. Bei den Aufführungen seiner großen Werke, die er anfangs noch selbst geleitet hatte, saß er ungeduldig, wie auf dem Sprung in den vorderen Reihen; oft entsetzte das Publikum sich über die ungewohnten, dröhnenden Klänge, dann entrüstete er sich, sprang auf, forderte die Wiederholung einer Symphonie und spielte sie, abgewiesen, verhöhnt, nur für sich selbst auf dem Flügel.

Seine freien Improvisationen waren bekannt; er horchte sich in eine Melodie hinein, kam von dem Gewohnten ab, unterbrach sich, schockierte mit einigen dreist-frechen, aufbegehrenden melodischen Schritten, Ohnmachten im Saal waren die Folge, die Damen schwitzten und ließen ihre Taschentücher fallen, die Herren erstarrten, wischten sich den Puder von der Stirn. Bat man ihn um eine Sonate, erzürnte er sich, jetzt, eine solche Sonate, ein solches *Dings,* zu Zeiten des Revolutionsfiebers wäre es noch möglich gewesen, alles vorbei! So zerriß er die erste Seite einer Partitur, stampfte mit den Füßen darauf herum, nannte den Kaiser einen Verräter des Volks und Frankreich ein Wespennest voller Feiglinge. Dann eilte er hinaus ins Freie, verlor den Weg, tat sich um bis in die Nacht, irgendwo fand man ihn spät; in seine kleinen Notizhefte hatte er seine Ideen notiert, Wortfetzen, Motive, einen Dreiklang. Zu Hause ging er es durch, verwarf, strich alles aus, setzte sich an den Flügel, *ich lebe nur in meinen Noten …* Alles war Schmerz, er verfiel ganz der Musik, einige behaupteten, er schreibe nur noch Geisterhaftes, verstanden ihn nicht mehr, suchten nach Erklärungen für die gewaltigen Fugen, die immer weiter ausholten, so daß etwas Derbes blieb am Ende, ein Fall, ein Sturz …

Aufgewühlt verließ ich das Kino. Augusta wollte mich an der Hand nehmen, doch ich schlug sie aus. Am liebsten hätte ich mich in diesem Augenblick von allen losgerissen. Ich spürte eine ungewohnte Kraft, und Augustas laute Befehle richteten nichts aus. Zu Hause angekommen, zog ich mich in mein Zimmer zurück. Es war, als platzte ich vor Überanstrengung, und doch hatte ich nichts geleistet. Augusta kam zu mir, fast hatte ich erwartet, daß sie mir zu erklären versuchte, so habe Beethoven keineswegs gelebt, so nicht, der Film sei eine Fälschung, eine Frucht des Aberglaubens; wenn sie gewußt hätte, wie dergleichen mich verwirre, hätte sie ihn mir erspart. Ich wollte sie aus dem Zimmer schieben, doch sie stritt weiter mit mir, hielt mir den Kopf, nannte mich *verwirrt* und klagte, der Besuch beim Onkel habe mir geschadet. »Ich war nicht beim Onkel!«, schrie ich noch; »Ich war unter *den Einzigen*!« Dann wurde ich ohnmächtig.

Der Arzt, den Augusta sofort gerufen hatte, erforschte die Ursachen meines Erschöpfungszustandes. Ich bewegte mich kaum; starr blickte ich vor mich hin. – Symptome? – Das Kind habe sich nach dem Kinobesuch in einer starken Erregung befunden. Es habe Melodien vor sich hin gesummt und sei ausgelassen vorausgesprungen. Schon bei seiner Rückkehr aus Kleve, wo der Junge einen Onkel in den Ferien besucht habe, sei er nicht wiederzuerkennen gewesen. – Welchen Beruf der Onkel habe … – Er sei freischaffender Künstler. – Hm. – Bereits auf dem Bahnhof habe der Junge sich den Hemdkragen aufgerissen; er habe gesagt, es sei ihm zu heiß, er müsse Wärme ablassen, wenig später habe er selbst den Pullover ausgezogen. – Bei dieser Kälte? – Trotz der Kälte! Auch bei Tisch habe er sich merkwürdig benommen. So habe er behauptet, die Schule sei ihm *versalzen*. – Wie lange er schon zur Schule gehe? – Erst seit einigen Monaten, und er sei ein sehr guter Schüler; er sei der Klasse weit voraus, schreibe fehlerlose Diktate, rechne im Kopf besser als so mancher Erwachsene. – Oh Gott. – Warum oh Gott? – Soweit man jetzt etwas sagen könne, sei das Kind stark überfordert. Die Schule, die Ferientage bei dem vielleicht etwas exzentrischen Onkel, der Besuch eines Films – diese Anforderungen hätten es in eine stark *manische* Stimmung versetzt. – Manisch? – Der Junge leide unter *manischen* Attacken. Diese gingen einher mit einem Hochgefühl, einer Überanspannung, die durch nichts befriedigt werden könne. Die *Manie* sei ein bedrohlicher Zustand. Manchmal halte sie monatelang an und falle selbst den nahestehenden Verwandten kaum auf. Das Kind lasse sich nicht beruhigen, es lebe in einer beispiellosen Überschätzung seiner Kräfte, es verausgabe sich völlig. – Und wohin könne das führen? – Im schlimmsten Falle zum *Größenwahn,* sonst in eine tiefe *Depression,* die im weiteren Lebensverlauf in regelmäßigen Abständen die *Manie* ablöse, so daß der arme Mensch niemals zur Ruhe komme. – Mein Gott! – Nein, man brauche jetzt nicht das Schlimmste zu befürchten. Vor allem helfe dem Kind das Verständnis der Erwachsenen. Keine Schulbücher, höchstens Bilderbücher mit einfachen Abbildungen! Einige Tage im Bett! Keine Musik! Kein Radio! Der Junge müsse sich, um es ganz einfach zu sagen, von seinem Höhenflug, seinem angestachelten *Enthusiasmus* erholen. – *Enthusiasmus?* – In älteren Texten werde eine bestimmte Form der *Manie* als *Enthusiasmus* bezeichnet. So habe bereits Platon diesen Zustand nicht als Krankheit beschrieben, sondern als eine Art *Gottesfülle,* durch die der begeisterte Mensch zu allerhand übersteigerten Handlungen hingerissen werde. Die neuere Wissenschaft habe die *manische* Veranlagung jedoch durchschaut. Häufig sei sie nichts anderes als das Gegenteil der Depression. Der *manische* Mensch wolle die trübe Stimmung der Traurigkeit, der Verlassenheit, des Ausgestoßenseins durch hektische, übertriebene Tätigkeiten von sich fernhalten… Vielleicht sei diese Veranlagung bereits bei den Eltern aufgetreten? – Bei der Mutter gewiß nicht. – Beim Vater? – Der Vater sei nicht bekannt. – Nicht bekannt? Darin könne man eine tieferliegende Ursache der starken seelischen Schwankungen des Knaben suchen. Vor allem der Entzug des Vaters lasse ihn so reagieren; man müsse alles tun, ihm darüber hinwegzuhelfen. Bettruhe, keine Aufregungen! –

Widerwillig gab ich dem ahnungslosen Geschöpf zum Abschied die Hand. Trauer und Schmerz! Nichts davon spürte ich. Die ärztliche Wissenschaft hielt sich an das Durchschaubare, um den großen Menschen an ihre Ketten zu legen. In den kleinlichen, armseligen Winkelzügen ihres *versalzenen* Verstandes hatten die Einsichten vergangener Zeiten keinen Platz …

Da ich Augusta jedoch nicht weiter erschrecken wollte, beschloß ich, die Rolle des verzweifelten, von Trauer überwältigten armen Kindes einzuhalten. Nun kümmerte sie sich bevorzugt um mich. Selbst ihre Unterrichtsstunden unterbrach sie, um sich nach meinem Befinden zu erkundigen. Sie verwöhnte mich mit kleinen Überraschungen, und neben meinem Bett türmten sich die Geschenke, die ihre Freunde mir mitbrachten. Ich stopfte Obst und Kekse in mich hinein, ich trank Tee und cremig geschlagene Schokolade. Zu meiner Unterhaltung diente ein einziges Buch: *Die Entdeckungsgeschichte der Erde,* ein Band mit vielen Abbildungen, ein Bilderbuch voller anscheinend nervenberuhigender Geschichten, die Augustas Freunde mir zum Vergnügen vorlasen, um meinen inneren Frieden wiederherzustellen.

Und so erfuhr ich, während meine Mitschüler bereits wieder in die Schule gingen, von *Alexander dem Großen,* der mit seinem Heer nach Osten aufgebrochen war, um das persische Reich zu erobern. Nach vielen Jahren hatte man den Indus erreicht und war seinem Lauf bis zur Mündung gefolgt. Anstatt auf dem bekannten Weg den Rückmarsch anzutreten, wollte Alexander seine Truppen entlang der Küste des Arabischen Meeres heimkehren lassen. Ein Teil mußte die Wüste durchqueren; die Mehrzahl der Soldaten kam in der großen Hitze um; einige verdursteten, andere blieben im nachgebenden Sand stecken oder schliefen vor Erschöpfung ein, ohne wieder den

Anschluß zu finden. Nur wenige trafen auf die Eingeborenen, Fischesser, die von den Tieren lebten, die das gewaltige Meer bei seinen Stürmen an Land spülte. Mühsam kamen sie vorwärts, und erst nach langer Zeit erreichten sie wieder das Heimatland.

Die Taten der großen Entdecker entzündeten meine Phantasie. Noch in den Träumen sah ich die Wikinger auf ihren breiten Schiffen an Grönlands Küsten entlangfahren; sie liebten nichts mehr als den Anblick der offenen See. Erreichten sie Land, streiften sie nur für kurze Zeit herum, um bald wieder aufzubrechen, die unendliche Ferne der bequemen Behausung vorziehend. Die Entdecker wurden von einer rastlosen Unruhe getrieben, sie verschmähten das Bekannte, schlugen die Warnungen ihrer Freunde in den Wind und setzten alles daran, die *Durchsuchung der Welt* voranzubringen.

Am meisten liebte ich den jungen *Marco Polo*. Er hatte anscheinend keinerlei Furcht gekannt. Durch sein gewandtes und gewinnendes Wesen hatte er sich selbst das Zutrauen fremder Herrscher erworben. Bei seinen weiten Erkundungsfahrten hatte er genaue Aufzeichnungen gemacht, um den Zurückgebliebenen Bericht erstatten zu können. Von ihm hatten sie zum ersten Mal von Krokodilen und Löwen, von chinesischer Kohle und Papiergeld erfahren; selbst unter den Zauberern Tibets hatte er seine Tage verbracht, unter Menschen, die Blitze aufsteigen lassen konnten und auf wilden Tieren jagten, wie man sie noch nie gesehen hatte. Als er nach Jahrzehnten wieder in seine venezianische Heimat zurückkehrte, wollte man seinen abenteuerlichen Berichten keinen Glauben schenken und beschwor ihn, seine Lügen zu beichten.

Auf meinen Wunsch hin hatte Augusta mir einen kleinen Globus neben das Bett gestellt. Unruhig tastete ich ihn ab, wenn ich allein war. Tausende von Kilometern hatten die Entdecker zurückgelegt. All ihre Berichte waren den Stubenhockern unglaubwürdig erschienen, und doch hatten nur sie, die Mutigen, die Entschlossenen, die Kenntnis der Welt vorangetrieben, die die anderen nur ausgenutzt hatten, um ihre Geschäfte zu machen. Die Entdecker gingen voran. Sie kümmerten sich nicht um das Tagesgeschwätz; ihr Mut wurde belohnt, ohne daß sie viel auf den Beifall der Menge gaben. Waren sie nicht die eigentlichen Propheten und Visionäre?

An einem späten Herbsttag machte ich mich wieder auf den Weg in die Schule. Ich hatte mir viel vorgenommen. Bereits auf dem Schulhof wollte ich die Neugierde meiner Kameraden wekken, bevor sie von der gehaßten Lehrerin in die falschen Bahnen gelenkt wurde. Da warteten sie bereits, irrten ziellos umher, liefen einander nach und hielten ihre Pudelmützen in der Hand, damit niemand sie ihnen vom Kopf riß. Anders als früher ging ich zu ihnen und begrüßte sie freundlich. Einer fragte, wo ich die ganze Zeit gewesen sei. »Sehr weit weg«, antwortete ich. – »Wie weit?« – »Tausende von Kilometern!« – »Und wo genau?« – »Am Delta des Indus, in Indien und China!« – Ich wendete mich ab, doch einige folgten mir. »Wie kommt man dahin?« – »Mit dem Flugzeug, aber die Mutigen versuchen es zu Fuß.« – »Zu Fuß?« – »Alle großen Entdecker haben auf viele Lasten und umständliche Geräte verzichtet.« – »Und wo geht man los?« – *»Hier!«*

Sie blickten entgeistert. Noch nie waren sie auf den Gedanken gekommen, daß man von Wuppertal aus Indien und China erreichen könne. Doch sie fragten nach. »Von Wuppertal zu Fuß nach Indien?« – »Warum nach Indien? Da war ich ja gerade.« – »Wohin dann?« – »Die Wupper entlang. Man zieht immer an den Flüssen entlang, das ist das Einfachste.« – »Und weiter?« – »Am Rhein entlang.« – »Und wohin?« – »Nach Bonn.« – »Und warum nach Bonn?« –»Weil dort *Beethoven* geboren wurde.« – »Lebt er noch?« – »Nein, er war einer der größten Zauberer, von ihm habe ich das Zaubern gelernt.« – »Du kannst zaubern?«–

»Ich kann noch mehr. Ich kann das Warme mit dem Kalten verbinden, ich kann eine *Plastik* herstellen. *Beethoven* war die größte lebende *Plastik*, wahrscheinlich war auch *Marco Polo* eine, von *Alexander* weiß man es nicht genau.« – »Und das alles lernt man von Beethoven?« – »Ihr wißt aber auch gar nichts ... Was macht ihr bloß, wenn ich herumreise, zaubere und die Welt erforsche?« – »Die Lehrerin weiß alles.« – »Sie weiß überhaupt nichts. Sie kennt nur ein paar Buchstaben und die Zahlen. Das genügt nicht. Die großen Entdecker – die wissen alles, bei ihnen lerne ich jetzt ...« – Sie standen im Kreis um mich herum, der Eindruck, den ich hinterlassen hatte, war nicht zu übersehen. »Du lügst!« – »Das hat man immer zu den großen Entdeckern gesagt, wenn sie von ihren Reisen zurückkamen. Doch die kümmerte das nicht. Sie hatten Wale und Krokodile gesehen, sie waren bei den Zauberern Tibets gewesen und hatten in Grönland Lachse gefangen.« – »Nimmst Du uns einmal mit?« – »Nein.« – »Warum nicht?« – »Weil ihr Angst habt und lieber bei der Lehrerin bleibt ...« – Ich tat, als ginge mich alles weitere nichts mehr an. Ich schlenderte auf das Tor zu, sie liefen mir nach. »Wohin gehst Du denn?« – »Ich habe es mir überlegt; die Schule ist langweilig, und die Lehrerin ist dumm. Ich bleibe nicht hier.« Nicht umschauen! Die Mütze noch einmal abgesetzt, wieder übergestülpt, den Ranzen auf den Rücken geworfen! Sie folgten mir! Erst trauten sich nur wenige, dann wurden es mehr. »Dürfen wir mitkommen?« – »Meinetwegen. Aber ihr müßt mir folgen, und wir dürfen den Weg nie verlassen. In manchen Gegenden gibt der Sand nach.« Sie schauten sich noch einmal ängstlich um. Eine kleine Gruppe von Mitschülern hatte sich nicht getraut. Sie standen am Zaun und blickten uns nach. »Hasenfüße!«, brüllte ich zu ihnen hinauf, und die anderen fielen ein. Jetzt mußte ich ihre Ungeduld schnell in die richtigen Bahnen lenken. Erschöpfen wollte ich sie, wie Alexander seine Soldaten zur Erschöpfung getrieben hatte, damit sie nicht aufmurren konnten. »Die ersten Kilometer laufen wir«, befahl ich. Sie liefen! Jeder wollte vor dem anderen am Ziel sein. Ich rannte nicht voraus. Ich behielt sie im Auge. Wir mußten so lange laufen, bis sie müde waren. Dann würden wir weitersehen.

Wir erreichten die Wupper. »Was nun?« – »Die Wupper ist der erste Strudel. Seht Ihr die Farben? Das schmutzige Grün, das dunkle Rot? Wir müssen hinab.« Sie zögerten. So schwang ich mich über das hohe Geländer, hangelte mich weiter an ihm entlang und kletterte vorsichtig eine schmale Treppe herunter. Sie taten es mir nach. Nun standen wir unten am Fluß, der wie eine dreckige Abflußrinne zwischen den seinen Lauf hier und da aufhaltenden Steinen langsam dahinströmte. Hoch oben über unseren Köpfen brauste der Verkehr. Manchmal donnerte die Schwebebahn vorbei. Ohne zu zögern, ging ich mit den Füßen ins Wasser. Es stank entsetzlich. Aus den riesigen Höhlen der Abwasserkanäle schossen die Abfälle der chemischen Industrie, der Färbereien und kleinen Textilfabriken. »Der Fluß stockt«, sagte ich, »er ist mächtig versalzen. Die Farben deuten auf eine starke Kristallbildung hin. Sammeln wir einige Gesteinsproben!« – Ich leerte meinen Ranzen neben einem verdorrten Gebüsch, suchte einige kleinere Steine und warf sie hinein. Schon standen die kleinen Entdecker auf den Felsbrocken, sprangen von Stein zu Stein, ereiferten sich über die manchmal aufschäumende Flut und überwanden endlich ihre Furcht, indem sie mit den Füßen im Wasser herumplätscherten. »Gehen wir stromabwärts!«, befahl ich, und die Schar folgte mir, hin und her hüpfend, eine freie Gesellschaft von aus der Haft Entlassenen, die ihren Weg gefunden hatten. Die meisten hatten ihre Ranzen geleert, sie stopften Pflanzen und Steine hinein, besprengten die Funde mit dem übelriechenden Flußwasser und krähten auf, wenn sie in tiefere Gewässer gerieten. Wir räumten einige kleinere Felsen beiseite, sammelten das Treibholz am Rand. Plötzlich erkannte ich Menschen, die vom hochgelegenen Geländer zu uns herabschauten. »Kümmert Euch nicht um sie«, rief ich den Begleitern zu, als einige zu uns herabwinkten und uns aufforderten, den Marsch einzustellen. Ich brauchte mir keine Mühe zu geben. Friedlich trottelten sie neben mir her. Ich summte eine Beethovensche Melodie vor mich hin.»Was ist das?« – »Zaubermusik, *Beethoven.* Ohne Zaubermusik erreicht man nichts.« – »Was soll man erreichen?« – »Den Umbruch der Natur.« Hoch oben hatte die Menschenansammlung sich beträchtlich vermehrt. Es begann leicht zu regnen, ich versuchte, die Mitstreiter abzulenken. »Nun trifft die Musik auf das Wasser«, sagte ich. – »Und was geschieht dann?« – »Die Musik bildet das Wasser um, sie lädt es auf, bald wird es zu Honig.« – »Zu Honig?« – »Honig ist flüssige Kraft, Wasser aber nur gestörte. Der Honig bindet die Ufer wieder an den Fluß, er steigt an den Ufern hinauf, verstopft die Zuflußrinnen und setzt die Schwebebahn auf einen weichen Teppich.« – »Wie lange dauert das noch?« – »Bis die Musik stark genug ist.« –

Sie sangen neben mir, als könnten sie so über ihre allmählich stärker werdende Angst Herr werden. Aus der Ferne hörte man bereits das aufheulende Geräusch eines Polizeiwagens. Der Regen klatschte nun schon auf uns herab, wir überkletterten das entlaubte Gesträuch. *»Lauter, schneller!«*, schrie ich gegen den Wind. Sie sangen beherzter. Die Elemente antworteten auf unseren Gang. Ich hatte es erwartet, im Falle Beethovens war es nicht anders gewesen. »Warum stürmt es jetzt so«, fragten sie. – »Weil wir Erfolg haben. Die Natur verflüssigt sich.« Ich erkannte die Polizisten, die anscheinend von der uns verfolgenden Menschenmenge gerufen worden war. »Da sind sie!«, brüllte man zu uns herab. Aber man konnte uns vorläufig noch nicht erreichen. In der Nähe führte keine Treppe herab. »Bleibt stehen!«, rief ich den Gefährten zu. Sie preßten sich gegen die Ufermauer, kaum einer wagte noch zu singen. Ich kletterte auf den breiten Betonsockel eines Trägers. Von hier aus konnte ich die Lage gut überblicken. »Wasser werde zu Honig«, schrie ich gegen den Regen an, »Musik werde zu Kraft.« Die meisten meiner Gefährten jammerten schon vor sich hin. »Die Freude ist ein recht schöner Götterfunken«, rief ich ihnen zu, doch sie blickten verängstigt zu den Menschenmassen hinauf, aus denen sich die Polizisten gelöst hatten, um lange Leitern anzusetzen, die sie zu uns hinabführen sollten. Ich sprang vom Sokkel herab und eilte weiter flußabwärts, um ihnen zu entgehen. »*Weiter, voran!*«, schrie ich und gab den unschlüssigen Kreaturen ein Zeichen. »Es ist so kalt«, entgegnete einer. »Aber das Wasser schmeckt bereits süß«, sagte ich und kostete vor ihren Augen davon. Ungläubig taten einige es mir nach. »Eine *Götterspeise*«, rief ich, »ganz Wuppertal wird davon einkochen!« Sie verzogen ihr Gesicht, sie wollten mir nicht mehr folgen. Als die Polizisten sie erreicht hatten, ließen sie sich bereitwillig die Leitern hinauftragen. Man schien ein großes Kommando abbeordert zu haben, um unsere Freudensprünge aufzuhalten. Ich lief allein weiter und warf den Ranzen in hohem Bogen in den Fluß. Ich hörte die Musik, immer lauter … Stieg der Fluß bereits an? Senkten sich die Ufer? Noch einen weiteren Donnerschlag zauberte ich aus dem Himmelsgehäuse. Ich breitete die Arme aus. Bald mußte die Sonne durchbrechen. Ich schloß die Augen. Eine blendende Helligkeit funkelte auf, die Träger der Schwebebahn brachen wie Mikadostäbchen zusammen, Menschen strömten von allen Seiten an den Fluß, der sich unendlich verbreiterte. Dort! Die Mündung in den Rhein! Bonn konnte nicht mehr weit sein. Mit Siebenmeilenstiefeln tat ich noch einige Schritte. Jetzt durch die Wüste oder über das offene Meer? Ich schlug hin; nur eine kleine Melodie brauste mir noch durch den Kopf. Es war *Beethovens* Thema, ein schaurigschöner Gesang, ein Locklied der Freude …

9

Schwarze Galle

Eine maßlose Traurigkeit hatte mich befallen. Nach dem gescheiterten Versuch, die Zauberwelten Beethovens mit denen der Entdecker zu verbinden, hatte man mir allein die Schuld gegeben. Sechs Mitschüler waren mit starken Unterkühlungen ins Krankenhaus gebracht worden, einer hatte sich eine Grippe geholt, zwei litten angeblich unter dauerndem Brechreiz, da sie zuviel Flußwasser getrunken hatten. Mir selbst fehlte nichts, so daß ich nach einer kurzen Untersuchung im Krankenhaus von Augusta nach Hause gebracht worden war, um dort die seelischen Nachwirkungen meiner Taten auszukurieren. Aber man ließ mir keine Ruhe. Schon wenige Stunden nach unserem wagemutigen Ausflug hatten sich die keifenden Mütter meiner Mitschüler eingefunden, um ihren Haß und ihre tiefe Abneigung an meiner Person auszulassen. Sie nahmen ihre Kinder in Schutz; jeden Morgen waren sie bisher friedlich zur Schule gegangen, ohne vom Pfad der Tugend abzukommen. Ich hatte mich in ihre Seelen eingeschlichen, hatte sie verführt und zum Bösen hin verbogen; ein *Bastard* war ich, vor dem man sich in Zukunft in acht nehmen mußte, am besten, man untersagte mir den Besuch der Schule völlig.

Während einer Klassenkonferenz, die nur wenige Tage nach unserer *Expedition* einberufen worden war, hatte auch die Lehrerin alle Sünden meiner Vorzeit aufgezählt. Ich galt als verstockt, aufsässig und intrigant; ich hatte gelogen, um die anderen vom Schulbesuch abzuhalten. Der schwerste Vorwurf wurde bis zum Schluß aufgehoben. Triumphierend wandte sich die erbitterte und von den Eltern der Mitschüler noch weiter aufgestachelte Lehrperson auch gegen Augusta, die von der anwesenden Rektorin lange in Schutz genommen worden war. Aus Augustas Nachbarschaft, tönte sie, sei zu erfahren, daß es in ihrem von russischen Emigranten übervölkerten Haus häufig zu gottlosen Versammlungen komme. Davon sei der Junge angesteckt worden. Nicht zufällig nehme er als einziger in der ganzen Klasse nicht am Religionsunterricht teil. Jedes Empfinden für Recht und Unrecht gehe ihm ab; wo aber der wahre Gottesglaube fehle, da setzten sich die Dämonen des Teufels von allein durch, um die Seelen hinabzuziehen.

Selbst Augusta, die sich sonst gut zu wehren wußte, kam gegen diese lautstarken Angriffe nicht mehr an. Bald wurden wir tagsüber angerufen und bedroht; anonyme Briefe waren eingegangen, die uns ein schreckliches Ende in der Hölle vorhersagten. Noch hielten wir zusammen, doch konnte mir nicht entgehen, daß auch Augusta allmählich an meiner Lauterkeit zu zweifeln begann. »Warum hast Du das getan?«, fragte sie immer wieder; von ihr hatte ich so einfältige Fragen nicht erwartet. »Sag: *Ich will so etwas nie wieder tun*«, nötigte sie mich, und ich mußte diesen Spruch der Reue und Demütigung mehrere Male gegen meinen Willen wiederholen. Es nutzte nichts, daß ich erklärte, die Schüler seien mir freiwillig gefolgt, ich hätte sie weder aufgehetzt noch angetrieben. Daß wir uns auf den Weg zu *Beethoven* begeben, daß wir *Entdeckungen* in großem Stil betrieben hatten, wollte Augusta nicht einleuchten. Sie hielt mir vor, daß ich meine Ideen an das Volk verraten hätte. »Man geht mit seinen Ideen nicht unter die Leute, im Gegenteil, man nimmt sich vor denen in acht. Weiß man, was sie anstellen werden? Nur Revolutionäre machen sich mit dem Volk gemein …«

Solche Ermahnungen leuchteten mir eher ein. Vielleicht hatte ich in einem Anfall von Übereifer wirklich meine Ideen »verraten«, vielleicht hatte mich der untaugliche Versuch, etwas Großes zu wagen, in die Nähe jener unruhigen Geister gebracht, vor denen Augustas Eltern einmal aus Rußland geflohen waren. Niemand wollte mir soviel Selbständigkeit verzeihen. Nur Onkel Joseph hielt weiter zu mir; er hatte meinen Aufbruch als ersten Versuch einer neuen *Aktions-Kunst* gefeiert, wie es sie selbst unter seinesgleichen noch nicht gebe. Doch auch seine Anrufe konnten mich nicht trösten. Man hatte mich wie einen Kranken ins Bett gesteckt und sogar das Radio aus dem Zimmer entfernt. So lag ich still und wehrlos auf meinem Lager, ein gefesselter und von allen Seiten gedemütigter Titan, der all seine überirdischen Kräfte eingebüßt hatte.

Ich schaute an die Decke und verfolgte die kleinen Risse und Sprünge, als seien es Zeichen auf einer Himmelskarte. Mein Inneres war wie erstickt. Nichts machte mir noch Freude, unter den Menschen hatte ich nichts verloren. Am besten wäre es wohl, ich nähme mir bald das Leben, damit ich niemandem mehr zur Last fiele. Wie gleichgültig einem plötzlich die ganze Welt wurde! Wer war nur zuständig für dieses Leben, wer hatte es geschaffen, wer hetzte die Menschen ununterbrochen herum, ließ sie einander beschimpfen und quälen? Hatte ich je an *Gott* gedacht? An die Engel im Himmel, die dort zu Tausenden *Beethovens* Freudenlieder sangen? Mutter hatte sich bisher nie Mühe gegeben, mich in religiösen Dingen zu unterweisen, und von Augusta wußte ich, daß sie es nicht für notwendig hielt, Kinder mit so erschreckenden Fragen wie denen nach dem Sinn des Lebens oder dem Ursprung der Schöpfung zu belasten. Die Wundergeschichten aus dem Leben des Herrn Jesus, an denen meine Mitschüler mit einer gewissen Gläubigkeit hingen, fanden nicht ihren Beifall, und sie war sich mit Mutter einig gewesen, meine Gedankenwelt nicht auf Themen zu lenken, die mir fremd und unwahrscheinlich vorkommen mußten.

So sinnierte ich allein vor mich hin… Man wurde geboren, um zu sterben, mit jedem Tag starb man ein wenig mehr, die Freude wurde einem ausgetrieben, und am Ende würde nichts bleiben als ein wenig Trauer darüber, daß alles vergeblich gewesen war. Irgendeiner mußte diese Weltmaschine in Gang gebracht haben, um sich am Leben der armen Kreaturen diebisch zu erfreuen. Hatte er vielleicht einen groben Fehler begangen? Hatte er die Menschen aus einer falschen Materie gebildet, oder hatte er sich wie ein russischer Revolutionär gemein mit dem Volk gemacht, damit es ihm für alle Zeiten nachlief und ihm Opfer brachte? Vielleicht war aber auch *Gott* ein *Genie* gewesen, das sich in den Menschen lediglich geirrt hatte. Vielleicht hatte er Großes mit ihnen vorgehabt und zum Aufbruch geblasen in ein fernes, schöneres Land, während sich die anfangs noch fügsam Folgenden bald selbst aufgegeben hatten, um nach ihren Polizisten zu rufen, die sie wieder nach Hause brachten. Sicher stand überall ein Heer von Müttern bereit, das Gottes Pläne mit Angst und Mißtrauen verfolgte…

Trübsinnig geworden, ließ ich meine Vergangenheit an mir vorüberziehen. Wieviel hatte ich bereits gewagt, wie oft war ich zurückgewiesen worden! Die Menschen verstanden meinen *Enthusiasmus* nicht; sie waren aus ihren notdürftigen Behausungen hervorgekrochen, um größere zu bauen. Sie hatten sich mit allen Kräften auf die Arbeit gestürzt, neue Wohnviertel waren entstanden, in denen sie am Abend mit ihren Hunden ausgingen, um ihre kleinen Runden zu drehen. Bald hatten sie ihre stumpfsinnige germanische Gleichgültigkeit aufgegeben, um sich Eisschränke und Cocktailsessel leisten zu können; auch ich hatte mein Teil dazu beigetragen, die *Besatzer* aus unserer Wohnung zu vertreiben, um endlich die Rechte eines unabhängigen, freien Volkes genießen zu können. Der Preis für diese neuen Rechte war die *Wiederbewaffnung* gewesen, und ich hatte auch diesen Preis, weil Adenauer so darauf bestanden hatte, entrichtet. Dafür hatte er mir versprochen, auf die *Wiedervereinigung* zu verzichten …

Inzwischen aber war der Tatendrang der Menschen in Gedankenlosigkeit umgeschlagen. Sie hatten sich nur angestrengt, um wieder zufrieden nach Hause kommen zu können. Nichts liebten sie letztlich mehr als ihre neueingerichteten Stuben, in die sich Theo und die Tante verkrochen hatten, um dort ihr kleines Glück zu finden. Was war aus *Europa* geworden? Hatte Theo nicht einmal davon geschwärmt, und hatte ich die grenzbrechenden Aktionen seiner Freunde nicht begeistert unterstützt? Niemand sprach noch davon. Selbst Adenauer hatte mir viel vorgemacht. All meinen Elan hatte er nur gewähren lassen, um mir immer wieder die Grenzen zu zeigen; dabei hatte er längst die alleinige Lenkung der Geschäfte an sich gerissen, ohne Rücksicht zu nehmen. Und wohin führte uns das? Direkt in die *Schwermut*, in *melancholische Anwandlungen,* wie der Arzt zu Augusta in aller Heimlichkeit vor meiner Tür gesagt hatte. Ich durfte mich höchstens in Träumen wiegen, Pläne entwerfen und große Ideen im Kopf hegen; sprach ich jedoch laut aus, was ich dachte, und versuchte ich, andere für meine Pläne zu gewinnen, so trat Adenauer mir entgegen. Auch er wollte nichts anderes als Ruhe. Er hatte mit den Alliierten jahrelang verhandelt, nur um nach Hause zu kommen. Und dafür hatte ich ihm die *Wiederbewaffnung* zugestanden! Bald würden die ersten Soldaten in die Kasernen einziehen, und die bekannten, gegen das ehrwürdige römische Imperium gerichteten kriegerischen Auswüchse einer jahrtausendealten germanischen Zanksucht würden sich von neuem melden. Ich kannte sie, diese *Germanen*! Sie würden Waffen fordern, immer gewaltigere; innerlich aber wollten sie nach Hause kommen. Sie wollten am Herdfeuer liegen, und das Gefühl nicht missen, stark nach außen und leer nach innen zu sein. *Deutschland, Deutschland über alles …* – so hätten sie am liebsten gesungen, wie damals, als ihre Fußballhelden die hunnischen Eroberer mit 3:2 besiegt hatten. Sie nahmen den Mund gerne voll, sie berauschten sich, aber nach Hause kommen durften sie nur, wenn sie wiederholten, daß sie *es nie wieder tun würden.* Was hatten sie nur verbrochen, daß ihre großmäuligen Lieder, die mir so weh in den Ohren getan hatten, niemandem gefielen? Von *Einigkeit und Recht und Freiheit* sollten sie statt dessen singen, um *brüderlich mit Herz und Hand* zu streben. So hieß es jedenfalls in der dritten Strophe eines gutgemeinten, aber harmlosen Liedes, dessen zweite ihnen viel angemessener gewesen wäre … *Deutsche Frauen, deutsche Treue, deutscher Wein und deutscher Sang, sollen in der Welt behalten ihren alten, schönen Klang …* – so hätten sie, der Wahrheit zuliebe, singen sollen. Ihre Treue zu Heim und Herd ließ sie am *Alten* und *Schönen* hängen, und die Frauen sorgten dafür, daß die Kinder ihre Neugierde unterdrückten und rechtzeitig nach Hause kamen. Schon Marcus Agrippa hatte mich gewarnt: »Trau ihnen nicht; sie schätzen den Schlaf und jedes Vergessen – bewaffnet jedoch sind sie zu jeder Grausamkeit bereit …«

Ich geriet in immer tiefere Grübeleien. Schon früh hatten mich meine philosophierenden Freunde vor solch *melancholischer* Verstimmung gewarnt; diese befalle, wie bereits *Aristoteles* gewußt habe, gerade die außergewöhnlichen Naturen, die Philosophen ebenso wie die Dichter und Politiker. Der einfache Verstand des Volkes dagegen bleibe durch die Anspannung in den Tagesgeschäften von dieser Bedrückung verschont. Der *geniale* Mensch ziehe sich aber dann und wann gleichsam von der Welt zurück, er betrachte sie aus einem gewissen Abstand, und aus dieser Entfernung zeige sich dann der befremdende Unsinn der menschlichen Tätigkeiten, ein lächerliches Streben nach Macht, Ruhm, Geld, das dem Betrachtenden das Leben nun vollends verleide. Die Erkrankung, die aus diesem Überdruß herrühre, entstehe durch eine Verfärbung und Verdickung der Säfte der Galle, die sich ins Schwarze verdunkelten. Besonders in den kalten und trockenen Städten des Nordens gebe es Menschen, die von dieser inneren Turbulenz befallen seien. Als Ganzes sei der Mensch nämlich aus den Säften des Blutes, des Schleims, der gelben und der schwarzen Galle gemacht; gerade im Herbst vermehre sich unter dem Einfluß der kalten und trockenen Witterung der Saft der schwarzen Galle. Daher breche das Gleichgewicht der Substanzen zusammen, der Mensch werde überreizt, gespannt und erliege mit der Zeit seinen Traumbildern. Andererseits verfüge nur der außergewöhnliche Mensch über eine solche Reizbarkeit, sie sei die Ursache seiner besonderen Leistungen. Selbst die großen Helden der Vergangenheit wie *Herakles* und *Aias* seien *melancholische* Naturen gewesen, von den Philosophen und Königen ganz zu schweigen …

Zwar schmeichelten mir diese tiefsinnigen Hinweise; doch wußte ich, daß meine anhaltende Schwarzgalligkeit viel leichter zu erklären war. Der Verdacht, Adenauer nehme meine Anstrengungen und Leistungen nicht ernst, er lasse mich stets nur bis an eine nicht einmal deutlich bezeichnete Grenze gewähren, hatte mich so mutlos gemacht. Noch in meinen Träumen sah ich seinen erhobenen Zeigefinger, der mir drohend Vorhaltungen machte. Selbstsicher und eigensinnig redete er auf mich ein. In meinem Alter, ließ er verlauten, dürfe ich keine großen Ansprüche stellen. Er selbst habe in seiner Kindheit ein bescheidenes Leben geführt; in einfachen Lebensumständen sei er aufgewachsen, dem Vorbild des Vaters folgend, dem die Erfüllung seiner Pflichten am wichtigsten gewesen sei. Die Eltern hätten ihn zu tiefer Gottesfurcht erzogen, wie sie jedem jungen Menschen gut anstehe. Daran lasse ich es jedoch fehlen; nicht einmal die Grundlagen der Religion seien mir vertraut, und man müsse Böses befürchten, wenn es mit mir so weitergehe. Mein Trotz und mein Aufbegehren seien Zeugnisse einer vermessenen Lebenshaltung, vor der ein rechter Christenmensch sich hüten müsse. Zweifellos fehle es mir an einer prägenden Hand, wie er sie in seiner Kindheit gespürt habe. Fleißig und strebsam sei man gewesen, ernst und tüchtig, und alle Ausgelassenheit habe nur zu bestimmten Zeiten ihren Platz gehabt. Doch habe sich niemand beklagt, ja man sei, verglichen mit den heutigen Tagen, vielleicht um einiges glücklicher gewesen. In der Schule habe er sich nicht vor dem Lehrstoff gedrückt, er habe dort seine Pflicht getan, nicht übertrieben, aber doch so, daß die Eltern hätten stolz auf ihn sein dürfen. Deshalb habe sein Vater ihm schließlich auch das Studium ermöglicht; das notwendige Studiengeld habe er sich jedoch selbst dazuverdienen müssen. In München, wohin er nicht des guten Bieres wegen gegangen sei, habe er einen frohen, bescheidenen Studenten abgegeben, der beinahe täglich in der *Alten Pinakothek* mehrere Stunden verbracht habe, um die Werke der großen Meister zu studieren. Niemals sei ihm in den Sinn gekommen, sich mit diesen messen zu können, auch hier habe er es für seine Pflicht gehalten, staunend und betrachtend zu lernen. Als Lebensziel habe er den Beruf eines Notars auf dem Lande angestrebt, in schöner Gegend, mit nicht zuviel Arbeit. Gewisse *melancholische* Anwandlungen seien auch ihm nicht fremd gewesen, aber er habe sie zu beherrschen gelernt. So habe er sein ganzes Leben, obwohl es doch im Kleinen unter widrigen Umständen begonnen habe, in den *Dienst der Sache* und in den *Dienst für Gott* gestellt.

Das aber könne man von mir nicht behaupten. Meine kritischen Neigungen hätten die Oberhand gewonnen. Dabei müsse ich mir sagen lassen, daß alle politische Tätigkeit Zurückhaltung verlange. Deutschland sei keine Großmacht mehr, und es sei nicht zu wünschen, daß Deutschland wieder eine Großmacht werde. Er habe alles darangesetzt, daß dieses Land wieder das Vertrauen seiner westlichen Freunde gewinne, daß es zunächst die Freiheit nach außen wiedererhalte, dann auch die Sicherheit; anscheinend sei mir unbekannt, daß *Asien* an der Elbe beginne, wie er überhaupt meine ausgeprägten Interessen für die russischen Zustände verurteilen müsse. Der *Feind im Osten* sei stark, grausam und zu allem entschlossen. Im übrigen habe er sich bemüht, für *Ruhe im Inneren* zu sorgen, und dem Erfolg dieser Bemühungen sei es zu verdanken, daß ich überhaupt so große Sprünge habe machen können. Nun solle ich aber auf den *Boden der Tatsachen* zurückkommen, meine hochfliegenden Pläne aufgeben, um ihn in seinen vielfältigen Aufgaben zu unterstützen …

Endlich hatte er einmal deutlich zu erkennen gegeben, was er von mir erwartete: *Pflichterfüllung* und *den Dienst an der Sache.* Ich wußte zwar nicht genau, was er sich unter dieser Sache vorstellte; aber mit der Zeit würde es sich schon herausstellen. Vorläufig war mein Weg vorgezeichnet: ich mußte zurück in die Schule, um meine Pflicht zu tun.

So war ich denn an einem dunstigen Montagmorgen von Augusta ein zweites Mal in die Schule gebracht worden, und es kam mir so vor, als werde ein neuer Anfang gemacht. Die Rektorin hatte mich in eine andere Klasse versetzt. Sie begleitete mich persönlich in das Klassenzimmer, wo ich einem Lehrer mittleren Alters vorgestellt wurde, der mich neben einem gleichgültig wirkenden Knaben Platz nehmen ließ, der Ulrich hieß. Auch sonst nahm man kaum von mir Notiz. Diesmal war ich in eine ganz andere Gemeinschaft geraten. Lehrer Müller liebte die Langsamkeit. Schwerfällig setzte er sich auf seinen Stuhl, strich sich durch das schüttere Haar und atmete tief durch. Er packte seine Tasche aus, sortierte die Bücher auf dem Tisch, schlug sie unentschlossen auf und ließ uns laut vorlesen. Einer nach dem anderen kam an die Reihe, um die Geschichte vom armen, frommen Mädchen vorzutragen, dem eine alte Frau ein Töpfchen geschenkt hatte, zu dem es sagen mußte *Töpfchen, koche!*, worauf das Töpfchen süßen Hirsebrei kochte, bis das Mädchen sagte *Töpfchen, steh!*, worauf das Töpfchen wieder aufhörte zu kochen. Die Geschichte gefiel mir, sie erinnerte mich dunkel an eigene Erlebnisse. Kaum hatte jedoch der erste Schüler mit dem Vorlesen begonnen, um langsam und mit beinahe übertriebener Feierlichkeit ein Wort nach dem anderen zu entziffern, sank Lehrer Müllers schwerer, etwas aufgedunsener Kopf allmählich gegen die Brust. Das Hemd spannte und preßte, daß man um die Knöpfe fürchten mußte, die kaum noch dem Blasebalg des Bauches standhielten. Ab und zu schreckte er wieder hoch, blickte ein wenig verstört und erteilte einem anderen Schüler das Wort. Hatte ich jedoch erwartet, daß dieser die Lektüre fortsetzen und die kleine Geschichte vorantreiben werde, so bemerkte ich erstaunt, daß er von vorne begann. Erneut machte sich das arme, fromme Mädchen auf den Weg … Die Mitschüler ließen das Töpfchen kochen und stehen, stehen und kochen, die Zeit verging, schon sechs oder sieben Leser hatten den Anfang der Geschichte zum Besten gegeben, während die anderen leicht ermüdet und kraftlos in ihren Bänken saßen, vor sich hin zeichneten, Zettel austauschten, gähnten und sich hier und dort beinahe ganz zur Ruhe legten. Ulrich war an der Reihe. Mit leiser Stimme trug er die schon zum Überdruß bekannte Erzählung vor, und als er an mich weitergab, las auch ich, als sei es das Selbstverständlichste auf der Welt, vom Töpfchen, das kochte und stand, stand und kochte. Die Klingel läutete, der Lehrer zuckte zusammen, entließ uns, und wir trottelten hinaus auf den Hof. War das der *Dienst an der Sache?*

Ulrich begleitete mich, und ich fragte ihn, ob die meisten Stunden so verliefen. »Alle«, antwortete er. »Das ist nicht zum

Aushalten«, sagte ich. »Doch«, erwiderte er, »mit Lehrer Müller kommt man sehr gut zurecht. Er säuft; er säuft abends und in den Pausen, nicht viel, aber genug, daß er so müde wird. Es ist sehr bequem, Du kannst malen oder dösen – wie Du willst. Lehrer Müller ist nicht gefährlich.«

Er hatte recht. Auch in den folgenden Stunden gab Lehrer Müller sich keinerlei Mühe, sich nur einen einzigen Schritt von seinem Ruhesessel zu entfernen. Sein Kopf baumelte vor unseren Augen auf und ab, seine Hände zitterten leicht, wenn er ein Buch in die Hand nahm, und die leichte Röte um seine oft nur einen Spalt geöffneten Augen deutete mir an, daß er das *Improvisierte* zu schätzen schien. Man konnte sich leise unterhalten oder unter der Bank anderen Tätigkeiten nachgehen; oberhalb lebte man das Dasein eines pflichtbewußten Schülers, der mit ruhiger Stimme sein Pensum aufsagte. Alle hatten sich längst an dieses Schauspiel gewöhnt; sie spielten, ohne sich anstrengen zu müssen, ihre Rollen, wischten die Tafel sauber, leerten den Papierkorb, öffneten die Fenster jede halbe Stunde und stierten dann unverwandt hinaus, bis es Lehrer Müller zu kühl wurde.

»Wie geht es?«, fragte mich Augusta. »Viel besser!«, antwortete ich wahrheitsgemäß, »wir arbeiten jetzt nach Plan, es ist etwas russisch.« – »Wieso russisch?« – »Lehrer Müller teilt alles unter uns auf, und wir tun unsere Pflicht.«

Da die meisten Stunden so verliefen, hatte ich ausreichend Gelegenheit, mich mit Ulrich zu unterhalten. Er war der Sohn eines Eisenbahnbeamten; auf dem Bahnsteig setzte sein Vater die Dienstmütze auf und ließ die Züge abfahren. An den freien Nachmittagen trieb Ulrich sich daher auf dem Bahnhof herum. Er notierte die Abfahrtszeiten der Züge, sammelte weggeworfene Bahnsteigkarten und lernte die Fahrpläne auswendig. Er war ein ruhiger, sich niemals aufdrängender Knabe, der offenbar viel allein war. Auch seine Mutter war berufstätig, und da er sie in ihrer Wäscherei nicht besuchen durfte, füllte er den ganzen Tag mit einer emsigen Betriebsamkeit aus, die ihn zwischen der Wohnung seiner Eltern und den verschiedenen Spielplätzen der Stadt hin und her trieb. Er kannte Wuppertal viel besser als ich. Erst durch ihn erfuhr ich, welch unbegrenzte Möglichkeiten es gab, seine Tage zu verbringen. Da wir ein Stück des Schulweges gemeinsam hatten, trafen wir uns beinahe jeden Morgen; er wohnte auf halber Strecke zwischen der Schule und Augustas Haus, und ich lockte ihn in der Frühe durch einen abgesprochenen Pfiff hinaus.

Er war mir fremd. Er sprach anders als ich, da er den bergischen Akzent seines Vaters nachahmte. Am Morgen erschien er mit einer sorgfältig gescheitelten Frisur; da das Haar noch glänzte, konnte ich erkennen, daß er den Scheitel mit Wasser nachgezogen hatte. Seine Kleidung wechselte er selten, und doch war sie stets ordentlich und sauber. In den Pausen gab er mir von seinem dicken Schulbrot ab, das stets mit zwei Scheiben Wurst belegt war; er klappte es auseinander und schenkte mir die bebutterte Hälfte. Nach und nach bekam ich heraus, daß er mich ein wenig bemitleidete. Hielt er mich für das Kind armer Eltern? Er fragte mich nicht danach, er ging meist, ohne mich überhaupt eines Blickes zu würdigen, neben mir her, erzählte von den Fußballnachmittagen auf dem Sportplatz, vom Drachensteigen, vom Skilaufen im Winter, von den Schafherden, die man die Schreinerswiese hinabtrieb. In jeder Jahreszeit gab es andere, mir noch ganz unbekannte Spiele. Er war zufrieden, er dachte nicht über den nächsten Tag hinaus, sondern freute sich über die unscheinbarsten Veränderungen.

Am Freitagabend badete er eine halbe Stunde und hörte dabei *das Sandmännchen* im Radio. Am Samstag ging er mit dem Vater in die Stadt, oder man machte einen Ausflug, wenn auch die Mutter frei hatte. Jeden Sonntag ging man in die Kirche, um seine Sünden loszuwerden und den großen Predigern des Kreuzherrenordens zu lauschen. Nach dem Gottesdienst schaute man sich eine Halbzeit eines Fußballspiels an, dann gab es Hühnchen mit Reis und Salat. Meist war die Sauce das beste, man zerquetschte die Reiskörner mit der Gabel und tunkte den Salat hinein. Schmeckte die Sauce nicht, gab man *Maggi* hinzu. Am Sonntagmittag schliefen die Eltern, dann holte man das Spielzeug hervor. Dazu gehörten eine *Dampflokomotive,* ein *Lego-Baukasten* und eine winzige *Schmalspurbahn,* auf der man die Rennwagen flitzen ließ. Gegen Nachmittag brach man zu einem großen Spaziergang ins *Gelpetal* auf. Wenn die Sonne schien, ruderte man auf einem Teich und erhielt ein Eis geschenkt. Später suchte man eine bergische Gastwirtschaft auf; die Mutter trank Kaffee, der aus einer großen Kanne plätscherte, der Vater trank Korn und aß belegte Leberwurstbrote, die Kindern wie Ulrich nicht schmeckten, da sie zu fett waren. Am frühen Abend fuhr man mit der Straßenbahn nach Haus. Man wurde traurig, weil das Wochenende vorbei war, aber Gott hatte nicht nur Freudentage geschaffen.

Schon am Montagmittag war die gute Laune wieder da, denn am Nachmittag würden die Freunde zum Spielen kommen. Man traf sich auf einem großen eingezäunten Hof hinter dem Mietshaus. Man schnitt sich Äste zurecht und spielte Hockey; man ließ die Mädchen im Sandkasten buddeln und bespritzte sie, wenn sie zu laut wurden, mit Wasser. Wenn es regnete, stellte man sich unter und erzählte sich Geschichten. Der *Sportverein* hatte wieder verloren, und *Helmut Domagalla* stand im Tor, während der Spieler *Szymaniak* den Gegnern mit einem gekonnten Sprung zwischen die Beine fuhr. Irgendwann würde man wieder einmal ins Stadion gehen, gleich neben dem Zoo, und man würde noch auf den weit vom Fluß entfernten Stehplätzen das gallige Wasser der Wupper riechen. Die Wupper war eine Schande, aber die Schwebebahn machte diese Schande wieder weg; wenn man einen richtigen Fluß sehen wollte, mußte man nach *Köln* fahren. Einmal in der Woche ging man vor der Schule noch zum Gottesdienst, um dem Heiland die Sünden zu beichten und sich auf die Kommunion vorzubereiten. Dann erzählte der Priester fromme Geschichten. Die Mädchen saßen auf der linken, die Jungen auf der rechten Seite. Der Priester stand auf gleicher Höhe, anstatt – wie sonntags – die Kanzel zu besteigen. Eigentlich war er ein Pater aus Holland; er sprach mit holländischem Akzent und verfärbte sich im ganzen Gesicht rot, wenn er sich ärgerte. Er ärgerte sich meistens, aber nicht über die Kinder, sondern allgemein über die Menschen. Nach der Messe ermahnte er alle Kinder noch einmal, fromm zu bleiben und Gutes zu tun. Ulrich gab sich Mühe. Er hatte meist nur wenige Sünden begangen. Das schmerzte ein wenig und färbte die Seele schwarz...

»Schwarz... wieso schwarz« – unterbrach ich ihn. – Wenn man seine Sünden gestanden hatte, war die Seele weiß und klar; sie glich dann der Seele der Engel. Sie freute sich und hüpfte auf und ab. Durch die Sünden kamen schwarze Tupfer darauf und verfärbten sie. Das bedrückte, und man wünschte sich, wieder eine reine Seele zu bekommen. »Du meinst nicht die Seele, sondern die Galle«, sagte ich zu Ulrich. Er schaute mich nicht einmal an. »Unsinn«, sagte er bestimmt, »die Seelen kommen in den Himmel, nicht die Galle.«

Nichts deutete darauf hin, daß Ulrich, der Sichere, Bescheidene und Vernünftige, unter *melancholischen Anwandlungen* litt. Sein Leben verlief froh und unbeschwert; er machte sich nie zu viele Gedanken, und den Namen Adenauer konnte er nicht einmal aussprechen. Es beschäftigte ihn nicht, was Adenauer mit uns vorhatte. Wichtiger war, daß sein Vater die Züge pünktlich abfahren ließ. Wenn Ulrich etwas nicht wußte, eilte er zu seinem Vater. Wußte der etwas nicht, fragte er den Pater. Hatte auch der keine Antwort, hinterlegte er die Frage bei Gott. »Wie hinterlegt man so eine Frage?«, wollte ich wissen. – »Weißt

Du das nicht? Man fragt mehrmals und bittet um baldige Antwort.« – »Und wann kommt die?« – »Irgendwann, man darf Gott nicht drängeln.«

Ulrich drängelte auch sonst nie. Da er keine Geschwister hatte, führte er ein ruhiges, überschaubares Leben. Seine Hausaufgaben erledigte er fleißig, beim Sport war er mir weit voraus. Er konnte den Purzelbaum rückwärts, während ich noch steif den nach vorne probte. Niemals hänselte er mich. Häufig hielt er mich an, es noch ein zweites Mal zu versuchen. Wenn ich mir Mühe gab, sagte er leise »na bitte«. Hatte ich meine Mütze vergessen, lieh er mir seine aus und bastelte sich selbst eine aus Zeitungspapier. Er tadelte mich nicht, und er zeigte nie, daß er mir voraus sein wollte. In seinen Augen mußte ich eine ungeschickte, etwas schwerfällige Gestalt sein, die man zu beaufsichtigen hatte. Ulrich wurde mir unheimlich. Ärgerte er sich nie über mich? Litt auch er unter der *schwarzen Galle* oder war seine Seele immer pflichtbewußt? Vielleicht verband ihn viel mehr mit Adenauer als er ahnte. Ulrich lebte so, wie Adenauer es verlangte; er war immer *im Dienst,* und *die Sache* war nicht so wichtig.

Niemals jedoch lud er mich zu seinen Unternehmungen ein. Er erzählte, daß er an einem Nachmittag die Strecke *Vohwinkel-Elberfeld* mit der Schwebebahn zwölfmal zurückgelegt habe, um jeweils zu ermitteln, wieviel Fahrgäste sich in den Wagen befanden. Er wußte, zu welcher Zeit die Tiere im Zoo gefüttert wurden. Er kannte die Namen aller Fabriken links und rechts der Wupper auswendig und konnte mir erklären, was sie herstellten. Er berichtete, daß sein Vater es vom Gleisarbeiter bis zum Bahnhofsvorsteher gebracht habe, unterdrückte aber die Frage, was mein Vater den ganzen Tag lang tue. Mit großer Selbstverständlichkeit zog er mich in seine kleine Welt hinein, die voll war von technischen Dingen, von Geräten, die man auseinandernahm, zusammenbastelte, leimte und flickte. Warum aber erkundigte er sich nie genauer nach meinem Leben?

Ich fragte Augusta, ob ich ihn einladen dürfe. »Ah, Du hast endlich einen Freund?«, fragte sie. – »Nein, es ist nur ein Schulkamerad.« Er nahm meine Einladung gelassen auf; er wollte es sich überlegen und erst zu Hause nachfragen. Das kam mir seltsam vor. Nie hatte er zuvor so getan, als müsse er den Eltern über seine Freizeit Rechenschaft geben. Ich erkundigte mich nicht genauer, nach einigen Tagen sagte er zu.

Er erschien an einem schönen Nachmittag in der großen Eingangshalle von Augustas Haus. Ich hatte sein Klingeln nicht bemerkt, Augusta führte ihn zu mir. Sofort erkannte ich, daß er sich verändert hatte. Sein Gang kam mir viel behutsamer vor, er trat auf, als müsse er auf Zehenspitzen gehen, er redete weniger als sonst, blickte kaum um sich und setzte sich so vorsichtig und ängstlich auf einen Stuhl, als fürchte er, etwas kaputtzumachen. Wenig später brachte Augusta Tee und Kuchen. Sie setzte sich zu uns, und sofort bemerkte ich, daß es Ulrich nicht recht war. Dabei war Augusta besonders freundlich. Unser Gespräch kam nicht in Gang, Ulrich antwortete auf alle Fragen nur kurz mit »ja« oder »nein«, irgend etwas schien ihn abzuhalten, offen und ungehemmt zu sprechen. Als Augusta wieder gegangen war, stöhnte er leicht auf. »Können wir nicht hinaus?«, fragte er. – »Wohin?«, wollte ich wissen. – »Etwas weiter weg«, sagte er noch, ohne daß ich wußte, was es bedeuten sollte. Auf dem Flur verkrampfte sich sein Körper wieder; während ich mir etwas überzog, stand er unruhig wartend neben der Tür und schaute hinaus. Es ging ihm anscheinend nicht schnell genug. Draußen rannte er voraus, als habe man ihn in die Flucht geschlagen.

Ich holte ihn ein. »Das ist ein großes Haus«, sagte er, »wohnst Du allein darin mit Deiner Tante?« – »Es ist nicht meine Tante, nur etwas Ähnliches«, antwortete ich. Endlich war die Gelegenheit gekommen, ihm von Augusta und mir ausführlicher zu erzählen. Ich berichtete von den Taten des jungen Prokoff, von Beethovens Aufstand gegen die Unmusikalischen, von Skrjabin, von den russischen Zaren, den Revolutionären, von Augustas Vertreibung. »Warst Du schon einmal in Rußland?«, fragte er. »Zweimal«, log ich dreist, »einmal in Petersburg, einmal in Moskau.« – »Und wie ist es dort?« – »Seit dem 20. Parteitag läuft es besser«, antwortete ich, »Chruschtschow hat den großen Georgier entthront. Er hat ihm vorgeworfen, viele Fehler gemacht und tyrannisch über die Menschen geherrscht zu haben. Chruschtschow redet freier als Stalin; er liest nicht alles von seinen Blättern ab; er spricht oft, wie es ihm gerade in den Sinn kommt. Vor allem ist er aber nicht so ängstlich und mißtrauisch wie Stalin. Er hockt nicht dauernd im Kreml herum, er geht auf Reisen, zu den Bauern auf die Felder und in die Betriebe. Aber man muß sich vor ihm in acht nehmen. Der *russische Mensch* ist unberechenbar, er hat zwei Seiten, eine laute, polternde, manchmal festliche, und eine leise, verborgene, bedrohliche.«

Ulrich schaute mich an. »Wer ist Stalin?«, fragte er. Ich konnte es kaum glauben. Er wußte nicht einmal, wer Chruschtschow war, vom *russischen Menschen* hatte er noch nie etwas gehört; statt dessen hing er dem naiven Glauben an, alle Russen seien Teufel, die in die Hölle gehörten. Selbst den Namen Beethoven hatte er gerade zum ersten Male gehört. Doch das alles bedrückte ihn nicht. Er hatte sich bisher nicht darum gekümmert. »Das werde ich später vielleicht einmal lernen«, sagte er, als wisse er bereits genau, was er in fünf Jahren tun werde.

Seine selbstzufriedene Haltung reizte mich. Warum hörte er mir nicht länger zu? Auch an Augusta schien er kein Interesse gefunden zu haben. Ihren Kuchen hatte er kaum angerührt, nicht einmal die Hände hatte er sich in ihrem Haus gewaschen, obwohl sie ihm angeboten hatte, ihn ins Bad zu führen.

Wir durchquerten einen kleinen Park und kamen zu einer

Kirche. Ulrich stemmte sich gegen die schwere Eingangstür und ging hinein. Er tauchte die Finger in das Weihwasserbecken, bekreuzigte sich und kniete sich auf eine Bank. Ich setzte mich neben ihn. Er murmelte leise ein Gebet vor sich hin, er schlug das Kreuzzeichen so auffällig und korrekt, als müsse er es mir vormachen. Es dauerte Minuten, und ich ahnte nicht, was er da in seinem Inneren mit Gott aushandelte. Sein Blick ruhte auf dem großen Holzkreuz hinter dem Altar. Er bewegte sich kaum. Die Schultern waren hochgezogen. Endlich entspannte er sich, um sich neben mich zu setzen. »In dieser Kirche findet der Kommunionunterricht statt«, sagte er. »Und was lernt man da?«, fragte ich. – »Wie man beichtet und wie man betet. Bist Du nicht auch katholisch?« – »Ja, aber wir gehen nicht in die Kirche.« – »Und warum nicht?« – »Augusta ist nicht dafür. Sie meint, die Kirche verdirbt die Phantasie.« – »Da hat sie Unrecht. Du solltest auch zur Kommunion gehen!«

Was bildete er sich ein? Wollte er klüger als Augusta sein? Ich schwieg, und er führte mich an den Beichtstühlen entlang, um sie mir zu zeigen. Er wagte es nicht, eine der kleinen Türen zu öffnen, wieder ging er auf Zehenspitzen, tunkte noch einmal die Finger in das geweihte Wasser und ging mit mir hinaus. »Mein Vater«, sagte er draußen, »mein Vater meint, man darf sich nicht von seiner Herkunft entfernen, sonst wird man hochmütig, oder man bekommt Angst.« – Ich verstand ihn nicht. »Vater sagt«, fuhr er fort, »ich sei ein Arbeiterkind. Er ist in der Gewerkschaft, seit vielen Jahren schon. Er hat mir verboten, hierherzukommen. Das sind Bürgerliche, hat er gesagt. Die leben anders als wir, und die denken anders. Sie sollen unter sich bleiben, wie wir unter uns bleiben. Ich will später einmal zur Eisenbahn, wie mein Vater, und da braucht man von Beethoven nichts zu wissen.« Hatte er am Ende ein schlechtes Gewissen, weil er mich besucht hatte? »Ich hätte nicht hierherkommen sollen«, sagte er noch. – »Und warum bist Du dann doch gekommen?« fragte ich. – »Weil Du ein *Waisenkind* bist. Du hast keinen Vater. Aber ich habe die Sünde schon gebeichtet, und Gott hat sie mir verziehen. Auch für Dich habe ich gebetet, weil Du nicht fromm bist; vielleicht verzeiht er auch Dir.«

Nun durchschaute ich ihn. Er hatte ein übles Spiel mit mir getrieben; hinter meinem Rücken hatte er mit Gott über meine *schwarze Galle* verhandelt, um sie ihm vielleicht auf einem silbernen Tablett vor die Füße zu legen. Sieh her, das habe ich Dir mitgebracht, es ist ein Sünder, aber ich werde ihm den richtigen Weg zeigen! Deshalb also hatte er sich nicht getraut, Augusta ins Bad zu folgen, um sich die Hände zu waschen! Niemand sollte bemerken, wo er gewesen war, und bevor er seine Sünden zu Hause gestehen konnte, war er sie vor einem höheren Richterstuhl bereits losgeworden. Soviel Verschlagenheit hatte ich ihm nicht zugetraut. Es war ein infames Spiel, das Schlimmste aber war, daß ich in seinen Plänen eine so bemitleidenswerte Rolle spielte. Niemand sollte Mitleid mit mir haben!

Wutentbrannt lief ich neben ihm her. Er machte sich auf den Weg zur Straßenbahn. Offenbar hatte er *seine Pflicht* getan. Er würde nie wiederkommen, aber er hatte dem Waisen einen Besuch abgestattet. Hinter seiner ruhigen Selbstsicherheit verbarg sich kalte Berechnung. »Gott wird Dir nicht verzeihen«, sagte ich trotzig. – »Warum nicht?« – »Weil Du mich belogen hast, Du hast mir vom Verbot Deines Vaters nichts gesagt.« – »Das spielt keine Rolle.« – »Wieso nicht?« – »Weil man die Ungläubigen ruhig belügen darf.« Es waren seine letzten Worte, bevor er in die Straßenbahn stieg. Er winkte mir noch zu, doch ich streckte ihm die Zunge heraus. Da fuhr er davon, der listige Katholik, der sich einbildete, einen Pakt mit Gott geschlossen zu haben. Deshalb hielt er also die Russen für Teufel! Auch sie waren Ungläubige und kamen daher nicht weiter in Betracht. Wahrscheinlich waren auch die großen Musiker für ihn nicht wichtig; sie konnten ihm nicht helfen, sein Sündenkonto zu entlasten.

Eilig lief ich zu Augusta zurück. Sie sah mir an, daß ich aufgebracht war. »Warum gehe ich nicht zur Kommunion?« fragte ich sie. – »Wenn Du durchaus willst, kannst Du zur Kommunion gehen.« – »Hat Gott etwas gegen die Musik?« – »Wie kommst Du denn darauf?« – »Weil die Musiker Ungläubige waren.« – »Die Musiker waren keine Ungläubige, sondern Andersgläubige.« – »Und das gilt auch?« – »Und ob.« – »Ulrich ist ein Arbeiterkind«, sagte ich, »er will mit uns nichts zu tun haben. Er weiß nichts von Beethoven und nichts von Prokoff, er weiß überhaupt nichts.« – »Dann ist er ein dummer *Prolet*«, antwortete Augusta und lachte. –

Das Wort machte Eindruck auf mich. Es wirkte kräftig, irgendwie finster, und es beruhigte mich für das erste. »Ich werde mir noch überlegen, ob ich zur Kommunion gehe«, sagte ich, »ich gebe Dir später Bescheid.« – Augusta bemerkte, daß mich das Zusammensein mit Ulrich beunruhigt hatte. Sie führte mich in das Musikzimmer. »Was denkst Du«, sagte sie, »sollen wir nicht bald mit dem Unterricht anfangen?« – »Am liebsten sofort«, antwortete ich. Sie schloß die Tür, rückte mir den Klaviersessel zurecht, ich nahm Platz. Meine Laufbahn sollte beginnen …

Die Begegnung mit Ulrich hatte mich noch vorsichtiger gemacht. Ich durfte den Menschen nicht vertrauen. Selbst wenn sie sich als mitleidige, hilfsbereite Christen ausgaben, behielten sie doch stets die berechnende Gerissenheit von Krämern, die ihre Seelenkonten laufend in Ordnung brachten. Erst jetzt fiel mir auf, wie geschickt Ulrich sich zu verstecken wußte. Er meldete sich nur selten, gerade so oft, daß er sich immer wieder in Erinnerung brachte, um nicht unvorbereitet aufgerufen zu werden. Zu den Mitschülern war er gleichbleibend freundlich. Nie zeigte er seinen Ärger, statt dessen widmete er abwechselnd diesem oder jenem seine Aufmerksamkeit, indem er ihn mit einer kleinen Gabe überraschte. Er ging mit seinen Kräften sparsam um, schlug nie über die Stränge, ordnete sich überall ein und gewann gerade durch diese Zurückhaltung viele Sympathien. Auch sonst hatte er keine ausgeprägten Unarten wie viele andere, die sich häufig von einer Minute zur anderen in fremde Wesen verwandelten, vor denen man sich hüten mußte. Daher war er bei den Mitschülern ebenso beliebt wie bei Lehrer Müller, der ihn zu einer Art Stellvertreter gemacht hatte. Ulrich führte auf dem Pausenhof, wenn wir uns nach dem Läuten aufzustellen hatten, die Aufsicht, er schrieb die Namen derer, die sich danebenbenommen hatten, später an die Tafel und verstand es doch, mit diesen Beschuldigten nicht zu brechen. Dabei war er körperlich nicht einmal besonders stark; er war schnell, er bewegte sich so flink, daß man nie recht wußte, wo er sich befand, doch traute ich ihm nicht zu, daß er diejenigen, die er anschrieb, in einem ernst geführten Kampf hätte besiegen können.

Ich beobachtete ihn weiter; ich wollte wissen, wie man sich so geschickt zum Liebling aller machte, ohne doch durch irgendwelche Taten besonders zu glänzen. Wir gingen weiter gemeinsam zur Schule, aber in unseren Unterhaltungen beschränkten wir uns auf Themen, die ebenso ungefährlich wie beliebig waren. Allmählich verstand ich, daß die Mitschüler gerade dies an Ulrich schätzten; er konnte mit jedem von ihnen reden, und er erweckte dadurch den Anschein, daß sie ihm alle gleich angenehm waren. Mir selbst wäre das nie möglich gewesen; meist wußte ich schon nach wenigen Worten, worauf sie hinauswollten; das langweilte mich, und im Inneren meines Körpers meldeten sich die Kräfte der *schwarzen Galle,* die alle weiteren freundlichen Regungen erstickten. Ulrich aber wurde nie traurig oder mutlos, wahrscheinlich wusch er seine leicht befleckte Seele nach jeder Begegnung durch ein passendes Gebet wieder sauber, so daß ihm die bösen Mächte nichts anhaben konnten.

Davon ahnten die anderen nichts; insgeheim bewunderten sie seine Durchschnittlichkeit und seinen ruhig kalkulierenden Verstand.

Er hatte erkannt, daß man niemals die Hauptperson sein durfte. Er war nirgends der Beste, weil ihm eine solche Rolle den Neid der Mitschüler eingebracht hätte. Galt es aber, sich im zweiten Glied zu bewähren, war er mit an vorderster Stelle. Seine Leistungen waren nicht besonders gut, in allen Schulfächern hätte man ihm dieselbe Note geben können. Neben ihm in der Schulbank führte ich ein unauffälliges Leben, denn in seinem Schatten brauchte ich mich oft weniger anzustrengen als die anderen, die an manchen Tagen, an denen Lehrer Müller leicht gereizt war, mit Strafaufgaben rechnen mußten. So verging die Schulzeit allmählich, ohne daß man – wie früher – mit Widerständen von meiner Seite zu rechnen hatte. Ich zählte die Tage und Wochen erst, wenn wieder Ferien in Aussicht waren, und ich war zufrieden, als mir Lehrer Müllers schwer leserliche Handschrift auf den Zeugnispapieren ein *gutes* Betragen, eine *befriedigende* Aufmerksamkeit und keinerlei religiöse Neigungen bestätigte.

Niemand ahnte daher, daß mich die Neugierde gepackt hatte. Seit Ulrich mit mir in die Kirche gegangen war, wurde ich von einer geheimen Unruhe getrieben. Ich wollte herausfinden, was in diesen Gotteshäusern vor sich ging; keiner sollte davon wissen, selbst Augusta gegenüber wahrte ich strenges Stillschweigen; so ging ich heimlich hinein. Vorne, in der Nähe des Altars, brannte das ewige Licht. Wo war Gott verborgen? Hinter den schweren Säulen? In dem kleinen Tabernakel? Manchmal roch es nach Weihrauch; die Wolken hingen schwer unter der Decke, und ein Luftzug holte sie mit leichter Hand hinab zu den flakkernden Kerzen, in deren Nähe gebetet wurde. Hier saßen ein paar Gläubige, die sich auf die Beichte vorzubereiten schienen.

Wie machte man das? Und was ereignete sich in diesen wenig zugänglichen Beichtstühlen, hinter deren Gitterstäben nur ab und zu ein violettes Band sichtbar wurde?

Man mußte anscheinend gut eingeweiht sein, um all diese Vorgänge zu begreifen. Erst durch einen Zufall erfuhr ich mehr. Denn an einem Sonntagmorgen hatte Augusta mich auf einem Spaziergang begleiten wollen, war jedoch – eines leichten Fiebers wegen – im Haus geblieben. Als ich mich allein aufmachte, sah ich schon bald die Scharen der meist dunkel gekleideten Menschen, die mit einem Gebetbuch in der Hand eilig in die Richtung der Kirche eilten, deren lärmende Glocken den Gottesdienst ankündigten. Ich reihte mich ein, betrat den Kirchenraum durch eine Seitentür und kauerte mich in eine Bank. Immer mehr Menschen versammelten sich; man mußte eng zusammenrücken, damit alle noch Platz fanden. Ich fühlte mich beengt, wagte aber nicht, den Raum wieder zu verlassen. Nach einem mehrfachen lauten Glockenschlag, der die volle Stunde meldete, begann der Gottesdienst, die Orgel brauste auf, und die Gemeinde erhob sich wie ein schwerer Vogel, der seine Flügel mit kräftigen Schlägen erprobte. Vor dem Altar erschienen mehrere Priester. Sie versammelten sich im Chorraum, gefolgt von einer Flut rot-weiß gekleideter Ministranten, die Kerzen in den Händen hielten und sich im Kreis vor der Gemeinde aufstellten. Weihrauchfässer wurden geschwenkt, unablässig beugte man die Knie, das Orgelvorspiel wollte nicht enden. Zu meinem Erstaunen meldete sich darauf ein Priester mit singender Stimme, er forderte die Gläubigen auf, ihre Sünden zu bekennen, und die Gemeinde fiel in den beherzt angestimmten Gesang ein, als habe sie wahrhaftig Grund dazu.

Irgendwo mußte der mächtige Gott sich verbergen. Man konnte ihn nirgends sehen, aber er hatte sie alle in seiner Gewalt. Jetzt, wo sie so dicht beieinander standen, wirkte der alte Zauber jeder Gemeinschaft. Der eine hielt sich an den anderen, alle zusammen waren sie eine auserwählte Schar, die sich auf den richtigen Weg machte. Mit traumwandlerischer Sicherheit bewegten sich die Priester in der Umgebung des Altars, verteilten die Weihrauchwolken in alle Richtungen, verneigten sich voreinander und schlugen das Kreuzzeichen. Plötzlich jedoch wurde der Gottesdienst unterbrochen. Von einer Minute auf die andere herrschte tiefes Schweigen, die Gemeinde nahm Platz, und ein kleiner, drahtiger Priester, der bisher nur in einem einfachen Gewande abseits gestanden hatte, bestieg die Kanzel.

Sie schauten nicht zu ihm hinauf, sie beugten die Köpfe, ja ich glaubte zu bemerken, daß sie die Luft anhielten. Er klammerte sich an die Brüstung der Kanzel und begann. Leise und verhalten sprach er Worte des Evangeliums. Doch allmählich wurde seine Stimme kräftiger und unbeherrschter. Sein Kopf rötete sich, die Halsadern quollen hervor, er stand hoch oben über den anderen, ein losgelassener, drohender und bald auch schreiender Prophet, der die Armseligkeit der Welt beklagte. Denn der Mensch hatte sich in der Finsternis verlaufen. Die Finsternis war groß und unendlich, und Gott hatte ihn allein gelassen, damit er aus eigenen Kräften den Weg zu ihm fand. Der Mensch aber hatte gesündigt; die Sünden mußten so schwer sein, daß man sie gar nicht auszusprechen wagte. Alles am Menschen war von diesen Sünden befallen, er befand sich im Tal der Finsternis, verstoßen, allein gelassen, ein Dürstender in der Wüste, der nur noch rufen konnte, um Gott seine Schuld zu gestehen. Denn eigentlich mußte der Mensch noch tiefer hinab in das Dunkel. Oben, irgendwo in den höheren, schöneren Bereichen, jedoch war das Licht. Das Licht blendete, und nur die Reinsten durften sich ihm nähern. Der Mensch durfte nicht einmal an das Licht denken. Fürs erste hatte er sich nur im Dunkel herumzutreiben, zerknirscht und verloren. So mußte es dann dazu kommen, daß er über seinen Nächsten herfiel. Der Mensch hatte die Lust auf das Licht verloren. Er hatte sich an seinen Nachbarn geklammert, um irgendwo einen Unterschlupf zu finden, er hatte Häuser und Städte gebaut, um sich vor Gott zu verbergen, ja er hatte das Geld erfunden, um seine Sünden noch weiter zu vermehren. Der Mensch hatte großes Gefallen an der Sünde gefunden. Er war ein Nichts, ein wenig Staub, ins Weltall verstreut, und er dünkte sich mit der Zeit doch über seine Kräfte erhaben. Deshalb führte ihn Gott immer tiefer in die Finsternis. Der Mensch hatte Gott verraten, nun ließ Gott ihn im Kreis laufen. Es gab keinen Ausweg; nur die Buße, die Reue konnten Gott etwas versöhnlicher stimmen. Der Mensch mußte sich erniedrigen, so sehr, daß nichts mehr von ihm übrig blieb als diese Reue. Er sollte alles vergessen, sein Heim, seine Wohnung, er sollte den Kopf immer tiefer beugen, damit er nichts mehr hörte von der Welt und ihrem verführerisch bösen Getön. Aber man durfte ihm nicht vertrauen. Er hatte tausend Ausreden erfunden, er war von der niedrigsten Art, und wenn man ihn gewähren ließ, würde er das dunkle Reich des Bösen errichten, um sich für immer von Gott zu entfernen …

Ich war empört. Durfte man so zu mir sprechen? Gehörte es sich nicht, Rücksicht darauf zu nehmen, daß in dieser Herde von Sündern ein Schuldloser, Lichtvoller saß, der keine Untaten begangen hatte und deswegen auch nicht bestraft werden konnte? Die Donnerworte der Predigt mochten für andere gelten. Schuldbewußt saßen sie neben mir, senkten weiter die Köpfe und erhoben sich ächzend, als die traurige Botschaft beendet war. Sie hatten sich verlaufen … und nun glaubten sie, an den Kerzen der Ministranten und den Weihrauchfässern ihrer Priester einen Halt zu finden. Ein wenig Licht, eine blasse Ahnung von Helligkeit mochte sie vielleicht schon zufriedenstellen. Sie stimmten wieder ihre Lieder an, sie sangen sich ihren ganzen Kummer, der sich während der Predigt in ihnen angestaut hatte, von der Seele. In ihrer Mitte fühlte ich mich plötzlich unwohl; eine Hitzewelle stieg mir in den Kopf und ließ mich eilig nach draußen fliehen. *Luft, Licht!* Ich lief davon, hinter mir hörte ich noch ihre schwerfälligen Gesänge und ihre dumpfen Bekenntnisse. Sie lebten im Land der Schwärze, deshalb kleideten sie sich so dunkel. Ihre Galle war verstopft, eingedickt von der Masse ihrer Sünden, die ihnen keine weiteren Höhenflüge erlaubten. Plötzlich begriff ich, daß Gott mir die Krankheit der *schwarzen Galle* geschickt hatte, um meine Kräfte auf die Probe zu stellen. Er wollte sehen, ob ich für höhere Aufgaben geeignet war. In Ulrich war der Versucher erschienen. Er wollte mich in die Herde locken, in die Gemeinschaft der Sünder, die sich erniedrigten, um weiter in den Tälern des Jammers leben zu können. Hatten sie die Worte des Priesters verstanden? Er hatte vom Reich des Lichts gesprochen, von den Auserwählten, denen der Weg in die Seligkeit nicht mehr länger versperrt sei. Doch niemand war aufgesprungen, bereit, das Schwierigste zu wagen. Sie verharrten wie geduldige Lämmer in ihren Bänken, ihnen fehlte Kraft und Mut, um den Worten des Predigers zu folgen und das Himmelstor aufzustoßen. Leicht berauscht traf ich wieder bei Augusta ein. »Ich werde nicht zur Kommunion gehen«, sagte ich. – »Und warum nicht?« – »Weil ich nie eine Kerze in der Hand halten will.« –

In diesen Wochen hatte ich auf dem Flügel die ersten Fortschritte gemacht. Über den Nachmittag durfte ich noch frei verfügen, doch am frühen Abend hatte ich mich in Augustas Musikzimmer einzufinden, wo sie meine Übungen eine Stunde lang überwachte. Ich hatte ihre Anweisungen genau zu befolgen, und sie achtete streng darauf, daß ich nicht vom Weg abkam. »Spielen, nicht klimpern!«, herrschte sie mich an, wenn meine Finger lustlos über die Tasten marschierten. Ich mußte mir das Notenbild so genau einprägen, daß ich es jederzeit aus dem Kopf aufzeichnen konnte. Augusta gestattete mir nie ein freies Spiel, und obwohl es mich manchmal reizte, aus einer puren Laune heraus einige Akkorde anzuschlagen, um die Verwandtschaft der Klänge genauer zu erforschen, beharrte sie darauf, daß ich mich vorläufig nur an das Notenbild hielt. Ein einziger Fehler genügte, daß ich von vorne beginnen mußte. Mit der Zeit gewöhnte sich mein Gedächtnis wahrhaftig schnell an die neuen Bilder; ich merkte mir die Notenwerte, fügte ihnen die Fingersätze hinzu und impfte mir ganze Seiten der Klavierschule ein. »Die Kopfarbeit ist das Wichtigste«, sagte Augusta, »die meisten Pianisten denken, sie spielen nur mit den Händen; aber die Hände leisten nur, was der Kopf will.«

Ich liebte diese Stunden, in denen es dämmerte. Doch Augusta achtete darauf, daß alles nie zu lange dauerte. Hatte ich meine Übungen beendet, erhielt ich eine Tasse Tee und durfte mich neben sie auf das Sofa setzen. Die Zeit des theoretischen Unterrichts begann; die Vorhänge wurden zugezogen, die Leselampe eingeschaltet, und Augusta berichtete von *Skrjabin,* dem letzten Meister am Flügel. Als Kind habe er das Instrument wie einen ihm teuren Menschen behandelt; so habe er sich selbst nicht von ihm trennen können, wenn man zur Sommerfrische aufs Land gefahren sei. In seiner Phantasie sei es ein lebendiger Körper aus Tasten, Hämmern und Saiten gewesen, der mit seinem eigenen Körper auf geheimnisvolle Art verbunden gewesen sei. Oft habe man ihn vom Klavier fortzerren müssen, damit er sich nicht übermüdete, und nachts habe ihn der Gedanke verfolgt, ohne die Nähe des Klaviers ein unvollständiger Mensch zu sein.

Auch unter Augustas Freunden wurde der Name Skrjabins nur mit der größten Andacht genannt, und da sie das russische Volk für ein Volk von Gottsuchern hielten, das sich vor langer Zeit einmal aufgemacht hatte, den längst vom Glauben abgefallenen Westen Europas zu erneuern, dachten sie sich Skrjabin als einen seiner großen Propheten. Von seinen ekstatischen Visionen hatte er nicht nur in seiner Musik, sondern auch in seinen Dichtungen Zeugnis abgelegt, in denen er Gott als Genie und den Musiker als seinen ersten Nachahmer bezeichnet hatte.

Manchmal hatte ich Ausschnitte aus diesen Hymnen und begeisterten Gesängen, die mich entfernt an Gebete erinnerten, gehört, zu später Stunde wurden sie vorgetragen, und die leicht alkoholisierte Gemeinde um Augusta berauschte sich an ihrem Zauber. Da war von einem Menschenfreund mit Namen *Prometheus* die Rede, der das Feuer auf die Erde gebracht und sich dadurch den Zorn Gottes zugezogen hatte. Die Menschen aber wußten mit den Gaben des Prometheus nichts anzufangen. Sie hatten das Feuer nicht geachtet, während es doch in Wahrheit ein Zeichen ihrer gottähnlichen Natur war, die sich zum kühnen Flug in die Höhen der Verneinung schwang, wie ein Flammenmeer, das das ganze Weltall erfaßte, während unten auf der jämmerlichen Erde, die Häuser der Gottfernen von den Bränden vernichtet wurden, getroffen von den herabgeschleuderten Blitzen, untergegangen im Aschenregen eines ungeheuren Brandes…

Auch Skrjabin mußte in den Gotteshäusern des Westens gewesen sein, und er mußte erkannt haben, daß die Gläubigen hier nicht mit dem Feuer umgehen konnten. Jetzt erst verstand ich, warum Augusta die großen Musiker *Andersgläubige* genannt hatte. Anscheinend gingen sie nie in die Kirche. Konnte ich mir Beethoven inmitten einer Gemeinde vorstellen, eingezwängt in eine Kirchenbank, kniend, demütig den Blick auf den Boden senkend? Und wäre Skrjabin je in einen Beichtstuhl gegangen, um sein Gesicht gegen ein Gitter zu pressen und seinen Feueratem auf das Gewand eines Priesters zu hauchen?

Seit ich von ihm gehört hatte, empfand ich für Ulrich nur noch eine tiefe Abneigung. Seine selbstzufriedene Haltung hielt ich nun für nichts anderes als die Frucht eines westlichen Starrsinns, der ängstlich und überheblich zugleich vor dem gläubigen Osten zurückschreckte. Er hatte mir von seiner

Kommunion erzählt, vom Besuch der Verwandten, von den Geschenken, der Feier am Nachmittag; in seinen Augen war ich weiter gesunken. Um keinen Preis hätte er mich jetzt noch einmal besucht; er selbst hatte die höheren Weihen erhalten, die Treppe zum Paradies war bestiegen, oben winkten die Engel in sauberen Gewändern, die himmlische Musik wurde im Hintergrund gespielt, und das ganze Weltall war ein riesiges Wohnzimmer, in dem die Tüchtigen und Braven ihr Quartier bezogen hatten. Welche Rolle aber spielten *Proleten* wie Ulrich in diesem Quartier? Waren sie die Oberaufseher oder erschreckten sie auch hier durch ihr scheinheiliges Betragen die Ahnungslosen, um sie später vor dem göttlichen Richterstuhl in ein schiefes Licht rücken zu können?

Seit Augusta das erste Mal von den *Proleten* gesprochen hatte, war mir dieses Wort nicht mehr aus dem Kopf gegangen. Denn ganz in unserer Nähe mußte einer ihrer größten Lehrer gewohnt haben. *Friedrich Engels* war in Wuppertal geboren worden, und obwohl ich ihn mir, geprägt durch die Erfahrungen, die ich mit Ulrich gemacht hatte, nicht als eine anziehende Gestalt vorstellen konnte, sprach Augusta doch mit großer Hochachtung von ihm. Dies mochte daher rühren, daß Engels selbst nie ein *Prolet* gewesen war. Vielmehr war er in Barmen als Sohn eines Fabrikanten zur Welt gekommen. Engels mußte schon in frühen Jahren von einer tiefen Abneigung gegen seine Mitbürger erfaßt worden sein; er hatte sie jedoch nie als *Proleten,* sondern nur als *Mucker* bezeichnet. Die *Mucker* waren verdrießliche, rechthaberische und von falschen religiösen Empfindungen geplagte Gestalten, die den Blick nur ins Tal, nie aber zu den Höhen schweifen ließen. Stur arbeiteten sie vor sich hin; sie liebten das Einerlei und freuten sich bereits, wenn der blaue Himmel sich im Rinnsal ihres buntgefärbten Flusses spiegelte. Engels hatte diesen Fluß eine *jämmerliche Erscheinung* genannt; anscheinend war auch ihm seine *Versalzung* zuwider gewesen. Er selbst hatte sich denn auch in seinem Tal nicht allzu lange aufgehalten; weit oben im Norden, vor allem aber im noch weiter entlegenen England, hatte er das Leben der Arbeiter beschrieben und war auf dem Wege der genauen Beobachtung anscheinend zu Erkenntnissen gekommen, die ihnen ein besseres Leben ermöglichen sollten. Von da an hatte er streng zwischen den *Muckern* und den *Proletariern* unterschieden …

Ich brauchte einige Zeit, bis ich Augustas Hochachtung für diesen Lehrer verstanden hatte. Im Grunde ihres Herzens hatte sie für die *Proletarier* nicht sehr viel übrig; andererseits mußten sie sich doch erheblich von den *Proleten* oder den *Muckern* unterscheiden. Die *Proleten* hatten von der Geschichte noch nie etwas gehört. Ich stellte sie mir als Arbeiter vor, die vor der längst fälligen *Revolution* davonliefen, anstatt auf die Lehren von *Engels* zu hören. Wahrscheinlich flüchteten sie sich wie Ulrich an jedem Sonntag in die Kirche, oder sie gehörten wie sein Vater einer Gewerkschaft an, wo sie über ihre Lohnverträge berieten. Auch Engels hatte von diesen Vereinigungen wenig gehalten, denn auch er mußte eine Ahnung vom Feuer des *Prometheus* und vom Licht des Himmels gehabt haben. Jedenfalls hatten seine früheren Mitbürger sich nie zu einer *Revolution* entschließen können, sie hatten höchstens revoltiert, waren jedoch stets davon überzeugt gewesen, daß man sich nicht einmal in seinen Träumen allzu weit von der Erde entfernen dürfe, sondern mit beiden Beinen fest auf ihr zu bestehen habe. Mit der Zeit mußte dieser innere Zwiespalt sie geradezu zerrissen haben, und aus diesem Zwiespalt mußte, wie ich es mir vorstellte, die *Schwebebahn* entstanden sein. Ihre großen, dunkelgrünen Pfeiler standen fest auf der Erde, doch ihre roten Wagen schwebten über den Köpfen der Menschen – wie Zeichen ihrer gerade noch gebändigten Träume – in der Luft. Die Schwebebahn war daher in meinen Augen ein Denkmal, das die *Muk-*

ker ihren Träumen gesetzt hatten. Sie erlaubte es ihnen, sich leicht und ungefährdet durch das beengte Tal zu bewegen, und sie gestattete ihnen einen sehnsüchtigen Blick in das Innere der Fabriken, in denen sie ihrer Arbeit nachgingen. So hatten sie sich wenigstens auf diesem Weg über ihr Schicksal erhoben, sie konnten mit sich zufrieden sein und sich in der Sicherheit wiegen, den Überblick nie zu verlieren …

War also nicht mehr damit zu rechnen, daß *Engels'* Lehren sich in Wuppertal einmal durchsetzen würden, so verwirrte mich die Auskunft von Augustas Freunden, daß diese Lehren in Rußland einen gewissen Zulauf gefunden hatten, um so mehr. Warum hatten gerade die Russen an ihnen Gefallen gefunden, während die Arbeiter im *Muckertal* nichts von ihnen hatten wissen wollen? Augusta vermutete, daß die Russen *Engels* überhaupt nicht verstanden hatten. Vielleicht waren seine Schriften auch falsch übersetzt worden. Jedenfalls mußte bei ihrer Übertragung ins Russische Wichtiges verlorengegangen sein. Einige Anführer hatten sich das zunutze gemacht. Sie hatten dem russischen Volk eingeredet, daß es, sobald *Engels'* Träume verwirklicht wären, nie mehr unter der Herrschaft eines Zaren würde leiden müssen. Anfangs waren die Menschen diesen kühnen Gedanken gefolgt, um bald zu erleben, daß die neuen Anführer und Herrscher noch viel grausamer regierten als die alten. Der schlimmste dieser Despoten mußte *Stalin* gewesen sein. Nun hofften alle, daß die Russen sich nicht für ewige Zeit von diesen Verrätern der *Revolution* unterdrücken ließen. Das wahre Rußland wartete auf seine Befreiung, doch niemand wußte, wie sie zu erreichen gewesen wäre.

Von nun an verstand ich alles besser. Die proletarischen Anführer Rußlands hatten *Engels'* Träume verraten; im Herzen des Volkes glomm jedoch noch ihr Feuer oder zumindest eine leichte Glut, die sich nicht ersticken ließ. Es war die Glut *Skrja-*

bins, das Feuer seiner zum Himmel aufstrebenden Musik, die nach großen Taten verlangte …

Davon konnte Ulrich nichts wissen. Er hielt sich an das *Mukkertum,* und ihm waren die Anführer Rußlands wahrscheinlich ebenso fremd wie die Träume des *Friedrich Engels,* der unglücklicherweise soviele Fürsprecher in einem Land gefunden hatte, für das seine Lehren überhaupt nicht gedacht gewesen waren. Nie hatte ich mit Ulrich darüber gesprochen; einem erbitterten Streit hatte ich die friedliche Nachbarschaft in der gemeinsamen Schulbank vorgezogen, auf deren hartem Sitz die Monate und Jahre wie im Fluge zu vergehen schienen.

Doch das änderte sich, als ich an einem denkwürdigen Tag schon um die Mittagszeit Augustas Freunde in ihrem Haus versammelt fand. Etwas Unvorstellbares war geschehen. Die Russen hatten sich anscheinend auf *Skrjabins* flammende Botschaft besonnen und sie, noch bevor je ein Mensch unserer Breiten das für möglich gehalten hatte, in die Tat umgesetzt. Vor dem Radio versammelt, gespannt horchend, vernahmen wir ein feines, ätherisches Piepen: Der *Sputnik* hatte sich zum kühnen Flug in die Höhen der Verneinung geschwungen; der *russische Prometheus* hatte die muckerhaften Kreise der Kerzenhalter verlassen, er umrundete die Erde und sendete seine Signale, während man in den Sternwarten unseres Landes noch immer nicht begriff, warum er nicht längst explodiert und zu Schlacke geworden war.

Fern von den großen Städten war er von der weiten Grassteppe Rußlands aus gestartet, eine schimmernde, im Tageslicht glänzende Kugel an der Spitze einer dreistufigen Rakete, die sich unter gewaltigen Flammenturbulenzen von der Erde erhoben hatte, begleitet von einem auflohenden, zitternden Feuerschweif, nur für kurze Zeit noch von menschlichen Augen erfaßt, bis die schmalen Kondensstreifen ihre Linien in den Himmel gemalt hatten. Endlich hatte der Mensch sein irdisches Gefängnis verlassen, um sich den göttlichen Sphären zu nähern! Hatten die beiden ersten Stufen die Kugel bereits in noch nie erreichte Höhen getragen, so war die dritte in eine Umlaufbahn um die Erde eingebogen, wo sich die Kapsel nun über uns umhertrieb, die Erde in mühelosen Schwüngen umkreisend, scheinbar ein kleiner Ball, den eine gewaltige Faust in die Höhe geschleudert hatte, in Wahrheit jedoch ein erster Funken *prometheischen* Aufbegehrens, eine Fackel, nach der man nun Ausschau hielt. Denn aus dem Inneren des auf der Erde unauffällig wirkenden Dings meldete sich deutlich ein Sender, der uns mit seinen kurzen Signalen versorgte, eingesperrt zwischen andere Instrumente, die ihre Daten sammelten, um sie an ihn weiterzuleiten. Kaum war die Feuerkugel in ihre Umlaufbahn eingetreten, hatte Radio Moskau bereits die Nachricht in alle Welt gefunkt, hatte mitgeteilt, er befinde sich nun über Prag, jetzt schon über Bombay, jetzt über Damaskus und Rom, und während man in Amerika noch angenommen hatte, es müsse sich um eine der größenwahnsinnigen und von Prahlerei verzerrten Nachrichten aus dem Munde Chruschtschows handeln, die jeder Wahrheit entbehrten, hatten die Amateurfunker in Kalifornien bereits bestätigt, daß *Skrjabins* Geist in Chruschtschows Seele gefahren war.

In kaum anderthalb Stunden umkreiste der Ball unseren Planeten, und während ich an meiner Erdkugel drehte, um seinen Vorsprung einzuholen, malte ich mir aus, ich selbst befände mich, zusammengekauert, die Luft anhaltend, vom großen Druck auf meinen winzigen Sitz gepreßt, innerhalb dieser Kapsel; obwohl ich wußte, daß ihre minimale Größe das nicht zugelassen hätte, glaubte ich doch zu spüren, wie die Erde sich von mir entfernte …, die längst gepflügten Felder, deren kurz hingetuschte Wasserfarben vor meinen weit aufgerissenen Augen verschwammen, zitronengelbe Felder mit abgeerntetem Weizen, Wälder aus dunklem, von tiefblauen Schatten erfaßtem Rauchgrün, bald eingetaucht in die gleißende Helligkeit des Sonnenlichts, das seine Strahlen jetzt gegen die Kapsel warf, während die Wolken unter mir zu wattigen Tupfern erstarrten, in rasender Geschwindigkeit von einer unsichtbaren Hand zur Seite gezogen, so daß ich die Schwärze des Erdschattens sah, hinter dem die blitzenden Sterne aufstiegen, eine ewige Nacht, ein Abschied von allem, was ich bisher gewahr geworden. Schon entglitt langsam die Erde, ein kaum noch bedeutender Funke unter viel größeren, die hell erstrahlten, während ich noch mit gierigen Blicken an dieser blauen Pulverblume im All hing, an dem gefleckten Fell des afrikanischen Kontinents, dessen gelbbraune Gescheckttheit von den dunkelgrünen Streifen des Dschungels durchschossen war, am tiefen Blau des Indischen Ozeans, an der smaragdenen Farbe des Mittelmeeres, die mir so klar erschien, als könne ich bis in die Tiefe schauen. Schon hatte ich mich weit von der Erde entfernt – wie konnte man Gott dort unten nur denken, ohne hier oben gewesen zu sein –, als aus dem tiefsten Dunkel der Morgen heraufzudämmern schien, ein Aufreißen des Vorhangs, der sich schon nach kaum einer Dreiviertelstunde wieder zu schließen begann, dunkle Schleier vorausschickend bis zur Grenzlinie, die bald den Horizont ganz überschritten hatte. Ungebunden dachte ich mich über die Grenzen hinaus, der ferne Raum, in dem die Erde versunken war, wurde von weiten Fluren der Leere abgelöst, hinter denen sich die noch weitaus größeren Himmelstore aus Sternfluchten und nie geahnten Planetensystemen auftun mochten, wo sich erneut Sonnen und Monde drehten wie in einem unaufhörlichen, rauschenden Spiel, einer *Musik,* die gemacht war wie aus Himmelsschäumen und Melodienschlacken, wie sie bisher nur ein einziger geahnt, *Skrjabin,* der die Musik einen schönen, klaren Kosmos genannt hatte, den man der Erde entziehen müsse. Plötzlich verstand ich ihn gut! Die *schwarzen Gallen* lösten sich auf, und die Erde war ein blaues Aquarell, das vor meinen Augen zerfloß, um viel weiteren Bildern Platz zu machen …

Am Abend dieses Tages hatten wir gefeiert, zum ersten Mal hatte ich eine ganze Nacht lang aufbleiben dürfen, und ohne mit mir zu streiten, hatte Augusta es erlaubt, selbst überwältigt von den Meldungen und den ängstlichen Kommentaren der westlichen Politiker, die nie geahnt hatten, daß das Licht und die Flamme von Osten her kamen. Ein kleiner, von Energie beinahe platzender Ball hatte unsere Vorbehalte aus dem Gleichgewicht gebracht, und nun empfanden sich alle als Russen, als heimgekommene Kinder eines unendlich weiten Landes, das bald seine Menschen in den Weltraum schicken würde, um dort *Skrjabins* Musik zu spielen, während man Chruschtschow seine Aufschneiderei für kurze Zeit zugestand, sollte er lachen, sollte er mit dem Finger auf den Westen zeigen, er hatte sich lange genug für den Zaren prügeln lassen.

Überhitzt, von mehreren Tassen Kaffee in weiteres Herzklopfen versetzt, traf ich am Morgen des folgenden Tages mit Ulrich zusammen. Ulrich! Da stand er vor mir, sein Gesicht war bleich, er hatte in dieser Nacht keine weite Reise gemacht, vielleicht hatte er seine Taufkerze einmal angezündet, um für den Westen zu beten, während im Osten die Kerzen in den Kirchen zu riesigen Tropfsteinsäulen aus Wachs zusammengeschmolzen waren …

»Was sagst Du nun?«, fragte ich ihn. – »Wozu?« – »Die Russen sind ins Weltall vorgestoßen.« – »Ach dazu.« – »Sie senden Signale, und man kann sie über das Radio hören.« – »Ach was.« – »Du glaubst es nicht?« – »Mein Vater sagt, sie machen uns alle was vor. Auch die Amerikaner glauben es nicht.« – »Aber das hilft ihnen nichts; die Russen senden, sie *musizieren,* man kann es ganz deutlich hören.« – »Sie musizieren?« – »Stücke von *Skrjabin,* doch Du wirst sie nicht kennen. Es sind *Weltallstücke,* und Gott hat sie ihm vorgeträumt.« – »Gott träumt nie.« – »Gott träumt überhaupt nur.« – »Das ist gelogen, und der Pfarrer würde sagen, Du begehst eine Sünde, wenn Du so sprichst.« – »Dein Pfarrer geht mich nichts an; er soll weiter in seinem Beichtstuhl hocken.« – »Pfui, ich sage allen, daß Du ein Russe bist!« – »Sag's ihnen doch, Du dummer Wicht! Renn hin zu Deinem Vater, damit Ihr in Eure Schwebebahn flüchten könnt, um Euch wenigstens ein paar Meter über den Boden zu erheben! Geh zu Deinem Pfarrer, aber paß auf, daß Ihr Euch in Euren Kirchen nicht zu Tode ängstigt, während die Russen oben im Weltall mit Euch machen, was sie wollen!«

Er schaute entsetzt. So hatte noch niemand zu ihm gesprochen. Wir standen auf dem Höhenkamm der Schreinerswiese, unten lag das Muckertal, noch nie war es mir so unbedeutend vorgekommen. »Wuppertal-Muckertal!«, rief ich laut, »armselig trübsinnige Stadt! Wie habt Ihr alle Euren *Friedrich* verraten, bis nach Rußland mußte er flüchten, wo seine Ideen neu auferstanden, zu Musik geworden durch den göttlichen *Skrjabin* ...« Ich kam nicht weiter. Ulrich hatte seinen Schulranzen abgeworfen. Endlich, er wollte die *Revolution*! Noch nie hatte ich mich mit einem Schulkameraden geschlagen. Ich wußte, daß er stärker war als ich. Wieviele Schwebebahnpfeiler mochte er schon emporgeklettert sein, um seine Muskeln zu kräftigen! Doch jetzt durfte ich nicht nachgeben. »Komm her«, schrie er, »ich verpaß Dir eine, daß Dir Hören und Sehen vergeht!« – »Das mußt Du vorher beichten«, rief ich trotzig, »dann hast Du es hinter Dir und brauchst gar nicht mehr zuzuschlagen!«

Da traf mich seine Faust, ich spürte einen heftigen Schmerz, der noch im Hinterkopf nachdröhnte, ein Ziehen und Reißen, als habe man mir die Haut abgerissen. Ich warf den Ranzen ebenfalls ab. Wir standen uns gegenüber, er sprang vor mir herum, machte einige Sätze zurück, vielleicht hatte er nicht damit gerechnet, daß ich *Skrjabin* verteidigen würde. Der Faustkampf war mir zuwider, lieber hätte ich mit ihm gerungen, aber ich ahnte, daß ich ihn dann nie besiegen würde. Er bewegte sich so geschickt, daß ich ihn kaum vor die Fäuste bekam. Er ließ seine Rechte vorzucken, während er mit der Linken wild herumruderte, als könne er damit großen Eindruck auf mich machen. Wahrscheinlich hatte er sich auf solche Gelegenheiten vorbereitet. Ich preßte meine Fäuste noch eng an den Oberkörper, als mich sein zweiter Schlag traf. Er streifte die Nase, und ich spürte gleich, daß sie blutete. Wenn es so weiterging, nahm er mich völlig auseinander! Da stürmte ich voran, meine beiden Fäuste wühlten sich durch die Luft, trafen erst nur ins Leere, dann aber schon gezielter, ich erwischte seinen Kopf, einmal, zweimal, er taumelte, wich zurück, ich setzte ihm nach, er war auf dem Rückzug. Der Kampf gestaltete sich ausgeglichen. Ich traf ihn mehrmals am Kopf, auch er blutete nun, sein rechtes Auge schien getroffen zu sein, er stöhnte und geriet ganz außer sich, als ich seine Schläge durch weitere, gut plazierte Haken aufhielt, bis wir, eng aneinandergepreßt, in den Nahkampf übergingen, weiter mit den Fäusten trommelnd, bis wir erschöpft hinfielen.

Plötzlich war mein Zorn verbraucht. Ich blutete noch immer aus der Nase, auch Ulrich setzte sich auf den Boden und fuhr sich durchs Gesicht. Rote Schlieren kreisten in seinem rechten Auge um die Pupillen. Ich gab ihm mein Taschentuch, und er schaute mich an. »Frieden?«, sagte er ruhig. – »Meinetwegen«, antwortete ich, innerlich froh, daß ich ihm so gut widerstanden hatte.

An diesem Tage gingen wir nicht zur Schule. Wir saßen noch eine Weile auf der Höhe, versorgten unsere Wunden und handelten die Bedingungen unseres weiteren Zusammenlebens aus. Dann liefen wir ins Tal. Meine Backe war angeschwollen, das Nasenbluten hatte aufgehört; über Ulrichs rechtem Auge lag ein blauschwarzer Schimmer. »Lehrer Müller sagen wir nichts davon«, meinte er. – »Einverstanden«, antwortete ich, »wir sind von einer Bande überfallen worden«. – »Von welcher Bande?« wollte er noch wissen. – »Einer Bande von *Proleten*«, sagte ich.

Ulrich schaute mich verständnislos an, doch er nickte, als sei mir ein guter Einfall gekommen. Konnte er ahnen, daß ich ihn dadurch zum *Proletarier* ernannt hatte? Ich sprach nicht mit ihm darüber, und da er noch immer aufgeregt und angespannt war, begleitete ich ihn den ganzen Vormittag. »Gott träumt also?«, fragte er später noch einmal. – »Die Russen glauben es so«, antwortete ich. – »Und warum wacht er nie auf?« – »Weil er uns dann nicht mehr ertragen könnte.«

Ulrich schüttelte den Kopf. Ich bemerkte einen Anflug von Kummer und Zweifel. Die Säfte der *schwarzen Galle* meldeten sich, und ich wußte, daß kein Gebet sie so schnell würde verdrängen können …

10

Exerzitien

In all diesen Jahren meiner Volksschulzeit war ich dem Bruder nicht häufig begegnet. Manchmal hatten wir die Ferien miteinander verbracht, waren zu den Großeltern aufs Land gefahren oder hatten den Onkel besucht. Da wir noch immer nicht gut miteinander auskamen, hatten wir uns aber auch bei diesen seltenen Gelegenheiten nicht viel umeinander gekümmert. Dies änderte sich erst, als das vierte Jahr unseres Volksschulaufenthaltes anbrach. Man sprach davon, daß wir später das Gymnasium besuchen sollten, und die Leistungen, die wir vorweisen konnten, berechtigten uns dazu. Andererseits sah sich unsere Mutter nicht imstande, eine so kostspielige Ausbildung für beide Söhne zu finanzieren; das Angebot des Großvaters, sie dabei zu unterstützen, hatte sie stolz abgelehnt. Für einen von uns beiden mochte das Geld wohl reichen, niemand wagte jedoch, durch eine frühzeitige Entscheidung bereits die Weichen zu stellen. Hielt man sich an den Notenspiegel unserer Leistungen, so schnitt der Bruder, wie ich gestehen mußte, etwas besser ab. Mein anfänglicher Eifer war einer gewissen Gleichgültigkeit gewichen, ich hatte am musikalischen Unterricht ein weitaus größeres Interesse als am schulischen, und Augusta schien zufrieden, daß ich in Lehrer Müllers Stunden nicht durch vorlaute Bemerkungen unangenehm auffiel. Ich hielt mich zurück, tat gerade soviel, wie notwendig war, und dachte nicht weiter an die Zukunft.

Doch bald erreichten uns Woche für Woche aus Köln die seltsamsten Meldungen. Josef löste angeblich schwierige Rechenaufgaben und war in diesem Fach der Erste in seiner Klasse; im Turnunterricht tat er sich mit Übungen hervor, die sonst nur die Großen beherrschten. Er teilte sich sein Tagespensum gewissenhaft ein und war immer dann zur Stelle, wenn Mutter Hilfe benötigte. Heimlich sammelte er einen Punkt nach dem anderen, und während man von mir nichts hörte, wurde die neugierige Verwandtschaft beinahe jeden Monat über seine Erfolge unterrichtet.

Der Höhepunkt dieser hinterlistigen Betriebsamkeit war jedoch erreicht, als uns gemeldet wurde, seit einiger Zeit hänge der Bruder mit besonderer Zuneigung an mir. Offensichtlich verging kein Tag, an dem er nicht an mich dachte. Er schrieb mir beinahe jede Woche einen kleinen Gruß, er sparte sich, wie es hieß, die Beweise seiner Zuneigung *vom Mund ab,* und obwohl sie oft nur in einer Packung süßer Drops oder in einem Beutel mit Erdnüssen bestanden, galten sie doch bald schon als die unübersehbaren, rührenden Zeichen seines brüderlichen Empfindens. Ohne daß es nötig gewesen wäre, machte er sich Sorgen um mich, nannte mich *den Zurückgebliebenen,* erkundigte sich am Telefon nach meinem Befinden und spielte bald die Rolle eines anhänglichen Samariters, der nachts nicht schlafen konnte, weil er an den Bruder dachte. Er wurde mir lästig; ich mußte seine Briefe beantworten, mich bedanken und freundliche Worte für ihn finden, obwohl mir gar nichts daran lag, ihn mit Freundlichkeiten zu überschütten. Schon hatten wir uns in einen Austausch von Ehrbezeugungen verstrickt, wie er nicht einmal unter langjährigen Bundesgenossen üblich sein mochte. Ich las seine Briefe daher mit immer größerer Aufmerksamkeit. Es entging mir nicht, daß er etwas im Schilde führte, doch ich ahnte nicht, wie gerissen er seine Absichten in die Tat umzusetzen verstand. Denn anscheinend hatte er hinter meinem Rücken seine Ansprüche geltend gemacht. Ich erfuhr davon erst recht spät, in jenen Ferientagen nämlich, in denen er mit meiner Mutter nach Wuppertal gekommen war, um, wie er wieder einmal hochtrabend geschrieben hatte, *einige Zeit an der Seite seines Bruders* zu verbringen. Sofort fiel mir auf, daß er sich ganz anders benahm als sonst. Er wich nicht von meiner Seite, begleitete mich von morgens bis abends, wollte, daß ich ihm meine Spielplätze zeigte, erkundigte sich scheinheilig nach der Schule und tat so, als sei ihm nur an meinem Wohlbefinden gelegen. Von sich selbst sprach er kaum, nichts deutete darauf hin, daß er bereits darüber nachgedacht hatte, wie er mir zuvorkommen könnte. Beunruhigend war nur, daß er sich einige neue Redensarten zugelegt hatte. »Laßt mich mal nachdenken«, sagte er etwa; er stützte das Kinn in die Hand, legte den Kopf etwas schräg und blinzelte wie ein scharfer Denker in die Sonne; es kam selten etwas dabei heraus, es war zum Lachen, doch gerade dieses Lachen blieb mir im Halse stecken, weil ich merkte, wie leicht die anderen sich davon beeindrucken ließen. Man hielt den Bruder für *hellwach,* man glaubte, auch mir damit zu schmeicheln und trieb mich mit jedem Lob nur noch tiefer ins Unglück. Jeden Tag wartete er mit neuen Wendungen seiner triumphierenden Vernunft auf; *»Wir wollen mal sehen«,* sagte er nachdenklich, *»Denken wir besser daran«, »Schauen wir einmal genauer nach«* … man konnte es kaum noch ertragen. Von Augusta auf diese Redensarten angesprochen, erwiderte Mutter nur, der Bruder habe sie von seinem *Lieblingslehrer* aufgeschnappt. Ich hatte es befürchtet. Er war der *Lieblingsschüler,* wie der Lehrer sein *Lieblingslehrer* war; er galt als das umsichtigste Geschöpf seiner Klasse, ein *Zilpzalp* der heiteren Späße, mit dem man immer gut zurechtkam. Fleißig war er, und niemand konnte ihm etwas vorwerfen. Selbst der Lehrer hatte seine *Fairneß* gelobt. Was verbarg sich dahinter? War das Lernen ein Sport, bei dessen Ausübung man bestimmte Regeln einhalten mußte?

Ich verstand alles erst besser, als er während eines Ausfluges mit seinen Gedanken herausrückte. »*Schau mal*«, begann er in der üblichen Manier, »wir beide, wir müssen in Zukunft miteinander auskommen. Irgendwie müssen wir uns einigen. Wir haben uns lange nicht besonders gut verstanden. Aber jetzt ist es *fair,* wenn wir wie Brüder miteinander umgehen.« Ich ahnte nichts Gutes. »Bald haben wir die Volksschule hinter uns«, fuhr er fort, »Du weißt, Mutter ist ganz auf sich selbst angewiesen. Sie wird uns nicht beide aufs Gymnasium schicken können; das Geld ist aber am besten angelegt, wenn es derjenige von uns versucht, dem das Lernen am leichtesten fällt. Du bist langsamer als ich; das will nichts bedeuten, es ist nur eine Feststellung. Die Schule macht Dir keinen Spaß; bei mir ist das anders. Ich werde mich opfern, um aufs Gymnasium zu gehen; Du hast es dafür etwas leichter und kannst die Volksschule noch einige Jahre besuchen. Was hältst Du davon?«

Ich zeigte ihm nicht, wie wütend ich auf ihn war. Stumm schlich ich neben ihm her, empört darüber, wie geschickt er sich die ganze Zeit in Szene gesetzt hatte. »Einverstanden?«, fragte er herausfordernd. »Ich muß es mir überlegen«, antwortete ich, innerlich schon niedergeschlagen, weil mir nichts Besseres einfiel. Deswegen also war er mit der Mutter hierhergekommen; man hatte sich gegen mich verschworen, um mich zu überrumpeln, und ich war nicht einmal darauf gefaßt gewesen.

Bereits einige Tage später kam es noch weitaus schlimmer. Denn während einer Abendunterhaltung sagte Mutter, sie denke daran, Josef aufs Gymnasium zu schicken. Sein Lehrer habe ihr dringend ans Herz gelegt, diesen Schritt zu tun; man dürfe dem Kind nicht verweigern, was ihm – im Blick auf seine Fähigkeiten – zustehe. Johannes dagegen sei wohl auf der Volksschule vorläufig gut aufgehoben; allerdings sei sie entschlossen, ihn wieder nach Köln heimzuholen, wenn Augusta nichts dagegen einzuwenden habe.

Augusta widersprach; sie gab zu, sich an mich gewöhnt zu haben, und erklärte – nicht ohne Verlegenheit –, daß sie mich bei sich behalten wolle. Ich hätte ihr dafür dankbar sein müssen, die *Fairneß* mochte es gebieten, innerlich plagte mich jedoch der Gedanke, ein Leben lang ins *Muckertal* eingesperrt zu sein, um unter den Pfeilern der Schwebebahn als Chorleiter eines proletarischen Gesangsvereins zu enden. Hätte ich nur früher alles daran gesetzt, auch in der Schule zu glänzen, um ihnen das Wort abschneiden zu können! »Es wird wohl das Beste sein«, beendete mein Bruder weltmännisch die Unterredung. Niemand fragte mich, sie hatten alles unter sich ausgemacht, im stillen hatten sie vielleicht nicht einmal mehr mit meinem Widerstand gerechnet…

So ahnte niemand, was in mir vorging, als ich mich an den folgenden Tagen ins Klavierzimmer einschloß, um ungestört üben zu können. »Hinterlistige Brut«, zischte ich vor mich hin, ohne daß mir das weitergeholfen hätte. Am liebsten hätte ich mich allein auf den Weg gemacht, um nach Jahrzehnten unerkannt, doch von meiner Mitwelt gefeiert, als berühmter Pianist heimzukehren. Von irgendwoher mußte doch Hilfe kommen! Unsere gemeinsame Ferienzeit war beinahe vergangen, als uns der Großvater für die letzten Tage ins Siegerland einlud. Er wünschte sich, daß ich auch ihm einmal vorspielte, denn er hatte sich schon oft nach meinen Fortschritten erkundigt. Ich dachte schnell weiter. Wenn es noch einen letzten Stern der Hoffnung gab, dann zeigte er sich über den dunklen Hügelkämmen des Siegerlandes, in dessen verrauchten Wirtschaften ein *Fritz Busch* einmal zum Tanz aufgespielt hatte. Nun gab ich mich nicht mehr länger mit dem Bruder ab. Mochte er mich am Morgen zu einem seiner Ausflüge auffordern, ich schüttelte mürrisch den Kopf, verwies auf mein Tagespensum und begann meine Tonleiterübungen, daß er schon bald aus dem Haus vertrieben wurde. Die Finger mußten die rechte Geschmeidigkeit erhalten! Die Anspannung in den Schultern mußte vermieden werden! Die Hände sollten in gleicher Höhe geführt werden! Das Spiel mußte den Eindruck müheloser Leichtigkeit erwekken, nichts durfte den Zuhörer ablenken; daher schätzte ich gerade jene Pianisten am meisten, die über ihren teilweise akrobatischen Fingertänzen eine gewisse gleichgültige Gelassenheit nie verloren. Niemand durfte bemerken, wie sehr einen der Furor während des Vortrags ergriff. Zum vollendeten Auftritt gehörte die Starre des unbeweglichen Körpers. Ein großer Pianist verwandelte nach Augustas Worten den Konzertsaal in ein Wohnzimmer, während die unbedeutenderen sich mühten, ihr Wohnzimmer als einen Konzertsaal erscheinen zu lassen.

So versuchte ich, meinen Körperausdruck mit Hilfe eines seitlich aufgestellten Spiegels unter Kontrolle zu bringen. Ein Lächeln? Das hatte etwas Anbiederndes und erweckte den Anschein, ich suchte das Einverständnis der Zuhörer. Ein Runzeln der Stirn? Das mochte darauf schließen lassen, daß ich eine Passage noch nicht gut genug beherrschte. Ich mußte mir all diese Gemütsbewegungen abgewöhnen. Die meisten Pianisten hatten etwas von krötenhafter Seligkeit, wenn sie ihre Stücke vor sich hinschnurrten, sie wurden weich in den Knochen, als jage ihnen die Musik ihre Emphasen durch Mark und Bein. Auch diese üblen Angewohnheiten mußte ich ablegen. Anfangs fiel mir das schwer. Doch bald hatte ich heraus, woran ich denken mußte, um jene Mischung aus Abwesenheit und leicht mürrischer Versenkung zu erreichen, die ich erzielen wollte. Ich dachte an den Bruder. Schon wenn ich Platz nahm, führte ich mir sein Bild vor Augen. Alles Liebenswerte fiel mit einem Schlag von mir ab. Mein Äußeres verwandelte sich in die statuenhafte Strenge einer Plastik, die nichts Irdisches mehr zu rühren vermochte. Mit jedem Ton wollte ich mich immer weiter von meinem Bruder entfernen. Dort stand er, am anderen Ufer, eine bejammernswerte Gestalt, die den rettenden Kahn verpaßt hatte. Kein Blick sollte ihm gelten! Ich mußte meine Augen auf einen festen Punkt in der halben Höhe des Raumes fixieren. Unveränderlich hielt der Blick diesen Punkt fest. So war es am besten. Ich spielte, als habe mich die Musik entführt; doch niemand durfte diesem Spiel anmerken, wohin sie mich entführt hatte, ins Land eines Abscheus, der von Ton zu Ton heftiger wurde …

Wir ließen Augusta für einige Tage in Wuppertal zurück. Ich reiste mit der Mutter und dem Bruder, gab aber durch nichts zu erkennen, daß ich mir etwas vorgenommen hatte. Wie immer wurden wir herzlich empfangen. Die Großmutter kochte uns eine kräftige Suppe, wir liefen im Garten auf und ab, als sei uns noch wie früher an den alten Kinderspielen gelegen, der Herr Pfarrer fand sich ein, um die anscheinend unvermeidlichen Worte über unseren erstaunlichen Körperwuchs loszuwerden, und am Nachmittag versammelten alle sich bei schönem Wetter draußen im Freien, um Kaffee zu trinken. Die Gelegenheit war günstig! Ich nippte nur wenig an der schwarzen Flüssigkeit, sogar den Kuchen rührte ich kaum an, er mochte den Magen nur unangenehm belasten. Statt dessen unterhielt ich mich mit dem Herrn Pfarrer. Sein ganzes Gesicht heiterte sich auf, als ich von Wuppertal erzählte, von den ernsten und verdrießlichen *Muckern,* die das Leben so schwer nahmen, daß es ihre Galle schwarz färbte; in seinen Augen hatte ich die protestantische Frömmigkeit damit treffend beschrieben. Wuppertal war, wie er erklärte, die Stadt mit den meisten protestantischen Sekten im ganzen Land; das erklärte alles …

Als es mir zuviel wurde, schlich ich ins Haus. Dort stand das alte verstimmte Klavier! Ich öffnete das nahe Fenster, das zum Garten hinausging, einen kleinen Spalt. Ich mußte um mein Leben spielen! Warum aber war ich nicht so gelassen, wie ich es mir immer vorgenommen hatte? Eine naßkalte Schweißschicht überzog meine Finger, im Kopf hämmerte eine unheimliche Gestalt den Takt, und ein hoher Ton meldete sich aus der Ferne, als wolle er mich noch abhalten. Ich schloß die Augen, öffnete den Deckel, legte die Finger auf die entsprechenden Tasten. Ich begann, und sofort verwirrten sich die Noten in meiner Erinnerung. Mein Gott! Ich hatte sie immer beherrscht, nie hatten sie mir bisher einen Streich gespielt. Ich mußte mich von diesen hüpfenden, mir entgegenfeixenden schwarzen Bündeln abwenden, ich mußte mir das Bild meines Bruders vor Augen halten, das Bild eines nimmermüden Feindes, der die dort draußen nun ablenken würde, damit sie mein Spiel nicht hörten, ich mußte ihn mit jedem Ton verdrängen, ihn schließlich ganz zur Seite schieben, hinter den Vorhang, den Vorhang, der sich nun weit öffnete, so daß unten die Massen des gespannt harrenden Publikums erkennbar wurden, die Massen der Begeisterten, deren Augen leuchteten, deren Atem schneller ging, während der meine ganz zu sich kam, gleichmäßiger, gleichmäßig wurde, ruhig, ein in seine Bahnen gelenkter Strom, während die innere Hitze nachließ, die Finger sich krümmten, Haken schlugen, die Fingerkuppen den Druck verstärkten, hier festhaltend, dort streichelnd, das kleine musikalische Motiv über alle Treppenstufen verfolgend, *schau her*!, da bin ich wieder, hier hast Du mich nicht erwartet, nein, nicht wahr, nicht erwartet, nicht erwartet … bis ich bemerkte, daß die Türklinke sacht heruntergedrückt wurde und die neugierige Meute eindrang, einer nach dem anderen, ich aber den Blick jetzt fixierte, dort oben, das Fensterkreuz, fixierte, die Arme entspannt fallen ließ, weiter, immer heftiger an den Bruder dachte, der sich ebenfalls nähern mochte, ja nur immer heran, du lausiger Wicht, du Neunmalkluger! Langsam nahmen die immer wiederkehrenden Motive Aufstellung zum erlösenden abschließenden Akkord, eine kurze Verzögerung noch, als beordre einer die Truppen ein letztes Mal herbei, dann die Ruhe, das Ende, lange ausgehalten, dann vorsichtig die Finger von der Tastatur genommen, den Blick noch immer am Fensterkreuz … den Beifall erwartend, der nun plötzlich aufbrauste, als habe sich das Publikum wie ein Mann erhoben, ein Orkan, der Großvater auf mich zukam, die Mutter mich umarmte, der Bruder aber in einer Ecke am Fenster lauerte, ein Geschlagener, der sich nicht mehr rühren konnte.

Ich hatte sie hinaufgelockt, und nun nahmen sie Platz. »Setzt Euch nur, wenn Ihr wollt«, sagte ich gönnerhaft, den Ton meines Bruders nachahmend, während ich ihm mit einigen lässigen Griffen seine Rechenkunststücke austrieb, Terz plus Quinte, Oktav minus None, und ihm seine Turnübungen vorhielt, ein Überschlag, eine Pirouette, alles hatte ich jetzt zur Verfügung. »*Alla turca*«, rief ich in die Runde, und es machte Eindruck. Sie alle hatten Mozarts bekanntes Klavierstück schon einmal gehört, doch nie waren sie so ergriffen wie in diesen Minuten, als ich es so leise, so aus dem Verborgenen heraus vortrug, als handle es sich um eine Kostbarkeit. Nicht lauter werden! Zum Zuhören zwingen! Hier etwas kräftiger, aber nicht aufdringlich! Die wiederkehrende Melodie leicht verzögern, dann wieder im Tempo, beim zweiten Mal etwas langsamer …

Noch lauter brauste der Beifall auf. Es war genug, doch sie bettelten, so daß ich ein letztes Mal anhob, das Betörendste, Einschmeichelndste wagend, Schuberts *Ungarische Melodie*, diesen dreimaligen hunnischen Lock- und Steppenruf, ta-tam, ta-tam, ta-tam, der sich immer höher hinaufwand, in sich zusammenbrach, sich einigelte, kleine Sprünge vollführte, dahertanzte, um wieder aufzublühen aus dem Nichts. Ein einfaches, leicht zu spielendes Stück, eine Zugabe, mit der man ködern konnte, um die Herzen für sich zu gewinnen! Die Klänge verebbten, und niemand wagte zu klatschen. Der Triumph war vollkommen, denn ich hatte sie mit meinem Spiel so gerührt, daß sie fassungslos neben mir saßen, leicht zitternd der ehrwürdige Herr Pfarrer, mit offenem Mund der Großvater, während Mutter die Tränen anscheinend kaum unterdrücken konnte.

Man lobte mich überschwenglich, und der Herr Pfarrer gab zu, einen so virtuosen Auftritt eines Kindes noch nie erlebt zu haben. In seinen Träumen spielte ich bereits im Gottesdienst die Orgel, ich jubelte den Gläubigen Präludien und Fugen vor; schon hielt er mich für einen auserwählten Sohn der Kirche, dem der besondere Schutz ihrer weit ausgebreiteten Arme zustehe. »Das muß Pater Albertus hören!«, rief er, noch immer betört von meinem Spiel, »so etwas ist noch nicht dagewesen!«

Wie ich erfuhr, war Pater Albertus der fachkundige Musikerzieher einer Gemeinde von Mönchen, die in einer nahe gelegenen Zisterzienserabtei lebten, der ein kleines Internat angeschlossen war. »Warum sind wir nicht früher darauf gekommen?«, rief mein Großvater; »morgen fahren wir ins Kloster.« Es war mir recht, immerhin machte man sich Gedanken. Noch am Abend sprachen sie nur von meinem Spiel. »Eine solche Begabung!«, konnte der Herr Pfarrer sich nicht fassen, »Was hätte *Fritz Busch* dazu gesagt?« – Sie malten mir eine glanzvolle Laufbahn aus, sie riefen in Wuppertal an, um Augustas pädagogische Künste zu rühmen, ich hatte einen Stein ins Wasser geworfen, der große Wellen schlug.

Mein Bruder aber schwieg. Heimlich mochte er überlegen, was meine Erfolge für ihn zu bedeuten hatten. Auch ich wußte noch nicht, was mir bevorstand, doch glaubte ich nun immerhin zu ahnen, daß Großvater nichts unversucht lassen würde, mir eine bessere Ausbildung als die in Lehrer Müllers Schlafsaal zu verschaffen.

Schon am nächsten Tag brachen wir zu der Abtei auf. Der Herr Pfarrer begleitete uns, er hatte uns angemeldet, und ich war gespannt, was sich aus diesem Besuch ergeben würde. Noch erstaunter als vermutet war ich jedoch, als wir die große klösterliche Anlage in einem kleinen Tal unweit einer in dieser Gegend bekannten Mühle, in der sich Adenauer einmal für kurze Zeit versteckt gehalten hatte, erreichten. Dicht an die kleine Abteikirche drängte sich der helle, ausladende Klosterbau. Wir warteten in der Nähe der kleinen Pforte und begleiteten wenig später einen Laienbruder, der uns durch das mächtige Tor in eine schmale Allee führte, die geradewegs auf die Kirche zulief. Er erklärte uns das Portal, schloß die Kirchentür auf und geleitete uns hinein. Er deutete auf die mächtigen Rundpfeiler, die Kelchkapitelle, die Rippen des Chorgewölbes, er zeigte uns den wertvollen Altarschrein, ließ uns im Chorgestühl Platz nehmen und wies auf die geschnitzten Tierfiguren, die an manchen Stellen die einfachen Holzsitze schmückten. In der Nähe des Gnadenbildes befand sich das alte Grabmal der vor Urzeiten auf einer nahen Burg residierenden Grafen, die den Mönchen Grund und Boden zur Erbauung des Klosters geschenkt hatten. Der Herr hatte alles gegeben, der Herr würde es wieder nehmen. Noch immer begann der Tagesablauf der Mönche in der Frühe gegen fünf Uhr mit den heiligen Gebeten; einige kümmerten sich um die Verwaltung, andere waren in der großen Bibliothek beschäftigt, ein kleiner, ausgewählter Kreis unterrichtete die Schüler, die in einem dem Kloster angegliederten Schultrakt untergebracht waren.

Im Kreuzgang verabschiedete sich der Bruder, um anderen Geschäften nachzugehen. Wie auf geheime Verabredung erschien jedoch sofort ein kleiner, sich flink bewegender Pater, der uns die anderen Gebäude der großen Anlage zeigte, die Gärten, die Werkstätten, die Stallungen und die großen landwirtschaftlichen Trakte. Alles war aufs Sorgfältigste geordnet, und gerade die Ordnung des kleinen, überschaubaren Reiches machte auf mich großen Eindruck, kam es mir doch so vor, als habe keine Gewalt der Vergangenheit die starken Mauern dieses Klosters erschüttern können.

Wir fanden uns wieder im Kreuzgang ein, in dessen Mitte ein kleiner Springbrunnen plätscherte. Abseits hielten sich einige Mönche auf; sie sprachen nicht miteinander, sie gingen still auf und ab. Wenig später verabschiedete sich auch der eifrige, alle Fragen freundlich beantwortende Pater; wir wagten nicht, uns nach dem Fortgang unseres Aufenthaltes zu erkundigen, als auch schon der Abt des Klosters erschien, der sich eine halbe Stunde Zeit genommen hatte, um seine alten Freunde wiederzusehen. Anscheinend war er aber vor allem gekommen, um dem Bruder und mir einige belehrende Worte zu sagen, denn er nahm uns gleich zur Seite, um, wie er entschuldigend meinte, sich gerade denen zu widmen, die seiner Worte am ehesten bedurften.

So erfuhren wir von den Klöstern der *Zisterzienser*, die im Mittelalter all jenen eine Unterkunft geboten hätten, die auf weiten Wegen gewesen seien. Unterwegs zu sein – das habe damals bedeutet: gefährdet, ausgesetzt, vertrieben zu sein. Dem habe der Mönch sein stetiges, unveränderliches Dasein entgegengesetzt, um sich gegenüber den Reisenden als gastfreundlich zu erweisen, treu den Regeln des heiligen *Benedikt.* Schon immer sei eine Aufnahme ins Kloster etwas Besonderes gewesen, nicht jedem hätten sich diese schweren Tore geöffnet, und gerade die unteren Schichten der Bevölkerung hätten hier Brot und Tätigkeit gefunden, die ihnen im Kreise der Ihrigen beträchtliches Ansehen verschafft hätten. Sei es schließlich nicht ein Wunder, daß die benediktinischen Regeln, diese feinen Weisungen für die mönchische Gesittung, den Lauf des Tages, das Leben der Seele, noch heute Anwendung fänden, müsse man nicht den Herrn preisen, daß er seinen Mönchen noch immer gestatte, ihr morgendliches Lied zu singen, *auferstanden sind wir vom Dunkel der Nacht, von ihrem Dunkel befreien wir uns,* und lebe nicht in dieser Gemeinschaft noch immer etwas von dem weltumspannenden, verändernden Atem der Gotteskirche, die aber dennoch eine Kirche für *alle* Gläubigen sei, ein großes, unermeßliches Haus, von geheimer Schönheit, das sich demjenigen ganz aufschließe, der darin mit voller Hingabe zu dienen verstehe?

Die Worte des Abtes hatten mich nachdenklich gestimmt, und während er sich den anderen zuwandte, um auch mit ihnen einige Worte zu wechseln, versuchte ich, mein aufgeregtes Inneres zu läutern und zu klären. *Die Kirche!* Hatte sie nicht seit Jahrtausenden versucht, die Gläubigen zusammenzuhalten, ihnen *eine* Lehre zu geben, die von Generation zu Generation weitergereicht wurde, unabhängig von den Veränderungen der Zeit? Über den ganzen Erdkreis hatte sie sich ausgebreitet, sie kannte keine Unterschiede von Ländern und Völkern. Wieviel Verborgenes mochte in ihren Lehren schlummern, das ich noch nicht zur Kenntnis genommen hatte! Ich hatte die Kirche des Volkes kennengelernt, hatte ich auch *die jubilierende,* die *triumphierende* der *Auserwählten* erlebt, die ihren Kindern das Orgelspiel beibrachte und Internate gründete, um sie auf das geistliche Leben vorzubereiten? Lockte mich nicht eine Gemeinschaft, die die glänzenden Talente ihrer Mitglieder förderte, die sich losriß von den erbärmlichen Tagesgeschäften, von Lehrer Müllers eintönigem Unterricht, von Ulrichs proletarischer Ordentlichkeit, vom griesgrämigen Dasein der Mucker? In den letzten Jahren hatte ich mich von der Kirche innerlich entfernt; nun zeigte sie mir ihre verborgene, schönere Seite, sie öffnete ihre Tore zum Eintritt in ein erhabenes Reich der Vollkommenheit einen kleinen Spalt, um da zu *nehmen,* wo auch ich zu *geben* verstand! Wer konnte mir sonst noch helfen, wenn nicht die unerschütterliche Gemeinschaft dieser über den ganzen Erdkreis verstreuten *Be-*

rufenen, die ihren großen Vorbildern nacheiferten, die im Himmel ihre Wunden vorwiesen, eingeteilt in die verschiedensten Gruppen und Untergruppen, thronend zwischen Engeln und Erzengeln? Sollte es so ausgeschlossen sein, daß ich zum himmlischen Musikus berufen war, eine Gott lobpreisende Gestalt, die Stufe auf Stufe im Fluge nahm, um allmählich in ungeahnte Höhen gehoben zu werden, berufen zum Höchsten, zu einem jener seltenen, aber doch immerhin bestehenden Ämter, die in Rom, dem höchsten Sitz aller jubilierenden Engel, vergeben wurden? Ja, ich schritt die weit ausladenden Stufen zur Basilika empor, oben, an ihrem Ende, wartete der *Heilige Vater* auf mich, er breitete seine Arme aus, und während ich ihm meine Noten und Choräle zu Füßen legte, segnete er mich, drückte mir den Stab des römischen Chorleiters in die Hand, legte mir ein goldenes, reich verziertes Gewand um, den Weg zur Orgel weisend, wo ich den hoch aufragenden Pfeifen die schönsten Töne entlockte, zu denen die Engel des Himmels aus den fernen Strahlen des alabasternen Lichts herbeitanzten, freudige Chöre, die …

Der Abt verabschiedete sich von uns, und während ich ihm noch enttäuscht nachblickte, weil ich ihm meine Wünsche und Hoffnungen nicht hatte schildern können, tauchte Pater Albertus auf, der sich nicht scheute, den Großvater und den Herrn Pfarrer zu umarmen. Man unterhielt sich eine Weile, dann wurden wir in einen großen, beinahe leerstehenden Raum geführt, auf dessen leicht erhöhtem Podium ein Flügel bereitstand. Eine leichte Aufregung befiel mich, als Pater Albertus mich aufforderte, einige kleinere Stücke vorzutragen. Er fragte mich nach denen, die ich auswendig im Kopf hatte, zeigte aber nicht das geringste Erstaunen über das von mir genannte Repertoire. Statt dessen bat er mich, mit den ersten Präludien und Fugen des *Wohltemperierten Klaviers* zu beginnen; er werde mir ein Zeichen geben, wenn es genug sei.

Ich nahm Platz, legte die Finger auf die Tasten, schloß die

Augen, entspannte, wie ich es mir vorgenommen hatte, die Schultern und begann. Nicht eilen! In den Klöstern liebte man keinerlei Aufwand, die Engel des Herrn lockte man nur mit der bescheidensten Demut herbei. Ich spielte etwa eine halbe Stunde, leicht verzückt bemerkte ich, daß mir kaum ein Fehler unterlief. Ich stockte nicht, ein Stück reihte sich an das andere, der Himmel mochte zufrieden mit mir sein. Plötzlich berührte mich eine Hand am Rücken. Ich schaute auf; Pater Albertus stand lächelnd neben mir. »Außerordentlich«, sagte er schlicht; »ganz außerordentlich. Wenn es dem Herrn gefällt, wird er aus Dir einen großen Musiker machen.« –

Er nahm mich an der Hand, wir gingen zu den verklärt dreinschauenden Zuhörern, und ich blickte in das verdrossene, leicht angeekelt erscheinende Gesicht meines Bruders. Statt sich weiter mit uns zu unterhalten, bat uns der Pater jedoch nur, nach draußen zu gehen, wo wir uns weiter umschauen sollten. Er wolle noch einige Worte mit dem Großvater und dem Herrn Pfarrer wechseln.

Sofort verließ der Bruder den Raum, ich folgte ihm, draußen standen wir in der mittäglichen Sonne, die uns heftig blendete. Wir gingen an den Klostermauern entlang und erreichten einen kleinen Bach, der sich durch die Gärten schlängelte. Mein Bruder setzte sich und starrte versonnen auf das langsam fließende Gewässer. »Du hast es geschafft«, sagte er. – »Was meinst Du?« – »Du weißt es genau! Sie werden Dich nicht mehr fortlassen; einen, der spielen kann wie Du, den lassen sie hier nicht mehr fort. Auf so einen können sie später dann stolz sein.« – »Ach was!« – »Es steht fest. Du konntest den Pater während Deines Spiels nicht beobachten. Ein Wunder, daß er vor lauter Begeisterung nicht davongeflogen ist!« – »Unsinn!« – »Stell Dich nicht an! Du wolltest immer der Bessere sein. In der Schule hast Du es nicht geschafft, aber auf dem Klavier bist Du mir voraus.« – »Josef«, sagte ich mit allem mir zur Verfügung stehenden Nachdruck, »Josef, jetzt bist Du neidisch. Aber Du brauchst nicht neidisch zu sein. Wir ergänzen uns, *schau mal*! Was Du kannst, kann ich nicht; was ich kann, kannst Du nicht. Ist das nicht gut so?« Er mußte sich zurückgesetzt fühlen, niemand beachtete ihn; sicher glaubte er nun, daß er sich vergeblich angestrengt hatte. »Wir ergänzen uns nicht«, sagte er, noch immer trotzig, weiter stur auf das Wasser schauend. – »Warum nicht?« – »Sie werden mich in Köln aufs Gymnasium schicken. Ich werde weiter so leben wie bisher. Mutter wird mit mir schimpfen, wenn sie schlechte Laune hat, und Du wirst der Engel sein, der niemandem etwas Böses tut.« – »Aber Du selbst wolltest es nicht anders!« – »Weil ich nicht wußte, wie gut Du inzwischen spielen kannst. Niemand hat es geahnt! Selbst Mutter wußte es nicht. Jetzt ist sie so stolz auf Dich, daß sie Dich am liebsten in Watte packen würde, damit Dir nichts geschieht.« – »Josef«, sagte ich gedehnt, »wir dürfen uns jetzt nicht anfeinden. Du hast selbst gesagt, wir müssen zusammenhalten.« – »Das gilt nicht mehr. Du hast das bessere Los gezogen.« – »Warum das bessere?« – »Weil es kein Vergnügen ist, jeden Tag mit Mutter zusammen zu sein. Du weißt nichts davon. Ich muß es aushalten.« – Ich raffte mich auf, plötzlich kam mir ein Gedanke. »Josef«, sagte ich feierlich, »ich verspreche Dir etwas.« – »Was kann das schon sein?« – »Wenn sie mich hierbehalten wollen, wenn … dann bleibe ich nur, wenn sie Dich auch aufnehmen. Würde Dir das gefallen?« – Er schaute mich ungläubig an. »Das würdest Du tun?« – »Wenn Du willst, wenn Du auch hierher willst, dann sage ich: ich komme, wenn auch mein Bruder kommt.« Er stand auf. Wir hatten uns nie geliebt, aber ich war sicher, daß er in diesem Augenblick so etwas wie Zuneigung für mich empfand. Vielleicht zum ersten Mal in seinem Leben bemerkte er, daß ich bereit war, auf etwas zu verzichten, damit er nicht weiter im Unglück leben mußte. Ich wollte vollkommen sein wie die *Berufenen*. Wir setzten uns, und er legte mir, wie er es nur selten getan hatte, den Arm um die Schulter. »Gut«, sagte er, schon wieder ganz in seiner siegessicheren Manier, »gut, dann ergänzen wir uns wirklich. *Stell Dir vor,* wir gehen gemeinsam in eine Klasse, wir sitzen vielleicht sogar zusammen in einer Bank. Sie werden uns manchmal verwechseln, wir werden uns die Arbeit aufteilen.« – »Wenn es Gott gefällt, wird es so sein«, antwortete ich. – »Wie meinst Du das?« – »Wenn wir ins Kloster gehen, führen wir ein besonderes Leben, nicht wahr?« – »Na gut.« – »Wir werden alles tun, damit es Gott gefällt.« – »Bist Du so sicher, was ihm gefällt?« – »Wir werden es herausfinden.« – »Ach was. Wir finden noch nicht einmal heraus, wer unser Vater ist. Oder hast Du eine Ahnung?« – Ich überlegte, ob ich ihm von Adenauer erzählen sollte. Irgendwie kam es mir unpassend vor. Auch Adenauer hatte, wie ich wußte, eine geheime Zuneigung für Klöster und Äbte gehabt. Doch vorläufig war alles, was mit ihm zu tun hatte, noch ein Geheimnis, in das ich den Bruder erst dann einweihen wollte, wenn wir uns besser verstanden. »Ich bin mir nicht sicher«, sagte ich vorsichtig. – »Wie … sicher? Wir wissen *nichts.* Neulich haben sie mich in der Schule nach unserem Vater gefragt. Sie wollten wissen, was er tut, wo er arbeitet, warum wir ihn nicht sehen.« – »Und was hast Du gesagt?« – »Was sollte ich sagen? Ich habe gelogen. Ich habe uns einen Vater erfunden!« – Ich zuckte zusammen. Sollte er in Verbindung zu Adenauer getreten sein? – »Und welchen?« fragte ich zögernd. – »Ich habe ihn Willi genannt.« – Willi? Meinte er Willie, den Kaiser, der dem russischen Zaren Nickie so freundliche Briefe geschrieben hatte? Oder meinte er Willi, den Willensstarken, den Wollenden, den Bruder Odins, von dem die alten Sagen erzählten? – »Willi«, fuhr mein Bruder fort, »lebt nicht bei uns, weil er so viel zu tun hat. Er macht Karriere. Er hat eine große Laufbahn vor sich. Manchmal besucht er uns, aber nur am Wochenende, und dann nur für einige Stunden.« – »Das ist gut«, sagte ich, weil mir der Einfall gefiel. – »Ja. Ich fand es auch gut«, antwortete der Bruder. »Schließlich habe ich immer häufiger von Willi gesprochen, auch ohne daß man mich nach ihm fragte. Ich habe jeden Tag etwas Neues erfunden, und die Kameraden wollten auch immer mehr von ihm hören. Sie fanden es spannend, so einen Vater zu haben. Und weißt Du was?« – »Na?« – »Jetzt glaube ich bald, daß es ihn wirklich gibt. Ich kenne ihn schon ganz genau. Ich träume von ihm. Manchmal denke ich, er kommt zusammen mit Mutter die Treppe herauf. Oder ich sehe ihn auf den Tribünen des Fußballplatzes, wenn er mir beim Spielen zuschaut. Heimlich winke ich ihm zu. Er ist stolz auf mich.« – »Und was weißt Du von ihm?« – »Nicht viel, aber mir fällt dauernd etwas ein, wenn die Freunde mich fragen. Ich weiß zum Beispiel, daß er kein Soldat war.« – »Warum nicht?« – »Soldat gewesen zu sein, ist schlimm. Alle Väter meiner Freunde in Köln waren irgendwann Soldaten, und nun erzählen sie dauernd davon, und die Freunde wollen es gar nicht hören. Es ist schlimm und langweilig.« – »Aber was hat er dann im Krieg getan?« – »Er ist geflohen.« – »Ist das nicht feige?« – »Unsinn, es ist klug. Willi hat früh gewußt, daß der Krieg alle umbringt, er ist geflohen, bevor es überhaupt dazu kam. Im Ausland hat er seinen Namen gewechselt, damit ihn niemand erkennt. Dann hat er studiert und große Artikel geschrieben. Er kann viele fremde Sprachen, in der ganzen Welt ist er herumgereist.« – »Und nach dem Krieg?« – »Nach dem Krieg ist er hierher zurückgekommen. Noch immer muß er sich vor seinen Feinden in acht nehmen, die ihm an den Kragen wollen. Sie hassen ihn.« – »Und was macht er?« – »Er ist Journalist. Er schreibt weiter gute Artikel. Er klärt die Menschen auf. Aber er will Politiker werden.« – »Warum das?« – »Weil er gegen Adenauer kämpfen will.« – »Das ist nicht gut«, entfuhr es mir. – »Davon verstehst Du nichts«, behauptete mein Bruder. »Adenauer will alles wieder so haben, wie es früher einmal war, sagt Theo. Wenn es aber wieder so wird wie früher, dann muß

Willi wieder fliehen. Das ist klar. Deshalb bekämpft er Adenauer.« – Sollte ich sagen, daß ich es in Wahrheit besser wußte? Ich war mir nicht sicher. Schon vor einigen Monaten hatte Adenauer einen großen Wahlsieg errungen. Triumphierend hatte er sich feiern lassen. Er wollte weiterregieren, und er dachte nicht daran, auf den Rat seiner Freunde zu hören, die ihm vorhielten, daß er für das höchste Amt bereits zu alt sei. Auch ich hatte bemerkt, daß er verstockt und eigensinnig geworden war. Im engsten Kreis ließ er erkennen, daß er allein am besten wisse, was zu tun sei. Mir hatten diese Veränderungen seines Charakters nie gefallen, aber noch immer respektierte ich seine Übersicht. »Adenauer will keinen Krieg«, sagte ich vorsichtig, »er haßt den Krieg, wie Willi ihn haßt. Er war auch kein Soldat ...« – »Aber er ist nicht geflohen!«, unterbrach mich der Bruder. – »Nein, er hat sich verborgen gehalten, bis er entdeckt und ins Gefängnis gebracht wurde.« – »Er war im Gefängnis?« – »Ja. Adenauer war tapfer.« – »Nun gut, vielleicht irrt sich Theo. Jedenfalls ist Adenauer jetzt sehr alt, und Willi ist noch ein junger Mann.« – »Das gefällt mir nicht«, sagte ich. – »Warum nicht?« – »Man muß Adenauer noch etwas Zeit lassen. Er hat viel getan. Niemand darf einfach daherkommen, um ihn abzusetzen.« – »Nein?« – »Nein. Niemand darf ihn entlassen.« – »Gut. Willi ist jung, er wird sich gedulden. Bist Du einverstanden?« – »Wenn er sich geduldet, bin ich einverstanden«, antwortete ich. – »Also«, strahlte der Bruder, »gehen wir ins Kloster. Es wird eine schöne Zeit werden. Wir ergänzen uns. Du erzählst mir von Adenauer, und ich erzähle Dir von Willi.« – »Wir können nicht zwei Väter haben«, sagte ich, »wir müssen uns einigen.« – »Dann ist Adenauer der Großvater und Willi der Vater«, schlug der Bruder vor. – »Das ist Unsinn«, sagte ich. »Lassen wir Adenauer aus dem Spiel. Außerdem dürfen wir nicht lügen. Wir haben keinen Vater. Also ist unser Vater tot. Wir haben einen Stiefvater ... und der heißt meinetwegen Willi.«

Mein Bruder freute sich. Wir hatten einen Pakt für die Zukunft geschlossen. Ich hatte während des Gesprächs nie daran gezweifelt, daß es mir gelingen würde, Pater Albertus und den ehrwürdigen Abt von der Notwendigkeit unseres gemeinsamen Internatsbesuchs zu überzeugen. Als man uns jedoch kurz darauf herbeirief, dachte ich darüber nach, wie ich meine Absichten vortragen konnte, ohne die frommen Herren zu verstimmen. Man hatte sich in einem kleinen Empfangsraum versammelt, Gläser, mit Wein gefüllt, standen auf dem Tisch, auch der Abt, der mit seinen Worten so rege Gedanken in mir geweckt hatte, war anwesend. Er begegnete uns mit einer gewissen Feierlichkeit. »Johannes«, sagte er freundlich, »Pater Albertus hat eine hohe Meinung von Deinen musikalischen Fähigkeiten. Wir sind geneigt, Dich in unser Internat aufzunehmen, und wir werden Deiner Mutter in den ersten Jahren die Gebühren erlassen. Wenn Du Dich anstrengst, wird Dir die besondere Fürsorge der Kirche zuteil, um die Dein Großvater uns gebeten hat.« – »Ich freue mich, Hochwürden«, begann ich noch etwas verlegen, »auch mir gefällt es hier sehr gut, und ich werde alles tun, um bald zu den *höheren Geistern* zu gehören. Aber die einladende, fürsorgliche Kirche hat gewiß nicht nur Platz für mich, sondern auch für meinen Bruder. Ohne meinen Bruder würde ich hier nicht leben können. Gott hat es gefallen, der Mutter zwei Söhne zu schenken, und die Kirche wird diesen Wink wohl verstehen. Sie wird nehmen, wie wir geben werden, denn ohne den Bruder fühle ich mich allein.« – »Ist das so?« fragte der Abt den Großvater. – »Davon hat er bisher nichts gesagt«, antwortete der Großvater. – »Es ist nicht leicht, ohne Vater zu leben«, unterbrach ich ihn beherzt, »aber es ist noch schwerer, ohne den Bruder auszukommen. Seit unserer Geburt gehören wir zusammen. Gott würde es nicht gefallen, wenn man den einen vom anderen trennt.« – »Bist auch Du dieser Meinung?«, fragte der Abt meinen Bruder. – »Johannes hat es ja schon gesagt«, antwortete er tapfer. – »Es ist schön, daß Du so an Deinen Bruder denkst«, sagte der Abt, noch immer etwas erstaunt über meine Worte, »aber in aller Eile können wir über einen so wichtigen Schritt nicht entscheiden. Ich muß die Meinung der anderen Patres hören.« Ich gab mir einen letzten Ruck, ich mußte ihm zeigen, daß ich die besten Vorsätze gefaßt hatte. »Die Musik, Hochwürden«, setzte ich noch einmal an, »ist das einzige, was ich auf der Welt habe. Sie wird nicht nur mich, sondern auch die anderen Schüler erfreuen. Die jubilierende Kirche wird sie besonders schätzen. Ohne meinen Bruder wird jedoch alles nur halb so schön sein. Deshalb bitte ich Sie, uns gemeinsam aufzunehmen. Es würde dem heiligen *Benedikt* gewiß recht sein, wo er doch alle aufnahm, die um Gastfreundschaft baten.« – »Wie der heilige Benedikt darüber denkt«, sagte Pater Albertus, »das wissen wir denn doch nicht. Aber wir wollen es uns überlegen.«

Wir verabschiedeten uns. Draußen fragte Josef mich, warum ich so seltsam mit dem Abt gesprochen habe. »Sie lieben diesen *hohen Ton«,* antwortete ich. – »Was ist das, dieser *hohe Ton*?« wollte er noch wissen. – »Genau kenne ich ihn auch nicht«, antwortete ich, »aber es wird der Ton der Berufenen sein.« Als wir das Kloster verließen, sah ich Josef an, wie dankbar er mir war. Zu Hause, bei den Großeltern, erzählte er Mutter sofort von meinen Künsten. Er lobte mein Spiel, er erzählte mit einer gewissen Begeisterung, was vorgefallen war, und er hielt sich auch die letzten Tage dieser Ferien oft in meiner Nähe auf, um mir so manchen Wunsch von den Augen abzulesen.

Nach Wuppertal zurückgekehrt, beschäftigte mich die Geschichte der Heiligen, der Mönche und Frommen weiter. Ich war in eine gewisse Ekstase geraten. So stellte ich mir vor, daß ich, allein und die schnöde Welt zurücklassend, in die Wüste ging, um wie *Antonius* ein einsames und asketisches Leben zu führen. Unter den Büchern, die mir ein frommes Leben ausmalten, befanden sich auch die *Bekenntnisse* des großen *Augustinus*, die mir so wichtig erschienen, weil ich in ihnen einen Spiegel meines eigenen Verhaltens zu entdecken meinte. Hatte mir in den letzten Jahren die Musik besonders viel bedeutet, so hatte sich der junge *Augustinus* dem Studium der schönen Wissenschaften und der Beredsamkeit verschrieben. Unter den Schülern seines Alters war er einer der besten gewesen. Dennoch hatte er mit der Zeit in diesen Studien keinerlei Befriedigung gefunden. Innerlich zerrissen, hatte er Hilfe und Trost in den verschiedensten Schriften gesucht. Er war in tiefe Grübelei verfallen, er hatte auf ein entscheidendes *Zeichen* vom Himmel gewartet, das alle seine Zweifel mit einem Schlag beenden würde. *Wie lange noch, wie lange noch* – hatte er sich immer wieder gefragt, bis eine Stimme, in singendem Ton, ihm befohlen hatte, zu nehmen und zu lesen. Und er hatte ein Buch aufgeschlagen, um dort auf den ersten Blick die offenbarenden Sätze zu finden, daß er sich abwenden müsse vom Fressen und Saufen, von Zank und Streit sowie von den Erregungen der Lüste, um den Herrn erkennen zu können.

Nun war mir am wenigsten bekannt, was es mit der so oft beschworenen Erregung des Fleisches auf sich haben mochte; *Augustinus* war dieser Krankheit anscheinend nur mit aller Widerstandskraft entkommen. Ich selbst konnte dagegen behaupten, daß mir derartige Qualen noch nicht auferlegt waren; die Mädchen meiner Umgebung zogen mich nicht an, ich hielt sie vielmehr für bemitleidenswerte Wesen, die gleichsam nur durch ein Versehen Gottes auf die Welt geraten waren, um ihre Eitelkeit zur Schau zu stellen. Manchmal standen sie in der Nähe der Schule in kleinen Gruppen herum und warteten auf ihre Freunde. Doch waren diese viel älter als ich, sie gaben mit ihren Bekanntschaften an und lebten das gottlose Leben geschwätziger Diener des Teufels, indem sie mit ihren gierigen Augen den Mädchen nachschauten und ihnen Komplimente machten. Ich dankte Gott, daß mir derartige Versuchungen, die den großen *Augustinus* so viele vergebliche Jahre gekostet hatten, erspart blieben. Auch Augusta hatte wenig für Mädchen übrig. Unter ihren Schülern bildeten sie eine nachlässige Schar zerstreuter und stets mit allerhand Nutzlosem beschäftigter Wesen, die den Kopf verdrehten, wenn ein Spiegel in der Nähe war. Immerzu *schwärmten* sie von etwas, meistens aber von jenen marktschreierischen Sängern und Liebesaposteln, die ihre Herzen besonders zu erregen schienen, in Wahrheit aber nur verhinderten, daß sie sich in die strenge Zucht der wahren Musik begaben. Sie wurden schnell lustlos, und nach wenigen Monaten gaben sie den Unterricht auf. Daher gehörten sie für mich nicht zu jenen Geschöpfen, die man ernst nehmen mußte, schon die Unmöglichkeit des Gedankens, eines von ihnen könnte ein einsames Leben in der Wüste begonnen haben, zeigte mir, daß ein Heiliger von ihnen nichts zu erwarten hatte.

Auch Fressen und Saufen, wollüstige Exzesse, die der junge *Augustinus* nur schwer hatte unterdrücken können, lockten mich wenig. Um dennoch nicht in Versuchung zu geraten, aß und trank ich noch weniger als sonst; selbst meine Lieblingsspeisen ließ ich stehen, so daß Augusta mich bereits für krank hielt. Bei jeder Mahlzeit nahm ich mir vor, nur die Hälfte von dem zu essen, was man mir vorsetzte. Ich wurde hager und schmal, bald kam ich den ganzen Tag lang mit einem einzigen Butterbrot und zwei Gläsern Milch aus. Im Grunde lebte es sich so sogar leichter. Den Schulweg legte ich jetzt viel schneller zurück, ich ermüdete langsamer, und die Gedanken in meinem Kopf entwickelten sich weniger schwerfällig. Da es schließlich aber auch nirgends in der Welt große Anlässe für Zank und Streit gab, glaubte ich bald, alle Versuchungen, die den großen Augustinus so sehr bedroht hatten, siegreich bestanden zu haben. Hatte ich die Offenbarung also schon gefunden, war ich jenen Heiligen nahe, die meist gerade noch rechtzeitig die Hände von den weltlichen Studien gelassen, die Frauen verachtet und den irdischen Besitz verabscheut hatten?

Ich unterzog mich noch anstrengenderen Prüfungen. Mehrmals in der Woche besuchte ich vor Schulbeginn den Frühgottesdienst. Ich kniete die ganze Zeitlang, mochten die Glieder auch schmerzen; ich betete mit unbeweglicher Miene vor Marienbildern, ließ den Rosenkranz durch meine Finger gleiten und schwor, mir nach Verlassen der Kirche keinen einzigen weltlichen Gedanken zu erlauben. Die Straßenampeln übersah ich; ich lief wie geistesabwesend durch die Stadt und würdigte niemanden irgendeines Blickes. Aber auch all diese mit der Zeit etwas lästigen Versuche, den Himmel zu beschwören und zu erweichen, damit er endlich das ersehnte *Zeichen* gebe, halfen mir nicht.

Anscheinend wurde ich noch immer übersehen. Daher dehnte ich meine asketischen Übungen nun auch auf die Schule aus. Ich zeigte Demut und Hilfsbereitschaft, legte bunte Kreide zurecht, wusch den Tafelschwamm aus und lernte so gewissenhaft, daß ich bald bessere Noten vorweisen konnte. Selbst im Turnunterricht hatte ich es inzwischen auf ein ermutigendes *befriedigend* gebracht, nachdem es mir endlich gelungen war, ein von der Decke herabhängendes Seil mit wenigen Zügen hinaufzuklimmen. Die anderen Schüler beobachteten meine Fortschritte mißtrauisch. Ulrich nannte mich bereits einen *Streber,* und obwohl dieser hämische Ausdruck viel besser zu seinem noch immer pfiffigen Gesicht paßte, tat ich so, als gingen mich all diese Schmähungen nichts an. Innerlich hatte ich längst Abschied von Wuppertal genommen. Auch Augusta schien zu ahnen, daß sie sich von mir trennen mußte, denn sie sprach mit einer leichten Wehmut von der Vergangenheit. Ich aber hoffte bereits auf die Zukunft, obwohl ich wußte, daß sie mir sehr fehlen würde.

So war ich vorbereitet, als sie mir schließlich mitteilte, die

Einwilligung des ehrwürdigen Abtes, den Bruder und mich in das Internat aufzunehmen, liege nun vor. Die Kirche hatte sich unserer angenommen und Mutter vorläufig alle Unkosten erlassen. Plötzlich jedoch spürte ich den Schmerz darüber, Augusta zurücklassen zu müssen. Ich liebte sie, ich hatte all diese Jahre nur zu sehr gemocht, die ruhigen Stunden in ihrem Salon, das Gespräch mit ihren immer rundlicher werdenden Freunden, die Heiterkeit der Abende, die langen Spaziergänge an ihrer Seite. Sie begleitete mich zum Bahnhof, und als ich im Zug saß, konnte ich mich nicht mehr länger beherrschen. *Wuppertal!* Wie hatte ich auch diese so oft gescholtene Stadt lieben gelernt! Mit tränenverhangenen Augen schaute ich noch einmal aus dem Fenster. Ich dachte an den nahen Wald, die Schreinerswiese, die dunkle Kirche, ich sah die Schwebebahn vorüberfahren und glaubte, den Gestank der Wupper noch in der Nase zu haben, diesen galligen, beizenden Geruch einer stockenden Brühe, der die Muckerseelen rührte. Regungslos saß ich in meinem Abteil, ich erkannte nichts mehr, die Tränen liefen mir übers Gesicht. Mönche waren frei von solchen Gefühlsausbrüchen; sie dachten nicht mehr an eine irdische Heimat. Da öffnete ich stolz meinen Koffer; die Noten lagen obenauf, daneben die kleinen Spielsachen, von denen ich nur wenige all die Jahre behütet hatte. Ich bündelte sie zusammen, wickelte sie in ein Handtuch, öffnete das Fenster des Zuges und warf alles hinaus …

Kaum zehn Tage später trafen wir im Internat ein. In Köln hatten Josef und ich noch einige schöne Tage erlebt. Wir freuten uns auf die höhere Schule, gingen mit der Mutter spazieren und paßten auf das erste Kind der Tante, das vor kaum einem Jahr zur Welt gekommen war, auf. Die Streitereien früherer Zeiten hatten einem nie dagewesenen Einverständnis Platz gemacht. Zwar glaubte Josef noch immer, die Szene beherrschen zu müssen, indem er lautstark den Ton angab, doch machte mir das nichts mehr aus. *Demut* und *Gehorsam* – sie waren die ersten Gebote, und ich mühte mich täglich, meine Ansprüche zu unterdrücken und durch besondere Zurückhaltung zu gefallen.

Auch unserer Mutter ging es besser als früher. Zwar arbeitete sie noch immer halbtags in dem kleinen Lebensmittelgeschäft, doch hatte sie inzwischen Geld genug, um sich dann und wann etwas leisten zu können. Da sie sich um uns keine Sorgen mehr machen mußte, atmete sie freier. Sie ging jetzt manchmal am Abend aus, denn sie hatte einen Verehrer gefunden, der sie abholte und wieder nach Hause brachte. Es war ein ruhiger, etwas hilflos wirkender Beamter der oberen Finanzbehörde, der durch seine viel zu kurzen Hosen, nie aber durch seine Worte oder Gesten auffiel. Ich hatte den Eindruck, daß es ihm etwas peinlich war, vor uns zu erscheinen, denn er betrachtete uns meist nur mit einem Kopfschütteln. Wahrscheinlich brachte das Zwillingsdasein sein Gehirn durcheinander; laufend mochte er alle Posten verdoppeln, die Bilanzen gerieten in Unordnung, und er wandte sich mit einem etwas entsetzten Blick von uns ab, wenn wir ihm zu zweit die Hände schüttelten, er jedoch noch nicht wußte, wem er die rechte, und wem die linke hinstrecken sollte. Mutter meinte, er sei überfordert; sie behandelte ihn wie einen guten Freund, der an den angenehmen Sommerabenden ihre Begleitung übernahm. Sie gingen am Rhein spazieren, sie tanzten miteinander, und Mutter achtete sorgfältig darauf, daß man weiter *getrennte Kasse* machte. Gerade darin kannte der Vertreter der oberen Finanzbehörde keinen Spaß.

So erschienen uns die Verhältnisse geregelt; als wir Köln verließen, dachte noch niemand daran, daß der brüderliche Zwist, der unserer Mutter so viele Sorgen bereitet hatte, bald wieder ausbrechen könnte. Großvater hatte uns mit einem kleinen Taschengeld versorgt, und am Nachmittag vor dem ersten Unterrichtstag versammelten sich die neuen Schüler im Refektorium des Klosters, wo sie durch den ehrwürdigen Abt begrüßt und eingewiesen wurden. Hatten wir noch angenommen, daß man uns beiden ein gemeinsames Zimmer zuteilen werde, so wurden wir bald enttäuscht. Die Schüler der unteren Klassen schliefen in großen Schlafsälen, erst Jahre später durfte man ein Doppelzimmer beanspruchen. Josef maulte auf, ich aber nahm auch diese Anordnung gelassen hin.

So lagen wir am Abend des ersten Tages nebeneinander in unseren Betten; auf merkwürdige Weise erinnerte mich diese Nähe an die Tage unserer Kindheit, und als das Licht von einem Pater gelöscht und befohlen wurde, nun keinen Laut mehr hören zu lassen, fragte ich meinen Bruder noch schnell, wie es ihm gefalle. »Es geht so«, antwortete er leise, »ich glaube, es wird anstrengend.« – »Warum anstrengend?« – »Wegen des *hohen Tons,* sie reden hier so eigenartig.« – »Das ist der Ton der *Offenbarung*«, sagte ich vorsichtig. – »Und was offenbaren sie damit?« – »Sie sind von Gott erleuchtet, sie denken anders als wir. Im stillen sind sie vielleicht schon im Himmel.« – »Und was wollen sie dann noch hier?« – »*Beten* und *arbeiten.* Sie bereiten sich auf das Jenseits vor.« – »Aber dann macht das Leben hier kaum noch Freude.« – »Warten wir einmal ab.« – »Worauf sollen wir warten?« Ich hätte es ihm gerne gesagt; noch immer beschäftigte mich der Gedanke, Gott könne an meinem duldsamen und asketischen Verhalten Freude gefunden haben. Ich rechnete insgeheim mit einem jener himmlischen *Zeichen,* wie es dem großen *Augustinus* und den meisten anderen Vorbildern zuteil geworden war. Doch ich durfte davon nicht sprechen.

In dieser Nacht ahnte ich noch nicht, wie bald meine gesteigerte Erwartung befriedigt werden würde. Kaum waren nämlich die ersten Schulwochen vergangen, hielt uns ein Ereignis in Atem, das der Zukunft eine ganz neue Richtung gab: In Rom war der Papst gestorben. Auch im Kloster erwartete man gespannt die Wahl des neuen Oberhauptes der Kirche. Die Patres nannten uns die Namen der in Frage kommenden Kandidaten, insgesamt herrschte eine gewisse Aufregung. Neben den über fünfzig Kardinälen hofften auch zweihundert beim Konklave eingeschlossene Helfer, Ärzte und Krankenschwestern, daß die Wahl nicht zu lange dauern werde. Man hatte die Verpflegung der Versammlung sieben Vinzenterinnen anvertraut, von denen man wußte, daß sie die Kochkunst nicht eben mit Leidenschaft betrieben. Während der Stimmabgabe hielten die Kardinäle sich in der Sixtinischen Kapelle auf. Jeder schrieb den Namen seines Kandidaten auf ein Stück Papier und bemühte sich dabei, seine Handschrift zu verstellen. Mit dem beschriebenen Bogen trat man vor den Altar, man hob ihn mit zwei Fingern der Rechten hoch, so daß er gut sichtbar war, man betete, sprach die Eidesformel und legte das Blatt in den Abendmahlskelch. Später wurden die Namen der Vorgeschlagenen laut vorgelesen, und die Anwesenden trugen die Stimmen auf vorbereiteten Bögen ein. Auf dem Petersplatz wartete eine große Menschenmenge auf das entscheidende Zeichen. Weißer Rauch sollte aus dem Schornstein über der Kapelle aufsteigen, um den Gläubigen anzuzeigen, daß ein neuer Papst gewählt war.

Auch wir Schüler verfolgten die Wahlgänge mit Ungeduld. Selbst in den Pausen standen wir abwartend im Klassenraum, um wenig später von einem der herbeigelaufenen Patres zu erfahren, daß es wieder nichts gewesen sei. Die Kardinäle mußten sich einigen. Vielleicht beteten sie unaufhörlich in ihren kleinen Zellen, gingen im Innenhof spazieren und baten Gott um die rechte Erleuchtung. Andere vermuteten, daß in der Abgeschiedenheit der Kapelle geheime Kämpfe zwischen den verschiedenen Gruppen tobten. Auch die hohen Herren des Kollegiums waren Menschen, die sich ihren Platz und ihre Rechte in der Welt sichern wollten. Ich selbst schloß diese Vermutungen völlig aus, denn in meinen Vorstellungen hatte Gott selbst sich in der angeblich himmlisch-schönen Sixtina eingefunden, um sich unter seine Kardinäle zu mischen und ihr Gewissen zu erforschen. Er wußte am besten, wer die Wahl verdient hatte, und er würde ein *Zeichen* für den ganzen Erdkreis setzen. Ein *Zeichen,* ein *Zeichen* vom Himmel? Plötzlich hatte ich die Vermutung, daß die Papstwahl mich betreffen konnte. Sollte Gott auf diesem Weg zu mir sprechen, wollte er zu erkennen geben, daß er mit meinen Anstrengungen zufrieden war und noch viel mit mir vorhatte? Ich schlief nur noch schlecht, nachts lag ich mit weit geöffneten Augen auf meinem harten Lager, während der Bruder neben mir nichtsahnend längst in den Schlaf gefallen war. Im fernen Rom, einer Stadt, wie ich sie mir prächtiger und schöner nicht vorstellen konnte, hofften zur selben Zeit einundfünfzig Kardinäle auf die Weisungen Gottes. Er ordnete ihre verworrenen Gedanken, wie er auch in meine Überlegungen einzugreifen schien, die sich allmählich beruhigten, so daß ich am Ende nichts anderes mehr dachte als meinen eigenen Namen, *Johannes, du bist Johannes,* zugegeben törichte Worte, die mich jedoch endlich einschlafen ließen …

An einem Nachmittag aber verbreitete sich wie ein Sturm die frohe Kunde: *Habemus Papam.* Die Glocken der Klosterkirche läuteten, im Kreuzgang versammelten sich die Patres, wir Schüler wurden aufgefordert, im Innenhof Aufstellung zu nehmen. Beinahe schwindlig vor Erregung lief ich herbei, selbst aus den nahen Bauerndörfern kamen jetzt die Menschen, zogen mit uns vor das Hauptportal der Kirche, erlebten das Aufbrausen der Orgel, den Jubel, die mit glücklichen Kindergesichtern einziehenden Mönche, die das *Te Deum laudamus* anstimmten, um im Wechselgesang nach den Regeln des alten Ritus fortzufahren. *Angelo Roncalli,* der sechsundsiebzigjährige Patriarch von Venedig, war zum Papst gewählt worden. Soeben hatte er in Rom der ganzen Christenheit mitgeteilt, daß er sich *Johannes* nennen werde. Als ich es erfuhr, wurde mir schwarz vor Augen. Ich klammerte mich an der Bank fest, eine Hitzewelle stieg in mir hoch: Gott hatte mich endlich erhört; er hatte mir ein Zeichen seines besonderen Vertrauens gegeben, um mir zu zeigen, daß er Großes von mir erwartete. Mein Eintritt in das Internat mochte mit seinen geheimen Planungen zusammenfallen, von nun an war ich sein *Erwählter*. Wie ich weiter erfuhr, bedeutete der Name *Johannes* dem Heiligen Vater besonders viel. Es war nicht nur der Name seines Vaters, es war auch der Name der kleinen Pfarrei, in der er getauft worden war, der Name unzähliger Kirchen und Kathedralen, ein Name, der in der langen Reihe der Päpste mit am häufigsten vorkam, jedoch seit mehreren Jahrhunderten nicht mehr gewählt worden war. Der neue *Johannes* war der dreiundzwanzigste in der Reihe der Päpste, nicht gerechnet jenen falschen, der vor fast fünfhundert Jahren die Herzen der Gläubigen verwirrt hatte. *Oboedientia et pax, Gehorsam und Frieden* – so lautete sein Wahlspruch, und wie ich sofort bedachte, gab er auch meinem Leben die Regel, den Anweisungen Gottes und der Mönche zu folgen, und einen dauerhaften Frieden mit dem Bruder zu suchen …

Ich bemühte mich. Seit der Papstwahl wußte ich, daß ich mich besonders bewähren mußte. Daher besuchte ich, sooft es ging, den Frühgottesdienst. Als einziger wurde ich früher geweckt. Ich kleidete mich in aller Stille an und schlich aus dem Schlafsaal. Zu so früher Stunde war die Kirche meistens noch leer. Nur wenige Mönche nahmen an der Messe teil. Ich hatte mir – nach dem Studium der Regeln des *heiligen Benedikt* – vorgenommen, immer denselben Platz in der Kirche einzunehmen. So kniete ich neben einem der großen Pfeiler, ganz in mich versunken, still den Gebeten folgend, die ich oft leise mitsprach. In meinem Inneren aber ging ich die zwölf Stufen der Demut durch, die *Benedikt* für seine Mönche aufgestellt hatte. Die erste Stufe bestand darin, den eigenen Willen ganz aufzugeben, um in Gottesfurcht zu erzittern. Gott kannte, wie es hieß, die Gedanken der Menschen; um so entschlossener mußte man alle boshaften Züge aus dem eigenen Inneren verbannen. Daher ermahnte ich mich immer wieder, den Geboten zu folgen. Ich bewegte mich ruhig und ging gesammelt aus dem Kirchenraum, um die soeben erfahrene Botschaft weiter im Sinn zu behalten. Begann wenig später der Unterricht, versuchte ich, so aufmerksam wie möglich zu sein. Die lateinische Sprache wollte ich mit besonderem Fleiß erlernen; in dieser Sprache predigte der Heilige Vater zur Christenheit, auf der ganzen Welt redete die Kirche in ihren Worten, selbst die Engel mochten sich mit ihrer Hilfe Gott verständlich machen. Gott stellte ich mir als die Summe aller Vokabeln vor; mit jedem neuen Wort kam ich ihm einen Schritt näher. Unaufhörlich formten meine Lippen die fremden Silben, während der Verstand sie sich einprägte. Erst die *ruminatio,* das *Wiederkäuen,* verankerte die Worte in meinem Gedächtnis, so daß ich bald leichter mit ihnen umgehen konnte. Ich machte rasch Fortschritte. Schon gelang es mir, mit einigen besonders einprägsamen Wendungen zu meditieren. *Dominus novit cogitationes hominum – der Herr kennt die Gedanken der Menschen,* dies war der erste Satz, den ich mir zur Aufgabe meiner Versenkung gemacht hatte. Ich legte das Lateinbuch zur Seite, schloß die Augen und sprach den Satz vor mich hin. Indem ich ihn häufiger wiederholte, wurde er zu einer Art stiller Gewißheit. Ich stellte mir Gott vor, der von oben alle Gedanken und Gefühle überblickte. Wieviel mochte er damit zu tun haben, das Böse abzuwenden, wie oft mochte er ungehalten sein über das, was er gewahr wurde!

Meinem Bruder aber gefiel mein Eifer nicht. Das strenge und bald etwas eintönige Klosterleben machte ihm zu schaffen. Er verschlief, mußte am Morgen mehrmals geweckt werden und kam verspätet zum Frühstück. Gierig trank er meinen Kaffee aus, eignete sich meine Eßration, auf die ich der Askese wegen verzichtete, an und kam verärgert und mißmutig in das Klassenzimmer, wo er schimpfend neben mir Platz nahm. »Das hält niemand aus«, fluchte er vor sich hin. – »Sag so etwas nicht!«, beruhigte ich ihn. – »Warum müssen wir so früh aufstehen?« – »Weil es der Herr so will«, antwortete ich, »der Herr hat gesagt, schlafet nicht, wachet, und daher wachen wir schon in der Frühe, bevor die gewöhnlichen Menschen aufstehen.« – »Red keinen Unsinn, du sprichst schon wie die Patres!« – »Ich spreche so, wie Gott es mich gelehrt hat.« – »Sei still, ich kann es nicht mehr hören!« – »Du wirst es hören müssen, es ist die Sprache des befriedeten Herzens!« – »Sag mal, geht es Dir gut?« – »Ich habe den Frieden im Gehorsam gefunden.« – »Du bist ja nicht bei Verstand!« – »Ich vergebe Dir.« – »Du sollst mir nichts vergeben!« – »Aber ich muß Dir vergeben.« – »Wer sagt das?« – »Gott hat es mir aufgetragen!« – »Dann sag Gott, ich verzichte darauf, daß Du mir vergibst; es wäre besser, Du würdest mir helfen.« – »Ich helfe Dir, indem ich Dir vergebe. Denn der Herr kennt die Gedanken der Menschen, wie der *heilige Benedikt* sagt: *Dominus novit cogitationes hominum.*« – »Willst Du mich unbedingt aufregen?« – »Aber nein. Der Herr hat gesagt …« Er ließ mich nicht ausreden. Ungebeten schlug er mit der Faust auf die Bank, daß die anderen Schüler sich umschauten. Weil er gestört hatte, mußte er den Rest der Stunde in einer Ecke des Klassenzimmers verbringen. Als ich ihm später vorhielt, daß er die zweite Stufe der Demut, die besage, daß Eigenwille (*voluntas*) Strafe bringe und Gebundenheit (*necessitas*) die Krone erwerbe (*coronam parit*), niemals erreichen werde, wenn er so weitermache, stieß er mich weit von sich. Er lief nach Unterrichtsschluß aus dem Klassenzimmer und brüllte laut in den Innenhof, daß ihn das alles nichts angehe. Ich eilte ihm hinterher, ich versuchte, ihm den Arm um die Schultern zu legen, ich sprach davon, daß der vollkommene Gehorsam darin bestehe, sich den Oberen zu unterwerfen …, er aber machte sich los, brüllte nur lauter und warf seine Bücher fort, so daß ich sie einsammeln und an den für sie bestimmten Platz zurückbringen mußte. Der Herr kannte die Gedanken der Menschen. Er hatte mir die Launen des Bruders geschickt, um mich zu prüfen, und ich nahm diese erste Herausforderung an, wissend, daß ich nicht einmal im stillen daran denken durfte, den Bruder mit harten, unbedachten Worten zur Rede zu stellen. Daher sprach ich ruhig mit ihm, um ihn von seinen üblen Stimmungen abzubringen. Doch er zeigte sich wenig zugänglich. Finster blickte er mich bereits am frühen Morgen an, um seinen Kaffee noch ungehemmter zu schlürfen. Er räkelte sich in der Bank und wurde laut, wenn es ihm langweilig wurde. Mit der Zeit wurde sein Verhalten unerträglich. Schließlich ließ mich der ehrwürdige Abt zu sich kommen. Wie ich erwartet hatte, sprach er von den Launen des Bruders. »Ihr scheint Euch nicht gut zu verstehen«, sagte er. – »Hochwürden«, setzte ich an, *»ich* verstehe ihn gut; er ist verstockt, und Gott hat ihm Schweres aufgebürdet. Doch ich gebe mir Mühe, die Prüfung zu bestehen.« – *»Du* gibst dir Mühe?« – »Jeden Tag ermahne ich ihn, Gehorsam und Frieden walten zu lassen, *oboedientia et pax,* wie es der Heilige Vater fordert.« – »Und was sagt Dein Bruder dazu?« – »Er stößt mich von sich, er geht durch das Tal einer harten Herausforderung.« – »Weißt Du, wie wir ihm helfen könnten?« – »Nein, ehrwürdiger Vater.« – »Ich glaube, wir helfen ihm sehr, wenn wir ihn seinen Weg allein gehen lassen.« – »Aber allein wird er ihn niemals finden.« – »Das sagst Du und mit diesen Worten setzt Du Dich noch über Gottes Ratschluß. Weißt Du denn, was Gott mit ihm vorhat? Willst Du Gott in die Quere kommen?« – »Ehrwürdiger Vater«, sagte ich tief geknickt, »was ich sagte, war falsch, war sehr falsch. Der Herr kennt nämlich die Gedanken der Menschen, aber ich kenne nicht die Gedanken des Herrn. Ich habe einen Fehler begangen, und ich werde ihn bereuen.« – »Du brauchst nicht zu bereuen, wir werden Deinen Bruder an einen anderen Platz setzen, und Du wirst mir versprechen, ihm in den nächsten Wochen seine Ruhe zu lassen. Versprichst Du es?« – »Ich verspreche es, Hochwürden, so, wie der *heilige Benedikt* sagt: *Qui perseveraverit usque in finem, hic salvus erit – wer ausharrt bis ans Ende, wird Rettung finden.*« Ich wurde entlassen, und noch an demselben Abend gab man meinem Bruder ein anderes Bett; am nächsten Morgen erhielt er auch einen anderen Platz im Klassenzimmer. Wir waren wieder getrennt worden, und ich gehorchte.

Freilich bemerkte ich dadurch auch bald, daß mein Gehorsam niemanden mehr beschäftigte. Mein Bruder schloß sich den anderen Schülern an, und sie bildeten bald wieder jene berüchtigten Gemeinschaften, die sich mit Erlaubnis der Patres in den Wäldern und auf dem Sportplatz herumtrieben. Ich begehrte nicht auf. Gott verlangte von mir anscheinend, daß ich meinen Weg allein ging, wenn es mir auch schwerfiel, in diesem Alleinsein einen besonders hohen Sinn zu erkennen. Immerhin war ich nach einiger Zeit sicher, die ersten vier Stufen der Demut genommen zu haben. Verdrießlich stimmte es mich manchmal nur, daß niemand sonst diese Regeln beachtete; selbst die Patres schienen nicht recht zu verstehen, wie ernst es dem *heiligen Benedikt* um die Strenge des Seelenlebens zu tun gewesen war; sie ließen keine Gelegenheit zu einem heiteren Gespräch aus, und ich hatte einige von ihnen im Verdacht, am liebsten Dienst in der Klosterpforte oder in jenem kleinen Buchladen zu tun, in dem man mit den Besuchern des Klosters in Berührung kam. So runzelte ich denn die Stirn, wenn ich sie, ziellos auf und ab gehend, munter schwatzend, in der Allee entdeckte, wo sie, begierig auf jedes Wort, Verwandten und Freunden begegneten und ihre eigentliche Bestimmung verrieten. Auch während der Frühgottesdienste zeigten sie nicht jenen Ernst und jene Sammlung, die ich von ihnen erwartete. Einige saßen übernächtigt im Chorgestühl, konnten das Gähnen nicht unterdrücken und brachten bei den heiligen Gesängen den Mund kaum auf; trieben sie uns aber am Nachmittag auf den Sportplatz, wo wir uns einigen ebenso stürmischen wie überflüssigen Übungen zu unterziehen hatten, wurde ihr Eifer viel stärker geweckt. So taten die meisten alles, um uns vergessen zu lassen, daß wir Gefolgsleute des Herrn vor uns hatten; in meinen Augen erniedrigten sie sich damit vor aller Welt.

Ich hatte lange darüber nachgedacht, ob ich den ehrwürdigen Abt auf diese Fehlentwicklung ansprechen sollte, doch erst als ich die fünfte Stufe der Demut erreicht zu haben glaubte, machte die Lektüre der Regel mir Mut. Sie besagte nämlich, daß man die bösen Gedanken, die im Herzen aufstiegen, in demütigem Bekenntnis (*confessio*) seinem Abt mitzuteilen habe. Sofort meldete ich mich an, und nach einigen Tagen ließ mir der ehrwürdige Vater mitteilen, daß er mir Gehör schenken wolle.

»Hochwürden«, begann ich leise und schuldbewußt, »ich komme zu Ihnen gemäß der fünften Demutsregel des *heiligen Benedikt,* um Ihnen offen zu gestehen, daß ich gesündigt habe und Böses denke.« – »Das ist gut, Johannes«, entgegnete er freundlich, »sag mir, was Du Böses gedacht hast.« – »Ich denke«, fuhr ich entschlossener fort, »daß die Patres dieser Gemeinschaft nicht so leben, wie Gott es erwartet. Sie sündigen zu häufig. Sie geben sich lächerlichen Spielen und Ausschweifungen hin.« – »Welchen Ausschweifungen?« – »Die meisten reden zuviel. Sie schwatzen in erbärmlicher Weise mit den Besuchern, sie verbringen den Tag, ohne Gott gefällig zu sein. Ehrwürdiger Abt, sie sollten den Mund halten, sie sollten beten und schweigen, sie sollten sprechen, wenn sie gefragt werden, und sie sollten mit dem Propheten sagen: *Ich aber bin ein Wurm und kein Mensch, der Spott der Menschen und der Abschaum des Volkes.«* – »Aber Johannes! Die Patres sind doch kein Abschaum!« – »Sie sind es, ehrwürdiger Vater, sie müßten es sein. Aber ihr Gehorsam schwankt, und sie gähnen, während sie Gott dienen. Ich glaube nicht mehr an ihren hohen Sinn, und es ist an der Zeit, dem Heiligen Vater in Rom zu melden, daß seine Kirche der Erneuerung bedarf. Deshalb, ehrwürdiger Abt, bitte ich, daß ich dem Papst noch heute einen Brief schreiben darf.« – »Das wirst Du bleibenlassen, hörst Du!«, sagte er überraschend heftig. Er hatte sich von seinem Sitz erhoben und schaute mich zornig an. »Was bildest Du Dir ein? Willst Du unser Kloster vor der Welt schlechtmachen?« – »Ich will es erhöhen, ehrwürdiger Vater. Solange wir nicht bekennen, daß wir es nicht schaffen, ist dieses Leben in Gehorsam nichts wert. Sprechen wir aber, wie der *heilige Benedikt* sagt, *ich bin zu nichts geworden und ohne Einsicht, wie ein dummes Vieh war ich vor dir und bin immer bei dir,* so wird man uns vergeben.« – »Was redest Du denn da? Wer ist wie dummes Vieh?« – »Wir alle, ehrwürdiger Vater«, entgegnete ich, etwas erstaunt, daß er die Botschaft der Psalmen nicht einmal genau zu kennen schien, »ja, wir sind wie dummes Vieh, ohne Einsicht. Statt dessen sitzen wir wie Spatzen auf den Dächern und jubilieren hinaus ins Land. Wir schwatzen und verbringen den Tag mit unnützer Rederei, wir üben den Leib und vergessen die Seele darüber. Wie schlecht ist es um dieses Kloster bestellt! Manchmal denke ich, es ist bereits dem Teufel geweiht, ohne Zweifel böse Gedanken, die ...« – »Das will ich meinen! Oho! Das will ich meinen!«, wiederholte er sich auffällig. Er lief vor mir, der ich noch immer ruhig auf meinem Stuhl saß, auf und ab, er hatte sich kaum noch in der Gewalt und fuhr sich mit den offenbar feuchten Händen durchs schüttere Haar. »Erregen Sie sich nicht, ehrwürdiger Abt«, versuchte ich, ihn zu beruhigen, »es steht Ihnen nicht gut zu Gesicht. Gott verlangt von uns nicht die Erregung, sondern den Gleichmut der Seele. Ewig währet sein Erbarmen ...« – »Sei still!« fuhr er mich an, »Ich will nichts mehr davon hören! Wo hast Du das alles her? Wer hat es Dir beigebracht?« – »Ehrwürdiger Vater, das sollten Sie eigentlich wissen. Aber sehen Sie, nicht einmal die Regeln des *heiligen Benedikt* sind unter Ihren Patres so recht bekannt.

Sie mischen, wie der Herr sagt, Wasser mit Wein, sie tun nur Halbes, Unvollkommenes …« – »Sei still! Noch einmal! Wer hat so zu Dir gesprochen? Hat einer der Patres darüber mit Dir geredet?« – »Oh nein«, sagte ich gefaßt, immer erstaunter darüber, wie sehr er sich vor meinen Augen gehenließ, »oh nein, dazu reicht ihre Kraft nicht aus. Sie unterrichten uns, und Pater Albertus gibt sich Mühe, meine Fortschritte auf dem Klavier zu beschleunigen. Aber …« – »Aha! Dann hat Pater Albertus Dir diesen Unsinn in den Kopf gesetzt?!« – »Auch das, ehrwürdiger Vater, muß ich bestreiten. Er sieht nicht über den Rand hinaus.« – »Über welchen Rand?« – »Über den Rand seines Wissens. Längst habe ich ihn gebeten, mich in jene Gedankengänge des *heiligen Augustinus* einzuweisen, die er in seinen sechs Büchern über die Musik niedergelegt hat, aber nicht einmal dazu ist es inzwischen gekommen.« – »Du bist vorlaut und ungezogen. So etwas hat man noch nicht erlebt!« – »Ehrwürdiger Vater! Sie befehlen mir zu schweigen, und Sie fordern mich auf zu reden. Was verlangen Sie nun von mir?« – »Du sollst auf meine Fragen antworten, Du sollst nur antworten, wenn Du gefragt wirst.« – »Gut, ehrwürdiger Vater, dann muß ich Ihnen gestehen, daß Gott mich jetzt bereits einige Zeit gefragt hat, wie es um den Gehorsam der Mönche bestellt ist, und ich habe ihm antworten müssen, daß sie ihr Leben vertun.« – »Das ist unerhört!« – »Das ist es zweifellos, ehrwürdiger Vater! Die Kirche muß *von Grund auf erneuert* werden. Die lateinische Sprache sollte wieder mehr Beachtung finden. Die Mönche sollten sich lateinisch verständigen, nicht in der Sprache des Volkes. Die Gebete am Morgen müßten mit größerer Demut, vielleicht auch um einiges früher begonnen werden.« – »Sonst noch was?« – »Noch viel, Hochwürden! Auch die Musik hat hier nicht den Platz, den sie verdient. Die Schüler werden sehr lasch in ihr unterwiesen.« – »Ich kann es nicht mehr hören«, herrschte er mich an, »Du hast die anderen herabgesetzt, Du hast sie beleidigt.« – »Aber, Hochwürden«, brauste nun auch ich empört auf, »ich habe sie herabgesetzt, um sie zu erhöhen. So geht es nicht weiter. Was soll Gott von uns denken?« – »Das überläßt Du am besten mir!«, schrie er nun. Er lief zur Tür und rief einen Pater herbei. Ich erhielt eine Woche Arrest. »Du wirst von den Spielen, Übungen und Nachmittagsbeschäftigungen der anderen Schüler ausgeschlossen. Du wirst Dich ausschließlich im Schlafsaal aufhalten. Keine Lektüre! Kein Gespräch! Wir werden sehen!« – »Dies wäre«, entgegnete ich leicht gekränkt, »ein Weg, den Sie nicht mir, sondern den Patres weisen sollten. Mir macht es nichts aus, den Nachmittag im Schlafsaal zu verbringen. Ich werde für die Seelen der anderen beten, ich werde *wiederkäuen, vor mich hin sinnen,* Gott ...« – »Hinaus!« befahl er, offenbar zum letzten entschlossen. Gott hatte seine Seele verfinstert.

Nun hatte man endlich ein waches Auge auf mich. Am frühen Nachmittag wurde ich von den anderen Schülern getrennt. Regelmäßig betrat der diensttuende Pater den Schlafsaal, um zu prüfen, ob ich mich an die erlassenen Gebote hielt. Er hatte nie etwas zu beanstanden. Ruhig, ohne zu antworten, lag ich auf meinem Bett. Die Kirche bedurfte großer Vorbilder, und Papst Johannes hatte selbst gesagt, daß er sich als einen der niedrigsten Diener des Herrn betrachte und jeden Hochmut fahrenlassen wolle. In den finsteren Mauern dieses Klosters hatte man seine Worte noch nicht verstanden, doch hatte sich inzwischen herumgesprochen, daß ich den ehrwürdigen Abt in einem ernsten Gespräch gebeten hatte, einen Brief nach Rom schreiben zu dürfen. Die Patres betrachteten mich von nun an mit einer gewissen Hochachtung. Selbst mein Bruder näherte sich mir wieder. Aber ich schwieg. Ich schwieg acht Tage und acht Nächte. Niemand konnte mir ein Wort entlocken. Erst am neunten Tag brach ich mein Schweigen. Der Pater begrüßte mich am Nachmittag noch in der Erwartung, daß ich den Gruß nicht erwidern würde. »Wie geht es uns heute?«, fragte er etwas besorgt. – »*Wie gut für mich, daß Du mich demütigst, und ich so Deine Gebote lerne*«, antwortete ich. – »Ich habe Dich nicht gedemütigt«, sagte er noch. Er wußte nicht einmal, wessen Worte ich gerade zitiert hatte …

So hatten die Tage des Arrests mein Ansehen gehoben. Pater Albertus erzählte mir, daß man im Kloster davon spreche, es sei zwischen dem Abt und mir zu einer *disputatio* gekommen; in einer erregt geführten Unterhaltung mit den Patres habe der Abt geäußert, man müsse den *bösen Widerworten* des Knaben Einhalt gebieten und ihn in Zukunft strenger maßregeln, wenn er sich unterstehe, die Worte des Herrn nach eigenem Gutdünken auszulegen. Anfangs wagte ich nicht zu fragen, was man unter einer *disputatio* verstehe, doch gaben mir die Hinweise des Pater Albertus, der manchmal recht unverblümt über Luthers Leben berichtete, bald genaueren Einblick. Luther hatte der offiziellen Meinung der Kirche widersprochen; in glanzvollen Streitereien mit seinen ohnmächtigen Gegnern hatte er seine erleuchteten Reden vorgetragen, fein jedes Wort abwägend, es spitz zuschleifend, ohne doch dem, was Gott gelehrt hatte, viel hinzuzufügen. Eine *Disputation* war ein erbittert geführter Wortstreit, ein Kampf mit dem rechten Wissen gegen das verstockte falsche; anscheinend hatte ich, ohne es recht zu wissen, einen Weg eingeschlagen, der in der langen Geschichte der Kirche nicht einmal selten gewesen war. Immer wieder hatte es große Empörer gegeben, die den Finger auf die Worte der Schrift gelegt hatten, um jenen, die inzwischen davon abgewichen waren, neue Einsichten zu geben. Nur hatte Luther seinen Kampf gegen den Papst geführt, ich aber fühlte mich ganz im Bund mit diesem hohen Herren, der mir seit seiner Wahl so tief aus der Seele gesprochen hatte. Das Volk verstand und liebte ihn, es drängte sich am Sonntagmorgen auf den Petersplatz, um seine einfachen und klaren Worte zu hören, es schätzte die ungeschminkte Art, mit der er gegen die raffinierten Worte der

Kurie anging, und es erwartete gerade von seiner Herrschaft eine Befreiung von der längst lästig gewordenen Zurückgebliebenheit der frömmelnden Diener des Herrn, die in Wahrheit auf Gottes Worte kaum noch achteten.

Anfangs nahm man meinen Widerstand noch nicht ernst. Die Patres lächelten über meine Streitlust, sie zogen mich auf und verlangten belustigt, daß ich das Wortgefecht aufnahm, um gleichsam zu ihrem Vergnügen die wegweisende Lehre zu verkünden. Sie hatten mir einen Spitznamen gegeben, und bald hörte ich überall, daß meine *honigfließenden* Sätze zu bewundern seien, paßten sie doch kaum zu einem Jungen von nun bald elf Jahren, der sich anschickte, die römische Kirche zu erneuern. *Honigfließend* – so hatte man in früheren Zeiten die Reden des *heiligen Bernhard* genannt. Ich ertrug ihren Spott und setzte meine geistlichen Übungen fort. Die zwölf Stufen der Demut, die mir der *heilige Benedikt* in Erinnerung gerufen hatte, lagen hinter mir. Ich wähnte mich teilhaftig jener Gottesliebe, die in ihrer Vollendung, wie es hieß, die Furcht vertrieb. Furcht kannte ich nicht mehr. Auch im Unterricht widersprach ich häufiger. Die Gottesliebe war ein großer Besitz, eine starke, innere Kraft, die mich ganz ausfüllte. Ich ließ keine Gelegenheit aus, auch die anderen für sie zu gewinnen; zunächst sprach ich wieder häufiger mit meinem Bruder, doch er schaute mich nur mit großen Augen an, hörte mir einige Minuten zu, versteckte sich dann jedoch im Kreis der Mitschüler, die mir blöde Blicke zuwarfen, als sei ich von einer ansteckenden Krankheit befallen. Ähnlich erging es mir auch mit den Patres. Erkannte mich einer von ihnen, so floh er vor mir; höchstens wenn sie zu zweit oder zu dritt daherkamen, wagte es einer, das Wort an mich zu richten. Sie blieben für einen Augenblick stehen, sie musterten mich wie einen Stein, der ihnen im Wege war, und sie machten sich meist mit einigen dummen Bemerkungen davon, als könnten sie mir so entkommen.

Ganz anders erging es mir unter den Jungen des nahen Nachbardorfes, die nicht alle katholisch waren. Ich hatte sie auf dem Marktplatz des Ortes kennengelernt, wir hatten uns kurz unterhalten, und ich hatte sie an den folgenden Tagen mehrmals getroffen. Sie fragten mich aus, erkundigten sich nach dem Leben im Internat und bewiesen mir dadurch, daß ihre Seelen noch regsam waren. »Ihr seid wie verlorene Söhne«, hatte ich einmal zu ihnen gesagt, und da sie nicht ahnten, was sie verloren hatten, fragten sie nach, ungläubig staunend, mit manchmal weit geöffneten Mündern. Sie zeigten sich aufgeschlossen, meine *honigfließende* Rede kam ihnen fremd vor, aber sie setzten voraus, daß die jungen Seminaristen anders sprachen als sie selbst, ja sie erwarteten es sogar von ihnen. Daher fand ich unter ihnen die besten Zuhörer. *Bernhard* hatte gesagt, daß das rechte Wort den Weisen und Klugen verborgen bleibe, während es den Kleinen enthüllt werde. Ich fand diese Weisheit bestätigt, und bald hatte ich im Dorf eine kleine Gefolgschaft gefunden, die mich den langen, gewundenen Weg hinab zur Abtei begleitete.

Nun waren aber diese Begegnungen den Patres sowie den anderen Mitschülern nicht unentdeckt geblieben. Man sprach von meinen Ausflügen, man witterte geheime Absprachen und versuchte, mich auszufragen. Jetzt zeigte ich mich verschlossen. Mochten sie denken, was sie wollten, ich hatte meinen Weg zu gehen, und niemand von ihnen würde mich daran hindern. Der ehrwürdige Abt, dessen Regiment ich weniger zu fürchten als zu beanstanden gelernt hatte, zeigte mir erneut seine Strenge, aber er wagte nicht mehr, mich zu sich kommen zu lassen. Statt dessen bewachten die Patres mich nun wie einen Ketzer, der bald antreten würde, die Ketten der Kirche von sich zu werfen. Nie war dergleichen meine Absicht gewesen, doch ich hätte mich ihnen noch lange nicht verständlich machen können, wenn mir der Heilige Vater in Rom nicht zu Hilfe gekommen wäre …

Ich erfuhr die wichtige Nachricht an einem Juninachmittag.

Pater Albertus hatte mir gerade eine Klavierstunde gegeben, als mein Blick auf eine bereitliegende Zeitung fiel. Papst Johannes hatte *ein Konzil* einberufen! Pater Albertus blätterte in seiner Zeitung, er schien nicht zu ahnen, welcher Zündstoff von dieser Nachricht ausging. Ich fragte nach, er las mir vor; ich erkundigte mich nach den Einzelheiten, er zitierte. *Oboedientia et pax – Gehorsam und Friede,* aufjauchzend machte ich mich auf den Weg, um dem Bruder die frohe Botschaft zu bringen, ich sprang aus dem Zimmer, eilte in den Innenhof und lärmte so laut, daß sie von allen Seiten herbeikamen, um zu schauen, was sich ereignet hatte. Ich erkannte Josef. »Bruder, Bruder«, rief ich, so laut ich konnte, während Josef vor mir zurückwich, »der Heilige Vater hat ein Konzil einberufen. Alle Bischöfe werden nach Rom kommen. Die Erneuerung beginnt, die Türen der Kirche werden sich öffnen, ihre Fenster werden zersplittern, biegen werden sich ihre Türme, daß die Glocken laut schallen über den ganzen Erdkreis, denn es ist das erlösende Wort ergangen, das der Heilige Vater gesagt: laßt euch Brüder und Söhne nennen, kommt in die Heilige Stadt, ein Wort, das uns den Frieden gibt wie den rechten Gehorsam, ein Wort an alle vom Stuhl Petri entfernten Brüder und Söhne, das Wort des Alten Testamentes: *»Ich bin Joseph, euer Bruder!«*

Josef stand erschrocken vor mir. Er begriff nicht, wovon ich sprach; er tat noch einige Schritte zurück, während ich ihn umarmte, meinen Josef, der mein Bruder war, weil nun auch der Heilige Vater sich Josef genannt hatte, einen Bruder aller Menschen, der sich als ihr Freund zu erkennen gab, nicht als Oberhaupt der Kirche, sondern als gleicher unter gleichen, damit das betende Volk erkenne, wie es um ihn bestellt war, um diesen Rufer zur Einheit, zum Frieden, zur Wiederherstellung des gemeinsamen Hauses … Man hatte dem ehrwürdigen Abt anscheinend Meldung gemacht, der Lärm im Innenhof war so groß, daß er herbeigeeilt war, ich hatte ihn nicht erkannt, unerwartet stand er neben mir. »Was geht hier vor?«, rief er. – »Hochwürden«, holte ich aus, »meine Gebete wurden erhört. Der Heilige Vater hat sein Konzil einberufen, um die Kirche zu erneuern. Er ist Joseph, unser Bruder, uns so nahe wie dieser da, wie Josef, mein Bruder, so daß uns ein Zeichen gegeben wurde, ein Zeichen der Einigung, in dem Johannes und Josef...« – Ich kam nicht weiter. »Aufhören!«, rief der Abt mir energisch zu, »und Ihr, geht auseinander! Geht sofort auseinander! Was sind das für Reden, was unterstehst Du Dich?« – »Das«, entgegnete ich trotzig, um dem Stumpfsinn der letzten Monate ein Ende zu machen, »das, Hochwürden, haben Sie mich schon einmal gefragt. Sie fragen es ein zweites Mal, und, geblendet wie Sie sind, werden Sie es immer wieder fragen. Sie verstehen die Botschaft nicht! Es ist die Botschaft der Gnade, und Sie sagt auch zu Euch: Gib Dich wie ein Bruder zu erkennen, so, wie Joseph sich seinen Brüdern in Ägypten zu erkennen gab!« – »Schweig!«, schnitt er mir das Wort ab, »geh auf Dein Zimmer! Du hast nichts mehr zu sagen!« – »Ich werde auf mein Zimmer gehen, ehrwürdiger Vater, denn ich erhebe mich nicht im Ungehorsam gegen Euch...« – »Schweig!« – »... wohl aber muß ich meine Worte wiederholen, daß auch Ihr Euch nicht entziehen werdet der Erneuerung, der Erneuerung der Kirche, auch der dieses Klosters, das erst dann strahlen wird...« – »Schweig!« – »... strahlen wie in den Zeiten des *heiligen Bernhard*, von denen Ihr einmal zu mir gesprochen, wo sich die Tore auch für die Andersgläubigen öffneten, denn das kommende Konzil wird ein *ökumenisches* sein, ein *allumfassendes*, nicht nur...« – »Haltet ihm den Mund zu!« – »... nicht nur den Mitgliedern unserer Kirche offen, sondern allen, die christlich denken, also auch offen den Jungen unseres Nachbardorfes, die mich nur bis zum Portal begleiten durften...« – »Ihr sollt ihm den Mund zuhalten!« – »... wo man sie stehenließ, jedoch nicht für lange Zeit, denn heute ist der Tag gekommen, der alles wenden wird, wenden ins Gute...« –

Man hielt mich fest. Eine feuchte Hand legte sich auf meinen Mund und preßte ihn so fest zu, daß ich nicht mehr weiterreden konnte. Man schleifte mich die Treppe hinauf, obwohl ich mich wehrte. Die Tür zum Schlafsaal wurde verschlossen, ich fiel auf mein Lager, Tränen standen mir in den Augen.

Am Abend kamen die anderen Schüler herein. Ich sagte nichts. Ich lag auf meinem Bett, ohne mich weiter um sie zu kümmern. Tief in der Nacht hörte ich die Stimme meines Bruders. »Johannes«, sagte er leise, »Johannes?« – »Ja?« – »Geht es Dir gut? – »Besser als zuvor.« – »Der Abt wird Dich einen ganzen Monat lang einsperren.« – »Das ist mir gleichgültig.« – »Soll ich Dir irgendwie helfen?« – »Nein, es geht schon.« – »Hast Du Angst?« – »Wovor?« – »Allein zu sein hier.« – »Ach was!« – »Ich bringe Dir heimlich etwas zu essen.« – »Das brauchst Du nicht!« – »Johannes?« – »Ja?« – »Du hast es ihm aber gegeben, er ist ganz bleich geworden, er wußte sich nicht mehr zu helfen.« – »Beten wir für ihn!« – »Weißt Du, ich bin stolz auf Dich, die anderen fanden es auch richtig so.« – »Ihr habt nie auf mich gehört.« – »Jetzt hören wir auf Dich.« – »Dann ist es gut.« – Hatte er mich verstanden? Wußte er wahrhaftig, was ich gepredigt hatte? Er war Josef, mein Bruder …

11

Väterwahl

Der vierwöchige Arrest veränderte mich. Hatte ich die früheren Strafen noch geduldig ertragen, so wurde mir jetzt die Zeit sehr lang. Die gehobene Stimmung der Vergangenheit war dahin; langsam begann ich, an der unnachsichtigen und durch nichts begründeten Härte der Kirche zu zweifeln. Der Gehorsam, den der *heilige Benedikt* gefordert hatte, erschien mir gegenüber ihrer Despotie ganz unangebracht, und die *honigfließende* Rede, die der *heilige Bernhard* über seine Zuhörer ausgegossen hatte, fand in ihren Kreisen kein Gehör. Beide mochten mir verzeihen, wenn ich ihren Anweisungen nicht länger zu folgen vermochte. Sie enthielten gutgemeinte Lehren, die für ganz andere Menschen bestimmt waren.

Statt dessen war ich durch Pater Albertus, der mich, ohne zu ahnen, was er damit anrichtete, als einen *jesuitischen* Geist bezeichnet hatte, auf den *heiligen Ignatius* aufmerksam gemacht worden. Nach den dürftigen Meldungen, die ich einem Lexikon entnahm, war er als Offizier der spanischen Truppen bei einer kriegerischen Auseinandersetzung schwer verwundet worden. Da er sich während seiner Genesungszeit gelangweilt hatte, hatte er Heiligenlegenden und Bücher über das Leben

Jesu gelesen; aus dieser Lektüre hatte er seine ersten Offenbarungen gewonnen, die er in einigen Schriften, zu denen auch die *Geistlichen Übungen* gehörten, niedergelegt hatte. Ich gab keine Ruhe, bis mein Bruder mir dieses Buch besorgt hatte; endlich war es ihm gelungen, ein Exemplar aus der Klosterbibliothek zu beschaffen. Obwohl die Lektüre verboten war, las ich nun jeden Tag heimlich darin. Denn die *Übungen* setzten mir zu; sie enthielten so drastische, beinahe überschwengliche Bilder, daß ich mich plötzlich gepackt fühlte. Gegenüber den Demutsregeln des *heiligen Benedikt* waren sie wahre Ekstasen an Hingabe. Ignatius überfiel mich, er trieb mich in die Enge, er schärfte mein Gewissen, und leuchtete in die verborgensten Winkel meiner Seele, bis ich mich nicht mehr wehren konnte. Manchmal lief es mir heiß und kalt über den Rücken, das Lesen machte mich atemlos, und bald geriet ich in einen Zustand, in dem ich die Zeit vergaß. Ich saß aufrecht auf meinem Bett und schwitzte, meine Hände verfärbten sich rot, der Mund wurde trocken, die Augen schmerzten, Ignatius redete auf mich ein ... Wenn der Bruder mich in einem solchen Zustand traf, war ich kaum noch ansprechbar. Ich duckte mich zur Seite, wälzte mich auf dem Bett, heftiges Magenstechen ließ mich aufstöhnen, und das kleine Buch unter dem Kopfkissen erschien mir wie ein glühender Stein.

Ich wurde krank. Fieberkrämpfe schüttelten mich, ein Arzt wurde gerufen und konnte nichts feststellen. Am nächsten Tag war das Fieber wieder gesunken, man argwöhnte, ich hätte es künstlich hochgetrieben, aber es waren die Buchstaben der jesuitischen Schrift, die sich in mir entzündeten wie Bakterien. Im Unterricht konnte ich nicht mehr folgen, ich saß erschöpft in der Bank, manchmal begannen meine Hände zu zittern, ein Flackern in den Augen, ein Stich neben dem Herzen, ich sackte zur Seite, und wieder war ich ohnmächtig geworden, nun schon das dritte Mal, so daß erneut der Arzt gerufen wurde, der nur mit den Schultern zuckte. Wie lange ließ es sich noch ertragen? Ich hatte jedes Zeitempfinden verloren, steckte den Kopf zwischen die Kissen, klammerte mich am Bettgestell fest, weinte ohne Grund, die Lippen zitterten, die Haare waren naß, denn wieder hatte ich mir die Strafen vorzustellen, die für mich vorgesehen waren, jene Strafen der Verdammten, die ich, gemäß *Punkt 1* der soundsovielten *Übung*, als gewaltige Feuergluten nicht nur zu denken, sondern zu schauen hatte ...

Wochenlang lag ich so, meine Backen waren eingefallen, der Körper noch hagerer als zuvor, Träume verwirrten mich, manchmal schlief ich den ganzen Tag, während ich nur den Kopf des besorgten Bruders an meinem Lager auftauchen sah, seine forschenden Augen, seine verängstigten Blicke.

Ich erwachte im Krankenhaus. Mutter saß an meinem Bett und hielt meine Hand. Noch immer schmerzten die Glieder, aber ich war von dem langanhaltenden inneren Druck befreit. »Wo ist er?« fragte ich, kaum daß ich laut genug sprechen konnte. – »Wie geht es Dir?« fragte Mutter. – »Es sticht noch ein wenig, und drinnen in der Brust hat Ignatius seine Spitzen angesetzt.« – »Wovon redest Du denn?« –»Ignatius läßt mich nicht los.« – »Wer ist Ignatius?« – »Er hat mir die Qualen der Sünder gezeigt.« – »Du mußt ihn vergessen, hörst Du? Du hattest eine schwere Lungenentzündung. Bald wird es Dir bessergehen.« – »Aber ich sehe ihn noch immer.« – »Johannes! Du mußt an etwas anderes denken, an etwas Schönes, Ruhiges. Denk an uns, denk an Deine Mutter, ich schlafe hier neben Dir, und denk an Deinen Bruder, der sich um Dich sorgt.« Ich nickte, mein Kopf sackte zur Seite, ich schlief ein ...

Schon an den ersten beiden Tagen, die ich wieder im Internat verbrachte, erkannte ich, daß mich die Krankheit weit zurückgeworfen hatte. Ich saß wieder allein in einer Bank, meinen Bruder hatte man während meiner Abwesenheit mit einem schwarzhaarigen, etwas trägen Jungen, der Peter hieß, zusammengesetzt. Ungehalten zappelte ich auf meinem Sitz hin und her, denn die unübersichtliche Menge des nachzuholenden Lernstoffs beunruhigte mich. Früher hatte ich das Lernen leichtgenommen, jetzt aber türmte sich vor mir ein Berg unerledigter Aufgaben, an den ich in jeder Stunde erinnert wurde. Anfangs nahmen die Patres noch Rücksicht auf mich, doch mit der Zeit erhielt die höfliche Nachsicht gröbere Formen. »Johannes muß noch viel nachholen«, hieß es dann, und die anderen Schüler drehten sich mitleidig nach mir um. Laufend wurde ihnen eingetrichtert, daß sie eine Art *Elite* darstellten. Sie lebten in einem Internat – das war etwas Besonderes; das Internat galt als eine der strengsten und besten Schulen im Land – das spornte ihren Eifer noch weiter an. Hier hatte ich es nicht mehr mit jenen einfältigen Geschöpfen zu tun, die mit mir die Volksschule besucht hatten. Vor mir saß vielmehr eine Schar bereits gutgeschulter Eliteköpfe, die sich einbildeten, im Leben einmal eine hervorragende Rolle zu spielen. Einige dachten an eine Aufgabe in der hohen Politik, andere wollten als Kapitäne zur See fahren, und die eifrigsten strebten eine gutbezahlte Stelle in der Wirtschaft an. Sie waren reich, und sie dachten sich nicht viel dabei. In den Winterferien hatten sie *schöne Tage* in der Schweiz verbracht; sie waren im Engadin auf hohe Berge gestiegen und hatten um Weihnachten herum bereits geahnt, was sie im kommenden Frühjahr an *aufregenden Erlebnissen* erwarten würde. Sie waren strebsam und zäh, und manchmal hatte ich das unangenehme Gefühl, in einer Klasse zu sitzen, in der sich neben mir und dem Bruder nur noch viel ältere Schüler befanden. Einige nahmen bereits Reitunterricht auf einem nahe gelegenen Bauernhof. Nun kamen sie am frühen Abend wie Helden heim, die ihre Gäule muntergeritten hatten. »Was haltet Ihr von gebratenen Koteletts?«, riefen sie sich zu, als seien sie auf der Jagd gewesen, um sich nun über die erlegte Beute herzumachen.

Vorlieben wie Reiten und Schwimmen wurden besonders gepflegt, und jene Schüler, die sich darin hervortaten, galten als *ganze Kerle,* die mit sich und der Welt etwas anzufangen wußten. Irgendwie paßten wir nicht in ihre Cliquen und Kreise, und obwohl man uns nirgendwo ausschloß, sondern bereitwillig überallhin mitnahm, hatte ich immer das Gefühl, es sei an der Zeit, einmal besonders laut zu brüllen, jemanden zu verprügeln oder einen mächtigen Baum zu fällen. Die anderen hatten etwas Lässiges, Zukunftsfrohes, und ich beneidete sie oft darum, kam es mir doch so vor, als ob eine bestimmte Summe Geld mir es vielleicht auch ermöglicht hätte, pfeifend und mit gönnerhafter Miene durchs Leben zu schlendern. Nicht einmal böse durfte ich ihnen sein, denn sie zeigten uns nie allzu vorlaut, daß sie bereits in einer anderen Welt Aufstellung genommen hatten, innerlich vielleicht schon mit Golfplätzen, Segelschulen und Reitställen beschäftigt …

An einem Nachmittag sprach ich endlich mit dem Bruder darüber. Ich hatte nicht geahnt, wie unwohl auch er sich fühlte. Offen gestand er, daß er es im Internat kaum noch aushalte; vor allem mit den Patres komme er nicht länger zurecht. Liebend gern würde er selbst einmal für einen einzigen Tag den Unterricht übernehmen, dann würde er sie in die engen Bänke setzen, wo sie sich kaum noch regen könnten. Aufgaben würde er ihnen geben, nicht auszudenken, turmhoch! Und schweigen müßten sie, denn er würde ihnen den Mund mit Leukoplast zukleben! »Das ist nicht erlaubt, das dürft Ihr nicht, da seid Ihr noch zu jung dafür«, so würde er sie laufend anherrschen. Schließlich würde er sie an die Tafel schicken, um griechische Buchstaben hinzumalen, hinterher aber müßten sie alles immerfort auswischen, so lange, bis der Schwamm in ihren Händen zerbröselt sei. Bis in den Abend müßten sie Vokabeln wiederholen, zu essen gäbe es gar nichts, und der Wasserhahn müßte laufen, bis sie das Geräusch nicht mehr hören könnten.

Schließlich hätten sie noch den Boden zu wischen, die Klosterbibliothek auszukehren und sämtliche Klos mit einem Lappen eigenhändig zu reinigen!

Und dann die Mitschüler! Snobs, Affen, Gecken! Sonntags führen sie mit ihren Vätern in schnittigen Autos übers Land und dürften in den teuersten Hotels die besten Mahlzeiten in sich hineinstopfen. Erbärmlich! Einige besäßen Kofferradios und liefen, obwohl es verboten sei, mit Mädchen herum. Mit *Mädchen*! Sie wüßten alles über sie, die schmutzigsten Geschichten kämen ihnen leicht über die Lippen ..., denn sie hätten alles von ihren Vätern erfahren, Erwachsenennachrichten, mit denen sie nun auftrumpften, um unsereinen dumm dastehen zu lassen. »Weißt Du es schon?«, fragte er mich, vorsichtig zur Seite schauend. – »Was?« – »Gott, Du warst aber wahrhaftig ganz aus der Welt. Kaum, daß ich einmal in Ruhe mit Dir reden konnte. Also: Die Erwachsenen *paaren* sich. Erst werden sie geschlechtlich, dann gehen sie wie die Tiere auf Partnersuche und schnüffeln aneinander herum. Manchmal verlieben sie sich und verdrehen die Augen. Dann werden sie fiebrig und geben sich Zungenküsse. Sie reißen den Mund auf und pulen mit der Zunge im Mund ihres Partners herum. Das macht sie ganz feurig, schließlich bespringen sie sich, und das nennt man die Paarung.« – Ich glaubte, nicht richtig zu hören. – »Du brauchst nicht rot zu werden«, fuhr mein Bruder fort, »ich erzähle es Dir, damit Du Bescheid weißt. Sie lachen jeden aus, der es noch nicht weiß, und sie sollen Dich nicht hereinlegen. Hüte Dich vor allen Dingen vor den Mädchen! Oben im Dorf sitzen sie wie die Gänse am Marktplatz, sie warten auf die Jungs, dann schwätzen sie dumm, schließlich spendiert ihnen einer ein Eis. Mädchen sind fürchterlich! Wie die laufen! Hast Du darauf einmal geachtet? Sie wackeln mit dem Hintern, sie tragen *Pferdeschwänze,* weil sie *schick* sein wollen, sie lackieren sich die Fingernägel und trällern alberne Lieder vor sich hin. Mädchen darf man erst gar nicht anschauen. Einmal hat mich eine angefaßt, richtig angefaßt! Ich war mit einigen Angebern auf der alten Burg, wir haben gespielt, da kamen sie vorbei. Sie schauten uns zu, und eine hat später ihren Rock hochgehoben, damit wir alle drunterschauen. Ekelhaft! Dann sind sie hinter uns hergelaufen, sie wollten sich bei uns einhängen, damit wir *Mann und Frau* spielen. Verdammt! Ich bin davongelaufen, und später haben die anderen mich ausgelacht, weil ich feige gewesen sei. Konnte ich wissen, was sie vorhatten? Am Ende wollten sie sich mit uns paaren!« – Ich hatte von Paarungen, Partnersuchen und Zungenküssen bisher noch nie gehört. Überall taten sich plötzlich Wissenslücken auf. Als ich den Bruder jedoch weiter ausfragen wollte, begann ich auf einmal zu stottern. Es hörte sich unangenehm an. »Mensch, Du stotterst ja«, sagte mein Bruder, »dann bin ich lieber still!« – »Nein«, sagte ich schnell, »mmmmmach ruhig wwweiter!« – »Ich weiß nicht. Vielleicht bekommst Du einen Schock fürs Leben.« – »Unsinn!« – »Die Jungs haben gesagt, mancher bekommt einen Schock fürs Leben, wenn er von dem Paarungszeug hört. Später kann er dann selbst nicht mehr paaren und so. Weißt Du, wenn sie sich paaren, dann ziehen sie sich vorher aus. Sie sind nackt, wenn sie es tun, ganz nackt. Sie legen sich aufeinander, küssen sich und dann ...« – »Nnna?« – »Ich weiß nicht, Du hast ja noch immer einen ganz roten Kopf. Ist Dir schlecht?« – »Ach was!« – »Also: Der Samen wird vom Mann in die Frau gepflanzt. Scheußlich, was?« – »Hmmm!« – »Und dabei *nudeln* sie dann.« – »Was?« – »Na ja, sie *nudeln,* ich weiß es auch nicht genau. Irgendwas geht dabei vor, sie wälzen sich hin und her, sie sind ganz von Sinnen. Und dabei entstehen dann die Kinder.« – »Josef? Meinst Du, auch wir sind so entstanden?« – »Ausgeschlossen!« – »Warum?« – »Mutter *nudelt* nicht, sie hat nie *genudelt* in all den Jahren, in denen ich in Köln mit ihr zusammen war.« – »Woher willst Du das wissen?« – »Wenn sie *nudeln,* dann schreien sie dabei.« – »Sie schreien?« –

»Ja, mein Gott, was weiß denn ich? Sie schreien vor Schmerz oder wegen der Lust oder weil sie ganz von Sinnen sind …« –

Es wurde mir zuviel, ich stand auf, und der Bruder lief neben mir her. »Vergiß es!«, sagte er laut, »es ist sowieso nicht so wichtig. Wichtiger ist, was wir jetzt tun. Die Angeber in der Klasse haben ihre Väter und ihre Mädchen, aber wir haben gar nichts. Wenn Großvater zu Besuch kommt, bringt er uns eine Tafel Schokolade mit, Mutter verdient so wenig Geld, daß sie uns nicht einmal etwas schenken kann. Wir müssen uns etwas einfallen lassen.« – »Aber was?« – »Ich habe es mir genau überlegt. Die anderen sind reich geworden, weil sie ihre Schätze *gehortet* haben. Sie haben große Häuser gebaut, darin verstecken sie alles, und mit der Zeit werden sie immer reicher. So muß man es machen.« – »Aber wir haben keine Häuser!« – »Und warum nicht? Weil wir keine bauen. Wir müssen uns ein Haus bauen.« – »Aber Josef! Wie denn?« – »Wir werden uns an Peter halten.« – »An Peter?« – »Peter ist der einzige, der sich in der Gegend hier gut auskennt. Was denkst Du, warum ich neben ihm sitze? Er ist der Sohn eines Bauern aus dem Nachbardorf. Seine Eltern haben einen großen Hof, da können wir alles bekommen, was wir brauchen. Peter macht mit, ich habe ihn schon gefragt. Er kann die anderen doch auch nicht leiden, sie ziehen ihn auf, weil er kein Hochdeutsch spricht. Wir bauen uns einen Hochsitz irgendwo in den Wäldern; das Holz müssen wir heimlich sammeln, Nägel, Handwerkszeug und Dachpappe besorgt Peter. Dann sind wir unter uns, und die andern können ihre Mädchen so lange ausführen, bis sie mit ihnen *genudelt* haben. Es kann uns gleichgültig sein.«

Ich war stolz auf ihn. Seine findige, entschlossene Art gefiel mir plötzlich. Der Hochsitz war eine gute Idee! Wir könnten allein sein, wir würden vielleicht sogar einmal eine Nacht in unserer einsamen Behausung verbringen, während die anderen nichtsahnend … »Träumst Du wieder?«, fragte mein Bruder. – »Nein, ich denke nach. Der Plan ist gut, darauf hätte ich kommen müssen.« – »Du?« Er lachte. »Du kommst nicht auf solche Pläne, Johannes. Du lebst in Deiner eigenen Welt. Wie ein Träumer läufst Du umher und merkst gar nicht, wenn die anderen Dich aufziehen. ›Da kommt der heilige Johannes‹, haben sie hinter Dir hergerufen … und Du? Du hast es nicht einmal gemerkt! Mit Deinen Büchern hast Du Dich eingeschlossen, und da hat Gott Dir zur Strafe das Fieber geschickt. Nichts ist mit Dir anzufangen! Wenn ich es gewußt hätte, wäre ich in Köln geblieben!« Auf einmal wußte ich, daß er mich die ganze Zeit über verachtet hatte. Er ahnte nichts von meinen *Exerzitien,* er wußte nichts von den großen, inneren Kämpfen, die ich gegen Kirche und Welt ausgefochten hatte. »Ab heute wird alles anders«, sagte ich. »Keine ruhige Stunde werden wir mehr haben, das verspreche ich Dir.« Er blickte mich ungläubig an, und ich legte den Arm um seine Schultern. Ich wollte ihn nicht enttäuschen. »Sag einmal«, setzte ich noch ein letztes Mal an, »meinst Du, sie sind glücklich, wenn sie *nudeln*?« – »Johannes! Hast Du noch Verstand?« – »Weißt Du …, ich glaube …, auch die *Orphiker* haben viel *genudelt.*« – »Du hast also schon davon gehört?« – »Ich habe nicht davon gehört«, sagte ich vorsichtig, »ich habe es *geahnt …*«

In den folgenden Wochen lernte ich Peter besser kennen, und schon bald wunderte ich mich, welch guten Instinkt mein Bruder bewiesen hatte, als er sich mit diesem nur auf den ersten Blick trägen, in Wahrheit aber sehr zielstrebigen Bauernsohn zusammengetan hatte. Peter hatte sich im Internat eine gewisse Selbständigkeit bewahrt; er war der einzige in der Klasse, der nachts zu Hause schlief. Der Bauernhof seiner Eltern war nicht weit entfernt. Peter hatte vier ältere Brüder, zwei halfen bei der Arbeit auf dem Hof, einer stand hinter dem Tresen einer kleinen Wirtschaft, die die Familie an den Wochenenden betrieb, der vierte arbeitete in der nahen Stadt. Wenn Peter am Nachmittag nach Hause kam, holte er die Kühe von der Weide, mistete den Stall aus und fuhr Milch und Eier ins Dorf. Am Abend machte er seine Aufgaben. Im Winter trug er dicke, von der Mutter gestrickte Pullover, die ihm weit und füllig am Körper herunterhingen, da sie bereits von den Brüdern getragen worden waren, im Sommer meist buntkarierte Hemden, die unter den Kameraden als *spießig* galten. Er machte sich nichts daraus, denn auch die eitlen Snobs unserer Klasse hatten entdeckt, daß Peter über besondere Fähigkeiten verfügte. So war er ein gefürchteter Verteidiger, und man konnte bei den Fußballspielen, die von der Klassenmannschaft gegen andere Teams der Umgebung ausgetragen wurden, nicht auf ihn verzichten. Peter stand jedem Stürmer auf unnachahmliche Weise im Wege. Mit zwei, drei raumgreifenden Schritten war er in der Nähe der Gefahrenzone, er stemmte sich den Platz mit den Ellenbogen frei, sein Gesicht verzerrte sich zu einer grausamen Grimasse und beruhigte sich erst wieder, wenn der Ball weit genug entfernt war. Berühmt waren seine weiten Befreiungsschläge, die meist irgendwo im leeren Raum landeten. Jeder Torwart empfand eine gewisse Beruhigung, wenn Peter vor ihm verteidigte. Seine Bewegungen waren oft eckig und ungelenk, aber er ließ den Ball nicht aus den Augen und kämpfte verbissen, bis er sich durchgesetzt hatte.

Noch viel stärker beeindruckte uns jedoch, wie leicht er mathematische Aufgaben löste. Sein Gesichtsausdruck bekam etwas Feierliches, wenn er sich über spitze und stumpfe Winkel beugte. Mit leichter Hand ließ er den Zirkel über das Papier schnurren, Strahlenbündel durchschossen einen Punkt und flogen ins Unendliche, undurchschaubare Gleichungen beschrieben ihre Bahn. Peter war der Erste im Fach Mathematik, und wir alle verstanden nicht, welche Götter ihn mit diesem Wissen beschenkt hatten. Er bereitete sich nicht einmal gründlich auf die Schulstunden vor; ein flüchtiger Blick auf eine neue Lektion genügte ihm. In seinem Gehirn mochten Flächen und Räume ein ganz eigenständiges Leben führen; er füllte sie mit Zahlen, rechnete ihren Inhalt aus und warf sie mit einigen Strichen an die Tafel. Die Patres nannten ihn *ein Phänomen,* denn auch sie konnten nicht begreifen, wie ein Bauernsohn, der mit lateinischen und griechischen Vokabeln die anstrengendsten Gefechte austrug, ausgerechnet in Mathematik so zu glänzen verstand.

Er hatte sich mit meinem Bruder angefreundet, und da Josef sein einziger Freund war, hatte er ihn oft mit auf den Hof genommen, um ihm die fremden Welten zu zeigen, die sich hinter Stalltüren und Scheunentoren auftaten. Nun begleitete auch ich die beiden am Nachmittag, um einen Blick auf all die Herrlichkeiten zu werfen, die uns dort erwarteten. Peter drückte mir eine Mistgabel in die Hand und zeigte mir, wie ich die Futtertröge für die Schweine zu füllen hatte. Selbst bei den einfachsten Tätigkeiten konnte man grobe Fehler machen. Sollte ich etwa die Kühe in eine bestimmte Richtung treiben, blieben sie drohend und unbeweglich stehen. Ich schrie, ging einige Schritte auf sie zu, aber sie senkten unbekümmert die Köpfe, um dumpf weiter vor sich hin zu grasen; ich schrie lauter, doch sie hoben nur für einen Augenblick die schweren, einfältigen Schädel, als hätte mein Gebrüll nichts zu bedeuten. In solchen Fällen sprang Peter herbei; er zögerte nicht, lief mitten unter sie, verteilte kräftige Schläge nach allen Seiten und ließ erst recht nicht nach, als die Tiere sich langsam vorwärtsbewegten. Noch schlimmer wurde es aber im Stall, wenn man sich zwischen sie drängen mußte. Meist stellten sie sich quer oder preßten mich so gegen die Wand, daß ich mit einem Fuß in der Kotrinne landete. Ich ließ mir nichts anmerken. Ohne zu murren, zog ich den Fuß aus dem quellenden Sumpf und wischte die Spuren des Mißgeschicks später mit etwas Stroh ab.

Mein Bruder stellte sich geschickter an. Das Leben auf dem

Bauernhof gefiel ihm. Im Kreis der großen Familie fühlte er sich wohl und aufgehoben; manchmal saßen wir auch am Abend noch eine Stunde mit Peters Eltern zusammen. Wenn wir uns später schweigend auf den Heimweg machten, ahnte ich, daß Josef lieber auf dem Hof geblieben wäre. Er konnte dem Leben im Internat nichts mehr abgewinnen; um so geschäftiger kümmerte er sich um den geplanten Bau des Hochsitzes. Wir hatten eine mächtige Eiche ausfindig gemacht, die alle Bedingungen erfüllte, die wir uns wünschten. Sie lag versteckt und erlaubte doch einen weiten Überblick, so daß wir von ihrer Höhe aus die ganze Abtei übersehen konnten. Peter hatte bald alles Notwendige herbeigeschafft, und niemand mußte ihm erst sagen, wie ein solcher Hochsitz inmitten des großen, kaum zu überschauenden Waldgeländes anzulegen war. Passende Rundhölzer wurden vom Hof besorgt, Latten und Stangen im Wald aus kräftigen Ästen und Zweigen zusammengeschnitten. Peter ging auch diese Arbeit wie ein Fachmann an, und schon nach den ersten Handgriffen wußte ich, daß er keineswegs daran dachte, in der windigen Höhe einen provisorischen Bau aufzuschlagen, der beim nächsten Sturm wieder zusammenfallen würde. Auch hier hatte er sich gründlich Gedanken gemacht, und so beugten wir uns über den kleinen Bauplan, den er mit Bleistift, Lineal und Winkelmesser auf ein großes Blatt entworfen hatte. Mein Bruder trug die Latten herbei, er sägte sie nach den angegebenen Maßen zurecht, während Peter bereits eine hohe Leiter aufgetrieben hatte, auf deren oberen Sprossen er flink herumhangelte. Mir hatte man einen Hobel in die Hand gedrückt, und ich bemühte mich, die starken Äste von der Baumrinde zu befreien, um sie meinem Bruder zum Zuschnitt zu überlassen. Der Hochsitz wurde durch eine Stangenkonstruktion gestützt, die tief in die Erde eingeschlagen wurde. Wir kamen gut voran, und ich bemerkte, wie sehr mein Bruder an diesem Bauwerk hing, in das er all seine Hoffnungen gesetzt hatte.

Trotzdem schien ihn etwas zu bedrücken, mehrfach schon hatte er davon gesprochen, mir etwas anvertrauen zu müssen; ich wollte ihn nicht drängen, es schien sich um eine wichtige Angelegenheit zu handeln.

An einem Abend – wir hatten den Boden des Hochsitzes mit einigen Brettern gerade ausreichend vernagelt – gingen wir allein ins Internat zurück. Er schlenderte neben mir her, und ich wußte, daß es nun soweit war. »Was ist los?«, fragte ich, damit er sich einen Ruck gab. – »Johannes, es ist etwas Unglaubliches geschehen.« – »Etwas Unglaubliches?« – »Ja; es gibt Willy nämlich wirklich.« – »Willi?« – »Hast Du es schon vergessen? Unser Stiefvater lebt wirklich!« – Ich mußte mir Mühe geben, die Verhältnisse zu ordnen. Vor unserem Aufbruch in das Internat hatte Josef von Willi gesprochen, von jener mutigen, entschlossenen Gestalt, die für eine Weile eine Art Vaterrolle ausüben sollte. Ich hatte unsere Unterhaltung noch gut in Erinnerung, doch hatte ich in letzter Zeit von derartigen Angelegenheiten nichts wissen wollen. Jetzt aber flammte die Neugierde wieder auf. Noch immer regierte Adenauer das Land, obwohl ihn inzwischen viele drängten, einem Jüngeren Platz zu machen. Sollte Willi … »Sag mal«, unterbrach Josef meine Überlegungen, »wie stellst Du Dir Willy vor?« – Ich dachte nach. Wenn ich ihm Anrechte auf unsere Vaterschaft zugestehen wollte, mußte er über Eigenschaften von uns beiden verfügen. Er mußte rasch, zielstrebig und hartnäckig sein, andererseits konnte er eine gewisse Schwerfälligkeit, einen Hang zur Träumerei wohl nicht verbergen. Wie aber sollte *eine* Gestalt unsere so verschiedenen Charaktere in sich vereinen? »Ich denke«, tastete ich mich vor, »er ist ein *Mann der Tat*. Deshalb kann er uns so selten besuchen. Er muß sich um alles kümmern, und er überläßt nichts seinen Mitarbeitern. Von früh bis spät ist er auf den Beinen, er reist um die Erde … Manchmal aber wird ihm auch alles zuviel. Dann ist er müde und möchte alles hinschmeißen. Er sitzt in einem Flugzeug und träumt vor sich hin; während die anderen auf ihn einreden, starrt er hinaus und blickt auf das ewige Eis, das sich unter ihm auftut, Berge von Eis, Schneehütten, Wüsten, die ...« – »Johannes! Was soll das?« – »Gut, also ... er schaut aus dem Flugzeug, und alles ist ihm zuwider. Vielleicht ist er auch etwas traurig, weil ihn niemand so recht versteht ...« – »Unsinn! Ich will Dir etwas sagen: er ist überhaupt nie traurig, und träumen tut er erst recht nicht. Er will regieren, daher wird er gegen Adenauer antreten.« – »Bist Du sicher?« – »Ich weiß es schon seit einiger Zeit, aber ich merkte, daß Du mit anderen Dingen beschäftigt warst. Hör einmal zu! Willy – er wird übrigens mit einem Ypsilon, nicht mit einem I am Ende geschrieben – Willy ist der Bürgermeister in Berlin. Dort kämpft er allein gegen die halbe Welt. Von einer Seite bedrohen ihn die Russen, dann sind da noch die Amerikaner, die Engländer und die Franzosen. Die tun alle freundlich, aber sie sind schwer zu durchschauen.« – »Hast Du Dir das ausgedacht?« – »Nein, Peters Eltern haben von ihm erzählt, und nun weiß ich alles über ihn. Stell Dir vor, er ist der Sohn einer Verkäuferin!« – »Du lügst!« – »Nein, und noch mehr: Willy wurde ohne seinen Vater groß!« – »Aber!« – »Naja, natürlich hatte er einen Vater, und dennoch hatte er keinen. Es war so wie bei uns, Du weißt doch!« – »Was?« – »Johannes! Willy ist ein *uneheliches* Kind, so wie wir.« Ich mochte dieses Wort nicht. Immer wenn ich es bisher in meinem Leben gehört hatte, war ich aufsässig geworden. »Das hast Du Dir alles ausgedacht«, sagte ich. – »Eben nicht!«, schrie mein Bruder. »Er will Adenauer verdrängen.« – »Was will er denn anders machen?« – »Er will *nicht alles anders, aber vieles besser* machen. Adenauer ist zu alt, Peters Eltern sagen das auch. Die Reichen machen sich ein schönes Leben, und wir müssen schuften, wenn wir es zu etwas bringen wollen. Warum müssen wir uns quälen, während ihnen alles in den Schoß fällt?« – Diesen Tonfall kannte ich, er erinnerte mich an den proletarischen Trotz Ulrichs und an seinen besserwisserischen Eigensinn. Wieso fand ich ihn bei meinem Bruder wieder? Der Aufenthalt im Internat hatte ihm nicht gutgetan. »Gut«, sagte ich abwiegelnd, »es bestehen Ungerechtigkeiten. Die Snobs sind im Vormarsch, aber ich weiß genau, daß Adenauer mit ihnen nichts zu tun hat!« – »Was? Das sagst Du nur, weil Adenauer ein Frömmler ist. Jeden Sonntag rennt er in die Kirche, betet zuerst für sich selbst, dann für seine Familie und schließlich ein wenig für die anderen. Er macht es wie Du, er betet …« – »Josef! Hör auf damit!« – »Er ist trottelig, er ist ein Greis! Er gehört weg!« – »Josef! Das paßt mir nicht!« – »Gut, dann fangen wir von vorne an! Ich werde Dir von Willy erzählen. Er wurde in Lübeck geboren, und seine Mutter hatte nur wenig Geld. Doch Willy war fleißig, er hat sich alles zusammengespart, und als es gefährlich wurde, ist er ins Ausland gegangen, nach Norwegen. Dort wurde er Journalist. Er hat die Welt bereist. Nach dem Krieg kam er nach Deutschland zurück, um das Land wieder aufzubauen. Er ist noch jung, es ist Zeit, daß Adenauer ihm endlich Platz macht.« – »Hmm.« – »Was?« – »Wir hatten ausgemacht, daß Willy sich noch etwas geduldet.« – »Er hat sich lange genug geduldet, jetzt wird sich alles ändern. Er fährt in einem offenen Mercedes durchs Land, überall strömen die Menschen zusammen, weil Willy kommt, mit einem Dampfer ist er den Rhein hinabgefahren …« – »Du meinst, er sammelt bereits Stimmen?« – »Tausende! Zigtausende! Du wirst sehen, daß er gegen Adenauer gewinnt.« – »Das ist unmöglich.« – »Warum?« – »Weil Adenauer ihn *zerschmettern* wird …« – Das Wort war mir herausgerutscht, und es tat mir im selben Augenblick schon leid. Der Bruder blieb neben mir stehen. Er schaute mich entsetzt an. Ich hatte ihm weh getan, und er fürchtete sich, seinen neuen Gott, kaum daß er ihn auf den Thron gesetzt hatte, wieder zu verlieren. »Ich kämpfe für Willy«, sagte er trotzig. Ich mußte ihn beruhigen. Doch was sollte ich sagen? Insgeheim machte Adenauers Starrsinn auch mir zu schaffen. Wenn er nur aus eigenem Entschluß zurückgetreten wäre, um hoch oben, auf dem Berg, mit dem Blick über den Rhein Willys Rheinfahrt gelassen zur Kenntnis zu nehmen! Ich ahnte, daß ihm das alles nicht paßte. Der Rhein gehörte Adenauer, und Willy hatte den ersten Fehler begangen, als er nichtsahnend den Dampfer bestiegen hatte. »Gut«, sagte ich ausweichend, »wann wird gewählt?« – »In anderthalb Monaten.« – »Ich werde es mir genau überlegen. Ich sage Dir rechtzeitig, welche Wahl ich getroffen habe.« – »Einverstanden!« – »Noch eins! Bist Du sicher, daß Willy nie träumt? Vielleicht überfällt ihn doch manchmal...« – »Nie. Willy ist weder ein Frömmler noch ein Träumer. Er ist ein *Weltmann.*«

Ich ließ es damit bewenden, obwohl ich mir nichts unter einem *Weltmann* vorstellen konnte. Ich dachte mir Willy plötzlich als einen grüblerischen, nachdenklichen Menschen, der über andere Erfahrungen als Adenauer verfügte. Beide waren niemals Soldaten gewesen, beide hatten einen gewissen Haß auf die Vergangenheit. Doch Adenauer lebte seit ewigen Zeiten auf dem Berg, während ich mir Willy nur in den Niederungen vorstellen konnte, den Kopf hochgereckt, *hier bin ich, ich bin auch da,* mühsam Stufe für Stufe nehmend... Es fiel mir schwer, mich mit diesem Bild anzufreunden. Josef hatte unsere Vatersuche in die Hand genommen, auch das paßte mir nicht. So ging ich mißmutig neben ihm her. Sein Widerstandsgeist war erwacht, und ich ahnte noch nicht, was dies für unsere weitere Zukunft bedeuten sollte...

Zum Glück war er zunächst noch mit der Einrichtung des Hochsitzes beschäftigt. Der kleine Bau hatte sich zu einer Art Kanzel entwickelt, die, durch ein schönes Dach gekrönt, mehrere Fenster erhalten hatte, von denen aus wir einen guten Überblick über das umgebende Gelände hatten. Im Innern hatte mein Bruder eine schmale Bank untergebracht, an den

Querseiten winzige Regale, die für Proviant, Fundstücke und kleinere Trophäen vorgesehen waren. Nach Abschluß der Arbeiten feierten wir unser Werk, wir kletterten einer nach dem anderen unermüdlich die einfache, aber stabile Leiter hinauf und hinab, verständigten uns, wenn wir uns von der Kanzel entfernt hatten, durch verabredete Zurufe und hörten nicht auf, unser Versteck, das unserem geheimen Bund für die nächsten Monate zum Stammquartier dienen sollte, von allen Seiten zu betrachten und zu bewundern.

Zur Feier des Ereignisses hatte Peter sich das Jagdglas seines Vaters ausgeborgt; so saßen wir an einem Sonntagnachmittag zum ersten Mal im Innern des wind- und wettergeschützten Baus, um alle Vorgänge im näheren Umkreis der Abtei genauer zu erforschen. Den schmalen Waldstreifen, der sich seitlich der Landstraße bis zur Höhe der Hügelkuppe hinzog, bezeichneten wir als *Grenzstreifen*; er war der Übergang in die andere, freiere Welt, die sich in Gestalt des Dorfes gleich hinter der Hügelkuppe anschloß. Vor unseren Augen aber lag die *Insel* der Abtei und des Internates, ein sorgfältig durchharkter und gepflegter Bezirk, dem sich zu dieser Zeit die Väter unserer Mitschüler in ihren glänzenden Wagen näherten, um auf dem Parkplatz vor dem Eingangstor haltzumachen. Dort, zwischen den hohen Sträuchern des Gemüsegartens, hielt sich Bruder Fidelis auf und betrachtete verstohlen die laute Gesellschaft, die sich um das Internatsgebäude verteilte; die kleine Madonnengestalt über dem Kirchenportal drehte ihren Oberkörper vor Ekel und Verdruß so stark zur Seite, daß sie das Jesuskind gerade noch auf dem linken Arm balancieren konnte; im Obergeschoß des Klosters beugten sich drei Mönche aus den Fenstern, um einen genaueren Überblick über die sonntäglichen Besuchszeremonien zu erhaschen; wie neugierige Kinder deuteten sie mit den Fingern auf die Gäste, konnten ihre angestaute Erregung kaum zügeln und vergaßen alle Regeln benediktinischer Zurückhaltung; weiter unterhalb waren die Fenster unseres Schlafsaales geöffnet, man konnte unsere Betten durch das Glas genau erkennen …

Besonders diese Beobachtung überraschte uns, doch während ich das Jagdglas noch schärfer einstellte, um leicht verwundert mein eigenes Lager aus so weiter Ferne zu betrachten, war meinem Bruder längst ein Gedanke gekommen. Findig hatte er eine Möglichkeit ausgemacht, wie wir in Zukunft die günstige Lage unserer Kanzel nutzen konnten, um zwischen ihr und der Abtei einen Kontakt herzustellen, der uns in den Besitz eines geheimen, für die anderen Mitschüler nicht erreichbaren Wissens bringen sollte. Am frühen Abend, wenn wir im Schlafsaal noch unter uns waren, sollte Peter uns von der Kanzel aus seine Zeichen senden. Mit Hilfe einer leuchtstarken Lampe, wie sie auf dem Bauernhof leicht aufzutreiben war, würde er uns seine Signale zumorsen.

Wir waren begeistert, schon wenige Tage später vertieften wir uns in die Geheimnisse des Morsealphabets, das wir schneller als das griechische erlernten, glaubten wir doch, uns mit Hilfe dieser Signale der fernen Welt hinter dem Grenzstreifen des Waldes nähern zu können, die für uns so verschlossen war. So lernten wir die Folgen von Längen und Kürzen, trommelten sie uns vor und zirpten sie noch vor uns hin, wenn wir mit ganz anderen Tätigkeiten beschäftigt waren; auch hierin war Peter uns voraus. Bald hockten Josef und ich an den Spätnachmittagen in der Nähe der Kanzel, um seine Zeichen zu entziffern. *Alles in Ordnung,* funkte er, und obwohl wir nicht daran gezweifelt hatten, daß wahrhaftig *alles in Ordnung* war, freuten wir uns übermäßig, wenn wir die Lichtbotschaft entschlüsselt hatten. *Heute ist Sonntag* erfuhren wir gespannt, um wie geduldige Lämmer vor uns hin zu nicken; die Nachricht, daß der Wind von Osten wehe, brachte uns beinahe um den Verstand, glaubten wir doch schon, in unserem neuen Wissen fest und gesichert zu sein.

Wenn wir nun spätabends zu einer genau verabredeten Zeit einen Blick aus dem Fenster des Schlafsaales warfen, erkannten die geübten Augen bald in der Dunkelheit des Wäldchens jene Signale, auf die wir so begierig waren. Wir nahmen zur Kenntnis, daß es aufgehört hatte zu regnen, wir frohlockten, wenn wir erfuhren, daß der ehrwürdige Abt sich soeben in sein Privatzimmer zurückgezogen hatte. Mit einem Mal schlich sich ein Gewirr von Nachrichten in das sonst so abgedichtete Leben des Internates ein; sie vermittelten uns die Überzeugung, die einzigen zu sein, die über alle Vorgänge innerhalb der Anstalt wie auch draußen in der Umgebung stets Bescheid wußten.

An einem Sonntag, den wir mit Peter in den nahen Wäldern verbracht hatten, waren wir zur vorgeschriebenen Zeit ins Internat zurückgekehrt, während Peter sich wie üblich auf den Bauernhof abgesetzt hatte. Eigentlich hatten wir nicht mehr damit gerechnet, gerade an diesem Abend noch weitere Meldungen in Empfang zu nehmen. Zunächst waren wir auch nicht einmal in den Schlafsaal geeilt, um Ausschau zu halten. Wir hatten im Speiseraum die bescheidene Abendmahlzeit eingenommen, und Josef war von der üblichen Schwermut eingeholt worden, die ihn stets überfiel, wenn er an die folgende Woche dachte. Er war früher als ich in den Schlafsaal gegangen, ich saß noch bei den anderen Schülern, um mir ihre auftrumpfenden Geschichten anzuhören, als er wider Erwarten noch einmal erschien, um mich beiseite zu nehmen. »Es ist etwas Schreckliches passiert«, flüsterte er mir zu, »komm schnell, ich kann Peters Signale nicht deutlich genug erkennen, sicher ist nur, daß er *SOS* funkt.« Wir eilten zusammen die Stufen zum Schlafsaal hinauf, in der Dämmerung zuckten die Leuchtzeichen auf. »Was meint er? Kannst Du es verstehen?«, fragte mein Bruder. *SOS* – Peter mußte etwas zugestoßen sein, etwas Unvorhersehbares, Furchtbares. *»Die Grenze …«*, murmelte ich, die Zeichen entschlüsselnd, »*die Grenze* ist gesperrt, *die Grenze* ist durch Stacheldraht gesperrt, irgend jemand ist *eingeschlossen* und kann nicht hinaus…«. Hatte man etwa unser Versteck aufgetan, hatte man es abgeriegelt, saß Peter nun, eingeschlossen oder gefangen, in der Kanzel? Vielleicht wollte man uns von der Außenwelt abschirmen, vielleicht hatte man *die Insel* der Abtei durch besondere Maßnahmen vom *Grenzstreifen* des Wäldchens getrennt?

Josef hielt es nicht mehr aus, die Signale beunruhigten ihn so sehr, daß er beschloß, sich – gegen die ausdrücklichen Verbote – sofort auf den Weg zu machen, um noch einmal mit Peter zusammenzutreffen. »Ich schlage mich durch«, stieß er überhastet hervor, »und wenn sie schießen, dann sollen sie mich eben umbringen. Das Leben hier ist sowieso nicht zu ertragen.« Ich wollte ihn noch zurückhalten, ich redete ruhig auf ihn ein, daß sich am nächsten Morgen schon alles entwirren werde und es schließlich auch möglich sei, daß Peter sich einen Scherz mit uns erlaube, es half alles nichts, er wollte noch in dieser Nacht hinaus, und niemand hätte ihn davon abbringen können. Immerhin konnte ich ihn überreden, seinen Ausbruch noch ein wenig zu verschieben. Er ging pünktlich ins Bett, er wartete, bis im Schlafsaal Ruhe eingekehrt war, dann schlich er sich zu mir. »Du deckst meinen Abgang«, zischte er mir zu. – »Um Himmels willen, Josef«, entgegnete ich, »Du weißt nicht einmal, was Dich erwartet. Sei vorsichtig!« – »Rede nicht so, ich weiß selbst, daß es gefährlich ist.« – »Wenn sie etwas merken, werden sie Dich von der Anstalt werfen.« – »Sollen sie doch!« – Ich mußte ihn bis zur Tür begleiten, ja er zog mich mit hinaus auf den Flur, weiter, weiter die Treppe hinab, bis wir die Pförtnerloge erreichten, in der an diesem Abend Pater Albertus wachte. »Du mußt ihn ablenken«, flüsterte der Bruder, »rede mit ihm!« – »Es ist verboten, nachts die Gänge zu betreten«, brachte ich noch hervor, erkannte jedoch an dem schnellen Blick, den mein Bruder mir zuwarf, sofort, daß ich damit nichts mehr erreichte. Josef wollte hinaus, ich mußte ihm jetzt helfen. »Gut«, sagte ich leise, »ich will es versuchen, ich locke ihn hinauf in den Schlafsaal …« – »Damit er feststellt, daß ich getürmt bin?«, antwortete der Bruder, mir den Vogel zeigend. »Sprich mit ihm, stell Dich so vor die Loge, daß er mich nicht erkennen kann, wenn ich über den Boden zur Tür robbe.«

Er stellte es sich einfach vor, doch mir fiel in diesem Augenblick nicht einmal ein einziger brauchbarer Satz ein, mit dem ich Pater Albertus hätte ablenken können. Da Josef mich aber nach vorne stieß, mußte ich entschlossen handeln. Der Pater hatte mich schon erkannt, er war hinter der Trennscheibe der Pförtnerloge aufgesprungen. »Johannes!«, hörte ich, »was treibst Du noch hier? Wenn man Dich bemerkt, gibt es einen Verweis!« – »Ach, Pater Albertus«, seufzte ich, »es sind die warmen Sommernächte, die mir so zu schaffen machen, es ist der Flügelschlag der Hitze, die laue Luft, in der man sich erheben möchte, Geistern gleich …« – »Johannes, träumst Du?« – »Wir sind aus jenem Stoff, aus dem die Träume sind, Pater Albertus, unsere Seelen hasten durchs All, und die Sterne fallen uns Kindern zu Füßen. Hört auch Ihr in solchen Nächten die Gestirne, hört Ihr beben die Flügel der Lungen Gottes …« – Der Pater stand starr in seiner Loge, ich machte einen letzten Schritt auf ihn zu und ließ meinen Kopf schwer gegen die Trennscheibe fallen; zu meinen Füßen schob sich Josef dem rettenden Ausgang zu, der noch einige Treppenstufen unterhalb der Loge im tiefen Dunkel lag. Plötzlich überfiel mich eine starke Erregung, Gedichtzeilen kamen mir in den Sinn, ich stammelte vor mich hin und breitete geistesabwesend die Arme aus. »Zeugen sind wir all der Dinge, die in Wundern zu uns sprechen«, lallte ich, mich von der Loge abwendend, »was Gott mit seinem Finger tief in unsere Seelen schrieb, kann nicht täuschen, kann nicht trügen.« – »Mein Gott«, stieß der Pater hervor, »er schlafwandelt, er weiß nicht, was er sagt.« – »Schöne sommertiefe Nächte«, fuhr ich fort, langsam wieder die Treppe hinaufsteigend, während Pater Albertus hinter mir hereilte, »seid aus jenen Elementen, die uns glänzend eingeschrieben; hört Ihr es Pater, hört Ihr das Singen der fernen Harmonien, die der *heilige Augustinus* beschrieben, Glocken über flachem Land?« – Ich stand oben auf der letzten Treppenstufe und blickte mich hilfesuchend nach ihm um. Unten, hinter seinem Rücken, öffnete sich die schwere Tür einen Spalt. Der Bruder war entkommen, Pater Albertus hatte nichts bemerkt. Er packte mich an den Schultern und schüttelte mich. »Wunder von Ferne oder Traum, bracht ich an meines Landes Saum …«, stammelte ich, wild mit den Armen rudernd, den Pater an der Kutte zerrend, daß er fast hingestürzt wäre. Dann hielt ich inne. »Wo bin ich? Pater Albertus? Was mache ich hier?« – »Gott, Johannes«, rief der Pater, »Du hast geträumt. Du bist im Schlaf herumgewandelt und hast mir einen großen Schrekken eingejagt.« – »Es war nicht meine Absicht, Pater«, sagte ich freundlich, »es mag die Hitze sein, die Schwüle der Sommernächte …« – »Davon hast Du gesprochen!« – »Ich habe gesprochen?« – »Unverdautes Zeug, Johannes, es hörte sich an … wie, wie soll man es sagen … wie ein Gedicht!« – »Ah!« tat ich schwerfällig, »das mag daher kommen, daß ich in letzter Zeit so erschöpft bin.« – »Gut, Johannes, wir alle wissen, Du bist ein besonderer Junge, ganz ohne Zweifel; aber tu mir nun den Gefallen, geh zurück in den Schlafsaal, gönne Deinem Geist etwas Ruhe, daß wir keine Schwierigkeiten bekommen.« – »Nichts lieber als das, Pater«, stimmte ich sofort zu, froh darüber, daß er mich nicht noch weiter begleiten wollte, »jetzt fühle ich mich sehr müde, oh, so müde wie kaum. Ich werde tief schlafen.« – »Gott segne Dich!«, gab Pater Albertus mir mit auf den Weg, und langsam schlich ich davon, fand schließlich in der Dunkelheit mein Bett wieder und legte mich hin.

Doch ich fand keine Ruhe. Wieviele Gefahren lauerten dort draußen auf den Bruder! Er mochte sich in der Dunkelheit verirren, mochte straucheln, sich die Knie aufschlagen, mit den Kleidern im Stacheldraht hängenbleiben, ein waidwundes Tier, dessen Blutspur die gefährlichen *Jäger* folgten, die überall Fallen aufgestellt hatten, blutrünstige Wesen, die ihn gefangennehmen und nicht mehr freigeben würden ... Dazu gingen mir dauernd Zeilen jener Gedichte durch den Kopf, die wir vor einiger Zeit hatten auswendig lernen müssen. Damals hatte ich diese merkwürdigen Sprachgebilde nicht recht verstanden, jetzt aber, auf meinem Lager hin- und hergeworfen, erhielten ihre fremden Worte ganz neue Bedeutungen. Unruhig, beklommen sprach ich sie vor mich hin, *»Dämmrung will die Flügel spreiten, schaurig rühren sich die Bäume, Wolken ziehn wie schwere Träume – was will dieses Graun bedeuten ...?«* Ich hatte so große Angst, daß ich zum Fenster hastete, um hinauszuschauen, nichts war zu erkennen, in der Dunkelheit lag der ferne Wald, in dem die Gefahren lauerten. Plötzlich kam ich mir sehr einsam vor, es war eine Art Todesahnung, das schreckliche Gefühl, allein auf dieser unermeßlich großen Welt zu sein, ausgesetzt allen Treibern und Jägern. *»Hast ein Reh du, lieb vor andern«*, flüsterte ich zitternd, um die schreckliche Empfindung zu vertreiben, *»laß es nicht alleine grasen, Jäger ziehn im Wald und blasen, Stimmen hin und wieder wandern ...«* Wie gut verstand ich mit einem Mal diese Verse! *»Hüte dich, bleib wach und munter, hüte dich, hüte dich!«* redete ich wie von Sinnen vor mich hin, legte mich wieder zu Bett, richtete mich auf, saß schweißnaß auf dem Lager, während die Stunden vergingen, ich aber die Glockenschläge der Abteikirche laut wiederholte, *»hüte Dich, bleib wach und munter ...«*

Tränen standen mir in den Augen, als ich draußen auf dem Gang Schritte hörte. Ich warf mir die Decke über, ich flehte Gott an, er möge mich erhören. Die Tür des Schlafsaals öffnete sich ein wenig ... ich erkannte den Bruder, der zu mir schlich. »Josef!« stöhnte ich viel zu laut, »Josef! Ich habe solche Angst um Dich gehabt!« – »Keine Sorge«, sagte er beherrscht, »sie haben nicht einmal etwas bemerkt. Du warst wunderbar, Johannes!« – »Ich war wunderbar, nicht wahr? Oh, mir fielen plötzlich alle Gedichte der Welt ein, etwa das vom Reh, das man nicht alleine grasen lassen soll, was man auch gewiß nicht sollte, ganz gewiß nicht, schließlich ziehn die Jäger durch den Wald, sie blasen, und dann die Stimmen, überall diese Waldesstimmen, das Keuchen des Bodens, das Zittern der Äste, das Mondlicht zwischen den Bäumen, Nebel aus feinem Wolkensamt …« – »Johannes! Hör mir jetzt zu!« – »… Und dann heißt es auch: *Kennst du noch die irren Lieder aus der alten, schönen Zeit?* Und plötzlich, Josef, wußte ich auch, wie *irr* diese Lieder doch sind, die wir früher noch so schön fanden, nein, die *ich* schön fand, denn Du hast wohl kaum …« – »Johannes! Beruhige Dich doch endlich …« – »Kennst Du noch die *irren* Lieder, ja so heißt es, Josef, sie erwachen alle wieder, nachts in Waldeseinsamkeit … es ist furchtbar!« – »Es ist doch vorbei, mir ist nichts geschehen.« – »Nichts?« – »Gar nichts. Man hat durch Berlin einen Stacheldrahtzaun gezogen, jetzt ist *die Grenze* gesperrt, und die Menschen können nicht mehr von einem Sektor in den anderen …« – »Ich habe es geahnt …« – »Was hast Du wieder geahnt?« – »Es heißt doch: *sie sinnen Krieg im tück'schen Frieden …*« – »Soweit ist es noch nicht, aber es wird gefährlich. Sie lassen Panzer und Truppen auffahren, und die Menschen haben große Angst. Jetzt ist Willy gefordert.« – »Was ist mit ihm?« – »Jetzt muß er zu den Berlinern stehen, er muß ihnen Mut machen, sie leben jetzt wie auf einer Insel, und ringsum stehen die Feinde.« – »Und was kann man tun?« – »Er muß die Berliner beruhigen, damit nichts passiert.« – »Aber irgend jemand muß mehr dagegen tun!« – »Wenn einer helfen kann, dann nur Kennedy!« – »Wer?« – »Du weißt nicht, wer Kennedy ist? Ach, Johannes, Du bist so weit aus der Welt!« – »Sag es!« – »Kennedy, *John* Kennedy ist der mächtigste Mann der Welt, er ist der Präsident der Vereinigten Staaten und ...« – »*John*, heißt er *John?*« – »Ja, warum?« – »Wie *Johannes*?« – »Bitte, beruhige Dich doch, ja, wie *Johannes* ...«– »Dann weiß er bestimmt, was zu tun ist. *John* weiß es, bestimmt. Er übersieht die Lage ...« – »Woher willst Du das wissen?« – »Oh, *John* ist der mächtigste Mann der Welt, so hast Du doch gesagt? *Johannes* wird sich sofort um Berlin kümmern, *Johannes* wird ...« – »Er heißt *John*!« – »*John* wird Soldaten schicken und Gewehre, und die werden den Zaun niederreißen, damit die Menschen wieder von einem Teil in den anderen können, *Johannes* hat es ja längst geahnt, er wußte, daß so etwas kommen würde, aber *Johannes* ...« – ich sprach so laut, daß Josef mir erschrocken den Mund zuhielt, ich gurgelte noch einige Laute in mich hinein, einige Schüler waren aufgewacht und fragten, was geschehen sei. »Schlaft weiter!«, sagte Josef, »Johannes hat geträumt, jetzt geht es ihm besser.« Mit Gewalt preßte er mich auf das Lager, er strich mir über das Haar, seine Hand roch nach Erde und Laub, sie war feucht, und der Waldgeruch wirkte wie ein betäubender Duft. Der Kopf wurde schwer, der Körper streckte sich, ich schlief ...

Die Ereignisse in Berlin hatten den alten Streit zwischen dem Bruder und mir über die *Väterwahl* wieder belebt. Von nun an verfolgte Josef genau, was in der fernen Stadt passierte; Willy war ihm noch näher als zuvor, während Adenauer anscheinend einen Fehler nach dem anderen machte. Hatte er nicht die Berliner vertröstet, war er nicht trotzig zum Wahlkampf aufgebrochen, anstatt sich dort sehen zu lassen, wo man *eine Mauer* errichtete, um die Menschen voneinander zu trennen? Hinhaltend hatte er davon gesprochen, daß die erforderlichen Gegenmaßnahmen getroffen würden. Nichts geschah. Statt dessen hatte er im Fernsehen verlauten lassen, daß zu einer Panikstimmung kein Anlaß bestehe; man werde die ernste Situation zusammen mit den Verbündeten meistern.

Schlimmer kam es jedoch noch, als Josef davon erfuhr, daß Adenauer während einer Wahlkampfrede in Regensburg nicht davor zurückgeschreckt hatte, Willy persönlich anzugreifen. Aufgeregt, sich vor Zorn beinahe überschlagend, meldete er mir, was geschehen war. »Mit Adenauer ist es zu Ende«, stieß er hervor, »ich will nichts mehr von ihm hören! Abtreten soll er – und das sofort!« – »Er versucht, die Menschen zu beruhigen«, entgegnete ich. – »Du weißt nicht, was geschehen ist! Er hat Willy einen *alias* genannt.« – »Einen *Elias*?« – »Nein, einen *alias.* Ein *alias* – das ist so eine Art Hochstapler, einer, der nur vorgibt, das zu sein, was er ist; ein *alias* ist ein Betrüger...« – »Und warum soll Willy ein *alias* sein?« – »Weil er *unehelich* geboren wurde. Adenauer hat Willy seine uneheliche Geburt vorgeworfen, er hat ihn beleidigt und herabgesetzt, er versucht, ihn gerade jetzt vor aller Welt lächerlich zu machen. Adenauer ist infam, er spürt, daß er der Lage nicht mehr gewachsen ist, nun macht er seine Gegner schlecht, verstehst Du?« – »Das kann ich nicht glauben.« – »Ja, das kannst *Du* nicht glauben! Du hast immer an dem Alten gehangen und ihn in Schutz genommen! Heuchelei! Dabei verstehst Du nicht einmal, wie sehr er uns hintergeht.« – »Warum sollte er gerade uns hintergehen?« – »Johannes! Wenn er Willy angreift, weil Willy unehelich geboren wurde, dann greift er auch uns an. Er setzt unsere Mutter vor aller Welt herab, auch wir sind jetzt *aliasse,* Menschen, über die man am besten hinwegsieht, so wie die frommen Herren es hier tun! Sie alle stehen hinter Adenauer, kein Wort darf im Internat über Willy fallen, nicht einmal reden dürfen wir von Berlin, jedes politische Gespräch im Unterricht ist streng verboten.« –

So drängte er mich in die Verteidigung. Seit dem verhängnisvollen Sonntag hatte er die Parole ausgegeben, *wir alle* seien nun *Berliner,* auch uns habe man auf der Insel der Abtei eingesperrt, um uns mundtot zu machen. Dreist meldete er sich im Unterricht, um das Gespräch auf die Vorfälle zu lenken. Er wollte von den Patres wissen, wie sie über Berlin dachten, und sie mußten ihn immer wieder beruhigen, wenn er laut vorrechnete, wievielen Menschen jetzt Unrecht getan wurde. Man gab ihm Strafarbeiten auf, aber er erledigte sie nicht. Auch außerhalb des Unterrichts sprach er von nichts anderem als dem großen Freiheitskampf, den Willy in Berlin allein durchstehen müsse. Unter den Mitschülern fand er keine Gefolgschaft. Die meisten begriffen nicht einmal recht, was ihn so rasend machte. *Berlin erwartet mehr als Worte* – diesen zornigen Satz, den Willy bei einer Protestkundgebung hatte verlauten lassen, schrieb er statt des geforderten Besinnungsaufsatzes in sein Heft und erhielt daraufhin einen strengen Verweis. Der Abt bestellte ihn zum Gespräch, doch er ließ sich nicht umstimmen. In seinen Augen war Adenauer zum Verräter geworden, gemeinsam mit den ängstlichen Verbündeten ließ er die Berliner im Stich. Willy jedoch hatte einen bitteren Brief an Kennedy geschrieben, er hatte sich über die Gleichgültigkeit der Verbündeten beschwert und sie aufgefordert, nun endlich tätig zu werden. Immerhin hatte er damit erreicht daß Johann… daß *John* seinen Stellvertreter und eintausendfünfhundert Soldaten nach Berlin beordert hatte. Als Adenauer sich endlich auf den Weg dorthin machte, war es nach Josefs Meinung längst zu spät. Er freute sich, als er erfuhr, daß Willy darauf verzichtet hatte, Adenauer auf seiner Fahrt durch die Stadt zu begleiten, er sang den höhnischen Refrain laut in den Innenhof, den Ostberliner Grenzsoldaten mit Lautsprechern nach Westen posaunt hatten: *Da sprach der alte Häupling der Indianer, wild ist der Westen, schwer ist der Beruf…*

In Peter hatte Josef einen Gefolgsmann gefunden, mit dem zusammen er Willys Wahlkampfreisen in unserer inzwischen gutausgestatteten Kanzel verfolgte. Wie ich bald begriff, hatte Willy sich Kennedy zum Vorbild genommen. So reiste auch er jetzt im offenen Wagen durch das ganze Land, um überall die Hände der Bürger zu schütteln, sich bester Laune in den entlegensten Dörfern vorzustellen und den Eindruck eines Kandidaten zu erwecken, der dem Land im Falle eines Wahlsieges eine Ära der inneren Veränderung bescheren würde. Die Fotos, die Peter aus Illustrierten und Magazinen ausschnitt, zeigten Willy neben dem Fahrer, einen Homburg in der Rechten, während sich die Bürger der kleinen Ortschaften, durch Lautsprecher auf das große Ereignis vorbereitet, an den Rändern der Straße drängten. Über 22 000 Kilometer legte Willy auf diese Weise zurück, oft hielt er mehr als zwanzig Reden an einem Tag. Erst der Mauerbau hatte seine breit angelegten Aktivitäten unterbrochen; nun blieb er tagsüber in Berlin, um spät abends noch mit dem Flugzeug nach Westen zu fliegen, wo er sich den Wählern auf zahlreichen Großkundgebungen zeigte …

Mit der Zeit machte dieser Einsatz auch auf mich einigen Eindruck. Adenauer hatte zu viele Fehler begangen, er hatte auch mich mit seinen bösartigen *alias*-Angriffen gekränkt, und ich konnte ihm seine scharfen Worte nicht mehr verzeihen. Zweifellos war er beunruhigt. Auch in seinen eigenen Reihen mehrten sich inzwischen Stimmen, die ihm seine Selbstgerechtigkeit vorhielten, und selbst seine Freunde machten sich offen darüber Gedanken, wann es Zeit für ihn wäre, das hohe Amt aufzugeben.

Willy jedoch war ein Kandidat, an den ich mich erst gewöhnen mußte. Plötzlich und unvermittelt war er auf der Bühne erschienen, ein Hirngespinst meines eifrigen Bruders, das, ohne daß ich gefragt worden wäre, zu einem Hauptdarsteller aufgestiegen war. Zwar bewunderte auch ich inzwischen seinen Mut, in Berlin mochte er wie kein anderer am rechten Platz sein. Doch hatte ich Vorbehalte, ihm das höchste Amt des Landes zu übertragen. Adenauer hatte Freunde in der ganzen Welt, er wußte, auf wen er sich verlassen konnte; Willy dagegen war ein noch unerfahrener Bürgermeister, der sich als Frontkämpfer des unerschrockenen Berliner Inselvolkes ausgezeichnet hatte. So konnte ich mich mit dem Bruder nicht einigen. Zu dritt saßen wir in unserer Kanzel, verzehrten die vom Bauernhof mitgebrachten Würste und steckten Markierungsfähnchen auf eine große Deutschlandkarte, um die Orte zu bezeichnen, in denen Willy gesprochen hatte. »Hast Du dich jetzt entschieden?«, fragte mich Josef. – »Laß mir noch ein wenig Zeit«, antwortete ich. – »Wenn Du für Adenauer bist, rede ich in Zukunft kein Wort mehr mit Dir. Die Kanzel werden wir für Dich sperren, und ich schaue Dich nicht mehr an!« – »Das ist Erpressung.« – »Klare Fronten!« – »Und wenn ich nun weder für Adenauer noch für Willy wäre?« – »Weder – noch?! Das gibt es nicht. Ein anständiger Mensch entscheidet sich.« – »Es wäre viel einfacher, wenn man *John* wählen könnte.« – »*John?* Du würdest Kennedy wählen?« – »Oh, ich weiß jetzt viel über ihn, ich weiß genau Bescheid. Er hat den Amerikanern große Hoffnungen gemacht, und nun stehen sie alle hinter ihm. *Wem Großes anvertraut ist, von dem wird Großes gefordert,* hat er gesagt, und in seiner Antrittsrede zu Anfang des Jahres hat er sie angehalten, nicht zu fragen, was das Land für sie, sondern was sie für ihr Land tun könnten. Er überblickt die ganze Welt, und er will der Mahnung des Propheten Isaias Gehör verschaffen, die Lasten der Beladenen hinwegzunehmen und die Unterdrückten zu befreien. So – hat er gesagt – ruft uns die Trompete abermals, die herrlichen Trompeten rufen uns, aber nicht, damit wir die Waffen ergreifen, nein, sondern damit wir gegen Tyrannei, Armut, Krankheit und Krieg vorgehen, denn die Trompeten ...« – »Johannes! Du träumst wieder. Amerika ist weit entfernt, und über Kennedy wissen wir zu wenig.« – »Aber nur John kann den Krieg beenden, und er weiß, wie man es macht. Höflichkeit, hat er gesagt, sei kein Zeichen von Schwäche, und Aufrichtigkeit kann nur durch Taten bewiesen werden. Verhandeln! John will mit den Russen verhandeln, und ich könnte ihm sagen, daß der russische Mensch eine durchtriebene Erscheinung ist, so wie ich Adenauer damals, als …« – »Dein Adenauer! In Berlin hat er versagt, er klammert sich nur noch an ein Amt, und mit Kennedy würde er sich gewiß nicht verstehen!« Schweigend saß ich zwischen Josef und Peter und kaute auf meinem Brot. Nein, Adenauer und John würden sich nicht gut verstehen. War es nicht aber längst an der Zeit, über Deutschlands Grenzen hinwegzusehen? Drängte nicht etwas in uns längst aus diesem Land hinaus, so wie uns manchmal auch eine starke Sehnsucht überfiel, die dicken Mauern des Klosters hinter uns zu lassen? »Josef?« – »Ja?« – »Wir erneuern unseren Pakt. Ich werde mich für Willy einsetzen, wenn Du mich nach Amerika begleitest.« – »Nach Amerika? Wie sollen wir nach Amerika kommen?« – »Oh, wir werden Amerika sehen, wir werden nach New York fliegen, und dort werden wir mehr über den Präsidenten erfahren. Und über Adenauer reden wir nicht mehr!« – Josef war endlich einverstanden, obwohl ich seinem ungläubigen Blick anmerkte, daß er an die Verwirklichung meiner Träume nicht glaubte …

Am Morgen des Wahlsonntags nahmen wir wie immer an dem gemeinsamen Hochamt in der Abteikirche teil. Unserem Alter entsprechend saßen wir etwa in der Mitte des Gotteshauses. Rechts und links von den schmalen Bänken, die für die Internatsschüler vorgesehen waren, knieten die Gläubigen aus der näheren Umgebung, schon früh waren die ersten Eltern eingetroffen, die sich zu ihren Kindern setzen durften. An solchen Tagen befiel uns oft eine leichte Wehmut. Erst zweimal hatte uns die Mutter besucht, aber wir konnten ihr nicht übelnehmen, daß sie den weiten Weg scheute. Auch der Großvater hatte nur selten etwas Zeit erübrigen können, um uns zu sehen. So saßen wir still zwischen den zu dieser Zeit meist aufgeregten Mitschülern, die dem Gottesdienst kaum folgen konnten, da sie bereits an die zu erwartenden Nachmittagsausflüge dachten.

An diesem Tag predigte der ehrwürdige Abt. Er sprach von den Lehren der Propheten, die uns aufgetragen hätten, stark und mutig zu Gott zu stehen, er kam auf den Wahlkampf zu sprechen, erwähnte, daß der politische Streit ehrbaren Menschen nicht gut anstehe, nannte die Entscheidung dieses Tages eine *bedeutsame* und prägte uns schließlich ein, daß Gott gerade an einem solchen Tag ein besonderes Augenmerk auf uns habe. Ein guter Christ wisse, für welche Seite er sich entscheide, für die gottesfürchtige nämlich, die die Lehren der Kirche ernstnehme, wie sie es schon seit Jahrzehnten getan... »Noch ein Wort! Noch ein Wort!«, zischte der Bruder neben mir, während ich ihn an der Hand hielt, da er sich bereits drohend aufgerichtet hatte. Daher müsse man sich, fuhr der ehrwürdige Abt fort, gerade heute an die schlimmen Jahre nach dem Krieg erinnern, an die Not, an das Elend, und gerade heute müsse man dankbar sein für all das Geleistete, da Gott uns in seiner nie endenden Güte einen Mann geschenkt, der trotz seines hohen Alters... »Amen!«, rief mein Bruder laut dazwischen, und die Gläubigen drehten sich erschrocken nach uns um. Es war zu spät, ich konnte ihn nicht mehr aufhalten. Mit rotem Kopf riß er sich los, drängte aus der Bank und stand jetzt im Mittelgang. »Amen!«, schrie er, »das sind die falschen Propheten! Das ist Heuchelei! Wer hat denn vom *alias* gesprochen? Wer hat denn seinen Gegner verleumdet?« Von mehreren Seiten liefen die Patres auf ihn zu. Einer hielt ihn fest und versuchte, ihm den Mund zuzuhalten. Ich durfte ihn in einer solchen Lage nicht allein lassen, ich hatte ihm versprochen, für Willy zu kämpfen. So stand auch ich auf, kletterte aus der Bank und folgte ihm in den Innengang. »Recht hat er!«, rief ich mit hoher, sich überschlagender Stimme, »die Trompeten rufen zum Kampf gegen die Tyrannei, gegen die Armut, gegen den Krieg. Großes soll der tun, von dem es gefordert ist, nicht der, der die anderen kleinmacht und sich ausruht auf seinem Lorbeer; so geschieht es nämlich schon im *Land der Freiheit,* wo alle Bürger den Worten eines neuen Propheten …« Ich kam nicht weiter. Oben auf der Empore hatte sich Pater Albertus in aller Eile auf die Orgelbank gesetzt. Unsere Stimmen gingen im lauten Tönen der Orgel unter. Drei Patres führten uns wie gemeine Verbrecher ab, in der Sakristei mußten wir uns auf den Boden knien und um Verzeihung bitten. Josef schüttelte den Kopf, und auch ich war nicht bereit, klein beizugeben. Die Patres beschimpften uns immer ausfallender. Schande sollten wir über das Kloster gebracht haben, noch nie hatte es einen solchen Vorfall gegeben! Man ließ uns knien, bis der Gottesdienst beendet war. In der Kirche sangen sie *Großer Gott, wir loben Dich*; mein Bruder schaute mich von der Seite an. Ich wußte, daß er mir jetzt dankbar war. Wir hatten die Prüfung dieses Tages bestanden, Willy würde in Zukunft mit uns rechnen können. Ich schloß die Augen, und im Jubelgesang der Gemeinde hörte ich einen hohen, schmetternden Klang. Es war der Ruf der Trompeten, und sie lockten uns über den Ozean …

12

Vita sexualis

Der Aufruhr, den unser mutiger Einsatz bewirkt hatte, bildete im Internat den Gesprächsstoff einer ganzen Woche. Zum ersten Mal seit Gründung der Anstalt trat die große Schulkonferenz aller Lehrenden zusammen, um über unser weiteres Schicksal zu beraten. Drei Tage hatten wir an den gemeinsamen Mahlzeiten nicht teilnehmen dürfen; man hatte uns in zwei kleinen Räumen eingesperrt, die nur notdürftig mit einem Bett und einem winzigen Schrank ausgestattet waren; tagsüber durften wir den Raum nicht verlassen. Wir waren niedergeschlagen, weniger weil wir schwere Strafen befürchten, als vielmehr, weil wir einsehen mußten, daß unser Widerspruch nicht sehr erfolgreich gewesen war. In der nahen Region hatten die meisten Bürger wie eh und je Adenauers Partei ihre Stimmen gegeben; sie wünschten keine Veränderung, und Willys Auftritte mochten sie eher erschreckt als angezogen haben. So konnten wir uns höchstens damit trösten, daß Adenauers Triumph diesmal nicht allzu hoch ausgefallen war. Er hatte viele Stimmen eingebüßt, Willy hatte ein wenig hinzugewonnen; doch wir hatten mehr erwartet.

Mit den Tagen wich unsere politische Emphase der Sorge

darüber, was uns bevorstand. Noch in der Sakristei hatte der Abt uns den Verweis von der Schule angedroht; helfen mochte uns höchstens, daß man unsere Worte nicht einmal genau verstanden hatte. Zumindest der Abt bezog sie nicht auf Willys Kandidatur; er hatte sie in seiner engstirnigen Art als weitere Anzeichen massiven Ungehorsams und Unglaubens ausgelegt. Offenbar hatte er meine Botschaft vom *neuen Propheten* als Wiedererwachen meiner religiösen Ekstasen verstanden. Zu meinem Erstaunen galt denn auch nicht der Bruder als der eigentliche *Rädelsführer;* vielmehr bezeichnete man vor allem mich als den *Anstifter,* der den früher so ausgeglichenen und ruhigen Bruder zu seinen provokanten Äußerungen angetrieben habe.

Kurz bevor wir uns vor der Konferenz zu verantworten hatten, erfuhren wir von Pater Albertus, daß sich die Mehrzahl der Patres in geheimer Vorabstimmung bereits für unsere Entfernung aus dem Internat ausgesprochen hatte. Vor dem endgültigen Urteil mußten wir jedoch noch gehört werden. Wir durften uns kurz über unsere Verteidigung beraten. Josef rechnete längst mit unserem Ausschluß. Obwohl wir nicht am Leben im Internat hingen, schreckte uns doch der Gedanke, Mutter in einer inzwischen viel zu eng gewordenen Wohnung lästig zu werden. Daher wollte ich alles daransetzen, daß wir weiter Schüler der Anstalt blieben; wir hatten uns geeinigt, daß ich für uns beide sprechen sollte. So führte uns Pater Albertus in den Konferenzraum, wo die Patres uns mit derben Äußerungen empfingen. Wir wurden als *Querulanten,* als *Störenfriede,* ja als *durchtriebene Erscheinungen* bezeichnet, und der bereits wieder aufgebrachte Abt fragte uns, ob uns klar sei, was uns nach den *Ausschreitungen* des letzten Sonntags bevorstehe. Ich nahm meinen Bruder an der Hand, denn ich hatte mit so heftigen Worten nicht gerechnet. Ich fror und begann leicht zu zittern, als auch Josef meinen Händedruck fester erwiderte.

»Ehrwürdiger Abt«, begann ich leise, »ich bin entsetzt. Auch mir ist ganz unerklärlich, was an jenem Sonntag vorgefallen ist. Ich habe dafür keine Worte. Gewiß hat man viel von *Offenbarungen* und *Entrückungen* gehört, man hat lesen können, was der *heilige Augustinus* darüber gesagt, trotzdem fällt es mir noch schwer, einen so außergewöhnlichen Vorgang zu begreifen.« – »Wovon sprichst Du?« fuhr mich der Abt an. – »Von jener qualvollen Unruhe, ehrwürdiger Abt, die mich an jenem Morgen schon früh nicht losließ; zunächst war mir nicht wohl, der Mund seltsam trocken, dann glaubte ich, mein Gehör spiele mir böse mit.« – »Das Gehör?« – »Ja, denn ich hörte, wie soll man es nennen, gewisse Stimmen, hohe Stimmen, trompetenähnliche Klänge, die immer stärker wurden ...« – »Was faselst Du da? Willst Du etwa sagen, daß Gott ...« – »Nein, ehrwürdiger Abt, das nicht. Ich kenne die Ursache.« – »Also?« – »Ein unglücklicher Zufall ließ schon vor einiger Zeit ein Büchlein mit den *Geistlichen Übungen* des heiligen Ignatius in meine Hände geraten.« – »Ignatius?« – »Eben der, ehrwürdiger Abt, jener von Loyola, jener Hymniker und Ekstatiker, der auf dem Krankenbett ...« – »Still! Hier wird sein Name nicht erwähnt; daß Du ihn einen Heiligen nennst, möchte ich nicht gehört haben.« – »Nun gut, jener Loyola, jene verabscheuungswürdige, sich in das Innere der Seele einschleichende Kreatur hat mich eine Zeitlang sehr erregt, ich las in seinen *Übungen,* ich machte mir einiges daraus zu eigen, und – was das Schlimmste ist – ich steckte auch meinen Bruder an ...« – »Du willst sagen ...« – »Ich gestehe, ehrwürdiger Abt; ich habe gesündigt, nicht in Gedanken, sondern in Worten, denn hätte ich nicht meine Zunge hüten müssen, *favete linguis,* wie die heiligen Texte es nennen, anstatt meinem Bruder von jenem Propheten zu erzählen, der sich – wie wohl einst der *heilige Elias* – einen härenen Mantel umwarf, um gegen die Baalspriester vorzugehen, gegen die sündig-sinnlichen Schlaumeier ...« – »Wovon redest

Du denn?« – »Von der leiblichen Begierde, ehrwürdiger Abt, von der Sinnlichkeit …« – »Was soll das?« – »Wenn ich offen sein darf …« – »Bitte!« – »… dann muß gesagt werden – und ich bitte meinen Bruder Josef um Verzeihung, daß ich hier etwas ausplaudere, daß ich …« – »Also nun!!« – »… dann muß gesagt werden, daß eine gewisse Sinnlichkeit, ein gewisses Kribbeln, wenn man so sagen darf, daß dies alles meinem Bruder zu schaffen machte.« – »Ein Kribbeln?« – »Sie sagen es, ehrwürdiger Abt! Wie eine Schlange schleicht die Begierde heran, sie treibt …« – »Du sagst uns jetzt, was geschehen ist.« – »Ich bemühe mich, ehrwürdiger Vater. Wie ich sagte, bemerkte ich bei meinem Bruder eine gewisse Qual, er hatte seinen Körper nicht mehr in der Gewalt, ich konnte ihn verstehen, obwohl mir derartige Gefühle fremd waren, gänzlich fremd sogar; immerhin waren sie aber in des heili … in des verachtenswerten Loyola Büchlein ausführlich beschrieben, sehr ausführlich, geradezu …« – »Schweig! Darüber steht Dir kein Urteil zu!« – »Gewiß nicht, ehrwürdiger Vater. Ich betete mit dem Bruder, wir kämpften gegen diese Pest wie *der Prophet Elias* gegen die Baalspriester, ich las ihm aus den *Übungen* vor, aber dieser Kampf erregte uns mehr als wir dachten, wir wurden unruhig, wir konnten uns nicht mehr beherrschen, wir waren verwirrt …« – »Kein Wunder!« – »Eben doch, ehrwürdiger Vater, *ein Wunder,* hätte sonst einer annehmen können, daß der von Loyola noch eine so mächtige Wirkung ausüben würde?« – »Und weiter?« – »Uns überfiel eine leichte Ekstase, ehrwürdiger Vater, wir konnten unsere inneren Stimmen nicht mehr bändigen, wir spürten eine Lust …« – »Es genügt!« – »… eine animalische Lust, diese Worte auszuspucken …« – »Wir haben es gehört!« – »… sie auszukotzen, rauszurotzen …« – »Aber, fasse dich doch endlich!« – »… sie herauszusauen, diese sündigen Worte …« – »Still jetzt!« – Ich fuhr erschrocken zusammen, ich rührte mich nicht mehr, der Abt befragte meinen Bruder.

»Es ist ganz so, wie Johannes erklärt hat«, sagte Josef. – »Und von welchen alten Männern habt ihr gesprochen, von ›alias‹?« – »Die alten Männer«, ergriff ich schnell das Wort, »sind die bösen Priester des Baal, uralte Männer, die – mein Bruder verwechselte einiges – *Elias* bezichtigten ...« – Mit einem kurzen Wink unterbrach mich der Abt. Stille. Niemand regte sich. Eine ganze Minute Stille, und ich stand, als hätte sich unter mir die Hölle aufgetan. Die anfängliche Kälte war einer starken Hitze gewichen, mein Bruder mochte es mitempfinden, denn er ließ plötzlich meine Hand los. »Johannes?«, sagte er so leise, daß alle um so mehr aufhorchten. – »Was ist mit ihm?«, fragte der Abt, schon bedeutend weniger streng. – »Ich glaube, es geht ihm nicht gut. Es hat ihn zu sehr mitgenommen.« – Man entließ uns, wir hatten im Innenhof des Klosters zu warten. Für wenige Minuten war ich mit dem Bruder allein. »Was hast Du Dir da nur ausgedacht?« – »Es war die einzige Rettung. Sie hassen den großen Ignatius.« – »Aber ...« – »Hätte ich von Willy reden sollen? Weißt Du, wohin uns das gebracht hätte?« Josef schwieg, er wußte, daß ich recht hatte. Plötzlich begann er zu lachen, er ging auf und ab und wollte nicht aufhören, er krümmte sich, als ob er von lauter übermütigen Einfällen geschüttelt würde. Zornig verwies ich ihm seine Launen, niemand durfte uns hören.

Kurz darauf wurden wir in den Konferenzsaal zurückgeholt. Der Abt begann, uns das Ausmaß unserer Verfehlung zu vergegenwärtigen. »Wir wollen es mit einem strengen Verweis bewenden sein lassen«, beendete er schließlich seine Ausführungen; »die Kirche nimmt jeden reuigen Sünder auf. Du, Johannes, wirst mir das ... gewisse Buch ... aushändigen, über das wir hier nicht weiter reden werden. Außerdem haben wir beschlossen, daß für die sündigen ... daß für die, wie Ihr es nennt, sinnlichen Bedürfnisse ein gewisser Ausgleich gefunden werden muß. In den nächsten Wochen werden wir Euch mehr Sport treiben lassen. Bruder Fidelis wird sich um diese ... Dinge kümmern!« Wir verneigten uns, wir verließen den Raum, draußen schlug Josef ein Kreuz.

Über den Ausgang der Konferenz wurde im Internat Stillschweigen gewahrt. Selbst die Mitschüler erfuhren nicht, was während der Aussprache verhandelt worden war. Keiner konnte sich erklären, warum wir nicht besonders streng bestraft worden waren. Vor allem Josef war darüber sehr erleichtert. Anstatt mir jedoch seine Dankbarkeit zu beweisen, widmete er sich ganz dem sportlichen Training. Beim Waldlauf eilte er voran, er nahm die Hindernisse leicht und geriet kaum außer Atem, während ich hinter den anderen herlief, mit rotem Kopf, schon bald überhitzt. »Nicht müde werden!«, rief Bruder Fidelis mir zu, und ich wußte, er meinte es gut. Abends ging ich früher als sonst zu Bett. Die Muskeln schmerzten, die Augen brannten, allmählich verfluchte ich meinen törichten Einfall, der mir die freie Zeit stahl.

Josef dagegen nahm die sportliche Ertüchtigung ernst. Wollte er den Patres beweisen, daß er mit mir nichts mehr zu tun hatte? In den wenigen Minuten, in denen wir noch allein waren, sprachen wir längst nicht mehr über die Vorfälle. Streng hielt er sich plötzlich an die von oben erlassenen Weisungen, und die sportlichen Übungen waren anscheinend das Ventil, das er für seine überschüssigen Kräfte brauchte. Als Waldläufer war er aber auch besser als alle anderen; er nannte sie *Weichlinge* und hatte keine Mühe, sie mit einigen schnelleren Sprints weit abzuhängen. Mit Unterstützung von Bruder Fidelis hatte er für sich ein eigenes Trainingsprogramm aufgestellt: Kraftübungen am Morgen, Ausdauerübungen in den frühen Nachmittagsstunden und stundenlange Läufe am Abend. Vielleicht träumte er davon, ein guter Langläufer zu werden; Bruder Fidelis legte bereits Tabellen mit seinen Laufzeiten an, er kontrollierte den Aufbau von Sprintstärke und Durchhaltevermögen. Mich hätten diese neuen Vorlieben wenig gestört, wenn unsere Beziehung nicht so sehr darunter gelitten hätte. Josef war nun fast nur noch mit Peter zusammen, und wenn sie nicht gerade Sport trieben, saßen sie über mathematischen Gleichungen. Denn seit kurzem nannten die Patres Peter nur noch liebevoll *das Gehirn*. Er war uns so weit voraus, daß man ihm die Erledigung der üblichen Hausaufgaben ganz erspart hatte. Auch am Unterricht beteiligte er sich nicht mehr; er las in Lehrbüchern, die für die höheren Stufen vorgesehen waren, er *experimentierte* mit Gleichungen und Tabellen herum. Da er Josef bei den Aufgaben half, wurden auch dessen Leistungen immer besser. Er hatte sich auch hier eine gewisse Ausdauer erworben, er ließ nicht locker, bis die schwierigen Aufgaben gelöst waren, während ich selbst keine Anstrengungen unternahm, mich in diesen abstrakten Regionen wohlzufühlen. Die beiden bildeten bald ein Paar, das in den Fächern, in denen es auf handwerkliches Geschick, technisches Wissen und eine gewisse Sympathie für die formelhaften Kleinigkeiten des physikalisch-chemischen Lebens ankam, eine Vormachtstellung behauptete. So kreisten ihre Gespräche, an denen ich mich kaum noch beteiligte, um Details, die mich völlig gleichgültig ließen. Sollte ich mich dafür interessieren, wie *Verbrennungsmotoren* funktionierten, sollte ich lernen, *Pleuelstangen* von Kurbelwellen zu unterscheiden, sollte ich einen neugierigen Blick ins Innere einer Uhr werfen, um die *Schwingmasse* neben der *Spannklinke* zu entdecken? Die beiden waren in solch fremde und unbequeme Wörter vernarrt. Sie informierten sich in Motorzeitschriften, blätterten in Autokatalogen und übertrieben ihre Begeisterung derart, daß ich mich bald ganz ausgeschlossen fühlen mußte.

Nur alle zwei, drei Wochen durfte ich sie an einem Sonntagnachmittag zu einer Filmvorstellung begleiten. Auch hier hatten sie sich bald auf eine begrenzte Zahl von Lieblingen geeinigt, an deren Schauspielkünsten sie ihre Freude hatten. Einer der Filme, die sie besonders schätzten, trug den anspruchslosen Titel *Manche mögen's heiß*. Vergeblich versuchte ich dahinterzukommen, was sie zu ihren Lachsalven veranlaßte, drehte sich doch die ganze Geschichte um ein Paar arbeitsloser Musiker, die, teilweise als Frauen verkleidet, einem weiblichen Wesen nachjagten, dessen auffallendem Gehabe ich wenig abgewinnen konnte. *Marilyn Monroe* war Sugar Kane, und Sugar, das verwöhnte, schmollende Biest, war die geheime Königin des Streifens, dessen Helden allerhand Verwechslungsabenteuer bestehen mußten. Bereits dreimal hatte ich mir die Streiche von Joe und Jerry anschauen müssen. Ich wagte nicht, etwas dagegen einzuwenden, zumal ich allmählich auch bemerkte, daß Peter und Josef weniger an der Handlung als am Äußeren der sich herumaalenden Blondine Gefallen gefunden hatten. In manchen Szenen zeigte die muntere, aber auf mich wenig Eindruck machende Person eine schlüpfrige Haltlosigkeit, die meinen Begleitern jenen stumpfsinnig-vernarrten Blick abnötigte, den ich heimlich an ihnen beobachten konnte. Plötzlich lachten sie nicht mehr; steif und gebannt saßen sie auf den harten Klappsesseln und stierten geistesabwesend auf die mit hoher und überreizter Stimme herumturtelnde, ihr Äußeres dreist zur Schau stellende Person. Sie schwärmten für *Marilyn,* und sie gaben es zu, wenn sie mit roten Köpfen das Kino verließen, um noch einen letzten Blick auf die im Schaukasten ausgehängten Bilder zu werfen.

Ich fühlte mich im Kino nicht wohl. Bereits wenn das Licht langsam ausging, sehnte ich mich hinaus ins Freie. Oft drängten sich die Bilder mit einer sonst nicht dagewesenen Gewalt auf; nachts träumte ich unruhig, erlebte bestimmte Szenen noch einmal und wurde selbst die Stimmen der Schauspieler nicht mehr los, die mich noch am darauffolgenden Morgen wie böse Gespenster verfolgten. Nur *James Dean* mochte ich, ich liebte seinen entschlußlosen, langsamen Gang, die Art, wie er sich bewegte, die Treue, mit der er an seinem verschrobenen, kauzigen Freund Plato hing. *James Dean* umgab eine gewisse Traurigkeit. Wenn es aber darauf ankam, war er tapfer wie kein anderer, er ging den Zweikämpfen nie aus dem Weg, aber er führte sich dabei nicht so stolz und vorlaut auf wie die anderen. Manchmal hockte er in einer seltsamen Versunkenheit herum und blickte haltlos vor sich hin. Bei den Eltern fühlte er sich nicht wohl, er haßte seinen ungeschickten Vater, der es der Mutter nie recht machen konnte, aber er war doch auf geheimnisvolle Art an seine Eltern gebunden, so als würde er sie niemals so recht los. *James Dean* gefiel mir, weil er nie spielte; ich konnte mir nicht vorstellen, daß er sich im Leben anders als im Film verhielt. Mit Josef und Peter unterhielt ich mich darüber nicht. *James Dean* langweilte sie, und später gaben sie mir zu verstehen, daß er ein *Weichling* sei, der den Auseinandersetzungen nur aus dem Weg ging. Hatte er nicht am Ende sogar um den toten Plato geweint und war er nicht in die Arme seiner Freundin geflohen? So hielten sie sich lieber an *Marilyn*; wenn sie Joes Brille absetzte, sein Haar mit ihren Krallen durchfuhr und ihren weichen Schmollmund ansetzte, um ihn auf die Lippen zu küssen, bedeutete ihnen der sinnliche Kitzel dieser Höhepunkte mehr als jedes Wort, das James Dean herausbrachte. Die *Schaulust* hatte sie gepackt, und zweifellos galt sie mehr dem verführerischen Gebaren dieses blonden Wesens als dem albernen Getue ihrer Partner, die sie ununterbrochen hofierten. Daher ließ ich Josef und Peter von nun an allein ins Kino gehen. Sowieso hatte ich schon lange das Gefühl, sie bei ihren Abenteuern nur zu stören. Sie kamen ohne mich aus, aber auch mir fehlte nichts, wenn sie nicht in meiner Nähe waren. Wir alle hatten uns verändert, ich bemerkte es selbst an meiner wachsenden Neigung, mich zurückzuziehen. Alles war mir lästig geworden. In den Schulstunden saß ich lustlos und unzufrieden in der Bank; der Lehrstoff beschäftigte mich nicht. Oft hockte ich stundenlang träumend herum, ohne doch fest an irgend etwas zu denken. Ich sinnierte vor mich hin, und an den Nachmittagen bereitete es mir große Mühe, meine Aufgaben zu erledigen. Auch mein Aussehen hatte sich stark verändert. Ich betrachtete mich nicht gern im Spiegel, schon am Morgen ging ich diesen Blicken aus dem Wege. Ich fuhr mit den Fingern kurz durch die Haare, um mich nicht kämmen zu müssen, ich wusch mich nur flüchtig, damit ich nicht allzu lange mit den anderen Schülern im Waschraum zusammen war. Selbst den Patres fiel mein häufig *verdrießliches* Gesicht bald auf. »Lach doch einmal!«, bekam ich zu hören, doch worüber sollte ich lachen? Ich konnte nichts Komisches in der Welt mehr entdecken, die Tage gingen ohne Höhepunkte vorüber, und ich verbrachte sie meist selbstversunken und grüblerisch. Pater Albertus glaubte, an mir eine *denkerische Haltung* festzustellen, und obwohl mir diese Deutung schmeichelte, konnte sie mir doch nicht gefallen. Denn ich hielt meine Träumerei für kein Denken, am liebsten wäre ich sie ebenso losgeworden wie meine innere Unruhe, die mich nun oft allein in der Gegend herumstreifen ließ.

So war ich auch an einem Sonntagnachmittag nicht im Kloster geblieben; mein Weg hatte mich – seit langem wieder einmal – zum Hochsitz geführt, der in der letzten Zeit nur noch von Josef und Peter benutzt worden war. Ich stieg die kleine Leiter hinauf, öffnete die Tür und kletterte hinein. Erschrocken schaute ich mich um; der winzige Raum war kaum wiederzuerkennen. Auf den Regalbrettern lagen zahllose Zeitschriften, die Wände waren mit Bildern ausstaffiert, die Marilyn in den merkwürdigsten Posen zeigten, und auf der schmalen Bank lagen verstreut einige Fotografien herum, die ich zunächst nicht einmal zu betrachten wagte. Sollte ich wahrhaftig dorthin schauen, sollte ich meine Blicke … Ich begann zu schwitzen, und dennoch wagte ich nicht, ein Fenster zu öffnen, aus Angst, irgend jemand könnte mich bemerken. Ich nahm einige Fotografien in die Hände. Die Frauen, die auf ihnen dargestellt waren, schauten mich zudringlich an; einige hatten hilflos einen Finger in den Mund gesteckt, andere reckten einem das kaum bekleidete Hinterteil entgegen, während die oberen Partien ihrer meist umständlich gekrümmten Körper ohne die notwendigen Bekleidungsstücke auskommen mußten. Gerade die Nacktheit dieser Regionen aber ließ mich, obwohl ich es mir vornahm, den Blick nicht abwenden. Meine Augen blieben an diesen stramm dargebotenen Rundungen hängen, die Lider schienen zu flattern, mein Mund stand offen. Ich hatte dergleichen noch nie gesehen. Warum konnte ich die Bilder nicht zur Seite legen, warum nahmen sich meine feuchten Finger eine Aufnahme nach der anderen vor? Dort lag eine schwarzhaarige, üppig geschminkte Gestalt auf einem Tigerfell und zeigte mir ihre tadellos geputzten Zähne; eine andere betrachtete mit großen Augen eine angeschälte Banane, und eine dritte hielt mir ihre Brüste so vorsichtig entgegen, als wolle sie sie gleich auf eine Waagschale legen. All diese Ungeheuer hatten sich zusammengetan, mich zu verwirren. Weg mit ihnen! Sofort!! Ich kramte die Bilder aufgeregt zusammen und wollte sie in einem Buch verstecken, als mir zu allem Unglück ein reichbebildeter Band in die Hände geriet, der anscheinend ausführlich von jenen Instinkten und Begierden berichtete, vor denen der heilige Ignatius sich wohl nicht zufällig so gefürchtet hatte. Denn der Mensch befand sich darin in der schlechten Gesellschaft von Affen, Kröten und Insekten. All diese armen Kreaturen waren offenbar von einer einzigen, schmerzhaften Plage befallen. Das Weibchen machte sich auf die Flucht und versuchte, dem begehrlichen Männchen zu entkommen, doch eigentlich kokettierte es nur, fand sich wieder in seiner Nähe ein, posierte, spielte mit seinem Partner, ließ ihn erschauern und jagte ihm die haarsträubendsten Gefühle über den Rücken. Solch zügelloses Verhalten wurde im kleingedruckten Text mit der Gewalt der *Triebe* in Verbindung gebracht, doch vor meinen Augen verschwammen die Buchstaben, ich las *Liebe* statt *Triebe, geschäftlich* statt *geschlechtlich.* Ich wollte nicht weiterlesen, doch ich las, ja ich begann, das Buch von der ersten Seite an zu studieren, um alles in einem einzigen Anlauf hinter mich zu bringen …

Der Beischlaf! Alles drehte sich anscheinend um den Beischlaf. Entdeckungsfreudige Forscher hatten an die fünfzig Variationen entdeckt, wie der Mensch seine Glieder drehen und wenden konnte, um in den Genuß dieses sonderbaren Aktes zu kommen, ja man berichtete ohne Scheu, daß in indischen Lehrbüchern noch eine weitaus höhere Zahl genannt wurde. Obwohl all diese Stellungen nichts anderem als dem schwer zu durchschauenden Vorgang der Befruchtung dienten, hatten sie sich nicht in gleicher Weise als geeignet erwiesen, vielmehr galt jene Position, die unverblümt *das Bereiten* genannt und von den älteren Autoren als *more ferarum* beschrieben worden war, mehr als die anderen. Mochte es für den Menschen zahlreiche Möglichkeiten geben, die Zusammenführung der Körperteile zu verzögern und zu verkürzen, so hatte die Natur den Tieren bestimmtere Wege gewiesen, jene Ekstase der Triebe ins Werk zu setzen, nach der die ganze Schöpfung zu gieren schien. Entsetzt erkannte ich, daß dabei nicht selten martialische Gewalt ins scheinbar friedliche Spiel kam. So durchgrub der Maulwurf das Erdreich, wenn er die heftige Begierde empfand, er zingelte das Weibchen ein, riß es an sich, ja er schlitzte es auf, um mit der Spitze seines wie ein Mordinstrument hervortretenden Gliedes in es einzufahren. Nicht viel anders erging es den Katzen. Die schauerliche Musik, die an so manchem heißen Tag aus den Gärten des Klosters zu uns herübergedrungen war, war keineswegs ein Freudengesang; vielmehr jammerten die Katzen erbärmlich auf, wenn die Kater sich ihnen näherten, um sich an sie zu klammern.

Angenehmer erging es höchstens den zurückhaltenden, vornehmen Fischen, wo das Männchen in feiner Scheu auf die Eier des Weibchens wartete, ohne seinen Körper zu betasten oder durch gewaltsame Akte zu bedrängen. So betrachtet, mochten die Austern einen gewissen Höhepunkt der Schöpfung darstellen; die Natur hatte ihnen eine zweigeschlechtliche Natur zugestanden, so daß sie sich, ohne in der freien Wildbahn aufzufallen, ganz in sich selbst zurückziehen konnten. Ähnlich königlich mochte es vielleicht noch bei den Libellen zugehen, die sich nur flüchtig, aber heftig im Fluge berührten, Leib an Leib preßten, um schließlich einen einzigen Ring zu bilden, ein leuchtend-funkelndes Zeichen der Vereinigung, das beinahe schwerelos über die Wasser glitt. Dagegen schien sich bei anderen Tieren ein gewisser Kannibalismus auszubreiten, wenn die Natur sie zur Zeugung anstachelte. Das Heuschreckenweibchen entriß dem zu Boden geschlagenen, ohnmächtigen Männchen Teile des geschlechtlichen Apparates, um diesen zu verzehren, ganz zu schweigen von der mörderischen Gottesanbeterin, die ihrem Partner noch während des Aktes den Kopf abnagte und ihn in Stücke zerlegte, so daß er – im teuflischsten aller Fälle – den Höhepunkt seiner ausschweifenden Begierde als Qual seines eigenen Todes erlebte …

Ich hielt inne. Die Hitze in der geschlossenen Kanzel war kaum noch zu ertragen, ich öffnete zaghaft das Fenster, doch plötzlich drangen die unheimlichen Waldeslaute herein, ein Aufkreischen von Vogelstimmen, ein Krächzen und Gurren, als hätten sich alle Lebewesen verschworen, im nahen Umkreis der Kanzel mit ihren abartigen Liebesspielen zu beginnen. Schlängelten sich die Eidechsen lüstern durchs Gras, hackten die Spechte aufeinander ein, züngelten Blindschleichen und Kreuzottern zu mir auf, um mir die Wahrheit des Gelesenen zu bestätigen? Neben dem aufgeschlagenen Buch lagen die Bilder von Marilyn. Mit einem Mal begriff ich, warum Josef und Peter sie so aufreizend fanden. *Marilyn!* – Wie eine Gottesanbeterin zog sie die Männchen an, lockte sie in ihre Netze, ließ sie für Stunden gewähren, umkoste sie, um sie bald darauf schon zu vernichten. Marilyn vereinigte in sich alle Gefahren des Weiblichen; mal war sie ein freundlicher, liebenswerter Fisch, der niemandem zu nahe kam, mal eine Auster, die sich still und vorsichtig in sich zurückzog. Ließ aber das Interesse der sie umschwirrenden Männchen nach, trippelte sie aus ihrem Versteck hervor, das Liebesspiel konnte beginnen, ein Gurren und Wispern, ein Sich-Anschmiegen der trunkenen Körper. Oh – plötzlich wußte ich, warum James Dean nicht zu ihr paßte! Nie wäre er auf ihre offenen Werbungen eingegangen, nie hätte er sich aufgeschwungen, mit ihr zu tanzen, nie sich bereit gefunden, zernagt zu werden. James Dean lebte … aber wie? Anscheinend lebte er allein, abseits von allen kannibalischen Spielen, er ließ sich nicht bezaubern, er war ein schwermütiger Held, kraftvoll, zurückhaltend, hin und her gerissen von seinen Handlungen, die sich der Welt nie hingeben wollten … darin ähnlich John, denn der mächtigste Mann der Welt war auf geheime Weise mit ihm verwandt, ich ahnte es, auch ihn hielten eine Art Trauer, ein Schwersein zurück, so daß er eine doppelte Natur besaß, die nichts hatte von der Direktheit des eben Gelesenen …

Ich verschlang das Lehrbuch in rasender Eile, ich blätterte so schnell um, daß meine Augen oft nicht mehr mitkamen, *Paarung* und *Liebe* wollten sich nicht mehr trennen lassen, *Befruchtung* und *Begattung* zeigten sich in allen nur möglichen Formen, es war wie ein heftiger Traum, der mich plötzlich in ein anderes Leben entführte, von dem ich bisher noch nichts geahnt hatte. War das *die Wirklichkeit,* von der in den Schulstunden manchmal die Rede war? Und hatte ich mein bisheriges Leben nicht in geradezu beängstigender Gleichgültigkeit gegenüber dieser *Wirklichkeit* verbracht? Immerhin mochte es sein, daß die Menschen den Tieren nicht in allen Belangen glichen, obwohl mich der Gedanke an Marilyn wenig in dieser Hoffnung bestärkte. Jedenfalls kannte ich jetzt die Geheimnisse, in die Josef und Peter eindrangen, mit einem Mal verstand ich ihr verhaltenes Gemurmel, ihre Eckensteherei; der sexuelle Instinkt hatte sie gepackt. »Oh, ihr Verräter!«, sagte ich leise, »Ihr werdet nun nicht mehr allein sein! Was *die Wirklichkeit* mit uns anstellt, werden wir schon noch herausbekommen! Keine Ruhe werden wir mehr geben, bis alle Schleier gelüftet sind!«

Ein wenig stolz brachte ich alles wieder an seinen Platz. Nichts sollte darauf schließen lassen, daß ich in diesen Höhlenbau der Leidenschaften eingebrochen war. Als ich aus dem Fenster blickte, war es bereits ganz dunkel. Ich öffnete die Tür der Kanzel und kletterte die Leiter hinab. Meine Beine schwankten! Ich mußte mich festhalten, zählte bereits die Stufen, sieben, acht…, als die Hände abglitten. *Die Wirklichkeit* entzog sich, ich schlug auf den Waldboden, die Knie bluteten, und höhnisch verspotteten mich aus der Nähe die Krähen, die seitwärts in einem großen Schwarm aufstiegen, nahe blieben und mich durch den finsteren Wald verfolgten.

Etwas verspätet erreichte ich das Kloster. Die Schüler saßen bereits im Speiseraum, tadelnd wurde mir mein Platz zugewiesen. Josef schaute mich an. »Wie siehst Du denn aus? Ist Dir etwas zugestoßen?« – »Zugestoßen, ja«, stöhnte ich vor mich hin, mit Ekel das Essen betrachtend, »eingedrungen ist es in mich, daß ich es am liebsten zerfressen und zernagt hätte!« Seine Hand fuhr zur Seite, und ein Glas schlug zu Boden, wo es zersprang…

Die Einblicke in das wollüstige Treiben des Lebens, die ich an jenem Sonntag erhalten hatte, ließen mir von nun an keine Ruhe mehr. Endlich hatte meine Grübelei ihr Thema gefunden. Anfangs wollte ich mich noch dagegen wehren, doch bald bemerkte ich schon um so deutlicher, daß ich von einer Art ansteckenden Seuche ergriffen worden war, die alles Gehörte und

Gesehene in ihren Bann zog. Dabei machte mir vor allem mein Körper zu schaffen, der plötzlich besondere Aufmerksamkeit beanspruchte. Offenbar hatte ich ihn nicht mehr recht in meiner Gewalt. Die Schultern wurden breiter, die dürren Beine länger, die Arme muskulöser und kräftiger, und die durch das Klavierspiel geschulten Hände so anormal groß, daß es mir bald selbst peinlich wurde. Inzwischen war auch nicht mehr zu übersehen, daß jenes Körperteil, das im Triebspiel der sexuellen Instinkte eine so bedeutende, meist unerfreuliche Rolle einnahm, so stark und lang geworden war, daß ich es am liebsten durch allerhand Kunstgriffe verkürzt hätte. Kaum hatte ich mich am frühen Morgen aus dem Bett gewälzt, um den unvermeidlichen Gang in den Waschraum anzutreten, präsentierte es sich drohend und begehrlich, streckte sich wie ein ungezogener Lümmel, wippte bei jedem Schritt in die Höhe, daß ich mich unbeholfen für einige Minuten wieder ins Bett zurückzog, um ihm noch etwas Ruhe zu gönnen. Anders als früher suchte ich nun die Gemeinschaftsduschen, unter denen sich die Kameraden mit ihren dreisten Sprüchen tummelten, nur noch ungern auf. Ich hatte bemerkt, daß Verstand und Vernunft keine Verfügungsgewalt über das männliche Glied hatten. Es bewegte sich eigenwillig, zog sich bei Kälte erschrocken zusammen und wurde peinlich groß, wenn man es beim Waschen auch nur mit der Hand berührte. Die Kameraden hatten darunter weniger als ich zu leiden, da ihre Begattungsorgane, wie ich durch züchtige Blicke erfahren hatte, es mit dem meinen nicht aufnehmen konnten. Kümmerlich winzig baumelten sie aus dem Dickicht der Schamhaare hervor; sie waren unscheinbar und anspruchslos, was ich von dem zwischen meinen Beinen herumtaumelnden Unding nicht behaupten konnte. Es kokettierte, gab sich gelassen, erwachte aus seinem Schlummer, entrollte sich wie eine Schnecke und fuhr wie ein spitzer Keil so ins Gelände, als sei es auf der Suche nach einem anderen, ihm geneigten Lebewesen. Diese Zudringlichkeit empfand ich als verletzend, sie störte die Harmonie meines Körpergefühls und bildete ein fortdauerndes Ärgernis. Denn sooft ich mich auch betrachtete, der unverblümt hervortretende Schaft, der auf eine Entwicklung nach eigenem Gutdünken zu pochen schien, verdarb alle Proportionen der Schönheit, die ich inzwischen sowieso nur noch dem weiblichen Körper zusprechen konnte, bei dessen Erschaffung es gelungen war, alle geschlechtlichen Werkzeuge unauffällig zu verbergen. Das Glied aber war eine Art Schwergewicht, das jedes schöne Bild verdarb.

Bald aber wurden diese Empfindungen so stark, daß mir die Nähe anderer Körper manchmal unangenehm war. Allen Berührungen ging ich aus dem Wege. Ich wollte allein sein, und da ich zu niemandem über dieses Bedürfnis sprechen konnte, hatte ich mich in die Rolle des Langschläfers geflüchtet, von dem man gewohnt war, daß er den Waschraum an jedem Morgen als letzter betrat. Ich schlenderte schläfrig zu den Waschbecken, räkelte mich vor dem Spiegel, putzte meine Zähne minutenlang, unterzog meine Haare einer eingehenden Kontrolle und vertrieb mir die Zeit so lang, bis alle anderen längst zum Frühstück gegangen waren. Hörte ich sie draußen verschwinden, beeilte ich mich, unter die Dusche zu kommen, befahl meinem Zeugungsorgan Gehorsam und Demut, wusch mich in höchster Eile, streifte mir die Kleider über und kam doch meist ungekämmt, als wäre ich geradewegs aus dem Bett gefallen, zum Frühstück, das ich lustlos und schweigsam einnahm. Gerade diese Rolle verschaffte mir unter den Mitschülern einige Sympathie. Zwar zogen sie mich mit meiner Langsamkeit auf, zwar galt ich als eine Art Murmeltier, das erst am frühen Abend ganz zu Kräften kam; andererseits erlaubte mir diese Rolle, mich unbeteiligt zu geben, wenn gegen meinen Willen höchster körperlicher Einsatz gefordert war. Dies war vor allem in den Turnstunden der Fall. Schon die einfachen, die Stunden einleitenden gymnastischen Übungen, bei denen man mit der Ungelenkigkeit der Glieder bekannt gemacht wurde, haßte ich; schlimmer noch kam es, wenn die Schüler hintereinander Aufstellung zu nehmen hatten, um sich im Bocksprung zu üben. Streckte mein Vordermann mir sein gebeugtes Hinterteil entgegen, damit ich mit einem kräftigen Satz darüber hinweghüpfen sollte, wurde ich an das Treiben der Heuschrecken erinnert. Schon die leiseste Berührung eines Nachbarn war mir widerwärtig, überfiel mich doch leicht ein Ekel vor seiner schweißnassen Leiblichkeit. Am ärgsten aber traf es mich bei jenem geistlosen Mannschaftsspiel, bei dem es das höchste Ziel aller Beteiligten war, die Mitglieder der gegnerischen Mannschaft mit einem – unsinnigerweise *Medizinball* genannten – Flugkörper zu treffen und zu verletzen. In solchen Spielen setzte bald eine Hetzjagd ein, die alle zur Atemlosigkeit trieb; der schwere, unelastische Ball wurde hin und her geworfen, man mußte tolle Sprünge machen, um ihm zu entkommen, das Marterinstrument klatschte auf den Boden, beschleunigte seinen Flug, streifte einen knapp, man mußte es – gegen den eigenen Willen – fangen und es kräftig gegen die Brust drücken. Zweifellos erweckte dieses Spiel einen kriegerischen, ja kannibalischen Instinkt, ging es doch einzig darum, den Gegner zu jagen und ihn mit der Kugel möglichst stark zu treffen. Auch hier kam mir meine Schwerfälligkeit gelegen; ich nahm den Kampf nicht auf, ich schlenderte an den wutentbrannten Kameraden vorbei, schon einer der ersten Würfe traf mich am Gesäß oder am Rücken, und es war für diesmal vorbei.

So erlebte ich die Welt als ein Schlachtfeld, auf dem die streitenden Kampfhähne nur deshalb so furchterregend aufeinander losgingen, weil ihnen das ausgleichende weibliche Element fehlte. *Männlichkeit* – diese Haltung, nach der sich die meisten Schüler so sehr sehnten – war mir verhaßt; um so verärgerter war ich, wenn mein Körper sie großzog. Störte mich schon die

Lebendigkeit meines Gliedes, so bewies mir die sämtliche Hautpartien überwuchernde, von den Achseln über die Brust bis zu den Fußgelenken hervorschießende Behaarung, daß mein ganzes Äußeres einer gründlichen Umgestaltung unterzogen wurde. Selbst meine Nase schien von Tag zu Tag zu wachsen, sprang sie doch plötzlich zwischen den hohlen Wangen wie eine Art Vorgebirge heraus, dem zu allem Spott höchstens noch ein Dachreiter zu fehlen schien. Die einzelnen Glieder gehörten daher längst nicht mehr zusammen; jedes bildete sich in kühner Selbständigkeit aus, nahm keine Rücksicht auf das nachbarliche und entwickelte sich zu furchterregender Größe.

Ich floh; verängstigt suchte ich Zuflucht dort, wohin es mich auch früher schon in Stunden der Not getrieben hatte. Ich verständigte mich mit Pater Albertus darauf, den Musikunterricht auszudehnen; so war es mir möglich, bei so mancher Turnstunde zu fehlen. Der Pater freute sich, glaubte er doch, daß ich nun wieder verstärkt zu jener Meisterschaft zurückfände, mit der ich mich bereits in den Anfängen der Internatszeit vorgestellt hatte. Ich übte; häufig wie nie zuvor fand ich mich auf der Orgelbank ein. Hier wenigstens taten meine langen, sonst nur hinderlichen Beine einen guten Dienst. Hurtig glitten die Füße über die Pedale, während meine Hände inzwischen die ungeheuerlichsten Intervalle greifen konnten. Stellten mich diese körperlichen Übungen zufrieden, so zog mich der theoretische Unterricht doch schon bald wieder in jene Gewissensgrübeleien, vor denen ich die Flucht angetreten hatte. Pater Albertus mochte nicht ahnen, was er in mir auslöste, als er mir einen Opernführer schenkte, durch den ich Inhalt und Aufbau der bedeutendsten Werke kennenlernen sollte. Gerade diese sonst harmlose Lektüre versetzte mich in ärgste Bedrängnis, erreichten mich doch von allen Seiten Hinweise auf jenes Leben, das ich seit einiger Zeit *das geschlechtliche* nannte. All diese undurchsichtigen, meist um Liebe, Sühne und Tod kreisenden Geschichten erregten mich so sehr, daß ich die Geschichte der Oper als Geschichte eines jahrhundertealten Balzaktes verstand, dessen ausgemalte Einzelheiten mir keine Ruhe mehr ließen. Mehr als alle anderen Geschichten verfolgte mich die von *Tristan und Isolde.* Ich wußte bereits, daß die menschliche Natur manchmal von jenem abenteuerlichen Gefühl übermannt wurde, das man *Liebe* nannte; in Wagners Oper jedoch trieb dieses Empfinden, durch einen zauberhaften Trank ausgelöst, über jedes Maß hinaus. Träumend stellte ich mir die tugendhafte Isolde vor, die nichtsahnend den Todestrunk an die Lippen setzte und ihn bis auf den letzten Tropfen austrank, um sich kurz darauf – lebendiger denn je – in Tristans Armen wiederzufinden. Sie hielten sich fest, haltlos starrten sie einander an, die ganze Welt versank vor ihren Augen, um jenem wunderbaren Empfinden Platz zu machen, das sie allmählich in den nur zu natürlichen Tod trieb. Mein Körper erhitzte sich, wenn ich davon las; grenzte nicht hier die Liebe an jene ekstatische Raserei, die ich selbst manchmal suchte? Vollends verlor ich jedoch die Beherrschung, als Pater Albertus mit mir das Vorspiel zum ersten Akt durchging. Schon der berühmte, von ihm lange kommentierte Anfangsakkord nahm mir die Luft. Betörend entwickelten sich die einzelnen Stimmen und zögerten den ersehnten Höhepunkt kunstvoll hinaus. Lange konnte ich mich daran nicht satt hören, selbst tagsüber brummte ich die Melodie vor mich hin, wenn mich die Ungeduld zu den kalten Weihern in den Wäldern trieb, über denen die Libellen kreisten.

Wenn ich allein war, zog ich mich bei solchen Gelegenheiten aus. Ich ließ das eiskalte Wasser über meine Arme gleiten, ich schwamm ein paar schnelle Stöße, tauchte tief hinab und hatte das beglückende Gefühl, in einem Element zu verschwinden, das mich endlich allen Blicken entzog. Es half nicht lange, schon beim Auftauchen schlugen mir die Schilfhalme ins Gesicht, ich blieb in den grünen Massen hängen, leutselig japste mein Glied wie ein Fliegenschnäpper aus dem Wasser, gut, daß es keine Flügel hatte, es wäre davongeschwirrt, ohne daß ich es hätte halten können. Eilig lief ich zur nahen Wiese, legte mich ins Gras und bedeckte mich notdürftig; ich schloß die Augen, die letzten Sonnenstrahlen schossen durch die Baumwipfel, mein Kopf wurde schwer, der Bilderwirbel begann, und *Kühleborn,* der mächtige Wasserfürst, schaute sich um nach seiner Tochter *Undine,* die ihn verlassen hatte, gepackt von verzehrender Liebe, so daß es rumorte im See, so daß drunten in der Tiefe das heimlockende Glockengeläut begann, die Fische auftanzten, Wellen sich hoben, so daß die Wasser sich über die Ufer ergossen, *Undine* aber, einsam, längst von ihrem Liebsten verlassen, den Weg zurückfand ins Naß... während oben, auf der fernen Burg die Prinzessin ihre einschmeichelnden Tänze begann, den schönen Körper nach allen Seiten hin wiegend, so daß der Hauptmann der Wache sie mit seinen trunkenen, sehnsüchtigen Blicken verfolgte, während der Page aus der Ferne schon warnte, *du siehst sie zuviel an, Schreckliches kann geschehen.* Abwenden mußte ich meine Blicke von ihr, denn sie entledigte sich ihrer Schleier, ihrer Spangen, kam mir näher, die Stufen des Palastes ging sie hinab, während die Schauer einer geheimen Erregung mich packten, sie mich aufreizend umtanzte, ich mich aber mühte, in den Mond zu schauen, *wie gut ist's, in den Mond zu sehen,* zu betrachten den kühlen, keuschen, *Salome* aber mich nicht freigab, mich streifte mit ihren herumtastenden Händen, ihrer weichen Haut, den ausgebreiteten Haaren, die dunkel über meinen Nakken fielen, nichts mehr mich hielt, bis... bis der Prophet aufbegehrte in seinem Verließ, *du bist verflucht, Salome, verflucht bist du...,* so daß ich ausatmete, eilig meine Kleider suchte, mit zitternden Händen den Gürtel enger schnürte, die Schuhe überzog, um zu laufen, zu laufen wie nie...

Regte sich in diesen einsamen Stunden meine Empfindsamkeit schon mehr als mir lieb war, so bemächtigte sie sich allmählich auch noch zuvor ganz unscheinbar wahrgenommener Bilder. Die bunten Landkarten erregten meine Phantasie. Der zerklüftete Körper Griechenlands, der italienische Schaft, von dem Sizilien sich abgeschnitten hatte, der mächtige Brustrumpf der iberischen Halbinsel, Portugals müdes, zum Atlantik gewandtes Gesicht – der alte europäische Kontinent schien vor meinen Augen lebendig zu werden, seine Ströme wälzten befruchtende Massen in seinen mittelmeerischen Schoß, so daß ich mich abwenden mußte, dem fernen, neuen Land zu, zu dem die des verzehrenden Lebens Müden geflohen waren, *Amerika,* wo John regierte, der mächtigste Mann der Welt, umgeben von einer Schar kluger Berater, begleitet von seinem sportlichen Bruder Robert, in dem ich den eigenen Bruder wiederzufinden glaubte, seine närrische Freude am Spiel, seine verwegene Kühnheit, die ihn in den Schwimmbädern zu Kopfsprüngen und Salti trieb … Scheu wölbte sich der Leib des amerikanischen Kontinents zurück, ich entdeckte die schmalen Hüften Mexikos, das sich vorneigende Glied Floridas, dem Cuba sich verdächtig näherte, doch ich wähnte diese riesigen Landmassen als Stätten der Ruhe und eines anderen Glückes, das plötzlich bedroht war, als selbst in unserer Nachbarschaft die Menschen in Aufruhr gerieten, vom Krieg redeten und auch im Internat von nichts anderem gesprochen wurde als von russischen Zerstörern, die Cuba anlaufen sollten, jene schmale Insel gerade gegenüber der verletzlich schwachen Stelle Amerikas. Abscheu erfüllte mich, trieb doch in meinen Augen die alte Begierde *den russischen Menschen,* seinen tierischen Instinkten zu folgen, um in unerwartet auflodernder Geilheit Raketen zu entsenden, die sich nahe an den amerikanischen Körper herandrängten.

In der Frühe, gegen neun Uhr, war John verständigt worden. Die aus der Luft aufgenommenen Fotografien zeigten deutlich die Abschußbasen der russischen Raketen, die Ausbildungslager der Soldaten, die Düsenflugplätze. Ganz Cuba hatte sich zu einem einzigen drohenden Glied versteift, ein Machtorgan, das gefährlich dem amerikanischen Leib zu nahe kam, ihn anzunagen wie die Gottesanbeterin ihren ohnmächtigen Gefährten, den sie köderte, um ihn dann zu verschlingen. John hatte seine Freunde in der Hauptstadt versammelt. Vierzig Kriegsschiffe waren ausgelaufen in die Karibische See, um den Seeweg nach Cuba zu blockieren und die frechen Eindringlinge an ihrem Brunftgebaren zu hindern. Die Welt stand, wie John betont hatte, *vor dem Abgrund der Vernichtung.*

Um ihren Teil dazu beizutragen, den Frieden zu sichern, versammelten sich die Schüler nun an jedem Morgen vor dem Unterricht in der Abteikirche. Wir sollten für Johns Standhaftigkeit beten, wir sollten den heiligen Geist anflehen, ihm die rechte Erleuchtung zu schenken, doch zum ersten Mal hatte ich meine Zweifel, ob all diese Hilferufe etwas fruchteten. *Die Wirklichkeit* gehorchte keinen Fürbitten, sie setzte sich gegen den Widerstand der Gutgläubigen durch, die instinktiven Kräfte besaßen die größte Macht in der Welt, nun bäumte sich der überhitzte Körper auf und spie seine feindliche Ladung aus, diese Spermatozoen sich auf dem kleinen Inselland aufrichtender Raketen, die sich rasend vermehrten und das Land befielen wie eine Pest, gegen die höchstens noch die angekündigte *Quarantäne* helfen mochte, die John und seine Berater ersonnen hatten.

Noch immer betrachtete mein Bruder seine Handlungen mit Mißtrauen; John war kein Sportler, eine Rückgratverletzung erlaubte ihm keine körperlichen Übungen. Schwerer wog jedoch, daß Josef den Präsidenten für einen Zauderer und einen Grübler hielt, der sich in schweren Stunden in das ovale Arbeitszimmer im Weißen Haus zurückzog, um dort vor sich hin zu brüten. »Er macht einen Fehler nach dem anderen«, sagte Josef, als die Krise sich zuspitzte und die Patres bereits in das benachbarte

Dorf fuhren, um mit Säcken von Mehl, Zucker und Reis in das Kloster zurückzukommen, die am frühen Morgen, wenn sie uns noch schlafend glaubten, heimlich am Seitenausgang ausgeladen wurden. – »Was soll er tun?«, fragte ich zurück. – »Keinen Augenblick zögern«, erwiderte Josef, »den Gegner in die Verteidigung drängen, Cuba einnehmen, schwere Ladung!« – »Und wieviel Menschen würde das ihr Leben kosten?« – »Danach fragt man jetzt nicht, danach fragen höchstens Leute wie John. Er ist ein ängstlicher Mann, und in Form kommt er nur, wenn er feierlich sein darf, wenn die Scheinwerfer auf ihn gerichtet sind. Gerechtigkeit! Friede! Vernunft! Daß ich nicht lache! Man darf den Tod nicht fürchten, nur Feiglinge denken im voraus an den Tod.« – »John ist kein Feigling, er ist ein Psychologe, er hat *den russischen Menschen* in Wien getroffen und mit ihm einen heißen Draht vereinbart, einen sehr heißen, der in Momenten der Gefahr aufglühen ...« »Sein Bruder ist ein ganz anderer Kerl. Bobby spielt Baseball, er ist Angreifer; er braucht keine heißen Drähte zur Wirklichkeit.« – »Die Wirklichkeit ist eine abstoßende Veranstaltung; in ihr hausen blindwütige Geschöpfe, die ihre Nagewerkzeuge ausschicken, um sich festzukrallen an den fliehenden, an denen ...« – »Johannes! Härte – die Wirklichkeit ist Härte. Fidel Castro ist Härte, und *der russische Mensch* ist Härte. Was soll uns da Dein Präsident, der sich geniert, laut ins Mikrophon zu husten, weil es seinen Bostoner Dialekt verderben könnte?« – »Härte? Härte ist die Lust der Stumpfsinnigen, die sich ihrem Geschlecht ausgeliefert haben, diesem wollüstigen Drohinstrument, das Feindschaft bringt, so daß man es abschaffen sollte, sich einigeln wie die Auster, deren harte Schale jene weiche, molluskenartige Schönheit des Inneren umgibt, die im Dunkeln bleibt ...« – »Im Dunkeln! Bleiben wir alle im Dunkeln, ja, Johannes? Dort hältst Du Dich am liebsten auf, nicht wahr? Ich habe bemerkt, daß Du Dich in letzter Zeit vor uns versteckst, man sieht Dich ja kaum noch. Schon nach den

Schulstunden bist Du gleich verschwunden. Was treibt denn mein Bruder? Was fingert und stochert er denn im Dunkeln herum?« – »Josef! *Ich* fingere nicht! Die Harten fingern, sie nähern sich den Friedfertigen mit jener Dreistigkeit, die wir nun beobachten können …« – »Antworte mir! Was treibt mein Bruder?« – »Er übt sich, er übt den Haß auf die Wirklichkeit!« Josef lachte, aber ich konnte ihn nicht überzeugen. Ruhiger wurde er erst, als Johns Aktionen wider Erwarten die ersten Erfolge zeigten. Erleichtert erfuhren wir, daß Chruschtschow nachgegeben hatte. Zwölf russische Frachter mit militärischer Ladung kehrten auf ihrem Weg nach Cuba um, die Raketen auf der Insel wurden abgebaut, so daß die *Quarantäne* aufgehoben werden konnte.

Ich triumphierte nicht, obwohl ich mich freute, recht behalten zu haben; statt dessen zog ich mich auf meine Orgelbank zurück, stimmte einen schlichten Choral an, ließ die hoch aufragenden Pfeifen ihr Werk tun und trat ins Pedal, weil mein Inneres sein Gleichgewicht wiedergefunden hatte, seine Hoffnung, jenes ferne Land, das seine aufdringlichen Bedroher in die Flucht geschlagen hatte, dachte ich doch noch immer, mich zu passender Zeit auf die Reise machen zu können, um mich, wie Adenauer gesagt hätte, in die *atlantische Generation* einzuordnen … Adenauer! Fast hatte ich ihn schon vergessen. In den großen weltpolitischen Auseinandersetzungen spielte er keine herausragende Rolle mehr. Ein Nachfolger wurde gesucht, und man glaubte, ihn in einem gutmütigen, rundlichen Herrn gefunden zu haben, dessen Namen sich nicht einmal Adenauer so recht merken konnte, so daß er ihn immer wieder anders schrieb, *Eckart, Ehrhardt.* Auch mir hatte sich dieser Nachfolger nie richtig eingeprägt, er schien wenig geeignet, Adenauers Rolle einzunehmen, blieb stets im Hintergrund, ließ sein eigenartig aufbegehrendes *R* hören und brummte uns seine kaum verständlichen Laute entgegen, die im Konzert der großen Geschichte in der zweiten Besetzung unterzugehen drohten. Nichts wünschte ich Adenauer daher mehr als einen baldigen Abgang, einen Abschied nach seinen Wünschen. Doch er wünschte nicht. Unbeirrt hielt er an seiner Macht fest, verlegte sich auf bösartige Machenschaften, stellte seinen Nachfolger bloß und versuchte, ihm die Laune auf sein hohes Amt zu verderben …

Mochten mich diese Launen noch amüsieren, so glaubte ich doch meinen Ohren nicht zu trauen, als mich mein Bruder – stets auf der Suche nach mich verletzenden Nachrichten – mit Meldungen überraschte, die Adenauer als einen Erdwühler im Dunkeln, als gespenstischen Maulwurf hinstellten, der seine Feinde einzukreisen versucht hatte, um sie unerbittlich zu jagen. Wir standen angeblich vor einem *Abgrund von Landesverrat.* Josef posaunte es mir höhnisch entgegen, als ich an einem Nachmittag gerade vom Musikunterricht zurückkehrte. Es handelte sich um eine üble, undurchsichtige Geschichte, und ich war es leid, sie in allen Einzelheiten zu verfolgen. Fest stand, daß Adenauer keinen Einspruch erhoben hatte, als Redakteure eines inzwischen in der Republik zu hohem Ansehen gekommenen Magazins, das auch von den Schülern gegen den Willen der Patres zur politischen Willensbildung benutzt wurde, verhaftet worden waren; schlimmer noch: Adenauer hatte ihre Verhaftung mitbetrieben, er wollte seine Feinde ausschalten, hatte sich vagen Anschuldigungen hingegeben und im Dunkeln zuschlagen lassen. Nun saßen die Redakteure in Haft, und nicht einmal die Vorwürfe, die man ihnen machte, waren genau bekannt. »Eine Affäre«, sagte mein Bruder, »ist das nicht. Eine Affäre ist eine Anbändelei, ein Abenteuer, nichts als eine Kleinigkeit. Adenauer aber hat einen Staatsstreich geplant, die Demokratie ist am Ende.« – »Josef! Wäre Adenauer nicht in all den Jahren ein Demokrat gewesen, säßen wir nicht hier.« – »Aha! Mein Bruder verteidigt den alten Herrn noch immer. Er hat sich sein Zutrauen bewahrt, es lebt sich gut mit der Macht, nicht wahr? Unseren Gegnern lassen wir den Mund verbieten, wir erklären einfach, sie hätten militärische Geheimnisse ausgeplaudert, wir nennen sie Landesverräter, dann setzen wir sie in Haft, und nun machen sich unsere Beamte auf den Weg, die Beweise einzuholen. Dazu sperren wir zunächst einmal die Redaktionsräume der Beschuldigten, wir widmen uns dem Aktenstudium, verdammt, irgend etwas wird sich schon finden lassen, die Staatsanwälte hecheln nun von morgens bis abends mit unserer Vollmacht herum, während das von uns beschuldigte Blatt eine kleine Weile nicht wird erscheinen können, so daß man um Verluste, wirtschaftliche Verluste wird fürchten müssen, die uns wiederum gut ins Geschäft passen, da wir davon profitieren.« – »Es wird sich alles aufklären.« – »Ja, es wird; wir sind Aufklärer, und als Aufklärer haben wir uns unsere Staatsanwälte gemietet, die sich nun in den Nächten die Augen auslesen, auf der Suche nach dem entwaffnenden Material. Wir aber steigen inzwischen auf das Podium des Parlamentes, und dort verkünden wir, daß es sich um Landesverrat handelt und daß wir diesen, ohne unseren Justizminister in unsere geheimen Geschäfte einzuweihen, aufgeklärt haben; dann sagen wir noch, daß uns die Hetze der betreffenden Redakteure gar nicht gefällt, schließlich reden wir von bestimmten, noch ungeklärten Bestimmungen, die eventuell – mag sein, mag auch nicht sein – verletzt worden sein mögen; eigentlich aber wissen wir gar nichts, und da sagen wir eben: *Wir wissen es nicht.*« – »Josef! Du erregst Dich zu sehr. Das ist die Sache nicht wert.« – »Nicht wert? Meinst Du, ich merkte nicht, wie Du vor mir davonläufst? Nur mit halbem Herzen hast Du Dich damals an Willys Kandidatur beteiligt, insgeheim schlug Dein Herz noch einmal, ein letztes Mal für Deinen alten Despoten, der nach nichts anderem giert als nach der Macht. Was denkst Du, warum er und Kennedy sich so schlecht verstehen? Oh, Johannes! Du armer Träumer, Du Orgelpfeife, mein hilfloser, ohnmächtiger Bruder, dem man die Turnstunden erläßt, damit er sich der Muße widmen kann, seinen geheimen Spaziergängen, bei denen er sich weit vorwagt, ohne sich um seinen Bruder zu kümmern, ohne ihn zu fragen, ob es recht sei ... Recht muß es nicht sein, nicht wahr, recht nicht, da macht sich mein Bruder allein auf den Weg, da besteigt er die Kanzel ...« – »Josef!« – »... er besteigt sie, was man nicht glauben soll, wo er sonst doch von Sport wenig hält, wo er so artig die Augen zu Boden schlagen kann, daß sich die Patres nichts Böses mehr denken, obwohl er früher, ja früher ... noch ein Widerständler war, doch das ist vorbei. Jetzt spitzelt er herum, durchstreift die Wälder auf der Suche nach belastendem Material, unsere Zeitschriften hat er wohl schon durchgeblättert, nicht wahr, freilich ohne ein Wort darüber zu verlieren. Er macht den Mund nicht auf, die scheue Seele, er spioniert, aber da ist er in guter Gesellschaft, denn auch sein Allerheiligster schickt seine Handlanger durchs Land, ja bis nach Spanien, damit sie Unruhe verbreiten. Vielleicht wird also auch mein Bruder bald mit den uns belastenden Schriften vor das hohe Konzil – denn er ist ein Freund des Konzils, nicht wahr – treten, um uns zu beschuldigen ...« – »Josef! Du gehst zu weit!« – »... zu beschuldigen, weil er nicht wagt, die Wahrheit zu sagen, daß er uns heimlich nachstellte, um seinen geilen ...« – »Geil?! Ich und geil!! Gut, ich gebe es zu. Ich habe mich verlaufen, so muß man es nennen, ich habe mich in Eure Kanzel verlaufen, wo Ihr eure bösen Geheimnisse gehortet habt, ohne mich einzuweihen. Sei nur stolz auf Deine erbärmlichen Schriften, auf dieses Brunftzeug, auf Marilyns Begattungsposen und die Unverschämtheit der nackten Gestalten, die sich über Bananen und Äpfel hermachen, lächerliche Kreaturen, die ich nicht einmal eines zweiten Blickes würdigte. Was sind denn das für Geheimnisse? Nichtigkeiten! Der Ekel der erbarmungswürdigsten Wirklichkeit, ein Geschiebe von Körperteilen, die sich qualvoll aufeinanderlegen, um ihr Paarungsgestöhn hören zu lassen. Eine Schande ist es, daß ich so etwas lesen mußte, denn ich nahm es nur in die Hand, um zu sehen, womit Du Dich beschäftigst, was Euer geheimes Getuschel so anregt, Eure Mädchensucht, Euren geilen Besitzergeist, der uns einmal verraten wird an die Geldmacher, die wir vorher so haßten …« – »Johannes! Wir schlagen uns!« – »Nie mehr! Einmal haben wir uns geschlagen, nie mehr! Hör zu, was ich Dir sage. Dein Kopf ist klein geworden, ein Schnüfflerkopf, der den Bewegungen der Bauchfalten und den Ausscheidungen der winzigsten Drüsen nacheifert, so klein! Was wagst Du es denn, mir Vorwürfe zu machen, gerade mir, dessen hellen Sinn diese Schriften beleidigten, dessen Wissen sie, wie ich Dir sagen will, in den Dreck zogen, Deinen Dreck, von dem Du jetzt bei jeder Gelegenheit plärrst, er sei der Boden des Wirklichen, über den wir uns hinschleppen, während ich … ich … ich …« Ich kam nicht weiter, meine Stimme überschlug sich, und Josef starrte mich unsicher an. Wir schwiegen, ich hatte ihm nichts mehr zu sagen. Noch während ich davonging, kamen mir Adenauers Auftritte vor dem Parlament in den Sinn. Zum unwiderruflich letzten Mal hatte ich für ihn gesprochen. *Die Affäre* – ich haßte sie, wie ich ihn plötzlich haßte, seine Unbelehrbarkeit, seine Rechthaberei, die uns keinerlei Freiheiten mehr gestatten wollte. Noch einmal hatte ich für ihn votiert, es war die Anhänglichkeit der früheren Tage, doch ich wußte, daß er mich getäuscht hatte. Ich mochte nicht mehr in seiner Nähe sein, es war Zeit, dem ein Ende zu machen! Die Wirklichkeitsstifter! Die Begattungskünstler der dunklen Schleichwege, die anderen den Bauch aufschlitzten! Ich begehrte auf, und nicht zum ersten Mal dachte ich an die ferne Schönheit des Landes jenseits des Ozeans, eine, wie ich hoffte, unantastbare Schönheit, deren Verkünder John geworden war, mochte sein Bruder sich noch so sehr um Marilyn bemühen! Bobby war ein Sportler, und Sportler lebten sowieso nur, um ihren Leib vor den Augen der anderen zu blamieren …

13

Atlantiker

Der Streit, der zwischen Josef und mir wieder aufgelodert war, hatte jedoch noch tiefere Ursachen als jene Meinungsverschiedenheiten zu erkennen geben mochten. Wir waren uns mit der Zeit immer fremder geworden und kamen kaum mehr miteinander aus. Unter den Mitschülern dagegen war Josef immer beliebter geworden. Er hatte sich mit dem Leben im Internat abgefunden, indem er sich ihm soweit wie möglich entzog und all seine Interessen nach außen verlagerte. Daher wußte er in der Umgebung bald besser Bescheid als die meisten anderen. Stets meldete er, wo etwas los war, und er hatte keinerlei Hemmungen, uns auftrumpfend zu beweisen, was uns alles entging. Auch die Patres schätzten nun an ihm eine bestimmte Art von *Reife*; Josef liebte es, den *Gründen* für eine Sache nachzugehen, er argumentierte und redete beinahe wie ein Erwachsener, der das Richtige ohne Mühe vom Falschen trennen konnte. Aus ihm sprach *Erfahrenheit,* und ich mochte der einzige in der Klasse sein, der auf diese zur Schau getragene Selbstsicherheit nicht hereinfiel. Oh nein, ich kannte meinen Bruder, ich wußte um seine schon so oft bewiesene Anpassungsfähigkeit, hütete mich jedoch, ihn vor den Augen der anderen bloßzustellen. Es wäre mir wohl auch nicht einmal gelungen, denn man hörte nicht auf mich, sondern auf ihn, ja viele erlagen seinen Worten, als wären es die eines weltgewandten Eroberers, der schon weit herumgekommen war.

So erstaunte es mich nicht, daß sie ihn zu ihrem Klassensprecher wählten; sie hatten nicht einmal einen Gegenkandidaten aufgestellt, er gewann beinahe alle Stimmen, nicht gerechnet die beiden Enthaltungen, die von Peter und mir kamen. Nun gab er mit noch größerer Dreistigkeit in der Klasse den Ton an. Schon wenn ich seine tiefer gewordene Stimme im Flur hörte, durchfuhr es mich. *Heutzutage* – hörte ich ihn tönen, und die Vokale klangen mir unangenehm im Ohr; er hatte jetzt sichere *Ansichten,* wußte um *die Tatsachen,* überblickte die Verhältnisse *im großen und ganzen.* Vor allem enervierte mich jedoch die angebliche Mühe, die er sich bei seinen Versuchen machte, die anderen *zu verstehen.* Er nahm einen Mitschüler am Arm und schlenderte mit ihm durch den Innenhof, als gebe es etwas Bedeutsames zu bereden; *sicher, ja, ich verstehe, genau, was Du sagst, meine ich auch,* hörte ich ihn murmeln. Unter seiner Anleitung war dadurch in der Klasse ein immer lästiger werdendes Spiel ausgebrochen, das darin bestand, sich über die menschlichen Eigenschaften der anderen Klarheit zu verschaffen. Auf Peter war, wie Josef verkündete, *Verlaß;* er gehörte *vielleicht nicht zu den schnellsten,* aber er *bewährte sich gerade in den schwierigen Situationen.* Heinrich dagegen war manchmal noch *etwas kindisch,* er konnte sich *schlecht beherrschen,* dafür war er bei vielen Spielen eben *der Erste,* weil er alles *direkter anging als die anderen.* Johannes aber war *meist zu verträumt, zu versponnen,* dafür hatte er ein *anhängliches Gemüt und eine enthusiastische Art,* die ihn freilich manchmal zu sehr *mitriß. In der Regel* waren die Schüler fleißig und zuvorkommend, sie hatten ihre Unarten abgelegt, konnten sich beherrschen, durchschauten sogar die liebenswürdigen Fehler ihrer Lehrer und überlegten sich bereits, was sie *in der Zukunft* anstellen wollten.

Durch diese Redensarten, die bald in der Klasse kursierten und die meisten Gespräche bestimmten, erhielten die unbedeutendsten Kleinigkeiten plötzlich das größte Gewicht. Alle fühlten sich beobachtet; wenn einem durch einen dummen Zufall der Schwamm aus der Hand fiel, war das *typisch* für ihn und warf ein *schiefes Licht* auf seine Konzentration. Zeigte man sich bei sportlichen Übungen unbeholfen und begriffsstutzig, so gehörte man selbstverständlich in *die zweite Abteilung.* Josef hatte um sich eine Phalanx von Freunden aufgebaut. Dabei wußte er jetzt *jedem etwas abzugewinnen,* so daß in der Klasse bald ein geheimer Wettstreit ausgebrochen war, wie man sich am besten seiner Sympathien versichern konnte.

Das anfangs noch leicht durchschaubare Spiel, an dem ich mich niemals beteiligte, erstreckte sich jedoch immer mehr auf Veranstaltungen, die außerhalb des Internates stattfanden. Josef hatte *Verabredungen,* er traf sich mit den Jugendlichen im Dorf, scharte auch dort Freunde um sich, er besprach sich mit dem Wirt eines Lokals, um ein Fest zu planen, überall tauchte er auf, als sei es notwendig, mit allen in Kontakt zu kommen. Er hatte eine geschickte Art entwickelt, bei Gesprächen aufzufallen; er galt als *unterhaltend,* manchmal sogar als *schlagfertig und witzig,* und obwohl ich wußte, daß dies allein darauf beruhte, daß er sich der Gesprächsweise seines Gegenübers anpaßte, ärgerte mich doch dieser Umgangsstil sehr, auf den ich ihn nicht einmal aufmerksam machen konnte. Denn er hatte Erfolg; schon wurde er nur manchmal an den Abenden von den verschiedensten Leuten in der Nachbarschaft eingeladen, die mit dem Internat nicht das Geringste zu tun hatten. Da sich diese Einladungen oft bis in die Nacht hinzogen, benötigte er an den dafür geeigneten Wochenenden besondere Genehmigungen. Er allein erhielt sie, so daß er sich überall sehen lassen konnte. Die Patres nannten ihn liebevoll ihren *Botschafter,* und wahrhaftig hinterließ gerade Josef in der Umgebung einen so guten Eindruck, daß dadurch das Ansehen des Internates, das die Dorfbewohner bisher mit einer Mischung von Abwehr und Verachtung betrachtet hatten, steigen mochte. So widmete er sich von nun an dem, wie er sagte, *gesellschaftlichen* Leben, und es war nur recht und billig, daß zu diesem Leben auch jene unerfahrenen, kichernden, von ihm früher so verachteten Geschöpfe gehörten, die von den meisten Mitschülern noch summarisch *die Mädchen* genannt wurden. Seine vermeintliche Erfahrenheit hatte ihm Anhängerinnen verschafft, einige waren, wie er großmütig gestand, wohl *etwas verliebt* in ihn, sahen sie doch in ihm so etwas wie einen starken Beschützer, in dessen Gegenwart man immer gut aufgehoben war. Einige Favoritinnen beschenkte er mit kleinen Aufmerksamkeiten, ohne sich einer von ihnen länger zu widmen. Bald gehörten sie zum festen Kreis seiner zahlreichen *Parties,* die er – mal bei Peters Eltern, mal in den Lokalen der Umgebung – mit jener Mischung aus Abenteuerlaune und Lagerfeuerromantik gestaltete, die stets auf die Jahreszeit hin abgestimmt war. Gerade das verlieh ihm etwas von nimmermüder Geschäftigkeit. »Mein Gott, schon wieder ein Frühjahr«, stöhnte er, als habe er den Lauf der Jahreszeiten bereits satt. Sein sicheres Auftreten ließ ihn in gehobene Stimmung geraten, wenn er an das folgende Wochenende dachte. Wieder einmal würde er seine Gemeinde um sich versammeln, und wieder würde er spät in der Nacht mit einigen Auserwählten von einem *gelungenen Abend* heimkehren, um im Gespräch mit ihnen die Vorzüge von Annemarie, Liselotte und Mechthild durchzugehen. Auch die Mädchen konnten feine *Kerle* sein; man schätzte es, wenn sie sich herausputzten, und man strafte sie, indem man sie nicht mehr einlud, wenn sie Anstalten machten, ihr Herz an einen einzigen Mitschüler zu verschwenden. Josef hatte sich für solche Zwecke ein scharfes Vokabular der Erniedrigung ausgedacht; wer *poussierte, flirtete* oder *schöne Augen machte,* gehörte nicht mehr zu seinem Kreis. Offenbar hatte er die aufflammenden Begierden des sexuellen Fiebers gut im Griff. Wer ein *date* vereinbarte, ging daher nie allein, er wurde von einer gutgelaunten Schar von Mitschülern begleitet, man traf sich im Eissalon, lauschte den Schlagern der Schallplattenstars und hielt sich an jene lockeren, ironischen Wendungen, durch die die Gefühle auf Distanz gehalten wurden. Zwar erzählte man sich bald, Josef selbst habe gegen seine eigenen Sittenregeln verstoßen, indem er eines der Mädchen, eine rotblonde, großbusige Schönheit, eingeladen habe, unseren inzwischen der ganzen Klasse bekannten Hochsitz zu besteigen, um sich dort – Leib an Leib – mit ihr in der Betrachtung der Waldeinsamkeit zu verlieren; Josef aber zerstreute auch diese Gerüchte bald, indem er erklärte, so etwas komme bei ihm nicht vor, er kenne *die Grenzen des Anstands* und mit Nicky (einem anscheinend recht temperamentvollen Wesen, das sich ungezwungener benahm als die anderen Mädchen und tagsüber in einer Bäckerei aushalf) habe er bisher nicht ein einziges Wort gewechselt.

Die Mitschüler quittierten es mit jener Dankbarkeit, die untergeordnete Geschöpfe schon immer ihren Meistern hatten zuteil werden lassen. Ich dagegen wußte, daß es mir nicht gelingen würde, all diese *Dinge zu würdigen,* nein, ich *hinkte sogar hinterher,* ja ich fand *keinen Anschluß,* da ich nicht in Begeisterungsstürme ausbrach, wenn Josef mich einlud, im Eissalon (*oben im village*) einen Likörbecher mit ihm zu teilen. Ich hatte gelernt, seine anbiederischen Phrasen zu ertragen, irgendwann würde er erkennen, wie schwer es sich als Held der Frauen und Kämpfer für die gerechte Sache lebte, irgendwann würden ihn seine Freunde bei lebendigem Leibe skalpieren …

Manchmal mußte ich mir allerdings eingestehen, daß ich ein wenig eifersüchtig war. Nein, ich sehnte mich nicht danach, den Mädchen durch witzige Redensarten zu gefallen, und am Abendessen, zu dem der Bürgermeister seine Freunde aus der Umgebung einlud, wollte ich auch nicht teilnehmen. Vielmehr hoffte ich auf ein ausgefallenes *date,* das mich allein mit einer Person zusammengebracht hätte, die gerade an mir ihre ungeteilte Freude hatte. Hatte nicht auch ich erhebliche Vorzüge aufzuweisen, und mochte mein musikalisches Temparament nicht dazu taugen, dem Gespräch den Glanz eines ernstzunehmenden Disputes zu verleihen? Ich wußte aber niemanden, der in Frage gekommen wäre, und so flüchtete ich mich in Hoffnungen und Phantasien, die sich an den fernen Kontinent hefteten, dem John als Präsident vorstand …

Dort hatte ich meine *dates* mit den Kiowa-Apachen, ich begrüßte *Shetamoone,* den Häuptling der Yakimas, der im Büffelhaut-Umhang vor seinem riesigen Zelt stand, und ich schaute den Frauen der Navajos zu, die mit einer Handspindel Wolle für eine Decke spannen. Die Cheyenne gingen auf Büffeljagd und hängten das erlegte Fleisch später zum Trocknen auf, und die Hopi verfolgten die Kaninchen mit einem Wurfholz. Die Holzhäuser der Häuptlinge waren oft von Totempfählen umstellt und lagen an besonders hervorgehobenen Plätzen, so daß ich sie manchmal nur über eine Pfahlbrücke erreichen konnte. Man drückte mir die langen Blasrohre in die Hand, mit denen man jene spitzen Pfeile in die Luft schoß, die sich den Erdhörnchen in den Rücken bohrten. Unter den Assiniboin agierte ich bei den Festveranstaltungen als *der laufende Widerspruch.* Ich ritt rückwärts auf einem Pferd, ich rauchte die Pfeife, indem ich mir den Pfeifenkopf in den Mund steckte, und ich fand das Gefallen der Indianerkinder, als ich meinem herunterbaumelnden Glied befahl, sich in die Senkrechte zu erheben. Beim berühmten Sonnentanz, der bei einbrechender Dunkelheit begann, war ich einer der ersten Narrentänzer; ich hob meine Hände gegen den Himmel, flehte die Götter um eine gute Jagd an und rührte den langen Rasselstab, damit die bösen Geister verbannt wurden. Bei den Hupa fand ich mich in einem Kanu ein, wir trieben gemeinsam den Fluß hinab und verscheuchten die staunenden Landbewohner durch die Spechtschöpfe, die wir uns auf unsere glattrasierten Schädel gesetzt hatten. Nachts schlug ich die Trommel, einsam hockte ich vor meinem Zelt, während die anderen lauschten. Ich war der, *der sich über das Tageslicht erhebt,* so daß sich auf mein Zeichen hin die Sonne zeigte und selbst *Running Face,* einer meiner besten Freunde, sich wunderte, wie es mir gelungen war, das leuchtende Element wieder an dieselbe Stelle zu befehlen wie an jedem Morgen. Inzwischen galt ich als Vertrauter der größeren Stämme. Ich führte vor dem Vater im Weißen Haus das große Wort, ich verhandelte und geleitete die Vertreter der Apachen nach Washington, um einen besseren Landanteil für das Reservat auszuhandeln. Ich verstand ihre Sprache, und sie nannten mich *den, der die Worte setzt.* Ich setzte sie, ich brachte *Chopped Up,* den eigensinnigen Häuptling, dazu, das Kriegsbeil zu begraben, Pfeil und Bogen zur Seite zu legen, um wieder Gefallen an seiner mit Federn geschmückten Pelzmütze zu finden. *Sour Spittle* schenkte ich ein Wildlederhemd und wurde vom ganzen Stamm fürstlich belohnt, indem man mir die langgewachsenen Haare hochband, eine Auszeichnung, die sonst nur den Anführern zuteil wurde. Sie schätzten mich, und *Little Chief* schenkte mir die Benjamin-Harrison-Friedensmedaille, was mich zu Tränen rührte, so daß sie mich freundlich als den anredeten, der *das Wasser aus den Augen plätschern läßt …*

Auf diese Weise kam ich weit herum, und es fiel mir nicht schwer, den großen, unermeßlichen Kontinent mit den Angehörigen der befreundeten Stämme zu bevölkern, während Josef sich aufmachen mochte, im *Sturm auf das village* einige Mädchenherzen zu erobern. Gewiß hatte er noch nie von *Tonicy,* Mädchen *blutendes Fell,* gehört, dem der Häuptlingsrat mich versprochen hatte. Ich verkehrte mit *blutendem Fell* sehr zurückhaltend; sie zog sich in ihre Lehmhütte zurück, wenn ich in Erscheinung trat, und sie reichte mir am Abend nach der

Jagd den Freudenbecher der leicht anregenden Liebesmittel, die mich zum *Zauberer unter dem Mond* machten, der fand, was er suchte, ohne danach grapschen zu müssen.

Obwohl mich diese Abenteuer beschäftigten, erfüllten sie aus verständlichen Gründen doch nie meine Sehnsucht nach einem *date,* das all die Verabredungen bei weitem übertroffen hätte, die mein Bruder nun einging. Lange hatte ich mir bereits den Kopf zerbrochen, als ich erfuhr, daß John Deutschland besuchen würde. Sein Reisemarschall hatte sich bereits auf den Weg gemacht, um die Route festzulegen. Kennedy würde – soviel stand bereits fest – auf dem Köln-Bonner Flughafen Wahn landen, ja er würde sich sogar den Kölner Bürgern, zu denen ich mich mit guten Gründen zählte, vor dem Rathaus der Stadt präsentieren, um dort zu ihnen zu sprechen.

Diese Ankündigung sorgte auch im Internat für einige Begeisterung. Johns Ansehen war in den letzten Monaten so sehr gestiegen, daß sich niemand mehr seiner Ausstrahlung entziehen konnte. Selbst die sonst allem Politischen abgeneigten Patres sprachen von nichts anderem mehr, ja sie stifteten uns sogar offen an, uns zu diesem Besuch unsere Gedanken zu machen. Einen stärkeren Akzent erhielt diese Aufforderung noch, als bekannt wurde, daß die Schüler des Landes zu einem Aufsatzwettbewerb eingeladen wurden, bei dem gerade jene Beiträge besonders prämiert werden sollten, die sich mit Kennedys Deutschland-Visite beschäftigten. Auch in unserer Klasse liefen die Vorarbeiten an, wir sammelten Zeitungsausschnitte, studierten die in Amerika gehaltenen Reden des Präsidenten und versuchten, uns eine Vorstellung von der hochpolitischen Botschaft zu machen, die er der Welt bei fast jedem seiner Auftritte hinterließ.

Auch ich hatte mir erste Notizen gemacht, um mich auf meine schriftliche Erörterung vorzubereiten; doch ich wollte die Reise nicht nur aus der Ferne verfolgen. Gewiß, Peters Eltern hatten sich inzwischen ein Fernsehgerät angeschafft, mit dessen Hilfe man die Ereignisse verfolgen konnte. Andererseits wußte ich, daß mir als Fernsehzuschauer das Wichtigste entgangen wäre. Noch nie hatte ich mich in den inneren Zirkel der Macht und ihrer Geheimnisse begeben, obwohl ich seit meiner Geburt mit ihm verbunden gewesen war; nun fühlte ich die Zeit gekommen, Adenauers Ablösung mit dem Auftritt jenes jungen, die Menschen bezaubernden Mannes zu verknüpfen, dessen Deutschlandreise ein neues Zeitalter einleiten würde.

Das date! Endlich hatte ich einen würdigen Partner gefunden, den zu treffen sich wohl lohnen mochte. Ohne zu zögern, meldete ich mich bei dem ehrwürdigen Abt an, um unter vier Augen mein diplomatisches Geschick erneut auf die Probe zu stellen. »Johannes!« begrüßte er mich freundlich, mir wieder mehr geneigt, seit ich im Internat das Bild einer lernfreudigen, wenn auch nicht übereifrigen Kreatur abgab, »welche Sorgen plagen uns diesmal?« – »Diesmal, ehrwürdiger Abt«, entgegnete ich hoffnungsfroh, »diesmal führen mich sehr private Dinge zu Ihnen, die mir Kummer machen. Bald schon werden mein Bruder und ich die mittlere Reife erreicht haben, und dieser Zeitpunkt setzt in unserem Leben einen gewissen Einschnitt. Wir werden überlegen müssen, ob wir auch die weiteren Jahre im Internat verbringen wollen.« – »Es steht dem nichts im Wege, Johannes!«– »Sicher, man gestattet uns diesen Aufenthalt, und wir geben uns alle Mühe, doch …« – »Doch?« – »Dennoch möchte ich nicht versäumen, zu dieser Frage auch meinen Vater zu hören.« – »Deinen Vater? Johannes, ich verstehe nicht recht.« – »Mein Bruder und ich, ehrwürdiger Abt, haben lange auf eine persönliche Begegnung mit unserem Vater verzichten müssen, und ich gestehe, daß mich das manchmal gekränkt hat. Andererseits mußte auch unser Herr Jesus Christus hier auf Erden auf einen leiblichen Vater verzichten, nicht ohne allerdings einen göttlichen in seiner Nähe zu wissen, obwohl er gerade am Kreuz von dieser Nähe wenig empfunden haben wird, was mich immer stutzig gemacht hat, weil ...« – »Johannes! Wir wollen solch schwierige Fragen hier nicht erörtern.« – »Gut, ehrwürdiger Vater, lassen wir diese Debatten, die uns gewissermaßen in Teufels Küche treiben. Wie ich sagte, mußten wir einen Vater entbehren, wir wuchsen in der Obhut eines Großvaters auf. Anfangs kümmerte er sich viel um uns, ich fühlte mich wohl, obwohl ich ihn nur selten sah. Es war nicht notwendig, daß er dauernd in unserer Nähe war; wenn ich ihn brauchte, widmete er mir einige Stunden seiner kostbaren Zeit, obwohl ihn die Weltgeschäfte arg in Trab hielten.« – »Nun ja, Johannes, Weltgeschäfte, wie Du sagst, hat Dein Großvater denn doch nicht betrieben, eher könnte man sagen ...« – »Ich darf widersprechen, ehrwürdiger Abt, es waren Geschäfte von größter Wichtigkeit, und meist war ich in sie eingeweiht, was allerdings in letzter Zeit immer seltener vorkam, ja, ich muß sogar zugeben, daß mich der Großvater immer mehr enttäuschte, daß er mich hinterging, daß er es wagte ...« – »Aber, Junge! Du wirst hier nicht Deinen guten Großvater beschuldigen wollen!« – »Nein, ich vergaß mich, ehrwürdiger Abt. Lassen wir den Großvater beiseite; freuen darf ich mich, weil unser Vater, der es bisher nicht für nötig gehalten hatte, bei uns aufzutauchen, jetzt endlich Zeit für uns hat. Wie ich erfuhr, will er mich sehen, zwar nur kurz, doch immerhin einen Tag lang. Eine diplomatische Mission führt ihn hierher, er hält die Fäden in der Hand, und ich werde mir selbst ein Bild machen, ob er es versteht, mich zu überzeugen.« – »Das ist sonderbar, Johannes; eigentlich hätte ich davon erfahren müssen. Warum hat mir Dein Großvater nichts gesagt, und warum hat mich Deine Mutter nicht angerufen?« – »Weil es, ehrwürdiger Abt, eine Sache ist, die zwischen Vater und Sohn auf direktem Wege ausgemacht werden muß. Mein Vater duldet keine Vermittlung.« – »Dann hat er Dich benachrichtigt?« – »Er ließ mir eine Nachricht zukommen ...« – »Er hat Dir geschrieben?« – »Das nicht.« – »Was dann?« – »Nun ... er hat zu mir gesprochen.« – »Aha. Er hat mit Dir telefoniert?« – »Er ließ mir eine Nachricht zukommen, daß er *ein date* wünsche.« – »*Ein date?*« – »Ja, er drückte sich so aus, manchmal hat seine Sprache etwas Flottes, Ungezügeltes. Hat aber *Europa*, das alte ermüdete, dergleichen nicht dringend nötig?« – »*Europa?* Ich wüßte nicht ...« – »Nun gut, ehrwürdiger Abt, wir werden sehen, lassen wir auch dieses Thema beiseite. Ich bitte Sie nur um eines: geben Sie mir zwei Tage frei, damit ich meinen Vater in Köln treffen kann.« – »In Köln? Er kommt nach Köln?« – »Es wunderte mich zunächst auch, ehrwürdiger Abt, aber er hat es so entschieden, und ich muß ihm dafür danken. Köln ist ein weltgeschichtlicher Ort, eine Stätte der höchsten Kultur, ein europäisches Zentrum ...« – »Ja, gut, Johannes, Köln ist gewiß eine bemerkenswerte Stadt ...« – »Nein, noch einmal muß ich Ihnen widersprechen, ehrwürdiger Abt, Köln ist mehr als bemerkenswert. Es ist gleichsam ein Herz unserer Geschichte, ein Ort des Geistes, in der der heilige Thomas und der große Gelehrte Albertus Magnus um das Vorrecht kämpften ...« – »Gut, Johannes, es ist schon gut. Wir alle kennen Deinen religiösen Eifer, den Du in letzter Zeit in so fruchtbare Bahnen gelenkt hast, nachdem wir einmal vermuteten, dieser Eifer könne Dir schaden ... Du willst also sagen: Der Abt dieser Anstalt muß sich allein auf Dein Ehrenwort verlassen. Du kannst ihm nichts Konkretes vorweisen, Du machst lediglich mündliche Angaben, die weiter nicht zu prüfen sind.« – »Doch, ehrwürdiger Vater, sie sind zu prüfen. Schauen Sie mich an! Redet so einer, der lügt?« – Der Abt betrachtete mich einen Augenblick. Ich wußte, ich hatte gesiegt, weil ich alles gewagt hatte. »Ich vertraue Dir«, sagte er leise, »aber Du redest über diese Dinge mit niemandem!« – »Nein, ehrwürdiger Abt. Ich werde schweigen, sogar gegenüber meinem Bruder werde ich schweigen. Mein Vater möchte nicht ihn, sondern mich sehen. Zwei, ließ er ausrichten, sind für diesmal zuviel. Später einmal möchte er uns beide in seiner Heimat empfangen.« – »Und was ist seine Heimat, wenn ich fragen darf?« – »Die großen Vereinigten Staaten von Nordamerika, ehrwürdiger Abt, im engeren Sinne aber Boston, noch weitere Generationen zurück aber Irland.« – »Erstaunlich!« – »Jawohl, ehrwürdiger Abt, erstaunlich *atlantisch* ...«

Ich hatte mein Ziel erreicht. Auch Josef vertraute ich nicht an, was mich nach Köln zog. Vielmehr erwähnte ich nur, daß ich mit der Mutter etwas zu besprechen hatte. Er ahnte nichts, ja er wunderte sich nicht einmal. Unbehelligt konnte ich nach Köln fahren, um zwei Tage in der Stadt zu übernachten, die ich nun endlich meine *Vaterstadt* nennen wollte. Mutter empfing mich auf dem Bahnhof. »Warum kommst Du?«, fragte sie, »gibt es etwas Besonderes?« – »Warten wir ab!«, sagte ich siegesbewußt und ging mit ihr in die alte, vertraute Wohnung, wo mich Theo und die Tante empfingen. Theo staunte. »So groß bist Du! Und ein Heiliger sollst Du geworden sein, der den Mönchen Angst macht!« – »Ach, Theo«, erwiderte ich, »die Heiligen haben es viel zu schwer auf der Welt, manchmal müßte man ihnen das Leben etwas erleichtern.« – »Und wie, Hochwürden, sollen wir das anstellen?« – »Indem Du mich mitnimmst ...« – »Wohin?« – »Ich möchte dabei sein, wenn Kennedy hier landet. Ich will ihm so nahe wie möglich sein.« – »Deshalb bist Du gekommen?« – »Ich will eine Abhandlung über ihn schreiben, ich muß ihn genau sehen.« – »Oho, eine Abhandlung! Wir werden uns bemühen, Hochwürden, wir werden alles tun, was in unseren Kräften steht.« – Ich freute mich. Am Abend des Tages saßen wir zusammen. Ich war heimgekehrt, ich fühlte es deutlich ...

Am übernächsten Tag sah ich ihn. Ich durfte Theo auf den Flughafen begleiten, und ich stand unweit des Empfangskomitees unter den Presseleuten, als er mit wenigen herzlichen Worten

Adenauer in die Geschichte verabschiedete. Er dankte ihm, er lobte ihn als Vorkämpfer der Freiheit, aber er vergaß nicht anzumerken, daß Adenauer von nun an eine historische Person sei. So war er also nach Köln gekommen, um ihm Lebewohl zu sagen und darauf zu drängen, daß sich die Führung des Landes verjüngte. Hatte er nicht auch mich im Auge, als er beim Empfang im Rathaus Köln ein großes Zentrum der Wissenschaft, der Kultur und des Handels nannte, eine Stadt, die jene westlichen Ideale vertrete, für deren Sicherheit alle in einem gemeinsamen Kampf ständen? Bewegt hörte ich das Läuten der Kirchenglokken, jene ersten Laute, die mich im Mutterleib aus der damals noch feindlichen Außenwelt erreicht, begeistert überblickte ich die Menschenmengen, die sich vor dem Dom und auf dem Marktplatz drängten, um ihn zu sehen, während er die Stadt als eine pries, die wie sonst keine andere mit dem Leben Adenauers verbunden sei. Hier habe er zuerst jene staatsmännischen Künste entwickelt, die dem Westen später so große Dienste erwiesen hätten, so daß man sich freuen könne, wenn es jetzt viele Adenauers im öffentlichen Leben gebe, in einer Stadt, die ein Fenster sei nach Westen, einer reichen und alten Stadt. Bereits vier Jahrhunderte bevor die berühmte Harvard-Universität gegründet worden sei, hätten Albertus Magnus und Thomas von Aquin in Köln gelehrt, so daß diese Stadt eine im besten Sinne europäische sei, über Jahrtausende ein Zeichen der westlichen, offenen Lebenshaltung, ein Mekka des Geistes und der Zivilisation. Nach Köln komme man, um sein Erbe zu entdecken und ihm die Zukunft zu sichern, wie man nach Paris komme, um dort zu lernen, wie man lebe … Und während die Menschen ihm zujubelten, während Fähnchen und Blumensträuße geschwenkt wurden und alle darauf bestanden, daß er sich noch länger zeigte, hatte ich bereits genug gesehen und gehört. Ich war mir meiner Sache sicher, ich verstand ihn gut, und er hatte mir den Gefallen getan, jene Worte zu sagen, die ich von ihm erwartet hatte.

So brauchte ich nicht weiter nachzudenken. Das Konzept meiner Abhandlung stand fest, und als ich zurück in das Internat fuhr, hatte ich meinen Gedanken bereits Konturen gegeben. Auch Josef zeigte sich plötzlich interessiert, auch ihn hatte die Welle der Begeisterung erfaßt, die nun die Menschen auf die Straßen trieb, die sie in einen Orkan von Zustimmung versetzte, die sie nach John verlangen ließ, der, ich bemerkte es genau, allmählich seine Schüchternheit ablegte, wodurch sein Bostoner Akzent etwas Weiches, Fließendes bekam, so daß er sich durch Absperrungen wagte, um noch engeren Kontakt zu suchen, jene kaum erwarteten Stürme von Teilnahme auslösend, die ihn über dreißig Kilometer auf der Strecke von Hanau nach Frankfurt begleiteten, wo er nicht mehr trennen mochte zwischen den Mitgliedern der verschiedenen Parteien, so daß er sie alle in den Hintergrund drängte, die merkwürdig steif und überaltert wirkenden Repräsentanten, unter denen sich der neue Mann an der Spitze des Volkes (*Eckard, Ehrhard?*) nicht besonders hervortat, während John in der Paulskirche die Aufmerksamkeit der Gebildeten fand, von der Zukunft des Westens sprach, einer Zukunft, die nur durch eine *Atlantische Partnerschaft* zu erreichen sei, ein hohes Ziel, dem sich nun eine ganze Generation widmen müsse, ein Ideal, das sich an das Wort Goethes knüpfe, nur der verdiene sich die Freiheit wie das Leben, der täglich sie erobern müsse… Triumphal setzte er seinen Weg fort und erreichte schließlich Berlin, wo er – wie erwartet – Willy begrüßte, den angeblich hervorragenden Regierenden Bürgermeister, der, wie er sich ausdrückte, in allen Teilen der Welt als Symbol für den Kampf und den Widerstandsgeist West-Berlins gelte; die Mauer nannte er eine abscheuliche Demonstration für das Versagen eines Systems, die Stadt aber eine verteidigte Insel der Freiheit, von der aus man den Blick in die Zukunft richten könne, auf die unteilbare, nicht mehr versklavte Freiheit, so daß in diesem Geiste bereits ein Satz ausgesprochen werden müsse, der ein Satz aller freien Menschen der Erde sei, der stolzeste Satz, jenem vergleichbar, der im Altertum einen freien Bürger als Bürger Roms ausgewiesen habe: *Ich bin ein Berliner!*

Sie jubelten. Wie betört und verzaubert wankten sie vor dem Schöneberger Rathaus hin und her, in Sprechchören forderten sie ihn auf, sich noch näher heranzuwagen, sie schrien so laut, als habe er sie verwandelt, und sie vergaßen nicht, auf Transparenten darauf hinzuweisen, daß sie *Zwillinge* wünschten und Deutschland nicht an der Oder ende. So wurde sein Besuch zum Siegeszug, wir alle hatten es bemerkt, doch ich allein hatte ihn von Angesicht zu Angesicht gesehen, so daß es mir vorbehalten bleiben würde, die entscheidenden Sätze zu finden, Sätze, die sich jedem einprägen würden, rührten sie doch von der langen Kenntnis der eigentlichen Materie her, einer Materie, die all den Jublern und Schreihälsen wohl verborgen geblieben sein mochte, während ich sie erfaßt hatte, vorbereitet durch meine Geburt in jener Stadt, die als schönste bekannt, die es je gab im deutschen Land …

Schon kurz nach Kennedys Besuch wurden wir angehalten, das Ereignis politisch zu untersuchen, um auf wenigen Seiten unsere Meinung darzulegen. Josef widmete sich dieser Aufgabe mit einer erstaunlichen Betriebsamkeit. Wie ich mir gedacht hatte, kokettierte er auch diesmal mit seinem angeblichen Überblick, er schreckte nicht davor zurück, die gängigen politischen Begriffe zu benutzen, nannte Johns Aufenthalt eine Bekundung des Freiheitswillens, die Europa Mut machen solle, sich dem Osten entgegenzustellen, gleichzeitig aber darauf hinziele, die Politik der starren Fronten zu verändern, um mit den feindlichen Völkern in ein Friedensgespräch einzutreten, dem sie sich auf die Dauer nicht entziehen könnten. Daher sei der Besuch ein Anstoß für die deutsche Nachkriegspolitik, ihr Konzept zu überdenken, sich gesprächsbereiter zu zeigen, die Phase der Versteinerung zu überwinden, wie er andererseits auch die Bande zwischen Bonn und Washington enger knüpfe. Der markige, durchweg im Stil politischer Reden abgefaßte Text konnte mich nicht verblüffen, wußte ich doch genau, wie leicht Josef sich seine Worte zusammenborgte, ohne sich weiter um ihren Inhalt zu kümmern. Anstatt aber seine Floskeln nicht weiter zu beachten, überschütteten die für die Auswahl der einzusendenden Aufsätze zuständigen Patres ihn mit Lob. Entzückt zitierten sie vor unserer Klasse Passagen des Machwerks, hoben den politischen Spürsinn hervor und klopften jede noch so unverschämt aufgegriffene Wendung auf ihre Hintergründe ab. Josef hatte *die Zeichen der Zeit* verstanden, und es bestand kein Zweifel, daß sein Beitrag es verdiente, in die Landeshauptstadt geschickt zu werden, um dort vor den Augen der höheren Beamten zu bestehen.

Ich selbst hatte mich in meiner Untersuchung des bedenkenswerten Ereignisses erheblich feinfühliger und inspirierter gezeigt. Daher setzte meine Denk-Schrift nicht mit den üblichen griffigen Formulierungen ein, die wir durch Rundfunk und Fernsehen längst bis zum Überdruß gehört hatten. Mein Blick reichte tiefer, so daß ich Kennedys Besuch auf jene Geheimzeichen hin abtastete, wie sie sich nur dem Eingeweihten erschlossen. Kennedy, setzte ich an, sei nichts anderes als der jugendliche Held, der, mit den Kräften seines bezwingenden Enthusiasmus ausgestattet, in ein Land verschlagen worden sei, dessen Bewohner sich nach dem Ende der Herrschaft der alten Männer sehnten. Peinlich unbeholfen hätten ihm diese gealterten Herren ihre Aufwartung gemacht, nicht einmal mächtig der doch international längst verbreiteten englischen Sprache, Geschöpfe eines Nachkriegsfleißes, der es zu nichts als engstirniger Bewahrung gebracht habe. Zur Eigenart des jugendlichen Helden gehöre es, daß er plötzlich und unerwartet erscheine; wie ein Blitz fahre er in die Mitte des verkalkten Hofstaates, ein

Sinnbild des Neuen. Er sei von ferner, nicht vorstellbarer Herkunft, während sein oft lausbübischer, nicht selten auch hilfloser Charme uns auch darauf aufmerksam mache, daß er ein Einzelgänger sei, aufgewachsen in einsamen, wenig zugänglichen Gegenden. Kontaktfreudig und doch unzugänglich, Liebling der Götter und schwermütiger Held – mit dieser Doppelnatur sei Kennedy vor die Deutschen getreten, so daß diese in ihm einen der Ihren erkannt hätten, einen ihrer ersten Helden, der über die öden Nachkriegsjahre freilich in Vergessenheit geraten, jetzt aber mit um so größerer Zauberkraft wieder auferstanden sei, *Siegfried*, den Drachentöter, den es aus unbekannten Gefilden an den Rhein verschlagen, der sich unter die Menschen gemengt habe, um ihr Dasein zu beleben, ein Rätsel und eine Herausforderung für die Listigen, die ihm nachstellten, seine Spuren verfolgten, darauf sinnend, den blonden Bezwinger meuchlings zu treffen, von hinten, in den Rücken, eine Tat, die man Hagen niemals verzeihen könne, habe er dadurch doch nicht nur Siegfrieds Untergang bewirkt, sondern den der Götter überhaupt …

Ich war mit meinem tiefsinnigen Beitrag zufrieden, ja ich hielt ihn für ein Meisterwerk analytischer Beobachtungsgabe; um so erstaunter war ich, als ich zur Kenntnis nehmen mußte, daß er nicht einmal in die engere Auswahl für den Wettbewerb aufgenommen wurde. Johannes, so hieß es, habe einige interessante Gedanken formuliert, die freilich weit über den Anlaß hinausgingen; ehrlich gesagt, hätten sie sogar mit diesem Anlaß wenig zu tun. Ich meldete Einspruch an, ich störte den Unterricht, polterte in meiner Bank, nannte den Lehrer kurzsichtig und beschränkt, mißfiel durch höhnische Anmerkungen über die meinem Aufsatz vorgezogenen törichten Politergüsse – es half nichts, man erteilte mir einen Verweis, trug den Namen ins Klassenbuch ein und gab mir zu verstehen, daß mein Widerspruch abgewiesen und als ohnmächtiger Akt eines vorlauten Gesellen niedergeschlagen worden war …

Wochen waren vergangen, als mein Bruder mitten in einer Unterrichtsstunde in das Dienstzimmer des Abtes gebeten wurde. Ungeduldig überlegte ich bereits, ob mein Ausflug nach Köln zur Sprache kommen würde; doch als er wenig später wieder in den Klassenraum zurückkehrte, zeigte er jenes siegessichere Grinsen, an das ich mich noch immer nicht gewöhnt hatte. »Eine gute Nachricht, Josef?«, fragte der ahnungslose Lehrer. »Eine sehr gute, Pater«, gab Josef mit seiner tiefen Balzstimme zurück, »ich habe den Aufsatzwettbewerb gewonnen, nun geht's nach New York.« – Die Mitschüler jubelten, sie waren in ihren Bänken aufgesprungen und gratulierten ihm, indem sie ihm auf die Schulter schlugen. Josef nahm die Glückwünsche gönnerhaft entgegen, er hatte zwei Finger der Rechten zu einem Siegeszeichen gespreizt und ließ sich später von einer Menschentraube über den Gang schieben, wo er sich in Phantasien über seinen Amerikaaufenthalt erging. »Zwei Wochen werde ich dort sein … Ich bin bei deutschen Auswanderern untergebracht … Es ist eine große Ehre, genau … Na, kein Wunder, der Aufsatz hatte es in sich … Freunde, heute gebe ich einen aus!«

Wutentbrannt wartete ich eine Weile, bis sich die Beifallsstürme gelegt hatten. Ich verfolgte ihn heimlich, ich ließ ihn nicht aus den Augen, doch wie meist war er nicht allein, und selbst als die anderen sich im Innenhof verteilten, stand Peter noch neben ihm, in dessen Augen er jetzt wahrscheinlich zu einer Art Halbgott emporgestiegen war. Ich ging zu den beiden. »Hau ab!«, sagte ich zu Peter, »laß uns allein!« – »Wer entscheidet das?«, schob Josef mich zur Seite. – »Ich muß mit Dir reden, sofort!« Meine schroffen Worte hinterließen Wirkung, Peter ging, ohne mir weiter zu widersprechen. »Du fährst nicht!«, sagte ich zu Josef. – »Was soll das heißen?« – »Erinnere Dich genau, wie Du in dieses Internat gekommen bist, wer Dir geholfen hat, ohne wen Du jetzt ein Nichts, eine Nichtslaus, ein Zwerg unter der Sonne wärest. Erinnere Dich weiter, was wir verabredet haben. Nach Amerika, haben wir uns geschworen, fahren wir gemeinsam.« – »Das ist lange her.« – »Was? Du willst mich zur Seite schieben, um den Lorbeer Deiner kümmerlichen Anstrengungen allein zu ernten?« – »Es geht nicht anders.« – »Und warum nicht?« – »Sie zahlen nur eine Reise, Du bist im Programm nicht vorgesehen.« – »Nicht vorgesehen?! *Ich* – nicht vorgesehen?! Ja, so sollte es seit unserer Geburt gehen, nicht vorgesehen war ich, überall hast Du Dich vorgedrängt, bist hinaus in die Welt geschlüpft, hast Dich dick in ihr breitgemacht…« – »Johannes! Wer soll denn die Reise bezahlen?«– »Darum kümmerst *Du* Dich. Du verschaffst uns das Geld, ohne mich, soviel ist sicher, reist Du nicht, so wahr ich *der laufende Widerspruch* bin!« – »Du bist was?« – »Streng Dich nicht an, Du wirst es nie begreifen!« –Ich tat ihm leid, ich sah es ihm an. Er machte einen unbeholfenen Schritt auf mich zu, aber ich wehrte mich. »Du versprichst es?« – »Es gibt nur einen Ausweg, wir müssen Onkel Joseph um das Geld bitten.« – »Gut, immerhin eine Idee… gib Dir Mühe, und Du wirst etwas erreichen!«

Ich ließ ihn allein stehen und verließ den Innenhof. Keine ruhige Minute würde ich ihm mehr gönnen! Sollte Kennedy etwa vergeblich in Köln erschienen sein, um mich aufzufordern, den Zug nach Westen mitzubestreiten, war nicht *ich* der geheime Anführer jener neuen Generation, die Verbindung aufgenommen hatte zu jenem noch unerforschten Land jenseits des Ozeans, das schon so viele Entdecker angezogen hatte…, Pioniere, die ihre Wagenkolonnen westwärts getrieben hatten, den Rocky Mountains entgegen, gespannt auf das geheimnisvolle Oregon, den, wie es hieß, fruchtbarsten Landstrich der Erde? Nur ich kannte ihre Geschichten, wußte von den oft ausgefahrenen Trails, den im Hinterhalt lauernden Indianern, den leichten Wagen aus Ahornholz, gezogen von vier Ochsen, beschwert mit Gewehren, Äxten und Messern, mit Lebensmitteln wie Speck, Kaffee und Maismehl, mit der notwendigsten Kleidung, den Segeltuchhosen, Stiefeln und Wollstoffumhängen, nur ich hatte das morgendliche Wecksignal in den Ohren, den Ruf der Trompeten, die bald einsetzende Unruhe, das Laufen der Mädchen, das Anschirren der schwerfälligen Gespanne, das scharfe Knallen der Peitschen, die den Tieren eine schnellere Gangart beibringen wollten, den Galopp der ausbrechenden Pferde, das langsame, unermüdliche Mahlen der mit Eisenreifen umgürteten Wagenräder über den kargen Boden, das sanfte Zittern der Plane im schwachen Mittagswind, wenn kaum noch ein menschlicher Laut zu hören war und unter der hohen Sonne die schlafenden Kinder auf dem Fahrerkasten hin- und hergeschüttelt wurden, der rückwärtig aufgehängte Schmiereimer gegen die Achse des Wagens schlug, am frühen Nachmittag aber ein breiter Fluß erreicht wurde, so daß die Männer die neben den Wagen schwimmenden Pferde durch laute Schreie zu halten versuchten, die Kolonne erst allmählich am anderen Ufer Fuß faßte, um die Fähren an Land zu ziehen, die festgezurrten Kisten wieder in die Wagen zu laden, das Signal wieder erscholl, die Stimmen verebbten, und der Zug sich fortsetzte bis in den Abend, wo man die dumpf gewordenen, ermatteten Tiere versorgte, die Hunde noch ein letztes Mal um das kleine Feuer tanzten und die Wolken hinter den breit über die Linie des Horizonts gestreuten Hügeln versanken im dunkelblauroten Ofen der Ferne.

So verfolgte ich Josef, anders als es bisher meine Art gewesen war, unermüdlich. Morgens mahnte ich ihn an seine Pflichten, ich umschlich ihn, bis er mir genauer berichtete, was der Abt ihm in Aussicht gestellt hatte, einen Flug über den Atlantik, einen Empfang durch die gastgebende Familie, die den deutschen Namen Rothbuch tragen sollte, ein Treffen mit amerikanischen Jugendlichen, ein Bad in der Menge der Austauschschüler, von denen einige auch unser Internat aufsuchen würden. Josef stöhnte, aber er entkam seinen Pflichten nicht. Mit schräg geneigtem Kopf setzte er sich an einem Nachmittag unter meiner Aufsicht an einen Tisch, um mit seiner ungelenken Hand einen Brief zu entwerfen. »Lieber Onkel Joseph, schon lange haben wir uns nicht mehr gesehen, schon lange nichts mehr von Deinen Wundertaten gehört …« – Leise flüsterte ich ihm meine Sätze ins Ohr, ich ging im Zimmer auf und ab, und die mit aller Feinheit formulierten Botschaften flossen meinem Bruder in die Feder, daß er manchmal ungläubig aufschaute, »… so ist uns der Weg nach Westen unerwartet weit aufgestoßen worden«, weiter, weiter, »… und es wäre eine Schande, wenn einer von uns daheimbliebe, denn es würde ihn sehr traurig machen«, bis er sich wehrte, meine Sätze nicht aufschreiben wollte, ich mich aber hinter ihn stellte, weiter, weiter, »… und nur Du, lieber Onkel, uns in dieser Not, die andererseits wiederum ein Glück genannt werden muß, helfen kannst durch einen kleinen finanziellen Zuschuß …« Ich selbst adressierte den Brief, ich lief mit ihm ins Nachbardorf und achtete darauf, daß er schleunigst befördert wurde.

Zwei Tage später hörte ich in einer Lateinstunde vom Anruf des Onkels. Bruder Fidelis unterbrach den Unterricht und führte mich zum Telefon. »Johannes, bist Du's?« – »Ja, Onkel, ich höre Dich gut.« – »Weißt Du, was *Fluxus* ist?« – Ich überlegte kurz. »Vielleicht eine atlantische Angelegenheit?« – »In etwa; ich habe einen amerikanischen Künstler getroffen, der in Wiesbaden bei der Armee beschäftigt ist, zusammen haben wir *Fluxus* entworfen. *Fluxus* ist Veränderung, Umpolung, Zerstreuung, verstehst Du?« – »Ja.« – »Wenn etwas sich verhärtet hat, muß man es umpolen. Man fängt neu an, hörst Du, und man weiß nicht, was dabei herauskommt. Vereinbart ist, daß man mit anderen zusammenarbeitet, daß die Umpolung eine Art Kontingent wird, eine Zusammenballung.« – »Also eine Kolonne?« – »Genau. Man benötigt nur die einfachsten Mittel.« – »Man darf sich nicht unnötig belasten.« – »Du sagst es.

Wenn man *Fluxus* macht, bildet man mit anderen eine Strömung. Man fließt gegen das Feste, also gegen das Bildwerk, gegen den Götzen, die Säule. Provokation ist Unsinn, die Angelegenheit muß ein geistiges Zentrum haben, eine Spitze.« – »Man muß die ausgefahrenen Trails verlassen, nicht wahr, Onkel?« – »Richtig.« – »Es ist ein Marsch, Onkel, ja? Ein Marsch von fast vierundzwanzig Stunden?« – »Von morgens bis zum frühen Abend, acht Stunden Schlaf genügen vollkommen.« – »Denke ich auch.« – »Du wirst es also übernehmen, Johannes?« – »Was, Onkel?« – »Du wirst ein *Fluxuspunkt* werden, drüben in den Staaten, eine Art Vorsitzender für ein paar Tage?« – »Ich habe alles begriffen, Onkel.« – »Gut so. Das Geld überweisen wir Dir. Wenn Du zurückkommst, schaust Du Dir mein *Erdklavier* an. Vielleicht mache ich noch so ein Ding, ein Klavier, das ich mit Erde zuschütte.« – »Wäre das *Fluxus*?« – »Es wäre ungeheuerlicher Fluxus, die lockere, leicht feuchte Erde löst Klänge aus, bis die Saiten nachgeben oder zerspringen.« – »Ich wäre gern dabei.« – »Denke ich mir. Hast Du Ignatius vergessen?« – »Er ist nicht mehr so wichtig, im Augenblick.« – »Laß ihn in Ruhe, wir arbeiten jetzt an etwas Neuem.« – »Danke, Onkel!« – »Ich wünsch Euch viel Glück!«

Ich warf den Hörer auf die Gabel und lief zurück in den Klassenraum. Sie übersetzten eine Cicero-Stelle. »Darf ich einen Augenblick unterbrechen?«, fragte ich. Man gestattete es. »Hiermit«, sagte ich, meinen Bruder anschauend, »rufe ich *Fluxus* aus, die Zeit der Energieschübe. Ich werde – soeben als Vorsitzender für den atlantischen Bereich benannt – Josef nach New York begleiten.« Ich erhielt meinen zweiten Verweis, aber es machte mir nichts aus. Glücklich setzte ich mich in meine Bank. Der Bruder drehte sich zu mir um. »Spinnst Du?« – »Der Onkel überweist das Geld«, sagte ich, »die Kolonne kommt in Bewegung …«

Kaum zwei Monate später saß ich mit meinem Bruder an einem Sonntagmittag im Flugzeug, das uns nach New York bringen sollte. Theo und Mutter hatten uns zum Flughafen gebracht. Josef war aufgeregt, es war unser erster Flug, und vor kurzer Zeit hätten wir noch nicht zu träumen gewagt, daß die kühnen Wünsche einmal wahr werden sollten. In der knappen Vorbereitungszeit hatte man uns im Internat mit einem englischen Sonderkurs traktiert. Josefs Aufenthalt in New York galt als besondere Auszeichnung; auf mich achtete man weniger, hielt man meine Reise doch eher für eine bloße Zugabe, die nicht besonderer Rede wert war. Wir hatten unsere Plätze im Flugzeug eingenommen; ohne zu widersprechen, hatte ich Josef den Fensterplatz überlassen, er sollte seine Freude an den technischen Details haben, die er mir mit einer Mischung aus Begeisterung und Respekt erklärte. Schon in der Abflughalle hatte ihn eine seltsame Geschäftigkeit überfallen; er schnüffelte in allen Ecken herum, er ließ uns vor den Toiletten warten, um sie angeblich zu besichtigen, er vergaß einen Koffer und war erleichtert, als er ihn später dort wiederfand, wo er ihn blindlings stehengelassen hatte. Selbst beim Einstieg ins Flugzeug war ihm nichts entgangen; er zeigte mir die Triebwerke, den Frachtraum und das einziehbare Fahrwerk, und ich machte ihm die Freude, hier und da nachzufragen, um seine nicht zu übersehende Aufregung in ruhigere Bahnen zu lenken. Als wir jedoch Platz genommen hatten, legte sich schlagartig seine Unruhe, und ich erkannte meinen Bruder wieder. Er gab sich den Anschein von Lässigkeit, deutete triumphierend auf Bremsklappen und Landespoiler und amüsierte die anderen Fahrgäste durch seine lakonischen Bemerkungen, so daß er leicht als der erfahrene Konstrukteur dieses Flugapparates hätte gelten können, der sich einmal den Spaß machte, einen Flug nur als Passagier zu genießen. Auch die für uns günstige Lage der Bordküche war ihm nicht verborgen geblieben. Schon schielte er zu dem noch geschlossenen kleinen Vorhang hinüber, verfolgte die umhereilenden Stewardessen mit prüfenden Blicken und plapperte währenddessen wie ein Weltmann vor sich hin, der sich keinen Genuß entgehen lassen wollte.

Erst als das Flugzeug von der Rollbahn auf die Startpiste einbog, wurde er still. Heimlich beobachtete ich, daß er sich in seinem Sitz verspannte, sein Gesichtsausdruck bekam etwas Lebloses, Abwesendes, er starrte hinaus, während das Flugzeug abhob, die Erde wie ein unter uns fortgezogener Teppich verschwand, die Maschine Höhe gewann und die menschlichen Siedlungen weit unten plötzlich wie Attrappen erschienen. Schon eilten die Stewardessen umher, und ebenso schnell erwachte Josef aus seiner Andacht und lockte die ihren Dienst aufnehmenden Damen ein erstes Mal heran, um sie auf uns aufmerksam zu machen. »*Well*«, sagte er entschieden, »ein Glas Sekt würde uns jetzt guttun.« Eine freundliche Person lächelte ihn an, erkundigte sich nach der Marke, und auch hier hatte er sich bereits Gedanken gemacht, so daß wir als erste der zahlreichen, jetzt bereits ihren kleinen Zerstreuungstätigkeiten nachgehenden Passagiere vor zwei Gläsern saßen. »*Thanks*«, sagte er leutselig, »Bruderherz, stoßen wir an! Auf alles, was wir uns erhoffen!« Wir hoben unsere Gläser, und er leerte das seine bereits mit dem ersten Schluck halb, so daß ich ahnen konnte, welches Trinkvermögen er sich auf seinen Parties angeeignet hatte. Ein noch undeutlicher Instinkt sagte mir, daß er sich vorgenommen hatte, auf dieser Reise den großen Bruder zu spielen. Er behandelte mich wie eine Begleitperson, mit der man rücksichtsvoll umzugehen hatte; ich wollte mir ein solches Verhalten nicht bieten lassen, und damit er das schnell begriff, verwickelte ich ihn sofort in ein Gespräch, das ihm seine Grenzen verdeutlichen sollte. »Diese Reise, Josef, die verdanken wir eigentlich Kennedy, nicht wahr?« – »Wenn Du so willst…« – »Aber ja, ohne Kennedys Visite säßen wir nicht in diesem Flugzeug.« – »Du hast leicht reden! Wenn ich nicht den Wettbewerb gewonnen hätte, säßen wir erst recht nicht hier.« – »Du hast ihn gewonnen, ja, bravo! Aber Du willst mir nicht einreden, daß Du etwas Gescheites geschrieben hast?« – »Moment!«, sagte er erstaunt und setzte das Glas wieder auf den kleinen Klapptisch, »nicht so voreilig! Ich habe den Fall politisch untersucht.« – »Hast Du, Josef, und entsprechend ist es auch geworden. Man kann aber einen solchen Fall nicht nur politisch betrachten.« – »Sondern?« – »Laß mal hören, was ist Dir aufgefallen? Was hast Du beobachtet?« – »Was mir an Kennedy aufgefallen ist?« – »Genau.« – »Well, ich habe seine Deutschlandreise in allen Stationen verfolgt. Er kam gut an, er hatte einen Riecher für die Leute, schließlich hatten sie so etwas noch nie gesehen.« – »Was hatten sie noch nie gesehen?« – »Na, einen leibhaftigen Präsidenten.« – »Das war nicht der Grund für ihre Begeisterung.« – »War es nicht?« – »Du hast die Sache nur oberflächlich wahrgenommen, am Fernsehen bekommt man es nicht mit.« – »Nichts da, ich habe es gut mitbekommen, jede Einzelheit, nichts ist mir entgangen.« – »Josef? Erinnerst Du Dich, daß ich damals für einige Tage fort war?« – »War es zur selben Zeit?« – »Kannst Du Dir denken, was ich gemacht habe?« – »Du hast Mutter besucht, es gab etwas zu besprechen, und die Patres sagten, es gehe Dir nicht besonders.« – »Das war ein Vorwand.« – »Wofür?« – »Ich habe Kennedys Auftritt in Köln verfolgt.« – »Ist nicht wahr!« – »Ich war überall dabei, ich war auf dem Flughafen, als seine Maschine ausrollte, ich war mit Theo unter den Presseleuten, als er seine Reden hielt.« – »Du hast uns alle belogen?« – »Es mußte sein, ich hätte sonst keinen Eindruck bekommen, verstehst Du? Als erstes habe ich bemerkt, wie locker John sich bewegte. Er war nicht feierlich, jedenfalls nicht in dem Sinne, wie die anderen feierlich sein wollten. Am liebsten hätte er sich unter die Menge gemischt, um mit diesem oder jenem ein Glas zu trinken. Und er sprach auch ganz anders als erwartet. In seinen Reden zeigte sich ein versteckter Humor, der Dolmetscher konnte ihn nicht einmal treffend wiedergeben. Ein wenig machte sich John über all diese steifen, alten Herren lustig, die nur große Worte erwarteten und jetzt von ihm zu hören bekamen, daß die Leute in Boston noch in Fellen herumliefen, als in Köln schon die Römer marschierten. Das haben die Menschen bemerkt. Sie haben gespürt, daß da einer vor ihnen stand, der seine Autorität nicht ausspielte. John zeigte sich weder bedrückt noch hingerissen. Er schaute sich alles mit wachen Augen an, und es gefiel ihm, daß die Menschen Spaß mit ihm hatten.« – »Spaß?« – »Na, sie hatten Freude daran, wie ungezwungen er ihnen begegnete. Er strahlte etwas aus vom *amerikanischen Mysterium.*« – »Was ist das?« – Ich leerte mein Glas in einem Zug. Ich lehnte mich in dem breiten Sitz zurück, trommelte mit den Fingern auf dem Klapptisch herum, winkte die Stewardess herbei und bat sie, unsere Gläser noch einmal zu füllen. »Wenn man es verstehen will«, sagte ich langsam, »muß man die Geschichte des Landes verstehen. Es genügt nicht, ein paar politische Phrasen zu dreschen. Schau, Josef, in wenigen Stunden sind wir in New York, Mr. Rothbuch wird uns empfangen, wir werden in Queens wohnen und zwischen Wolkenkratzern umherspazieren, daß uns schwindlig werden wird. Als Giovanni da Verrazano im Auftrag des Königs von Frankreich den Hudson erreichte, da traute er sich nicht einmal, an Land zu gehen, er ließ sein Schiff in der Bucht ankern und richtete seinen Blick auf jenen halbinselartigen Vorsprung, den die Eingeborenen *Manna-hatin,* die Insel der Hügel, nannten. Sie setzten sich in ihre Einbäume und näherten sich furchtlos dem in ihren Augen gewaltigen Schiff. Verrazano aber argwöhnte, daß sein Schiff stranden könne, und deshalb wagte er sich nicht weiter vor, denn er hatte begründete Scheu vor dem fremden Gebiet. Die europäischen Eroberer, die ihm bald folgten, benahmen sich dagegen weitaus dreister. Es waren Engländer und Niederländer, und die sahen Adler, die über Manhattan kreisten, und sie rochen *den süßen Duft,* der das Land wie eine schützende Glocke umgab. Diesmal ging es schlimmer zu, es kam zu Auseinandersetzungen, und auf beiden Seiten gab es Tote. Dann kamen die großen Schiffe mit den Händlern und den Siedlern, die sich viel versprochen hatten. Sie kauften den Indianern für eine lächerliche Summe das Land ab, und sie bauten dort, wo heute die Wolkenkratzer stehen, ihre ersten Häuser. Ein gewisser Stolz hatte sie hierhergeführt, sie wollten dem engen Europa entkommen, sie suchten größere Freiheit, haßten religiöse Bevormundungen und wollten über sich wie über die Natur unbeschränkt verfügen. So kümmerten sie sich auch nicht mehr um die Rechte der Ureinwohner. Die durften für die neuen Herrscher auf Jagd gehen, und sie erhielten für die gelieferten Felle den üblichen Trödelkram. Eine Zeitlang blieb das Land in der Hand der Niederländer, doch dann kamen die englischen Truppen. Von nun an entwickelte sich ein dauernder Kampf zwischen den Kolonisten und ihren ehemaligen Vaterländern. Europa wurde amerikasüchtig, und seine reichen Länder schickten Schiffe und Truppen aus, sich dieser Fremde zu bemächtigen. Bald behandelten sie die Kolonien wie zweitrangige Ländereien, auf die man mit einer gewissen Verachtung herabschaute, doch die Siedler setzten sich zur Wehr, sie wollten nicht als entlaufene Söhne angesehen werden, die man weiter befehligen konnte. Hier liegen die Wurzeln des *Mysteriums,* denn all diese Menschen, die sich nun als *Amerikaner* empfanden, kämpften gegen die alten Autoritäten, sie verwarfen ihre Macht, sie wollten niemanden mehr über sich dulden, der sich auf Gott, den Himmel oder das Jenseits berief. Daher vertrieben sie die Angreifer, sie wollten unter sich sein, und das ist ihnen gelungen. Europa – das war die Macht der alten Geschlechter, die sich von Generation zu Generation vererbte. Amerika – das meinte den Aufstand der Freien, die sich nur noch auf ihre Leistung beriefen. Dieser Haß auf die Autorität hat sich durchgesetzt, er ist gewachsen, und noch heute mögen sie es nicht, wenn sich jemand aufbläht und sich aufs hohe Roß setzt. Daraus ist aber mit der Zeit eine Natur entstanden, die sich offen, wenig zeremoniell gibt, so daß selbst die Präsidenten keinen Erfolg haben, die in den Augen des Volkes nicht wie die Menschen von nebenan sind. John hat das verstanden. Seine Familie ist reich, und schon deshalb hat sie viele Feinde. Reichtum ist nichts Schlechtes, er wird geachtet, wenn man ihn sich auf dem freien Markt erkämpft hat, doch er gilt nichts, wenn er nur eingesetzt wird, um Macht auszuüben. John ist es gelungen, diesen Eindruck zu vermeiden. Er ist die Verkörperung einer freien, unzeremoniellen Lebensart, gerade das Gegenteil von uns. Von Kindheit an wurden wir erzogen, den Mund zu halten; wir haben uns gefügt, Du Dich mehr als ich, jetzt aber sind wir beinahe stumm geworden. Im Internat dienen wir wie die Sklaven, wir senken den Kopf, wenn man uns anschreit, die Patres fordern nicht nur Achtung, sondern Unterwerfung. Wir leben in diesen kalten, dunklen Mauern wie armselige Wichte, die sich nicht wehren können. Und den Menschen um uns herum erging es genauso. Glaubst Du nicht, daß ich verärgert war über all das, was Adenauer sich in letzter Zeit erlaubte? Hast Du nicht geahnt, wie es in mir kochte, als er immer wieder Unterwerfung befahl und jeder *süße Duft* von Freiheit ihn störte? Die Amerikaner empfinden unsere anerzogene Ehrfurcht als peinlich, daher trat John bei uns auf wie ein Befreier, er spazierte durch unsere Reihen, und unsere Herrscher standen da wie der Kaiser im Märchen, nackt, jämmerlich, mochten sie auch ihre dunklen Anzüge tragen …« – Ich hatte sehr heftig gesprochen, der Blick aus dem kleinen Seitenfenster auf die manchmal unter den Wolkenmassiven auftauchende Landschaft hatte mich beflügelt. Ich spürte, wie ich mich löste von diesem Land, wie seine trügerisch schöne waldgrüne Oberfläche mir entglitt, wie seine weiten Felder und seine zusammengewürfelten Dörfer mich nicht mehr fesselten. Ich atmete aus, ich setzte das Glas an die Lippen und leerte es in einem Zug. Josef schaute ebenfalls hinaus, dann drehte er sich zu mir. »Sag mal! Was für ein Vorsitzender bist Du geworden?« – »*Fluxus!*«, sagte ich, etwas zu laut, »*Fluxus* ist: das Fließende. Die Autoritäten werden abgebaut, umgestoßen, zerschmettert, verstehst Du? Spielerisch soll es jetzt zugehen. Deshalb tu mir einen Gefallen, rede drüben nicht von der Politik! Spiel Dich nicht auf mit Deinem Wissen! Es ist das Wissen, das die Patres erfreut, aber es ist auch eines, das uns gerade noch erlaubt wird.« – War ihm die Lust vergangen? Mochte er nicht mehr trinken? Ich stieß ihn in die Seite. »*Hello,* Josef«, sagte ich angeregt, »das war's auch schon. Ich mußte es loswerden. Jetzt bestellen wir uns eine ganze Flasche!« – Er lächelte, und ich glaubte, meinen Bruder endlich wiederzuerkennen, den ängstlichen Schreihals unserer frühen Tage, den Herzensbrecher, der den Dorfschönen rührende Briefe entlockte, und den, der sich so leicht verführen ließ, allen zu gefallen …

Später hatte uns eine bleierne Müdigkeit übermannt, waren wir doch während des langen Fluges ein Opfer jener Köstlichkeiten geworden, die man auf Josefs besondere Bitten hin aus der Bordküche für uns hervorgezaubert hatte. Er hatte sich nicht bescheiden können, und obwohl das uns vorgesetzte Steak ausgereicht hätte, zwei Menschen einen Tag lang zu ernähren, verlangte er dreist ein zweites. Er erhielt es, wie er wenig später noch eine Portion Bohnen erhielt, die in einer wässrigen Sauce schwammen und so zerkocht waren, daß man sie für Spinat hätte halten können. Es schmeckte ihm, immer wieder erklärte er, daß alles *fabelhaft* sei, und da er sich mit derartigen Lobeshymnen bald zum Freund der Stewardessen gemacht hatte, wurde er verwöhnt wie ein kleines Kind. Es wunderte mich nicht, als es ihm etwa auf der Hälfte der Strecke übel erging; er faßte sich an den Bauch, trank plötzlich nur noch Mineralwasser, hielt sich lange Zeit auf der Toilette auf und kam mit jenem blassen, traurigfeuchten Gesicht zurück, das mir alles über seinen Zustand verriet. Wir tauschten die Plätze, da er den Blick auf die Wolkengebirge, die ihn angeblich an Federbetten erinnerten, nicht mehr ertragen konnte. Er sehnte sich nach dem Ende des Fluges, aber er gab mit keinem Wort zu, wie schlecht ihm alles bekommen war. Auch ich hatte eine kleine Periode der Überanstrengung zu überstehen gehabt. Der Sekt hatte mich in einen Zustand angenehmer Betäubung versetzt, verwechselte ich doch bald schon Erde und Himmel, so daß es mir so vorkam, als glitten wir über eine frischgefallene, leicht verharschte Schneedecke, während sich über uns die schwere Erdkugel befand, die sich lautlos ununterbrochen drehte. Mit derartigen Visionen beschäftigt, war ich eine Weile in tiefen Schlaf gesunken; als ich erwachte, war die Betäubung wie verflogen. Ein leichtes Fieber hatte mich gepackt, und ich ging wie in Trance, als ich durch die Reihen tänzelte, um mich im Inneren der Maschine weiter umzuschauen. Die meisten Passagiere schliefen fest; sie hatten Decken und Tücher über ihre erschlafften Körper gebreitet und erweckten den Eindruck lebloser Wesen, die gegen ihren Willen in ein fernes Land gebracht wurden, wo sie unweigerlich verhungern würden. Kaum ein Laut war noch im Flugzeug zu hören, selbst die Stewardessen hatten sich hinter die Vorhänge ihres Manövrierbereichs zurückgezogen, wo ich sie ab und zu leise sprechen hörte. Geisterhaft glitt das Flugzeug über den Atlantik, während es in mir frohlockte, schien ich doch der einzige an Bord zu sein, der dies alles mit der hohen Empfindlichkeit seiner wachen Sinne erlebte. Wir waren eine Zeitlang ins Dunkel eingetaucht, dann leuchtete wieder die Sonne auf und blitzte auf die Tragflächen, so daß ich – trunken vor Glück – von einer Seite zur andern lief, um immer wieder einen anderen Ausblick zu erhaschen.

Etwa eine Stunde vor der Landung hatte die Ankunftsstimmung die meisten Passagiere erfaßt; sie nestelten an ihren Sachen herum, überprüften ihr Gepäck und saßen steif auf ihren Plätzen, als sehnten sie sich nur noch nach einer weichen Landung. So kurz vor dem Ende hatte mich eine wilde Unruhe befallen; ich saß kaum noch still, redete heftig auf den Bruder ein, munterte ihn auf und bestellte mir eines jener stärkeren alkoholischen Getränke, das meine Stimmung endgültig zum Überkippen brachte. Es war wie ein mächtiger Rausch, ich brummte vor mich hin, als hätte man mir den Steuerknüppel in die Hand gedrückt, ich wiederholte die Durchsagen des Stewards; mein Körper hatte sich auf geheimnisvolle Art mit diesem Flugkörper verbunden, ich war eins mit ihm, all seine Bewegungen wiederholten sich in meinen eigenen Gefühlszentren, so daß ich mir kaum noch zu helfen wußte. *Fluxus!* Dieser Flug erschien mir mit einem Mal wie das Ende einer langen Wartezeit, und während ich aus dem Seitenfenster lugte und die Maschine sich durch die Wolkenbänke schob, um sich der weiten Stadtlandschaft zu nähern, dröhnte es in mir, als hätten sich Orchester meiner bemächtigt, um meinen Körper einzutanzen in jene nur geahnten, aber deutlich empfundenen Spannungszustände zwischen Himmel und Erde, deren rasender, aufgeladener Punkt ich geworden war. Als die Maschine endlich aufsetzte, nahm die Spannung schlagartig ab, ich fiel in meinem Sitz zusammen und blickte zerstreut in die dämmrige Welt, die wie ein entschleiertes Phantom direkt vor mir lag. Es war nicht zu begreifen, und da ich nicht daran dachte, mir meine in all den Flugstunden aufgehobene Heiterkeit nehmen zu lassen, ergriff ich die Initiative und drängte meinen Bruder hinaus auf die Gangway, auf deren obersten Stufen sich ein warmer Luftzug auf uns senkte, so daß wir den fremden Erdteil betraten wie Wesen, die durch Zauberkraft einen langen, schönen Traum erlebt hatten, ohne zu wissen, wie ihnen geschah …

Daniel Rothbuch war ein großgewachsener Mann von etwa fünfundvierzig Jahren. Er trug einen hellen, leichten Anzug und eine dunkle Sonnenbrille, und er hatte uns anscheinend gleich erkannt. »Hey boys«, kam er uns in der Gepäckhalle entgegen, »schön, daß Ihr da seid.« – »Auch wir freuen uns sehr«, entgegnete ich, »erfüllt sich doch ein Traum, an den wir nicht mehr zu glauben wagten.« – »Fine«, sagte Daniel, etwas irritiert, nahm uns einen Teil des Gepäcks ab und steuerte mit uns auf den Ausgang zu, wo er uns in einem viel zu großen Wagen unterbrachte, mit dem er uns ins Zentrum fuhr. »Wir alle freuen uns mächtig«, redete er weiter, »Tom ist ganz aus dem Häuschen und kann Eure Ankunft schon gar nicht mehr erwarten, und Susan hat sich feingemacht, weil sie Euch heute besonders gefallen will.« Susan? Man hatte uns mitgeteilt, daß die Rothbuchs zwei Kinder hatten, doch hatte ich nie daran gedacht, daß eines von ihnen ein Mädchen hätte sein können. Leicht entsetzt, mußte ich erfahren, daß Susan bereits sechzehn Jahre alt war. Sie ging auf eine deutsche Schule, liebte angeblich Europa über alles und hatte sich auf unseren Besuch besonders vorbereitet, indem sie einen Plan für die Vergnügungen der nächsten Tage entworfen hatte. Sollte das bedeuten, daß sie uns nicht mehr aus ihren Krallen lassen wollte, waren wir Tausende von Kilometern über den Atlantik geflogen, um jenseits des Ozeans von einem aufdringlichen weiblichen Geschöpf empfangen zu werden, das sich an uns heften würde wie eine Klette? Ich befürchtete sofort das Schlimmste, schwieg aber höflich, während Daniel, der Josef mit *Joe,* mich aber nur mit *John* anredete, uns in die Geheimnisse des Familienalltags einweihte. Tom, der Sohn der Familie, war erst dreizehn Jahre alt; anscheinend kannte er nichts Wichtigeres als das Baseball-Spiel, jedenfalls hatte er sich in seinem kurzen Leben offenbar besonders darin hervorgetan. Tom war, wie Daniel erklärte, ein großer Esser, er liebte es, seine Gäste zu verwöhnen, und wir würden bei ihm in den besten Händen sein, wenn uns der Hunger überfallen sollte. Die Frau des Hauses hieß Mary und war die Vorsitzende einer Initiative von Damen, die sich um die Förderung des Lesens bemühte. Außerdem lebte noch Großvater George im oberen Stock des Hauses, wir sollten uns nicht um ihn kümmern, es hieß, er sei verstockt und kränklich. Daniel selbst aber nannte sich einen *Banker*, und er machte sich an jedem Morgen mit seinem Auswuchs von Wagen auf den Weg, um etwa eine Stunde im Stau zu verbringen. Sonst war das Leben aber herrlich, die Stimmung anscheinend anhaltend gut, wir würden *much fun* haben, soviel war gewiß.

Die Rothbuchs wohnten in Queens, einem der ruhigen Vororte, in die sich die arbeitende Bevölkerung am frühen Abend zurückzog, um sich dem Familienleben zu widmen. Das einstöckige Häuschen hatte wie alle anderen in der Straße einen kleinen Vorgarten, den man durch ein Holztor betrat. Wir hatten unsere Koffer noch nicht aus dem Wagen geangelt, als die Kinder bereits aus dem Haus stürzten. Tom war beinahe so groß wie mein Bruder, also etwas kleiner als ich, er meckerte laut vor sich hin, begrüßte uns wie alte Bekannte und wollte uns gleich ins Haus ziehen, um uns alles zu zeigen. Vorsichtig blickte ich zum Eingang, wo Mary erschien, ihre Lesebrille abnahm und uns zuwinkte. Hinter ihr tauchte Susan auf; sie war ungewöhnlich groß, hatte rötliches Haar und erinnerte mich an jemanden, an den ich nicht erinnert werden wollte. Sie grinste, sie schien sich zu freuen, und ihr Blick glitt wonnetrunken bald auf Josef, bald auf mich. »Europa!«, sagte sie aufseufzend, als könnte man den fernen Kontinent aus unseren Kleidern schnuppern, »nun haben wir ein Stück Europa im Haus. Kommt herein und seht Euch um!«

Irgend etwas an ihr störte mich gleich, aber ich tat, als bemerkte ich sie nicht, froh darüber, daß Josef voranging. Dies war ein *besonderer Tag*. Wir bekamen es immer wieder zu hören. Sie alle hatten sich seit Wochen darauf gefreut, uns zu sehen, ja sie hatten es gar nicht mehr erwarten können. Susan hatte das Haus geputzt, und Mary hatte den Kühlschrank gefüllt, und Tom hatte sein Spielzeug sortiert, und Daniel hatte Eintrittskarten für ein Broadway-Musical besorgt. Noch nie hatten sie Gäste aus Europa gehabt, seit zwei Jahren hatten sie sich um Austauschschüler beworben, und nun war es soweit. Ich hatte nicht ahnen können, was uns bevorstand. Kaum hatten wir uns flüchtig gewaschen, um im *Living room* Platz zu nehmen, trafen die Nachbarn ein. Sie klopften an die Tür und standen vor uns, um uns die Hände zu schütteln. Sie sprachen kein einziges Wort Deutsch, und ich machte die ersten Fehler, als ich versuchte, englisch zu sprechen. Sie lachten, es machte ihnen wohl nichts aus, sie setzten sich zwischen den Bruder und mich, und Susan legte eine Platte auf, verzückt darüber, daß einer von uns Klavier spielte. Josef, der Unvorsichtige, Vorlaute, hatte es ihr schon nach wenigen Minuten anvertraut; ich spürte plötzlich ihren Blick, der mich von der Seite streifte, er ruhte sich aus auf mir, er traf auf meine gepflegten Hände, wanderte zurück zu meinem Kopf und heftete sich an jede Einzelheit. Ich drehte ihr den Rücken zu, doch es half wenig; ich redete auf den lustigen Tom ein, der mir einen Stoß Comics auf den Schoß gelegt hatte, um mir die Geschichten zu erklären. Susan kam näher, sie drückte mir ein gefülltes Glas in die Hand und wollte mit mir anstoßen. Ein wenig hilflos schaute ich mich nach Josef um, der den Rothbuchs gerade die genaue Lage unseres Internates erklärte, das sie offenbar für eine Mischung aus einem Gefängnis und einem Kloster hielten. »Musik«, sagte Susan und fing meinen Blick auf, »ist mir das Liebste. Ich singe, und ich liebe besonders die deutsche Musik, Schumann und Schubert.« – »Schumann«, entgegnete ich, »war gewiß ein Talent, über Schubert spricht man besser nicht.« – »Oh, *wow,* warum denn nicht?« – »Man könnte sich den Mund verbrennen.« – »Oh, wie das?« – »Schubert ist ein Kristall, man darf ihn nur betrachten.« – »Ein Kristall?« –

»Er hat ein Geheimnis, aber er hat es in sich verschlossen.« – »Oh, ja, er ist ein Rätsel, meinst Du das?« – »Ein Geheimnis, kein Rätsel.« – »Was ist der Unterschied?« – »Ein Rätsel kann man lösen, ein Geheimnis entzieht sich.« – »Oh ja, stimmt, er entzieht sich. Das hast Du schön gesagt.« – »Ach was.« – »Doch, Du weißt eine Menge, nicht wahr, ich habe es mir gleich gedacht.« – »Ich weiß nichts.« Sie setzte sich auf die Armlehne meines Sessels, und ich rückte instinktiv ein wenig zur Seite. Man klopfte an die Tür, und wieder standen Menschen im Zimmer, die wir noch nie gesehen hatten. Offenbar hielten sie uns für Wundertiere, die man aus der Luft abgeworfen hatte, seltsame Wesen, die von einem anderen Stern kamen. Die Party konnte beginnen, und als Tom laut schreiend meldete, daß jetzt alles *okay* sei, hatte er das Signal gegeben. Flaschen und Gläser schienen in den Raum zu fliegen, ich hielt Gebäck zum Knabbern in der Linken, während meine Rechte sich wie die Hand eines Roboters hob und senkte. Hatte ich bereits zwei Gläser getrunken oder waren es schon drei? Tom zog mich in die Küche, auf deren großem Tisch sich Schüsseln mit Salaten, Gemüse und Eiern türmten, ich mußte mit anpacken, und ich trug …, ich trug, während sich im Empfangszimmer die Menschen aus unerfindlichen Gründen laufend vermehrten, ich aber nichts anderes gewahr wurde als Susans hoffnungsfrohes, begeistertes Lächeln, dieses schmachtende, sehnsuchtsvolle Grinsen, hinter dem ich die unheimlichsten Laute vermutete, hohe schrille Töne, die nach Schubert klingen sollten, jedoch ausgereicht hätten, dieses Haus zum Einstürzen zu bringen. Man begrüßte mich, wieder stand ich vor einem dieser herzlichen Fremden, die sich nach meinem Alter, meiner Geburtsstadt und vor allem danach erkundigten, wie es mir gefalle. Ob ich schon viel von New York gesehen hätte? Nein, dann wäre es höchste Zeit. Ob ich schon einmal in den Staaten gewesen sei? Nein, dann hätte es den Richtigen getroffen. Ich gab mir alle Mühe, doch allmählich verwandelten all diese leutseligen Wesen sich in ein einziges massiges Geschöpf, das mich mit seinen vielen Köpfen überallhin verfolgte, gekrönt durch einen rötlichen Haarschopf, der sich gerade dahin zu bewegen schien, wohin auch ich mich bewegte. Die Dinnerparty war im vollen Gang, schon hatte man mir eine bunte Auswahl anscheinend zur Nahrungsaufnahme bestimmter Kleinigkeiten auf den Pappteller geschaufelt, undeutlich erkannte ich rohe Möhren, etwas Hühnerfleisch, eine goldbraundunkle Masse, die Tom als Ahornsirup bezeichnete und allen Gästen über die Speisen schüttete, daneben einige verloren wirkende Krabben, dreist flankiert von einem mächtigen Tupfer Ketchup, ich aß ..., ich aß, während sich in meinem Bauch all diese Speisen zu einem ungeheuren Klumpen zusammenballten, Susan mir wiederum begegnete, ein launiges Wort auf den Lippen, ich aber nichts mehr verstand, lächelnd durch den Raum wankte, mich für einen Augenblick an Josef festhielt, seinen Worten – »my brother is my body« – lauschte, noch grübelte, was er bloß meinen mochte, von einem mir auf den Rücken schlagenden Wesen begrüßt wurde und, ohne mit der Wimper zu zucken, erklärte, ich sei bald fünfzehn Jahre alt, meines Wissens in Köln geboren, also ein Rheinländer, *wow*, ein Satz, der sofort von allen Seiten Gelächter erntete, so daß Daniel herbeieilte, um ihn laut zu wiederholen, ich aber endlich in einen Stuhl fiel, um nichts mehr zu hören, nichts mehr zu sehen. Zu meinen Füßen tat sich die Erde auf, aus den Kratern sprühten Dämpfe von Sekt und Whisky, das Flugzeug setzte ohne Zweifel gerade zur Landung an, ich mußte auf der Hut sein, ja es verfehlte die Bahn, auf der sich Susans ungeheurer, mächtig anwachsender Körper breitgemacht hatte, eingehüllt in tausend Schlingpflanzen, aus denen winzige Schuberts herauskrochen, um dagegen zu protestieren, daß irgend jemand sie unter die Kristalle verwiesen hatte, während oben im Himmel, oben im Himmel, Gott Vater, Gott Sohn, Gott Heiliger Geist, eine mächtige Stimme erscholl, die mich zu jenem bisher noch nicht aufgesuchten Ort beorderte, wo mir Erleichterung zuteil werden würde, einen Ort, den ich mit Toms Hilfe endlich entdeckte, an den Wänden entlangtastend, meines Bruders Stimme im Ohr, »my home is my buddy, my home is my body«, eine gräßlich entstellte Stimme, die sich erst beruhigte, als wir landeten, Susan sich in Luft auflöste, ein Wasserstrahl mir ins Gesicht fuhr und ich im Spiegel mein übermüdetes Gesicht betrachtete, »hey«, rief Tom mir zu, »ich habe ice-cream für Dich aufgehoben…«

Es dauerte noch zwei Tage, bis ich fliegen lernte. Vorher wollten die Rothbuchs uns nicht nach Manhattan lassen. Wir sollten uns erst eingewöhnen. Daher rückten für eine Weile noch die Eigentümlichkeiten ihres Familienlebens in den Vordergrund. Seit Daniel uns in Empfang genommen hatte, wurden wir von dauernder Fürsorge umgeben. Denn angeblich umlauerten uns überall Gefahren. Die Stadt war ein brodelnder Kessel, der uns verschlingen würde, in der Untergrundbahn lieferten sich Banden bürgerkriegsähnliche Schlachten. Am besten war es daher, man blieb zu Hause und lernte das Land zunächst durch Fernsehen und Rundfunk kennen. Schon in der Frühe wetteiferten die Programme miteinander, und wenn wir aus unserem Schlafzimmer im ersten Stock in den *Living room* heruntertappten, hatte Tom bereits zwei Folgen einer Serie gesehen, deren Inhalt er uns umständlich erklärte. Er war der König der Familie. *Daddy* war als Banker erfolgreich, er besorgte das Geld, damit man sich kaufen konnte, was Eindruck macht; wie es aber ausgegeben wurde, darüber entschied vor allem Tom. So drängte er Daniel in den Hintergrund. Manchmal machte der *old man* der Familie dabei eine nicht zu übersehende lächerliche Figur. Wenn er am Abend nach Hause kam, schleppte er die vollgeladenen Einkaufstüten in die Küche, die Tom mit kritischen Bemerkungen entlud. Meist hatte *Daddy* irgendeine *chance* verpaßt, er hatte die falsche Erdnußcreme gewählt oder in einem Laden eingekauft, in dem man längst nicht mehr einkaufte, weil er im Fernsehprogramm nicht mehr auftauchte. Daniel ließ sich all diese Kritik wider Erwarten gefallen; er bemühte sich, den Wünschen der Familie zu entsprechen, und er lachte kurz auf, wenn Tom ihn mit der Wendung, daß er noch viel an sich arbeiten müsse, neckte.

Oft sprach Mary in der Frühe davon, daß sie sich gerade an diesem Tag um den Haushalt kümmern wolle. Doch wir beobachteten sie nie bei irgendeiner Tätigkeit, die dem Haushalt gegolten hätte. Irgendwie schaffte sie es immer, dem Tag ein volles Programm zu geben. Mal mußte sie dringend zum Friseur, mal wurde eine Freundin besucht, die man lange nicht gesehen hatte. Vor allem aber war Mary eng mit dem Telefon verbunden. Schon wenn es das erste Mal aufläutete, setzte sie sich übereifrig in Bewegung, hob erwartungsvoll den Hörer ab und begann eines jener Gespräche, die nicht mehr enden wollten. Beinahe jeder Anruf veränderte den sorgfältig ausgetüftelten Tagesplan. Sofort mußte man sich mit einer Nachbarin treffen, und der Verein lesefreudiger Damen konnte nicht warten, hatte sich doch ein junger, hoffnungsvoller Autor angesagt, der am Abend einen Vortrag halten würde, den man um keinen Preis versäumen durfte. Obwohl ich nicht feststellen konnte, daß Mary mit ihrem Lesefieber irgendwann einmal ernst machte, trug sie doch den ganzen Tag ihre Lesebrille, die ihr zum Schutz gegen das Leben diente. Die Brille machte sie unfähig, über den engeren Umkreis eines Zimmers hinauszuschauen; sie verlieh ihrem Blick oft etwas Verträumtes und Verzogenes. Wie sie immer wieder betonte, liebte sie meinen Bruder und mich; sie behandelte uns, als habe sie uns irgendwo auf der Straße aufgelesen und müßte uns nun an das zivilisierte Leben gewöhnen, das eine unbarmherzige Welt uns bisher vorenthalten hatte. Daher begleitete sie alles, was geschah, mit einem liebenswerten Kommentar. Wir mußten sagen, ob uns etwas schmeckte, wir gaben bereitwillig Auskunft darüber, wie uns das Klima behagte, und wir stellten sie erst ganz zufrieden, als unsere Müdigkeit allmählich nachließ, weil wir den Zeitunterschied von mehreren Stunden überwunden hatten. Endlich waren wir keine Halbkranken mehr, wir bewegten uns sicher, gaben einen erfreulichen Anblick ab und waren der besondere Stolz der Familie, die uns inzwischen allen vorgestellt hatte, die auch nur eine entfernte Ahnung davon hatten, was Deutschland für die freie Welt bedeuten mochte. Ich war nicht erstaunt, daß es kaum etwas bedeutete. *Germany?* War das nicht das Land, das laufend von den Kommunisten angegriffen wurde? Hatte nicht Kennedy gerade einen Abstecher dorthin gemacht? Sie erkundigten sich freundlich nach diesem eigenartigen Gebilde, das unseren Auskünften zufolge sogar zweigeteilt sein sollte. Kaum zu glauben – ein Land, das von einer Mauer durchschnitten wurde! Ich wunderte mich, daß Daniel, der in Deutschland geboren worden war, seinen Freunden anscheinend so wenig von seinem Heimatland erzählt hatte. Mary, die er in den Staaten kennengelernt hatte, sprach zwar fließend Deutsch; aber auch sie hatte wohl nie eine besondere Emphase für dieses Land empfunden. *Germany* war vielleicht einfach zu weit entfernt, eine undeutliche Erinnerung, die man in New York ohne weiteres vergessen konnte. Der Flug über den Atlantik hatte auch mir bewiesen, daß der gesamte Körper sich dabei verwandelte. Er warf die alten Hüllen ab, er häutete sich, auf dem anderen Ufer galten neue Gesetze. Dennoch bestimmte eine gewisse Scheu unser Gespräch über das Land, das wir verlassen hatten, und diese Scheu rührte von den wenigen Auftritten her, mit denen Großvater George uns beglückte.

Wir sahen ihn nur selten. Tagsüber hockte er anscheinend in seinem Zimmer, das Essen wurde hinaufgetragen, und wir hörten die mürrischen Laute, die dem Eintretenden befahlen, die Sachen irgendwo abzustellen. Manchmal bemühte er sich jedoch auch am Abend in den *Living room*, um vor dem Fernseher in tiefster Gleichgültigkeit zu erstarren. Bei unserer ersten Begegnung hatte er uns kurz zugewinkt, doch die Hand hatte er uns nicht gegeben. Er schaute uns nicht lange an, er tat so, als seien wir für ihn überhaupt nicht vorhanden. Später erklärte uns Daniel, der Großvater habe Deutschland 1938 verlassen. Anscheinend sollte bereits das einiges erklären, aber wir bemühten uns nicht zu begreifen, was uns damit gesagt werden sollte. So umgab Großvater George eine abwehrende Aura, ein Panzer aus Starrsinn und Zurückhaltung, und da wir beides sonst nirgendwo bei unseren anderen Gesprächspartnern erlebten, empfanden wir die Andersartigkeit um so deutlicher. Die Launen des Großvaters hatten auf noch nicht ergründete Weise etwas mit *Deutschland* zu tun; instinktiv fühlte ich, daß ihm unser Besuch nicht so gleichgültig war, wie er dauernd tat. Er schwieg jedoch, und es wäre mir nie in den Sinn gekommen, ihn anzusprechen. Zudem hatten wir dazu auch kaum Gelegenheit, denn wir hatten genug mit Susan zu tun.

Susans Launen waren im Kreis der Familie ein besonders häufiges Thema. Ihre täglich wechselnden Stimmungen wurden vor allem von den zahllosen Anrufen bestimmt, die auch sie erhielt. Sie hatte einen großen Kreis von Freundinnen und Freunden, offenbar veränderten sich die Zuneigungen jedoch von Tag zu Tag so sehr, daß ihr Gefühlsleben unter einem anhaltenden Druck stand, der sich manchmal sogar in kleineren Tränenausbrüchen entlud. Dies waren die Augenblicke, in denen Tom triumphierte. Gnadenlos erklärte er uns, was vorgefallen war. Susan hatte sich in ihren Kreisen zu behaupten; daher mußte sie ihre *dates* so über die Woche verteilen, daß ihre freie Zeit beinahe ausgefüllt war. Schon am frühen Abend zog sie sich in ihr Zimmer zurück, sie bereitete sich fast eine Stunde lang vor, und wenn es an der Tür klopfte, mußte einer von uns öffnen, so daß wir zunächst einige Minuten mit ihren Verehrern allein waren. Frisch gekämmt, freundlich, aber unbeholfen standen sie in der Nähe der Tür. Sie unterhielten sich mit Tom, und sie nickten gefällig, wenn sie von Deutschland hörten. Ich konnte sie nicht ausstehen. Wie brav sie waren! Als hätten sie eine stillschweigende Verabredung getroffen, erschienen sie alle mit demselben Blumenstrauß. Die meisten hatten ein leichtes Flackern in den Augen, und sie trampelten mit ihren neuen Schuhen herum wie junge Hunde, die gleich zum Auslauf geführt wurden, um ihren Haufen gegen den nächsten Laternenpfahl zu drücken. Verstockt, leicht gequält wurden sie ihre Fragen los, und erst wenn Susan die Treppe herunterkam, lockerten sich ihre gespannten Gesichtszüge, als hätten sie nun endlich das Wunder zu Gesicht bekommen, nach dem sie sich ein halbes Jahr gesehnt hatten.

Das *date* war ein Zeremoniell. Susan weinte, wenn die *dates* ausblieben. Es handelte sich offenbar um ein kompliziertes Spiel, dessen Regeln nur für Eingeweihte durchschaubar waren. Ich hatte keine Lust, mir Einblick in diesen fremdartigen Bereich des gesellschaftlichen Verkehrs zu verschaffen, bei dem anscheinend die Weichen für spätere Zeiten gestellt wurden. Dennoch kamen mein Bruder und ich mit den Tagen nicht mehr darum herum, uns Gedanken über Susans Abendvergnügungen zu machen. In einem Anfall von Offenheit hatte Tom uns gestanden, daß sie seit neuestem weinte, weil wir sie noch nicht eingeladen hatten. Josef fragte ihn, was da zu tun sei. »*God*«, sagte Tom, »Ihr müßt Euch etwas einfallen lassen.« – »Ich lasse mir nichts einfallen«, sagte ich entschieden. – »Johannes!«, rief mein Bruder mich zur Ordnung, »wir sind hier Gäste, und wir müssen uns Mühe geben, Susan ein wenig zu unterhalten.« – »Es ist ganz einfach«, erklärte Tom, »zu dritt könnt Ihr nicht gehen, das paßt nicht. Also muß der Älteste sich einen Ruck geben.« – »*Wow*«, sagte ich begeistert, »*fine, beautiful,* dann wissen wir, wie es laufen wird.« Josef war geschlagen, er mußte den Anfang machen …

So war ich erleichtert, als ich am dritten Abend unseres Aufenthaltes erlebte, wie entschlossen Josef seine Aufgabe anging. Er hatte sich schon am frühen Abend umgezogen, nun stand er im dunklen Blazer und hellen Hosen bereit, sich so gut wie möglich zu verkaufen. Er war etwas nervös, aber ich wußte genau, daß ihm der Auftritt auch ein wenig Spaß machte. Susan freute sich. Sie nahm ihn am Arm, blickte ihn wie ein gutpräpariertes Fundstück von oben bis unten an, gab mir zu erkennen, daß Schubert in diesem Moment nur noch wenig zählte, und verschwand mit Josef, als beginne erst jetzt für ihn das eigentliche amerikanische Abenteuer. Ich hatte auf nichts anderes sehnsüchtig gewartet, denn auch Mary und Daniel waren an diesem Abend einer Einladung gefolgt. Eine Weile setzte ich mich neben Tom vor den Fernseher. Ich begann zu gähnen, wie meist war Tom mit jenen rauhen Halbwelten beschäftigt, die ihre Revolverhelden in die nur schwach erleuchteten Aquariengefilde des *Living rooms* schickten. Mein Gähnen nahm ungewohnte Formen an, ich räkelte mich in meinem großen Sessel und gab Tom zu verstehen, daß der Zeitunterschied sich wieder meldete. Er nickte, John Wayne saß wieder fest im Sattel, und ich hatte nicht vor, ihn von diesem angestammten Platz zu verdrängen. »Hey, Tom«, sagte ich laut, so daß er zusammenfuhr, »ich gehe zu Bett. Good night, Tom!« Er lallte irgend etwas in meine Richtung, ich erhob mich und schlich nach oben in unser Zimmer. Sollte ich noch länger in diesem Haus eingesperrt bleiben, sollte ich meine *atlantische Mission* etwa damit beginnen, Susan zu einem Lokal zu begleiten, wo man Hähnchen in Plastikschachteln entgegennahm, Yankee-Schmorfleisch verzehrte und ein dünnes Bier in sich hineinschüttete, um all dieses unverdauliche Zeug am Ende noch mit einer Darbietung von Schuberts *Schöner Müllerin* garniert zu bekommen? Die Zeit wurde knapp, ich wollte diesen Alleinunterhaltern zeigen, wozu ich fähig war.

Ich öffnete das Fenster und stieg hinaus. Langsam ließ ich mich an der Regenrinne herunter, ein gnädiger Gott hatte diese Häuser so gebaut, daß sie für Freiheitsliebende leicht zu verlassen waren. Ich duckte mich, durchlief den Vorgarten, ein kurzer Sprung über das niedrige Gatter – ich war geflüchtet. Plötzlich hatte ich das Gefühl, erst jetzt ganz in New York angekommen zu sein. Ich begann zu laufen, erst als ich bemerkte, daß ich durch derartig übereifrige Bewegungen auffiel, nahm ich das Tempo etwas zurück. Die Umgebung lockte, und ich spürte, wie mich eine übermütige Aufregung befiel. Als der Verkehr reger wurde, wartete ich an einer Straßenkreuzung eine Weile, bis ich ein Taxi sah. Ich hob die Hand und trat, wie ich es in den Filmen gesehen hatte, einen Schritt vom Trottoir auf die Fahrbahn. Der Wagen hielt! Ein hilfsbereiter Mensch erbarmte sich, ein Engel hatte sich in einen Taxifahrer verwandelt, um mir das Fliegen beizubringen. Ich quetschte mich auf den Rücksitz, nannte als Ziel das *Empire State Building* und war froh, daß ich verstanden wurde. Wir flogen, denn der tüchtige Herrscher über diesen alten, zerbeulten Wagen nahm sich keine Zeit. Er drückte auf das Gaspedal, wir wechselten in rasender Geschwindigkeit die Fahrbahnen, wann immer es meinem Helden gefiel. Er pfiff lässig vor sich hin, er drehte die Musik lauter, er hielt das Steuer nur noch mit der Rechten. Es machte mir nichts aus, im Gegenteil, ich hatte es so erwartet. *Fluxus!* Ich war im Fluß …

Kaum drei Stunden später saß ich erschöpft auf einer Bank am *Washington Square. Manna-hatin!* Ich war eingetaucht in den Strudel und hatte mich am *Empire State Building* absetzen lassen, nachdem mir das nächtliche Bild der lichterdurchsurrten Stadt, das ich, ohne weiter vorbereitet zu sein, kurz nach einer Brückenauffahrt wie einen grellen Blitz wahrgenommen hatte, in die Glieder gefahren war. Wer hatte dieses Zauberbild entworfen? Verfolgte mich eine meiner Visionen? Unter dem beinahe einfältig wirkenden Mondlampion drängten sich die Wolkenkratzer, als hätten sie mit immenser Kraft soeben die Erdoberfläche durchstoßen, um immer höher gegen den Himmel anzuwachsen, traumartige, schwankende Gebilde, die wahrscheinlich auf dem Meeresgrund entstanden waren, von einer mächtigen, planenden Hand dicht nebeneinander aufgestellt, als könne man sie jederzeit an eine andere Stelle versetzen, Gebäude von unterschiedlichster Höhe, doch allesamt gestaffelt wie Orgelpfeifen, die einen einzigen Akkord anstimmten, der meinen winzigen Körper durchrüttelte, ihn in die Polster des Taxis zurückwarf, so daß ich heimlich ausatmete wie einer, der sein flatternd schlagendes Herz beruhigen muß. Angestrengt blickte ich mit gerunzelter Stirn nach vorne, als könnten wir gleich in den Horizont abheben, denn sofort spürte ich, daß wir uns nun auf einer Halbinsel befanden, einem schmalen Streifen nahe den Gewässern des Hudson, dessen feuchtöligen Geruch ich noch wahrzunehmen glaubte, als ich mich in einem Lift auf die Aussichtsplattform des *Empire State Building* fahren ließ, wo einige weibliche Empfangspersonen mich begrüßten, um mir den Weg ins Freie zu weisen, wo ich, durchkämmt von den aufbrausenden Winden, über dem erhitzten Leib Manhattans stand, eine Feder, die der Staub emporgewirbelt hatte. Ich preßte meinen Kopf gegen das Gitter, beinahe erschrocken von der plötzlichen unwirklich erscheinenden Ruhe. Dort mußte der Atlantik liegen, von dort liefen die Schiffe in den Hafen ein, grüßten die Freiheitsstatue, wurden eingerahmt von den Lichtgirlanden des Küstenstreifens, die sich lianenhaft um ihren Leib legten, während die Menschengruppen ausgespuckt wurden, um sich in das Innere dieses zusammengepreßten Stadtkörpers zu wagen, wo sie untergingen im Getümmel der Plätze, jener hier und dort erleuchteten, schwimmenden Inseln von Klang und Rausch, zu denen es die Autos von allen Seiten hinzog, aufheulend in den schmalen ockergelben Schluchten zwischen den Wolkenkratzern, die die regelmäßige Bewegung ihrer Umgebung sättigte, so daß sie ihre Wurzeln tiefer ins Erdreich vorstießen. Noch auf der Höhe der Plattform hatte ich plötzlich begriffen, wohin ich geraten war. Ich befand mich *in der Gegenwart,* und obwohl dieses sonst so unscheinbare Wort die Gewalt des Ereignisses nicht zu fassen schien, drückte es diesmal doch genau aus, was ich empfand. Die Vergangenheit zählte nicht mehr, und an eine Zukunft brauchte man nicht mehr zu denken. Alles Fühlen war auf diesen einzigen Augenblick zusammengedrängt. Diese Gebäude hatten keine im üblichen Sinne vorzeigbare Geschichte, wahrscheinlich waren sie nahezu gleichzeitig aus dem Boden geschossen wie Pilze, die die Wildnis der Börsenspekulationen emporgetrieben hatte, erbaut von anonymen, von der Geschichte längst beiseite gedrängten Zwergvölkern von Sklaven, Bauarbeitern und Ingenieuren, deren Namen sich niemand mehr merken mußte, da sie alle sich vereinten im Namen der Stadt, die alles, was in ihr getan oder gedacht wurde, sofort in einen Teil ihres Selbst auflöste. So stand ich, abgeschnitten von allem, was ich mir vorgestellt, endlich aufgenommen in ein Spiel, dessen Regeln sich Menschen nicht erdacht hatten, dem Himmel so nahe wie noch nie zuvor, mich drehend wie ein Kreisel, der nach Osten hin ausschlug, während im Süden die Banken an der Spitze Manhattans entlangtanzten, trommelnde Fingerkuppen, die die Einwanderer heranlockten, deren europäische Träume bereits beim Anblick dieser taumelnden Giganten erstickt sein mochten. Als mich der Lift in nur wenigen Minuten wieder auf den Boden der Straßenschluchten hinabgetragen hatte, war ich dort wie betäubt stehengeblieben. Doch ich durfte nicht stehenbleiben, nein; wer stehenblieb, hatte sich verirrt, nahm nicht mehr teil, fiel aus der Gesamtbewegung heraus, die mich bis in die Nerven hinein ergriffen hatte. Ich wollte in die Tiefe, verschwinden, eintauchen in diesen Körper, um nichts sehen zu müssen, nichts hören, so daß ich die Treppen zur Subway hinablief, eilig in einer der herandonnernden Bahnen verschwindend, wo die Menschen wie erstarrt nebeneinanderhockten, ohne aufzuschauen. Mein Blick! Nein, er hatte keinen Halt mehr, niemand erwiderte ihn, denn alle, die mich umgaben, schienen nach innen versunken, nicht weiter ansprechbar, davonhastend, sobald die Bahn an einer Station hielt. Ich zählte vor mich hin, um irgendeine Ordnung herzustellen, ich nahm mir vor, fünf Stationen abzuwarten, um an der sechsten auszusteigen, gleichgültig, wo ich mich befand.

So hatte ich den *Washington Square* erreicht und war in ein Lokal geraten, wo man mich nicht verstand und ich schließlich erschöpft um ein Glas Wasser bat, das man mir widerwillig hinschob, ohne sich weiter um mich zu kümmern. Hinaus! Ich überlegte nicht, hastete weiter, trieb auf die *Fifth Avenue* zu, versuchte, mich zu orientieren, dort war Norden, gewiß doch, aber wer war ich, kein Spaziergänger mehr, nein, sondern ein bald aufglimmender, bald wieder verlöschender Funken, ein Glühwurm, der sich dort niederließ, wo er umworben wurde. Wie schnell ich ging, wie ich mich eilte, nicht zu erstarren! Mit einem Mal empfand ich eine seltsame Wärme, ich bildete mir ein, in mir rege sich der Instinkt des Eroberers, der wie Verrazano den süßen Duft *Manna-hatins* tief in sich einsog, die zwischen den Hochhäusern hervorquellenden Anflüge von Feuchtigkeit, den benzinhaltigen Dunst an den Straßenkreuzungen, wo sich die Wagen ineinanderverbissen wie müde Tiere, die gleich wieder davongeschleudert wurden, während ich mich nach Osten hielt, schließlich den *East River* erreichte, wo ich mich abwendete und wie ein Gehetzter zurücklief ins Innere des Zauberkessels, weiter den Rausch dieser Überwältigung suchend, den aufschießenden Dampf, die glitzernden Fassaden der Theaterbauten am *Broadway*, in deren Nähe ich den Menschenströmen aus dem Wege gehen mußte, Menschen in lässiger Abendgleichgültigkeit, die all das zu genießen schienen wie einen anregenden Cocktail, Menschen, die gerade wohl ein Konzert besucht hatten, ein Taxi herbeiwinkten, vor dem Konzertgebäude standen, dem Gebäude, das, ich mochte es nicht glauben, kein anderes sein konnte als die *Carnegie Hall,* die Wallfahrtsstätte der Klaviervirtuosen, das Mekka der Wollust, ich aber vom Eingang abgedrängt wurde, ein Portier mir bedeutete, daß die Veranstaltung beendet sei, worauf ich mich enttäuscht einem sich plötzlich aufwenden Dunkel näherte, einer Kühle, die von Tausenden von Bäumen herrühren mochte, die ein Himmelsunternehmen in diese Mauermassen abgeworfen hatte, ungläubig bemerkend, daß eine Stimme sich in mir regte, seit ich die *Carnegie Hall* erblickt hatte, eine Stimme, die wie ein europäischer Rülpser bedrohlich in mir aufstieg, *God,* ich konnte sie wohl nicht zurückhalten, wo doch vor mir der *Central Park* seine Fühler ausstreckte, ich aber wußte, daß ich ihn zu dieser Stunde nicht mehr betreten durfte, mir aber keine andere Wahl blieb, so daß ich von meiner erregten Stimme, ohne zu zögern, hineingeschleudert wurde in diese Dunkelheit, eingehend in dieses feuchttropische Verließ, endlich nach Luft schnappte, den Kopf in den Nacken warf, um gewahr zu werden, was mich würgte, *Schubert,* ja, es war Schubert, und die Stimme mußte heraus, so daß ich, plötzlich einig mit mir, zu dieser wohl schon späten Stunde mitten im *Central Park* zu singen begann, laut, so laut ich konnte, *fremd bin ich eingezogen, fremd zieh ich wieder aus...*

Allmählich legte sich diese Lust, ich verließ den Park zur östlichen Seite hin und fand mich wie erholt wieder in der Nähe des *Metropolitan Museum* auf einer breiten, lichtumfluteten Straße, wo vor den überdachten Hauseingängen wie angewurzelt die Portiers in ihren Uniformen standen, so daß ich es wagte, den erstbesten anzusprechen, um ihn zu bitten, mir ein Taxi zu besorgen. Hatte man mein Fehlen bereits bemerkt? Ich dachte nicht weiter darüber nach, ich landete in *Queens,* jetzt aber wußte ich, daß diese Schlafstadt ein trügerisches Quartier der Ängstlichen war, die mit New York nichts zu tun hatte.

Wir hielten in der Nähe des Hauses, ich bezahlte den Fahrer und war erleichtert, als ich mit einem flüchtigen Blick zur Garage feststellte, daß Mary und Daniel noch nicht nach Hause gekommen waren; im *Living room* flackerte noch der Fernseher, doch Tom hatte sich anscheinend ebenfalls längst ins Bett begeben, denn in den schweren Sesseln saß niemand mehr, so daß ich mich an der breiten Fensterfront des Hauses entlang zur Regenrinne drücken wollte, als ich – ohne es gleich zu fassen – ein Paar gewahr wurde, das sich auf dem Boden wälzte, ein merkwürdig ineinander verkralltes Paar, dessen Bewegungen mich anzogen, so daß ich erstarrt stillstand: *Sie nudelten!* Josef hatte seine vornehme Abendgarderobe anscheinend unter einem Anfall von Sinnlichkeit abgestreift, während Susan unter ihm lag, beide Arme gegen die Zimmerdecke gestreckt, als wolle sie den nicht weit entfernten Leuchter zu sich herabziehen. Sie hatte die Lippen weit geöffnet und ihre Augenlider waren so fest geschlossen, als habe ein anhaltend süßer Schmerz sie für immer zusammengepreßt, während ihre dünnen, weit auseinandergespreizten Beine in die Höhe zuckten, die Füße noch immer mit den weißen Socken bekleidet, die sie im Eifer der Überwältigung anscheinend nicht hatte ablegen können. Über ihr aber federte Josef wie ein geübter Turner auf und ab, deutlich erkannte ich sein entblößtes Gesäß, dessen ruckartige Bewegungen mich abstießen, Bewegungen, die mich in ihrer stupiden Wiederholung an den Sportunterricht erinnerten, hier jedoch völlig fehl am Platze waren. Ich hatte sie ertappt! Ich preßte den Kopf gegen die Fensterscheibe, um mir nichts entgehen zu lassen. Hier hatte ich sie vor mir, die Zeugungslust, von der ich soviel gelesen hatte, hier ereignete sich mitten in *Queens,* in einem abgelegenen Winkel von New York, die Offenbarung des Fleisches, denn ich wurde nichts anderes gewahr als diese wie unter starken elektrischen Spannungen aufzuckenden Körper, die kein Wesen der Welt hätte trennen können, Körper, die sich nur geringfügig berührten, berührten höchstens da, wohin mein Blick ins Dunkel des Raumes nicht reichte, so daß ich mich weiter anstrengte, alles noch genauer zu sehen, mein Bruder jedoch plötzlich nach einigen heftigeren Bewegungen ermattete, zur Seite kollerte, wie zerschlagen auf dem Boden neben Susan liegen blieb ..., Susan aber unerwartet schnell ihre Augen aufschlug, selig lächelnd, als genieße sie das Erlebnis bereits in der Erinnerung. Sie stand entschlossen auf und zog sich wieder an, während mein Bruder, ein Gestrandeter, den die Begierde an eine leere Küste getrieben hatte, noch immer dalag, um sich von seiner Leibesemphase zu erholen. Ich beschloß, dem Spuk ein Ende zu machen, ich entfernte mich einige Schritte vom Fenster, übersprang noch einmal den kleinen Zaun, schlenderte die Straße entlang, *Schubert,* ja, er meldete sich wieder, warum auch nicht, *ich* hatte nichts zu verbergen ..., so daß ich mich umdrehte, singend aufs Haus zusteuerte, mich nicht scherte um die späte Stunde, den Ton gut traf, *fremd bin ich eingezogen, fremd zieh ich wieder aus,* das Haus erreichte, erkannte, daß Susan in aller Eile das Zimmer zu richten begann, meinen nackten Bruder mit den Füßen fortschiebend wie ein lästig gewordenes Tier, dessen Zudringlichkeiten man sich fürs erste ersparen wollte.

Ich klopfte, und sie tat sehr erstaunt. »Oh, Johannes, *Du* warst der Sänger? Schubert, nicht wahr? Ich habe es gleich erkannt. Wo warst Du Johannes? Wir haben Dich nicht angetroffen, und wir haben nach Dir gesucht.« – »Oh, Susan«, sagte ich, so freundlich ich konnte, »ich war *in der Gegenwart,* in der reinsten, heftigsten *Gegenwart. Wow,* es war ein Rausch, eine Ekstase, Du glaubst es gar nicht. Aber jetzt bin ich sehr müde, wie es einem so geht, der sich verausgabt hat. Wo ist denn mein Bruder?« – »Oh, er liegt schon im Bett, Johannes.« – »Im Bett? Ja, sieh mal, Susan, so ist er eben. Da macht er sich auf den Weg, mit Dir einen schönen Abend zu verbringen, und jetzt liegt er bereits wieder im Bett. Ist das zu fassen? Ein Schlappschwanz ist er, ein Krampfhahn, ein Abzischer …« – »Johannes! Wovon sprichst Du?« – »Du hast recht, liebe Susan, man darf sich nicht über ihn aufregen. Good night, es war ein schönes Abendlied, das ich Dir sang, nicht wahr? Wir nennen es ein Betthupfer, einen Diwanwalzer, einen Schieber …, von einem, der heimkommt, das Fürchten zu lernen.« –

Ich war die Treppe zu unserem Zimmer hinaufgestiegen, ich schaute sie noch einmal an. »Morgen erzähl ich Dir mehr, Susan, jetzt wollen wir ein wenig träumen, von Schubert, *precipitando, accelerando* …« – Sie blickte zu mir auf wie zu einem Engel, der gerade entschwebte. Ich hauchte einen Kuß auf meine geöffnete Handfläche und tat, als pustete ich ihn geradewegs auf sie zu. Sie lächelte noch immer unsicher. Dort stand sie, auf ihren weißen Socken, die eben noch soviel Abenteuerliches mitgemacht hatten, unsicher, ein wenig hilflos. Ich ging in unser Zimmer. Mein Bruder richtete sich im Bett auf. »Johannes?« – »Gib Ruhe, Du Stümper«, sagte ich leise. Er schaute mich entsetzt an. Ich sprach kein weiteres Wort mit ihm …

Von nun an umgab mich ein Geheimnis, und Susan machte sich daran, es aufzudecken. Was wußte ich, was hatte ich an jenem Abend erlebt? Befriedigt bemerkte ich, daß ich Josef mühelos in den Hintergrund gedrängt hatte. Susan behandelte ihn so, als ginge er sie nichts mehr an, ja sie beachtete ihn mit der Zeit so wenig, daß selbst Mary Einwände erhob. Er hatte sich zu weit vorgewagt; nun hielt sie ihm sein ungestümes Wesen vor und bestrafte ihn unmerklich. Es wäre ihr am liebsten gewesen, wenn sie den bewußten Abend hätte ungeschehen machen können, und auch Josef ging ihr so gezielt aus dem Wege, daß mich seine Umständlichkeit heimlich belustigte. »Was ist los?«, fragte Tom, der bemerkt hatte, daß unsere Beziehungen nicht mehr die alten waren. Keiner wollte ihm etwas erklären, und so machten wir uns leicht verdrossen auf den Weg, New York und seine Umgebung zu erkunden.

Anders als mein Bruder benahm ich mich Susan gegenüber sehr entgegenkommend. Mit einem Mal hatte ich alle Scheu und Zurückhaltung überwunden. Ich konnte mir selbst nicht genau erklären, woher dieser seltsame Wandel rührte, aber ich spürte deutlich, daß ich eine neue Sicherheit gewonnen hatte. Susan störte mich nicht mehr; wenn sie mich mit ihrem irritierten Blick anschaute, erwiderte ich ihn oft so lange, bis sie schließlich in eine andere Richtung sah. Eine tiefsitzende Beklemmung war von mir gewichen, und ich wußte, daß der nächtliche Einblick in das Liebesleben meines Bruders dies bewirkt hatte. Nicht, daß ich nun daran gedacht hätte, meinerseits Annäherungen an jenen sinnlichen Bezirk zu machen; eher war es so, daß ich nun von vornherein wußte, daß ich Susan nicht zu nahe treten würde. Gerade dieses Wissen aber verlieh mir jene Unbefangenheit und momentane Zügellosigkeit, die sie offensichtlich sehr erregten. Bisher hatten die Zeremonien der *dates* ihr Gefühlsleben in einen Bereich von lauter Heimlichkeiten verdrängt. Indem ich diese Gesetze ignorierte, stachelte ich ihre Phantasie an. Ich berührte sie manchmal sacht an der Hand, ich fuhr ihr wie selbstvergessen durch das Haar, ich lachte, als habe dies alles nichts zu bedeuten, und ich bemerkte dabei doch genau, wie sehr es sie aufregte und entzweite. Hinzu kam, daß ich all dies vor den Augen der anderen Familienmitglieder geschehen ließ; Mary und Daniel hatten sich anfangs noch verstohlene Blicke zugeworfen, bald aber hatten sie sich daran gewöhnt, daß Johannes Susan schätzte, er spielte den zurückhaltenden, aber freundlichen Kameraden, wie man ihn sich für seine Tochter immer als Freund und Begleiter gewünscht hatte. Josef beobachtete dieses merkwürdige Spiel mit einer Mischung aus Unverständnis und Verachtung. Er konnte nicht mehr mithalten, und gerade deshalb entwickelte er bald Züge einer gewissen Ängstlichkeit und Scheu, die ich in letzter Zeit nie mehr an ihm beobachtet hatte.

Auch bei unseren nun häufigeren Aufenthalten in Manhattan hatte mir jener Abend einen Vorsprung verschafft, den ich nun ausnutzte. Alle wunderten sich darüber, am meisten aber Susan, die nicht begreifen konnte, woher ich mein Wissen bezog und wieso ich mich bereits so gut auskannte. Ich hütete mich, mein Geheimnis preiszugeben, und vertröstete sie mit einer Geschichte, die sie bald sehr beschäftigte. »Schau, Susan«, sagte ich, »es gibt eine alte europäische Erzählung, ein Gleichnis, wenn Du so willst. Darin heißt es: die Menschen erkennen nicht, was ist; sie sehen nur die Abbilder der Dinge. In Wahrheit gleichen sie Wesen, die in ihren Höhlen verweilen müssen, um die von draußen einfallenden Abbildungen als Sinnbilder des wahren Lebens zu verstehen … In Europa träumte ich viel von den Staaten; ich schuf mir eine eigene, reichbebilderte Höhle, darin war ich eine Weile zu Haus. Und die Bilder, die mir in dieser Höhle erschienen, waren Bilder Eures Lebens, die Bilder dieser Stadt, so daß ich sie in allen Einzelheiten bereits vor mir sah, bevor ich überhaupt aufgebrochen war.« – »Das ist unglaublich, Johannes«, antwortete sie aufgeregt, »ich möchte auch so in Bildern lesen.« – »Es gehört eine besondere Begabung dazu, Susan, ein Traumtalent, eine Gabe der Phantasie. Viele große Künstler haben sie gehabt.« – »Oh, dann bist Du ein Künstler?« – »Nein, Susan; die Künstler leben nur im Traum, ich aber suche den Traum in der Wirklichkeit.« –

Sie war entzückt, und ich gab ihr allen Grund dazu. Wenn wir in Begleitung von Mary und Daniel Manhattan durcheilten, äußerte ich meine Wünsche so auffällig, daß alle meine

Hellsichtigkeit für ein kleines Wunder hielten. »Oh«, sagte ich leichthin, »wir sind am Broadway. Sollten wir nicht noch einige Schritte weiter machen, um uns die *Carnegie Hall* anzusehen?« Susan schwieg, in ihrem Kopf arbeitete es. War sie einem Scharlatan oder einem Genie begegnet? Spielte ich oder konnte man meinen Gaben vertrauen? In ihrer Not hatte sie sich bei Josef erkundigt, aber Josef hatte ihr bestätigen müssen, daß ich mein geheimes Wissen nicht aus Büchern und anderen Quellen bezog. Auch ihm war mein Wissen unheimlich; aber anders als die anderen war er inzwischen gewohnt, daß ich manchmal durch besondere Eigenheiten auffiel.

Die Sicherheit, mit der ich mich durch Manhattan bewegte, rührte jedoch nicht nur daher, daß ich mich in jener ekstatischen Nacht bereits etwas orientiert hatte; vielmehr kam es mir manchmal wahrhaftig so vor, als hätte ich diesen schmalen, dichtbesiedelten Landstreifen in früheren Zeiten einmal erkundet. Ich fühlte mich beinahe heimisch, und dies bedeutete um so mehr, als selbst die Rothbuchs Manhattan nur mit einem gewissen Widerwillen aufsuchten. Sie wollte uns den Gefallen tun, und sie waren stolz auf all die rekordverdächtigen Bauwerke und Seltsamkeiten, die sie uns präsentierten. Dennoch bemerkte ich, daß sie dem allem nicht trauten. Stets waren sie auf der Hut, und sie glaubten, sich entschuldigen zu müssen, wenn wir durch eine kaum belebte Straße fuhren, die uns, vollgestopft mit aufgeplatzten Müllsäcken, Autowracks und lustlos in sich zusammengesunkenen Menschen, die Kehrseite der glanzvollen Vorderfront offenbarte. In Daniels Verständnis bestand Amerika aus zwei Welten: die eine war gut, geordnet und sauber, hier zeigte man sich stark und patriotisch, die Familie war der Hort aller Tugenden, und der junge Präsident an der Spitze des Landes hatte alle Bewohner dieser guten Welt aufgefordert, beim Aufbau des Landes zu helfen; die andere Welt aber war ein Chaos, eine Versammlung mißratener und schmutziger

Charaktere, die Unfrieden, Gestank und Krankheit in die Welt der Gutmütigen einschleppten. So ähnelten unsere Manhattan-Visiten schwierigen Seiltänzen, die uns über dem Abgrund des Häßlichen von einer erhabenen Schönheit zur anderen führen sollten. Eben hatten wir das *Metropolitan Museum* verlassen, die Kunstwerke hatten ihren beruhigenden Dienst getan; wenige Schritte weiter befanden wir uns im *Central Park*. Nein, wir durften uns nicht lange dort aufhalten, geschweige, daß unser Wunsch, nach *Harlem* aufzubrechen, erfüllt worden wäre. Statt dessen ging es in aller Eile südwärts, wo uns in *Greenwich Village* angeblich jene Umgebung erwartete, für die wir gerüstet waren. Hier setzten wir uns ins Freie, Tom bestellte *Milk-shakes*, die Menschen flanierten gutgelaunt an uns vorbei, und wir waren Teile jenes pittoresken Bildes, das Daniel am liebsten überall wiederentdeckt hätte.

Am einfachsten war es, wenn wir uns auf einem Ausflugsschiff weit vom Zentrum des dauernden Kampfes zwischen den beiden verschiedenen Welten entfernten. Wir fuhren mit der *Ferry* nach Staten Island, blickten verzaubert auf die entrückte Kulisse der Stadt und hatten nichts zu befürchten! In solchen Minuten allgemeiner Seligkeit, in denen Tom und mein Bruder das alte Fährschiff erkundeten, blieb ich in Susans Nähe. Ich stand dicht hinter ihr, als wir die Skyline entschwinden sahen, ich beugte mich vor, um ihr etwas ins Ohr zu flüstern, und ich legte ihr meinen Arm um die Schultern, so daß sie zu einer unbeweglichen Statue erstarrte, die nicht wußte, wie sie sich weiter benehmen sollte. Sekunden später hatte ich sie schon wieder allein gelassen; ich beobachtete aus der Ferne, daß sie sich nach mir umschaute, ihr Blick hatte etwas Angestrengtes. Zweifellos wußte sie nicht, was sie von meinem Benehmen halten sollte. Ich verhielt mich so ungezwungen, daß man gerade diese Ungezwungenheit schon wieder als ein Zeichen besonderer Gleichgültigkeit auslegen konnte. Selbst Josef wunderte sich darüber, wie unternehmungslustig ich geworden war, obwohl er von meinen versteckten Annäherungsversuchen kaum etwas mitbekam. Wenn wir in Begleitung der Rothbuchs durch die Stadt schlenderten, brach ich oft aus. Bedächtig wanderte die kleine Gruppe zwischen den alten Grabsteinen der großen Patrioten neben der *Trinity Church* umher; ich hatte genug, in einem unbeobachteten Moment setzte ich mich ab, verschwand in den Straßen nahe der *Wall Street,* entdeckte die Börse, und kam erst wieder zurück, als ich mir einen kurzen Einblick in das Wirtschaftsleben verschafft hatte. Nach solchen Ausbrüchen saßen sie wie entmutigte Kinder auf einer Bank, sie hatten auf mich gewartet, und Daniel tadelte mich mit der milden Strenge eines Familienvaters, der nicht grob werden wollte. Daher genoß ich meine besonderen Freiheiten; ich wollte mich nicht davon abbringen lassen, meine *atlantische Mission* auf eigene Weise durchzuführen, und allmählich gewöhnte sich der kleine Familienkreis daran, daß sich Johannes nicht einfügte, manchmal ungesellig und wenig *charming* war und insgesamt das Bild eines unverbesserlichen Europäers abgab, der sich den Spielregeln der amerikanischen Gastfreundschaft nicht beugen wollte. Anders als ich erwartet hatte, blieb Josef stets in der Nähe unserer Gastgeber. Fühlte er sich bei ihnen aufgehoben? Oft ging er etwas schwermütig neben ihnen her, Gedanken von unauslotbarer Tiefe schienen ihn zu quälen, und ich ahnte dunkel, woher sie rührten. Das Mißgeschick seines anfänglichen Ungestüms mochte ihm nicht aus dem Kopf gehen. So gab er sich besonders zivilisiert, und in einem Anfall von Wut bezeichnete er mein Verhalten als *continental.* Es machte mir nichts aus, ich tat so, als hörte ich bei all diesen Beschuldigungen nicht hin, schon hatte ich wieder eine neue Idee. Mochte es nicht Spaß machen, mit dem Schiff den Hudson zu befahren, wartete nicht ein großes Warenhaus, etwa *Macy's,* mit seinen Wunderdingen auf uns, und hatte mir nicht Tom berichtet, daß man in einem

Restaurant auf Long Islands *King Crabs* bekommen würde, riesige Krabben, zu denen man sich Melonen bestellte?

Schließlich hatte sich Daniel in sein Schicksal ergeben. *John* war anscheinend überall bereits gewesen, er hatte die absonderlichsten Vorstellungen, liebte das ausgefallenste Essen (Hühnchen, in Vermont-Honig getaucht, mit gebackenem Mais, mit Bergen von Pommes frites) und sprach so unbefangen mit den Menschen, daß man ihn manchmal davor bewahren mußte, mit einem von ihnen einfach davonzulaufen. Er hatte sich darauf eingestellt, daß ich an den Abenden nicht gern zu Hause blieb, daß ich stumm wurde, wenn die anderen das angebliche *good feeling* überkam, und er wußte, daß ich – ganz anders als Josef – nie zu ermüden schien, so daß er sich zweimal noch am späten Abend allein mit mir auf den Weg gemacht hatte, um auf diese Weise einen drohenden Ausbruch zu verhindern.

So waren die Tage schnell vergangen, am Ende schlief ich nachts nicht mehr als fünf oder sechs Stunden, um schon am frühen Morgen die anderen darauf hinzuweisen, daß sie sich anstrengen müßten, mir weitere Neuigkeiten zu zeigen. Die Museen waren längst erforscht, Onkel Joseph zuliebe hatte ich mich von Daniel in einige der größeren Galerien führen lassen, ich hatte mir Notizen gemacht, um das Amt des Vorsitzenden gewissenhaft wahrzunehmen. Auch im Familienleben der Rothbuchs nahm ich bald eine besondere Stellung ein. Gerade von mir wollte man wissen, wie etwas gefallen hatte, und wenn ich offen gestand, daß der Ausflug nach Staten Island ein *flop* gewesen sei und es heute mit ein wenig mehr *pep* nur besser werden könne, seufzten sie tief auf, als hätte ich ihnen unendliche Schmach angetan.

Zuletzt hatte ich auf einem Ausflug nach *Atlantic City* bestanden. Tom hatte mir von diesem Ort Wunderdinge erzählt, doch als wir nach einer langweiligen Autofahrt dort eintrafen, war von der angekündigten Wärme des Golfstroms nichts zu spüren. Erschöpft hatten wir eines der zahlreichen Fischrestaurants aufgesucht, doch es hatte mir keinen Spaß gemacht, labbrige Austern aus ihren starren Schalen zu befreien, mochten diese Lebewesen auch eine Krönung geschlechtlicher Zurückhaltung darstellen. Tom war mit Josef an den Strand geeilt, ich selbst aber hatte die Gelegenheit wahrgenommen, mit Susan einen Spaziergang auf dem *Board-walk* zu machen. Schon bald gerieten wir unseren Begleitern aus dem Blickfeld, ich ging, munter redend, neben Susan her, wir entfernten uns immer weiter von den letzten Häusern, es war ein meilenlanger Gang am Meer entlang, und ich empfand die Nähe des Ozeans so intensiv, daß ich mit meinen Gedanken manchmal schon wieder in Europa war. Plötzlich blieb Susan stehen, und ich ahnte, daß ich nun ihren Fragen nicht würde entgehen können. »John?« – »Susan?« – »John, ich will etwas von Dir wissen. Antwortest Du mir ehrlich?« – »Natürlich Susan!« – Das Reden fiel ihr schwer, ich bemerkte es, aber ich konnte ihr jetzt nicht helfen. »John, wir sind uns doch nähergekommen bei diesem Aufenthalt, nicht wahr?« – »Ja, Susan.« – »Wirst Du mir schreiben, wenn Du in Deutschland bist?« – »Sofort,wenn ich angekommen bin.« – »Wirst Du mich in Erinnerung behalten, John?« – »Was fragst Du da, Susan? Ich werde mich immer an Dich erinnern.« – »Oh, John, das ist *fine*; es ist so ... ich mag Dich, John.« – »Das ist schön, Susan.« – »Oh nein, ich mag Dich sehr.« – »Das ist noch schöner.« – »Es könnte ...« – »Ja, Susan?« – »Es könnte vielleicht so etwas wie Liebe sein ...« – »Könnte es? *God,* Susan, das wäre gewiß am schönsten. Liebe ist sehr schön. Ja, wir sollten uns gewiß lieben wie unsere Völker sich lieben sollten, wie ich John liebe, Euren Präsidenten, den ich in Köln sah, der, wie Du wissen mußt, bedeutendsten Stadt des alten Deutschland, einer Stadt, in der Thomas von Aquin und Albertus Magnus, auf die der Präsident übrigens ausdrücklich hinwies, früher lehrten, nicht zu vergessen aber Petrarca, der die Schönheit ihrer Frauen rühmte, zu schweigen von …« – »Aber, John!« – Sie stand nun dicht vor mir, ich mußte mich ein wenig beherrschen. Sie legte mir beide Arme um den Hals, sie schloß die Augen, sie näherte sich mit ihren Lippen. Ich hatte sie lange beunruhigt, ich durfte sie nicht mit der Ungewißheit, was sie von mir zu halten hatte, allein lassen. Ich beugte meinen Kopf ein wenig vor. Warum zum Teufel schloß sie jetzt die Augen? Meine waren weit geöffnet, ich schaute auf den unendlichen, vom Sonnenlicht überstrahlten Ozean, ich kam ihr mit meinen Lippen entgegen, sie öffnete ihren Mund, meine Zunge glitt hinein: *wir küßten uns.* Nun konnte es peinlich werden. Denn Susan wollte sich nicht von mir lösen. Möwen schwirrten herum, der Ozean bot sein friedlichstes Bild, aber sie schien nichts mehr zu bemerken, sie hing an mir wie ein Schwergewicht, sie preßte sich immer fester gegen mich, so daß ich mich endlich doch von ihr losmachte, um ihre Hand zu nehmen. Jetzt keinen Fehler begehen! »Ah«, sagte ich beiläufig, »das wird Dich denn doch interessieren, Susan. Das Lied, das ich neulich sang, Du erinnerst Dich doch? *Fremd bin ich eingezogen, fremd zieh ich wieder aus …* Es ist der Anfang der *Winterreise,* Du weißt es sicher. An diesem Abend hatte ich die ganze Zeit an Dich gedacht, den ganzen Abend lang, an dem Du mit meinem Bruder ausgegangen warst, die ganze Zeit, in der Ihr nach mir gesucht habt …« – »Oh!« – »Ja, ich dachte daran, daß es besser gewesen wäre, wenn ich Euch begleitet hätte; und … insgeheim … wünschte ich mir, daß ich an diesem Abend mit Dir allein gewesen wäre. Was meinst Du? Hätte es nicht ein schöner Abend werden können?« – Sie lokkerte sich aus meinem Griff, sie schlenderte neben mir her. Wir wendeten und gingen langsam zu den anderen zurück. Sie blieb den ganzen Abend in meiner Nähe, doch sie wagte es nicht, mich noch einmal zu berühren. Wir waren gute Freunde geworden …

14

Schwerenöter

Daniel hatte sich an meine Launen gewöhnt. Allmählich machte es ihm sogar Vergnügen, mit mir am Abend noch einmal für zwei oder drei Stunden auszugehen. Er nannte mich *sophisticated,* und obwohl dieses Wort in der Familie eher ein Schimpfwort war, das immer dann benutzt wurde, wenn man jemanden als überdreht und spitzfindig bezeichnen wollte, bekam es jetzt beinahe etwas Liebevolles. »Es ist schwer zu erklären«, sagte er, »*sophisticated* – so kann man einen weltklugen Menschen nennen, aber auch einen, der mit seinen Worten immer etwas im Schilde führt, sie doppeldeutig oder ironisch gebraucht.« – »Dann ist ganz Europa wahrscheinlich *sophisticated*«, erwiderte ich. – »Oh«, lachte er, »das mag schon sein; hier in den Staaten ist es jedenfalls nur eine sehr kleine *crew.* Intellektuelle sind meist etwas *sophisticated,* aber auch Kinder können es sein, wenn sie sich mit einer Antwort oder einer Erklärung nicht zufriedengeben.« – »Solche Menschen sind Störenfriede, was?« – »Nein, nicht unbedingt; sie sehen die Dinge mit einem anderen *sense,* spielerischer, leichter.« – »Eigentlich«, sagte ich, indem ich mir die Sache genauer überlegte, »eigentlich möchte ich nicht ständig *sophisticated* sein. Auf die Dauer könnte es anstrengend werden. Manchmal möchte ich gerne ganz schlicht sein, einfach und direkt, ohne Umwege, verstehst Du?« – »Sicher«, antwortete Daniel, »so möchten wir ja alle sein, irgendwie weise, voller Empfindungen, ohne uns verstellen zu müssen. Manche legen sich deshalb eine Manier zu, die ihnen den Anschein der Direktheit verleiht.« – »Solche Manieren müssen schwer zu lernen sein«, sagte ich. – »Es ist ein amerikanisches Spiel, für die Europäer schwer zu durchschauen. Im Familienleben gibt es solche Manieren, im Film kommen sie zur Geltung, eigentlich ist unser ganzes Leben damit durchtränkt. Und viele wissen es; sie gehen bewußt damit um, sie setzen sie ein, und es macht Spaß, wenn Dein Gegenüber instinktiv begreift, welche Rolle Du ihm gerade vorspielst.« – »Aber werden viele Menschen diesen Manieren nicht verfallen?« – »Doch. Hemingway zum Beispiel war ein König der Manieren. Er beherrschte sie vollkommen, sein ganzes Schreiben war eine einzige Manier, und eine gute dazu. Niemand hat so klar, so direkt und so präzise geschrieben wie er. Ich lese seine Bücher sehr gerne, und das vor allem, weil er einen sehr geduldig in seine Manieren einführt.« – »Und wie?« – »Indem er sie an seinen Figuren erprobt. Aber auch sein eigenes Leben hat er nach ihnen gestaltet. Am Ende ließen sie ihm keine Freiheit mehr.« – »Ich möchte etwas von ihm lesen.« – »Ich werde Dir seine Bücher zum Abschied schenken, Johannes, und wenn Du wieder in Europa bist, wird Dich Hemingway an unseren Spaziergang durch *Queens* erinnern.« – »Daniel? Du nimmst mir also nicht übel, daß ich manchmal etwas *sophisticated* war?« – »Ach was. Manchmal war ich schon zornig, wenn Du uns mit Deinen Launen terrorisiert hast. Aber das ist vorbei. Jetzt verstehe ich Dich besser. Am Anfang aber dachte ich, es könnte schwierig werden.« – »Warum schwierig?« – »Wegen des Großvaters. Du wirst es kaum verstehen, Du bist noch sehr jung; Großvater mußte Deutschland 1938 verlassen, er emigrierte mit mir in die Staaten. Bis heute habe ich das Land nicht mehr wiedergesehen. Er haßt es, und er haßt seine Menschen. Er hält sie für Faschisten und Mörder, die sich eine neue Tarnung zugelegt haben. ›Glaub ihnen nicht!‹, sagte er, als Kennedy sich auf die Reise machte. Er dachte, die Deutschen würden ihn umbringen. Er traut ihnen alles zu, sie haben seine Eltern und meine Mutter ermordet, für ihn sind es die Teufel der Geschichte, die alles Böse in sich vereinen. Sie haben den Krieg begonnen, sie haben Millionen von Menschen getötet, sie haben Konzentrationslager gebaut, wie es sie in der Geschichte noch nie gegeben hat. Großvater hat das alles nie vergessen können.« – »Und Ihr habt uns trotzdem eingeladen?« – »Ich habe lange mit Mary darüber gesprochen. Aber es war der einzige Weg, wieder Kontakt mit Deutschland aufzunehmen, verstehst Du? Wir wollten junge Menschen wie Dich und Deinen Bruder kennenlernen. Großvater hat sich immer dagegen gewehrt. ›Sie werden sein wie die anderen‹, hat er uns einzutrichtern versucht. Aber wir haben uns durchgesetzt, und nun bin ich sehr froh, daß Ihr hier gewesen seid.« – »Daniel? Kommst Du uns in Deutschland besuchen?« – »Nein, Johannes, nie, ich werde nie wieder nach Deutschland zurückkehren. Ich könnte es nicht ertragen, ich könnte mich keinen einzigen Tag freuen. Aber wir werden Susan und Tom dorthin schicken. Es ist wichtig, ja, es ist sehr wichtig.«

Ich hatte diesen Ernst noch nie an ihm bemerkt. Plötzlich sah ich ihn anders als zuvor. Vielleicht waren seine Hilflosigkeiten und sein oft täppisches Verhalten, das ihm den Spott der anderen Familienmitglieder eintrug, auch ein Art Manier, die ihm half, seine Gedanken abzuschirmen?

Am Tag vor unserer Abreise wollte ich ihn einmal unerwartet in seinem Büro besuchen, ich hatte Mary verständigt, damit sie sich keine Sorgen machte. Josef war in *Queens* geblieben, um einige Geschenke einzukaufen, die wir den Mitschülern versprochen hatten. Ich hoffte, Daniel zu überraschen; ich wollte ihn zu einem Imbiß einladen. Eine Weile trieb ich mich noch in der Umgebung der *Wall Street* herum, dann betrat ich das große Bankgebäude. Ich nahm den Lift. Als ich das Stockwerk erreicht hatte, in dem Daniel arbeitete, begegnete ich zwei Frauen, die weinend vor dem Lift standen. Ich schlich über den Flur, die Türen der Büroräume waren überall geöffnet. Ich erkundigte mich nach Daniels Zimmer, und der Mann, der mir Bescheid gab, antwortete mir beinahe tonlos. Daniel saß auf seinem Stuhl hinter dem Schreibtisch, stützte den Kopf in beide Hände, schaute mich fassungslos an, schien sich aber nicht darüber zu wundern, daß ich ihn aufsuchte. »Hei, Johannes, setz Dich!« sagte er leise, »der Präsident ist tot. Man hat Kennedy erschossen.« Ich setzte mich, ich konnte es nicht glauben. Daniel räumte seine Sachen zusammen. »Geh'n wir, komm! Heute werde ich nicht mehr arbeiten, heute wird kaum jemand in den Staaten noch arbeiten können.«

Wir verließen sein Büro. Die beiden Frauen warteten noch immer vor dem Lift und machten keine Anstalten, sich fortzubewegen. Draußen vor dem Bankgebäude standen überall Menschen, die sich über die Ereignisse unterhielten. »Kennedy war auf Wahlkampfreise in Texas«, sagte Daniel, »er hatte es nicht leicht dort unten. Schon vorher hatte es geheißen, daß sie ihn nicht mögen, in Texas, dann aber gab es doch einen triumphalen Anfang. Er fuhr im offenen Wagen durch Dallas, man hat ihn von hinten erschossen.« – »Ich habe es geahnt«, sagte ich. – »Was hast Du geahnt?« – »Es ist jetzt nicht wichtig.« – »Gouverneur Connally saß mit im Wagen, er soll auch schwer verletzt sein; Johannes, warum mußte das so enden? Er hatte einen guten Start, damals, vor nun fast drei Jahren. Er war der jüngste Präsident der Staaten, und viele haben darauf gehofft, daß es besser wird hier, daß die Rassenschranken abgebaut werden, daß es mehr Gerechtigkeit gibt. Wie soll es jetzt weitergehen?« – Daniel konnte sich nicht beruhigen, und auch ich war so aufgeregt und gleichzeitig entsetzt, daß wir beschlossen, nach Hause zu fahren. Im Wagen sagte Daniel, er habe Kennedy einmal während einer Parade gesehen. »Er hatte strenge und klare Ansichten, doch viele haben ihn, ohne es laut zu sagen, nicht sehr gemocht. Es ist schwierig zu erklären, Johannes. Sicher spielte eine Rolle, daß er Katholik war; er war, glaube ich, der erste katholische Präsident der Staaten. Dann war seine Familie sehr reich; er hatte es einfach, weißt Du, alles wurde ihm beinahe in den Schoß gelegt, und das nimmt man einem übel hier. Zum Erfolg gehört sehr viel Glück, das ist klar, aber das Glück darf einem nicht schon in der Wiege zufallen. Kennedy aber war wie ein Engel aus Boston, der nicht einmal zu bemerken schien, daß man ihn beneidete; geliebt haben ihn die, die seine Unbekümmertheit mochten und den Elan, mit dem er alles anpackte. Er glaubte fest daran, daß unter seiner Präsidentschaft alles anders werden müsse, davon war er besessen.« – »Was meinst Du, Daniel, hatte Kennedy eine Manier?« – »Eine Manier? Ah ja, ich verstehe. Nun, er wirkte sehr direkt und zielstrebig. Es gab schon Legenden darüber, wie leicht es ihm fiel, einen Redetext zu straffen. Das Wesentliche wollte er vor sich haben, gekonnt und präzis. Er verwendete die einfachen, großen Worte, die hier noch soviel Eindruck machen. Tyrannei, Armut, Krankheit, Krieg – wenn er zum Kampf gegen diese Übel aufrief, dann fühlte man sich gepackt und beinahe stimuliert.« – »Aber er war nicht feierlich, nicht wahr?«, sagte ich. – »Nein, das war er wohl nicht. Mutig wollte er sein, mutig und entschlossen.«

Wir bogen mit dem Wagen langsam in die kleine Straße ein, in der die Rothbuchs wohnten. Josef stand auf dem Trottoir und winkte uns. Daniel parkte den Wagen vor der Garage, und Josef lief auf uns zu. »Was ist?«, fragte Daniel. – »Der Großvater hat mich ausgesperrt«, sagte Josef, »er will mich nicht mehr ins Haus lassen. Ich verstehe ihn nicht. Er schreit im Haus herum, ich habe auf Mary gewartet, aber sie ist noch nicht wieder zurück. Der Großvater sagt, ich solle mich davonmachen, er wolle mich nie wieder sehen.« – »Aber warum denn?«, fragte Daniel. – »Ich weiß es doch nicht«, rief Josef, »es ist furchtbar. Er beschimpft mich ununterbrochen, ich habe ihm doch nichts getan.« Ich erklärte ihm, was geschehen war. Wir standen vor dem Hauseingang. Daniel ließ uns einige Schritte zur Seite treten. Er versuchte, die Tür aufzuschließen, aber innen steckte ein Schlüssel. »George, mach auf!«, rief er laut, aber niemand rührte sich. »George, Du machst sofort auf, wir müssen hinein.« Der Großvater erschien für einen Moment am Fenster, verschwand aber sofort wieder, als er uns gesehen hatte. Er mochte sich hinter der Tür verschanzt haben. »Du kannst herein«, hörten wir ihn, »aber die Deutschen will ich hier nicht mehr sehen.« – »Sie haben Dir nichts getan, Vater.« – »Nichts getan? Kennedy ist tot, ich weiß es. Begreifst Du jetzt endlich? Seit sie hier sind, geht es mir nicht gut. Ich kann sie nicht ausstehen. Sie bringen Unglück; wohin sie kommen, bringen sie Unglück. Sollen sie uns endlich in Frieden lassen!« – »Vater, rede nicht so! Die Jungs trifft keine Schuld.« – »Keine Schuld? Ich habe es Dir gleich gesagt, es endet nicht gut; seit sie sich hier ausgebreitet haben, hat sich alles verändert. Sie verpesten die Umgebung!« – »Vater, Du weißt, daß das nicht wahr ist. Die Jungs sind unschuldig.« – »Niemand wird ihnen je ihre Schuld erlassen. Sie haben nichts Gutes im Sinn, man merkt es sofort! Ihre Neugier! Ihre Dreistigkeit!« – »George, Du redest von jemand anderem. Du weißt, daß Du nicht von den Jungs hier sprichst.« – »Ich will sie nicht mehr sehen! Ich kann ihren Anblick nicht mehr ertragen! Kennedy ist tot, meinst Du, ich wüßte nicht, was das bedeutet? Ich weiß es, da kannst Du sicher sein. Sie werden dieses Haus nicht mehr betreten!« – »Vater, mach jetzt bitte auf, ich lasse nicht zu, daß wir hier draußen stehen.« – »Ich lasse sie nicht herein, Du wirst es nicht erleben.«

Ich konnte es nicht länger mit anhören. Ich zog Josef, der erstarrt neben mir stand, weiter fort. Daniel folgte uns. »Jungs«, sagte er leise, »hört nicht auf ihn! Ich bringe Euch jetzt zu den Nachbarn. Ruht Euch erst einmal aus, ich werde mit Vater reden. Es tut mir leid, Jungs, es tut mir sehr leid.« Er führte uns zum Haus der Nachbarn, denen er erklärte, der Großvater sei verwirrt, der Tod Kennedys sei ihm nahegegangen. In seiner Erregung bringe er das alles mit der Vergangenheit in Verbindung. Man führte uns in die Küche, und wir setzten uns an den Tisch. Eine Frau stellte uns zwei Gläser Milch hin, aber wir konnten sie nicht anrühren. Der Fernseher war eingeschaltet, und immer wieder sah man die Szene, in der sich der offene Wagen durch die Innenstadt von Dallas schob, man hörte die Schüsse wie kurze Peitschenhiebe, das Schreien der Menschen, die sich auf den Boden warfen, man sah, wie der Wagen plötzlich beschleunigte, davonbrauste und Panik die Menge erfaßte. Ich legte den Kopf auf den Tisch. War nun alles umsonst? Waren wir vergeblich hierhergekommen? Josefs Unterlippe zitterte, Tränen standen ihm in den Augen. »Ich habe Angst, Johannes«, sagte er leise, »ich habe fürchterliche Angst.« – »Beruhige Dich«, sagte ich, »wir werden die Nacht über hierbleiben, nicht wahr? Wir werden George nicht wieder begegnen.« – »Ich habe Angst«, wiederholte Josef wie manisch, »ich weiß nicht mehr wohin. Ich habe Angst vor der Heimreise, ich will nicht mehr ins Internat. Ich möchte hierbleiben, irgendwo, wo keiner uns kennt. Ich möchte Englisch lernen, daß niemand merkt, woher ich komme. Im Internat werden sie uns weiter alles verschweigen …« – Ich atmete tief durch, mein Herz schlug sehr schnell, die Bilder vor meinen Augen verwirrten sich, im Hintergrund hörte man wieder die Schüsse von Dallas. – »Wir müssen aber zurück«, sagte ich, Luft holend, »wir müssen ganz gewiß zurück, Josef. Wir können nicht einfach davonlaufen …« – »Ach, Johannes, ich will aber doch nicht, ich will nicht. Mir wäre am liebsten, es gäbe mich gar nicht.« – Seine Worte versetzten mir einen heftigen Stich, meine Hand sank vom Tisch, und ich faßte ihn am Arm. Ich schüttelte ihn, so fest ich konnte. »Josef«, sagte ich laut, »sag das nicht! Wir müssen jetzt zusammenhalten, hörst Du? Was wissen wir denn? Wir haben nie unseren Vater gesehen. Wir sind allein. Wir wissen nicht, was er damals getan hat; vielleicht war er unter den Mördern, vielleicht aber auch unter den Opfern. Uns trifft aber doch keine Schuld. Wir müssen zurück. Wir sind in Trümmern aufgewachsen, wir haben Mutter geholfen, als sie unseren Lebensunterhalt verdienen mußte, wir haben es geschafft, in das Internat aufgenommen zu werden. Wir werden sie nicht im Stich lassen! Wir werden jetzt nicht aufgeben, niemals! Wenn unser Vater nicht unter den Mördern war, wenn er von ihnen verfolgt wurde … und er wurde verfolgt, Josef, ganz gewiß, es kann gar nicht anders sein, es darf ja nicht sein, niemals darf das so sein …« Ich konnte nicht weitersprechen. Ich verhaspelte mich, meine Stimme überschlug sich, und Josef hielt meinen Arm. Wir saßen stumm nebeneinander. Etwas später kam Daniel wieder. Wir sagten ihm, daß wir nicht mehr in seinem Haus übernachten wollten. Er wollte uns überreden, es doch zu versuchen. Aber wir lehnten ab. Später kamen Mary und die Kinder zu uns, um uns das Bettzeug zu bringen. Wir saßen noch den ganzen Abend zusammen. Das Gespräch stockte immer wieder, und wir gingen früh zu Bett. Am nächsten Morgen flogen wir nach Deutschland zurück …

»Habt Ihr Eure Seelen getauscht?«, fragte mich Pater Albertus, als wir schon wieder eine Weile im Internat lebten. Angeblich waren wir nach unserem New-York-Aufenthalt beide nicht wiederzuerkennen. Ich hatte die schleichenden Veränderungen selbst kaum bemerkt. Seit unserer Rückkehr wohnten Josef und ich zusammen, denn in der letzten Etappe der Schulzeit hatten die Schüler der höheren Klassen das Recht auf ein Doppelzimmer. Der Raum war sehr einfach eingerichtet. Außer den beiden schmalen Betten gab es nur einen Schrank, zwei vor dem großen Fenster postierte Schreibtische und eine kleine Waschgelegenheit. Dennoch gefiel uns der Wechsel aus dem großen, muffigen Schlafsaal in die Geborgenheit des nur uns zugänglichen Zimmers, für dessen Ordnung wir allein zuständig waren. Wir richteten uns, so gut es ging, ein. Wir hefteten Fotos von New York an die Wände, so daß wir beinahe täglich an unseren Aufenthalt erinnert wurden, und jeder von uns erlebte die Fron des Internatslebens anders als zuvor.

Erst geraume Zeit später fiel mir jedoch auf, daß Josef seine Verabredungen mit anderen Schülern und den Bekannten in der Umgebung fast völlig eingestellt hatte. Er machte sich nichts mehr aus ihnen, sie langweilten ihn, und er ließ sich höchstens noch von Peter anstiften, einen kleineren Ausflug zu machen. Es war, als habe ihn die Reise in einen Zustand dauernder Müdigkeit oder Verdrossenheit versetzt. Schon am frühen Morgen fiel es ihm schwer, überhaupt aufzustehen. Gegen die Lehrer, die sich in den Oberstufenklassen nicht mehr zum größten Teil aus den Patres des Klosters zusammensetzten, hegte er einen immer heftiger werdenden Groll. Im Unterricht kam es zu Ausbrüchen versteckter Gewalt, wenn er, enttäuscht, gekränkt oder einfach empört, mit der Faust das Mobiliar traktierte. Wurde er auf seine Attacken angesprochen, schwieg er sich aus, fuhr mit der Hand durch die Luft, kratzte sich im Gesicht und brachte sich dabei sogar kleinere Wunden bei. Er hatte begonnen, sich von früh bis spät einer anstrengenden Form der Selbstbeobachtung zu unterziehen. Denn er war mit sich nicht mehr zufrieden. Seine Körperhaltung, das blasse Gesicht, sein früher so entschiedener, schneller Gang – nichts konnte noch vor ihm bestehen. Lustlos ließ er sich in den Stunden nach dem Unterricht auf sein Bett fallen, stöhnte vor sich hin und antwortete auf meine Fragen nicht. Manchmal war selbst ich ihm lästig;

er konnte mich nicht ertragen, blickte wie geistesabwesend an die Decke und lag stundenlang herum, als seien alle Glieder längst abgestorben. Dann aber verfiel er wieder in eine Ekstase, teilte mit, daß er sich von nun an jeden Morgen zehn Minuten kalt duschen werde oder daß er sich vorgenommen habe, gegen sechs Uhr den Tag mit einem Waldlauf zu beginnen und am Abend früher schlafen zu gehen als alle anderen. Wahrhaftig hielt er sich stets eine Weile an diese Vorsätze. Er beklagte sich in solchen Fällen nicht, stand leise auf, zog sich an und verschwand in den nahen Wäldern, um fast eine Stunde später verschwitzt und erschöpft wieder aufzutauchen. Immer häufiger kam es vor, daß er wie ein Gehetzter aus dem Zimmer stürzte, weil ihn plötzlich ein Einfall überrumpelt hatte; er schlug die Tür hinter sich zu, er eilte davon. Er hatte mir gestanden, daß er nachts noch von New York träume und daß ihm die Stadt nicht aus dem Kopf gehe. »Kennedy hätte niemals sterben dürfen«, sagte er ein anderes Mal so bestimmt, als hätte einer von uns diesen Tod verhindern können. Seine Fluchtideen wühlten so stark in ihm, daß er mitten im Unterricht erklärte, daß er herausmüsse. »Ich will hier heraus!«, sagte er laut, und niemand wußte, wie man diese Klage mit den Gesängen der Homerschen *Odyssee* in Verbindung bringen sollte, die wir gerade übersetzten. Homers *Odyssee* war ihm angeblich gleichgültig. Er stierte auf die griechischen Buchstaben, und er übersetzte die abverlangten Passagen so widerwillig, daß man sich erkundigte, was er an ihnen auszusetzen habe. »Nichts«, sagte er trocken, »sie gehen mich nichts an, sie gehen uns alle nicht das Geringste an. Das alles hier ist reine Zeitverschwendung.«

Mit derartigen Kommentaren machte er sich aber nicht nur die Lehrer zu Feinden, die ihn jetzt häufiger aufriefen; vielmehr entfremdete er sich dadurch auch seinen Mitschülern, die seine Launen als Überheblichkeit auslegten. Manche warfen ihm vor, daß ihm New York *zu Kopf gestiegen* sei, bemerkten sie doch deutlich, daß er kein Vergnügen mehr daran fand, den Anführer bei ihren Unternehmungen zu spielen. Wenn man ihn abholen wollte, sagte er, daß er allein sein wolle; er schloß die Tür ab, mauerte sich im Zimmer ein und öffnete nur, wenn er meine Stimme hörte. Die zahllosen Stunden, die er so in der Enge des kleinen Raumes verbrachte, nannte er mir gegenüber manchmal spöttisch *die Trübsinnsstunden.* Ab und zu konnte er bei solchen Erklärungen lachen, aber es kam nicht besonders häufig vor. Er hatte, wie er mir erklärte, *alles falsch angefangen,* die ganze Jugend war *völlig verpfuscht,* nun mußte er sich reiflich überlegen, wie er in Zukunft *mit sich klarkommen* würde.

Nie zuvor hatte ich an ihm solche Anwandlungen philosophischer Skepsis bemerkt. Josef hatte den Umgang mit Büchern auf das Notwendigste beschränkt. Für ihn waren sie lange Zeit Quellen des praktischen Wissens gewesen, er erwartete von ihnen Hinweise zur Lösung technischer Fragen, und es war ihm selten gelungen, irgendein Buch von der ersten bis zur letzten Seite zu lesen. Vor allem hatten ihn jedoch immer jene Bücher abgestoßen, in denen die Phantasie eine gewisse Rolle spielte. Romane oder Erzählungen empfand er als Zumutung, und er hatte nie das geringste Verständnis für meine eigenen, ausschweifenden Lektürefreuden gehabt. Die Phantasie war in seinen Augen ein gefährliches und zugleich völlig überflüssiges Lockmittel für den trägen Geist; sie gaukelte einem Welten vor, die niemals exakt zu überprüfen waren. Auch nach unserer Rückkehr aus den Staaten gab er seine Kritik nicht auf, obwohl er sie weniger scharf vortrug und in seinen Spott eine leichte Ironie mischte, die mich nicht verletzen sollte. Denn ich liebte noch immer nichts anderes neben der Musik so sehr wie das Lesen, und es waren gerade die umfangreichsten Romane – der Bruder bezeichnete sie verächtlich als *Schmöker* –, die mich am meisten in ihrem Bann hielten. Ihre Lektüre hielt die Tage zusammen, man lebte sich mit den dargestellten Figuren in eine fremde, anziehende Welt ein, ja man brachte seine Zeit gemeinsam mit ihnen zu, litt wie sie, begleitete ihr Tun, und allmählich – im langsamen Fluß der Ereignisse – trugen sie einen jenem Geheimnis näher, das Josef nie hätte erklären können: *die Zeit stand plötzlich still.* Man mochte sich aus den Welten, in denen man sich seltsam aufgehoben fühlte, um keinen Preis mehr lösen, ja man las sogar langsamer, um das Ende hinauszuzögern. Das Ende einer solchen Lektüre war nämlich die Stunde der Trauer, die Stunde eines geheimen Schmerzes darüber, daß man Abschied nehmen mußte von all den Gestalten, die einem so nahe gekommen waren, Abschied nehmen aber auch von der starken Empfindung der durchlebten Zeit.

Josef wollte davon nichts wissen, er war ein trotziger Skeptiker geworden, und die Mitglieder dieses stoischen Lagers ließen nichts gelten als die Lehren der Geschichte und die Prägnanz kritischer Fragen. Ich mochte die verbissene, nörglerische Art nicht, mit der er sich ihnen aussetzte. Er zergliederte die Schriften, er studierte sie Satz für Satz, und er hatte nicht das geringste Gefühl für die unterschiedlichen Tempi, mit denen man sie lesen mußte. Hatte er einen Text als einen *philosophischen* eingestuft, so machte er sich mit zerfurchter Stirn an die Lektüre wie an ein Gift, das ungenießbar war und dennoch die Rettung von allen Krankheiten bringen sollte. Er notierte, wiederholte manche Passagen unzählige Male, und ich hatte trotzdem nicht den Eindruck, daß ihn dieses Wiederkäuen einer besseren Kenntnis nahegebracht hätte. Er gab zu, vieles nicht zu verstehen, und er litt unter dem Diktat, daß man verstehen würde, wenn man nur immer wieder von vorne begänne. Die Philosophie war längst nicht mehr das Terrain vernünftiger Fragen, auf die man begründete Antworten zu finden hatte; sie war ein Irrgarten von Annahmen und herbeigezerrten Begriffen, ein Gestrüpp, in dem jeder Satz Wucher trieb mit dem Prunk seiner scheinbaren Bedeutung. Daher litt Josef insgeheim unter der

Philosophie; sie war die Strafe, die er sich für sein zuvor angeblich so wenig durchdachtes Dasein zugelegt hatte. Neben ihr konnte nur noch die Geschichte bestehen, aber auch sie wurde in Josefs autodidaktischen Programmen zum Mittel, Rache zu nehmen.

Unser letzter Tag in den Staaten hatte ihn in jene Gewissenszweifel gestürzt, die nun tief in ihm nagten. Er hatte sich einen Haufen Bücher über das *Dritte Reich* besorgt, und er kannte die Größen der Diktatur bald so genau, daß es ihm nicht schwergefallen wäre, über sie abendelange Vorträge zu halten. Gegenüber den Mitschülern schwieg er sich aus; wenn ich aber abends zu ihm auf das Zimmer kam, lag er auf seinem Bett, die Leselampe auf ein Buch gerichtet. Ich setzte mich zu ihm, und er erzählte mir von seiner Lektüre. In seinen Empfindungen lebte das *Dritte Reich* weiter, seine Gewalt reichte hinüber bis in die Gegenwart, und er hörte nicht auf, Beispiele für diese Annahme zu suchen. Dabei beobachtete er einige Lehrer besonders kritisch. Wenn sie scheinbar harmlos von ihren Kriegserlebnissen berichteten, beunruhigte er sich jedesmal derart, daß es immer häufiger zu Zusammenstößen kam. »Hören Sie damit doch auf!«, unterbrach er solche Erzählungen. Die wenigsten Schüler waren erpicht darauf, davon zu hören; wir alle empfanden die bedrückende Last, die von solchen Geschichten ausging. Niemand aber wagte es, so zu widersprechen wie Josef. Er ließ den Lehrer nicht mehr ausreden und hielt ihm vor, daß er sich schämen müsse, *an so etwas* überhaupt teilgenommen zu haben. Er hatte sich eine nach außen hin kühle, beinahe unbeteiligt wirkende Haltung zugelegt; manchmal war er stundenlang nicht ansprechbar, verweigerte jede Teilnahme am Unterricht, stand auf, wann es ihm paßte, fluchte laut vor sich hin und verschwand in unser Zimmer, wo ich ihn später wiederfand, ein unruhiger, aus dem Gleichgewicht geratener Geist, dem keiner mehr nahekommen durfte.

So erstaunte es niemanden, als er von den Mitschülern nicht mehr als Klassensprecher wiedergewählt wurde. Sie suchten einen, zu dem sie aufblicken konnten, und Josef war ihnen in seiner unbedingten Haltung zu fremd geworden. Ich selbst aber war überrascht, daß ich beinahe in demselben Maße, in dem er Freunde verlor, welche gewann. Ich hatte mich früher nie viel um meine Mitschüler gekümmert, und das war auch nach unserer Rückkehr nicht anders geworden. Immer häufiger bekam ich jedoch zu hören, daß ich mich verändert hätte. Allmählich glaubte ich selbst daran; ich fühlte mich leichter und unbeschwerter, denn der Aufenthalt in New York hatte in mir andere Spuren hinterlassen als in Josef. Für ihn waren die Deutschen seither größenwahnsinnige Verbrecher, die einen Völkermord begangen hatte, der nie wieder zu verzeihen war. Ich verstand ihn, und ich widersprach ihm niemals, wenn er mit seinen langen Beschimpfungen einsetzte; sie hatten etwas Reinigendes, und er erweckte nie den Eindruck, mit seinem Wissen bloß auftrumpfen zu wollen. Auch in mir saß der Schock tief, aber ich ging anders mit ihm um. Denn ich versuchte, ihn zu überwinden, indem ich mich an jene Erfahrungen hielt, die in New York den bitteren vorausgegangen waren. Ich hatte begonnen, Hemingways Bücher zu lesen, die Daniel mir geschenkt hatte; ich gab mich abendlichen Phantasien hin, in denen ich jene Spaziergänge nachempfand, die ich in seiner Begleitung gemacht hatte. Vor allem jedoch erinnerte ich mich an Susan. Sie ging mir nicht aus dem Kopf, sie beanspruchte beinahe täglich einige Minuten, und ich fühlte, wie mir bei dem Gedanken, sie in meiner Nähe zu haben, heiß und kalt wurde. Gerade diese Empfindungen ließen mich aber bald in jene Welten eindringen, die mich noch weiter von meinem Bruder entfernten. Wir lebten enger zusammen als früher; und doch wuchsen in unseren Köpfen mit der Zeit ganz andere, sich bald ausschließende, ja einander widersprechende Neigungen heran …

Denn ich hatte Nicky entdeckt. Schon vor unserer Reise hatten die Mitschüler von ihr in den höchsten Tönen geschwärmt. Man hatte Josef verdächtigt, sich heimlich mit ihr zu treffen, doch bald hatte sich herausgestellt, daß er sie nicht einmal genauer kannte. Nicky fiel mir auf, als der Bruder sich wieder einmal in aller Frühe zum Waldlauf auf den Weg machte. Diesmal weckte er mich unabsichtlich, und da die Sonne bereits kräftig ins Zimmer schien, stand ich ebenfalls auf. Ich öffnete das Fenster, als ich Nicky bemerkte. Sie bog gerade mit dem Fahrrad in die kleine Allee ein, die die Klosteranlagen durchquerte. Sie trug ein hellblaues T-Shirt und eng anliegende Hosen, und sie balancierte einen großen Korb, der bis obenhin mit Brötchen gefüllt war, auf der Lenkradstange. Offenbar hatte man ihre morgendliche Botenfahrt vor uns geheimgehalten. Internat und Kloster waren für Frauen gesperrt, in diesem Fall hatte man jedoch eine Ausnahme gemacht. Wie ich von Bruder Fidelis erfuhr, kam Nicky einmal am Morgen und am Abend ins Kloster, um Brötchen zu bringen, die in der Bäckerei des Dorfes gebacken wurden. Ich hatte sie nur kurz gesehen, doch ich konnte diesen kurzen Blick nicht vergessen. Das rotblonde Haar, die lässige Kleidung, ihre anziehend muntere Art – all das hatte mich erregt. Ich brachte sie mit Susan in Verbindung, sie war ihr verlängerter Arm, der plötzlich mit aller Gewalt nach mir griff. Ich wollte meinen Erinnerungen und Gefühlen nicht untreu werden; daher dachte ich schon bald darüber nach, wie ich mich Nicky nähern konnte. Bei genauerer Überlegung gab es dafür kaum eine Möglichkeit. Sie arbeitete in der Bäckerei, und es war den Schülern des Internats streng untersagt, engeren Kontakt zu den Mädchen im Dorf aufzunehmen. Diese Verbote hatten mit der Zeit eine Art Kodex gebildet; man durfte sich mit den Mädchen unterhalten, man durfte sie vielleicht noch zu einem Glas Cola einladen, niemals aber durfte man mit einem von ihnen allein zusammensein. Gerade das aber wünschte ich mir. So dachte ich daran, Nicky zu *erobern.* Schon in jenem Moment, als ich sie auf dem Fahrrad gesehen hatte, war mir dieser Gedanke gekommen. Eine Eroberung war ein schwieriges Unternehmen. Dazu gehörte ein Plan, dazu gehörten die passenden Manieren. Und was würde ich tun, wenn ich Nicky am Ende völlig gleichgültig wäre? Sicher, seit meinem New-York-Aufenthalt und der Begegnung mit Susan hatte ich gewisse Erfahrungen. Andererseits waren mir dort meine kleinen Siege recht leichtgemacht worden. Susan hatte immerhin gewußt, wer Schubert war, während ich von Nicky vermutete, daß sie *Die schöne Müllerin* für einen Schlager hielt, der auf entfernte Weise etwas mit dem Bäckereihandwerk zu tun haben mochte.

Da mir vorerst kein rettender Einfall kam, vertiefte ich mich weiter in Hemingways Romane, denn in ihnen ergaben sich die wünschenswerten Kontakte zwischen Frauen und Männern auf zwanglose Weise. Die Frauen in diesen Geschichten waren stets *wunderbar,* sie gehörten zu den schönsten und mitreißendsten Frauen der Erde. Sie waren den Männern immer um eine Spur überlegen, und sie erkannten intuitiv die Schwächen dieser harten Geschöpfe, ohne sie auszunutzen. Zum Dank wurden ihnen die erlesensten Drinks spendiert. Hemingway kannte immer die Getränke, die zu den jeweiligen Situationen paßten. Handelte es sich um einen regnerischen Tag, so mußte man sich manchmal schon mit einem einfachen *café au lait* zufriedengeben; zeigte sich der erste Sonnenstrahl, war es höchste Zeit für einen *Rum St. James.* Oft waren Hemingways Gestalten Schriftsteller wie er selbst, und dann handelten die Geschichten unweigerlich auch von den Mühen des Schreibens und von der Kunst, einen Anfang, eine überzeugende Fortsetzung und ein offenes Ende zu finden. Es mußte eine *verteufelt schwere* Kunst sein, denn jedesmal ergaben sich wieder dieselben Schwierigkeiten, der Regen trommelte gegen die Scheiben, und man spitzte den Bleistift unaufhörlich mit einem scharfen Messer. Ich hatte mich lange

Zeit in diese Geschichten vertieft, und inzwischen wußte ich, wann man einen *café créme* bestellte, und ich hoffte, daß der Sommer noch *gut* werden würde, weil ich sonst – ähnlich dem alten Mann, der auf Fischfang ausfuhr – unweigerlich für immer *salao* gewesen wäre (was die schlimmste Form von Pechhaben war). Doch nützte mir mein Wissen wenig; beinahe jeden Morgen bekam ich Nicky nun zu Gesicht, ohne daß sie mich ein einziges Mal bemerkt hätte.

Da ich nicht länger warten wollte, zog ich heimlich Erkundigungen über sie ein. Ich ging hinauf ins Dorf und lungerte in der Nähe der Bäckerei herum. Aber ich sah sie nur selten; sie verkaufte nicht in diesem Geschäft, sie war, wie ich erfuhr, für den Außendienst zuständig, nur ihr Fahrrad lehnte manchmal an der Hauswand neben dem Eingang. Sollte ich eine Botschaft daran befestigen? Sollte ich ihr melden, daß ausnehmend gutes Wetter sei, Zeit also für einen *Brandy Soda,* den wir, *verdammt nochmal,* schon irgendwie auftun würden? Ich verwarf solche Ideen schnell, denn ich fürchtete, Nicky mit solchen Einladungen nur zu verschrecken. Am Ende vermutete sie hinter dem Schreiber solcher Zeilen einen Wüstling, der sich vorgenommen hatte, sie unter Alkohol zu setzen, um sich ihr auf ungehobelte Art zu nähern. Ich mußte noch mehr über sie erfahren …

Nach etwa zwei Wochen wußte ich so genau Bescheid, daß ich ihren Tagesplan hätte aufstellen können. Jetzt am frühen Abend, machte sie sich wieder auf den Weg hierher; ich lag im Fenster und wartete auf den Moment, wo ich das Scharren des Rades auf dem Kiesweg hören würde. Dort kam sie, mit ihrem Korb duftender Brote und Brötchen, sie hatte stets ein gutes Tempo eingeschlagen, sie stemmte sich kräftig in die Pedale, kein Gott konnte sie bewegen, nach oben zu schauen. Wenig später verließ sie wieder das Klostergebäude, sie spannte den leeren Korb auf den Gepäckträger und schob das Rad den halben Weg bis zur Anhöhe hinauf. Auf diesem Weg hatte ich sie bereits mehrfach heimlich beobachtet. Es kam häufig vor, daß sie vor sich hin sang, und es handelte sich meist um dieselbe Melodie. Offenbar hatte sie musikalische Neigungen, Neigungen, die es mir vielleicht erlauben würden, meine eigenen Kenntnisse anzuwenden. Hatte ich jedoch gehofft, daß mein ausgebildetes Gehör die schlichten Weisen schon erfassen werde, so wurde ich bitter enttäuscht. Konnte man diesen dreifachen Seufzer, dieses kurze Aufstöhnen, das nicht einmal durch einen einzigen Einfall variiert wurde, bereits als Musik bezeichnen? Ich wollte meine Bemühungen, Nickys musikalische Vorlieben zu erkunden, schon aufgeben, als ich nach einer Turnstunde einen Mitschüler jenes harmlose Thema vor sich hin pfeifen hörte. Mußte man mir erst die Flötentöne beibringen, mir, der ich jedes noch so ausgefallene Thema der Bachschen Meisterwerke aus dem Kopf hätte notieren können? Ich eilte sofort zu dem Pfeifenden, ich packte ihn am Arm. »Sag es mir!«, rief ich so laut, daß die anderen sich umdrehten, »was pfeifst Du da…« – »Wie?« – »Was Du da pfeifst…« – »Es ist ein Song von den Beatles.« – »Von wem?« – »Von den Beatles, der neuen Gruppe aus Liverpool. Sie haben schon drei Langspielplatten herausgebracht.« – »Und der Text?« – »Was?« – »Wie lautet der Text?« – *»She loves you…«* – »Das ist alles?« – *»She loves you…* und dann… na ja.« – »Weiter!« – *»Yeah, yeah, yeah!«* – »Was? Du willst mir weismachen, daß der Text lautet: *She loves you, yeah, yeah, yeah…?«* – »Ja genau.« –

Immerhin wußte ich jetzt endlich Bescheid. Ich machte mich noch an demselben Tag auf den Weg zum einzigen Elektrogeschäft des Dorfes; die wenigen Schallplatten waren in einer Ecke untergebracht. »Davon verkaufen wir jetzt sehr viel, Johannes!« sagte der Geselle, der mich von meinen früheren Einkäufen her kannte. – »Und warum hat man mir nie etwas davon gesagt?« – »Es ist nicht Deine Sparte.« – »Nicht meine Sparte? *She loves you…* – nicht meine Sparte? Du wirst Dich noch wundern!« –

»Dann bist Du der Klassik untreu geworden?« – »Ich bin niemandem untreu, ich bin die Treue in Person.« – Er lachte, und ich zog mit zwei Platten davon. Am Abend besorgte ich mir für einige Stunden ein Schallplattengerät. »Was hast Du denn da?«, fragte Josef. – »Die Beatles! Kleine Quartsprünge, sehr unauffällig, geschickt durch einen unbedarften Text getarnt!« – »Ich mag die Schreihälse nicht!«, sagte Josef. – »Du kennst sie schon? Und Du hast mir auch nichts davon gesagt?« – »Sie sind noch gar nicht so lange bekannt, aber jetzt läuft alle Welt ihnen hinterher. Die Mädchen geraten ganz außer Fassung, wenn sie auftreten.« – »Wieviele sind es denn?« – »Vier – Paul, John, George und Ringo. Ihre Lieder stehen auf den ersten Plätzen der Hitparade. Sie haben schon ihre zweite Tournee in den Staaten hinter sich.« –

Ich legte die erste Platte auf, drehte jedoch sofort die Lautstärke herunter. Ich hörte nichts als ein anödendes Gestampfe, begleitet von Gitarren, überzuckert von einigen überdrehten Stimmen, die sich ausdauernd wiederholten. Die Gesetze der musikalischen Komposition, die Lehren von Durchführung, Modulation und Reprise waren außer Kraft gesetzt. Hier herrschte der Terror der Wiederholung, ein Terror freilich, der einem in die Glieder fuhr, so daß man am liebsten die Kleider abgeworfen hätte, so daß man zusammenzuckte unter den Schlägen der Rhythmusgitarre, so daß man sich plötzlich wünschte, weit draußen zu sein, unter freiem Himmel, dieser Musik in ihrer vollen Lautstärke ausgesetzt, ein Tänzer, der alle Verstockheit abschüttelte, mitgerissen von diesen törichten Einfällen, diesem Unsinn von einer Musik … »Was ist?«, fragte Josef, als ich abstellte. – »Der Raum ist zu klein«, sagte ich, »der Raum ist sogar viel zu klein.« – »Und jetzt?« – »Ich werde das alles entlarven, enttarnen! Ein kleiner Quartsprung? Das darf doch nicht wahr sein!« Josef vertiefte sich wieder in sein Buch. Es behandelte Streitfragen der Tatsachenerkenntnis, angeblich ging es darin um die alles entscheidende Frage, ob die Welt, so, wie sie sich uns darstelle, nicht vielleicht eine bloß eingebildete sei, eine Art Phantom, ein lächerlicher Quartsprung…

Ich hatte mich auf den großen Augenblick, da ich Nicky zum ersten Mal ansprechen wollte, gut vorbereitet. Ich wußte nun viel über die Beatles, und da ihre Songs keine hohen musikalischen Anforderungen an mich stellten, hielt ich mich für ausreichend informiert. Ich versuchte mein Glück an einem Freitagnachmittag, der Zeitpunkt erschien mir günstig, da die meisten Schüler am Wochenende nicht im Internat waren. Ich hatte mich in einem Waldstück nahe der Straße versteckt, als ich Nicky aus der Ferne näherkommen sah. Wie immer schob sie ihr Rad gegen die Steigung an. Schnell trat ich hervor und schlenderte ihr wie ein Spaziergänger entgegen, den der Zufall hierhergeführt hatte. Nun mußte sie mich bereits bemerken, ich wollte eine Melodie vor mich hin pfeifen, die sie an ihre Lieblinge erinnerte, doch plötzlich versagte meine Stimme, so daß ich den Ton nicht richtig traf; es klang wie das Bruchstück einer Opernarie, an der Verdi seine Freude gehabt hätte. Sie kam näher, unaufhaltsam; sie erstieg den Berg; schon begegneten sich kurz unsere Blicke, aber sie achtete anscheinend nicht auf mich, so daß ich mein Gepfeife verstärkte, bis es mir selbst fast peinlich wurde. Bald wäre die Gelegenheit vertan, und kein Teufel würde mich dazu bringen, es noch einmal zu versuchen. Ich verausgabte mich, ich pfiff wie ein toll gewordener Spatz vor mich hin, wir passierten einander, da aber packte mich die Erregung; ich blieb stehen. »Hallo!«, sagte ich, und es tat mir sofort leid. – »Oh, hallo!«, sagte sie und wollte das Vehikel schon weiterschieben. – »Du bist unterwegs?«, fuhr ich fort und hätte mir am liebsten auf die Zunge gebissen. – »Was?« – »Du… unterwegs?«, brachte ich noch einmal heraus, als wenn ich sprachgestört wäre. – »Ich bringe die Backwaren ins Kloster, jeden Abend.« – »Ah ... Fährst Du ins Dorf?«– »Ja.« – »Eigentlich müßte ich auch noch einmal ins Dorf.« – »Du auch? Na, dann komm doch mit!« – »Gut, in Ordnung. Soll ich Dein Rad schieben?« – »Wenn Du willst ...« –

Ich nahm ihr das Rad ab, sie konnte mir nicht mehr entkommen, nun wollte ich ihr Interesse wecken. Ich überlegte, doch sie kam mir zuvor. »Ich habe schon von Dir gehört«, sagte sie, und mein Herz klopfte so schnell, daß ich froh war, das Rad halten zu können. – »Von mir? Du kennst mich?« – »Ja, Du heißt Josef, nicht wahr? Die Mädchen im Dorf haben von Dir erzählt.« – »Ich habe einen Zwillingsbruder ...« setzte ich an, um das Mißverständnis aufzuklären. – »Ja, ich weiß, und der heißt Johannes, stimmt's?« – »Stimmt«, sagte ich, den Dingen ihren Lauf lassend. »Was weißt Du von Jo ... von mir?« – »Na, Du hast viele Freunde im Dorf. Du bist der Klassensprecher. Und Du warst in New York.« – »Klassensprecher«, sagte ich, ohne zu ahnen, wie ich den Sätzen die richtige Wendung hätte geben können, »das war einmal. Jetzt macht es keinen Spaß mehr. Jo ... Johannes ist jetzt viel näher dran, es zu werden. Johannes ist geeigneter für so ein Amt. Er hat den besseren Überblick, weißt Du?« – »Du magst Deinen Bruder?« – »Johannes ist *wunderbar,* er ist überhaupt der beste Bruder, den Du Dir vorstellen kannst, und ich bin froh, daß wir zusammen sind.« – »Ich habe keine Geschwister.« – »Macht ja nichts«, erwiderte ich, hilflos um ein anderes Thema bemüht, »magst Du die Songs von den Beatles?« – »Klar, Du etwa nicht?« – »Johannes sagt, es handle sich da um bedenkliche Quartsprünge, auch die Intonation sei nicht immer rein, und die Gitarren seien manchmal nicht richtig gestimmt.« – »Dein Bruder macht selbst Musik?« – »Johannes ist ein Genie. Niemand versteht soviel von Musik wie er. Er spielt Klavier und die große Orgel unten in der Abteikirche. Du könntest ihn bitten, ein x-beliebiges Thema, sagen wir einmal, aus Wagners Opern vorzutragen, er wüßte es auswendig.« – »Er hat es im Kopf?« – »Oh ja, Johannes hat alles im Kopf, und er hat einen riesigen Kopf.« – »Dein Kopf ist auch nicht der kleinste.« – »Nein, aber er ist bescheiden, verglichen mit dem meines Bruders. Früher sagten die Leute, er habe einen Ministerkopf.« – »Will er Minister werden?« – »Nein, er will Pianist werden.« – »Und Du?« – »Ich? Gott, ich weiß noch nicht.« – »Bist Du bald fertig mit der Schule?« – »Ja, es ist bald vorbei. Ich freue mich schon darauf. Aber erst einmal freue ich mich auf heute abend.« – »Was ist da los?« – »Es ist ein guter Abend, und die Sonne wird noch eine ganze Weile scheinen, und ich werde ein kühles, ein *verdammt kaltes* Bier trinken, und ich werde mir überlegen, was ich später einmal machen will.« – Wir waren auf der Höhe angekommen, sie übernahm das Fahrrad. »Schön«, sagte sie und schwang sich auf den Sattel, »dann mach es gut.« – »Ach«, beeilte ich mich, »es ist so ...« – »Was denn?« – »Was machst Du heute abend?« – »Weiß noch nicht.« – »Gehst Du gern spazieren?« – »Nein, ich fahre lieber mit dem Rad. Willst Du mitkommen?« – »Gern«, sagte ich, und meine innere Anspannung löste sich, »aber ich habe kein Fahrrad.« – »Das ist nicht schlimm. Ich besorge eines, und wir fahren zusammen. Willst Du Deinen Bruder mitbringen?« – »Um Gottes willen!« rief ich viel zu laut. – »Warum nicht?« – »Mein Bruder würde niemals Fahrrad fahren. Er übt die halbe Nacht am Klavier, er lebt nur in der Musik.« – »Dann kommst Du eben allein.« – »Ich komme.« – Wir verabredeten uns in der Nähe der Bäckerei, ich machte kehrt, und obwohl ich eigentlich ins Dorf hätte gehen müssen, eilte ich ins Internat zurück. Ich freute mich, ich jubelte innerlich. Hätte ich das Mißverständnis aufklären sollen? Josef galt viel im Dorf, man sprach über ihn, viele wollten ihm gefallen. Es hätte ihm bestimmt nichts ausgemacht, wenn er gewußt hätte, daß ich von seinem Ruhm profitierte. In letzter Zeit hatte er ein wenig nachgelassen; ich würde mich darum kümmern, daß dieser Ruhm neuen Glanz erhielt ...

Wann immer es ging, brachen wir nun mit den Fahrrädern auf. Nicky konnte eine solche Fahrt überhaupt nicht lange genug dauern; sie fuhr meist voran, sie breitete bei den schnellen Abfahrten ihre Arme weit aus, sie lachte, triumphierend über die Geschwindigkeit, die ihr das Gefühl gab zu fliegen. Sie sprach häufig vom Fliegen und träumte davon, ein Motorrad zu besitzen. All diese Ekstasen ihrer Entfernungssucht, die uns ungezählte Kilometer durch das Land trieben, berauscht von den Wärmeschüben, die sich nach den kühlen Wäldern auftaten, immun gegen den heftigen Regen, führten uns in Gegenden, in denen sich niemand sonst aufhielt. »Hier bleiben wir!«, verkündete sie, und ich konnte nie etwas einwenden, handelte es sich doch um die schönsten Plätze der ganzen Umgebung. Da sie mich für zu mager hielt, hatte sie es darauf angelegt, mich zu füttern; sie überschüttete mich mit ihren Vorräten und war erst zufrieden, wenn ich mich durch eine Legion von Backwaren gegessen hatte. Nach diesem Zeremoniell, bei dem sie selbst nichts anrührte, erkundigte sie sich stets nach Johannes, dem Musiker, von dem ich, wie man sich denken kann, nicht gerne sprach. Die Vorstellung, daß von mir eine Art Ebenbild in der Welt existierte, machte sie beinahe schwindlig; sie stellte sich Johannes als einen mageren, schwindsüchtigen Menschen vor, der morgens hustend sein Bett verließ und den Tag im musikalischen Fieber verbrachte. Wir sollten uns in ihrer Vorstellung immer mehr unterscheiden, und je dicker und rundlicher ich wurde, um so häufiger stellte sie sich das Bild des ausgezehrten Johannes vor. Ihre Lust an den Details der Magersucht, die ihn angeblich befallen hatte, ähnelte der Lust einer Salome am Körper des Jochanaan. Jochanaan sollte immer schwächer werden, während ich über ihn triumphieren sollte, alle Glieder meines verwöhnten und gepäppelten Leibes einsetzend zu einer sich immer mehr erweiternden Befriedigung …

Wahrhaftig wurde Josef mit der Zeit immer schmaler. Er war noch streitbarer geworden, und der Auschwitz-Prozeß in Frankfurt, den er sehr aufmerksam verfolgte, gab ihm jene Stichworte, die er im Unterricht vermißte. Er sammelte Zeitungsausschnitte über den Prozeß in einer großen Mappe, und er forderte, daß die Schüler darüber diskutieren sollten, ob Mord nach zwanzig Jahren verjährt sei. Mit solchen Vorschlägen stieß er immer wieder auf den erbitterten Widerstand der Lehrer. *Auschwitz* war im Lehrplan nicht vorgesehen, es war ein unheimliches, dunkles Wort, hinter dem sich die nie offen ausgesprochene Schande eines ganzen Volkes verbarg. Josef wollte es dabei nicht belassen. Er wollte nicht begreifen, warum die Schüler, die der Geschichte angeblich Lehren abgewinnen sollten, sich nicht mit der jüngsten Vergangenheit beschäftigen durften. Gerade diese Zeit könne man mit keiner anderen auch nur im geringsten vergleichen; sie sperre sich gegen jene einfältige Geschichtsbetrachtung, für die jede Epoche ein abgeschlossenes Terrain sei, das sich anhand einiger Quellen leicht abstecken lasse. Die Zeit des Nationalsozialismus sei jedoch *unvorstellbar,* und alle Phantasie reiche nicht aus, sie zu verstehen. Dabei werde ein Verständnis vor allem durch einen maßlosen Haß auf alles, was sich damals ereignet habe, erschwert; es widere ihn geradezu an, die Fotos der berauschten Volksmassen zu betrachten, ganz zu schweigen von den Aufnahmen der Konzentrationslager, die in ihm nur ein Gefühl völliger Ohnmacht hinterließen. Daher müsse man, wenn man denn schon aus der Geschichte lernen wolle, fragen, was damals mit diesen Menschen geschehen, wie es dazu gekommen sei, und wie gerade diese Menschen die Gegenwart erlebten, voll mit jenen Bildern des Verrats und des Mordens, die man doch nicht wie Albumaufnahmen mit sich herumtragen könne?

Man vertröstete ihn, man schnitt ihm das Wort ab und hielt seine Bemerkungen für unpassend. Dabei taten sich aber nicht nur die Lehrer hervor. Auch die Mitschüler stöhnten auf, wenn Josef mit seinen Tiraden begann; sie nannten ihn einen *Querulanten,* und allmählich wurde er in eine Ecke getrieben, in der er beinahe ganz allein war. Nur ich hielt in all diesen Auseinandersetzungen noch zu ihm, denn ich wußte, wie tief der Stachel der New-York-Reise saß. Er hatte begonnen, George Briefe zu schreiben, doch er erhielt nie eine Antwort; statt dessen meldete Daniel meist nur, daß er sich gefreut habe, von uns zu hören. Es gehe George noch immer nicht gut, und es sei gewiß nicht angebracht, ihn mit Themen der Vergangenheit zu belasten. »Es sind keine Themen der Vergangenheit«, sagte Josef, »wann werden sie es begreifen? Weißt Du, daß eine nationaldemokratische Partei gegründet worden ist, daß die alten Nazis darauf warten, sich zu formieren und daß sie wie schon einmal in das Parlament einziehen werden?«

Ich konnte ihn nicht beruhigen. In seinem streitbaren Eifer nahm er sich all jener Themen an, die verpönt waren. Seine grüblerische Haltung machte ihn immer unbeliebter, und auch ich selbst kam immer schwerer mit ihm aus. So konnte ich ihm bald nicht mehr geduldig zuhören, meine Gedanken schweiften ab ... und kehrten immer wieder zu Nickys Verführungskünsten zurück. Wenn ich nicht in ihrer Nähe war, fühlte ich mich taub; ich dachte den ganzen Tag nur an die abendliche Verabredung und verschwendete nicht einen Gedanken daran, daß solche Treffen ausdrücklich verboten waren. Am späten Nachmittag stahl ich mich unter einem Vorwand davon, wir trafen uns an einem versteckten Ort, und meist war ihre Freude über das Wiedersehen so groß, daß sie mich nicht zur Besinnung kommen ließ. Sie streifte mir das Hemd über den Kopf, sie wartete nicht, bis ich es aufgeknöpft hatte, ungeduldig zog sie mich zu sich, so daß mich ein merkwürdiges Gefühl durchfuhr, eine wachsende Anspannung, die auch sie befallen zu haben schien, trieb sie mich doch, während sie sich – schneller als ich mitbekommen konnte – auszog, zur Eile an, benannte sie mich doch mit den unverschämtesten Kosenamen, die sie wie Strophen einer vom Teufel inspirierten Litanei vor sich hin betete, erst leise, dann aber immer lauter, als wolle sie den ganzen Himmel zum Zeugen unserer Lust machen. Schon wälzten wir uns über den Boden, ich spürte ihre raschen Bewegungen, ihren schneller werdenden Atem, ihre Lippen, die meinen nackten Körper absuchten, während eine Hand sich zwischen meinen Beinen nach dem einzigen umtat, was sich noch nicht der höchsten Ekstase hingegeben hatte, es aufreizend, so daß es sich erhob, mir aber die altgriechischen Wahrheiten von der bezaubernden Macht des Schönen, die wir kurz zuvor im Unterricht noch gleichgültig übersetzt hatten, durch den Kopf schossen, daß nämlich der Anblick des geliebten Körpers etwas Wunderbares sei, ein Schauer, der in ungewöhnliche Hitze übergehe, wodurch Schweiß ausbreche, so daß die Schönheit weiter ausströmen könne, um die Flügel der Seele zu wärmen, die gesammelte Wärme aber alles Harte und Starre schmelze, so daß die Seele heiß werde und koche und aufwalle, ein Jucken und Kitzeln sie befalle, eine Art Fieber, eine Reizung, die weiter aufbrenne, so daß sie an Schmerzen verliere, aufjubele, klopfe und springe wie der Puls, herauswolle, um endlich, von allen Seiten gestochen, vor Lustschmerz *zu wüten* …

Bald kannten wir nur noch diese stürmische Weise der Vereinigung, die Nicky für die höchste Kunstform des Fliegens überhaupt hielt. Wir hatten jede Zurückhaltung abgelegt, es hielt uns nicht mehr in unseren Verstecken, so daß wir uns mehr und mehr in die Nähe des Internates trauten. Ich hätte vorsichtiger sein müssen, doch ich war selbst viel zu berauscht, so daß ich Nicky mit keinem Wort widersprach, als sie mich bat, *gehen wir näher, schleichen wir uns bis zu den Hecken, lieben wir uns dort, fliegen wir auf neben den Rosensträuchern, in der Dunkelheit, ziehen wir uns aus, oben auf der Wiese, die Du von Deinem*

Zimmer aus sehen kannst. Solche Erlebnisse blieben mir den ganzen Tag in Erinnerung, so daß ich die Umgebung des Internates schließlich als ein einziges Terrain unserer Lüste empfand, als immer kleiner werdende Fläche, auf der kaum noch eine Stelle unbesetzt war. Nicky aber lockte mich weiter, *komm doch, komm, hab keine Angst,* worauf wir immer mehr wagten, bis wir an einem Abend, ohne uns noch weiter um alle Vorbehalte zu scheren, auch in den Klostergarten eindrangen. Ich hatte länger als sonst in der Schule bleiben müssen, um einen Aufsatz zu beenden, für den mir kaum Worte eingefallen waren. Als ich das Gebäude verließ, kam sie mir bereits entgegen. Sie hatte mir aufgelauert, und sie gab auf all meine Vorschläge, uns so schnell wie möglich zu entfernen, nichts. Auch sie mußte an diesem Abend bald wieder ins Dorf zurück, so daß ihre Bitten mich erweichten, *komm doch, komm, dort hinten, keiner wird uns bemerken,* ich folgte ihr widerstrebend, während sie mich schon festhielt, wir strauchelten bei den ersten gemeinsamen Schritten, schlugen hin, kamen in die Nähe der Beete zu liegen, *laß doch, laß, komm doch, jetzt komm doch,* so daß ich die Umgebung vergaß, ihr half, die Kleider auszuziehen, während sie bereits ihre Schuhe fortschleuderte, *weg damit, weg...* plötzlich aber eine Stimme zu hören war, *was treibt ihr dort, was geht denn hier vor,* ich mich eilends aufrappelte, meine Siebensachen zusammenraffte, sie aber ihre Schuhe nicht mehr fand, so daß sie mich fortstieß, *lauf doch, schnell fort,* die Stimme lauter wurde, *fort, fort,* worauf ich, gebückt, in der Dunkelheit auf das nahe Tor zueilte und in ihm verschwand. Bruder Fidelis aber bekam Nicky an der Hand zu fassen; unerbittlich zog er sie in das Internatsgebäude und erlaubte ihr nicht einmal, nach ihren Schuhen zu suchen. Ich war auf unser Zimmer geeilt, Josef schaute mich an und wußte sofort, daß etwas passiert war. Unten in der Vorhalle hörte man einen gewaltigen Lärm und die aufbrausende Stimme des fündig gewordenen Bruders, der sich bald auch die Stimme des Abtes beigesellte. Ich zitterte leicht, und Josef fragte mich, was geschehen sei. »Ich weiß es nicht«, antwortete ich, »ich glaube, man ist jemandem auf die Spur gekommen ...«

Zwei Patres hatten Nicky an diesem Abend lange verhört, später waren sogar ihre Eltern hinzugezogen worden. Schnell hatte sich im ganzen Internat die Kunde verbreitet, Nicky habe sich mit einem Schüler der höheren Klassen gewissen Ausschweifungen hingegeben. Josef schenkte dem Gerücht keinen Glauben. »Das war keiner von uns«, sagte er, »die haben doch alle zuviel Angst. Die würden sich niemals trauen. Was meinst Du?« – »Oh«, erwiderte ich verunsichert, »vielleicht hat sich die Geschichte *Abälards* wiederholt.« – »Wessen Geschichte?« – »Abälard war im frühen Mittelalter ein berühmter philosophischer Lehrer. Er verliebte sich in eine Schülerin, die junge Heloïse. Als sie ein Kind von ihm erwartete, entführte er sie, um sie zu heiraten. Die Heirat blieb jedoch nicht geheim, Heloïse ging ins Kloster, und ihr Onkel verlor die Geduld; er ließ Abälard gefangennehmen und entmannen. Heloïse aber liebte ihn auch noch im Kloster, sie schrieb ihm leidenschaftliche Briefe, sie sehnte sich nach seinem Leib, in ihrer Phantasie verwechselte sie Traum und Wirklichkeit ...« – »Johannes!«, rief mein Bruder, »das ist doch wieder alles erfunden!« – »Nein«, antwortete ich, »das ist nur allzu wahr ... Abälards Schuldgeständnis ist sogar erhalten, ich könnte Dir daraus vorlesen.« Josef verzichtete, er war mit anderen Dingen beschäftigt.

Am nächsten Morgen wurde den Schülern der oberen Klassen noch vor dem Unterricht mitgeteilt, daß innerhalb der Klostermauern Ungeheuerliches geschehen war; es hieß, man werde den Schuldigen hart bestrafen und diesmal keine Gnade gewähren. Ein Name wurde nicht erwähnt, man ließ die Schüler in ihre Klassen marschieren; wenig später wurde Josef aufgefordert, unverzüglich den Abt aufzusuchen. Ich rutschte auf meinem Stuhl hin und her, ich fühlte mich nicht wohl, befürchtete ich doch, daß die Affäre bald auch mich in ihren Sog ziehen werde. Diesmal würde es schwerfallen, den ehrwürdigen Abt zu überzeugen. Es dauerte lange, bis Josef wieder erschien. Die Schüler flüsterten, alle machten sich ihre Gedanken, Josef aber schwieg, bis die Stunde vorbei war und wir, ohne von neugierigen Zeugen begleitet zu werden, unser Zimmer aufsuchten. »Was ist nun?«, fragte ich ihn. – »Ich soll es natürlich gewesen sein«, sagte er, »sie haben das Mädchen so sehr gedrängt, bis es einen Namen genannt hat.« – »*Deinen* Namen?« – »*Meinen.* Jetzt wollen sie eine Konferenz einberufen, und Du kannst Dir denken, daß sie mich nicht länger hier dulden werden. Gott sei Dank!« – »Gott sei Dank? Du hast ihnen nicht gesagt, daß Du es nicht warst?« – »Ach was. Ich habe ihnen gesagt: gut, ich bin ein Scharlatan, ich gebe es zu.« – »Du hast es zugegeben? Aber Du warst es doch gar nicht!« – »Na und? Ich will hier heraus, Johannes, ich will um jeden Preis heraus.« – »Das geht nicht, das kann ich nicht zulassen ...« – »Warum nicht?« – »Weil *ich* es war, Josef! *Ich* war der Sünder, ich war Abälard, der Verführte, der von Fleischeslust ...« – »Johannes, es ist gut gemeint; gib Dir keine Mühe! Ich glaube Dir sowieso nicht. Mein Bruder Johannes! Das Lamm, der Träumer – ein Verführer? Nein!« – »Kein Verführer, Josef, ein Verführter!« – »Johannes, es ist gut gemeint, aber ich will nicht, daß Du lügst. Sie wollen mich loswerden, und ich tu ihnen den Gefallen.« – »Ich will aber hier nicht allein zurückbleiben.« – »Stell Dich nicht an! In ein paar Monaten ist es sowieso vorbei. Dann hast Du das Abitur in der Tasche, Du kannst an einer Hochschule studieren, und alles ist vergessen.« – »Und was wird aus Dir?« – »Ich will nicht studieren, ich werde etwas anderes finden, verstehst Du?« –»Nein. Ich lasse es nicht zu, und deshalb melde ich mich jetzt beim Abt.« – »Du machst es uns nur schwerer.« – »Nein, ich will es *mir* schwermachen.«

Hastig verließ ich unser Zimmer. Ich verlangte, sofort beim Abt vorgelassen zu werden. Man vertröstete mich auf den kommenden Tag, aber ich gab keine Ruhe. Ich wollte *die Wahrheit* sagen, alles sollte herauskommen. Schließlich wurde ich doch empfangen. »Ich habe wenig Zeit, Johannes. Um was geht es?« – »Um eine Klarstellung, Hochwürden! Mein Bruder hat mir erzählt, daß er sich für meine Sünden opfern will.« – »Für *Deine* Sünden?« – »Im Namen des Vaters, des Sohnes und des Heiligen Geistes! Ich habe gesündigt, Hochwürden, nicht nur in Worten, nicht nur in Gedanken. Ich habe mich – wie in früheren Zeiten der ahnungslose Kanonikus Abälard – der sexuellen Begierde hingegeben. Ich erwarte eine harte Strafe.« – »Johannes! Ich will das nicht hören, Dein Bruder hat längst gestanden. Es ehrt Dich, daß Du Dich für ihn einsetzt, denn Du verwendest Dich schon ein zweites Mal für ihn. Diesmal aber …« – »Es ist *die Wahrheit,* Hochwürden, nichts als *die Wahrheit!*« – »Und warum hat die betreffende Person erklärt, daß sie … ihre Verbindung … daß sie sich mit Josef getroffen habe?« – »Ein Irrtum, Hochwürden, ein folgenschwerer Irrtum! Sie hielt mich für meinen Bruder, und ich war nicht Manns genug, sie aufzuklären.« – »Abenteuerlich, Johannes. Deine Phantasie geht wieder mit Dir durch! Aber diesmal hilft es Euch nicht.« – »Hochwürden, die Kirche in Rom hat auch Abälard verziehen, sosehr er auch gesündigt haben mochte …« – »Du treibst es zu bunt! Hinaus jetzt! Ich will nichts mehr davon hören, kein Wort mehr! Abälard war ein Ketzer, merke Dir das gefälligst!«

Ich kam nicht mehr zu Wort, ich schlich in unser Zimmer zurück. In der Nacht hörte ich Geräusche. Josef stand angekleidet neben mir. »Josef? Was soll das?« – »Ich habe meine Siebensachen gepackt, Johannes. Ich will ihnen zuvorkommen. Tust Du mir noch einen Gefallen?« – »Jeden.« – »Dann komm, begleite mich ein paar Schritte hinaus. Ich verschwinde. Und sorge Dich nicht, für mich ist es die reine Erlösung. Ich schreibe

Dir.« – Ich wollte ihn überreden, es sich noch einmal zu überlegen. Doch er hörte nicht mehr auf mich. So begleitete ich ihn bis zur Treppe, die große Tür öffnete sich einen Spalt, er war verschwunden. Ich eilte in unser Zimmer zurück. Er hatte seinen Schrank sorgfältig ausgeräumt. Nur die Handtücher lagen noch im obersten Fach. Ich öffnete das Fenster. Dort schlich er davon, den Koffer in der Linken. Er drehte sich noch einmal um. Ich winkte ihm, und er grüßte zurück. Ich fror. Ich stand zitternd am Fenster und schaute in die Dunkelheit. Wir waren getrennt …

Josefs Verschwinden wurde als Eingeständnis seiner Schuld aufgefaßt. Er hatte keine Nachrichten hinterlassen, aber mit seinem Weggang war die Angelegenheit für die Patres erledigt. Sie sprachen nicht mehr von ihm, sein Platz in der Klasse blieb leer, und auch die anderen Mitschüler verdächtigten ihn jetzt, an den Abenden die schlimmsten Dinge getrieben zu haben. Sie waren eifersüchtig, denn insgeheim hatten sie von ihren zaghaften Freundinnen genug. Josef fehlte mir. Schon wenige Tage nach seinem Abschied schloß ich mich in unser Zimmer ein und schrieb ihm einen Brief, in dem ich ihm die Vorgänge so genau wie möglich schilderte. Ein paar Tage später antwortete er, daß ich mir keine Mühe geben solle, allerhand Abenteuer zu seiner Entlastung zu erfinden. Es gehe ihm gut. Er wohne bei der Mutter, und er habe ihr alles erzählt. Großvater sei mit seinem Entschluß nicht einverstanden und Onkel Joseph habe ein Telegramm geschickt. *Und in uns … unter uns … landunter* habe drin gestanden. Ich wisse sicher, was es zu bedeuten habe. Er, Josef, werde bald den Onkel besuchen. Vielleicht fange er eine Fotografenlehre an. Doch er habe jetzt genug Zeit, sich alles zu überlegen.

Ich hatte nun alles versucht. Mehr konnte ich nicht tun. Sollte auch ich das Internat verlassen? Nein, ich wollte die restlichen

Monate noch durchstehen. Wir alle erlebten jetzt *eine Krise.* Überall sprach man davon. Adenauer war längst in eine Krise geraten, und sein Nachfolger, dessen Namen ich mir noch immer nicht einprägen konnte, war der Krisenkönig. Nichts geriet, man debattierte bereits über seinen Rücktritt. Willy meldete seine Ansprüche an, und die Beatles gaben endlich zu, daß das Leben aus einer Folge hart umkämpfter Nächte bestand. Sie waren mir unheimlich geworden. Ich ertrug ihre Lieder nicht mehr. Insgeheim hielt ich sie nun für kleine schwarze Teufel, die aus allerhand verborgenen Löchern gekrochen waren, um Zwietracht zu säen. Ihre Modulationen hatten etwas Stümperhaftes, und ihre Gitarren waren noch immer nicht richtig gestimmt. Hatten sie mir nicht all diese Verlockungen in den Kopf gesetzt? *I want to hold your hand*… damit hatte es begonnen. *She loves you*… nein, die Liebe war kein Grund für solche Freudenschreie! Sie ließ einen nicht zur Ruhe kommen, sie war eine Plage… *Help!*… Schluß damit! Ich wußte nun, was ich zu tun hatte.

Nach solchen Überlegungen zog ich mich in meine Einsamkeit zurück. Ich übte wieder viel mehr als früher und leitete mit Pater Albertus die Schola der Erstklässler, der wir vierstimmige Choräle beibrachten. Manchmal wütete ich lange auf der Orgel, und Pater Albertus freute sich über meinen Sinneswandel. Die Tage vergingen rasch, selbst im Unterricht machte ich Fortschritte, da mir Nickys rotblondes Haar nicht dauernd vor Augen stand. Ob sie mich geliebt hatte? Und hatte ich sie geliebt? All diese Fragen gingen mich nichts mehr an. In Zeiten der *Krise* lebte man geknickt und melancholisch. Man stand mürrisch auf, sprach kaum ein Wort, erledigte seine Pflichten und ging spazieren, wenn einem die Kommentare der Patres zum Tagesgeschehen zu dumm wurden. In den frühen Morgenstunden brachte uns nun ein pickliger Lehrling die Brötchen. Ich beachtete ihn nicht. Wie ich im Dorf erfahren hatte, hatten Nickys Eltern die vermeintliche Schande ihrer Tochter, die bald zu einem lächerlichen Gesprächsstoff geworden war, nicht ertragen. Nicky war nach Köln umgezogen. Angeblich half sie dort als Bedienung in einem Lokal aus. Manchmal dachte ich flüchtig an sie. Ob sie mich in guter Erinnerung hatte? Bestimmt! Nach Dienstschluß mochte sie in einem kleinen Zimmer sitzen, um sich ihren Träumereien hinzugeben. Am Abend würde sie in einen Tanzschuppen gehen, um die Lieder der vier schwarzen Teufel zu hören. Manchmal würde sie leise mitsingen, und wenn sie irgend jemand zum Tanz aufforderte, würde sie ablehnen. Sie dachte an mich, sie dachte an unsere gemeinsamen Stunden, bald würden ihre Leidenschaften vielleicht wieder aufflammen, zügellose Erinnerungen, die sie mir – wie Heloïse – in leidenschaftlichen Briefen gestehen würde …

Aber sie schrieb mir nie. Ich hörte nichts mehr von ihr, und da es inzwischen Zeit war, sich Gedanken über das Studium zu machen, besprach ich die Angelegenheit mit Pater Albertus. Mutter würde kein Geld für das Studium haben, wieder mußte ich mir überlegen, wer in den nächsten Jahren für meine Ausbildung aufkommen sollte. Auch Hochwürden wurde ins Gespräch gezogen und ließ sich zu meinem Erstaunen zu einem schmeichelhaften Gutachten bewegen, das mich einer Stiftung besonders empfahl. Ich bewarb mich um ein Stipendium. Die Aussichten waren in meinem Fall nicht schlecht.

So kam das Abitur näher. Ich bestand die schriftlichen Prüfungen, ich wurde in zwei Fächern mündlich geprüft und verbesserte meine Noten geringfügig. Kurz vor der Abschlußfeier erhielt ich das ersehnte Schreiben. Man hatte meine Bewerbung um ein Stipendium geprüft, ich war in den engeren Kreis der Kandidaten aufgenommen worden und sollte nach Bonn kommen, um dort weitere Prüfungen über mich ergehen zu lassen. Ich meldete Mutter und Josef die freudige Nachricht, und Josef ließ es sich nicht nehmen, am entscheidenden Tag nach Bonn zu kommen. Er hatte seine Lehre begonnen, es ging ihm viel besser als in der verhaßten Anstalt.

Wir trafen uns an einem Mittag in Bonn, nachdem ich zuvor bereits einige kleinere schriftliche Tests überstanden hatte. Man hatte meine englischen Sprachkenntnisse geprüft, und ich hatte in einer dreistündigen Klausur die Frage beantwortet, ob Deutschland eine Kulturnation sei. Am Nachmittag sollte noch ein abschließendes kurzes Gespräch über staatspolitische Themen stattfinden. Ich ging mit Josef am Rhein spazieren. Es war ein angenehmer Mittag, die Sonne schien, und ich war zum ersten Male seit langem wieder in gehobener Stimmung. Ich erinnerte mich daran, daß Adenauer in der Nähe wohnte. Dort oben, auf der anderen Seite des Rheins, nahe dem Drachenfels, thronte er jetzt. Er hatte sich einen kleinen Pavillon bauen lassen, von dem aus er die ganze Rheinlandschaft gut überblicken konnte. Hier war er ungestört. Er arbeitete an seinen *Erinnerungen,* und es mochte ihm eine leichte Genugtuung bedeuten, daß sein Nachfolger über Krisengeschäfte nicht hinausgekommen war. Er hatte es schon immer geahnt. Nun mochte er ruhig in seinen Garten schauen, um die Vergangenheit an sich vorbeiziehen zu lassen …

Gerade ihm gegenüber wollte ich an diesem besonderen Ort beweisen, daß auch mein politischer Spürsinn in all den Jahren nicht verkümmert war. Nicht weit von hier entfernt hatte Willy seinen unaufhaltsamen Aufstieg mit einer Rheinfahrt begonnen, Siegfried war hier vorbeigefahren, vielleicht auf dem Weg zu Kriemhild, nicht ahnend, daß die Liebe eine Qual sein konnte. Josef ging neben mir her, wir passierten das Botschaftsgebäude und erreichten den *Schaumburger Hof,* in dem bereits Heinrich Heine übernachtet hatte. Josef wunderte sich, daß ich so gelassen war. »Bist Du nicht aufgeregt?« – »Aber nein«, antwortete ich, »ich habe nichts zu verbergen, und das ist jetzt die Stunde, die Erkenntnisse der Vergangenheit einmal zusammenzufassen.« – »Welche Erkenntnisse?« – »Erkenntnisse, die die Schule uns nicht beibringen konnte, Lebenserfahrungen, Resümees…« – »Ich weiß nicht«, erwiderte Josef, »ob das die richtige Gelegenheit ist, private Geschichten aufzutischen.« – »Keine privaten! Sie wollen doch wissen, wes Geistes Kind ich bin. Und da sollen sie einiges erfahren!« – »Johannes? Ich rate Dir, antworte nur knapp, sonst führen sie Dich aufs Eis.« – »Ich bin gut vorbereitet, hab keine Sorge«, antwortete ich noch, ihm den kleinen Zettel zeigend, auf dem ich mir einige Notizen gemacht hatte. »*Der schwermütige Walther, Luthers Melancholie, Goethes lässige Stunden…* Was soll das heißen, Johannes?« – »Nicht jetzt«, erwiderte ich, »ich erkläre es Dir später. Es ist die geheime Geschichte unseres Landes, ist Deine und meine Geschichte.« – »Johannes? Bist Du Dir da ganz sicher?« – »Völlig – *ich bin bereit.*«

Der Bruder begleitete mich noch bis zu dem Gebäude, in dem die Prüfung stattfand. Er wünschte mir viel Glück, und er gestand mir, daß er viel aufgeregter sei als ich selbst. Entschlossen durchquerte ich den Empfangsraum und nahm in einem kleinen Zimmer Platz, in dem sich bereits die anderen Kandidaten versammelt hatten. Einer nach dem anderen kam entsprechend dem Alphabet an die Reihe. Endlich wurde ich aufgerufen. Ein älterer Herr des Direktoriums empfing mich, wies mir einen Stuhl an, erkundigte sich freundlich nach Namen und Alter, rückte Stifte, Zettel und Akten zurecht und grinste herausfordernd. Ich nickte, die *Disputation* konnte beginnen…

»Also, ein herzliches Willkommen, junger Freund!« – »Willkommen, Herr Direktor, und nun möchte ich – wie einst der große Sänger Walther, den von der Vogelweide meine ich – antworten: *der iu maere bringet, daz bin ich.* Alles, was Ihr bisher vernommen, *daz ist gar ein wint: nû frâget mich…*« – »Ah ja, allerhand, Sie lieben die Literatur?« – »Seit meiner Geburt, Herr

Direktor; aber nicht nur die Literatur, sondern alle freien Künste, besonders die Musik, nicht zu vergessen Philosophie und Politik. All das wurde mir gleichsam in die Wiege gelegt!« – »In die Wiege, was meinen Sie denn?« – »Da muß ich etwas ausholen, Herr Direktor! Ich wurde in Köln, der Stadt des Marcus Agrippa geboren, die ersten Laute, die ich hörte, müssen römische gewesen sein, während sich die tieferen germanischen Urlaute erst später hinzugesellten, Laute, über die ich am Anfang noch erschrak. Bereits Marcus Agrippa wußte, daß es eine Unsitte der Germanen war, ihre Kriegsgesänge gegen den vorgehaltenen Schild zu brüllen, eine Unsitte, die sich über die Jahrhunderte leider nicht gelegt hat, bedenkt man nur einmal, daß selbst Wagners große Gestalten aufs Grölen nicht ganz verzichten, um sich auf eine manchmal übertriebene Art dem germanischen Urschrei hinzugeben, jenem *Wogalaweia,* das viel zu selten von einem *habet acht!* gezügelt wird ...« – »Habet acht?« – »Ich meine den warnenden Ruf der Brangäne, den sie in Wagners unsterblichem *Tristan* ausstößt, eine Warnung für die Liebenden, sich vor der Sinnlichkeit zu hüten, die so manchen ohne sein Zutun packt.« – »Nun gut, lassen wir das einmal beiseite, Wagner ist ein besonderer Fall ...« – »Oh nein, das glaube ich nicht, Herr Direktor, kein besonderer Fall, sondern ein Extrem. Er hat nur deutlicher als andere gezeigt, was die deutsche Seele umtreibt, und dies war – wie sein großer Schüler, dessen Namen ich Ihnen nicht erst zu nennen brauche, hellsichtig erkannte – gewiß kein Süden, keine pure Schönheit, sondern eine gewisse Plumpheit, eine schwerfällige Gewandung, etwas Willkürlich-Barbarisches und dennoch Feierliches, mit einem Wort etwas Deutsches, im besten und schlimmsten Sinne des Wortes, etwas Unförmliches und Unausschöpfliches, dabei aber auch eine gewisse Mächtigkeit und Fülle ...« – »Wie? Wen meinen Sie denn?« – »Sie wissen es wirklich nicht, Herr Direktor? Ich meine Nietzsche, eine ebenfalls durch und durch deutsche

Gestalt, und ich zitierte aus seinen Kommentaren zu den *Meistersingern,* jener Oper, die mir immer als ein rein deutsches Rätsel erschien, wenn Sie etwa überlegen, daß Hans Sachs …« – »Junger Freund, wir wissen von Ihren erstaunlichen musikalischen Kenntnissen, hier geht es jedoch um andere Themen, und da müssen wir Ihre Tristans und Siegfrieds vorerst …« – »Siegfried, Sie nennen das Stichwort, Herr Direktor! Schon als Kind zog es mich zu ihm hin. Ist er nicht eine der schönsten Gestalten, fern aller Schwere, und doch umgibt ihn in unseren Sagen und Geschichten, die freilich mit ihm nie ganz ins reine gekommen sind, eine Aura früh vorhersehbaren Mißgeschicks, die besonders mit Brunhilde verbunden ist, einer Gestalt …« – »Ich unterbreche Sie ungern, aber lassen Sie uns zur Sache kommen.« – »Wir befinden uns mitten in der Sache, Herr Direktor; es ist die deutsche Sache, und wir werden sie nicht verstehen, wenn wir nicht ihre großen Gestalten ergründen.« – »Gut, ja; die großen Gestalten, da haben Sie recht, man wagt in einer Zeit, die arm ist an solchen Gestalten, kaum noch von ihnen zu sprechen.« – »Arm denn doch nicht, Herr Direktor, das Genie wird immer seinen eigenen Weg finden. Erinnern Sie die Worte Kants, das Genie gefalle sich in seinem kühnen Schwunge, es habe den Faden, woran die Natur sonst so griesgrämig hänge, abgestreift, es bezaubere durch seine Machtansprüche und durch große Erwartungen, es habe sich selbst auf den Thron gesetzt? Auch mir war die vorausschauende Hellsichtigkeit dieser Worte noch nicht deutlich, als ich sie damals, als Adenauer …« – »Sie halten Adenauer für ein Genie?« – »Das nicht, Herr Direktor. Ich habe seinen Weg aufmerksam verfolgt, anfangs mit einer gewissen Begeisterung, später mit erheblichen Zweifeln …« – »Gut, einen Augenblick! Halten wir hier ein! Skizzieren Sie die Grundlagen der Adenauerschen Außenpolitik in den letzten Jahrzehnten!« – »Gern, Herr Direktor. Adenauer orientierte sich ganz am Westen, er war es seit seinen frühesten Jahren so gewohnt. Der Blick nach Frankreich war ihm der wichtigste, wozu sich bald auch der liebedienerische Blick über den Atlantik gesellte, durch den sich mit der Zeit eine Art Versteifung einstellte, die verhinderte, daß auch der Osten zur Kenntnis genommen wurde, ein schwerwiegendes Versäumnis, das erst bei einigen Gläsern Wodka kurzfristig wettgemacht wurde, ohne daß freilich erkannt worden wäre, wie nahe *der russische Mensch* dem deutschen zuweilen sein kann …« – »Sprechen Sie von den Russen?« – »Ja, aber ich bemerke, Herr Direktor, daß auch Sie diesen Namen mit Vorsicht aussprechen, als gäbe es hier einiges zu befürchten. Ich sehe es nicht so. Allerdings hapert es hierzulande mit der Kenntnis vom *russischen Menschen,* der sich nicht leicht fixieren läßt, eine unruhige, zwiespältige Natur, die aber bei genauerer Betrachtung auch etwas hat von der deutschen Schwerfälligkeit, dieser ewigen Not, von der Goethe sprach, als er behauptete, es liege im Charakter der Deutschen, daß sie über allem schwer werden und daß alles über ihnen schwer wird. Im Falle Rußlands rührt diese Schwere von der ungeheuren Weite des Landes her, eine Weite, die ich liebe, Herr Direktor, wenn ich nur an die Eishöhen der kaukasischen Berge denke, an die hohen Plateaus Armeniens, den in der Ferne lagernden Ararat, an Wolga, Düna und Don …« – »Sie waren schon einmal in Rußland?« – »Manchmal glaube ich es selbst, Herr Direktor, ich habe einen Hang zu den großen Entdeckern und Weltreisenden wie etwa Marco Polo …« – »Bitte! Sie verwirren mich etwas. Sind unter Ihren Verwandten Mitglieder kommunistischer Gruppen?« – »Sie meinen *Proleten,* Herr Direktor? Sprechen Sie es ruhig aus. Allerdings hatte ich Freunde, die zu den Proletariern gehörten, in Wuppertal hörte ich viel von Engels und dem Mißgeschick, das ihm mit Rußland widerfahren …« – »Noch einmal, bitte! Und ich erwarte diesmal eine eindeutige Antwort! Waren Sie Mitglied kommunistisch gesteuerter Jugendgruppen?« – »Wo denken Sie hin, Herr Direktor! Meine Erzieherin Augusta haßte niemanden mehr als den selbstherrlichen *Soso,* den Mann aus Stahl, dessen Namen man in ihrem Beisein nicht einmal aussprechen durfte, so daß ich mich zu Skrjabin flüchtete, der von ihren russischen Freunden verehrt wurde, gerade damals, als wir den pfeifenden Piep-Tönen des Sputniks begeistert lauschten ...« – »Also doch! Sie verkehrten mit Russen, sie wurden ideologisch unterwiesen?« – »Unterwiesen schon, Herr Direktor, welcher junge Mensch kommt ohne Unterweisung aus? Ich lernte, das ehrgeizige Verhalten Prokofjews verachten, und ich studierte Mussorgskijs Opern, vor allem den *Boris Godunow,* in dem Chruschtschow eine wichtige Rolle spielt ...« – »Aber! Es geht ja alles durcheinander! Sie meinen Chruschtschow?« – »Den Bojaren, ja, der zu unserem Erstaunen in Erscheinung trat, als Adenauer nach Rußland kam, eine Begegnung, die übrigens unter den russischen Gesetzen der Improvisation stand, die Adenauer erstaunlich gut beherrschte, so daß ich nie begriff, warum er sich später auf diesem Felde so starrsinnig benahm ...« – »Sie springen, es geht zu schnell! Was meinen Sie mit dem Improvisierten?« – »Zunächst, wenn Sie es so konkret wollen, Herr Direktor, meine ich einige Gläser des guten russischen Wodkas, die Kunst, beim Zuprosten mitzuhalten, nachdem man zuvor einen Löffel Speiseöl zu sich genommen hat ...« – »Ich verstehe Sie nicht!« – »... einen Löffel, Herr Direktor, der die Stimmung des ganzen Tages im Lot hält, so daß man ihn, wie Augusta mir zeigte, in russischer Improvisation genießen kann ...« – »Diese Augusta, wer ist das? Eine sowjetische Ideologin?« – »Eine russische Erzieherin.« – »Sie sind also vom östlichen Denken ... wie soll man sagen ... Sie sind davon beeinflußt worden?« – »Tief, Herr Direktor. Eben deshalb verstehe ich *den russischen Menschen* so gut, und ich erkenne an ihm jene Schwerfälligkeit, oder, wie Nietzsche sagte, jenes Unförmliche, Unausschöpfliche, das die Franzosen an Marx beobachteten. Sie wissen warum.

Weil man ihn nicht nur für einen Germanen hielt, eine undurchschaubare, grüblerische Figur, die in Gesellschaft nicht immer den besten Eindruck machte, sondern auch für eine Art Russen, ein fremdes, schweres Tier, das sich nicht leicht mitzuteilen wußte. Ihm fehlte es an Elan, an revolutionärer Kühnheit, so daß man ihm mehr *Fluxus* gewünscht hätte …« – »Sie gehen etwas leichtfertig mit den Begriffen um.« – »Ich vermute, Herr Direktor, daß Sie mit *Fluxus* wenig vertraut sind. *Fluxus* ist eine fortlaufende Bewegung, die der inneren Erstarrung begegnen soll. So habe ich es jedenfalls damals in den Staaten …« – »Sie waren nicht nur in Rußland, sondern auch in den Staaten?« – »In den Staaten aber mit offenen Augen, Herr Direktor. Ich war in New York, und ich lernte jene Manieren kennen, von denen der amerikanische Siegfried einen so nachhaltigen Eindruck hinterließ.« – »Ich verstehe Sie schon wieder nicht!« – »Ich meine Kennedy, Herr Direktor. Es geht Ihnen aber wie den meisten, die damals, bei seinem Deutschlandbesuch, nicht begriffen, warum sie ihm zujubelten. Nebenbei – das deutsche Jubeln hat mir nie behagt, besonders nicht, wenn es sich so übertrieben äußert – ich erwähnte bereits diese germanische Unsitte –, und ich rechne es Adenauer hoch an, daß es ihm ebenfalls nicht geheuer war, ein Grund mehr, die laut beschriene Wiedervereinigung lange zu überdenken.« – »Sie sind gegen die Wiedervereinigung?« – »Ich bin nicht gerade entsetzt, daß Adenauer auf sie verzichtete, obwohl er sie doch mit einigem Geschick hätte erreichen können.« – »Die Wiedervereinigung war das höchste Ziel seiner Politik, die Wiedervereinigung in Frieden, Freiheit …« – »Was, Herr Direktor, auch Sie glauben diesen schönen Worten? Nein, Adenauer wollte die Wiedervereinigung nicht. Das deutsche Volk in seinen Grenzen von 1933: ein schrecklicher Gedanke, der nur Unfrieden gestiftet hätte! Die Deutschen sind mit ihrer Machtfülle noch nie zurechtgekommen, so daß die Worte Walthers – ich meine wieder den von der

Vogelweide –, man finde in jenem Gebiet zwischen Elbe und Rhein und weiter bis zum Ungarnland die Besten, die man überhaupt in der Welt finden könne, endgültig der Vergangenheit angehören. Deshalb, Herr Direktor, können wir Adenauer dafür dankbar sein, daß er die Wiedervereinigung verhindert hat!« – »Das ist kommunistisches Gedankengut!« – »Aber nein, es waren einfach vernünftige Gedanken, doch ich gebe gern zu, daß Adenauer es damit ein wenig übertrieb. Der Mauerbau: das war die Folge dieser Übertreibung, ein deutliches Zeichen, daß er das Spiel mit der Improvisation vernachlässigt hatte, wie ich ihm überhaupt vorwerfe, der Ostpolitik zu wenig Bedeutung eingeräumt zu haben. Ich denke wieder an mehr *Fluxus,* an eine Bewegung, die im Inneren beginnen muß, wo es ebenfalls nicht gut um uns steht.« – »Was denn nun? Sprechen Sie von der Innenpolitik?« – »Gewissermaßen, Herr Direktor, und ich knüpfe dabei an die Ideen meines Onkels an, der sich mit mir an *die Durchsuchung der Welt* machte, um auf den Spuren der *Plastik* das Beseelte vom Versalzenen zu scheiden. Aus solchen Ideen entstehen Bewegungen im Inneren, die – einmal aufs Ganze bezogen – demokratisches Leben verwirklichen könnten.« – »Sie behaupten, Deutschland sei keine Demokratie?« – »Von Deutschland, Herr Direktor, will ich in diesem Zusammenhang nicht reden, so gern ich gleich darauf zurückkomme. Ich meine die Bundesrepublik, und ich denke beim Stichwort Demokratie an die Spiegel-Affäre! War das nicht ein Trauerspiel, das uns mit einem Mal verdeutlichte, wie sehr uns die Bewegung im Inneren fehlte, eine Bewegung, die die Generationen aufeinander hätte zuführen müssen? Aus diesem Vorwurf ergibt sich denn auch mein zweiter Einwand gegen die Politik Adenauers. Er hat es nicht verstanden, die Bundesrepublik von den Spuren des Nationalsozialismus zu befreien. Er hat es versäumt, hier ganz deutlich zu werden, ja er hat Fehler begangen – ich brauche nur daran zu erinnern, daß er Willy … daß er den

Kanzlerkandidaten der Sozialdemokratischen Partei einen *alias* nannte ...« – »Das ist allerhand! Sie kritisieren Adenauer?! Unterstützen Sie die Sozialdemokraten, sind Sie am Ende Sozialist?« – »Die Demokratie, Herr Direktor, bedarf eines gewissen sozialistischen Moments, und in der Geschichte Deutschlands ist es gewiß nicht das schlechteste. Sozialismus ist die Kunst, das Einfache erstrebenswert und vielsagend zu machen, so daß den alten Würdenträgern die Augen aufgehen ... wie etwa der Königstochter, die jene unnützen Brüder abwies, die nur die Macht und den Ruhm wollten, und klugerweise gerade den vorzog, der eine tote Krähe, einen Holzschuh und etwas Schlamm mitbrachte, Schätze, die auch meinem Onkel Joseph gefallen hätten, denn er bevorzugt solche Materialien, wie etwa Filz und Fett, denen er etwas Seelisches abgewinnt. Das Demokratisch-Sozialistische kommt von unten, es ist die Fähigkeit, aus wenigem viel zu machen, um alle daran teilhaben zu lassen.« – »Verkehren Sie etwa in Künstlerkreisen?« – »Seit meiner Kindheit, Herr Direktor. Erst die Kunst schafft den begeisterten Menschen und jenen Enthusiasmus, der, wie im Falle Beethovens, etwas Ansteckendes haben kann, aber auch etwas Verzweifeltes, so daß einen die schwarze Galle der Melancholie einholt. *O höre, stets Unaussprechlicher, höre mich!* – so klagte Beethoven, und diese große Klage ist seiner Musik anzumerken, die – aber das ist ein ketzerisches Wort – manchmal die Grenzen der Musik überschreitet. Beethoven – und Musik?! Davon könnte ich lange sprechen!« – »Nein, bitte, nicht hier, wir kommen sowieso immer weiter vom Thema ab. Wo waren wir denn?« – »Bei der Melancholia, Herr Direktor. Und damit dringen wir nun wahrhaftig tief in jene deutschen Blutsäfte ein, die sich durch die Geschichte gehalten haben. Ich erwähne noch ein letztes Mal den Sänger Walther – ich meine wieder den von der Vogelweide –, der in einem schönen Liede sang: *Ich saz uf eime steine und dahte bein mit beine ...* Ein Bein über das andere geschlagen, darauf den Ellenbogen gestützt, Kinn und Wange in die Hand geschmiegt – das ist die Geste der deutschen Wehmut und Melancholie, eine Geste, die eine Ursache auch in den klimatischen Verhältnissen haben mag, im ewigen Regen, der Nässe, den feuchten Nebeln. Die Melancholie ist der saturnische Einschlag im Gemüt, etwas Erdhaftes, das zu Boden zieht, und es wäre aufschlußreich, zu erforschen, ob unsere großen Geister nicht alle etwas davon hatten, allerdings in unterschiedlicher Mischung, so daß man eine Art Charakterkunde entwerfen könnte, ein reizvolles Unternehmen, das ich, wenn Sie erlauben, mit Vergnügen …« – »Wir schweifen ab! Sie bringen mich ja ganz durcheinander! Hier geht es um Staatsbürgerkunde, verstehen Sie? Wir wollen in Erfahrung bringen, wie Sie politisch denken …« – »Das wird Ihnen nicht schwerfallen, Herr Direktor, denn ich spreche hier sehr offen und verschweige keine Einzelheit … Lassen Sie mich aber doch den gerade aufgenommenen Faden fortspinnen, ohne daß ich alles noch einmal ruminiere, ich wollte sagen wiederkäue, denn Goethe hatte sehr recht, als er die Deutschen als wiederkäuende Tiere bezeichnete. Darf ich einschieben, daß dieses Wiederkäuen bereits im Mittelalter beginnt, daß man es im mönchischen Verhalten findet, daß die Regeln des heiligen Benedikt es erwähnen, während die Übungen des großen Ignatius es übergehen und statt dessen von schmerzhafter Askese und Reinigung, von Qual, Sünde und Verirrung handeln?« – »Von welcher Sünde? Sind Sie fromm?« – »Ich glaube an den Allmächtigen Vater, Herr Direktor, weiter will ich nicht gehen, denn in theologischen Fragen werden Sie nicht sehr bewandert sein …« – »Was fällt Ihnen ein?« – »Doch? Nun, dann unterschätzte ich Sie in diesem Punkt. Meine Frömmigkeit ist eine katholische, wofür ich nicht viel kann, da man mich in diesem Glauben erzogen hat. Ich war einer der Anhänger des großen Papstes Johannes, und ich erhoffte sehr viel vom Konzil, genauer gesagt erhoffte ich, daß die Kirche sich nach allen Seiten öffnen werde, eine Hoffnung, die trog, da das Konzil sich in die Mauern der Kirche zurückzog, um jenen kleinlichen Streitfragen nachzugehen, die ich zurückgestellt wissen wollte. Ich dachte an anderes, etwa an Luther, einen übrigens durch und durch melancholischen Menschen, eine jener Gestalten, an denen mir aufging, zu welchen Umwälzungen die deutsche Schwermut fähig war. Sie wissen von seinen Anfällen, Zeitgenossen haben uns sichere Berichte hinterlassen, daß er sich – wohl im Alter zwischen zwanzig und dreißig – im Chor des Erfurter Klosters plötzlich zu Boden geworfen habe, zappelnd wie ein Besessener, aufschreiend: *Ich bin's nit! Ich bin's nit!*, vielleicht aber auch *Non sum! Non sum!*, was die lateinische, jedoch weniger kräftige Version wäre. Sie wissen, damals hatte er bei Markus jene Geschichte gelesen, in der Christus einen Besessenen heilt, einen von Dämonen Geplagten … und – ganz unter uns Herr Direktor – hat Sie das nicht auch stutzig gemacht?« – »Nun ja, wie soll ich sagen …« – »Ja, das ist es, wie soll man sagen? Man traut sich beinahe nicht, nicht wahr? Aber die Quellen sprechen deutlich, sie berichten immer wieder von den Dämonen, gegen die er sich habe wehren müssen, von zerschmetterten Tintenfässern, von dunklen, schwarzgalligen Stunden. Allerdings mag auch das Klosterleben einen Teil zu diesen Phantasien und Visionen beigetragen haben, all das Fasten, die zahlreichen Nachtwachen, der wenige Schlaf, das rauhe Lager, die Kälte, Zustände völliger Ermattung, die sein cholerisch-melancholisches Temperament erschütterten, gar nicht zu sprechen von der heiligen Krankheit, wie man sie nennt, jener Besessenheit also, die …« – »Ja, was meinen Sie denn? Ich verstehe Sie nicht.« – »Ich meine die Epilepsie, Herr Direktor.« – »Gott, Sie wollen doch nicht behaupten, Luther sei ein Epileptiker gewesen?« – »Da besteht gar kein Zweifel. Die katholische Lehre hat daraus Profit ziehen wollen, ich weiß es; man warf ihm Schauspielerei vor, aber es geht um viel mehr. Ich spreche – und ich komme zum zentralen

Moment meiner Überlegungen, Herr Direktor, – ich spreche von seinem *Schwerenötertum*!« – »Sie bringen uns ja in Teufels Küche, wovon reden wir denn die ganze Zeit?« – »Von Deutschland, Herr Direktor. Das Schwerenötertum erklärt mir die deutsche Geschichte, den deutschen Geist, ja selbst noch die Gegenwart!« – »Ich muß Sie jetzt bitten ...« – »Gut, ich fasse mich knapp, ich sehe, daß auch Sie gespannt sind auf die Lösung des Rätsels. *Schwerenöter* – so nannte man im Mittelalter jene, die von der schweren Not geplagt wurden, jene also, die die schwere Not trugen, womit nichts anderes gemeint war als die Fallsucht, die Epilepsie, in abgeschwächtem Sinne aber die Melancholie und den Trübsinn! In der Neuzeit haben wir uns das Schwerenötertum anders zurechtgelegt. Wir nehmen an, Schwerenöter seien jene Menschen, die anderen eine schwere Not auferlegen, jene also, die ihr Spiel mit dem Leben treiben, unverantwortlich leichtsinnige Kreaturen, die mit Frauen anbändeln, Schürzenjäger, Liebesdiener, leichtfertige Gesellen. In meinem Falle nun, Herr Direktor, – und hier vertraue ich Ihnen etwas an – ergab es sich so, daß die Natur mich mit einem Ebenbild zusammen zur Welt gebracht hat, mit einem Zwillingsbruder, so daß ich erkennen mußte, daß die Natur in unserer Doppelexistenz ... *schock schwerenot!* möchte man beinahe rufen ... einen üblen Scherz getrieben, indem sie nämlich mir ...« – »Sie wollen andeuten, daß Sie von epileptischen Anfällen geplagt werden?« – »Aber nein, Herr Direktor! Nur gewisse Schübe haben mir zuweilen mitgespielt, bei denen es sich jedoch nach eindeutigem ärztlichen Befund lediglich um Depressionen und Anwandlungen von Melancholie handelte, während mein Bruder es bisher immer leichter hatte, seinen Leichtsinn auszuleben, dem ich mich erst allmählich zu nähern wußte, freilich nicht ohne dem Sinnlichen seinen Tribut zu zollen, obwohl ich diesen Verlockungen gerade noch rechtzeitig entkam ... wie Parsifal – ein Schwerenöter ersten Ranges übrigens –, als er Kundry von sich stieß,

Verderberin! Weiche von mir!…, harte Worte gewiß, aber solche, die befreiend wirkten. Die Sinnlichkeit schafft sich ihr Terrain, ihren Zaubergarten, ihre Lustschule, wenn ich so sagen darf, und sie befällt uns gerade dann, wenn einen das Schwerenötertum zu sehr mitgenommen hat, wie der Fall unseres großen Dichters – ich meine diesmal nicht Walther, sondern Johann Wolfgang, den von Goethe also – beweist. Selbst Goethe! Sein Schwerenötertum ist unübersehbar, obwohl man es meist verschwiegen hat, aber er entkam ihm, auf ging's nach Italien, in den Zaubergarten, die Lustschule, und man weiß…« – »Ich muß Sie zur Ordnung rufen! Sie haben sehr eigene Ansichten, das muß ich schon sagen!« –»Ich danke Ihnen für das aufmunternde Lob, Herr Direktor. Lassen wir also Goethe beiseite, zustimmen werden Sie aber, wenn ich unseren Faust, diese Lieblingsgestalt der Deutschen, als einen Schwerenöter par excellence bezeichne, an dem beide Momente dieses Typus zu erkennen sind, das Melancholisch-Tiefsinnige wie das Leichtsinnig-Schürzenjägerhafte, nicht wahr? Vieles davon mag auf Paracelsus zurückgehen, auf jenen Philippus Aureolus Paracelsus Theophrastus Bombastus von Hohenheim, jenen unermüdlichen Naturforscher, der visionäre Gaben besaß und sich in den Erdtiefen umsah, etwa in den Erzgruben Kärntens, was mich – wie ich gerade bemerke – zu meinem Onkel Joseph zurückführt, einem Naturforscher besonderer Art, in gewissem Sinne auch ein Schwerenöter, der sich wie Paracelsus die Zeichen der Natur selbständig zusammenliest, ohne sich um die alten Begriffe zu scheren…« – »Sie scheinen tief von ihm geprägt worden zu sein…« – »…auf Erfahrung aus wie Paracelsus, in dessen Charakter allerdings ein Zug des Schwerenötertums auftaucht, den ich nicht unerwähnt lassen will, ich meine den Zug zum Größenwahn. *Mir nach müsset ihr! Mir nach und nit ich Euch!* So tönte er. *Ich werd Monarcha und mein wird die Monarchey sein!…* hören Sie nur, das ist gewaltig, es läßt einen erschauern, aber es ist, man muß es sagen, größenwahnsinnig. Und gerade dieser Zug hat denn auch, in gewissen Zeiten abnorm gefördert, etwas Bedenkliches; ich brauche nicht erst an Nietzsche zu erinnern, der ja ebenfalls zu unserem Kreis gehört, und ich will nicht in der Geschichte weiter voranschreiten bis zu dem, dessen Namen ich hier nicht ausspreche. Nur in seltenen Fällen, Herr Direktor, ist es gelungen, diesem Größenwahn noch eine Form zu geben, so, wie es etwa Friedrich II., der Stauferkaiser, vermochte. *Lebe, Du Sohn des Glücks…* dichtete man bei seiner Geburt… *Lebe, erlauchtestes Kind, Liebling der Götter, der Welt!* Das gefällt mir, gebe ich zu. Friedrich war ein Weltverwandler, ein Erbe Roms, und sehen Sie, hier schließt sich der Kreis, denn im Falle Friedrichs wurde das teutonische Element durch das südliche gebändigt und geläutert, und es erschien mir immer als ein heimliches Zeichen, daß die ersten Deutschen, die Friedrichs Gemahlin Isabella entgegenzogen, die *Kölner* waren, heißt es doch, daß beinahe zehntausend Bürger ihrem Schiff entgegengeeilt seien, das sich aus Antwerpen näherte, voll übrigens mit Künstlern, darunter besonders viele Musiker, die die Kaiserin begleiteten.« – »Das genügt, wir schweifen immer weiter ab…« – »Für ein Abschweifen halte ich es nicht, Herr Direktor. Wir knüpfen die Fäden, wir verbinden, wir trennen, Tätigkeiten, die auch Goethe oft beschwor…« – »Reden Sie nicht weiter! Sie verwirren alles!« – »Ich ordne, Sie scheinen mir nur nicht folgen zu können!« – »Was? Darauf bilden Sie sich wohl noch etwas ein? Hören Sie zu, junger Mann! Ich tue diesen Dienst seit beinahe fünfzehn Jahren, und noch nie ist mir einer unter die Augen getreten, der so wie Sie… der sich derart benahm… sich so gehenließ…« – »Dann erleben Sie heute wohl eine Sternstunde? Ich vermutete es beinahe! Die Gegenwart hat etwas Rohes, Unschöpferisches, und die Schwerenöter finden sich darin oft nicht zurecht. Deshalb betrachtete ich ja auch Willys… betrachtete ich den Aufstieg des Kanzlerkandidaten der Sozialdemokratischen Partei mit leichter Skepsis. Auch er ist ein Schwerenöter, nicht wahr, Sie verstehen nun, was ich meine, Herr Direktor, er neigt zur Träumerei und Schwerfälligkeit, gleichzeitig sagt man ihm aber auch eine gehörige Portion Leichtsinn nach, ein Draufgängertum, das gewisse sinnliche Momente …«– »Weiß Gott! Sie nehmen sich hier viel heraus! Sie setzen Adenauer herab, Sie präsentieren sich in einer Manier, die ich …« – »Adenauers Leistung herabzusetzen, war nicht meine Absicht; er hat dem Land den Frieden seines Patriarchentums geschenkt, nun müssen junge Kräfte heran, sein Erbe zu gestalten, im Innern des Staates, wie in seinen Beziehungen zum Osten.« – »Großartig! Warum gehen Sie nicht in die Politik?« – »Ich dachte auch schon daran, Herr Direktor. Aber mein eigentliches Fach ist die Musik, und haben sich nicht in Deutschland Musik und Politik einander befruchtet, gab es nicht Zeiten …« – »Genug! Sie setzen das Ansehen des Staates herab! Sie verfügen willkürlich über die Geschichte! Sie rufen zum Aufstand auf, zur sozialistischen Erneuerung, ich habe es gleich bemerkt. Mich können Sie nicht täuschen!« – »Ich protestiere, Herr Direktor. Jetzt werfen Sie einiges durcheinander!« – »Was? Sie widersprechen mir?« – »Ich habe mich deutlich genug geäußert. Sie scheinen nicht gut präpariert für diese *Disputation.* Manchmal konnten Sie mir nicht einmal folgen. Seit fünfzehn Jahren sitzen Sie hier? Auch da sollte man für Veränderungen sorgen!« – »Sind Sie wahnsinnig, Sie wollen mich von meinem Stuhl verdrängen?« – »In fünfzehn Jahren versalzt einiges, würde mein Onkel Joseph sagen. Es brechen gewiß stürmische Zeiten an, Zeiten der großen Umgestaltung …« – »Fort mit mir, was?! Sie wollen mich aufs Altenteil abschieben?« – »Beruhigen Sie sich, Herr Direktor, es ist doch keine Schande! Selbst Adenauer beging den großen Fehler, zu lange an seinem hohen Amte zu hängen, am Ende machte er beinahe eine peinliche Figur, und da fiel es selbst seinen Freunden schwer, zu ihm zu halten, was ich aber nicht weiter aufrühren will, thront er doch jetzt über der Höhe des Rheintals, nicht weit von uns entfernt, mit seinen *Erinnerungen* beschäftigt, der Nachwelt mitzuteilen, was vorgefallen ist. Bald aber werden sich frische Kräfte an die Arbeit machen, und ich bin froh, daß man mich in Erwägung gezogen hat, diesen Dienst …« – »*Sie?* Sie glauben im Ernst, daß ich Ihre Bewerbung unterstützen werde?« – »Sie können nicht anders, Herr Direktor. Sagten Sie nicht selbst, Sie hätten eine solche Stunde noch nie erlebt?« – »Schluß! Aus!! Das Gespräch ist beendet! So etwas ist mir noch nie passiert! Sie dreistes Subjekt! Entfernen Sie sich! Sie scheiden aus!« – »Dann will ich Sie nicht nötigen, Herr, Sie! Betteln werde ich nicht. Das nicht! Aber ich will Ihnen nicht verheimlichen, daß ich enttäuscht bin. Hier siegt das Kleingeistige …« – »Sie verlassen sofort den Raum!« – »Ich gehe. Sie brauchen sich nicht zu bemühen. Aber eines rufe ich Ihnen noch zu, und Sie werden es gewiß nicht vergessen: *Mir nach und nit ich Euch!* Die Geschichte nimmt ihren Lauf!« –

Ich eilte hinaus und schlug die Tür hinter mir zu. Ich hörte, wie er seine Beschimpfung fortsetzte. Die anderen Kandidaten blickten mich entsetzt an, ich würdigte sie keines Blickes. Draußen wartete Josef. »Ist etwas passiert?«, fragte er ängstlich. – »Ich bin an einen beamteten Kleingeist geraten. Es war furchtbar. Er hat kein Wort verstanden!« – »Und wie ging es aus?« – »Abgelehnt! *Und in uns … unter uns … landunter!*« – »Und nun?« – »Ich emigriere!« – »Du willst weg?« – »Sobald es geht! In diesem Land lebe ich vorerst nicht länger.« –»Und wohin?« – »In den Zaubergarten. Ich emigriere nach Rom.« –

15

Das römische Om

Signora Adele war eine streitbare Dame von beinahe siebzig Jahren und Herrin der kleinen Pension, in der ich mich in Rom einquartierte. Sie hatte sofort Zutrauen zu mir, bereits am ersten Abend meines Aufenthaltes wollte sie meine Geschichte hören …

Nach dem unglücklichen Ausgang meiner Bewerbung hatte ich mich bei der Entlassungsfeier in der Abteikirche als Solist hervorgetan. Ein Händelsches Orgelkonzert stand auf dem Programm, und mein Spiel gefiel so sehr, daß selbst Hochwürden nach der Feier ins Schwärmen geriet. Während des Mittagessens durfte ich daher neben ihm an der Mitte des langen Tisches sitzen, der von Schülern der Unterstufe festlich geschmückt worden war. Auch Hochwürden ging mein Mißgeschick nahe, und er fragte mich offen, wie es nun mit mir weitergehen solle. Ich sprach von Rom, der heiligen Stadt der Christenheit, ich nannte meine Absicht, dort einige Zeit, am liebsten aber gleich ein ganzes Jahr zu verbringen, um die im Internat begonnenen Studien fortsetzen zu können. »Sehen Sie, Hochwürden«, sagte ich freundlich, »all die Jahre haben wir Schüler uns in ein fernes und fremdes Leben vertieft. Griechisch, Latein – wir haben diese Sprachen studiert, aber wir durften von den Gestaden, an die Odysseus getrieben wurde, von den Heldentaten des Romulus und den Schönheiten der südlichen Städte nur träumen. Ist es aber gut, immer nur zu träumen? Einmal will man schließlich auch fort, um sich mit eigenen Augen ein Bild zu machen.« – Er nickte, und ich setzte alles daran, ihn für mein Vorhaben zu begeistern. »Rom, Hochwürden«, fuhr ich daher, als man die Suppe auftrug, fort, »ist ein Zaubergarten. Wieviel würde ich dafür geben, einmal den Heiligen Vater sehen zu dürfen, einmal die Peterskirche oder die vatikanischen Gärten…« – »Die vatikanischen Gärten!«, rief der Abt, »die sind allerdings eine Seltenheit! Die üblichen Besucher dürfen sie gar nicht betreten, man braucht eine besondere Erlaubnis! Ich habe ja selbst einige Semester in Rom verbracht, und damals durfte ich ein einziges Mal hinein. Ja, ich werde es nie vergessen!« – »Hochwürden! Sie lebten in Rom? Und Sie haben sogar dort studiert? Und das erfahre ich erst jetzt, kurz vor Toresschluß, gewissermaßen! Dann denken Sie sicher gern zurück an diese Zeit.« – »Sehr gern, Johannes. Für einen Ordensmann ist Rom etwas Besonderes, und in der Erinnerung verklärt sich diese Jugendzeit erst recht.« – »Ich verstehe, Hochwürden! Ich verstehe sehr gut. Man sehnt sich zurück nach dieser Fülle, nicht wahr? Man möchte noch einmal diese Kirchen betreten, sich umtun auf den sieben Hügeln der Stadt, einen Blick über ihre Dächer werfen, um in der Ferne die krönende Kuppel der Peterskirche zu erkennen, dieses gewaltige Monument der Christenheit, das der große Michelangelo entworfen hat, man möchte hinauf auf diese Kuppel, von der aus man auf die weitausgebreiteten Steinarme der Kolonnaden Berninis schaut, auf die nahe Engelsburg und den schmalen Gang, über den die Päpste die Flucht antraten, wenn es gefährlich wurde, wenn die brennenden Horden gegen die Stadt zogen, wenn der Unglaube sich meldete…« – »Johannes! Sie reden davon, als seien Sie schon einmal dort gewesen!« – »Nicht nur einmal, Hochwürden! Ich sehnte mich oft schon dorthin, und ich werde die Gedanken daran nie aufgeben.« Das Hauptgericht wurde aufgetragen, aber ich gab nur noch acht auf das Gespräch, da ich bemerkte, daß der ehrwürdige Abt unruhig geworden war. »Johannes, ich muß Dich jetzt etwas Ernstes fragen. Antworte mir ehrlich, denn mir ist Deine Zukunft nicht gleichgültig. Fühlst Du Dich von Gott berufen?« – Ich ließ das Eßbesteck fallen. Die Frage war heikel, und ich hatte sie so nicht erwartet. Alles stand auf dem Spiel. »Ich fühle mich mehrfach berufen, Hochwürden, wenn ich so sagen darf; aber ich bin noch unentschieden. Zum einen zieht es mich zur Musik, zum anderen beschäftigen mich religiöse Themen … Das alles bedarf der Klärung. Ich möchte noch einige Zeit lauschen.« – »Lauschen? Worauf?« – »Auf die innere Stimme, Hochwürden. Die Gewißheit muß einen wie ein Blitz überfallen.« – »Das wollte ich hören, Johannes. Wenn es so ist, könnte ich Dich an unser römisches Kloster weiterempfehlen. Es liegt ganz in der Nähe des Vatikan, und es beherbergt Pilger aus Deutschland.« – »Es handelt sich um ein ordentliches Kloster, ähnlich diesem hier?« – »Ja. Du würdest Dich nicht umzustellen brauchen.« – »Nehmen Sie es mir nicht übel, Hochwürden, aber ich sehne mich jetzt nach Abwechslung. Ich stelle mir eine Art Lauschen in größerer Freiheit und Ungezwungenheit vor.« – »Ich verstehe. Du möchtest Dich umsehen, sagen wir es so. Ich werde darüber nachdenken und vielleicht kann ich Dir zur passenden Zeit einen Vorschlag machen.« – »Aber es eilt, Hochwürden!« – »Es eilt nie, Johannes, die Wege des Herrn sind unerforschlich, und seine Weisungen kommen nie zu spät.«

Ich hätte ihn gern noch heftiger gedrängt, doch ich durfte ihm nicht zur Last fallen. Am Nachmittag dieses Tages verabschiedeten sich die Schüler voneinander. Wir gaben uns zum letzten Mal die Hand, alle waren froh, daß die Schulzeit endlich vorüber war. Am frühen Abend feierten wir noch etwas bei Peters Eltern, und zu dieser kleinen Nachfeier war auch Josef erschienen. Er hatte Freude an seiner Lehre und erzählte gut gelaunt von seinen neuen Kenntnissen. Spät in der Nacht fuhren wir nach Köln zurück, und ich verbrachte einige Ferienwochen mit der Mutter und dem Bruder, ohne mir vorerst weitere Gedanken über meine Zukunft zu machen.

Die Meldung, daß Hochwürden mich nicht vergessen hatte, erreichte mich an einem Nachmittag, als Theo mich bat, im Internat anzurufen. Wahrhaftig hatte sich der Abt mit dem römischen Kloster in Verbindung gesetzt. Man hatte ihm eine kleine Pension empfohlen, die dem Kloster zugeteilt war; sie wurde von einer älteren Dame betrieben, die eine Sprecherin der deutschen Gemeinde Roms war, deren Kirche sich in der Nähe der Piazza Navona befand. In dieser Pension sollte ich vorerst kostenlos wohnen; allerdings war ich verpflichtet, Signora Adele, so gut ich konnte, zur Hand zu gehen; ich sollte Einkäufe erledigen, die Post besorgen und am Telefon zur Stelle sein. Daneben sollte ich dreimal in der Woche im Frühgottesdienst die Orgel spielen. Ich sagte sofort zu, ich hätte mir alles nicht besser wünschen können. Dankbar setzte ich einen langen Brief an Hochwürden auf; ich versicherte ihm, daß ich mich bemühen würde, mich seiner Empfehlungen würdig zu erweisen. Kaum zwei Wochen später war ich in der sommerlich heißen Stadt eingetroffen …

Schon am darauffolgenden Tag führte mich Signora Adele in die ungeschriebenen Gesetze ihrer Pension ein. Besucher, die längere Zeit hier verbringen wollten, mußten sich Monate im voraus anmelden und hatten Referenzen vorzuweisen. Frauen waren nicht zugelassen und wurden an die Nonnenklöster auf den vatikanischen Hügeln verwiesen. Morgens gab es ein karges Frühstück, für das ich zuständig war. An jedem Tag ging ich gleich nebenan auf dem kleinen, überdachten Markt, wo es die frischsten Waren gab, einkaufen. Das Mittagessen nahmen die Gäste im Kloster ein; am frühen Abend wurde ihnen zu einer festgesetzten Stunde eine kleine Abendmahlzeit serviert. Dabei bediente ich die geistlichen Herren; ich sorgte für den reibungslosen Ablauf des Zeremoniells, achtete darauf, daß niemand auf den Gedanken kam zu rauchen und erkundigte mich nach besonderen Wünschen. Da Signora Adele mit dem Hausmeister beständig Krieg führte, verlief der Kontakt zu dieser wichtigen Person nur über mich; sie notierte ihre Anweisungen auf kleine Zettel, die ich mit unschuldiger Miene auszuhändigen hatte. Außerdem hatte ich nach dem Abendessen den Advokaten Cesare Caterino, einen glatzköpfigen, redegewandten Menschen, zu uns hinauf in die Pension zu bitten. Er residierte im ersten Stock des Hauses, zu dritt nahmen auch wir dann eine kleine Mahlzeit ein, die sich häufig so sehr in die Länge zog, daß ich mich bald für den weiteren Abend verabschiedete, um zu einem meiner weiten Spaziergänge und Eroberungszüge aufzubrechen …

Von Tag zu Tag lebte ich auf. Ich hatte in Goethes römischen Aufzeichnungen gelesen, und obwohl ich gerade zu diesem ekstasetrunkenen Menschen einigen Abstand halten wollte, vermutete ich bald, daß meine Erlebnisse den seinen nicht ganz unähnlich waren. Denn er hatte von der *Wiedergeburt* geschrieben, die er in Rom erlebt habe, davon, daß er hier zum ersten Male in seinem Leben völlig glücklich gewesen sei. *Das Glück* – ich spürte es bereits, wenn ich in der abendlichen Stille aus dem Haus trat, gelockt von der Versuchung, den Straßen ohne weitere Orientierung zu folgen, einzutauchen in die Dunkelheit der Borghesischen Gärten, weitergetrieben auf die Höhe des Pincio, wo sich Trauben von Menschen versammelten, oft erstarrt im Blick auf das vom samtgoldenen Abendlicht eingehüllte Häusermeer, die künstlich erleuchteten Kirchenkuppeln, die Schwaden von Rauch, die sich zwischen den Straßenzügen verfingen, auflachende, von der Lust der Bewegung getriebene Menschen, die den Hügel von allen Seiten her aufsuchten, während ich die Treppen hinab zur Piazza del Popolo nahm, wo sich die Straßen verzweigten, tief ins Innere des weit sich dehnenden Kessels, den die anderen Hügel krönten. Ein gewaltiger Baumeister hatte dieses Schauspiel entworfen und die Stadt zu einer einzigen Bühne verzaubert, ein in Jahrhunderten gewachsener festlicher Raum, der Tag und Nacht andere Einblicke erlaubte ...

Wenn ich spät in der Nacht in die Pension zurückkehrte, wartete Cesare, den ich nur als den *professore* anredete, meist noch auf mich. »*Ecco!*«, rief er mir entgegen, »was hat unser Studiosus denn heute wieder entdeckt? *Chi cerca trova!*« – »*Dio buono, professore!*«, erwiderte ich, so gut es ging, »ich habe mich wieder heißgelaufen, wie Sie es nennen, heiß, *da capo a piedi*! Sagen Sie mir doch, wo ich anfangen soll! Diese Stadt überwältigt mich, und es gibt kein Entrinnen mehr. Gestern trieb es mich noch zu den etruskischen Figuren, den mannshohen Terrakotten, die so ganz anders sind als die griechischen, römischen, weniger ernst und bestimmt, lächelnde Engel, die ein dunkler Glaube erfunden hat, als könne das Sterben nichts Schreckliches sein und als sei der Körper eine schöne Erscheinung, in die manchmal ein Blitz vom Himmel fährt. Heute aber verlor ich mich in eine Kirche der Jesuiten, die nach dem heiligen Ignatius benannt ist, und starrte lange Zeit hinauf zum Deckengemälde Andrea Pozzos, wo alle Gestalten von der Erde fortwollen, hineingezogen in einen lichten Strudel, der sich zu einer fernen Sonne verdichtet. Dann eilte ich durch das mächtige Rund des Kolosseums und lief immer weiter hinauf bis zu den höchsten Stufen des Ovals, und ganz nahe leuchtete die Fassade der lateranischen Basilika, die ich noch nicht aus der Nähe gesehen hatte, so daß ich mich gleich auf den Weg machte ...« – »Sie übertreiben, mein Freund«, erwiderte Cesare, »Sie wollen alles im Fluge genießen. Muten Sie sich nicht zu viel zu, betrachten Sie nur einmal Ihr gerötetes Gesicht und die weitgeöffneten Augen im Spiegel, es ist, als hätten wilde Furien Sie erfaßt.« – »So muß es sein, *professore,* vorerst gönne ich mir keine Ruhe. Sicher wäre es gescheiter, eins nach dem anderen zu erledigen, mit den römischen Altertümern zu beginnen, mit den Sarkophagen des Thermenmuseums, mit den Standbildern des großen Augustus, langsam aufsteigend zur frühen christlichen Kunst, den flimmernden Mosaiken der kleinen Kirchen Trasteveres, die etwas haben von kühlen Grotten, um – das Mittelalter lasse ich aus – dann die großen Maler der Renaissance zu studieren, Raffaels philosophische Werke und die Schlachten zwischen dem Guten und dem Bösen, die in Michelangelos berserkerhaften Entwürfen toben ... – aber ich kann mich an keine Ordnung mehr halten!«

Cesare schüttelte bei solch aufgebrachten Reden nur den Kopf. Er bot mir ein Glas Sherry an, während Signora Adele noch einen letzten Rundgang durch die Etage machte, um alles für die Nacht zu richten. »Sie sprechen seit einiger Zeit so häufig von Goethe, junger Freund«, fuhr Cesare fort, »und ich denke, Sie haben ihn sich ein wenig zum Vorbild genommen, kein schlechtes Vorbild, aber ein aufregendes. Bedenken Sie, daß er, als es ihn nach Rom verschlug, beinahe zwanzig Jahre älter war als Sie. Es hatte ihn wohl eine ähnliche Unruhe gepackt, und in den ersten Tagen seines Aufenthaltes streifte er ziellos umher. Dann aber handelte er überlegter. Er nahm sich vor, nicht alles zu sehen, sondern einige ausgewählte Dinge gründlicher zu studieren. Er wollte Rom begreifen ...« – »Ja, *professore,* er bekam etwas Solides, die alte nordische Überanstrengung meldete sich, er legte sich alles fein zurecht, um seinen Geist nicht zu verwirren.« – »Hören Sie sich unseren stürmischen Freund an, Signora Adele«, unterbrach mich Cesare, »er will nicht von Goethe lernen. Am liebsten würde er das Forum umpflügen und das *Colosseo* als Fundament benutzen, um darauf noch die Peterskirche als Thronhimmel zu setzen!« – »So ein Unfug!«, schnitt Signora Adele ihm das Wort ab, »es ist Zeit, zu Bett zu gehen. Cesare – ich will Sie nicht länger hier sehen, Sie rauben unserem Wahnsinnigen den Schlaf, Johannes – Sie werden morgen früh einer der ersten auf dem Markt sein, sonst bleibt uns beim Einkauf nur noch die zweite Wahl!« Wir gehorchten …

Meist weckte mich am Morgen der Lärm im Innenhof unseres Hauses. Im Erdgeschoß befand sich ein kleines Lokal, in das in der Frühe die Marktverkäufer einfielen. Dies war für mich das Zeichen zum Aufstehen. Ich wusch mich, kleidete mich an und trank in der Küche ein erstes Glas Tee, das Signora Adele schon für mich bereithielt. Da es nur zwei kleinere Bäder in der Pension gab, hatte ich für einen reibungslosen Ablauf der Morgentoiletten zu sorgen. Ich klopfte nacheinander an allen Türen und gab mit gedämpfter Stimme bekannt, daß das Bad zur Benutzung frei war. Die geistlichen Herren wollten einander nicht so früh begegnen. Wenn es doch einmal dazu kam, flüchteten sie voreinander in ihre Zimmer, als seien sie auf einen bösen Geist gestoßen. Während sie in einer von mir sorgfältig ausgetüftelten Reihenfolge das Bad aufsuchten, richtete ich in der Küche das Frühstück. Jeder Gast wollte anders bedient sein, und ich hatte mir die Vorlieben der oft eigensinnigen geistlichen Herren genau einzuprägen. Die meisten litten unter leichten, aber dauerhaften körperlichen Übeln; der eine vertrug keine Zitrone im Tee, der andere verzichtete auf Süßspeisen, ein dritter kam nicht ohne Medikamente aus. Nach dem Frühstück zogen sie sich meist noch einmal für einige Minuten in ihre Zimmer zurück. Sie waren erschöpft, einige dämmerten unter dem Vorwand, im Brevier zu lesen, so lange vor sich hin, bis Signora Adele unduldsam wurde. Wenn sie den Staubsauger in Gang setzte, hielt es selbst die schläfrigsten Gäste nicht mehr in ihren Zimmern. Sie nahmen Reißaus und überließen das Terrain der Signora, die sich zusammen mit einer jungen Italienerin an die Säuberung der Zimmer machte.

Zu dieser Zeit nahm ich in der Loge des Hausmeisters, der dort als eine Art Portier fungierte, die Post entgegen. Ich konnte Signora Adele nicht gestehen, daß ich mich mit ihm angefreundet hatte. Gleich zu Beginn meines Aufenthaltes hatte sie mir beigebracht, es genüge in Italien nicht, es mit einem einfachen *buon giorno* oder einem *tante grazie* bewenden zu lassen. Der Italiener, hatte sie erklärt, rede, um zu reden, und es sei ausgesprochen unhöflich, sich einem Gespräch, kaum daß es begonnen habe, gleich wieder zu entziehen. Wer immer in Eile sei, gebe zu erkennen, daß er sich seine Zeit einteilen müsse. Der Mann von Welt verfüge jedoch frei über die Zeit und zeige allen, daß es ihm nichts ausmache, sie zu verschwenden. Andererseits gelte es um jeden Preis zu vermeiden, daß ein Gespräch langweilig werde. Wer nur korrekt und einfallslos gerade auf das antworte, was er gefragt werde, sei kein angenehmer Gesprächspartner. Der Italiener wolle ein Problem von allen Seiten angehen; schon deshalb dürfe man keineswegs starrsinnig allzu lange auf seiner Meinung beharren. Wer sich laufend wiederhole, sei berechenbar und langweilig, leicht könne es ihm daher passieren, daß sein Gegenüber ein ganzes System von Widersprüchen, Notlügen und Ausflüchten aufbaue, um die Unterhaltung zu beleben. Am einfachsten sei es vorläufig, ich lasse meinen Gefühlen freien Lauf (*dare libero corso ai propri sentimenti*), denn ein Mensch, der sich nicht gerührt, entsetzt, oder tief traurig zeige, sei von vornherein ein in der mitempfindenden menschlichen Gesellschaft wenig angesehenes Subjekt.

Ich hatte mir ihre Lehren zu Herzen genommen, und obwohl ich die italienische Sprache noch kaum beherrschte, gab ich mir Mühe, wie ein Weltmann aufzutreten, der über unbegrenzt viel Zeit verfügte. Giulio, der Hausmeister, wußte das zu schätzen. Wenn wir gemeinsam die Post sortiert hatten, lud er mich oft zu einem Glas Wein ein. Präsentierte er sich an dem einen Morgen noch als der stolze Vater von sechs wohlgeratenen Kindern, so brach er an einem anderen gerade darüber in Wehklagen aus, daß es so viele waren. Häufig überrumpelte er mich damit, daß er von einer Minute auf die andere seine Ansichten wechselte; er nannte mich einen guten Freund, und doch war ich mir nicht sicher, ob er mich nicht heimlich beobachtete und all meine Unternehmungen mißtrauisch verfolgte. Ich wußte nicht, woran ich mit ihm war, und da ich Signora Adele nicht von unseren Gesprächen erzählen konnte, fragte ich Cesare, wie ich mich zu verhalten hatte.

Cesare erklärte, daß es darauf ankomme, niemals *indifferente* zu erscheinen. Am meisten gelte die lauthals deklamierte Leidenschaft. Wer immer nur gleichgültig dreinblicke, als gehe ihn nichts etwas an und als spiele sich alles nur in seinem wohlbehüteten Inneren ab, sei eine unsympathische Erscheinung. Nur das, was auch sichtbar nach außen dringe, mache Eindruck. Dieses Gesetz gelte nirgendwo mehr als gerade in Rom; die Schönheit der Stadt offenbare sich in einer alle menschlichen Sinne überwältigenden Pracht, deren Überfluß jeden Betrachter glauben machen wolle, es komme auf eine Einzelheit erst gar nicht an. Daher dürfe man auch als Mensch nicht durch Zurückhaltung abseits stehen; man stelle sich durch ein unverwechselbares Benehmen, durch seine Gestik und Mimik dar. »Sprechen Sie langsam, aber sehr deutlich«, riet er mir, »jeder wird sich freuen, daß Sie sich bemühen, die Landessprache zu beherrschen. Zeigen Sie nicht, daß es Ihnen schwerfällt! Wiederholen Sie unbekümmert bestimmte Wendungen, die Sie sich zurechtgelegt haben, und unterstreichen Sie, was Sie sagen wollen, durch deutliche Gesten. Dann aber – *ecco!* – wird vor mir ein Mensch stehen, den man anerkennt. *Passionato,* junger

Freund! Italien ist das Land der Oper, und ich liebe die Oper, so wie jeder Italiener sie liebt, auch wenn ich von Musik nichts verstehe. Ihnen müßte es doch leicht gelingen, mit Worten Musik zu machen. *D'accordo?*« – »*Assolutamente, professore!*« –

Mit der Zeit hatte ich mir eine Fülle von sprachlichen Glanzlichtern angeeignet, mit deren Hilfe ich vor Giulio bestehen konnte. Seit neuestem sorgte er sich um die Zukunft der Kommunistischen Partei. Soeben hatte im *Palazzo dei Congressi* der elfte Parteitag stattgefunden; Luigi Longo hatte einen italienischen Weg zum Sozialismus angekündigt und dabei nicht darauf verzichtet, dem Vatikan einige freundliche Signale zukommen zu lassen. Die religiöse Freiheit sollte jetzt gewahrt bleiben, der Atheismus galt plötzlich als eine Geisteskrankheit, die der Staat niemandem aufnötigen durfte, und das erst kürzlich beendete Konzil hatte Beschlüsse gefaßt, die selbst einem Kommunisten nicht gleichgültig sein durften. Giulio verzweifelte; er nannte Nono einen Verräter, er beschimpfte die Funktionäre, die in vornehmen Landhäusern außerhalb der Stadt wohnten, und er hielt ihnen das Schmerzensbild seiner Familie entgegen, die um die Erlösung durch den Kommunismus betrogen werde. Ich wußte, es war *terribile,* die Armen wurden hintergangen, die Taktik siegte, und die Mitgliederzahl der Partei würde unweigerlich sinken. Schlimmer kam es jedoch noch, als der Papst zeigte, daß er die freundlichen Winke der vorher so Geschmähten verstanden hatte. *Incredibile!* In all seiner Scheinheiligkeit machte sich der Heilige Vater auf den Weg zu den Arbeitern. Unversehens tauchte er auf einer Großbaustelle am Stadtrand Roms auf, um seinen entlaufenen Söhnen den Segen zu erteilen. Es war das erste Mal, daß ein Papst sich in die Niederungen der proletarischen Welten begab, um zwischen Bausteinen, Schutt und Zement zu predigen. Nicht genug damit! Einige Tage später hatte er sogar den römischen Straßenkehrern einen Besuch abgestattet, um sich mit frommen Worten über die Bescheidenheit derer, die auf Erden nichts galten, im Himmel dafür aber die ewige Seligkeit ernten würden, einen Weg in ihre Herzen zu bahnen. *Storia scandalosa!* Die Welt stand auf dem Kopf! Die Kommunisten bekämpften den Atheismus, und der Heilige Vater nahm sich der Arbeiter an …

Allmählich lernte ich hinzu. Erfuhr ich am Morgen, was Giulio bewegte, und versuchte ich, in den ausgedehnten Gesprächen mit ihm meinen Mann zu stehen, so widmete ich mich am frühen Nachmittag dem Studium der Künste. An den großen Sarkophagen des Thermenmuseums studierte ich die Kämpfe der Römer gegen die Barbaren; ich überprüfte die Verwendung von Bohrer und Meißel am Faltenwurf der neun Musen und freute mich, wenn es dem Steinmetz gelungen war, eine allzu starke Gelecktheit der Form zu vermeiden. Ich erkannte das römische Motiv des Halbkreisbogens an Aquädukten, Architraven und im Langschiff einer Basilika wieder, ich unterschied den Aufbau des römischen Tempels von dem des griechischen, und ich stand enttäuscht vor Toga- und Panzerstatuen, deren Gestalten mir immer besonders leblos vorkamen …

Für all diesen Eifer wurde ich von Cesare gelobt. »Mit wem hast Du heute Freundschaft geschlossen?« fragte er mich. – »Mit Augustus, *professore*«, antwortete ich, »erinnern Sie sich an jene Statue, die in den Vatikanischen Museen steht? Der Kaiser hat die rechte Hand erhoben, er trägt einen Muskelpanzer mit kurzen Laschen auf den Achseln. Auf dem Panzer befindet sich eine bärtige Gestalt mit nacktem Oberkörper, sie stellt den Himmel dar; unten aber verweilt tellus, die Erde. Stand- und Spielbein sind in Bewegung, selbst das Paludamentum ist so leicht um die Hüfte geschlungen, daß man den sonst störenden Unterkörper, der bei männlichen Gestalten meist sehr unangenehm auffällt, gar nicht bemerkt.« – »Ah, Giovanni, ich erlebe einen *grande progresso*! Du schaust, Du lernst – und Du schwärmst nicht mehr ausschließlich. Ich erkenne den passionierten Menschen, den *uomo estetico*!« – »Wie bitte, *professore*?« – »Ich unterscheide den religiösen, den ethischen und den ästhetischen Menschen. Der religiöse ist ein leicht erregbarer Charakter, der sein Wissen aus Offenbarungen empfängt, der ganz im Glauben an eine Sache aufgeht und unerschütterlich an ihr festhält. Solche Naturen, die es nicht nur im theologischen Bereich gibt, sondern ebenso auch im politischen, wollen die Welt bekehren und verändern. Nichts ist ihnen gut genug, der Mensch ist das schlechteste aller Geschöpfe. Starr richten sie daher ihren Blick auf die Zukunft, auf ein Ideal, das sie um jeden Preis verwirklichen wollen. Solche Wesen haben ein anstekkendes Temperament, und sie scharen meist viele Anhänger um sich … Dann kommt der ethische Typus. Er hat etwas von der Strenge des religiösen, aber er hat sich seine Haltung selbst erarbeitet. Lange Zeit hat er sich geprüft, alles, was er tut, verläuft nach dauerhaften Prinzipien und dient der Vervollkommnung des Menschengeschlechts. Diese Naturen sind ruhig, besonnen, aber entschieden. Auch sie wollen die Menschheit vorantreiben, und wegen ihrer Prinzipientreue kommt man schwer mit ihnen aus … Schließlich aber der ästhetische Typus! Der bereitet uns am meisten Kopfzerbrechen. Denn im Grunde kennt er keine Prinzipien, und ein sehr verläßlicher Geselle ist er auch nicht. Zu sagen, daß er das Schöne liebe, genügt nicht, nein, er behandelt die Welt insgesamt so, als sei sie lediglich um ihrer Gestalt, ihrer Form willen da. Der Ästhet hat ebenfalls ein schnell erregbares Temperament, aber er will heute nichts von dem wissen, was er gestern hoch schätzte. Anfangs tändelt er noch durch die Welt. Gelingt es ihm aber, seinen wenig ausgegorenen Zustand zur Reife zu bringen, erfreuen wir uns an ihm. Sein Wissen ist dann klar, sein Weltblick rein, seine Ansichten begründet. Nur werden wir ihm nicht folgen, denn er benötigt unsere Begleitung nicht. Er bleibt allein, ohne Gefolgschaft und

Jünger, so fühlt er sich am wohlsten …« – »Merkwürdig, *professore,* so ganz kann mir keiner ihrer Typen gefallen. Den religiösen, ja, den kenne ich bereits, und es graut mir vor ihm; den ethischen halte ich für zu nordisch, und am ästhetischen stört mich, daß er nur für sich selbst lebt.« – »*Bravo,* Giovanni! Vergiß die Menschen nicht! In dieser Pension lernst Du Deinesgleichen nicht kennen. Die geistlichen Herren gehören nicht in Deine Sphäre. Tu Dich um, knüpfe Bekanntschaften an, und wir werden wieder sehen, ob es Dir gelingt, aus einem *uomo estetico* einen *uomo universale* zu machen!«

Ich war ihm für seine gutgemeinten Ratschläge dankbar. Nach kurzer Überlegungszeit kam mir ein guter Gedanke. Ich brachte im Vorraum der kleinen Kirche, in der ich noch immer an drei Morgenden die Orgel im Frühgottesdienst spielte, einen Zettel an, auf dem ich mich deutschen Rombesuchern als Führer anbot. Schon bald meldeten sich die ersten bei mir, kurze Zeit später brach ich mehrmals in der Woche mit einer kleinen Gruppe auf, die ich einen Tag lang durch die Museen führte. »Meine Damen und Herren! Wir befinden uns vor einem Bild Tizians, es stellt die himmlische und die irdische Liebe dar. Sie erkennen die beiden Frauengestalten, nun raten Sie selbst, welche von beiden die himmlische ist! Die bekleidete … werden Sie sagen, und unsere Forscher würden Ihnen zustimmen. Ich selbst habe da meine Zweifel. Sollte man noch im Himmel Kleider nötig haben? Lassen wir den Streit unentschieden, achten wir vielmehr darauf, wie der Maler die Gegensätze weiter herausgearbeitet hat. Hier eine Stadt auf einer Anhöhe, schwer erreichbar, von Mauern umgeben; dort unten im Tal eine kleinere, man könnte sie leicht zu Fuß erreichen. Dann die beiden Reitersleute! Der eine sprengt aufgeregt irgendwohin davon, der andere lenkt den Schritt des Tieres gemessen in eine bestimmte Richtung. Übersehen Sie aber auch die beiden unscheinbaren Hasen nicht, Zeichen der Fruchtbarkeit, wie man annimmt, auch hier will eines der Tiere davon, während sich das andere auf die Erde schmiegt. Es dämmert Ihnen, nicht wahr, meine Damen und Herren? Himmel und Erde, oben und unten, das Leichte, das Schwere, caelum und tellus – man könnte die Unterscheidungen noch weiter treiben … Gehen wir aber lieber zum nächsten Bild, das den einsiedlerischen Hieronymus zeigt. Der Heilige studiert aufmerksam die Schrift. Ein solches Studium zehrt, wie Sie leicht erkennen können, am Körper; er ist mager und schwach, denn die geistlichen Exerzitien nehmen den Körper mit, sie rauben ihm alle Kraft, daß man ausrufen möchte, *Herr, hilf!,* daß man froh sein kann, wenn rechtzeitig rettende Hände zur Stelle sind, einen aufzurichten … Verzeihen Sie, meine Damen und Herren, ich vergaß mich! Aber dieses Bild geht mir immer besonders nahe. Gehen wir lieber rasch weiter, betrachten wir die anmutige Zauberin des Ihnen sicher unbekannten Malers Dosso Dossi. Dort sitzt sie, die *Circe,* wie man sie nennt, und entfacht ihr Feuer an einer Schale; es ist das Feuer der Sinnlichkeit, wie Sie sich denken können, und dort, zu ihrer Linken, befinden sich die armen Wesen, die ihr in die Hände fielen, an einen Pfahl gefesselt, unfähig, sich gegen ihre tückischen Künste zu wehren. Neben ihr liegt ein Panzer, den ein stattlicher Held längst abgelegt haben mag, denn gegen diese wollüstige Person ist jede Gegenwehr vergeblich. Sie überlistet die Männer und lockt sie in ihre Netze, sie macht aus Löwen friedliche Lämmer und aus gefährlichen Hunden Schoßtiere. Verspüren Sie nicht auch etwas von ihrem Zauberwesen, Kräfte, die uns fortziehen wollen von aller Ordnung, die uns Wahrheit und Lüge verwechseln lassen, so daß … bitte, wir wechseln lieber den Saal, auch dieses Bild erscheint mir nicht ungefährlich, und wir sollten uns nicht an ein einzelnes Gemälde verlieren. Außerdem, meine Damen und Herren, herrscht in diesen Räumen der Überfluß, und da kommt es auf das einzelne nicht so sehr an …«

Nach solchen Führungen standen wir noch eine Weile zusammen, man erkundigte sich nach meiner Herkunft, und ich erzählte, daß ich gegenwärtig ein freies Leben führe, den Geheimnissen der Verbindung von Körper und Geist auf der Spur. Manchmal wollten die Neugierigen mich gar nicht mehr fortlassen. Man lud mich zu einem Glas Wein ein, und ich ließ mich nicht zweimal bitten, kannte ich doch in *Trastevere* einige Lokale, in denen ich mich besonders gern aufhielt.

Bei einem dieser abendlichen Ausflüge hatte ich Cindy kennengelernt. Sie hatte sich der Führung unbemerkt angeschlossen und war mir erst später dadurch aufgefallen, daß sie länger als die anderen vor den Bildern stehengeblieben war. Nach meinem Vortrag hatte sie mich angesprochen, doch hatte ich sie, weil sie sehr leise sprach, nicht deutlich verstanden. Ich lud sie ein, die Nachzügler der Gruppe und mich zu begleiten, und so zogen wir von der höher gelegenen *Galleria Borghese,* in der meine Stadtführungen fast immer endeten, hinab nach *Trastevere.* Cindy ging dicht neben mir, und schon nach kurzer Zeit beanspruchte sie durch ihre verwirrende Erzählweise, die manches nur angedeutet ließ, meine ganze Aufmerksamkeit. Seltsamerweise schien sie sich aufgefordert zu fühlen, ihr Leben vor mir auszubreiten, und obwohl ich mich sehr zurückhaltend benahm, geriet sie dabei in einen fast schwärmerischen Ton. Anscheinend lebte auch sie allein und hatte auf einen geeigneten Augenblick gewartet, einem Menschen ihr Innerstes zu offenbaren …

Cindy war in Boston zur Welt gekommen, konnte sich jedoch an diese Stadt nicht mehr erinnern. Auch ihre Eltern schienen in ihrem Leben eine eher unbedeutende Rolle zu spielen. Ihr Vater hatte wohl etwas mit dem Journalismus zu tun, ihre Mutter war Französin, aber schon bald war ich nicht mehr sicher, ob es nicht gerade umgekehrt war. Denn mit der Zeit brachte ich ihre Schilderungen derart durcheinander, daß ich, obwohl ich mich durchaus bemühte zuzuhören, kaum noch folgen konnte. Es mochte an der Hitze liegen, vielleicht aber auch daran, daß ich mich noch immer für die uns Folgenden zuständig fühlte und dann und wann einen Blick zurückwarf. Jedenfalls war nach etwa einer halben Stunde nicht mehr auszuschließen, daß Cindy weder in Boston noch in Washington, das auch eine Weile als Geburtsstadt in Erwägung gezogen war, das Licht der Welt erblickt hatte, sondern in Paris, wohin es ihre Eltern, einen Italiener, der mit Stoffen handelte, und eine Französin, die zuvor mit einem Amerikaner verheiratet gewesen war, anscheinend verschlagen hatte. Als gesichert konnte aber gelten, daß Cindy sich nirgendwo zu Hause fühlte und ihr Leben in den verschiedensten Ländern verbrachte. Ein so abwechslungsreiches Dasein war ihr vielleicht auch deshalb möglich, weil ihr Bruder, wie inzwischen festzustehen schien, ein Italiener war, der nach Deutschland gezogen war, während ihre Schwester sicheren Angaben zufolge in Portugal lebte, wohin sie einem Jünger des Islam gefolgt war. Hegte man auch diesen Auskünften gegenüber noch Zweifel, so beruhten diese auf der lästigen Angewohnheit, alles Gesagte zu wörtlich zu nehmen; hatte man diese Angewohnheit erst einmal aufgegeben, so spielten Vater und Mutter eine ebenso geringe Rolle wie die offensichtlich in alle Winde verstreuten sechs Brüder, deren Erwähnung mich plötzlich in dem Verdacht bestärkte, daß von einer Schwester niemals die Rede gewesen war. All das war, wie Cindy erklärte, nicht so wichtig und sollte mich nicht weiter beschäftigen; schließlich hatten schon ihre deutschstämmigen Großeltern in Indien ein rechtes Vagantenleben geführt und waren nur mit Hilfe einer überall auf der Welt verteilten, mir unbekannten Sekte den Verfolgungen der Hindus gerade noch entkommen. Einfacher war es daher, ich hielt mich an ihre Auskunft, sie, Cindy, sei *ein Wesen der sieben Erdteile*, eine Auskunft, die mich nach alldem nicht einmal mehr erstaunte, rechnete ich doch inzwischen selbst mit mehr als nur fünf Erdteilen. Die bekannte Welt war allem Anschein nach nicht geräumig genug, das angemessene Terrain für Cindys Abenteuer zu bieten. Immerhin brachte ihr Erzählstrom mich bald dazu, alles um mich herum zu vergessen, jagte ich doch in meinen angeregten Phantasien einem Großelternpaar nach, das sich unaufhaltsam auf Japan zubewegte, während ein offenbar in einem der kleineren Weltmeere ausgesetztes Kind bereits auf San Franzisko zutrieb, wo es, ohne daß es mich gewundert hätte, von französischen Seeleuten entdeckt und den Nonnen eines italienischen Klosters überlassen worden wäre. Unbezweifelbar war jedenfalls, daß Cindy auf ihren seltsam verschlungenen Wegen durch Italien vor etwa einer Woche nach Rom gekommen war und daß sie in dieser Woche etwas Wichtiges gesucht, aber erst jetzt gefunden hatte. Dachte ich noch daran, es könne sich um eine jener rührenden Geschichten handeln, in denen eine einsame Waise nach Jahren des Umherirrens endlich ihre Eltern wiederfindet, indem sie ihnen in einer Millionenstadt geradewegs in die Arme läuft, so belehrte mich Cindy bald eines Besseren. Nein, sie hatte nicht nach ihren Eltern gesucht; nein, sie war nicht ihren Geschwistern auf der Spur (sowieso ein unsinniges Unternehmen, da sie anscheinend gar keine besaß); sie hatte vielmehr etwas gesucht, von dem sie bisher nur eine vage Vorstellung gehabt hatte. Jetzt aber war das anders, denn inzwischen hatte sie es gefunden. Es? Was? *Mich!*

Cindys Geständnis, daß sie in Rom nichts anderes als ausgerechnet *mich* gesucht hatte, erschreckte mich so, daß ich stehenblieb. Wir hatten den *Pincio* erreicht, es war ein schöner, lauer Abend, und sie legte mir die Arme um meinen leicht zusammenzuckenden Körper. Sie war etwas kleiner als ich, doch stellte sie sich, ohne zu zögern, auf ihre Zehenspitzen, um mich zu küssen. Nun durften wir glücklich sein, denn sie hatte endlich gefunden, was sie gesucht hatte. Und warum um Himmels willen *mich*? – Weil sie es mit mir machen wolle. – Es? Was? – Das sei noch nicht entschieden. – Und warum ausgerechnet mit mir? Weil ich ihr *Anti-Zentrum* sei. – Ein *Anti-Zentrum*? – Das Gegengewicht, die lange gesuchte Ergänzung, der zweite, jahrelang entbehrte Teil …

Ich sah die Mitglieder der Gruppe in der Ferne verschwinden, sie schienen nicht mehr mit uns zu rechnen. Es wäre vergeblich gewesen, sie zurückzurufen, Cindy hielt mich noch immer umschlungen, nach ihren Worten waren wir nun endlich ein Paar. Niemand konnte uns jetzt trennen, Saturn und Venus standen angeblich gut, auch der Wochentag gab keinen Anlaß zu Besorgnis. Ich löste mich von ihr, doch sie nahm sofort meine Hand und schlenderte mit mir auf die kleine Balustrade zu, in deren Nähe ich so manchen Abend in wohltuender Einsamkeit verbracht hatte. Ja, wir waren zu zweit, anscheinend hatte uns eine Maschine, von einem extraterrestrischen Himmelskommando beauftragt, soeben über Rom abgeworfen, um ein Luftbild von uns zu schießen. Gleich würden wir wieder von der Erde abheben … als Cindy mir gerade noch rechtzeitig gestand, daß sie sehr hungrig sei, kein Geld besitze und daher vorschlage, daß ich sie zu einer Pizza einlade. Wahrhaftig steuerte sie auch zielstrebig auf eine Pizzeria zu, und da ich beim Eintritt in das kleine Lokal noch immer nicht sicher war, ob sie in ihm nicht einem jener Unbekannten begegnen werde, die ihr von Zeit zu Zeit eine wichtige Nachricht über ihr weiteres Schicksal zusteckten, war ich erst nach ihrer eiligen Bestellung, die sie in fließendem Italienisch aufgab, davon überzeugt, daß sie wahrhaftig nichts anderes zu verlangen schien als einen grünen Salat, zwei mit Pilzen belegte Teigfladen und einen Liter Weißwein. Es war mir recht, vor der wahrscheinlich bevorstehenden nächtlichen Fahrt über den Styx mochte es angebracht sein, sich mit einem grünen Salat zu stärken. Sie hielt noch immer meine Hand. Was war nur geschehen? Richtig, sie hatte *mich* gefunden. Fraglich mochte nur noch sein, ob ich ihr Bruder, ihr Vater oder sogar beides war. Aber nein! Zwei Verliebte saßen in einer mir bisher unbekannten Pizzeria und warteten darauf, daß ein vor sich hin pfeifender Italiener das, was er in seiner Ahnungslosigkeit vielleicht für eine Pizza hielt, in einen Holzkohleofen schob. Wenn ich mir einmal in aller Ruhe vergegenwärtigte, was geschehen war, so standen nur wenige Lösungen des Lebensrätsels zur Auswahl. Entweder war ich an eine Schauspielerin geraten oder an eine Schwindlerin; da das Trugbild aber noch immer meine Hand hielt, war beides nicht uninteressant. Erst jetzt bemerkte ich, daß man Cindy hätte schön nennen können. Doch waren derartige Kategorien völlig fehl am Platz. Cindy war in herkömmlichem Sinn weder schön noch intelligent; sie mochte zwar vielen gefallen, sie kannte sich anscheinend überall aus, sie beherrschte mehrere Sprachen fließend – letztlich hatte sie nur auf diesen großen Augenblick gewartet. Ich gab mir einen Ruck, *ecco!, Giovanni,* was denkst Du noch nach? Sie hat *Dich* gefunden …

Während Cindy den bereits aufgetischten grünen Salat verschlang, erklärte sie mir, daß sie in letzter Zeit mit lauter negativen Energien aufgeladen gewesen sei, deren Zusammenballung man gemeinhin auch als Hunger bezeichne. Hunger sei eine Empfindung äußersten Ausgestoßenseins, die durch eine einzige Pizza wahrscheinlich kaum bekämpft werden könne. Ich schob ihr meinen Teller hin und war froh, daß sie wenigstens den Wein eigens für mich bestellt zu haben schien, erbat sie sich doch bald ein Glas Wasser, das sie auf einen Zug leerte. Erst nach dieser Stärkung war sie, wie sie offen zugab, *Teil des hellen Mondes*; auf den ersten Blick habe sie die ungeheuren Auswürfe von Sonnenenergie wahrgenommen, die noch immer von mir ausgingen. Es sei geradezu verzehrend. Außerdem habe es sie verblüfft, wie leicht ich aus dem Bild gestiegen sei. – Aus welchem Bild? – Oh, ich hätte den Totenschädel und die vielen Bücher einfach auf dem Pult liegengelassen. – Auf dem Pult? – Ja, und das dunkelrote Gewand hätte ich zum Glück auch rasch abgelegt. – Zum Glück! – Danach seien mir die schönsten Haare gewachsen, so daß ich unbesorgt sein könne. – Worüber? – Niemand werde mich wiedererkennen, erst recht werde niemand gerade in ihrer Nähe einen Hieronymus vermuten. – Ob sie sich da nicht vielleicht irre? – Sie schüttelte noch den Kopf, als zwei junge Burschen zu uns an den Tisch schlenderten; sie rückten die Stühle zurecht und setzten sich neben uns. Cindy erklärte, ich brauche sie nicht zu beachten; es handle sich lediglich um zwei Brüder. Ich hatte es schon vermutet. Sie waren hungrig und unterhielten sich mit Cindy in einer fremden Sprache, die sie als Portugiesisch ausgaben. Ich bestellte zwei weitere Pizzas, und die Burschen freuten sich. Der eine, fuhr Cindy fort, sei ein Nebengestirn der Kassiopeia, der andere aber ein Irrstern, ein Wunder, daß sie hierhergefunden hätten. Ich selbst hielt Wunder für weniger wahrscheinlich, wollte mir jedoch keine weiteren Gedanken machen. Immerhin, der Wein schmeckte, und auch die freundlichen Burschen hielten sich an Trinkwasser. Vorsichtig erkundigte ich mich, ob nicht vielleicht auch der Vater, welchen Zeichens auch immer, in der Nähe sei. – Nein, die Väter seien nicht in Rom. – *Die* Väter? –Jack und Allen seien verreist. – Es war beruhigend zu hören, aber ich fragte, um ganz sicher zu gehen, nach, um wen es sich handle. Meine aufdringliche Neugierde schien Cindy nicht einmal zu stören, ohne zu zögern, berichtete sie, daß *Jack Kerouac* nicht viel von Rom halte, *Allen Ginsberg* aber das Jenseits aufgesucht habe. – Tot? – Nein, auf dem Trip. – Weit weg? – Sehr weit! – Die Brüder ließen es sich schmecken, würdigten mich aber keines Blikkes, so daß ich mich an mein Glas hielt, erstaunt darüber, daß ich die Flasche anscheinend in Windeseile geleert hatte. Es war beinahe unerträglich heiß. Hatte man uns bereits in den Ofen geschoben? Ich fragte, ob uns sonst noch jemand überraschen werde. – Ich denke gewiß an Frank. – Richtig, Frank etwa? – Nein, *Frank Zappa* sei nicht da. – Tot? – Aber nein! Im *Anti-Zentrum*! – Aber, doch nicht etwa in *mir*? – Aber ja! In Hieronymus, dieselbe abgemagerte, teuflisch-schöne Gestalt! – Mitten drin, in *mir*? – Schon seit Stunden. – Und was ich dagegen tun könne? – Später! – Wann später? – Später könne ich ja Musik machen. – Musik?! – Wann immer ich wolle ...

Die Sache war mir nicht mehr geheuer. Cindy hatte ihre Mahlzeit beendet und schlug sich zufrieden auf den Bauch, während sie den beiden vergnügten Wandelsternen zuzwinkerte. Sie nahm wieder meine Hand. Es sei ein schöner Abend gewesen! – *Gewesen?* –Ja, bald würden wir uns wiedersehen. – Aber wie? Und wo? – *Im Zentrum der Vereinigung.* – Sie wartete, bis die heißhungrigen Burschen ihre Fladen verzehrt hatten, sie sprach von ihren Glücksgefühlen, die sich in diesen Stunden enorm potenziert hätten. Ich fragte sie, wann sie es denn nun mit mir machen wolle. – Heute nicht, das brauche Zeit. – Vielleicht eine Andeutung? – Wenn Kassiopeia verschwunden sei! – Sie forderte die beiden schnellen Esser zum Gehen auf, alle zusammen erhoben sich fast gleichzeitig. Ich blieb sitzen und hielt mein Glas fest. Sie beugte sich zu mir herab und küßte mich so lange auf den Mund, daß ich beim Aufblicken die überwältigte Miene des Kellners bemerkte, der uns von der Seite, den Kopf hin- und herwiegend, zuschaute. Gleich darauf waren sie alle verschwunden. Der Kellner trat zu mir an den Tisch und räumte die leeren Teller ab. »Oho!« sagte er brüderlich. – *»Dio mio!«* antwortete ich, und er grinste ...

Ich wagte nicht, Signora Adele oder Cesare von meinem merkwürdigen Erlebnis zu erzählen. Da Cindy nicht mehr auftauchte, mußte ich allmählich selbst glauben, einer Illusion aufgesessen zu sein, zumal es mir trotz langer Suche nicht gelungen war, jene Pizzeria wiederzufinden, in der ich drei unbekannte

Wesen von einem fernen Stern vor dem Hungertod bewahrt hatte. Wochen vergingen, und ich kam wieder meinen zahlreichen Pflichten nach. Noch immer spielte ich in der Kirche der deutschen Gemeinde an manchen Tagen die Orgel. Mutter schrieb mir beinahe wöchentlich einen Brief und berichtete von den Veränderungen, die in Deutschland vor sich gingen. Josef hatte seine Fotografenlehre kurz entschlossen abgebrochen, um das Abitur nachzuholen. Er wollte angeblich studieren und war deshalb nach Frankfurt gezogen, wo er bereits die Seminare eines hochgeschätzten Philosophen besuchte. Seit er sich in derartigen Kreisen aufhielt, schrieb er mir weitschweifige Briefe, in denen es meist um die Frage, ob das Ganze das Wahre sei, ging. Es handelte sich um die mir vertrauten schwerenöterischen Anfälle deutscher Grübelei, in Rom hatte ich für derartige Umständlichkeiten keinerlei Sinn …

In den Hochsommermonaten blieben viele Zimmer der Pension frei, denn die geistlichen Herren fuhren zu dieser Zeit in ihre Heimatländer, weil sie das römische Klima nicht vertrugen. Daher hatte sich Signora Adele entschlossen, ebenfalls für einige Tage in Urlaub zu fahren. Ich begleitete sie an einem Morgen zum Bahnhof, wo ich ihr, nachdem ich mir ihre Ermahnungen ein letztes Mal angehört hatte, in den Zug nach Wien half. Auch Cesare war für einige Wochen ans Meer gefahren. Er schrieb mir witzige Postkarten, und ich richtete mich in den leeren Räumen der Pension ein, indem ich zwei Zimmer für mich beanspruchte. Signora Adele hatte mir davon abgeraten, in ihrer Abwesenheit Gäste aufzunehmen. Ich erledigte die Post, ich ging den notwendigen Besorgungen nach, Giulios Frau erwartete ein weiteres Kind, wenigstens auf diesem Weg war mit dem Erstarken der Arbeiterklasse zu rechnen …

Signora Adele war noch nicht einmal drei Tage fort, als ich an einem Mittag – ich überquerte gerade die *Piazza Navona* – eine Stimme hörte, die mich aus meiner inneren Ruhe aufscheuchte.

Cindy stand vor mir. Ich überlegte noch, ob ich besser fliehen oder mich auf eine Unterhaltung einlassen sollte, als sie mich mit einer jener voreiligen Gesten, die ich aus einer vagen Erinnerung heraus kannte, an sich zog. – Endlich, Kassiopeia sei nun vertrieben. – Ob sie da sicher sei? – Völlig. – Und die Brüder? – In alle Himmelsrichtungen verschwunden! – Diesmal wurde sie weder von Hunger noch von einer ungehemmten Mitteilungssucht geplagt. Sie wirkte ruhiger als bei unserem ersten Zusammentreffen, klammerte sich aber auch diesmal so eng an mich, daß ich befürchtete, sie an *das Zentrum der Vereinigung* zu erinnern. Ich sprach sie auf die große Tasche an, die sie mit sich herumtrug. Bilder? Schmuck? – Nein, alles, was sie gegenwärtig besitze. Sie habe ihre Tasche gepackt, weil sie mich erwartet habe. – Sie habe auf mich gewartet? – Nein, sie habe mich *erwartet.* – Oh, schön … und nun? – Nun wolle man die Wohnung aufsuchen. – Welche Wohnung? – Die, aus der Kassiopeia verschwunden sei. –

Es wurde mir wieder unheimlich. Wußte sie von Signora Adele? Hatte sie mir insgeheim nachspioniert? Um die Lage zu klären, lud ich sie zu einem Glas Wein ein. Wir setzten uns in ein Straßencafé, und ich versuchte, das Gespräch auf ein paar mir harmlos erscheinende Themen zu lenken. Die Kunst, die Malerei! Hier würden wir uns gut verstehen. Ja, sie hatte sich in den letzten Wochen viele Bilder angesehen, darunter auch römische Wandmalereien, die bekannten Fresken aus dem Saal der Villa Livia. Ich erinnerte mich: »Ja, ich kenne die Bilder. Zweiter pompejanischer Stil.« – »Ach was«, entgegnete Cindy, und ich ahnte nichts Gutes, »es sind die Grotten der Verliebten. Die Vögel verkörpern das seelische Element, sie flattern zwischen den Bäumen umher; und die Früchte, die stellen das schwere Element dar, den Körper. Deswegen picken die Vögel an den Früchten.« – »Die Vögel sind mir nicht aufgefallen.« – »Es sind über dreißig verschiedene Arten, Amseln und Pirole, auch Nachtigallen sind darunter; ihre Vielfalt versinnbildlicht die Vielfalt der Liebesstellungen.« – »Der was?« – Cindy öffnete ihre Tasche und nahm einen kleinen Tabakbeutel heraus. Sie begann, sich eine Zigarette zu drehen; leutselig beugte sie sich zu mir vor. »Körper und Seele sind die Namen der beiden verschiedenen Landstriche. Zwischen ihnen liegt das Meer, und über ihnen steht der Mond. Die Sonne ist im Meer versunken und beginnt erst zu steigen, wenn Körper und Seele sich einander nähern. Das dauert sieben Tage und Nächte, ab heute müssen wir fasten.« – »*Wir?* Sprichst Du von uns?« – »Von unseren Körpern und Seelen. Sie werden sich vereinigen. Am siebten Tag werden wir glücklich sein.« – »Und warum sind es sieben Tage und Nächte?« – »Sieben ist die heilige Zahl. Sie gilt nur in Rom, nur hier treten wir ein in das *Om*.« – »Rom oder *Om*?« – »Das *Om* verwirklicht sich nur in Rom. Rom hat sieben Hügel, und auf jedem der Hügel werden wir eine bestimmte Stellung ausführen. Das wird uns weiterbringen, bis zur Verklärung.« –

Mir fiel auf, daß sie die Zigarette anders hielt, als ich es bisher gesehen hatte. Sie bildete mit beiden Händen einen Hohlkörper, preßte den glimmenden Stengel hinein und sog an ihm, als gelte es das Leben. »Du rauchst?« – »Klar. Du mußt auch rauchen, sonst wird es nichts. Sonst bleibt die Verklärung aus.« – »Ich verstehe noch nicht. Welche Verklärung?« – »Oh, es ist so wie auf Raffaels Bild. Christus hebt ab in den Himmel. Zwei von den Jüngern sind *stoned*, sie lösen sich langsam von der Erde.« – Es ging alles zu schnell. Sie sprach mit mir wie mit einem Eingeweihten, der die Riten längst verstanden hatte. Was meinte sie nur? Auch ich war der Vereinigung von Körper und Geist seit einiger Zeit auf der Spur, vielleicht hatte ich irgend etwas Wichtiges übersehen. Sie drückte mir die Zigarette in die Hand. Gut, ein paar Züge würden nicht schaden, ich wollte nicht kleinlich sein. Ich sog an dem feuchten Mundstück, es schmeckte widerlich. Cindy überließ mir das angerauchte Exemplar und drehte sich ein neues. Ohne mich zu fragen, goß sie den Inhalt meines Weinglases in einen Blumenkübel. Ich wagte nicht zu widersprechen, die Riten mochten bereits begonnen haben. »Was ist mit Goethe?«, fragte ich offen. »Wußte er von der Verklärung?« – »Goethe? Der? Ach was. Nie.« Das beruhigte mich. »Und wer dann?« – »Nur Maler und Musiker. *Frank Zappa* und *Raffael, Bob Dylan* und *Michelangelo.* Ohne *high* zu sein, konnten die gar nicht arbeiten.« – »Erstaunlich.« – »Welches *Mantra* hast Du?« – »Ein Mantra?« – »Ja, das klassische lautet *Om,* es ist der Klang der Erleuchtung. Es ist mein *Mantra.*« – »Dann ist es wohl auch meines.« – »Aber nein! Wir haben nicht ein und dasselbe *Mantra.*« – »Ich habe meines noch nicht herausbekommen.« – »Das dachte ich mir.« – »Wieso?« – »Du hast vor den Bildern zuviel geredet. Ich habe Dir genau zugehört. Du hast meist am Wesentlichen vorbeigesprochen, haarscharf.« – »Du meinst in der *Galleria*...?« – »Klar. Tizians himmlische und irdische Liebe. Du hast das Bild nicht begriffen. Die beiden Gestalten, es sind Körper und Seele. Die Reiter und die Hasen sind uneins, das *Mantra* ist noch nicht gefunden. Aber Dir ist der kleine Amor nicht aufgefallen, der eine Hand in das Wasser taucht.« – »Na und?« – »Er stimmt den Geist ein, er setzt ihn in Schwingungen. Die Sonne kann nur aus dem Wasser aufsteigen.« – »Aha!« – »Und die Zauberin auf dem Bild von Dosso Dossi. Sie stellt nicht die Sinnlichkeit dar.« – »Nicht?« – »Aber nein. Sie ist eine Frau, die ihr *Mantra* verloren hat. Sie ist einsam und traurig, daher steht der Kettenpanzer neben ihr. Sie ist allein und hat alle Gefühlsverbindungen verloren, wie ich lange Zeit.« – »Und jetzt?« – »Jetzt habe ich Dich gefunden. Es wurde höchste Zeit. Der Mond steht gut, nur Deine Energien sind noch nicht befreit.« – »Ist das schlimm?« – »Es wird sich ändern.« – Sie sog noch ein letztes Mal an ihrer Zigarette, und ich tat es ihr – zum wievielten Male? – nach. Dann stand sie auf. »Komm, wir gehen.« – »Wohin?« – »Zu Dir nach Hause, in die Pension!«

Etwas zog mich empor. Was war geschehen? Warum lächelte mich alle Welt so freundlich an, und warum nannte der Kellner fortgesetzt unsere Namen? Auch die großen Flußgestalten Berninis grinsten und stemmten ihre mächtigen Körper hoch. Wie liebenswert die Menschen plötzlich waren! Wir hatten nur gute Freunde, und sie würden uns eine Zeitlang begleiten. Ah, jetzt begannen die Glocken zu läuten, gerade zum richtigen Zeitpunkt. Bald würde der Papst vorbeikommen, um uns seinen Segen zu erteilen. Ich hatte ihn nie besonders leiden können, da ich die Erinnerung an seinen Vorgänger noch nicht losgeworden war. »Aber *Giovanni*!«, sagte er traurig, »wir begreifen Deine Trauer. Doch wir werden sie in Liebe verwandeln.« Gewiß, er hatte ja recht. Warum hatte ich ihm nicht längst einen Besuch abgestattet? Hielten wir uns etwa in einer Kirche auf, und pflückte Cindy gerade Blumen oder Kerzen? Oh nein, kein Irrtum, sie hielt eine Kerze in der Hand. »Laudate Dominum!« sagte ich leise. – »Alleluja!«, erwiderte sie. Dort – die Fresken Domenichinos, die Goethe so geliebt hatte! Freilich, er hatte sie nicht verstanden. Auch Domenichino mußte *high* gewesen sein, als er sie gemalt hatte. Oder *stoned*? Wer sprach da wieder neben mir diese unverständlichen Wörter aus? Oh ja, wir wurden begleitet. Wie schön! Zwei, drei Burschen aus der Nachbarschaft führten uns den Weg des ewigen Glücks. Und die Apfelsinen kollerten von allen Seiten über den Weg. Die Katzen schrien im Chor und flogen aufgeregt über die Straßen. Jetzt waren sicher bereits Wochen vergangen. Die Riten lagen hinter uns, und die sieben Hügel hatten sich zu sieben Erdteilen erweitert. Wir trieben auf einem großen Floß den Tiber hinab. Die Sonne erleuchtete Sankt Peter und war von einem mächtigen Obelisken aufgespießt worden. Wie hungrig ich plötzlich war! Schließlich hatte ich seit Monaten nichts mehr gegessen! Ich mochte Schokolade und sehr süße Fruchtmilch, von Früchten, die man gerade erst ausgepreßt hatte. Schon hielt ich ein Glas in der Hand. Ja, wir näherten uns allmählich dem vollkommenen Glück. Davon hatten also die Orphiker immer gesprochen! *Dionysos!* Der Rausch! Oh, die Tempel des Forums hatten sich auf Wanderschaft begeben und tanzten im Kolosseum. Na ja. Am Abend würde ich sie heimholen. Redete ich etwa die ganze Zeit? Aber wovon? Die Worte hörten sich fremd an. Irgend jemand würde sie auflesen und aus ihnen eine Kette bilden. Hatte ich Cindy gerade geküßt? Es war ein angenehmes Gefühl, etwa so wie Schneebälle kneten im Hochsommer. Überall wurde gesungen. Die Menschen hatten sich beachtlich schnell vermehrt. Waren wir jetzt in *Trastevere*? Ein Glas Wasser, oh danke! Noch der kleinste Vogel unterschied sich deutlich vom anderen. Pirole? Wahrscheinlich! Eher aber Nachtigallen. Gewiß waren sie in Seelen verwandelt, sonst hätten sie nicht so deutlich sprechen können. Ich hatte sechs Brüder, und wir waren ohne Vater groß geworden. Der Papst erteilte uns die Absolution. Ah, Giulio! Ja, ich erkenne Dich! Mein Freund Giulio! Das ist Cindy, sie hat ihr *Mantra* gefunden, und nun suchen wir meines. Nein, heute keinen Wein, erst müssen die Klappläden geschlossen werden. Wir alle? Ja, wir ziehen alle in die Pension ein. Die Zimmer sind frei, alle Zimmer sind frei! Wir lieben die Kommunisten. Es gibt unter ihnen nur liebenswerte Menschen. Wir lieben auch Luigi Longo! Nein? Auf keinen Fall? Ach laß uns, Giulio! Du kommst mit hinauf. Bring Deine sechs Kinder mit! Wir werden sie alle aufnehmen, später kommt noch der Papst. Er vereinigt sich gerade mit den Kommunisten! *Certamente,* alle sind *high,* Giulio; ich erinnere mich an alle Weinmarken Italiens. Ich könnte sie Dir mühelos aufzählen. Aber nein, ich bin nicht betrunken. Nicht einmal ein Glas Wein habe ich angerührt. Wo ist Cesare? Im Himmel und auf Erden! Wir werden ihm folgen, Giulio, sicher ist er im Meer versunken. Oh, die Sonne, *c'è sole, c'è il sole…*

Die Riten hatten begonnen, es gab kein Entrinnen mehr. Wie ich in einer Phase der Ernüchterung bald feststellte, hatten uns Cindys Freunde zur Pension begleitet. Ohne lange zu fragen, hatten sie sich in einigen leerstehenden Zimmern einquartiert. Fleisch, Fisch und Alkohol wurden nun von der Speisekarte gestrichen. Zum Frühstück gab es Tee, Nüsse und Früchte, die mit andächtiger Langsamkeit verzehrt wurden. Eile und Hast waren Untugenden jener Menschen, die lauter überflüssige Dinge in sich hineinfraßen. In den Staaten nannte man diese bedauernswerten Geschöpfe *plastic people.* Sie hatten sich in einem nicht weiter durchdachten Wohlstand eingerichtet; ahnungslos vegetierten sie dahin, unfähig, das wahre Glück zu finden. Sie zerstörten die Natur, sie unterdrückten die hungernden Völker. Der *neue Mensch* jedoch mußte zu seinen Wurzeln zurückfinden; Seele und Körper sollten sich wieder einander nähern. Ernährung und Kontemplation bereiteten dafür den Weg. Daher genügte auch am Abend eine karge Mahlzeit. Milch, ein paar Trauben, ein roher, geriebener Apfel, eine Handvoll Rosinen – das reichte.

Bald hatte die sich rasch vergrößernde Gemeinschaft die ganze Etage besetzt. Giulio hatte nichts dagegen, daß seine lebenslustigen Kinder uns besuchten. Sie fühlten sich wohl bei uns, denn sie durften tun, was sie wollten. So begannen sie, die Zimmerwände mit phantasievollen Gemälden zu verschönern. Wir hatten ihnen Pinsel und Farbe besorgt, es war sowieso höchste Zeit, die düsteren Zimmer ein wenig aufzuhellen. Auch ich selbst hatte Gefallen an allem Farbigen gefunden und kleidete mich nun bunter und ausgefallener; Cindy schenkte mir ein rotes Stirnband und band mein langgewachsenes Haar hinter dem Kopf zusammen. Ich trug nun bequem weite, ausgewaschene Hemden über einfachen Jeans. Innerhalb der Kirchengemeinde löste diese neue Aufmachung Verstimmung aus. Man ließ mich nicht mehr auf die Orgelbank. Die meisten Gemeindemitglieder taten so, als sei eine Art Teufel in mich gefahren; da Cindy mich einige Male zu meinen Auftritten begleitet hatte, hielt man sie für die satanische Gestalt, deren Einfluß ich erlegen war. Ich widersprach, doch man reagierte weiter nur mit Ablehnung und Unverständnis. Daher gab ich es bald auf, die verhärteten Seelen zu erweichen. Ich kündigte meinen freiwilligen Dienst, dem Mysterium der *Wiedergeburt* stand kein Hindernis mehr im Weg…

Cindy und ich schliefen nun morgens länger als früher. Der empfindliche Körper vertrug das helle Sonnenlicht nicht; erst gegen Mittag sollte er seine nächtliche Schwere ganz verlieren. Wir setzten uns auf den harten Boden und teilten das wenige, das zur Stärkung dienen sollte, unter uns auf. Die Früchte wurden langsam zerkaut, der Tee genießerisch geschlürft, gedämpfte Musik regte die Sinne weiter an. Später legten wir uns zur Entspannung auf den Rücken. Die Augen wurden geschlossen, der Körper erwärmte sich, die Arme wurden weit ausgebreitet – tiefe innere Ruhe stellte sich ein. Niemand störte uns, in den Nebenzimmern ließen Giulios Kinder ihren enthemmten Spieltrieben freien Lauf, manchmal hörten wir, daß ein Farbeimer über den Boden kollerte oder ein Pinsel gegen die Wand geworfen wurde. Die aggressiven Gewalten meldeten sich ein letztes Mal; bald würden auch sie befriedet sein.

Nach einem kurzen Spaziergang wurde ich in den frühen Nachmittagsstunden weiter in die Zeremonien eingeführt. Cindy verschloß die Tür und drehte uns einige jener Wunderzigaretten, die schon bald die erhoffte Wirkung ausübten. Wir rauchten langsam und schwiegen. Dies waren die Augenblicke, in denen *Frank Zappa* erschien. Cindy hatte mir erklärt, daß er einer der wichtigsten Mystagogen des neuen Lebens sein sollte. Er besaß arabische, griechische und sizilianische Vorfahren und hatte sich schon als Kind eine Gasmaske aufgesetzt, um gegen die Tätigkeit seines Vaters in der amerikanischen Rüstungsindustrie zu protestieren. Nach einem vergeblichen Versuch, die High School von San Diego in Flammen zu stecken, hatte er seine Mutter durch das überlaute Abspielen von Schallplatten aus der Wohnung vertrieben. Mit seiner Band *The Mothers of Invention* machte er eine Musik, deren Akkorde die abstoßenden Welten der *plastic people* an Häßlichkeit noch übertreffen sollten. Cindy legte eine seiner Platten auf, und *die Verklärung* begann. Schon kurz darauf verlor ich jedes Zeitgefühl. Wann hatten wir das Zimmer nur verlassen, wann waren wir aus dem Haus gegangen? Auf der Straße grüßten uns ganz unbekannte Menschen, die störenden Autogeräusche waren verschwunden. Wir schienen zu schweben, und die Szenerien wechselten so schnell, daß ich manchmal am liebsten in einer von ihnen verschwunden wäre, um wieder zur Ruhe zu kommen. Denn ich verwandelte mich unaufhörlich. Mal steckte ich im Körper eines Friseurs, der seine Kundschaft warten ließ, um einen Blick nach draußen auf die beiden vorüberziehenden Gesellen zu werfen; mal war ich ein großer Maler, der auf dem Weg ins Museum war, um die Werke seiner Konkurrenten zu studieren. Beinahe jeden Nachmittag suchten wir ein anderes auf, um meist nur ein einziges Bild genauer zu betrachten. Cindy liebte vor allem das Porträt des Papstes Innozenz X., das Diego Velasquez gemalt hatte. Wir setzten uns vor dem Meisterwerk auf den Boden. »Siehst Du?«, fragte sie. – »Was?« – »Den schillernden Purpur, das gleißende Weiß; Innozenz hat den gesammelten Blick.« – »Den was?« – »Seine Energien sind gebündelt. Er ist gut und böse zugleich, er wirkt zornig und gütig. Die Kräfte der verschiedenen Welten kämpfen mit allen Mitteln gegeneinander. Die eine Hand hält ein Papier, sie klammert sich daran; die andere liegt locker über der Armlehne, sie sucht. Erkennst Du ihn?« – »Wen?« – »*Frank Zappa* ist wie Innozenz X.! Auch in ihm toben die positiven und die negativen Energien gegeneinander. Du mußt es mitempfinden. Schau Dich hinein …« – Ich gab mir alle Mühe, dem gesammelten Blick standzuhalten, doch meist gelang es mir nicht. So war ich oft erleichtert, wenn ein Wächter herbeieilte, um uns fortzuscheuchen. Cindy störte das nicht. Denn die Fortsetzung der Zeremonie gebot sowieso, einen der sieben Hügel aufzusuchen. Wir durchstreiften das Forum, wir versteckten uns, wenn die letzten Besucher aufgefordert wurden, das Terrain zu verlassen. Allmählich wurde es ganz still, und wir rauchten noch einmal zwei Zigaretten. Strömten nicht Thymian und Lavendel betäubende Düfte aus? Es dunkelte schon, als Cindy mich die Stufen zum palatinischen Hügel hinaufführte. Wir waren allein und setzten uns unter eine Pinie. Mir schwindelte, langsam belebte sich die ruhige Welt mit unerwarteten Zeichen. Die Pflanzen schienen plötzlich Blüten zu treiben, und der dunkelblaue, an den Rändern türkisfarbene Himmel legte sich wie ein leichtes Tuch auf unsere Köpfe. Katzen streunten herum, Zitronenbäumchen schüttelten sich im Abendwind, und die dicken Früchte flogen uns in die Hände. Die lauwarme Luft war angenehm, sie sollte den ganzen Körper umhüllen. Wir zogen uns aus, und Cindy sprach das erste Mantra der Wahrnehmung. *Om, Ahdi, Om.* Ich lag nackt auf dem Rücken, als sie mit den Fingern meinen Mund berührte. *Om, Ahdi, Om.* Die lustvolle Empfindung wurde stärker. *Om, Ahdi, Om.* Alle Glieder belebten sich, nun galt es, ihrem Luststreben Einhalt zu gebieten … *Pah, Ahdi, Dah.* Cindy wandte sich von mir ab, legte sich ebenfalls auf den Rücken und wartete, bis es mir gelungen war, meinem Körper alle voreiligen Erwartungen auszureden. *Pah, Ahdi, Dah.* Wie eigensinnig sich manche Körperteile gebärdeten! Der Geist nahm sie erst langsam in seine Gewalt. Ein letztes *Pah, Ahdi, Dah* – nun war es Zeit, sich aufzurichten, um auch Cindy die Erfahrung an- und abschwellender Sinnenlust zu vermitteln.

Mehrfach wiederholten wir diese zärtliche Annäherung. Ab und zu unterbrachen wir die Riten, um uns ein weiteres Rauchopfer zu gönnen. Die Sinne befanden sich anscheinend im Einklang mit den Planungen des schöpferischen Geistes; dies mochten jene hohen Momente sein, nach denen sich Goethe so lange vergeblich gesehnt hatte. *Om, Ahdi, Om* – von solchen Zauberworten hatte er nichts geahnt, so daß seine nordische Sehnsucht nach rascher Befriedigung begehrt hatte, ohne sich in den verwirrenden Zaubergärten des Südens jene kostbare Zeit zu nehmen, die der Befriedigung erst die rechte Tiefe verlieh.

So näherten wir uns von Tag zu Tag der Erfüllung. Ich hatte die übrige Welt längst aus den Augen verloren. In der Pension trieben sich Menschen herum, die ich noch nie gesehen hatte. Die Zimmer waren gut belegt, und ich dachte nicht daran, von den Freunden und Brüdern Geld zu verlangen. Giulio hatte ich lange nicht mehr gesehen. Endlich brauchte ich mich nicht mehr um die Post zu kümmern. Die zahlreichen Anfragen verhärmter geistlicher Herren mochten inzwischen andere Wege nehmen. *Frank Zappa* regierte die Welt, Innozenz X. kämpfte noch immer mit seinen Begierden, allmählich mochte selbst der Papst begriffen haben, daß Michelangelos *jüngstes Gericht* in der *Sistina* die Geister des Jenseits nicht in gute und böse, sondern in verklärte und unbefriedigte schied. Man mußte all diese Bilder nur zu enträtseln wissen, erst dann offenbarten sie ihre geheime Botschaft.

Cindy und ich aber standen nun kurz vor der endgültigen Stufe der Vollkommenheit. Nach sechs Tagen und Nächten hatten wir gelernt, all unsere Organe in den Dienst von *Om, Ahdi, Om* zu stellen. Es war erstaunlich, wie leicht dem Körper Lehren beizubringen waren, die von ihm absoluten Gehorsam verlangten. Um unser Werk zu vollenden, hatten wir uns kurz vor Mitternacht in unser Zimmer zurückgezogen. *Pah, Ahdi, Dah* lag bereits weit hinter uns, ich kniete vor Cindys ausgestrecktem, mit allen Bannsprüchen bewispertem Körper, um mich ihm in angemessener Langsamkeit zu nähern …, als uns Laute aufstörten, die wir seit langem nicht gehört hatten. Ich setzte die Beschwörung fort. Die teuflische Welt mochte sich Einlaß verschaffen, in der siebenten Nacht war ihre Macht längst gebrochen. Ich atmete tief ein, mein Zwerchfell zitterte, Cindys geschlossene Augen meldeten mir, daß sie meine ganze Zuwendung erwartete ..., als unsere Zimmertür von außen aufgesprengt wurde. Eine dunkle Öffnung tat sich drohend auf, Stimmen wurden lauter, Fußtritte gegen den Rahmen vollendeten das zerstörerische Werk, unangenehm riechende Körper wälzten sich herein, im Hintergrund huschten Menschen über den Flur. Türen wurden geschlagen, ich glaubte, Sirenengeheul zu hören, mußte mich jedoch getäuscht haben, da ich, ungläubig zwar, nicht wenig verbittert, die kreischende Stimme nun genauer erkannte. »Es ist also wahr! Es ist also wahr!« Signora Adele stand neben dem teuflisch grinsenden Giulio im Raum, sie hatten sich verbündet, den Kampf gegen die verklärte Welt aufzunehmen. »Oh, Om, Pah, Ahdi ... Signora Adele!«, antwortete ich, froh, daß meine Befürchtungen, es sei ein Weltenbrand ausgebrochen, sich nicht bestätigt hatten, »schauen Sie nur! Das ist Cindy, wir nähern uns dem Mysterium der siebenten Nacht! Ich werde ihnen alles erklären. Ah, Cesare! Auch Sie haben sich hierherbemüht? Die Oper, Cesare, ist ein harmloser Ritus gegenüber dem, dem ich folgte. Pah, Ahdi, Dah ... das Leben ist Passion geworden, Lust und Leiden, eine Vereinigung von Körper und Geist, eine Kunst, das Indifferente zu beseitigen, um sich jenen höheren Wonnen hinzugeben ...« –

Signora Adele unterbrach mich. »Giulio, schaffen Sie all diese Leute hinaus. Er ist von Sinnen. Wie es hier riecht! Öffnen Sie die Fenster! Es ist nicht zu fassen! Was ist hier geschehen? Was ist in all der Zeit nur geschehen ...« – »Er weiß nicht, was er redet, der arme Junge«, flüsterte Cesare. – »Genug!«, fauchte Signora Adele, »ich will nichts davon hören! Er hat mein Vertrauen mißbraucht! Giulio, schnell, schnell! Helfen Sie mir!«

Rüpelhaft ging man gegen uns vor. Cindy hatte sich angezogen und sammelte ihre Sachen zusammen. Ich saß noch immer auf dem Boden. Unsere Brüder waren längst vertrieben, die alte Welt setzte ihre Machtmittel ein, das verlorene Terrain zurückzuerobern. Mir wurde dunkel vor Augen, meine Beine begannen zu zucken, sie wollten davon, doch mein Körper folgte ihnen nicht, während der Geist die widersprüchlichsten Befehle ausgab, *Om, Pahdi, Rom,* so daß mein Herz sich verkrampfte, ein brennender Stich es durchfuhr, die Welten trennend, die auf dem Weg der Vereinigung gewesen waren, die alten, mühsam überwundenen Scheidungen unter Qualen wieder aufbauend, bis die Lippen endgültig zu zittern begannen, ich aber, mich ein letztes Mal aufbäumend, schrie: *Herr hilf!,* schicksalsergeben hinnehmend, daß nicht Michelangelos glühender Christus mir seine rettende Hand entgegenstreckte, sondern Cesare, *ecco!, professore, terribile, incredibile …* weiche Du aber von mir, Giulio, Verräter, der Du dich hinter meinem Rücken verbündetest mit den Gewalten der Kirche, weichet von mir, Signora Adele, die Ihr einem Kommunisten mehr vertrautet als mir! *Passionato, professore,* nicht wahr? Der *uomo universale* zieht endlich ein durch das Tor der Erlösung, Ihr aber habt aufgetan die Pforten der Hölle …

16

Der Herr der Gelehrten

Ich sollte büßen, denn Signora Adele wollte sich auf meine Erklärungen nicht einlassen. So wurde ich schon bald nach ihrem unerwarteten nächtlichen Auftauchen in das kleinste Zimmer der Pension umquartiert, das früher einmal als Rumpelkammer gedient hatte. Der Raum hatte weder Fenster noch fließendes Wasser, eignete sich aber besonders für einen, der nach Signora Adeles Ansicht gegen fast alle Gesetze verstoßen hatte. Auf ihr Geheiß hatte ich die übrigen Zimmer einer gründlichen Reinigung zu unterziehen. Ich sollte all den Schmutz, der sich in den letzten Wochen auf wunderbare Weise vermehrt hatte, ganz allein beseitigen. Ich trug Kübel mit Abfall hinab in den Hof, und ich erntete dort den Spott Giulios, mit dem ich mich in kein längeres Gespräch mehr einließ. Ihm nämlich hatte ich Signora Adeles Erscheinen in der fraglichen Nacht zu verdanken. Ohne mich zu benachrichtigen, hatte er sich ihre Wiener Adresse besorgt. Die enthemmte Gemeinschaft meiner Freunde, die niemandem etwas zuleide getan hatte, hatte nicht die Zustimmung seines proletarischen Gewissens gefunden. Anscheinend lebte auch in ihm noch ein kleiner Luigi Longo, der lieber mit der christlichen Amtskirche als mit dem Nachwuchs einer jugendlichen Internationale paktierte. Selbst die Post hatte er zurückgehalten, um sie bei Signora Adeles Eintreffen mit der Geste des auf Ordnung bedachten Tugendwächters zu präsentieren. Durch all diese Machenschaften hatte er sich in meinen Augen als unverbesserlicher Taktiker entlarvt. Von nun an gehörte er für mich in die Reihen seiner als Maulhelden auftrumpfenden Freunde, die beschimpften, was sie nicht verändern konnten, und die Welt dort nicht veränderten, wo sie veränderbar gewesen wäre. Mochte er mich auch noch einmal zu einem Glas Wein einladen – ich hatte ihn durchschaut und war nicht bereit, mich noch weiter auf seine Hausmeisterintrigen einzulassen.

Nur Cesare hielt weiter zu mir. Er versuchte, sich bei Signora Adele für mich zu verwenden, indem er ihr erklärte, mein gutes Herz sei der einzige Grund dafür, daß ich einigen jugendlichen Obdachlosen ein Heim beschafft hätte. Gerade dadurch hätte ich bewiesen, daß ich nicht nur ästhetisch, sondern auch ethisch zu empfinden verstünde. Ich dankte ihm für seine Worte, aber ich wußte, daß sie nicht viel bewirken würden. Signora Adele bestand auf harten Strafmaßnahmen.

Schmutz und Dreck hatten mich immer abgestoßen. Die lange Internatserziehung hatte dazu beigetragen, daß ich in meinen eigenen vier Wänden selbst für Ordnung sorgte. So betrachtete ich es als eine um so größere Schmach, daß man mich anhielt, auf allen vieren durch fremde Räume zu kriechen, um Zigarettenkippen und andere ekelerregende Abfälle vom Boden aufzulesen. Selbst die vom Geist eines neuen Zeitalters inspirierten Bilder, die Giulios Kinder unter der Anleitung meiner Freunde an die Wände gemalt hatten, sollte ausgerechnet ich wieder entfernen; so stand nach der Säuberung der Zimmer eine Renovierung der Räume an, und ich mußte mich notgedrungen als Maler und Anstreicher versuchen. Schließlich buckelte ich sogar die alten, verblichenen Teppiche, unter denen sich angeblich bedeutende Erbstücke befinden sollten, zu einer Reinigung. Die Gardinen mußten gewaschen werden, die Kacheln im Bad vertrugen ein stundenlanges Scheuern und Blankreiben, und die Toiletten, die verstopft sein sollten, bedurften besonders gründlicher tagelanger Behandlung. Sogar für einige kleinere, unbedeutende Flurschäden mußte ich aufkommen. Ein Spiegel war zersprungen, und eine Toilettenschüssel wies unbeträchtliche Risse auf. Das für die Instandsetzung notwendige Geld sollte ich in den kommenden Monaten abarbeiten. Signora Adele setzte selbst noch einen Aschenbecher auf die Rechnung, den sie, wie ich genau wußte, als Werbegeschenk von einem Vertreter für Staubsauger erhalten hatte. Die Summe, die herauskam, überstieg jede Vernunft. Ich war nicht in der Lage, sie in naher Zukunft zu bezahlen, mochte ich künftig auch jeden Tag Staubtücher, Wischeimer und Aufwaschlappen in die Hände nehmen.

Da ich nicht daran dachte, meinen römischen Aufenthalt im Dienst der Schmutzbekämpfung zu beenden, bat ich Cesare, mir den geforderten Betrag unter der Voraussetzung, daß es mir gelänge, eine Anstellung zu finden, zu borgen. Unverzüglich machte ich mich auf die Suche; ich hatte bereits an verschiedenen deutschen Stellen gefragt, als ich in einem Nonnenkloster, das ganz in der Nähe der vatikanischen Gärten lag, den Bescheid erhielt, daß in der Küche eine Stelle frei sei. Dort führte ein italienischer Koch mit Namen Franco das Regiment; ich wurde dem untersetzten, wendigen Menschen vorgestellt, und er war bereit, mich in seine Garde von sechs Lehrlingen einzureihen. Allerdings hatte ich fast zehn Stunden am Tag in der Küche zu verbringen; die Gäste waren anspruchsvoll, man wollte den Herrschaften, die zum Teil auch aus den umliegenden Klöstern zu den Mahlzeiten erschienen, etwas bieten. Dafür war jedoch der Lohn angemessen, er überstieg meine Erwartungen; außerdem war für eine Übernachtungsmöglichkeit in einem Seitentrakt des vielfach verwinkelten Gebäudes gesorgt.

Ohne noch weiter zu überlegen, nahm ich das Angebot an. Es war besser, sein eigener Herr zu sein, als weiter ein Büßerleben im Dienst einer überreizten Herrscherin zu führen. Auftrumpfend übergab ich Signora Adele den verlangten Betrag; ich packte meine Sachen und verabschiedete mich mit wenigen Worten.

Am Abend lud ich Cesare und meine anderen Bekannten zu einem Glas Wein ein. Wir feierten meine Anstellung, und ich war erleichtert, daß es mir gelungen war, mich aus den Klauen der Signora aus eigener Kraft zu befreien. »Wer war das Mädchen eigentlich?«, wollte Cesare wissen. – »Ich weiß es selbst nicht genau, *professore*; wir verkehrten miteinander nicht nach den üblichen Regeln. Es war ein freierer Umgang, bei dem es auf Konventionen nicht ankam. Sie erschien mir erfahren und weltgewandt.« – »Ach, Giovanni, Sie kennen die Menschen nicht. Sie sind gutgläubig und ahnungslos. Sie vertrauen allen und rechnen nicht mit Bosheiten. Das wird Ihnen noch einmal zum Verhängnis werden.« – »Wundern Sie sich darüber, *professore*? Mein Bruder und ich wurden auf einer abgeschirmten Insel erzogen. Einerseits sind wir vielleicht ahnungsloser als viele andere, andererseits aber auch neugieriger und ungehemmter.« – »Widmen Sie sich wieder Ihren Studien, Giovanni, streifen Sie wieder wie Goethe durch Rom, um alle Schönheiten der Stadt in ihrem großen Kopf zu ordnen?« – »Bestimmt nicht, *professore*! Die Kunst ist mir unheimlich geworden, und wenn ich jetzt wieder vor einem Gemälde eines großen Meisters stünde, kämen mir zu viele Erinnerungen. Die Kunst will nicht nur betrachtet, sondern auch gelebt werden. Kenntnisse bleiben ihr gegenüber ein bloßes Stückwerk … Nein, jetzt fängt wohl ein anderes Leben an. Ich will meine Kräfte sammeln, bevor ich nach Deutschland zurückkehre. Mein Bruder hat mir von den neuen Philosophen unseres Landes berichtet, er nimmt an ihren Seminaren teil. Ich werde versuchen, einige ihrer Werke zu lesen. Vielleicht werde ich ja später selbst einmal Adorno hören.« – »Adorno? Ein Sänger, Giovanni?« – »Nein, *professore,* Adorno ist einer jener inzwischen in Deutschland zu hohem Ansehen gelangten Philosophen, deren Werke überall studiert werden.« – »Ach, Giovanni, die Deutschen werden die Grübelei nie lassen können. *Terribile!* Und wie lauten die Titel dieser Werke?« – »Ich habe mir erst ein einziges gekauft, *professore.* Adorno hat es gerade veröffentlicht. Man hält es für sein Hauptwerk. Es heißt *Negative Dialektik.*« – »Dialektik? Negativ? *Terribile,* Giovanni! Schon der Titel erscheint mir sehr *indifferente.*« – »Mag sein, *professore.* Lassen Sie mich ruhig eine Zeitlang *indifferente* sein, mein Küchendienst wird mir sowieso kaum etwas anderes erlauben.« – »Sehen wir uns noch einmal, Giovanni?« – »Bestimmt. Ich werde mich melden.« –

Wir verabschiedeten uns gerührt. Ich konnte ihm nicht alle Geheimnisse anvertrauen. Insgeheim hatte ich in den letzten Tagen oft an die *siebente* Nacht zurückgedacht. Ich hatte Cindy nie wiedergesehen, und es entsprach ihrem Wesen, ebenso lautlos zu verschwinden, wie sie gekommen war. Dennoch ließen sich die Abenteuer der kaum vergangenen Tage nicht leicht vergessen. Unbefriedigte Phantasien stimmten mich wehmütig; sie hielten meine Gedanken besetzt und gaben keine Ruhe. Dagegen half nur die scharfe Strenge philosophischer Erörterungen. Ich hoffte zwar nicht auf schnelle Abhilfe gegen meine innere Verwirrung; doch ließ die Nachricht meines Bruders, Adorno sei nicht nur ein bedeutender Philosoph, sondern auch ein anerkannter Musiktheoretiker, einiges erwarten. So begann ich am ersten Abend meines neuen Klosterlebens mit der Lektüre.

Ich öffnete das schwere Buch, rückte die Lampe zurecht und las: *Philosophie, die einmal überholt schien, erhält sich am Leben, weil der Augenblick ihrer Verwirklichung versäumt ward.* Es war der Anfang des ausgedehnten Traktates, aber ich wußte sofort, daß ich an das Buch geraten war, das mir zu dieser Stunde gefehlt hatte. Adorno hatte ja recht. Schon dieser erste, in seiner eigenartigen stilistischen Manier seltsam zusammengepreßte, lange vorausgegangenem Nachdenken gleichsam abgewürgte Satz traf mich sofort. Die gängige Philosophie war am Ende; trotzdem erhielt sie sich auf dunkle Weise am Leben. »Ja«, rief ich, »das ist es«; irgendein wichtiger Augenblick war zweifellos versäumt worden, mochte man ihn nun den Augenblick der Verwirklichung oder den der *siebenten Nacht* nennen. Fest stand jedenfalls, daß die alte Vorliebe zur ausschweifenden Grübelei nicht totzukriegen war. Die Philosophie erhielt sich am Leben, weil die Verwirklichung des schönen Augenblicks versäumt worden war. Ich hielt inne … Was für ein Anfang! Sollte ich ihn sofort wieder aufs Spiel setzen, indem ich weiterlas? Nein, ich wollte es vorerst mit diesem ersten Satz bewenden lassen. Ich hatte ihn mir gut eingeprägt, es war ein meisterhafter Satz. Ich schlug das Buch zu und schlenderte hinaus. Aus der Küche waren noch Geräusche zu hören. Franco stellte bereits den Speiseplan für den kommenden Tag zusammen. Ich setzte mich zu ihm. »Verstehst Du etwas von Philosophie?«, fragte ich ihn. – »*Niente,* Giovanni. Philosophie ist langes Denken und kommt an kein Ende. Kochen ist Kunst und muß immer an ein Ende.« – »Und worauf kommt es beim Kochen an, Franco?« – »Auf die Minute, Giovanni.« – »Siehst Du, es kommt auf den Augenblick an, nicht wahr? Man darf ihn nicht versäumen, Franco, den Augenblick. Wehe, man versäumt den Augenblick der Verwirklichung! Das ist furchtbar. Dann nämlich, Franco, dann entsteht Philosophie, und wenn die durch das Leben überholt wird, wird man wehmütig …« – Er schaute mich ernst an. Wir tranken ein Glas zusammen. »Bist Du ein Philosoph, Giovanni?« – »Ein Philosoph des neuen Lebens, vielleicht. Die alte Philosophie ist überholt.« – »Und was hat die alte gelehrt?« – »Nein, Franco … wir wollen sie nicht wieder zum Leben erwekken!« – »*Salute,* Giovanni!« –

Ich hatte die großen Mühen, die mit der Kochkunst verbunden waren, bei weitem unterschätzt. Als Mitglied von Francos Küchenstab hatte ich anfangs hart zu arbeiten. Oft war ich den ganzen Vormittag damit beschäftigt, Gemüse zu waschen, Zwiebeln und Tomaten zu schneiden, Gurken zu zerkleinern und Petersilie zu rupfen. Da ich nicht zu den Fortgeschrittenen gehörte, beauftragte Franco mich gerade mit jenen Tätigkeiten, die besondere Ausdauer erforderten. Bald konnte ich all das Gemüse nicht mehr zählen, das ich mit zitternden Fingern zerschnitten und für die weiteren Arbeitsgänge präpariert hatte. Obwohl ich diese Tätigkeit, die große Fingerfertigkeit erforderte, abseits von den eigentlichen Kochstellen durchführte, konnte ich sie doch nicht in aller Ruhe hinter mich bringen. Franco sorgte mit lautstarken Befehlen dafür, daß man sich kaum eine Pause gönnte. Schon rissen mir seine Helfer die zerlegte Ware aus den Händen und bearbeiteten sie weiter. Franco schaute jedem von ihnen über die Schulter, er war überall da zu finden, wo der Kochvorgang in eine entscheidende Phase trat. Sekunden entschieden über das Gelingen. Wer mit blödem Blick vor Pfannen und Töpfen den richtigen Augenblick versäumte, wurde erbarmungslos degradiert. So regierte Franco nach Art eines Generals, dessen leicht ermüdende Truppen zu immer neuen Höchstleistungen angestachelt werden mußten. Die meist unerträgliche Hitze, das laute Kampfgeschrei, das Klappern von Geschirr, die rasende Eile, zu der wir besonders angetrieben wurden, wenn die Speisen hinaus auf die Tische sollten – all das versetzte mich bald in einen Zustand milder Betäubung, aus dem ich nur von Zeit zu Zeit erwachte, wenn mir ein Mitstreiter ein Glas hinhielt, damit ich hastig meinen Durst stillen konnte. Ich achtete längst nicht mehr darauf, womit diese Gläser gefüllt waren. An vorsichtiges Kosten und Probieren war nicht zu denken; man spülte den Inhalt herunter, mochte es sich nun um Reste von Wein, Cognac oder anderen Alkoholika handeln, die bei der Zubereitung der

Speisen Verwendung fanden. Immerhin hob der Genuß dieser Getränke meine Stimmung, und auch die anderen Gehilfen ließen es sich munden; nach zwei, drei Stunden gehorchten sie Francos Befehlen wie leicht taumelnde Sandsäcke, die von einer hartnäckig auf sie eintrommelnden Faust bis zur Bewußtlosigkeit hin und her getrieben wurden.

Wenn ich mich nach derartigen Strapazen am Abend in mein Zimmer zurückzog, hielt ich oft nur noch mit Mühe die letzte Weinflasche, die ich in all dem Wirrwarr für mich beiseitegeschafft hatte. Ich legte mich auf mein Bett und blickte gegen die Decke. Schau an! Noch immer kreisten die Rührlöffel auf der Stelle, das Eiweiß wollte nicht steif werden, der Schneebesen drehte Pirouetten, Pilze, Zwiebeln und Tomaten hüpften übermütig aus den Töpfen, und eine große Kasserolle, in der sich ein Meisterwerk von einem Braten befand, schwebte wie ein überhitzter Ziegelstein durch den Raum. Nichts berühren! Die Grillstäbe hatten sich entzündet, die Fische wendeten sich ächzend von einer Seite auf die andere, und die Knoblauchpresse tränte längst vor Unlust. Ich nahm einen Schluck aus der Flasche, allmählich legte sich der Aufruhr. Hunger? Ich war viel zu kraftlos, mich einem so ordinären Drang hinzugeben. Ich trank noch ein wenig, ich versuchte, meine Gedanken zur Philosophie zu zwingen. Doch es war spät, sehr spät, und eigentlich wußte ich längst, was die philosophische Stunde geschlagen hatte. Wie hatte Adorno geschrieben? Richtig: *Philosophie, die sich einmal am Leben erhielt, ist überholt, weil die Verwirklichung des Augenblicks versäumt ward.* Genau! Exakt! So hieß es …

Da ich in dieser Zeit kaum einmal nach draußen kam, war ich meinem Bruder dankbar, daß er mich in seinen Briefen an das rauschende Leben erinnerte. Hatte er mir anfangs noch mitgeteilt, daß Adenauers unglücklicher und anscheinend stets verdrossener Nachfolger keine gute Figur auf dem Staatsparkett machte, hatte er von einer *Konjunkturkrise* geschrieben, vom Rückgang des Wirtschaftswachstums, von sinkenden Aufträgen aus dem Ausland, von Preissteigerungen und sogenannten *Maßhalteappellen,* so daß all diese Nachrichten sich in meiner Phantasie bereits zum Bild eines Landes verdichtet hatten, dessen Bewohner bald in tiefste Armut stürzen würden, um wieder da zu enden, wo sie nach dem Krieg begonnen hatten, so standen die Nachrichten über unser Familienleben zu diesen bedrohlichen Meldungen doch in krassem Widerspruch. Mutter hatte angeblich noch nie soviel verdient wie zur Zeit, Theo war in die Chefredaktion der Zeitung aufgestiegen und wurde nun am Morgen von einem Chauffeur abgeholt, Onkel Josephs Zeichnungen wurden auf Ausstellungen in aller Welt gezeigt, während mein Bruder es in seiner schlitzohrigen Manier gerade geschafft hatte, dem Militärdienst mit knapper Not zu entkommen. Angeblich galt er inzwischen als so kurzsichtig, daß man es höheren Orts für ausgeschlossen hielt, daß er noch eine Gabel von einem Löffel unterscheiden konnte.

Auch Adenauer hatte sich trotz seines hohen Alters wieder zu Wort gemeldet. Er machte sich Gedanken über die Ablösung seines verspotteten Nachfolgers; außerdem schrieb er noch immer an seinen *Erinnerungen.* Der erste Band war soeben erschienen und hatte im Handel großen Erfolg. All diese Meldungen bestärkten mich daher in dem Verdacht, daß in Deutschland alles beim alten geblieben war, mochte man sich auch noch so sehr anstrengen, kleinere wirtschaftliche Rückschläge zu wahren Schreckensgemälden aufzubauschen. Josef hatte denn auch nach meinen ersten Einwänden davon abgelassen, das deutsche Elend weiter auszumalen. Statt dessen schienen ihn nun die internationalen Ereignisse zu fesseln. Anfangs hatte ich die langen Passagen, die vom Krieg in Vietnam handelten, noch ungeduldig überflogen. Allmählich bemerkte ich jedoch, daß diese Nachrichten in Josefs Leben eine immer größere Rolle spielten. Denn er tat beinahe so, als liege Vietnam ganz in der Nähe und als entscheide sich auf diesem in Wahrheit doch sehr fernen Kriegsschauplatz das Schicksal der halben Menschheit. Vielleicht hatte die deutsche Intelligenz, da nun einmal in Deutschland alles beim alten geblieben war, gerade mit Vietnam ein Thema gefunden, das noch nicht erschöpfend behandelt worden war. Anders konnte ich mir jedenfalls nicht erklären, daß darüber nun laufend gesprochen wurde. In jedem Brief, der mich von Josef erreichte, wurden Kongresse, Diskussionen und Vorträge erwähnt.

Josef meldete mir all das mit so großem Zorn und so starker Verbitterung, daß ich hinter diesen Gefühlen noch andere Ursachen vermutete. Erst allmählich aber bemerkte ich, daß die manchmal noch versteckt hochkommende Erinnerung an unsere New Yorker Tage zu diesen Ursachen zählte. Josef hatte, wie er kurz erwähnte, noch einmal an George geschrieben; angesichts der veränderten Lage war er sicher gewesen, diesmal eine Antwort zu erhalten. Statt dessen hatte sich jedoch nur Daniel mit der Nachricht gemeldet, daß man vorerst weder Susan noch Tom nach Deutschland schicken werde, da man sie dem durch den Vietnamkrieg entfachten Haß der Deutschen auf die Amerikaner nicht aussetzen wolle. Ich vermutete, daß er Josef nicht richtig verstanden hatte, und da ich um den endgültigen Abbruch unserer freundschaftlichen Beziehungen fürchtete, schrieb ich Susan einen langen Brief, in dem ich Vietnam nicht erwähnte.

Während ich aber noch versuchte, die Wogen zu glätten, bestürmte Josef mich weiter. Er war zu einer *Vietnam-Woche* nach Berlin gefahren und er hatte erlebt, daß der Botschafter Südvietnams bei irgendeiner Veranstaltung in die Flucht geschlagen worden war. Erregt meldete er mir, daß ein nicht weiter benannter *Rudi* vor über zweitausend Demonstranten zur Bildung einer *Außerparlamentarischen Opposition* aufgerufen hatte. Im

Anschluß an seine offenbar mutige Rede hatte man Pappmaché-Köpfe des amerikanischen Präsidenten verbrannt... Nun schienen sich auch in Deutschland die Ereignisse zu überstürzen. Erstaunt mußte ich erfahren, daß nach dem endlich erfolgten Rücktritt des Adenauerschen Thronerben ausgerechnet Willy ein hohes Regierungsamt erhalten hatte. Er war nun Vizekanzler, und die neue Regierung nannte man die der *Großen Koalition.* An ihrer Spitze stand ein wohl recht schöngeistiger Redner, der immerhin versprochen hatte, den Blick nach Osten zu schärfen. Als ich Josef jedoch bat, mir diese nicht ganz geheuren Veränderungen zu erklären, tat er sie mit einigen lieblosen Floskeln ab. Die *Große Koalition* war nach seinen Worten ein wenig seriöses Bündnis der beiden mächtigsten Parteien, das keinem anderen Ziel als der Zerschlagung des aufkeimenden Protestes diente. Willy hatte die proletarische Sache verraten, der neue Kanzler sei ein ehemaliger Nazi, wollte ich noch mehr wissen? Ich sollte, wie es hieß, jenes Deutschland vergessen, an das wir in unseren Kinderträumen noch geglaubt hatten; das neue reifte in den studentischen, anscheinend Tag und Nacht debattierenden Zirkeln heran, als deren Mitglied sich auch Josef betrachtete. »Was träumst Du noch länger in Rom?«, beendete er einen seiner Briefe. »Du schälst Zwiebeln und schneidest Tomaten? Das ist zum Lachen! Wir sollten jetzt zur *Avantgarde* gehören, doch Du trabst noch nicht einmal in der Nachhut mit! Schlimmer noch: Du entziehst Dich!«

Ich hätte auf diese kränkenden Sätze sehr boshaft reagieren können; anscheinend verschwendete mein Bruder keinen Gedanken daran, wer *ihm* die Zwiebeln schälte und die Tomaten schnitt, anscheinend begriff er nicht, daß ich mich auf eine *proletarische Existenz* eingelassen hatte, die es mir nicht erlaubte, mehrere Stunden des Tages mit Diskussionen über Wohl und Weh der Menschheit zu verbringen. Ich arbeitete an der *Basis,* durch meine Finger gingen jene Güter und Waren, von denen das Wohlergehen in erster Linie abhing. Im Küchenbetrieb galt unbedingte *Solidarität*; wer den anderen nicht zugearbeitet hätte, wäre noch an demselben Tag entlassen worden. Der Grundstoff allen Lebens war *Materie,* war der beizende Saft der Zwiebel, das wasserdurchtränkte Fleisch der Tomate. Josef hatte nicht einmal erkannt, daß die Küche die eigentliche Keimzelle des gesellschaftlichen Lebens war. In ihr produzierte ein gemeinsamer Wille von hart arbeitenden Lohnabhängigen, angeleitet von einem *Capo,* der das jahrhundertealte Wissen um die Kochkunst auf seine Weise revolutionierte, ein Ergebnis, das Körper und Geist einander näherbrachte …

Da ich nicht hoffen konnte, meinen Bruder zu überzeugen, hatte ich mich der Kochkunst um so leidenschaftlicher verschrieben. Schon nach wenigen Wochen war ich in Francos Brigade um einige Stufen nach oben geklettert. Taten die anderen ihren Dienst, indem sie sich peinlich genau an die vorgeschriebenen Arbeiten hielten, so hatte ich die Küche bereits um mehrere kleine Zubereitungsvarianten bereichert. Ohne lange zu überlegen, rieb ich hier eine Wurzel, pflückte ich dort einige Blätter; kurz darauf rief ich Franco herbei und ließ ihn vom Duft des Zubereiteten schnuppern. Es gelang mir selten, ihn zu täuschen; vielmehr nahm er sich meiner Kunststücke mit besonderer Zuneigung an. »Ah, was ist das? Etwa Zimt? Zimt in der Polenta? Laß mich probieren! … Dio! … Und hier? Kerbel! Ganz deutlich!«

Durch derartiges Lob angefeuert, probierte ich bald meine eigenen Rezepte aus. Ich spickte Kalbsschenkel, briet Tauben in Speckscheiben an, füllte einen Truthahn mit Trüffeln, erfand eine *Sauce hachée,* stopfte Wachteln mit Ochsenmark voll, das ich zuvor mit einer Spur Basilikum verfeinert hatte, und ließ Spargel in einer Fleischbrühe ziehen. Das Übliche, dem Gaumen Bekannte war mir längst zuwider; rastlos suchte ich nach jenen Überraschungen, die auch Franco aufmerken ließen. Ich hatte, indem ich nur meinen Launen folgte, einen eigenen Stil hervorgebracht, dessen hohes Niveau mich bald von den niederen Küchenarbeiten befreit hatte. Nun eilte ich von Topf zu Topf, warf einen flüchtigen Blick hinein, fächelte mir den Duft der Speisen vorsichtig zu und entschied mit traumwandlerischer Sicherheit, wie der Kreation noch eine letzte Stufe der Verfeinerung abzugewinnen wäre. Da ich wenig zu mir nahm und an den Speisen nur wie ein Schmetterling an den Blüten nippte, nannte Franco mich einen *farfalla cappricciosa.* Bald hätte ich jede noch so ausgefallene Prüfung bestanden. Ich ließ Fleisch einsieden, ich bereitete gesottene Füllungen zu, ich dämpfte und dünstete und übertraf, besonders was die Zubereitung von Gemüse anbelangte, alle Mitstreiter. So war ich endlich in die innersten Geheimnisse der Natur vorgedrungen. Inzwischen leitete ich das Schicksal der Nationen von ihrer Ernährung ab, und ich gab Luther recht, der so manche Torheiten des deutschen Gemüts auf nichts anderes als jenes übermäßige Fressen und Saufen zurückgeführt hatte, das man gemeinhin Völlerei nannte.

Von all diesem Wissen konnte ich freilich meinem Bruder nichts mitteilen. In seinen letzten Briefen hatte er mich beschworen, endlich wieder nach Deutschland zurückzukommen. Ich empfand keinerlei Heimweh, wußte andererseits jedoch, daß ich mein Leben nicht im Dienst der Kochkunst beenden konnte. Inzwischen hatte ich mir jene Geldsumme längst zusammengespart, die Signora Adele von mir verlangt hatte. Ich wollte sie Cesare zurückerstatten, und ich dachte mir, daß damit der Augenblick gekommen war, meinen römischen Aufenthalt fürs erste zu beenden. Dieser schwere Entschluß wurde schließlich durch die Nachricht meines Bruders, er habe in seiner unmittelbaren Nachbarschaft ein passendes Zimmer aufgetan, sehr erleichtert. Ich hatte noch keine klare Vorstellung, was ich in Zukunft tun wollte. Am besten war es vielleicht, die philosophischen Studien, die leider noch immer nicht über den epochalen Einleitungssatz der *Negativen Dialektik* hinaus gediehen waren, fortzusetzen. Ich meldete dem Bruder die genaue Stunde meiner Ankunft, ich packte meine Siebensachen und verabschiedete mich von der kochenden Belegschaft durch ein Menü, in das alle Erinnerungen der römischen Zeit hineinspielten. Franco umarmte mich, man schleppte den Reisekoffer hinter mir her, und in der Nähe des Bahnhofs traf ich ein letztes Mal mit Cesare zusammen, um endgültig Abschied zu nehmen. »Giovanni! Wir werden uns nicht vergessen!« – »Niemals, *professore*!« – »Was machen die Studien? Bist Du gut vorangekommen?« – »So gut, daß ich auch in Deutschland bestehen werde.« – »Und was meint nun die Dialektik, als negative?« – »Es ist sehr einfach, *professore*! Man muß das Versäumte am Leben erhalten, bevor es überholt wirkt.« – »*Magnifico!*« – »Ich schulde Ihnen noch Geld, *professore*; ich habe die Summe gespart. Ich danke Ihnen, daß Sie soviel Vertrauen in mich setzten.« – »Fleißig, Giovanni! Aber ich will es nicht mehr, Dein Geld. Nimm es nur. Du kannst es besser brauchen als ein alter Mann, dem Deine Anstrengungen gefallen haben.« – »Oh, *professore*, da danke ich Ihnen aber! Und meine Anstrengungen sprechen Sie an? Es waren nur erste Schritte. In Deutschland erwartet mich, denke ich, nun die Politik.« – »Erinnern Sie sich, Giovanni? Der religiöse, der ethische, der ästhetische Mensch? Werden Sie mir nicht zu ethisch!« – »Aber nein, *professore*, wer die Kochkunst beherrscht, der weiß die Elemente zu mischen.« – »*Arrivederci*, Giovanni!« – »Auf Wiedersehen, *professore*!« –

Ich machte mich von ihm los, eilte zu meinem Zug und wagte nicht mehr, zum Fenster hinauszuschauen. Und als der Zug sich langsam in Bewegung setzte, träumte ich noch einmal von den vergangenen Monaten; ich schloß die Augen, und langsam stiegen die wunderlichen Begebenheiten wieder vor mir auf, der

Duft von Thymian und Rosmarin begleitete mich, die Pinien standen wie dunkle Schirme gegen den wolkenlosen Himmel, die schmalen Gassen in der Nähe der Pension waren wie meist ganz leer, hier und da saßen Menschen schlummernd in schattigen Eingängen, schlaftrunken murmelten sie leise vor sich hin, *om, pahdi, rom, om* ... Ich stand auf, nahm meinen Koffer und arbeitete mich in den Speisewagen vor. »Möchten Sie etwas essen?«, fragte mich der Kellner. – »Eine Flasche Weißwein«, sagte ich trotzig, »ich glaube, ich muß etwas vergessen ...« –

Als ich am nächsten Tag den Zug in Frankfurt verließ, war es nicht bei einer einzigen Flasche geblieben. Ich hatte mich mit dem jungen Kellner angefreundet und dem Koch bei der Zubereitung einiger harmloser Vorspeisen geholfen. Sie begleiteten mich bis auf den Bahnsteig, wir verabschiedeten uns gerade, als ich meinen Bruder erkannte, der plötzlich vor mir stand. Er hatte sich sehr verändert; er war dicker geworden und trug jetzt eine Brille, die ihn um einiges älter machte. »Welchem Bild bist Du denn entstiegen?«, fragte ich ihn. – »Wie? Was meinst Du?« – »Gott, all diese Mehlsaucen – sie haben Dich ja furchtbar aufgeschwemmt.« – »Wovon redest Du denn? Bist Du betrunken?« – »Ich bin niemals betrunken, merk Dir das gleich! Ich hatte Durst, weißt Du, was das heißt?« – »Ich kann es mir denken!« – »Bitte! Habe ich diesen Empfang verdient? Habe ich mich vielleicht danach gesehnt, auf dem Bahnhof zu Frankfurt am Main, einer Stadt, mit der mich höchstens der Name Goethes verbindet, obwohl gerade Goethe ...« – »Johannes! *Du* hast Dich anscheinend überhaupt nicht verändert.« – »Ahnungsloser! Schau Dich nur einmal an! So etwas Stocksteifes, gemästet wahrscheinlich von ziemlich gewöhnlichen Brathähnchen, verdorben durch falsch zubereiteten Spinat, auseinandergegangen durch malträtiertes Fleisch ...« – »Du hast doch getrunken.« – »Ja, ich habe ein wenig getrunken! Der Abschied fiel mir schwer. Mein latenter Durst meldete sich bald, er hatte etwas Brennendes. Die römische Materie muß verdampfen, Josef, das wird noch einige Zeit brauchen.« – »Wir haben nur wenig Zeit.« – »Was soll das heißen?« – »Heute nachmittag findet eine Demonstration statt.« – »Du willst mir nicht einmal ein paar Stunden Erholung gönnen?« – »Meine Freunde würden es übelnehmen.« –

Seine Freunde! Sie warteten vor dem Bahnhof, und er stellte mich ihnen so vor, als empfinde er es als peinlich. Man nahm mich in die Mitte, und obwohl es mir lieber gewesen wäre, an der Seite des so bedrückt wirkenden Trosses zu gehen, ließ ich mir nichts anmerken. »Herrje!«, sagte ich entspannt, »dieses Deutschland schaut ja immer noch so langweilig wie früher aus. Diese eiligen Fußgänger! Diese öden Kaufhäuser! Wenn man es ästhetisch betrachtet, stößt es einem bitter auf.« – Sie schwiegen, Josef wechselte den Koffer von einer Hand in die andere. – »Läßt diese Demonstration sich nicht aufschieben?«, fragte ich Josef. Er blickte mich von der Seite an, als hätte ich einen großen Fehler begangen. »Es geht um Vietnam«, sagte er trocken. – »Da muß ich mir freilich noch ein Bild davon machen«, antwortete ich. – »Was soll das heißen?« – »Das heißt: Ich weiß wenig von Vietnam.« – Wieder hatte ich anscheinend einen unverzeihlichen Fehler begangen. »Was machen die Genossen in Italien?«, fragte jemand, der dicht neben mir ging. – »Ich muß etwas trinken«, antwortete ich, »dieser brennende, furchtbare Durst …«

Doch man gönnte mir keine Pause. In der Nähe des Bahnhofs hatten sie einen Wagen geparkt. Einige verabschiedeten sich schon, als interessierten sie meine Berichte erst gar nicht, Josef nahm neben dem Fahrer Platz, ich saß schweigend auf einem Rücksitz. Ich hatte ein unangenehmes Empfinden. Ich war noch nicht zurückgekehrt … Noch im Wagen wurde mir bewußt, daß ich mich unter lauter Studenten befand. Sie blickten etwas überanstrengt drein und erinnerten mich an die Internatszeit. Vielleicht waren es höhere Semester, geübt in akademischen Auseinandersetzungen, gut vorbereitet auf jedes Argument. Ich mochte ihnen mit meinem bunten Stirnband, meiner abgetragenen, aber keineswegs verschmutzten Kleidung sonderbar vorkommen. Ihre Haare waren viel kürzer geschnitten, einige trugen moderne Brillen, niemand aber machte einen Scherz, um die angespannte Situation zu entkrampfen. Gut, ich war kein Student, ich hatte mich in Rom unter Menschen aufgehalten, die in den Kreisen akademischer Bildung wenig gelten mochten; dennoch hatte die Teilnahmslosigkeit, mit der man mir begegnete, etwas Verletzendes. Ich hatte viel zu erzählen, in meinem Innern lebten noch die südlichen Bilder. Wollte man davon nichts hören? Ich ließ mir nichts anmerken und nickte nur, als ich erfuhr, daß ich die kommenden Nächte bei meinem Bruder übernachten sollte. Das Zimmer, das für mich vorgesehen war, wurde gerade geräumt; in knapp einer Woche würde ich dort einziehen können.

Josefs Freunde, unter denen sich auch eine Studentin mit Namen Hanna befand, begleiteten uns hinauf in seine Dachkammer. »Du kannst auf der Couch schlafen, Hanna hat für ein paar Tage etwas anderes gefunden«, sagte er. – »Ihr … lebt zusammen?«, fragte ich noch ganz gelassen. – »Hab ich Dir das nicht geschrieben?« – »Nein, Du hast eine Menge geschrieben, aber davon nichts.« – »Jedenfalls leben wir zusammen.« – »Und ich störe jetzt?« – »Unsinn, wir freuen uns, daß Du hier bist.« – Josef hatte mir also verschwiegen, daß er inzwischen eine Freundin hatte. Warum? Wollte er mich wieder mit einer seiner heimlichen Aktionen überraschen? Wollte er mir wie früher um jeden Preis voraus sein? Ich ging zum Waschbecken, das sich in der Nähe der kleinen Dachluke befand. Ich knöpfte mein Hemd auf und streifte es über den Kopf; dann öffnete ich langsam die Hose und zog sie aus. Ich hatte mich in Rom daran gewöhnt, keine Unterwäsche zu tragen. Unterwäsche war, wie ich fand, überflüssig. Leute, die einmal darüber nachgedacht hatten, trugen keine Unterwäsche mehr. Hemingway hatte nie Unterwäsche getragen, auch Goethe sollte, zuverlässigen Quellen zufolge, in Rom schließlich darauf verzichtet haben. Es wurde still im Zimmer. »Sollen wir rausgehen?«, fragte Josef. – »Wieso denn das?« – »Na ja, wenn es Dir lieber ist…« – *»Dio!«,* sagte ich laut, »was habt Ihr denn für Sorgen? Ich will mich waschen, sonst nichts. Erzähl mal, um was es geht bei dieser Demonstration?« –

Josef reagierte nicht. Hanna saß mit eng aneinandergepreßten Knien auf der Couch und blickte starr zur Tür, als drohe von dort eine unheimliche Erscheinung. Auch die anderen schauten zur Seite. »Hast Du was zu trinken?«, rief ich Josef zu. Er stand auf und holte hinter einem Vorhang eine Flasche Bier hervor. »Trinkt Ihr… trinken die anderen nichts?«, rief ich, etwas lauter. – »Wollt Ihr etwas trinken?«, wiederholte Josef. – »Ja«, sagte ich, um die Szene zu beleben, »trinken wir doch alle etwas.« – Aber sie wollten nicht trinken. Sie saßen noch immer wie harmlose Engel, die unglücklich darüber waren, daß der Himmel für eine Stunde geschlossen war, stumm da. Ich nahm einige frische Sachen aus meinem Koffer und zog mich an. Nur Josef wollte mit mir anstoßen. »Prost!«, sagte ich trotzig, und kleinlaut stimmten sie ein. –

»Wie war's denn da unten?«, fragte mich Hanna. Ich lehnte mich auf meinem Stuhl zurück. »Nun«, begann ich, dankbar, daß sich jemand ein Herz gefaßt hatte, »man kann dort nicht *indifferente* bleiben. Es ist eine Ekstase, ein täglicher Austausch von Energieströmen, die sich in meinem Falle zunächst zur Kunst hin bewegten. Später kam ich davon ab, die Kunst verwandelte sich vor meinen Augen in eine andere Realität, ein zweites Dasein gleichsam, sie saugte das Leben mit auf…« – »Er hat unter Künstlern gelebt«, sagte Josef, als müsse er meine

Sätze kommentieren. – »Unter Künstlern? Na ja. Eine Zeitlang leitete ich eine Pension, was mich aber vom Orgelspiel abhielt; das habe ich später manchmal bereut, obwohl ich in Francos Küchenbrigade gewiß Dinge lernte, die ich am Klavier oder an der Orgel nie hätte lernen können. Schließlich blieb auch Zeit genug für die Philosophie, obwohl ich ihre neuere Richtung, jene, die von Adorno ausgeht, vielleicht noch nicht gründlich genug verstehe. Schließlich ist ihr Diktum, das Versäumte müsse überholt werden, damit sich endlich der Augenblick verwirkliche, ein sehr anfechtbarer Satz. Ich dachte lange darüber nach, was es mit diesem Augenblick auf sich hat. Auch Goethe, auf den ich in Rom überall stieß, redete ja von diesem dauerhaften Augenblick, obwohl oder gerade weil die Vereinigung von Körper und Geist in seinem Fall nur selten ...« – »Das kannst Du uns vielleicht einmal später erzählen«, schnitt Josef mir das Wort ab. – »Habt Ihr dort unten auch gegen Vietnam demonstriert?«, fragte Hanna nach, die bemerkt haben mochte, daß mein Bruder sehr unfreundlich war. – »Vietnam? Schon, ja, aber ich selbst habe an solchen Aufmärschen nie teilgenommen. Im Frühjahr vorigen Jahres kamen über zwanzigtausend Menschen zusammen, ich erinnere mich dunkel daran, weil Giulio befürchtete, die Kommunistische Partei werde mit solchen Aktionen glatt überlaufen.« – »Und warum hast Du nicht mitgemacht?«, fragte Hanna hartnäckig. – *»Dio!«*, sagte ich, »Vietnam! Meinst Du, man denkt in Rom oft an Vietnam? Ich hatte andere Sorgen. In Rom fällt es einem schon schwer, sich überhaupt vorzustellen, wo Vietnam liegt.« – »So ein Unsinn!«, sagte einer, der bisher den Mund noch kein einziges Mal aufgemacht hatte. »Der Imperialismus ist in Italien genauso stark wie hier. Die Rüstungskonzerne halten zusammen mit dem Kapital der Hochfinanz die Schlüsselpositionen.« – »Wir müssen aufbrechen«, sagte Josef, einen Streit gerade noch verhindernd.

Ich leerte mein Glas, wir machten uns auf den Weg. Auf der

Treppe hielt ich Josef zurück. »Muß ich denn mit?« – »Klar. Willst Du unangenehm auffallen?« – »Und dieser Imperialismus? Was meint er denn damit?« – »Ich erkläre es Dir morgen.« – »Und wohin geht es nun?« – »Vor das amerikanische Generalkonsulat. Dort findet ein *sit in* statt.« – »Ein was?« – »Ein Sitzstreik! Wir blockieren den Eingang.« Ich hatte noch immer ein unangenehmes Empfinden. Irgendwie gehörte ich nicht dazu, meine Gedanken waren ganz woanders. Wie nebenbei erklärte Josef, die Demonstration sei nicht angemeldet. – Na und? – Wir müßten uns auf allerhand gefaßt machen. – Worauf? – Die Polizei gehe in solchen Fällen mit brutaler Härte vor. – Gegen Menschen? – Herrje, gegen wen sonst? – Die Polizei vergreife sich an Menschen? – Es sei schon vorgekommen. – Und dann? – Dann müßten wir das Terrain wechseln, die Gruppen müßten sich zerstreuen, ein neues Ziel werde vereinbart, getrennt stoße man in die Innenstadt vor. – Das höre sich ja wie ein Kriegsspiel an. – Nicht wie ein Spiel, es sei ernst genug. –

Ich kam nicht einmal dazu, mir seine Anweisungen einzuprägen. Wir erreichten das Generalkonsulat, vor dem bereits eine kaum überschaubare Menschenmenge auf dem Boden kauerte. Sprechchöre waren zu hören. Wir setzten uns dazu, von allen Seiten strömten Menschen herbei, das Gebäude war verriegelt, im Inneren war niemand zu erkennen. Mich überfiel eine leichte Aufregung. Die Stimmung war gespannt. Auch Josefs Freunde waren anscheinend unsicher geworden. Irgend etwas würde passieren – ich spürte es gleich, und alle schienen gerade darauf zu warten, daß es passierte. Hanna stimmte in die Sprechchöre ein, ein anderer Kommilitone versuchte, in aller Eile ein Transparent zu beschreiben. Josef reichte mir einen dicken Filzstift. »Schreib etwas auf das Papier! Wir sind spät dran!« – »Aber was soll ich schreiben?« – Er schaute mich entnervt an und fingerte an seinem Hemd herum. Ich versuchte, die Aufschriften der Transparente zu erkennen, die weiter vorne hochgehalten wurden. *Ami go home! Nieder mit der imperialistischen Kriegspolitik in Vietnam!* Ich wollte mich kürzer fassen. Die Sprechchöre wurden lauter, ich konnte mich kaum rühren. Rom! Wäre ich doch nur in Rom geblieben! Was hatte mich hierherverschlagen?

»Hast Du's?«, fragte mein Bruder und wollte mir das Papier aus der Hand nehmen. – »Moment«, antwortete ich. *Von Hanoi bis Rom –Ami go home!* schrieb ich so groß, daß selbst ein Kurzsichtiger es würde lesen können. Josef schüttelte nur den Kopf, aber wir hielten das Transparent zusammen hoch, so daß es von allen Seiten gut zu erkennen war. Ich wurde immer aufgeregter; mein Herz schien schneller zu schlagen, die Sprechchöre gellten mir in den Ohren. Weiter vorne geriet die Menge in Bewegung. Ich reckte den Kopf hoch und erkannte einen großen Trupp berittener Polizei, der auf den Zaun zusteuerte. »Jetzt geht es los!«, sagte Josef, und ich hätte am liebsten schnell das Weite gesucht. Wir aber blieben sitzen. Schreie! Spitze, schrille, immer lautere Schreie! Die Polizisten ritten langsam vor, als sitze dort niemand im Wege. Auch aus den anderen Seitenstraßen näherten sich nun berittene Trupps. Wir wurden eingekesselt. »Wir werden eingekesselt«, schrie ich meinem Bruder zu. Er hörte nicht auf mich. Gebannt saß er neben mir, den Blick nur nach vorne gerichtet. Die Sprechchöre überschlugen sich, und ich machte mir ebenfalls Luft. »*Ami go home!*«, skandierte ich mit, auch Josef schrie nun aus Leibeskräften. Durch den Aufmarsch der Polizisten war die zerstreute Menge enger zusammengewachsen. Niemand schien daran zu denken, den Platz zu räumen. Ich erwartete entsprechende Aufforderungen der Polizei, hatte mich jedoch getäuscht. Nun rückten sie auch von hinten näher. »Sie kommen näher!«, schrie ich Josef noch einmal zu. Einige Polizisten beugten sich von den mächtigen Tieren herab, um ihnen den Weg freizuschlagen. Die Trupps waren nur noch ein paar Schritte entfernt, vorne löste sich die Menge bereits auf, einige

Demonstranten wurden von Polizisten festgehalten. »Los!«, brüllte Josef. »Los jetzt!« Er hätte es nicht zweimal zu schreien brauchen. Ich sprang auf, auch die anderen wollten nun davon. Die Pferde hatten uns eingekreist. »Wir müssen da durch!«, schrie Josef, und ich verstand nicht, warum er erst so spät auf diesen Gedanken kam. Zum Glück scheuten einige Tiere, so daß eine kleine Lücke frei wurde. Nichts wie durch! Ich lief so schnell ich konnte in eine Nebenstraße. Wieder Polizei! Mehrere Einsatzwagen! Sie warteten nur auf uns! Zurück, in eine andere Richtung! Wo steckte Josef? Dort, sie hatten ihn erwischt. Sollte ich ihn etwa seinem Schicksal überlassen? Ich lief auf die Gruppe von Polizisten zu, die ihn festhielt. »Lassen Sie ihn sofort los!«, brüllte ich. Sie nahmen mich in die Mitte. Einer drehte mir mit einem einzigen Griff den Arm auf die Schulter. »Sie sind ja verrückt!«, schrie ich ihn an, und ein stechender Schmerz am Oberarm zeigte mir, daß er mich verstanden hatte. »Lassen Sie uns los!«, rief ich noch einmal, während ich mich heftig zur Wehr setzte. Mein Hemd zerriß, ich kam für einen Augenblick los und stieß zwei Polizisten zur Seite. Josef konnte sich ebenfalls freimachen. »Weg hier!«, schrie ich ihm zu. Wir rannten! Ich hörte Hundegebell und fürchtete bereits, man werde die scharfen Tiere auf uns hetzen. Zwei Beamte setzten uns ein kurzes Stück nach. Josef war nicht mehr so schnell wie früher. Die Mehlsaucen! Die falsche Ernährung … Vor meinen Augen flimmerte es, Blut quoll aus der Nase, aber wir liefen so lange, bis wir eine leere Seitenstraße erreichten. Dort vorne wartete Hanna. »Jetzt ändern wir die Taktik!«, sagte Josef. – »Herrgott, welche Taktik denn!«, schrie ich wieder, »wir kommen nicht gegen sie an, ist Dir das klar?« – Ich atmete schwer, das Blut lief mir über das ganze Gesicht. »Die einzelnen Gruppen zerstreuen sich jetzt!«, sagte Josef. – »Ich zerstreue mich überhaupt nicht mehr«, antwortete ich, »es reicht mir, verstehst Du?« – »Aber sie warten auf uns, und allein kommst Du aus diesem Kessel nicht raus!« – Sie zogen mich mit, und wir liefen beinahe mechanisch weiter. Immerzu! Hatten sie überhaupt noch einen Überblick? Polizisten! Schon wieder! Wir rannten geradewegs auf sie zu! Ich blieb stehen. Das alles war mir völlig zuwider. »Nach rechts!«, schrie Josef noch, aber ich hatte kaum noch Kraft, ihm zu folgen. Drei, vier Beamte setzten mir nach, und wiederum bekam mich einer zu fassen. »Hau ihm eins in die Fresse!«, hörte ich deutlich. »Studentensau!«, brüllte ein anderer, und ich schlug auf den Boden. Ein Knüppel traf mich am Kopf, ich krümmte mich zusammen, jemand trat mir gegen den Bauch, ich schrie. Jetzt ließen sie von mir ab. Aus einer Nebenstraße hörte ich noch lautere Schreie. Ich blieb liegen, ohne mich noch weiter zu rühren. Ich hatte einen großen Fehler begangen. Ich war nicht in Rom geblieben. Hier oben hatten die Barbaren das Sagen. Wie hatte ich es nur vergessen können! Sie schlugen alles nieder, was sich ihnen in den Weg stellte, von der römischen Vornehmheit hatten sie noch nie etwas gehört. Exakt, *professore,* es sind Wilde, unzivilisierte Elemente, die gerne saufen und sich der Völlerei hingeben, schon Marcus Aggrippa warnte mich vor ihnen, nicht zuletzt auf seinen Rat hin suchte ich die südlichen Gegenden auf, wo man zu dieser Stunde die Speisen aufträgt, zerlegte Truthahnbrüstchen auf dunkelgrünem Blattspinat, kleine Wachteln, gefüllt mit einer Mischung aus Pinienkernen und Rosinen, die zuvor zerstampft werden müssen, kleingehackt, mit aller Gewalt kleingehackt …

Eine gute Stunde später saßen wir in einem Café in der Nähe der Hauptwache. Alle waren wieder beisammen, jetzt waren sie so gesprächig, daß ich sie überhaupt nicht wiedererkannte. Angeblich hatten wir gesiegt. Niemand außer mir hatte einen kräftigen Schlag abbekommen. Die *Organisation* mußte noch verbessert werden, man besaß noch zu wenig Erfahrung. So zielstrebig waren die Polizisten bisher noch nie vorgegangen. Es mußten mindestens fünfhundert gewesen sein. Voran der Trupp berittene Polizei, die anderen im Hinterhalt. Einsatzwagen auch in den Nebenstraßen! Beim nächsten Mal sollte das Terrain vorher genau erkundet werden. Einige hundert Demonstranten hatten im Zentrum noch den Verkehr blockiert. Auch dort waren sie rasch in die Flucht geschlagen worden. Jetzt konnte die Polizei uns nichts mehr anhaben. Die Stimmung war gut, beinahe ausgelassen. Sie tranken! Selbst Hanna hatte sich ein Bier bestellt und prostete mir zu. »Geht es wieder?«, fragte sie. – »Nein«, antwortete ich, »ich habe noch heftige Schmerzen.« – »Das legt sich«, sagte Josef.

Schon in der kommenden Woche wollte man wieder aufmarschieren. Die manipulierte Presse würde alles entstellen, morgen würde ich mich selbst überzeugen können. Man wollte in der Universität zum Streik aufrufen. So konnte es nicht weitergehen! Das System hatte sich erneut entlarvt. Alle steckten unter einer Decke. Die Polizei, die Presse, das Kapital! Die Demonstration hatte es wieder einmal bewiesen. Ich stand auf und schlich hinaus auf die Toilette. Ein schneller Blick in den Spiegel zeigte mir, wie ich zugerichtet worden war. Ein Auge war beinahe zu, die rechte Backe geschwollen. Mein Stirnband fehlte, ich mußte es während der Kämpfe verloren haben. Ich beugte mich über das Becken, um mir das Gesicht zu kühlen. Plötzlich stand Josef hinter mir. »Du hast Dich verdammt gut gehalten«, sagte er. – »Danke«, sagte ich leise, »aber es war das letzte Mal.« – »Das letzte Mal?« – »Ich bleibe keinen Tag länger hier«, sagte ich entschlossen, »morgen reise ich wieder ab. Hier kann man nicht leben, hier geht es ja barbarisch zu. Und Ihr habt Euch auch dumm genug angestellt.« – »Wir? Willst Du uns etwa Vorwürfe machen?« – »Die Revolution«, erwiderte ich, »die sieht doch etwas anders aus. Damals in Petersburg stand das halbe Volk vor dem Winterpalast.« – »Wovon redest Du denn?« – »Ach, laß mich in Ruhe!«, sagte ich nur noch.

Ich trocknete mir das Gesicht ab, ich ging hinaus. »Johannes!« rief Hanna, aber ich tat, als hätte ich sie nicht gehört. Ich verließ das Café … Gefüllte Pilze, *professore,* erfordern einiges Geschick; die meisten Köche verderben sie durch die Beimengung von Zwiebeln. Ich hielt mich an einer Hauswand fest. Nun war es soweit. Ich mußte mich übergeben. Ich war heimgekehrt …

Wenig später waren die Kopfschmerzen so stark geworden, daß ich es kaum noch aushielt. Da der Verdacht, es könne sich um eine Gehirnerschütterung handeln, nicht unbegründet schien, drängte mich Josef, einen Notarzt zu konsultieren. Schließlich stimmte ich zu. Nach eingehender Untersuchung stellte der Arzt einen Hornhautriß am rechten Auge fest. Ich konnte mit ihm nichts mehr erkennen; schon die geringste Bewegung verursachte ein nachhaltiges Brennen und Stechen, als wälze der Augapfel ununterbrochen kleinere Gesteinsbrocken, die sich zudem noch an der Netzhaut rieben. Es war unerträglich, denn der Schmerz setzte sich vom Auge aus weiter ins Innere des Schädels fort, er hatte alle anderen Nerven in Mitleidenschaft gezogen, so daß ich am liebsten den ganzen Kopf in Watte gepackt hätte, um nicht mehr mit der Umwelt in Berührung zu kommen. Man versorgte das verwundete Auge mit Salbe, man verschloß es notdürftig mit einer Sehklappe. Ich sollte etwa zehn Tage Ruhe bewahren, nicht lesen und das Auge nicht dem Tageslicht aussetzen. Am besten wäre es, sich in einem stark verdunkelten Raum ins Bett zu legen.

So versuchte ich, erst einmal gründlich auszuschlafen. Josef wechselte den Verband, und aus dem Auge quoll eine gelbrote dickliche Masse von Eiter und Blut, die sich über Nacht im Augenwinkel angesammelt hatte. Die Kopfschmerzen wurden mit fortschreitender Tageszeit immer heftiger. Ich hatte starkes Fieber, und wenn ich gegen Mittag versuchte, mit dem noch unversehrten zweiten Auge einen Blick in den Spiegel zu werfen, erschrak ich über den rötlich gefleckten Schädel, der aussah, als habe ihn eine Laienspieltruppe für eine Seeräuberschlacht präpariert.

Josef kümmerte sich fürsorglich um mich. Er kaufte ein, wechselte das Bettzeug, kochte und versprach, mir eine besondere Freude zu machen. Wie Hanna mir später verriet, hatte er sich in den Kopf gesetzt, mein neues Zimmer zu streichen und darin die ersten Möbel aufzustellen. Auch seine Kommilitonen wollten ihre ungebrochene Solidarität beweisen und schauten jeden Tag vorbei. Sie setzen sich zu mir in das verdunkelte, nur durch den Schein einer Kerze beleuchtete Zimmer und diskutierten bei hellichtem Tag stundenlang über die mögliche Veränderung der Welt. Bald konnte ich ihre forschen Stimmen selbst dann noch auseinanderhalten, wenn ich mit geschlossenen Augen auf der Couch lag.

Henning war der lauteste; er hatte einen starken norddeutschen Akzent, war der Sohn eines Hamburger Pastors, hatte in Berlin studiert und kannte *Rudi* schon seit über anderthalb Jahren. Auch Kai kam aus irgendeiner Provinzstadt des deutschen Nordens; sein Vater war Bankdirektor und konnte Kai monatlich mit soviel Geld versorgen, daß dessen Solidarität kaum Grenzen kannte. Henri war ein Franzose aus dem Elsaß; er sprach ein flüssiges Deutsch mit leicht französischem Akzent und war der einzige in der Gruppe, der immer zu Scherzen aufgelegt war. Schießlich noch Hanna. Hanna war geduldig, unermüdlich und, wie Josef gern sagte, *tüchtig*. Sie kam aus Duisburg, hatte aber – mehrfachen Beteuerungen zufolge – das Ruhrgebiet restlos satt.

Meist war die Gruppe schon gegen Mittag in dem kleinen Zimmer versammelt. Schweigend, reglos vor mich hin starrend, bekam ich mit, was die Stunde geschlagen hatte. Vietnam war ein Signal, längst waren die Politiker dem Ansturm nicht mehr gewachsen. Sie hatten die Sache des Volkes verraten und galten als *Charaktermasken,* die bei schamlosen Auftritten Lügen verbreiteten. Die jungen Führer der Revolte orientierten sich an anderen Vorbildern.

Die Schriften von Marx, Mao und Marcuse wurden gelesen und in eigens zu diesem Zweck gebildeten Debattierzirkeln auf wegweisende Sätze hin interpretiert. Alles bedurfte von nun an der Interpretation, die Welt existierte überhaupt nur, wenn sie interpretiert war. Wer Sachen und Gegebenheiten zu interpretieren vergaß, hatte ein naives oder auch ein *falsches Bewußtsein.* Das richtige war hellwach und gab noch im Traum die nächsten Schritte zur Veränderung der Welt durch. Schulen und Universitäten hatten angepaßte Bildungskrüppel hervorgebracht, die als *Fachidioten* am eigentlichen Leben vorbeilebten. Das richtige bestand aus Kampf und nochmal Kampf. Dieser diente zunächst der Absetzung aller Autoritäten. Autoritäten lauerten überall, am sichtbarsten waren sie in der Gestalt von Professoren und Prüfern gegenwärtig. In der Hochschule sollte ein Anfang gemacht werden. Später würde man das ganze gesellschaftliche Leben revolutionieren. Den Menschen sollten die Augen aufgehen. Die meisten begriffen überhaupt nicht, in welch elenden Verhältnissen sie lebten. Genau genommen, marxistisch formuliert, lebten sie in *verdinglichten* Verhältnissen. Sie schufteten von morgens bis abends und konnten sich nicht einmal an den Ergebnissen ihrer Arbeit erfreuen. Die von leicht durchschaubaren Werbemethoden angefachten Bedürfnisse wurden zynisch befriedigt. Um dies zu erkennen, bedurften die gesellschaftlichen Klassen eines *Klassenbewußtseins.* Ein solches Bewußtsein stellte sich nur durch dauernde, gezielte Aufklärung her. Diese wiederum bedurfte einer politisch-organisatorischen Kraft. An der Spitze dieser Kraft stand die studentische Bewegung, die sich zuerst in Berlin formiert hatte. In der Dritten Welt war man bereits erheblich weiter. Dort waren die Verhältnisse jedoch überschaubarer. In den Metropolen des Westens dagegen versteckte sich die Macht. Man bekam sie nicht einmal richtig zu Gesicht. Dauernd flüchtete sie sich hinter neue Masken. Ihre Personen waren austauschbar, sie konnten einem leid tun. Daher verloren alle Aktionen leicht ihr Objekt. Zudem durften sie nicht *manipuliert* werden. Sie ergaben sich spontan und wurden von sogenannten Kampfkomitees, in denen Revolutionäre durch persönliche Freundschaft und gemeinsame Erfahrungen verbunden waren, gelenkt. Auch die Genossen von der *Kommune 1,* die sich zu einer Wohn- und Lebensgemeinschaft zusammengetan hatten, suchten nach neuen Wegen. Zu bedenken war, ob sie ihre privaten Verhältnisse ausreichend interpretiert hatten. Die propagierte *neue Zärtlichkeit* galt als verdächtig. Happenings und andere spaßige Aktionen entlarvten den Klassenfeind nur vorübergehend. Besser war es, sich an *Rudi* zu halten. *Rudi* dachte am gründlichsten nach und war privat nicht verstrickt. Er war ein guter Redner, man konnte ihm vertrauen. Heutzutage konnte man kaum noch jemandem vertrauen, selbst seinen Freunden nicht. Überall streute *die Bourgeoisie* Lockmittel aus, ihre verlorenen Söhne heimzuholen. Ein Revolutionär ließ sich nicht irritieren; Demonstrationen dienten schließlich auch der Schärfung der Sinnlichkeit. Aus Zirkeln wurden Gruppen, aus Gruppen Verbände, aus Verbände Massen, und diese eroberten schließlich aus eigenen Kräften die ihnen entfremdete Welt …

Manchmal wünschte ich mir, in Ruhe gelassen zu werden. Doch man hatte lauter freundliche Worte für mich, und es gab keinen Grund, die Solidarität aufzukündigen. So litt ich weiter und war, wie man mir bescheinigte, ein Muster an Ausdauer und revolutionärer Toleranz, frei von Repressionen, ein armes Opfer der Straßenschlachten, das sich wieder aufrappeln würde, um den Kampf von neuem aufzunehmen. Insgeheim zweifelte ich daran; denn mit den Tagen hatte mich ein solches Fernweh gepackt, daß ich der solidarischen Elite der Revolte nicht mehr länger mit ungeteilter Aufmerksamkeit folgte. Ich ließ meinen Gedanken freien Lauf; bald konnten mich auch die Stimmen der Freunde nicht mehr aus der Ruhe bringen. Ich wußte, was Hanna entgegnete, wenn Josef sie mit ihrer Gutmütigkeit aufzog, und ich ahnte längst, daß Henning auch heute nicht darauf verzichten würde, uns mitzuteilen, daß er *Rudi* schon gekannt habe, als dieser sich, ohne deshalb den bourgeoisen Regeln zu gehorchen, mit Gretchen verheiratet hatte …

Nachmittag, ah, langsam wurde es wieder kühler. Auf der Piazza del Popolo sammelten sich nun die ersten Streuner. Die Via del Corso lag bereits im Dunkel, und die Sonnenstrahlen erreichten nur noch die obersten Stockwerke. In der nahen Kirche glühten die Bilder des Caravaggio im späten Abendlicht auf. Diese Farben! Ohne Zweifel kündeten sie von der *neuen Zärtlichkeit* … »Aber Giovanni, lästern Sie nicht!« – »Oh, *professore*, ich befinde mich in einer angespannten Lage. Das erste Gefecht habe ich verloren.« – »Nicht Du hast verloren, Giovanni, Dein Land hat verloren. Was geht vor bei Euch?« – »Eine neue Zeit bricht an, *professore*, und ich bin schlecht darauf vorbereitet. Adenauer ist gestorben. Sehen Sie, *professore*, Grenzschutzoffiziere tragen den Sarg, und die Familie folgt in einigem Abstand. Staatsoberhäupter aus aller Welt sind gekommen, der amerikanische Präsident reicht dem der Franzosen die Hand, sie lächeln, doch man darf ihnen nicht trauen. Es sind gewiß lauter Charaktermasken. Ja, dort ist der Sarg aufgebahrt im Hohen Dom zu Köln, mit dem mich viele Erinnerungen verbinden. Man könnte wehmütig werden, wenn man diese Beerdigung verfolgt, *professore*, aber gegenüber meinen neuen Freunden darf ich meine überholten Gefühle nicht erwähnen. Sie wissen doch … Adorno … das Überholte hält sich am Leben, weil die Verwirklichung des Augenblicks versäumt ward. Nun wird der Katafalk auf ein Schnellboot gebracht. Sehen Sie nur! Diese altdeutsche Kulisse, das Siebengebirge, der Rhein, das hoch gelegene Haus bei Rhöndorf und der kleine Waldfriedhof, wo man Adenauer beisetzen wird! Alles ist gut vorbereitet, und die ganze Welt verfolgt das Spektakel am Fernsehschirm. Aber keiner ahnt, was dort gerade in Wahrheit geschieht, *professore.* Das alte Deutschland nimmt Abschied. Noch einmal werden die rührenden Siegfried-Kulissen aufgebaut, und später werden sie Adenauers liebste Lieder singen, aus der *Schönen Müllerin* oder der *Winterreise.* Die neuen Kräfte formieren sich nicht mehr in so verschlafenen Winkeln, in all diesen Nachkriegsstübchen; die Metropolen unserer Zeit sind Berlin und Frankfurt, also jene Städte, die man nach dem Krieg als Bundeshauptstadt in Betracht zog. Nun werden sie in ihre aufgeschobenen Rechte eingesetzt. Die Geschichte geht ihren Weg…« – »Aber ich verstehe Deine Freunde so schlecht, Giovanni. Von welchem *Rudi* sprechen sie denn?« – »Ich habe ihn selbst noch nie gesehen, *professore.* Er muß ein begnadeter Redner sein. Schon als Jugendlicher hielt er seine ersten begeisternden Reden. Er wollte Sportredakteur werden, und seine ganze Sympathie galt dem Fußball und der Leichtathletik. Vielleicht wäre er ein guter Langstreckenläufer geworden, ein zäher Kämpfer, der niemals aufgibt. Erst zwei Tage vor dem Mauerbau ist er nach West-Berlin gekommen. Hier mußte er zunächst das Abitur nachholen, um studieren zu dürfen. Er studierte dann Soziologie, und er war, wie Henning glaubhaft versichert, einer der fleißigsten Studenten, die man sich vorstellen kann. Mit Freunden bildete er die *Subversive Aktion Mikrozellen,* die die unbewegliche Gesellschaft aus ihrem Schlummer reißen wollten. Schon als Student las er die *Peking-Rundschau,* untersuchte die Reden des Vorsitzenden Mao Tse-tung, bereitete sich auf die künftige Praxis vor. Sie sehen, *professore,* er ist mir um einige Jahre voraus… Aber! Erzählen Sie von Rom, *professore,* ich möchte lieber etwas davon hören.« – »Auch hier hat es vor einigen Wochen einen Generalstreik gegeben, Giovanni. Zehntausend Dozenten haben gestreikt, man fordert eine neue Studienreform ...« – »Ich bitte Sie, *professore,* genug! Gönnen Sie mir wenigstens für Minuten etwas Abwechslung! Ah, jetzt dunkelt es mehr und mehr. Auf dem Pincio gehen die Lichter an, und das kleine Karussell dreht sich noch immer. Der Eisstand ist zu dieser Jahreszeit noch geschlossen, und auch auf dem Gianicolo spielen noch keine Kinder. Aber dort unten, in Trastevere, herrscht schon reges Leben. Sehen Sie, man schließt gerade das Tor zur Farnesina, und Raffaels Fresken blühen auf wie Nachtkerzen, die niemand mehr sieht. Nehmen wir Platz, *professore,* gern hier, ja, an diesem Tisch. Die Kellner schwatzen noch mit dem Pächter des Restaurants. Die Busse sind voll. Erkennen Sie die Kuppel von San Pietro? Eine große Faust hat sie direkt vom Himmel herabgeschleudert. Sie ist noch ganz frisch. Die anderen Kuppeln sind weniger gut geraten. Der Verkehr wird stärker zu dieser Stunde. Auf einem Auge sehe ich nicht gut, *professore,* bitte helfen Sie mir! Ich erkenne das flache, leicht gewölbte Dach des Pantheon nicht mehr ... dieser Schmerz hält sich hartnäckig, er reicht bis in die Stirn, es brennt, manchmal zittern auch die Hände. Häufig habe ich sogar etwas Angst. Das ist eine unangenehme Empfindung, *professore.* Ich weiß nicht, ob ich hierbleiben soll. Josef meint es gut. Er hat mein Zimmer neu überholt und eingerichtet, und die anderen haben ihm dabei geholfen. In zwei, drei Tagen werde ich zum ersten Mal in die Universität gehen. Adorno, *professore,* Sie wissen ja ... ein sehr italienischer Name, was mich ein wenig munter stimmt, obwohl er noch einen zweiten Namen haben soll, Wiesengrund, wenn ich mich recht erinnere, und das, *professore,* stimmt mich nun wiederum wehmütig, denn es klingt sehr nach Schuberts Liedern, diesem *fremd bin ich ausgezogen,* von dem wir aber lieber nicht reden wollen, nicht wahr ...« –

Erst nach etwa zwei Wochen war der schmerzende Riß so gut verheilt, daß ich keine Salben mehr benötigte. Dennoch mußte das Auge weiter geschont werden, und so behielt ich die schwarze Sehklappe vorerst auf, die das empfindliche Organ schützte. Josef zeigte mir mein Zimmer; er hatte während meiner Krankheit den Mietvertrag unterzeichnet und rechnete noch immer fest damit, daß ich in Frankfurt bleiben würde. Der kleine Raum lag hoch unter dem Dach, Toilette und Dusche befanden sich draußen auf dem Gang, ich sollte sie mit vier anderen Kommilitonen teilen, von denen zwei gerade erst eingezogen waren. Da ich aus Rom einiges Gesparte mitgebracht hatte, würde es mir in den ersten Monaten keine Schwierigkeiten machen, die geringe Miete zu bezahlen. Dennoch behielt ich mir eine endgültige Einwilligung vor. All meine heimlichen Gedanken klammerten sich noch viel zu häufig an die ferne, südliche Stadt, und ich bezweifelte, ob mir in Deutschland ähnliche Zustände eines kaum getrübten Glücks beschert sein würden wie dort. Um Josef aber nicht zu enttäuschen, ging ich zunächst einmal auf sein Angebot ein und bezog das frischgestrichene, helle Zimmer, das er mit Hilfe der Freunde provisorisch eingerichtet hatte.

Kurze Zeit später begleitete ich ihn zum ersten Mal in die Universität. Es war ein recht kühler Tag, doch vor dem Hauptgebäude standen trotz des schlechten Wetters viele Gruppen von Studenten, die sich angeregt unterhielten. Wir gingen hinein, gerieten aber sofort in einen Pulk, der einem Hörsaal entgegenströmte. Ich schaute mich nach Josef um, als ich ganz in der Nähe eine bekannte Gestalt zu bemerken glaubte. Er war es! *Cesare!* Kein Zweifel, wenige Schritte von mir entfernt eilte Cesare, begleitet von einem auf ihn einredenden Assistenten, die Treppe hinauf. Er trug einen dunklen Anzug, ging etwas schneller als ich es von ihm gewohnt war, bewegte sich jedoch noch immer mit der gleichen Eleganz. Warum hatte er mir nicht geschrieben?

Hielt er etwa hier einen Vortrag? Ich zögerte keinen Augenblick und lief hinter ihm her. Auf einem Treppenabsatz erreichte ich ihn. *»Professore!«,* rief ich laut, *»come sta?«* – Er drehte sich erschrocken nach mir um. Ja, er hatte sich ein wenig verändert. Etwas kleiner schien er geworden, auch die Brille war nicht mehr dieselbe. Die großen Augen weit aufgerissen, blickte er mich durch die dicken Gläser an. »Chi cerca trova!«, sagte ich erfreut, aber er betrachtete mich so, als müsse er sich einer fremden Person erwehren. – »Mich dünkt, es liegt ein Mißverständnis vor«, antwortete er. Seine Stimme! Auch sie hatte sich ein wenig verändert. Vielleicht sah und hörte ich nicht mehr so deutlich wie früher, vielleicht hatte der martialische Schlag auf meinen Schädel dauerhafte Schäden hinterlassen? »Ich bin froh, Sie hier zu sehen, *professore.* In den letzten Wochen habe ich sehr häufig an Sie gedacht.« – »Sie schulden mir eine Erklärung«, antwortete er unsicher. – »Ach ja, *professore,* Sie meinen das Auge? Ich geriet in die Gewalt des Polizeiterrors, daher ging die ästhetische Reinheit des Blicks verloren ...« – »Wenn es sich um ein Happening handelt«, erwiderte Cesare, »dann ist es schlecht inszeniert.« – »Happening? Aber nein, *professore!* Sie denken an einen Rückfall in frühere Sünden? Bestimmt nicht! Es geht um die Philosophie! Sie lockt mich hierher.« – »Sie nehmen sich recht viel heraus. Treten Sie nun zur Seite, ich bin auf dem Weg zu meinem Kolleg.« – »Ein Kolleg? Davon wußte ich nichts. Ich sehe, Sie nehmen mir meine Zudringlichkeit übel. Ich hoffte ...« – Cesares Begleiter warf mir einen scharfen Blick zu. Er machte einen Schritt nach vorn und versuchte, mich fortzudrängen. *»Professore!«,* rief ich erstaunt, »können Sie diesem Esel nicht sagen, daß er hier auf Gewalt verzichten kann?« – Er antwortete mir nicht, er beeilte sich weiterzukommen. »Das Kolleg«, rief ich hinter ihm her, »um was geht es? Welches Sujet? Sie wissen, in Angelegenheiten der Jurisprudenz bin ich kaum bewandert.« – »Das wundert mich nicht«, gab er mir noch zurück, als Josef bereits neben mir stand.

»Was fällt Dir ein?« fragte er ungewohnt heftig. – »Josef«, antwortete ich empört, »dort läuft uns einer meiner besten Freunde davon, Cesare Caterino aus Rom. Wie wenig Freundschaften zählen! Er tat so, als habe er mich gar nicht erkannt.« – »Das ist Adorno«, sagte Josef bestimmt, »Du hast ihn aufgehalten.« – »Adorno?« – Ich glaubte, nicht recht zu hören, aber Josef zog mich bereits weiter, während die anderen Kommilitonen von allen Seiten näherkamen. »Was hat er denn gesagt?«, fragte Henning. – »Cesare?« – »Adorno!« – »Er ist auf dem Weg ins Kolleg.« – »Na eben, gehen wir hin!« – »Und… worüber liest nun… Adorno?« – »Über Ästhetik«, antwortete Josef, »er arbeitet an einer großen ästhetischen Theorie, munkelt man. Begreifst Du nun, daß Du ihn bei seiner Konzentration gestört hast?« Ich begleitete die Freunde zum Hörsaal. Er war bereits gut belegt. Während die anderen Platz nahmen, nahm ich Josef am Arm. »Josef? Ist das die Wahrheit? Ich habe mich geirrt?« – »Vollständig und blamabel«, antwortete er leise und drückte mich auf einen Sitz. Ich konnte es noch immer nicht fassen. Die Ähnlichkeit war verblüffend, und die Tatsache, daß es in den folgenden Minuten um Ästhetik gehen sollte, bestärkte mich eher in dem Verdacht, in einen bösen Traum geraten zu sein.

Adorno bemächtigte sich des Katheders, das Gemurmel verstummte, er blickte konzentriert gegen die Decke, und während er mit seiner hohen, wohlklingenden Stimme begann, schien er mit seinen Augen einer Fliege zu folgen, die unaufhörlich knapp unterhalb der Hörsaaldecke umhersummte. Kein einziges Mal schaute er in seine Aufzeichnungen. Er sprach so exakt, daß man hätte annehmen können, jeder Satz sei für den Druck bestimmt. »Adorno!«, murmelte ich kaum hörbar vor mich hin, »das ist Theodor Wiesengrund-Adorno!« – »Geht es Dir nicht gut?«, flüsterte der Bruder. Ich schüttelte den Kopf. Er schmerzte noch leicht. Meine Augen mußten sich erst an das Wunder gewöhnen…

Anscheinend ging es darum, daß – einem Wort Friedrich Schlegels zufolge – in dem, was man Philosophie der Kunst nannte, gewöhnlich eins von beiden fehlte: entweder die Philosophie oder die Kunst. Beides, Philosophie und Kunst, sollten jedoch zusammengebracht werden, dergestalt, daß das Philosophieren zugleich Kunst war, die Kunst aber andererseits etwas Philosophisches hatte. Manchmal blitzten die Augen des Vortragenden, wie von gedämpfter Heiterkeit erregt, auf, und ich ahnte, daß ihm nun eine Formulierung besonders geglückt war. In anderen Momenten redete er sich in eine gewisse Empörung hinein; anscheinend hatten sich irgendwelche Banausen an der Kunst vergangen. Wenn er ihnen ihr frevelhaftes Tun vorwarf, bekam sein Blick etwas leicht Irritiertes. Er war noch immer auf die Decke gerichtet, aus einer Fliege war inzwischen ein ganzer Schwarm geworden. Allmählich war ich selbst überzeugt, es nicht mit Cesare zu tun zu haben. Die Wortwahl war eine ganz andere, und die Sätze bildeten ein so undurchschaubares Dickicht, daß es mir aussichtslos erschien, dem gewählten Gedankengang überhaupt zu folgen. Wir befanden uns auf einem kurzen philosophischen Rundumflug, unter uns, auf dem sich immer weiter entfernenden Erdboden, kauerten all die Ahnungslosen, denen der Begriff der Ästhetik nicht viel bedeuten mochte. Zuweilen streiften wir kleinere Wolkenfelder, Kafka grüßte, Hegel wurde zitiert, Kant rechts liegengelassen, während der Motor unseres Fluggefährts immer lauter wurde, unermüdlich vor sich hin brummend, um uns auf Höhe zu halten.

Ich begriff, daß ich Adorno nicht zufällig mit Cesare verwechselt hatte. Nicht nur die äußere Gestalt, die Brille, der fast kahle Kopf, die behende Art, der kleinen Statur eine gewisse Lebendigkeit zu verleihen, erinnerten mich an ihn. Adorno war vielmehr ein *uomo estetico.* Sein Vortrag handelte nicht nur von der Ästhetik, er war selbst ein ästhetischer. Ich hätte ihm stundenlang zuhören können. Denn die Worte wurden mit einer besonderen Behutsamkeit ausgesprochen; es war, als nehme der Redner auf jedes einzelne Rücksicht und als flanierten sie hintereinander zu einer Parade auf, um sich gegenseitig im Salutieren zu übertrumpfen. Hier und da wurde ein fremdartiges eingeschleust. Irgend etwas koinzidierte mit etwas anderem, ganze Welten *kristallisierten* sich in besonderen Werken, während laufend ein bestimmter geschichtlicher Ort gesucht wurde, dessen *Dechiffrierung* uns zweifellos hätte erstaunen lassen. Und dazu diese Stimme! Sie klang glockenhell, sie erinnerte an die eines italienischen Tenors, der alle Höhenlagen mühelos beherrschte. Noch die Endlaute wurden so deutlich ausgesprochen, als komme ihnen großes Gewicht zu. Ja, es handelte sich um einen freien, aus dem Stand *extemporierten* Gesang. Die Sirenen des Odysseus hätten vor ihm geschwiegen. Die himmlischen Chöre hätten sich auf ein ähnliches *unisono* geeinigt. Ich schloß die Augen und ließ die Musik an mir vorüberrauschen. Rom war sehr nahe, Körper und Geist berührten sich, Francos Speisen hätten Adorno ohne Zweifel sehr gemundet. Musik und Philosophie hatten sich verbunden. Auf nichts anderes hatte ich lange Zeit gewartet …

Ich behielt meine Begeisterung für mich. Nach dem Vortrag eilte ich unter einem Vorwand nach draußen, um mir einige Bücher des Herrn der Gelehrten zu beschaffen. *Minima Moralia* – was mochte das meinen? Sehr, sehr wenig Ethisches vielleicht? Wenn sich das Ethische so in Grenzen hielt, mochte es auch mich angehen. *Dialektik der Aufklärung!* Ein reizvoller Titel! Um was ging es? Ich folgte meiner bewährten Methode und las in großer Erwartung den ersten Satz: *Seit je hat Aufklärung im umfassendsten Sinn fortschreitenden Denkens das Ziel verfolgt, von den Menschen die Furcht zu nehmen und sie als Herren einzusetzen. Aber die vollends aufgeklärte Erde strahlt im Zeichen triumphalen Unheils*... Sehr wahr! Den Triumph des Unheils hatte ich in den letzten Wochen selbst miterlebt. Gerade die, die sich für Aufklärer hielten, hatten sich vor mir entlarvt. Wie sollten die Menschen da noch ohne Furcht auskommen? Am besten, man setzte die alten Herren ab; jedenfalls hatte ich schon einen der neuen aufgetan... Ich wollte lesen, lesen wie noch nie!

In den folgenden Wochen machte ich mein Vorhaben wahr. Ich zog mich in mein Zimmer zurück, erfand Ausflüchte, wenn die Kommilitonen sich meldeten, besuchte weiter eifrig das Kolleg und widmete mich Adornos Ausführungen, die in mir oft eine gewisse Bestürzung darüber hinterließen, daß ich ihnen so wenig entnehmen konnte. Anscheinend beherrschte ich seit meinem römischen Aufenthalt das Deutsche nicht mehr so, wie es erforderlich gewesen wäre. Adorno Sätze entzogen sich; sie waren so merkwürdig gebaut, daß ich immer wieder den Faden verlor. Sie rückten Satzglieder nach vorne, die sich üblicherweise in der Mitte befanden, sie kokettierten mit einem nachgestellten Wort, so daß ich wieder zurückgeworfen wurde. Längere Passagen prägten sich mir erst gar nicht ein, schon nach wenigen Sätzen mußte ich von vorne beginnen, bis ich die Satzungetüme schließlich auswendig konnte. Ich hätte all diese Mühe gern auf mich genommen, wenn ich dadurch mehr verstanden hätte. Statt dessen kam es mir so vor, als könnte ich in die langen Perioden nur hineinhorchen. Handelte es sich am Ende gar nicht um Sprache, sondern um Musik?

Gelang mir das Kunststück, das Adorno in einem Vortrag selbst einmal als Glück des *strukturellen Hörens* beschrieben hatte, bei dem es darum ging, das einzelne als einzelnes und doch auch als Ganzes mitzubekommen, während der Lektüre der umfangreichen Werke nur sehr selten, so entschädigten mich doch die *Minima*, die für Anfänger der philosophischen Erörterung das Richtige sein mochten, um so mehr. Die *Minima* nämlich bestanden aus kleinen Bruchstücken, sogenannten *Fragmenten,* die sich mit etwas gutem Willen verstehen ließen. Manchmal waren diese Fragmente so minimal, daß sie lediglich aus einem einzigen Satz bestanden. In solchen Fällen war ein Mißverständnis nicht leicht möglich. Daher hielt ich mich an dieses Buch, um genauer zu erfahren, wie es um uns stand. Bald hatte ich mir eine kleine Auswahl von Weisheiten zurechtgelegt. So wußte ich, daß das Ganze nun das Unwahre war. Außerdem bedeutete es bei vielen Menschen schon eine Unverschämtheit, wenn sie Ich sagten. Das gerade Vergangene stellte sich, wie ich bestätigen konnte, meist so dar, als wäre es durch Katastrophen zerstört worden. Irgendwann hatten die Deutschen einmal versucht, ihren Traum zu malen; es war aber allemal nur Gemüse daraus geworden. Die Franzosen dagegen brauchten nur einmal Gemüse zu malen, schon war es ein Traum. Kunstwerke waren abgedungene Untaten, und wahr waren überhaupt nur die Gedanken, die sich selber nicht verstanden …

Neben diesen von mir gern wiederholten Sentenzen, gefielen mir noch jene schönen Stellen, an denen Adorno auf sein eigenes Leben zu sprechen kam. Eigentlich war es ihm peinlich, von sich selbst zu schreiben. Daher streute er seine Lebenserfahrung nur am Rande aus. Man mußte sie herausfischen, und allmählich füllte mein Leseexemplar sich gerade dort mit Bleistiftstrichen, wo ich fündig geworden war. So hatte er in seiner Kindheit von alten englischen Damen reichillustrierte Jugendschriften als Geschenk erhalten, darunter eine grüne Bibel in Saffian. Auch für ihn hatte es, obwohl ich mir das gar nicht vorstellen konnte, Mathematikstunden gegeben, die er um eines seligen Morgens willen im Bett versäumt hatte. Sie waren, wie er ehrlich zugab, nie mehr einzuholen gewesen. Häufig hatten seine Eltern hohen Besuch bekommen, dann hatte ihm das Herz mit noch größerer Erwartung als an Weihnachten geschlagen. Überhaupt mußte ihm die Kindheit viel bedeutet haben.

Er kam gern auf sie zurück, er erinnerte sich selbst noch an die frühesten Lieder, darunter solche, die ihm wohl an der Wiege gesungen worden waren. Auch seiner genialen Natur war also die Qual des Erinnerns eingeprägt, die, glücklich gebannt, einiges von Hoffnung verhieß. Nicht auszudenken, wozu sie sich entwickelt hätte, wäre sie an grobe Banausen geraten …

So hielt ich mich an jene zentralen Stellen, die von dem sprechen, was wohl einmal, vor undenkbar langer Zeit, in den besseren menschlichen Kreaturen an Feingefühl geschlummert hatte. Dieses Feingefühl nannte Adorno *Takt*. Schon Goethe hatte, wie ich erfuhr, von diesem Takt gehandelt. Takt bestand darin, daß man irgendwo *wissend vom Wege abwich*. Leicht konnte ich mir daher einreden, daß ich ein ungeheures Maß an Takt bewiesen hatte, als ich Adorno so freundlich entgegengetreten war. Takt war weder Entsagung noch Kameraderie, mit Anrempeln hatte er erst recht nichts zu tun. Im taktvollen Verhalten waren die Konventionen so gerettet, daß man sich ihrer nicht mehr zu schämen brauchte. Sie ergaben sich einfach von selbst.

Das *Taktgefühl* war das Geheimnis von Adornos Sprechen und Denken. Es ließ die Konventionen gebrochen gegenwärtig sein und zielte auf nichts anderes als die sanfte Annäherung von Vernunft und Sinnlichkeit, Idee und Phantasie. Hatte – mußte ich mich daher abschließend fragen – der römische Goethe zuviel Takt besessen, um sich der Vereinigung von Körper und Seele zu nähern? Oder hatte er etwa jenen Takt vermissen lassen, den ihm einige mit vollem Bewußtsein und verhaltener Leidenschaft gehauchte *om, pahdi* gewährt hätten?

Seit jener Stunde, in der ich in der Bonner Disputation den Ritualen der alten Zeit ihr baldiges Ende vorausgesagt hatte, beschäftigten mich diese Fragen. Nun hatte sie endlich einmal jemand so vorbildlich formuliert, daß ich selbst weiterfragen konnte. War es taktvoll, auf der Straße zu demonstrieren? Wie taktvoll war *die neue Zärtlichkeit*? Erfaßte sie allmählich die ganze Gesellschaft, ermöglichte sie ihr ein anderes, freieres Leben? Philosophie und Kochkunst bestanden jedenfalls in Deutschland, wo man mit der künstlerischen Darstellung von Gemüse noch größere Probleme haben mochte als mit seiner kulinarischen Zubereitung, weiter ebenso unversöhnt nebeneinander wie jene auf schwerenöterische Weise getrennten Welten von Geist und Körper, die ich in Rom auf so taktvolle Weise miteinander zu verbinden gewußt hatte. Mein römisches Sehnen hielt daher an, auch Goethe hatte in den Jahren nach seiner Rückkehr von nichts anderem gesprochen, obwohl immer noch keineswegs feststand, ob er sich in Rom ähnlich glücklich behauptet hatte wie ich …

Während meiner Lektüre hatte ich Josef kaum gesehen. Daher freute ich mich, als er wieder einmal mit Hanna vorbeischaute. »Wir kommen«, sagte er vorsichtig, »weil wir wissen müssen, ob Du das Zimmer behalten willst. Der Vermieter ist bereits ungeduldig, er braucht auch Deine Unterschrift unter den Vertrag.« – »Es ist schwierig, sich zu entscheiden«, antwortete ich, »es bedarf jenes Taktes, der im voraus plant.« – »Was meinst Du?« – »Die Fragen der Ästhetik sind ungelöst, und ich mache mich anheischig, sie blind zu verwerfen.« – »Du hast zuviel Adorno gelesen«, erwiderte Josef, »das macht süchtig und vernebelt einem die Welt.« – »Der Nebel ist oft einer, den man gerade dem zumuten muß, der – nach einem Wort Prousts – die Augen nicht mehr zu schirmen versteht.« – »Rede doch nicht so … Übrigens, Adorno und Marcuse werden in Berlin Vorträge halten. Henri könnte uns mit dem Wagen hinbringen.« – »Weißt Du«, sagte ich nachdenklich, »diese endlosen Diskussionen …, all diese Debatten, ich weiß nicht, ob mir der Sinn danach steht.« – »Marcuse wird über den Begriff der Toleranz sprechen und darüber, ob die Revolution …« – »Jaja, ich weiß schon. Und Adorno?« – »Ach, Adorno ist taktlos geworden.« – »Wie bitte?« – »Er will über *Goethes Klassizismus* sprechen …« – Ich schaute auf. Ich hatte das Signal verstanden. »Hanna, ist das wahr?«, fragte ich begeistert. – »Ja, man kann es kaum glauben.« – »Oh, *ich* glaube es«, sagte ich, nun fest entschlossen, »und … noch eins: Ich *bleibe* in Frankfurt!« –

17

Kombattanten

Nachdem Josef mich einige Zeit hatte gewähren lassen, wollte er einen ordentlichen Studenten aus mir machen. Ich sollte mich für die Fächer Philosophie und Musikwissenschaft einschreiben lassen. Mir selbst behagte dieser Schritt nicht. Ein vages Gefühl des Widerwillens hielt mich davon ab. Vorläufig verfügte ich noch über einige Ersparnisse; ich wollte das Leben eines möglichst freien Menschen führen, der sich nicht an die Termine von Seminaren und Vorlesungen zu halten brauchte.

Vor allem Henning gegenüber mußte ich diese Haltung rechtfertigen. In der Gruppe nannte man ihn nur *den Germanisten.* Hatte ich anfangs noch angenommen, es handle sich um einen liebevoll gemeinten Spottnamen für seine nicht auszurottende Manier, selbst die harmlosesten Gegebenheiten umständlich zu interpretieren, so füllte sich dieser Name allmählich noch mit einem anderen Sinn. Ein *Germanist* war, wie ich inzwischen an eigenem Leib erfahren konnte, ein zur Grübelei neigendes Wesen, das die unangenehme Angewohnheit hatte, Melancholie zu verbreiten. Die leichten Anfälle von Trübsinn, die mich nach den Gesprächen mit Henning überfielen, gründeten vor allem darin, daß er es immer wieder verstand, einem ein schlechtes

Gewissen einzureden. Gut, ich hatte Adorno gelesen. Das aber genügte nicht. Wenn ich Adorno auch nur ansatzweise verstehen wollte, kam ich um Hegel nicht herum. Selbst nach den ersten Seiten Hegel mußte mir klar geworden sein, daß Hegel überhaupt nur dann zu begreifen war, wenn ich die elementaren Begriffe des Idealismus beherrschte; deren Kenntnis freilich setzte ein mehrsemestriges Kant-Studium voraus, das mich allerdings immer weiter von jenem Antipoden Hegels entfernte, der Adornos Denken auf eher untergründige Weise beeinflußt hatte. Wer sich um den frühen Marx nämlich herumdrückte, indem er allzu lange bei Kant verweilte, hatte gewisse Untugenden bürgerlicher Wissenschaft noch längst nicht abgelegt, beugte sich dem Diktat einer falsch verstandenen Vernunft und mochte erst aufatmen, wenn er in den Marxschen Frühschriften entdeckt hatte, daß ihm ein psychologisches Gesetz auferlegte, den in sich frei gewordenen theoretischen Geist zur praktischen Energie werden zu lassen. So argumentierend, beherrschte Henning die Kunst, einen zum Schweigen zu bringen. Er gönnte einem nicht einmal die kleinen Lesefrüchte, die man sich in mühsamer Versenkung in einen schwierigen Text angeeignet hatte. Alles Wissen war in seinen Augen ein sehr vorläufiges, es galt überhaupt nur dann, wenn man es auf eine gewisse umständliche Art mit anderem Wissen in Beziehung gesetzt hatte. Der Erfolg dieser ruhelosen und angestrengten Vergleiche war jedoch, daß man am Ende das Gefühl hatte, überhaupt nichts mehr zu wissen. Die Geschichte war ein großes und unendliches Meer von Fakten, Erscheinungen und Theorien, auf dem man sich in einem viel zu kleinen Boot bewegte, pausenlos einen Rettungsring nach dem anderen auswerfend, um wenigstens einige Begriffe an Land zu ziehen.

Für mich war Henning das Schreckbild eines Studenten, der sich laufend mühte, seine eigene Unzulänglichkeit so unter Beweis zu stellen, daß seine Freunde sich als noch minderwertiger empfanden. Er begeisterte sich nie für etwas; alles war von vornherein gleich wichtig und doch ewig nur ein Bruchteil jenes Wissens, über das man eigentlich hätte verfügen müssen. Ich hätte ihm diese griesgrämige Haltung leicht verziehen, wenn ich nicht hinter ihr eine Unzufriedenheit gewittert hätte, die er mit allen Mitteln auch uns einimpfen wollte. Für ihn war die Welt die schlechteste aller denkbaren Welten, und wir hielten uns in ihr auf, um unsere Ohnmacht einzugestehen …

Diese nörglerische Haltung hätte mich weniger gestört, wenn ich nicht bemerkt hätte, daß Josef Henning aus einem gewissen Abstand verehrte. Für ihn war der bleiche Pastorensohn, der sich aus lauter Angeberei einen Vollbart zugelegt hatte, ein geheimes Vorbild, das ihn sogar dazu angestiftet hatte, neben Philosophie auch noch Germanistik zu studieren. Die Germanistik jedoch war in meinen Augen so etwas wie die nie zu heilende Krankheit der Geisteswissenschaften. Wer ihre weitgeöffneten Pforten durchschritt, befand sich rasch in einer Gesellschaft schlechtgelaunter Menschen, die von Büchern jene Erlösung erwarteten, die sie vom Leben nicht einmal zu verlangen gewagt hätten. Daher fürchtete ich um meinen Bruder; in Hennings Gefolgschaft betrachtete er das Studium als eine Zeit der Selbsthingabe und des ewigen Zweifels, die schon von einem falschen Lachen verraten werden konnten. Am meisten ärgerte es mich jedoch, daß er Henning deutlich zeigte, wie sehr er sich um ihn bemühte; beinahe jeden zweiten Tag wurde er von ihm zum Essen eingeladen. Die beiden Matadoren des Geistes ergingen sich in niveauvollen Gesprächen, während Hanna zum Kochen abkommandiert war. Dann setzte sich Henning zu Tisch, sein Blick glitt gierig über die Teller, man stellte ihm ein Glas Bier hin – schon waren die Leiden des Geistes vergessen, und der Körper ruhte nicht, bis er ganz schwerfällig geworden war.

In Hennings Gegenwart bekam ich keinen Bissen herunter. Appetit war, wie ich aus früheren Zeiten wußte, eine angenehme

Empfindung freudiger Erwartung; hier aber wurde sie zur bestialischen Rachsucht des Geistesmenschen an der unschuldigen Materie. Hanna verstand mich, auch sie konnte Henning angeblich kaum ertragen, wagte jedoch nicht, diese Gefühle Josef zu gestehen. »Hast Du noch nicht bemerkt, wem Henning ähnlich sieht?« – »Der? Der sieht Hinz und Kunz ähnlich!« – »Aber nein! Josef sagt, er sieht Karl Marx ähnlich. Er hat sich doch nicht umsonst denselben Bart zugelegt, und er ißt so viel, damit er dieselbe Korpulenz bekommt.« – Dieser hinter vorgehaltener Hand mitgeteilte Verdacht trieb mich vollends in das feindliche Lager, und als ich später sogar noch erfuhr, daß Kai, der von Haus aus über ein beträchtliches Vermögen verfügte, Henning finanziell unterstützte, wofür der ihn zuweilen mit der freundlichen Anrede *mein Friedrich* belohnte, ging ich dieser Mißgeburt der Geistesgeschichte wann immer ich konnte aus dem Weg. Mochte er sich auch einbilden, unser aller Mentor zu sein, um zusammen mit Kai jene innige Freundschaft von Marx und Engels zu kopieren, deren Debatten auf diese Weise auf das Niveau dürftigsten Studentenkauderwelschs herabgedrückt wurden, so nahm ich mir vor, diesem aufgeblasenen Popanz in Zukunft mutiger zu widersprechen. Falsche Autoritäten, soviel stand fest, mußten demaskiert werden …

Was nun Kai betraf, so war dieser der Schweigsamste in unserer Runde. Wenn er aber einmal zu Wort kommen wollte, setzte er sich meist mit einer gewissen hartnäckigen Eindringlichkeit durch. Er sprach schnell und leise, und wenn man nicht genau hinhörte, bekam man nur die Hälfte mit. Er liebte bestimmte Redewendungen, unter denen die, daß man *die kritische Sonde anlegen* müsse, am häufigsten auftauchte. Da er Jura und Volkswirtschaft studierte und – anders als Henning – nicht dauernd Front gegen sein wohlhabendes Elternhaus machte, bekamen wir durch seine Kommentare wenigstens einige jener ökonomischen Details mit, von deren Kenntnis der große Lebensüberblick abhängen mochte. Kai hielt seine Eltern für *liberal,* und da er in seinem revolutionären Bewußtsein noch nicht fortgeschritten genug war, das Liberale abgrundtief zu verachten, pflegte er einen Lebensstil, der mit einer unauffälligen Eleganz kokettierte. So war er mir gleich zu Anfang dadurch aufgefallen, daß er stets – auch an wärmeren Tagen – ein Jackett trug, aus dessen Brusttasche der Kopf eines wertvollen Füllfederhalters herauslugte. Auch sonst wußte Kai dem Leben einige Feinheiten abzugewinnen. Er wohnte nicht in unserer Nähe, sondern, wie es offiziell hieß, *in Untermiete* bei einer älteren, dem niederen Adel zuzurechnenden Dame, die eine gute Freundin seiner Eltern war. Kai machte sich ein Vergnügen daraus, sich über die verstaubten Riten des Bürgertums zu mokieren, aber er tat es mit dem leicht ironischen Spott des Jünglings aus gutem Hause, der längst wußte, daß er irgendwann einmal in dieses Haus zurückkehren würde. Zweifellos hatten ihn die stattlichen Geldsummen, die er keineswegs nur für sich allein beanspruchte, sondern mit der Noblesse des wohlerzogenen Gönners unter uns austeilte, indem er uns dann und wann zu einem teuren Essen einlud, in den Stand versetzt, über die manchmal lästigen Alltagshorizonte des Lebens ohne Mühe hinwegblicken zu können. Ich wunderte mich deshalb nicht, als ich erfuhr, daß auch Kai seine Gymnasialzeit auf einem Internat zugebracht hatte. Seine Haltung, sein kultiviertes Dandytum, das ihm etwas lässig Britisches gab, deuteten darauf hin, daß er im Bankengewerbe der Zukunft einmal eine bedeutende Rolle spielen würde. Er redete aber nie davon; vielleicht empfand er es auch als unpassend, unter lauter Geisteswissenschaftlern, die sich auf die Sumpfblüten ihres Unwissens bereits etwas zugute hielten, von den Bilanzen des schnöden Mammons zu reden. Obwohl er sein Studium sehr gewissenhaft vorantrieb, erzählte er niemals von seinen Vorlesungen oder Seminaren. Immer war er zur

Stelle, wenn sich die Gruppe zu irgendeinem Anlaß traf, und doch gelang es ihm mühelos, in den wenigen übrigen Stunden sämtliche Übungen mit Erfolg zu besuchen. Ich mochte seine knappen, oft scharfen Bemerkungen, obwohl ich mir nicht ganz sicher war, ob sie ihm wirklich so aus dem Stegreif einfielen, wie es den Anschein haben sollte. Sein Verhalten hatte daher gewisse undurchsichtige Züge, zu denen auch die beharrlich aufrechterhaltene Freundschaft mit Henning zählte. Denn von geheimer Bewunderung konnte bei Kai nicht die Rede sein; eher behandelte er den Freund wie eine Trophäe, die man am geeigneten Ort vorzeigte, um sich an dem Erstaunen zu weiden, das das Prunkstück bei anderen Menschen auslöste.

All den Vorzügen, die man für Kai ins Feld führen konnte, stand jedoch ein Nachteil gegenüber, über den gerade ich nicht hinwegsehen konnte. Neben seinen fachlichen Studien besuchte nämlich auch Kai das Adornosche Kolleg; vielleicht aus Neugier, vielleicht aber auch angetrieben durch die Faszination, die der dozierende Meister vermittelte, nahm er unter uns Platz, zückte zuweilen seinen kostbaren Füllfederhalter und notierte sich einige Bemerkungen in eine Kladde, die er eigens zu diesem Zweck führte. Während er über Adornos Vortrag sehr anerkennend sprach, hatte er sich angewöhnt, dessen Vornamen zu verballhornen; er nannte ihn *Teddy.* Ich zuckte jedesmal zusammen, wenn ich diese Koseform, die nur guten Freunden zustehen mochte, hören mußte. »Heute war *Teddy* gut in Form«, äußerte Kai, als habe Adorno es nötig, von ihm gelobt zu werden. Gewisse Eigentümlichkeiten seiner Haltung wurden durch diesen Namen übrigens durchaus getroffen; wenn er vor dem Auditorium posierte, glaubte man wahrhaftig manchmal, ein zu rasch gealtertes Kind vor sich zu haben, das mit seiner früheren Erscheinung auf höchstem Niveau liebäugelte. Gerade diese leichte Vertraulichkeit, eine ins Öffentliche gewendete Intimität mit sich selbst, war jedoch immer als ein Beweis des besonderen

Vertrauens erschienen, das der Dozierende seinen Zuhörern schenkte. Ich wußte dieses Vertrauen zu schätzen, vermittelte es einem doch die Empfindung, nicht nur Empfänger eines klug präparierten Wissens, sondern eher Zeuge einer Selbstoffenbarung zu sein, der es auf noch schwer durchschaubare Weise gelungen war, die Gesetze der Ästhetik zu denen des eigenen Lebens zu machen…

Am stärksten aber fühlte ich mich schließlich zu Henri hingezogen. Als einziger von uns allen lebte er in einem Studentenwohnheim; anfangs gehörte er der Gruppe noch nicht mit vollem Herzen an. Er hatte zahllose Freunde, trieb sich viel herum und galt als unzuverlässig. Verabredungen hielt er meist nur ein, wenn man ihn mehrmals daran erinnerte. Er gab sich leicht zerstreut, gestand offen seine Vorbehalte gegenüber den *ernsten Deutschen* und schloß doch mit wildfremden Menschen so schnell Freundschaft, daß man glauben konnte, er habe sie bereits lange vorher gekannt. Ab und zu überfiel ihn das Heimweh nach Frankreich; dann brach er mit seinem meist etwas defekten Wagen nach Paris auf. Paris war das Leben, Deutschland war die Arbeit; wenn Henri die Arbeit vergessen wollte, gab er ein Fest. Seine Feste hatten inzwischen einige Berühmtheit erlangt. Sie fanden im Keller des Wohnheims statt, manchmal genügte ihm auch die Gemeinschaftsküche, die allen Mietern einer Etage zur Verfügung stand. Henri studierte nicht planmäßig. Schon die wagemutige Zusammenstellung von Psychologie, Soziologie und Orientalistik zu einem Fächerkanon, der auch in seinen Kreisen einigen Seltenheitswert besaß, hatte ihm den Ruf verliehen, es mit dem Studium nicht allzu ernst zu nehmen. In Frankreich hatte er es aber immerhin zu einem Stipendium gebracht, das ihm einen zweijährigen Aufenthalt in Deutschland erlaubte. Damit war ein erster Sieg über die belächelte *Bourgeoisie* errungen; die *Bourgeoisie* zahlte, und Henri feierte.

Daß ich ihn häufiger sah als die anderen, lag vor allem daran, daß er mehr Zeit hatte. Eigentlich hatte Henri immer Zeit. Man brauchte nur einen verlockenden Vorschlag zu machen, schon machte er mit. »*Alors*«, sagte er vergnügt, »warten wir nicht länger, sonst brennt der Braten an.« Der Braten brannte vor allem an, wenn er einen Film, der gestern im Kino angelaufen war, noch nicht gesehen hatte; der Braten *stank zum Himmel,* wenn der Film bereits länger als eine Woche lief. In seiner bedingungslosen Hingabe ans Kino war Henri nicht bereit, gewisse Einschränkungen zu machen. Entweder ging er in die erste Vorstellung oder in die letzte. Ging er in die erste, wollte er meist allein gelassen werden; er mißtraute dem Film. Ging er in die letzte, war er sicher, daß der Abend amüsant werden würde; der Besuch wurde zu einem *Ritual.*

Schon früh hatte mich Henri mit diesem Wort überrascht. »Ein Ritual«, sagte er, »ist etwas Dramatisches. Dazu gehören Akteure, die nach bestimmten Regeln spielen, dazu gehört ein Plan, der während des Spiels immer weiter vervollkommnet wird. Rituale müssen laufend wiederholt werden, sonst wachsen sie nicht. Alle halten sich mehr oder minder an Rituale, sie wissen es nur nicht.« – »Du meinst, wenn unsere Gruppe sich trifft, dann ist das ein Ritual?« – »Ja, wir verhalten uns immer ähnlich, wir spielen nur die Rollen, die wir vor den anderen beherrschen. Niemals unterläuft uns ein Fehler. Henning spielt den Dozenten, Kai den reichen Sohn, Dein Bruder den Studenten und Hanna die Hausmutter.« – »Und ich?« – »Du spielst *den Abwesenden.*« – »Aber wenn wir jetzt miteinander sprechen, ist das auch ein Ritual?« – »Sicher, aber ein ganz besonderes. Wir kennen nämlich die Regeln genau, wir durchschauen sie sogar. Daher *erleben* wir das Ritual. Schöner wäre es freilich noch, das Ritual zu zerstören.« – »Und wie?« – »Indem man die Regeln verletzt oder ignoriert. Stell Dir vor, wir gingen auf die Regeln nicht ein. Wir täten das Gegenteil von dem, was man von uns erwartet.« – »Das wäre albern.« – »Genau. Es wäre ebenfalls ein Ritual, nur umgekehrt. Besser wäre es dagegen schon, wir höben das Ritual auf, indem wir den anderen deutlich machten, daß sie ein Ritual spielen.« – »Ich verstehe. Du meinst, wir sollten *wissend vom Weg abweichen*?« – »So kann man es nennen.« – »Das wäre eine Frage des *Takts*.« – »Eher eine Frage der Taktik.« – »Weißt Du, Henri, wenn ich darüber nachdenke, bin ich in meinem Leben unzählige Male vom Wege abgewichen, ohne daß ich freilich schon das Zeug zu einem Taktiker gehabt hätte. Meistens wußte ich gar nicht, daß ich vom Weg abwich. Jetzt sehe ich alles deutlicher, es käme auf einen neuen Versuch an ...« – »Ja, auf *subversive Aktion*, verstehst Du?« – »Nein.« – »Die Subversiven – das sind die, die das geltende System in Frage stellen.« – »So redet Henning auch. *In Frage stellen, umfunktionieren, opponieren ...*, das kenne ich alles schon.« – »Gut, davon rede ich aber nicht, ich rede von der *Aktion*, der *provozierenden* Aktion.« – »Erklär' es mir genauer!« –

Henri ließ sich Zeit. Erst sollte ich jene Verstecke kennenlernen, in die man sich am frühen Abend zurückzog, um zu diskutieren, Wein zu trinken, Musik zu machen. Er unterschied die verschiedenen Zentren nach ihren Besuchern; es gab die akademischen, die ihm am wenigsten behagten, hier traf sich die Elite des *Sozialistischen Deutschen Studentenbundes*, den Henri aus lauter Trotz nie mit dem Kürzel *SDS*, sondern stets mit dem vollen Namen benannte. Daneben gab es Lokale, in denen angeblich der *Underground* verkehrte. Es waren jene unübersichtlichen Höhlen, in denen man am schnellsten Bekanntschaften machte, nächtelang der oft durch Drogen aufgebauten Illusion verfallen konnte, sich unter lauter Freunden aufzuhalten, und am frühen Morgen das angenehme Empfinden völligen Vergessens hatte. Das dritte Lager bildeten die Stammlokale der Altlinken; sie hatten den Marxismus schon in den Kinderschuhen studiert, waren früh in die entsprechenden Organisationen eingetreten und warteten darauf, daß sich die Arbeiterklasse endlich in Bewegung setzen würde. Manche träumten von einer Kommunistischen Partei, die sich eng an das russische Vorbild anlehnte; andere dachten an eine deutsch-sozialistische Variante, die auf einige russische Mängel verzichtete; kleinere Gruppen lasen die gesammelten Sprüche des Genossen Mao Tse-tung, den sie für den weisesten aller Marxisten hielten, wieder andere studierten die Schriften Che Guevaras, unglücklich darüber, daß die Fronten in Deutschland nicht so klar unterschieden waren wie in Bolivien. Am meisten liebte Henri aber jene Kneipen, die weder von Eliten noch von Kadern oder streunenden Lebenskünstlern besucht wurden; es waren, wie er behauptete, die Kneipen des *Milieus,* des katastrophalen Alltags, der unterbelichteten Endzeit. Mochten diese Bezeichnungen Abenteuerliches verheißen, so verbargen sich hinter ihnen doch nur Bierstuben, in denen Abend für Abend dieselben Menschen der Nachbarschaft auftauchten, um dort zu stranden. Es waren die Kneipen der Trinker, die, wenn es spät wurde, nicht ohne ihren Streit auskamen, die Kneipen der lustlosen Alleinunterhalter, die sich stets nur für einen Abend zu einem an den Tisch setzten, um einen beim nächsten Zusammentreffen keines Blickes zu würdigen, die Kneipen der Einzelgänger, die sich wie spielwütige Kinder an die Automaten flüchteten. Henri bestellte ein Bier, schwatzte vom vergangenen Tag, trank noch einen Obstler und rauchte eine jener billigen Stumpen, die er stets bei sich trug. Zigarren waren, wie er sagte, die Erkennungszeichen der Frührevolutionäre, und die Kapitalisten hatten sie sich erst in den Mund gesteckt, als sie zeigen wollten, daß sie an ihrem eigenen Reichtum zu ersticken drohten. Henri prostete mir zu, er war gut gelaunt, ausgelassen wie meist, wenn er sich auf einen Abend freute, niemand würde uns stören, die Revolutionäre waren ebenso unter sich wie wir, das Gespräch konnte beginnen …

Endlich sollte ich erfahren, wie subversiv Aktionen sein konnten. »Es begann schon vor sechs, sieben Jahren«, sagte Henri, »damals taten sich in München einige Künstler zu einer Gruppe zusammen, die sich *Spur* nannte. Die Spur-Leute glaubten an *die Gaudi.* Alles war Gaudi: Kirche, Staat, Militär, Politik. Wer sich diesen Obrigkeiten unterwarf, betrieb mißratene Gaudi, der Künstler jedoch war für die wahre Gaudi geboren. Da man sie ihm nicht dankte, mußte er sich für überflüssig halten. Der Künstler genoß seine Überflüssigkeit. Er trieb mit allen seine lebenslustige Gaudi, er war ein *homo gaudens.* Gerade dadurch war er schöpferisch. Gaudi war zugleich Macht und Freude, sie existierte als reale und totale, als sexuelle und psychologische Gaudi. Sie hatte Hunderte von Spielarten. Die Künstler gingen sie alle durch, sie gaben *Unverbindliche Richtlinien* heraus, sie studierten die Schriften von Adorno und Marcuse, von Marx und Freud. Später schlossen sie sich mit Gleichgesinnten zu Aktionsgruppen zusammen, den Gruppen der *Subversiven Aktion.* Sie störten Tagungen von Werbefachleuten und sprengten den Weihnachtsrummel, sie gaben eine Zeitschrift heraus und gründeten Ableger in anderen deutschen Großstädten. Eine dieser Gruppen war dann die *Viva-Maria-Gruppe.* – »Viva Maria?« – »*Viva Maria!...* ist der Titel eines Films von Louis Malle. Du kennst ihn noch nicht? Wir werden ihn uns zusammen anschauen, ich habe ihn schon viermal gesehen, immer in der letzten Vorstellung. Wir nehmen eine Flasche Weißwein mit und feiern mit den beiden Marias. Die eine wird von *Brigitte Bardot* gespielt, die andere von *Jeanne Moreau.* Die Handlung spielt in Mexiko, zu Anfang des Jahrhunderts. Die beiden Marias sind Revolutionärinnen, die einen gemeinsamen Geliebten haben, es sind anarchistische Frauen, die mit einer Varieté-Truppe durch Mexiko ziehen, beinahe einen Aufstand anzetteln und, ohne es zu wollen, ein Kunststück entdecken, an das noch niemand gedacht hatte: *den Striptease.*

Beim Striptease gibt sich der anarchische Körper der Sonne und dem Licht hin, der Körper will ans Freie, und die Mädchen lokken damit Hilfstruppen an. *Viva Maria!* ist der Schlachtruf der gaudentischen Revolution …« – »Und die Gruppe?« – »Die Gruppe traf sich zum ersten Mal vor etwa einem Jahr am bayrischen Kochelsee. Zu ihr gehörten Aktionisten aus München und Berlin, darunter einige Mitglieder der späteren *Kommune 1*, darunter aber auch Rudi Dutschke.« – »Dutschke ist ein subversiver …?« – »Eben nicht! Hier fangen schon die Meinungsverschiedenheiten an. Dutschke ist ein Organisator, ein Stratege, er war längst Mitglied des Sozialistischen Deutschen Studentenbundes, und er hoffte, aus dieser damals heruntergekommenen Organisation etwas machen zu können. Die anderen aber, Rainer Langhans, Fritz Teufel, die hatten keinen Blick für die revolutionären Bewegungen. *Fuck for peace …*, schrieben sie, sei ihrer eigenen Existenz näher als alles, was in der Dritten Welt geschehe. So dachten *die Aktionisten*, die Demonstrationen satirisch umdrehen wollten und nach neuen Spielformen suchten. Und von denen sind einige Anfang des Jahres in eine Berliner Wohnung eingezogen. Verstehst Du? *Theorie* und *Praxis!* Wie gehören die zusammen? Wie verbindet man die?« – »Ich verstehe genau«, sagte ich, leicht erregt, »es geht um die Verbindung von Körper und Geist, von Materie und Seele, wie Onkel Joseph sagen würde.« – »Wer?« – »Ich glaube, ich weiß, was Du mit dem *Aktionismus* meinst. Eigentlich kenne ich ihn schon aus der Zeit, als ich in der Nähe von Kleve mit Onkel Joseph *die Welt erforschte.* Später nannte man es *Fluxus.* Vielleicht war auch Cindy eine Aktionistin, ich weiß es aber nicht genau.« – »Aber Johannes! Wer ist nun wieder Cindy?« – »Ich kann es Dir in aller Kürze nicht erklären. Lieber erzähle ich von Onkel Joseph. Er hat mit *Fett* und *Filz* zu tun, aber ich will Dich nicht verwirren; vor einiger Zeit hat Onkel Joseph, den wir in der Familie übrigens meistens Jupp nennen, seinen Vorsatz wahr gemacht. Er hat ein Klavier gefüllt.« – »Ein Klavier?« – »Ja, er hat es bis obenhin mit Waschpulver, Eichenblättern, Ansichtskarten und anderem Zeug gefüllt, so aber, daß es noch gut zu spielen war. Der Klang war einfach ein anderer, Joseph nannte es *heilsame Amorphisierung*. Das Erkaltete wird erwärmt und kommt in Fluß.« – »Du meinst, es war ein Happening?« – »Nein, das nicht. Joseph unterscheidet das Happening von der Aktion. Ein Happening ist ein Ulk, eine Provokation oder ein Klamauk. Vielleicht betreiben die Subversiven genau das, ich bin mir nicht sicher. Onkel Josephs Aktionen wollen Zeichen sein, *Kreuze* ...« – »Ah, er ist fromm.« – »Nein, auch das nicht, obwohl er viel von den religiösen Lehren versteht. Fett und Filz, verstehst Du? Man nimmt einen Kocher und tut etwas Fett hinein; das Fett wird erwärmt, es schmilzt, man kann es zu einer Modell-Fett-Ecke drapieren.« – »Unglaublich!« – »Ja, nicht wahr? Und dann – nach der Fett-Aktion – kam ein Versuch mit Filz; dabei explodierte etwas, stell Dir vor, die Energien, die angefachten Energien waren so groß, daß es zu einer Explosion kam. Danach stürzten die Zuschauer auf die Bühne, und ein Student hat den Onkel blutig geschlagen. Später behauptete er deshalb, er sei ein Sender, der etwas ausstrahle, aber auch das ist vielleicht verwirrend. Jedenfalls hat er dann *einem toten Hasen die Bilder erklärt* ...« – »Johannes, willst Du mich auf den Arm nehmen?« – »Nein! Er hat sich den Kopf mit Goldblättern und Honig bestrichen, den toten Hasen auf den Arm aufgenommen und ist mit ihm durch die Ausstellung gegangen, um ihm die Bilder zu erklären. Der Hase durfte die Bilder sogar mit den Pfoten berühren ... damit sind wir bei der Verbindung der beiden auseinanderstrebenden Elemente. Honig ist das Geistige, der Hase versinnbildlicht das Körperliche, und indem Joseph auf den Hasen einspricht, versucht er, sie in Beziehung zu setzen ...« – »Aber das ist Mystik ...« – »Nein, es ist Zeichenkunde, wie Joseph sagen würde ... Aber wie ging es weiter mit den Subversiven?« – »Also«, holte Henri Luft, »die *Kommune 1* war gegründet. Man lebte in einer Wohnung zusammen, man verfaßte Flugblätter. Die aber unterzeichnete man mit dem Kürzel *SDS*; man hielt selbst die Regeln des Protests nicht ein, man forderte Studenten, Lahmärsche und Karrieremacher höhnisch auf, keine Wandzeitungen zu entwerfen, keine Sprechchöre zu bilden, nicht im Audimax zu vögeln, weiter geräuschlos zu leben. Statt dessen plante man ein Pudding-Attentat auf den amerikanischen Vizepräsidenten, und man verteilte an der Berliner Universität später ein Flugblatt: *Wann brennen die Berliner Kaufhäuser?* In einem Brüsseler Kaufhaus waren dreihundert Menschen bei einem solchen Brand ums Leben gekommen…« – »Aber Henri! Das hat mit subversiven Aktionen nichts mehr zu tun.« – »Sag ich ja auch nicht, sagen auch die Kommunarden nicht. Der Text war provozierend gemeint, als Gehirnstreich…« – »Auch das gefällt mir nicht, es erscheint mir taktlos, und gerade hier fällt mir auf, daß auch Onkel Joseph *Takt* nie vermissen läßt. Er hält es wohl eher mit den Geniestreichen, jedenfalls bezeichnete er meine eigenen Aktionen, die nun freilich schon einige Zeit zurückliegen, als solche.« – »Deine Aktionen?« – »Ich rede nicht gern davon, denn ich wurde krank dabei… Seltsam ist aber schon, daß Joseph Ende vorigen Jahres nach Spanien reiste.« – »Was ist daran seltsam?« – »Josef ist nach *Manresa* gereist.« – »Na und?« – »Du verstehst nicht. In Manresa hat Ignatius seine geistlichen Übungen begonnen, fürchterliche, grauenerregende Bußexempel, bei denen sich der Körper asketisch den Exerzitien hingibt, um sich von allem Unnötigen zu befreien.« – »Dann ist er doch religiös.« – »Aber nein! Er hat sich in Spanien in ein großes Zelt zurückgezogen, er war krank, wie ich damals…, als ich… Aber ich spreche nicht davon, die Zeit ist vorbei. Joseph hatte sich vollständig zugedeckt, auch den Kopf, nur einige Zigarren schauten noch heraus. Er liebt Zigarren, weißt Du, wenn auch aus anderen Gründen als die Revolutionäre. Später hat er seine Erlebnisse in einer Aktion verarbeitet, der *Aktion Manresa.* Das ist kaum ein halbes Jahr her, auch mein Großvater war in Düsseldorf, er hat mir davon berichtet, davon, wie kalt es war, daß viele Zuschauer da waren und daß es eine merkwürdige Musik zu hören gab … Ich glaube, jemand hat Orgel gespielt, wie auch ich in Rom Orgel spielte, vielleicht war es nur ein Zitat, verstehst Du, denn ich würde am liebsten noch immer Orgel spielen, obwohl ich hier nicht mehr daran denken kann; in Rom saß ich tagelang auf der kleinen Empore der *Santa Anima,* nahe der Piazza Navona, und ich übte die mehrstimmigen Choräle von Bach, die, was das Manual betrifft …« – »Aber, Johannes! Du spielst Orgel? Du spielst wahrhaftig?« – »Oh, ich bin Musiker, Henri, und für die Musiker ist es besonders schwer, Revolution zu machen.« – »Überhaupt nicht. Weißt Du, ich möchte, daß Du im Keller des Wohnheimes spielst. Wir führen eine Aktion durch. Wir räumen den Saal leer, wir stellen die Tische heraus, nur die Stühle bleiben zurück, und am Abend kommen die Genossen und hören mehrstimmige Choräle von Bach.« – »Das wäre dann subversiv?« – »Unglaublich subversiv! Und wenn sie mich fragen, dann sage ich: seht, hört, damit Eure Sinne für den proletarischen Kampf geschult werden!« – »Wir werden es uns überlegen. Aber weiter, Henri! Körper und Geist, die Kommunarden, erzähl doch!« – Ich bemerkte, daß er leicht betrunken war. Er stützte sich mit der Rechten schwer auf den Tisch und fuhr mit der anderen Hand ungeduldig durch die Luft, wenn er etwas erläutern mußte. »Ah«, sagte er gelassen, »Deine Eile! Keine Ruhe! Ich habe Durst, weißt Du, was Durst ist …« – »In Rom hatte ich oft einen brennenden Durst, aber es kam daher, daß ich kochen mußte. Ich habe von früh bis spät kochen müssen, und Franco ließ mich neue Gerichte kreieren.« – »Johannes, warum erzähle ich Dir das alles? Du *bist* ein Subversiver. Du kochst, Du spielst mehrstimmige Choräle, du bist ein multipler Aktionist. Ich ernenne Dich dazu, und ich sehe Dich nicht mehr an, wenn Du nicht in unserer Gemeinschaftsküche das Zeitalter der revolutionären Kochkunst einleitest. Ein *Ho-Chi Minh-Menü,* und die Revolutionäre werden es Dir danken.« – »Bitte, die Kommunarden!« – »Gut, die Kommunarden! Das bürgerliche Individuum, Johannes, ist nichts als ein lächerliches Individuum … so denken Deine Kommunarden. Sie machen alles lächerlich und sie haben nicht davor zurückgeschreckt, den ganzen Sozialis … den ganzen *SDS* der Lächerlichkeit preiszugeben. In dem aber sind Typen, die keinen Spaß verstehen, Jungs mit Brillen, die einen feinen Goldrand haben, Theoretiker, die wissen, wie man Begriffe strapaziert, Pastorensöhne wie unser Henning, die ihren schmächtigen Körper zu ungeheuren Mastkuren treiben, damit ihre Pfürze Marxsche Dimensionen bekommen, Bürgerkinder, die das Haus gerne brennen sähen, aber kein Streichholz in die Finger nehmen, Vatermörder, die sich noch nachts vor inneren Qualen wälzen, weil man sie nie verstanden hat und der Papa es weiter mit dem Kapitalismus hält und der Mutter treibt, ängstliche Debattierer, die …« – »Henri, Du wirst taktlos …« – »Ich werde es, mein Lieber, und ich denke mir, daß Dein Aktionismus nicht ruhen wird, bis er den Segen Adornos erhalten hat. Du bist *Adornit!*« – »Henri, ich streite mich jetzt nicht mit Dir.« – »Streit, nichts ist schöner als Streit! Johannes, ich streite für mein Leben gern … Damit Du aber Deine Geschichte zu Ende hörst, Du Gute-Nacht-Kind, damit Du Ruhe hältst … Die Genossen vom SDS sind also aufmarschiert, sie haben sich zu einer internen, strikt demokratischen Diskussion eingefunden, und dabei kam heraus, daß unsere oder meine Freunde von der *Kommune 1* aus dem hohen Verband ausgeschlossen wurden. Falsche Unmittelbarkeit, Realitätsflucht, Überschätzung der klassenkämpferischen Potenz – das waren die Vorwürfe! Nun … trabte die Revolution bereits auf zwei Gleisen. Und jetzt frage ich Dich, Johannes, in welches

Lager gehörst Du?« – Ich fühlte mich leicht überrumpelt; noch nie hatte ich mit einem Mitglied der Gruppe so lange allein gesprochen. Plötzlich bemerkte ich, daß Henri sich in den letzten Wochen zurückgehalten hatte. Er war seltener bei den Zusammenkünften der Gruppe erschienen, Henning hatte ihn mit einigen spöttischen Worten bedacht, und mein Bruder hatte ihm wie meist beigepflichtet. »Ich bin Aktionist«, sagte ich, indem ich mein Glas leerte, »ich bin es seit langem, soviel ist mir jetzt klar. Ein Vatermörder bin ich nicht, weil ich gar keinen Vater … ich will sagen, daß ich kein Bürgerkind bin, weil meine Mutter … oder besser, daß ich am ehesten noch Onkel Joseph nacheifere, denn obwohl ich den Osten gut kenne, vor allem den russischen, insbesondere aber *den russischen Menschen,* so daß ich manchem Genossen heimleuchten könnte, und obwohl ich in Wuppertal meine ersten Erfahrungen mit dem Proletariat machte und die Lehren von Engels früher kennenlernte als so manch einer, der heute den Mund weit aufreißt, fühle ich mich noch immer zu *Fluxus* hingezogen, einer inzwischen beachtlichen Bewegung, die damals, als der Präsident ermordet wurde, gerade ihren Anfang nahm …, als Adorno an seiner *Negativen Dialektik* arbeitete, diesem Gute-Nacht-Gesang der Philosophie, den ich erst später begriff, obwohl es ein verhängnisvoller Irrtum war, als ich glaubte, Cesare stehe vor mir, auf dem Weg ins Kolleg, in Wahrheit aber Adorno näherrückte mit seinen Wiegenstunden, *Guten Abend, gut Nacht* …, wo hörte ich das denn bloß … *gut Nacht* … es ist Brahms, Henri, jetzt weiß ich es, Brahms … da gibt es keinen Zweifel mehr …!« – Henri lachte, und während ich erschöpft vornüber auf den Tisch sank, nicht mehr wahrnehmend, was um mich herum geschah, hörte ich seine kräftige Stimme, die noch einmal zwei Gläser Bier verlangte …

Die Verlegenheit, in die mich Henri gebracht hatte, wurde mir mit der Zeit immer mehr bewußt. Denn ich geriet zwischen alle Lager. Hielt ich mich in der Wohnung meines Bruders auf, traf ich schon bald auf Henning, der sich ächzend die vielen Stufen unter das Dach hinaufbewegt hatte, um nach einem Willkommenstrunk die Utopien des Marxschen Denkens zu entwickeln. Offenbar bestand das zentrale Problem darin, daß der menschliche Geist die Welt bisher nur als Objekt betrachtet hatte, als Gegenstand seines Urteilens und Anschauens; es kam jedoch darauf an zu erkennen, daß die Gegenstände erst aus der menschlichen Tätigkeit hervorgegangen waren, daß *Praxis* sie geschaffen hatte und daß sie ohne diese *Praxis* gar nicht zu denken waren. Nur wer die Welt sehr naiv betrachtete, konnte noch länger annehmen, daß irgendwo ein Stück unschuldiger Natur vor sich hin schlummerte; selbst die Natur war, so wie sie sich darstellte, ein Produkt des menschlichen Willens und seiner Tätigkeit.

Schon wenn Henning seine breiten Lippen, die aus dem dichter werdenden Vollbart lüstern hervorquollen, an das Glas setzte, löste er nach seinem Bekunden ein Stück Praxis ein. Die flüssige Materie glitt in ihn hinein, sie trat den Weg aller Verwandlung an, das Glas aber mußte fortan als benutzt gelten, so daß man selbst das alltägliche Trinken als *Praxis* begreifen konnte, in der sich die *Theorie,* wie Henning dreist lächelnd sagte, auf den Prüfstand des Zufalls begab.

Als ich ihm, nur mit spärlichem Wissen bewaffnet, entgegnete, daß all seine Worte *Interpretationen* seien, es in Wahrheit aber darauf ankomme, *die Welt grundlegend zu verändern,* so verzog sich sein Gesicht zu einem säuerlichen Ausdruck des Unbehagens. Er hatte sich angewöhnt, die Hände vor der Brust zusammenzufalten, und obwohl selbst der theoretische Mensch erkennen mochte, daß Hennings Bauch den zielstrebigen Weg aller Praxis erst angetreten, aber noch nicht zurückgelegt hatte, verlieh ihm diese Geste einen Anflug von Selbstsicherheit, den ich besonders haßte. Er lehnte sich in seinem Stuhl zurück und erläuterte mir behäbig, daß jener Satz, den ich gerade geäußert hatte – übrigens ein sehr verzerrtes Zitat aus den berühmten *Elf Thesen über Feuerbach,* die man ruhig einmal alle elf lesen solle –, schon immer falsch verstanden worden sei, beinhalte er doch keineswegs eine Herabsetzung der Philosophie, sondern stimme vielmehr ihr Loblied als Voraussetzung aller Veränderung *schlechthin* an. Daher wende sich der Satz nicht gegen die Interpretation der Welt, sondern mahne höchstens an, daß man über dieser Interpretation nicht die Veränderung vergessen dürfe, wobei – wenn diese Anmerkung noch gestattet sei – überhaupt nicht feststehe, ob nicht gerade die Interpretation selbst schon der Ansatz zur Veränderung sei; jedenfalls werde dieser Gedanke nicht ausgeschlossen. Überhaupt sei an einem solchen Satz festzustellen, wie flüchtig gegenwärtig gelesen, wie leichtfertig mit Sätzen umgegangen werde. Im Marxschen Denken gebe es weitaus glanzvollere Sätze, und nur der Anfänger klammere sich in seiner Ahnungslosigkeit an das, was er gerade noch zu verstehen meine …

Wenn Henning derartige Sottisen vortrug, schaute er mich nicht einmal an; sein Blick war starr auf das Glas oder den Bruder gerichtet, er sprach an mir vorbei, und es sollte den Anschein haben, daß jedes seiner Worte meine leibliche Erscheinung ein wenig mehr in Luft auflöste; zweifellos wäre es ihm am liebsten gewesen, er hätte mich einfach hinweginterpretieren können. Ich hütete mich, auf seine Ausführungen einzugehen; schon mehrmals hatte ich bemerkt, daß er nach Widerspruch geradezu zu gieren schien. In solchen Augenblicken loderte in ihm etwas auf, was Josef Hennings *bittere Schärfe* nannte. Es war, als habe man in ihm einen Geist geweckt, den er von morgens bis abends niederzuhalten bestrebt war. Die Augen verzerrten sich und warfen in den Winkeln kleine Fältchen, die Stimme wurde hitziger, der Ton drohender. Gerade diesen Ton, der bei solchen Anfällen deutlicher als sonst durch die urwüchsigen Heimatlaute eines norddeutschen Dialekts gefärbt war, konnte ich am wenigsten ertragen. Ich ahnte, daß mein rheinisches Blut durch diese Laute provoziert wurde; sie erinnerten mich an Predigten von der Kanzel, an eine gottgefällige Vernunft, die sich ein neues Vokabular zugelegt hatte, ja sie erinnerten mich an das Philiströse *schlechthin.* Immer wenn ich Henning reden hörte, fühlte ich mich an die Kaffeetafel einer Großfamilie versetzt, deren Patriarch den Seinen jene abgestandenen, in der Praxis aber unerbittlichen Lebensregeln mit auf den Weg gab, die jedes der noch unmündigen Kinder einmal scheitern lassen würden…

Flüchtete ich mich aber vor der Herrschaft des Potentaten in meine eigene Stube, so verzweifelte ich manchmal darüber, daß Adorno es mir so schwer machte. Wie oft hatte ich mich bereits in die *Negative Dialektik* vertieft, süchtig darauf, ihr jene Sätze zu entnehmen, die Henning ein für allemal zum Schweigen bringen würden. Für viele Kommilitonen war es das Werk *schlechthin,* ohne daß sie genau hätten sagen können, worin seine herausgehobene Stellung bestand. Alle waren sich vielmehr darin einig, daß Adorno es den Philosophen, den Soziologen und der halben restlichen akademischen Welt *gezeigt* hatte. Rigoros hatte er alle Fundamente erschüttert, jede Sicherheit war ins Schwanken geraten, das Überholte war entthront, ohne daß ich freilich gewußt hätte, wo das Versäumte so schnell hergekommen war. Schlug man aber diese Bibel auf, so konnte man oft nur bettelnd darum bitten, daß einem endlich Gewißheit zuteil werde. Was wurde hier denn *gezeigt,* wo lag das rettende Ufer? Was blieb, waren einzelne Sätze wie etwa der, daß es in schroffem Gegensatz zum üblichen Wissenschaftsideal nicht eines Weniger sondern eines Mehr an Subjekt bedürfe. Das war schön gesagt, ahnte ich doch selbst, daß die Wissenschaft mit den Subjekten, mochten sie ihre Bäuche auch noch so gewissenhaft nähren, keineswegs freundlich verfuhr. Philosophische Erfahrung, deklamierte Adorno, dürfe nicht verkümmern, eng lehne sie sich an das Subjekt, so daß dieses sein Wissen mutig behaupten müsse, auftrumpfend gegenüber denen, die ihm einzureden versuchten, so etwas wie Erfahrung habe heutzutage keinen anständigen Platz mehr in der Welt des Denkens. Andererseits war es um eben diese Erfahrung schlimm bestellt; manche hielten schon ihr törichtes Alltagsdenken für ein philosophisches, andere bildeten sich sogar ein, in einer Epoche wie der gegenwärtigen, in der der einzelne Mensch rein gar nichts gelte, auf der Winzelmännigkeit ihrer zufälligen und nichtigen Erfahrungen herumreiten zu können. Wie aber – dachte ich, noch weiter zur Verzweiflung getrieben – wie machte man Erfahrungen, ohne den falschen aufzusitzen? Anscheinend mußten die richtigen sich gleichsam unbemerkt ins Gehirn einschleichen, um zunächst einmal dort etwas zu verändern. Damit diese Veränderung aber überhaupt einmal begann, bedurfte es der unermüdlichen Vertiefung in die *Negative Dialektik*; sie war der Schlüssel zu einer schleichenden Umwälzung der Gehirnmassen; man merkte es nicht sofort, irgendwo in den weiter abgelegenen duniden Kammern des Gehirns mochte sich etwas tun. *Dialektik* verstand ich als Kreisen; *negativ* war sie insofern, als am Ende etwas dabei herauskam, was innerhalb des Kreisens überhaupt noch nicht gedacht worden war …

Wahrhaftig war ich in meiner Not Henris Vorschlag, im Keller des Wohnheims mein Klavierstudium fortzusetzen, gefolgt. Ich hatte einige Monate nicht geübt, um so mehr geriet ich bei den ersten Akkorden, die ich anschlug, in eine Emphase, die all meine Grübeleien wenigstens für die Dauer des Spiels fortwischte. Zwar ahnte ich, daß meine Fingerübungen im fortgeschrittenen Stadium der Revolution zu jenen bürgerlichen

Untugenden gehörten, denen sich die Ahnungslosen hingaben, nicht eingestehend, daß sie dem falschen Schein der Musik erlagen; doch es fiel mir leicht, mein schlechtes Gewissen dadurch zu erleichtern, daß ich mich an Adornos eigene pianistische Praxis erinnerte. Auch darüber kursierten Gerüchte; zuweilen sollte er in Stunden dämonischer Entrückung begnadete Sängerinnen zu einigen ausgewählten Liedern begleiten, um sich so zu seinem mütterlichen Erbe zu bekennen. Seine Mutter, hieß es nämlich, sei eine korsische Sängerin von hohen Graden gewesen, die dem genialisch begabten Kind die ersten musikalischen Kenntnisse beigebracht habe. Ich glaubte diesen Gerüchten; Adornos musikalische Begabung stand außer Frage, und bereits Rousseau hatte in einem erleuchteten Satz seines *Contrat social* die Befürchtung angemeldet, daß von der kleinen Insel Korsika einmal etwas ausgehen werde, das Europa erschüttern könne. Allerdings nahm ich an, daß Adorno sich zu den Stunden der musikalischen Geistesgegenwart in eine stille Kammer zurückzog, in der ihn niemand aus seiner Versenkung aufscheuchte; ich beneidete ihn darum, denn mir war diese Ruhe kontemplativen Einsseins mit der Musik nicht beschieden. Immer wieder brachen Horden von Wohnheimmietern mit ihren Freunden und Bekannten in den großen Kellerraum ein, um sich dort in aufdringlicher Weise zu vergnügen. Mochte ich auch wie in alten Tagen die entlegensten mehrstimmigen Choräle Bachs anstimmen, um die unruhigen Seelen der Anwesenden zur Einkehr zu bewegen, niemand kümmerte sich um mich. Schlimmer kam es noch, wenn ganz gegen meinen Willen die Tischtennisplatte zurechtgerückt wurde; das jedem musikalischen Ohr unangenehme Ping-pong des Balles tönte kontrapunktisch und disharmonisch gegen meine fugatischen Themen an, das laute Schreien der Spieler setzte sich über die unauffälligen Begleitharmonien hinweg. In den Augen dieser Despoten war ich nicht vorhanden, so daß es mich gar nicht wunderte, als sie, von ihrem zudem noch mangelhaften Spiel erschöpft, auf den Gedanken kamen, die Musicbox anzustellen, die meinen Übungen ein Ende machte.

Mehr als diese Störungen nahmen mich aber die Gespräche mit, in die mich Henri hineinzog, wenn er sich mit einem Troß von Begleitern einfand. Die Mieter des Wohnheims kamen aus den verschiedensten Ländern, und die internationale Besetzung sorgte dafür, daß der Streit über das Für und Wider politischer Praxis erst recht aufflammte. Gerade Henri machte sich einen Spaß daraus, mir vorzuführen, wie der geradlinig denkende Geist über die akrobatischen Eiertänze Adornoscher Dialektik triumphierte. Mao Tse-tung jedenfalls hatte es verstanden, seinen Gedanken jene Schlichtheit zu verleihen, die allgemein anerkannt wurde. Die Welt teilte sich in drei Hälften; zwei waren böse, die dritte auf dem Wege, die vollkommene zu werden. Leider befand sie sich in China. Unerbittlich betrieb die monopolkapitalistische Clique der Vereinigten Staaten ihr aggressives Kriegsspiel, während sich Chruschtschow und seine täppischen Nachfolger ein marxistisch-leninistisches Mäntelchen umgehängt hatten. Der wahre Revolutionär war begeistert und besonnen zugleich; er vermied jene Arroganz, die so manchem voreiligen Kulturagenten eigen war, war beim Reden freundlich, in Handelsgeschäften ehrlich, gab Geliehenes zurück, ersetzte Beschädigtes, schlug und beschimpfte niemanden und bändelte nicht mit Frauen an. Fiel es mir auch nicht schwer, diese klugen Anweisungen in der gegenwärtigen Situation zu befolgen, da mir anscheinend selbst die bescheidensten Mittel fehlten, um als Konterrevolutionär hervorzutreten, so gelang es mir andererseits auch nicht, mir ein Leben in der Avantgarde der aufgeklärten Führungsschichten vorzustellen. In China hatte das geduldige Volk anscheinend bessere Gewohnheiten angenommen; es vertraute den Hilfestellungen seiner Kaderleute, und es eilte willig immer in die richtige Richtung.

Eher verstand ich daher schon jene Flügel, die – Che Guevara vertrauend – dem Volk mit militärischen Nachhilfestunden den rechten Weg zu ebnen vorgaben. Beharrlich schlugen sich die Rebellen ihren Pfad durch den Dschungel frei, der Kampf härtete ab, man vertraute niemandem mehr, die Männer erlernten die Essenzubereitung gruppenweise, so daß schließlich selbst die Veteranen die Kunst beherrschten, aus den Nahrungsmitteln den maximalen Nutzen zu ziehen. Auch ich hätte gern erfahren, wie man in der Sierra marschieren mußte, immer den Auftrag im Kopf, meine Männer für die Kämpfe und die Stunde der Wahrheit vorzubereiten. Fehlte es mir nicht an der Phantasie, um mir das Gebiet von La Derecha und El Lomon vorzustellen, so konnten mich die Ausflüge mit Henri in die Nachtvorstellungen eines Kinos, bei denen ich in Sergio Corbuccis *Django* mit ansehen durfte, wie ein einzelner Rebell einen Sarg hinter sich herzog, um ihm wenig später das dringend benötigte Maschinengewehr zu entnehmen, kaum entschädigen. Zum ersten wußte Django, für wen er kämpfte; er hatte eine Maria an seiner Seite. Zum zweiten waren die Gegner anscheinend solche Scheusale, daß man sich seiner Haut selbst noch auf dem Friedhof erwehren mußte, und zum dritten befolgten alle Mitspieler wie auf geheime Verabredung hin ein Ritual, indem sie sich streng daran hielten, alle Meinungsverschiedenheiten nur mit Waffen auszutragen. Da wir uns nach Verlassen der Spätvorstellungen aber noch immer auf dem weitaus undurchsichtigeren Frankfurter Terrain befanden, hoffte ich, die feindlichen Parteien wenigstens für Stunden durch jene delikaten Speisen, die ich in der Gemeinschaftsküche des Wohnheims mit allem revolutionären Scharfsinn zusammenstellte, in ihrem politischen Elan zu stärken. Die Anhänger der bolivianischen Rebellen liebten Rindfleischbrocken, scharf mit Tabasco und Chili gewürzt, in Knoblauchöl eingelegt und in heißem Fett geröstet, während ich den durch Maos Lehre Erleuchteten volksnahe Hühnchen in

Ingwersauce vorsetzte. Auch Josef hatte mich gebeten, in seiner Wohnung einmal für die Freunde zu kochen, doch hatte ich bei der Vorstellung, wie Henning die in mehrstündiger Arbeit zubereitete westfälische saure Hammelkeule zwischen seine dialektisch erprobten Zähne pressen würde, abgelehnt. Die Kochkunst war zwar die Praxis *schlechthin,* sie diente dem Volk auf seinem Weg in die Freiheit, sie war die transtheoretische Bedingung allen Kampfes – trotz all dieser Argumente würde es Henning wieder verstanden haben, ihr nach den veralteten Spielregeln neutraler Dialektik einen falschen Geist unterzuschieben.

So trieb ich zwischen den *Kombattanten* umher. Ich scheiterte an Marx' Gefräßigkeit, ich vermißte die stille Kammer Adornos, mir fehlten die Führungskader Mao Tse-tungs, die Rebellen Che Guevaras waren im Kochen zu rückständig, und Django hatte mir einen leeren Sarg hinterlassen. Meine Lage war zum Verzweifeln, stand doch die Revolution, von der alle mehr oder minder deutlich sprachen, direkt vor der Tür. Ich wurde nervös. Täglich lief ich durch Frankfurt und sprach mit den unterschiedlichsten Menschen, von denen die meisten irgendeinen Weg gefunden hatten, dem revolutionären Glück näherzukommen; ich las unermüdlich alle möglichen Katechismen, die man den ahnungslosen hinterherhinkenden Volkstruppen schon in Taschenbuchformat vor die Augen hielt, fand aber selbst nicht einmal in irgendeiner noch so verstaubten Sierra-Kneipe einen Mitstreiter, der zugab, daß ihm, wie Adorno gesagt hätte, als Subjekt noch die rechte Erfahrung fehlte. Manchmal wünschte ich mir ein Gewehr; ich hätte die Papiertiger des Geistes zu erledigen gewußt, und bestimmt hätte sich eine leidenschaftliche Maria gefunden, mir in den Kampfpausen den Colt zu halten. Wenn es gar nicht zu vermeiden gewesen wäre, hätte ich sogar noch Maos Regeln befolgt und das Anbändeln mit Frauen streng vermieden. Wer aber zum Teufel hatte mich in Handelsgeschäften betrogen, wem sollte ich Geliehenes zurückgeben und wem hatte ich etwas in meinem gewiß nicht grundlosen Zorn beschädigt...?

Es war nicht leicht, diese Fragen mit den Kreisbewegungen der *Negativen Dialektik* in Einklang zu bringen. In ihr suchte ich vergeblich nach den neuesten Methoden des Klassenkampfes. Jene wenigen, an die ich mich klammerte, sagten mir, daß ich unter Schlaflosigkeit litt, zuweilen – besonders aber nachts – römische Bilder an den dunklen Wänden meines Zimmers erkannte, ein Kribbeln an den Armen und Beinen verspürte, manchmal winzige Schwellungen und Rötungen der Haut wahrnahm, nichts darauf gab, mich weiter kratzte und juckte, der Nervosität dadurch nachhalf, in einen eigenartigen Taumel geriet, wenn die Sonne besonders heftig schien, über keine Ausdauer mehr verfügte, in gewissem Sinne krank war, darüber aber nicht sprechen konnte, über das Entscheidende sowieso nur selten sprechen konnte, mich daher weiter kratzte, eine fliegende Hitze empfand, den brennenden Durst erlebte, mich aufmachte, die Türe des Zimmers hinter mir zuschlug, die Papiertiger vergessen wollte, den Rebellen den Erstickungstod durch Rindfleischbrocken wünschte, Henning aber den praktischen Durchmarsch der Nahrung durch alle Eingeweide des Körpers, schließlich nichts mehr begehrte als ein gefülltes Glas Bier, Henris Nähe und seinen Schlachtruf: *Die Phantasie an die Macht!...*

Alles veränderte sich, als Henri uns an einem späten Freitagabend mit einer Nachricht überraschte. Wir hatten nicht mehr mit ihm gerechnet, Henning hatte die Frage aufgeworfen, wo heutzutage das Proletariat zu finden sei, Hanna war schon eingeschlafen, und mein Bruder korrigierte eine Seminararbeit, die er bald fertigstellen wollte. Verschwitzt, erregt und überreizt traf Henri bei uns ein. Er sprach ohne Unterbrechung, und aus seinen herausgeschleuderten Satzbrocken setzten wir uns, ungläubig zunächst, dann aber immer entsetzter und fassungsloser, zusammen, was geschehen war. Der persische Schah war auf seiner Deutschlandreise nach Berlin gekommen; gegen Mittag hatten ihm freundlich gesonnene *Jubelperser* mit Stahlrohren auf Demonstranten eingeprügelt, die gegen das Schah-Regime protestiert hatten. Am Abend hatte vor der Oper eine weitere große Demonstration stattgefunden, bei der die Polizei mit aller Gewalt gegen die andrängende Menge vorgegangen war. Sie hatte wahllos auf die flüchtenden Demonstranten eingeschlagen, es hatte zahllose Verletzte gegeben; dabei war der sechsundzwanzigjährige Benno Ohnesorg von einem Polizeibeamten von hinten erschossen worden. Es hieß, der Polizist habe in Notwehr gehandelt, doch stand für uns sofort fest, daß dies eine Lüge war. Nun waren die Fronten deutlich bezeichnet, nun mußte der Kampf beginnen …

Hatten wir anfangs kaum glauben können, was Henri uns meldete, so hatten uns schon bald die Radionachrichten von der Richtigkeit überzeugt. Die Polizei war anscheinend ohne Vorankündigung gegen die Menge angerückt; die meisten Menschen waren in panikartigem Entsetzen geflohen, von besonders vorbereiteten und zum Teil zivil auftretenden Greiftrupps jedoch verfolgt worden. Offenbar war diese Taktik bereits am Morgen des Tages ausgegeben worden; der Leiter des Presseamtes des Berliner Senats hatte jedenfalls frühzeitig erklärt, daß sich *diese Burschen* auf etwas gefaßt machen könnten. Es gab keine Entschuldigung mehr, *das System* hatte mit aller Gewalt zugeschlagen, sein übertriebener Einsatz galt nicht dem Schutz des auswärtigen Staatsgasts, sondern der Unterdrückung des überall aufkeimenden Protests, er galt *uns*. Plötzlich bemerkten wir, daß wir in den letzten Monaten vor uns hin geträumt hatten. Wir hatten an die Veränderung der Verhältnisse geglaubt, doch wir hatten nie damit gerechnet, daß der Staat sich vor aller Öffentlichkeit so brutal und gewalttätig durchsetzen würde.

Vietnam, Bolivien, China – das waren bisher Modelle für unsere politische Anschauung gewesen. Nun brauchten wir nicht mehr lange auf solche weit entlegenen Länder zu schauen, nun mußte gehandelt werden!

Doch was sollte geschehen? Henri hatte bereits bei Berliner Freunden angerufen und von ihnen erfahren, daß es wahrscheinlich zu einem Demonstrationsverbot kommen werde. Dem konnte man sich nicht beugen. Henning schlug vor, am nächsten Tag auf dem Campus der Universität eine Trauerkundgebung zu organisieren; er werde noch in der Frühe mit den Genossen vom SDS reden und uns dann unterrichten. Unruhig und angespannt liefen wir im Zimmer herum. Henri wiederholte wie unter einem manischen Zwang immer wieder, was geschehen war. Man mußte sich erst einmal klarmachen, daß einer von uns, einer, der, wie wir bald erfahren hatten, zum ersten Mal an einer Demonstration teilgenommen hatte, ohne jeden einleuchtenden Grund ermordet worden war. Ich erinnerte mich plötzlich wieder an den Tag, als ich aus Rom zurückgekehrt war. Die vorpreschenden Polizeitrupps, die Hetzjagd durch die Innenstadt! Leicht hätte es auch mich treffen können, auch ich war blutig geschlagen worden, auch mich hatten Knüppel getroffen und Tritte gegen den Bauch verletzt. Ich sah die berittenen Polizisten, die die Menschen zur Seite drängten, ich hörte die Schreie, *lauf los,* die Stimme des Bruders ...

Wir konnten uns nicht trennen. Immer von neuem gingen wir durch, was nun zu tun wäre. Plakataktionen, Flugblätter drucken, Demonstrationen an den Hauptknotenpunkten, Gespräche mit der Bevölkerung! All diese Vorschläge konnten uns nicht zufriedenstellen. Mit einem Mal war eine Unruhe ausgebrochen, der gegenüber unsere Ideen wie harmlose Planspiele von Kindern anmuteten. Henri hatte inzwischen zweimal mit Berlin telefoniert und dabei weitere Einzelheiten erfahren. Im Büro des AStA wurden die Berichte von Augenzeugen gesammelt, man nahm die Angaben auf Tonband auf, um die Protokolle später veröffentlichen zu können. Die Zeit verging, und wir saßen noch immer in Josefs Wohnung, unfähig, zu einem Entschluß zu kommen. Es dämmerte bereits, Hanna hatte uns mit starkem Kaffee versorgt, als ich es nicht mehr aushielt. »Henri«, sagte ich, »ich bleibe nicht mehr hier! Laß uns sofort nach Berlin aufbrechen!« Henning widersprach, er warnte vor *blindem Eifer* und empfahl, erst gründlich über die nächsten Schritte zu diskutieren. Auch Kai stimmte ihm zu und erklärte sich bereit, Ausgaben der Morgenpresse zu besorgen, damit wir *weiteren Einblick in das Geschehen* erhielten. Ich bemerkte, daß Josef zögerte. Wäre ich mit ihm allein gewesen, hätte ich ihn wohl leicht überredet. So aber wollte er sich nicht von Henning trennen, und da auch Hanna erklärte, sie werde auf keinen Fall nach Berlin fahren, verhielt er sich unschlüssig. Mein Vorschlag, sagte er unruhig, komme zu früh; erst müßten wir abwarten, was sich hier in Frankfurt tue.

Ich schaute Henri an. »Was ist?«, fragte ich, »hast Du Angst? Sollen wir noch länger warten?« – »Johannes«, rief Josef, nun immer aufgeregter, »Angst haben wir alle, setz ihn nicht unter Druck, laß uns erst überlegen…« – »Was ist?«, fragte ich noch einmal, »willst Du oder fahre ich allein, mit dem Zug?« – »Klar«, sagte Henri, »ist doch ganz klar, lupenrein klar ist das: wir fahren, und wir fahren sofort!«

Wir standen auf, und schon bei den ersten Schritten, die uns aus der bedrückenden Enge des Zimmers hinausführten, spürte ich, daß wir uns richtig entschieden hatten. Niemand konnte noch ruhig bleiben! In Frankfurt hätten mich die Ungeduld und die Ratlosigkeit zum Verzweifeln gebracht. *Auf, hinaus!* rief ich mir zu und eilte die Treppenstufen in großen Sprüngen hinab. Josef folgte uns bis ins Treppenhaus. »Johannes«, rief er mir nach, »überleg es Dir, hör zu, ich will nicht, daß Dir etwas geschieht…« – Ich verlor keine Zeit, ich gab nichts auf seine

Worte, sollte er weiter in seiner Stube sitzen, um mit Henning *die nächsten Schritte* zu beraten. Die Zeit der Beratungen war vorbei ..., *Bewegung, Aktion!*, der Schlagabtausch hatte begonnen, und ich hatte nicht vor, ihn nur aus der Ferne zu verfolgen.

Henri hatte seinen Wagen unten vor dem Haus geparkt. Wir fuhren zunächst ins Wohnheim, wo diskutierende Mietergruppen auf den Fluren standen. Henri rief noch einmal in Berlin an und fragte bei seinen Freunden nach, ob wir bei ihnen übernachten könnten. Sie waren einverstanden. Die Tore öffneten sich, alle waren plötzlich einer Meinung, *si, professore, la lotta continua,* Sie werden erstaunt sein, *mir nach und nit ich Euch,* rief ich einmal einem kleingeistigen Beamten zu, nun wird es Wahrheit, ja, ich packte meine Tasche, es geht nach Berlin, *mir nach!...*

Übermüdet, aber erleichtert, einen Entschluß gefaßt zu haben, waren wir aufgebrochen. Die Sonne brannte stark, es wurde unerträglich heiß im Wagen, wir hatten die Fenster heruntergekurbelt und hörten aus dem Autoradio die ersten Kommentare und Berichte. Immerhin schienen nun auch einige Presseleute zu begreifen, was in Berlin vorgefallen war. Ich hatte mein Hemd wegen der Hitze ausgezogen, doch schon bald zeigten sich wieder rötliche Flecken an den Oberarmen. Henri redete ununterbrochen auf mich ein, nach einer Weile kam es mir vor, als wären wir schon eine Ewigkeit unterwegs. Meine Lippen brannten, ich hatte Hunger und einen kaum noch erträglichen Durst, die Zunge schien einen pelzartigen Belag angesetzt zu haben, manchmal schwindelte mir vor den Augen, die Landschaft an den Seiten der Autobahn lag unter einem flimmernden Hitzeschleier, die ziegelroten Dächer der kleinen Dörfer glänzten hell, und die winzigen Kirchtürme schwankten wie Blütenkelche, die plötzlich aus dem Häusermeer aufgeschossen waren. Meine Unruhe wurde immer stärker, auch an den Beinen kribbelte es, ich spürte kaum noch den Fahrtwind und streckte den Kopf aus dem Fenster, um etwas Frische abzubekommen.

Die Polizisten hatten die Barrieren übersprungen und waren den Demonstranten gefolgt. Einige hatten sie zu fassen bekommen; sie waren an allen vieren festgehalten und zu den Einsatzwagen geschleift worden. Rauchbomben waren geflogen und von den Polizisten in die Menge zurückgeworfen worden. Hier und da hatte man einzelne Demonstranten abgedrängt, um mit Knüppeln auf sie einzuschlagen. Waren sie gestürzt, hatte man sie weiter mit Tritten und Schlägen traktiert. Offenbar waren Falschmeldungen über die tödliche Verletzung eines Polizisten ausgestreut worden. Gruppen von Demonstranten waren eingekesselt worden, einige hatten versucht zu fliehen, waren in der Hektik des Geschehens jedoch übereinandergestürzt. Eine Studentin war eingeklemmt worden, man hatte ihr den Brustkorb zerquetscht, andere waren, blutig geschlagen, gegen die Barrieren geworfen worden. Wasserwerfer hatten sich auf die in alle Richtungen fliehende Menge zubewegt. Erschöpft hatten viele in Hauseingängen Schutz gesucht, waren jedoch teils von Polizisten, teils von den Bewohnern vertrieben worden. Andere Beamte hatten von ihren Pferden herab auf Demonstranten eingeschlagen. Als besonders rücksichtslose Schläger von aufgebrachten Zeugen um die Angabe ihrer Dienstnummer gebeten worden waren, hatten sie auch auf diese eingeknüppelt und sie schwer verletzt …

Einige Zeugenaussagen hatten wir inzwischen im Radio gehört, darunter die eines Reporters, der die Ereignisse hatte fotografieren wollen. Man hatte ihm den Apparat aus der Hand geschlagen und den Film herausgerissen. Wie erwartet, war ein absolutes Demonstrationsverbot erlassen worden. Der Regierende Bürgermeister hatte die Polizei beauftragt, Demonstrationen zu zerstreuen, an welcher Stelle sie auch stattfinden sollten. Dennoch war von geplanten Versammlungen die Rede, in der Universität hatten sich bereits am frühen Morgen die ersten Demonstranten eingefunden. Der SDS hatte einen Ermittlungsausschuß gebildet, Vollversammlungen wurden einberufen, nun strömten auch die herbei, die sich bisher nur am Rande für die Organisation des Widerstandes interessiert hatten.

Ich hielt mir den Kopf. Als der Durst zu stark wurde, bat ich Henri, eine Pause einzulegen. Göttingen war nicht weit, und wir bogen von der Autobahn ab, um uns in der Stadt mit Lebensmitteln und Getränken zu versorgen. Sicher waren die Menschen auch hier aufgebracht, vielleicht hatten sie sich bereits in der Innenstadt versammelt, Tausende, Zigtausende, die nicht glauben konnte, was geschehen war…

Doch als wir die Stadt erreichten, zogen nur hier und dort einige kleinere Gruppen von Studenten mit roten Fahnen zur Universität. Aus weiter Entfernung hörte man eine Stimme, die durch ein Megaphon etwas bekanntgab. Vor einem Kaufhaus wurden Flugblätter verteilt, wir sahen einen Trupp junger Leute, die ein Transparent durch die Innenstadt tragen wollten. Passanten schauten ihnen nach und beschimpften sie laut. *Das Volk!* Das Volk wollte arbeiten wie an jedem anderen Tag. Ich drängte mich unter die Einkäufer, sofort wurde ich zur Seite geschoben; ich hörte Flüche und Drohungen. Wahrscheinlich war auch ich einer von den *Randalierern*, den *Krawallmachern*, denen der Staat soeben die Grenze gezeigt hatte. Ein Mann hob seinen Spazierstock und fuchtelte damit vor meinen Augen. Ich wollte mich nicht mit ein paar Worten begnügen, doch Henri zog mich davon. »Bist Du verrückt?«, sagte er, »die schlagen Dich kurz und klein…« –

Er hatte recht, man durfte sich nichts anmerken lassen, es war zu gefährlich. Ich eilte mit ihm in einen Obstladen, wir rafften in aller Eile ein paar Früchte zusammen. Sprechchöre draußen, Studenten eilten vorbei, waren aber sofort wieder verschwunden. Das Volk ging seinen Besorgungen nach. Es war ein Sommertag wie jeder andere … Man betrat ein Reisebüro, um den Urlaub zu buchen. Rationalisierung war keine Frage der Unternehmensgröße, ein Kopiergerät leistete kostbare Dienste. Bei vorzeitigem Leistungsabfall und ersten Altersbeschwerden lohnte sich die Einnahme von *Präparat 28,* die Original-Packung mit dreißig Kapseln für nur Zehn Mark Fünfundsiebzig. Bausparkassen der Sparkassen waren Bausparkassen des öffentlichen Rechts. Was das bedeutete, mußte jeder Sparer selbst wissen. Ein Bosch-Gefrierschrank ergab zusammen mit dem entsprechenden Kühlschrank eine Kühl-Gefrierkombination. Lebensfrohe Menschen rauchten *Milde Sorte,* die Zigarette begeisterte durch vollen Tabakgeschmack. Cassius Clay wollte vom Militärdienst freigestellt werden, das gehörte sich nicht; einer, der gut boxen konnte, konnte auch am Gewehr seinen Dienst tun. Twiggy trug Kleider, die fünfzehn Zentimeter über dem Knie endeten. Nach einem feucht-fröhlichen Abend war der letzte Schluck ein *Alka-Seltzer*-Schluck. Lästig diese Störenfriede, von denen sie einen in Berlin totgeschossen hatten. Sie sollten alle verrecken, am besten, man schickte die rote Horde wieder in den Osten, woher dieser Rudi gekommen war, der mit den gestreiften Pullovern und dem drohenden, finsteren Blick. Wer solche Menschen bloß großgezogen hatte? Sicher wurden sie von den Russen bezahlt. Man mußte der Polizei helfen, die Rädelsführer zu finden und auszuschalten. Den roten Mob ausmerzen! Was sollte es am Wochenende zu essen geben? Ein Schnitzel? Ein Kasten Bier mußte noch ins Auto geschafft werden, nun hatte man wieder das Leergut vergessen. Die Politiker kamen mit diesen Kommunisten nicht zurecht, die faßten sie viel zu sanft an. Eins über die Rübe! Zackzack! Auch früher hat man nicht lange gefackelt, wenn einer nicht hören wollte. Zackzack! Damit Ordnung in die Köpfe kommt! Vielleicht studieren sie dann einmal, anstatt unser Geld für Demonstrationen zu verwenden. Mit den Langhaarigen hatte es angefangen.

Die *Gammler* hätte man gleich hinter Schloß und Riegel setzen müssen. Und diese Beatmusik hätte erst gar nicht übers Radio laufen dürfen. Kanaken! Zackzack! Haare ab! *Rennie* beugt vor, *Rennie* räumt den Magen auf. Nächstes Jahr würde man sich den neuen Wagen leisten können, diesmal einen mit vier Türen. Bis dahin waren die Bestien gewiß zur Strecke gebracht. Zackzack! Nun zogen sie bereits mit roten Fahnen durch die Stadt. Eine Schande! Man sollte sie ihnen zerreißen, man sollte die Polizei zur Hilfe rufen. Die wollten Eigentum zerstören, und dann würde der Russe einmarschieren. Nicht mit uns! Zackzack! Wer vor Stalingrad gelegen hatte, konnte vor solchen Radaububis nicht kapitulieren. Feuer! Schade, Emma Peel war nicht mehr im Fernsehen zu sehen. *Mit Schirm, Charme und Melone* – die hätte die Schreihälse aufs Kreuz gelegt. Allein! Eine Frau! Haha! Zackzack! Das neue Schuppenmittel hatte sich bewährt. Damit das Haar länger hält. Gute Durchblutung der Kopfhaut. Sollte man diesen Umstürzlern auch einmal wünschen. Der Wagen mußte noch aufgetankt werden, Oma wartete im Altersheim. Die Zeit lief wieder davon. Und das Bier! Heut abend werden wir einen heben, einen extra, und später noch einen *Bommerlunder,* damit es gut bekommt. Ein Schluck Wohlbehagen. Damit sie wieder so einen erwischen, so eine Duckmäusersau. Wie kann man nur *Ohnesorg* heißen! Sicher ein Deckname! Ein Spion, ein Aas aus dem Osten. *Schwarzer Kater* – nicht schlecht! Könnte man mal einen Schluck probieren. Jetzt stehen sie schon vor den Kaufhäusern mit diesen Flugblättern. Belästigen Passanten, halten den Verkehr auf. Denen werden wir's zeigen! Zackzack! Rübe ab! Zackzack…

Hier und da hatten sich Gruppen gebildet. Man diskutierte. Es gab nichts mehr zu diskutieren, ich war es leid. »Entschuldigen Sie«, hielt ich einen älteren Herrn an, »meinen Sie nicht auch, daß ein Toter viel zu wenig war. Man hätte sie alle umlegen sollen, diese Demonstranten!« Er starrte mich an. »Sie haben keine Meinung? Dann guten Mittag! … Oh, gnädige Frau! Ein schöner Blumenstrauß, haben Sie den für die Beerdigung Ohnesorgs gekauft? Immerhin, gnädige Frau! Hätte ich nicht von Ihnen erwartet! … Und der Herr, so in Eile? Sie sind sicher auch für den Krieg in Vietnam, so stramm, wie Sie dahermarschieren. Bomben auf die roten Rebellen, nicht wahr? Sie haben recht, mein Herr, unsere amerikanischen Freunde werden es schon machen … Tja, werte Einkäuferin, die Sache mit Farah Diba war nicht fein. Und der Schah ist ein so großer, schöner Mann. Dem hätten wir lauter rote Teppiche ausbreiten müssen, da gebe ich Ihnen recht. Nun aber nichts als Tomaten und faule Eier. Eine Schande, zweifellos … Und der Herr liebt *Marlboro,* gleich eine ganze Stange unter dem Arm. Sicher fürs Wochenende. Sie gehören zu denen, die immer das Richtige treffen, lassen Sie es sich nur gesagt sein … Aber, Leutnant, Sie bekommen *Beck's Bier* doch auch einzeln, da müssen Sie doch nicht gleich den halben *Kaufhof* aufkaufen … Löscht Männer-Durst, ich verstehe, dann Auf Wiedersehen! … Und Sie lesen die *Bild*-Zeitung? Wer hat dem König der Könige nur seine Lackschuhe geputzt? Sicher hätten gnädige Frau auch *Farah, Farah* gerufen, wenn Sie in Berlin vor der Oper dabeigewesen wären. Vielleicht hätten sie eins übers Hütchen bekommen, und gerade jetzt, im Sommer, ich weiß nicht …« – Um mich herum hatte sich ein Auflauf gebildet. Jemand versuchte, mich von hinten zu packen, aber ich riß mich los. Henri nahm mich am Arm und versuchte mich zur Seite zu ziehen. »Unerhört!«, rief eine aufgebrachte Person gerade vor mir, »Sie Flegel! Sie Nichtsnutz!« – »Abmurksen!«, rief ich dreist, »da haben Sie recht, man sollte mich abmurksen! Wo lag, gnädige Frau, denn hier früher das nächste KZ? Gleich um die Ecke? Am Harzrand? Eine ruhige Gegend, gerade richtig für diese Randalierer. Ach, die guten Zeiten!« – Sie näherten sich mir bis auf wenige Zentimeter. Ich übersah die Lage nicht mehr. »Polizei!«, rief Henri mir zu, »ein Einsatzwagen!« Wahrhaftig hörte ich plötzlich das Geheul einer Sirene. Vielleicht hatten Passanten ihn gerufen. »Los!«, schrie Henri, nun schon entsetzt, daß ich nicht begreifen wollte. »Halten Sie ihn fest!«, sagte ein Mann zu seinem Nachbarn, auf mich deutend. »Aber Sie halten mich ja gar nicht fest!«, entgegnete ich. »Warum halten Sie denn nur nicht? Festhalten!« –

Ich lief, so schnell ich konnte. Jemand setzte mir anscheinend nach, ich hörte die hastigen Laufschritte. Voran! Was hatte ich getan? *Aktion, Fluxus, Provokation!* Die Welt hatte sich verändert, und ich war ein Teil der Veränderung …

In Berlin wohnten wir bei Henris Freunden in einer Nebenstraße der Kantstraße, nahe dem Kurfürstendamm. Schon kurz nach unserer Ankunft waren wir in die Universität geeilt. Aus den Fenstern einiger Hörsäle flatterten schwarze Trauerfahnen, viele Veranstaltungen waren unterbrochen worden, um auch die Dozenten zur Solidarisierung aufzufordern. Im AStA-Gebäude hingen Wandzeitungen aus, die über die verschiedenen Aktionen berichteten. Flugblätter wurden verfaßt, die Bevölkerung sollte besser informiert werden.

Da auch an den folgenden Tagen das Demonstrationsverbot aufrechterhalten wurde, überlegte man fieberhaft, wie der Widerstand sich neu konzentrieren ließ. In den Gruppendiskussionen gingen die Meinungen auseinander. Einige sprachen bereits davon, daß ein Umschwung in der Bevölkerung festzustellen sei, glaube diese doch längst nicht mehr alles, was in der Presse berichtet werde; andere wurden über solche Feststellungen erregt und warfen denen, die auf eine Unterstützung durch die breiten Massen rechneten, Träumerei vor. Selbst die Studenten, hieß es, seien noch längst nicht bereit, sich zu einer einzigen Bewegung zu formieren, selbst hier sei noch viel zu tun, um allen klarzumachen, auf was es jetzt ankomme. Auf was aber kam es an? Alle Gespräche kreisten unablässig um das Stichwort der *offenen* oder *direkten Provokation.* Man mußte provozieren, Aktionen starten, die weit über das Bisherige hinausgingen. Aber wie? Sollte man Gewalt anwenden, sollte man sich über die Beschlüsse des Senats hinwegsetzen? Was aber rechtfertigte diese Gewalt, gab es ein Naturrecht des Widerstands, ein Recht, das weiter reichte als das gesetzlich verbürgte, das eh durch die Vorkommnisse außer Kraft gesetzt schien?

Der Kommunarde Fritz Teufel war am Abend der Demonstration vor der Oper verhaftet worden. Er saß in Untersuchungshaft, und man warf ihm vor, Steine gegen die Polizei geworfen zu haben. Teufel bestritt das, es hieß, er habe lediglich auf dem Boden gesessen, um gewaltlos gegen die Obrigkeit zu demonstrieren. Sollte man sich mit Fritz Teufel solidarisieren? Hielten ihn nicht manche Studenten noch immer für einen blinden Aktionisten, der immer im Mittelpunkt stehen wollte, ein Opfer seiner eigenen Psychosen? Oder bewies seine Verhaftung, daß sich nun auch die Justiz am *Komplott der Mächtigen* beteiligte? War dies am Ende Grund genug, ein Naturrecht des Widerstands einzuklagen?

Zusammen mit Henri beteiligte ich mich an der Arbeit jener Kommissionen, die zur Aufklärung der Bevölkerung eingesetzt worden waren. Im Ausschuß für Öffentlichkeitsarbeit erhielten wir Tag für Tag gute Ratschläge. Man empfahl uns, nicht wahllos irgendwelche Passanten anzusprechen, sondern solche, denen anzusehen war, daß sie Einfluß auf ihre Mitmenschen hatten. Weiterhin sollten wir keine allzu großen Gruppen entstehen lassen; leicht hätte der Eindruck entstehen können, daß sich jemand aus unserem Kreis zum Volksredner aufwerfen wollte. Volksredner aber waren unbeliebt. Vor allem sollte man seinen Gesprächspartner nicht schockieren; Angaben darüber, daß man besser informiert sei als er, hatte man diskret zu unterdrücken. Besser war es, nach Gemeinsamkeiten zu suchen und den Gegenüber zunächst in ein harmloses Gespräch zu verwickeln. Geschickt sollte man dazu übergehen, ihm die besseren Argumente in den Mund zu legen. Beliebte Eröffnungen solcher Dialoge waren Wendungen, die auf gemeinsame Erfahrungen setzten: *Sie haben also wie ich gehört ..., daher können wir nun darüber sprechen, ob ...* Meist gliederten sich die Zuhörer in drei Gruppen, die Außenstehenden, die emotional Verhärteten und die Diskussionsbereiten. Auf die letzteren kam es an. Während des Gesprächs durfte man nicht von einem Thema zum andern springen. Besser war es, sich auf ein einziges gründlich einzulassen. Wenn Argumente nur noch laufend wiederholt wurden, war die Diskussion erschöpft oder auch in der Wortwahl *gesättigt,* in solchen Fällen hörte man besser auf und versuchte sein Glück anderswo.

Ich ging all diese Regeln mit Henri durch, sie leuchteten mir ein. Auch der Große Vorsitzende Mao hatte in Stunden der Verbitterung davon gesprochen, daß man mit dem Volk zuweilen Geduld haben müsse. Ein Revolutionär war Lehrer der Volksmassen, aber er sollte auch jeden Tag Schüler der Massen sein. Wenn es mir dennoch schwerfiel, die geforderte innere Ruhe zu bewahren, so lag dies an den zahllosen verwirrenden Eindrücken, die in Berlin auf mich einstürzten. Am Morgen kamen wir mit Tausenden anderer Studenten im Auditorium maximum der Universität zusammen, um über die verschiedensten Themen zu diskutieren. Noch nie zuvor hatte ich unter so vielen Menschen gesessen. Die Redner wurden mit Beifall empfangen, man lauschte geduldig ihren Ausführungen, und schon bald hatte man das Gefühl, in diesem überfüllten Saal seien sich alle Anwesenden mehr oder weniger einig. Sicher, die Dozenten hatten sich bis auf wenige Ausnahmen noch nicht solidarisiert, nur einige kampfbereite Vertreter dieses akademischen Standes tauchten auf, um kompromißlos zu sagen, was sie über die Beziehung von Wissenschaft und Faschismus, von Staat und Kapital, von Unterdrückung und Gewalt herausgefunden hatten. Auf den zahllosen Vollversammlungen der Institute wiederholte sich dieses Bild. Man war unter sich, und wenn man auch nicht sicher war, welcher Weg nun für die Zukunft der richtige war, so saß man immerhin zusammen und brachte schon dadurch zum Ausdruck, daß man zu allem bereit war. Bissiger ging es meist in den internen Diskussionen der Gruppen und Zirkel zu; hier prallten die Meinungen deutlicher aufeinander, Rivalitäten zwischen einzelnen Kommilitonen waren unübersehbar, einige drängten sich hervor, und ihre Gegner wollten exakt wissen, wovon man in drei Jahren leben wolle, wenn heute nur gepredigt werde, daß man *außerhalb der Apparate* existieren müsse, um innerhalb der Apparate für Veränderungen zu sorgen …

Ich bemühte mich, all diesen Diskussionen aufmerksam zu folgen. Manchmal übermannte mich die Müdigkeit. Tagsüber trafen wir uns meist in der Universität, später verteilten wir Flugblätter und nahmen an Aktionen teil, noch am Abend saßen wir zusammen in den Kneipen, die nahe am Savignyplatz lagen, um die einzelnen Argumente immer wieder durchzugehen. Oft hatte ich inzwischen den Eindruck, daß unsere eigenen Diskussionen *gesättigt* waren; aber es half nichts, das Volk ging draußen vor den Fenstern dieser anheimelnden Lokale noch immer weiter seinen Besorgungen nach. Mit Henri machte ich mich wieder auf den Weg, die guten Ratschläge im Kopf …

War es aber schon nicht leicht, unter den Passanten diejenigen herauszufinden, die Einfluß auf ihre Mitmenschen hatten, so wurde es um so schwieriger, wenn sich herausstellte, daß die Einflußreichsten gerade die waren, die emotional reagierten. »Sie haben also genau wie ich gelesen, daß Demonstrationen nun verboten worden sind«, setzte ich freundlich an. – »Die sind zu Recht verboten worden, damit es nicht mehr zu Schlägereien kommt.« – »Dann sind wir uns also einig, daß wir es beide gelesen haben.« – »Wir sind uns überhaupt nicht einig, es darf nicht wieder zu Schlägereien kommen!« – »Ha, nein, das darf es nicht. Also sind wir uns einig, daß Schlägereien kein Mittel der politischen Auseinandersetzung sind.« – »Wer hat denn angefangen damit? Die Studenten haben angefangen.« – »Halt! Warten Sie! Wenn wir uns nun einig sind, daß Schlägereien kein Mittel sind, dann sollten wir nun darüber sprechen …« – »Gar nichts sollten wir. Ihr habt angefangen. Die Polizisten haben nur zurückgeschlagen.« – »Aber ich bitte Sie! Ich könnte Ihnen Hunderte von Zeugen herbeiholen, die glaubhaft versichern, daß die Polizisten wahllos auf Demonstranten …« – »Aber Ihr habt ja angefangen, das ist es ja gerade!« – »Sie sagen, *Ihr* habt angefangen. Wer hat angefangen? Wollen Sie im Ernst behaupten, daß alle Demonstranten gewalttätig geworden sind, daß alle Steine geschmissen haben?« – »Das spielt keine Rolle.« – »Es spielt aber, da sind wir uns sicher einig, doch eine Rolle, ob nur einige angefangen haben oder alle, und, ob …, wenn, wenn also nur einige angefangen haben, dann alle zur Rechenschaft zu ziehen sind, beziehungsweise ob, wenn … also ob es dann schon erlaubt ist, willkürlich auf einige, die vielleicht nicht einmal angefangen haben …« – »Wer hat denn angefangen? Ich frage Sie: wer hat angefangen?« – »Nun, wir waren uns bereits einig, daß es nicht darum geht, wer angefangen hat; eher muß man fragen, ob Schlägereien, von wem immer sie nun angefangen wurden, überhaupt ein Mittel der politischen Auseinandersetzung …« – »Sie weichen mir ja aus! Ihr habt doch angefangen, und da ist es kein Wunder, wenn die Polizisten sich wehren. Die Polizisten sind normale Menschen; wenn die angegriffen werden, dann wehren sie sich eben.« – »Dann sind sie gewiß noch normaler als die Demonstranten, denn die haben sich nicht gewehrt, als sie angegriffen wurden.« – »Aber wer hat denn angefangen …?« – Ich konstatierte eine gewisse starke Einengung der Wortwahl, anscheinend war die Diskussion bereits *gesättigt.* Ich zog mich zurück, sollten die einflußreichen Mitmenschen ruhig weiter ihren Einfluß geltend machen, ich hatte alles nur Mögliche getan, meinen eigenen ins Spiel zu bringen.

Befriedigender war es, sich in jene Demonstrationszüge einzureihen, die nach den ersten Tagen wieder auf die Straßen drängten. Inzwischen hatte in der Universität eine große Trauerkundgebung stattgefunden, auf der Vertreter der Studenten noch einmal die Politik des Senats scharf kritisiert hatten. Später hatten wir an dem langen Trauerzug teilgenommen, der sich von der Universität bis zum *Zehlendorfer Kleeblatt* bewegt hatte. Dort hatte der Theologieprofessor Helmut Gollwitzer bei der Verabschiedung des großen Trauerkondukts, der den Sarg Ohnesorgs von Berlin nach Hannover begleitete, von der großen, tiefgreifenden Bewegung gesprochen, die nun die deutschen Studenten erfaßt habe. Diese Bewegung aber werde von der älteren Generation und von den politischen Behörden bisher noch kaum begriffen. Nach Gollwitzers Worten war Ohnesorg niemals Anhänger einer *extremistischen Gruppe* gewesen, wie manche Zeitungen entstellend berichtet hatten. Andererseits war aber auch er weder ein Mitläufer noch ein neugieriger Passant gewesen. Ohnesorg hatte einfach das getan, was er für notwendig und richtig hielt, er hatte sich unter die Demonstranten eingereiht, um gegen den Schahbesuch zu protestieren. Er war, wie Gollwitzer sagte, eine liebenswerte und lautere Gestalt gewesen, eine Gestalt, in der sich all jene, die vor der Oper mitdemonstriert hatten, wiedererkennen konnten. Jeder dieser Demonstranten hätte an seiner Stelle im Sarg liegen können …

Henri und ich hatten den Zug bis zur Verabschiedung des großen Autokonvois begleitet. An den folgenden Tagen setzten die Demonstrationen wieder ein, obwohl der Senat Vorschriften erlassen hatte, die kaum zu befolgen waren. Aus Protest kam es zu *Spaziergangdemonstrationen,* bei denen eine große Zahl der von den Behörden geforderten Ordner einen einzigen Demonstranten begleiteten. Einige Tage darauf waren fast hundert Studenten in einem Wohnheim für Fritz Teufel in den Hungerstreik getreten. Die Behörden hielten ihn noch immer in Untersuchungshaft. Später nahmen wir an einer Veranstaltung teil, auf der Rudi Dutschke eine kurze Rede hielt. Nachdem ich ihn gehört hatte, verstand ich nicht, warum das seinen Besorgungen nachgehende Volk sich so über ihn entsetzte. Er hatte die Grundzüge der Bewegung geschildert, die nächsten Schritte angekündigt, nichts hatte darauf hingedeutet, daß dieser ernste und gewissenhafte Mensch zu jenen fanatischen Aufwieglern gehörte, die eine blind gewordene Phantasie sich gern vorzustellen bereit war. In Dutschke hatte die Bewegung einen guten Sprecher gefunden. Er war konzentriert bei der Sache, man hörte ihm genau zu, und jedes Wort kam so an, als lichte sich wenigstens für kurze Zeit einmal der dichte Nebel, der oft genug alles zu verhüllen schien. Die Lage war unübersichtlich, wenigstens einer wußte genau, wie es nun vorwärtsgehen sollte …

Unsere Diskussionen erhielten jedoch eine ganz neue Wendung, als mir ein Flugblatt der *Kommune* 2 in die Hände geriet, das sich spöttisch über die erwartete Ankunft des *großen Zampanos der deutschen Wissenschaft* ausließ. Adorno sollte, wie verabredet, im Auditorium maximum der Universität sprechen. Man hatte ihn aufgefordert, sich über die jüngsten Ereignisse auszulassen, doch er hatte trotzig darauf bestanden, *Goethes Klassizismus* unter besonderer Berücksichtigung seiner *Iphigenie* zu behandeln. »Und wir«, hieß es in dem Flugblatt, »was machen wir mit dem feisten Teddy? Er soll alleine quatschen vor leerem Saal, soll sich zu Tode adornieren.«

Derartige Äußerungen kamen mir taktlos vor; die Ankündigung, man werde bei seinem Vortrag ein *ästhetisches Spektaculum* erleben, ließ erst recht nichts Gutes erhoffen. Henri belustigte sich über meine Besorgnis, aber ich gab keine Ruhe, so daß wir uns frühzeitig auf den Weg in die Universität machten. Die Revolution mochte zur passenden Zeit stattfinden; daß man in ihrer Vorbereitungsphase aber gerade jenen das Wort verbieten wollte, die sich gegenüber Staat und Gesellschaft schon in ganz anderen Zeiten kritisch verhalten hatten, wollte ich nicht einsehen. Sicher, die Ansetzung eines Vortrags über Goethes *Iphigenie* gehörte nicht eben zu den glänzendsten Einfällen des Meisters; andererseits konnte ich mir gut vorstellen, daß ein gewisser Starrsinn ihn anhielt, nicht von diesem Vorhaben abzuweichen. Adorno war nicht der Herr der Aktionen, er war der *Herr der Gelehrten,* und man konnte von einem in Fragen der musikalischen Reihenkomposition wie in denen der theoretischen Widersprüche zwischen Hegel und Marx geschulten Menschen nicht erwarten, daß er sich an die Spitze eines Demonstrationszuges setzte, um jene Marschgesänge zu skandieren, die seinem an Schuberts Liedern geschulten Ohr fremd sein mochten. Wie es hieß, mißtraute Adorno überhaupt der Aktion; er befürchtete ihr Umschlagen in offene Gewalt, und einer seiner Schüler hatte auf einem in Hannover veranstalteten Kongreß gerade deutlich genug gesagt, was auch sein Lehrer gedacht haben mochte: daß aus Ansätzen legitimer demonstrativer Gewalt leicht eine *manifeste Gewalt* werden, daß systematisch betriebene Provokation in ein *Spiel mit dem Terror* umschlagen könne, daß man nicht auf einer Ideologie bestehen dürfe, die man unter heutigen Umständen einen *linken Faschismus* nennen müsse. War dieses viele meiner Freunde empörende Schlagwort auch nicht glücklich gewählt, so bewies es immerhin, daß man sich in den akademischen Kreisen der *Frankfurter Schule* Gedanken darüber gemacht hatte, wie zwischen den verschiedenen Formen von Gewalt zu unterscheiden war. Gleichzeitig war in diesem Wort aber noch mehr enthalten; in dem Vorwurf des *Faschismus* tönte nämlich etwas von jener Angst vor dem gewalttätigen Terror der Massen nach, der Adorno in der Zeit des Nationalsozialismus aus Deutschland vertrieben hatte. Diese Angst war in ihm lebendig, jeder, der ihn einmal länger gesehen hatte, wußte das …

Das Auditorium füllte sich rasch, ich saß mit Henri in einer der vordersten Reihen. Schon bald erschienen Studenten mit Spruchbändern, auf denen Berlins *linke Faschisten Teddy den Klassizisten* grüßten. Flugblätter meldeten, daß man Adorno einer einsamen Ekstase an seinem Text überlassen wolle. Die Atmosphäre gefiel mir nicht. Ich hatte nicht damit gerechnet, daß sich der Widerstand gegen ihn so massiv formieren würde. Als er erschien, wurde laut gepfiffen, Sprechchöre setzten ein, und ein nervöser, aufgeregt hin und her hampelnder Kommilitone gab zu verstehen, daß er nun erwarte, Adorno werde sich über die Inhaftierung Fritz Teufels äußern. Nein, Adorno dachte nicht daran, er wollte über die *Iphigenie* sprechen, die teuflisch genug sei. Zwei Studenten hielten das Podium besetzt, die üblichen Diskussionen sollten beginnen, aber Adorno zeigte sich nicht geneigt, auf sie einzugehen. Erst allmählich wurden nun auch Buh-Rufe gegen die Störer, unter denen sich zahlreiche Kommunarden befinden sollten, laut. Man ebnete Adorno eine Gasse, er schwang sich auf das Podium, legte seine Blätter zur Seite und ließ jenen fliegenfängerischen Blick zur Decke hinaufflackern, den ich bereits gut kannte …

Die stets noch herrschende Ansicht hatte, wie ich erfuhr, Goethes Entwicklung unters Cliché eines Reifeprozesses zu bringen versucht. Gerade dieses gedankenlose Schema tat ihm jedoch Unrecht, ließ es doch außer acht, daß sein Werk die Erfahrung des Dunklen und die Kraft der Negativität nie verleugnet habe. Besonders in der *Iphigenie* werde etwas deutlich von jenem Schuldzusammenhang alles Lebendigen, den man auch den mythischen nennen können. Es handle sich um leibhaftige Verstricktheit in Natur, mochte es nun die eigene oder auch eine fremde sein …

Ich lehnte mich in meinem harten Stuhl zurück, ich schloß für Sekunden die Augen. Plötzlich war ich wieder in Frankfurt. Wie eigenartig sich diese Worte doch in Berlin ausnahmen, wo alles viel hitziger zuging! Wer Adorno hier zum ersten Male sah, mußte ihn wahrhaftig für einen etwas weltfremden Gelehrten halten, der sich noch nachts darüber grämte, daß das Mythische in Goethes Werken nicht ausführlich genug gewürdigt worden war. In meinem Fall jedoch war es anders. Ich kannte ihn seit langem, ich hatte seine erleuchteten Sätze bereits studiert, als ich noch in Rom gelebt hatte. Anscheinend sprach er von den abseitigsten, entlegensten ästhetischen Problemen. Nur wer ihn besser kannte, wußte, daß auch von der *Gegenwart* die Rede war. Bei Adorno war immer von der Gegenwart die Rede, nicht zufällig hatte Goethes *Iphigenie* nach seinen Worten etwas unverwelkt Modernes, nicht umsonst wurde die Sprache in diesem Werk, wie es hieß, zum Stellvertreter von Ordnung und produzierte gleichzeitig Ordnung aus Freiheit. Pathos war damit unvereinbar. Goethe fürchtete im Bürger den Barbaren und erhoffte Humanität gerade von den unauffälligsten Gesten. Gewisse Manieren, Rücksicht, Verzicht auf Aggression waren Bestandteile des humanen Bedürfnisses. Nur so wurde *die schöne Geselligkeit* verständlich, der er sich in Weimar und anderswo hingegeben hatte. *Die schöne Geselligkeit* war ein avancierter Versuch, Körper und Geist miteinander zu versöhnen. Sie bedurfte eines zerbrechlichen Stils, der in kostbaren Wendungen aufschimmerte. Sowieso waren die schönsten Wendungen den zweiten Violinen vorbehalten: *O wiederholtest du in deiner Seele, / Wie edel er sich gegen dich betrug / Von deiner Ankunft an bis diesen Tag!…*

Ich verstand, ich verstand jedes Wort. Wie taktvoll hatte Adorno den Kommilitonen den Weg zu einem geselligen Dialog gezeigt! Wie unverwelkt modern hatte er seine ästhetischen Theorien begründet! Mit der Zeit war er wahrhaftig zum Stellvertreter der ästhetischen Ordnungen geworden, die aus sich heraus Ordnungen aus Freiheit produzierten und einen auf die Straße trieben. Wie ich fürchtete er den Bürger als Barbaren und sehnte sich nach nichts mehr als nach einer *schönen Geselligkeit.* Mochte es auch zweierlei Goethe geben, einen, der sich an seiner eigenen Natur vergriff und diese zu beherrschen suchte, und einen, der sich ihr willig ergab, um nach dem schönen Augenblick zu fahnden –, unzweifelbar stand doch fest, daß er uns in einem seiner wohl schönsten Verse angehalten hatte, dem Stern der Hoffnung, der uns blinkte, mit frohem Mut klug entgegenzusteuern …

Der Vortrag war beendet. Die meisten Zuhörer trommelten und zeigten sich beeindruckt, als ich eine Studentin bemerkte, die zielstrebig auf Adorno zuging. Sie hielt einen aufgeblasenen roten Gummi-Teddy in der Hand. *Die taktlose Provokation!* Sollten so die Sterne schimmern, die laufend blinkten? Ich sprang auf und bahnte mir eine Gasse. Die Studentin versuchte gerade, das Podium zu ersteigen. »Weg!«, rief ich, lauter als beabsichtigt. Ich schlug ihr das häßliche rote Monstrum aus der Hand, und während ich mich zur Seite beugte, um es unter den Stuhlreihen verschwinden zu lassen, erhaschte ich für einen Moment den Blick des Redners. Adornos Empörung hatte sich gelegt, er war jetzt ganz ruhig, während er in seiner Seele wiederholen mochte, wie edel auch ich mich gegen ihn betragen, von meiner Ankunft an bis diesen Tag …

18

Vaterlose Gesellen

Wenige Tage nach Adornos Auftritt war auch Herbert Marcuse in Berlin erschienen, um auf mehreren Veranstaltungen zu den Studenten zu sprechen und mit ihnen zu diskutieren. Von vornherein brachte man ihm größere Sympathien entgegen, erwartete man doch von ihm konkretere Aussagen über die möglichen zukünftigen Schritte als jene Andeutungen, die Adorno durch seine diskreten Hinweise auf Goethes *Iphigenie* gemacht hatte. Gerade über diese Aussagen Marcuses kam es aber zwischen Henri und mir auf unserer bald darauf angetretenen Rückreise nach Frankfurt zu heftigen Auseinandersetzungen. Hatte Henri aus Marcuses Reden und Diskussionsbeiträgen die Aufforderung herausgehört, das Reich der Freiheit gegen das der Notwendigkeit notfalls auch zu *erzwingen,* so hatte ich besonders bei jenen Passagen aufgehorcht, mit denen Marcuse die neuen *vitalen Bedürfnisse* einer Gesellschaft beschrieben hatte, die von einem *ästhetisch-erotischen Charakter* geprägt sein würden. »Marcuse«, setzte Henri mir zu, »geht über Marx hinaus. Er behauptet, daß viele der Marxschen Begriffe in unserer Situation nicht mehr ausreichen. Man muß sie entwickeln. Die Menschen leiden nicht unter Armut und Elend, sie denken gar nicht daran, auf die Barrikaden zu gehen, ihre Bedürfnisse sind befriedigt, und sie leben in einer Gesellschaft, die in ihren Augen besser funktioniert als jede andere zuvor.« – »Gut«, sagte ich, »das bedeutet, daß neue Bedürfnisse entwickelt werden müssen, Bedürfnisse, an die die Menschen bisher noch gar nicht gedacht haben, solche also, die über die materielle Befriedigung hinausgehen. Man müßte lustvollere Bedürfnisse entdecken...« – »Johannes! Davon war nur am Rande die Rede...« – »Nein, nicht nur am Rande. Ich habe es mir notiert. Der neue Mensch soll nicht nur eine neue Moral vertreten, er soll auch anders leben. Arbeit und Spiel fallen dann in eins, und die einzelnen Menschen folgen jenen Instinkten, die sie bisher unterdrücken mußten.«– »Und welche wären das?« – »In den Parks in Hanoi sind die Parkbänke nur so groß, daß gerade zwei Menschen darauf Platz haben...« – »Ja und?« – »Wenn nur zwei nebeneinander Platz nehmen können, kann kein Dritter stören. Es ist ein Gleichnis.« – »Wofür?« – »Für *ästhetisch-erotische Qualitäten.* Wenn man die beiden Parkbänkler in Ruhe läßt, können sie diese Qualitäten entwickeln.« – »Indem sie nebeneinander sitzen?« – »Indem sie sich unterhalten, ja. Schau! All unsere Versuche, das Volk zu überzeugen, sind in Berlin fehlgeschlagen. Das Volk geht seinen Besorgungen nach, sage ich immer. Das Volk will uns nicht hören. Es befriedigt zunächst einmal seine alten Bedürfnisse.« – »Na eben.« – »Und dabei haben wir es gestört. Wir haben zum falschen Zeitpunkt angesetzt.« – »Hätten wir noch länger warten sollen?« – »Nein. Aber wir hätten das Volk auf den Parkbänken aufsuchen müssen, wenn Du mein Gleichnis verstehst.« – »Ich verstehe gar nichts.« – »Manchmal kommt das Volk zur Ruhe. Es wendet sich von seinen Besorgungen ab. Es nimmt sich Zeit.« – »Aha!« – »Dann müssen wir bereit sein. Ich denke an eine taktvolle, aggressionsfreie Unterhaltung, die am Ende eine Art schöner Geselligkeit...« – »Jetzt verstehe ich. Du beziehst Dich nicht auf Marcuse, sondern auf Adorno! Du bist unverbesserlich.« – »Aber nein! In diesem Punkt meinen sie beide dasselbe, obwohl Du mir zustimmen wirst, daß Adorno sich hier eleganter ausdrückte, daß bei ihm gewisse Feinheiten zu hören waren, die …« – »Ich stimme Dir nicht zu. Ich habe kaum ein Wort von seinem Vortrag verstanden.« – »Weil Du etwas anderes erwartet hast. Deine alten Bedürfnisse waren noch nicht befriedigt.« – »Aber!« – »Da erging es Dir wie vielen anderen. Sie wollten und konnten gar nicht zuhören. Früher habe ich ihn auch oft nicht verstanden. Diesmal aber jedes Wort!« – »Es war reine Theorie, ästhetische Theorie …« – »Nein! Die schöne Geselligkeit, die er aus der *Iphigenie* herausgelesen hat, ist ein sehr konkretes Ziel. Das ästhetische Spiel hat sie vorweggenommen.« – »Und wir hinken hinterher.« – »Ich habe schon eine Ahnung davon.« – »Eine Ahnung?« – »Ich stelle mir dieses Ziel genauer vor als Du.« – »Und was willst Du tun? Willst Du Dich auf Parkbänke setzen? Willst Du irgendwo ein Podest aufschlagen, um die neuen vitalen Bedürfnisse zu verkünden?« – »Bisher haben wir mit Menschen gesprochen, die uns nicht zuhören wollten. Das war ein Fehler. Zunächst müssen wir sicherstellen, daß man uns auch zuhört.« – »Willst Du jeden einzeln fragen?« – »Man könnte zunächst einmal mit Menschen reden, von denen man annimmt, daß sie einem zuhören. Dann sind die Bedingungen günstiger.« – »Mach Dich nicht lächerlich!« – »Wir haben uns in Berlin auch lächerlich gemacht. Wir haben uns auf die Straße gestellt und erwartet, daß man uns recht gibt. Schon das war verkehrt.« – »Aha! Schon wieder etwas Neues! Wir sollen nicht recht behalten.« – »Nicht um jeden Preis. Wir wußten von vornherein, was wir von den Menschen hören wollten.« – »Und was ist dagegen einzuwenden?« – »Daß das Ergebnis von vornherein feststeht. Solche Unterhaltungen sind langweilig.« – »Da hört man's. Aufklärung ist langweilig.« – »Aber nein. Nur sollte die Aufklärung auch ein spielerisches Element haben, sonst ist auch sie entfremdetes

Reden.« – »Willst Du etwa behaupten, wir hätten in Berlin entfremdet geredet? Das ist unglaublich!« – »Es ist vielleicht ein wenig übertrieben, aber Du wirst selbst zugeben, daß wir versagt haben. Wir wollten von den anderen hören, was wir schon wußten. Die Unterhaltungen drehten sich im Kreis. Wir waren die Informierten, und die anderen waren die schwer belehrbaren Dummen.« – »Du übertreibst.« – Aber so war es. *Schöne Geselligkeit* meint etwas anderes.« – »Und was?« – »Stell Dir Gespräche vor, bei denen Du nicht von Anfang an darauf aus bist, recht zu behalten, freiere Gespräche ...« – »Du meinst Geplapper.« – »Aber nein, Henri! Du mußt Geduld haben, dem anderen zuhören, herausbekommen, was er denkt und wie er empfindet.« – »Dazu bräuchte ich die Geduld einer Iphigenie.« – »Du bräuchtest eine taktvolle Geduld!« – »Taktvoll! Ich kann das Wort nicht mehr hören. Wir sollen taktvoll sein, und über unseren taktvollen Köpfen machen die anderen, was sie wollen.« – »Auch der Takt kann zur Veränderung beitragen.« – »Gott, das könnte Jahrhunderte dauern.« – »Jahrzehnte, denke ich eher.« – »Und bis dahin haben die Amerikaner in Vietnam ihren Krieg gewonnen, die Nazis sind wieder an der Macht, und wir werden in den neuen KZs taktvolle Gespräche führen.« – »Unsinn! Ich behaupte ja gar nicht, daß der Widerstand aufhören soll. Der politische Kampf muß fortgeführt werden. Aber daneben dürfen wir die *ästhetisch-erotischen Qualitäten* nicht ...« – »Johannes?« – »Ja?« – »Wir reden in ein paar Monaten noch einmal darüber, ja?« – »Gern.« – »Und dann erzählst Du mir von Deinen schönen Gesprächen?« – »Wunderdinge werde ich Dir erzählen ...« –

Schon gleich nach unserer Rückkehr erhielten meine beflügelten Phantasien jedoch einen erheblichen Dämpfer, als ich bemerkte, wie verärgert die Freunde unseren Aufenthalt in Berlin kommentierten. Vielleicht neideten sie uns unsere neuen Erfahrungen, vielleicht wollten sie auch nicht zugeben, daß sie sich während unserer Abwesenheit erbärmlich gelangweilt und gestritten hatten. Die Stimmung war gereizt. Henning war in den SDS eingetreten und mokierte sich über alle, die es ihm nicht gleichtaten; Kai hatte seine Zwischenprüfung bestanden und dadurch bewiesen, daß er sich um keinen Preis von seinen Studienvorhaben ablenken lassen wollte; selbst Hanna und Josef waren offenbar heftig zerstritten, wohnte doch Hanna inzwischen bei einer Freundin, die ihr für die Dauer der Krise Unterschlupf gewährt hatte.

Eine tiefe Unruhe hatte meinen Bruder befallen. Er hatte das Studium aufgegeben und verlangte, daß ich diesen Entschluß guthieß. Endlich hatte er sich von Hennings Autorität ein wenig befreit; jedenfalls kritisierte er ihn nun offen, nannte seine Ausführungen *akademisch* und ließ schon bald erkennen, daß ihn inzwischen die radikaleren Ansätze der Gesellschaftskritik stärker beschäftigten. Manchmal nannte er sich einen *Linksradikalen,* oft auch einen *Anarchisten,* und da niemand von uns sich mit den Lehren der anarchistischen Theoretiker Proudhon, Bakunin und Kropotkin genauer befaßt hatte, hielt Josef in diesen Fragen einen Vorsprung, den er immer wieder ausspielte. Die Ereignisse der vergangenen Wochen hatten ihn sehr verändert; Marx war mit einem Mal als ein *bürgerlicher Kopfarbeiter* verschrien, der in seinem ganzen Leben keine einzige Fabrik von innen gesehen hatte. Diese neuen Ansichten hatten Josef weit von den studentischen Zirkeln entfernt; nun hielt er sich etwas darauf zugute, aus keinem bürgerlichen Elternhaus zu stammen. Er hatte sich einen proletarischen Habitus zugelegt, er ging rauh mit allen um, die ihm widersprachen, und er hatte selbst die gutmütige Hanna mit all seinen scharfen Reden so zur Verzweiflung gebracht, daß sich der Zorn der beiden in einigen handgreiflichen Prügeleien entladen hatte. Freilich hatte Josef diesen Streit schon bald bereut; allein wollte er nicht leben, allein kam er, wie er vieldeutig sagte, *nicht zurecht.* So hatten die beiden sich vorgenommen, die anstehenden großen Semesterferien gemeinsam in Italien zu verbringen. Auch die anderen brachen nun in die Ferien auf, es war, als müßten die Revolutionäre noch einmal Luft schöpfen, um sich auf die heiße Phase der Revolution vorzubereiten. Henri fuhr nach Paris, wo er drei Monate bleiben wollte, Kai flüchtete in den Norden, und mit Henning wollte ich nicht viel zu tun haben. Da ich meine ersparte Habe nicht durch einen kostspieligen Urlaub aufbrauchen wollte, hielt ich die Stellung in Frankfurt. Henri hatte mir sein Zimmer angeboten, und da es in meinem eigenen oft sehr heiß war, wechselte ich, wie es mir eben paßte, zwischen den beiden Schlafstätten hin und her.

Die Zeit des ungestörten Alleinseins unterbrach ich nur für knapp eine Woche, als ich eine Einladung Onkel Josephs nach Düsseldorf erhielt. Er hatte in letzter Zeit durch seine Aktionen überall in Deutschland von sich reden gemacht. Das Museum von Mönchengladbach bereitete inzwischen eine große Ausstellung seiner Arbeiten vor, und der Onkel meldete mir, daß das Interesse so groß sei wie nie zuvor.

Ich fuhr über Köln und blieb dort einen Tag bei der Mutter. Sie machte sich wegen Josef und mir große Sorgen. Verstand sie schon nicht, warum ich mich, angeblich ohne eine Ziel vor Augen zu haben, *treiben* ließ, so konnte sie erst recht nicht begreifen, warum Josef sein Studium aufgegeben hatte. Sie wußte, wie unbeherrscht er sein konnte, und da sie seinen Briefen entnommen hatte, wie radikal er seit neuestem dachte, vermutete sie, daß er *unter schlechten Einfluß* geraten war. Ich versprach ihr, mich um Josef zu kümmern, da ich selbst nicht daran glaubte, daß sein Einsatz für die anarchistischen Ideen von langer Dauer war. Josef war leicht geneigt, bestimmte Modethemen aufzugreifen; ebenso schnell verlor er nach meiner Erfahrung wieder die Lust an ihnen. Schon immer hatte ich seinen Studienabsichten nicht so recht vertraut; ich hatte mir lange nicht einmal vorstellen können, daß mein Bruder sich in einem Hörsaal aufhielt, um geduldig zu notieren, was ihm vom Katheder aus vorgesetzt wurde. Sein Eigensinn, seine manchmal etwas ungezügelte Art waren durch die ersten Semester des Studiums kaum gebändigt worden; eigentlich gehörte er ganz woanders hin, leicht hätte ich ihn mir an der Spitze eines Demonstrationszuges vorstellen können. Seit den Kindertagen beherrschte Josef die Gabe, die Sympathien vieler zu erobern. Er konnte einfach, deutlich und doch packend reden, und niemand hätte hinter diesem Redner einen Intellektuellen vermutet, der sich seine Ansichten aus Büchern angelesen hatte. Diesmal aber hatte ihn das Volk im Stich gelassen, und so suchte er in den entlegensten Theorien Trost für seine Unzufriedenheit.

In Düsseldorf zeigte mir der Onkel seine neusten Arbeiten. Er hatte einen *Eurasienstab* entwickelt, dessen Kraftfelder in alle Himmelsrichtungen ausstrahlen sollten. Ich betrachtete noch die merkwürdige Konstruktion, als er mich auf die jüngsten Ereignisse ansprach. Ich wußte, daß er die Tagespolitik zwar verfolgt, aber nie mit besonderem Interesse beachtet hatte. Diesmal war es anders. »Ich habe gehört, Du warst in Berlin. Was denken die Studenten dort?« – »Das ist schwer zu sagen, Onkel. Von außen stellt man es sich ganz falsch vor. Die Zeitungen erwecken den Eindruck, dort ständen alle wie ein Mann hinter Dutschke und seien Tag und Nacht damit beschäftigt, das System zu unterwandern.« – »Unterwandern ist nicht schlecht, Johannes, erinnere Dich nur an früher …« – »Ich weiß. *Unter dem Pflaster liegt der Strand* – das ist eine von den Parolen, die Dir gefallen würden. Aber wer glaubt an sie? Ich habe Marcuses Vortrag gehört, er hat von der *befreiten Sensibilität* gesprochen, von den unterdrückten organischen Bedürfnissen.« – »Gut, das deckt sich mit dem, was ich schon früher gesagt habe.« – »Ja, diese Theorien berühren sich. Aber wie findet man zu dieser neuen Sensibilität?« – »Die Philosophen haben die Welt nur interpretiert…« – »Ich weiß…« – »Ich habe doch immer gesagt: jeder Mensch kann kreative Energien entwickeln, jeder Mensch ist ein potentieller Künstler. Nur die Kanäle sind verstopft. Deshalb bin ich zu den *Aktionen* übergegangen, Du weißt…« – »Und ob!« – »In den *Aktionen* schaffe ich Raum für die neuen Lebensvollzüge. Aber das genügt nicht.« – »Nicht?« – »Gehen wir es einmal ganz genau durch.« – »Einverstanden.« – »Gut. Das System ist erstarrt, aus eigenen Kräften bringt es keine Veränderungen mehr hervor. Es ist ein schwerfälliger bürokratischer Apparat, immun gegen Phantasie, nur auf die Erhaltung der Macht konzentriert.« – »Ja.« – »Die Gesellschaft erträgt es gelassen. Der letzte Krieg liegt noch kein Vierteljahrhundert zurück. Wirtschaftlich ist es bisher immer aufwärts gegangen, erst jetzt zeichnen sich Stagnationen und Lähmungen ab, die technischen Aufbaureserven haben sich verbraucht. All die Mängel, die dadurch entstanden sind, müssen überwunden werden. Daher sind die Studenten unzufrieden, sie fühlen sich von den negativen Energien gebunden.« – »Sie fühlen sich eingeengt.« – »Ja, aber noch sind sie in der Minderheit, eine kleine Gruppe, die von der Bevölkerung kaum unterstützt wird. Hier muß man ansetzen. Die Studentenbewegung macht zwei Fehler. Einmal hält sie sich an die Mängel des Systems, sie beschreibt nur, was schlecht ist und klagt Veränderung ein. Zum zweiten versäumt sie hinter lauter Taktiererei den entscheidenden Schritt.« – »Und welchen?« – »Man darf nicht bei den negativen Energien stehenbleiben. Sie erzeugen Aggression, Haß, am Ende sogar blinde Gewalt. Man muß diese Energien umformen in positive.« – »*Fluxus,* ich weiß.« – »Ja, *Fluxus* war der erste Schritt, nun aber kommt der zweite. Man muß die Energien organisieren.« – »Das geschieht aber doch durch Demonstrationen.« – »Ich meine, es geschieht nicht genug. In den Ferien laufen alle auseinander, und niemand kümmert sich mehr um das Weltgeschehen. In den Vereinigten Staaten herrschen Rassenunruhen, im Nahen Osten führen Juden und Araber Krieg, in Vietnam gehen die Kämpfe weiter … Die Organisation dient der Leitung und Zentrierung der neuen Kräfte. Man muß ihnen eine Heimstatt geben, ganz einfach. Die Studenten müssen bei *ihren* Bedürfnissen ansetzen, sie brauchen die Köpfe nicht in Bücher zu stecken, um alte, längst überholte Modelle zu studieren.« – »Das denke ich auch.« – »Dann verstehen wir uns. Nun fehlt nur noch ein einziger Schritt, und den haben wir hier in Düsseldorf getan.« – »Na?« – »Man muß eine neue Partei gründen. Wir haben die *Deutsche Studentenpartei* gegründet, draußen, auf der Wiese vor der Kunstakademie haben wir uns versammelt. Ich habe gesagt, wir wollen alle herkömmlichen Lebensformen gründlich verändern, die Kultur, die Wirtschaft, das Recht. Wir bekennen uns zum Grundgesetz, wir treten für die Menschenrechte ein, das ist unser einziger Konsens mit der Macht. Sonst aber soll alles sich ändern. Wir lehnen den Materialismus ab, wir lehnen den Egoismus ab, wir suchen neue Ideen, die das Leben kreativ machen. Waffen sollen abgeschafft werden, radikal, und die einzelnen Bereiche der Gesellschaft sollen sich selbständig verwalten. Die *Deutsche Studentenpartei* hat ihre *Fluxuszone West* gegründet, die den *Hauptstrom* des Widerstandes zusammenfassen soll.« – »Das ist einleuchtend. Aber glaubst Du, daß sich so eine Partei durchsetzen wird?« – »Ah! Du denkst wieder gleich an die Mängel! Zunächst kommt es auf den Zusammenschluß der Kräfte an. Das Kräftepotential bündelt sich, es erhält eine vorläufige Richtung. Das ist sehr wichtig, sonst entsteht Vagabundentum.« – »Du meinst, Ihr formiert eine *schöne Geselligkeit*?« – »Nicht schlecht, so kann man es nennen.« – »Und die ästhetisch-eroti … und die ästhetischen Qualitäten?« – »Die gehen nun ganz in die Arbeit ein. Das ist es ja gerade. Wir trennen nicht mehr zwischen kultureller und politischer Arbeit. Wir fassen alles zusammen. Kindererziehung, Wohnungsbau, kommunale Tätigkeit – alles ist Arbeit, wenn dieselben Ideen, dieselben geistigen Vorstellungen darin wirksam werden. Die übliche Politik kennt diesen Zusammenhang nicht. Sie führt nur noch Reparaturen aus.« – »Du sprichst von einer neuen *Praxis*?« – »Ja, Arbeit ist *Soziale Plastik*, ich habe es schon früher gesagt.« – »Und die marxistische Praxis, wie verhält sie sich dazu? Marcuses Theorien – lassen die sich damit zusammenbringen?« – »Ich will Dir etwas sagen. Ich habe Fotografien von den Veranstaltungen Marcuses in Berlin gesehen. Einmal stand er allein im Auditorium maximum, Hunderte von Studenten saßen um ihn herum, sie erwarteten von ihm die frohe Botschaft. Marcuse soll ihr Vater werden, wie Marx der Vater früherer Revolutionäre war. Das ist nicht gut. Die Autorität der Väter muß zu Ende gehen. Eigentlich seid Ihr *vaterlose Gesellen* …« – »Josef und ich sind …« – »Ihr sowieso, Ihr seid die Avantgarde der Vaterlosen …« – »Mach Dich nur über uns lustig.« – »Ich mache mich nie über andere lustig, das weißt Du. Ich meine es ernst. Die neue Generation braucht die Macht der Patriarchen nicht mehr. Ihr müßt lernen, aus eigener Kraft zu arbeiten. Von vorne beginnen! Sich schulen! Was macht Dein Klavierspiel?« – »Ich habe es sehr vernachlässigt.« – »Das darfst Du nicht, niemals!« – »Du solltest einmal hören, was Josef sagt. In Zeiten der Revolution betreibt man keine Ästhetik! Wer jetzt noch Klavier spielen will, macht sich lächerlich!« – »Das ist Unsinn. Du mußt *Deine* Energien entwickeln, wie er die seinen entwickeln soll. Laß nicht zu, daß er Dich bevormundet. Übe weiter und melde Dich bald auf der Hochschule an!« – »Soll ich? Ich soll noch einmal eine Aufnahmeprüfung ablegen?« – »Gerade jetzt!« – »Du meinst auch, die ästhetisch-eroti … erotisierenden Qualitäten müssen gefördert werden?« – »Sie sind ein unverzichtbarer Bestandteil der *Sozialen Plastik*!« –

Ich hatte ihn verstanden. Kurz vor meiner Abreise war ich als zweihundertstes Mitglied in die *Deutsche Studentenpartei* aufgenommen worden. Als ich wieder in Frankfurt war, erkundigte ich mich heimlich nach den Aufnahmebedingungen der Musikhochschule. Man erklärte mir, daß von etwa hundert Bewerbern höchstens zehn aufgenommen würden. Warum sollte ich nicht der zehnte sein? Ich machte mich wieder ans Üben. Es waren heiße, sonnige Tage, die Menschen hatten ihre Besorgungen anscheinend vergessen, selbst Rudi Dutschke ging seinen sportlichen Neigungen nach und spielte in einer Fußballmannschaft einer Berliner Künstlervereinigung auf Rechtsaußen. Vielleicht folgte auch er inzwischen den Impulsen der *Sozialen Plastik*.

So begann ich nun mit leichten Fingerübungen, ich spielte vier, fünf Stunden, schlenderte durch die Stadt, schaute mich in den Buchhandlungen des Universitätsviertels um und eilte am Nachmittag in ein Schwimmbad. Ich hatte herausgefunden, daß der Aufenthalt im Bad mich zum Nachdenken anregte. Die langsamen Bewegungen der Badegäste, die verhaltenen Rufe aus dem Wasser hinüber zur Liegewiese, die teilnahmslose Ergebenheit der Menschen, die endlich einmal zur Ruhe gekommen waren – dies alles verdichtete sich zu einer träumerischen Stimmung des Wartens. Man las ein paar Zeilen, aber meist war es viel zu heiß, um den Blick starr auf ein Papier zu richten. Die Buchstaben pendelten wie kleine Trunkenbolde nach rechts und links, die Zeitungsspalten liefen zu schlanken Ausrufezeichen ein, alles entzog sich, eingetaucht in eine große Helligkeit, der man am nächsten war, wenn man sich ins Wasser stürzte, in die Tiefe tauchte und knapp über den Bodenfliesen die Augen rasch öffnete, der Illusion verfallen, es habe einen in ein flimmerndes Meer verschlagen …

Lag ich später faul und trunken von eigener Schwere auf der Liegewiese, so kreisten meine Gedanken immer wieder um meinen Aufenthalt in Düsseldorf. Wie vertrugen sich die

Ideen des Onkels mit meinen eigenen Vorstellungen? Was den *ästhetischen* Charakter des neuen Menschen betraf, so waren der Onkel und ich einig. Von *Erotik* freilich mochte er weniger verstehen. Welchen Anteil aber hatte sie an der *schönen Geselligkeit*? Auch die Berliner Kommunarden taten sich, wie ich erfahren hatte, damit schwer. Jedenfalls warfen die weiblichen Mitglieder der Wohngemeinschaft ihnen manchmal ein gewisses Versagen auf diesem Gebiet vor. Sicher hatten die Genossen unter dem Druck der Umgebung zu leiden; man verlangte von ihnen Vorbildliches, und gerade das schienen sie in der angespannten Situation nicht leisten zu können. Ich bildete mir zwar ein, daß es um meine eigenen Fähigkeiten anders bestellt war; andererseits hatte ich keine Gelegenheit, das zu beweisen. Schon seit vielen Monaten lebte ich allein, und die Erinnerung an meine Abenteuer mit Cindy war oft nur mühsam aus meinen Träumen zu vertreiben. Wie sollte der *ästhetische Charakter* sich bilden, wenn ihm das *erotische Pendant* fehlte? Offenbar war ich mit dieser Frage an einer schwachen Stelle meines revolutionären Gedankengebäudes angekommen; je häufiger ich ins Schwimmbad ging, um so mehr wurde mir das bewußt. Denn mit der Zeit war nicht mehr zu übersehen, wieviel *schöne Geselligkeit* hier auf ihre ästhetisch-erotische Überhöhung wartete. Dazu gehörte eine große, schwarzhaarige Frau, die meist ganz in meiner Nähe neben den hohen Pfeilern des Sprungturms lag, sich minutenlang mit Sonnenöl eincremte, den ganzen Körper massierte, fast eine halbe Stunde ruhend auf dem Bauch, wiederum eine halbe Stunde ruhend auf dem Rücken zubrachte, um später den Sprungturm mit einigen graziösen und schnellen Bewegungen zu besteigen. Sie ließ die beiden niedrigen Plattformen beinahe verächtlich unter sich, sie kletterte bis zur höchsten hinauf. Dies war der Augenblick, in dem das dumpfe Murmeln der Badegäste verebbte. Man hörte die befehlende Stimme des Bademeisters, der einige Schwimmer anwies, das

Weite zu suchen, man hörte seinen ermunternden Zuruf; sie sprang. Und wie sie sprang! Am meisten bewunderte ich sie, wenn sie einen einfachen Hechtsprung aus dem Stand heraus machte. Daneben beherrschte sie aber auch einen doppelten Salto, der den Badegästen jene entzückten Aufschreie entlockte, die die vorausgegangene beklemmende Stille befreiend zerrissen. Sie sprang stets nur ein einziges Mal und blieb nie länger als etwa zwei Stunden. Ihr Erscheinen war ein Auftritt, ihr Abgang ein Ereignis. Das ganze Bad huldigte ihr mit Blicken, wenn sie aus einer Umkleidekabine hervorkam. Man schaute hinter ihr her, als schreite sie einen Laufsteg ab. Sie aber tat, als nehme sie von alledem keine Notiz. Gerade das zog mich an. Sie hatte ein Geheimnis, und bald stellte ich mir vor, daß ihre Erscheinung gleichsam ein Vorschein jenes ästhetisch-erotischen Glanzes war, in dem die neue Gesellschaft erstrahlen sollte. Sicher brachte man ihr auch sonst nur Bewunderung entgegen, schon der Gedanke daran, sie einmal außerhalb des Bades zu sehen, versetzte meine Phantasie in Unruhe. In Berlin hatten wir tagelang ohne Erfolg fremde Menschen angesprochen; jetzt konnte ich mir beweisen, daß ich es inzwischen besser verstand. Ich nahm mir ein Herz, als die schöne Fremde nach einer eleganten Schraube wieder zu ihrem Liegeplatz zurückkehrte und sich abtrocknete. »Bravo!«, sagte ich, ohne daß mir dieser Anfang besonders überzeugend erschien, »das war eine Schraube mit Anlauf?« – Sie legte ihr Tuch beiseite und warf mir nur einen kurzen Blick zu. »Nein, ein Auerbachsprung vorwärts.« – »Ah ja«, sagte ich dümmlich, »ein Auerbachsprung! Das war es also … ein Auerbachsprung!« – »Sie sagen es!«, antwortete sie ein wenig spöttisch. Warum hatte ich mich nur auf ein derartiges Wagnis eingelassen? Ich verstand zu wenig vom Schwimmsport, genau genommen interessierte ich mich überhaupt nicht dafür. Die Unterhaltung stockte, da kam mir der rettende Einfall. »Na«, sagte ich, etwas verkrampft, »dann will ich es auch einmal versuchen!« – Ich wußte sofort, daß es ein Fehler war. Aber mir war nichts anderes eingefallen. Nun mußte ich mein Wort halten. Ich ging auf den Sprungturm zu und kletterte langsam die schmale Leiter hinauf. Ich war noch nie in meinem Leben gesprungen, und bis vor wenigen Augenblicken hatte ich nicht einmal daran gedacht, mir so etwas zuzutrauen. Auf der obersten Plattform blieb ich stehen. Ich hörte aus unendlicher Entfernung die Stimme des Bademeisters, der die Kinder fortscheuchte. Man schaute zu mir hinauf. Hatte mich der Wahnsinn gepackt? Unmöglich konnte ich diesen Auftritt mit einem einfachen Fußsprung abschließen. Wahrscheinlich hätte es mir die Haut von den Beinen gerissen. Ein Handstand? Undenkbar! Aber was nun? Ich durfte nicht lange überlegen. Die Wasserfläche war Meilen entfernt, ich war dem Himmel näher als der Erde, am liebsten hätte ich mich mit Flügeln in die Luft erhoben, um der Posse ein Ende zu machen. Nur die Meister des Kunstspringens wagten sich bis zu einer derartigen Höhe empor. Ich dachte schon viel zu lange nach, es mußte auffallen, daß ich zögerte. Ich lockerte meine Arme. Nun war es gleichgültig, wie es ausging. Es war ein Abenteuer, mochte ich nur auf der Wasseroberfläche zerschellen, um als Opfer der Revolution davongetragen zu werden. Ich machte einige Schritte nach vorne. Der Hechtsprung hatte mir immer am besten gefallen. Also?! *Ich flog!* Noch während ich von der Plattform abhob, entfuhr mir ein jubelnder Schrei. Ich schlug, die Arme vorangestreckt, auf. Ein brennender Schmerz jagte durch meinen Kopf, meine Hände berührten den Grund, ich wagte es nicht, die Augen zu öffnen, vielleicht hatte der große Druck sie längst aus den Augenhöhlen gepreßt. Dann tauchte ich auf. Es mußten Ewigkeiten seit meinem Anlauf vergangen sein. Die Kinder schwammen bereits wieder an der Stelle, wo ich aufgeschlagen war, der Bademeister hatte sich abgewendet, das dösende Volk gab sich der Langeweile hin.

Ich zog mich aus dem Wasser und ging dicht an der Fremden vorbei. Um keinen Preis würde ich sie noch einmal ansprechen. »Trainieren Sie regelmäßig?«, hörte ich, noch völlig benommen, eine nicht ganz unbekannte Stimme. »Nein«, sagte ich, »ich springe nur so, aus Leidenschaft.« – »Das sieht man«, sagte sie vieldeutig. – »Es ist die Freude am Fliegen«, fuhr ich unbeirrt fort, »schon als Kind träumte ich vom Fliegen. Es hatte mit Beethoven zu tun.« – »Mit Beethoven?« – »Ja, ich bin Pianist, schon als Kind spielte ich Klavier. Musik und Fliegen gehören für mich zusammen.« – »Und Beethoven wollte fliegen?« – »Gewissermaßen, ja. Er suchte sich die höchsten Erhebungen aus, um die Elemente anzulocken.« – »Interessant.« – »Ja, nicht wahr? Seine Musik ist übrigens, was man noch kaum erkannt hat, eine Musik der Elemente, ebenso überwältigend wie diese, für das menschliche Ohr eigentlich ein Zuviel, weshalb ich schon früh ...« – Ich redete. Sie saß neben mir, kämmte sich das lange Haar, blinzelte in die Sonne, sah mich kein einziges Mal an, ölte sich langsam ein, streckte sich, schloß die Augen. Woran dachte sie nur? »Ich möchte Sie nicht stören«, sagte ich, um der peinlichen Situation ein Ende zu machen. – »Nein, bleiben Sie doch. Sie erzählen sehr spannend. Wollen Sie ihre Sachen hierherholen? Wo liegen sie denn?« – Sie richtete sich auf, erst jetzt betrachtete sie mich genauer. »Wenn Sie es wünschen ...«, sagte ich. Ein erster Anlauf war gemacht ...

Den Freunden, die inzwischen wieder nach Frankfurt zurückgekehrt waren, erzählte ich vorläufig nichts. Ich konnte mir noch nicht vorstellen, wie der auf so zwanglose Weise hergestellte Kontakt sich weiterentwickeln würde. Manon war vier Jahre älter als ich, wohnte angeblich noch bei ihrem Vater, während die Mutter bereits vor einigen Jahren gestorben war. Obwohl der alte Herr einen schier unermeßlichen Reichtum angehäuft zu haben schien, arbeitete sie tagsüber in einer Galerie.

Sie hatte es nicht nötig, aber sie wollte nun einmal irgend etwas tun, und da sie sich für Kunst am meisten interessierte, hatte sie – wohl nicht zuletzt wegen ihres attraktiven Äußeren – die richtige Stelle gefunden.

Sie unterhielt sich gern mit mir. Immer, wenn ich ihr ein Treffen vorschlug, stimmte sie ziemlich rasch zu, aber es kam nicht selten vor, daß ich lange warten mußte oder daß sie am Ende überhaupt nicht erschien. Sie hatte es angeblich nicht vergessen, es war nur einfach etwas dazwischengekommen. Am meisten verwirrte sie mich dadurch, daß sie sich laufend anders kleidete. Ich hatte mir über die Revolutionen der Mode noch nicht viele Gedanken gemacht; für Manon waren sie nicht weniger wichtig als die der politischen Praxis. Mode und Kunst hingen in ihrer Vorstellung eng miteinander zusammen. Noch nie war ich bisher mit einem Menschen zusammengekommen, in dessen Gegenwart die Umgebung sofort zur Szene und die Begegnung zum Auftritt wurde. Sie genoß es, wenn alle Augen sich auf uns richteten, während ich mich vor diesen indiskreten Augenpaaren am liebsten verkrochen hätte. Sie sorgte dafür, daß wir nie allein waren, so daß in mir mit der Zeit der Verdacht aufkam, sie betrachte mich als einen liebenswerten Unterhalter, der es ihr ermögliche, die Revoluzzer-Kneipen der Stadt zum Terrain ihrer unersättlichen Lebenslust zu machen. Mit all ihren Hemdblusen, Westen, Tuniken und Stiefelhosen wirkte sie im Lager der Genossen wie eine etwas exotische Pflanze, die einen kurzen Blick in die Szene werfen wollte. Wir sprachen nie darüber, aber ich ahnte, daß sie sich während des Tages an Orten herumtrieb, die Henri und Josef niemals betreten hätten. So wurde sie mir allmählich etwas unheimlich. Warum erhielt sie den Kontakt zu mir aufrecht? War ich ein guter Freund, von dem sie die neuesten Meldungen über *die extremen Minderheiten* erfuhr, die sie wenig später – bei einem der zu nächtlicher Stunde anberaumten Tischgelage der Großindustrie – einem vom Alkohol betörten Jungmanager in die Ohren säuselte?

Ich wurde unaufmerksamer und träumerischer. Schon ein flüchtiger Blick auf Manons Erscheinung sagte mir, daß sie kaum etwas mit den Freunden, die in ganz anderen Welten lebten, gemeinsam hatte. Hanna und Josef kamen zwar angeblich wieder besser miteinander aus, doch hatte der lange Italienaufenthalt nicht alle Unstimmigkeiten beseitigt. Sie stritten sich noch immer, gingen einander tagelang aus dem Weg, versöhnten sich wieder und ließen uns über ihre wahren Gefühle im unklaren. Josef war noch hitziger geworden; er war aus Italien voller Unternehmungelust zurückgekommen und hatte in Frankfurt kaum Gelegenheit, diese Lust auszuleben. Obwohl ich ihm lange zuredete, lehnte er es ab, das Studium wieder aufzunehmen; statt dessen arbeitete er nun in Basisgruppen mit, wie sie außerhalb der üblichen Vorlesungen nach dem Muster der *Kritischen Universität* in Berlin entstanden waren. Man traf sich mehrmals in der Woche, um sich jenes Wissen anzueignen, das einem bisher vom bürgerlichen Lehrbetrieb vorenthalten worden war. Daneben galt die Arbeit der Vorbereitung von politischen Aktionen, Flugblätter wurden gedruckt, *Aufklärungskampagnen* gestartet. Die Berliner Ereignisse hatten gezeigt, über welche Macht die Presse verfügte. Einige Blätter hatten die Bevölkerung aufgewiegelt, ihre niederen Instinkte angesprochen und dadurch bewiesen, daß sie nicht informieren, sondern *manipulieren* wollten. Die meisten von ihnen gehörten dem Berliner Zeitungsverleger Axel Springer, dessen Organe sich durch eine besonders marktschreierische Berichterstattung hervorgetan hatten. *Enteignet Springer!* wurde daher zu einer der häufigsten Parolen; kaum jemand glaubte daran, daß eine solche Enteignung möglich war. Immerhin bezeichnete diese Parole aber einen Feind, den man sich konkret vorstellen konnte; dadurch erhielt der Protest wenigstens zum Teil ein eindeutiges Ziel. Andere Aktivitäten richteten sich gegen die *Notstandsgesetze.* Soeben war in Bonn mit den Beratungen begonnen worden, die *außerparlamentarische Opposition* wollte die Annahme dieser Gesetze auf jeden Fall verhindern.

Josef beteiligte sich an der Arbeit der Basisgruppen, in denen er laufend andere Leute kennenlernte, mit einer Besessenheit, die ich früher noch nicht an ihm bemerkt hatte. Er glaubte fest daran, daß die studentische Bewegung sich allmählich vergrößern und Teile der Bevölkerung für sich gewinnen werde. Sein Elan hatte ihn in eine gewisse Opposition zu Henning gebracht. Seit Henning Mitglied des SDS geworden war, glaubte er, in der Avantgarde der Bewegung mitzukämpfen. Die Avantgarde traf sich beinahe jeden Tag, sie gab die Zeitschrift *Neue Kritik* heraus, las jede Nummer des *Kursbuchs,* blätterte am Montagmorgen unwillig den *Spiegel* durch und hielt sich an die Parole, die Rudi ausgegeben hatte. Man war angetreten zum *langen Marsch durch die Institutionen.* Zunächst waren einmal die der Universität zu verändern. Man forderte die Drittelparität in der Hochschulverwaltung, man sprengte Vorlesungen durch *goins,* man machte sich über die steifen Honoratioren lustig, die bei den Rektoratsübergaben *unter ihren Talaren den Muff von tausend Jahren* verbargen. Die Avantgarde analysierte, sie beherrschte die freie Rede und machte auf Vollversammlungen und *teachins* Eindruck; sie hatte zu allem eine wohlbegründete Meinung und erwog jeden Schritt gründlich. Der Parlamentarismus war ein Scheingefecht von Parteien, die geltenden Gesetze erlaubten der Justiz, einen Kommunarden wie Fritz Teufel monatelang in Untersuchungshaft zu halten, während die Suche nach dem *revolutionären Subjekt* von der *gesellschaftlich-historischen Seite* her *angegangen* werden mußte, ohne daß sie, wie manche fehlerhaft dachten, später auf die *individualisierend-psychologische Ebene verlagert* werden durfte.

Anfangs hatte Josef sich noch auf langatmige Diskussionen mit Henning eingelassen; aber er beherrschte das Vokabular nicht so gekonnt und vertrug die dauernden Belehrungen nicht mehr. So gingen die beiden jetzt eher getrennte Wege. Josef erwartete alles von gutgeplanten, beinahe generalstabsmäßig durchgeführten Aktionen, während Henning jeden Pflasterstein dreimal umgedreht hätte, um vor einem unüberlegten Ausbruch von Gewalt lieber noch einmal darüber nachzudenken, was einen derartigen Ausbruch rechtfertigen konnte.

Kai hielt sich wie immer im Hintergrund. Er beteiligte sich nicht an den Aktionen, er studierte, überraschte uns aber mit seiner genauen Kenntnis des Marxschen *Kapitals,* das er in den Ferien anscheinend ununterbrochen gelesen hatte. Der Lohnarbeiter verkaufte seine Arbeitskraft einem Kapitalisten. Dieser machte aus dem Wert der Arbeitskraft einen *Mehrwert.* Lohn, Preis, Profit bildeten die drei Spitzen eines Dreiecks, das die kapitalistische Ausbeutungsmaschinerie verdeutlichte. Kaum einer hatte es früher so genau überlegt. Plötzlich aber verstand man, was die Arbeiter ein Jahrhundert lang ins Unglück getrieben hatte. Leider wußten die Arbeiter zu wenig davon. Sie gingen noch immer ihren Besorgungen nach und wollten mit den protestierenden Studenten nichts zu tun haben.

So drehten sich die Auseinandersetzungen, die jetzt meist im Keller des Wohnheims stattfanden, im Kreis, und die Debatten dienten vor allem dem Ziel, die Autorität des Gegenübers zu schmälern. Josef kritisierte Hennings akademische Analysen, Henning sezierte die Blindstellen des Aktionismus, Kai hielt sich an die Ökonomie, wurde aber sofort wieder von Henri kritisiert, dem Ökonomie so etwas wie die bürgerliche Aufbereitungsküche stinkender Speisen war. Was am meisten fehlte, waren Spuren jener *schönen Geselligkeit,* auf die ich immer gehofft hatte.

Ich überlegte, ob ich Manon nicht mit den Freunden zusammenbringen sollte. Was konnte dabei schon passieren? Henning würde der Mund offenstehen, mein Bruder würde sich bald verabschieden, Kai wäre ein witziges Bonmot eingefallen, am Ende wären Henri und ich mit ihr übrig geblieben … Ich wollte sie alle überraschen und ihnen beweisen, zu welch revolutionären Abenteuern ich fähig war. Als Manon, später als verabredet, im Keller des Wohnheims auftauchte, bemerkte man sie sofort; ich konstatierte den Schwimmbadeffekt. Josef hielt im Satz inne, Henning rückte sein Bierglas zurecht, eine leichte Unruhe machte sich breit. Manon trug ein dunkelrotes Kleid, das von einem goldenen Gürtel in der Mitte zusammengerafft wurde. Sie hatte mich gleich bemerkt und steuerte geradewegs auf unseren Tisch zu. »Hallo, Schatz«, sagte sie und fuhr mir, wie sie es noch nie getan hatte, durchs Haar. – »Das ist Manon«, sagte ich, unfähig, noch etwas hinzuzusetzen. Sie nahm Platz, und alle schwiegen. Josef schaute mich mit zusammengekniffenen Augen an, Henning blickte starr auf die Tischplatte, Henri zog an seiner Zigarette. »Was ist los?«, fragte Manon, »ich wollte Euch nicht stören, Schatz.« – »Du störst uns nicht.« – »Diskutiert Ihr? Und worüber? Bekomme ich etwas zu trinken?« – Sie machte den Eindruck einer Filmdiva, die aus einem Aufnahmestudio zu später Stunde noch einmal zu ihren Anhängern gekommen war, um ihnen das Glück ihres Anblicks zu gönnen. Ich stand auf und arbeitete mich an die kleine Theke vor. Herrgott, warum trank sie noch nicht einmal Bier? Ich ließ die Runde vorerst allein. Sowieso hätte ich kaum die richtigen Worte gefunden. Irgendeiner würde sich schon finden, das Schweigen zu brechen, irgendeiner mußte sich schließlich finden … Ich bestellte mir einen Korn und trank ihn auf einen Zug leer. Hatte ich einen Fehler begangen? Ich bestellte mir einen zweiten Korn. Am liebsten hätte ich sofort das Wohnheim verlassen. Ich redete einen neben mir stehenden Menschen an. Ich schwatzte ununterbrochen, froh darüber, daß ich nicht an den Tisch zurückmußte. »Sind Sie einmal aus zehn Metern Höhe ins Wasser gesprungen?«, fragte ich, leicht angetrunken. – »Mit dem Kopf zuerst?«, fragte der andere. – »Wenn Du es mit den Füßen versuchst«, sagte ich, »kommst Du als Krüppel aus dem Becken.« –

Ich trank; es war, als könnte ich mich niemals wieder von der Theke lösen. Die Musik war laut, dichter Rauch lag über den Köpfen, ich erkannte kaum noch, wen ich vor mir hatte, als ich Josefs Gesicht wahrnahm. »Mann«, sagte er nur. – »Ja.« – »Und warum hast Du nie etwas von ihr erzählt?« – »Ging nicht.« – »Was ist denn mit ihr?« – *»Schöne Geselligkeit«*, antwortete ich. – »Dann komm jetzt zurück an den Tisch.« – »Will nicht.« – »Stell Dich nicht an.« – »Stelle mich nicht.« – »Johannes!« – »Laß mich in Ruhe!!« – Er zuckte nur mit den Schultern. Er bestellte ein Glas Weißwein, *französischen, bitte,* und schlich zum Tisch zurück. Mein Bruder hatte den Takt entdeckt …

An den weiteren Ablauf des Abends konnte ich mich nicht erinnern. Wie es hieß, hatte ich noch eine Zeitlang an der Theke zugebracht, war aber später an den Tisch zurückgekehrt, um dort mit Theorien über die Verbindung von Kunstspringen und Mode zu glänzen. Manon hatte ich nicht mehr angeschaut. Um so mehr hatte sich offenbar mein Bruder um sie gekümmert. Ich erfuhr von seinem Interesse erst später, als von Hannas Eifersucht die Rede war. Sie begleitete uns nicht mehr, wenn zu befürchten war, daß Manon auftauchen würde. Manon aber tauchte nun immer häufiger auf. Bald war es schon so, als gehörte sie seit langer Zeit zu unserem Kreis. Sie bildete den geheimen Mittel- und Anziehungspunkt unserer Zusammenkünfte, und beinahe jeder von uns bot all seine Kräfte auf, ihr durch irgendeine besondere Manier zu gefallen. Ich hatte der Gruppe ein belebendes Element zugeführt, und schon bald zeigten sich – ganz gegen meine Erwartung – die ersten Spuren einer gewissen Geselligkeit, die man mit einem Blick auf die in ihrer Mitte regierende Erscheinung durchaus eine *schöne* hätte nennen können. Auffällig war jedenfalls, daß die früheren Streitereien schon bald an Schärfe verloren. In Manons Gegenwart deklamierte jeder von uns die Parolen seiner Visionen vor sich hin.

Auch dabei tat sich Josef besonders hervor. Schon bald sagten mir meine mißtrauischen Blicke, daß er ihren Auftritten völlig verfallen war. Es hätte nicht einmal der Lederjacke bedurft, die er sich gekauft hatte. Sie verlieh ihm etwas von jenem revolutionären Habitus des entschlossenen Einzelkämpfers, den Manon anscheinend in ihm sehen wollte. Mehrmals war Hanna schon bei mir erschienen, um mir ihr Leid zu klagen; schließlich hielt sie es nicht mehr aus, sie packte ihre Sachen und zog zu einer Freundin, ohne Josef einen Abschiedsgruß zu hinterlassen.

Auch mir gefiel nicht, wie er sich benahm. Seit er Manon kennengelernt hatte, erschien er mir wie ein eitler Sozialrevolutionär, der bereits jetzt an die Aufzeichnung seiner *Erinnerungen* denken mochte. Er hatte sich das Biertrinken ihr zuliebe abgewöhnt, er rauchte orientalische Zigaretten, in Anfällen besonderen Größenwahns trug er ein rotes Halstuch oder einen Stern auf der Lederjacke. Sie hatte ihm diesen Schnickschnack geschenkt, und er war darauf hereingefallen, indem er ihr ein Paar hochhackiger Schuhe gekauft hatte, das sie sich angeblich schon immer gewünscht hatte. Wenn wir nun zusammenkamen, ließ er sie nicht mehr los. Er hielt sie an der Hand, er fuhr ihr mit den Fingern über das Knie, strich ihr die Haare von der Schläfe und kraulte sie im Nacken, als müsse er ihre Begehrlichkeit zum Auflodern bringen. Der Anblick war kaum noch zu ertragen. Ich verabschiedete mich, tat freundlich und machte mich auf den Weg … Wir alle hatten uns in letzter Zeit viel zu wenig um Hanna gekümmert. Ich wollte herausfinden, ob ihre Gutmütigkeit nicht vielleicht eine Tarnung gewesen war.

Hanna war zu Stefanie gezogen, mit der sie in Duisburg das Abitur gemacht hatte. Nun wohnten die beiden zusammen, der Platz im Zimmer reichte nicht aus, wenn beide arbeiten wollten. Ich schlug Hanna vor, diesem unwürdigen Zustand möglichst oft zu entgehen. Wir gingen stundenlang spazieren, und ich hörte ihr aufmerksam zu. Seit sie sich von Josef getrennt hatte, haßte sie ihn angeblich. Sie wollte ihn nie wieder sehen. Noch in Italien hatte er versprochen, ihr beim Studium zu helfen, damit sie die Zwischenprüfung bestand. Hanna studierte Pädagogik; sie freute sich auf den Unterricht mit Kindern, erhielt ein niedriges Stipendium und wollte so schnell wie möglich wieder die Universität verlassen. »Das Studium macht mir keinen Spaß«, sagte sie, schon ein wenig aufgelockert, »ich möchte bald einen richtigen Beruf haben, mit Kindern umgehen, Erfahrungen machen. Im Studium macht man überhaupt keine Erfahrungen. Man lernt so viel, was man später nie wieder brauchen wird.« – »Du hast recht«, antwortete ich, »ich weiß auch noch nicht, ob ich die Aufnahmeprüfung an der Musikhochschule ablegen werde. Erfahrungen macht man eher mit Menschen, so, wie Du jetzt …« – »Josef brauchte mich«, erwiderte Hanna erhitzt, »und ich habe, wie Du ja weißt, eine Zeitlang alles für ihn getan. Er hat studiert, und ich habe mich um seine Sachen gekümmert.« – »Nun kümmert er sich um etwas anderes …« – »Was meinst Du?« – »Henri hat mir erzählt, daß er eng umschlungen mit ihr spazierengeht. Er hat den Kopf verloren.« – »Stimmt das, Johannes?« – »Das ist noch nicht alles. Er macht ihr teure Geschenke, er führt sie wie ein Luxusgeschöpf durch die Salons, er hat sich der politischen Boheme angeschlossen.« – »Das ist nicht wahr.« – »Sie sitzen jeden zweiten Abend im *Club Voltaire,* er trinkt Wodka und faselt von der Schönheit des revolutionären Augenblicks.« – »Er ist gemein.« – »Gemein und widerwärtig. Ich erwarte nichts mehr von ihm. Er will in die höheren Kreise aufsteigen, er macht eine revolutionäre Karriere. Manon nimmt ihn bereits zu Ausstellungen und Vernissagen mit. Sie diskutieren über Warhol, über *Pop-art,* und am Abend schlendern sie mit den Genossen ins Kino, um sich am Interieur von Antonionis *Blow up* zu begeistern. Sie wollen nach London fliegen. London ist nun das Zentrum der künstlerischen Avantgarde, wie sie sagen …« – »Johannes! Er hat doch kaum Geld. Woher nimmt er all das Geld, das er braucht?« – »Mir ist das auch ein Rätsel. Er lädt sie laufend zum Essen ein, er schenkt ihr Rosen …« – »Mir hat er in all den Jahren kaum etwas geschenkt.« – »Kaum etwas? Da siehst Du es wieder. Er hat Dich die ganze Zeit nur ausgenutzt.« – »Und wie er mich ausgenutzt hat. Den ganzen Dreck habe ich machen müssen, die Abwascherei, das Kochen, noch die Betten habe ich überzogen.« – »Es ist nicht zu fassen.« – »Und am Abend ist er oft allein verschwunden. Ich geh noch einmal für eine Stunde raus, hat er gesagt. Und dann wurden es fünf oder sechs, und wenn er spät in der Nacht nach Hause kam, stank er nach den Kneipen. Es war zum Kotzen!« – »Zum Kotzen! Ich kann schon nicht mehr neben ihm sitzen, wenn er sie streichelt wie ein Truthahn …« – »Er streichelt sie vor Euch allen?« – »Er faßt sie an, als wäre sie ein Kunstobjekt, so behutsam.« – »Johannes, ich möchte nichts mehr davon hören.« – »Gut, Hanna, es ist besser so. Hast Du Zeit morgen, unternehmen wir etwas zusammen? Vielleicht lenkt es Dich ab.« – »Aber nur, wenn Du wirklich willst. Einen Seelentröster brauche ich nicht.« – »Schon klar, Hanna. War ich je ein Seelentröster, und meinst Du, ich hätte das Zeug zu so einem vorrevolutionären Unsinn?« – Sie grinste. Der Widerstand formierte sich neu …

Schon bald hatte ich Hanna auf andere Gedanken gebracht. Ich versuchte sie davon zu überzeugen, daß es Zeit wäre, endlich etwas zu unternehmen. Warten, reden, diskutieren – damit sollten die anderen ihre Tage verbringen. Wir besorgten uns zwei Fahrräder, mit denen wir nachts unsere Streifzüge unternahmen. Mit Henris Hilfe hatten wir Plakate hergestellt, die wir quer über die poppigen Bilder der Litfaßsäulen klebten. *Rebellion ist gerechtfertigt, Die Zeit naht, Die Tage sind gezählt …* hatten wir darauf geschrieben. Ihre großen roten Schriftzüge sollten erschreckend wirken. Wer diese *Soziale Plastik* wahrgenommen hatte, würde nachts anders träumen. Die Sprache der Anarchie war die Sprache des Volks, und das leuchtende Rot unserer Buchstaben sollte wie ein Fanal wirken.

Wir mußten aufpassen, daß die Polizei uns nicht erwischte. Mutter hatte ein Schreiben an mich weitergeleitet, in dem ich aufgefordert wurde, mich zur Musterung zu stellen. Schon einmal – während meiner Abwesenheit in Rom – war diese klägliche Prozedur verschoben worden. Ich bat die Mutter, sie solle der Behörde mitteilen, daß ich mich nicht in Deutschland aufhielte. Gerade jetzt, wo in den Städten des Landes die Unruhe immer stärker wurde, wollte ich mich mit solchen Lappalien nicht beschäftigen. In Bremen hatten demonstrierende Schüler die Rücknahme einer Erhöhung der Straßenbahntarife erzwungen, in Berlin waren studentische Stoßtrupps in das Dekanat der Philosophischen Fakultät eingedrungen, um eine Diskussion mit den versammelten Professoren zu erzwingen, Scheiben von Springers Zeitungsfilialen waren durch Steinwürfe zersplittert, und in Hamburg waren Hunderte von Demonstranten vor das Verlagshaus gezogen, um die Auslieferung der Zeitungen zu verhindern.

Die gemeinsame nächtliche Arbeit hatte Hanna und mich näher zusammengebracht. Plakate zu kleben und Flugblätter in den Toiletten der Kaufhäuser zu verstecken, befriedigte uns mehr als die langen Spaziergänge, bei denen wir uns über Josefs Innenleben ausgelassen hatten. Noch immer trug Hanna ihm seinen Verrat nach. Ein Rest von Eifersucht packte sie noch, obwohl sie schon viel seltener von Josef sprach.

Wo trieb er sich nur herum? Ich hatte ihn schon wochenlang nicht mehr gesehen, und man erzählte sich, er sei inzwischen mit Manon in London gewesen, von wo er mit einem neuen Cordsamtanzug, eng tailliert, zurückgekommen sei. Kai hatte sie einige Male im Kino gesehen, wo sie sich angeblich bei Godard-Filmen königlich amüsiert hatten. »Er hat sich völlig verändert«, sagte Kai und schaute mich etwas betreten an. – »Was meinst Du?« – »Früher war er der sparsamste von uns allen. Manchmal hat er sogar aufs Essen verzichtet, um das Stipendiengeld zurückzulegen. Damals habe ich seine Askese bewundert. Er schwärmte von Dutschke, den er auch einen Asketen nannte. Dutschke raucht und trinkt nicht, er ist ein guter Sportler mit respektablen Ergebnissen. Neulich habe ich Josef daran erinnert. Er hat mich nur dumm angegrinst. Dabei weiß ich auch nicht, wie er alles zurückzahlen will.« – »Was soll er zurückzahlen?« – »Weißt Du das nicht? Er hat sich von mir Geld geliehen.« – »Von Dir?« – »Zinslos natürlich, für ein Jahr, auf Ehrenwort, ich habe nichts Schriftliches.« – »Und wieviel?« – »Dreitausend Mark.« – »Das ist nicht wahr.« – »Ich schwöre es Dir.« –

Ich mußte Kai glauben. Nun ließ mich die Sorge um den Bruder nicht mehr los. Ich hatte Mutter versprochen, mich um ihn zu kümmern. Wir würden die hohen Schulden, die er gemacht hatte, niemals zurückzahlen können. Ich versuchte, ihn in seiner Wohnung zu erreichen; doch er war nie zu Hause. Angeblich war er nach München zu einer Ausstellung gefahren, angeblich bereitete er einen längeren Aufenthalt in Italien vor, angeblich hatte man ihm ein Filmangebot gemacht… Ich konnte mir leicht vorstellen, daß er sich kaum noch zurechtfand. Er war auf Manons Avancen hereingefallen, und er hatte nicht begriffen, daß der *ästhetisch-erotische Charakter* zwei Seiten hatte, eine verführerische, ausbeuterische, und eine rebellische, anarchische. Wenn er für die Bewegung nicht verlorengehen sollte, mußte ich nun alle Anstrengungen unternehmen, ihn über diese Doppelrollen aufzuklären. Allerdings bezweifelte ich, daß er auf meine Vorbehalte eingehen würde. Ich mußte gründlicher zu Werke gehen, die konspirative Arbeit mußte gegen Manon ausgedehnt werden …

Das Frühjahr hatte begonnen, und mit den ersten warmen Sonnenstrahlen war meine Unruhe noch stärker geworden. Schon bald zeigte sich wieder der rötliche Hautausschlag, den ich bereits im vergangenen Sommer bemerkt hatte. Ich kratzte und juckte mich, und Hanna riet mir, endlich einen Arzt aufzusuchen. Wie ich erfuhr, vertrug meine Haut die Hitze nur schlecht. Es handelte sich offenbar um eine harmlose Art von Allergie, der man mit Hilfe einiger Salben leicht beikommen konnte. Durchaus angebracht war jedoch das Tragen einer Sonnenbrille. Ich cremte mich geduldig ein, doch konnte ich nicht feststellen, daß das Leiden verschwand. Ich beruhigte Hanna durch anderslautende Erklärungen und achtete darauf, daß ich die Haut nicht zu sehr der Sonne aussetzte. Ich hatte noch etwas Geld von meinem Gesparten übrig, und als Henri mir ein gebrauchtes Motorrad empfahl, das recht günstig zu erwerben war, verkauften Hanna und ich die Fahrräder. Unter der Motorradkluft beruhigten sich meine aufgeregten Hautzellen. Nach einiger Zeit waren selbst die Schwellungen fast verschwunden.

Nun erledigten wir in den Nächten unsere Plakataktionen viel schneller. Einmal hatten wir das Motorrad in der Nähe des Mainufers abgestellt. Wir hatten uns vorgenommen, unsere roten Signale gut sichtbar entlang der Häuserfront anzubringen. Hanna hielt die Plakate, während ich mit Pinsel und Leimtopf schnell vorwärts kam. Plötzlich stieß mich Hanna an. »Polizei!« Der Einsatzwagen näherte sich von einer Brücke her. Das Motorrad stand für eine schnelle Flucht viel zu weit weg. Ich warf den Topf in einen Hauseingang und zog Hanna an mich. »Küß mich!«, sagte ich hastig. – »Was soll ich?« – Sie kam nicht mehr dazu, weiter Fragen zu stellen. Unsere Lippen prallten zusammen. Die Angst stieg in mir hoch, und während ich bemerkte, wie angenehm es war, der Revolution eine erotische Seite abzugewinnen, blickte ich mit einem Auge zur Fahrbahn. Warum fuhren sie so langsam? Man hätte neben dem Wagen hergehen können. Wir mußten einen unverfänglichen Eindruck machen. Ich preßte Hanna noch dichter an mich, ich spürte, daß sie mitspielte. Sie öffnete langsam die Lippen, und meine Zunge glitt in ihren Mund. *Atlantic-City!* Das Wasser rauschte ganz nah! Später würden wir eine Flasche Wein zusammen trinken. Auch die Revolution bedurfte der Eroberer, und die einsamsten Anarchisten waren vielleicht deshalb so griesgrämig gewesen, weil sie an die *ästhetisch-erotische Seite* des revolutionären Charakters nie geglaubt hatten …

Der Wagen rollte an uns vorbei, beschleunigte plötzlich und verschwand in der Ferne. »Was war denn das?«, fragte Hanna kichernd. – *»Soziale Plastik«,* erwiderte ich lachend. –

Wir nahmen unsere Arbeit nicht wieder auf. Wir hatten eine große Gefahr überstanden; wenn sie mich erkannt hätten, wäre ich wahrscheinlich ohne Zögern den Feldjägern übergeben worden. Wir setzten uns auf das Motorrad, und ich fuhr los. Mit einem Mal spürte ich deutlich, wie die Angst von mir wich. Hanna hielt sich an mir fest. »Fahr mal raus aus der Stadt«, flüsterte sie von hinten. – »Unbedingt«, sagte ich, *»die Tage sind gezählt.«* Ich überquerte eine Brücke und bog auf die Autobahn ein. Ich erhöhte das Tempo, und wir kamen schnell voran. Fliegen – nichts als fliegen! Tankstellen glitten vorbei, wir tauchten in Inseln warmen Luftstroms, zur Rechten erschienen die Hügelketten des Taunus, ausgestreckte Waldleiber, von Lichtern übersät. Wiesbaden rückte näher, doch es war mir noch nicht genug. Es ist schön am Meer spazierenzugehen, in der Vorstellung ist man Europa ganz nah. Wir überholten eine Autokolonne, und man hupte hinter uns her. Nicht darauf achten! Fliegen! Dunkle Felder, Hecken im Wind, der Geruch von feuchter Erde und Feuerstellen, wo man während des Tages das zersägte Winterholz verbrannt hatte. Weiter voran! *Immerzu!* Jetzt wurde es ruhiger, wir durchquerten ein Dorf und hörten die Stimmen der Menschen aus den Gasthöfen. Das Meer! Dort, ganz in unserer Nähe befand sich das Meer. »Fahr runter zum Fluß!«, hörte ich Hanna rufen. Wir bogen von der Straße ab und kollerten einen kleinen Feldweg entlang. Ich bremste und stellte den Motor ab. Vor uns lag der Rhein. Die Lichter des anderen Ufers zitterten in der Dunkelheit. Es roch nach Öl und Tang, ganz nahe stiegen schnatternd Vögel hoch und verloren sich bald im Unterholz. »Na?«, sagte Hanna, »wollen wir immer nur stehend küssen?« – »*Soziale Plastik* gibt es in vielen Stellungen …«, antwortete ich.

Später waren wir in das Dorf zurückgefahren. Ein Gasthof in der Nähe der Bundesstraße war noch geöffnet. Wir bestellten zwei Gläser Wein und setzten uns neben die Theke. »Das wird was werden!«, sagte der Wirt zu einem Gast, der einen Automaten traktierte. – »Er ist ja noch einmal davongekommen, soviel man hört«, sagte der andere. – »Er hat sich viel zu sicher gefühlt«, fuhr der Wirt fort, »am Morgen hat er noch in einem Interview gesagt, daß ihm nichts passieren könne.« – »Das Schwein!«, sagte wieder der andere. – »Ist was passiert?«, fragte ich, so unschuldig, wie es ging. – »Sie haben das Schwein nicht richtig erwischt«, antwortete der Wirt. – »Wen?« – »Den Dutschke. Einer hat auf ihn geschossen, heute, am frühen Abend. Der Schuß hat ihn aber wohl nur gestreift. Jetzt liegt der Großkotz im Krankenhaus, und sein Gretchen wartet vor dem Operationssaal.« – »Das ist nicht wahr«, rief ich. – »Moment mal«, sagte der Wirt, »bleiben Sie bloß ruhig. Sie gehören wohl zu den Radaubrüdern?« – »Das ist doch nicht wahr«, schrie ich noch lauter. – »Ruhe! hab ich gesagt. Hier herrscht Ruhe.« – »Ein Nazi soll's getan haben«, setzte der Gast noch hinzu, »der ist extra nach Berlin gereist, um den Dutschke umzulegen. Ein Versager ist das!« – »Wie reden Sie denn, Sie … Sie Mausetot!«, brachte ich nur noch heraus. Hanna war aufgestanden und hielt die Hände vor das Gesicht. »Das ist doch nicht wahr!«, schrie auch sie nun. »Moment mal«, sagte der Wirt wieder, »wenn Ihr hier Radau …« – »Und ob!!«, brüllte ich zurück. »Das ist der Anfang … jetzt beginnt es ja erst … die Anarchie bricht aus …« – »Moment mal!«, sagte der Wirt noch einmal. Ich schüttete ihm den Wein ins Gesicht, und schmetterte das Glas auf den Boden. Ich zog Hanna an der Hand hinaus und lief mit ihr zum Motorrad. »Polizei!«, brüllte das Monster hinter uns her. Er stand im Eingang des Gasthofs und fuchtelte mit den Armen. Ich startete. »Dich kriegen wir, Bürschchen«, brüllte er noch, doch ich fuhr los. Ich bog bald von der Bundesstraße ab und wählte den Rückweg durch die Dörfer des Taunus. Sie hatten es also gewagt, sie hatten auf Dutschke geschossen! Nun begann die Zeit der offenen Rebellion. *Rebellion war gerechtfertigt,* die Straßen würden sich füllen, aus allen Winkeln würden nun die Menschen hervorströmen, um sich den Demonstranten anzuschließen. Die Tage waren wirklich gezählt …

In Frankfurt trafen wir die Freunde nicht in ihren Zimmern an. Wir fuhren zum Wohnheim. Im dichtgefüllten Keller erkannte ich Kai. »Hast Du gehört?«, fragte er mich. – »Nur kurz.« – »Heute nachmittag auf dem Kurfürstendamm …«, redete er gegen den Lärm an, »es war einer von den Neonazis. Er hat drei Schüsse auf Rudi abgegeben. Rudi war mit dem Fahrrad unterwegs, er wollte Medizin für seinen Sohn holen, in der Apotheke.« – »Und? Wie schwer sind die Verletzungen?« – »Zunächst konnte er sich noch einmal aufrichten. Er hat sich ein paar Schritte über den Bürgersteig geschleppt, Passanten haben gehört, daß er nach seinem Vater gerufen hat.« – »Und weiter?« – »Dann ist er zusammengebrochen. Man hat ihn in die Universitätsklinik transportiert. Ein Projektil muß den Schädel durchschlagen haben, ein weiteres sitzt noch im Kopf, ein drittes in der Brust. Die Operation ist wohl noch nicht beendet.« – »Und der Attentäter?« – »Er ist in einen Keller geflohen und hat sich dort vor der Polizei versteckt. Sie haben ihn aber gestellt, nach einem Schießgefecht.« – »Mein Gott! … Hast Du Josef gesehen?« – »Nein, er ist hier noch nicht aufgetaucht.« –

Ich ging zu Hanna, um ihr zu sagen, daß ich nach Josef fahnden wollte. Ich setzte mich aufs Motorrad und fuhr zu ihm. Er war nicht in seinem Zimmer. In meiner Ungeduld lief ich in eine Telefonzelle. Ich suchte Manons Nummer heraus, sie stand nicht im Buch, aber ich fand ihren Nachnamen. Ich wählte die Nummer. »Ja«, sagte eine ältere Männerstimme. – »Ich möchte Manon sprechen«, antwortete ich. – »Sie ist im Bad«, erwiderte man, »ist es wichtig?« – »Sie sind der Vater, nicht wahr?«, fragte ich höflich. – »Was soll das heißen?« – »Sie sind doch der Vater … wenn Sie der Vater sind, richten Sie ihr bitte aus, Johannes sei am Apparat.« – »Was soll das? Ich bin nicht ihr Vater, merken Sie sich das!« – »Mein Gott, es ist eilig, wer immer Sie sind, ich muß Manon sprechen.« – »Gar nichts werden Sie, haben Sie verstanden? Meine Frau ist im Bad, und für Burschen wie Sie ist sie schon gar nicht zu sprechen …« – »Was haben Sie gesagt?« entfuhr es mir noch. »Hallo?! Hallo!!« –

Ich hatte es immer geahnt. Manon hatte uns alle getäuscht. Sie hatte sich einen Spaß daraus gemacht, sich mit der jungen *extremen Minderheit* zu amüsieren. Oh, ich hatte sie früh durchschaut! Ich lief auf die Straße und wollte schon wieder das Motorrad besteigen, als ich Josef aus einer Seitenstraße näherkommen sah. »Josef!«, schrie ich beinahe. – »Bruderherz? Was sind wir heute wieder tüchtig! Aktion, Aktion, was?« – »Josef, weißt Du, was geschehen ist?« – »Du wirst es mir erzählen, Bruderherz!« – »Bitte laß diesen Unsinn. Wo warst Du?« – »Wenn es Dich etwas anginge, würde ich es Dir sagen.« – »Mein Gott, Josef, Du verstehst die Welt nicht mehr. Man hat auf Dutschke geschossen, er liegt schwer verletzt im Krankenhaus.« –»Johannes? Willst Du mir einen Schrekken einjagen?« – »... und den Attentäter haben sie später geschnappt. Er ist von München nach Berlin gefahren, um ihn umzulegen. Ein Nazi!« – »Johannes, das ist geschmacklos!« – »... und die Operation dauert wohl noch die ganze Nacht. Du aber mußt Dich herumtreiben, Du mußt dringend Deine dreitausend Mark ...« – »Wer hat Dir davon erzählt?« – »... dringend mußt Du die dreitausend Mark dieser falschen Schönheit unter den Hintern schieben ...« – »Johannes!« – »... damit Sie weichgepolstert darauf sitzen kann, diese Amüsierpuppe ...« – »Du weißt ja nicht mehr, was Du sagst! Hast Du getrunken?« – »... sehr weich gepolstert, obwohl sie es gar nicht nötig hätte, denn sie ist von Haus aus sehr verwöhnt. Kann man schon sagen, kann man ganz gewiß sagen ... Allerdings ist unsere Manon eine arme Waise, eine Vaterlose, das dürfte Dich traurig gestimmt haben, das könnte Dir die Tränen aus Deinen beschlagenen Augen gelockt ...« – »Sei jetzt still!« – »... von denen wir nun den Schleier heben wollen. Sie ist verheiratet, Josef, Deine liebe Vaterlose, das arme Kind ist mit einem Konsul verheiratet, einem reichen Geldtiger, der Manon den Mammon in dickeren Bündeln unter den Hintern ...« – Er wich zurück. Er stand still und schaute mich an. »Sag jetzt, daß Du die ganze Zeit lügst«, sagte er erschöpft. – »Sie hat sich gut mit Dir amüsiert, sie wollte Unterhaltung, etwas von jenem Lebenssaft, den ihr der alte Herr vielleicht nicht mehr ...« – »Johannes, sag jetzt endlich die Wahrheit!« – »Es ist soweit, Josef«, schrie ich ihn an, *»mir nach und nit ich Dir!«*

19

Hauptstrom

Am nächsten Tag waren wir alle aufgebrochen, einig diesmal, den langen Fehden entkommen, nachdem wir noch in der Nacht gehört hatten, daß in Berlin längst die ersten Demonstranten vor das Springerhaus gezogen waren, Steine werfend, Lastwagen in Brand steckend, auch in München Studenten in Redaktionsräume und Druckereien des Konzerns eingedrungen waren, um Akten auf die Straße zu werfen, während der Kanzler des Landes sich zur Erholung aufs württembergische Terrain nach Bebenhausen zurückgezogen hatte, aufgescheucht erst durch die Meldungen und Anrufe, die ihm ein Telegramm an die Frau des schwer Verletzten abgenötigt hatten, *ich bin auf das tiefste empört,* um kurz darauf von seinem Sitz Gerhardsruh nach Bonn aufzubrechen, die Marschroute des Staates ausgebend, *wir müssen hart und souverän reagieren,* der Protest aber schon längst auf die größeren deutschen Städte übergegriffen hatte, zudem auf die Metropolen Europas, wo es zu Kundgebungen vor den diplomatischen Vertretungen gekommen war, zu Attacken auf die Porsche- und Mercedes-Vertretungen in Rom, zu Aufmärschen vor den Redaktionen des Springerkonzerns in London, wir alle dieser Nachrichten aber nicht mehr bedurften, um auf die Straße zu ziehen, jetzt zusammengewachsen zu einem einzigen unruhigen Körper, in dessen noch immer schwerfälligem Kopf die Parolen und Phantasien der letzten Wochen und Monate nachhallten, der aufgestaute und niemals befriedigte Elan einer Zeit des Wartens, Redens und Streitens, verwundert über den Einfluß, den wir gewonnen hatten, eine Macht, die seit dem vergangenen Jahr immer größer geworden war ..., während wir unsere verzerrten Spiegelbilder auf den ersten Seiten der Zeitungen entdeckten, dunkle Schemen auf den Barrikaden, Stoßtrupps, die Bauwagen umgeworfen hatten, Menschen, die Berge von Zeitungen in Brand steckten und zu Tausenden in die Innenstädte zogen, um sich, wie in Berlin, vor dem Rathaus zu versammeln, wo eine ebenfalls tausendköpfige Polizeitruppe den Zugang verwehrt hatte, die später Wasserwerfer auf die Menge gerichtet hatte, dann mit Knüppeln vorgeprescht war und viele der Davoneilenden geschlagen hatte, in Frankfurt aber Gruppen von Studenten am hohen Karfreitag die Kirchen aufgesucht hatten, um mit den Gottesdienstbesuchern über die Ereignisse zu sprechen, *Friede den Menschen, Krieg den Institutionen!,* wie es der schwer Verletzte noch an Weihnachten in Berlin vergeblich versucht hatte, um von der Kanzel der Kaiser-Wilhelm-Gedächtniskirche herab zu den Gläubigen über Vietnam zu predigen, von wo er schon nach den ersten Worten, *Liebe Brüder und Schwestern,* vertrieben worden war, getroffen von der Krücke eines Kirchgängers, worauf ihm in einem Krankenhaus die Wunde am Kopf genäht worden war ..., jetzt aber noch eine ganz andere Gewalt unsere Aktionen beherrschte, die sich Luft machte in Sprechchören, getrieben von dem Willen, diesmal nicht nachzugeben, so daß auch wir uns vor der Druckerei des Konzerns eingefunden hatten, um die Ausgänge zu sperren, keinen lieferbereiten Wagen durchzulassen, während die Polizei sich bereits auf dem Gelände versammelt hatte, um plötzlich und unerwartet auszubrechen, Lastwagen und Wasserwerfer einsetzend, so daß sich die vorderen Gruppen immer wieder nach allen Seiten zerstreuten, einen Haken schlagend, zurückeilend zu den Absperrgittern, die manche nicht mehr loslassen wollten, sich mit den Händen daran klammernd, bis die Polizisten unter dem Schutz der Wasserwerfer wieder näherrückten, Jagd auf einzelne Demonstranten machten, sie über die Gitter zogen, um sie zu verprügeln, an den Haaren auf den Boden zu ziehen, später auch Schaulustige erschienen, die uns ermahnten, die Spielregeln einzuhalten, wir aber die Regeln längst verletzt sahen, so daß wir uns nach den ersten Angriffen wieder auf den Boden setzten, eine unübersehbare Menge jetzt, dicht an dicht, in durchnäßten Kleidern, die wir für Minuten über den Warmluftschächten der Druckereien zu trocknen versucht hatten, während andere heißen Tee besorgt hatten, bis spät in der Nacht, gegen drei Uhr, die Polizei endgültig vorgeprescht war, die Sitzenden aufreibend und zerstreuend, wir aber schon wußten, es war nicht zu Ende, morgen würde der Kampf von neuem beginngen ..., die Demonstrationszüge in den anderen deutschen Städten wahrhaftig von Tag zu Tag größer wurden, Wellen von Empörten, *Killt ›Bild‹, Killt ›Bild‹*, so daß die Studenten längst nicht mehr unter sich waren, der Aufstand vielmehr alle angezogen hatte, denen Rebellion jetzt gerechtfertigt erschien, unter den durch das Attentat veränderten Umständen, die zu beweisen schienen, daß die Macht des Staates jene schützte, die dem Attentäter seinen Glauben eingeimpft hatten, so daß die überall aufflammende Gewalt als Gegengewalt zu denken war, während der auf dem Bildschirm erscheinende, hilflos und noch immer schönrednerisch wirkende Kanzler die alten Formeln der Staatsraison wiederholte, *Gewalt produziert Gewalt*, längst aber nicht mehr zu verkennen war, daß er die Gewalt aus den Händen gegeben hatte, wodurch an den folgenden Tagen mit noch stärkeren Polizeiaufgeboten zu rechnen war, Aufgeboten, die nun planmäßiger vorgingen, sich im Hintergrund verborgen hielten, um plötzlich mit berittenen Trupps unter die Sitzenden zu sprengen, sie von allen Seiten einkreisend, so daß ich wieder jenes panische Empfinden der Angst erlebte, die Schreie der Davonstiebenden, die hinter einem Bauwagen Schutz suchten, *weg, weg!*, verfolgt von kleineren Einheiten, die Josef gestellt hatten, um ihn in Gewahrsam zu nehmen, während ich mich diesmal nicht hatte erwischen lassen, Hanna mit mir ziehend, die von einem Polizisten ins Gesicht geschlagen worden war, so daß ich sie zu einem Arzt hatte bringen müssen, um sie verbinden zu lassen, sie aber, den Verband unter einer Mütze, mit mir auch an den folgenden Tagen wieder losgezogen war, als der arrestierte Bruder wieder freigekommen war, die Unruhe sich noch immer nicht gelegt hatte, nächtelang kaum Schlaf, fünf Tage, fünf Nächte lang die Nachrichten aus den verschiedensten Gegenden, aus Hamburg, wo es zu Straßenschlachten im Springer-Viertel gekommen war, aus Köln, wo Polizisten die Ausfahrtore des Pressehauses geräumt hatten, schließlich aus München, wo zwei Menschen zu Tode gekommen waren, von Steinen und Wurfgeschossen am Kopf getroffen, worauf nach den Ostertagen die gegenseitigen Schuldzuweisungen begonnen hatten, die ersten Erklärungen der SDS-Vorsitzenden bekanntgegeben wurden, die damit rechneten, daß *die Bewegung* jetzt von den Hochschulen in die Betriebe übergreifen würde, daneben aber auch die Stimmen der Gewerkschaftler, die von den empörten Arbeitern berichtet hatten, die nicht daran dachten, sich *den Krawallbrüdern* anzuschließen, wie auch erste Umfragen in der Bevölkerung deutlich gemacht hatten, daß die Mehrheit die Osterunruhen verurteilte, von der Polizei einen noch härteren Einsatz verlangte, die *Rädelsführer* bestraft sehen wollte, mir aber noch in den folgenden Nächten die Bilder im erhitzten Kopf blieben, die Bilder der Flucht, den sich seiner Haut wehrenden Bruder, der über einen Bauzaun gedrängt worden war und sich dabei am Knie verletzt hatte, den langsamen Henning, der sich nach der ersten Nacht mit einem Helm bewehrt hatte, den ihm ein Polizist vom Kopf geschlagen hatte, Kai, den plötzlich so mutigen, der, als ich erschöpft auf den Boden geschlagen war, noch einmal zurückgelaufen war, um mir aufzuhelfen und sich schützend vor mich zu stellen, die Hände vor dem Gesicht, all diese Erlebnisse also den Körper besetzt hielten, so daß der eigenartige, mir schon lange bekannte heftige, brennende Durst sich wieder meldete, während Hannas Wunde an den Rändern zu eitern begonnen hatte, der Bruder sein Knie kaum noch bewegen konnte, wir aber erfuhren, daß der Anstreicher Bachmann, der auf Dutschke geschossen hatte, ein Hitlerverehrer gewesen war, Hitler mit Kohlestift selbst gezeichnet hatte, in Berlin zunächst bei den Kommunarden der *Kommune 1* nach Dutschke gefragt hatte, später in der Zentrale des SDS aufgetaucht war, auf dem Kurfürstendamm auf ihn gewartet hatte …, mein Bruder aber berichtete, er habe sich im Vernehmungszimmer mit erhobenen Händen an die Wand stellen müssen, sei dort jedoch, während er sich das verletzte Knie gehalten, noch ein weiteres Mal getreten worden …, schon bald aber auch in unseren Kreisen wieder die Diskussionen begonnen hatten, Marxismus oder Anarchie, Gewalt gegen Sachen, Gewalt gegen Menschen, als gegen meinen Bruder ein Verfahren eingeleitet worden war, Widerstand gegen die Staatsgewalt, Auflauf, strafbar nach Paragraph 116 des Strafgesetzbuches, wenn der durch die Polizei dreimal zum Verlassen eines bestimmten Terrains Aufgeforderte diesen Aufforderungen nicht unverzüglich nachgekommen war, während Henning uns darüber belehren wollte, daß bereits Marcuse in seiner Schrift *Kritik der Toleranz* von einem Naturrecht auf Widerstand gesprochen habe, das für unterdrückte und überwältigte Minderheiten gerade dann bestehe, wenn die gesetzlichen Mittel ausgeschöpft seien, inzwischen aber auch Henri, der sich einige Zeit in Paris aufgehalten hatte, von dort zurückgekommen war, um von den französischen Unruhen zu berichten, von den Straßenschlachten im Quartier Latin, *aux barricades!*, von der Schließung der Sorbonne, von Dany Cohn-Bendit, dem Studentensprecher der Universität von Nanterre, der – wie Josef und ich – viele Jahre ein deutsches Internat besucht hatte, ich aber … ICH … Hanna, ist das *befreite Sensibilität, ist das Soziale Plastik* … küß mich Hanna, kannst mich wieder küssen, kannst wieder, leg Dich doch zu mir Hanna, jetzt bleiben wir liegen, drei Stunden, vier Stunden lang, so müde bin ich selbst am Nachmittag, Hanna, denn diese Bilder, ich sehe laufend diese Bilder, ich stolpere über Menschen, die mir im Wege liegen, ich sehe Wasserwerfer ganz nahe, *weg, weg!*, mein Anorak ist an der Seite zerfetzt und die rechte Hand war steif, so daß ich einige Zeit meine Finger kaum bewegen konnte, es ist diese Unruhe, die ich nicht loswerde, diese Unruhe, die manchmal wieder die Finger lähmt, die mich in der Nacht hochtreibt, zu Schweißausbrüchen, manchmal sind auch Revolver auf mich gerichtet, obwohl ich weiß, daß ich träume, ich träume den Traum, ich träume immer das Bild meines Selbst, einen ganz anderen Menschen, der in mir stecken soll, den sie herausprügeln, langsam befreit er sich aus seinem eigenen Körper, sieh meine großen Augen, dahinter sitzt aber ein zweites Paar, das lauert, sie fixieren sich gegenseitig, das sind Körper und Geist, Hanna, die Phantasie eilt den Gedanken davon, das ist grausam, so daß ich den Satz Adornos, Philosophie erhalte sich am Leben, weil der Augenblick ihrer Verwirklichung versäumt ward, jetzt erst verstehe, denn die von der Wirklichkeit abgewiesene Phantasie entzündet sich, entzündete sich immer in meinem Fall, da hätte ich viele Belege, Hanna, so daß mir manchmal am liebsten wäre, ich könnte das Leben noch einmal lernen, Wort für Wort neu zusammensetzen, wie man es jetzt von Dutschke berichtet, der von Marcuse im Krankenhaus besucht wurde, so daß man hörte, dem Verletzten fehlten die einfachsten Worte,

Worte wie *Glas, Stuhl* und dergleichen, während es ihm leichtfalle, über politische Theorien zu diskutieren, mit anderen Worten freilich, Worten wie *Repression, Manipulation* und dergleichen, so daß sich in seinem Hirn zwei Lager von Worten gegenüberständen, die Wirklichkeit und die Vision markierend, eine Teilung, die noch lange vorhalten werde, so daß Marcuse vorschlug, Dutschke solle zunächst nach Kalifornien übersiedeln, um sich dort zu erholen, was ihm freilich der dort regierende Gouverneur Ronald Reagan kaum erlauben wird, gilt der doch als einer der ganz Konservativen, mich aber immer mehr unsere Tagträume und Visionen beschäftigen, die man bald Stück für Stück einfordern wird, vielleicht auch einziehen, aus dem Verkehr nehmen, wie aber lebt dann der Körper weiter, was tut sich in ihm, in meinem Falle wurde er meist krank, zog sich zusammen, sonderte ein Leben aus, ließ mich ein neues beginnen, *Wiedergeburt,* Hanna, wenn Du so willst, fiebrige Attacken, Schwarmgeister, wie sie der heilige Ignatius angelockt, Dämonen der Nacht, die mich früher als phantastische Ausgeburten verfolgten, während sie jetzt eingetaucht sind in die Erinnerung des Wirklichen, so daß ich fürchte, sie werden nicht mehr auszuscheiden sein, sich tief einnisten im Hirn, denn ich empfinde manchmal ein Stechen, einen anhaltenden Druck, und die Haut rötet sich wieder wie früher, vor all dieser Zeit, langer Zeit, Tage wie Wochen, und die nervösen Spannungen nehmen doch zu, siehst Du das nicht, küß mich, Hanna, worüber ich aber nicht lange sprechen will, denn ich sorge mich um Josef, der Steine warf, der mir einen Stein in die Hand drückte, *auf!,* so daß auch ich nicht mehr zögerte, Hanna, keine Sekunde, denn das anarchische Element ist das Element der unbedingten Tat, des blinden Vertrauens ins Tun, *jetzt, sofort!,* so daß ich, wollte ich diesen Weg weiter gehen, nicht mehr zurückschauen dürfte, auf eine mäßig behütete Kindheit, auf eine Schulzeit voller Willkür und Langeweile, in der ich mich aufbäumte, so gut es ging, immer wieder scheiternd am Trotz all dieser Lehrer und Patres und Äbte, gegen die auch ich diesen Stein warf, so gut es ging, obwohl ich es später nicht mehr wahrhaben wollte, deutlich bemerkte, daß ich mich anstrengte, diesen Augenblick zu vergessen, den Josef mir schilderte als den Ausbruch seines jahrelang unterdrückten Zorns, eines Zorns auf diese, wie er sagte, in Richtern und Beamten, Polizisten und Politikern wiederauferstandene Vergangenheit, eines Zorns auf die ihren Besorgungen nachgehenden Menschen, die nie etwas wissen wollten, nie etwas erfahren, so daß wir die Erfahrungen einklagen mußten, um die unheimliche Stille des Stillstands zu durchbrechen, eine Stille, die sich langsam wieder auszubreiten beginnt, ich aber … ICH … wir aber, weiter an Kundgebungen teilnehmend, an Versammlungen in der Universität, jetzt von den wieder aufgeflammten Pariser Unruhen erfuhren, den großen Demonstrationen auf den Champs-Élysées und dem Boulevard Saint Germain, wo Zigtausende dem Aufruf der Studenten gefolgt waren, zunächst auch unterstützt von den Gewerkschaften, im Quartier Latin aber an allen wichtigen Punkten Barrikaden errichtet worden waren, so daß die Polizei mit Brandbomben, Tränengas und Knüppeln vorging, zurückgeschlagen wurde, Hunderte von Verletzten im Innenhof der Sorbonne von Helfern und herbeigeeilten Ärzten behandelt wurden, wo die medizinischen Instrumente nur notdürftig sterilisiert werden konnten, die meisten Verletzten unter Vergiftungen durch Tränengas litten, Erstickungsanfälle bekamen, die Kleider aber noch lange durchtränkt waren von dem beizenden Gestank der Reizstoffe, Kopfwunden ohne Betäubung ausgeschnitten und genäht wurden, während draußen im abgesperrten Quartier die Polizei noch tief in der Nacht zum Angriff überging, so daß die Abwehrriegel bald zusammenbrachen, schließlich aber auch die Arbeiter in den Betrieben sich mit den aufständischen Studenten solidarisierten, höheren Lohn, geringere Arbeitszeit forderten, so daß die Gewerkschaften den *Generalstreik* ausriefen, und über eine Million Arbeiter und Studenten sich zum größten Demonstrationszug der französischen Geschichte zusammentaten, der Präsident, General Charles de Gaulle, entsetzt und hilflos die Flucht nach Colombey-les-Deux-Eglises antrat, die Sorbonne zur *Autonomen Universität für Studenten und Arbeiter* erklärt worden war, nach den gescheiterten Verhandlungen zwischen Gewerkschaft und Regierung schon die zweite Streikwoche begann, als der General die Auflösung der Nationalversammlung bekanntgeben ließ und seine Anhänger auf dem Place de la Concorde versammelte, um, wie er ankündigte, bald Ruhe und Ordnung im Land wiederherzustellen, notfalls auch mit Gewalt, so daß Truppen in der Nähe von Paris zusammengezogen und die von Arbeitern besetzten Betriebe geräumt wurden, schließlich auch die Sorbonne befreit wurde von Studenten, deren Sprecher Dany Cohn-Bendit den Kommunisten vorgeworfen hatte, die Revolution verraten zu haben, übergelaufen zu sein ins reformistische Lager, während deren Vertreter versucht hatten, die streikenden Arbeiter von den *Abenteurern* des Aufstandes, den studentischen Aktionskomitees, zu trennen, so daß allmählich die gemeinsame Front der Kämpfenden zusammengebrochen war, die Straßenzüge des Quartier Latin von Müll und Barrikaden, umgestürzten Autowracks, Steinen und Schutt gesäubert wurden, Parlamentswahlen angesetzt worden waren, bei denen die Gaullisten, wider Erwarten, die absolute Mehrheit erreicht hatten … wir aber in Frankfurt den Widerstand gegen die Notstandsgesetzgebung zu formieren versuchten, dem sich zögernd auch die Arbeiter durch Warnstreiks angeschlossen hatten, während auf einem Teach-in beschlossen worden war, das Rektorat der zur *Karl-Marx-Universität* umbenannten Hochschule zu besetzen, ein Aufruf, dem nur einige hundert Studenten gefolgt waren, um mit Stemmeisen die Tür des Rektoratszimmers aufzubrechen und dort ein

Streikkomitee zu bilden, noch am Nachmittag desselben Tages Tausende in die Innenstadt gezogen waren, wo ein Sprecher des SDS auf dem Römerberg dazu aufgerufen hatte, durch eine Welle von Streiks schließlich auch hier den *Generalstreik* herbeizuführen, um die praktische Solidarität der Arbeiter, Studenten und Schüler in die Tat umzusetzen, schon drei Tage später jedoch die Universität wieder von der Polizei geräumt worden war, als auch die Besetzung des germanistischen Seminars, an der sich Henning beteiligt hatte, lediglich ein hilfloses Flugblatt hinterlassen hatte, *Schafft die Germanistik ab!*, so daß diese Wissenschaft von der deutschen Melancholie, den endlosen politischen Niederlagen und den Höhenflügen der einsam gebliebenen Dichter, plötzlich erneut zu einem *Mythos* der inneren Verzweiflung geworden war ... das Parlament trotz des erheblichen Widerstandes in Universitäten, Betrieben und Schulen aber die Annahme der Gesetze beschlossen hatte ... der schwer Verletzte im Berliner Krankenhaus noch damit beschäftigt war, die Sprache aus einem Lehrbuch für Schulanfänger neu zu erlernen, der *Apfel*, der *Traktor*, Kolonnen aus Wörtern zu bilden, in die sich allmählich die alten Gegensatzpaare einschmuggelten, *Analyse/Synthese, Totalität/Singularität,* weitere Übungen mit einem Therapeuten der Erweiterung des eingeschränkten Blickfeldes dienten, die Sprechstörungen jedoch nur sehr langsam behoben werden konnten, bis der Patient, unter dem Decknamen Mr. Klein, schließlich das Krankenhaus verließ, in einem Privatwagen zum Flughafen Tempelhof gebracht wurde, von wo er mit einer Maschine ungesehen ins Ausland verschwand ... um sich für kurze Zeit in einem Schweizer Sanatorium zu erholen, dem Gehirn, *Cerebrum, Encephalon,* Ruhe zu gönnen, weitere Sinneseindrücke zu speichern und zu verwerten, um Hören, Sehen, Sprechen, Denken miteinander zu verbinden ... in Frankfurt aber die zu einem Pfingstkongreß erwarteten Studenten und Schüler aus dem ganzen Land nur noch zu Hunderten erschienen, ein Ordinarius für Philosophie und Soziologie ihnen vorhielt, groben Mißverständnissen erlegen zu sein, zum ersten dem, daß die Situation eine revolutionäre sei, zum zweiten dem, daß der Aktionsspielraum durch eine internationale Einheit des Protestes bestimmt werde, so daß die offenkundige Fehleinschätzung der Situation die aktiveren Teile der Bewegung unfähig mache, ihre Grenzen zu erkennen, ja sie vielmehr dazu verleite, *Symbol* und *Wirklichkeit* miteinander zu verwechseln, indem sie das Hissen einer roten Fahne, die Besetzung eines Rektorates wahnhafterweise als eine Art Machtergreifung verstünden, eine gravierende Verwechslung, die im klinischen Bereich sogar den Tatbestand der Wahnvorstellung erfülle, eine Verwechslung von *Realität* und *Wunschphantasie*, die letztlich nichts anderes als eine Scheinrevolution hervorbringe, wo die allein gebotene Strategie der Aufklärung durch falsche Taktiken ersetzt werde, der permanente Handlungszwang aber die Analyse längst verdrängt habe, weil das falsche Bewußtsein der Revolution von Intellektuellen genährt worden sei, die, etwa in der Rolle des Agitators, von kurzfristigen narzißtischen Befriedigungen lebten, in der Rolle des Mentors eine graue Orthodoxie predigten, in der des zugereisten Harlekins das Amt eines Dichters der Revolution für sich in Anspruch nähmen, unverantwortlich Handelnde insgesamt, während die Studenten nicht eingesehen hätten, daß sie ihre Machtposition bis an die Grenze lächerlicher Potenzphantasien überzogen hätten, wenig ansprechbar für die realistischeren Zielsetzungen des Tages, zum ersten im Hinblick auf den Zeitraum der Veränderungen, zum zweiten im Hinblick auf die rechtlichen Positionen, auf die man sich noch stützen könne, zum dritten im Hinblick auf die wenigen Fortschritte, die in den letzten Jahrzehnten immerhin möglich gewesen seien, zum vierten im Hinblick auf die Grenzen des Aktionsfeldes, zum fünften im Hinblick auf die theoretischen Grundlagen, so daß man, wolle man nicht auf das Niveau von Pennälern herabsinken, zu bedenken habe, daß … Analysen, denen sich Henning bald angeschlossen hatte, während Josef eingestand, man habe es versäumt, die Arbeiter für die Ziele der Studenten zu gewinnen, die ganze Zeit über habe man eine falsche Taktik angewandt, man müsse in die Betriebe gehen, die Agitation habe von unten neu zu beginnen, Analysen, die Henning nur noch auflachen ließen, sei doch der Glaube daran, daß ein Arbeiter je einen Studenten verstehen werde, infantil, Kai aber in seiner unauffälligen Art meldete, daß er nun – nach all diesen »Vorkommnissen« – daran denke, das Studium bald abzuschließen, um uns Wochen später mit der Nachricht zu überraschen, daß er sich entschlossen habe, Mitglied der Sozialdemokratischen Partei zu werden, ein Entschluß, den Josef sofort als »Verrat« brandmarkte, was aber Kai nicht aus der Reserve lockte, während ich … ICH … noch immer den Verästelungen meines Gehirns nachging, den weichen und harten Hirnhäuten, den Großhirnhälften, den einzelnen Rindenfeldern, die als Zentren für die verschiedenen Funktionen des Schmeckens, Riechens, Hörens galten, den Nervenzellen, den psychomotorischen und psychosensiblen Zentren, denn, Hanna, wir müssen uns von neuem erforschen, unsere Möglichkeiten erkunden, die nun plötzlich wieder beschnitten erscheinen … während Henri erneut nach Paris aufgebrochen war, nach seinen eigenen Worten davon überzeugt, die neue Revolution sei keine juristische, keine ökonomische, sondern eine *kulturelle*, selbst eine politisch verlorene Revolution lasse sich in Paris als eine kulturell gewonnene erleben, da man nur in Paris Freunde gewinnen könne, die eben fortlaufend zu träumen verstünden, sich wochenlang in der Sorbonne wie in einer Festung eingeschlossen hätten, um auch nach der endgültigen Einnahme durch die Polizei nicht zu verzweifeln … Hanna inzwischen aber ihre Streitgespräche mit Josef wieder aufgenommen hatte, ihm seine alten Sünden vorhaltend, die durch ihr Zusammensein mit Stefanie zudem noch ein wortgewaltiges Umfeld erhalten hatten, hatte Stefanie sich doch der Kritik jener Frauen angeschlossen, die den nach all den gescheiterten Vorhaben entmutigten Genossen vorgehalten hatten, daß sie gehemmt seien, aggressiv, daß sie sich nicht trauten, von ihren *Orgasmusschwierigkeiten* zu sprechen, statt dessen über den Klassenkampf palaverten, daher zu Verdrängungen neigten, Verdrängungen, die die noch immer kampfbereiten, jetzt für ihre eigenen Rechte eintretenden Frauen nicht hinzunehmen gewillt seien, den Blick darauf gerichtet, daß die politische Arbeit bisher in ein *privates* und ein *gesellschaftliches* Leben getrennt worden sei, was man als einseitige Definition der politischen Aktivität verstehen müsse, die es nicht erlaube, den Problemen *der persönlichen Entfaltung* gerecht zu werden, vor allem nicht der Frauen, deren Initiativen in den vergangenen Wochen und Monaten höchstens als Grenzübertritte geduldet worden seien, so daß sich das Schema von *Herr* und *Knecht* in dem von *Mann* und *Frau* wiederholt habe, mit der Zeit aber immer deutlicher geworden sei, daß gerade die Führer des SDS es verstanden hätten, zu *Ausbeutern* ihrer privaten Umgebungen zu werden, so daß es jetzt gelte, *das Privatleben qualitativ zu verändern* und diese Veränderung als *politische Aktion* zu verstehen … Vorhaltungen, die Josef mit Hinweisen auf Hannas neuerdings zur Schau gestellte *Hysterie* beantwortet hatte, die leicht als psychische Überreaktion einer in ihrem Inneren labilen Persönlichkeit gewertet werden könne, zugleich aber auch als Rückzug in die Psyche, als bürgerliches Fluchtmanöver, das gerade zu einer Zeit einsetze, wo die politische Aktion nicht mehr attraktiv genug erscheine, selbst in den Reihen der vor wenigen Monaten noch einmütig Entschlossenen erste Auflösungserscheinungen sichtbar würden, eine panische Angst, nun endlich den Absprung zu schaffen, den Absprung ins bürgerliche, elterliche, immer aber noch *autoritäre* Lager, was man an Henning studieren könne, der die trostlose Wissenschaft der Germanistik, die er vor einiger Zeit noch habe abschaffen wollen, jetzt mit Hilfe einer Dissertation über Heines Stellung zur Revolution neu beleben wolle, um bald als gekrönter Assistent der Wissenschaft und ehemaliger Frontkämpfer den Ruhm auf Kongressen und Seminaren zu ernten, während Kai schon die nächsten Wahlen zum Bundestag im Auge habe, in der eitlen Erwartung, Willy, die inzwischen als Vizekanzler figurierende Gestalt unserer Jugendträume, auf seinem Weg in den Himmel einer sozialdemokratischen Regierung zu unterstützen, was ihm, Josef, widerlich erscheine, ekelerregend und abstoßend geradezu, kämen doch all diese vorsichtigen Erklärungen Treueschwüren zum *Establishment* gleich, vorzeitigen Unterwerfungen, so daß ihm beinahe jene Brandstifter noch lieber seien, die vor fast einem halben Jahr in einem Frankfurter Kaufhaus Brandsätze gelegt hätten, jetzt aber mit ihren inzwischen fast überaltert wirkenden Erklärungen, sie hätten gegen die Gleichgültigkeit der Gesellschaft protestieren und auf das Unrecht in Vietnam aufmerksam machen wollen, außerhalb aller Fronten ständen, die Vierte Strafkammer des Landgerichts Frankfurt hingegen im Prozeß gegen die Angeklagten Baader, Ensslin, Proll und Söhnlein eine unangemessen hohe Strafe von drei Jahren Zuchthaus verkündet habe, kaum einer der ehemaligen Mitstreiter jedoch die Kommentare der Angeklagten zum Verfahren verfolgt habe, *jeder Bürger ins Gefängnis, damit er die Verhältnisse richtig kennenlernt, gegenüber einer Justiz, die einen solch unbeschreiblichen Strafvollzug hat, können wir uns nicht verteidigen, wir fordern die Abschaffung der Herrschaft des Menschen über den Menschen, venceremos!*, ganz zu schweigen von jenem Verfahren gegen den Anwalt Horst Mahler, der im Berliner Landgericht eine Klage der Anwaltskammer abwenden müsse, wobei militante *Studenten und Arbeiter* in der *Schlacht am Tegeler Weg* gegen die sogenannten Ordnungshüter mit Tausenden von Pflastersteinen vorgegangen seien, bis die üblichen Tränengasbomben und Reiterstaffeln diesem wie ein *letztes Symbol* aufflackernden Widerstand ein blutiges Ende bereitet hätten, es nach all diesen Ereignissen gewiß ein Kinderspiel sei, als gutbezahlter und sich der intellektuellen Elite andienender Ordinarius die Steine zu zählen, von Scheinrevolutionen zu reden, von nicht eingehaltenen Spielregeln, von pubertärem Verhalten, die Redensarten also wieder so zu mischen, daß die alten Ordnungen des Palavers eingehalten würden, während man selbst sich nie die Hände habe dreckig machen müssen, jetzt aber mit dem satten und stolzen Bewußtsein des Bestätigten herumeilen dürfe, der schon früh das Schlagwort vom *linken Faschismus* in die Runden des Pressemeinungsclinchs geworfen habe, ein Schlagwort, das dankbar aufgegriffen worden sei, während man selbst wochen- und monatelang abgewartet, ja abgewartet habe, bis die Ereignisse sich endlich so gestaltet hätten, daß sie *Analysen* ermöglichten, jene Vogelperspektive des immer schon... immer schon... während der Wahn sich gerade in den Köpfen derartiger Meinungsmacher eingenistet habe, der Wahn nämlich, man könne auf revolutionäre Erfahrungen, so pubertär und unüberlegt sie auch immer seien, von vornherein verzichten, um sich mit jenen in der stillen Kammer abgewogenen Worten zu bescheiden, die schon immer nach der Pfeife des dirigierenden und absichernden Intellekts getanzt hätten, man brauche den Fuß erst gar nicht vor die Türe zu setzen, den Kopf nicht hinzuhalten, da die Aktion nie zum Ausdruck bringe, was der Verstand entworfen, eine Ansicht, die ignoriere, was die Aktion für das Ganze des handelnden Menschen bedeute, der schließlich nicht nur aus Kopf und Milz bestehe, sondern den Widerstand auch durch seinen Körper erleben müsse, als momentane Einheit von Willen und Gedanken, die, so flüchtig sie immer sei, doch in manchen Augenblicken das berauschende Empfinden zugelassen habe, es gebe ein Mehr, etwas, das über das Bestehende hinausgehe, eine besondere Kraft, die zu einer Art kommunistischer Elementenlehre gehöre … Reden, die von Kai heftig kritisiert wurden, sei doch der Begriff des Kommunismus nach den Ereignissen von Prag und der Besetzung der Tschechoslowakei durch die Truppen des Warschauer Paktes nicht mehr naiv zu denken, wobei offenkundig geworden sei, daß über sechshunderttausend Besatzer mit all ihren Panzer- und Schützendivisionen angetreten seien, die mühsam ins Werk gesetzten Reformen des tschechischen Sozialismus abzuwürgen, gegen den Willen des Volkes der Bürokratie des Kommunismus zum Sieg zu verhelfen, während das Volk mit den ohnmächtigen Gesten des passiven Widerstandes, der erhobenen Faust und des Spottes nach Freiheit verlangt habe, diese Freiheit innerhalb des kommunistischen Systems jedoch undenkbar sei, sich bisher selbst mit den sozialistischen Ansätzen kaum vertrage, ein Umstand, der allen voreiligen Theoretikern zu denken geben müsse, wie überhaupt die Idee des Umsturzes unter den Studenten nie in aller Klarheit diskutiert worden sei, da man sich nicht habe einigen können, welche Gesellschaftsform man schaffen wolle, zumal in einem Land, in dem auch die Arbeiter von den Annehmlichkeiten des Konsums verwöhnt seien, so daß von einer revolutionären Kraft dieser Klasse nicht gesprochen werden könne, höchstens von einem weltlos gebliebenen Elan der Studenten, *einiger* Studenten, wie man inzwischen sagen müsse, der am ehesten dort etwas anrichte, wo er lerne, sich innerhalb der bestehenden Parteien verändernd zu entfalten … inzwischen aber ein langer Sommer, ein langer Herbst uns ruhiger gestimmt hatten, auf Reisen, die Hanna und mich ins Elsaß geführt hatten, wo Henri mit uns einige Wochen verbracht hatte, während der Bruder neue Freunde um sich geschart hatte, darunter Dany, Dany Cohn-Bendit, den jungen Liebling der französischen Massen und Widerständler, der sich in Frankfurt aufhielt, den Ruhm seiner Aktionen genoß, die deutschen Genossen in all ihrer Schwerfälligkeit noch wenig verstand, von fehlender *Integration* sprach, vom Neuaufbau eines Lebens, das seine eigenen Kräfte überschätzt habe, obwohl er die Erfahrungen auf den Barrikaden niemals missen wolle, die wenn auch kurzfristige Einheit der Aktion, die Sympathie der Menschen, das euphorische Empfinden, gemeinsam zu handeln, jene Barrikadenseligkeit, der auch er sich hingegeben habe, um später von den Genossen beiseite gedrängt zu werden, die ihm zu verstehen gegeben hätten, daß er auf dem besten Wege sei, ein Star der Revolution zu werden, ein *falscher Mythos,* so daß er das Bild, das die anderen von ihm gemacht hätten, bald nicht mehr von dem werde unterscheiden können, das er sich von sich selbst gemacht habe … auf einer Delegiertenkonferenz des SDS in Frankfurt inzwischen die Spaltung der Bewegung sichtbar geworden war, so daß man die Mitglieder eines *traditionalistischen,* kommunistischen Flügels ausgeschlossen hatte, die in ihren Reihen beschlossen hatten, die Betriebe zu erobern, ein proletarisches Leben zu führen, wiedergutzumachen, was sie in den letzten Jahren den Arbeitern an agitatorischer Kraft nicht hatten zukommen lassen … schließlich das neue Semester begann, in dem es in der Abteilung für Erziehungswissenschaften zu einem Boykott aller Veranstaltungen kam, einem Streik, dem sich bald auch Studenten anderer Fächer anschlossen, um eine neue Organisation des Studiums zu erreichen, schließlich auch das soziologische Seminar besetzt wurde, so daß die Hausherren Adorno und Habermas Polizei hatten anfordern müssen, um die Institutszimmer zu räumen … ich aber … ICH … noch immer keine Besserung meines Befindens spürte, keine Beruhigung, vielmehr das altbekannte Jucken und Kratzen einsetzte, eine Nervosität, die ich nicht loswurde, so daß die Haut über und über von rötlichen Flecken bedeckt war, Hanna mich schließlich bei einem Arzt anmeldete, dieser aber, nach einer ersten Untersuchung, die frühere Diagnose der Allergie verwarf, von einer seltenen Erkrankung sprach, einer, wie er sagte, *erythropoetischen Porphyrie,* deren Symptombilder sehr unterschiedlich seien, wie überhaupt die Krankheit noch nicht genügend erforscht sei, vorläufig nur feststehe, daß sie von Schwellungen und Rötungen der Haut begleitet werde, da diese Haut jede Einwirkung von Wärme schlecht vertrage, vor allem aber Sonnenstrahlen, so daß es, angenommen der Patient setze sich lange Zeit diesen Erhitzungen aus, zu manchmal psychotischen Reaktionen komme, zu absonderlichen Verhaltensweisen und Brüchen in der bekannten seelischen Konstitution, in jedem Falle aber zu außerordentlichen Erregungszuständen, die geradezu eine Art endgültiger Erschöpfung nach sich ziehen, aber auch zu einer gewissen Verwirrtheit, in schlimmen Fällen zu Halluzinationen, in den allerschlimmsten aber zu leichteren schizophrenen Schüben führen könnten, während die Krankheit, rein medizinisch betrachtet, wohl nichts anderes sei als eine Stoffwechselstörung, bei der eine vermehrte Bildung und Ausscheidung von Porphyrinen zu beobachten sei, worauf die Haut allergisch reagiere, so daß es ratsam sei, in Zukunft die empfindlicheren Stellen zu schützen, im bevorstehenden Sommer niemals auf eine starke Sonnenbrille zu verzichten, auch nicht auf die regelmäßige Einnahme gewisser Mittel, auch die Frage angebracht sei, ob Symptome dieser Erkrankung schon früher aufgetreten seien, sonderbare Verhaltensweisen bei starker Hitzeeinwirkung ... ich aber nichts anderes vorbringen konnte als einen ganz gegen meinen Willen ausgeführten Kopfsprung von einem viel zu hohen Brett, plötzliche Aufbrüche auf dem eigens dafür angeschafften Motorrad, nächtelange Fahrten mit Hanna durch das dunkle, scheintote Land, nicht zu vergessen freilich frühere leichtere Störungen, gewisse Gespräche mit den ihren Besorgungen nachgehenden Passanten in Göttingen, vor allem aber einem anhaltenden, seit meinen römischen Tagen nicht mehr zu löschenden Durst ...

einen Durst, den der Arzt für eine derartige Erkrankung als geradezu charakteristisch bezeichnete, einen Durst, der jedes bekannte Maß übersteige, so daß er bereits Patienten erlebt habe, die sich voller Ungeduld mit dem nächstbesten Wasserhahn zufriedengegeben hätten, ein Durst, der von einer inneren Auszehrung herrühre, zurückzuführen eben auf eine in den meisten Fällen erhebliche Stoffwechselstörung, insgesamt aber gesagt werden müsse, daß auch gegen diese Erkrankung Mittel zur Verfügung ständen, eine streng einzuhaltende Ruhe nottue, es nur in schlimmeren Fällen zu katatonischen Schüben kommen könne, jenen Erregungen also, die aus dem Menschen eine Art rasendes Geschöpf machten, wie überhaupt aufreizende, das Gehirn über Gebühr belastende Erregungen jetzt zu vermeiden seien, so daß ich am besten ruhigeren Tätigkeiten nachgehen solle, etwa … nun … etwa, wie ich selbst einwarf, dem Studium der Musik, pianistischen Übungen, an denen mir doch früher noch soviel gelegen, womit der Arzt einverstanden gewesen war, so daß ich, nach langer Zeit, nach Monaten, in denen ich der Musik abgeschworen hatte, weil nach Auschwitz das Berühren der Tastatur eine Farce sei, weil nach der Ermordung eines Kommilitonen und den Schüssen auf den Genossen Rudi Dutschke Klavierspiel so etwas wie eine Lächerlichkeit darstelle …, doch wieder zurückfand, zurückfand zu diesen schwarzweißen Tasten, ganz von vorne mit Bachs *Wohltemperiertem Klavier* und streng manuellen Übungen beginnend, auf nichts anderes versessen als auf die gewissenhafte Einhaltung des Takts, *si, professore,* der *uomo estetico* läßt sich also doch nicht verdrängen, so daß ich nach langen Zeiten ethischen Fiebers meine Fingerfertigkeit neu überprüfte, eine starke Schwächung der linken Hand feststellte, die Übungen aber mit Hilfe eines auf immer höhere Tempi fixierten Metronoms bald ins Aberwitzige beschleunigte, eingenommen nun von der Idee, den Rückstand aufzuholen, den Muskeln jene Lockerheit zurückzugeben, die sie notwendig brauchten ... während der schwer Verletzte, nach kürzeren Aufenthalten in der Schweiz und Italien, auf dem Weg nach London einen ersten epileptischen Anfall erlitten hatte, unvorbereitet, von einer Ohnmacht in einem Eisenbahnabteil gepackt, was sich später auf der Straße wiederholte, so daß der hinzugezogene Neurologe eine für derartige Kopfverletzungen charakteristische Entwicklung der Krankheit feststellte, die Briten sich aber weigerten, den Kranken länger als vier Wochen in ihrem Land zu dulden, auch andere westliche Länder eine Einreisegenehmigung verweigerten, bis schließlich in Dublin eine Unterkunft gefunden war ... während in Bonn die Kandidaten Dr. Heinemann und Dr. Schröder sich um das Amt des Bundespräsidenten bewarben, der Wahlausgang wegen der keineswegs gesicherten Stimmabgabe aller FDP-Wahlmänner für den Kandidaten Heinemann als ungesichert erschien, dieser nach mehreren Wahlgängen schließlich mit der Mehrheit von sechs Stimmen gewählt war, so daß man in der Republik von einem ersten *Symbol* großer politischer Veränderungen sprach, von einem zum ersten Mal in der deutschen Nachkriegsgeschichte möglichen *Machtwechsel,* einer *Wiedergeburt* alter Träume unserer Kindheit, in der wir uns den Kandidaten Willy an der Spitze des Landes gewünscht hatten, nicht ahnend, daß es beinahe ein Jahrzehnt dauern werde, bis dieser Wunsch in Erfüllung gehen könnte, ein Wunsch, von dem der Bruder jetzt nur noch verächtlich sprach, indem er auch Willy als einen machtgeilen Politiker bezeichnete, unter dessen Führung sich wenig im Lande verändern werde, während Kai in seiner bestimmten Art widersprach, uns die Ergebnisse der Meinungsumfrage mitteilte, von einer großen Hoffnung redend, von einem *Prinzip Hoffnung,* wie der Philosoph Ernst Bloch gesagt hätte, einer Hoffnung, in der sich die Taten und Wünsche der vergangenen Monate aufheben und fortführen ließen ..., ich aber ... ICH ... den für mich entscheidenden Schritt nach langen Überlegungen gewagt hatte, um mich zur Aufnahmeprüfung an der Musikhochschule anzumelden, wobei ich ein großes Repertoire vorzuweisen hatte, jetzt sechs, sieben, schließlich acht Stunden in einem Keller der Hochschule übend, morgens mit leichteren Aufwärmübungen beginnend, um dann an die längeren Werke zu gehen, Schumanns *Fantasie* op. 17, Herrn Franz Liszt zugeeignet, *durchaus phantastisch und leidenschaftlich vorzutragen,* Skrjabins *Poéme satanique,* Stücke, die weitere Erinnerungen in mir beschworen, so daß ICH, *si professore,* zu meinem Lehrer Adorno zurückfand, der darauf bestanden hatte, daß Musik kein ästhetischer Schein, *kein Bild eines anderen,* sondern ein geistig Daseiendes *sui generis* sei, das gar nicht a priori ein anderes meine, eine wohltuende Erkenntnis, zerstreute sie doch vorerst die anhaltenden Fragen nach der Beziehung von Traum und Wirklichkeit, Phantasie und Empirie … während Adorno in seiner empirischen Erscheinung inzwischen seine Vorlesung *Einführung in die Dialektik* abgebrochen hatte, da es nach der Verteilung von Flugblättern, *Adorno als Institution ist tot,* im überfüllten Hörsaal VI der Universität zu einem Eklat gekommen war, als drei Studentinnen der *Basisgruppe Soziologie* sich ihm mit entblößtem Oberkörper genähert hatten, um ihre angeblich *befreite Sensibilität* an seinem zurückweichenden Körper zu erproben, ein Überfall clownesker Art, den er wenig später als *widerlich* bezeichnet hatte, um zu erklären, daß er zwar ein theoretisches Modell aufgestellt habe, nicht aber habe ahnen können, daß man dieses Modell einmal mit Molotow-Cocktails verwirklichen werde, wie er überhaupt einmal festhalten wolle, daß er ein durch und durch theoretischer Mensch sei, der das theoretische Denken auf seine künstlerischen Intentionen beziehe, dieses Denken aber von jeher in einem nur indirekten Verhältnis zur Praxis gestanden habe, die Studenten aber versucht hätten, ihn zu Handlungen und Aktionen zu zwingen, während er sich seit seiner frühesten Jugend dem Zwang, sich auszuliefern, mitzumachen, stets widersetzt habe, darauf bestehend, daß die Theorie fähig sei, kraft ihrer eigenen Objektivität praktisch zu werden, obwohl er keineswegs abstreiten wolle, daß Ansätze seines Denkens, vor allem aber das, was er über die gegenwärtige Kulturindustrie gesagt habe, von den Studenten aufgegriffen und weitergedacht worden seien, was aber noch keineswegs bedeute, daß schon dadurch ihre Einzelaktionen gerechtfertigt seien, er selbst vielmehr auf die Frage *Was soll man tun?* im gegenwärtigen Zeitpunkt nur antworten könne *Ich weiß es nicht,* der blinde Aktionismus jedenfalls der falsche Weg sei, obwohl, wie deutlich erkennbar, dieser Aktionismus eine Antwort auf die Verzweiflung der Menschen darüber, daß sie keinerlei Macht hätten, sei, so daß er an einen Satz von Grabbe erinnern wolle, *denn nichts als Verzweiflung kann uns retten,* einen Satz, der einen deutlichen Trennungsstrich zum Hurra-Optimismus der unmittelbaren Aktion ziehe, er selbst sich eine verändernde Praxis in den gegenwärtigen Umständen nur als gewaltlose Praxis vorstellen könne, die widerliche Aktion der Studentinnen jedoch bereits als Anzeichen zu werten sei, daß man aus der Angst heraus handle, in Vergessenheit zu geraten, wie überhaupt der Umgang mit den Studenten durch den Vorrang der Taktik heute enorm erschwert werde, während sich sein Interesse zunehmend wieder der philosophischen Theorie zuwende, praktische Ratschläge wie die, die Marcuse gegeben habe, gingen seiner Produktivität sowieso ab, schließlich sei auch einmal darauf zu bestehen, daß es ohne Arbeitsteilung eben doch nicht gehe, er also, zusammenfassend gesagt, jetzt der Theorie den höheren Wert einräume, um sich in den kommenden Monaten in ganz bestimmte Einzelphänomene zu versenken, so daß er sich nicht geniere, in aller Öffentlichkeit zu erklären, daß er an einem großen ästhetischen Werk arbeite…, eine Arbeit, die, wie ich kurze Zeit später erfuhr, für immer ein *Fragment* geblieben war, da Adorno kaum drei Monate nach diesen Erklärungen während eines Erholungsaufenthaltes in der Schweiz an einem Herzversagen gestorben war ..., so daß ich, vom ersten Schmerz über diese Nachricht erschüttert, beschloß, alles daranzusetzen, in die Hochschule aufgenommen zu werden, während Henri von uns allen Abschied genommen hatte, um sein Studium in Paris fortzusetzen, wir anderen aber – mit Ausnahme von Kai – uns endlich nach langen Erwägungen entschlossen hatten, gemeinsam eine Wohnung zu mieten, um eine *Wohngemeinschaft* zu gründen, was uns erlaubte, Kosten für Miete, Strom und Ernährung einzusparen, ein Vorhaben, das sich nach langem Suchen verwirklichte, als wir im Westend eine geräumige 4-Zimmer-Wohnung gefunden hatten, gerade zu einer Zeit, als der Bundestagswahlkampf die entscheidende Phase erreichte, mit allen nur denkbaren Koalitionen gerechnet wurde, wir in der Wahlnacht aber enttäuscht feststellten, daß die Mandate für ein neues Regierungsbündnis nicht auszureichen schienen, erleichtert höchstens darüber, daß die Nationaldemokraten nicht in den Bundestag einzogen, der Führer der Freien Demokraten Walter Scheel eingestand, er sei der Verlierer der Wahl, der noch regierende Kanzler mit seinen Freunden bei einem Glas Wein zusammensaß, um den Sieg seiner Partei zu feiern, Willy aber ... Willy noch in der Wahlnacht den früh nach Hause geeilten, entmutigten Scheel anrief, um ihn aufzufordern, mit der knappen Mehrheit einiger Mandate alles zu wagen, ihn bestürmend, jetzt nicht in Resignation zu verfallen, weil er, Willy, bald vor die Kameras des Fernsehens treten wolle, um zu erklären, er sei entschlosssen, die Regierung zu übernehmen, wobei er, wie er hoffe, auf die Zusage des Partners rechnen könne, könne er ... *Ja, tun Sie das!* ... die knappe Antwort des Befragten war, so daß Willy wenig später die Klausur der Zimmer im Erich-Ollenhauer-Haus verließ, um seinen Freunden im nahen Sitzungssaal mitzuteilen, er sei zu Koalitionsgesprächen bereit, umjubelt von dem noch spät in der Nacht in das

Haus strömenden Anhang, der deutlich wahrnahm, daß sich hier die *Wiedergeburt* eines längst verloren geglaubten Elans eines in früheren Zeiten beinahe schon abgeschriebenen und mutlos gewordenen Kandidaten vollzog, eines Kandidaten, der plötzlich trotzig und entschlossen, beinahe beschwingt, die Initiativen übernahm, alle Gehemmtheit abwerfend, alle schwerenöterischen Bedenken abstreifend, um sich spät in der Nacht auf den Weg nach Hause zu machen, auf die Frage eines Reporters, ob er nicht einem Selbstbetrug zu verfallen drohe, antwortete, *Wir machen es*, worauf schon an den folgenden Tagen Koalitionsgespräche aufgenommen wurden, schließlich der alle getroffenen Vereinbarungen besiegelnde Wahlakt anstand, die Fraktionen wegen der Knappheit des zu erwartenden Ergebnisses schon in der Frühe Zählsitzungen anberaumten, endlich aber die Sitzung eröffnet wurde, in der das Parlament darüber zu entscheiden hatte, ob der vom Bundespräsidenten zum Kanzler vorgeschlagene Kandidat Willy Brandt die Mehrheit der Stimmen hinter sich bringen könne…, auch wir in den neuen, frischgestrichenen Zimmern unserer Wohnung gespannt abwarteten, was sich ereignen werde, Kai vor Aufregung mehrmals das Haus verließ, Henning den möglichen Wahlausgang analysierte, Hanna aber laufend Tee kochte, während mein Bruder in einer von uns allen als künstlich empfundenen Zurückhaltung so tat, als lese er in einer Tageszeitung…, endlich aber nach beinahe anderthalb Stunden das Ergebnis feststand und der Kandidat auf die Frage des Präsidenten, ob er die Wahl annehme, antwortete, *ja, Herr Präsident, ich nehme die Wahl an…*, eine gewisse Begeisterung über dieses unerwartete Ergebnis auch uns erfaßt hatte, so daß Kai eine Flasche Sekt aus dem Kühlschrank holte, um zu betonen, daß nach beinahe vierzig Jahren wieder ein Sozialdemokrat Kanzler sei, der uns nun in die *siebziger Jahre* führen werde, ein Satz, der von Josef mit lautem und von uns allen als unpassend empfundenem Gelächter quittiert wurde …, der neue Kanzler in seiner Regierungserklärung aber verlauten ließ, man wolle *mehr Demokratie wagen,* die Arbeitsweise öffnen, dem kritischen Bedürfnis nach Information Genüge tun, wie er sich überhaupt mit besonderem Nachdruck an die im Frieden nachgewachsenen Generationen, die mit den Hypotheken der Älteren nicht belastet seien, wende, an die jungen Menschen also, die nun …, ich aber … ICH … mich inzwischen einer dreitägigen Aufnahmeprüfung unterzogen hatte, um am ersten Tag die theoretischen Examina abzulegen, an den beiden folgenden aber mein pianistisches Können unter Beweis zu stellen, Bach, Schumann, Skrjabin, Beethoven, schließlich auch den von Adorno geschätzten Schönberg spielend, wozu sich am letzten Tag auch die Freunde eingefunden hatten, Josef verspätet, Hanna schon am Morgen, später auch Kai und Henning, meine Aufregung an diesem Tag aber kaum Grenzen gekannt hatte, so daß schon in der Frühe die durch Medikamente unter die Haut getriebenen Reizungen wieder begonnen hatten, Rötungen zunächst, ich aber das mehrstündige Vorspielen schließlich doch überstanden hatte, um in einem kleinen Raum mit den anderen Kandidaten auf das Ergebnis zu warten, eingedenk der unumstößlichen Tatsache, daß aus dem großen Haufen der Angetretenen nur etwa zehn Bewerber aufgenommen wurden, schließlich aber ein Herr des Direktoriums erschien, um von einem in der Mitte zusammengefalteten unschuldig winzigen Stück Papier die Namen derer abzulesen, die Gefallen gefunden hatten, den ersten, den zweiten …, mir aber innerhalb weniger Sekunden plötzlich die noch kurz zuvor gespielten Takte des Skrjabinschen Poéms in den Sinn kamen, immer lauter und drängender wurden, mein Kopf also beinahe zu bersten drohte, Stimmen, Geflüster sich hinzugesellten, die Bilder der erst vor wenigen Monaten gelungenen Mondlandung anlockten …, so daß ich … ICH … den dritten, den vierten … mich in die dunkelblaue Tiefe eines unermeßlich großen

Schwimmbassins versetzt fühlte, den Boden wie ein schwer gewordener Fisch leicht berührend, während mich auf einmal stärkere Kräfte emporzogen, ich also mit einem gewaltigen Satz das Wasser zerteilte, vor dem hohen Pfeiler eines mächtig aufragenden Sprungturms hinauffuhr zur obersten Plattform ..., eine halbe Milliarde Menschen den Start am Bildschirm verfolgte, während beinahe fünfhundert Ingenieure im Kontrollzentrum die letzten Meldungen der dreiköpfigen Crew entgegennahmen, die Rakete endlich von der Erde abhob, eine orangehelle Stichflamme hinter sich herziehend, um ... den fünften, den sechsten ... *si, professore, chi cerca trova,* gewiß, ich halte den Takt, es ist ein Höhenflug ohnegleichen, der Schub des *Prinzip Hoffnung,* das ich nicht für *indifferente* halte, gewiß nicht, hat es sich doch inzwischen vollgeladen mit *subversiver Aktion,* mit den Befreiungsrufen Bakunins, schwarzen und roten Flaggen, mit Demonstrationszügen, die anrennen, dort unten, auf den Straßen, so daß die *schöne Geselligkeit* dieser Drei-Mann-Besatzung diesmal verkoppelt ist mit irdischer Energie, die sich freilich nun entfalten muß, während das Raumschiff abgebremst wird, die Mond-Umlaufbahn erreicht, aus der elliptischen Kreisbahn inzwischen eine kreisrunde geworden ist, die Landefähre sich nun vom Raumschiff trennt ... den siebten, den achten ... ICH aber deutlich die Kontrollmeldungen höre, *Roger, AGS residuals: minus zero decimal one, minus zero decimal seven,* die Landefähre Kontakt mit dem Boden erhält ... den neunten ... ICH mich aber bereitmache, das Gefährt zu verlassen, *ein kleiner Schritt für die Menschheit, ein gigantischer Sprung für einen Menschen ...* mit meinen Füßen auftrete, so daß meine ersten Schritte ... den zehnten ...: ICH: *ja, Herr Direktor, ich nehme die Wahl an ...* nun langsam durchmessen das MEER DER STILLE ...

20

Traumarbeiten

Hanna kochte Tee. Seit wir zusammen in einer Wohngemeinschaft lebten, kochte sie morgens und abends Tee. Sie war, wie sie betonte, ein *Teemensch;* ein *Teemensch* legte Wert auf Ordnung, er widmete seine Aufmerksamkeit der Teezeremonie, und er ließ nicht zu, daß andere darüber spotteten. Tee beruhigte, Tee war eine Art Medizin, in Japan hatte man ihn zum Gegenstand philosophischer Spekulationen gemacht. Da unsere Küche als Teeraum diente, galt Hannas große Sorge der Sauberkeit. Sie duldete nicht, daß sich schmutzige Teller stapelten und einer von uns den fälligen Abwasch hinausschob. In Japan hatte man den Teeraum *Sukiya* genannt, das meinte *Stätte der Phantasie,* auch *Stätte der Leere* oder *Stätte des Unsymmetrischen.* Als Stätte der Phantasie vertrug die Küche keinen überflüssigen Schmuck; ihre Wände waren kahl, eine Glühbirne beleuchtete die einfache Tischplatte. Auch bei der Ernährung bestand Hanna auf Einfachheit, auf frischzubereiteten Gemüsen, auf fleischloser Kost, auf Reisgerichten mit seltenen, wohlschmekkenden Gewürzen. Man schloß die Augen und kostete, man sinnierte vor sich hin und erriet in glücklichen Momenten die Zusammensetzung. Die Phantasie tat ihren gewaltlosen Dienst, die Leere erinnerte an nichts, während die unsymmetrische Anordnung der Gegenstände einen Rest von gewollter Unvollkommenheit beschwor. Die großen Teemeister hatten nach einer tiefen Gelassenheit der Seele gestrebt, um im Kleinsten das Ganze zu finden. Auch wir hatten das Unscheinbare lange genug übersehen, wie Hanna meinte. Es war höchste Zeit, den Weisungen des Meisters Rikyû zu folgen, der uns aufgetragen hatte, in einer Knospe den ganzen nahenden Frühling zu erahnen.

Da wir erst auf dem Weg zur Vollkommenheit waren, empfand Hanna unser Ungeschick um so deutlicher. Mit mir war sie besonders unzufrieden, konnte ich mich doch nie an die Einhaltung bestimmter Ordnungen gewöhnen. Mein anarchisches Temparament schlug häufig durch, ich bestand auf alkoholischen Getränken und nannte die Teezeremonie das Leiden der *falsch Dürstenden*. Selbst die Japaner hatten für den *Menschen ohne Tee in sich* ein gewisses Verständnis bekundet; ein solcher Mensch kümmerte sich nicht um den feinen Teesinn, er ließ sich von Kräftigerem verführen. Mochten die großen Meister auch jedem noch so hauchdünnen Blättchen großes Augenmerk gewidmet haben, mochten sie der ersten Tasse ein köstliches Netzen der Lippen, der zweiten ein Verscheuchen der Einsamkeit, der dritten eine Anregung der inneren Phantasien vorbehalten haben, um erst die sechste als Ruf in ein Reich des Unvergänglichen zu preisen, so hatte ich selbst mir eine Temperamentenlehre zurechtgelegt, die sich eher aus einer gewissen Mixtur und Komposition der anregenderen alkoholischen Mittel ergab. Das erste Glas Wein setzte meine Vorstellungskräfte schneller in Bewegung als das dritte Glas Tee, und schon beim zweiten wähnte ich mich in der Nähe jener unvergänglichen Weisheiten, die ein Gefühl gelöster Heiterkeit hervorriefen.

So prallten an den Abenden häufig zwei Welten aufeinander. Drei nüchterne Teemenschen begleiteten den anarchischen Geist einer vom Alkohol hingerissenen Seele auf seinem langen Weg ins Vergessen. Standen die Nüchternen früh auf, um sich den Tagesgeschäften mit jener Mischung aus Ausdauer und Fleiß zu widmen, die mir schon immer widerwärtig gewesen war, so verbrachte der in den Nächten Beflügelte seine Morgenstunden in tiefem Schlaf, um erst gegen Mittag die ersten Schritte ins Reich der *schönen Geselligkeit* zu wagen. Henning hatte sich in sein Zimmer zurückgezogen, um die Träume Heinrich Heines über die Revolution zu sondieren, mein Bruder war unterwegs, nur Hanna begrüßte mich mit allen Anzeichen der Verachtung. Ich hatte *das Nahen des Morgens* versäumt, meine Seele war schwer und beladen mit wirren Träumen, ich hatte während der Nacht zuviel geschwitzt, in solchen Fällen sahen die Meister kleinere Strafen vor. Nachdem ich eine unbedeutende Kleinigkeit verzehrt hatte, wusch ich ab. Jeder gereinigte Teller brachte mich den Ordnungen meiner Seele näher, jeder Krümel, der durch die gemessenen Bewegungen eines Handfegers verschwand, beruhigte Hanna. Sie hatte eine gewisse Manie entwickelt, die Verhältnisse zu ordnen, und da sie sich einer großen Prüfung näherte, hatte sie alles Recht, von uns Unterordnung zu verlangen.

In der Hochschule war ich in die Meisterklasse von Professor Leopold aufgenommen worden. Leopold war ein kleiner, schmächtiger, sehr nervöser Mensch, der von Anfang an großen Eindruck auf mich machte. Während ich vortrug, eilte er durchs Zimmer, schaute aus dem Fenster oder stöhnte leise vor sich hin. »Wie Sie das spielen!«, rief er, um mich mit einigen fahrigen Handbewegungen zu unterbrechen. »Ja, wie?«, fragte ich. – »Wie? Ja, wie? Sie spielen, wie es Ihnen paßt. Dasselbe Stück – einmal so, das andere Mal so. Sind Sie von Sinnen?« – »Ich folge der inneren Eingebung. Heute ist mir so, morgen empfinde ich vielleicht ganz anders.« – »Sie lieben die Unbeständigkeit? Lassen Sie sich sagen, daß die Unbeständigkeit für einen Pianisten eine Sünde ist. Sie verdirbt den Charakter. In meiner Klasse werden die Stücke *erarbeitet,* erarbeitet – hören Sie?« – Ich hörte, aber in den ersten Monaten fiel es mir schwer, mein Temperament zu zügeln. Leopold ließ seine Schüler gegeneinander antreten. Dabei machte er unserem Vortrag jedoch immer frühzeitig ein Ende. »Genug!«, rief er, »mit einem Wort: es war alles unmöglich, ganz unmöglich. Sie spielen wie jene Anhänger des Franz Liszt, die Klavierspiel mit Meeresrauschen verwechseln. Dieser üppige Einsatz des Pedals, diese unstatthafte Phrasierung! Man könnte Tobsuchtsanfälle bekommen.« Auf mich war er besonders erpicht; schon früh hatte er herausbekommen, daß mein technisches Geschick zu wünschen übrigließ. »Sie haben die Hände eines Tellerwäschers und die Finger eines Taschendiebs«, sagte er aufgebracht, »was dabei jedoch herauskommt, möchte ich phantastisch nennen. Wenn es technisch schwieriger wird, stutzen Sie den Klaviersatz zurecht. Habe ich eben nicht einfache Oktaven gehört, obwohl doch doppelte vorgeschrieben sind? Lassen Sie mich einmal!« – Er drängte mich vom Flügel weg, zog das Jackett aus und trug ein ganz anderes Stück vor.

Leopold war, wie es in der Hochschule hieß, der *Meister der Unbeherrschten.* Seit seine Ehe mit einer griechischen Sängerin, die man in Bayreuth hatte hören können, geschieden worden war, haßte er Wagner und alles, was an Romantik erinnerte. Dies brachte ihn in Widerstreit zu seinen eigentlichen Neigungen. Schumann war nach seinen Worten ein *Vorreiter der Moderne,* Chopin ein *Eklektizist,* über Liszt sprach man am besten überhaupt nicht mit ihm. Da Beethoven angeblich nicht für das Klavier geschrieben und Mozart dieses Instrument zu einer *Klangleier* gemacht hatte, konnten nur wenige Komponisten bestehen. Skrjabin war, wie ich erleichtert festgestellt hatte, einer von ihnen. Meinem Vortrag des *Poéme satanique* hatte ich meine Aufnahme in die Hochschule zu verdanken. Leopold war selbst Zeuge der großen Stunde gewesen. »Das … also das haben Sie damals sehr gut gespielt! Erleuchtet, möchte ich sagen …, wenn Sie mich bloß verstehen könnten!« Langes Reden über persönliche Vorlieben waren ihm zuwider; er verurteilte scharf oder er lobte so übertrieben, als habe man sich gerade für den Tschaikowsky-Wettbewerb qualifiziert. Im nächsten Augenblick tat es ihm leid. »Tschaikowsky – bah!«, stöhnte er auf, »wie konnte ich den Namen dieses Scharlatans bloß in den Mund nehmen?« Kein Wunder, daß über Leopold die seltsamsten Gerüchte kursierten. Er sollte bei einem Schüler von Liszt studiert haben, den er kurz nach einer gescheiterten Prüfling mit einer Stimmgabel bedroht hatte; er sollte bei einem Auftritt in Bonn vor versammeltem Auditorium den Vortrag einer Beethoven-Sonate mit der Bemerkung unterbrochen haben, es handle sich um das Stück eines Schwerhörigen, wie leicht zu bemerken sei; er sollte mit seiner Frau einmal ein großes Haus geführt haben, einen musikalisch-poetischen Salon, bei dem es – nach dem Vorbild Skrjabins – zu allerhand seltsamen magisch-rituellen Handlungen gekommen war. Ich konnte mir Leopold bei solch exzentrischen Auftritten gut vorstellen, und sie rückten das Bild des von mir bald verehrten Professors in ein höheres Licht. Achtgeben mußte ich nur, daß der Name Adornos nicht fiel. In Leopolds Augen war Adorno eine Art Teufel, der noch in der Hölle darauf bestehen würde, daß strukturelles Hören das einzig angemessene war. »Die Bildung dieses Herrn wurde überschätzt«, sagte er, »seine musikalische bestand jedenfalls nur aus jenen Bruchstücken, mit deren Hilfe er seine Theorien absicherte.« Wie man raunte, hatte Leopold in früheren Zeiten sogar einmal mit Adorno musiziert. Natürlich waren sie im Streit voneinander geschieden. »Herr Professor Adorno«, tat Leopold diese Zeiten ab, »zog es vor, mit älteren Damen ein Duo zu bilden. Seine Finger ließen ein schnelleres Tempo nicht zu!«

So war mir streng untersagt, im Gespräch mit theoretischen Kenntnissen zu glänzen. Nur Leopold stand es zu, den Unterricht mit literarischen Beispielen und Zitaten aufzulockern. Ein guter Pianist hatte sich in allen Sparten des Geisteslebens auszukennen, er sprach mindestens vier Sprachen fließend, informierte sich aber in musikalischen Dingen vor allem durch englische Fachliteratur, die in Europa noch immer die beste sei, während er sich hütete, auf alles, was aus Frankreich kam, hereinzufallen. »Die Franzosen«, bestimmte Leopold, »hielten die Musik für etwas Mystisches. Daher verdanken wir Ihnen die Aufgeblasenheit Berlioz' und die Zugrunderichtung des großen Talents, das Chopin einmal war.«

Da ich also durch Leopold angehalten wurde, mein Wissen zu erweitern, wandte ich mich Ernst Blochs Hauptwerk *Prinzip Hoffnung* zu, von dem ich schon so viel gehört hatte. Es forderte mich nicht, es war recht leicht zu lesen, und es legte die Karten gleich zu Anfang auf den Tisch. *Prinzip Hoffnung* war eine Art Wanderung, ein langer Aufstieg ins Gebirge, unterbrochen von Talblicken, an den Rastpunkten unterhaltend, durch eingestreute Geschichten belehrend, ein Panorama. Allerdings erlaubte meine Krankheit keine allzu ausgedehnte Lektüre; ich wurde schnell müde und mußte das Buch immer wieder beiseite legen. Diese Erschöpfungszustände kamen auch zur Sprache, als ich auf meine Tauglichkeit zum Militärdienst untersucht wurde. Der mich behandelnde Arzt hatte mir ein ausführliches Schreiben mitgegeben, das ich bei der Untersuchung vorgelegt hatte. »Seit wann sind Sie in Behandlung?«, fragte der Militärarzt. – »Seit geraumer Zeit«, antwortete ich pflichtgemäß, »ich war lange in Italien; dort meldeten sich schon vor Jahren die ersten Anzeichen. Ein Ausschlag, ein brennender Durst …« – »Und Sie bemerkten auch seelische Erschöpfungszustände?« – »Außerordentliche! Die Krankheit hat, wie man so sagt, zwei

Seiten. Schon ihr Name deutet ja zunächst auf ein poetisches Element hin, auf etwas Phantastisches, Schöpferisches, auf kreative Impulse, die sich in beschleunigten Tempi des Blutes artikulieren, in Kopfsausen, in Geschwindigkeiten, die man musikalisch als *prestissimo* kennzeichnen würde …« – »Poetisch? Sie meinen *erythropoetisch*?« – »Extrem poetisch, Herr Militärarzt! Die zweite Seite dieser Raserei ist aber ein Ermatten, ein Erschlaffen der Kräfte, das mir oft nicht einmal erlaubt, in der Frühe wie jeder andere Mensch das Bett zu verlassen. Sosehr ich mich auch sträube, ich schlafe immer wieder ein …« – »Schon gut. Und Sie behaupten, der Durst sei kaum zu ertragen?« – »Kaum? Es ist eine Qual! Man wird an manchen Tagen ja beinahe zum Säufer.« – »Sie sprechen Alkoholika zu?« – »In Maßen, obwohl gerade Alkoholika einen besseren Dienst tun als einfacher Tee. Der Tee schafft nämlich eine gewisse Leere, während ein Glas guten Portweins eine anregendere Fülle …« – »Jaja, schon gut. Sie haben sich alle zwei Jahre zu melden, und wir werden dann prüfen, ob sich Ihr Gesundheitszustand verändert hat. Vorläufig sind Sie vom Dienst befreit.« –

Ich atmete erleichtert auf. Der Militärdienst wäre mir unter keinen Umständen zuzumuten gewesen. Ich hielt nicht nur die Dienstzeit für überflüssig lang, sondern empfand mich außerdem auch als entschiedener Pazifist. Schließlich hatte ich gute Gründe, mich nach meinem langen politischen Einsatz wieder privateren Angelegenheiten zu widmen, wollte ich doch nicht als Berufsrevolutionär enden.

Anders als ich hatte sich jedoch Josef anscheinend vorgenommen, genau diesen Weg einzuschlagen. Er konnte sich mit dem Ende der revolutionären Ära nicht abfinden. In seinen Augen kam alles einer Niederlage gleich, und er war auch durch langes Zureden nicht dazu zu bewegen, die neue sozialliberale Regierung als Verwirklichung des Prinzips Hoffnung zu verstehen. Schon mit ihren ersten Amtshandlungen hatte diese Regierung einiges in Bewegung gebracht. So waren der russischen und der polnischen Staatsführung Kontakte zum Zweck neuer vertraglicher Vereinbarungen vorgeschlagen worden, so schienen sich selbst die Beziehungen zur DDR allmählich zu verbessern. Für Josef waren derartige Veränderungen Lappalien, die nicht verbergen konnten, daß das geheime Ziel der letzten Jahre, der Umsturz der Verhältnisse, nicht erreicht worden war. Andererseits mußte auch er erkennen, daß die extreme Linke, der er sich lange Zeit zugerechnet hatte, in unzählige Gruppen zerfallen war. *Rote Zellen, Marxisten-Leninisten, Haschrebellen* und militante Zirkel hatten ihr Erbe angetreten, der Bundesvorstand des SDS hatte die formelle Auflösung des Verbandes beschlossen. Zwischen all diesen Lagern hatte Josef keinen eigenen Weg gefunden. Zwar war auch er inzwischen von den revolutionären Vorbildern der Dritten Welt abgerückt, zwar entlockten auch ihm inzwischen die Parolen des großen Vorsitzenden Mao nur noch ein Grinsen, fest stand jedoch für ihn, daß die Bewegung daran gescheitert war, daß sie sich vor allem innerhalb studentischer Zirkel formiert hatte. Noch immer warteten die Arbeiter in den Betrieben auf ihre baldige Erlösung, und Josef, mein sprachgewaltiger, jüngeren Genossen rhetorisch überlegener Bruder wollte sie dazu bringen, endlich auch in den Klassenkampf einzugreifen. Anders als die Mitglieder der strengorganisierten kommunistischen Kader wollte er sich dabei jedoch nicht von den Gesetzen materialistischer Gesellschaftsanalysen leiten lassen. Es graute ihm davor, Parteidisziplin wahren oder sein Leben in den Dienst von kleinen Agitationsgruppen stellen zu müssen, die sich in geheim gehaltenen Wohnungen trafen, die Vorhänge vorzogen und bei Kerzenlicht über den nächsten revolutionären Schritt debattierten. Daher hatte er sich mit etwa zwanzig anderen Genossen zu einer eigenen Organisation, der Gruppe *Revolutionärer Kampf* zusammengetan. Man verstand sich als *spontaneistisch.* Hatte ich anfangs auch Schwierigkeiten, den besonderen Sinn dieses Wortes zu verstehen, so erklärte mir Josef, daß die Spontaneisten es ablehnten, auf die immer noch brennenden Fragen die alten, längst bekannten Antworten zu geben. Schließlich hatte man einige Jahre revolutionärer Praxis hinter sich, ohne doch besonders tief in die Praxis der Lebensformen eingedrungen zu sein. Die Lebensformen – das meinte den Alltag, überschaubare Verhältnisse, die sich leichter neu gestalten ließen als jenes Ungetüm, das man früher *Gesellschaft* genannt hatte. Josef war von der Idee fasziniert, zum *Abenteurer* des die Lebensformen verändernden Kampfes zu werden. Ein Abenteurer stellte sich der größten Herausforderung: er ging in eine Fabrik, ließ sich einstellen, arbeitete mit anderen Arbeitern zusammen, verwickelte sie in Gespräche und verzichtete dabei, so gut es ging, auf sein theoretisches Wissen. Der Abenteurer schaute sich alles zunächst einmal genau an; er sondierte das Terrain, er lernte aus der Praxis, um dann mit seinen Kampfgenossen die nächsten, stets konkreten Schritte zu beraten. Da es keinen Sinn machte, sich mit Kleinbetrieben zu bescheiden, dachte man an die beiden größten Fabriken der Region. Die Farbwerke Hoechst beschäftigten beinahe fünfzigtausend Arbeiter, die Firma Opel in Rüsselsheim etwa dreißigtausend. Jeden Morgen wollte er in Zukunft zu den Opelwerken fahren, um sich dort den Reihen der Werktätigen anzuschließen. Bevor es jedoch soweit war, wollte er sich gründlich vorbereiten. Die Vorbereitung verlief über eine interne Schulung der Gruppe. Man studierte die italienischen Klassenkämpfe der sechziger Jahre, man orientierte sich an deutschen Vorbildern aus der Zeit der Weimarer Republik, man gründete Kommissionen, suchte den Kontakt zu Genossen an der Hochschule, warb für die Pläne der Organisation und vermied all jene dreisten, überschwenglichen Töne, die zu sehr an die Vergangenheit erinnerten. Die Gruppe wurde bald größer, auch Dany Cohn-Bendit hatte sich ihr angeschlossen, die Schulung ließ einem genügend Freizeit, Josef hatte wieder Augen für seine Umwelt und damit auch Augen für uns, besonders aber wieder für Hanna …

Hanna aber kochte Tee. Sie tat es mit einer Gründlichkeit, als könne sie alle Weisen des Ostens herbeilocken, sich zu uns an den kreisrunden Tisch zu setzen. Früher war sie häufig an den Abenden fortgegangen, seit wir aber zusammenwohnten, hielt sie sich mit besonderer Vorliebe in der Küche auf. Sie war immer ansprechbereit, freute sich angeblich, wenn man sich zu ihr hockte, und erledigte bald auch ihre sämtlichen sonstigen Arbeiten dort. Daher betrachtete sie sich als einen seelischen Mittelpunkt unserer Gemeinschaft; von einem solchen Mittelpunkt war zu erwarten, daß er allmählich auch das Seelenleben der Mitbewohner infizierte. Hanna bestand darauf, daß wir *mehr voneinander erfuhren.* Unverbindliche Gespräche genügten ihr nicht mehr; sie wollte Zugang zu jenen verborgenen Winkeln der Seele gewinnen, deren Aufdeckung uns ein von allen *bürgerlichen Zwängen* befreites Leben ermöglichen würde. Seit einiger Zeit las sie die Klassiker der Psychologie, vor allem aber die Werke eines gewissen Wilhelm Reich, deren brachial anmutende Titel *(Der Einbruch der sexuellen Zwangsmoral)* mir bereits die Lust genommen hatten, mich in ihnen weiter umzusehen. Hanna aber hatte sich Reichs Lehren so verschrieben, daß sie ihren immer lästiger werdenden Ordnungswahn allmählich auch auf die Ordnungen unseres Innenlebens ausdehnte. Mit Stumpf und Stiel sollten alle Reste unserer bürgerlichen Phantasien ausgerottet werden; dies aber konnte wohl nur gelingen, wenn wir bereit wären, unsere *Charaktermasken* endlich fallenzulassen.

Leicht verstört erfuhr ich, daß Reich diesen Masken durch eine strenge *Charakteranalyse* zu Leibe rücken wollte. Der Charakter des bürgerlichen Menschen war etwas Verkrustetes, Hartes, er war gehemmt und an unselige Affekte gebunden, die es ihm nicht erlaubten, frei in der Welt zu agieren. Die anscheinend penetranteste Hemmung bestand jedoch im Bereich der sexuellen Reaktionen. Reich hatte ihnen besonderes Augenmerk gewidmet und war all ihren Spielarten in komplizierten, nach meinem Eindruck schwer zugänglichen Sondierungen auf den Grund gegangen. Auch im Leib des Menschen herrschten die Gesetze einer verborgenen Ökonomie; wenn bestimmte Empfindungen unfreiwillig hintanstehen mußten, richtete ihre Unterdrückung ein heilloses Durcheinander an. Die verschiedenen Seelenkräfte standen dann im Widerstreit gegeneinander, blockierten sich, gingen zornig aufeinander los und führten endlich einen so erbitterten Streit, daß der Körper sich in Krankheiten flüchtete.

Den einzig rettenden Ausweg aus diesem Labyrinth bildete nach Hannas Meinung das ununterbrochene, wahrhaftige, all diese Themen nicht nur umkreisende, sondern sie offen zur Sprache bringende *Gespräch.* Hanna nannte dieses Gespräch den *therapeutischen Dialog*; in ihrer seit neuestem recht aufdringlichen Art hatte sie vorgeschlagen, daß wir diesen Dialog miteinander führen sollten, um uns unablässig zu sezieren und noch den geheimsten Wünschen und Regungen auf die Schliche zu kommen. Angeblich hatte die verlorene Revolution uns allen ein lädiertes Innenleben hinterlassen; es kam darauf an, es zu verändern.

Ich gab offen zu, daß mir dieses Vorhaben nicht behagte. Im Gespräch mit Hanna hätte ich mir vielleicht einige Geständnisse entlocken lassen. Warum sollte ich aber auch meinem Bruder und Henning meine intimsten Gefühle anvertrauen? Konnten sie überhaupt etwas damit anfangen? Und würde ich sie am Ende nicht mit all diesen vielleicht auch noch sehr verworrenen Andeutungen belasten? Auf meine Einwände entgegnete Hanna, daß meine Fragen Reaktionen auf jene ungeheuren Angstgefühle seien, die mich schon immer beherrscht hätten. Ich gehe den Auseinandersetzungen aus dem Weg, ich sei immer auf der Flucht, stets habe man das Gefühl, ich könnte im nächsten Augenblick verschwinden. Schon die Einrichtung meines Zimmers sei aufschlußreich. Keine Wärme, keine Geborgenheit. Vielmehr hätte ich nur das wenigste aufgeboten, um mich notdürftig einzurichten. In ihren Augen sei ich ein Nomade, der sein Zelt bald hier, bald dort aufschlagen werde, immer aber da, wo man ihn in Ruhe lasse. Dieses Verhalten deute auf nicht ausgelebte Ängste hin; allerdings sei ich unfähig, diese Ängste zu artikulieren, vor aller Augen spielte ich den souveränen, in sich selbst ruhenden, manchmal sogar selbstverliebten Menschen, der keinen anderen an sich heranlasse. Zweifellos rührten derartige Angstsymptome aus meiner Kindheit her; sie denke sich, daß ich die bis heute in skandalöser Weise nie zur Sprache gekommene Abwesenheit eines leiblichen Vaters noch nicht verwunden hätte. Auffällig seien ja besonders jene Verhaltensformen der Bewunderung und Anerkennung, die ich – trotz meiner antiautoritären Bekenntnisse – schon immer gewissen Autoritäten entgegengebracht hätte. Adorno sei nur ein Beispiel von vielen; in ihm hätte ich eine Zeitlang so etwas wie einen Übervater gesehen, einen Guru für meine verunsicherte Existenz, einen Halt, so daß ich kaum eine Gelegenheit ausgelassen hätte, ihn zu sehen. Man müsse sich nur einmal an mein Verhalten in Berlin erinnern. Ich hätte mich schützend vor meinen heimlichen Vater gestellt, ich hätte die berechtigten Angriffe gegen ihn abgewehrt, jene Vorstöße der Außenwelt, die mein inneres Gleichgewicht stark hätten beschädigen können. Die Überreichung des roten Gummiteddys sei in meinem geheimen Empfinden vielleicht so etwas wie *die Bloßlegung eines Vaterpenis* gewesen, und da die bei männlichen Kleinkindern vorhandene Kastrationsangst in meiner Kindheit aus verständlichen Gründen nie besonders stark habe durchdringen können, sei erst bei dieser verspäteten Gelegenheit meine Aggression gegen das väterliche Glied in einem Handstreich zum Ausdruck gekommen. Also könne man behaupten, daß ich das Glied des heimlichen Vaters …

Ich unterbrach sie. Zum ersten, entgegnete ich erregt, könne sie, Hanna, keineswegs behaupten, Einblick in mein kindliches Erleben gehabt zu haben. Für einen solchen Einblick sei ein vollständiges Wissen erforderlich, über das selbst mein Bruder nicht verfüge, da wir eine lange Zeit dieser Kindheit nicht gemeinsam verbracht hätten. Zum zweiten empfände ich es als widerwärtig, mit diesen, wie solle ich es nennen, psychischen Klebrigkeiten belästigt zu werden; ich könne trotzig versichern, daß ich mein Leben lang ein recht entspanntes Verhältnis zu meinen Innereien gehabt hätte, so daß ich keineswegs einsähe, warum diese Sympathie durch törichtes Geschwätz gestört werden solle. Zum dritten und letzten aber könne ich ihr depressives Lamento, das mir schon seit Wochen zusetze, nicht ertragen; meine sexuelle Ökonomie, von der sie leider so wenig Ahnung habe, habe eine sehr sensible, durch die verschiedensten Anstöße vorangetriebene Entwicklung genommen, eine Entwicklung, die durch so aufdringliche Kommentare wie die des Herrn Reich bestimmt nicht gefördert worden wäre. Von Ökonomie im strengeren Sinne habe diese Sexualität freilich nichts, im Gegenteil sei sie stets eine unökonomische, manchmal geradezu wilde, bei besonderen Gelegenheiten sogar triumphale Befreiung gewesen, über die nun allerdings viele Worte zu machen nicht lohne …

Mit diesen markanten Sätzen hatte ich mir nicht nur Hannas Widerrede, sondern auch den höhnischen Kommentar meines Bruders eingehandelt. Josef nämlich hatte inzwischen ebenfalls einiges Gefallen an den Analysen des Wilhelm Reich gefunden, er studierte seine Bücher selbst noch des Nachts, und er berichtete von den umwerfenden Entdeckungen, die ihm die Lektüre dieser zweifellos mittelmäßigen Schriften beschert hatte. Auch Henning, von dem ich allerdings nichts anderes erwartet hatte, war empört. Meine Antwort, gab er in seiner besserwisserischen Haltung zu verstehen, zeige auch ihm, daß ich durch Hannas Einwände schwer getroffen worden sei, es sei mir nicht möglich, meine *aggressiven Impulse* umzuleiten in *libidinöse Energien,* in solche der Zärtlichkeit nämlich, man sehe mir meine Gehemmtheit deutlich an, wenn man sich nur mein gerötetes Gesicht anschaue, wie ja überhaupt einmal länger darüber nachgedacht werden müsse, was meine Erkrankung, dieses unaussprechliche Gespenst von einer Erkrankung, im tieferen Sinn eigentlich bedeute. »Bevor wir soweit sind«, antwortete ich ihm gereizt, »überlegen wir erst einmal, was Dein Heine-Studium bedeutet, Dein nächtliches Brüten an diesem schweren, schwarzen, unausstehlichen Schreibtisch, dieser Ausgeburt einer pastoralen Vater-Existenz, diesen massiven Holzlagen, dieses Sitzen über dem melancholischen Liedchen *ich weiß nicht, was soll es bedeuten ...,* und bevor wir uns damit beschäftigen, wenden wir uns Josefs manischer politischer Hektik zu, seiner Suche nach Brüdern und Schwestern, seinem Großfamilienkomplex, seinem Mißtrauen, seiner Rachsucht, dem Vorstechen seiner Penisspitze in die Opel-Betriebe von Rüsselsheim, dieses Hineinnaschen in andere Sphären ..., und bevor wir das alles erledigen, liebste Hanna, widmen wir uns Deinen Teeblüten und den Stätten der Leere, diesen sehnsüchtigen Blicken auf den trostlosen Stillstand der Teepfützen, widmen wir uns Deinen enervierenden mütterlichen, hausmütterlichen Attacken, Deinen ausgebreiteten Armen, die die Kindlein an die Brust nehmen wollen, von denen Dir freilich für die nächste Stunde nur zwei zur Verfügung stehen, die ich Dir gern überlasse, während ich ... ich, die Charaktermaske, das Ungeheuer, der Nomade ... mich zurückziehen werde auf mein *Prinzip Hoffnung,* mit dem sich besser träumen läßt als mit den Schriften dieses Orgasmusanbeters, jenes gewissen Herrn Reich, über dessen

Verkrustungen und Verkarstungen *ich* mir kein Urteil erlaube, weil sie mir gleichgültig sind, die Ökonomien dieses Herrn …«

Ich schlug die Küchentür hinter mir zu und verschwand in mein Zimmer. Von der Zusammensetzung genialischer Ökonomien hatte ein Wilhelm Reich nichts verstanden. Dasselbe konnte man von Ernst Bloch gewiß nicht behaupten, erhob sich doch in seinem *Prinzip Hoffnung* die innere, sehnsuchtsvolle Begierde des Menschen zu jenen Aufschwüngen, die ich schon immer geliebt hatte. Indem ich mich seiner Führung anvertraute, erfuhr ich, daß wir leer anfingen. Wir regten uns. Wir hatten nicht, was wir wollten, aber wir konnten noch warten. Vieles schmeckte nach mehr, lockte uns. Wir begannen zu träumen, täglich ins Blaue hinein, wir lebten allmählich auf, steckten schon in einer doppelten Haut, der unserer Tage und der unserer Träume …, wir wollten ganz verschwinden, entkommen, wir versteckten uns, gerieten immer mehr ins Träumen, blieben nicht auf der Stelle, sondern rafften einiges Notwendige von zu Hause mit uns …, so daß ich mich plötzlich erkannte, meinen kindlichen Großkopf, der sich hin- und herwiegte, der schon im Mutterleib den Zeichen der Welt gefolgt war, um sich später so schwer ans Leben zu gewöhnen, an die ärmlichen Straßen von Köln, an das Elend der Nachkriegstage, an Theos helles Entzücken, an die Spiele mit ihm in der beengten Wohnung, an die Schreie zu Ehren einer siegreichen Fußballmannschaft, vor allem aber an den erstaunten Blick meines Onkels, an das Geigenspiel meines Großvaters und die hellschönen Legenden um Fritz Busch, denen ich gefolgt war, endlich verlassend meine mir von Natur gegebene Haut, ausschlagend, hinausstrebend, so daß mir Köln und seine Umgebung nicht mehr genug gewesen waren, während Adenauer mich nach Osten gelockt hatte, nach Wuppertal, zur wunderlichen Augusta, die sich meiner angenommen, um diesen Sehnsuchtsgefühlen den ersten Boden zu geben, Stunden am Klavier, Stunden mit ihren Freunden, eine Ahnung vom *russischen Menschen,* mein Aufbruch aber schon eine beschlossene Sache gewesen war, nichts mehr mich hätte halten können, so daß ich, bereits mit undurchschaubaren Kräften begabt, zauberischen, geheimnisvollen, unter die Mitschüler trat, sie fortlockend in die fernsten Länder und Territorien, auf den Spuren Alexanders des Großen …, Seite um Seite …, nun auf der nächsthöheren Stufe, dem *antizipierenden Bewußtsein.* Wir regten uns, ein wacher Impuls hatte uns gepackt, der zum Drang wurde. Das wuchs und wuchs. Man nannte es *Sehnen.* Leidenschaften meldeten sich, leibliche, geschlechtliche. Die Tagträume unterschieden sich nun von den Nachtträumen. Im Nachttraum versiegte das Aufgewühlte, im Tagtraum zeigte sich das erhoffte Glück, ein Leuchten auf *freier Fahrt …,* so daß ich mich auf Reisen sah, auf, es geht nach New York, die Fremde lockt, auf, es geht nach Rom …, wo ich erlebte den *Schwarm-Aufstieg,* den Rausch. Auch Räusche waren zu unterscheiden. Der Opiumrausch gehörte zum Nachttraum, der Haschischrausch aber zum Tagtraum …, zu jenem Umherirren mit Cindy, zu ihrer rastlosen Neugierde, die nicht lassen wollte von den sieben Hügeln, zum lange verzögerten Aufschrei großer Gefühle, zu diesen verhaltenen Zärtlichkeiten, bei denen ich das Zusammenspiel von Körper und Seele entdeckt hatte …, bis ich einen weiteren Charakter des Tagtraums erfuhr, den der *Weltverbesserung,* zunächst in der Kunst, dann auch im Leben, schließlich im Sozialen: *Jugend, Zeitwende, Produktivität …,* Seite um Seite …, lange Nacht, bis in den Morgen, schöner Morgen, *zärtlicher Morgen,* als ich, halb noch berauscht, endlich den Schlaf fand, utopisch träumend von Lampengeistern und wilden Märchen, fernen großen Städten, den Zaubergärten des geheimen Glücks, Zitronenbäumchen, dem Tanz der Schamanen, den Schreien der Tataren, vorwärts, voran, ich …, ich …, kleiner Knabe …

So erkundete ich meine Geschichte, im *Prinzip Hoffnung* waren ihre Umrisse angedeutet. Der Mensch war, wie Bloch es zu nennen pflegte, *nicht* dicht; es steckte vieles in ihm, das einmal ausbrechen konnte. In seinem Innern waren geheime Kräfte verborgen, aber auch draußen war die Welt so wenig fertig wie im Inneren, sie gärte, prozessierte, so daß man das Wirkliche als einen lebendigen Stoff ansehen konnte, als *reale Möglichkeit…*, in die die Traumgedanken eingreifen konnten, zunächst nur vage, dann aber durch und durch konkret erscheinend…, in Willy, dem Kandidaten, der Adenauers Regiment allmählich verdrängt hatte und nun an der Spitze des Landes stand. Willy hatte sich des Prinzips Hoffnung angenommen, all seine Aktivitäten deuteten darauf hin, daß langgehegte Pläne sich nun verwirklichen sollten, weil auch die Wirklichkeit inzwischen in Bewegung geraten war, enthärtet durch jenen *Hauptstrom* der Veränderungen, der nun in staatspolitische Bahnen gelenkt werden konnte. Daher hatte Willy sich auf den Weg gemacht, er war zu einem Meinungsaustausch in die DDR gereist. Erleichtert stellte ich fest, daß von *Wiedervereinigung* nicht mehr die Rede war. Willy hatte frühzeitig festgestellt, daß in Deutschland zwei Staaten existierten, die doch füreinander nicht Ausland waren. Ihre Beziehungen zueinander konnten nur von besonderer Art sein…

So war er in der Frühe in Erfurt eingetroffen, während auf dem Bahnhofsvorplatz eine große Menge auf ihn gewartet hatte. Man hatte ihn in das Hotel *Erfurter Hof* begleitet, vor dem die Sprechchöre lauter geworden waren. Schließlich war er ans Fenster getreten, um sich der Menge zu zeigen. Er hatte mit einigen beruhigenden Gesten jene übereilten Hoffnungen gedämpft, die in manchem der Zaungäste wach geworden waren. Später hatte man sich ins Konferenzzimmer zurückgezogen. Das erste direkte Gespräch zwischen Repräsentanten der beiden Staaten hatte begonnen.

All diese Ereignisse hatten mich – wie viele andere – erregt. Die ganze Zeit hatte ich auf eine Möglichkeit gewartet, mit Josef darüber zu sprechen. Meist aber traf ich ihn nicht allein an. Als es mir zuviel wurde, lud ich ihn zu einem Glas Bier in eine Kneipe ein. »Nun, was sagst Du?« – »Worüber?« – »Über Willy! Die Beziehungen zwischen den deutschen Staaten werden sich bessern, wie ich überhaupt – die möglichen Verträge mit Rußland und Polen eingerechnet – daran glaube …« – »Johannes! Fällst auch Du darauf herein?« – »Worauf?« – »Es sind Ablenkungsmanöver. Willy spielt jetzt den Außenpolitiker, den großen Staatsmann, der das längst Versäumte nachholt, eine neue Ordnung in Europa schafft …« – »Ablenkungsmanöver?« – »Diese Außenpolitik lenkt vom Zustand des Landes im Inneren ab. Jetzt sind bedeutende Gesten gefragt, Du wirst schon noch sehen. Die Studentenunruhen haben die Bevölkerung verunsichert, sie braucht jetzt einen feierlichen Spielfilm.« – »Rede nicht so, erinnere Dich lieber daran, wer von uns beiden so lebhaft für Willy eingetreten ist, für diesen *alias*, wie Adenauer ihn einmal nannte …« – »Ich gebe es ja zu. Damals hatte ich aber noch keine Ahnung und kein politisches Urteil.« – »Und wie sieht Dein Urteil jetzt aus, was Willy betrifft?« – Josef schaute mich gelangweilt an. »Willy«, sagte er gedehnt, »Willy übernimmt sich. Er hat sich immer mit seinen großen Rollen übernommen. Er hat sie ja schon mehrmals getauscht, ich brauche Dich nicht daran zu erinnern. Der Mann aus Lübeck! Der Norweger! Der Berliner! Jetzt ist er der Mann von Welt, und bald wird er in die Ewigkeit abheben.« – »Du gehst sehr lieblos mit Deinen früheren Träumen um.« – »Weil meine Träume sich verändert haben, Johannes. Ich habe begriffen, daß dieses Polit-Spiel niemandem hilft, im Gegenteil, es verschlimmert die Lage nur. Die Menschen dürfen alle vier Jahre einmal wählen, und die großen Entscheidungen treffen einige Wirtschaftsbosse und ein Häuflein von Politikern, die gar nicht bemerken, wofür sie ausgebeutet werden.« – »Willy?! Ausgebeutet?!« – »Ja, und das im doppelten Sinn. Dialektik, mein Lieber!« – »Nun rede endlich genauer!« – »Also: zum einen ist Willy jetzt der Friedensapostel, der Mann für die großen Gesten, den man jeden Abend im Fernsehen bewundern kann. Er macht Eindruck, mit diesem Feiertagsgesicht, dieser starren Miene, diesem weihevollen Gang, einem Gang zum Kränzeniederlegen. Das – da gebe ich Dir recht – macht den Menschen wieder Mut. Sie schauen zu ihm auf, und die Deutschen haben dazu eine starke Neigung. Sie waren die Christdemokraten leid, das stimmt schon; zwanzig Jahre Christdemokraten, zwanzig Jahre dieselben Beruhigungspillen! Auch die Deutschen haben sich verändert, ihr politischer Geschmack ist delikater geworden, einen Schluck Wodka nimmt Willy jetzt niemand mehr übel. Daher wird er ausgebeutet, er ist die Ersatzfigur für die neuen Wünsche, hinter denen sich aber noch immer die alten verbergen, Feierlichkeit, elegantes Heim, modernes Flair … Jetzt betrachten wir es einmal von der anderen Seite! Auch der Ausgebeutete hat ein Vergnügen an der Sache, einen Lustgewinn, wenn ich – entschuldige – so sagen darf. Darf ich?« – »Mach mal weiter!« – »Erinnerst Du Dich, warum wir uns damals Willy verschrieben haben? Weil er allein war wie wir, ein uneheliches Kind, das seinen Vater nie sah, dessen Mutter Tag und Nacht arbeitete, das hin und her gestoßen wurde, das aber empfindlich genug war, dies alles nicht hinzunehmen, das sich Väter suchte, Väter erdachte. Willy suchte eine Familie, einen Schutz, eine beständige Zuflucht. Und gerade das hat er nie gefunden. Er ist steif und feierlich geworden bei seiner vergeblichen Suche. Er hat sich abgekapselt, eingeigelt, ein melancholischer Träumer, der plötzlich seine Stunde kommen sah. Er konnte Kanzler werden! Nun endlich würde er viele Freunde gewinnen. Ein ganzes Land würde ihm zu Füßen liegen. Jeden seiner Schritte würde man verfolgen. Auf einmal paßte die *Charaktermaske*, die er …« –

»Nichts da, Josef! Ich habe es schon die ganze Zeit geahnt. Reich! Das ist Wilhelm Reich! Jetzt wirst Du mir gleich erzählen, daß er auf der ewigen Suche nach seinem Vater ist und daß seine Reise in die DDR nur diesem Ziel dient, daß er also in aller Heimlichkeit Kontakte aufnehmen will, um das in ihm selbst Widerstrebende, Auseinanderlaufende zusammenzubringen …« – »Johannes?! Ich erstaune. Hast Du etwa heimlich …« – »Ich kenne diesen Reich in- und auswendig, ohne daß ich eine Zeile von ihm zu lesen brauche. Hanna redet von morgens bis abends so, sie ist vernarrt in all diese leicht handhabbaren Begriffe, und sie betrachtet das ganze Leben und jeden Menschen, der sich ihr nähert, wie einen klinischen Fall. Alles findet plötzlich ihre Aufmerksamkeit; wie man redet, wie man sich verhält, ob man die Hände zu schnell bewegt, ob man sie anschaut, ob man wegschaut, alles wird in ihrem Kopf zu einem Beweis. *Wie* man etwas sagt, ist längst wichtiger als das, *was* man sagt. Selbst Schweigen ist entlarvend, zeigen sich doch während des Schweigens die Neurosen besonders deutlich …« – »Nicht die Neurosen …« – »Sondern?« – »Die *Charakterwiderstände.*« –»Und bitte, was soll das sein?« – »Der *Charakterwiderstand* bleibt immer der gleiche. Man kann ihn nicht verdrängen, nur verstekken. Jede Geste verrät ihn, während der Patient mit seinen Worten …« – »Da haben wir's. Patient! Die ganze Welt besteht aus Patienten.« – »In etwa, ja. Aber es ist schwieriger als Du Dir denkst. Denn ein Mensch legt sich in seiner frühesten Kindheit, auf Grund besonderer Erlebnisse, einen bestimmten Charakter zu. Und gerade der hindert ihn oft daran, sein eigentliches Wesen zu entwickeln … Schau Dir Willy an! Er schwankt! Wir werden nicht aus ihm klug. Mal ist er der Tatkräftige, der alles an sich reißt und rasch seine Entschlüsse faßt, mal sitzt er versunken in seinem Stuhl, den Blick irgendwohin gerichtet, als würde er am liebsten auf eine Insel verschwinden, wo ihn niemand kennt. Sein Charakter ist instabil. Vorläufig hat er sich für die volkstümliche Friedensvariante entschieden. Er tritt als Staatsmann auf. Er zeigt Entschlossenheit. Und … Du wirst sehen … irgendwann bricht seine andere Seite durch. Die Charaktermaske wird als Widerstand gegen das Triebleben …« – »Josef! Ich kann es nicht mehr hören! Wie wäre es denn, wenn er gerade den Charakter gefunden hätte, der ihm angemessen wäre? Wie wäre denn das? Aber ich will nicht davon reden. Psychologie! Alles nur Psychologie! Dabei geht es hier um Politik, um Friedenssicherung, um wichtige Entscheidungen. Es ist mir ganz gleichgültig, welche Masken Willy bevorzugt, ablegt oder verleugnet, ich will wissen, ob er sich behauptet …« – »Sehr naiv, Johannes! Willy kann sich nicht behaupten, denn irgendwann wird ihn seine Einsamkeit resignieren lassen …« – »Gut, ein letztes Mal in meinem Leben wette ich mit Dir.« – »Ich wette nicht …« – »Josef! Du hast dreitausend Mark Schulden!« – »Herrje, ja, ich habe diese Schulden, einmal habe ich einen großen Fehler begangen, wie lange willst Du es mir noch vorhalten?« – »Ich habe es Dir nie mehrmals vorgehalten …« – »Wir sollen um dreitausend Mark wetten?« – »Um diese dreitausend Mark!« – Er zögerte noch einen Moment, dann stimmte er zu. Ich bestellte zwei weitere Gläser Bier. Ich war zufrieden. Man durfte Josef nicht lauthals seine Meinungen verkünden lassen. Man mußte ihn festlegen. Dann beugte ich mich wieder vor. »Wann rechnen wir ab?« – »Wenn es vorbei ist, wenn Willy als Kanzler abtritt.« – »Einverstanden! Josef? Schließ doch einmal die Augen!« – »Ich soll was?« – »Nun mach schon … gut …, hör mir mal zu …, achte genau auf meine Worte …« – »Willst Du mich hypnotisieren?« – »Keine Widerrede, nur zuhören … Stell Dir vor, wir fingen jetzt an, wir hätten uns nicht, wir würden erst …« – »Wie redest Du denn wieder?« – »Still! … wie also würdest Du Dir dann die Welt träumen, ich meine unsere unmittelbare Umgebung, das nächste, das aufscheint …« – Er öffnete die Augen. »Ich sehe es genau vor mir, ich brauche nicht zu träumen.« – »Dann fang an!« – »Ich hoffe, daß unsere Gruppe größer wird. Wir werden neue Freunde gewinnen für den *Revolutionären Kampf.* Wir werden in die Betriebe gehen, einige Lehrlinge und Arbeiter werden uns folgen, vielleicht nicht viele. Es wird noch mehr Wohngemeinschaften geben, und die Kontakte untereinander werden zunehmen. Bald werden unsere eigenen Läden entstehen, Buchhandlungen, Bäckereien, Kindergärten ..., die *Scene* wird sich ausbreiten, allmählich, aber stetig. Sicher wird es weiter Streit geben, es hat immer Streit gegeben, gerade unter den Linken. Aber wir sind nicht die Feiertagsapostel des Bürgertums, das gewiß nicht, und wir werden es nie werden ...« – »Aber Josef, dieser Traum ist schrecklich! Du willst ganze Stadtteile zu einer einzigen Wohngemeinschaft machen? Und das Analysieren soll kein Ende nehmen? Und alle werden miteinander so reden, wie Hanna mit uns redet: *hast Du Dir schon mal überlegt ..., wozu tust Du das eigentlich ..., bist Du Dir darüber im klaren ...?* Das werden melancholische Zeiten, Josef, das werden Rückfälle ins Schwerenötertum, in die Zeiten der schwarzen Galle, die ich aus meinen frühesten Tagen her kenne, und ich will Dir sagen ...« – »Johannes! Gib Dir keine Mühe! Trauer, Melancholie – mag schon sein. Trauer ist nichts Schlechtes, das Bürgertum hat die Trauer immer verachtet, ich weiß. Stolz muß man sein, ein Sieger, ein Siegfried ...« – »Oh nein, Siegfried war einer der Traurigsten, davon verstehst Du nichts ... Ich träume von einer schöneren Geselligkeit als der, die Du im Kopf hast. Eigene Betriebe, gut, eigene Werkstätten, ja. Viele werden in den Kneipen sitzenbleiben und den alten Zeiten nachtrauern. Politisch jedoch wird man nur etwas erreichen, wenn man sich zu einer Partei zusammenschließt.« – »Das ist Unsinn, der Parlamentarismus ist am Ende ...« – »Ich weiß, Josef, lauter Charaktermasken! Aber ich muß Dir etwas gestehen. Onkel Josephs Studentenpartei, in die ich eingetreten bin, erscheint mir hoffnungsvoller als alles ...« – »Diese Studentenpartei ist eine der spleenigen Ideen des Onkels. Politik ist damit nicht zu machen. Politik braucht Strategie und Organisation. Und darin ist die Linke immer noch Meister …« – »Wir wollen nicht streiten. Warten wir ab … Sag mir noch eins, ganz am Schluß. Wie steht es mit Hanna?« – »Wie soll es stehen?« – »Also, nu … also nun, *nudelt* Ihr wieder?« – »Gott, Johannes. Da sitzt Du vor mir wie ein groß gewordenes Kind, mit Deinem riesigen Schädel, Deinen wachen Augen. Und noch immer wirst Du rot, wie früher! Mein Bruder, der auszog, das Fürchten zu lernen! Er hat es gelernt, er hat ordentlich eins über seinen großen Schädel bekommen, jetzt ist ihm um sein Geschlechtsleben bange.« – »Hör auf damit! Das Fürchten habe ich gelernt, soweit stimmt, was Du sagst. Bange ist mir jedoch nie geworden. Doch wenn Du mir ausweichst …« – »Ich weiche Dir nicht aus. Also, aufgepaßt, Johannes! Wir *nudeln* nicht. Hanna will es nicht. Es kommt auch daher, daß sie sich so häufig mit Stefanie trifft. Stefanie arbeitet in einer *Frauengruppe,* wenn Dir das etwas sagt. *Packt die Eminenzen an ihren Schwänzen* – nicht wahr? Aber ich verstehe mich mit Hanna besser als früher. Wir sprechen viel miteinander.« – »Das weiß ich, es ist nicht zu ertragen, nimm es mir nicht übel!« – »*Trauerarbeit,* Johannes, nicht das Schlechteste! Was soll ich tun? Man müßte Klavier spielen können …« – »Du Aas! Du Unmensch!« – Wir lachten, seit langem hatte ich meinen Bruder nicht so fröhlich gesehen.

Unterdessen nahm das Leben in der Wohngemeinschaft für mich immer bedrückendere Züge an. Henning verbrachte den ganzen Tag im Haus. Auf seinem Schreibtisch türmten sich Papiere und Bücher, er hatte sich sogar einen Karteikasten angeschafft, um Heines Lyrik nach Stichworten ordnen zu können. Bald nahm die kleinliche Zettelwirtschaft so überhand, daß ich einige Schnipsel im Bad und auf dem Flur entdeckte. Schon die Handschrift erregte in mir Widerwillen. Henning zog die

Großbuchstaben über Gebühr aus, sie wirkten wie herrische Offiziere, die die kleineren herumkommandierten. Noch immer konnte er nicht mit der Schreibmaschine umgehen. Daher schrieb er mit der Hand, vertiefte sich in seine Kringel und Kleckse und erweckte die Vorstellung eines gefräßigen Säuglings, der noch nicht gelernt hatte, seine Nahrung bei sich zu behalten. Wochen- und monatelang quoll das Angelesene wie ein schlechtdurchspeichelter Brei wieder aus ihm heraus, wahrscheinlich war Heines Dichtung unter diesen Sabberakten längst begraben.

Da ich mir selbst einmal ein Bild von den Mühen machen wollte, die zu einer akademischen Karriere gehörten, drang ich an einem Nachmittag heimlich in das Zimmer ein. Ein Geruch von Tabak und Schweiß, dem eine übelriechende säuerliche Note beigemischt war, schlug mir entgegen. Dort stand das Allerheiligste. Listen mit Gedichtanfängen lagen neben Bleistiftnotizen, auf denen sich der Gelehrte die Stationen von Heines Biographie mühselig vergegenwärtigte. Mein Gott, er wußte all diese Daten noch nicht einmal auswendig, er hatte sich Monate mit diesen Schriften beschäftigt, ohne daß sich ihm diese wenigen Zahlen eingeprägt hätten! Anscheinend hatte er ein so mangelhaftes Gedächtnis, daß er sich alles mehrmals notieren mußte. Auf großen Bögen waren bestimmte Worte jedenfalls so oft wiederholt, daß einem ganz schwarz vor Augen wurde. In aller Eile zählte ich elfmal *Deutschland,* achtmal *einsam,* neunmal *Erinnerung* und siebzehnmal *Nacht.* Zahlenkolonnen gaben einen Aufschluß über die Fundstellen. Wahrscheinlich wälzte der Vergeßliche jedesmal aufs neue seine Gedichtbände, wenn ihm eine matte Ahnung gekommen war. Denn auch die Bücherseiten waren über und über mit peinlichen Frage- und Ausrufungszeichen versehen. Selbst einfache und bereits auf den ersten Blick eingängige Zeilen schienen unüberwindliche Verständnisschwierigkeiten zu bieten. Daher wirkten die Gedichte plötzlich wie Vogelscheuchen, auf denen sich Hunderte von Saatkrähen niedergelassen hatten, um jedes Komma, jedes Semikolon anzupicken. Bald würden die schönen Verse im Dunst der kommentierenden Zeichen verschwinden; hier lugte noch ein aufatmender Bindestrich heraus, dort winkte eine freistehende Zeile mit letzter Kraft.

Mich packte die Wut. Selbst die Gedichte des Todkranken aus seiner Pariser Matratzengruft waren mit lächerlichen Kommentaren versehen. Genügte es nicht, jene bitteren, scharfen und manchmal resignierten späten Gesänge einfach im Kopf zu behalten? In früheren Zeiten hatte ich einige dieser Gedichte selbst einmal gelesen, ich erinnerte mich gut daran. *Wie langsam kriechet sie dahin,/Die Zeit, die schauderhafte Schnecke!/Ich aber, ganz bewegungslos/Blieb hier auf demselben Flecke …* Ja, gewiß, so langsam kroch auch in diesem Studierzimmer die Zeit dahin; eine häßliche, klebrige Schnecke war sie geworden, die sich an den Wänden aufrichtete, ihre Spuren an den Tapeten hinterließ und sich manchmal wochenlang in ihr Gehäuse zurückzog. Wie sehr war all diese Zeit vertan! Ich legte das aufgeschlagene Buch wieder zur Seite, ein heftiger Ekel hatte mich gepackt. Hinaus! Dies war die Höhle der alten Krankheiten, feucht, drückend, modrig, die Höhle eines frühen Todes, dem Heine seine spöttischen Worte zugerufen hatte. *In meine dunkle Zelle dringt/Kein Sonnenstrahl, kein Hoffnungsschimmer;/Ich weiß, nur mit der Kirchhofsgruft/Vertausch ich dies fatale Zimmer …*

Etwas von diesen trüben Stimmungen war auch in unser Zusammenleben eingedrungen, ich konnte mich ihnen manchmal kaum noch entziehen. Wenn ich mich draußen unter anderen Menschen bewegte, fühlte ich mich frei und ungebunden. Die stundenlangen Klavierübungen in der Hochschule machten mir nichts aus; ich war intensives Üben gewohnt, und ich betrachtete selbst die unmelodischsten Fingerübungen noch wie ein notwendiges Training, bei dem es auf gewisse Höchstleistungen ankam. Manchmal beunruhigte mich aber schon der Gedanke, in die Wohnung zurückkehren zu müssen. Ich trieb mich nächtelang herum, stillte meinen brennenden Durst, unterhielt mich ausschweifend, schlich aber schießlich doch wie ein Gefangener nach Hause, den die scharfen Rügen des Aufsehers ereilen würden.

Um keinen Anstoß zu erregen, ging ich meist noch einmal in die Küche, wo sich der therapeutische Gruppenrat unter Hannas Führung versammelt hatte. Auf ihren Vorschlag hin hatte man mit einer sogannten *Gruppenanalyse* begonnen. Jener Herr Reich hatte sie auf den glorreichen Gedanken gebracht. Eine *Gruppenanalyse* war auf den ersten Blick ein locker geführtes Gespräch, bei dem ein Mitglied der Gruppe ein anderes unablässig befragte. Die weiteren Zuhörer machten sich ihre Gedanken, im besten Falle sogar Notizen. Anfangs kamen mir die Sitzungen noch harmlos vor. Hanna gab Stichwörter aus, und die anderen mußten preisgeben, was ihnen zu diesen Wörtern einfiel. »Baum!«, sagte Hanna, und Josef antwortete geduldig: »Stärke, Blitzlicht, Angst.« – »Bett!«, befahl Hanna. – »Kälte, Eis, Lunge.« – Manchmal setzte ich mich dazu und hörte mir an, was an psychischem Bodensatz ans Licht kam. Ich wußte, daß Hanna das nicht schätzte. Eine Gruppensitzung war Sache einer geschlossenen Gesellschaft. Als Spätankömmling hatte ich angeblich bereits wichtige Antworten verpaßt. Um meinen guten Willen zu zeigen, füllte ich mir eine Tasse mit Tee, rückte meinen Stuhl zur Seite und schwieg. Hanna resümierte. Offensichtlich bedeutete *Baum* so etwas wie *männliche Kraft, Potenz, Ausdruck.* Josef hatte zu erkennen gegeben, daß er sich davon sowohl angezogen wie abgestoßen fühlte. In seinem Inneren standen sich zwei verschiedene Welten gegenüber. Die eine fühlte sich angezogen von männlichen Gewaltphantasien, die andere fürchtete sich vor sexuellen Ausbrüchen. *Bett* dagegen bezeichnete eher passive Energien. Josefs Antworten deuteten darauf hin, daß ihn eine solche Passivität insgeheim abstieß. All diese tiefen Erkenntnisse wurden von Hanna notiert. In ihrem Psycho-Tagebuch hatte sie die Offenbarungen festgehalten, um sie mehrmals in der Woche zu komplettieren. »Darf ich was sagen?«, fragte ich vorsichtig. – »Du, Johannes«, antwortete Hanna, »wir sind gerade ganz bei der Sache, weißt Du? Wenn Du uns jetzt rausbringst, verlieren wir völlig den Faden.« – »Weiß ich, Hanna, ist schon klar; ich will nur vermeiden, daß ihr die falschen Fäden verknüpft.« – »Du, Johannes, das finde ich jetzt gar nicht richtig, daß Du so starke Einwände machst; Du warst gar nicht von Anfang an dabei.« – »Du, Hanna, das macht doch nichts, ich habe ja gehört, was Josef gesagt hat; und Du hast jetzt genau die falschen Fäden verbunden.« – »Also, weißt Du, das ist stark; Du kommst hier herein, setzt Dich trotzig in die Ecke, schweigst, und jetzt willst Du uns gute Ratschläge erteilen.« – »Siehst Du, Du knüpfst schon wieder die falschen ...« – »Also das hab ich jetzt satt, was meint Ihr denn?« – Henning schwieg, auch Josef war die Situation peinlich. »Hanna hat recht«, sagte er schließlich, »wir sind schon viel zu weit fortgeschritten, Du begreifst gar nicht, was hier vor sich geht.« – »Oho, Dudu« rief ich, »ich begreife sehr gut ... Aber ich will mich nicht aufregen. Jetzt reden wir schon länger über das, was ich noch sagen wollte, als über das, was Du eben gesagt hast.« – »Also sag's!«, antwortete Josef. – »Weißt Du, Hanna, Du kennst die Vorgeschichten nicht. Ich mach es kurz. Von unserem Internatszimmer aus sahen Josef und ich früher auf einen großen, uns anfangs unermeßlich groß erscheinenden Wald. In diesem Wald war uns ein bestimmter Baum besonders wichtig. Es war ein Baum, auf dem wir unser Versteck gebaut hatten, eine Art Hochsitz ...« – »Na und?« – »Dieser Baum war sehr mächtig. Nun übermittelte uns manchmal ein Mitschüler von diesem Hochsitz aus bestimmte Zeichen, meist des Nachts, wenn wir zu Bett gehen mußten. Unsere Betten waren sehr klamm und kalt. Wir froren ständig, und auch Josef litt unter gewissen Beschränkungen der Atemwege. Die Nachrichten, die wir aber erhielten, wurden uns mit einer Taschenlampe zugemorst, verstehst Du jetzt besser?« – »Also das gehört nicht hierher.« – »Selbstverständlich gehört es, Hanna. *Baum* ist für Josef ein Zeichen der Stärke und der Angst. Einmal haben wir recht schlimme Nachrichten erfahren, recht schlimme … damals nämlich, erinnerst Du Dich, Josef, als wir erfuhren, daß in Berlin die Mauer errichtet worden war, die Mauer, die die Wege zwischen den beiden Teilen der Stadt durchschnitt, so daß auch wir dachten, fälschlich dachten, Josef, nicht wahr, auch unsere Wege seien nun …« – »Das ist die Höhe!«, sagte Hanna, »Du platzt hier herein und erzählst uns diese Kindermärchen.« – »Weil dadurch die richtigen Fäden verknüpft werden! Es liegt doch auf der Hand. Kalte Betten, mächtige Bäume …« –

Josef ließ mich nicht weiter zu Wort kommen. Ich mußte den Raum verlassen. Würden sie weiter ihren falschen Fäden nachgehen? Da mir jede weitere Einmischung verboten wurde, beschloß ich, sie in Zukunft heimlich zu belauschen. So kam ich früher nach Hause, ich ließ meine Zimmertür einen winzigen Spalt geöffnet und horchte. Hanna hatte die Regie übernommen …

Sie sprachen vom *Unbewußten*. Das *Unbewußte* sollte um jeden Preis gefunden werden. Zum Glück hatte jeder Mensch gewisse Widerstände aufgebaut, um das *Unbewußte* abzuschotten. War das *Unbewußte* jedoch einmal erkannt, verschwand es verständlicherweise. Wenn man die Spielregeln einhalten wollte, mußte man daher seine Benennung möglichst lange verschieben. Man erfand falsche Benennungen, man verstrickte sich in Widersprüche; gerade dadurch blieb das packende Spiel, das der Erfindungsgabe sehr schmeichelte, lebendig. Endlich konnte man sich mit sich selbst beschäftigen, ohne ein allzu schlechtes Gewissen zu haben. Man *arbeitete,* indem man *spielte.* Der Phantasie waren keine beschämenden Grenzen mehr gesetzt, auch die Geschichten von frühesten Kindertagen, die für jeden erwachsen gewordenen Erzähler etwas von rührender Einfalt hatten, unterlagen nicht länger grausamen Verboten. Man durfte erzählen, man mußte es sogar, nächtelang. Am lohnendsten war die Wiedergabe von Träumen. Die Träume nahmen einem das Erzählen ab. Sie erzählten besser als die Menschen; jedenfalls taten sie es gewitzter. Sie brachten wie im Märchen alles liebenswert durcheinander. Und dabei verbargen sie noch Hintergedanken. Gerade die aber waren immer dieselben und dazu noch die naheliegendsten. Der Mensch dachte, wie nicht anders zu erwarten war, im Traum an seine Wünsche. Bei ihrer Auswahl hatte er sich eine gewisse Kindlichkeit erhalten. Er wollte Liebe, soviel wie nur möglich, und er wollte dabei sowenig wie möglich gestört sein. Leider wurde er laufend gestört. Schenkte ihm die Mutter zu wenig Liebe, lag es meist am störenden Vater; störte der Vater nicht, konnte die Liebe des Kindes zur Mutter übertrieben stark werden. Am besten war es, wenn die Mutter einen liebte und der Vater seine Liebe durch Stören bewies. Ein so stabiles Gleichgewicht der Gefühle war jedoch selten. Meist bildeten sich daher schlimme Komplexe. Deren wichtigster war der *Ödipuskomplex.* Im Grunde war der *Ödipuskomplex* nur eine leicht krankhafte Eifersucht des Kindes auf den Vater. Wie jede andere Eifersucht verschwand die unangenehme Empfindung mit der Zeit. Nur in besonders monströsen Fällen hielt sie länger an. In solchen Fällen entstand das *Unbewußte.* Damit es nicht laufend lästig fiel, schottete man es besser ab. Nun gaben sie sich große Mühe, es wiederzufinden, um jeden Preis …

Ich hatte alles gut begriffen. Doch selbst wenn ich gewollt hätte, wäre es mir nicht möglich gewesen, das unterhaltsame Spiel mitzuspielen. *Der Vater fehlte.* Ich mußte ohne diesen alles entscheidenden *Ödipuskomplex* auskommen, ich war eine geradezu lächerlich komplexfreie Natur. Der quälende Gedanke ließ mich nicht zur Ruhe kommen. Er beschäftigte mich so sehr, daß er bald in meinen Träumen auftauchte. Aber ich wußte ja: ich träumte von meinen Wünschen. Da ich mir wünschte, mitspielen zu dürfen, träumte ich meinen Komplex…, träumte ich inständig…, träumte ich Willy… Meist sah er ernst und feierlich aus, streng geradezu. Aber er war nicht mehr der Ersatzvater meiner kindlichen Phantasien. Meine Wünsche waren gereift. Im Traum war Willy jetzt mein Wunsch. Er war mein *Wunsch-Traum* oder auch mein *Traum-Wunsch.* Indem ich ihn träumte, träumte ich von meinem fehlenden Komplex. Ich träumte einen zielstrebigen Vater, der nachgiebig genug war, einzugestehen, daß er nur ein geträumter war, der sein Traumpensum absolvierte, der auf Reisen ging, um meinen Komplex zu verdrängen. So aber träumte ich mit wachen Sinnen, tagträumend, *prinzipiell hoffend…*

Denn Willy betrieb weiter *Ostpolitik.* In Kassel hatte er hohe Gäste aus der DDR empfangen, um über eine Verbesserung der Beziehungen zu beraten. In der Stadt war es zu Zusammenstößen demonstrierender Gruppen gekommen. Rechtsradikale hatten die Flagge des Gastlandes vom Fahnenmast gerissen und sie zerschnitten, Anhänger der Linken wie der Rechten waren aufmarschiert. Empört hatten die Gäste Einspruch erhoben und mit sofortigem Abbruch der Verhandlungen gedroht. Willy blieb ruhig, Willy entschuldigte sich für die Zwischenfälle und wies auf die demokratischen Rechte der Demonstranten hin. Er begleitete die Gastdelegation zu einem Mahnmal für die Opfer des Faschismus, er wies ihre Forderung, das Nachbarland völkerrechtlich anzuerkennen, zurück. Willy bestand auf Erleichterungen im Grenzverkehr, auf besseren Telefonverbindungen, auf der Belebung des Kulturaustauschs, auf Familienzusammenführung. Er hatte sich mehr erhofft, und die Ergebnisse des Treffens waren spärlich. Eine *Denkpause* hatte man sich vorgenommen, nur mühsam verbergend, daß die *Traumarbeit* ins Stocken geraten war. Mißtrauen und Angst machten sich breit, Affekte wurden ausgelöst, Traumverrückungen, falsche Komplexe …

Dennoch hatten die Unterhändler weiter verhandelt, in der UdSSR, in Polen. Schließlich war Willy nach Moskau gereist, um den deutsch-russischen Vertrag zu unterzeichnen. Aus der russischen Hauptstadt war seine Fernsehrede übertragen worden. Willy resümierte, es handle sich um einen wichtigen Augenblick in der Nachkriegsgeschichte, darum nämlich, das Verhältnis zum Osten neu zu begründen, uneingeschränkt und gegenseitig auf Gewalt zu verzichten, auszugehen von der politischen Lage, wie sie nun in Europa bestehe; der Vertrag gefährde nichts und niemanden, er solle vielmehr den Weg nach vorn öffnen. Neben den üblichen Beratungen war Willy noch zu einem Gespräch mit dem Führer der kommunistischen Partei zusammengetroffen. Abseits von den Konferenzen hatten sie über vier Stunden alle anstehenden Themen erörtert.

Endlich war Willy auch nach Warschau aufgebrochen. Vor dem Ehrenmal des Warschauer Gettos hatte er einen Kranz niedergelegt. Er hatte die Kranzschleifen geordnet, er war einen Schritt zurückgetreten, um sich zu sammeln. Dann war er leicht nach vorne gefallen, auf die Knie; in dieser Stellung hatte er einige Sekunden regungslos verharrt. Er hatte es sich nicht vorgenommen. Der *Traumwunsch* hatte Besitz von ihm ergriffen, ihn überwältigt. Wie in Trance war er ihm gefolgt. Erst später hatte er darüber nachgedacht, was geschehen war. Es hatte ihn hingeträumt auf den feuchten Granit, während in die Schar der Photographen Bewegung gekommen war, Fragen, wo ist er, Unruhe, was tut er …, er aber inmitten des wimmelnden Haufens die steinerne Ruhe eines *Traumsymbols* bewahrt hatte …, worauf ich mir diese Traumwünsche immer von neuem zusammengesetzt hatte, Willys einsame Beschlüsse begleitend, die ihn erneut nach Rußland getrieben hatten, nun einer persönlichen Einladung des obersten Parteisekretärs folgend, von dem er auf dem Flughafen von Simferopol begrüßt worden war, aufgefordert zunächst zu einem kleineren Imbiß, der sich dann über mehrere Stunden hingezogen hatte, so daß man erst weit nach Mitternacht die Autofahrt ans schwarze Meer angetreten hatte, einig darin, daß ein Anfang gemacht worden sei, nach langen Jahren des gegenseitigen Mißtrauens und Schweigens, fortfahrend dort, wo Adenauer nun bereits vor Jahrzehnten verhandelt hatte, dem *Improvisierten* zusprechend, sechzehn Stunden miteinander beratend, über Berlin, das Abkommen der Besatzungsmächte, über eine Begrenzung der Rüstung, die Ratifizierung der bereits unterzeichneten Verträge, ausweichend auch in Anekdoten und persönliche Gespräche, beim Bad im Schwarzen Meer, einer Bootsfahrt, der Rückreise zum Flughafen …

Von all diesen bedeutenden Ereignissen war im Kreis der Freunde kaum die Rede, von meinen *Traumarbeiten* ahnten sie nichts. Noch immer dauerte die leidige Gruppenanalyse an. Wie Beichtkinder saßen sie an vielen Abenden zusammen, um sich gegenseitig von ihren Sünden zu erlösen.

Manchmal tat mir mein Bruder schon leid. Er war fahriger und hastiger geworden; nach einer vorbereitenden Schulung hatte er sich als Arbeiter bei Opel in Rüsselsheim anstellen lassen. Zusammen mit hundert anderen Genossen, von denen allerdings nicht alle im Betrieb selbst arbeiteten, erforschte er *die Basis.* Er gab zu, daß es schwieriger war als er es sich gedacht hatte, und erläuterte mir, als wir einmal allein waren, die Zusammenhänge. Die Arbeitskämpfe waren unübersichtlich, man suchte die Verständigung mit den ausländischen Arbeitern, von denen jedoch die Italiener ganz anders reagierten als die Spanier, gab es doch zum Beispiel unter den Spaniern altgediente Kommunisten, die taktisch bereits geschult waren, unter den Italienern aber Mitglieder der Gruppe *Lotta Continua,* so daß – insgesamt gesehen – Italiener, Spanier und Jugoslawen ganz oben standen, unten aber die Türken und Araber, denen Parolen überhaupt nichts bedeuteten. Zudem kamen die Ausländer bei den Betriebsversammlungen nicht zu Wort; drinnen, in der Halle, saßen die deutschen Arbeiter und schwiegen; die Betriebsräte gaben den Ton an, so daß man genau überlegen mußte, wie man mit klug und klar formulierten Zielen einen Bezug herstellte zu dem, was die Arbeiter im gegenwärtigen Zeitpunkt erreichen und durchsetzen konnten. Zunächst kämpfte man für demokratische Rechte, für das Rederecht etwa, während man andererseits kein Arbeiter war, so daß man häufig mit Mißtrauen betrachtet wurde, weil viele Arbeiter nicht einmal wußten, wie die Jüngeren lebten. Neugierig waren sie schon, hielten sie doch eine Wohngemeinschaft für etwas Phantastisches, für etwas, das ihre althergebrachten Gedanken verwirrte ..., so wie er, Josef, inzwischen verwirrt war durch die Diskussionen in der linken Bewegung, durch die Nachrichten vom Aufbau einer *Roten Armee,* über deren Gewaltaktionen seit der Befreiung Andreas Baaders aus seiner Berliner Haft laufend gesprochen wurde, von der zielstrebigen Kaltblütigkeit, mit der die Befreier vorgegangen waren, den Einsatz von Waffen nicht scheuend, vom Aufbruch nach Beirut, ihrer Schulung in den Trainingslagern des Nahen Ostens, ihrer geheimen Rückkehr nach Berlin, dem planmäßigen Aufbau ihres Untergrundkampfes, den Banküberfällen, all diesen ans Wahnhafte grenzenden Rebellenträumen, die längst zum Scheitern verurteilt waren, so daß man denken konnte, die Mitglieder dieser Gruppe hielten die Bundesrepublik für eine Art Dschungel, dem Glauben verfallen, die Mentalität umherschweifender Rebellenhaufen habe etwas gemein mit der Mentalität der arbeitenden Menschen, ein Gedanke, den Josef – nach den Erfahrungen seiner Betriebsarbeit – als einen völlig *realitätsfernen Wunschtraum* bezeichnete, der sich freilich längst verselbständigt habe, genährt nur noch durch die Illusion, mit der Gewalt einiger Waffen und viel taktischem Geschick den Umsturz eines Systems herbeiführen zu können, das seine Beständigkeit wie nie zuvor deutlich bewiesen habe … Wenn Josef so redete, wurde seine ganze Unruhe deutlich. Die politische Arbeit befriedigte ihn nicht, und die Sitzungen der *Gruppenanalyse* wühlten sein Inneres zusätzlich auf.

Längst hatten sich die Beziehungen der drei selbsternannten Therapeuten zueinander auf undurchsichtige Weise verwirrt. Sie durchschauten nun selbst nicht mehr, welche Bedeutung der eine für den anderen hatte. Hanna hatte in Josefs Verhalten jene autoritären Züge entdeckt, die sie an ihrem Vater kritisierte; Henning mutmaßte, er habe seine Sehnsucht nach angstfreien Beziehungen auf Heinrich Heine projiziert, und Josef versuchte, sich aus allen Zumutungen herauszuwinden, indem er sich unbeherrscht und radikal gab.

Ich selbst war froh, mich auf derartige Gruppenmanöver nicht eingelassen zu haben. In Professor Leopolds Unterricht machte ich gute Fortschritte, Leopold war mit mir zufrieden und überraschte mich eines Tages sogar mit einem Angebot, bei dessen Formulierung er über den eigenen Schatten springen mußte. »Johannes, hören Sie mir einmal zu! Sie kennen meine Abneigung gegen Frankreich, nicht wahr?« – »Ja, Herr Professor.« – »Ich habe dieses Land und seine Musik immer gemieden. Debussy! Eine Katastrophe! Berlioz! Die Marschmusik der Unentschlossenen! Wie auch immer, wir kommen doch nicht um die Feststellung herum, daß Nadia Boulanger eine bedeutende Lehrerin war und ist.« – »Man kann es nicht leugnen, Herr Professor.« – »Sie hatte Schüler wie Aaron Copland, wie Daniel Barenboim, wie Dinu Lipatti …« – »Immerhin!« – »Ja, immerhin, da haben Sie recht. Die großen pianistischen Schulen Frankreichs haben viel von der Boulanger gelernt. Heute unterrichten ihre Schüler in aller Welt.« – »Erstaunlich.« – »Ja, das ist es. Nun hören Sie zu! Wir haben hier zwei Stipendien für Paris zu vergeben … Sie würden von einer Schülerin der Boulanger dort ein, zwei Jahre betreut und unterrichtet.« – »Sie haben an mich gedacht?« – »Sind Sie taub?« – »Nein, aber Sie müssen verstehen, daß meine Gedanken, meine Traumarbeiten, sie sahen solche Wendung nicht vor.« – »Dann kommen Sie schnell auf andere Gedanken!« – »Gerade das fällt mir nicht leicht, Herr Professor.« – »Und warum nicht?« – »Ich besuchte ein Internat, auf dem das Französische nicht unterrichtet wurde.« – »Sie wollen sagen, Sie sprechen kein Wort Französisch?« – »Keine Silbe, Herr Professor; dafür beherrsche ich aber das Italienische und könnte von daher …« – »Das Französische, Johannes, ist eine einfache, dem musikalischen Ohr angenehme Sprache. Es ist die Sprache der Diplomatie und daher auch die der Betrügereien, Stimmungen und Launen. So etwas lernt man nicht, man kann es, verstehen Sie?« – »Ja, Herr Professor, doch ich gebe Ihnen zu bedenken …« – »Sie bedenken gar nichts. Wollen Sie nach Paris oder nicht?« – »Von meinem Willen hängt es nicht ab, Herr Professor.« – »Dann schweigen Sie jetzt. Spielen Sie und fangen Sie schnell an, diese Sprache zu erlernen. In einigen Wochen sprechen wir nur noch Französisch miteinander. *Attention! Avez-vous entendu?*« – Ich hatte verstanden …

Seit diesem Gespräch waren meine Abendstunden mit Französisch-Übungen ausgefüllt. Ich prägte mir Vokabeln und Wendungen ein, studierte Verbformen und andere grammatische Besonderheiten. Leopold war mir, mehr als ich vermutet hatte, behilflich. Nach einiger Zeit ging er sogar dazu über, sich mit mir Französisch zu unterhalten. Anfangs fiel es mir schwer, ich verhaspelte mich, verwechselte italienische und französische Wendungen, wurde jedoch von ihm immer wieder ermutigt. »Sie zögern zu sehr!«, sagte er einmal. – »Sie meinen …?« – »Sie überlegen! Das Französische ist keine Sprache, um zu überlegen. Es muß nur so aus Ihnen heraussprudeln. Musik, mein Lieber! Es handelt sich um seichte Musik, die erfunden wurde, die Völker Europas miteinander bekanntzumachen. Sprachnebel! Wortragout! Stürzen Sie sich einfach hinein!« – Ich gab mir alle Mühe, und allmählich machte ich erstaunliche Fortschritte.

Daß ich mich aus Deutschland fortsehnte, gab mir zusätzlichen Auftrieb. Ich wollte die Diskussionen und die beinahe täglichen Streitereien endlich vergessen. Ich hatte Henri angerufen und ihm von den schönen Aussichten erzählt. Er hatte mich sofort eingeladen; wir würden zusammenleben, in seiner Wohnung, im Zentrum von Paris, und wir würden unsere alte Freundschaft erneuern …

Diese Zukunftsträume beschäftigten mich immer mehr, als ich unter den Freunden weiter ins Abseits geriet. Willy setzte seine *Ostpolitik* fort, sie aber hatten sich noch nicht einmal darüber freuen können, daß ihm der Friedensnobelpreis verliehen worden war. Von allen Seiten legte man ihm nun Steine in den Weg. Einige Abgeordnete der Koalitionsparteien waren bereits ins feindliche Lager übergewechselt, überall wurde das Mißtrauen gegen die neue Politik geschürt, so daß es mich gar nicht überraschte, von einem angeblich *konstruktiven Mißtrauensvotum* zu hören, das die Opposition gegen ihn angestrengt hatte. Man wollte ihn stürzen, ihm die Regierungsgeschäfte entziehen, seine Missionen vergessen machen, die *Traumarbeiten* in *Traumphantasien* zurückverwandeln! Noch anläßlich der Nobelpreisübergabe hatte er von seinem Wunsch gesprochen, Deutschland mit sich selbst zu versöhnen, den Namen dieses im Ausland noch immer argwöhnisch betrachteten Landes mit dem Willen zum Frieden in Übereinstimmung zu bringen, ein Unternehmen, das vielleicht auch im Sinne des Preisstifters sei, habe doch Nobel selbst davon gesprochen, daß er gern *Träu-*

mern helfen wolle, die es schwer hätten, sich im Leben durchzusetzen …

All diese Veränderungen schienen die Freunde nicht zu berühren. Sie sezierten weiter ihr Seelenleben, und Josef arbeitete inzwischen in einer außerbetrieblichen Gruppe mit, da er nach einem öffentlichen Streikaufruf entlassen worden war. Durch Zufall hatte er in der Stadt Manon wiedergesehen, und die kurze Begegnung hatte ihn noch mehr irritiert. Er wußte nicht mehr, an wen er sich halten sollte, da ihm der entscheidende Anstoß fehlte, sich von Hannas Umarmungsversuchen zu befreien.

Ich überlegte. Wie plante man ein *Mißtrauensvotum*? Indem man Mitglieder der Gegenpartei auf seine Seite zog, indem man sich in der Gerüchteküche umtat, indem man unablässig damit beschäftigt war, die Beziehungen zwischen den Menschen zu verunsichern. Nicht anders lief es gegenwärtig in Bonn. Probeabstimmungen wurden durchgeführt, anscheinend hatte die Regierung endgültig die Mehrheit der Stimmen verloren. Der Tag der Abstimmung rückte immer näher. Da entschloß ich mich zum Äußersten …

Als Josef einmal nicht im Haus war, suchte ich die Teeküche auf. Hanna säuberte den Tisch. »Na?«, sagte ich wie nebenbei. – »Was ist?« – »Nichts, Hanna, gar nichts. Josef ist unruhiger geworden, nicht wahr?« – »Erstaunlich, daß Du es auch merkst.« – »Nicht erstaunlich, gar nicht. Es melden sich gewisse *regressive* Züge.« – »Regressiv? Was verstehst Du denn davon?« – »Wenig, Hanna, da hast Du recht. Ich meine gewisse rückläufige Bewegungen.« – »Wieso denn rückläufig?« – »Oh, ich meine das ganz wörtlich, Hanna. Josef klammert sich an Vergangenes, er ist unsicher geworden. Er sieht kein Vorwärts mehr, seine Gedanken sind wohl blockiert, die Traumarbeiten entwickeln sich nicht.« – »Nun mal etwas genauer!« – »Also wir sind zwar, aber wir haben uns nicht, Hanna. Darum werden wir erst …« – »Johannes? Verschweigst Du mir etwas?« – »Ich hätte es Dir lieber verschwiegen, Hanna. Aber vielleicht ist es wichtig für Dich. Schließlich arbeitet Ihr nun weiß Gott schon wie lange zusammen, in Euren Sitzungen …« – »Nun sag schon!« – »Josef hat … also wie soll ich es denn sagen … seine Trauminhalte … sie sind gewissermaßen aus dem latenten Stadium in manifeste, wenngleich rückläufige Bewegungen …« – »Johannes! Du sagst es mir sofort!« – »Nicht gern, Hanna, und nur, wenn Du versprichst, es für Dich zu behalten.« – »Also gut!« – »Josef hat Manon wiedergesehen, er hat es mir selbst erzählt.« – »Das ist nicht wahr, er hat mir versprochen, sie niemals wiederzusehen.« – »Es geschah wohl auch nicht aus Absicht, Hanna, eher zufällig. Aber … sie haben … nun ja … sie haben einen Kaffee miteinander getrunken.« – »Stimmt das?« – »Leider, ja, Du kannst Dir vorstellen, wie enttäuscht ich selbst war. Plötzlich sind seine Affekte wieder durchgebrochen, alle diese lange Zeit unterdrückten Wünsche und … Triebe, diese Neigungen, die ja nur zu leicht einige Augenblicke schöner Geselligkeit nach sich ziehen, da der sexuelle Apparat, vom Traumapparat ganz zu schweigen …« – »Johannes?! Ich frage Dich ganz ernst: stimmt das?« – »Gute Hanna, manchmal geben eben die Traumzensuren nach, lassen Verdrängtes durch, der Widerstand löst sich …« –

Sie schaute mich entsetzt an. Ich ahnte, was in ihrem Kopf vor sich ging. Ruhelos lief sie durch die Wohnung. Sie telephonierte, begann, ihre Sachen zusammenzupacken, telephonierte weiter, räumte ihre Tassen und Teller in der Küche zusammen, während ich hinter ihr hereilte. »Hanna, nimm es doch nicht so ernst!« – »Die ganze Zeit! Alles umsonst! Er hat es mir fest versprochen!« – »Aber Hanna! Er wird ja zu Dir zurückfinden. Die Teestunden und all diese Gespräche …« – »Du brauchst mich gar nicht zu trösten, Du! Du hast Dich die ganze Zeit draußen gehalten, Du! Es ging ihm nicht gut, aber mit der Zeit hätten wir ihn schon wieder hingebracht. Wir haben uns große Mühe …« – »Ich weiß ja, Hanna. Du, ich weiß! Hör doch einmal! Nein, nun laß die Teekannen doch … Bitte, er wird sehr enttäuscht sein … mir zuliebe solltest Du …« – »Dir?! Dir zuliebe?! Du hast mich doch als erster enttäuscht. Schon wenige Tage nach unserem Einzug hast Du Dich eingeigelt, hast mich alleingelassen, wolltest nur noch an Dich denken, an das Klaviergeklimper und Deinen lächerlich aufgeblasenen Professor …« – »Das nimmst Du zurück!« – »… jawohl, nur an Dich! An Deine Karriere! Damit die wunden Fingerchen, die früher noch Steine geworfen hatten, endlich wieder …« – »Das nimmst Du sofort zurück!« – »Oh nein, ich habe Dich gehaßt! Gehaßt und verabscheut habe ich Dich, Deinen Rückzug … gehaßt habe ich Dich … Deine Weinseligkeit, wenn wir zusammensaßen, Deine Träumereien, Deine Utopien, Deine hirnlosen …« – »Jetzt ist es genug! Dann pack nur! Dann pack endlich Deinen Kram! Glaubst Du nicht, ich hätte die ganze Zeit nicht auch Geduld mit Dir gehabt? Glaubst Du nicht, ich hätte mich nicht zügeln müssen, wie lästig mir Deine Teeséancen auch wurden? Kein klares Wort konnte man mehr mit Euch sprechen. Aufgewiegelt hast Du die anderen gegen mich, daß sie mir ihr Vertrauen entzogen, daß Josef mißtrauisch wurde, beinahe *konstruktiv mißtrauisch,* wie man sagen könnte, als er sich immer mehr von mir entfernte …, Du aber … Du! … ihn weiter von innen her aushöhltest mit den Bataillonen Deiner Psychogeister, diesen harmlos wirkenden Fragen nach Kindheit, infantiler Sättigung, pubertärer Nötigung. Der Schweiß konnte einem ausbrechen, Angst machte sich breit … kein Wunder, daß ich übte, stundenlang übte, meine Finger wieder unter Kontrolle zu bringen, sie an das Einfachste zu gewöhnen … *do re mi fa … avez-vous entendu …* Das waren Fortschritte, immerhin, kein Zurück, sondern ein Voran! Oh ja, manchmal wäre ich gern in Euren Sitzungen aufgetaucht, um sie zu sprengen, manchmal hätte ich gern einen Betäubungscocktail in Eure Gläser gefüllt, wenn ich in meinem Zimmer mitbekam, wie Du Josef hernahmst, ihm Deine aufdringlichen Fragen stelltest...« – »Du hast mitgehört? Gelauscht?« – »Allerdings, denn es war nicht zu überhören, wie falsch hier geträumt wurde, statt nämlich... statt das richtige Träumen zu lernen, *prinzipiell hoffend,* wenn es Dir etwas sagt, bis hinüber nach Polen, bis hin zum Schwarzen Meer, was Dir gewiß gar nichts sagt, die letzten Traumreste zu bewahren, damit sie nicht untergehen in diesen Mißtrauensvoten, diesen unkonstruktiven, zerstörerischen, zeitaufhebenden, gegenwartsvernichtenden...!!!« –

Meine Stimme überschlug sich. Wütend stand ich vor Hanna im Flur. Sie duckte sich; zum ersten Mal schien sie Angst vor mir zu haben. Ich hatte mich so ereifert, wie sie es noch nie erlebt hatte. Sie rannte zur Tür, lief zurück in ihr Zimmer, holte ihre Koffer und stürzte nach draußen. Ich eilte in die Küche. *Tee!* Überall Tee! Büchsen mit Tee! Diese schleimige, dunkelbraune Brühe! Am Ausguß! An den Tassen! Ich raffte die Büchsen zusammen, ich öffnete den Wasserhahn und wischte mit beiden Händen die Spüle sauber. Das Wasser rauschte noch, als ich in den Hausflur lief. Ich warf die Büchsen ins Treppenhaus, ich lief zurück, um die Fenster zu öffnen, ich durchstöberte Hannas Zimmer und entdeckte die psychoanalytischen Ratgeber. Weg damit! Aus dem Fenster! Weg mit allem, was Mißtrauen schuf! Als ich wieder in die Küche kam, wurde mir plötzlich schwarz vor Augen. Befand ich mich am Meer? Sicher, die Wellen wogten doch. Ah, eine Prise Meeresluft, Salzwasser, Möwengeschrei. Ich fiel hin und schlug mit dem Kopf gegen eine Kante des Tisches. *Attention!,* Professor, ich weiß, ich spreche bereits recht gut Französisch, nun geht es nach Frankreich, hinüber ins Heimatland der Revolution, Sie verstehen, ach, Sie verstehen gewiß...

Am Nachmittag hatten mich Henning und Josef gefunden. Ich hatte auf dem Boden gelegen. Eine leichte Ohnmacht hatte mich wohl überrascht. Es handelte sich um ein vorübergehendes Unwohlsein. Ich erklärte Ihnen, daß ich mit Hanna in Streit geraten sei. Sie habe uns verlassen. Selbst Josef wolle sie nicht mehr wiedersehen. Schon lange habe sie ihren schwankenden Charakter nicht mehr mit dem Willen zum Frieden in Übereinstimmung bringen können. Vom Träumen habe sie erst recht nichts verstanden. Immerzu habe sie falsch geträumt. Die *Traumarbeit,* richtig ausgeübt, sei aber eine schwierige, gewiß eine sehr schwierige, *attention!,* müsse man sagen … Sie hatten mich in mein Zimmer gebracht. Der Arzt war gerufen worden, hatte jedoch nichts feststellen können. Erschöpfung! Überanstrengung! »Josef?« wandte ich mich meinem Bruder zu. – »Sprich jetzt nicht soviel! Du mußt Dich beruhigen!« – »Was ist mit diesem Mißtrauen, Josef? Sag es mir!« – »Was meinst Du denn?« – »Ist Willy Kanzler geblieben?« – »Ach Gott, das hat Dich also so umgeworfen! Ja, beruhige Dich doch. Er hat es geschafft!« – »Belügst Du mich nicht?« – »Nein, Johannes. Schlaf aber jetzt, schlaf …« –

Ich schlief ein. Bald würde wieder Ruhe herrschen. Das *konstruktive Mißtrauensvotum* im Bundestag war gescheitert. Ich wußte, daß dies alles veränderte. Ich behielt recht. Kurze Zeit später hatte man Neuwahlen angesetzt. Aus ihnen ging Willy als Sieger hervor. Vorläufig waren die *Traumarbeiten* gerettet …

21

Liebesdienst

Paris! Als ich an einem herbstlichen Sonntagabend in der Stadt eintraf, empfing mich Henri auf dem Bahnsteig. Zwei Freundinnen begleiteten ihn; Denise lebte mit ihm zusammen in einer geräumigen Wohnung im fünften Stock eines Hauses am Boulevard Saint Michel, Lou nicht weit entfernt in einer der kleinen Nebenstraßen von Saint-Germain-des-Prés. Henri stellte sie mir als Schauspielerin, Sängerin und Tänzerin vor, die nebenher noch Zeit zum Studium finde. Sie lachte. »Dein Jean sieht ganz anders aus als Du ihn beschrieben hast«, sagte sie, »er sieht aus wie ein großes erstauntes Kind, das man sofort an die Hand nehmen muß. Jean, geben Sie mir einen Kuß zur Begrüßung?« – Ich setzte meine Koffer ab und küßte sie auf die Stirn. »Er küßt deutsch, Henri, hast Du gesehen«, witzelte Lou, »auf die Stirn! Und wie ernst er ist! Monieur Jean, sind Sie immer so ernst? Henri, nimm seine Koffer, ich führe diesen Gelehrten.« – Sie nahm mich sofort am Arm und zog mich mit fort. Henri und Denise folgten uns. »Und Sie sind Pianist, Monsieur Jean? Dann sind Sie der erste leibhaftige Pianist, von dem ich geküßt worden bin! Ich kenne viele Leute, die gut Klavier spielen, schon, aber noch nie war ich einem richtigen Pianisten so nahe.« – »Ich bin nichts Besonderes, Lou; Sie sehen die Sache in einem viel zu glänzenden Licht.« – »Aber nein, Jean, ich sehe alles in einem glänzenden Licht. Paris ist glänzendes Licht, Sie werden schon noch sehen.« –

Wir verließen die Bahnhofsvorhalle, und ich warf einen ersten Blick auf die Stadt. Die Häuser waren hellgrau, mit leichten Übergängen in abgetönte Farben, ein zartes Rosa, ein verwaschenes Grün. Über allem lag ein bläulicher Dunst, als habe man mit einem feinen Pinsel Schlieren von feinstem Gewölke über die Dächer getupft. In den Straßenfluchten glitzerten auf der helleren Seite noch die Blätter der Platanen, während die gegenüberliegende Front bereits in tiefdunklem Schatten lag. Die Markisen der Cafés, dunkelrot, mit leuchtenden Werbeaufschriften, waren noch entrollt, und auf den kleinen Korbstühlen saßen hier und da ein paar Müßiggänger. Uns zur Seite strömte die Menge in die tiefen Schächte der Metro, während auf dem engen, umzäunten Terrain des Vorplatzes unablässig ein Taxi nach dem andern vorfuhr. Die Straßen aber waren abschüssig und verliefen geradeaus in die Ferne eines schwach aufleuchtenden Lichtermeeres. Es war die Stunde zwischen der letzten Helligkeit und einem sacht hereinbrechenden Dunkel, ein Schimmern der Atmosphären, die langsam ineinander verschmolzen …

Henri holte den Wagen, wir brachten das Gepäck unter und fuhren los. »*Alors*«, sagte Lou, »jetzt zeigen wir Monsieur Jean zunächst einmal Paris. Sind Sie müde?« – »Überhaupt nicht«, antwortete ich. – »Dann fragen Sie mich nur, wenn Sie etwas wissen wollen.« – Ich lehnte mich zurück. Henri erzählte von den vergangenen Monaten, den Prüfungen an der Hochschule, der Arbeit in einer kleinen Redaktion, wo er mit Freunden eine vierteljährlich erscheinende literarische Zeitschrift herausgab. Er kam mir verändert vor. Denise ermahnte ihn laufend, besser aufzupassen; sie war blond und recht groß, während die lebendige Lou mir nicht einmal bis zu den Achseln reichte. Während der Fahrt gab sie keine Ruhe. Dauernd zupfte sie mich an meinem Jackett, um mir die Umgebung zu erklären. Wir hatten die Seine erreicht. Der schmale Fluß war wie mit dem Silberstift zwischen die jetzt dunkelgrauen, tiefblau umrandeten Häuserfluchten an den Ufern gezeichnet. Wir bogen auf eine breitere Straße ein und flogen durch weit ausladende Alleen, so daß unsere Fahrt mir allmählich erschien wie ein immer schneller werdender Tanz, die Straßen eingetaucht in Lichter und Leuchtreklamen, dann wieder stillere, abgelöst von längst erkaltet wirkenden Gassen, durch die ein paar Hunde streunten, neugierig von einer Straßenseite zur anderen wechselnd, während in der Nähe des Boulevard Saint Michel die voraneilenden Menschenscharen immer dichter wurden, es hinter den strahlenden Fassaden der großen Cafés aber glänzte von dem verborgenen Leuchten der Theken und Spiegelgläser und der Batterien von Flaschen, die sich miteingereiht zu haben schienen in dieses Ballett. Ich war durstig, und ich bat Henri, eine Pause einzulegen. »Wir sind gleich da«, sagte er, »ich bringe Dein Gepäck hinauf, Denise hilft mir, und Ihr beide vertieft Eure frische Bekannschaft, ja?« – Ich hatte kaum Zeit, etwas zu erwidern; Lou hängte sich bereits wieder bei mir ein, und die anderen verschwanden, nachdem wir einen Parkplatz gefunden hatten. »Das ist das Quartier der Revolution, Jean«, sagte Lou, »das Quartier der Barrikaden und der Aufmärsche, wo nachts die Wagen in Flammen standen und noch heute die dunkelblauen Mannschaftswagen der Polizei an den Ecken stehen.« Wir setzten uns an einen der wenigen freien Tische und bestellten zwei Gläser Rotwein. »Nun, was haben Sie für einen Eindruck, Jean?« – »Die Stadt erscheint mir wie ein Aquarell«, antwortete ich, »so, als gingen ihre Farben an den Rändern alle ineinander über.« – »Da haben Sie recht. Hier lebt man mit den Augen und nur mit den Augen. Schon unsere Stühle sind so postiert, daß wir alles sehen und bewundern können. Jeder Mensch ist ein Schauspieler, und sie alle wollen sich gegenseitig übertrumpfen. Sie werden sich daran gewöhnen müssen.« – »Oh, Lou, für mich ist das eine Art von Erlösung, es kommt mir so vor, als hätte ich die ganze Zeit in einer finsteren Höhle gelebt, um nur dann und wann den Kopf herauszustrecken.« –

Lou war noch nie in Deutschland gewesen, hatte aber eine Großmutter, die im Elsaß lebte und mit ihr in der Kindheit sehr viel Deutsch gesprochen hatte. Sie kannte Henri bereits aus diesen Tagen. Jetzt aber war sie, wie sie schon bald gestand, verliebt, nicht in Henri, wie ich auch nicht angenommen hatte, sondern in den Regisseur der kleinen Schauspieltruppe, mit der sie eine Ionesco-Inszenierung einstudierte. Manchmal sang sie abends in einem Lokal, um sich etwas dazu zu verdienen. Ihre Liebe war unglücklich; aber sie schien darunter nicht besonders zu leiden, da sie die Schauspielerei angeblich sowieso nur betrieb, um sich zu verlieben. »Wenn man nicht verliebt ist, taugt das ganze Leben nichts, nicht wahr, Jean?« – »Verliebt? Wenn ich es mir genau überlege, Lou, habe ich manchmal Zweifel, ob ich je verliebt war.« – »Aber Jean! Das gibt es doch nicht. Sie waren nie verliebt? Das ist fürchterlich. Sind die Frauen so hart zu Ihnen?« – »Im Gegenteil, Lou, in Rom, da … aber ersparen Sie mir diese Geschichten. Erzählen Sie lieber, klären Sie mich auf, was die Liebe betrifft.« – »Gut, mein lieber Jean. Wissen Sie was? Sie kommen morgen früh zu mir zum Frühstück. Wir werden uns anfreunden, ja? Gute Freunde wollen wir sein, und eine Liebste werde ich schon noch für Sie auftun.« – »Morgen früh? Am Nachmittag soll bereits der Unterricht anfangen.« – »Schön, dann sind Sie gut vorbereitet, wenn wir vorher miteinander geplaudert haben. Wir frühstücken, ziehen durchs Quartier, essen ein wenig, und ich versuche, Ihren ernsten und traurigen deutschen Blick aufzuheitern.« – »Aber ich bin nicht traurig, Lou, ganz bestimmt nicht.« – »Sie sehen aber so aus. Wie ein Melancholiker, der zuviel geträumt hat.« – »Das wird jetzt anders werden.« – »Sie müssen nicht so finster dreinschaun, Jean. Ihr Blick muß offener und sanfter werden. Verstehen Sie etwas von Physiognomien?« – »Was meinen Sie?« – »Die Textur der Wolken, die Tönung des Himmels, Stimmungen, Valeurs… dieser Abend, Jean, er hat seine Physiognomie, begreifen Sie?« – »Sie meinen das Licht, die Brechungen der Farben auf den Häuserwänden…« – »Ja, das meine ich. Diese Zustände sind individuell, unwiederholbar, diese Augenblicke reihen sich aneinander wie Perlen an einer Kette, die man nie wieder zwischen die Finger bekommt.« – »Man kann sich daran erinnern.« – »Bah, was ist die Erinnerung?! Ich bevorzuge das Jetzt, das Hier, verstehen Sie? Und die Menschen entwerfen die schönsten Physiognomien; Sie, zum Beispiel, erscheinen mir jetzt physiognomisch.« – »Und wie?« – »Mir fällt ihre kräftige Stirn auf. Sie deutet auf eine nur mühsam gedämmte Leidenschaft hin. Sie sind eigensinnig und leidenschaftlich.« – »Das werden wir überprüfen, wenn Sie mich länger kennen, Lou…« –

Als Denise und Henri erschienen, hatte ich bereits vier Gläser getrunken. Wir aßen in einem kleinen Ecklokal ganz in der Nähe zu Abend. Auch hier saßen die Menschen dicht gedrängt. »Seht ihn Euch an, unseren Jean«, meinte Lou, »schon läßt er seine Blicke kreisen, alles erstaunt ihn. Aber nichts an ihm erinnert an einen Pianisten. Nur seine schönen Hände lassen so etwas vermuten. Was meinst Du, Henri, wir müssen uns darum kümmern, nicht wahr?« – »Nun ja, Johannes, sie hat recht. Du wirst nicht weiter auffallen, man wird Dich nicht beachten.« – »Henri! Nicht auch Du noch! Willst Du es mir auch einreden?« – »Sehen Sie, Jean«, begann Lou von neuem, »die Menschen wollen geblendet sein. Lassen Sie mich überlegen. Haben Sie nichts Extravagantes dabei? Wollen Sie morgen in diesem trostlos dunklen Jackett antreten?« – »Ich hatte es vor.« – »Oh, ich weiß, ich nehme Sie am Mittag ins Theater mit. Dort werden wir etwas finden ...« – »Aber nein, Lou! Ich bin kein Schauspieler.« – »Dann werden Sie nie ein großer Pianist werden, und meine Freundschaft werden Sie auf der Stelle verscherzen. Sind Sie jetzt einverstanden?« – »Sie werden mich morgen überzeugen, Lou ...« –

Denise und Henri hatten mir ein Eckzimmer ihrer Wohnung zur Verfügung gestellt. Auf dem kleinen runden Tisch rechts vom Fenster stand eine Vase mit einem Strauß roter Rosen. Nachdem ich am Morgen lange geschlafen hatte, pflückte ich eine heraus und machte mich auf den Weg zu Lou. Sie wohnte in einem Haus, das ganz in der Nähe des früheren Ateliers von Delacroix lag. Von ihrem Zimmer aus hatte man einen weiten Blick über die benachbarten Dächer. »Sie kommen spät, Jean. Und diese Rose ist für mich? Sie lernen ganz erstaunlich schnell hinzu. Wir lassen das Frühstück aus und essen gleich zu Mittag. Ist es Ihnen recht?« –

Lou hatte die schwarzen Haare diesmal hochgesteckt. Sie warf sich eine große Tasche um und trippelte auf ihren hohen Schuhen mit mir wieder die Treppe hinab. Unseren ersten Kaffee tranken wir im *Deux Magots,* und damit begannen meine ersten Einblicke in die Geheimnisse von Saint-Germain-des-Prés, jenes Viertel, das Lou besser kannte als jedes andere in Paris. »Es ist das Viertel der Literaten und Musiker, Jean. Deshalb ist es auch Ihr Viertel. Wissen Sie, daß Sartre früher mit seiner Mutter ganz in der Nähe wohnte? Im *Deux Magots* residierte Simone de Beauvoir, sie arbeitete hier, man sah sie beinahe täglich an demselben Tisch.« – »Sie wollen sagen, sie konnte in dieser Hektik arbeiten?« – »Hektik? Es ist keine Hektik. Es ist ein festlicher Rhythmus, eine inspirierende Fluktuation! Man arbeitet nicht gern allein in Paris, Jean. Das macht traurig. Die Existentialisten hatten goldene Regeln für ihren Tagesablauf aufgestellt. Von elf bis eins in der Frühe blieb man im *Flore,* Sie werden es noch kennenlernen. Dann ging man zum Mittagessen. Von drei bis sechs trank man Kaffee, von sechs bis halb sieben zog man sich auf sein Zimmer zurück, dann wieder Kaffee, später eine kleine Bar, dann zum Tanzen ins *Tabou*... Man ist nie allein, immer unter Menschen, das korrigiert die vorgefaßten Meinungen, und man bleibt auf dem laufenden. Daher gehört einem auch nichts. Alles gehört auch den anderen, der Körper, das Denken, man streut es aus, es verwandelt sich... Während des Krieges war übrigens auch Picasso Stammgast bei den *Deux Magots*. Er kam herein, man nahm ihm seinen Mantel ab, gab ihm Feuer für eine Gauloise, und er bestellte einen Halben, den er nicht anrührte... Kommen Sie nun, wir sitzen schon viel zu lange hier. Ich bringe Sie schnell ins Theater, und Sie werden als *Bohemien* wieder auftauchen.« –

Ich fügte mich, und wir suchten das kleine Theater auf, in dem sie spielte. Sie hatte ihre Freude an den Requisiten, doch als sie mit mir vor den Spiegeln ihres Umkleideraumes stand, stockte sie für einen Moment. »Das ist eine kleine Welt, Jean. Ich bin ihr verfallen. Und ich liebe sie. Wie traurig ist das! All meine Liebe lasse ich in diesen dunklen Kammern, im Flackern der trüben Lichter, und niemand erwidert sie.« – Für einen Augenblick lehnte sie ihren Kopf gegen meine Schulter. Ich war irritiert und wollte ihr etwas Tröstendes sagen, als sie sich schon wieder losmachte. »Das sind dumme Gedanken. Sehen Sie, diesen Mantel! Er wurde in einer Aufführung von Sartres *Huis-Clos* getragen. Darin sehen Sie vornehm und streng aus, ganz, wie Sie es wünschen. Probieren Sie ihn an!« – Es war ein weiter, samtgefütterter Mantel, zu dem man, wie Lou verlangte, einen Schal aus heller Seide tragen mußte. »Gut sehen Sie aus! Arm, etwas unschuldig, aber sehr interessant. Die Frauen werden Ihnen nachblinzeln. Und nehmen Sie dieses Jackett... Ah! Wie Boris Vian...« – Ich betrachtete mich im Spiegel, doch sie hatte noch immer nicht genug. »Setzen Sie sich auf diesen Stuhl! Ihre Haare gefallen mir nicht. Sie tragen einen zu strengen Scheitel, wie Sartre, bevor er dem Existentialismus abschwor. Lehnen Sie sich zurück! Wissen Sie, was Sartre machte, nachdem er abgeschworen hatte? Nein? Er trug das Haar offener, und er mochte plötzlich Lederjacken. Können Sie sich das vorstellen? Sartre in einer Lederjacke …?« – Sie sprach unentwegt weiter und kämmte meine Haare glatt zurück. Ohne daß ich mich wehren konnte, rieb sie mir eine herb duftende Pomade ins Haar. »So ist es gut. Nun sehen Sie aus … na … sagen wir … wie der junge Liszt. Ihre Kleidung ist etwas angestaubt, das gibt Ihnen den rechten Flair. Ihre Frisur erinnert an Ihr osteuropäisches Exil, und Ihre schmalen Züge deuten darauf hin, daß Sie mindestens drei Tage nichts Warmes mehr gegessen haben. Madame wird überrascht sein … Wie heißt sie übrigens?« – »Sie ist eine Schülerin von Nadia Boulanger. Sie heißt Madame Constant.« – »Constant? Feierlich, Jean, das paßt zu Ihnen! Wie alt ist die Dame?« – »Etwas über Fünfzig.« – »Gut, dann stimmt es so. Sie werden sie betören, Jean. Ich bin bereits eifersüchtig.« – »Aber Lou!« – »Nichts da! Sie bleiben jetzt so. Meine Rose bekommen Sie noch ins Knopfloch … so! Ah, Sie strahlen bereits! *Quel changement*!« – Sie hängte sich, wie ich es bereits gewohnt war, wieder bei mir ein, und wir verließen das Theater. »Nun sehen Sie besser aus als Sartre, glauben Sie mir. Bald wird man von Ihnen sprechen. Sie müssen jetzt nur jeden Tag zu einer bestimmten Stunde ein bestimmtes Café aufsuchen, um dort immer an demselben Platz zu sitzen. Das ist die Regel, und wir werden uns daran halten. In Zukunft werden wir gemeinsam auftreten! ›Wer sind bloß die beiden dort?‹ So wird man fragen. ›Ah, bestimmt Exilanten! Vielleicht aus Polen. Denken Sie, er kann nicht einmal sein Glas Wein bezahlen, und sie muß jeden Abend in einem Nachtlokal singen, um den Lebensunterhalt zu verdienen. Was werden sie bloß tun, wenn es kalt wird? Früher waren die Cafés noch gut geheizt, aber das waren noch andere Zeiten!‹ …« –

Sie lachte, und wir gingen in ein Lokal. »Essen Sie nur eine kräftige Suppe, Jean, nichts sonst. Trinken Sie Mineralwasser und verzichten Sie diesmal auf Alkohol. Sie sollen nicht gleich einen verworfenen Eindruck machen, verstehen Sie?« – Ich fühlte mich wohl in meiner Verkleidung. Plötzlich hatte ich das Gefühl, als gehörte ich schon seit langer Zeit in diese Stadt, als hätte ich mich in den Nächten gerade in dieser Gegend herumgetrieben, ein streunender Spaziergänger, der überall seine Freunde traf, um mit ihnen Konversation zu betreiben, ein Nachtvogel, der hier seine *Cherry gobler* trank, dort über einen neuen Film diskutierte, um sich spät in der Nacht einzureihen in eine jener Ausschweifungen, die man die *Fiestas* von *Saint-Germain-des-Prés* genannt hatte, lange Trinkgelage in den Höhlen der unter der Erde liegenden Lokale. Ich hatte Juliette Greco getroffen, und sie hatte später *La Rue des Blancs-Manteaux* gesungen, jenes Lied, für das Sartre den Text geschrieben hatte. Ich hatte ein kleines Theaterstück geschrieben, und man hatte es schließlich gegen meinen Widerstand doch noch aufgeführt. Natürlich war es kein Erfolg geworden, aber man hatte von mir gesprochen, jenem jungen, schmächtig aussehenden Menschen, der so fabelhaft Klavier spielte und neulich mit der Greco Hand in Hand gesehen ... »Sie träumen wieder!« rief Lou. »Jetzt haben Sie anständig gegessen, nun rauchen Sie etwas.« – »Ich rauche nie, Lou! Ich mache mir nichts daraus.« – »*Tiens!* Wir bestellen Ihnen eine leichte Zigarre, das umwölkt Sie.« –

An diesem Tag erfüllte ich ihr alle Wünsche. Sie war so um mich besorgt, daß ich ihr keinen einzigen abschlagen konnte. Später brachte sie mich zur Hochschule, und bevor ich sie verließ, gab sie mir einen Kuß. »*Alors,* es ist Ihre Stunde, Jean!« –

Nach meiner Anmeldung in der Direktion wurde ich zu Madame Constant geführt. Sie kam mir bereits auf dem Flur entgegen, hatte mich jedoch noch nicht erwartet. Sie blieb stehen, musterte mich von oben bis unten und lächelte. Ich hatte sie mir ganz anders vorgestellt, klein und zierlich, nun aber stand eine große Dame in einem langen, dunkelgrünen Samtkleid vor mir. »Sind Sie es wirklich?«, fragte sie, noch immer verblüfft. – »Ja, Madame. Ich bin es. Ich freue mich außerordentlich. Es ist eine große Ehre…« – »*Mon Dieu,* sind Sie höflich! Ich nenne Sie Jean, sind Sie einverstanden?« – »Alle nennen mich so, Madame.« – »Alle? Wie lange sind Sie schon in Paris?« – »Eine Nacht und einen halben Tag, Madame.« – »Oh, und schon kennen Sie die halbe Welt? Sie sprechen recht gut Französisch, das beruhigt mich. Ich hätte sonst Bedenken gehabt.« – »Ich hoffe, ich kann Ihre Bedenken zerstreuen, Madame.« – »Gut. Aber sagen Sie einmal! Sie sehen nicht wie ein Deutscher aus! Was ist mit Ihnen los? Haben Sie früher lange in Frankreich gelebt oder sonstwo im Ausland?« – »In Rom, Madame, recht lange, später dann in Frankfurt.« – »*Dieu!* Frankfurt! Das kann es nicht sein… Ich freue mich über Ihr Erscheinen. Wir werden uns hoffentlich gut verstehen. Sie sind ein hübscher junger Mann, und man sieht, daß Sie das wissen. Haben Sie eine Freundin in Paris?« – »Nicht im üblichen Sinne, Madame.« – »*Olà*, Jean, dann gestehen Sie es mir. Sie sind ein Jünger Gides?« – »Ich verstehe nicht, Madame.« – »Ich bin nicht prüde, mein Junge, ganz und gar nicht. Wir wollen nur die Verhältnisse klären, damit wir später… Sie verstehen…« – »Ich verstehe Sie noch immer nicht, Madame.« – »Sagen wir… Sie haben mehr Freunde als Freundinnen?« – »Wie meinen Sie?… Im Augenblick schon, ja, so mag man sagen.« – »Im Augenblick? Einmal so, einmal so? Das ist delikat. Lassen wir es. Sie können immer offen zu mir sein. Meine Schüler können mit mir reden. Es nützt nichts, wenn wir uns voreinander verschließen.« – »Jetzt verstehe ich, Madame.« – »*Alors,* spielen Sie, spielen Sie, was Sie wollen!« –

Ich überlegte nicht lange. Ich spielte Skrjabin. Nach jedem Stück wartete ich auf ein Urteil, aber Madame ließ mich immer weiterspielen. Erst nachdem ich eine Stunde vorgetragen hatte, unterbrach sie mich. »Sie haben einen *style flamboyant,* mein Lieber. Sehr kraftvoll, die Rechte ist im Anschlag etwas zu stark, Legato-Passagen sind oft unsauber, manchmal wird es martialisch. Aber ich bin überrascht. Wir werden gut zusammenarbeiten. Haben Sie bereits eine Wohnung?« – »Ein Zimmer bei Freunden, Madame.« – »Ich verstehe, die Freunde. Muten Sie sich nicht zuviel zu. Sie können hier im Raum üben, wann immer Sie wollen. Es gibt einen kleinen Plan, da müssen Sie sich eintragen. Haben Sie heute abend etwas vor?« – »Noch nicht.« – »Wollen Sie mit einer alten Dame dinieren, die sich freuen würde, einen so jungen Begleiter zu haben?« – »Es wäre mir ein Vergnügen, Madame.« – »Holen Sie mich ab. Hier gegen neun Uhr.« – »Ich danke Ihnen. Ich werde pünktlich sein.« –

Ich warf meinen weiten Mantel über und eilte hinaus. Ich sprang in großen Sätzen die Treppe hinunter. *Paris!* Ich eroberte Paris! Madame hatte nichts an meinem Spiel auszusetzen, sie war angetan von soviel Anschlagskraft, von all diesen Nuancen, die ich Skrjabins Stücken entlockt hatte. Ich lief! Die Passanten blieben auf den Bürgersteigen stehen und schauten mir nach, ich schwenkte die Rose in der Hand und mochte einen so glücklichen Eindruck machen, als wäre ich gerade in die *Académie Fransaise* aufgenommen worden …

Ich hatte mich mit Lou im *Deux Magots* verabredet. »Oh, wie schön! So schnell sind Sie zurück!«, sagte sie.– »*Mon Dieu!*«, antwortete ich, »stellen Sie sich vor, Lou, Madame will heute abend mit mir dinieren, und ich habe nicht einmal Geld genug, um Henri die Miete für diesen Monat zu zahlen. Das Stipendium wurde noch nicht überwiesen.« – »Ach, das Geld werde ich Ihnen borgen. Sehen Sie, ich habe es gleich gewußt, Jean. Madame hat sich in Sie verliebt, sie ist ganz vernarrt in Sie …« – »Bitte! Lou! Reden Sie doch nicht so.« – »Lassen Sie mich doch! Wir werden uns etwas Passendes ausdenken für Sie heute abend.

Sie sollen weiter gefallen. Wieviel Zeit haben wir?« – »Bis neun Uhr, Lou.« – »Jean … ihr Liebesdienst hat begonnen. Sie sind aufgenommen in meine Garde.« – »Ich danke Ihnen, Lou, es ist schön, wie Sie sich um mich bemühen.« – »Ich bemühe mich? Jetzt sind Sie bereits ein Scharlatan!« –

Von nun an wurde ich jeden Monat einmal von Madame Constant zum Abendessen eingeladen. Madame hielt solch regelmäßige Zusammenkünfte für notwendig, um den Kontakt zwischen Lehrerin und Schüler auch privat nicht abreißen zu lassen. Dabei machte ich keine Ausnahme. Denn von ihren vier Meisterschülern, zu denen außer mir noch ein Russe, ein Engländer und ein Franzose gehörten, durfte jeder sie einmal monatlich ausführen, so daß Madame jede Woche mit einem anderen ihrer Lieblinge zusammenkam. Sie beanstandete, daß neben den üblichen Unterrichtsstunden kein ergänzendes kulturelles Programm bewältigt werden mußte, denn es wäre ihr lieber gewesen, wenn besonders die ausländischen Schüler mehr von Frankreich erfahren hätten. Da sie sich vorgenommen hatte, diesen Mißstand zu beheben, wurden die ausgedehnten Abendessen von inhaltsreichen Exkursen begleitet, die mir unmißverständlich zu verstehen geben sollten, daß ich mich gegenwärtig im Zentrum der kulturellen Welt aufhielt …

Irgendwann nämlich hatten die himmlischen Götter beschlossen, ein Land zu schaffen, das den Maßstäben irdischer Vollkommenheit am nächsten kommen sollte. Dieses Land war Frankreich. In ihm lebten die Menschen mit der heiteren Gelassenheit ewig Seßhafter, die niemals auf den dummen Gedanken kommen würden, in die Ferne aufzubrechen. Sie liebten ihr Land, und ihr Land bot ihnen alles, was sie verlangten. Schon ein erster Blick auf die Landkarte belehrte den Außenstehenden, daß die Götter Frankreich mit allem ausgestattet hatten, was zur irdischen Glückseligkeit notwendig war. Das Klima war angenehm, war man doch von den kühlen Regionen des Nordens ebenso weit entfernt wie von den heißen des Äquators. An der Küste des Mittelmeeres blühten südliche Pflanzen wie Oleander und Lavendel, hier traf man auf Zypressenalleen und Orangenhaine. Von anderer Schönheit waren die Felsküsten des Nordens, die weiten Heidekrautlandschaften der Ebenen, die dichten Wälder der Vogesen, die hohen Gipfel der Alpen, die vulkanreichen Gegenden der Auvergne, ganz zu schweigen vom parnaßartigen Gefilde von Paris, wo der Genius eines ganzen Landes seine Spuren hinterlassen hatte. Kein anderes europäisches Land war von den Göttern so sehr bevorzugt worden, und die Franzosen hatten es ihnen durch jene jahrhundertealte Liebe zur Heimat gedankt, die sie mit dem Boden und der Natur ebenso verband wie mit der Sprache. Benehmen, Sitte und Charakter nämlich waren Erbschaften der Antike, und kein anderes Volk konnte von sich behaupten, deren Wesenszüge über die Jahrhunderte so unvermischt erhalten zu haben. Dazu gehörte angeblich die Neigung zu einer gewissen *Mitte,* einem rechten Maß zwischen allen Extremen, so daß man den Franzosen weder unbeherrscht noch gleichgültig erlebte. Statt dessen erfreute er sich an allem Wohlgestalteten, und gerade diese Begabung ließ ihn alle Lebensäußerungen als Ausdruck einer einzigen Passion verstehen. Diese Passion aber war die Kultur, besser gesagt die *civilisation.* Die *civilisation* sorgte dafür, daß selbst alltägliche und manchmal lebensnotwendige Tätigkeiten weniger als lästige Arbeiten denn als Offenbarungen einer raffinierten Lebenskunst betrachtet wurden. Man ging nicht spazieren, sondern *flanierte*; man aß nicht zu Mittag, sondern *dinierte*; das Leben bestand aus einer unübersehbaren Zahl kleiner Ekstasen, von denen jede einzelne kultiviert werden mußte.

Nichts fand daher sosehr Madame Constants Verachtung wie Eile und Unüberlegtheit. Sie konnte bitterböse werden, wenn sie bemerkte, daß man den Augenblick nicht *goutierte.* Ein schlechter Platz in einem Restaurant, zu lautes Reden am Nachbartisch, ein verregneter Tag brachten sie um die *contenance.* Die Götter hatten uns auf die Erde geschickt, um diese zu genießen, und wir versündigten uns an diesem Auftrag, wenn wir ihm nicht genügend Aufmerksamkeit widmeten …

Ich hörte zu, ich nickte manchmal gedankenvoll, doch es gelang mir nie, Madame in ihrem Redefluß für länger als eine kurze Anmerkung zu unterbrechen. Sie schien auch gar keinen Wert darauf zu legen. *Conversation* war in ihren Augen das Mittel der Eingeweihten, die Unwissenden aufzuklären. So waren die Rollen klar verteilt. Selbst ihre einleitenden Fragen zu meinem Befinden, ob ich mich wohlfühlte in Paris und wie es meinen Freunden erging, dienten vor allem dem Zweck, sie zu ihren träumerischen Erzählungen und Schilderungen ausholen zu lassen. Die Stadt, von der sie unermüdlich und oft in sehr poetischen Wendungen erzählte, war die Stadt ihrer Kindheit und Jugend, ein Paris, in dem jedes Quartier seinen eigenen Charakter bewahrt hatte, eine unverwechselbare Landschaft, die man mit einem reichen Wissen von der Vergangenheit durchstreifte, den Schatten und Phantomen nachspürend, die noch an sie erinnerten, ein Universum, in dem jeder Laden, jedes Café, jede Brasserie Bestandteil einer Geschichte war. All diese Geschichten aber liefen zusammen zu einem niemals endenden Roman, dessen Charaktere liebenswürdige Einzelgänger waren, mürrisch und doch hellwach, der Gegenwart trotzend, herbeizitiert von jenem deklamierungswürdigen Präsens, das die stete Wiederkehr des Gleichen beschwor. In diesem Paris hatte Madame in der Vorkriegszeit in einem Hotel gewohnt, um ein ungestörtes Leben führen zu können und den Nachforschungen einer Concierge zu entgehen. Sie hatte auf die üblichen Bequemlichkeiten verzichtet und ihr ganzes Leben der Musik gewidmet, bereit höchstens zu kleineren, verlockenden, aber nicht bindenden Abenteuern mit jenen melancholischen Durchreisenden, die jedes

Jahr zu derselben Zeit in Paris eingetroffen waren, um immer denselben Vergnügungen nachzugehen. Madame hatte auf diese Weise viele Menschen kennengelernt, sie hatte viel gesehen und für einige schöne Stunden, an die sie sich gern erinnerte, den Gedanken an dauerhaftere Bindungen schnell aufgegeben. Wer in Paris leben wollte, durfte niemandem gehören und mit niemandem den ganzen Tag teilen; daher war das Leben, das Madame genossen hatte, in sehr diskreten Bahnen verlaufen, so daß sie mit der Zeit eine Abmachung mit sich selbst getroffen hatte, deren Regeln besagten, daß man sich niemals hingeben dürfe, ohne selbst etwas zu gewinnen, und sich niemals verlieben, um nicht dauerhaft enttäuscht zu werden. Madame hatte sich an diese Regeln mit jener eisernen Strenge gehalten, die ich an ihr so schätzte. Sie war eine Priesterin der Musik geworden, eine enge Vertraute der großen Boulanger, über die sie aber niemals lange sprach, als halte sie sich auch hier an geheime Verabredungen, die niemanden etwas angingen. Gerade diese Geheimhaltung verlieh ihr aber etwas vom Stolz derer, die ein einzigartiges Wissen bewahrten und ihr ganzes Leben für dieses Wissen opferten. Viel lieber sprach sie daher mit leichter Emphase vom Zeitalter der großen Hotels, in die man spät in der Nacht gerufen worden war, um irgendeiner exzentrischen Festlichkeit beizuwohnen. Das Ideal ihres abgeschirmten Lebens war das *Grand Hôtel* gewesen, in dem eine unübersehbare Zahl von Dienern, Lakaien, Zubringern und Kundschaftern um die Zentren der Macht gekreist war, jene von weither angereisten Götter, die in den ersten und zweiten Etagen ihr Reich aufgeschlagen hatten, manchmal für Monate, nicht selten für Jahre. Madame hatte sich in diesen Kreisen wohlgefühlt, und die Erfahrungen, die sie in ihnen gemacht hatte, hatte ihre eigene Geschichte auf kaum beschreibbare Weise mit der Geschichte der Stadt verknüpft, so daß sie schließlich nicht mehr zwischen privatem und öffentlichem Leben hatte trennen können. Daher erzählte sie von der Vergangenheit mit einer gewissen Wehmut, als sei ihr Schmerz eins mit dem Schmerz eines immer rascher alternden schweren Körpers, dem man noch immer den Namen *Paris* gab …

Ab und zu nur fragte sie mich, ob ich mich nicht langweile, doch sobald ich den Kopf schüttelte und sie mit einem Lächeln beruhigte, fuhr sie in ihren Erzählungen fort. Ich stützte meinen Kopf in die Hand, bestellte einen leichten Süßwein und schaute sie an. Es war schön, sie so still anzuschauen. Sie hatte dichtes, dunkles Haar, dem sie offenbar eine besondere Pflege angedeihen ließ. Ihre Größe machte sie zu einer beeindruckenden Gestalt, über deren Vergangenheit viele rätseln mochten, die uns nachschauten. Sie tat, als merke sie dies alles nicht, doch ich war mir längst sicher, daß sie es genoß, sich mit mir sehen zu lassen. Wer aber war ich? Ein junger, harmloser Begleiter, den man mit einigen verlockenden Erzählungen verwöhnte? Ein Fremder, dem man die Schönheit der Vergangenheit nahebrachte, um ihn so an die manchmal irritierende Fremde zu gewöhnen? Ich wußte es nicht, und da ich Madame nicht mit derart unbedeutenden Fragen belästigen konnte, schaute ich sie weiter an. Zum ersten Mal machte es mir nichts aus, einen Menschen ganz aus der Nähe zu betrachten. Ihr Körper hatte etwas von der ruhigen Noblesse einer Plastik, die dem Leben schon halb entzogen war. Madame aber blickte auf die Straße, der Verkehr beruhigte sich allmählich, die Menschen huschten nur noch in kleinen hastigen Gruppen vorüber, der Wind fuhr über die schillernden Wasserlachen des Trottoirs, bald würden wir uns verabschieden, und noch immer sprach Madame von Paris, von seinen Börsenmaklern und Manillespielern, von Passy, wo sie lange gelebt hatte, von Marais und seinen prunkvollen Häusern, von den Gaunereien der Journalisten und Musikkritiker und jenem englischen Dandy, der sich um die Aufnahme in ihre Meisterklasse mit einem ihr in aller Öffentlichkeit überreichten Geldbetrag beworben hatte, von dem sie zwei Jahre hätte leben können …

Wenn ich mich mit einem Diener von Madame verabschiedet hatte und dem Taxi nachschaute, das sie davontrug, war ich noch immer benommen. *Voilà,* ich mußte mich noch etwas bewegen! Die Nachtluft dieser sehr späten Stunden hatte etwas von einer Verheißung. Längst waren in den meisten Cafés Tische und Stühle zusammengestellt, so daß ich noch eine ganze Weile umherschweifte, bis ich einen warmen Platz fand. Der Winter in Paris machte einen zu einem Menschen, der laufend auf der Flucht war, von den unwirschen Bewegungen der Autofahrer gehetzt, immer nur die Wärme suchend, einen guten Platz weit weg von der Tür, an dem man vor sich hindämmern konnte. Ein paar Burschen strömten herein, die Kellner gähnten vor sich hin, ich dachte an Madame, und schon wurde der Abend zu einer Erinnerung, wie alles, was man erlebte, in Paris schnell zur Erinnerung wurde, ja selbst in der Gegenwart etwas von Erinnerung war, als sei alles berührt von einem Hauch von *nostalgie.* Die französische *nostalgie* hatte mit der deutschen Sehnsucht nach vergangenen Zeiten nichts gemein; sie war ein Empfinden für ein zeitloses Dasein im Strom der Veränderungen. Alles Gegenwärtige wurde durch dieses Empfinden in ein mildes Licht getaucht und wirkte wie ein flüchtiger Zustand, an dem die Aromen vieler Zeiten noch teilhatten.

Nicht selten war Lou noch auf, wenn ich in die Wohnung zurückkehrte, während sich Denise und Henri längst schlafengelegt hatten. Lou aber liebte es, sich mit mir noch ein wenig zu unterhalten. Sie legte sich zu mir auf das Bett, schmiegte sich dicht an mich und wollte hören, was Madame erzählt hatte. »Du liebst sie, die schöne Frau, nicht wahr, Jean?« – »Aber nein, ich liebe sie nicht. Wenn ich sie lieben würde, wäre ich viel aufgeregter. Ich könnte nicht so ruhig bei ihr sitzen, ihr zuhören, sie anschauen. Vielleicht verehre ich sie ein wenig.« – »Du betest sie an.« – »Nein, auch das nicht. Ich verehre sie. Ich glaube, sie hat Vertrauen zu mir, jedesmal, wenn wir uns sehen, ein wenig mehr. Sie hält mich nicht mehr für ihren Schüler, sie sieht etwas anderes in mir.« – »Und was?« – »Das ist ihr Geheimnis, und ich glaube, sie wird es mir nie verraten.« – »Berührt sie Dich?« – »Wenn wir das Restaurant verlassen, nimmt sie meinen Arm.« – »Und Du?« – »Ich hüte mich, sie zu berühren, es käme mir wie ein Verbrechen vor.« – »Dann hast Du Angst vor ihr?« – »Angst nicht …« – »Ich will Dir etwas sagen. Du bist zu schüchtern. Sie wird sich auf die Dauer langweilen mit Dir. Nun wart Ihr schon so häufig aus und nichts ist passiert.« – »Aber was soll denn passieren?« – »Hast Du sie je gefragt, ob Du sie nach Hause begleiten sollst?« – »Sie nimmt ein Taxi.« – »Hast Du sie gefragt?« – »Das ist unmöglich, ich brächte kein Wort über die Lippen.« – »Oh, wie langweilig! Sie wird sich längst ärgern über Deine Unbeholfenheit.« – »Das glaube ich nicht.« – »Weißt Du es?« – »Sie hat noch nie davon gesprochen, sie sitzt sehr ruhig da und erzählt. Es geht ihr viel durch den Kopf, denke ich mir. Ich bin ihr Zuhörer, stumm, ergeben. Auch das ist schön.« – »Jetzt wirst Du romantisch.« – »Ja und?« – »Warum willst Du nicht mit ihr schlafen?« – »Lou, hör bitte auf!« – »Hast Du nie daran gedacht?« – »Lou, ich bitte Dich!« – »Weich mir nicht aus!« – »Aber nein, man kommt überhaupt nicht auf solche Gedanken.« – »Ich denke immer daran, wenn ich mit jemandem häufiger zusammen bin.« – »Du schwindelst.« – »Nein, es ist mein Ernst.« – »Und wenn *wir* zusammen sind?« – »Das ist etwas anderes.« – »Na also, ich habe es Dir gesagt.« – »Ach, Du bist wie ein Bruder, wie ein sehr guter Freund. Ich verstehe Dich zu gut.« – »*Zu* gut?« – »Ja, ich verstehe Dich, erinnerst Du Dich nicht, wir haben uns gleich sehr gut verstanden, als Du damals hier ankamst mit Deinen großen Augen.« – »Das stimmt. Und wir haben uns bisher noch nie gestritten, nicht wahr?« – »Nein, aber es wird bald dazu kommen, wenn Du Madame nicht Deine Liebe gestehst.« – »Lou, es ist bald soweit, wenn du so weiterredest.« – »Schließlich kennt Ihr Euch gar nicht. Das sind die besten Voraussetzungen. Ihr habt Euch ein paarmal getroffen, aber eigentlich kennt Ihr Euch nicht.« – »Was spielt das für eine Rolle?« – »Paß auf, mein kleiner, großer Jean! Es ist so. Wenn eine Frau einen Mann sehr gut kennt, durch und durch, meine ich, will sie nicht mehr mit ihm schlafen. Sie sind sich dann zu nahe, verstehst Du? Es ist nichts Aufregendes mehr.« – »Dann müßten Millionen von Ehen sehr langweilig sein.« – »Aber das sind sie ja auch. Glaube mir nur. Man darf sich nicht allzu gut kennen, man muß sich ein wenig kennen, ein klein wenig. Man schläft miteinander, weil man das Fremdsein nicht länger erträgt. Etwas am anderen reizt einen, übrigens nicht immer angenehm, oft auch unangenehm, so daß man einen leichten Haß bekommt.« – »Willst Du sagen, du schläfst mit jemanden, weil Du ihn haßt?« – »Aber nein, höchstens weil ich etwas an ihm zerstören will. Ich will ihn umbringen, ihn demaskieren, ihm etwas wegnehmen. Und nach dieser Nacht weiß ich mehr.« – »So einfach ist das?« – »Überhaupt nicht einfach. Wenn Du mit jemandem schläfst, gibst Du Dich auf. Du bist nicht mehr der gefaßte, ruhige Tagesmensch, der überlegt redet, sich angemessen bewegt, seinen Geschäften nachgeht. All das vergißt Du, Du wirst ein anderer, ein leidenschaftliches, unberechenbares Wesen, das sich in einem anderen Wesen verfängt oder auch von ihm abgestoßen wird. Darin liegt das Geheimnis. Es ist eine Offenbarung.« – »Meine erfahrene Lou ...« – »Lach nicht, ich rede nie mit Männern über so etwas!« – »Warum nicht?« – »Weil es sie nichts angeht. Du bist eine Ausnahme, bilde Dir nichts darauf ein.« – »Erzähl weiter, Lou, ich unterbreche Dich nicht mehr. Wie verhalten sich die Männer, wenn Du mit Ihnen schläfst?« – »Jean! Ich kann Dir nicht all meine Geheimnisse anvertrauen.« – »Brauchst Du auch nicht. Ich will es nicht im

Detail wissen, mehr allgemein.« – »Allgemein! Du machst mir Spaß! … Paß auf! … Sobald Du lachst, höre ich auf … Meistens benehmen sich die Männer so, wie sie sich auch sonst benehmen. Da gibt es die eher femininen, weichen und meist recht traulichen Herren. Die berühren Damen genau so, nämlich fast gar nicht, nur sehr vorsichtig und zart. Sie schlafen auch nicht sofort mit den Damen, sondern sie küssen sie eher lange und langsam und finden das dann viel schöner, verstehst Du? … Manchmal ist es ihnen sogar unangenehm, die Damen körperlich allzu nah kennenzulernen. In solche Herren verlieben sich die Damen übrigens recht leicht, weil diese Herren viel Einfühlungsvermögen besitzen und den Damen keine große Angst machen. Aber … auf die Dauer ist die Sexualität dieser Herren derjenigen der Damen zu ähnlich, zu wenig fremd und damit auch wenig aufregend. Reizvoller ist es schon, wenn die Herren männlicher sind. Darüber kann man lange nachdenken, mein lieber Jean, aber das lassen wir jetzt, nicht wahr? Ich weiß aber von vielen Freundinnen, daß sie am liebsten mit Männern schlafen, die auf diese Art männlich sind, wie sie überhaupt, auch wenn sie es manchmal nicht zugeben, gerade auf die maskulinen Reize reagieren …, obwohl sie das männliche Gehabe eigentlich ablehnen und behaupten, es zu verachten. Siehst Du? Das ist ein wenig schizophren, nicht wahr, und macht vielen Damen Kummer. Was sie körperlich anzieht, stößt sie sonst eigentlich ab. Verstehst Du? … Dann … gibt es noch einen ganz anderen Typus. Meist ist er dünn, etwas ehrgeizig, recht anstrengend. Diese Herren lieben mit Tempo und immer gleich mehrmals, und das verwechseln sie mit Sport. Damen mögen das weniger, weil es auf allerhand verzichtet, auf Nähe, auf Intimität. Übrigens gibt es von diesen Herren recht viele … Bleiben noch die übrig, die sehr unternehmungslustig sind, etwas unruhig meist, immer in Bewegung. Die schlafen immer anders mit den Damen, die entdecken die Damen, und wenn sie noch verschmust sind, dann sind diese Herren eigentlich die angenehmsten… Siehst Du? Die Mentalität der Herren überträgt sich recht deutlich auf ihre Sexualität, so daß die Damen schon vor dem ersten Mal recht genau wissen, was sie erwartet. Manche mögen eben Herren, die sich kindlich geben, phantasievoll, aktiv, andere mögen eher intuitive, verträumte… Dann haben aber Damen auch Freunde, solche, denen sie alles erzählen können, zu denen sie mit ihren Sorgen kommen. Das sind die Herren, die die Damen sehr anziehen, meist sind sie auch noch recht schön. Verlieben wird man sich aber nicht in diese Herren…« – »Ich habe Dich schon verstanden…« – »*Mon Dieu!* Jetzt bist Du beleidigt? Nein, nicht wahr, mein schöner Liebster? Das darfst Du nicht sein. Lou liebt Dich sehr, sie mag Dich, und sie freut sich, wenn es Dir gut geht. Sie erzählt Dir alles, sie gesteht Dir das meiste. Ist das nichts?« – »Ich bin nicht beleidigt.« – »Schau mal, für die Damen verläuft das Sexuelle eben anders als für die Herren. Es ist von Dame zu Dame verschieden. Viele müssen erst mühsam lernen, mit ihrer Sexualität umzugehen, und dazu sind dann im Laufe der Zeit die verschiedensten Herren nötig, solche und solche. Es kommt darauf an, woran man denkt, wenn man mit einem Herrn zusammen ist, woran man sich erinnert fühlt und woran man lieber nicht erinnert werden will. Dazu gehört viel Erfahrung, auch Konzentration, damit es schließlich zu den ganz großen Gefühlen kommt… Sonst entsteht eine Art von *desorganisation*… Die meisten Herren beobachten die Damen zu wenig, wenn sie mit ihnen schlafen, verstehst Du? Sie gehen nicht auf sie ein, sie überrumpeln sie, sind manchmal auch ganz überflüssig verschwärmt… So, jetzt aber Schluß! Worüber reden wir denn?« – »Über die *desorganisation*…« – »Du machst Dich schon wieder lustig.« – »Überhaupt nicht. Sag mir noch eins. Was würdest Du… was denkst Du…« – »Was ich von Dir denke?« – »Du bist unternehmungslustig wie ich, phantasievoll. Die Damen werden an Dir hängen, sie werden Dich umschwärmen. Aber … Du bist viel zu vorsichtig, mein Lieber. Du wirst ein ganzes Jahr in Paris verbringen, ohne Dich zu trauen. Was stellst Du Dir vor?« – »Aber Lou! Soll ich wie ein hungriger Wolf durch die Straßen laufen, um die Damen anzusprechen?« – »Nein, das nicht. Aber Du verweigerst die Gefühle, Du erwartest nichts, und deshalb stellt sich nichts ein. Wenn Du versessen darauf wärest, Dich zu verlieben, wäre es anders. Schon einen Tag später stände eine Dame vor Dir, *voilà,* Paris wäre um eine Liebe reicher.« – »Das glaube ich nicht.« – »Siehst Du, Du *willst* es nicht glauben … Ich sage Dir etwas. Mach mit Madame einen Anfang. Sitz Ihr nicht so stumm gegenüber, zeig Dein Interesse, behandle sie wie eine schöne Frau … und sie ist eine schöne Frau …, die Du verführen willst. Du wirst sehen, ihr Verhalten wird sich bald ändern.« – »Ich kann es nicht.« – »Weil Du Dich nicht zu erkennen geben willst, mein Liebster! Du kokettierst mit den Damen …« – »Nein, nie!« – »Du kokettierst, sage ich Dir. *Ich* habe es gleich bemerkt, denn auch ich kann kokettieren, und ich kokettiere recht gern, will ich Dir sagen. Wenn Du ehrlich bist, gibst Du es zu.« – »Sag das nicht!« – »Ich sage es Dir heute abend einmal ganz genau, mein Liebster. Versprichst Du mir, Dich zu bessern?« – »Ja, gut, und wie?« – »Indem Du Madame ein kleines Geschenk machst, indem Du sie aufforderst, Dir noch mehr zu erzählen, indem Du sagst, daß Du es gern hörst …« – »Das weiß sie doch!« – »Na und? Sie möchte es immer wieder hören. *Madame!* … ich muß Ihnen gestehen … und nun zögerst Du ein Weilchen … Du erregst Ihre Aufmerksamkeit … Du schaust sie sehr gespannt an … ich muß Ihnen gestehen …« – »Schluß, Lou, wo geraten wir denn hin?« – »Tief in die Liebesgeheimnisse, Jean …« – Sie rollte sich zusammen und nahm meine Hand. Sie lächelte. Wenig später schlief sie neben mir ein …

Lou hatte mich in Verlegenheit gebracht, und obwohl ich ihr in vielem recht geben mußte, dachte ich doch nicht im Ernst daran, Madame Constants Freundschaft durch unbedachte Äußerungen aufs Spiel zu setzen. Unsere regelmäßigen privaten Treffen, bei denen übrigens nie der Unterricht zur Sprache kam, hielten die rasch vergehenden Wochen und Monate in einem gewissen Gleichgewicht, so daß ich im stillen froh war, daß das Ritual dieser Begegnung sich jedesmal beinahe unverändert wiederholte. In der Woche übte ich täglich in der Hochschule, jedoch nicht mehr als vier oder fünf Stunden, meist am Vormittag. Henri und ich hatten es uns zur Gewohnheit gemacht, gegen Mittag ein Glas zusammen zu trinken und einen kleinen Imbiß einzunehmen. Den Nachmittag hatte ich ganz zu meiner freien Verfügung. Ich durchstreifte Paris, oder ich traf mich mit Lou, die ich ebenfalls beinahe jeden Tag sah. Ich hatte die trüben, träumerischen Monate in Deutschland beinahe ganz vergessen, die Zeit verging, ohne daß es mir bewußt geworden wäre. Madame Constant hatte recht gehabt; in Paris war man niemals allein. Alles, was einen umgab, trug die Spur einer Gesellschaft, die sich seit Jahrhunderten über die Regeln ihres Verkehrs verständigt hatte. Auf die Dauer fühlte ich mich daher nicht mehr als Fremder; die Stadt machte die Menschen zu Dienern in dem nuancenreichen Spiel, das sie mit ihnen trieb. Daher glaubte ich manchmal endlich eine Antwort auf meine alte Frage gefunden zu haben. Die *schöne Geselligkeit* war das Ergebnis einer alten Kultur des Werbens, Streitens und Redens, deren Gesetze und Übereinkünfte niemals in Vergessenheit geraten waren …

Manchmal gelang es mir, sehr früh aufzustehen. Dann machte ich mich leise auf den Weg, wenn Denise und Henri noch schliefen. Ich trank einen Kaffee und blätterte in einer Zeitung. Draußen wurden die Lastwagen mit frischen Lebensmitteln ausgeladen. Es war noch kühl, und die matten Sonnenstrahlen durchdrangen noch nicht den feuchten Nebel. Erst viel später trafen die ersten Spaziergänger in den Luxembourg-Gärten ein; die Kinder hüpften voran, die Mütter warteten auf den schmalen Bänken, und die Studenten eilten in weitausgreifenden Schritten über den hellen Kies. Noch war es recht still in den kleineren Gassen, die Läden der Häuser blieben lange geschlossen, als klammere man sich drinnen noch an die Nacht, während auf den breiten Boulevards der Verkehr bereits stockte, die Fußgänger zwischen den stehenden Autos von einer Seite zur anderen tanzten, um bald in den Schächten der Metro zu verschwinden. An den Ufern der Seine dagegen war kaum ein Mensch zu entdecken. Ich verließ eine der schön geschwungenen Brücken und ging am Fluß entlang. Manchmal rissen die Wolken schon in der Frühe auf, und der hellblaue, oft weiß durchflorte Himmel spiegelte sich im Wasser. Oben auf den Uferstraßen brauste der Verkehr, aber ich achtete nicht darauf, blieb auf einer Bank sitzen, ließ meinen Blick an den Kolonnaden des Louvre entlangwandern und erhob mich schließlich, um die Tuilerien aufzusuchen. Hunde wurden ausgeführt oder hetzten, von der Leine entlassen, an den Wasserbecken entlang. Bald würden die Touristen eintreffen, eng zusammengedrängte Meuten, die auf Befehl ihre Wanderschaft durch die Museen antraten. Ich kehrte ein zweites Mal ein, um mir ein kleines Frühstück zu gönnen. Gegen neun Uhr öffnete die Hochschule, und ich würde einer der Ersten sein.

Vom morgendlichen Üben erschöpft, verließ ich einige Stunden später den kleinen Raum. Ich telefonierte mit Lou und verabredete mich mit ihr vor der *Cinemathèque.* »Ich habe ein Kino-Auge, Jean«, sagte Lou, »am meisten mag ich, wenn die Filme im Freien spielen, unter sich rasch bewegenden Menschen, als habe einer den Vorhang beiseitegezogen, der den Alltag verdeckt. Der Film ist eine Kunst der Physiognomien …« – »Aber Lou, Du verrätst das Theater?« – »Ach, das Theater!

Masken, Pappnasen und kleine dramatische Geschichten! Keine Atmosphäre, Jean, keine Luft, kein Vogelgezwitscher, vom Lärm ganz zu schweigen. Das Theater ist etwas für müde Menschen, die drei Stunden Zeit haben, ein paar Charaktere gründlich kennenzulernen. Der Film bringt es rascher fertig. Im Theater sterben die Schauspieler, sie gehen in ihren Rollen zugrunde, am Ende sind sie ermattet, das Stück hat sie verbraucht und innerlich ausgehöhlt. Im Film aber wachsen die Darsteller. Sie bekommen Farbe, sie werden eins mit ihrer Umgebung. Deshalb mag ich auch all die Filme nicht, die noch ans Theater erinnern. Der Film hat Rhythmus, das Theater aber ähnelt einer langen Operation, bei der Du schließlich die Eingeweide jeder Figur präsentiert bekommst. Ist das nicht traurig?« – »Nicht immer, Lou. Manchmal ist es schmerzhaft, aber der Schmerz hat etwas Befreiendes.« – »Das habe ich nie gespürt. Ich werde im Theater melancholisch. Die Menschen sind so ernst, auch wenn sie in den heitersten Komödien auftreten. Sie kommen mit sich nicht zurecht, sie müssen durch all die Schlingen hindurch, die ihnen der Autor gelegt hat. Der Film aber ist ganz und gar modern. Die Darsteller sind alle Helden, auch die unscheinbarsten. Jeder führt sein eigenes Leben vor, und er käme nie auf den Gedanken, sich theatralisch rechtfertigen zu müssen. Weißt Du, ich habe bei den Proben immer bemerkt, daß das Theater ein Gericht ist. Alle Augen wachen über Dich, Du spürst die vielen Augen der Zuschauer auf Deinem Leib ruhen. Jeder Schritt ist geplant, jeden Handgriff mußt Du vorzeigen, als müßtest Du Dich für ihn entschuldigen. Der Regisseur lenkt Dich, jede Einzelheit ist abgesprochen, und so vollziehst Du spielend das Urteil über Deine Figur. Aber im Film! Der Vorhang geht auf … da, ein Gesicht! Alles ist sofort da, wie auf einen Schlag hin. Der Darsteller tut genau das, was er im Leben auch tun würde. Er geht, wie er immer geht, er lacht, wie er auch sonst lacht. Er kann nicht in ein Kostüm schlüpfen, er liefert sich völlig aus.« – »Wie in der Liebe, Lou.« – »Oh ja, wie in der Liebe, mein unwissender, ahnender Jean. Ist die Liebe auf dem Theater nicht etwas Trostloses? Man möchte gar nicht hinschauen, die Intimität wird gestört, die Stimmung zerrissen. Im Film aber nimmt man teil an der Liebe. Weißt Du, daß der Film eine französische Kunst ist?« – »Ich habe noch nicht darüber nachgedacht« – »Aber ja, eine französische Kunst. Eine Kunst des Blicks. Durch ihn haben sich die Franzosen an die Schönheit des *vie quotidienne* erinnert. Die meisten guten französischen Filme sind auf diese Weise poetisch. Poetisch und realistisch. Die Menschen, die einem begegnen, sind gute alte Bekannte, Charaktere, die Du sofort wiedererkennst. Es ist, als habe man all diese Schemen und Schatten von den Häuserwänden abgelöst und als würden sie später wieder in ihr dunkles Lebensreich zurückkehren. Nur für die Dauer des Spiels sind sie in ein vages, unbestimmtes Licht getreten, sind sie eingetaucht in ein diffuses Flimmern; später aber werden sie wieder ihr alltägliches Dasein leben, überrascht darüber, was ihnen für kurze Zeit zugestoßen ist. Der Film hat sie hervorgelockt aus ihren Mauselöchern, etwas Unerwartetes bricht über sie herein, dann dürfen sie wieder verschwinden, weil die Welt sich langsam wieder ordnet. Denn im Film wird die Unordnung dargestellt…« – »Du meinst die *desorganisation*?« – »Nicht wahr, es ist ein gutes Wort! Auflösung, Zerfall, Umbruch… das sind die Atmosphären des Films.«

Am Abend solcher Filmtage waren wir müde und erschöpft. Lou wollte sich angeblich keinen weiteren Schritt mehr bewegen. Ich rief ein Taxi herbei, und wir fuhren nach *Saint-Germain-des-Prés* zurück. »Was denkst Du, Jean? Was würden Sartre und Simone de Beauvoir jetzt unternehmen?« – »Oh, Sartre würde noch an einem Artikel arbeiten, und die Beauvoir würde ihm später das neuste Kapitel ihres Buches vorlesen, das sie in nicht ganz drei Stunden geschrieben hat.« – »Das sind schrecklich anspruchsvolle Leute, nicht wahr, Jean?« – »Heute abend erlauben wir ihnen, sich von ihrer anstrengenden Arbeit zu erholen.« – »Das ist ein guter Gedanke.« – »Sie werden eine Flasche Wein zusammen trinken, und der Existentialismus wird fürs erste vergessen sein.« – »Oh, ich mag es, Jean, wenn man den Existentialismus vergißt.« – »Also, Lou, spielen wir mit, wir sind die Hauptdarsteller eines sehr poetischen Films …« – »Aber, Jean, die Liebe … die Zuschauer wollen zwei Verliebte sehen.« – »Für eine Nacht erfüllen wir ihnen den Wunsch …« –

Längst war mehr als die Hälfte der Stipendienzeit vorüber, als ich, wie es an der Hochschule üblich war, aufgefordert wurde, mich zusammen mit einem zweiten Meisterschüler von Madame Constant auf einen öffentlichen Auftritt im berühmten *Salle Pleyel* vorzubereiten. In unregelmäßigen Abständen zeigten hier vor allem die ausländischen Stipendiaten ihre Künste, und es kam nicht selten vor, daß ein solcher Abend, der zahlreiche Kritiker anzog, den Grundstein für spätere Erfolge legte. »Was werden Sie spielen?«, fragte Madame Constant. »Vor Ihnen wird ein russischer Freund auftreten, und ich konnte ihm nicht versagen, mit Skrjabin glänzen zu dürfen.« – »Schade, Madame, Skrjabin ist doch eigentlich mein Fall, wenn ich so sagen darf. Aber es macht nichts … Ich denke, ich werde etwas von Chopin vortragen.« – »Das ist gewagt, Jean. Für die Franzosen ist Chopin ein Hauskomponist, hier spielen Sie gegen die Schule von Alfred Cortot an.« – »Warum nicht, Madame? Bescheiden möchte ich in diesen Dingen nicht sein. Wie gesagt, ich denke an zwei Balladen Chopins, und später werde ich Schumanns große Fantasie in C-Dur spielen.« – »Ich bin einverstanden, Jean, aber ich rate Ihnen, nicht den Fehler zu begehen, gerade diese Stücke in den nächsten Wochen zu häufig zu üben. Lenken Sie sich mit etwas anderem ab, denken Sie nicht daran. Spielen Sie Beethoven, Scarlatti, was immer Sie wollen … Sie dürfen nicht ausgebrannt wirken, Sie müssen sich auf den Vortrag freuen. Was die Technik anbelangt, denke ich, haben Sie keine Schwierigkeiten mehr.« – »Das denke ich auch, Madame. Ich werde Ihren Rat befolgen.« – »Und noch eins, Jean. Nach dem Konzert sind Sie mein Gast, und damit Sie an diesem Abend nicht wieder nur mit einer alten Lehrerin vorliebnehmen müssen, bringen Sie ruhig Ihre Freunde mit.« – »Das ist sehr großzügig, Madame.« – »Damit ich die Angelegenheit etwas planen kann… sagen Sie mir, wieviele darf ich erwarten?« – »Lassen wir es bei dreien bewenden, Madame. Ich denke an meine Freundinnen Denise und Lou sowie an Henri, der mit mir bereits in Deutschland studierte.« – »Aber Jean! Zwei Damen? Nur ein Herr? Mal so, mal so? – »Ich verstehe nicht, Madame.« – »Schon gut, ich weiß, in diesen Dingen sind Sie diskret und empfindlich…« –

Anders als die anderen Meisterschüler von Madame war ich noch nicht häufig öffentlich aufgetreten. In Frankfurt hatte ich mich vor solchen Auftritten mit einem Hinweis auf meinen schlechten gesundheitlichen Zustand gedrückt. Ich liebte es nicht, von vielen Augen wie eine Art Wundertier angestarrt zu werden, das für kurze Zeit die Sympathien aller gewinnen mußte, indem es die richtigen Tasten mit dem entsprechenden Fingerdruck berührte. Das Klavierspiel war in meinen Augen immer eine Zwiesprache mit mir selbst gewesen, und ich sah lange nicht ein, was neugierige Blicke bei diesem intimen Stelldichein zu suchen hatten. Doch diesmal mußte es sein. Ich wollte nicht unhöflich erscheinen, schließlich hatte ich Professor Leopold regelmäßig Bericht zu erstatten, und er hatte mich unmißverständlich aufgefordert, mein Bestes zu geben. Immer wenn ich an den bevorstehenden Abend dachte, überfiel mich eine leichte Aufregung. Inzwischen war das Konzert bereits überall angekündigt; bei meinen Spaziergängen stieß ich auf meinen Namen, der an den Litfaßsäulen leicht in prunkender Größe und fetten Lettern zu erkennen war.

Ich hatte die Generalprobe am Morgen des bedeutsamen Tages gut hinter mich gebracht. Madame Constant war mit Bronislaw, ihrem russischen Schüler, und mit mir sehr zufrieden. Gegen Mittag war ich bereits so nervös, daß ich nichts essen konnte. Ich hielt mich in der Wohnung auf und nahm ein Bad. Später kam Lou hinzu, um mich zu beruhigen. Doch ich konnte ihr kaum zuhören, und schließlich bat ich alle, mich allein zu lassen. Ich legte mich auf mein Bett, unaufhörlich wirbelten Bruchstücke der Musik durch meinen Kopf, ich memorierte den Fingersatz, und die Finger bewegten sich beinahe ohne meine Zutun.

Man hatte nicht mit allzu vielen Zuhörern gerechnet, doch als wir am Abend in dem ehrfurchtgebietenden Gebäude eintrafen, war der Saal bereits halb gefüllt. Ich schloß mich in der Garderobe ein und zog mich um. Madame erschien für einige Minuten und meldete, die Vorstellung sei beinahe ausverkauft. Der Andrang rühre daher, daß die Karten nicht so teuer wie sonst und viele Schüler neugierig auf den Auftritt der Konkurrenten seien. Im stillen verfluchte ich ihre Neugierde. Sie würden auf jeden Fehler lauern, sie würden ihre abwägenden Blicke auf meine irritierte Gestalt richten, die es nicht gewohnt war, vor einer gespannten Meute zu glänzen. Bronislaw spielte bereits, ich hörte den zaghaften Beifall nach jedem Stück. *Skrjabin!* Wieviel verband mich mit dieser Musik! In der großen Pause kam Madame noch einmal zu mir ins Zimmer. »Sind Sie aufgeregt, Jean?« – »Es geht, Madame.« – »Es ist töricht, aufgeregt zu sein. Ihr Spiel wird dadurch nicht besser. Schirmen Sie sich innerlich ab. Schauen Sie, wenn Sie aufs Podium gehen, nicht in den Saal. Ich sitze in der ersten Reihe. Blicken Sie kurz zu mir, wenn Sie sich verbeugen. Stellen Sie sich vor, sie spielten allein für mich. Dann wird es gehen.« – »Ein guter Vorschlag, Madame, ich danke Ihnen.« –

Das Gemurmel wurde leiser. Man klopfte an meine Tür.

Ein untersetzter, älterer Herr lächelte mir zu, als ich hinausging. »*Allez-y!*« sagte er bestimmt. Mir schwindelte leicht. Ich betrat das Podium und hörte den Beifall wie aus weiter Ferne. Das Gemurmel legte sich. Ich trat vor den Flügel und verbeugte mich. Madame Constant? Wo saß Madame Constant? Mein Blick überflog die erste Reihe. Madame Constant? Dort, ja, dort! Sie lächelte. Neben ihr aber saß eine junge Frau, die ihr einige Worte zuflüsterte. Sie schaute mich an, und ich schaute zurück. Da geschah es. Mein Blick blieb hängen, nicht lange, vielleicht nur für einige Zehntelsekunden. Doch ich fühlte, wie ich innerlich beinahe erstarrt wäre. Es war, als zöge man mir die Seele aus dem Leib und als ließe sie sich nun, ein flatterhaftes, von seiner Ungeduld erlöstes Wesen, hinüber zu diesem anderen Menschen treiben, dessen Gesichtszüge sich ebenfalls entspannten, verflachten und merkwürdig vertieften. *Ein Blitz!* Irgendein unvorhergesehener Blitz hatte mich getroffen! Ohne Zweifel ging er von der dunkelhaarigen, fremdländisch wirkenden Person aus, deren Lippen sich gerade einen schmalen Spalt geöffnet hatten. Schauten wir uns noch immer an? *Spielen!* Ich sollte spielen! Der verebbende Beifall erinnerte mich an diese unbequeme Aufgabe. Ich setzte mich auf den kleinen Hocker. Schaute sie mich noch immer an? Schau weg, schau nicht zu mir, laß mich, gib Ruhe! Ich sammelte mich, ich wurde gelassener. Nichts würde mich noch beunruhigen können. Ich begann und hob beide Arme. Ich spielte …

Nach dem ersten Stück kam leichter Beifall auf, aber ich tat, als bemerke ich ihn nicht. Noch in den Applaus hinein begann ich mit dem zweiten. Die Oberstimmen! Nicht vergessen, die Stimmen der linken Hand deutlicher zu artikulieren! Oh ja, es ging gut! Plötzlich saß ich im Haus meines Großvaters. Hinter mir stand der Herr Pfarrer und wagte nicht, sich zu rühren. Das Fenster war weit geöffnet, ich hatte sie alle hinaufgelockt. Keine Pause! Nur ein kurzer Blick in die erste Reihe. Sie lächelte, *mon Dieu,* sie lächelte auffallend. Schumann! Ich atmete noch einmal durch. *Passionato,* gewiß, Professore! *Durchaus phantastisch und leidenschaftlich vorzutragen*... nun im lebhaften Tempo ... im Legendenton ... wieder das erste Tempo ... ritardando ... nun mäßig, aber durchaus energisch ... viel bewegter ... langsam getragen ... durchweg leise zu halten ... nach und nach bewegter und schneller ... adagio ... die drei letzten Akkorde ... leiser, ganz leise ... unvorstellbar leise! Die Fermate! ... Der letzte Anschlag! ... Ich hielt den Klang, noch eine kleine Weile. Der Beifall brandete auf, wurde lauter. Ich nahm ein Tuch aus der Tasche und wischte mir kurz über die Stirn. Ihr Blick! Ich stand auf und verbeugte mich kurz! Hinaus! Nichts wie fort!

Draußen schickte mich der ältere, sich in begeisterten Wendungen ergehende Herr wieder aufs Podium. Die Zuhörer in den ersten Reihen waren aufgestanden. Von weiter hinten kamen Beifallsrufe. Madame winkte hinauf. Ich sollte mich mit einer Zugabe bedanken. Warum auch das noch? Hatten sie noch nicht genug? Ich war erschöpft, doch ich spürte den Blick aus der ersten Reihe. Mit einer kleinen Handbewegung bat ich um Stillschweigen. »*Un petit souvenir*«, sagte ich, viel zu leise, »*Glükkes genug* ... von Robert Schumann.« Man setzte sich, und ich spielte das kleine, bekannte Stück, das mich an meine Kindheit erinnerte. Nach dem letzten Anschlag wurde der Beifall stürmisch. Geistesgegenwärtig schloß ich den Deckel des Instruments. Mehrere Male wurde ich noch hinausgerufen. Schließlich verteilten sich die Menschen. Noch einmal rauschte der Applaus kräftig auf, dann war es still. Ich erkannte die Freunde. Lou hatte einen großen Blumenstrauß dabei. »Mein Schatz!«, sagte sie stolz. Henri umarmte mich, und Denise überreichte mir ein Geschenk. Von allen Seiten strömten Menschen heran ... »Außerordentlich«, sagte Pater Albertus; »wenn das Fritze Busch gehört hätte«, flüsterte der Großvater. Endlich erkannte ich Madame Constant. Sie schob eine dunkle, etwas scheu wirkende Gestalt vor sich her. Madame umarmte mich und deutete auf ihre Begleiterin. »Das ist Fernanda, Jean, meine Nichte!« – Ich streckte meine kühle Hand aus, und sie schaute mich wiederum mit diesem Blick an, den ich inzwischen kannte. Nein, gewiß war sie keine Französin, gewiß nicht, sie kam von weither, aus einem fremden entlegenen Reich, an das … »Madame! Mademoiselle … ich muß Ihnen gestehen«, setzte ich hilflos an, doch es sprach aus mir weiter, »… muß gestehen … ich erregte, Sie erregten … also nun zögere ich doch … Fernanda, habe ich richtig gehört? Meine Aufmerksamkeit … nach diesem Vortrag läßt sie zu wünschen übrig, Madame!« – »Aber, Jean, Sie sind noch ganz verwirrt! Ja, meine Nichte Fernanda …« – »Fernanda, hörte ich also richtig … Ich muß gestehen … Sie sehen mich gespannt, gewiß schaue ich gespannt … Fernanda, das ist ein seltener Name, nicht wahr?« – »Ich bin keine Französin«, sagte die Dunkelhaarige und blickte weiter so ernst, daß ich erneut schlucken mußte, »ich komme aus Lissabon und bin nur für einige Monate zu Besuch in Paris.« – »Lissabon! Oh ja!« entfuhr es mir, »dann verstehe ich … endlich verstehe ich!« –

Meine Ruhe war dahin. Seit ich Fernanda gesehen hatte, bewegte ich mich mit der Ungeduld eines Gehetzten, der nur noch darauf wartete, endlich ein erlösendes Wort zu hören. Am Abend nach dem Konzert hatte ich bei dem Souper, das Madame Constant für Bronislaw und mich gegeben hatte, neben ihr gesessen. Sie sprach ein dunkel klingendes Französisch, und, wie sie nebenbei erklärte, auch Spanisch, Englisch und sogar einige Brocken Deutsch, da sie vor einigen Jahren einen Kursus des Lissaboner Goethe-Instituts besucht hatte. Ihr ganzes Benehmen erschien mir so fein und abgewogen, daß ich beinahe ganz darauf verzichtet hätte, Fragen zu stellen. Es kam mir unpassend vor. Da ich aber nicht wußte, worüber ich mit ihr plaudern sollte, hielt ich mich an die Musik. Ich erzählte ihr, wie ich zum Klavierspiel gekommen war, und sie widmete meinen Erzählungen soviel Aufmerksamkeit, als hätte ich soeben von etwas ganz Unglaublichem berichtet. Sie aß nicht viel; sooft ich sie auch aufforderte, von all den Speisen zu kosten, lehnte sie dankend ab. Dafür hielt sie sich an den Wein; erstaunt stellte ich fest, daß es ihr anscheinend nichts ausmachte, mehrere Gläser hintereinander in rascher Folge zu trinken. Dabei durfte ich sie jedoch nicht allzu lange anschauen. Ein leichtes Fieber hatte mich gepackt, und jedesmal, wenn ein kurzer Blick auf ihr ebenmäßiges Gesicht nicht zu umgehen war, durchlief mich eine Hitzewelle, die mich vom ersten Augenblick an in Unruhe versetzt hatte, so daß ich während des Abends lauter Fehler zu machen glaubte, stets hoffend, daß niemand etwas bemerkte.

Dabei kam mir zustatten, daß Madame Constant in glänzender Laune war. Wir speisten an einer großen Tafel in einem für uns reservierten Kabinett, bis Madame einige Stunden nach Mitternacht zu erkennen gab, daß sie nun müde war. Lou forderte alle zum Tanzen auf. Madame, die sich mit ihr angeregt unterhalten und sie offenbar in ihr Herz geschlossen hatte, billigte den Einfall, entschuldigte sich aber, indem sie erklärte, solche Vergnügungen seien nur etwas für die junge Gesellschaft. Auch die Russen lehnten ab und zogen sich wenig später zurück. »Fernanda«, sagte Lou in ihrer direkten Art, »Sie werden aber mit uns kommen, nicht wahr? Keine Widerrede, Jean wird sonst unglücklich.« – Ich warf Lou einen scharfen Blick zu, bemerkte aber sofort, daß sie längst mitbekommen hatte, wie es um mich stand. Fernanda fragte bei Madame Constant nach, und als diese beschied, sie könne tun, wonach ihr der Sinn stehe, willigte sie ein. »Lou, Sie sorgen dafür, daß sie später ein Taxi nimmt. Wir wollen keine unangenehmen Überraschungen erleben.« – Lou versprach es, und wir brachen zum Tanzen auf. Als wir das Restaurant verließen, stieß sie mich heimlich in die Seite. »Mein Lieber, es ist soweit.« – »Sei ruhig, Lou.« – »Ich habe gesehen, daß Deine Blicke gezündet haben.« – »Bitte, Lou!« – »Die schöne Portugiesin!« – »Wenn Du nicht sofort damit aufhörst, Lou!« –

Von der Anwesenheit ihrer Tante befreit, erschien mir Fernanda viel gelöster. Sie hielt sich den ganzen Abend an mich, selbst als Henri sie einmal aufgefordert hatte, mit ihm zu tanzen, kam sie schon wenig später zurück, um wieder neben mir Platz zu nehmen. Plötzlich erzählte sie freimütig von sich, als wolle sie nun alles berichten, was sie während des Soupers noch für sich behalten hatte. Angeblich war sie eine verwöhnte Spätgeburt, die von der Familie, besonders aber von ihren drei älteren Brüdern, mit Argusaugen gehütet wurde. Einmal im Jahr ließ man sie ihrer Wege gehen. Diesmal hatte sie durchgesetzt, die Tante besuchen zu dürfen. Die Eltern hatten einen Leibwächter mitschicken wollen; erst auf Fernandas massiven Einspruch hin hatte man diesen Plan fallengelassen. Offensichtlich war ihre Familie mit einem unermeßlichen Reichtum gesegnet; sie sprach nicht davon, sie deutete es nur manchmal an, in knappen Wendungen, in denen sie von Pächtern, Weinhändlern und Portweinfirmen erzählte, von ihren Reitstunden an der Atlantikküste, von Sommeraufenthalten am Meer. Mehrmals versuchte Lou, unser Gespräch zu unterbrechen. Sie setzte sich neben mich, küßte mich herausfordernd und zog mich auf die Tanzfläche. »Du zitterst«, kicherte sie vor sich hin. – »Lou, das bildest Du Dir alles nur ein.« – »Jean, nun kannst Du Dich nicht mehr herausreden. Alle sehen es Dir an.« – »Man sieht es mir an?« – »Die ganze Zeit.« – »Dann tu etwas, Lou!« – »Ich tanze ja bereits mit Dir, damit sie eifersüchtig wird.« – »Du bist unausstehlich!« – »Gern, heute abend sehr gern …« –

Als wir zurückkamen, rückte Fernanda demonstrativ zur Seite, um mir anzudeuten, daß ich mich wieder neben sie setzen sollte. Wir sprachen sofort weiter, als hätten wir unsere Unterhaltung nie unterbrochen. Am Morgen verabschiedeten wir uns nach einem Kaffee, den wir in der Nähe der Seine im Freien getrunken hatten. Ich begleitete Fernanda noch einige Schritte bis zum Taxistand. »Nun hätte ich fast das Wichtigste vergessen«, sagte ich. – »Und was?« – »Ich weiß nicht einmal, wie lange Sie noch in Paris bleiben werden.« – »Noch dreieinhalb Monate, bis Anfang des kommenden Jahres.« – »Oh, schön ... ich meine ... das freut mich. Dann werden wir uns vielleicht noch einmal sehen.« – »Warum nicht?« – »Ja, warum nicht. Ich denke, wir sollten, wenn Sie Lust haben ... aber vielleicht haben Sie gar keine Zeit.« – »Ich habe sehr viel Zeit, eigentlich habe ich überhaupt nichts zu tun. Ich übersetze ein wenig vom Portugiesischen ins Französische.« – »Sie übersetzen, ja, gut ... und sonst nichts, ich verstehe. Darf ich Ihnen etwas sagen?« – »Aber ja.« – »Es ist nichts Bedeutsames, überhaupt nicht. Ich würde mich nur außerordentlich ... also, besser gesagt, wir sollten nicht zögern.« – »Sollten wir nicht?« – »Nein, besser nicht. Wenn Sie nichts dagegen hätten ...« – »Ich verstehe Sie schon, Sie brauchen sich keine Mühe zu geben.« – »Brauche ich nicht?« – »Also, damit ich mein Taxi nehmen kann. Sagen wir übermorgen.« – »*Übermorgen?!*« – »Ja, heute muß ich ausschlafen, den ganzen Tag.« – »Übermorgen, das ist herrlich.« – »Es freut Sie?« – »Ich sagte es schon, aber es ist beinahe noch mehr als das.« – »Als was?« – »Wie bitte?« – »Ist es mehr als Freude?« – »Ja, eine Art ... ach, ich weiß nicht, wie ich es nennen soll.« – »Es wird Ihnen schon noch einfallen.« – »Übermorgen gewiß.« – »Gut, bis dann.« – »*Au revoir!*« – Sie gab mir die Hand. »Wie sagt man im Portugiesischen?« fragte ich. – »*Adeus!*« antwortete sie. – »Hat es Ihnen gefallen, heute abend?« – Ich hielt noch immer ihre Hand. »*Muito*«, sagte sie. Dann machte sie sich schnell los und verschwand. Ich lief einige Schritte hinunter zur Seine. Mein Liebesdienst hatte begonnen ...

Von nun an dachte ich an nichts anderes mehr. Wenn ich am Morgen erwachte, war das merkwürdige Gefühl bereits da, eine Anspannung und überhöhte Reizbarkeit, die erst zur Ruhe kam, wenn ich erfahren hatte, wann ich sie treffen würde. Ich vergaß meine Pflichten, die Tage zerfielen in Wartestunden, in manchmal ängstlich unternommene, einsame Spaziergänge, die keinem anderen Zweck dienten als dem, mich in Gedanken gewaltsam von ihr zu entfernen, Übungen, die nie zum Erfolg führten, da mich auch während dieser weiten Gänge alles mit beinahe auftrumpfender Deutlichkeit an sie erinnerte, so daß mir ihre Worte und Sätze einfielen, während ich auf das Wasser des Flusses starrte, dieser schleichenden, trügerischen Bewegung verfallen, als habe sich die ganze Umgebung meines Verlangens angenommen und führte mir höhnisch meine Verlassenheit vor. Wenn sie nicht in meiner Nähe war, spürte ich diesen Mangel körperlich; die Gespräche mit den Freunden machten keinen Sinn mehr, ich hörte nicht einmal zu, vielmehr erreichten die Klänge mich nur noch durch eine schalldichte Wand, als rede in mir eine immer lauter werdende Stimme von nichts anderem als dieser alle Organe ansteckenden Sucht, der Sucht, beinahe atemlos einige Schritte neben ihr zu gehen und jenes Zwiegespräch zu beginnen, das auf eine vorläufige Nähe zulaufen sollte, auf jene heimlichen Geständnisse, daß man gewisse Dinge ähnlich empfand, daß sich die Empfindungen deckten, ja berührten. Ich wußte bald, daß ich mich dabei betrog; ich sammelte ihre Worte wie Teile eines großen Schatzes, den ich in meinem Inneren anhäufte und wog, ich setzte mir alles, was sie sagte, zu einem fast anbetungswürdigen Bild zusammen, erschrocken darüber, daß dieses Bild die Vorstellung, die ich mir von mir selbst gemacht hatte, anscheinend auf unheimliche Weise ergänzte, als hätten Fernanda und ich, in Jahrzehnten weit voneinander getrennt, auf nichts anderes hingelebt als diese Monate in Paris, in denen wir uns fast alle zwei Tage trafen, das Gespräch immer von neuem aufnehmend, um im anderen nach der Lösung jenes Rätsels zu suchen, das er einem aufgab. So war die Liebe der Zustand einer anhaltenden Besessenheit, einer Verrücktheit, aus der man sich nicht einmal für die Dauer eines winzigen Moments befreien konnte, so daß ich, wenn ich etwas mit Henri zusammen war, mit einer Stimme sprach, die mir gefälscht erschien, mit einer tonlosen, ermatteten Stimme, wie mich überhaupt die Umgebung kaltließ, Katastrophen mich nicht hätten erschüttern können, hätte ich doch auch in ihnen an dem Glauben festgehalten, daß es immer eine Rettung gäbe, wenn sie sich nur in meiner Nähe befände. Vor allem aber störte mich meine Hilflosigkeit, denn in meinen Augen machte ich bei unseren immer zahlreicheren Treffen keine Fortschritte, ich kam über das Niveau des freundlichen, oft herzlichen Austauschs der Worte nicht hinaus, obwohl ich unendlich viel darum gegeben hätte, ihre Hand zu berühren, sie länger anzuschauen, die innere Hast abzuschütteln, die mich gleich nach unserer Begrüßung losreden ließ. Auch wenn sie mir antwortete, ließ ich sie kaum ausreden, schnell hatte ich einen Satz, ein einzelnes Wort aufgegriffen, um diese Bruchstücke in meine eigenen Wendungen einzupassen, immer der unbegründeten Angst folgend, die Teile des Puzzles ließen sich nicht ineinanderfügen, während doch kein Grund bestand, laufend auf dieser Zusammenfügung zu bestehen, und die Angst eine kindische Panik verriet, irgendwann einmal alles verlieren zu können. Wie bekam ich etwas aus ihr heraus, wie lockte ich sie? Manchmal dachte ich, ich könnte ihr durch mein Verhalten einige Worte entreißen, so daß ich mir vornahm, stiller zu sein als sonst, sie nachdenklich zu stimmen, doch auch diese Anwandlungen machten mich nur immer mehr zu einem lächerlichen Schauspieler, dem der Regisseur längst seine Aufmerksamkeit entzogen hatte. Also dachte ich daran, mich selbst zu kasteien, diesem Spuk ein Ende zu machen, unverzüglich zurück nach Deutschland aufzubrechen, eine weite, einsame Reise zu unternehmen, sie mit meinen Karten und Briefen zu quälen, schau her, ich kann nicht weiter, so hilflos bin ich geworden ..., so las ich die Briefe meines Bruders bereits wie Botschaften aus einem rettenden Land, ohne überhaupt zu begreifen, was dort geschah, obwohl mir diese Briefe doch vordozierten, daß alles sich nun ändern werde, jetzt, nachdem die *Ölkrise* ausgebrochen sei, die Wirtschaft ins Wanken gerate, niemand eine Antwort wisse, mit Sparmaßnahmen gerechnet werden müsse, der Zusammenbruch des in Jahrzehnten Aufgebauten bevorstehe, die Energie aber immer knapper werde, so daß dieses an Konsum und Wohlstand gewöhnte Volk sich anders besinnen müsse, um endlich zu begreifen, wem es seinen erschwindelten Reichtum verdanke, so daß man sich in hektischer Betriebsamkeit jetzt wieder der Kohle zuwende, von Atomstrom träume, die Menschen aber so verunsichert seien, daß sie nicht mehr aus ihren Zimmern gingen, ohne das Licht abzuschalten, ihren Wagen in der Garage stehenließen, an manchen Tankstellen das Benzin ausverkauft sei, die Autobahnen aber breiten Geisterstraßen ähnelten, frei von Verkehr, Pisten für Radfahrer und Spaziergänger, für Pferdegespanne und altertümlich anmutende Fortbewegungsmittel, man sich also in die Zeit nach dem Krieg zurückversetzt fühle, in die Zeit unserer Geburt, die Autoindustrie aber mit großen Einbußen rechne, so daß es bald zu einer rasch ansteigenden Arbeitslosigkeit kommen werde, in allen Bereichen der Wirtschaft, aus einem Volk von verschwenderischen, rasenden, ungezügelten Autofahrern ein Volk von Waldschraten, Kartoffelbauern und Kuhhirten werden könne, Willy, der in seinem Eifer nachlassende, allmählich resignierende Kanzler keine Rezepte mehr anzubieten wisse, mit seinem baldigen Rücktritt zu rechnen sei, was ihn, Josef, nur freue, fielen ihm durch diese unvorhergesehene Wende der Ereignisse doch dreitausend Mark in die Hände, Geld, das er gut brauchen könne ..., ich aber all diese unvorstellbaren, mich nicht einmal erschreckenden Nachrichten wie unter einem manischen Zwang mit meinem eigenen Zustand verglich, daran erinnert, daß auch mein Gleichmut ins Wanken geraten war, daß auch ich mich besinnen mußte, nur noch hilflos den Ereignissen begegnete, keine Lösung fand, in unerträglicher Passivität die Tage verstreichen ließ, so daß es mir am Ende am liebsten gewesen wäre, Deutschland hätte sich wahrhaftig wieder in einen undurchsichtigen Dschungel wilder Pflanzen und Äcker zurückverwandelt, in dem ich endlich Ruhe fände.

Doch ich saß in der Falle; sosehr ich mich auch sträubte, Fluchtpläne schmiedete, an Landarbeiterdienste in der Nähe von Kleve dachte, sosehr wußte ich, daß meine Gedanken und Erinnerungen mich mit der Zeit eingeholt hätten. Vielleicht waren aber auch diese Qualen völlig unnötig, vielleicht hatte Fernanda längst begriffen, was in mir vorging, obwohl ich gerade diesen manchmal für Minuten erlösenden Gedanken weit von mir schob, immer heftiger entsetzt darüber, daß die Zeit auf unheimliche Weise verging, unser erstes Treffen bereits lange hinter uns lag, ich aber Paris und seine Menschen, die Häuser, Straßen und Plätze kaum noch ertragen konnte, diese schamlos für meine unruhigen Blicke überall täuschend aufgebaute Liebeskulisse, in der ich zu ersticken drohte, als ich Fernanda einige Tage nicht gesehen hatte, sich auch am Telephon niemand meldete, ich aber ununterbrochen überlegte, was ich falsch gemacht haben könnte, was ihren Rückzug bewirkt hatte, plötzlich aber ein letzter rettender Gedanke kam, Madame Constant, sie würde es gewiß verstehen, würde mich zu beruhigen wissen, so daß ich in die Hochschule eilte, in ihr Zimmer eindrang, eine Übungsstunde unterbrach, Madame auch sofort zu erkennen schien, was vorgefallen war, mit mir auf den Flur hinaustrat, ich mich aber am Geländer festhielt, um ihr alles, alles zu eröffnen.

Wir hatten uns weiter regelmäßig getroffen, einmal im Monat, wie früher. Ich rechnete mit ihrem Verständnis. »Madame«, setzte ich an, »Madame ... ich muß Ihnen etwas gestehen.« – »So dringend, Jean? Hatte es nicht noch ein wenig Zeit?« – »Ich habe schon viel zu lange gewartet, Madame. Die Zeiten haben sich so rasch verändert, von heute auf morgen. Alle Spekulationen ... sie sind gescheitert, niemand weiß, was kommen wird, Armut vielleicht, Hunger und jenes Elend, das wir vom letzten Krieg noch ... jedenfalls ist alles ins Wanken geraten, seit wir, seit diese Energien anders strömen, die *Krise,* eine mich stark mitnehmende Krise ist ausgebrochen, aus der nur Sie mich befreien können, nur Sie, auf die ich, der ich ...« – Sie nahm mich zur Seite. Sie schickte den wartenden Schüler aus dem Zimmer und ging mit mir hinein. Sie schloß die Tür. »Ach, Jean«, sagte sie beinahe feierlich, »machen Sie es uns nicht zu schwer. Ich weiß ja, was Sie sagen wollen, aber es ist doch eine Unmöglichkeit. Behalten Sie es für sich, ich ahne es seit langem ...« – »Sie ahnen es bereits? Aber ... ich wollte es Ihnen nicht verheimlichen, ich hätte früher zu Ihnen kommen sollen, um Ihnen alles zu gestehen ...« – »Nein, Jean, nicht! Wir haben uns bisher so gut verstanden, und auch ich habe Ihre Gefühle, die mir nicht verborgen geblieben sind, erwidert. Ich habe Sie immer mehr gemocht, Jean, seit jenem Augenblick, als wir uns das erste Mal sahen ...« – »Aber, Madame!« – »... wissen Sie noch, Sie traten auf wie ein Komödiant, in weitem Mantel, herausgeputzt wie ein Engel ...« – »Ich bitte Sie, Madame!« –»... und mit der Zeit habe ich wohl gespürt, daß unsere Sympathien stärker wurden, aber, Jean, ich bin eine ältere Frau, man darf nicht daran denken, wir machen uns lächerlich, Sie waren mir gewiß der liebste Schüler, aber ich bitte ...« – »Oh, Madame! Sie schneiden mir das Wort ab ...« – »Ja, laß mich nur für uns reden, Jean. Ich weiß ja, glaube mir nur, wohin es führen würde.« – »Madame, ich fasse es gar nicht.« – »Nein, Du kannst es noch nicht fassen, viel zu jung bist Du dazu. Geh, Jean, geh jetzt, wir können nicht länger hier zusammenstehen. Beschäftige Dich irgendwie, oder … ich denke … Weißt Du, damals, bei Deinem Auftritt im *Pleyel*? Da brachte ich Fernanda mit. Ich hatte meine Gedanken, ich dachte, vielleicht wird er sich in sie verlieben. Fernanda ist schön, meine Nichte ist sehr schön, und ich hoffte insgeheim, daß Ihr Euch anfreunden würdet. Warum hast Du Dich nie mehr gemeldet?« – »Ich? Nie mehr?« – »Ich glaube, es hätte ihr Freude gemacht, Dich dann und wann einmal zu sehen.« – »Sie hat gesagt, es würde … es hätte ihr Freude gemacht?« – »Ich habe es doch bemerkt, Jean. Nun ist es vorbei.« – »Vorbei, Madame?« – »Sie reist heute nachmittag ab.« – »Was?! Aber sie wollte noch anderthalb Monate bleiben!« – »Sie hat die Lust an dieser Stadt verloren, Jean. Sie war wohl zuviel allein, und ich konnte mich nicht um sie kümmern.« – »Aber Madame! Wo ist sie denn jetzt?« – »Sie packt. Möchtest Du sie noch einmal sehen? Geh, Jean, das wird Dich ablenken. Geh zu ihr, sprich ein wenig mit ihr, daß Du auf andere Gedanken kommst.« – »Gewiß, Madame, ich eile …« –

Ich lief aus dem Zimmer, sprang die Treppen hinab, bestellte ein Taxi. Es ging mir nicht schnell genug. Ich trieb den Fahrer zur Eile an, aber je lauter ich darum bat, um so mürrischer wurde er. Schließlich gerieten wir in einen Stau. Ich ertrug es nicht mehr, zahlte eilig, flüchtete aus dem Wagen, setzte meinen Weg zu Fuß fort. Hatte ich alles falsch gemacht? Ich törichter Mensch, ich armselige Kreatur, nichtswürdig, ahnungslos …

Ich klingelte. Die Haustür wurde geöffnet, ich nahm die Treppenstufen in großen Sätzen, Fernanda stand oben im Hausflur. *»Du?«* – *»Ja, ich!* Warum meldest Du Dich nicht? Ich habe die ganze Zeit versucht, Dich zu erreichen, drei Tage lang …« – »Ich weiß.« – »Du weißt? Und warum … Was ist denn?« – »Wir müssen uns trennen.« – »Aber warum?« – »Es geht nicht mehr.« – »Du möchtest mich nicht mehr sehen?« – »Ich kann Dich nicht mehr sehen.« – »Du willst nicht?« – »Ich will schon, aber …« – »Aber?« – »Es ist besser, ich reise jetzt ab.« – »Aber es sind noch fünf Wochen …« – »Nein, ich halte es nicht mehr aus.« – »Aber dann … weißt Du … dann … es ist doch so. Ich halte es auch nicht mehr aus.« – »Jean, es ist besser, ich fahre schon heute. Es würde uns beiden wehtun, wenn wir uns trennen müßten.« – »Trennen? Warum sollen wir uns trennen?« – »Ich habe versprochen, Anfang des Jahres nach Lissabon zurückzukommen. Meine Eltern würden es nie erlauben, wenn ich hierbliebe.« – »Und?« – »Deshalb geht es nicht.« – »*Aber es geht doch!* Ich fahre mit.« – »Du willst …« – »Wir reisen zusammen, nach Lissabon, denn ich gestehe … also ich will sagen …« – Ich fuhr mir durchs Haar, ich glaubte, von einem Passatwind davongetragen zu werden; es schob mich voran. Ich hielt ihren Kopf in beiden Händen. Ich schloß die Augen. *Lissabon!* Die Qual hatte ein Ende …

22

Saudade

Etwa anderthalb Monate später erwartete uns vor dem Flughafengebäude von Lissabon der Chauffeur Gabriel, der von Fernandas Vater den Auftrag erhalten hatte, die so lange entbehrte Tochter und ihren deutschen Gast zu jenem Stadtpalais in der alten Oberstadt zu bringen, das der Familie seit über zweihundert Jahren gehörte. Gabriel war erstaunt; niemand hatte damit gerechnet, daß die scheue Fernanda sich einen Begleiter auswählen würde; wie es hieß, hatte sich die Familie jedoch darauf eingerichtet, den Fremden mit allen Ehren zu empfangen. Gabriel kannte Deutschland; er hatte beinahe fünf Jahre in einer deutschen Fabrik gearbeitet, und er versuchte, mit seinen Sprachkenntnissen zu glänzen. Ich war erleichtert, wenigstens einen Menschen in meiner Umgebung zu wissen, der mich im Notfalle auch in meiner Muttersprache verstehen würde. Als er sich angeregt nach den Verhältnissen in Deutschland erkundigte, erläuterte ich ihm, daß die Deutschen durch die *Ölkrise* gezwungen würden, sich endlich zu ihren Träumen zu bekennen; das fleißige Volk habe jahrhundertelang von der Faulheit geträumt, nun sei es auf dem besten Wege, seine Autobahnen in Radwanderwege und seine Städte in grüne Oasen zu verwandeln, so daß dieses ferne Land in einigen Jahrzehnten wieder von unbegrenzten Waldflächen bedeckt sein werde, ein wiederauferstandenes *Germanien,* in dem die Männer in Hütten hausen, die Frauen aber die notwendige Feldarbeit verrichten würden. Gabriel lachte; unbeeindruckt setzte er weiter auf die Zähigkeit des fleißigen Volkes, die durch eine *Ölkrise* höchstens noch verstärkt werden würde…

Als der Wagen in den großen Innenhof der herrschaftlichen Villa einrollte, tauchten sofort einige dienstbare Geschöpfe auf, die sich um unser Gepäck kümmerten. Fernanda stellte sie mir vor, doch ich war noch zu benommen, um mir all diese fremd und dunkel klingenden Namen merken zu können. Von einem leicht erhöhten Plateau, das von der Straße durch wildwuchernde Pflanzen abgeschirmt war, hatte man einen weiten Blick auf den *Rio Tejo* und das weiße Häusermeer. Wir hörten Stimmen aus der Richtung des Hauses, kurz darauf zeigten sich Paulo und Joaquim, zwei Brüder Fernandas, die ihre Schwester umarmten und bald aus Höflichkeit gegenüber dem Fremden statt des mir unverständlichen Portugiesisch Französisch sprachen.

Ich bemerkte, daß es geheime Regeln der Anrede gab. Einer der beiden Brüder wurde von den Bedienten stets nur als *Senhor Engenheiro* angeredet, obwohl Fernanda behauptete, er sei gar kein Ingenieur, ihre Mutter als *Senhora Doutora,* der Vater aber respektvoll als *Senhor Presidente,* so daß auch ich mir vornahm, im Gespräch diese Wendungen zu benutzen. Der Empfang war sehr herzlich, alle schienen die Tochter hingebungsvoll zu lieben, während ihr Gast ohne Umschweife in eines der großen Gästezimmer geführt wurde, von dem aus er einen jener Ausblicke auf die Stadt hatte, die ihn beinahe euphorisch werden ließen. Das große, versteckt liegende Haus, an das ein kleiner Park grenzte, hatte so viele Zimmer, daß nicht einmal Fernanda ihre genaue Zahl kannte. Offenbar traf sich die Familie zu den Mahlzeiten in jenem weiten, von hellen Tüchern bedachten Saal, an den sich ein kleiner Wintergarten anschloß. Die Wände der langen und schmalen Flure waren überall mit alten Gobelins behangen, während die Räume, in denen man sich in Gesellschaft aufhielt, angenehm leer waren. Im unteren Stock befanden sich die große Küche, einige Privatzimmer, kleine Kabinette und Leseräume sowie die umfangreiche Bibliothek; ein weites Treppenhaus zweigte in den Ostflügel ab, in dem die Zimmer der einzelnen Familienmitglieder lagen, kostbar und verschwenderisch ausgestattet, meist schattig kühle Fluchten, die sich hier und da auf einen kleinen Balkon hin öffneten. Nach Westen hin erreichte man über eine Wendeltreppe die Gästeräume, dann auch die Arbeitszimmer, während die Bedienten außerhalb der Villa in einem eigens für sie errichteten Wohnhaus untergebracht waren. Schon nach kurzer Zeit hatte ich mehr als sieben Personen gezählt, die für die Gartenanlagen, die Bewirtschaftung des Hauses, die drei großen Wagen und das Wohlbefinden der Herrschaften zuständig waren. Ich duschte mich, zog mich um, leerte meine Koffer und wollte langsam wieder die Treppe zum Empfangssaal heruntergehen, als ich auf die *Senhora Doutora* traf, die mich am Arm nahm, um in meiner Begleitung einige Schritte in den Palmengarten zu machen. Sie sprach fließend Französisch und erzählte mir, daß auch sie einige Jahre in Paris verbracht habe; Franzosen und Portugiesen seien innerlich, von Charakter und Gefühl her, miteinander verwandt. Sie war eine recht große Frau und die Schwester von Madame Constant; sie hatte ihre Kindheit in Porto verbracht und liebte diese alte Stadt besonders. Jetzt lebte von der Familie nur noch der älteste Sohn dort; er war mit dem Export von Portwein in andere europäische Länder beschäftigt und kam höchstens drei- oder viermal im Jahr für ein paar Tage nach Lissabon, um sich von den anscheinend anstrengenden Geschäften zu erholen. *Senhor Presidente* arbeitete nicht mehr regelmäßig; wie ich erfuhr, ließ er sich nur einmal in der Woche in die Unterstadt fahren, hielt sich sonst aber meist in dieser mit allen Bequemlichkeiten ausgestatteten Villa auf, um seinen Neigungen nachzugehen. Daher hatten die beiden Söhne die Geschäfte übernommen, Geschäfte, die ebenso vielfältig wie undurchschaubar waren, tat doch selbst *Senhora Doutora* meine vorsichtigen Fragen mit einigen müden Handbewegungen ab. Ach, Geschäfte, dies und das, Häuservermietung, Exporte, Verwaltung von Liegenschaften, es lohnte sich nicht, darüber viele Worte zu verlieren …

Schließlich kam die ganze Familie im Wintergarten zusammen. Ich war erleichtert, daß ich keine Auskunft über die Dauer meines Aufenthaltes geben mußte. Fernanda und ich hatten uns darüber keine Gedanken gemacht. Jedenfalls schien auch *Senhor Presidente* nicht mit einem kurzen Aufenthalt zu rechnen, legte er mir doch ans Herz, möglichst bald Lissabon, dann aber auch die übrigen Gegenden des Landes kennenzulernen, ein Unternehmen, das er Fernanda und mir durch die Bereitstellung eines Wagens erleichtern wollte. Für den Abend hatten sich Gäste angesagt, man wollte Fernandas Heimkehr feiern und mich mit einigen Freunden der Familie bekannt machen. In einem Nebenraum des großen Saales war ein Flügel untergebracht. Man rechnete damit, daß ich versessen darauf war, meine Kunst hören zu lassen. Um der Familie Gelegenheit zu geben, sich ungestört unterhalten zu können, bat ich, mir das Instrument zu zeigen. Sofort wurde der Wunsch erfüllt. Ich wurde in einen kleinen, fensterlosen und offenbar schallgedämpften Raum geführt, in dem nur der schwarze Flügel stand. Ich spielte mich ein wenig ein, doch ich war kaum bei der Sache; nach etwa einer halben Stunde erschien Fernanda. »Gefällt es Dir?« – »Sehr, ja. Es ist überwältigend.« – »Sie freuen sich über Dein Kommen.« – »Ja, sie sind alle sehr herzlich.« – »Du fühlst Dich wohl? – »Ich muß mich erst an alles gewöhnen.« – »Vater sagt, Du siehst aus wie einer von uns.« – »Von Euch?« – »Wie ein Portugiese, nicht wie ein Europäer.« – »Aber Portugal gehört doch zu Europa.« – »Nicht für meinen Vater. Für ihn ist Europa etwas ganz anderes; es ist das große Terrain der Geschäfte und des Handels. Wir, sagt Vater, leben für uns; seit Jahrhunderten lebt Portugal nur für sich …« – »Ist Dein Vater ein Anhänger der Regierung, unterstützt er die Faschi … die Konservativen?« – »Sprich es nur aus! Du brauchst Dich nicht zu schämen. Wir sagen es alle, wenn wir unter uns sind. Du wirst es erst allmählich verstehen. Vater ist auf die Regierung angewiesen, aber er unterstützt sie nicht offen. Es ist schwer, davon zu sprechen, es ist ein Spiel mit vielen komplizierten Regeln.« – »Wieso nennt man ihn *Presidente*?« – »Weil ihm mehrere kleine Handelsgesellschaften gehören, aber er kümmert sich längst nicht mehr darum. Er achtet höchstens noch darauf, daß die Mieten jeden Monat pünklich eingezahlt werden; wir haben in der Unterstadt ein kleines Büro, in dem die Mieter unserer Stadthäuser erscheinen müssen, um die Beträge bar zu bezahlen. Aber reden wir nicht davon! Du sollst Dich wohlfühlen! Begleitest Du mich auf einem Gang durch die Stadt? Ich habe Sehnsucht nach Lissabon, nie habe ich es so deutlich gespürt wie jetzt, als ich aus dem grauen Paris zurückgekommen bin. Laß uns nach *Belém* fahren, ja?« – »Nach *Belém?*« – »*Belém* ist die Heimat unserer großen Seefahrer und Eroberer, die Stätte der Erinnerung an das *goldene Zeitalter* … Ihr Europäer habt keine Vorstellung von unserem Land. Ihr haltet es für einen Rockzipfel des Kontinents …« – »Dann zeig mir alles, Fernanda!« – »Gut, wir fahren hinaus, ja?« – »Aber nicht in einem der Prunkwagen …« – »Du läßt Dich nicht gern verwöhnen? Das wirst Du lernen, mein lieber Jean, schon sehr bald … Heute aber nehmen wir den Bus, Dir zuliebe!« –

Wie auf geheime Verabredung ließ man uns in den folgenden Wochen und Monaten viel allein. Manchmal sah ich die anderen Familienmitglieder einige Tage nicht, und wenn ich ihnen doch einmal begegnete, kam es nur zu einer kurzen Begrüßung und wenigen freundlichen Worten. Fernanda bestritt, daß diese Zurückhaltung etwas zu bedeuten habe; auch früher seien alle ihrer eigenen Wege gegangen, die Brüder, die geräumige Wohnungen in der Nähe des verkehrsreichen Zentrums besäßen, der Vater, der sich oft wochenlang auf seinen Landsitz im Süden des Landes zurückziehe, aber auch Senhora Doutora, die es genieße, für niemanden mehr sorgen zu müssen. So kam es nicht selten vor, daß Fernanda und ich allein in einem der hellen Kabinette frühstückten, um uns wenig später auf den Weg in die Stadt zu machen, die wir auf meinen Wunsch hin stundenlang durchliefen. Fernanda konnte meine Rastlosigkeit nicht begreifen und wunderte sich, wie unermüdlich ich mich im Labyrinth der *Alfama* umtat, überrascht manchmal von den einen Hügel langsam hinauffahrenden alten Straßenbahnen, die plötzlich um eine Ecke bogen, sich durch das Gewirr der mittelalterlichen Häuser schoben, alle paar Meter haltend, während wir die Aussichtsplateaus aufsuchten, um immer wieder den Tejo zu bestaunen, diesen vor der Stadt zur Ruhe gekommenen Fluß, der sich zur Küste hin allmählich verbreiterte, ausuferte, meeresgleich anschwoll, so daß er das Land zu beiden Seiten gleichsam weit von sich abstieß, um die Schiffe von den Weltmeeren anzulocken in diesen aufgesperrten Rachen, so daß ich mir gut vorstellen konnte, daß der Blick auf dieses Gewässer die Sehnsucht geweckt hatte, eine Sehnsucht, die auch ich noch zu spüren glaubte, wenn ich am Nachmittag mit Fernanda auf der schattigen, mit großen Sonnensegeln gegen das Licht geschützten Terrasse des Hauses saß, lange Stunden, aus deren Dämmer wir erst in der allmählich kühler werdenden Abendluft erwachten. Zur ruhigen Schönheit dieser Nachmittage gehörte der Genuß des Portweins; wir hatten uns angewöhnt, nach dem Mittagessen ein oder zwei Gläser zu trinken, bald aber wanderte eine Flasche mit hinaus auf unseren Türmerposten. Anfangs hatte ich mir noch ein Buch mitgenommen, doch schließlich gab ich die Lektüre ganz auf und horchte lieber auf Fernandas leises Sprechen, auf diese sanften und weichen Laute, mit denen sie den Hausgehilfen etwas zurief, Klänge, an die ich mich nur schwer gewöhnte, um dann doch zu versuchen, sie nachzusprechen, *obrigado…, de nada… que amdável!…* Wenn ich in die Weite schaute, erkannte ich in der Ferne den steinernen Koloß des Turms von *Belém,* von wo die Entdecker früherer Jahrhunderte aufgebrochen waren, so daß ich mich durch Fernandas Erzählungen erinnert fühlte an die Entdeckerträume meiner Kindheit, diesmal aber Traum und Wirklichkeit sich auf unheimliche Weise vermischten, ich also mit offenen Augen zu träumen glaubte, als sei ich wahrhaftig angekommen im Reich meiner kindlichen Phantasien. Diese sonderbare Empfindung wurde mit der Zeit immer stärker, so daß es mir vorkam, als lebte ich Tag für Tag nicht in die Zukunft, sondern in meine eigene Vergangenheit hinein, als erreichte ich erst jetzt die früher so unauslotbare Tiefe meiner ersten Hoffnungen und Wünsche. Zu dieser Empfindung trug aber die Liebe zu Fernanda bei; manchmal mußte ich mich ihrer Nähe vergewissern, ich schaute sie heimlich von der Seite an, noch immer unsicher, ob dies alles nicht ein einziges Trugbild, meine Anwesenheit eine Art Traum, Fernanda aber nur die Gestalt einer wahnhaften Liebe war. Ich erzählte ihr davon nichts, doch ich wußte, daß meine Phantasmen sich in diesem fernen Land auf merkwürdige Weise belebten, so daß ich oft dachte, ein fremder Zauber habe mich hierherverschlagen, und Fernandas teilnahmsvolle Zärtlichkeit sei die lange erwartete Antwort auf meine Grübeleien und melancholischen Anwandlungen, die nun plötzlich ihren eigentlichen Ort gefunden zu haben schienen. Gleichzeitig aber hatte die sehnsüchtige Schwermut, die einen an diesen Nachmittagen oft überfiel, nichts von der Dumpfheit der schwerenöterischen Melancholien; es war ein das Innere zersetzendes, es wie ein Gift oder ein Virus auflösendes Empfinden, das dennoch nicht frei war von einer leichten Heiterkeit oder einem manchmal aufbrausenden Glücksgefühl darüber, daß ich alles hinter mir gelassen zu haben glaubte und mich manchmal die Ahnung beschlich, ich würde auf den sieben Hügeln Lissabons jene Reise beenden, die ich in Rom begonnen hatte…

So schaute ich mit starrem Blick hinüber nach *Belém,* wo ich dieses Gefühl zum ersten Mal erlebt hatte, damals, als ich mit Fernanda in der Nähe des kleinen Hafens gesessen hatte, um von den *pastéis de Belém* zu kosten, honigdurchtränkten Mandelschiffchen, mit Zimt und Puderzucker bestreut, deren Genuß diese Phantasien angeregt hatte, die Vorstellung von der Ferne eines reichen Goldlandes, zu dem sich *Bartolomeu Dias* mit drei mächtigen Schiffen auf den Weg gemacht hatte, die Küste Afrikas entlang, die Kongo-Mündung anlaufend, später in schwere Stürme verschlagen. Immerhin hatte er die Südspitze Afrikas umschifft und so den Beweis erbracht, daß es Glücklicheren gelingen könne, den Reichtum zu finden, den die afrikanischen Länder nicht boten… Unter der Regentschaft des Königs Manuel war daher wenig später *Vasco da Gama* aufgebrochen, der nach elf Monaten Fahrt wahrhaftig Indien erreichte, vor den indischen Fürsten tretend wie ein armseliger Bettler, dem die lange Reise den ungeschnittenen Bart gebleicht hatte. Später nannte man ihn den *Herrn der Schiffahrt, der Eroberung und des Handels von Äthiopien, Persien und Indien,* als sich andere Eroberer nach Osten aufmachten, um zu rauben und zu plündern, unermeßlichen Reichtum anhäufend, so daß sich die Händler in Lissabon um die Säcke von Gold und Silber balgten, die Münzen kaum noch gezählt werden konnten, ein Rausch alle erfaßte, auch den König, der seine Seeleute antrieb, erneut auszuziehen, um Festungen zu errichten auf Inseln und in Küstenflecken, auch Vasco nach dem Tode des Herrschers noch einmal dem Traum verfiel, zum dritten Mal aufbrach, diesmal geehrt mit dem Titel eines Vizekönigs, im indischen Goa landete, Coschim aufsuchte, wo ihn eine schwere Krankheit befiel, so daß er am Weihnachtsabend starb, gerade in dem Jahr, da jener *Camões* geboren wurde, der Vascos Ruhm für immer verewigen sollte...

Denn der Dichter Camões hatte im fernen Indien während der sechzehn Jahre seiner Abwesenheit vom Heimatland mit den *Lusiaden* begonnen, dem Gesang vom christlichen Weltreich, das sich gründe auf die Tapferkeit der Portugiesen, die als einziges unter allen Völkern Europas ihre Sendung nie vergessen hätten. Bei einem Schiffbruch hatte er alles verloren außer dem Manuskript, das er gerettet hatte nach Lissabon, einen Traum hochhaltend, der sich niemals verwirklichen würde, neigte sich das Reich doch schon dem Untergang zu, so daß im Jahr seines Todes die spanischen Eroberer Einzug hielten in der Hauptstadt, ohne noch auf nennenswerte Gegenwehr zu stoßen.

Im Hieronymus-Kloster von *Belém* hatte ich den Sarg Vasco da Gamas und das leere Grab des Camões gesehen. Das Land hatte sich von seinen Eroberungszügen nie mehr erholt; mit der Zeit war es verarmt, so daß sein Stolz nur noch fortlebte in den Gesängen des Dichters, in denen die Gestalten und die Ereignisse zum Gleichnis geworden waren. Geblieben war das Gefühl einer wehmütig stimmenden Unruhe, einer betörenden, lähmenden Ohnmacht, das die Portugiesen *saudade* nannten. *Saudade!* Insgeheim bezeichnete dieses Wort mir meinen Zustand, das Dämmern in die Tage hinein, die immer stärker werdende Unlust, noch weite Spaziergänge zu unternehmen. Mehr noch als diesen passiven, angenehmen Zustand enthielt es aber die Erinnerung an jenen Augenblick in Paris, da ich Fernanda zum ersten Mal gesehen hatte. Es war ein Flügelwort, das alles umspannte, was ich seither erlebt hatte, meine so widersprüchlichen Empfindungen, meine heftige Liebe, meine verborgene Unruhe, die ganz erst aufflammte in jener Nacht, die der *saudade* fürs erste ein Ende bereiten sollte…

Wir waren spät ins Palais zurückgekehrt; nach einem letzten Glas Wein hatte ich mich sofort schlafen gelegt. Ein unausgesprochenes Gesetz trennte Fernanda und mich während der Nacht, so daß ich im Gästezimmer übernachtete, sie aber in einem der von der Familie bewohnten Räume neben dem der Mutter. Diesmal hatte ich der verlockenden Versuchung, die Nacht mit Fernanda zu verbringen, beinahe nicht widerstehen können; doch ich hatte wie meist nicht einmal den Versuch gemacht, meine heimlichen Wünsche einzugestehen.

Am frühen Morgen wurde ich durch starken Lärm geweckt; ich trat ans Fenster und erkannte Gabriel, der sich mit einigen Hausgehilfen, unter denen sich auch der alte Gärtner befand, lebhaft unterhielt. Ich kleidete mich rasch an und lief hinaus. Als sie mich erkannten, wurden sie sofort leiser, doch anders als sonst ließ ich es diesmal nicht bei einem kurzen Gruß bewenden, sondern gesellte mich zu der Gruppe. Gabriel, der mich meist nur als *Senhor* anredete, erwiderte aufgeregt meinen Gruß. »*Senhor*, wir können es alle nicht fassen.« – »Was ist geschehen, Gabriel?« – »Heute morgen hat *Radio Renascenca* das Signal gegeben.« – »Welches Signal?« – »*Grândola, vila morena*… Es ist ein Lied von José Afonso… *Grândola, vila morena,* Land der Brüderlichkeit… Das Lied war bisher verboten.« – »Verboten?« – »Seit vielen Jahren. Die Rundfunksender durften es nicht ausstrahlen.« – »Und Du bist sicher?« – »Vor einigen Minuten habe ich es selbst gehört.« – »Und was bedeutet das?« – »Das bedeutet Revolution, *Senhor,* das bedeutet die Freiheit. Die Regierung wurde gestürzt, die Bewegung der Streitkräfte hat die Macht übernommen.« – »Gabriel, das ist unmöglich. Eine Revolution bricht nicht über Nacht herein, eine Revolution bedarf langer Vorbereitung, eines guten Apparates ...« – »*Senhor*, das ist eine portugiesische Revolution, denke ich.« – »Und was ist eine portugiesische Revolution?« – »Eine höfliche, ohne viel Blutvergießen ...« –

Höflich? *Taktvoll?* Woran erinnerte mich das? Sollte er recht haben? Sollten hier in Portugal etwa jene Träume in Erfüllung gehen, die wir in Deutschland längst ausgeträumt hatten? Ich fragte Gabriel, was er nun tun wolle. »Nichts, *Senhor*, besser, man geht jetzt nicht aus dem Haus. *Senhor Presidente* wird wissen, was zu tun ist.« – »Wollen wir uns so lange gedulden?« – »Ich gedulde mich, *Senhor* ...«

Ohne lange zu überlegen, eilte ich ins Haus zurück. Ich hatte vor, Fernanda zu wecken, doch ich verlief mich in dem mir wenig vertrauten Flügel des Hauses. Ich wollte die Suche schon aufgeben, als ich *Senhor Presidente* begegnete, der plötzlich in einem seidenen Morgenmantel aus einer Tür trat. »Ah, der junge Freund! Suchen Sie etwas?« – »Ich kann Fernandas Zimmer nicht finden.« – »Fernandas Zimmer! Sie wollten sich heimlich zu ihr schleichen?« – »Aber nein, *Senhor Presidente*, es ist das erste Mal, daß ich diesen Flur betrete ...« – »Wirklich?« –» ... und es gibt schwerwiegende Gründe.« – »Was sollten das für Gründe sein?« – »*Senhor Presidente*, die Revolution hat begonnen.« – Er stand unbeweglich vor mir, er starrte mich durch die Gläser seiner dicken, schwarzen Hornbrille an wie ein Kind, das eben einen besonders ungeschickten Scherz gemacht hatte. »Die Revolution! Junger Freund, Sie sind um Ausreden nicht verlegen, was?« – »Es handelt sich um eine portugiesische Revolution, *Senhor Presidente;* ich habe es selbst erst gerade erfahren. *Grândola, vila morena* ... dieses Lied war das Signal. Die Bewegung der Streitkräfte hat die Regierung gestürzt. Gabriel teilte es mir eben mit.« – Er nahm seine Brille ab und rieb die Gläser mit einem Taschentuch; ich sah, daß seine

Finger leicht zitterten. »Wo ist Gabriel?« – »Draußen im Hof, bei den anderen Hausgehilfen.« – »Was machen sie dort?« – »Sie beraten.« – »Was gibt es denn jetzt zu beraten? Rufen Sie zwei von ihnen herein, Gabriel und den Gärtner. Tun Sie mir den Gefallen, ja? Ich bitte Sie darum. Sie sollen im Empfangsraum Platz nehmen, bieten Sie ihnen Kaffee an. Ich ziehe mich sofort um.« – »Wo finde ich Fernanda?« – Er machte eine unwirsche Handbewegung und deutete auf eine Tür. »Ich bitte Sie noch einmal ... Kümmern Sie sich um die Leute, bis ich selbst erscheine. Mit Fernanda können Sie sich später unterhalten. Beeilen Sie sich!« –

Ich erkannte ihn kaum wieder. Seine frühere Gelassenheit war verschwunden. Nervös schnürte er den Gürtel seines Morgenmantels zusammen; er fuhr sich durchs Haar und gab sich einen Ruck. Er hatte die Herausforderung angenommen. Ich machte kehrt und lief erneut in den Hof, um seinen Wünschen Folge zu leisten. Ich bat Gabriel und den Gärtner herein, ging in die Küche und teilte dem Personal mit, daß man Kaffee kochen solle. Dann eilte ich zu Fernanda und weckte sie aus ihren Träumen. »Fernanda«, flüsterte ich, »die Militärs haben die Revolution ausgerufen!« – Sie lächelte und zog mich aufs Bett. »Ach, mein Träumer ... Du hast endlich doch hierhergefunden?« – »Fernanda, ich meine es ernst. Ich habe es schon Deinem Vater erzählt ... *Grândola, vila morena ...*« – Es war, als hätte ich ein Zauberwort genannt. Plötzlich fuhr sie auf. »Wo hast Du das gehört?« – »Sie spielen es im Rundfunk.« – »Ist das wahr?« Sie sprang aus dem Bett. Draußen waren laute Stimmen zu hören. Ich ließ Fernanda zurück und eilte wieder in den Empfangsraum. *Senhor Presidente* war bereits angekleidet, er saß neben Gabriel und wollte genau wissen, was geschehen war. Gabriel hatte nur wenig in Erfahrung bringen können. Fest stand nur, daß Einheiten verschiedener Regimenter kurz nach Mitternacht von Norden her auf die Hauptstadt vorgerückt waren, um dort die wichtigsten Plätze zu besetzen. Auch die Studios des staatlichen Fernsehens waren eingenommen worden. Bisher waren die Streitkräfte offenbar nicht auf Widerstand gestoßen. Im Rundfunk wurde Militärmusik gesendet, die nur alle halbe Stunde von den Kommuniqués der Bewegung unterbrochen wurde. Auch die Lieder von José Afonso waren immer wieder zu hören. Einige Hausgehilfen waren durch Flugzeuge der Luftwaffe geweckt worden, die am frühen Morgen im Tiefflug über die Stadt geflogen waren.

Senhor Presidente schien schnell zu begreifen, er nickte zu Gabriels Berichten und schaute mehrmals ungeduldig auf die Uhr. Dann erhob er sich, als habe er einen Entschluß gefaßt. Unwillkürlich waren auch Gabriel und der Gärtner aufgestanden. *Senhor Presidente* rückte seine Brille zurecht. »Das ist ein großer Tag in der Geschichte Portugals!«, sagte er strahlend, »wir dürfen stolz sein, einen solchen Augenblick mitzuerleben. Es lebe Portugal!« – »Es lebe Portugal!«, rief Gabriel, überrascht, daß *Senhor Presidente* so ungewohnt leutselig mit ihm umging. Auch ich selbst war erstaunt, als ich sah, wie er seine Angestellten mit einer Geste pathetischer Überwältigung umarmte. »Gabriel!«, sagte er bestimmt, »Sie sorgen dafür, daß im Haus Ruhe bewahrt wird. Niemand verläßt das Gelände! Man weiß nicht, was alles geschehen wird. Sie übernehmen die Verantwortung!« – »Das ist eine große Ehre, *Senhor Presidente*!« – »In dieser Stunde müssen wir alle zusammenhalten. Ich werde mich bemühen, mehr zu erfahren. Ich lasse Sie regelmäßig hereinrufen. Haben Sie mich genau verstanden?« – »Jedes Wort, *Senhor Presidente*!« –

Gabriel und der Gärtner wurden zur Tür geleitet. Offenbar hatte *Senhor Presidente* alles in seiner Hand …

Von nun an herrschte im Haus rege Betriebsamkeit. *Senhor Presidente* telefonierte, er bat seine beiden Söhne hinzu, meldete sich bei seinen Freunden, verteilte Aufträge und lud einige Bekannte in sein Stadtpalais ein; man hatte ihm das Frühstück vorgesetzt, aber er rührte nichts an. Im Empfangsraum hatte er einen großen Fernsehapparat aufstellen lassen; im Hintergrund hörte man weiter Militärmusik und die regelmäßigen Durchsagen an die Bevölkerung. Man holte Informationen aus allen Landesteilen ein, und *Senhor Presidente* handhabte das Telefon wie der Chef eines Krisenstabes, der sich ein umfassendes Bild von der Lage machen wollte. Ich hörte ihn mit Porto telefonieren, während er gleichzeitig die ersten eintreffenden Freunde begrüßte, ich hörte ihn in der Unterstadt anrufen und den Befehl ausgeben, sämtliche Büros sofort zu schließen, ich hörte ihn fluchen und manchmal auch laut brüllen, wenn man ihn nicht sofort verstanden hatte. Neben dem Apparat lagen Dutzende von Zetteln mit kurzen Notizen, die er sich in aller Eile gemacht hatte. Er scheuchte uns von einem Raum in den anderen, da er laufend etwas anderes vermißte; mal wünschte er eine Karte von Lissabon, mal bestand er darauf, daß ihm das Telefonbuch gebracht wurde. Schon bald hatte er sich einen ersten Überblick verschafft …

Gabriel hatte nicht übertrieben, die öffentlichen Plätze waren besetzt, ja, der *Rossio* ebenso wie die *Praça do Comércio;* an den großen Kreuzungen waren Straßensperren errichtet worden, die Repräsentanten des alten Regimes hatten sich in der *Carmo*-Kaserne verschanzt; sie würden sich nicht mehr lange halten können, Verhandlungen hatten schon begonnen; weiter, ja, weiter, alle Geschäfte waren geschlossen, auch die Banken, auch die Versicherungen; gut, der größte Teil der Bevölkerung hielt sich zu Hause auf, nur in der Nähe der belagerten Kaserne war eine große Menschenmenge zusammengekommen, um das Schauspiel der Eroberung mitzuerleben; was, wie bitte, einige Minister hatten versucht, durch einen Hinterausgang zu fliehen, waren jedoch bei diesem Fluchtveruch gefaßt worden; Widerstand, wo, Widerstand, Mitglieder der Geheimpolizei, der *Pide*, leisteten Widerstand; unbeträchtlich, soso; die Militärs hatten alles im Griff, die Aktionen waren offenbar von langer Hand geplant, erstaunlich, für portugiesische Verhältnisse sehr erstaunlich; diese Entschlossenheit hatte man vom Militär nicht erwartet, nein; weiter, was war zu erwarten; wer, *Spínola, General Spínola,* war soeben an der Carmo-Kaserne eingetroffen; dieser Fuchs also, von dem hatte man nicht viel zu befürchten, nein, ein alter Haudegen, ein Reformer, ja, der Stolz Portugals, der vor wenigen Monaten doch noch dieses Buch veröffentlicht hatte, ja; Spínola also, das war der General mit dem Monokel, eine imponierende Gestalt, alle Achtung; weiter, was, ein gepanzertes Fahrzeug hatte die Kaserne verlassen; Ministerpräsident Caetano trat die Flucht an, er war zurückgetreten, wohin mit ihm, wie bitte, wohin, noch ungeklärt, was machte man mit so einem Mann, am besten auf eine Insel, irgendwo im Atlantik, ja, ein Versager, mußte so kommen; nun aber das Kommuniqué, im Rundfunk, ja, weiter, ja, den Apparat aufdrehen, es lebe Portugal, die Bewegung hatte gesiegt…

Senhor Presidente ließ die Hausangestellten zusammenrufen. Die Vorgänge erforderten besondere Maßnahmen. In der Stadt strömte das Volk zusammen, und auch *Senhor Presidente* wollte heute nicht abseits stehen. Man würde zusammen aufbrechen, ein kleiner Trupp sollte zurückbleiben, Gabriel mit einem der Köche, so war es am besten, und heute, nein, nicht mit dem Wagen, diesmal keinen Wagen…, so daß man sich in der hereinbrechenden Dämmerung zu Fuß hinunter in den brodelnden Kessel wagte, wo eine nicht mehr zu überschauende Menschenmenge durch die Straßen zog, in die wir uns einreihten, während an den Straßenrändern die gefeierten Soldaten standen, denen Weinflaschen und Blumen geschenkt wurden, Sträuße von Nelken, aus den schmalen Gassen aber immer größere Massen ins Zentrum fluteten, die breite *Avenida da Liber-*

dade hinauf, singende und tanzende Gruppen, die sich wieder im Rausch bewegten, die Bilder des früheren Diktators Salazar zerrissen und verbrannten, und der Chor der triumphierenden Menschen anschwoll, *Grândola, vila morena,* in mir aber plötzlich die Erinnerungen an die Demonstrationen in Berlin und Frankfurt, die nun schon Jahre zurücklagen, wach wurden, Erinnerungen an die Jahre des Umherschweifens und der Traumarbeiten, die sich hier auf so unerwartete Weise einzulösen schienen, in dieser *taktvollen Revolution,* diesem Ausbruch lange unterdrückter Gefühle, der uns mit anderen wildfremden Menschen tanzen und singen ließ, die Nacht hindurch, hinunter zur Anlegestelle der Fähren ziehend, kurz hinauf zu einer der Aussichtsterrassen oberhalb der *Avenida,* um einen Blick zu werfen auf die wogenden Scharen, umhergeschleudert, ruhelos, bis wir am frühen Morgen wieder hinauf ins Stadtpalais gingen, in diese stille seltsam erstorbene Welt, wo im Empfangsraum noch immer der Fernsehapparat lief und *Senhor Presidente* wieder mit seinen Beratern zusammensaß, der, als er uns erkannt hatte, ein strahlendes Lachen aufsetzte, uns beide umarmte, gerührt und bewegt vor sich hin murmelte, Eure Zukunft, Kinder, wird besser sein als die, die uns vergönnt war …

Doch schon in den folgenden Tagen stellte sich heraus, daß er nicht gewillt war, die Zukunft anderen zu überlassen. Vor dem Wohnhaus war eine portugiesische Flagge aufgezogen worden, und unterhalb des hohen Zaunes hatte man Transparente angebracht, auf denen der Mut der jungen Offiziere gepriesen wurde. Er selbst aber schien den Empfangsraum nicht mehr verlassen zu wollen, tagelang machte er sich in den Sesseln breit, stopfte Früchte und Käse in sich hinein, ließ immer wieder Kaffee kommen, während um ihn die aus allen Teilen der Stadt plötzlich auftauchenden Zuträger, Boten und Handlanger kreisten, eine hin und her eilende Schar gehetzter Menschen, die seine Botschaften in Empfang nahmen, Menschen, die ich zuvor nie gesehen hatte, so daß die Herrschaft des Presidente mit einem Mal ganz ans Tageslicht trat, als habe die Revolution das Netz seiner geheimen Beziehungen verwirrt und als müßten die Knoten neu geknüpft werden, während er in all dem Lärm die gute Laune bewahrte, sich nicht mehr hinreißen ließ, hinter seinem Rücken aber weiter das Fernsehen lief, in dem, wie er sagte, nun anscheinend das ganze Volk zu Wort kommen wolle, Lehrer und Ärzte, Fischer und Bürgermeister, sowie die freigelassenen Gefangenen, deren Berichten er kaum zuhörte, so daß er nur bei den Nachrichtensendungen seinen Sessel zum Bildschirm hin drehte, gespannt lauschte, sein Hirn all diese Meldungen registieren und durch sämtliche Speicher seiner Überlegungen laufen ließ ..., ah, *Mário Soares* ist aus Paris zurückgekehrt, das ist gut, Männer wie ihn brauchen wir jetzt, kein Wunder, daß Spínola ihn empfangen hat, er rechnet mit ihm, wer rechnet nicht, wenn nur nicht die Kommunisten die Macht bekommen, auch *Cunhal* ist von Zigtausenden auf dem Flughafen empfangen worden, das Land bevölkert sich wieder, wohin wird das führen ..., *Senhor Presidente* aber an einem Morgen Vertreter der Streitkräfte empfing, sie hinausführte auf die schattige Terrasse, wohin Fernanda die Nelkensträuße bringen mußte, jene Sträuße, die täglich neu aus der Unterstadt heraufgekarrt wurden von dafür bestellten Händlern, denen er hohe Trinkgelder gab, nachdem er auch die Löhne seiner Bedienten um beinahe dreißig Prozent erhöht hatte, mit der ihm eigenen Höflichkeit, der niemand etwas abschlagen konnte, selbst die Offiziere nicht, die ihm erlaubt hatten, die ehemaligen Räume der *Pide* zu besichtigen, in kleinem Kreis, so daß er uns einlud, ihm zu folgen, er aber Gabriel auftrug, nicht einen der größeren Wagen, sondern einen kleinen, unauffälligen zu benutzen, wir also am Nachmittag eines heißen Tages in das alte Palais der Geheimpolizei geführt wurden, in diese verblichenen, mattgelben Innenhöfe, zu den Zellen, in denen man die Gefangenen gefoltert hatte, zu den unterirdischen Räumen, in denen wir auf eine unübersehbare Zahl von Akten und Karteien stießen, auf Abhörgeräte und Tonbänder, wo *Senhor Presidente* von dieser überstaubten, dunklen Vergangenheit gar nicht genug bekommen konnte, darauf bestand, auch zu der Festung *Caxias* gefahren zu werden, die schon am Abend des ersten Revolutionstages von einer aufgebrachten Menschenmenge belagert worden war, die keine Ruhe gegeben hatte, bis sich die Mitglieder der Nationalgarde ergeben hatten und die Türen der Zellen geöffnet worden waren, jene Festung also, in der man jetzt Agenten der *Pide* eingesperrt hatte, so daß man sie durch die Türspione betrachten konnte, diese Verbrecher, recht geschieht ihnen, *Senhor Presidente* sich an all diesen Offenbarungen weidete, als sei die Revolution ohne sein Zutun, seine Bereitschaft nicht denkbar gewesen, er selbst aber tagsüber weiter fast all seine Stunden im Empfangsraum verbrachte, während die Tore der Hauseinfahrt weit geöffnet worden waren, als wolle er alle einladen, kommt nur herein, setzt Euch, ein Schluck Wein, redet, seine Söhne zu den Massenkundgebungen der Parteien geschickt wurden, was hat Soares gesagt, merkt es Euch genau, allmählich seine Pläne Gestalt anzunehmen schienen, so daß ich bereits seine genaueren Anweisungen mitbekam, Transaktionen, Umgruppierungen, wie er es nannte, alle Familienmitglieder kleine Aufträge erhielten, die Söhne nur noch für Stunden zu sehen waren, seine Reden aber immer bewegter und schwungvoller wurden, als wolle er mit seinen beinahe lustvoll herausgeschleuderten Worten die neu aufkeimenden Kräfte in Schach halten, Kräfte, die er auf geheimnisvolle Weise nun auch in sich selbst zu spüren schien, denn er, *Senhor Presidente*, war gewachsen, obwohl er davon nicht sprach, vielmehr vom Ruhm des Landes redete, junger, deutscher Freund, jetzt spielt Portugal wieder eine Rolle in Europa, Sie können stolz sein, gerade jetzt unter uns zu sein, von Tag zu Tag weniger Meldungen eintrafen, allmählich auch die zahllosen Besucher ausblieben, so daß ich erkannte, er hatte den Überblick wieder gewonnen, nun konnte er für Stunden den Empfangsraum verlassen, um sich in sein Arbeitszimmer zurückzuziehen, worauf auch die noch immer zahlreichen Anrufe in dieses Zimmer umgestellt wurden, wir ihn bald kaum noch zu sehen bekamen, bis er an einem Mittag bei Tisch auftauchte, um bekanntzugeben, daß man in ein paar Tagen ein Fest feiern wolle, um nach all diesen Ereignissen die Freunde wieder um sich zu versammeln, ein Fest, das er anscheinend schon seit langem vorbereitet hatte, denn diesmal sollte auch das Küchenpersonal daran teilnehmen, auch Du, Gabriel, wirst einer meiner Gäste sein, so daß am Nachmittag aus der Unterstadt die großen Silberplatten eintrafen, belegt mit allen nur denkbaren Köstlichkeiten, Sardellen, Krabben, kunstvoll drapierten Langusten, Austern, die auf kleinen Bergen von zerschlagenem Eis thronten, Platten mit Meeresfrüchten und Seespinnen, mit Geflügel und rosazartem Fleisch, mit Gemüse und Eiern, im Garten aber über der heißen Glut Lämmer und Hammel geschmort wurden, der Wein in Karaffen bereitstand, schließlich auch die Gäste eintrafen, um das ganze vom hellen Licht der Scheinwerfer überstrahlte Terrain in Besitz zu nehmen und ihn zu feiern, *Senhor Presidente,* den Erben der Revolution, der seine Kinder hochleben ließ …

In dieser Nacht hatte er mich beiseitegenommen. »Junger Freund, sagen Sie mir, kann ich auch Ihnen einen Wunsch erfüllen?« – »Ja, *Senhor Presidente,* ich würde gern einmal mit meinem Bruder telefonieren, um zu erfahren, wie es ihm geht.« – »Gut, kommen Sie mit! Heute abend sollen Sie Ihren Bruder sprechen, solange Sie wollen.« – Er ging mit mir ins Haus und führte mich die Treppe hinauf zu seinem Arbeitszimmer, das ich noch nie betreten hatte. »Mein Heiligtum!« sagte er beschwingt. Es war ein großer Raum, in dessen Mitte ein mächtiger Schreibtisch stand, auf dem sich Berge von Papieren türmten. »Geben Sie mir die Telefonnummer!« Ich nannte sie ihm, und er wählte sie eigenhändig, während er mir mit der anderen Hand eine Kiste mit Zigarren hinhielt. »Nehmen Sie, ich lasse Sie sofort allein. Sie können sprechen, niemand wird Sie stören.«

Nach mehrmaligen Versuchen kam endlich die Verbindung zustande. Er lachte und drückte mir den Hörer in die Hand. *»Adeus!«*, rief er laut und verließ das Zimmer. Am anderen Ende der Leitung meldete sich eine leise Stimme. »Josef?« – »Ja, wer ist es?« – »Ich bin es, Johannes.« – »Johannes? Deine Stimme klingt verändert. Ist was passiert?« – »Die Diktatur ist am Ende, Josef, Du kannst Dir nicht vorstellen, was sich hier abgespielt hat.« – »Ich hab's gehört.« – »Die Menschen waren außer sich.« – »Das wird nicht lange dauern. Die Faschisten sind überrumpelt worden, sie werden sich neu organisieren.« – »Das glaube ich nicht. Die Führer der großen Parteien sind aus dem Exil zurückgekehrt.« – »Na und?« – »Josef, Du begreifst es anscheinend gar nicht. Ich habe alles miterlebt, von Anfang an, ich habe die Lieder gehört, ich war einer der ersten, der es erfuhr, an jenem Morgen …« – »Wir haben andere Sorgen, Johannes. Weißt Du, was hier geschehen ist, bist Du im Bild?« – »Über Deutschland?« – »Gott, Du hast während Deiner Palastrevolution das Wichtigste nicht mitbekommen!« – »Sag schon!« – »Du hast dreitausend Mark Schulden bei mir!« – »Soll das heißen?« – »Das heißt es, exakt. *Willy ist zurückgetreten*!« – »Das ist nicht wahr!« – »Ich habe es Dir immer prophezeit! Sein instabiler Charaker! Am Ende dämmerte er nur noch vor sich hin, er verlor die Führung aus der Hand. Einer seiner engsten Berater war ein DDR-Spion.« – »Du lügst!« – »Ein mieser, kleiner, unauffälliger Spion, der bei allen Unterredungen dabei war, der Einblick hatte in die ganze Maschinerie. Und Dein Träumer Willy hat ihm vertraut.« – »Und deshalb ist er zurückgetreten?« – »Offiziell ja. Er hat erkärt, er nehme die Verantwortung auf sich. In Wahrheit gab es andere Gründe, auch private. Seine Melancholie wurde immer stärker, er wollte und konnte nicht mehr, daneben gab es auch Frauengeschichten.« – »Frauen?« – »Es lohnt nicht, darüber zu reden, man wärmt es hier auf, um ihm etwas anzuhängen. Fest steht aber, daß er fürchtete, man werde ihm in die Karten sehen. Er wollte nicht, daß sein Privatleben zur Sprache kam. Die Presse hätte es gnadenlos ausgeschlachtet. Du kannst es Dir vorstellen.« – »Das ist furchtbar.« – »Es war doch vorherzusehen. Am Ende trat er nur noch wie sein eigenes Denkmal auf.« – »Und was wird nun geschehen?« – »Es ist schon alles gelaufen! Sie haben Schmidt zum Kanzler gewählt, jetzt herrschen forschere Töne.« – »Ich kann es kaum glauben.« – »Das sieht Dir ähnlich. Was machst Du denn dort unten, in Deinem Portugal?« – »Ich? Was ich mache? Ich habe die Revolution miterlebt, ich ...« – »Also nichts, wie? Du lebst in den Tag hinein. Ich will Dir etwas sagen: komm zurück, bevor es zu spät ist. Was willst Du noch in Portugal?« – »Aber Josef! Ich liebe Fernanda.« – »Willst Du von der Liebe leben?« – »In Zeiten wie diesen macht man sich darüber keine Gedanken.« – »Ach so! Mein Bruder träumt sein Leben weiter.« – »Rede nicht so! Wie geht es denn Dir?« – »Ich lebe wieder mit Hanna zusammen. Im Westend geht der Häuserkampf weiter.« – »Der *Häuserkampf*?« – »Der Magistrat läßt Polizei aufmarschieren, um die von uns besetzten Häuser zu räumen.« – »Ihr habt Häuser besetzt?« – »*Spekulationsobjekte*, die abgerissen werden sollten. Wir haben sie renoviert, Kinderläden und Mietzentren eingerichtet. Am Anfang war noch Verständigung möglich. Jetzt sind wir ›Anarchisten‹, die gegen die Gesetze verstoßen. Du solltest die Straßenschlachten hier erleben, dagegen ist Deine portugiesische Revolution ein Freilichttheater ... Hörst Du mich noch? Johannes, komm zurück! Hier wirst

Du gebraucht, während Du dort unten Deine Zeit vertust.« – »Ich weiß nicht...« – »Glaube mir! Du warst lange genug fort. Wir könnten Dich vorerst aufnehmen. Hanna...« – »Ich soll wieder mit Euch zusammenleben? Ich soll Hannas Analysen ertragen, alles soll wieder von vorne beginnen? Nein! Hier verändert sich wenigstens noch etwas, bei Euch aber würde ich erstikken. Wenn ich nur daran denke, überfällt mich die *saudade*... die Melancholie wollte ich sagen... Hörst Du mich... Josef? Bitte, Josef! Ich wollte nicht...« – Er hatte aufgelegt, ohne sich von mir zu verabschieden.

Ich saß erschrocken und erregt vor dem großen Schreibtisch. Was sollte ich tun? Noch lebte ich in diesem Haus wie ein freundlich geduldeter Gast, mit dem man nicht viel anzufangen wußte. Nie hatte ich mir in den vergangenen Jahren Gedanken über meine Zukunft gemacht. Mein Studium war abgeschlossen, sollte ich versuchen, als Pianist mein Glück zu machen? Ach, es war gewiß alles umsonst. Und Fernanda? Wie sollte es mit uns weitergehen? Sicher wartete auch ihre Familie auf eine Entscheidung. Wie mutlos hatte mich dieser Anruf gemacht! Josef hatte übertrieben. Man brauchte mich nicht, niemand brauchte mich, ich war eine überflüssige Erscheinung, die nichts anderes gelernt hatte als ihre zehn Finger geschickt zu bewegen. Was nun? War ich nicht allein? Und paßte zu dieser Verlorenheit nicht dieses abgeschiedene Land, Portugal, in dem ich für Wochen vielleicht davon geträumt hatte, daß sich all meine Sehnsüchte verwirklichen würden?

Ich legte die kalt gewordene Zigarre beiseite und verließ das Zimmer. Als *Senhor Presidente* mich erkannte, kam er sofort auf mich zu. »Sie sehen blaß aus! Keine guten Nachrichten:« – »Willy... ach, *Senhor Presidente*..., ich will offen zu Ihnen sein. Einmal muß ich es Ihnen doch gestehen. Ich weiß nicht, was werden soll. In Deutschland ist die Regierung zurückgetreten, und die schönsten *Traumarbeiten* haben sich nicht erfüllt. Mein

Bruder will, daß ich zurückkomme, aber es zieht mich nichts zurück, obwohl ich auch hier nur ein Fremder bin, ein Gast, der nicht weiß, wie er seine Tage verbringen soll. Sie waren großzügig, *Senhor Presidente*, aber ewig kann es so nicht weitergehen. Sicher haben Sie selbst bemerkt, daß meine Empfindungen …, daß Fernanda … ich …« – »Beruhigen Sie sich, junger Freund! Lassen Sie uns überlegen, was wir tun können. Ich habe mir auch bereits meine Gedanken gemacht.« – Er holte zwei Gläser und schenkte uns ein. Wir traten aus dem Haus und gingen in den Garten, wo die Gäste in bester Laune feierten. Er nahm mich am Arm und lenkte mich seitwärts, wo uns niemand beobachten konnte. »Sie sind ein hervorragender Pianist, Jean, ein begnadeter Virtuose, nach allem, was ich bisher von Ihnen gehört habe.« – »Meinen Sie wirklich, *Senhor Presidente*? Ich danke Ihnen für Ihre aufmunternden Worte, aber …« – »Lassen Sie mich fortfahren … denn auch als guter Pianist werden Sie es schwer haben. Wer will jetzt einen Pianisten hören? Die Zeiten sind nicht danach. Andererseits brauchen wir für die bevorstehenden, notwendigen Veränderungen in diesem Land jeden, auch Sie, Jean.« – »Mich, ausgerechnet mich?« – »Aber ja, Sie haben Fähigkeiten, die nur wenige vorweisen können.« – »Ach, *Senhor*, das Klavierspiel ist eine brotlose Kunst, Sie sagten doch selbst …« – »Ich meine nicht das Klavierspiel.« – »Nicht?« – »Aber nein, ich meine Ihre Sprachkenntnisse. Sie sprechen Französisch, Italienisch, und Sie haben sich in dieser kurzen Zeit auch mit dem Portugiesischen etwas vertraut gemacht. Außerdem aber sprechen Sie Deutsch, und gerade das könnte von Nutzen sein.« – »Ich verstehe Sie nicht.« – »Wir werden unsere Absatzmärkte in den kommenden Jahren vergrößern, wir werden expandieren, besonders im Portweingeschäft. Deutschland soll eines unserer wichtigsten Abnehmerländer werden. Der Markt ist völlig unzureichend erschlossen, Verhandlungen müssen geführt werden … Verstehen Sie jetzt?« – »Oh ja, *Senhor Presidente*! Aber in solchen Dingen bin ich nicht bewandert. Mit wirtschaftlichen Angelegenheiten habe ich mich noch nie beschäftigt.« – »Lassen Sie mich nur machen, Jean … *Die Zeit räumt auf mit Jahren, Monden, Stunden, / Mit Kraft, mit Kunst, mit Mut, mit schlauem Streben, / Räumt auf mit dem, was Ruhm und Reichtum geben …*« – »Camões?« – »Sie sagen es. Vertrauen Sie mir! Ich nehme Sie unter meine Fittiche. Mit den Jahren werden Sie große Fortschritte machen. Sie werden das Leben aus allen Blickwinkeln kennenlernen.« – »Und Fernanda, *Senhor Presidente,* wie denken Sie über …« – »Sie schätzen meine Tochter, Sie fühlen sich von Ihrer Schönheit – einer außergewöhnlichen Schönheit, nicht wahr? – angezogen. Das ehrt uns, das ehrt Sie. Aber es kommt alles zu früh. Werden Sie erst heimisch in Portugal! Bauen Sie ein Fundament! Arbeiten Sie mit am großen Werk unserer neuen Gesellschaft!« – »Sie mögen recht haben, *Senhor Presidente!* Unterschätzen Sie aber nicht meine Unerfahrenheit! Ich müßte erst studieren …« – »Studieren?! Denken Sie, daß ich studiert habe, bevor ich meine Geschäfte machte? Das Studium nützt Ihnen gar nichts! Sie müssen alles aus eigener Erfahrung kennenlernen. Mit den Jahren wissen Sie selbst, was zu tun ist!« – »Mit den Jahren?« – »Nun ja … Es ist nicht von heute auf morgen zu begreifen, ich denke, drei oder vier Jahre werden reichen, aus Ihnen einen gestandenen Menschen zu machen.« – »Und wie stellen Sie sich das vor?« –

Er trat einen Schritt zurück, er lächelte mich vielsagend an. Er hob das Glas und prostete mir zu. Wir tranken beinahe gleichzeitig, dann sprach er leiser als zuvor auf mich ein. Seine dunkle Hornbrille wippte auf der kleinen Nase auf und ab. *»Die Zeit räumt auf mit Jahren, Monden, Stunden …*, Jean. Zunächst müssen Sie sich in Lissabon umsehen. Wer Lissabon nicht kennt, kennt Portugal nicht. Sie werden eine Stelle in der Unterstadt übernehmen, in einem meiner Büros. Sie werden zuständig sein für die Verwaltung meiner Häuser, bei Ihnen werden die Fäden zusammenlaufen. Immobilien, Jean, sind der ruhende Pol aller Geschäfte, in diesen Besitz investieren wir zuerst. Dann, nach einem oder anderthalb Jahren, werden wir Sie nach Porto zu meinem Sohn José schicken. Hier werden Sie den Handel mit den europäischen Partnerfirmen kennenlernen und koordinieren. Dann denke ich daran, Sie Kenntnisse auf dem Land sammeln zu lassen. Der Grundbesitz wird gewiß neu verteilt werden, vor allem im Süden. Gut, daß wir da nicht allzu große Anlagen haben. Was halten Sie davon?« – »Sie meinen, es wird Jahre dauern?« – »Jahre, die im Fluge vergehen, Jean ... Stimmen Sie zu! Und noch eins! Sie sollten nicht länger hier wohnen. Das macht auf die Dauer keinen guten Eindruck, verstehen Sie? Es ist eine Gegend für alte Leute, die unter sich sein wollen. Wir richten Ihnen eine kleine Wohnung in der Unterstadt ein, ganz zentral. Sie müssen mit den Menschen in Kontakt kommen, Sie müssen stets zur Stelle sein.« – »Und Fernanda, *Senhor Presidente*?« – »Fernanda, mein Lieber, das müssen Sie begreifen, wird weiter bei uns wohnen. Was sollte sie dort unten, bei all diesen Geschäften? Sie ist meine einzige Tochter, und sie soll weiter tun und lassen, was sie möchte.« – »Ich werde sie sehen können, wann ich will?« – »Aber ja, wann immer Sie wollen. Warum auch nicht? Nichts spricht dagegen. Aber hier, in diesem Haus ...« – »Ich verstehe, *Senhor Presidente.*« – »Geben Sie mir Ihre Hand, Jean, schlagen Sie ein.« – Er nahm meine Hand und griff fest zu. Ich zuckte ein wenig zusammen. Was sollte ich machen? Ich mußte ihm vertrauen. Ich nickte. »*Senhor Presidente,* auf gute Zusammenarbeit!« – »Ah, Sie reden schon wie ein Geschäftsmann, Jean! Jetzt gefallen Sie mir ... jetzt gefallen Sie mir sehr!« – Er umarmte mich und klopfte mir auf die Schulter. Wir gingen zu den anderen zurück. Fernanda kam auf mich zu. »Ich habe Dich die ganze Zeit gesucht«, sagte sie, »wo warst du?« – »Auf dem Meer«, antwortete ich, »auf fernen Wegen ...« –

Kaum zwei Wochen später arbeitete ich als *Senhor Administrador* in einem kleinen Büro der Unterstadt. Man hatte mir eine bequeme Wohnung eingerichtet, und ich hatte die wenigen Möbel selbst ausgesucht. Von nun an kam ich täglich mit vielen Menschen zusammen. Die Lage war unübersichtlich, offenbar hatten sich alle vorgenommen, mich gleich zu Beginn meiner Tätigkeit mit ihren Klagen und Wünschen zu belästigen. Da ich noch nicht eingearbeitet war, gelang es ihnen leicht, mich mit ihren Schilderungen zu verblüffen. Außer mir gab es im Büro nur noch zwei ältere Angestellte, die seit Jahrzehnten die Mieten kassierten. Sie schrieben Mahnungen, stellten Quittungen aus, überprüften die eingegangenen Zahlungen und notierten alles in großen Listen, die alle zwei Monate zur Kontrolle vorgelegt wurden. Wo? – In einem anderen Büro, das nicht weit entfernt sei. – Warum so häufig? – Weil man sonst keinen Überblick habe … Anfangs war ich mit derartigen Auskünften, die mir mit einer Mischung aus Gleichgültigkeit und Langeweile gegeben wurden, noch zufrieden. Bald jedoch bemerkte ich, daß auch diese beiden erfahrenen Angestellten ihre Tätigkeit nicht so gründlich ausübten, wie es den Anschein hatte. Wenn sie morgens auftauchten, beugten sie sich noch geschäftig über ihre Vermerke und Akten, mittags verschwanden sie für ein, zwei Stunden zum Essen, und am Nachmittag wurde kaum noch gearbeitet. Sowieso war das Büro für die Mieter nur an drei Tagen der Woche vormittags geöffnet.

Die Zahlungen gingen mich nichts an, ich war für den Kontakt zu den Mietern zuständig. Zu jeder nur denkbaren Gelegenheit erreichten mich ihre Beschwerden und Anrufe. Einige suchten mich sogar mehrmals im Monat auf, um mir in umständlichen Erzählungen ihre Familiendramen zu erläutern. Anfangs hatte ich den großen Fehler begangen, ihnen aufmerksam zuzuhören; sie hatten in mir einen geduldigen Gesprächspartner gefunden, den sie mit der ihnen eigenen Hartnäckigkeit über ihre alltäglichen Sorgen aufklären wollten. Bald hatte sich herumgesprochen, daß der neue *Senhor Administrador* Ohren für alle hatte, die früher von den mürrischen Angestellten mit einigen knappen Bemerkungen abgewiesen worden waren. Damit ich mich frei bewegen konnte, hatte man mir einen Wagen zur Verfügung gestellt. Da ich die Verhältnisse nicht aus eigener Anschauung kannte, machte ich mich häufig auf den Weg, um mir die vermieteten Häuser selbst anzuschauen. Das Ergebnis meiner Untersuchungen war überraschend. Zunächst hatte man mir nur erklärt, es handele sich um mehrere Objekte, die in der ganzen Stadt verstreut seien. – Wieviele genau? – Etwa fünfzig. – Wieviele ganz genau? – Das könne man nicht sagen. – Warum nicht? – Man habe anderes zu tun.

Ich legte mir einen Stadtplan an, in dem ich die Lage der Wohnungen einzeichnete. Tauchte ich aber in einem der Häuser auf, so stellte sich nicht selten heraus, daß Parteien, die in der Kartei noch geführt wurden, längst ausgezogen waren. Manche Wohnungen standen leer, andere wiederum waren an Menschen vermietet, über die nichts in Erfahrung zu bringen war. Vollends geriet ich jedoch in Verwirrung, als ich feststellte, daß sich die Zahl der fraglichen Gebäude beinahe jeden Monat veränderte. Manchmal stieß ich durch Zufall auf Häuser, die in den Listen gar nicht geführt wurden, dann wiederum stellte sich heraus, daß Gebäude längst abgerissen worden waren, an deren Mieter man kurz zuvor noch die dritte Mahnung geschickt hatte. Daher schwankte die Zahl der Objekte laufend. Mal waren es nach meinen eigenen Aufzeichnungen über sechzig, mal aber auch nur knapp unter fünfzig. Als ich den Angestellten meine Listen vorlegte, zuckten sie nur mit den Achseln. Man hatte anderes zu tun.

Mit der Zeit hatte ich das unangenehme Empfinden, mich im Kreis zu bewegen. Die meisten Wohnungen bedurften dringend einer Renovierung. Mir selbst war es peinlich, in diesen Behausungen zu erscheinen. Man führte mich von einer Schadstelle zur anderen, man ließ mich tropfende Wasserhähne, undichte Leitungen und notdürftig geflickte Waschbecken besichtigen, und ich versprach, mich um die Instandsetzung zu kümmern. Anscheinend war es das erste Mal, daß ein Mitglied der Verwaltung in diesen Zimmern auftauchte. Oft war die ganze Familie versammelt, man lud mich zu einem Glas Wein ein und zeigte sich trotz der mißlichen Lage erfreut darüber, daß sich nun bald alles ändern werde.

Als ich jedoch zur Tat schreiten wollte und den beiden Kassierern auseinandersetzte, wie die Renovierungen zu bewerkstelligen seien, stieß ich nur auf abweisende Gesten. Das komme nicht in Betracht. – Aber warum nicht? –Man sei nicht zuständig. – Wer aber dann?– Die Hauptverwaltung. – Welche Hauptverwaltung? – Die nächst höhere Stelle. – Und die befinde sich wo? – Irgendwo in der Nähe des *Rossio*. – Ich mußte Klarheit gewinnen. Ich rief im Stadtpalais an, aber *Senhor Presidente* war angeblich nicht zu sprechen, ich erkundigte mich bei Fernanda, und sie bestätigte, er sei für einige Monate unterwegs, um wichtige Geldgeschäfte zu erledigen.

Offenbar rechneten aber auch die Mieter gar nicht mit einer schnellen Beseitigung der Schäden. Es schien ihnen beinahe wichtiger zu sein, daß sich überhaupt jemand für ihre Sorgen zuständig zeigte. Ich war in einen Teufelskreis von Berichten, Klagen und Verwünschungen geraten, das Telefon stand nicht mehr still. Allmählich war ich über die Familiengeschichten ganzer Straßenzüge im Bilde; ich wußte von den Fehden miteinander befeindeter Gruppen, ich erfuhr von den Racheakten aufgebrachter Bewohner, die ihren jahrelang aufgestauten Zorn an ihren Nachbarn ausließen. Ich sammelte die Eingaben in eigens dafür angelegten Ordnern, und war doch erstaunt, als sich herausstellte, daß die vorstellig werdenden Mieter ihre Mieten jetzt pünktlicher bezahlten als früher. Anscheinend honorierten sie meine Geschäftigkeit. Meine beiden Gehilfen entzückten diese Veränderungen weniger. Sie klagten darüber, daß ihnen die Arbeit über den Kopf wachse, und sie hielten mir vor, daß ich die Ordnung der vergangenen Jahre durch meine undurchsichtigen Maßnahmen auf den Kopf gestellt habe…

Kurz bevor ich endgültig die Geduld verlor, wurde ich, wie es hieß auf Vorschlag von *Senhor Presidente,* in ein anderes Büro versetzt. Angeblich hatte ich meine bisherigen Aufgaben zur Zufriedenheit aller mit besonderem Geschick erfüllt. Erst als ich in einem der weitaus größeren Räume mit Blick auf den Tejo saß, begriff ich, worin dieses Geschick bestanden hatte. Denn nun wurde mir klar, warum man sich nicht um die alten Mietshäuser kümmerte. Alle zusammen machten in ihrem Wert nicht einmal den zehnten Teil jenes Wertes aus, der längst in viel attraktivere und aufwendigere Wohnanlagen an der Peripherie der Stadt investiert worden war. Man ließ die alten Gebäude verfallen, man wartete auf Zuschüsse des Staates, kassierte wie aus alter Gewohnheit die Mieten und hatte in mir einen Dummen gefunden, der die Mieter für einige Zeit beruhigt hatte. Da sogar die Mieteinnahmen geringfügig gestiegen waren, galt mein monatelanger Einsatz als erfolgreich. Ich hatte meine erste Bewährungsprobe bestanden.

Ich kam nicht einmal dazu, mich zu beschweren. *Senhor Presidente* lobte mein Verhandlungsgeschick überschwenglich und ordnete an, daß ich in Zukunft mit einer anspruchsvolleren Tätigkeit bedacht werden sollte. Angeblich sollte ich nun eng mit Fernandas Bruder Joaquim zusammenarbeiten, doch ich sah ihn nur selten, war ich doch damit beschäftigt, die Rapporte der verschiedenen Baufirmen einzusammeln und zu kontrollieren. So fuhr ich bereits am frühen Morgen hinaus zu den Schlammstätten der neuen Wohnsilos, kletterte auf Baugerüsten herum, nahm Maß, zählte Fliesen, Dachpfannen, Steine, Nägel und andere Materialien, um am Abend erschöpft in das leere Büro zurückzukehren, wo ich die Rapporte zur Überprüfung bereitlegte. Wenn ich am nächsten Morgen auftauchte, waren sie wie durch Geisterhand verschwunden. Offenbar gab es also ein Interesse für diese Aufzeichnungen, doch wenn ich mich nach ihrer weiteren Verwendung erkundigte, konnte mir niemand genau angeben, wer sich ihrer bemächtigt hatte. So wurde ich zu einem engen Vertrauten der Baufirmen, die Handwerker kannten mich bereits und legten besonderen Wert darauf, daß ich mich gut mit ihnen stand. Es kam zu Einladungen, die mir mit der Zeit immer mehr Verdruß bereiteten; ich langweilte mich bei diesen Zusammenkünften, die sich oft bis in die Nacht hinzogen, und ich konnte nicht entdecken, was sich die trinkfesten Gestalten, die sich um mich scharten wie Verschwörer, von meiner Gegenwart versprachen. Auch diesmal schien jedoch der Erfolg für mich zu sprechen. Angeblich hatte ich für eine bedeutende Verbesserung des Arbeitsklimas gesorgt, so daß es besonders meiner Geschicklichkeit zu verdanken war, daß manche Bauten einige Wochen früher als vorgesehen fertiggestellt werden konnten.

Senhor Presidente bestellte mich in das Stadtpalais, um mir mitzuteilen, daß er mich nach all diesen gewiß anstrengenden Beschäftigungen nun mit einer Tätigkeit betreuen werde, die von besonderer Bedeutung sei. Er habe schon lange darüber nachgedacht, daß ihm ein *Kulturreferent* von großem Nutzen sein könne. – Ein Kulturreferent? Mit welchen Aufgaben, mit welchen Pflichten? – Ein Kulturreferent müsse sich überall umhören und am *kulturellen Dialog* in der Hauptstadt teilnehmen. Empfänge, Versammlungen, abendliche Einladungen – hier eröffne sich ein unermeßliches Feld. Ich solle in Erfahrung bringen, wie man im In- und Ausland über Portugal denke. Eine bedeutsame Aufgabe! Es genüge, wenn ich monatlich einen kleinen Bericht diktiere und diesen direkt an sein Büro weiterleite.

Ich litt. Sicher, Fernanda war weiterhin liebenswürdig zu mir. Doch mit der Zeit glaubte ich, eine schleichende Entfremdung feststellen zu können. Sie traf sich tagsüber mit ihren Freundinnen, sie flanierte durch die Stadt, kaufte ein, machte sich einen schönen Tag, und ich war, wie sie sagte, ihr tapferer Held, der sich in das buntschillernde Leben stürzen mußte. Ich stürzte mich, ich eilte zu Botschaftsempfängen und abendlichen Soupers, mein Kalender war mit Terminen gefüllt. Begriff sie überhaupt, daß ich das alles für sie tat? Und welche Hintergedanken verfolgte *Senhor Presidente,* der mich bei jedem Zusammentreffen mit einer Freundlichkeit empfing, die mich immer wieder überwältigte? Die Zeit verging immer schneller, und doch waren große Veränderungen meiner Lage nicht zu erkennen. Je mehr ich mich einsetzte, desto müder wurde ich innerlich. Ich kannte nun bereits all die Gesichter, die mir bei zahllosen Gelegenheiten entgegengrinsten, ich war vertraut mit den Ritualen der Empfänge, bei denen ich mich ziellos umhertreiben ließ, hier ein Wort auffangend, dort eine Gebärde, gehetzt von einer Residenz zur anderen, ah, unser junger deutscher Freund, *charmant* ist er, ich wußte, wie lange sich diese mir bald allzu bekannten Herrenessen in die Nacht hinzogen, bei denen das Gespräch anscheinend um nichts anderes kreiste als die Zukunft des neuen Staates, darum, was von Portugal nun zu erwarten war, während ich am liebsten laut ausgerufen hätte, daß nichts Neues zu erwarten war, daß all diese oft aufgeschwemmten, manchmal wehleidigen und wortbesessenen Menschen jedenfalls nichts für die Veränderung taten, ungeduldig auf jede Neuigkeit lauernd, den Rücktritt eines Generals, die Agrarreformen im Süden des Landes, wo die Landarbeiter bereits die meisten Großgrundbesitzer handstreichartig enteignet hatten, um die Bewirtschaftung der Felder kollektiven Produktionseinheiten zu unterstellen. Ich aber sammelte weiter Nachrichten, flüchtete mich manchmal, wenn mir nichts Besseres einfiel, zu frei erfundenen Wendungen und wurde für all diese Mühe weiterhin mit Elogen bedacht, als hätte ausgerechnet ich Neuigkeiten ans Licht gefördert, die man noch nie in dieser Prägnanz und Deutlichkeit anderswo gehört hatte.

So mußte ich mich immer häufiger gegen den Gedanken wehren, daß ich mich in eine beinahe bodenlose Abhängigkeit begeben hatte. Finanziell wurde ich von *Senhor Presidente* großzügig behandelt; je mehr er mir jedoch zahlte, um so seltener bekam ich Fernanda zu sehen, so daß es mir in meinen alptraumhaft aufsteigenden Phantasien bereits so vorkam, als wolle er mit diesem Geld seelische Abhängigkeit gegen eine wirtschaftliche eintauschen. Seit meiner Jugend hatte ich Geld nicht weiter geachtet. Auch in Lissabon gab ich es mit vollen Händen aus, ich leistete mir kostspielige Vergnügungen und überlegte nicht weiter, was damit anzufangen wäre. Am liebsten hätte ich jedoch all diesen Mammon geopfert, um Fernanda häufiger sehen zu können. Ihre Abwesenheit fügte mir den eigentlichen Schmerz all dieser Monate zu, und allmählich wurde er so stark, daß ich die wehmütigen Gedichte des Camões bald auf meine eigene innere Verfassung beziehen konnte. *Sehnsucht zermartert mich mit bösen Leiden, / Sehnsucht um das, was hin vor langen Tagen …*

Von derartigen Gefühlen getrieben, vergaß ich die Zeit immer mehr. Es war, als sei ich eingetaucht in ein jeden Tag stärker werdendes Vergessen, als sollten all diese Geschäfte und Termine nur dazu dienen, mir Fernandas Bild aus dem Kopf zu drängen. Ich wurde ruhelos, und immer seltener gelang es mir, mich in Fernandas Abwesenheit zu fügen, als wäre ich ein Vergifteter, der von seinem einzigen Narkotikum nicht lassen konnte. Wenn ich sie sah, erwachte ich aus meinem trunkenen Vergessen, all meine Empfindungen belebten sich; um so leerer und trauriger saß ich in jenen späten Stunden, in denen sie einer anderen Einladung hatte folgen müssen, allein in einem Café. Nein, sie verstand nicht, was in mir vorging, und ich konnte für meinen Zustand nicht einmal mehr Worte finden. Es handelte sich um eine Art Hunger, der nicht mehr gesättigt wurde, um eine Plage, die mich immer mehr von den Tagesgeschäften entfernte, so daß ich schließlich nicht mehr genau darauf achtete, was man zu mir sagte, meine Protokolle aber mit Girlanden von Worten schmückte, die in meinen Augen einzig jenes Nichts umschrieben, das in der Gesellschaft all dieser Menschen, mit denen ich mich treffen mußte, im Mittelpunkt stand.

Auf die Dauer wuchs die Angst. Zunächst war es nur die Ahnung, daß ich eines Tages völlig allein in dieser mir immer noch fremden Stadt sitzen würde, dem Alkohol oder einer anderen Sucht verfallen, darum bettelnd, daß mich einer hinauf in die Oberstadt begleitete, damit ich mich dort vor das Palais kauerte, tief hinunter, damit man mich nicht gewahr wurde, froh schon darüber, wenigstens räumlich in ihrer Nähe zu sein, während sie drinnen im Haus vielleicht längst andere Gäste empfangen hatte, lachend und triumphierend. Bald jedoch wurde diese Angst immer stärker; sie höhlte mich schließlich von innen her aus, sie sorgte dafür, daß ich kaum noch schlief, daß ich meine Treffen mit Fernanda an der Wand meines Zimmers durch Striche markierte, um mich wenigstens an diese künstliche Zeitrechnung halten zu können, daß ich nachts aufstand, um noch einmal ein Lokal aufzusuchen, einer Agonie verfallen, aus der es keine Rettung mehr zu geben schien …

Ich suchte nach einem Ausweg, ich zermarterte mir den Kopf darüber, was geschehen müsse, um mich zufriedenzustellen; wagte ich aber im Kreis der Familie einmal, einen Vorschlag zu machen, indem ich Fernanda aufforderte, mit mir für einige Wochen zu verreisen, so erntete ich nichts als erstaunte Ausrufe. Nein, Fernanda war unabkömmlich; gerade jetzt konnte man auf sie nicht verzichten, ich solle mich noch ein wenig gedulden, sowieso habe man längst daran gedacht, mir noch bedeutendere, größere Aufgaben anzuvertrauen, eine Stelle in *Porto*, dem alten Porto, das mir nach der langen Zeit in der Hauptstadt gewiß gefallen werde …

Als ich nach Porto aufbrach, ahnte ich bereits, daß dies eine Art Abschied war. Ich sprach es nicht aus, doch ich fühlte, wie der Schmerz und die Angst immer heftiger wurden. Zugleich aber wußte ich, daß sich in meine Verzweiflung bereits eine geheime Lust mischte; es war eine Lust, die mir mein eigener Niedergang bereitete, ein kalter Blick meines eigenen Ich auf diesen leblos gewordenen Körper, den ich von nun an in ein Büro einer Portweinfirma schleppte, dem ich befahl, in einen Wagen zu steigen, um mit Händlern und Spediteuren in gottverlassenen Nestern zu verhandeln, wo ich mit unbeweglicher Miene die Preise drückte, wo ich vielleicht gerade durch meine Rücksichtslosigkeit wiederum Erfolg hatte, so daß ich bald als ein geschickter Unterhändler galt, während dieses Geschick doch in Wahrheit nichts anderes war als mein hemmungslos werdender Trotz, eine mich beinahe auffressende Ekstase, deren ich mich bediente, um den Einsatz immer höher zu treiben … *Senhor Presidente – Sie* oder *Ich!* Daher wagte ich alles, ich spekulierte, ich machte Angebote, die weit über das hinausgingen, was im Firmenrat vereinbart worden war. Ich wollte den endgültigen Sieg oder die endgültige Niederlage.

Doch ich überstand auch die lange Zeit in Porto, und wieder gab es von mir nur Gutes zu berichten, hatte ich doch angeblich die Absatzmärkte in Paris und Bremen erweitert, indem ich den von dort angereisten Importeuren Konditionen aufgedrängt hatte, die in der Branche Verwunderung hervorriefen. Ich wußte es besser; ein kaltblütiger Instinkt hatte in mir gehandelt, hatte mich diese oft tagelangen Verhandlungen führen lassen, die unterbrochen wurden von kostspieligen Einladungen aufs Land und aufwendigen Fahrten in die Umgebung, wo ich die Händler mit dem klug kalkulierten Arrangement von Festessen und Fado-Gesängen einlullte. Die meisten fielen darauf herein, sie erlagen der Stimmung und konnten sich in den Nächten nicht von mir trennen, hingerissen angeblich von meinen Erzählungen, berauscht jedoch eher vom Wein als von meinen Worten, die ein Etwas aus mir herausstieß, das ich nicht kannte, eine Maschine, die Sätze bildete, wohlklingende Wendungen ausspuckte, so daß ich ihrem Wirken beinahe unbeteiligt zuhörte, innerlich lustlos und erschöpft. Ich handelte wie im Traum, und die Welt um mich herum war zur höhnischen Antwort auf meine Wünsche geworden, abweisend und kalt, eine unablässige Folge von Intrigen und Komplizenschaften, die ich hinnahm, als bemerkte ich sie nicht.

Endlich faßte ich Mut. Ich erklärte, daß ich meine Pflichten für erledigt hielt, ich telefonierte mit *Senhor Presidente.* Gewiß, junger Freund, hieß es leutselig, kommen Sie zurück, alle Erwartungen haben Sie spielend übertroffen, Sie haben Ruhe verdient. Als ich in Lissabon eintraf, erfuhr ich, daß Fernanda sich nicht mehr in der Stadt aufhielt. Sie war auf unbestimmte Zeit nach Paris gereist. Madame Constant, sagte man mir lächelnd, habe nach ihrer Nichte verlangt, man habe ihr diesen Wunsch nicht abschlagen dürfen. Als ich empört erklärte, ebenfalls nach Paris aufbrechen zu wollen, setzte man hinzu, Madame und ihre Nichte befänden sich auf einer Rundreise durch Frankreich; die alte Dame wolle noch einmal die Stätten ihrer Vergangenheit sehen, auch dieser Wunsch sei überaus verständlich. Hatte man Fernanda fortgeschafft? Hatte man sie gedrängt? Und hatte sie sich erweichen lassen, mir ihre Reise in ihren Briefen zu verschweigen?

Nun war ich allein. Ich nahm mir ein Zimmer in einem der heruntergekommenen Hotels in der Nähe des Hafens, ich wartete. Dann und wann erhielt ich einen Brief Fernandas; sie entschuldigte sich dafür, daß sie mich nicht benachrichtigt habe, alles sei sehr schnell gegangen, man habe ihr keine andere Wahl gelassen, sie denke noch immer gerne an mich, sie hoffe, mich einmal wiederzusehen. Was bedeuteten all diese abschiedsähnlichen Wendungen? Was hielt man vor mir geheim? Einem ihrer Briefe hatte sie ein kleines Buch beigelegt, das sie in einem Pariser Antiquariat erstanden hatte. Es handelte sich um Rilkes Übertragung der *Portugiesischen Briefe* der Nonne Marianna Alcoforado, die diese ihrem französischen Geliebten zum endgültigen Abschied geschrieben hatte. Sollte das ein Hinweis sein? Ich schlug das kleine Buch auf und begann zu lesen: *Schau, meine Liebe, wie über die Maßen du ohne Voraussicht warst. Unselige, du bist betrogen worden und hast mich durch täuschende Hoffnungen betrogen. Eine Leidenschaft, von der du soviel Glück erwartet hast, ist imstande, dir jetzt nichts als eine tödliche Hoffnungslosigkeit zu bereiten*... Mir schwindelte vor Augen. Ich legte das Buch beiseite, ich konnte nicht mehr weiterlesen.

So begannen meine endlosen Spaziergänge durch die verfallene Stadt, ich schrieb an Fernanda und verwarf meine Entwürfe wieder, ich kreiste um Briefkästen und Postämter und wußte doch, daß ich mich nicht entschließen konnte, die entscheidenden Fragen zu stellen. Manchmal stellte sich ein plötzliches Fieber ein, anfangs maß ich noch meine Temperatur, dann aber ergab ich mich meiner Hilflosigkeit, meinen Atemstörungen und Hustenanfällen, meinem Brechreiz, meinem brennenden Durst...

Ich hatte zu trinken begonnen, schon früh am Morgen setzte ich mich in ein Café und bestellte mir Wein, mein Kopf wurde schwer, das helle Licht störte mich, und ich zog mich zurück in die schattigen, düsteren Bezirke weitab von der Straße. Ah, wie eisig mir wurde! Wie eisig – und nichts sehen, nichts hören! Nur diese langen Blicke auf die feinen Adern des Marmortisches, nur meine Fingerkuppen, die diesen Adern nachspürten, nur Du, Gabriel, den ich als einzigen meiner Bekannten noch sehe…; setz Dich, Gabriel, aber nein, gut geht es mir, sehr gut, ich komme wohlbehalten aus dem alten Porto zurück, wo ich meine Geschäfte erfolgreich zum Abschluß brachte, sehr erfolgreich, ja, Du hast es also auch gehört, Dank Dir für Fernandas Briefe, Du bist der einzige, der noch an mich denkt, obwohl auch Du mich manchmal erschreckst, erschreckst mit Deinen erfundenen Schauergeschichten über die *herumschweifenden Rebellenhaufen* in Deutschland; ich weiß, man hat Dir aufgetragen, mich zu ängstigen, man will mich quälen mit all diesen Geschichten, die sich ein kluger Kopf ausgedacht hat, aber noch bemerke ich, Gabriel, wie fein dieser Plan gesponnen, wie kunstvoll das Labyrinth angelegt wurde, während ich Dich aus einer alten Sympathie heraus noch immer nicht für ihren *Komplizen* halte, obwohl Du mir, zum wievielten Male eigentlich, von *Terroranschlägen* berichtest, von einem Selbstmord in einer Stuttgarter Gefängniszelle, von Entführungen und Erpressungen, von Gewalttaten und verschwörerischen Mordbanden, Du übertreibst zu sehr, Gabriel, man hat Dich schlecht auf Deine Aufgabe vorbereitet, ich falle darauf nicht herein, ich gewiß nicht, weiß ich doch, daß man mir das Bild meiner Heimat zerstören will, um mir auch diese Gedankenflucht noch zu nehmen, so daß es in mir immer kälter werden soll, aber ich trinke, Gabriel, ich trinke unaufhörlich, und dann sehe ich Fernanda vor mir, ihre ruhigen, entspannten Züge, ihr beinahe entrücktes Gesicht, man muß sie lieben, nicht wahr, Gabriel, oh nein, es ist keine Schande, dieser Liebe zu verfallen, mag sie mich auch demütigen, mag mich der ganze Familienclan auch immer weiter in die Irre führen, es wird ihnen nicht gelingen, nein, denn ich sitze, ich schweige, warte und sitze, atme langsam, zähle die Tage nicht mehr, vergesse die Zeit, noch in Jahrzehnten wird man mich hier sitzen sehen, hier, wo vielleicht einmal die Dichter Portugals saßen, befangen in ihren trübsinnigen Gedanken, hier im *Martino da Arçada,* das man einmal *Casa da Neve,* Haus des Schnees, nannte, als es vielleicht schon diese Kassettentüren gab, diese Marmortische, diese grauen, unansehnlichen Wände, die halbhohe Lamperie, hier, wo *Fernando Pessoa* saß, den ich verehre, Gabriel, wo er saß über seinen kleinen Notizzetteln, auf denen er oft nichts anderes notierte als wenige Sentenzen, Sentenzen von großer Klarheit, *ein Insasse einer Irrenanstalt ist doch wenigstens jemand, ich bin Insasse einer Irrenanstalt ohne Irrenanstalt* ..., keine Angst, ich halte noch durch, ich höre einfach nicht hin, ich lasse all diese Worte durch meinen Körper passieren, denn gerade das habe ich in der Vergangenheit gelernt, daß man trennen muß den Leib von der Seele, daß die Seele sich erhalten muß in ihren eigenen Bezirken, daß man den Körper jedoch vor sich herschieben kann, einen treuen Roboter, Gabriel, der beeindruckende Redensarten auswirft, während freilich die Seele in sich zusammenschrumpft, so daß sie sich ganz zurückzieht in ihre eigene Sprache, die ich nun murmle, Gabriel, für mich allein, *Saudade, Saudade,* wie schön ist dies Wort, und erst jetzt entdecke ich sein Geheimnis, die alte Klugheit der Seele, sich nicht verbrauchen zu lassen, ihre Askese zu üben, alle leichten Auswege zu verwerfen, sich zu klammern an das erinnerungswürdige Glück einer ersten Begegnung, denn Gabriel, höre, was ich nur Dir gestehe, denn die Seele schreibt ihre Geschichten von selbst, so daß alle Machenschaften das Bild der Geliebten nicht zu entstellen vermögen, schließlich liebt man die Liebe, so ist es, man kommt nicht mehr los von ihr ..., und was sind dagegen Deine Schauergeschichten, die Verfolgungsjagden, von denen Du berichtest, die Ringfahndungen, all die steckbrieflich gesuchten Täter der terroristischen Vereinigungen, nach denen, wie Du sagst, jetzt bereits in Holland gefahndet wird, so daß man deutsche Urlauber aus ihren Wagen scheucht, mit vorgehaltenem Maschinengewehr …, ich bitte Dich, Gabriel, wie durchsichtig sind Deine Erzählungen, einmal wird man Dich strafen für das, was Du mir antust, obwohl ich nicht zuhöre, denn die Liebe behält einen bei sich, mag sie auch manchmal ein Schmerz sein, mag sie auch, *schau, wie ohne Voraussicht …*, ohne Voraussicht vielleicht, doch nicht ohne spätere Einsicht, denn ich werde im *Martino da Arçada* sitzen wie ein Wissender, und all Deine Ringfahndungen werden mir nichts anhaben können, nicht die Labyrinthspiele des *Senhor Presidente,* nicht die Deiner terroristischen Zirkel, habe ich sie mir doch längst einverleibt in meinen Traum, den Traum von meiner Unschuld, meinem Ausharren, denn schau, man will mich treiben wie ein Tier, indem man Verfolger hinter mir herhetzt, Verfolger von der Art, wie ich sie schon vor Zeiten hier in Lissabon, aber später auch in Porto erlebte, wo man sich Aufzeichnungen machte, meinen Tageslauf kontrollierte, ich aber bestehen konnte vor ihnen, weil ich tat, als sähe ich nicht, als spürte ich nicht, weil ich mich zu verbergen wußte, Du verstehst, Gabriel, so daß die Hysterie dieser Verfolgerblicke mich nicht erreichte, nicht eindrang in mein inneres Reservat, so daß ich ihre Stimmen überhörte, diese aufdringlichen Stimmen, die mir nahe kamen noch in den Nächten, flüsternde, einschmeichelnde Stimmen, die mir Trugbilder vormachten, während ich – mit stoischer Miene, Gabriel, völlig unbeteiligt, ein Traumwandler – alle Geschäfte weiter erledige, um ihnen zu trotzen, mochten sie meinen Leib auch in den Nächten zerschneiden, mochten sie mein Gehirn zu erweichen versuchen, mir Schocks versetzen, mich einzuspinnen versuchen in ihr Komplott, ich versteinerte, ich verwandelte mich in ein lebloses Ding, ein Stück Materie, das nur noch atmete, Flüssigkeit aufnahm, schwitzte, auf Speisen aber längst verzichtete, vorausschauend gewiß, denn was hätten sie diesen Speisen nicht alles beimengen können, während meine Küchenzunge, *äh,* schau, ja, meine Küchenzunge, während meine Zunge mich gewarnt hätte, jeder Nerv, *äh,* schau, diese rotgefleckte Zunge, gefleckt wie meine Hand, schau, meine Hand, diese starken Finger, nicht wahr, wie sie trommeln, trommeln, schau, sie bewegen sich von allein, nach jahrzehntelangem Training, Gabriel, mein Körper gehorcht mir, gehorcht mir aufs Wort, *äh,* schau in meine Augen, wie scharf ich Dich anblicke, Dich strafe für Deine törichten Erzählungen, schau, jetzt verwandle ich Dich, Du wirst zu Stein, schrumpfst zusammen, nicht wahr, Du kannst Dich nicht mehr bewegen, siehst Du, das vermag der Wille, ich töte das Leben in Dir, langsam erkaltest auch Du, stirbst ab, ein Gefühl, das beinahe der Verzückung gleichkommt, nicht wahr, so daß wir beide jetzt hier sitzen wie Mumien, eingehüllt in diese verstaubten Samtgewänder, Wachsfiguren, Ausstellungsstücke wie dieses Café eines ist, endlich …, endlich brauchen wir niemanden mehr zu grüßen, niemanden anzureden, endlich legt sich der Schleier ganz dicht auf unsere Haut, endlich … sitzen nun unsere Masken, und ausgelöscht ist alles Gespräch zwischen uns, denn ich weiß, Du solltest sein mein Verfolger, der mir in meiner Muttersprache nachstellt, Du solltest sie mir fremd machen …, während ich nun Dich verzaubert habe zu meinem regungslosen Gegenbild …

Als ich den Kampf zu meinen Gunsten entschieden hatte, gab ich Gabriel nach. Ich telefonierte nach Deutschland und sprach mit dem Onkel. Sprach ich? Sprach ich nicht? Es war nicht weiter von Belang. Gabriel war glücklich, als er meinen Rückflug buchen durfte; ich gönnte ihm das Vergnügen.

Heimlich jedoch lachte ich in mich hinein, als er mir half, meine Koffer zu packen. Nein, mehr noch als das; ich saß aufrecht auf dem Hotelbett, ich rührte mich kaum, und seine hastigen Bewegungen, mit denen er meine Kleider zusammenstopfte, entzückten mich, verrieten sie mir doch seine Furcht, von mir ein zweites Mal versteinert zu werden. Nein, ich würde meine geheimen Mittel nicht noch einmal anwenden. So ließ ich mich willig von ihm führen, ich nahm neben ihm in seinem Wagen Platz. Auf dem Weg zum Flughafen erzählte er von seiner Familie, die sich Sorgen mache um mich. Ach, ihr Kinder! Wir warteten gemeinsam auf den Abflug des Flugzeuges. Gabriel! Ich umarme Dich! *Adeus!*…

Ich drückte ihm einen prallen Umschlag in die Hände. Er sollte ihn Fernanda nach ihrer Rückkehr übergeben. Es handelte sich um ein besonderes Geschenk. Ich hatte Rilkes Übersetzungen fein säuberlich zerrissen, Seite für Seite. Fernanda würde es großes Vergnügen bereiten, sie wieder zusammenzusetzen. Sie kennt sich aus in diesen Dingen, verdanke ich ihr doch den Faden, mit dessen Hilfe ich den *Ausweg* gefunden habe. Den Ausweg, ja, Gabriel, den einzig rettenden Ausweg…

23

Furor

Als der Onkel mich auf dem Flughafen begrüßte, erkannte er gleich, daß es mir nicht gut ging. »Wir haben uns lange nicht gesehen, nicht wahr? Du siehst blaß und schmal aus.« – »Ja, ich weiß. Sie haben mir keine Ruhe gelassen, bis ich verschwand. Ich stand unter dauernder Beobachtung ...« – »Und warum?« – »Weil sie mich von Fernanda trennen wollten. Ihr Vater, *Senhor Presidente,* hat alles eingefädelt. Am Anfang haben sie mich noch mit Lob überschüttet, viel zu spät bemerkte ich, daß sie mir völlig subalterne Aufgaben übertragen hatten. Ich war ihr Traumtänzer. Sogar meine Unterschrift unter den Geschäftsabschlüssen mit den ausländischen Firmen war ungültig; später entdeckte ich, daß diese Verträge nur Entwürfe waren ...« – »Was waren das für Geschäfte?« – »Immobilien, Handel mit Portwein. Sie haben mich als Unterhalter für die ausländischen Importeure benutzt, ich bin mit ihnen durch das Land gefahren und habe ihnen die Sehenswürdigkeiten gezeigt.« – »Aber was hatten sie denn gegen Dich?« – »Persönlich wohl nichts. Aber ich war ein mittelloser, hergelaufener Deutscher mit zweifelhafter Herkunft. Die Familie ist eine der reichsten in Portugal, und Fernanda ist die einzige Tochter. Sie wollten uns um jeden Preis auseinanderbringen.« – »Und Fernanda?« – »Ich war nie lange genug mit ihr allein. Zu Beginn ahnte ich noch nicht, was sie vorhatten, später ergab sich keine Gelegenheit mehr. Sie hatten Leibwächter eingesetzt, angeblich, um Fernanda zu schützen. Der internationale Terrorismus diente als Vorwand, verstehst Du?« – »Und Du konntest Dich nie ungestört mit ihr unterhalten?« – »Nie. Entweder war einer der Brüder dabei oder ein Bewacher. Es war widerlich. Schließlich haben sie Fernanda gezwungen, nach Frankreich zu reisen. Ich erhielt einige Briefe von ihr, in denen sie mir andeutete, was geschehen war. Wir haben uns nicht mehr wiedergesehen.« – »Und Du hast Dich nicht gewehrt?« – »Was sollte ich denn tun? Ich war allein in Lissabon, ich hatte keine Freunde oder Vertraute. Nur Gabriel, einen ehemaligen Gastarbeiter. Aber auch da war ich mir nicht sicher. Vielleicht sollte er mich nur überreden, nach Deutschland zurückzukehren. Jetzt habe ich ihnen den Gefallen getan, aber ich bin sicher, daß ich weiter unter Beobachtung stehe.« – »Warum das?« – »Du kennst sie nicht, Onkel, sie haben Beziehungen in der ganzen Welt. Was sie in die Hand nehmen, das wird gezielt geplant. Sie werden keine Ruhe geben … Aber reden wir nicht länger davon. Wie geht es Dir, was ist inzwischen geschehen in Deutschland? Ich habe lange keine Zeitungen gelesen. Hat die Partei sich vergrößert?« – »Die Partei? Ach, Du meinst die Studentenpartei? Die gibt es nicht mehr. Wir haben die Partei in eine *Organisation für direkte Demokratie* umgewandelt. Auf der bevorstehenden *documenta* in Kassel werde ich für diese Organisation werben. Wir haben ein Büro eingerichtet, wo Du mitarbeiten kannst. Wir werden eine *Honigpumpe* installieren. Eigentlich handelt es sich um ein sehr einfaches Prinzip. Die Pumpe wird mit Elektromotoren betrieben, die den Honig durch lange Plexiglasschläuche pumpen.« – »Und warum Honig?« – »Hast Du denn alles verlernt? Honig ist ein Wärmeelement. Die Honigwabe ist ein natürlich gewachsenes System von organischer Schönheit. Die Natur gestaltet, und alles Gestalten hat etwas Künstlerisches.« – »Es gibt auch ein soziales Gestalten – war es nicht so?« – »Richtig, *Soziale Plastik*!« – »Genau, ich erinnere mich …« – »Wir entwickeln den totalen Kunstbegriff. Der totale Kunstbegriff verschmelzt das individuelle und das soziale Gestalten. Jeder Mensch ist ein Künstler, prinzipiell …«

Seine unveränderte Begeisterung rührte mich beinahe; anscheinend hatte er in all den Jahren unbeirrt an seinen Ideen festgehalten. Sein Atelier, dem das Büro der politischen Organisation angeschlossen war, war ein Treffpunkt für eine kaum noch überschaubare Zahl von Freunden, Schülern und Studenten geworden, die manchmal sogar von weither angereist kamen, um mit ihm Kontakt aufzunehmen. Er hatte immer Zeit, er widmete sich all diesen Neugierigen mit einer Aufmerksamkeit, wie ich sie bei keinem anderen Menschen kennengelernt hatte. Es störte ihn nicht, wenn man ihm widersprach; stets setzte er von neuem an, erläuterte seine Gedanken, verbesserte sich und überdachte jedes ihm vorgetragene Argument gründlich. Er hielt seine Ideen mit Kreide auf einer großen Schultafel fest, er notierte die wichtigsten Stichworte, skizzierte Modelle und wurde nie müde, diese Modelle immer wieder zu überprüfen. Hielt man ihm vor, daß er niemals durchschlagenden Erfolg haben werde, entgegnete er, daß man nie zweifeln dürfe; vor Jahrzehnten habe ihn niemand gekannt, jetzt aber könne man die Menschen, die sich mit ihm unterhalten wollten, kaum noch zählen.

Anfangs nahm ich noch an seinen improvisierten Vorträgen teil, dann aber zog ich mich immer häufiger in mein kleines Zimmer zurück, in dem ich ungestört war. Ich fühlte mich nicht wohl. Oft war mir zu kalt. Ich zog dicke Pullover über, und doch fröstelte ich. Ich ging nicht gerne durch die Straßen der Stadt.

Düsseldorf war mir nicht vertraut, aber das konnte kein hinreichender Grund sein. Was war es denn nur? Meist kamen mir die Menschen zu nahe. Wenn mich jemand auf der Straße durch Zufall berührte, zuckte ich zusammen. Die Bewegungen draußen erschienen mir zu hastig, ab und zu geriet ich ins Stolpern, als hielte mich einer an, das Tempo zu beschleunigen. Ich zitterte und stand wie versteinert an den Kreuzungen, unfähig, noch einen weiteren Schritt zu tun. Verfolgte mich jemand? Ich faßte mir an den Kopf. Kalter Schweiß auf der Stirn! Machte ich mir etwas vor?

Ich konnte mir noch so gut zureden, die Unsicherheit wurde von Tag zu Tag größer. Im Verkehr fand ich mich kaum noch zurecht. Ich konnte eine Straße nicht mehr überqueren, ohne einen Zebrastreifen zu benutzen. Schon das Betreten einer Bankfiliale fiel mir schwer. Gleich würde einer dieser aufdringlichen Angestellten auf mich zukommen, um sich nach meinen Wünschen zu erkundigen. Sah man mir nicht deutlich an, was ich wollte? Ich riß die Augen auf, die Lider zitterten, alles drehte sich vor mir, ein immer rascher laufendes Karussell von Marionetten und Menschen, die sich zusammengetan hatten, um mir keine Fluchtmöglichkeit mehr zu lassen. Schneller, *immerzu*! Ich hielt mich an einer Häuserwand fest, mein Herz klopfte, mir war übel. Warum hatten sie sich alle gegen mich verschworen?

Allmählich verlor ich wieder das Zeitgefühl. Die Tage verstrichen, schon am Morgen dämmerte ich vor mich hin. Bloß nicht hinaus! Ich drückte mich in der Wohnung herum. Es war, als habe mich eine Lähmung befallen. Wie schwer und lästig die Glieder plötzlich waren! Ich blickte unverwandt auf eine Stelle, stundenlang, ich regte mich nicht mehr, nur so konnte ich die aufgebrachte Meute beruhigen. Dann aber wurden die bedrohlichen, fremden Stimmen wieder lauter. Waren Besucher in der Wohnung? Nein, ich war doch allein, ein erkalteter Körper, der der Seele nicht mehr gehorchen wollte. Herzflattern! Wann legte sich die Aufregung endlich? Ich nahm mir ein Buch vor, aber an eine ruhige Lektüre war nicht zu denken. Die Buchstaben tanzten mir vor den Augen, sie standen schief, schwänzelten dreist vor mir herum, ich ließ das Buch fallen, meine Hände zitterten wieder. Ich erinnerte mich nur noch dunkel. *Fernanda?* Man hielt sie wohl weiter in einem hohen Turm gefangen. Sie hatte mir ein kostbares Geschenk gemacht. Einen Ring? Ein Buch? Ich wußte es nicht mehr, sosehr ich mich auch anstrengte. Was hatte ich ihr in Lissabon zurückgelassen? Einen Teppich? War es nicht ein besonders schöner Teppich gewesen, den ich mit eigener Hand geknüpft hatte? *Gabriel?* Sei gegrüßt, Gabriel. Nein, ich habe Portugal noch nicht vergessen; wenn ich dorthin schaue, auf dieses kleine Kreuz an der Wand, das ich, im Vertrauen gesagt, selbst dorthin gezeichnet habe, um einen gewissen Halt zu markieren, dann erinnere ich mich gut. Jetzt ist die Zeit der Weinernte, wie oft fuhr ich hinaus zu den Talhängen des *Douro,* über den wir in schmalen Barken setzten, dort, die Händler treffen in der *Quinta* ein, schau, das alte Porto, siehst Du den Campanile, und die Fischhändler bieten Alsen und Sprotten an, reisen wir weiter, an der Grenze entlang, wie trokken die Erde hier ist, die Bauern haben die Zugochsen eingespannt, dort treibt man Schafe und Rinder zum Viehmarkt, und weiter, die Hügelketten, Eukalyptus und Pinien …

Bald reichten aber auch diese heimlichen Zwiegespräche nicht mehr aus, mich zu beruhigen. Denn die Angst stieg auch in diesen Stunden in mir auf, und selbst meine Phantasien konnten sie mit der Zeit nicht mehr vertreiben. Ich bemerkte, daß all diese Bilder nur um Fernanda kreisten, und ich wußte, daß ein Teil meines Selbst sich noch immer in dem fernen Land aufhielt, unfähig, sich loszureißen. Ich hatte die Trennung von Fernanda noch nicht überwunden, und zuweilen argwöhnte ich bereits, es werde mir nie gelingen, meine aufgewühlten Empfindungen in andere Bahnen zu lenken. Hatte *Senhor Presidente* kein Einsehen? Ließ er mich noch in Deutschland von seinen Gehilfen und Handlangern bewachen, um zu verhindern, daß ich unvorhergesehen noch einmal zurückkehren würde?

Wenn ich jetzt durch die Straßen ging, erschrak ich nicht selten, wenn mich einer länger als üblich anschaute. Ich versuchte, mich unauffällig zu benehmen, aber je mehr ich es mir vornahm, um so verzerrter wurden meine Bewegungen. Ich geriet aus dem Gleichgewicht, ich spürte, wie meine Gesichtszüge sich zu einer häßlichen Maske versteiften, jedem mußte dieses angestrengte Lächeln auffallen, dieser fratzenhafte Blick, diese Leichenmiene eines von allen guten Geistern Verlassenen. »Laßt mich in Ruhe!«, murmelte ich leise vor mich hin, »ich will Euch nicht sehen! Ich bin ein Niemand, ein menschgewordener Schatten! Macht Euch davon!« Man wollte mich zusammenpressen, klein sollte ich werden, verschwinden im Rachen des großen Molochs, der seine Augen überall hatte, in den Straßen, in den Kinos, in den Einkaufsmärkten. Wie sie mich anstierten! Zu Stein sollten sie werden!

Schließlich wurde ich immer reizbarer und empfindlicher. Ich stand vom Tisch auf, wenn ich es nicht mehr aushielt. Wieder diese Angstzustände – Atemnot, Schwitzen, Übelkeit! Längst hatte ich die Lust verloren, mich mit etwas eingehender zu beschäftigen. Ständig durchzuckten mich quälende Gedanken, und die Gestalt, die sie immer wieder anlockten, hörte nicht auf, mich mit ihren freundlichen Wendungen zu peinigen. *Ach, mein Liebster!* Ich hörte sie deutlich, doch man hatte mir ihr Bild genommen, so daß ich dauernd versuchte, es aus meiner gestörten Erinnerung zusammenzusetzen. Die Gegenstände, die ich berührte, hatten kein Gewicht mehr; sie lagen in meiner Hand, wie Traumdinge, die laufend in ihre Bestandteile zerfielen. Verstört und irritiert warf ich sie fort; ich fuhr mir übers Gesicht und kratzte die Haut auf, ich rutschte auf meinem Stuhl herum und überhörte die Fragen, die man an mich richtete. Tagsüber kauerte ich nun auf meinem Bett, ich fand keinen Schlaf mehr. Die Verfolger hatten sich in mir breitgemacht. Sie warfen sich obszöne Redensarten zu, sie mokierten sich über meine Erstarrung. Ruhelos wechselten sie ihre Plätze. Tagelang konnten sie sich verbergen, um mich in einem falschen Moment zu überraschen; ich fuhr zusammen, sie hatten mir aufgelauert, kichernde Tiere, die meinen Körper anfraßen, meine Haut beknabberten, Gewichte an meine Glieder hängten. Sie würden nie mehr Ruhe geben; sie warteten nur noch auf meinen Tod…

Ich stellte mich taub und stumm. Ich versuchte, die Worte zu verschlucken. Längst lauerten in mir mehrere Gestalten, die sich täglich um das Vorrecht stritten, für mich reden zu dürfen. Wie schal alles geworden war! Wie ekelhaft! Irgendwo hatte *Senhor Presidente* seine Eunuchen versteckt, um mich auszulöschen! Sie beherrschten nun meine Gedanken, sie kannten sich aus in meiner Seele und in der diebischen Begleitung, die man meinen Körper nannte…

An einem Abend kam der Onkel in mein Zimmer. Ich bestand darauf, daß er hinter sich abschloß. »Johannes, so kann es nicht weitergehen!« – »Nein, nichts mehr.« – »Wir machen uns Sorgen.« – »Nichts mehr.« – »Du verträgst das Leben hier nicht.« – »Nein.« – »Du mußt Dich erst wieder an alles gewöhnen.« – »Nichts.« – »Ich habe gute Freunde in der Nähe von Kleve. Ein Ehepaar mit zwei Kindern, die dort einen alten Bauernhof bewirtschaften. Dort würdest Du Ruhe finden.« – »Niemals.« – »Aber Johannes! Sie haben viel Erfahrung im Umgang…« – »Kein Umgang, ich will keinen Umgang.« – »Der Mann ist Lehrer an einer Schule in Kleve, und seine Frau ist eine Therapeutin, verstehst Du?« – »Niemals.« – »Aber Deine Lage wird sich immer weiter verschlimmern. Es ist in all den Wochen nicht besser geworden, obwohl wir uns große Mühe gegeben haben.« – »Der *Douro* fließt sehr still.« – »Der *Douro* fließt auch draußen auf dem Land.« – »Woher weißt Du das?« – »Er fließt immer dort, wo es ruhig ist.« – »Das stimmt.« – »Und auf dem Land wirst Du ihn besser hören können. Dort stört Dich niemand. Wir wollen es versuchen, ja? Es ist besser für uns alle.«

Das Ehepaar Brauer lebte mit dem Sohn Hermann und der fünf Jahre jüngeren Tochter Astrid auf einem ehemaligen Aussiedlerhof. Als ich mich ein paar Stunden bei ihnen aufhielt, wußte ich schon, daß sie spielten. Sie spielten *Landleben.* Dazu hatten sie sich einige Schweine, eine Kuh und eine Ziege angeschafft. Die Tiere standen nutzlos herum, sie sollten das Bild bereichern, nicht mehr. Alles hatten die Brauers erst lernen müssen, das Füttern der Schweine, das Melken der Kuh und der Ziege. Selbst die einfachsten Handgriffe schienen sie nur aus Büchern zu kennen. Sie trugen neue Stiefel, die jeden Abend geputzt wurden, sie widmeten sich dem großen Kräutergarten mit einer so übertriebenen Aufmerksamkeit, als müsse man den Pflanzen gut zureden, damit sie blühten. Sogar die Gießkannen hatten sie erst vor kurzem gekauft. Alles hatte seinen Platz. Es war ein Musterhof, ein sauberes, gutdurchfegtes Gehege, auf dem die letzten Idylliker ihren Lebensabend verbringen wollten, bevor sich dieser unansehnliche Planet in seine Atome auflöste. Gut, daß sie von mir keine Hilfe erwarteten! Ich eignete mich nicht zum Freizeitbauern. Ich war ein Spaziergänger, dem mehrere Schatten folgten. Die Schreie in der Luft! Der Atem der Tiere! Sie hatten keinen Sinn dafür. In der Frühe waren sie zeitig auf den Beinen. Sie kümmerten sich mit blindem Eifer um ihre Geschöpfe, sie hätten selbst noch die Regenwürmer gefüttert, wenn man ihnen die Nahrung in sauber beschrifteten Dosen ins Haus gebracht hätte. Auch die Kinder mußten mit anpakken. Hermann ging in die letzte Oberstufenklasse. Der Vater nahm ihn am Morgen mit in das Gymnasium. Er unterrichtete Biologie und Erdkunde, daneben erteilte er den unteren Klassen

Sportunterricht. Seine Frau betreute, wie es hieß, sozial geschädigte Jugendliche. Zweimal in der Woche fuhr sie in die Stadt, um am Abend mit kummervollem Gesicht wieder zu erscheinen. Sie hatte etwas Gutes getan, man war ihr dankbar, und die aufsässigen Jugendlichen hatten angeblich auch ihre Freude gehabt. Der Bau eines Jugendhauses war geplant, ein solches Zentrum würde die Unruhigen wieder auf die rechte Bahn bringen …

Ich war zufrieden, daß sie mich nicht belästigten. Bald wurde ich etwas ruhiger. Die Stimmen der Verfolger schienen schwächer zu werden. Wahrscheinlich fanden auch sie am Landleben keinen Gefallen. Die Szene ähnelte immer mehr einem naturgetreu nachgestellten Genrebild, auf dem liebenswerte Menschen mit wohlgenährten Tieren ihre Sehnsucht nach dem Paradies kultivierten. Doch ich hatte keinen Grund, mich über soviel darstellerische Fertigkeiten zu beklagen. Ich wollte den Brauers meine Dankbarkeit beweisen, indem ich ihnen nützlich war. Ich kochte mittags und stellte den Kindern das Essen hin, wenn die Eltern nicht da waren. Da ich mich vorerst nicht vom Hof entfernte, hatten sie in mir einen zuverlässigen Wächter gefunden. Manchmal jätete ich sogar im Garten. Ich räumte ein wenig auf, ich war ein angenehmer Gast. Die Brauers mochten mich bald. Sie übersahen meine skurrilen Züge, als wäre es selbstverständlich, wenn ich manchmal vor mich hin murmelte; ich war, wie sie sagten, eben *etwas seltsam.* Doch mein seltsames Verhalten gab keinen Grund zur Besorgnis.

Schließlich hatten sie sogar soviel Zutrauen zu mir gefaßt, daß sie mich an den Wochenenden oft allein ließen. Johannes würde die Tiere gut versorgen, man konnte beruhigt zwei oder drei Tage verreisen. Es war mir recht so. Die Einsamkeit tat mir gut. Da die Brauers weder Fernsehen noch Radio hatten, erreichten mich nicht einmal lästige Nachrichten. Wenn die Familie den Hof endlich verlassen hatte, atmete ich auf. Diese

Stille! Niemand konnte mir noch etwas anhaben, für Stunden waren die Feinde verdrängt …

So saß ich an einem herbstlichen Samstagnachmittag wieder einmal allein vor der großen Scheune. Ich hatte gerade ein Buch aufgeschlagen, als ich etwas bemerkte. Zunächst hörte ich nur ferne Motorengeräusche, dann aber erkannte ich mehrere Hubschrauber, die sich dem Hof näherten. Suchte man mich? Ich sprang auf, verriegelte die Stallungen und lief ins Haus, um die Fensterläden zu schließen. Vor die Haustür rückte ich einen mächtigen Eichentisch. Oh nein, ich würde es ihnen nicht leicht machen. Kampflos würde ich mich nicht ergeben. Sicher hatte *Senhor Presidente* alle Beziehungen spielen lassen, um mich aufzustöbern. Ruhig bleiben! Jetzt keinen Fehler begehen! Ich wollte mich im Schrank verstecken, hinter den Kleidern. Das war am sichersten. Angestrengt lugte ich durch einen Fensterladen. Ja, sie hatten mich entdeckt. Waren die Kampfmannschaften bereits angetreten? Ja, sie rückten heran, eine ganze Phalanx von Polizisten in hellen Khakihemden. Schon waren ihre Stimmen zu hören, diese drohenden, rasch lauter werdenden Stimmen, dieses krächzende Geschnatter aus den Walkie-talkies, Schäferhundbellen hinter den Hecken und Büschen. Maschinengewehre im Anschlag! Ich bewegte mich nicht, vielleicht hatte man mich längst bemerkt. Niemand konnte mir helfen, ich war auf mich allein angewiesen. Überall waren sie in Stellung gegangen. Auf dem flachen Ackerland, einige hundert Meter vom Hof entfernt, standen die Einsatzwagen. Blaulicht! Sie hatten sich gut vorbereitet und den richtigen Augenblick abgepaßt. Sie näherten sich langsam dem Hof. Wahrscheinlich hatten sie längst Scharfschützen postiert. Ich hielt den Atem an. Schützenpanzer, sie hatten sogar Schützenpanzer aufgefahren! Plötzlich hörte ich eine einzelne Stimme, die durch ein Megaphon verstärkt wurde. Ich wurde aufgefordert, mich zu ergeben;

aller Widerstand sei zwecklos, das Haus sei umstellt. Ich solle das Gebäude mit erhobenen Händen verlassen, vorher müsse ich mich entkleiden, nur die Unterhose dürfe ich anbehalten. Ich überlegte eilig. Es gab keine Fluchtmöglichkeit. Das Hofgelände war umzingelt und von allen Seiten gut einzusehen. Wenn ich ausbrechen würde, könnten sie mich auf der Flucht erschießen. *Ich war nicht vorhanden, ich war nicht vorhanden!* Allmählich löste ich mich in Luft auf. Ich mußte nur noch einige beschwörende Sätze murmeln. Wie verblüfft würden sie sein, niemanden anzutreffen! All ihre Mühe wäre vergeblich gewesen. Nach einigen Tagen würde ich mich unbeobachtet davonmachen. Ich würde mich zum Flughafen durchschlagen, um ein Flugzeug nach Lissabon zu nehmen. Sicher, auch dort würden sie mir nachstellen. *Leibesvisitation! Metalldetektoren!* Aber ich würde sie in die Irre führen. Ich würde einen Flug nach Spanien buchen, ja, das war am besten. Ich würde die Kontrollen mit stoischer Miene passieren, niemand würde die kleine Eierhandgranate bemerken, die ich bei mir führte. Es würde mir schon gelingen, sie in einem Gepäckstück durch die Kontrollen zu schmuggeln. Gab es auf dem Düsseldorfer Flughafen überhaupt eine Gepäckdurchleuchtung? Ich war mir nicht einmal sicher. Das mußte erkundet werden! Ah, mein Gehirn arbeitete schnell und zuverlässig, die Gegenstrategie war schon entworfen. Ich würde das Flugzeug entführen, ich würde den Piloten zwingen, Lissabon anzufliegen. Die Mannschaft würde ich als Geisel nehmen, und in Lissabon würde ich darauf bestehen, daß *Senhor Presidente* an Bord käme. *Senhor,* Gewalt gegen Gewalt! Geben Sie mir die Hand Ihrer Tochter! Willigen Sie ein! Oh, was für eine teuflische Idee! Ruhig bleiben! Sie krächzten dort draußen wieder in ihre Megaphone, der Schützenpanzer rollte langsam gegen das Haus vor. Wie schnell sie plötzlich heraussprangen, eins, zwei, eins, zwei! Tür zu! Die Schranktür zu! Ah, jetzt sprengten sie den Eingang. Egal, sie würden mich nicht entdecken, niemals. Ich war nicht weiter zu durchleuchten. Still! Ja, sie liefen durch das Haus, jetzt hörte ich ihre Stimmen deutlich. Was? *Sympathisanten? Ein Sympathisantennest?* Ja, die Brauers waren meine Sympathisanten. Gut, daß sie nicht da waren. Später freilich würde man sie verhören, spätestens dann, wenn ich das Flugzeug gekapert hätte … Sie durchstöberten alles. Nein, ich war nicht zu finden. Die Hubschrauber kreisten jetzt über dem Haus. Diese Stimmen! Es wurden immer mehr! Dieses Gewirr! Erstarren! Ich mußte erstarren! Oh Gott, sie öffneten die Schranktür! Diese Hitze! Vielleicht setzten sie Gas ein! Ein Feuerstrahl? Ja, in meinem Kopf brannte es, ein heftiger Schmerz riß mir den Mund auf, mehrere Hände griffen nach mir. Sie hatten ihn! Wen hatten sie? Mich nicht, mich doch nicht, sie hatten meinen Körper gefunden, ich mußte ihn abstoßen, ihn verlassen, mich zurückziehen, mich ganz … in mich … zurückziehen …

… so daß man mir nun endlich die Ruhe läßt und ich nicht weiter zu sprechen brauche, nichts, nein, so daß ich sitze und schaue, während ich früher doch der Geredete war, der Maulauf, jetzt aber niemand mehr mich vertreibt von meinem Inselthron, denn ich liebe dieses langanhaltende Betrachten sehr, diese Blicke aufs Meer, und die kleinen Boote der Menschen haben keine Nahrung von Wind, und die Schatten rasseln auch anders und rütteln nicht mehr vertraut hinter den Leibern her. Meine Gehirnepisteln sind noch immer von diesen fernen Bränden entzündet, und die Feuerschleifen über dem Tejo waren kein Abschied, während jetzt alles kälter geworden ist, eine Eisesdichte des Herbstes, und die fremden, bedrohlichen Stimmen murmeln noch immer, und mit ihren quiekenden Funkgeräten nehmen sie Kontakt auf zu den Heerscharen der versteckten fernen Bataillone …, die sich mir ganz vergeblich näherten, um meinen Kopf zu durchschwindeln, meinen Kopf, ja, der seit jeher mein Drohfuß ist, seit ich mich gebären ließ und die anderen am Bett standen und in ihre schützenden Schilde brüllten. Ja, ich komme aus Köln, einziger rechtmäßiger Sohn des versalzen Regierten, den ich später empfing als den zu Eis Verzapften, obwohl er sehr alt war und unbeholfen anfangs dazu, weil er auf meine Stimme nichts gab, so daß ich mich einigeln mußte in ihm, um ihm meine Befehle zu geben, während Mutter ihn nimmermehr brauchte, nicht ein Klitzekleines brauchte sie ihn, nein, im alten Herrn aber steckten zehn weitere, und diese jüngeren rülpste er aus, während ich mich in ihm festkrallte, all die Jahre, in denen ich dazu den Bruder an der langen Schnur führte, den Bruder, mit dem sie mich, *so siehste aus,* wiedervereinigen wollten, obwohl doch ich der große Ernährer war, siegreicher Sohn des mit einer Stimme Gewählten, und nur ich sorgte für den Brei, der uns über die Löffel lief und alle Ausgänge finster verstopfte, so daß es meinen Bruder davonschwemmte, dem ich keine Hand hinterherwarf. So lotste ich allein über den Teich, und die Orphiker nahmen mich mit unter die Schatten, da geisterten wir zwischen den Tänzern, und sie rauschten herbei, und sie lockten mich zu den Seligen, die hatten Wein, Löwen und zottige Noten. Im Land, im Land aber da waren die Trümmer verstreut, und die Häuser machten Grimassen, und wir spielten in den Teufelskellern, hui, da waren die Leiber der Zerkratzten, und die ausgegrabenen Stümpfe schüttelten Blasen in den Teer. Daher fanden wir wenig Auskommen, weil nämlich die Verschütteten auftauchten und aufstiegen, mit ihren lieblichen Liedern, mit Gurren und Flüstern, inmitten der bleiernen Glieder der Toten, auf denen ich rittlings durch den Tunnel galoppierte, an dessen Ausgang die Pakete gestapelt waren, ich der Eroberer, die Pakete, ja, die die Flieger abgeworfen hatten, vier, drei, zwei, ja. Dann zogen wir endlich aus in die Gefilde, wo es viel Platz und Essen gab und wo ich des Onkels Naturaltäre erkannte und ziellos die Erde umlief, weil man die Dinge mit ihren verborgenen Namen anreden muß und sie erst dadurch eins werden mit sich. Beim Großvater, ja, da holte ich die Luftpost ein auf dem Regenbogen, und die aufblühenden Farben wechselten stündlich, denn das Land war dort sehr weit, eine Bühne, auf der ich spielen lernte wie Fritz Busch, der ein großes Regiment vor dem Kopf hatte und ein Geigenzähler war. Da hatte ich alles voll Rede, und ich tauchte auf aus dem Schweigen, weil es mir vorher den Mund verboten hatte und das Geschnatter ein großes gewesen war und die Feinde allüberall, und die Heiligen hatten keinen Kummer mehr mit mir, und ich flog auf dem Teppich. Doch weiter nahm sich der Platz dann zusammen, weil auch die Dame in Theo ihren ersten Herrn gefunden hatte, dem stand das Organ, das hatte ich ihm aus den Augen gepunktet, daher wurden die Krieger verscheucht. Dann wehrte ich auch die anderen Freier ab bei ihren bösen Geschäften, denn Siegfried lauschte heraus aus den Vögeln, da lernte ich, die Tarnkappe selbst zu gebrauchen, und ich hatte viele Drachen im Stall, und ich führte sie auch an den Rhein, und der Rhein war im Meer. Die Fische aber öffneten ihre Mäuler, kaum hatten sie ihre Schätze verschluckt, und sie pumpten die Luft, und ich sah den drohenden, beinahe zerberstenden Ball, den ich meinem Bruder schenkte, der damit besser umgehen konnte als ich, war ich doch eine Kopfgeburt, die sich versäumt hatte, so daß der arme August sich meiner erbarmte, der mich mitnahm weit in den Osten, nach Wuppertal, ja, wo sich die russischen Menschen um mich scharten und frei in den Tag hinein improvisierten, die Lehrer aber erstickten an meinen Tiraden, denn ich brachte die Zahlen fast zum Zerfließen, sie schmolzen rasch nacheinander, und der Lehrer hatte viel schweigende Sprache für mich. Beethoven floh aus den Bäumen und stand vor dem großen Portal, und ich sah auch seinen mächtigen Kopf, der glich meinem eigenen, so hielt ich mich fest an ihm, denn ich wollte die Welt umrunden, diesen spukenden Planeten, der sich nur langsam antreiben ließ, so daß wir schneller laufen mußten, um das Wasser der Wupper im Gleichgewicht zu halten, außerdem ließ sich gut von ihm kosten, von den öligen Algen, dem zappelnden Kleintier, das ich hinaufschleuderte unter die Mucker, die sich in ihren Schwebebahnen versteckt hatten, eingesperrte Flieger, die nie frei geatmet hatten und die ihre Schüler zu mir schickten, damit ich mich mit ihnen schlug und auf den Wiesen schwere Gefechte austrug, wodurch ein Kämpfer aus mir wurde. So habe ich meine Tänze gezuckt, und der Onkel übte mit mir, denn auch in ihm hausten mehrere Menschen, und wir machten Sonne und Mond aus meinem Bastardherzen. In ihm hatte ich mich eingeschlossen, denn ich liebte es sehr, und ich wußte, daß einem alles Geliebte gestohlen wurde und daß man nie zu Hause war mit denen, nach denen man sich sehnte. Mutter aber hat keine Schuld, nein, denn niemand steckte ihr die Post, und sie lief jeden Morgen in den kleinen Laden, wo man sie einkleidete, damit auch sie sich einmal schön zeigen könnte, denn die Mutter war doch eine Schöne, nur sahen das außer mir nicht viele, wohl nicht einmal mein Bruder, der immerzu seinen lächerlichen Spielen nachging, denn er wollte sich mit den Falschen messen, mit den Lederartisten und den Sandsackbauern, während ich mir die wahren Feinde suchte, mit denen man streiten und kämpfen konnte, weil sonst alles in mir übergegangen wäre in ein anderes, und die Körpernähte wären zerplatzt, denn ich war seit meiner Geburt aus den beweglichsten Stücken gemacht. Die aber mußten sich losreißen von der Mutter, ja, und ich suchte mir einen feurigen Auftritt, um die Schwarzmänner zu bedrohen, nachdem ich bereits nach Moskau gereist war, um mich dort unter die Kolonie des alten Herrn zu mischen, wo ich dem Bojaren zufackelte und alle bekehrte, weil sie keine Ahnung hatten vom russischen Menschen. Meist wußte ich mehr als die anderen, denn die hielten sich immerzu an die Schrift und das Einmaleins, während ich ahnte, daß die zweite Welt hinter den Buchstaben lauerte und daß man dies abschätzen mußte, denn die Buchstaben bildeten eine bedrohliche Vorderfront und dahinter schwammen einem die Zinnsoldaten davon, wenn man nicht achtgab. Wegen guter Führung kam ich ins Kloster, und sie hatten dort einen gewaltigen Raum über mir aufgebaut, und da stiegen die Heiligen marschweise aus all ihren Himmeln, aus den weißen Wolkenbündeln vor allem, und die posaunten so drohend, daß es ein Schmerz war für die Ohren, außerdem hatten sie die besseren Regeln, und sie wußten, wie man sich verschuldete und daß die Konten immer schwerer wogen mit der Zeit. Die Schwarzmänner aber mußte man trennen von ihnen, die gehörten nicht in die heiligen Fluten, denn die wahren Lehrer behielten ihre Regeln für sich, und die nannte man dann ein religiöses Geheimnis. Damit ich aber anposaunen konnte gegen sie, erfand ich die Orgel, und in der Orgel steckten die freundlichen Engel, und die kamen aus den Himmeln heruntergetropft. Ich zog nun alle Register, und meine Füße wirbelten unisono mit den Händen, und endlich war ich ein ganzer, denn ich hatte all diese Töne erschaffen, um die Feinde zu strafen. Die Patres aber verstanden mich nicht, taub waren sie gegenüber dem himmlischen Gesang, und da klagte ich endlich ihre Taubheit ein vor dem großen Gericht, und ich trommelte die Heerscharen zusammen, um vor dem göttlichen Thron die Wahl eines neuen Herrschers auszuhandeln, worauf man mir einen Heiligen Vater gewährte, der sich schnell meinen Gedanken anschloß. Und das nannte man dann ein Konzil. Ich aber konnte nicht teilnehmen an den Sitzungen, denn zu spät kam ich nach Rom, weil die politischen Geschäfte das nicht zuließen, denn der eisig Verzapfte kämpfte jetzt auch mit mir. Aus Einsicht haben mein Bruder und ich dann Willy geboren, und es war unsere erste gemeinsame Tat, denn im Kloster rückten wir aus Not zusammen, weil man uns preßte, und die Mitschüler wurden ausgefahren und lernten Land und Leute kennen, Land und Leute, denen sich auch mein Bruder anschloß, obwohl ich längst bereit war, mit ihm zu kämpfen, wir uns auch eine Kampfstätte gebaut hatten, das Baumhaus, von dem die Lichter die Teilung herbeiblinkten, das Baumhaus, in dem ich die Bücher versumpfte, und in denen standen die Geschichten von den Leibesteilungen und wie man das Organ hinstreut in die Empfängnis, dazu aber auch Nachrichten von den großen Gefühlen, und wie das ganze Lebensreich zuckt, zuckt, ich träumte davon, ein Zauberer unter dem Mond, eine Schlange, die sich ihre eigenen Liebeslieder säuselte, während die Neugierde meines Bruders voranhing, und er wußte nicht, wie er sich in Einklang bringen konnte mit ihr. Daher bestellte ich *Fluxus,* und die Küsten von *Manna-hatin* waren voll von Wolkenhatzern, die ich im Sturm blies, denn ich hatte viel Heizenergie für das Meer, während der Bruder sich ausließ, fremd einzog, fremd wieder aus, ich aber die Küsse kreierte, die mir halfen bei meinen weiteren Flügen, so daß wir bald die Ländereien besetzten, ich der Eroberer, Nicky und ich, die Ländereien, aus denen uns die Schwarzmänner aushoben, ich mir aber die Wahrheiten viel kosten lassen wollte, die niemand im Kloster ertrug, denn sie wollten weiter ihr Recht und vertrieben den Bruder. Daher reizte auch mich bald der höhere Dunst fort, und ich stand in Bonn, wo ich meine Rede mit dem Siebengebirge verknüpfte, da träumte ich Willy aus Blei, ich, der Gehetzte, immerzu, der sich nicht greifen lassen wollte, *ich bin's nit, non sum,* so daß ich auf der Flucht meinen Körper hinüberretten mußte zum römischen Siebengebirge, da capo a piedi, wo die Heiligen mit dem Papst in meinen Zelten zu Gast waren und die Freunde aus vielen Gesellschaften kamen, um sich in den Chor zu mischen, so daß ich Professore ein Fräulein spendierte, aus deren Kopf die Bilder entstiegen, die ich, *om, ahdi, om,* mit unseren Leibern vermengte, was ihnen als Grund diente, mich auszustoßen, so daß ich die Speisen und Leibesopfer selber erzog, um die Taler in den Beutel zu bringen, die mich auf die Reise schickten, zurück ins schwerenöterische Land, wo Adorno mein Schüler war, ich ihm den Weg spreizte und die Sprache uns mundig von den Lippen hing. Philosophie war die Stunde, die alles überrundete, und ich wurde ein Mitverfasser der *Negativen Dialektik,* während man mir bereits die ersten Blutproben abnahm und mich zum Gehorsam zwingen wollte, den ich ein Leben lang verweigert hatte, sehnsüchtig nach neuer Zärtlichkeit, nach schöner Geselligkeit, die Iphigenie ausreden ließ und landen an ihren fernen Küsten, der Hauptstrom mich aber verschlang, so daß ich mitritt, hoch auf der Woge, ein Kämpfer, ja, ein spät ermüdender Kämpfer, der Hauptstrom einen aber schließlich nicht mehr freigeben wollte, nein, unterirdisch weiterspülte, ja, so daß ich, als ich die Schockung bereits überstanden hatte, meine Finger rasen ließ, denn *wer sich nicht wehrt, stirbt… mit dem bewaffneten Widerstand beginnen…* und noch etwas von der *Roten Armee…* damals, nein, ja, als Hanna die Kakerlaken in der Küche unserer Wohngemeinschaft züchtete, Kakerlaken, die ich später hinausfegte, weil ich sie dem Bruder ersparen wollte, denn Hanna wollte sie hinein in seinen Kopf transplantieren, um den Charakterwiderstand zu überwinden und die Traumarbeiten aussetzen zu lassen, *Desorganisation,* nein, ja, ich wohnte aber schon nicht mehr unter ihnen und hatte mit meinen Innenflügeln die Türe nach draußen durchstoßen, während in Hannas Teestube die Ärzte noch immer über die Tische hüpften, und ich selbst war doch stockgesund und hatte die Charaktermasken längst abgelegt, weil ich die Schokkung überstanden hatte, denn damals rasten meine Finger schwarz-weiß, und ich hatte sie alle im Takt, taktvolle Kröten, die in hohen Sprüngen über die Wege setzten, und ich durchkreuzte immer schwarz-weiß, und dann flogen die Hämmer, und die Tasten bekamen das Laufen, und der Schwindel, ja, der

Schwindel war groß, daß es einen durch den Kopf trieb, während die bedrohlichen Stimmen weiter die Traumarbeiten durchquerten, so daß ich gegen sie anspielte, wie ich immer die Gewalten verscheucht hatte und im Notfall die Heiligen herabgezwungen, um die feindlichen Lager zu stürmen, die aber, ja, nein, bereits nach Jordanien aufgebrochen waren, ein neues Konzept im Kopf, nein, das Konzept des *Guerilla,* der Müdigkeit, Hunger und unverträgliches Klima ertrug, erprobt in den Künsten der Tarnung, ja, so daß er sich durch seine Kleidung nicht von anderen unterschied, nein, wodurch er mit der Zeit ein gutes Auge ausbildete, das ich von meinem Bruder fernhalten wollte, meinem Bruder, dem leichtgläubigen Gesell, denn er sollte nichts hören von den Künsten der Tarnung, weil er damals den Kampf für verloren hielt und noch nicht wußte, wie man in den Betrieben die Stimmen zählte, die man aus dem Freien in die Hallen locken mußte, wo sie zerpfiffen wurden, ich also Willy einfluten ließ, einfluten, einfluten, einfluten, weil alle Unauffälligen nun verdächtig waren, weshalb man die Augen nun auspreßte, auf die Einkäufer in den Fußgängerwinkeln, auf die Nachbarn, schließlich, ja, auch auf sich selbst … schon, am Morgen beim Verlassen des Hauses unsicher geworden, Schritt für Schritt, ich der Unauffällige, nein, einziger, rechtmäßiger Sohn des versalzen Regierten, in mir aber die beobachtenden Stimmen lauter wurden, die sich hineinredeten in meinen Körper, so daß ich ihre Begleitung zu hassen begann, die in meine Klavierlitaneien hineinbetete … die sich eingenistet hatte in mir, um mich von innen her auszuhöhlen, kaum noch zu verdrängen war durch meinen treffsicheren Anschlag, die Beschleunigung des Tempos, immerzu, das Prestissimo wahnwitzig anmutender Kapriolen, mein Rückzug aus Hannas therapeutischer Küche aber dem Zweck diente, nichts mehr zu hören, nein, nichts von der Spaltung von Leib und Seele, nichts von den Charaktermasken, zu denen sich unsere unauffälligen Gesichter doch des Trugs halber zwingen mußten, die Hoffnungen sich umso mehr an Willys Traumarbeiten klammerten, Willy einfluten, Willy einfluten, bis... ja... der Kern der umherschweifenden Stimmen innerhalb weniger Wochen gestellt wurde, ja, *Meinbaaensshofderlin,* so daß ich die Unauffälligkeit preisgab und hineinschlüpfte in die verlockendsten Verkleidungen, den Liebesdienst aufnehmend, mich nicht länger hinter den Masken der Tarnung verbergend, auftrumpfend in schönster Gewandung, ich, der wiedererstandene Eroberer, der die Tasten besiegte, die Liebe aufflammen ließ und die endgültig siegreiche Revolution unter das Erdbeben Lissabons streute, das Erdbeben, nein, das meine Häuser zerschlug, meinen Traum, das den Wein ausströmen ließ und die vielen Tränen dann auch, auch die, nein, ja, die Tränen über dem Tejo, wo die Feuerschleifen sich mehrten, und ich hörte noch einmal die lockenden Stimmen, die mächtiger wurden und mir nachjagten... und sie krächzen noch immer schnatternd heraus aus den Walkie-talkies, denn die Soldaten und die Männer vom Grenzschutz halten die Schäferhunde hinter den Hecken, Büschen und Stacheldrahtzäunen versteckt, wo sie mit ihren Funkgeräten Kontakt aufnehmen zu den Heerscharen der fernen Bataillone...

Als ich aus meiner Ohnmacht wieder erwachte, lag ich in einem Krankenhausbett. Nun wollten sie mich also mit Drogen und Medikamenten behandeln, um mir meine Geheimnisse zu entlocken. Wie kalt es hier war! Ich lag allein in einem recht großen Raum, die Stimmen waren leiser geworden, aber noch immer deutlich zu hören. Um ihnen vollends zu entgehen, hatte ich meinen Körper abgeschaltet. Die Beine ruhten wie schwere Säcke auf dem weißen Laken, die Arme hingen zu beiden Seiten des Gestells herunter. Ich war müde. Sicher würden sie mich weiter beobachten, heimlich, wie ich es von ihnen gewohnt war.

Ich durfte mich nicht bewegen. Mein Körper war tot, eine versteinerte Masse, die ein Bildhauer irgendwo liegengelassen hatte. Ah, sie hatten ein Überwachungsgerät eingeschaltet. Neben dem Bett war ein Infusionsständer aufgestellt, und die Flasche, die gut sichtbar an einem Haken hing, war noch gefüllt. Auf dem kleinen Tisch zu Füßen des Bettes lag ein Blutdruckmesser, die Manschette war noch aufgeschlagen. Ich lag also in einem Kontrollraum. Wahrscheinlich hatten sie Herzrhythmus und Blutdruck längst untersucht. Ich konnte den Manometer für die Sauerstoffzufuhr gut erkennen. Neben dem Bett stand ein Monitor. Oh, sie hatten meine Füße festgeschnallt! Und die Arme auch! Sie wollten ganz sicher gehen, keine Angst, ich würde ihnen keine Schwierigkeiten mehr machen. Ich hatte mich gerade zum richtigen Zeitpunkt zurückgezogen. Unverrichteter Dinge hatten sie wieder abziehen müssen. Kommando kehrt! Antennen eingezogen! Blaulicht abgestellt! Bald würde das Verhör beginnen, aber von mir würden sie nicht das Geringste erfahren. Da, von draußen waren Schritte zu hören. Sie näherten sich. Sie kamen herein, einer, der sich als Arzt verkleidet hatte, und zwei Frauen in Schwesterntracht. Ihr Täuscher! Ihr Handlanger! Der Arzt erkundigte sich bei den Schwestern nach meinem Befinden. Gut, ja, das Befinden des Patienten sei zufriedenstellend, Blutdruck normal, keinerlei Störungen des Herzrhythmus mehr. Der Arzt beugte sich zu mir vor. »Hören Sie?«, rief er. Ich öffnete die Lider einen kleinen Spalt. »Er ist wieder bei Bewußtsein«, sagte der Anatom. »Hören Sie mich? Sie haben einen schweren Schock erlitten. Sie müssen ganz ruhig bleiben. Bewegen Sie sich nicht! Es wird bald vorübergehen. Hatten Sie früher bereits diese Anfälle?« – Ich betrachtete ihn genau. Seine Lippen zitterten leicht. Er trug ein kleines Oberlippenbärtchen, widerlich, wie man es auf sein Leichnamsgesicht geklebt hatte. Warum legte er seine graue Perücke nicht ab? Wenigstens seine Hände ließ er nun in den durchbeulten

Taschen. Wahrscheinlich hing die Haut an seinen kalkweißen Fingern in Fetzen herunter. Seine Zähne waren gelb, anscheinend war er ein starker Raucher. Nikotin! Ich hatte Zigarettenrauch nie ertragen können. »Sie sind in eine Fahndungsaktion der Polizei geraten, hören Sie?«, begann er von neuem. Auch die beiden Schwestern stierten mich an. Ihr Attrappen! Wollt Ihr mich weiter vergiften? Erst jetzt erkannte ich auf dem kleinen Tisch zur Rechten ein leeres Glas, das Spuren einer feinkörnigen, hellen Substanz aufwies. Sie wollten mich weichkochen. Kein Wort! »Aber Sie hören mich doch, antworten Sie!«, sagte der Kommandant. »Eine Fahndungsaktion, verstehen Sie, im Zusammenhang mit dem Entführungsfall … Eine Panne, anscheinend … Warum haben Sie sich so eigenartig verhalten? Es gab keinen Grund, sich zu verstecken und sich zu verbarrikadieren. Sie haben Mißtrauen erregt. Die Beamten haben nur ihre Pflicht getan, verstehen Sie?« – Ich wollte den Mund öffnen, doch die Stimme versagte mir. Man gab mir etwas zu trinken. »Richten Sie ihn auf!«, sagte die Dienstgestalt. »Sehen Sie, es geht schon wieder!« – Man hatte die Schnallen an den Armen gelöst. Mit einer raschen Bewegung griff ich nach seinem Kittel und zog ihn zu mir heran. Ah, seine Perücke verfärbte sich und schillerte plötzlich grün. Und das dunkelrote Gesicht. Ein feines Studium der Nerven und Adern. »Raus!«, sagte ich, »raus, Sie Schlund!« – Die beiden Schwestern kamen ihm zu Hilfe, ich wurde wieder aufs Bett gedrückt. Sie überwältigten mich. Der Kretin eilte nach draußen und kam wenig später mit einer Spritze zurück. Seine Lippen zitterten noch immer. Oh, diese tiefe Müdigkeit! Ich schlief, ich schlief wieder ein. Schöner Schlaf, langer Schlaf … im Schlaf konnten sie mir nichts anhaben. Die Elektroden versagten. Die Druckanzeiger standen still, nur der Papierschreiber ratterte seine gleichmäßigen Kurven auf die Lochkartenstreifen. Diese Brut! Lockvögel! Nie würdet Ihr etwas erfahren …

Später hatten sie mich auf eine andere Station verlegt. Das Zimmer war kleiner, die Apparate waren verschwunden. Es war recht ruhig, nur das Stimmengemurmel auf dem Flur hielt weiter an. Noch immer war ich an Händen und Füßen angeschnallt, doch auf dem Tisch standen keine Medikamente mehr. Auch der Kommandant war ausgetauscht worden; er war jünger als sein Vorgänger und wurde meist nur als Oberarzt bezeichnet. Während er sich mit mir zu unterhalten versuchte, korrigierte er laufend den Sitz seiner Brille. Ich mußte ihn mit meinen scharfen Blicken sehr verunsichern. Er war darauf angesetzt, mich weiter zu durchleuchten, doch all meine Röntgenbilder gaben nichts her. Er erklärte mir, daß ich noch keinen Besuch empfangen dürfe; ich müsse mich noch etwas gedulden, der Schock sei noch nicht abgeklungen. Er könne mir jedoch Grüße ausrichten, von meiner Mutter, dem Bruder, dem Onkel und der Familie Brauer, die mich bald wieder erwarte. Wie leicht ihm all diese Namen über die Lippen kamen! Er hatte sie sich gut eingeprägt, denn er wollte mich mit ihnen ködern. Ich sollte irgendeine unbedachte Äußerung machen. Aber er konnte nicht verbergen, daß man mich *isolieren* wollte. Anscheinend hatte man das Zimmer sogar schalldicht abgedichtet. Eine Wand wurde von einer breiten Jalousie verdeckt, dahinter befand sich wahrscheinlich das Sichtfenster. Natürlich, sie beobachteten mich Tag und Nacht, sicher stenographierten sie all meine Sätze mit, um sie an die höheren Kommandozentralen weiterzuleiten. Wie kam ich nur hier heraus? Und was hatte es mit dem Entführungsfall auf sich, von dem der Nikotinsüchtige gesprochen hatte? Wollte man mich weiter in die Irre führen oder war Fernanda wirklich etwas zugestoßen? War sie noch immer in der Hand dieser mächtigen Organisation, die alles daransetzte, sie von mir fernzuhalten? Seltsam, jetzt konnte ich viel ruhiger an sie denken als früher. Wir hatten einen geheimen Bund geschlossen. Aus meiner Isolation heraus verständigte ich mich gut mit ihr. Ich ließ sie nicht viel sagen, das war zu gefährlich; aber ich horchte ihre Herztöne ab, die mir vieles verrieten. Fernanda, hörst Du mich? Ja, ganz deutlich … Sie durfte nichts verraten. Vielleicht wurden unsere Kontakte belauscht. Daher war es besser, sie hielt sich zurück. Schließlich genügte es mir zu wissen, daß sie noch lebte.

Morgens wurde ich regelmäßig untersucht. Bei der Visite war außer dem Oberarzt nur eine Schwester anwesend. Sie war sehr hilfsbereit, anscheinend legt sie Wert darauf, als neutrale Person zu gelten. Es war möglich, daß sie nicht in alle Aktionen eingeweiht war. Man hatte schon oft davon gehört, daß willensstarke Gefangene das Wachpersonal auf ihre Seite gebracht hatten. Warum sollte es mir nicht gelingen? Ich mußte es versuchen, es gab keinen anderen Ausweg.

So setzte ich, wenn Schwester Ulrike erschien, einen besonders freundlichen Blick auf. Ich machte ihr kleine Komplimente und gab mich gesprächsbereit. »Wie geht es uns denn heute?«, fragte sie besorgt. – »Sie fragen noch, Schwester? Sie kennen doch meinen Zustand. Diese Isolation ist eine trostlose Bewältigung. Es wird noch Kommissionen beschäftigen.« – »Aber welche Kommissionen denn?« – »Zum Schutz des glücklichen Lebens. Haben Sie je in meiner Hölle gelebt?« – »Ja, ich weiß …« – »Sie wissen nichts, Schwester, schließlich sind Sie an den Betrieb angeschweißt. Sie haben keinen Überblick, und die Sendezentralen melden eh immer dasselbe.« – »Soll ich den Arzt holen?« – »Aber nein, lassen Sie den nur weg! Immer ist er auf dem Sprung. Haben Sie schon einmal seine flach anliegenden Ohren betrachtet? Sie starren vor Täuschung.« – »Sie brauchen keine Angst zu haben.« – »Ich habe keine Angst, Schwester Ulrike. Ich bin die Ruhe, Stein bei Bein. Sammeln Sie heute wieder die Lockkarten hinein in den Rachen?« – »Ja, ich muß diese Aufzeichnungen machen.« – »Ich verstehe, Schwester. Und die Tür werden Sie auch wieder absperren?« – »Stört

Sie das sehr?« – »Es macht die halbe Panik aus. Können Sie sie nicht manchmal einen Spalt öffnen?« – »Das ist verboten.« – »Wenn ich Sie darum bäte, böte sich eine Gelegenheit ...« – »Welche Gelegenheit?« – »Sie durch den Spalt länger zu sehen, wenn ... wenn Sie draußen im Flur erscheinen, Schwester, wenn Sie in Ihr Zimmer gehen, dahin, wo die Fernsehkabinen stehen.»– »Sie dürfen nicht fernsehen.« – »Ich will nicht fernsehen, Schwester; ich kenne die Sendungen sowieso auswendig, die Kontakte sind gut.«

Nach einigen Tagen hatte sie ein Einsehen; sie schloß nicht mehr hinter sich zu, wenn sie mich verließ. Das bedeutete einen kleinen Fortschritt. Ich tat, als bemerkte ich nicht, daß sie mir entgegengekommen war. Erst nach einer Woche wagte ich, sie darauf anzusprechen. »Es geht mir viel besser, Schwester.« – »Das freut mich.« – »Sie haben mir sehr geholfen. Sie haben die Prothesen entfernt.« – »Ich habe die Schnallen gelokkert.« – »Ja, danke, die Bewegung ist jetzt wieder eine freie.« – »Das ist schön.« – »Sagen Sie Schwester, wieviele Patienten gibt es da draußen? Sind es viele oder bin ich der einzige Gefangene?« – »Niemand hält Sie gefangen. Sie stehen hier nur unter ärztlicher Aufsicht, weil Sie sich sonst nicht mehr zurechtfinden würden.« – »Wie viele?« – »Ich weiß es selbst nicht genau. Vielleicht fünfzig.« – »Und sie werden alle regelmäßig gefüttert wie ich?« – »Ja, sie bekommen jeden Tag gut zu essen.« – »Das erleichtert meinen seelischen Habitus, Schwester.« – Sie lächelte ein wenig. Manchmal schaute sie mich sanft an, als habe sie Mitleid mit mir. Hatte ich sie bereits für mich eingenommen? Wenn ich allein war, murmelte ich meine Litaneien vor mich hin, um sie weiter zu präparieren. Ich mußte sie an meinen Sympathiestrom anschließen. *Sympathisantin, Du! Gib nach!* Hier, der Atemschlauch! Nimm das Mundstück! Tief einatmen! Jetzt tauschen wir die Frequenzen. Wie das Registrierpapier raschelt! Ganz ruhig! Ganz locker!

Manchmal beschwatzte ich sie die halbe Nacht lang. Wir waren unter uns. Meist kam sie mehrmals in mein Zimmer, um nach mir zu sehen. Sie war allein auf der Station, und die anderen Gefangenen schliefen bereits.

Tiefe Nacht! Niemand mehr auf den Gängen? Ich nahm das kleine Kopfkissen und band es mir vor die Brust. Die Herzpartie mußte besonders geschützt werden. Langsam bewegte ich mich zur Tür. Sie war nicht verschlossen. Gib nach, ganz ruhig! Dort, der schmale Gang! Ich schlich hinaus. In Schwester Ulrikes Überwachungsraum lief der Fernseher. Ja, das Gerät spuckte gerade die Nachrichten aus. Sie hatten einen Geheimcode erfunden, um ganz sicher zu gehen … Ich kroch über den Flur. Fernanda, jetzt wagen wir es! Wir werden Einblick nehmen in die Kommandozentralen, wir werden den Code entschlüsseln! Nichts wird uns entgehen; später werden wir unsere Pläne schmieden. Wir müssen herausbekommen, was sie schon von uns wissen. Ahnen sie etwas? Haben wir in unseren tiefen Schlafräuschen zu viele Impulse gehinkt? Wir werden hören …

Ich kauerte mich unterhalb der Sichtscheibe auf den Boden. Ich verstand jedes Wort. Gute Schwester, ganz ruhig! Still! nichts als hören …

… Sie hatten sich mehrere Planspiele ausgedacht, um auf jede Situation vorbereitet zu sein. Unaufhörlich gingen sie alle nur denkbaren Möglichkeiten durch. Mal wurde in der Umgebung von Köln, mal im Rhein-Main-Gebiet nach dem Gesuchten gefahndet. Sein genauer Aufenthaltsort wurde vorsichtshalber erst gar nicht bekanntgegeben. Statt dessen hatten sie eine *Nachrichtensperre* verhängt. Woher wußten sie nur von meinen Entführungsplänen? Selbst Spanien hatten sie bereits in ihre Überlegungen einbezogen. Die fragliche Maschine startete von Palma de Mallorca aus, zweiundachtzig Passagiere waren an Bord. Um ganz sicher zu gehen, hatten sie vier Entführer eingeplant. Warum landete das Flugzeug aber zunächst in Rom? Und warum flog es dann weiter nach Dubai und Aden? Welches Gehirn hatte diesen Kurs entworfen? Offenbar rechneten sie damit, daß in Aden der Flugpilot erschossen wurde. Der Kopilot sollte die Maschine nach Mogadischu bringen. *Mogadischu, Somalia?* Ich konnte ihrer Phantasie nicht mehr folgen. Alles verwirrte sich. Was meinte der Befehl *GSG 9*? Und wer sollte am Ende freigepreßt werden? War die Befreiung der Passagiere gelungen? Aber wie? Und wer hatte sich daraufhin in einer Gefängniszelle das Leben genommen?…

Sie hatten all meine Pläne verdreht. Sie wollten mich als einen brutalen Verbrecher hinstellen, der Passagiere fesselte, Sprengstoff montierte und wehrlose Piloten erschoß. Und was hatte ich mit den anderen *Inhaftierten* zu tun? Wenn ich mich ihren Planspielen nicht unterwerfen wollte, mußte ich mir einen eigenen Code zurechtlegen. Jetzt wußte ich wenigstens, daß Schwester Ulrike mit ihnen zusammenarbeitete. Selbst während des Nachtdienstes wurde sie noch instruiert. Dagegen würde ich niemals ankommen. Meine Sympathieströme waren noch zu schwach. Bald würden sie ganz versiegt sein. Niemand würde sich noch um mich kümmern. Ich würde in dem geheimgehaltenen Versteck, dessen Lage sie nicht preisgaben, umkommen. Wochenlang würden sie mich weiter mit Medikamenten betäuben. Schließlich würde ich nur noch den Wunsch haben zu sterben. Wenn ich Fernanda noch einmal zu Gesicht bekommen wollte, mußte ich handeln. Ich durfte nicht länger warten. Spanien wird nicht angeflogen. Von Dubai und Aden ganz zu schweigen. Der Pilot wird meine Lage verstehen. Rücksichtsvoll wird er noch einmal in Paris notlanden. Die Passagiere dürfen dann von Bord gehen. Morgen werde ich ausbrechen, morgen schon. Bevor alles zu spät ist…

Ich war die ganze Nacht wach geblieben. Immer wieder hatte ich mir alles genau überlegt. Wer hatte sich nur diese heimtükkischen Planspiele ausgedacht? Eine krankhafte Phantasie war da am Werk. Ich durfte mich nicht hineinziehen lassen …

Am frühen Morgen kam Schwester Ulrike ins Zimmer. Sie sah bleich und verstört aus. Ich fragte sie, ob sie schlecht geschlafen habe. Sie bejahte die Frage, doch dann beachtete sie mich nicht weiter. Ich erhielt einen Tee und ein kleines Frühstück. Ich erkundigte mich besonders höflich nach der bevorstehenden Arztvisite. Sie war auf den Nachmittag verschoben worden. Auch Schwester Ulrike hatte bald Dienstschluß. Ich wünschte ihr einen angenehmen Tag. Sie trug das Frühstückstablett hinaus, dann hörte ich nichts mehr von ihr.

Ich stand auf. Eilig zog ich mich an. Wie still es plötzlich im Haus war. Gott sei Dank, die Tür war offen. Ich schlich hinaus. Schwester Ulrike hatte im Nebenzimmer zu tun. »Aber bleiben Sie doch ruhig!«, hörte ich sie rufen. Ja, ruhig bleiben, ganz ruhig! Ich schlich in den Überwachungsraum. Dort hing ihr Mantel. Das Portemonnaie! Zweihundert Mark würden genügen. Ich steckte die Scheine in die Tasche. Ein rascher Blick in den Flur, und ich eilte hinaus. Unten grüßte ich den Pförtner freundlich, er legte die Hand an die Mütze. Weiter! Immerzu! Nichts wie hinaus!

Vor dem Kommandoturm standen einige Taxen bereit. Ich sprang in das vorderste. »Sie haben es ja eilig!«, sagte der ahnungslose Fahrer. – »Sehr eilig«, antwortete ich, »fahren Sie schnell. Ich muß nach Frankfurt.« – »Nach Frankfurt?« – »Ich habe zweihundert Mark dabei, reicht das?« – »Das reicht. Haben Sie den Zug verpaßt oder gibt es etwas Dringendes?« – »Mein Bruder liegt im Sterben«, sagte ich. – »Oh, Ihr Bruder … sind Sie Arzt?« – »Ich bin Oberaufseher«, antwortete ich. Er fuhr los, und ich lehnte mich zurück. Diese Müdigkeit! Ich mußte die wenigen Stunden nutzen. Ich schlief ein …

Ich wußte, daß es schwer war, den Bruder in Frankfurt zu finden. Angeblich war er bereits vor einiger Zeit umgezogen, er wohnte nicht mehr mit Hanna zusammen. Ich hatte keine Anhaltspunkte. Nein, ich durfte nirgendwo anrufen, nicht bei der Mutter, auch nicht beim Onkel. Alle Telefonleitungen wurden abgehört. Jetzt keinen Fehler begehen!

Ich ließ mich in der Nähe der Universität absetzen, der Fahrer wünschte mir alles Gute. Ich behielt einen Zwanzigmarkschein zurück, den Rest gab ich ihm. Als ich losgehen wollte, spürte ich gleich die Wirkung der Medikamente. Mir schwindelte vor den Augen. Ich lehnte mich an eine Häuserwand. Der Körper war noch immer weit von mir entfernt. Dauernd lief er mir davon. Eins, zwei, eins, zwei! Wo sollte ich nur nach dem Bruder fragen? Machte ich mich nicht längst verdächtig? Ich bemühte mich, unauffällig zu gehen; sofort geriet ich wieder ins Stolpern. Wie spät es schon war! Kurz vor Mittag, sollte ich irgendwo etwas essen? Wahrscheinlich waren auch die Speisen längst präpariert. Ich hatte schon viele Fingerabdrücke hinterlassen. Dort, Polizei! Sie suchten mich bereits. Doch damit hatte ich gerechnet. Ich schlug den Mantelkragen hoch. Jetzt tief einatmen und den Körper langsam wieder zum Verschwinden bringen! Ich hatte einen Atemschlauch mitgenommen. Ich preßte mir das Mundstück zwischen die Zähne. Untertauchen, aber sofort! Ich atmete ruhig ein. Die Großfahndung hatte also begonnen. Ich hatte ihre Planspiele durchkreuzt, die Entführung war gescheitert, die Geiseln waren sicher längst wieder in ihrer Heimat … Es begann zu regnen, ich versteckte den Atemschlauch unter meinem Schal. Das Mundstück hatte ich in die Innentasche des Mantels gesteckt. Durch Zufall geriet ich in ein Lokal, das ich aus früheren Zeiten noch kannte. Ich erkundigte mich nach dem Bruder. Niemand wußte Bescheid. Nur Hannas Name war ihnen geläufig. Angeblich arbeitete sie in einer Buchhandlung, nicht weit entfernt. Ich machte mich sofort auf den Weg. Hanna würde mir helfen. Gemeinsam mit Josef würden wir später die nächsten Schritte überdenken. Oh, es fing wieder an! Die Angst! All die zudringlichen Blicke! Sie hatten alles vor mich hingezaubert, die ganze Kulisse. Es war leicht zu durchschauen, und diesmal würde ich auf den Trick nicht hereinfallen. Kleine Läden, Werkstätten, Buchhandlungen, Plakate überall, die meisten zerfetzt. Eine bunte Szene … die *Scene!* Was wurde hier gespielt? Woran erinnerte mich das? Richtig, es erinnerte an den alten Traum meines Bruders! Der Traum vom vertrauten Nebeneinander der ehemaligen Genossen! Ich sollte mich in diesem Traumgehege verirren. Aber ich wußte Bescheid. Niemand konnte mich täuschen.

Ich wagte nicht, mich noch einmal nach Hanna zu erkundigen. Sie würden mich nur von einem Labyrinth ins nächste schicken. Auf den Boden schauen! Ruhig atmen! Jetzt rechts abbiegen! Dort lag die Buchhandlung. Hanna! Erinnerst Du Dich noch an die Nacht, als sie auf Rudi Dutschke geschossen hatten? Du wirst Dich erinnern, Hanna, Du wirst …

Ich öffnete die Tür. Hanna stand hinter dem Ladentisch. Nein, das konnte keine Täuschung mehr sein. Sollte jemand Hanna so ähnlich sehen? Ich hatte den Ausgang des Labyrinths gefunden. »Hanna …«, sagte ich, völlig erschöpft. – »Sie dürfen hier nicht herein!«, herrschte sie mich an. – »Hanna, ich bin es …« – »Wer sind Sie?« – Ich schlug den Mantelkragen zurück, der Atemschlauch quoll plötzlich wie ein fremdes Organ unter dem Schal hervor. »Johannes, bist Du wahnsinnig?« – »Nein, ja, sie sind hinter mir her. Du mußt mir helfen …« – »Raus! Hier darfst Du nicht herein, Du weißt das, und jetzt willst Du mich verletzen, wie Du mich damals verletzt hast … Ich habe nichts vergessen …« – »Hanna! Laß doch diese Geschichten. Der Film läuft immerzu, immerzu …« – »Nein, diesmal falle ich nicht auf Dich herein. Das ist ein *Frauenbuchladen,* Johannes, Du weißt das …« – »Das ist was?« – »Hier dürfen keine Männer herein.« – »Hanna!« – »Raus! Sofort … ich will Dich nie mehr hier sehen …« Sie drängte mich zur offenen Tür, sie gab mir einen heftigen Stoß. Ich schwankte zurück auf den Bürgersteig. Es regnete noch heftiger als zuvor. Sie verriegelte die Tür von innen. Also doch! Sie hatten auch Hanna täuschend kopiert. Niemals hätte sie mich, den Flüchtigen, Hilfsbedürftigen, vertrieben. Ich hätte den Trug früher erkennen müssen. Nun hatte ich ihnen brauchbare Hinweise geliefert. Sicher lief die Fahndung jetzt auf vollen Touren. *Rasterfahndung! Ringfahndung!* Ja, ich kannte mich aus …

Ich begann zu laufen. Ankämpfen gegen die Müdigkeit! Eins, zwei, eins, zwei! Überall diese trügerischen Bilder. Ich mußte aus diesem Viertel heraus. Sowieso würde ich hier nur weiter im Kreis laufen. Sicher wurden die öffentlichen Verkehrsmittel längst überwacht. Josef! Mein Bruder! Einmal brauche ich Dich, und nun bist Du nicht zur Stelle. Sollte ich aufgeben? War alles vergebens? Ich lief zu einem Taxistand. Ich wollte mich zu Josefs ehemaliger Wohnung bringen lassen. Vielleicht war das ein Fehler. Auch dort würden die *konspirativen Zirkel* Stellung bezogen haben. Ich öffnete die Tür des Taxis. Der Fahrer drehte sich nach mir um. Ich schaute in das Gesicht meines Bruders. Nun hatten sie mich in ihrer Gewalt.

»Johannes? Wie kommst Du hierher?« – »Sei still! Nun ist alles verloren. Sie haben Dich kunstvoll nachgemacht, und ich bin darauf hereingefallen. Hanna hat mich in die Flucht geschlagen, und die Fahndung läuft auf vollen Touren.« – »Johannes, beruhige Dich. Ich werde Dir alles erklären.« – »Du brauchst mir nichts zu erklären, ich weiß Bescheid. Es war alles umsonst …« – »Was war umsonst?« – »Ich bin ihnen heute morgen entkommen. Ihre Planspiele waren gescheitert. Jetzt werden sie keine Ruhe mehr geben, bis sie mir etwas angehängt haben.« – »Johannes, Du mußt Dich beruhigen …« – »Fahr zu, fahr, tu mir den Gefallen! Ich gebe mich geschlagen. Dieser Trug! Dieser Wahnsinn! Aus eigenen Kräften finde ich nicht heraus.« – »Johannes! Bitte… sag jetzt genau, was geschehen ist. Hast Du Mutter angerufen?« – »Mutter darf nicht hineingezogen werden.« – »Aber was ist denn geschehen? Du bist ausgebrochen, ja?« – »Ich habe die diebische Begleitung abgeschüttelt. Gestern nacht habe ich die Bewacher belauscht. Sie haben ihre Nachrichten durch mein Hirn gefunkt. Ich war ihnen nie zu Diensten. Ich habe standgehalten und nach einem Ausweg gesucht. Es gab nur eine Lösung. Du solltest mir helfen, nach Lissabon zu kommen. Dort hätten wir das Tauschgeschäft befriedigend beendet. Keine Toten! Den Piloten hätte ich niemals angerührt. Ich hätte Fernanda aus ihrem Gefängnis befreit, Gewalt gegen Gewalt! Kein Tropfen Blut wäre geflossen, und die *Inhaftierten* hätten nichts damit zu tun gehabt. Ich hatte alles ganz genau durchdacht. Aber sie haben selbst meine Sympathisanten getäuscht! Niemand durfte Kontakt aufnehmen mit mir. *Isolation!* Und dann die Medikamente. Mehrmals am Tage haben sie mich geröntgt, um mich auf die geheimen Codes hin zu durchleuchten. Laß Deine Charaktermaske ruhig fallen, ich kann nicht mehr. Und zieh endlich Deine Verkleidung aus!« – »Bleib ruhig. Siehst Du, Johannes, wir fahren. Wir fahren ganz langsam, es ist gut, daß Du mich gefunden hast. Wir biegen jetzt auf die Autobahn ein. Erzähl weiter, erzähl mir von Lissabon!« – »Sie haben Fernanda verschleppt, dann haben sie mich abgeschoben. Ich wußte nicht weiter. Die Tränen sind laufend zerplatzt, und die Feuerschleifen über dem Tejo brannten im Kopf. Das war ein Heißes. In Düsseldorf habe ich sie eine Zeitlang abschütteln können. Aber die Zebrastreifen wölbten sich sehr. Auf dem Hof haben sie mich gestellt. Ich war allein, als sie mich überfielen…« – »Ich weiß, sie haben Dich für einen Terroristen gehalten. Du sollst einen starken Schock erlitten haben. Mutter hat mit mir telephoniert. Ich wollte Dich längst besuchen, aber sie haben es nicht erlaubt.« – »Sie haben mich mit Elektroden geschockt. Ich habe ihnen die Atemschläuche zerrissen. Alles umgebaut! Aber sie waren stärker. Es ist nicht leicht, gegen so viele anzukommen … Wo fahren wir hin?« – »Wir fahren ganz langsam, siehst Du? Du brauchst Dich nicht weiter aufzuregen. Wo warst Du in Frankfurt? Hast Du mich lange gesucht?« – »Ich bin mit Hanna zusammengescheitert. Sie hatten sie aufmaskiert. Sie hat mich aus ihrem Buchladen vertrieben. Aber sie steckte entzwei, und ich wußte sofort, daß man sie überwältigt hatte.« – »Sie hat Dich nicht hereingelassen, was?« – »Sie konnte es doch nicht!« – »Mein Gott, sie hat wahrscheinlich geglaubt, Du treibst einen dummen Scherz mit ihr …« – »Ich scherze nie. Ich bin der Ernst des versalzen Regierten …« – »Was redest Du denn? Lehn Dich zurück! Versuch, ein wenig zu schlafen.« – Er sprach so vertrauenerweckend. Wie hatten sie es nur geschafft, ihn in diese Taxifahrerkluft zu stecken? Und womit hatten sie ihn betäubt? Wahrscheinlich hatten sie seine Gedanken verwirrt. Ich machte einen letzten Test. »Josef?« – »Was ist?« – »Machst Du mit bei diesen Aktionen? Kämpft Ihr weiter revolutionär?« – »Wir? Nein, wir können der Stadtguerilla nicht folgen. Das würde zur Selbstvernichtung führen.« – »Aber was dann?« – »Wir setzen auf allmähliche Veränderungen, verstehst Du? Wir betreiben einen klugen Reformismus.« – »Josef? Habe ich richtig gehört? Allmähliche Veränderungen … Reformismus?« – »Ja, warum?« – »Seien Sie still, Sie Täuscher! Mein Bruder würde sich niemals auf so etwas einlassen. *Reformismus!* Da kennen Sie meinen Bruder schlecht! Ich hätte es mir gleich denken können. Klug eingefädelt, aber doch übertrieben. Immerhin, Ihr habt Euer Ziel erreicht. Ich sitze fest. Sicher sind die Türen des Taxis versperrt. Sie brauchen keinen weiteren Widerstand mehr zu befürchten. Es ist hoffnungslos.« – »Johannes, Du irrst Dich …« – »Schweigen Sie, Sie sind der Geredete. Meine Tauschgeschäfte sind gescheitert, ich gebe auf …« – Er redete weiter auf mich ein. Ich hörte nicht mehr hin. Ich wußte, daß er mich in die Anstalt zurückfuhr. Am späten Abend kamen wir an. Ich ließ mich widerstandslos in mein Zimmer führen …

Nun wußte ich, daß ich für Monate, ja vielleicht sogar für Jahre in ihrer Gewalt sein würde. Gleich am nächsten Tag versuchten sie mir einzureden, daß sich mein Zustand sehr verschlechtert habe. Die Zimmertür wurde wieder verriegelt; Schwester Ulrike war strafversetzt worden. Ich wehrte mich nicht mehr. Folgsam nahm ich die beruhigenden Medikamente. Es war angenehm, in diesen langen, tiefen Schlaf zu fallen; auch tagsüber verhielt ich mich nun völlig apathisch. Keine Reaktion, nein, auch heute zeigte der Patient keine Reaktion, er saß vom frühen Morgen an auf seinem Bett, mit diesem beunruhigenden, starren Blick, mit dieser unvorteilhaften Leidensmiene!

Zwei- oder dreimal in der Woche tauchten sie auf, um mich durchzumustern. Keine Reaktion, nein, noch immer nicht. Manchmal wurde ich sogar einem größeren Kreis vorgeführt. Man betrachtete mich kühl, ich mußte mich vom Bett erheben, knickte jedoch sofort wieder zusammen. Der Patient zeigte Anzeichen von Ratlosigkeit und Angst. *Stupor* und *Mutismus*! Er sei offenbar in seinem Bewegungsablauf gehemmt. Lange Zeit habe man Phasen großer Erregung beobachtet, Anzeichen von Flucht, ein Anrennen und Wüten. Dies sei seit dem Ausbruchsversuch jedoch vorüber. Die negativen Energien hätten sich offenbar verbraucht, die Wirkungen des *schizophrenen Schubs* seien unübersehbar. Der Patient sei zerfahren und denke nur sprunghaft. Die meisten Dinge lasse er gleich wieder fallen, Menschen gegenüber empfinde er deutlichen Abscheu. Das Gesicht zeige völlige Affektlosigkeit, es wirke finster, manchmal auch arrogant und geziert, typische Kennzeichen für den Rückzug nach innen. Der Patient vermeide jeden Umgang, für die anderen Patienten habe er nur Verachtung übrig. Wenn er sich äußere, dann nur in einer kaum verständlichen Privatsprache, einem merkwürdigen Murmeln, das manchmal bis zu einer Litanei anschwelle. *Kryptolalie!* Auch seine Schrift sei verzerrt und entstellt. Zuweilen mache er sich seitenlange Aufzeichnungen, die er der Schwester dann zur baldigen Vernichtung übergebe. Gleichzeitig lege er aber großen Wert auf die Einhaltung bestimmter Rituale. Obwohl er keine Uhr habe, wisse er doch stets genau die Zeit. Andererseits mache der Patient falsche Angaben über den Zeitraum seiner Unterbringung. Den Morgen beginne er mit einer von ihm selbst entwickelten Gymnastik. Auf langes Fragen hin habe er geantwortet, es handle sich um ein Schwimmtraining. Wasser beruhige ihn außerordentlich, zeitweilig habe er jeden Tag ein Bad genommen. Seit einiger Zeit habe man mit leichteren Übungen begonnen, Atemübungen, gezielte Bewegungen, die dem Patienten ermöglichen sollten, sein Körperempfinden zu schulen. Er stoße die Pfleger jedoch immer wieder weit von sich; mit Kreide habe er einen großen Kreis um sein Bett gezeichnet, den zu bestimmten Zeiten niemand betreten dürfe. Überhaupt habe er überall im Zimmer bestimmte Grenzen markiert. Er brause auf, wenn diese Grenzen, zweifellos unabsichtlich, mißachtet würden. Mit der Zeit habe man sich darauf eingestellt. Leichtere Turnübungen oder Übungen mit dem Seil lehne der Patient ostentativ ab; dagegen beschäftige er sich auffallend häufig mit seinem Gesicht. Er bemale es zuweilen. Bei solchen Aktivitäten seien die Reaktionen relativ entspannt. Trotz einer momentanen Besserung sei mit einer langen Behandlungsdauer zu rechnen, da der Patient keine Anstalten mache, Kontakt aufzunehmen. Therapeutische Beziehungen seien ihm völlig fremd. Auch lege er keinen Wert darauf, häufiger seine Verwandten oder Freunde zu sehen. Den Besuch seines einzigen Bruders habe er sogar verboten, mit der Mutter habe er nur einige Worte gewechselt und sie aufgefordert, sich zu ihrer Schönheit endlich zu bekennen. Nur ein Onkel habe starken Einfluß auf den Patienten, er besuche ihn regelmäßig und habe offenbar eine bestimmte Technik entwickelt, sich mit ihm zu verständigen. Diese Technik habe der Patient als *Durchsuchung der Welt* bezeichnet. Übrigens habe der Onkel große Einwände gegen die Behandlung, er habe angeboten, den Patienten in seine Pflege zu übernehmen und die Verantwortung allein zu tragen. Man habe das Angebot vorerst ablehnen müssen, obwohl der Patient diesen Vorschlag durch lebhafte Beifallskundgebung unterstützt habe. Überhaupt habe er nur bei diesem Anlaß einmal kurz zu verstehen gegegeben, daß er, wie er sich ausdrückte, endlich *freigelassen* werden wolle; aus eigenem Antrieb habe er vorgeschlagen, auf den Bauernhof einer befreundeten Familie in der Nähe von Kleve zurückzukehren, wo er sich eine Zeitlang aufgehalten habe. Er wolle, wie er weiter erklärt habe, dort das Amt eines Oberaufsehers und Tierpflegers übernehmen. Die Familie sei übrigens bereit, diesen Wünschen zu entsprechen. Vorerst sei daran aber noch nicht zu denken…

Die Krankengeschichte weise bereits in der Kindheit gewisse Symptome *autistischer Verhaltensweisen* auf. Die Mutter habe von sehr sonderbaren Vorfällen berichtet. Der Patient sei wohl sein Leben lang gleichsam *übermotiviert* gewesen, zuweilen habe er sich sogar als *Eroberer* und *Entdecker* bezeichnet, charakteristische *Überkompensationen.* Zusammen mit seinem Zwillingsbruder sei der Patient zunächst nur in der Obhut der Mutter aufgewachsen, der Vater sei bis heute nicht bekannt. Ein *Geburtstrauma* sei übrigens sehr wahrscheinlich. Schon in der Schulzeit habe der Patient sich häufig ganz in sich selbst zurückgezogen. Man habe wochenlange Anfälle asketischer Selbstbehauptung beobachtet, wohl auch stark depressive Anfälle. Erstaunlicherweise sei es ihm immer wieder gelungen, diese Depressionen aus eigener Kraft zu überwinden. Medizinisch exakt sei aber bisher lediglich eine *erythropoetische Por-*

phyrie festzustellen gewesen, eine an und für sich harmlose Erkrankung, die der Patient jedoch häufiger als seine *poetische Krankheit* bezeichnet habe. Wahrscheinlich sei außerdem, daß der Patient auf diese Erkrankung bei einem mehrjährigen Portugalaufenthalt keine Rücksicht genommen und sich der starken Sonneneinstrahlung ausgesetzt habe. Genaueres sei aber nicht zu erfahren; fest stehe nur, daß der Patient mit erheblichen Verstörungen aus Portugal zurückgekehrt sei und sich als *portugiesischer Oberhändler* bezeichnet habe. In der Tat habe der Patient wohl in Portugal eine Zeitlang den Portweinhandel betrieben. Nachforschungen der Familie hätten ergeben, daß ihm die gesamten Geschäftsverbindungen einer angesehenen Firma mit England und Deutschland unterstellt gewesen seien. Der Patient habe in Portugal sehr gut verdient, sei jedoch fast ohne einen einzigen Pfennig hier eingetroffen. Die letzten Monate habe er in Lissabon verbracht und sei dort wohl völlig vereinsamt. Anscheinend habe er auch zu trinken begonnen. Damit habe er sich über eine Liebesbeziehung zur Tochter eines Geschäftspartners hinwegzutrösten versucht, die, aus welchen Gründen auch immer, gescheitert sei …

Ihr Geschwätz kümmerte mich nicht. Manchmal machte es mir sogar Vergnügen, ihnen zuzuhören. Wieviel Mühe sie sich gaben, die Tiefen meiner Seele zu erforschen! Ich war nicht auf sie angewiesen. Ich konnte mir meine Wochen und Monate selbst einteilen. Manchmal ließ ich sie einen kurzen Einblick in meine Gemütsverfassung nehmen. Ich fertigte eine kleine Skizze an, ich zeichnete den Park draußen vor dem vergitterten Fenster. An den Morgenden setzte ich meine Übungen fort. Allmählich mußte ich wieder zu Kräften kommen. Ich trainierte die Bauchmuskeln und hielt mein gymnastisches Programm ein. Nach dem Mittagessen machte ich einen kleinen Spaziergang im Park, wenn das Wetter diese Runden erlaubte. Ich hatte wieder zu lesen begonnen, und die Lektüre der meisten Bücher, die ich erbat, wurde mir auch gestattet. Was wollte ich mehr? Nein, ich sehnte mich nicht nach anderen Menschen; noch immer hatte ich ein viel zu großes Mißtrauen. Es war sehr angenehm, so für sich zu leben, wenn man nicht allzu häufig gestört wurde.

Die Monate vergingen rasch. Es hieß, mein Befinden bessere sich; anscheinend waren die Medikamentendosen verringert worden. Das Atmen fiel mir leichter, und die bedrückenden Berge, die lange auf meinem Brustkasten gelastet hatten, waren durch das Körpertraining abgetragen worden. Vor allem freute ich mich, wenn der Onkel erschien. Er plante eine große Retrospektive in einem New Yorker Museum, und er zeigte mir auf einer Skizze, wie er seine Arbeiten ausstellen wollte. Eines Nachmittags hatte er etwas Besonderes vorbereitet. »Johannes, allmählich ist es Zeit!« – »Wie oft haben wir denn nun schon die Monate gewendet, Onkel?« – »Viel zu häufig. Heute machen wir einen Test, wenn der Oberarzt einverstanden ist.« – »Ach, Onkel, diese Tests sind immer sehr anstrengend. Ich habe keine Lust. Ist es wirklich etwas Besonderes?« – »Etwas ganz Besonderes!« – Er verschwand, um sich mit dem Arzt zu verständigen. Es dauerte sehr lange, bis er wieder zurückkam. »Stell Dir vor, er hat zunächst abgelehnt. Die einzige Therapie, die Dir helfen kann, lehnt dieser Mensch ab. Doch ich habe ihm die Meinung gesagt. Nun wagen wir es. Komm mit hinaus …« – Er nahm mich am Arm, nein, diesmal zitterte ich nicht. Ich ging ganz ruhig neben ihm her. Auf dem Flur standen einige Patienten, die auf etwas zu warten schienen. Als sie mich sahen, schauten die meisten schnell weg. Wohin gingen wir? Ah, zu dem kleinen Pavillon im Park. Meist war er verschlossen, oder die Fenster waren mit dicken Tüchern verhängt. Der Onkel schloß die Tür auf. »Komm herein! Schau ihn Dir an!« – Ich folgte ihm langsam, vor mir stand ein Flügel, der Deckel war weit aufgeklappt. »Hast Du Lust, wieder einmal zu spielen?«

Ich machte einen Schritt zurück, der gewaltige Rachen des Instruments machte mir Angst. »Was ist denn, Du brauchst keine Angst zu haben! Setz Dich auf den Hocker, spiel ein wenig!« – Wieder nahm er mich am Arm und schob mich in die Richtung des Flügels. Ich ließ mich auf den Hocker fallen, ich hörte deutlich einige hohe, spitze Töne; es wurden immer mehr, der Klang schwoll an. Ich hielt mir die Ohren zu und wollte fort. »Bleib sitzen, was hörst Du denn?« – »Es sind diese Stimmen. Es ist wieder dieses Allegro con brio ...« – »Du mußt sie vertreiben, mach zu!« – »Aber wie?« – »Spiel, Johannes, bitte spiel ...!!«

In diesem Augenblick spürte ich einen merkwürdigen Impuls. Mein Körper begann wieder zu zittern. Ich fürchtete sie, diese Angst, die nun wieder aufflammen wollte. »Spiel!«, rief der Onkel erneut, und fast zugleich fielen meine Hände auf die Tasten. Ich spielte, doch ich wußte nicht, was ich spielte. Es erinnerte an etwas Bekanntes, an etwas, das ich lange geübt hatte. Die Finger gehorchten mir wie früher, mit einem Mal fühlte ich mich vorangetrieben. Der Onkel stand in meiner Nähe, er bewegte sich nicht; ich begann mit einem neuen Stück, und wieder erinnerte ich mich nicht, sondern sah nur zu, wie die Hämmer flogen und meinen Schlägen gehorchten, diesen wildentschlossenen Schlägen, die etwas vertreiben mußten, Ekstasen einer Erregung, die mir keine Unterbrechung mehr gönnte, die mir den Schweiß den Rücken herunterlaufen ließ, während ich fortspielte ..., alles fortspielte, die einsamen Nächte in der Anstalt, das Zittern am frühen Morgen, die Blicke der anderen Patienten, die dreist-dummen Fragen des Pflegepersonals, diese abscheulichen Verdächtigungen gehirnloser Geisteszuhälter, die sich einmischten in mein Erleben, die es besetzten, die sich zulächelten, als hätten sie den Stein der Weisen gefunden, diese Pseudo-Experten, Schlünde aus Beton, schwanzlose Echsen ..., fortspielte, um diese Herzgrube endlich mit Blut zu füllen, mit roten Strömen von Plasma, von dem sie mir so oft etwas abgezapft hatten, Zapfsäulen der Finsternis …, weiterwütend, ein Stück nach dem anderen, eins, zwei, eins, zwei, wieder festen Boden unter den Füßen gewinnend, auftrumpfend mit meiner wiedererstarkenden Kraft, die jetzt alles einriß, die Ruinen ihres Denkes, dieses ganze Planspiel längst überholter Gedanken, diese müden Therapeutenauswürfe, diese Bettnässerschicksale, diese aufgepumpten künstlichen Lungen, all ihre gut sterilisierten Werkzeuge und Verbände, all dieses Mottengeschmeiß, Zucht falscher Bakterien, all ihre Waffen, Geräte und Munitionen …, um endlich, nach wievielen Stunden, aufzutauchen, allmählich die Leere zu spüren, die Ruhe, die langsam wieder stärker werdende Kälte, die Vorhänge, seiden, geschmeidig, den Blätterwurf, jetzt, im Herbst … Ich fiel nach vorne und schlug mit dem Kopf gegen das Pult. Sofort öffnete sich die Tür, und die Sanitäter stürmten herein, als hätten sie die ganze Zeit auf ein Zeichen gewartet. »Ich habe es Ihnen ja gesagt, es war unverantwortlich«, schrie der Oberarzt meinen Onkel an, »er kann es noch nicht verarbeiten …« – Da richtete ich mich wieder auf. »Ihre Rede«, sagte ich leise, »ist Geschmeiß, ich spüre Luft von anderen Planeten …«

Seit diesem Auftritt fühlte ich mich viel besser. Die kurzen Anflüge von Mattigkeit, diese lustlosen Tändeleien in den Tag, gehörten der Vergangenheit an. Nun setzte ich alles daran, möglichst bald entlassen zu werden. Viel zu lange hatte ich mich schon versäumt. Um ihnen zu zeigen, daß ich Fortschritte machte, nahm ich den Kontakt zur Außenwelt wieder auf. Ich schrieb dem Onkel ausführliche Briefe, ich schickte Mutter hoffnungsfrohe Berichte über meine Genesung. Schließlich meldete ich mich auch bei den Brauers, die in unmittelbarer Nähe wohnten. Sohn Hermann hatte längst das Abitur gemacht; da er den Wehrdienst aus Gewissensgründen verweigert hatte, arbeitete er im neuen Jugendzentrum als Zivildienstleistender. Da er viel Zeit hatte, besuchte er mich nun zweimal in der Woche. Wir gingen zusammen im Park spazieren. Bei unseren Gesprächen fielen mir bald die zahlreichen fremden Worte auf, die er so selbstverständlich benutzte, als müßte ich ihre Bedeutung längst kennen. Anfangs scheute ich mich, ihn direkt danach zu fragen; ich wollte meine Unkenntnis nicht zugeben. Schließlich versuchte ich, auf Umwegen zum Ziel zu kommen. »Sag einmal«, begann ich vorsichtig, »was ist aus Eurem Hof geworden?« – »Wir haben die Scheune ausgebaut. Im Dachstuhl gibt es jetzt zwei Zimmer, und den Raum unten kann man als Versammlungsraum benutzen.« – »Versammlungsraum? Wofür?« – »Manchmal bringe ich ein paar Leute aus dem Clubhaus mit, dann machen wir eine Fete. Aber die Eltern mögen sie nicht.« – »Warum nicht?« – »Gott, sie machen so *schräge Sachen,* verstehst Du?« – »Nein ...« – »Na, sie machen Kunst, aber mit Spraydosen und so. Sie sprayen auf die großen Betonflächen in der Stadt, nachts natürlich, heimlich, es ist *Antikunst,* und die meisten von ihnen sind *Radikale.*« – »Du meinst politisch Radikale?« – »Nein, das nicht. Politisch – was ist das schon? Politik ist ein Leinwandspektakel.« – »Dann ist der *revolutionäre Kampf* jetzt endgültig vorbei?« – »Was ist vorbei? Revolutionärer Kampf? Woher hast Du denn das? Das sind doch längst überholte Begriffe. Nein, die Jungs, die Radikalen also, die verstehen sich als *Autonome.*« – »Ah, ja.« – »Paß auf, früher machte man Politik, ja? Politik war Taktik und Strategie: agitieren und Flugblätter verteilen und Aufrufe entwerfen und Demonstrationen veranstalten ... und am Ende kam nichts Konkretes dabei heraus. Die Autonomen bleiben unter sich, die schaffen sich ihre eigenen Netze und Verbindungen, ein eigenes Milieu. Neue Zeitungen entstehen, neue Verlage, das gruppiert sich um ...« – »Du meinst, es gruppiert sich gerade jetzt ...« – »Schon seit ein paar Jahren, wenn auch langsam. Die Autonomen erkennen keine Autoritäten mehr an, auch nicht in den eigenen Reihen, all diese Wortführer und Säulenheiligen, all diese machtlüsternen Fahnenschwinger.« – »Und die Rebellion hat sich verbraucht?« – »Wer? Die Rebellion?! Mein Gott, wieder so ein großes Wort! Nein, sie hat sich nicht verbraucht. Was denkst Du, warum meine Eltern die Jungs nicht gerne in den Versammlungsraum lassen? Sie fürchten sich insgeheim vor ihnen, das ist es.« – »Und wozu brauchen Deine Eltern diesen Versammlungsraum?« – »Wegen der *Bürgerinitiativen.* Gut, ich sage nichts dagegen, auch die Initiativen sind wichtig, vielleicht noch wichtiger als die Autonomen. Aber man sollte beides miteinander verbinden, denke ich.« – »Denke ich auch. Und diese Initiativen, die … also die planen auch keine politischen Aktionen?« – »Doch, die sind an der *Anti-AKW-Bewegung* beteiligt.« – »Ach so.« – »In dieser Gegend sind viele Menschen hellhörig geworden, die sich früher noch keine Gedanken gemacht haben über die *AKWs.*« – »Warum denn gerade hier?« – »Wegen des *schnellen Brüters* bei *Kalkar.* Seit der großen Demonstration ist das ein wichtiges Thema. Der schnelle Brüter soll nicht ans Netz gehen.« – »Und warum nicht?« – »Sag mal, machst Du hier einen Test mit mir?« – »Ja, vielleicht, ich drehe den Spieß einmal um.« – »Wieso?« – »Weil ich hier schon viel zu lange getestet werde. Ich bin es leid.« – »Und warum gehst Du nicht einfach, warum verschwindest Du nicht?« – »Das ist nicht einfach. Die Patienten werden bewacht.« – »Aber Du möchtest längst raus, nicht wahr?« – »Hermann, ich muß Dir etwas gestehen. Ich habe keine Ahnung von diesen *AKWs …*« – »Du hast … ach so, na, wie sollst Du auch? Ihr lebt hier ganz isoliert, was? Also mal kurz: ein AKW ist ein Atomkraftwerk. Kernspaltung für Energiegewinnung. Überall in Deutschland werden jetzt diese Dinger gebaut. Die ganze Republik verwandelt sich in einen Atom-Staat.« – »Sie verwandelt sich?« – »Ja, alle Parteien setzen auf diese neue Energie. Und die ist gefährlich, verstehst

Du? Wenn so ein AKW in die Luft fliegt, ist es aus mit uns. Die Strahlung würde alles verseuchen.« – »Aber man wird doch Maßnahmen getroffen haben …« – »Maßnahmen?! Du kannst nicht gegen alles Maßnahmen treffen, schließlich sind überall Menschen beteiligt, und Menschen machen eben laufend Fehler. Ein AKW läßt sich nicht perfekt sichern. Das gibt es einfach nicht, diesen vollkommenen Schutz, auch wenn die Industrie es laufend beteuert.« – »Jetzt verstehe ich. Wieviele kommen denn zusammen bei diesen Demonstrationen? Nimmt überhaupt jemand Notiz davon?« – »Sicher, es sind Zigtausende.« – »*Zig… tausende?!*« – »Ja, inzwischen schon.« – »Aber … so viele waren es ja früher nicht.« – »Wann früher?« – »Also … im revolutionären Kampf.« – »Der geht uns nichts mehr an, verstehst Du? Wir machen jetzt etwas anderes, so *kleine impulsive Sachen* und Aktionen …« – »Warum bringst Du Deine Freunde nicht einmal mit?« – »Hierher?« – »Ja, warum nicht? Ich würde mich gern mit ihnen unterhalten.« – »Unterhalten? Ich weiß nicht … Ich glaube, da kommt nichts dabei heraus.« – »Ich würde mich freuen … es ist kaum zu ertragen hier.« – »Ja, das schon … also, ich werde mich umhören.«

Kaum eine Woche später tauchte Hermann mit ihnen auf. Sie kamen zu dritt: Uwe, Urs und Regine. Regine hatte sich das Gesicht mit leuchtenden Rotfarben bemalt und trug eine grelle Jacke über dem weiten T-Shirt; Uwe und Urs trugen Lederjakken, Jeans und schwarze, hohe Stiefel. »Tag, Du wolltest uns sprechen?« – »Ja, ich freue mich, daß ihr gekommen seid. Hermann hat mir von Euch erzählt.« – »Hat er?« – »Ja, von den *Netzen,* von der *Anti-Politik.*« – »Na und?« – »Ich weiß zu wenig davon.« – »Da braucht man nichts zu wissen, tun muß man etwas. *Action,* zackzack!« – »Hier ist nicht viel zu tun für mich.« – »Du willst raus, was?« – »Unbedingt.« – »Und warum? Ist doch phantastisch hier. All diese *Schizos,* das ist ungeheuer.« – »Ihr findet es gut hier?« – »Gut? Wahnsinn! Wie die alle hier herumlaufen, jeder in seiner eigenen Wüste. Lauter Wüsten sind das.«

Ich nahm sie mit hinaus und wir gingen in den Park. »Ich glaube, Ihr stellt es Euch zu angenehm vor. Den Patienten geht es nicht gut. Man nimmt sich keine Zeit für sie ...« – »Zeit? Wofür denn das? Das sind *Schizos*, die leben doch in ihrer eigenen Zeit. Zeit spielt für die überhaupt keine Rolle mehr.« – »Wenn Du so lange hier drin warst wie ich, dann bekommt sie wieder eine Bedeutung.« – »Bedeutung! Du bist eben der *Ober-Schizo*, so mußt Du das sehen. Eigentlich sollten alle Menschen einmal im Jahr in die Wüste gehen. Kennst Du die Riten der Pueblo-Indianer?« – »Welche Riten?« – »Wenn bei denen ein Kind zehn Jahre alt war, wurde es von der Mutter für ein Jahr getrennt. Man brachte es in eine Höhle, es erhielt das Nötigste zum Essen, später wurde es wieder befreit. *Die Wiedergeburt!*« – »Na eben! Ich muß jetzt befreit werden. Ich sitze schon lange genug mit dem Nötigsten herum.« – »Ah ja ... Klar. Was hast Du denn vorher gemacht?« – »Klavier gespielt.« – »Klavier?! Warst Du bei einer Gruppe?« – »Nein, klassisch.« – »Und immer nur geübt?« – »Viel geübt.« – »Spielst Du noch immer?« – »Wollt Ihr was hören?« – »Na ja, was spielst Du denn so?« – »Skrjabin!« – »Skrjabin? Das war auch so ein *Schizo*, was?« – »In etwa.« – »Also los, wir hören es uns an.«

Ich führte sie zum Pavillon. Sie warfen sich in die Stühle, die dort inzwischen für meine Zuhörer bereitgestellt worden waren. Ich spielte einige Etüden, dann auch das Poème. »Mann«, sagte Urs, »Wahnsinn! Das nennst Du Klavierspielen?« – »Ja, was ist es denn?« – »Das ist ungeheuer. Eine richtige *Musikmaschine*.« – »Maschine? Das nicht.« – »Doch, eine Maschine mit lauter Vibrationen.« – »Es hat Euch gefallen?« – »Gefallen?! Blödes Wort! Das ist Ekstase. Das schneidet alle Fäden durch, verstehst Du? Wenn Du spielst ... aber Du kannst Dich ja nicht sehen beim Spiel ...« – »Ich kann mich sehen.« – »Du kannst?

Na, in diesen Schizoregeln kennt sich keiner aus. Also, wenn Du Dich sehen kannst: das *zirkuliert*, Du bist richtig angeschlossen an das Ding, an den Flügel, Ihr bildet eine Einheit ... Was sagen die hier drinnen denn dazu?« – »Nur die Patienten hören es sich manchmal an. Die Ärzte wollen es nicht hören.« – »Typisch! Keine Ahnung haben die.« – »Ja, keine Ahnung, ich spiele ins Leere ...« – »Aber das macht doch nichts. Die Leere ist gut. Wüste. Augenblick. Willst Du etwa öffentlich auftreten?« – »Nein, das nicht. Aber hier ist die Wüste zu groß. Ich ersticke hier auf die Dauer.« – »Und Du hast bisher immer gespielt? Dein ganzes Leben lang?« – »Mit Unterbrechungen ... ja ... aber meistens, ja.« – »Und wo?« – »Na, in Frankfurt, in Rom, in Paris, später auch in Portugal ...« – »Ist das Dein Ernst?« – »Absolut.« – »Du warst auch in Portugal?« – »Eine Zeitlang. Ich habe in Lissabon gespielt, aber nur im kleinen Kreis der Fami ... in diesen Fami ... ich habe da gespielt, nein, was soll ich denn sagen, ja, wohl doch gespielt ...« – »Was ist denn plötzlich?« – »Ich erinnere mich nicht mehr genau.« – »Es liegt lange zurück.« – »Ja, sehr lange. Außerdem habe ich das Losungswort vergessen.« – »Welches Losungswort?« – »Es ist jetzt nicht wichtig ...«

Von nun an besuchten sie mich regelmäßig. Meist mußte ich ihnen etwas vorspielen. Mit der Zeit lernte ich sie besser kennen, allmählich fand ich mich auch in ihren eigentümlichen Wendungen zurecht. Sie blieben den ganzen Nachmittag, oft bis in den späten Abend. Ich war der *Ober-Schizo*, und sie wollten all meine Geschichten hören, die Geschichten der römischen Tage, die Geschichten von New York und Paris. Von Portugal konnte ich ihnen nichts erzählen. Immer wenn ich ansetzte, geriet ich in große Unruhe. Sie respektierten es und brachten das Gespräch auf andere Themen. Am liebsten war es ihnen, wenn ich vom Onkel erzählte. Sie kannten seine Arbeiten, anscheinend war der Onkel in ihren Zirkeln so etwas wie eine Berühmtheit.

Auch der Onkel war angeblich ein *Schizo,* aber einer der ganz großen. Er hatte schon vor Jahrzehnten begriffen, worauf es ankam. Regine hatte bei einer Wahlkampfaktion des Onkels mitgeholfen. Erst durch sie erfuhr ich, daß sich die politische Partei des Onkels inzwischen in einer größeren Verbindung aufgelöst hatte, der *Sonstigen Politischen Vereinigung.* Bei den Europawahlen hatte diese Vereinigung mehr als drei Prozent der Stimmen erhalten. Drei Prozent – neunhunderttausend Stimmen! Die sonstige Vereinigung hatte noch andere Gruppen und Zirkel angezogen. Sie nannten sich jetzt *Die Grünen.* Bei den Bürgerschaftswahlen in Bremen hatten sie mehr als fünf Prozent gewonnen. Nun saßen sie dort bereits im Parlament. »Und Ihr, Ihr arbeitet mit bei den Grünen?«, fragte ich Regine. – »Nein, noch nicht. Wir arbeiten in der *Alternativen Liste* mit...« – »Ah ja. Und es gibt mehrere solcher Listen und Initiativen?« – »Ja, es gibt die *Grüne Liste* und die *Grüne Aktion Zukunft* und die *Freie Internationale Universität* und...« – »Und die arbeiten jetzt alle zusammen?« – »Wie man's nimmt... sie vertreten verschiedene Interessen. Da gibt es die Naturschützer, die Ökologen, die Anti-AKW-Initiativen, die Friedensbewegung, Autonome von der Frauenbewegung...« – »Frauenbewegung? Das sind die mit den Buchläden, nicht wahr, die keine Männer hereinlassen?« – »Ach was, das ist nicht immer so. Nur in die Frauenhäuser kommen keine Männer herein, und das ist auch richtig so, wozu baut man sonst die Dinger?« – »Ja, wozu sonst?« – »Und warum nennen sie sich Grüne?« – »Na, das ist ein vorläufiger Sammelbegriff, verstehst Du? Im nächsten Monat soll eine Bundespartei gegründet werden, damit die verschiedenen Gruppen besser zusammenarbeiten. Die Grünen wollen bei den Bundestagswahlen kandidieren, zum ersten Mal...« – »Ich kann es noch nicht glauben. Früher habe ich nie für möglich gehalten, daß Onkel Joseph Erfolg haben könnte mit seinen Theorien.« – »Joseph ist nur eine Figur unter vielen. Die Grünen sind antiautoritär …« – »Also revolutionär?« – »Nein, so kann man es nicht sagen. Es geht jetzt um *evolutionäre Projekte.* Man muß etwas tun, klar?« – »Ja … schon …« – Mir kam ein schrecklicher Verdacht. »Sag mal, Regine«, fuhr ich fort, »ist es möglich, daß diese Wiedergeburt, wie Ihr sagt … daß also vielleicht die früheren Linken jetzt in der grünen Partei sind?« – »Wieso?« – »Na, wegen der Politik der kleinen Schritte. Daß sie jetzt auf Reformismus setzen. Eins nach dem anderen. Vielleicht … vielleicht auch wegen der Wüsten.« – »Der Wüsten?« – »Ja, die Wüsten sind doch auch draußen. Alles ist knapp geworden. Luft, Raum, Arbeit, die Energie …« – »Das ist gut, ja, die Wüsten draußen. Es könnte so sein. Das ist eine Theorie … Natürlich machen viele Linke mit, viele aus K-Gruppen, die Spontis, die …« – »Ich habe es geahnt, die Spontis auch? Die Frankfurter Aktionisten, Du meinst die?« – »Ja, Dany Cohn-Bendit …« – »Oh, nein! Sei still, Regine, ach nein, entschuldige, ja, nein, es ist schon wieder fast zu spät. Josef, mein Bruder, ich hätte es mir denken können! Er ist mir schon wieder voraus.« – »Du hast einen Bruder?« – »Ja, nun habe ich wieder einen Bruder.« – »Also – hast Du einen oder nicht?« – »Ich sage ja, ich habe *wieder* einen … und es ist nur noch ein Monat bis zu diesen Wahlen?« – »Warum bist Du denn plötzlich so ungeduldig? Du zappelst ja. Du kratzt Dich dauernd, merkst Du's nicht selbst?« – »Ja, doch, nein, nicht. Ich muß jetzt hier heraus, ich bleibe keine Woche länger …« – »Ist schon klar, wir haben uns auch schon Gedanken gemacht, wie wir Dir helfen können.« – »Und wie?« – »Das Stichwort heißt: *Art attack.*« – »Art attack?« – »Ja, genau. Wir arbeiten an einem Film, einem Film über die Wüste, quasi. Also über die Wüsten in den Menschen und über die Wüsten draußen, über all das, was jetzt Mangelware ist. Liebe, Zärtlichkeit, Sehnsucht, Utopie.« – »Und?« – »Du bist der *Ober-Schizo,* Du spielst den *Tunix* …« – »Den was?« – »Na, den *Tunix.* Was tust Du denn schon hier? Nichts, seit Jahren nichts! Das ist großartig.« – »Wieso denn das?« – »Weil Du der vollkommene *Aussteiger* bist, der *Verweigerer.* Du bist der *Anti-Held,* verstehst Du? Du hast einen viel besseren Durchblick als wir alle. Du hast einfach nicht mehr mitgemacht, Du hast gestreikt, Du hast Dich in Dich zurückgezogen. Wüste. So. Nichts als Wüste. Monate und Jahre. Die anderen waren Dir gleichgültig. Die ganze Welt war Dir gleichgültig. Du konntest das Theater nicht mehr ertragen. Die Welt um Dich herum wurde Dir zu klein. Sie haben Dir die Luft abgedreht. Wüstensand. Sie haben mit Beton gebaut, alles zubetoniert. Du bist erstickt, immer mehr. Da hast Du Dich zurückgezogen. Nichts mehr! Ich steige aus. So etwa war es doch?« – »So etwa.« – »Siehst Du? Jetzt wirst Du verstehen, was wir vorhaben. Wir machen Aufnahmen von den Städten, den Fußgängerzonen, den Kaufhäusern, all diesem Wohlstandsdreck. Wir zeigen die Hochhäuser der Konzerne und die verschmutzten Flüsse, den verpesteten Himmel im Ruhrgebiet. *Art Attack …*« – »Und wieso ›attack‹?« – »Weil wir Dich damit hier herausholen. Du bist der *Hauptdarsteller.* Hast Du schon einmal erlebt, daß man einen Film dreht ohne den Hauptdarsteller?« – »Aber, sie werden es nicht erlauben.« – »Sie werden, da kannst Du sicher sein. Sie sind stolz darauf, wenn man ihre Patienten groß rausbringt. Schizos als Hauptdarsteller, das ist die Nummer! Wir haben die ganze Zeit darüber nachgedacht. Erst jetzt ist uns diese Lösung eingefallen.« – »Wahnsinn!« – »Eben, ganz schlichter Wahnsinn …«

An einem Mittag tauchten sie dann auf. Ihr Antrag war genehmigt worden. Wir hatten uns am Telefon verständigt. Diesmal erschienen sie mit einer kleinen Gruppe. Die Fenster des Pavillons waren mit großen dunkelroten Tüchern verhängt worden. Die Kamera wurde aufgebaut, ich spielte mich ein wenig ein. Die Patienten hatten Mittagsruhe, einige Neugierige, die sich in die Nähe des Pavillons gewagt hatten, wurden fortgeschickt.

Ein Pfleger blieb bei uns, zeigte aber kein allzu großes Interesse. Immer wieder veränderten sie die Kameraaufstellung, sie waren mit keiner Position zufrieden. Allmählich wurde es auch der Pfleger leid. »Das dauert«, sagte er unwirsch. – »Es kann noch Stunden dauern«, antwortete ich. – »Und das alles für diese fünf Minuten Aufnahme?« – »Wir sind Profis«, sagte Urs, »wir machen nichts Halbes. Alles muß stimmen. *Art attack*.« – Nach anderthalb Stunden wurde es dem Pfleger zuviel. Er ging hinüber ins Anstaltsgebäude, um sich Zigaretten zu holen. »Jetzt los«, rief Urs. Sie packten in aller Eile die Ausrüstung zusammen. Schnell liefen wir auf den Ausgang zu. »Wir müssen durch zwei Kontrollen«, rief ich. – »Ist schon klar«, antwortete Urs. – Wir erreichten einen Seitenflügel des Hauptgebäudes. Der einzige Weg nach draußen führte durch eine verschlossene Tür. Urs schlug dagegen. Eine Krankenschwester erschien. »Nehmen Sie mal Aufstellung«, sagte Urs, »aus der Halbtotalen könnte das was werden ...« – »Woher kommen Sie denn?« – »Wir sind vom Fernsehen. Wir drehen einen kurzen, zügigen Streifen für die Abendsendung, regional.« – »Regional?« – »Ja, Sie kommen auch rein, aber am besten sagen Sie nichts. Nur mal kurz eine Halbtotale, wie Sie hier die Tür halten. Die symbolisiert das Tor zum Leben, klar?«

Sie hielt die Tür zwei Minuten lang. Wir drehten und huschten weiter. Auch das Hauptportal war zu dieser Zeit verschlossen. In der kleinen Portiersloge saß der Pförtner. »Hallo, Meister«, rief Urs, »kommen Sie mal kurz raus ... Wir drehen, Abendprogramm, regional ...« – Der Mann erhob sich, zog eine Kappe auf und kam heraus. »Und was soll ich dabei?« – »Sie halten uns die Tür auf, etwa so ... Nein, nicht so ... Weiter ... Und Sie lächeln dabei ... noch weiter ... Es ist ja nur ein Spiel, vergessen Sie das nicht! Nicht verkrampfen! Ganz ruhig! Jetzt schauen Sie direkt in die Kamera ... und jetzt machen Sie den kleinen Schwenk hier mit ... Nein! Stehenbleiben! Bleiben Sie an der Tür stehen! Gut… so… Wahnsinn! Alles Wahnsinn!! Und schauen Sie es sich an heute abend… Kurz vor Acht!« – »Wann? Wann genau?« – »Zehn Minuten vor Acht.«

Wir packten die Sachen zusammen. Er schaute uns noch immer unschlüssig hinterher. Aber wir waren draußen. »Na?«, sagte Urs. *»Art attack?!«* – »Ja«, rief ich, *»Ende des Furors!!«*

24

Wiedergeburt

Die Hetzjagd begann, und mein Bruder war mir voraus. Geschickt hatte er sich in die neuen Bewegungen eingefädelt. Er arbeitete zwar immer noch als Taxifahrer, doch war auch diese als Broterwerb abgestempelte Tätigkeit nichts anderes als eine gelungene Tarnung, die es ihm erlaubte, Tag und Nacht auf der Lauer zu liegen. Kaum ein anderer kannte Frankfurt jetzt so gut wie er, kaum einer bewegte sich so geschmeidig zwischen den verschiedenen Lagern. Er war überall, einige Bekannte hatten ihn angeblich schon an mehreren Plätzen gleichzeitig gesehen. Wie ich hörte, bezeichnete er sich inzwischen als einen *lonesome hero* der Großstadt; die Taxifahrer-Kluft gab ihm das Aussehen eines energisch zupackenden Einzelgängers, auf den sich die Kundschaft noch im Bahnhofsviertel verlassen konnte. Er lebte mit einigen Freunden wieder in einer Wohngemeinschaft, zeitweilig hatte er auch in einer Buchhandlung gearbeitet. Natürlich war ausgerechnet er einer der ersten gewesen, die sich nach dem Mord an Schleyer und dem Scheitern der Flugzeugentführung in Mogadischu zu Wort gemeldet hatten. Er hatte die wegweisende Einsicht vertreten, daß die Ablehnung des Parlamentarismus durch die Neue Linke vielleicht ein Fehler gewesen sei, gefordert sei jetzt *Realpolitik*. In einem längeren Aufsatz mit der später noch häufig zitierten Überschrift *Warum eigentlich nicht?* hatte er in der grüblerischen Manier eines ehemaligen Frontkämpfers die Weichen gestellt. Er hatte sich nicht von vornherein mit den Ökologen anfreunden können, Natur- und Umweltschutz waren nicht die Themen gewesen, die ihn in den letzten Jahren beschäftigt hatten. Aber was machte das schon? Er hatte kein schlechtes Gewissen, und er wollte seine Zeit nicht weiter in jenem Kneipengetto der früheren Linken verbringen, in dem man sich melancholisch an die Vergangenheit erinnerte. Die linken Bewegungen hatten sowieso keinen Zulauf mehr; statt dessen drängten die *Grünen Listen* in die Parlamente und Bürgerschaften. *Mitmachen oder verweigern?* So mochte sich Josef inzwischen fragen. Ich wußte, daß es in seinem Fall eine rhetorische Frage war. Mein Bruder hatte immer mitmachen wollen, die Rolle des Verweigerers hatte er mir zugeschoben. Ich war entschlossen, es nicht dabei bewenden zu lassen. Noch einmal wollte ich den Kampf aufnehmen …

Die Brauers hatten mich wieder in ihre Reihen aufgenommen. Ich wohnte nun in einem der vor kurzem ausgebauten Zimmer in der ehemaligen Scheune; es war ein gutes Versteck. In der ersten Zeit durfte ich mich nirgendwo sehen lassen. Vielleicht stellte man Nachforschungen an; um keinen Preis wollte ich wieder in die Anstalt zurück. Zur Sicherheit hatte ich den Onkel gebeten, mit den Ärzten Kontakt aufzunehmen. Nach einigen Wochen hatten sie nachgegeben; als sichtbares Zeichen des Erfolges hatte der Onkel den Flügel abtransportieren lassen. Er stand nun im Versammlungsraum der Brauers, ein lockendes, dämonisches Wesen, das mich noch immer ganz in seinen Bann zog. Diesmal aber gab ich diesen Lockungen nur selten nach. Ich hatte mir soviel anderes vorgenommen, daß ich kaum noch zum Üben kam. Ich begleitete Hermann in das Jugendzentrum, ich knüpfte neue Kontakte, ich organisierte Veranstaltungen, und ich widmete mich dem großen Kräutergarten, der seit meinem erzwungenen Abschied erstaunlich gediehen war. Mehrmals in der Woche fuhr ich nach Düsseldorf. Das Büro des Onkels war inzwischen zu einer Zentrale der *Grünen* geworden. Ich verschickte Briefe, entwarf Flugblätter, schrieb kleinere Artikel. Tag und Nacht war ich unterwegs, um die Organisation am Laufen zu halten. Der Onkel verausgabte sich. Er war nach dem großen Erfolg seiner New Yorker Ausstellung so bekannt geworden, daß er sich kaum noch in der Öffentlichkeit zeigen konnte, ohne angesprochen zu werden.

Wenn mir die politische Arbeit Zeit ließ, half ich ihm auch bei der Vorbereitung seiner Kunstaktionen. Ich telefonierte mit Galeristen, plante Ausstellungen mit und stellte seine Entwürfe für Plakate und Kataloge zusammen. Da der Onkel diese Tätigkeit niemandem sonst überlassen wollte, überlegten wir, wie ich möglichst schnell einen Überblick über die neusten Stile und Trends des Marktes gewinnen konnte. Die lange Zeit in der Anstalt hatte mich zurückgeworfen, und die Kenntnisse, die ich dringend benötigte, konnte man nicht ausschließlich aus Büchern erwerben. Daher brachte mich mein Onkel mit einem seiner Freunde zusammen, der bis vor wenigen Jahren eine große Düsseldorfer Galerie geleitet hatte. Mit seiner Hilfe sollte ich rasch jene Erfahrungen machen, die ich brauchte, um mich auf diesem mir fremden Terrain zu behaupten.

Wenn ich nun an den Wochenenden nach Kleve zurückkam, empfand ich das Leben auf dem einsam gelegenen Hof wie eine Erholung. Spät in der Nacht fiel ich auf mein Bett. Alles um mich herum hatte sich seit einiger Zeit so sehr beschleunigt, daß mir das Leben wie ein großer Kreislauf erschien, der an ganz entgegengesetzte Energieströme angeschlossen war. Der Kunstmarkt! Die politische Arbeit! Die Ökologie! Ich schloß die Augen und versuchte, mich zu beruhigen. Eins, zwei, eins, zwei, immerzu! Die Gartenringelblume blühte von Juni bis August. Schon Hildegard von Bingen hatte ihre heilende Wirkung beschrieben. Die Berberitze! Nannte man sie nicht auch Sauerdorn? Man mußte die trockenen Früchte in einer lockeren Schicht auf einer Unterlage ausbreiten; sie enthielten viel Vitamin C… Der Boden mußte sorgfältig bearbeitet werden, undurchlässige Lehmschichten waren durch Torf aufzulockern. Nicht umgraben! Die fruchtbare Humusschicht mußte ganz oben bleiben… Jetzt, im Herbst war die beste Zeit dafür. Die Beete mußten noch vom Unkraut befreit werden. Locker durchharken! Schließlich mit grobem Kompost bedecken…

In all diesen Monaten hatte der Bruder keinen Kontakt mit mir aufgenommen. Nur aus zweiter Hand wußte ich, daß er weiter Tag und Nacht unterwegs war, Artikel veröffentlichte und seinen neuen Start vorbereitete. Er hielt sich in der *alternativen Szene* auf, wahrscheinlich testete er seine Wirkung auf eine jüngere Generation, die sich längst ihre eigenen Zentren geschaffen hatte, Teestuben, in denen die Jünger fernöstlicher Lehren einen neuen Spiritismus kultivierten, Makroläden, in denen man Schrotbrote kaufen konnte, deren Getreide aus biologisch-dynamischem Anbau gewonnen worden war, Second-Hand-Shops und Politbuchläden…

Um so erstaunter war ich, als er an einem Wochenende anrief. Er wollte mich für ein, zwei Tage besuchen. Da ich nicht daran glaubte, daß er sich um mein Wohlergehen sorgte, vermutete ich sofort, daß er von meinen Aktivitäten gehört hatte. Ich mußte auf der Hut sein. Vielleicht hoffte er insgeheim, sich beim Onkel einschmeicheln und mich verdrängen zu können. Ich mußte alles daran setzen, diese Pläne zu durchkreuzen.

Ich hatte auf dem Hof lange auf ihn gewartet. An diesem Nachmittag war ich allein, die Brauers waren in die Stadt gefahren, und die Kinder trieben sich im Jugendzentrum herum. Erst am Abend wollten wir im Versammlungsraum mit dem Bruder zusammen essen. Ich saß vor der Scheune, ich hatte mir ein Buch mit nach draußen genommen, als sein schwerer Wagen, von dessen Dach er das Taxi-Schild abmontiert hatte, auf den Hof rollte. Ich blieb sitzen und schaute nur kurz auf. Er parkte den Wagen umständlich, indem er mehrmals hin und her fuhr, um ihn parallel zum Scheunengebäude in einer kleinen Nische abzustellen. War er nervös? Er stieg aus und lachte zu mir herüber, als ich mich von meinem kleinen Stuhl erhob. »Bruderherz!« rief er emphatisch. »Josef!« rief ich ebenso laut, um ihm gleich Paroli zu bieten, »endlich! Schön, daß Du auch mal hierherfindest, nach so langer Zeit!« – »Ja, ich weiß, was Du sagen willst. Ich habe mich lange nicht sehen lassen, wie? Aber Du weißt ja, in Frankfurt ist immer etwas los. Man kommt nicht zur Ruhe. Außerdem sagten die Ärzte, ein Besuch sei nicht ratsam.« – »Da werden sie recht gehabt haben, diese Ärzte. Nicht ratsam! Ich hatte allerdings auch viel zu tun, die Zeit in der Anstalt reichte kaum aus.« – »Sie reichte kaum aus?« – »Nun ja … Meine Krankheit war Ausdruck einer geistigen Krise. Ich mußte erst wieder mit mir ins reine kommen.« – »Eine geistige Krise? Ich dachte, die Anfälle rührten von Deiner alten Erkrankung her?« – »So einfach ist es nicht zu erklären. Es handelte sich um einen Umbruch des Denkens, eine neue Zeugung, eine Art *Wiedergeburt.* Und dazu braucht es viel Zeit.« – »Naja, Du siehst das vielleicht etwas zu spekulativ.« – »Spekulativ? Nein, ganz praktisch. Ich werde es Dir erklären. Gehen wir ein bißchen hinaus, machen wir einen kleinen Gang?« – Er schaute mich entgeistert an, aber er wagte es nicht, mir den Wunsch abzuschlagen. Er war nie ein großer Spaziergänger gewesen. Bevor wir aufbrachen, führte ich ihn hinauf ins Gästezimmer, das direkt neben meinem eigenen lag. Ich wußte, daß er sich auf dem Land nicht wohlfühlte. Die Tage, an denen er sich aus dem Internat hinausgesehnt hatte, um mit seinem Schulfreund Peter Kühe zu hüten und Gänse quer über den Hof zu treiben, waren längst vorbei. Aber er tat, als mache dies alles großen Eindruck auf ihn. Ich gab ihm einen Schlüssel, zeigte ihm den Waschraum und ging wieder hinab. Er wollte erst noch ein Bad nehmen … Jetzt arbeitete es in seinem Kopf, jetzt ging er unser Begrüßungsgespräch noch einmal durch. Was hatte ich da angedeutet? Hatte er in den letzten Jahren etwas übersehen? Fieberhaft würde er nachdenken, ohne doch etwas zu ahnen …

Ich setzte mich wieder auf den Schemel, nahm mein Buch zur Hand und wartete. Nicht rühren! Sich bewegungslos in das Buch vertiefen! Du Leichtfuß! Du Anbändler! Maulheld! Sittenverdreher! … Bleich sah er aus, mitgenommen, Ringe unter den Augen. Wahrscheinlich schläft er schlecht, oder kaum … wahrscheinlich verfolgen ihn die Gedanken an seinen Bruder … Nicht aufregen! Aufregung bekommt Dir noch immer schlecht … schau weiter in Dein Buch, was ist es denn gleich, was Du da in den Händen hältst … richtig, *Die fröhliche Wissenschaft,* Nietzsche, etwas, das er nicht kennt, nein, bestimmt nicht … aber still … schlagen wir die Beine übereinander … *ich saz uf eime steine und dahte bein mit beine* … ja, Herr Direktor, ich meine immer noch den von der Vogelweide … was aber das Schwerenötertum betrifft, so sind wir inzwischen zu weiterführenden Erkenntnissen gelangt … wir haben es … wie sollen wir es denn nennen … *durchgespielt,* ja, das ist der treffende Ausdruck, wir haben uns in die Lebenskomödie gemischt … und am Ende gerieten wir sogar in die Tragödien hinein … aber für Sie, Herr Direktor, wird das wenig bedeuten, obwohl wir all unsere Ankündigungen wahr gemacht haben … *wahr gemacht* … seltsame Wendung … für einen, der durch so viele Täuschungen gegangen ist, dessen Denken und Fühlen um und um gedreht wurde … so daß er schließlich, bis zur vollkommenen Demütigung … aber nicht nein … *ich bin's nit! ich bin's nit* … was war das noch … richtig, Luther, Herr Direktor … daran erinnerten wir Sie damals, und Sie dachten noch, wir machten uns bloß einen Scherz … auch er da oben hat damals nichts begriffen … was macht er nur … das Wasser rauscht noch immer … jetzt dreht er den Hahn ab … jetzt legt er sich in die Wanne, er singt … dreister Bursche … er weiß doch, daß ich ihn höre … was ist es denn … was … *I Can't Get No Satisfaction* … ist es das … ja er schämt sich nicht, er will mich demütigen, diese Lausegestalt, die sie wenige Minuten vor mir an Land zogen … landunter … und in uns … landunter … *I Can't Get No* … doch nichts davon … still … und weiter in der Lektüre, Herr Direktor, weiter über die Schauspielerei, denn sie ist, wenn man sie ernst nimmt, das Problem, das mich am längsten beunruhigt hat … damals, in der Anstalt, hat es mich laufend beunruhigt, das Maskengewirr war kaum zu ertragen, wie da die fremden Wesen aus den Köpfen der anderen hervortanzten, und wie sie sich laufend vermehrten … und ich lief in mein Zimmer und drehte den Schlüssel um und um … bleibt draußen, bleibt, wo Ihr seid … aber sie waren nicht zu halten, diese endlose Flucht, lauter Spiegel, verzerrte Gesichter, und dann das unheimliche Musikantenspiel, Musik, noch des Nachts … während er nicht einmal singen kann, selbst melodisch stimmt's da oben nicht, wie überhaupt keine musikalischen Fähigkeiten vorhanden waren … möchte mal wissen, wieso wir uns da so sehr unterscheiden, da müssen am Ende doch zwei Väter im Spiel gewesen sein, kein übler Gedanke, primitive Völker haben sich einmal so etwas vorgestellt. Zwillinge waren die Strafe der Götter, dafür, daß es die Mutter mit zwei Männern versucht … nein, nicht weiter … königlich, wie sie schweigen kann, nichts kommt über ihre Lippen, das Schweigenkönnen habe ich von ihr, das lange Stummsein, wenn es darauf ankommt … und die Musik … vom Großvater, aber wer weiß … lieber weiterlesen … damit auch *das Wesentliche nicht ungesagt bleibe: man kommt aus solchen Abgründen, aus solch schwerem Siechtum, auch aus dem Siechtum des schweren Verdachtes, neugeboren zurück, gehäutet, kitzliger, boshafter* ... neugeboren, gehäutet, ja ... denn, Herr Direktor, anders als wir damals noch dachten, ist das Schwerenötertum weniger ein Hindernis als eine Bedingung des Glücks ... freilich muß man hindurch, es ganz bis zur Neige ertragen, die melancholischen Schübe, diese Kainszeichen der Herkunft, man muß ... erst alles verlieren, um ganz befreit lachen zu können, lachen ... aber *wie man lachen müßte, um aus der ganzen Wahrheit heraus zu lachen, dazu hatten bisher die Besten nicht genug Wahrheitssinn und die Begabtesten viel zu wenig Genie* ... daran ließe sich anknüpfen, es gibt vielleicht auch für das Lachen noch eine Zukunft, nicht wahr ... doch still ... jetzt kommt er ... vorläufig nichts verraten ... die Unschuld vom Lande vortäuschen ... ihn aushorchen ... er lacht, dieses falsche Lachen, es wird ihm vergehen ...

»Hast Du Dich etwas erfrischt?« – fragte ich ihn und stand auf. »Gut, ja. Wir können losgehen ...« – »Wie geht es Dir denn in Frankfurt? Was machst Du?« – »Was ich mache? Arbeit, Johannes, viel Arbeit! Tagsüber in der Buchhandlung, abends die Taxifahrten ...« – »Das ist alles? Und die Politik?« – »Ach so, das meinst Du, das läuft natürlich weiter ... Ich mache seit einiger Zeit bei den *Grünen* mit. Die Spontiszene besteht nicht mehr wie früher, weißt Du. Die großen Fluchtbewegungen sind auch allmählich vorbei. Die Leute kehren zurück, aus ihren kosmischen Weiten, aus Indien und Nepal, überall macht sich ein gewisser Realismus breit.« – »Realismus? Und den verbindest Du mit den Grünen?« – »Ich sehe keine revolutionären Perspektiven mehr, verstehst Du? Es gibt keine Gruppen, die sie noch glaubwürdig vertreten. Auch die Linken klammern sich nur noch an ihre Erinnerungen. Die Alternativbewegung – die hat uns überholt, und jetzt müssen wir uns eilen und dürfen den Anschluß nicht verpassen.« – »Den Anschluß? Du willst sagen ...« – »Es hat keinen Sinn mehr, länger zu warten. Sonst fährt der Zug ohne uns ab. Klar, wir unterscheiden uns von der Öko-Bewegung, aber wir können auch nicht länger an unseren früheren Ideen festhalten. Die Basis ist zerbrochen, die Lebensgeschichten verlaufen getrennt, es gibt die großen Gemeinsamkeiten nicht mehr, auch nicht in der Erfahrung oder im Lebensgefühl ... Und was bleibt? Wir stehen ohne Alternative da. Wir müssen bei den Grünen mitarbeiten, obwohl ich mir keine falschen Vorstellungen über die mache ...« – »Das ist gut, Josef, daß Du Dich zu diesem Schritt entschlossen hast. Da ziehen wir also endlich gleich.« – »Gleich, wieso?« – »Gleich, an demselben Strang, um das verfluchte Schwerenötertum endlich zu vertreiben. Erinnerst Du Dich, ich erzählte Dir früher davon ...« – »Dunkel, sehr dunkel ... Und wie wird es vertrieben?« – »Das weißt Du aber doch ... Da brauche ich Dir nichts vorzumachen ...« – »Nun sag schon!« – »Also gut, wenn Du es hören willst. Ist Dir der große Kräutergarten aufgefallen, an dem wir eben vorbeigingen? Ich kümmere mich ein wenig um seine Pflege. Und bei dieser Arbeit denke ich manchmal an Paracelsus, jenen Philippus Aureolus Paracelsus Theophrastus Bombastus von Hohenheim, den ich schon einmal ins Gespräch brachte, damals in Bonn, als man von ihm nichts wissen wollte, während jetzt seine Schriften überall gelesen werden, denn es ist doch erstaunlich, er hat voller Voraussicht geschrieben, die Natur gibt dem Kranken die Arznei, die Erkenntnis liegt nicht im Arzt, sondern in der Natur, die Natur hat die Arcana wunderbar *zusammenkomponiert*, lernet, daß Ihr sie verstehet, und seid nicht so, daß Ihr Euch selber versteht und die Natur nicht ... Das ist ein erlösender Spruch, so daß man mit Goethe, dem ebenfalls Befreiten, nun behaupten könnte, daß das Höchste, was wir erhalten haben, das bewegte Leben sei, worunter man, wie er richtig dachte, die rotierende Bewegung der Monas um sich selbst verstehen muß, jene Bewegung, welche weder Rast noch Ruhe kennt, weil nämlich, so gedacht, überhaupt nichts Einzelnes mehr besteht, sondern das Einzelne teilhat an dieser ewigen Wiederkehr, dieser *zyklischen Bewegung*, woran schon Heraklit dachte, als er schrieb, das Entgegengesetzte gehört zusammen, alles entsteht auf dem Wege des Streits und jenes ruhelosen Gegeneinanders, an dem auch wir teilnahmen, jahrelang, an Straßenkämpfen und Umzügen, nicht ahnend, daß in diesem Streit sich bereits ein anderes andeutete und daraus einmal etwas Neues werden könne, denn, ich erinnere Dich noch einmal an Heraklit, denn Lebendiges und Totes ist ein und dasselbe und Wachendes und Schlafendes und Junges und Altes, denn dies schlägt um und ist jenes, und jenes wiederum schlägt um und ist dies … so daß auch Geburt und Tod zusammenkomponiert sind, wie besonders die Inder wissen, die dem Gott, der den Tod symbolisiert, dem *Schiwa*, neben einem Halsband von Totenköpfen auch den *Lingam* zum Attribut gaben, ein Symbol der Zeugung, wie Du vielleicht weißt …« – »Johannes, hör einmal!« – »… so daß diese lebendige Bewegung sich immer von neuem generiert, denn, schon Goethe höhnte, was wär ein Gott, der nur von außen stieße, im Kreis das All am Finger laufen ließe … Was wäre das schon, eine erniedrigende Vorstellung, nicht auszuhalten, die Welt als Maschine, etwas Politik, mit der man die notwendigsten Bedürfnisse befriedigt, und dann redet man von Reformen und Realismus … Das ist es nicht …« – »Johannes, Du verstehst nicht …« – »… so daß ich Dir sagen muß, Du hast bloß einen kleinen Schritt getan, ein wenig hast Du Dich bewegt … Aber was spukt Dir noch immer im Kopf … *Politik! Realpolitik!* … Nichts darüber hinaus … *schock schwerenot!* … Aber die Wiedergeburt ist bereits eingeleitet, denn ich muß Dir gestehen, obwohl ich es gar nicht wollte, daß auch ich längst in die Bewegung eingestiegen bin, daß die Erneuerung begonnen hat, dieses Wälzen von unten, von der *Basis* her, das verhindern wird, daß Menschen wie Du flott von oben das gesattelte Pferd besteigen … sich der Bewegung einimpfen wie Blutegel, die …« – »Jetzt ist es aber genug!« – »… die sich festklammern, parasitär, um unser improvisiertes Werk in ihre Hände zu nehmen, Realpolitik daraus zu machen, die sich abarbeiten wird, die hineindrängen wird in die Parlamente, eins, zwei, eins, zwei, immer einen kleinen Schritt vorwärts, immer höher, bis sie der Macht nahe genug ist, um dort zu verfinstern, so daß die Bewegung nichts mehr ausrichten würde, so daß sich wieder ein Stillstand breitmachte, jenes Dahindämmern …«

Wir standen im Dunkeln. Hatten wir uns verlaufen? Josef schwieg. Er war etwas zur Seite getreten, ich konnte ihn kaum noch erkennen. Wir gingen langsam zurück. Der Hof war jetzt erleuchtet. Ein paar Hunde bellten in einiger Entfernung. Hatte ich mich doch verführen lassen! Aber es war besser so, jetzt wußte er, woran er war. Als wir den Kräutergarten erreichten, blieb er einen Augenblick lang stehen. »Diesen Garten meintest Du?« fragte er leise. – »Ja.« – »Weißt Du was?« – »Na?« – »Ich könnte nicht einmal eine einzige Pflanze benennen …« – »Dachte ich mir … Ich kenne sie auch erst seit einiger Zeit mit Namen.« – »Heilkräuter, ja?« – »Heilkräuter.« – »Und Ihr macht Tee daraus?« – »Tee und pflanzliche Öle.« – »Ziemlich realistisch – das Ganze, wie?« – Ich grinste. »Nein, *phantastischer Realismus* …«

Er hielt es nicht lange bei uns aus. Schon am Morgen des nächsten Tages brach er wieder nach Frankfurt auf. Er wirkte nervös und angespannt, und wir alle hatten den Eindruck, daß er mit seinen Gedanken ganz woanders war. Ich vermutete, daß ihm unser Gespräch noch immer durch den Kopf ging, doch ich sprach ihn nicht noch einmal darauf an.

Ich pendelte weiter zwischen Kleve und Düsseldorf hin und her; ich mußte mich schonen und mied daher auch die Großdemonstrationen, von denen ich nur durch die Berichte der Freunde erfuhr. *Gorleben, Kalkar, Brokdorf…* Das waren längst magische Namen geworden, mit denen vor kurzem noch niemand etwas verbunden hatte. Jetzt aber standen diese Namen auf den Plakaten, nachts waren sie mit Spraydosen auf die Betonwände von Sparkassen und Supermärkten gesprüht worden, überall aufleuchtende Zeichen eines Widerstandes, der sich immer breiter formierte. Anders als früher hatte aber dieser Widerstand keine eindeutigen Konturen mehr. Menschen aller gesellschaftlichen Schichten nahmen an ihm teil, und längst waren es nicht nur die Jüngeren, die sich auf den Weg machten in jene in sich versunkenen weiten Landschaften, auf deren flachem Gelände kilometerweit Stacheldrahtzäune gezogen worden waren, während berittene Polizei den Zugang zum Baugelände abschirmte, Hubschrauber drohend über der Menge kreisten, Wasserwerfer in Aktion traten, das Gelände schließlich abgesperrt wurde, so daß die mit ihren Schilden bewehrten Polizisten jetzt wie eine grün-weiße Mauer die Insel des Bauplatzes von den Menschen trennte, die sich erst in den späten Abendstunden verliefen…

So sehr mir all diese Bewegungen Auftrieb gaben, so sehr dachte ich doch mit der Zeit immer häufiger daran, die Arbeit für einige Wochen zu unterbrechen, um ins Ausland zu reisen. Auch der Onkel hatte längst bemerkt, daß mich die Arbeit im Kunstbetrieb anödete. Auf dem Markt herrschte die fieberhafte Betriebsamkeit der Börsenspekulation; man witterte, daß der Marktwert eines Künstlers stieg, schnell nahmen die Händler den Galeristen, die sich vielleicht jahrelang für ihn eingesetzt hatten, das Geschäft aus der Hand. Daher erschien mir die kunstwütige Meute, die sich Woche für Woche in das Scheinwerferlicht der Vernissagen drängte, wie ein heuchlerisches Rudel von Kaufleuten, die nicht Ruhe geben würden, bis alle Bilder in den Großtresoren der Eigenheime verschwunden wären. Ich hatte nach all den anstrengenden Monaten große Sehnsucht, Italien wiederzusehen. Da ich für die Vermittlung der Kunstaktionen des Onkels Provisionsgelder erhalten hatte, verfügte ich außerdem über genügend Geld, um mir einen solchen Aufenthalt leisten zu können.

In Bonn war die alte Regierungskoalition zerbrochen, man hatte einen neuen Kanzler gewählt, Neuwahlen zum Bundestag waren angesetzt worden, und diesmal rechnete man fest damit, daß die Grünen ins Parlament einziehen würden. Ich hatte in den entscheidenden Wochen vor der Wahl noch an einigen Versammlungen teilgenommen und Flugblätter verteilt. Dann gab ich dem Drängen des Onkels nach. Ich packte meinen kleinen Koffer, ich schlenderte zum Bahnhof. *Fort!* Wieder einmal hinaus! In Italien würde es bereits frühlingshaft warm sein ... Ich ging zum Bahnhofsschalter. »Bitte der Herr?« – »Einmal Venedig, erster Klasse, einfache Fahrt!«

In der Nähe des *Rialto* entdeckte ich ein kleines Hotel, wo ich gut untergebracht war. Morgens verließ ich in der dämmrigen Frühe meine Behausung, ich ging ziellos umher, nein, ich hatte nichts mehr zu befürchten, fürs erste war ich dort angekommen, wohin ich mich vielleicht schon seit langem gesehnt hatte. Endlich hatte ich Zeit. Niemand trieb mich an, niemand war mit wichtigen Aufträgen hinter mir her. Nicht einmal Rechenschaft war ich jemandem schuldig. Wie angenehm es sich hier lebte! Wie schnell man alles vergaß! Hatte ich nicht immer die Nähe des Meeres gesucht? Und war ich nicht, wenn ich es genau überlegte, in Rom am glücklichsten gewesen? In Giulio, der die kleine Bar meines Hotels versorgte, fand ich einen guten Gesprächspartner. Die anderen Gäste des Hauses ignorierten seine Künste und kamen meist nur kurz vorbei, um ein Glas zu trinken. Ich aber ließ mir Zeit. Wenn es Nacht wurde, machte sich eine fast unheimliche Stille breit; nur manchmal hörte man ein helles Lachen, ein leises Flüstern. Dann erstarb alles wieder, und zurück blieb nur das dumpfe Gurgeln des Wassers …

An einem Abend saß ich wieder mit Giulio an der Bar zusammen. Aus Zeitungen hatte ich inzwischen erfahren, daß die Grünen es bei dieser Wahl geschafft hatten. Sie gehörten jetzt dem Bundestag an, ich hatte Grund, mich zu freuen … Manchmal schaute Giulio zu dem Fernseher empor, der hoch über uns in einer Ecke des Raumes aufgestellt war. »Es gefällt Ihnen hier, Signore?«, fragte er. »Ich bin gerade zum richtigen Zeitpunkt hierhergekommen, Giulio«, antwortete ich, »ich brauche mich nicht mehr zu eilen. Zum ersten Mal habe ich *Zeit.*« – »Wie lange wollen Sie bleiben, Signore?« – »Wir werden sehen. Ein paar Wochen vielleicht, solange das Geld reicht.« – »Das freut mich, Signore! Sie sind noch jung, Sie haben noch viel Zeit. Wie alt sind Sie?« – »Im Herbst werde ich fünfunddreißig, Giulio, *media in vita,* verstehen Sie?« – »Ja, ich verstehe …« – Er schaute wieder hinauf zum Apparat. »Oh, sehen Sie, Signore, Deutschland, Ihr Heimatland.« – Er eilte zum Fernseher und stellte den Ton lauter. »Ah, hören Sie nur, *die Grünen,* wie Sie sie nennen, ziehen in das Parlament ein. Schauen Sie … Sie tragen Blumen in den Händen, eine seltsame Gruppe, etwas *carnevale,* Signore, beinahe venezianisch, wenn Sie jetzt Masken trügen … Aber ihre Gesichter sind gut zu erkennen …«

Es war nicht möglich, nein, es war gewiß eine Täuschung, eine dieser venezianischen Täuschungen, eine Spiegelung, eine kunstvolle Maskerade, die mich verhöhnen sollte. Ich sprang auf und lief zum Apparat. Nein! Nicht! Unmöglich! »Signore«, rief Giulio, »fehlt Ihnen etwas? Ist Ihnen nicht gut? Was ist denn?«

Er war es … Josef, mein Bruder … Josef zog inmitten seiner Fraktionskollegen in den Bundestag ein. Er befand sich in einer der vordersten Reihen, dieser Gerissene, dieser Maulheld und Sittenverdreher … Er hatte mich im ungewissen gelassen, er hatte hinter meinem Rücken seinen Aufstieg geplant. »Josef«, schrie ich beinahe, »Josef … *Joschka!* … Sehen Sie, Giulio, das ist mein Bruder Josef. Sie können ihn nicht kennen, nein, aber er ist es. Da besteht kein Zweifel, überrundet hat er mich, jetzt ist er am Ziel seiner Träume angekommen … Reden wird er nun halten im Parlament, sich vor den Kameras breitmachen, man wird ihn auf den Titelblättern der Magazine sehen, eitel, wie er früher schon war, ein Intrigant …« – »Aber, Signore, bitte beruhigen Sie sich doch!«

Ich verlor den Halt, ich klammerte mich an der Theke fest. Ein leichter Taumel! Ah, diese Gestalten, nun wurde es Nacht, und die Maskierten machten sich auf den Weg. Die Gondeln entfernten sich von den Häusern. Worte, ein Schwall von Worten … ich begrüße Sie … ich danke Ihnen … oh, Professore, die Maske steht Ihnen gut, aber ich erkenne Sie doch … ja, ich begreife, *passionato* … und auch Du, Augusta, findest Dich also ein zum Maskenfest, das wir nun gemeinsam feiern wollen … laß sie aufspielen zum Tanz … ah, dieser Rausch … und der süßliche Duft, und das Klingen der Gläser, und das Auf und Ab … ich grüße Euch, meine Freunde, die Ihr gekommen seid, mit mir zu feiern … diesen besonderen Abend, den wir nicht vergessen werden … alle seid Ihr gekommen … dreht Euch weiter, ich dirigiere den Takt, laßt mich den *Capitano* spielen, nur dieses eine Mal … ich dirigiere … und wir alle *verwandeln* uns … Mutter, auch Du … und der alte Kanzler, ich verbeuge mich … und die Schar der Patres, Ignatius, Benedikt und die übrigen Frommen … reiht Euch ein, wir schenken Champagner aus, wir lassen es uns wohlsein … wenn auch die schwarzen Gestalten uns drohen und manche Masken uns Furcht machen wollen … wer denn Du … Du auch, mein Vater … Du trägst die *baûtta*, sie verbirgt Dich, sei ohne Sorge … willkommen auch die anderen, all Ihr Vermummten, strömt herein … Ihr auch, *amo-*

rosi, ganz ohne Maske, ich begrüße Euch, Nicky zuerst … dann die Geheimnisvolle aus Rom … endlich auch Dich Fernanda … lange erwartet … : *ecco!:* das Fest soll beginnen!

»Signore!«, rief Giulio noch immer, »was fehlt Ihnen? Hier, ein Glas Wein!« – Ich trank, langsam kam ich wieder zu Besinnung … Niemand hatte mit Zwillingen gerechnet, ich selbst am wenigsten. Der Eiligere hatte vorläufig gesiegt. Er hatte sich durchgesetzt, er hatte diesen Kampf ganz zu seinen Gunsten entschieden. Schon damals … damals hatte er seine Erstgeburt mit Leibeskräften beschrien, er hatte gedröhnt, gespuckt und geröhrt, er hatte nicht zugelassen, daß auch ich einmal zum Tönen kam und die ersten Laute in meiner Gurgel fand. Unfein, übertrieben, hatte er alle Aufmerksamkeit auf sich gezogen, er hatte seinen schmählichen Sieg begluckert und bekiekst … Dieses stinkende Ungeheuer, dieser krebsrote Kindsleib … diese Frucht einer mir unerklärlichen Zeugung …

»Signore! Geht es Ihnen jetzt besser?« – Ich schaute Giulio an. Das Gute, das Böse … Der eine, der andere Teil … *Tat* und *Traum* … woran erinnerte mich das? Das Losungswort! Wie lautete … *Die Lusiaden! Camões!* …

Nein, die Taten meines Bruders hatten keinen Bestand. Die Taten dieser Eroberer waren flüchtiger Natur. Dauer hatte ihren Beutezügen der *Traum* verliehen, der Traum eines weitausholenden *Gesangs* … Ich mußte mich unverzüglich an die Arbeit machen. Keine Zeit war mehr zu verlieren. Im Herbst wollte ich fertig sein, gerade in der *Mitte meines Lebens* wollte ich zurückreisen, heim zu meinem Bruder, um ihm vorzuhalten, was ich geschaffen hatte, den *Traum unseres Lebens,* die Epochen unserer Zeit … Ja, ich hatte den rechten Weg gefunden, das Labyrinth lag hinter mir, ich würde ihn *überflügeln* …

»Kann ich Ihnen helfen, Signore?«, fragte Giulio noch einmal. »Ich *bleibe*«, sagte ich laut, »ich bleibe bis in den Herbst.« – »Das ist schön, Signore.« – »Aber die Zeit der Muße ist vorbei.« – »Vorbei?« – »Ich erkläre es Dir später … Ich brauche Papier!« – »Viel Papier?« – »Hunderte von Seiten, Giulio …« – »Hunderte? Ich werde mich bemühen.« – »Bringen Sie alles hinauf auf mein Zimmer! Ich will gleich mit der Arbeit beginnen. Es ist März, ja, einige Monate werden wir darauf verwenden …« – »Sofort, Signore. Ich beeile mich …« –

Ich sprang die Treppen hinauf. Ich öffnete das Fenster weit und setzte mich an den Schreibtisch. Ich nahm ein paar Blätter hervor. Ich legte sie sorgfältig vor mich hin. Dann nahm ich den Füllfederhalter aus dem Etui und schraubte die Kappe ab.

Ich schaute hinaus.

Ruhe …

Diese Melodie, sie erinnerte …

Nein, nicht mehr …

Nichts …

Ich beugte mich über den leeren Bogen. Meine Hand zitterte vor Aufregung. Ich setzte an … Ich schrieb …

Adenauer erwartete mich …

geschrieben März 1983 bis November 1986

(Der Autor dankt seinem Freund Thomas Beckermann.)